S.F.
V.

Rafael Yglesias

Dr. Nerudas Therapie gegen das Böse

Roman

Aus dem Amerikanischen
von Kurt Neff

S. Fischer

Diese Erzählung ist ein Werk der Phantasie. In ihr werden einzelne reale Orte, Handelswaren und Personen des öffentlichen Lebens erwähnt, indes sind alle sonstigen Figuren, Geschehnisse und Dialoge frei erfunden.

Die amerikanische Originalausgabe erschien 1996
unter dem Titel
›Dr. Neruda's Cure for Evil‹
bei Warner Book, Inc., New York

Gesamtherstellung: Clausen & Bosse, Leck
Printed in Germany 1997
ISBN 3-10-095806-3

Der Clique:
Susan Bolotin, Ben Cheever,
A. J. Mayer und Paula Weinstein

Inhalt

ERSTER TEIL
Die Seelengeschichte des Therapeuten

ZWEITER TEIL
Gene Kenny – eine Fallgeschichte

DRITTER TEIL

Bosheit – Diagnose und Therapie

VERSIEGELT

Dieses Manuskript bleibt auf Verlangen des Autors, Dr. med. Rafael Guillermo Neruda, für die Frist von 50 (i. W.: fünfzig) Jahren über seinen Tod hinaus versiegelt. Mit dem Konvolut vorzunehmende Hantierungen aller Art bedürfen der Genehmigung des Direktors. Jede Einsichtnahme, auch die zum Zwecke der Konservierung und Katalogisierung, ist untersagt.

Joshua Black

Joshua Black
-Direktor-
PRAGER MEMORIAL LIBRARY

28. August 1994

Datum

Psychologische Viktimologie
und die
Symptomatologie der Bosheit

DIE OBJEKTIVE FALLGESCHICHTE
GENE KENNYS UND SEINES THERAPEUTEN

von
Dr. med. Rafael Neruda

Anmerkung zum Aufbau des Texts

Die folgende Studie gliedert sich in drei Teile. Der erste zeichnet im Medium eines Erinnerungsberichts meinen eigenen seelischen Werdegang nach. Der zweite rekapituliert die Fallgeschichte meines Patienten Gene Kenny, die sich über einen Zeitraum von fünfzehn Jahren erstreckt. Der dritte protokolliert meine Suche nach der Ursache des katastrophalen Fehlschlags, in den die Therapie mündete, sowie die Ergebnisse dieser Suche und mein radikales alternatives Behandlungsprogramm.

Dr. med. Rafael Neruda

ERSTER TEIL

Die Seelengeschichte des Therapeuten

ERSTES KAPITEL

Zauberkräftige Gedanken

Ich werde diese zwei Fallgeschichten in der Sprache des Laien vortragen. Kann sein, daß Psychologen und Psychiater sie deswegen als wertlos beurteilen. Dazu besteht kein Anlaß. Wenn ich aus der makabren Tragödie, die ich werde darlegen müssen, etwas gelernt habe, dann dies, daß wir das Leben als Laien leben.

Das anstößige Geheimnis der Psychoanalyse liegt darin, daß der Arzt außerordentlich begabt sein muß, wenn das therapeutische Bündnis Früchte tragen soll. Begabt nicht nur mit der Fähigkeit, das Unbewußte des Patienten zu entschlüsseln. Nicht nur mit dem Talent zur erleuchtenden und heilbringenden, den Patienten zum zivilen Ungehorsam gegen die Krankheit beflügelnden Einsicht in die je spezifische Erfahrung seelischer Traumatisierung. Diese Dinge sind zweifellos unentbehrlich, reichen aber nicht aus. Der Therapeut muß mit seiner Einsicht auch im richtigen Moment zur Stelle sein, nämlich sozusagen wenn die Sicherheitspolizei schläft. Das Gelingen der *talking cure* beruht nur zum Teil darauf, daß sie das Selbstgewahrsein fördert; die Hauptarbeit besteht in der feinfühligen und präzisen Regie der therapeutischen Beziehung. Was im Innern des Analytikers vorgeht, ist genauso wichtig wie die Leiden des Analysanden. Daraus folgt, daß alle in wissenschaftlicher Form präsentierten Fallgeschichten mit einem verhängnisvollen Manko behaftet sind, weil sie sich ausschließlich mit dem Leben und der Persönlichkeit des Patienten beschäftigen. Um verstehen zu können, warum eine Behandlung so und nicht anders verlaufen ist, muß man auch über den Arzt Bescheid wissen, der die Behandlung durchgeführt hat – über seine Stärken, seine Irrtümer, seine eigene Seelenlage. Die wahre Geschichte des therapeutischen Wechselverhältnisses beginnt nicht mit dem aktuellen Problem des Patienten, sondern mit dem Vorleben des Therapeuten.

Ich, Rafael Guillermo Neruda, wurde 1952 in New York geboren. Meine Mutter Ruth war jüdischer, mein Vater Francisco nach heutigem soziologischen Sprachgebrauch »hispanischer« Abstammung. Während der ersten acht Jahre meines Lebens wohnten wir in Washington Heights, einem Arbeiterviertel im äußersten Norden Manhattans. Die Heights waren damals ein vorwiegend jüdisches Quartier. Und zwar jüdisch in solchem Grade, daß mein Vater dem Hauswirt erst einmal durch Vorlage von Ruths Geburtsurkunde ihr Judentum beweisen mußte, ehe er zum Mieter unserer anspruchslosen Wohnung avancieren durfte. In der Familie meiner Mutter ebenso wie bei meinen jüdischen Freunden und ihren Angehörigen war ich zwar akzeptiert, aber trotzdem ließen sie alle keine Gelegenheit aus, mir zu signalisieren, daß ich zur Hälfte ein Fremdling für sie war.

Die Sommer verbrachte ich bei den Eltern meines Vaters in Tampa, Florida. Meine Verwandten väterlicherseits waren die Nachkommen spanischer und kubanischer Immigranten, die sich in den achtziger Jahren des vorigen Jahrhunderts dort angesiedelt hatten, um ihren Lebensunterhalt als Zigarrendreher zu verdienen. Meine Großeltern waren auf amerikanischem Boden geboren, aber in Tampa in einem insularen spanischsprachigen Ghetto namens Ybor City aufgewachsen. Sie sprachen Englisch mit einem unüberhörbaren Akzent und mißtrauten den weißen und schwarzen Amerikanern, von denen sie umringt waren. Furcht und Aberglaube hielten sie davon ab, nach New York zu reisen, also wurde ich für die Dauer der großen Ferien in den Süden nach Ybor City verschickt, damit meine Großeltern mich bewundern und einem nicht enden wollenden Aufmarsch von Cousins und Cousinen, Onkeln und Tanten zur Besichtigung vorführen konnten. Wenn ich bei den Latinos von Florida den Sommer verlebte, genauer gesagt, in der Hitze dörrte, war ich als heißgeliebter Stolz der Familie akzeptiert, aber zugleich fehlte es nicht an Signalen, die mich daran erinnerten, daß ich für meine Umgebung zur Hälfte ein Fremdling war.

Interessanterweise machten weder die Juden noch die Latinos offene Versuche, meine Loyalität zu monopolisieren. Die Betonung liegt hier auf »offen«. Es gab eine einzige denkwürdige Ausnahme. Samuel Rabinowitz war fünfundsiebzig, als ich geboren wurde. Meine Mutter war seine jüngste Tochter. Sie brachte mich mit sechsunddreißig zur Welt – in den fünfziger Jahren für eine Frau ein fortgeschrittenes Alter. Ich habe eine einzelne plastische Erinnerung an Papa Sam, an eine Begegnung im Haus meines Onkels Bernie am ersten Passahabend 1960, bei der er mich für das Judentum reklamierte und mir mein Schicksal vorbuchstabierte. Ich durchtränkte das Geschehen mit dem magischen Denken des Kindes, einer Magie, die zu guter Letzt Wirklichkeit wurde, weil sie den einen großen Ehrgeiz meines Lebens in mir weckte.

Am Morgen jenes Tages fuhren meine Mutter und ich mit der Bahn nach Great Neck zum Landhaus Onkel Bernies hinaus, um am Seder der Familie Rabinowitz teilzunehmen. Bernie war Papa Sams Ältester. Er hatte sich den Bauboom für Unter- und Mittelschichtwohnungen zunutze gemacht, der im New York der Nachkriegszeit aufgekommen war, und es mit Immobilienspekulationen zum Multimillionär gebracht. Das Investitionskapital für die einschlägigen Unternehmungen verdankte Bernie seinen Gewinnen aus der Belieferung der Regierung mit Eipulver, das während des Zweiten Weltkriegs an unsere Truppen verteilt wurde. Mein Onkel machte gigantische Profite, weil die Eier, die er für unsere Jungs zu Pulver verarbeiten ließ, die angefaulte Ausschußproduktion von Farmern im New Yorker Hinterland waren und Bernie infolgedessen außer den Verarbeitungskosten keine Ausgaben hatte.

Im Jahr 1960 belief sich Onkel Bernies Vermögen auf annähernd hundert Millionen Dollar. Sein gewaltiger Reichtum war Gegenstand der Ehrfurcht nicht nur der Familie meiner Mutter, sondern aller Welt – mit Ausnahme meiner Mutter. Von den anderen Rabinowitz' vermochte sich keiner dem Urteil meiner Mutter über die geschäftlichen Erfolge ihres Bruders anzuschließen: daß Bernie die besten zwei Jahrzehnte der amerikanischen Geschichte fürs Geschäftemachen erwischt habe, daß jeder, der mit einem ansehnlichen Kapital in die Kriegsjahre gegangen sei, sein Geld verdreifacht habe und daß seinerzeit die riskantesten und unbesonnensten Investitionen die höchste Rendite abgeworfen hätten. Selbst *wenn* einer die von meiner Mutter vertretene Auffassung der Wirtschaftsgeschichte geteilt hätte, wäre das atemberaubende Ausmaß des Reichtums, den anzuhäufen meinem Onkel gelungen war, für den Betreffenden noch allemal Beweis genug gewesen, daß Bernies Erfolg sich nicht allein der Gunst der Stunde verdankte. Meine hartnäckige Mutter freilich war durch die Riesenmenge Geld nicht von der Genialität ihres Bruders zu überzeugen. Ganz im Gegenteil. Für sie war sie der Beweis seiner Charakterlosigkeit. Von den vielen Faktoren, die als Erklärung für ihre Einstellung dienen können, sollte ich an dieser Stelle schon wenigstens einmal den erwähnen, daß sie Mitglied der Kommunistischen Partei war. (Mein Lehranalytiker murmelte bei irgendeiner Gelegenheit die ironische Bemerkung vor sich hin: »Deine Familiengeschichte ist ein bißchen verwickelt.« Hier eine weitere Probe ihres eigentümlichen Webmusters: Mein Vater kam nicht mit zum Seder 1960, weil er sich in Fidels Kuba aufhielt, wo er Material für ein Buch sammelte, das als Sympathiewerbung für die noch taufrische Revolution gedacht war. Er machte sich Hoffnungen, etwas zur Verhinderung eines amerikanischen Wirtschaftsboykotts beitragen zu können, der nach seiner Überzeugung binnen kurzem verhängnisvolle Konsequenzen haben müßte.)

Bewunderung erregte Onkel Bernie auch mit seiner Großzügigkeit und Menschenfreundlichkeit. Und das sehr zu Recht. Von seinem achtzehnten Lebensjahr an ernährte er seine Eltern, zwei Brüder und vier Schwestern mit direkten Zuwendungen, oder indem er für den Betreffenden oder den dazugehörigen Ehepartner den Arbeitsplatz bereitstellte. Er spendete Millionen für Israel, die Brandeis University, zwei große Krankenhäuser und das Metropolitan Museum of Art. Den Bau einer neuen Synagoge in der Nähe seiner Villa in Great Neck finanzierte er praktisch allein. In den Jahren 1960 und 1961, um nur sie als Beispiel zu nennen, wandte Bernie diversen wohltätigen Einrichtungen und Zwekken über zehn Millionen Dollar zu. Alle Welt sang sein Loblied, alle Welt nannte ihn einen großen Mann, ausgenommen, wie gesagt, Ruth, meine künstlerisch veranlagte Mutter, das jüngste der Geschwister und auch das einzige, das nicht von Bernies Freigebigkeit lebte. Die Offerten ihres Bruders, ihrem freiberuflich arbeitenden Ehemann eine feste Anstellung zu geben, lehnte sie ebenso entschieden ab, wie sie vor Jahren nein gesagt hatte, als Onkel Bernie ihr anbot, er werde für ihren Lebensunterhalt aufkommen, wenn sie ihr Vorhaben aufgebe, meinen lateinamerikanischen Vater zu heiraten.

Ruths Widerstreben, ihren Bruder als Leitfigur anzuerkennen, datierte nicht erst aus der Zeit, als Bernie sich gegen ihre Heirat mit Francisco Neruda aussprach. Nein, es hatte seinen Ursprung (was hätte ihn nicht?) in der Kindheit. Von klein auf fühlte sie sich von ihren Eltern neben ihm verkannt und zurückgesetzt, und ihr ganzes Leben lang fühlte sie sich von Bernie verkannt und zurückgesetzt. Ihre musikalische und schauspielerische Begabung wurde von ihren eingewanderten Eltern nicht ernst genommen und mitunter aktiv niedergehalten. Später, als Bernie das amtierende Familienoberhaupt war, bestand er seinerseits darauf, daß sie den Tanz- und Musikunterricht, den sie nach der Schule besuchte, aufgab und statt dessen einen Teilzeitjob annahm. Bernie selbst bekam von den Eltern natürlich nur Lob und Ermutigung zu hören.

Nach Ansicht meiner Mutter stritten sie und Bernie sich als Heranwachsende, weil er die Position des Familienvorstands an sich gerissen hatte. Nach Bernies Ansicht waren ihm Funktion und Verantwortung des Familienvorstands von den Umständen aufgezwungen worden. Nach Ansicht der übrigen Geschwister Rabinowitz hatte Bernie die Familie mitten in einer nationalen Katastrophe vor dem Absturz ins Elend gerettet. Gegenstand der Uneinigkeit war der Umstand, daß Bernie nach Papa Sams zwar nicht tödlichem, aber eine zeitweilige Lähmung hinterlassendem Herzinfarkt die Sorge für den Lebensunterhalt der Familie übernahm. Schuld an Papas Koronarinsuffizienz gab man zu damaliger

Zeit nicht seiner Schwäche für Hühnerschmalz, sondern dem Bankrott seines Lebensmittelgeschäfts in der Bronx, des dritten, das er gegründet hatte. Das Land durchschritt die Talsohle der Großen Depression. Bernie, der es schon gewohnt war, nach der Schule noch bis spätabends im Ladengeschäft der Familie mitzuarbeiten, wurde jetzt ganztägig zur Arbeit außer Haus geschickt. Er war dreizehn. Vier Jahre lang – bis sein Bruder alt genug war, um ihm beistehen zu können – sollte er allein die Lebenshaltung des Haushalts bestreiten. Danach war Bernie, obwohl erst siebzehn, schon auf dem besten Weg zu seiner ersten Million. Ihr ganzes Leben lang betrachteten Ruth und Bernie einander als polare Gegensätze, und jeder, der die zwei kannte, fand sie verschieden wie Tag und Nacht. Hätte man mich gefragt, ich hätte dem schon als Achtjähriger widersprochen. Ich glaube, daß der naturgegebene Konflikt zwischen den beiden verschärft wurde, weil sie einander so ähnlich waren. Es war einfach Pech für meine Mutter, daß sie in eine Gesellschaft hineingeboren wurde, die selbständige und sich in neuen Bahnen bewegende Frauen benachteiligte, während Bernie bei seinem Einzug ins Leben auf ein kulturelles Milieu stieß, das wagemutige und entschlossene Männer begünstigte.

1960 waren es schon mehr als zwanzig Jahre, daß Onkel Bernie den Sederabend der Rabinowitz' leitete. In jenem Jahr schockierte er nach Beendigung der Feier, während zwei schwarze Hausangestellte in Dienstmädchentracht das reguläre Essen auftrugen, die versammelten Eltern mit der Ankündigung, daß die Belohnung für den Finder des *Afikoman* (ein Stück geweihter Matzen, das der Leiter während der Anfangsphase der Feier versteckt, damit die Kinder es hinterher suchen können) zwanzig Dollar betragen werde. In den Jahren davor hatte das Preisgeld niemals mehr als fünf Dollar betragen – auch das schon eine opulente Summe.

»Zwanzig Dollar!« entfuhr es Tante Sadie. Sie legte die Hand auf den Mund; ob sie damit eine kritische Bemerkung zurückhalten oder ihrem Schock Ausdruck geben wollte, ließ sich nicht sagen.

Mit acht kannte ich mich mit dem relativen Wert von Geldbeträgen nicht besonders gut aus. Alles über fünfundzwanzig Cent war viel. Alles über einen Dollar war unendlich viel. Meine älteren Cousins und Cousinen (die ich beneidete und liebte und denen ich imponieren wollte) verdeutlichten mir, daß »zwanzig Dollar« im oberen Bereich der Kategorie »unendlich viel« lag. Sie dokumentierten ihr Verlangen nach der Siegesprämie mit einer kollektiven Tonschöpfung – einem Chor, dessen Stimmen in Keuchen und Gickern, »Uaah«-Rufen und einem einzelnen, durchdringenden Pfiff meines Cousins Daniel bestanden. Daniel war Tante Sadies Jüngster, zwei Jahre älter als ich. Ich bewunderte ihn. Er seinerseits schien für mich nur Geringschätzung übrig zu haben; es machte ihm Spaß, mich auszustechen, besonders beim Football oder beim Tennis, Sportarten, die auszuüben ich, in einem innerstädtischen Arbeiterrevier zu Hause, nie Gelegenheit gehabt hatte. Zuvor an diesem Tag waren wir auf Onkel Bernies Sportanlage in beiden Spielen gegeneinander angetreten, und ich hatte mich, vor allem beim Tennis, so kläglich angestellt, daß Daniel mich als »Spasti« titulierte. Ich fühlte mich gekränkt und in meinem Stolz verletzt. Nicht nur weil ich wußte, daß es ungerecht war (in den Sportarten, die wir in der Schule spielten – Handball und Stockball –, war ich gut), sondern auch weil ich mich mit der Leidenschaft des kindlichen Herzens danach sehnte, von Daniel gemocht zu werden.

»Tja«, sagte Onkel Bernie. Er schob sich samt Stuhl mit beiden Händen ein Stückchen von der Kante des langen Sedertischs weg. Der goldene Ehering an seiner Linken, verschlungen wie ein Seemannsknoten gearbeitet, ruhte auf der leuchtend weißen Tischdecke. Das gelbe Metall lenkte meine Aufmerksamkeit auf seine Finger. Die Haut war dunkel. Oberhalb der Knöchel stand ein hoher schwarzer Haarflor; das gleiche dichte schwarze Vlies bedeckte seinen großen runden Kopf. Wenn er lächelte – zwei strahlende Zahnreihen kontrastierend mit der olivbraunen Haut –, zerfloß sein großflächiges Gesicht zu der freundlichen Physiognomie eines wohlgenährten Säuglings. Nicht daß seine Nase oder seine Augen oder sein Mund kindlich geformt gewesen wären. Im Gegenteil. Aber das Gesamtbild hatte etwas Birnenförmig-Gutmütiges. Aus dem durchdringenden Blick der schwarzbraunen Augen allerdings sprachen Autorität, Kalkül und eine Andeutung von Schalkhaftigkeit. »Es hat seinen Grund, daß ich die Belohnung so hoch gesetzt habe«, sagte Bernie. Die Finger seiner Linken tanzten auf der Tischfläche. Es war nicht das Trommeln der Ungeduld, sondern die Melodieschöpfung eines Pianisten. Der Ring tanzte mit. Wie der Goldreif das Vlies auf dem ersten Fingerglied durchschnitt, faszinierte mich. Von beiden Rändern des Metalls, das sie unter sich zu einem wirren Polster zusammenpreßte, strebten die feinen, seidigen Haare fächerförmig in die Höhe. Ich versuchte mich zu entsinnen, ob mein Vater auch so viele Haare auf den Fingern hatte. Francisco war erst seit einem Monat fort in Havanna, aber für einen Achtjährigen ist ein Monat eine lange Zeit. In jenem Moment konnte ich mir schon das Gesicht meines Vaters nicht mehr so recht vergegenwärtigen, geschweige denn, wie seine Finger im Detail beschaffen waren. Die Antwort hätte übrigens nein gelautet: Die Finger meines Vaters waren praktisch unbehaart. Tatsächlich bin ich in meinem Leben nie wieder einem Menschen begegnet, dessen Finger einen vergleichbar langhaarigen und dichten Pelz aufgewiesen hätten wie die von Bernie. Damit will ich jedoch nicht sagen, daß mein Onkel etwas Äffisches gehabt hätte. Vielmehr bot der Haarflor, auf gleichmäßige Höhe gestutzt, wie er war, einen durchaus gefälligen Anblick. Ich fragte mich, ob er gezielt auf seine dekorative Wirkung hingetrimmt worden war.

»Das Ganze ist ein Test«, sagte der Onkel. Zu meiner Überraschung sah er mir dabei direkt in die Augen. Überrascht war ich deshalb, weil er in der ganzen Zeit, die ich mich heute schon in seiner Gegenwart aufhielt – von der Versammlung im Wohnzimmer, wo die Erwachsenen sich bei Cocktails voreinander darüber aufregten, wie grauenhaft die Kinder beim Spielen mal wieder ihre Kleider zugerichtet hätten, bis zum Einnehmen der Plätze an der Tafel und dem Beginn der Feier –, mich nicht eines einzigen Blickes gewürdigt hatte. Ich war froh darüber, denn in Onkel Bernies ganzer Erscheinung lag eine übergroße Wucht. Seine Stimme war viel zu sonor, sein Kopf viel zu groß, der Stoff seines grauen Anzugs viel zu dick, besonders für diesen ungewöhnlich heißen Apriltag. (So heiß, daß ich während des Tennismatchs mit Daniel mein Hemd auszog, was Daniel zu dem Kommentar veranlaßte: »Du schwitzt wie ein Bohnenfresser.«) Mit dem festen Blick, den er auf mich richtete, während er Tante Sadie erklärte, daß die Suche nach dem *Afikoman* als Test gedacht sei, schien Bernie mich zum allerersten Mal an diesem Tag wahrzunehmen.

Ich senkte sofort die Augen. Schon im nächsten Moment ärgerte ich mich über mich selbst und sah schnell wieder zu ihm hin. Zu spät – ich war seines Interesses verlustig gegangen. Er hatte seinen eindringlichen Blick Daniel zugewandt. Sollte ich seinerzeit schon irgendwelche groben Beschimpfungen gekannt haben, ich habe sie mir in diesem Moment bestimmt insgeheim an den eigenen Kopf geworfen, denn ich erinnere mich noch heute, wie bitter enttäuscht ich war, daß ich es versäumt hatte, den Blick meines reichen und mächtigen Onkels zu halten. Der Fehler sollte mir nicht noch mal passieren, schwor ich mir.

»Willst du denn nicht mit ihnen verhandeln?« erkundigte sich Onkel Harry. So war es in unserer Familie und vielen anderen Brauch: Der Leiter des Sederabends versteckte den *Afikoman* und feilschte dann mit dem Kind, das ihn fand, um den Finderlohn. Das war eine verstümmelte Variante des korrekten Rituals: Bei den Juden in Europa versteckte nicht der Leiter den *Afikoman*, sondern die Kinder (nur die männlichen, versteht sich) entwendeten ihn und weigerten sich so lange, ihn herauszugeben, bis der Leiter ein Lösegeld bezahlte. *Afikoman* bedeutet übrigens soviel wie »Nachtisch« – freilich einen, dessen Köstlichkeit rein symbolischer Art ist, denn in Wirklichkeit handelt es sich bloß um ein einfaches

Stück Matzen: ein weiteres Seder-Element, das an die Entbehrungen der hebräischen Sklaven in Ägypten erinnert. Den Wandel im Ablauf der Passahfeier finde ich insofern interessant, als sich in ihm spiegelt, wie die strengen Anforderungen, die in den Ghettos der alten Heimat an jüdische Kinder gestellt wurden, in den USA einem Leben in Bequemlichkeit und langer Abhängigkeit von den Eltern Platz machten. Der ursprüngliche Brauch prämiierte Initiativkraft, Selbständigkeit und die Fähigkeit, für den eigenen Lebensunterhalt zu sorgen – wenn nötig, auch mit Diebstahl. In Osteuropa mußten diese Dinge für das Überleben der jüdischen Familie eine unerläßliche Voraussetzung gewesen sein. Der modifizierte Brauch ist ein von Erwachsenen geschaffenes und kontrolliertes Versteckspiel und als solches ein Sinnbild der verlängerten Kindheit meiner Generation von Neuweltjuden. (Das Rollenklischee der überfürsorglichen jüdischen Mutter ist meines Erachtens eine amerikanische Erscheinung.) Ich bin sicher, daß meinem Onkel das alte *Afikoman*-Ritual lieber war und daß er hoffte, dem Spiel an diesem Abend etwas von seinem früheren Charakter wiedergeben und es von neuem zu einer Männlichkeitsprüfung machen zu können. Bernie, das darf man nicht vergessen, mußte schon als Kind arbeiten gehen. (Pubertät hin, Bar Mizwa her – das Alter von dreizehn Jahren ist bei den meisten Jungen im wesentlichen noch ein Stück Kindheit.) Wie die meisten unanalysierten Menschen glaubte er, das Unglück in seinem Leben – sein vorzeitiger Eintritt ins Erwerbsleben als Ernährer der Familie – habe ihm nur gutgetan. Wenn es nach ihm gegangen wäre, hätten Kinder generell so früh wie möglich Verantwortung übernehmen und auf sich selbst gestellt sein müssen. Oft führte er vor den Ohren Außenstehender Auseinandersetzungen mit seiner Frau, weil sie ihrer beider Kinder – die 1960 schon auf dem College waren – verzogen habe. Davon wußte ich natürlich nichts, und auch sonst war mir von dem, was in meinem Onkel vorging, nichts bekannt. Alles, was im Augenblick zählte, war seine Herausforderung »Das Ganze ist ein Test« mit dem anschließenden Blick direkt in meine Augen. Danach sah er der Reihe nach Daniel und die anderen Cousins an. Die Cousinen überging er, obschon auch sie sich an der Suche beteiligen würden.

»Ein Test? *Was* für ein Test?« wollte meine Mutter wissen. In der gebellten Frage schwang Verächtlichkeit mit. Ich schrak innerlich zusammen, weil ich mich an den Streit erinnert fühlte, den meine Mutter früher am Tag mit ihrer ältesten Schwester Sadie gehabt hatte. Tante Sadie hatte uns mit dem Auto am Bahnhof Great Neck abgeholt. Die Unterhaltung auf der Fahrt zum Anwesen meines Onkels plätscherte friedlich und freundlich vor sich hin, bis wir in die Zufahrt einbogen und Tante Sadie sagte: »Leg' dich heute bitte nicht mit deinem Bruder an.«

Meine Mutter lachte. »Ich halte mich an das Prinzip Nichtangriffspakt. Wenn er nicht als erster schießt, schieße ich nicht zurück.«

Tante Sadie legte nach und beschwor Ruth noch einmal mit anderen Worten, sich auf keinen Fall mit Onkel Bernie zu streiten. »Auch wenn er als erster schießt«, schloß sie.

Meine Mutter verlor die Beherrschung. Ich war entgeistert. Ich hatte sie, wenn auch nur ein-, zweimal, aufgebracht gegen meinen Vater erlebt, aber noch nie gegen irgendwen sonst. Ihr schmales Gesicht mit der glatten weißen Haut war in Farbe und Form ganz anders als der birnenförmige Kopf ihres dunkelhäutigen Bruders. Die Wut schob die Wangenpolster über den hohen Backenknochen noch höher und raffte die Lippen, so daß sie die blitzenden kleinen Zähne entblößten. Die grünen Augen verengten sich. Sie bot das Bild einer Großkatze, die wütend ihr Leben verteidigt. Das Kinn gegen Sadie gereckt, fauchte sie: »Verschon' mich bitte mit deinen Verhaltensmaßregeln! Ich bin kein kleines Kind. Ich bin nicht dank Bernies freundlicher Zustimmung auf diesem Planeten. Ich lebe nicht von seiner Gnade wie ihr. Ihr habt doch alle Angst, ich könnte eure schöne Bernard-Rabinowitz-Futterkrippe in die Luft sprengen – aber keine Bange, ich schneide ihm schon nicht die Kehle durch. Das werden andere besorgen. Das erledigt die Arbeiterklasse. Die armen Schweine, über die er sich so dicktut, daß er sie in die Knie gezwungen hat.«

»Nun halt schon den Rand«, sagte Sadie, gleichzeitig verschreckt durch die Ausfälle der Großkatze und verlegen wegen meiner Gegenwart. Mit einem Kopfnicken wies sie meine Mutter auf mich hin.

»Ich werde mein Leben lang nicht vergessen, wie er sich die Hände gerieben hat, weil einer von seinen gedungenen Meuchelmördern einen Streikposten mit dem Laster überfahren hat.«

»Ja, ja, ist ja schon gut. Tut mir leid, daß ich überhaupt den Mund aufgemacht habe ...« Sadie stieß die Wagentür auf und ergriff die Flucht. Meine Mutter hielt, schwer atmend, den Oberkörper dem leeren Fahrersitz zugewandt, als ob ihr Opfer noch immer dort säße. Von meinem Aussichtspunkt auf dem Rücksitz aus nahm ich ein einzelnes grünes Auge in Seitenansicht wahr. Mit dem gespensterhaften Kurzsichtigenblick der Vögel schien das Auge sich mir zuzuwenden. »Na, dann wollen wir mal reingehen«, sagte sie zu mir. Ohne jede Ironie setzte sie hinzu: »Wir werden uns amüsieren.«

Von dem allen blieb bei mir hängen, daß mein Onkel ein mächtiger

Mann, ein gefährlicher Mann, ein wichtiger Mann war. Wenn er sich einen Test für mich ausgedacht hatte, dann wollte ich aus dem als Sieger hervorgehen: um mich für die vorangegangenen Niederlagen beim Tennis und beim Football zu rächen, um die Liebe meines Cousins zu gewinnen, um meiner Mutter eine Freude zu machen, um meinen fremdländischen Vater gut zu repräsentieren und schließlich auch um den Blick meines schrecklichen und noblen Onkels zu fesseln.

»Ein Charaktertest«, sagte Onkel Bernie zu meiner Mutter. Zu uns Kindern sprechend, fuhr er rasch fort: »Ich habe den *Afikoman* irgendwo hier im Haus versteckt.« Seine Finger spielten weiter ihre lautlose Melodie auf dem weißen Tuch.

»Du hast dich doch überhaupt nicht vom Tisch wegbewegt«, sagte Daniel. »Du hast den *Afikoman* noch.«

In seiner Eigenschaft als Leiter des Sederabends hatte Onkel Bernie zu Beginn der Feier den *Afikoman* von einem Präsentierteller mit Matzen abgebrochen, der auf dem Tisch stand. Er wickelte ihn in eine Serviette aus schwerem Leinen mit schimmerndem weißen Satinrand und legte ihn auf seinen Schoß. Während das geschah, hörte ich meinen Cousin Daniel seinem älteren Bruder zuflüstern: »Diesmal paß ich aber auf wie ein Schießhund.« Ich wußte nicht, was er damit sagen wollte. Mit acht hatte ich keine Erinnerung mehr an den Seder des Vorjahres. Daniel wollte sagen, daß er den Onkel keine Sekunde aus den Augen lassen werde, um mitzubekommen, wohin er sich davonstehle, um den *Afikoman* zu verstecken. Bernie hatte während des Seders die Tafel nicht verlassen, und Daniel hatte daraus gefolgert, daß er die Trophäe noch auf dem Schoß liegen haben müsse.

Bernies Mund zog sich zu seinem gutmütigen Lächeln auseinander. »Du meinst das hier.« Er griff nach der Serviette auf seinem Schoß und hob sie hoch. »Sehr intelligent von dir, Daniel.«

»Ja!« Daniel sprang auf. »Ich habe gewonnen!«

»Nicht so schnell«, sagte Bernie und hob die Hand wie ein Verkehrspolizist. Miene und Ton des Onkels waren nicht boshaft, sondern in gewisser Weise komisch. Die Erwachsenen lachten meistenteils still in sich hinein und machten Bemerkungen über Bernies Klugheit und Daniels Habgier. Der Onkel ignorierte sein erwachsenes Publikum und fuhr fort, zu uns Kindern zu sprechen. »In diesem Jahr machen wir es anders. Dies hier ist bloß der stellvertretende *Afikoman*. Den richtigen hab' ich versteckt, während –«

»Sag' doch endlich mal offen und ehrlich, was das Ganze ist«, unterbrach meine Mutter, »nämlich ein Lotteriespiel.«

Sie wurde von den Erwachsenen niedergezischt. Die Kinder, ich eingeschlossen, ignorierten sie. Nicht so indessen mein Onkel. Er schoß ihr einen Blick zu, dessen Emotionsgeladenheit mich frappierte. Er war voller Haß und Verachtung. Aber zugleich auch nur ein Aufblitzen. Schon im nächsten Moment strahlte wieder Freundlichkeit aus Bernies Augen, und er fuhr mit seiner ruhigen, tiefen Stimme, die einem volltönenden Cello glich, fort: »Den richtigen hab' ich versteckt, während ihr zum Spielen draußen wart. Wer von euch *diesen Afikoman* findet, der beweist damit, daß er nicht nur Intelligenz und Ausdauer, sondern auch Charakterstärke besitzt.«

Meine Mutter produzierte mit den Lippen ein unflätiges Geräusch. Daniel erhob sich, um loszulaufen. Sein Vater hielt ihn zurück: Onkel Bernie hatte noch nicht das Zeichen zum Beginn der Suche gegeben.

Bernie überhörte den verächtlichen Laut meiner Mutter. Er lächelte vielmehr Daniel nachsichtig zu. »Ihr seid jetzt so gespannt auf den Start wie Windhunde in ihren Boxen«, erklang sein Cello. Er hob seine von den Fingerknöcheln aufwärts mit einem schwarzen Vlies geschmückte Rechte. »Der Wettkampf ist eröffnet«, sagte er und schwenkte den Arm wie eine Starterflagge.

Daniel und die anderen stürzten los. Ich setzte mich ebenfalls in Bewegung, lief hinter dem Stuhl des Onkels und an vier oder fünf weiteren erwachsenen Verwandten vorbei, bis ich jäh gestoppt wurde. Eine Hand hatte meinen linken Arm gepackt. Auf den plötzlichen Ruck hin geriet ich ins Stolpern. Ich taumelte gegen den Stuhl der Person, die mich zum Stillstand gebracht hatte. Es war meine Mutter.

»Du bleibst hier«, sagte sie, und es hörte sich an, als sei sie ärgerlich. Ärgerlich auf mich, nahm ich an. »Du spielst dieses dämliche Spiel nicht mit.«

»Mam«, maulte ich und versuchte mich loszureißen. Daß ich mir Mühe gab freizukommen, zeigte, wieviel mir daran lag, den Wettstreit zu gewinnen. Ich war kein besonders mutiges Kind. Ich war sogar ausgesprochen schüchtern, besonders unter den Augen Erwachsener, und die Erwachsenen hier waren zwar meine Verwandten, aber dessenungeachtet für mich zum Teil wildfremde Menschen – wofür die Rolle meiner Mutter als schwarzes Schaf der Familie gesorgt hatte. Ich war schüchtern, und ich war nicht aufmüpfig gegen meine Eltern. Normalerweise hätte ich, von meiner Mutter in der Öffentlichkeit am Schlafittchen gepackt und in ärgerlichem Ton mit einem Verbot belegt, mich traurig, aber ohne zu murren ihrem Willen untergeordnet. In der Tat war sie so überrascht von meinem Befreiungsversuch, daß ich mein Handgelenk ihrem nicht sonderlich festen Griff mühelos entwinden konnte. Einen kurzen Moment lang tauschten wir Blicke des beiderseitigen Erschrekkens über mein Tun – dann war ich aber auch schon weitergerannt.

Das Eßzimmer meines Onkels hatte auf einer Seite eine gläserne Wand, durch die der Blick auf das Panoramabild einer makellosen Rasenfläche hinausging, die sich in sanftem Gefälle bis zum Wasser hinunterzog – Swimmingpool und Tennisanlage waren diskret am äußersten Rand des Anwesens versteckt. Vom Eßzimmer lief ich in den riesigen Salon, der für sich allein schon so lang war wie anderer Leute Häuser. Auch von hier ging die Aussicht auf den Long Island Sound, allerdings durch vier aus vielen kleinen Bleiglasscheiben zusammengesetzte Fenster, Gitterwerke, die den manikürten Rasen und das ruhige Wasser zu einem manieriert-impressionistischen Gemälde verzerrten. Zwei Cousins hatten sich den Raum zum Aktionsfeld erkoren, der eine gründelte kniend in den Wandschränken, der andere spähte platt auf dem Bauch liegend unter Sessel und Sofas.

Meine Mutter kam mir nachgelaufen. Sie holte mich ein, als ich eben die große zentrale Halle erreichte, die in zartem Gelb gehalten und von einer ausladend geschwungenen dunklen Mahagonitreppe beherrscht war. Aus dem ersten Stock war das Tappen und Trappeln meiner Cousins und Cousinen zu hören; von Zeit zu Zeit fegte der eine oder die andere auf dem Weg von einem Schlafzimmer in das nächste über den Treppenvorplatz. Ihnen winkten Ruhm und Glorie, während ich hier unten am Fortkommen gehindert wurde. Diesmal hielt Ruth meinen Arm mit so festem Griff umklammert, daß es weh tat. Sie war fuchsteufelswild. Heute vermute ich, daß sie weniger über meine Widerborstigkeit aufgebracht war als gedemütigt durch den Umstand, daß ich ihr vor den Augen und Ohren ihrer Geschwister getrotzt hatte. Damals war ich durch ihr Verhalten völlig konsterniert. »Untersteh' dich ja nicht noch einmal, mir wegzulaufen!« schrie sie mich an. Auch ihre Worte taten weh. Ihr rüder Ton tat weh. »Du machst diesen albernen Zirkus nicht mit! Du bist kein dressierter Affe!«

»Ich will aber!« protestierte ich und versuchte mich loszureißen. Diese Konfrontation veränderte mein Bild von mir und ihr. Ich war schüchtern, ich war gefügig, aber ich war auch bereit, mich mit ihr zu streiten. Und wenn ich auch den Grund dafür noch auf viele Jahre hinaus nicht begreifen sollte, so entdeckte ich doch an jenem Tag, daß dieses innere Selbst, der Erwachsene, der vorläufig ungestört in irgendeinem lichtlosen Winkel meiner Kinderseele heranreifte, jemand war, den meine Mutter nicht kennenlernen wollte. Sie wollte mich nur als lieben, schüchternen, willfährigen Jungen kennen. (Warum auch nicht? Ein solches Kind war eine handfeste Kompensation für die schoflen, egoistischen Naturen, mit denen das Schicksal ihren Lebensweg gesäumt hatte. Eine der ersten praktischen Lehren der Psychologie ist die, daß Neurotiker keine Dummköpfe sind. In der Regel sind sie intelligente Menschen, denen die Welt ein Bein gestellt hat.)

»Nichts willst du!« Sie schüttelte so heftig meinen Arm, daß mein ganzer Körper ruckte. Sie schüttelte alle harthörigen Männer ihres Lebens. Sie wollte den verstockten Materialismus ihrer Familie und ihrer Landsleute aus seiner Verankerung rütteln. Also mußte sie heftig schütteln. Sie mußte schütteln, so heftig sie nur konnte. Aber niemals würde es ihr gelingen, heftig genug zu schütteln.

Ausgerechnet Daniel kam jetzt die Treppe herunter wie Errol Flynn in der Rolle von Robin Hood, hüpfend und springend, eine Hand auf dem Treppengeländer, um, sich abstützend, immer drei, vier Stufen auf einmal zu nehmen. Sein breites Gesicht mit der typisch Rabinowitzschen Birnenform war gerötet. ›Er hat ihn gefunden‹, dachte ich.

Daniel umkurvte uns im Sprint. »Ich hab's heraus, wo er ist!« tönte er prahlerisch, während er in dem schmalen Flur zur Küche verschwand. Aber seine Hände waren leer gewesen, keine von ihnen hatte die Serviette aus schwerem Leinen gehalten, in die der *Afikoman* gewickelt sein mußte.

Er hatte ihn nicht gefunden! Schieres Entzücken durchflutete mich.

»Sieh mich an!« Meine Mutter wollte schreien; die Scham dämpfte das Kommando zu einem wutgeladenen Flüstern. Ich hatte den Kopf gedreht, um Daniel nachzusehen. Wieso die Küche? Was dachte er? Daß er noch im Matzenkasten lag?

Plötzlich war ich überzeugt, daß es so war. Mein Onkel war Geschäftsmann, und er hatte wahrscheinlich an die Herstellung des Matzens gedacht – hatte den *Afikoman* in den Kasten zurückgetan und den Kasten in einem Küchenschrank verstaut, im Wirtschaftstrakt des Gebäudes, wo die schwarze Köchin und das schwarze Hausmädchen ihr Reich hatten. Was uns damit gesagt sein sollte, war klar: Wir sollten Arbeit und Dienstbarkeit nicht vergessen. Überflüssig zu sagen, daß ich diesen Gedankengang mit acht Jahren noch nicht in Worte zu fassen vermochte, aber mehr oder weniger im Rahmen dieserart Logik bewegten sich meine Überlegungen. Auch die von Daniel? War es das, was er gemeint hatte, als er mit dem Ruf »Ich hab's heraus, wo er ist« in Richtung Küche stürzte? Oder wollte er gar nicht in die Küche? Es gab auf jener Seite des Hauses noch zahlreiche andere Räumlichkeiten: das

Wohnzimmer, das über eine Hintertreppe zu erreichende Souterrain, die Vorratskammer, ein Büro für meinen Onkel. Das Haus war riesig, es hatte über zwanzig Zimmer; die meisten davon kannte ich gar nicht.

Zuallererst einmal mußte ich wieder freikommen. In einer Art Sit-in-Protest *avant la lettre* ließ ich mich mit erschlafften Muskeln zu Boden sacken, bis ich als totes Gewicht mit den Handgelenken in den Händen meiner Mutter hing.

»Steh auf!« kommandierte sie und versuchte mich auf die Füße zu ziehen. Aber sie war nicht besonders kräftig – der Beginn der Epoche, in der Frauen ihres Alters Hanteln und Gewichte stemmen sollten, lag damals noch mehr als zwanzig Jahre in der Zukunft. Ich empfand eine hämische Freude über ihre Ohnmacht. Sie runzelte die Stirn und jammerte: »Laß das bitte sein! Steh auf!«

Meine Beine prallten gegen ihre Schienbeine. »Au«, sagte sie und trat gegen die Absätze meiner ›Buster Brown‹-Schuhe, erst gegen den einen, dann gegen den anderen Fuß. Nicht fest. Jetzt benahmen wir uns alle beide wie frustrierte Achtjährige.

Ich baumelte schlaff an ihren Händen, der Hintern knapp überm Boden, die Arme bis zum äußersten gestreckt. Ich dachte, sie könnten jeden Moment aus den Schultergelenken ausrasten, aber das war mir egal. »Ich weiß, wo er ist!« schrie ich Ruth an. »Laß mich los! Ich kann noch gewinnen! Laß mich los!«

Sie gab es auf, mich hochziehen zu wollen. Statt dessen zog sie mich jetzt näher zu ihrem Gesicht hin, einem Gesicht verzerrt von Wut und Frustration. »Hör' sofort auf damit, oder wir gehen noch in dieser Minute nach Hause. Ich schwöre zu Gott, ich nehm' dich am Kragen und schleif' dich von hier bis nach New York.«

Ich stellte mir die Demütigung vor, die so ein Abgang bedeuten würde. Noch existierten die für die nachfolgenden sechziger Jahre bezeichnenden Bilder von hochgesinntem zivilem Ungehorsam und passivem Widerstand nicht, die mir hätten Mut machen können. Unter den Augen meiner sämtlichen Cousins und Cousinen – der unnahbaren hübschen Mädchen in ihren properen Kleidern, der selbstbewußten Jungen, die, jeder eine Sportskanone, nachlässig das Hemd über die Hose hängen ließen – von meiner erzürnten Mutter hinausgeschleift zu werden, schien mir die Wahrscheinlichkeit, daß diese Menschen mich eines Tages achten und mögen würden, auf Null zu reduzieren.

Als Ruth ihre Drohung wahrzumachen begann, sich zur Tür drehte und anfing, mich ruckweise in Richtung Ausgang zu bugsieren, richtete ich mich auf. »Okay«, sagte ich, den Kopf gesenkt haltend, um ihr nicht in die Augen sehen zu müssen. Ich war wütend und schämte mich meiner Wut. Sie war meine Mutter. Ich liebte sie, sie war die Gottheit meines Universums, es war quälend und verwirrend, solchen Haß auf sie zu empfinden.

Ich fing an zu weinen: erstickte Schluchzer gestauter Wut und enttäuschter Liebe. Eine schöne Cousine – Julie, die elfjährige Tochter von Onkel Harry und Tante Ceil – hielt auf ihrem Weg die Mahagonitreppe herunter inne. Langes glattes Haar umrahmte ihr schmales Gesicht, die einwärts gebogenen Spitzen berührten sich fast unterm Kinn. Ich schämte mich und wandte rasch die Augen ab, allerdings nicht ohne mich zuvor mit einem kurzen Blick ihres Mitgefühls versichert zu haben. Die Verwunderung und Mißbilligung ausdrückende Schrägneigung ihres Kopfes verriet mir zuverlässig, daß sie sich im klaren war, Zeugin einer Ungerechtigkeit geworden zu sein.

»Was ist denn los?« rief sie zu meiner Mutter herunter. Julie hatte eine melodische und zugleich selbstsichere Stimme. Sie sollte ihr später im Berufsleben zugute kommen. Auch wenn sie provozierte, war ihr Ton niemals provokant.

»Nichts«, sagte meine Mutter ungehalten. Sie zog mich an sich und verdeckte so mein Gesicht und erstickte meine Tränen. »Komm, sei ruhig«, flüsterte sie. Aber es war ein Kommando.

Nun war es natürlich gerade mein Bemühen gewesen, meinen Zorn zu unterdrücken, was den hysterischen Tränenausbruch ausgelöst hatte. Aber ich hielt mich an ihren Befehl und kämpfte gegen die Tränen an.

»Er kann ja mit mir kommen, und wir suchen zusammen«, sagte Julie. Sie kam vollends die Treppe herab und zu uns herüber. Ihre wachen braunen Augen musterten uns voller Neugier und vielleicht auch (aber möglicherweise ist dies eine nachträgliche Zutat meiner Erinnerung) mit einer Spur Herablassung.

Auf jeden Fall begann ich auf ihren Vorschlag hin wieder lauter zu weinen. Ruth drückte mich fest in den glatten Stoff ihres Rocks. »Wir haben eine kleine Meinungsverschiedenheit innerhalb der Familie. Wäre es möglich, daß wir ungestört bleiben?« Ruths Ton war gereizt.

Julie ließ sich nicht einschüchtern. Mit ihrer unprovokanten und unerschrockenen Stimme sagte sie: »Tja, wenn du ungestört sein willst, hast du dir den falschen Ort ausgesucht. Dies hier ist das Foyer«, fügte sie auflachend hinzu.

»Das weiß ich selbst, daß wir hier im Foyer sind«, sagte meine Mutter, um dann säuerlich fortzufahren: »Wir gehen schon, damit wir niemand mehr im Weg sind.« Im Haus meines Onkels pflegte Ruth der Humor abhanden zu kommen. Sie steuerte mich – noch immer in dem glatten Stoff ihres Kleids verborgen – auf den schmalen Flur zu, in dem Daniel verschwunden war. Wir bewegten uns unbeholfen, ungefähr so wie ein Mutter-Sohn-Gespann beim Dreibein-Wettlaufen. Ich hustete dabei, weil ich an den Tränen würgte, die ich verschluckte.

»Komm, sei ruhig«, sagte sie wieder, diesmal zärtlich. Sie blieb stehen und rieb mir den Rücken.

»Ich geb' mir ja Mühe«, brachte ich unter Husten und Würgen kläglich heraus. Wenigstens waren wir in dem schmalen Flur allein. Es war dunkel hier. Das einzige Licht kam aus zwei offenstehenden Türen zu angrenzenden Zimmern.

»Gib dir noch ein bißchen mehr Mühe«, sagte sie, aber wieder zärtlich. Sie beugte sich vor und küßte mich auf die nasse Backe.

Mir schoß der Gedanke durch den Kopf, daß jeden Moment Daniel vorbeikommen konnte. Die Vorstellung, er könnte Zeuge meines kindischen Benehmens werden, brachte meine Tränen zum Versiegen.

»Ich möchte, daß du das verstehst«, sagte meine Mutter. Damit unsere Gesichter auf gleicher Höhe waren, kniete sie sich mit einem Bein auf den Boden. Ihre Stimme klang gequält. Sie hatte ihre Unzufriedenheit mit der Welt an mir ausgelassen; ich konnte die Reue aus ihren Worten heraushören, wenn sie mir auch unverständlich blieb. »Dein Onkel hat eine Menge Geld gemacht, und er glaubt, daß es etwas Gutes ist, wenn man zu Geld kommt. Daß es beweist, was für ein gescheiter und großartiger Mensch jemand ist. Siehst du, die meisten Genies, die meisten großen Menschen der Geschichte sind überhaupt nie zu Geld gekommen. Und es hat ihnen auch gar nichts daran gelegen, Geld zu machen. Den *Afikoman* suchen, das soll bloß ein Spiel sein und Spaß machen – das soll kein Test sein. Als noch mein Vater – als noch Papa den Sederabend geleitet hat ...« Sie verstummte. Von ihrem Gesicht konnte ich nicht viel erkennen. Außerdem war ich abgelenkt; ich wischte mir wie wild die Tränen ab, um für den Fall, daß Daniel vorbeikommen sollte, alle kompromittierenden Spuren zu beseitigen. Unterdessen hatte Ruth sich an eine vernachlässigte Pflicht erinnert und nahm mich bei der Hand. »Komm mit, wir wollen Papa Sam einen Besuch machen.«

Mir war nicht unbedingt danach, Großvater zu besuchen. Von meinem Besuch in Great Neck im Dezember her wußte ich, daß er an den Rollstuhl gefesselt war. Es war nicht mehr viel übrig von seinem körperlichen Selbst: von der Substanz eines Körpers, der doch einmal – besonders ungewöhnlich für einen Immigranten aus Europa – hochgewachsen und muskulös gewesen war. Tatsächlich verdankte er seiner athletischen

Statur den ersten Erfolg in seinem Leben. Als Siebzehnjähriger wurde Papa Sam in die Leibgarde des Zaren aufgenommen. Diese Ehre war Männern vorbehalten, die bei Staatsakten eine kraftvolle und stattliche Erscheinung abgaben. Papa Sam war der einzige Jude, der die leuchtend rote Uniform mit den Goldknöpfen und dem Pelzkragen trug. Seine Kameraden bei der Garde malträtierten ihn, weil er Jude war. Sie pflegten sich im Kreis um ihn herum aufzustellen, ihn als »Itzig« zu beschimpfen und ihm reihum mit den harten Kappen ihrer Stiefel gegen die Beine zu treten. Wehren konnte er sich nicht. Widerstand zu leisten hätte für ihn Militärgericht und mindestens zwanzig Jahre Zwangsarbeit, wenn nicht die Todesstrafe bedeutet. Mit Vorliebe erzählte er diese Geschichte aus seinem Leben. Er kramte dann regelmäßig eine Fotografie hervor, die ihn in seiner Gardeuniform in Habachtstellung vor einem Palast zeigte, und ließ anschließend seine narbenbedeckten Beine sehen.

Eines Tages meldete Papa Sam seinem Oberst, daß seine Mutter erkrankt sei, und ersuchte um die Erlaubnis, in sein Heimatstädtchen reisen und sie besuchen zu dürfen. In Wirklichkeit hatte er die Nachricht erhalten, daß sie gestorben war. Er bekam einen Urlaub bewilligt. Zu Fuß legte er den ganzen Weg nach Paris zurück und schaffte es schließlich von dort aus weiter bis London, wo er meine Großmutter kennenlernte. Sieben Jahre bevor meine Mutter geboren wurde, wanderten die beiden über Ellis Island in die USA ein.

Zu der Zeit, als ich Papa Sam kennenlernte, war seine ehemals hochgewachsene Gestalt leider schon geschrumpft und deformiert infolge des Herzleidens. Als ich im Dezember da war, bot der große Kopf auf dem ausgemergelten Rumpf, der kaum den Rollstuhl füllte, einen bedenklichen Anblick. Die knochigen Schultern hingen vornüber und bildeten zusammen mit dem eingesunkenen Brustkorb eine Höhlung. Die Haut war faltig und blutleer, der Blick stumpf und ohne Hoffnung, der Mund schlaff und zu einer törichten Grimasse verzogen. Wahrscheinlich roch er auch, aber daran kann ich mich nicht mehr erinnern. Auf jeden Fall konnte die Aussicht auf einen Besuch bei Papa Sam mich nicht in Begeisterung versetzen oder für den Verzicht auf die Jagd nach dem *Afikoman* entschädigen.

Trotzdem verhielt ich mich jetzt folgsam. Ruth lotste mich in Richtung Küche. Ich konnte schon aus einiger Entfernung in den Raum hineinsehen. Die schwarzen Mädchen waren mit Aufräumen und dem Richten des Nachtischs beschäftigt. Die Schranktüren waren geschlossen – nirgends eine Spur von Daniel. Durch die Verbindungstür zwischen Küche und Eßzimmer drang die lärmende Fröhlichkeit meiner erwachsenen

Verwandten bis zu mir herüber. Sie waren in aufgekratzter Stimmung. Einige sangen mit lautem »*Chad-gádje, chad-gádje*« das *Lied vom Zicklein.* Andere hänselten die Sänger wegen ihrer Unmusikalität. Meine jungen Cousins und Cousinen wuselten natürlich über, hinter und unter mir durch das Haus – befeuert von eigener Energie und Seligkeit. Nur meine Mutter und ich spielten den Part der sauertöpfischen Spaßverderber. Kurz vor der Küche bog Ruth in einen anderen Flur ab, den ich jetzt zum erstenmal wahrnahm. Er führte zu einem kleinen Anbau, der nach dem Tod meiner Großmutter als Wohnung für Papa Sam und seine Pflegerin errichtet worden war – eine Art Motel-Pavillon für den kranken Greis, bestehend aus zwei Schlafzimmern und einem Badezimmer. Bei meinem Besuch im Dezember war ich mit Papa Sam im Wohnzimmer zusammengewesen und hatte angenommen, daß er irgendwo außer Haus lebe, wahrscheinlich in einer Klinik, da seine Pflegerin in ihrer weißen Tracht genauso aussah wie die Schwestern im Krankenhaus und auch genauso eine ruppige Art hatte.

Papa Sam lag im Bett, zugedeckt bis unters Kinn, die Arme links und rechts neben der Decke. Er sah aus wie eine Mumie. Die Schwester saß in einem Sessel neben der Tür und las. Ihre kleine Klemmlampe war die einzige Lichtquelle im Zimmer.

»Schläft er?« fragte meine Mutter flüsternd.

»Nein ...« Die Antwort, von einem Ächzen untermalt, kam von Papa. Er reckte seine riesige Hand – riesig wirkte sie, weil das Handgelenk und der Arm jetzt so dünn waren – über dem Plaid hoch und winkte uns zu sich. »Ist das der Kleine Gentleman?« erkundigte er sich.

Die dunkle Gestalt, die da im Halbdämmer lag, war die eines Sterbenden. Die Schwester erhob sich und knipste die Nachttischlampe an. Das Licht malte Schatten in Papas abgezehrtes Gesicht.

»Daran erinnerst du dich noch?« sagte meine Mutter, während wir uns dem Bett näherten. Sie küßte ihn auf die hagere Wange. Papa brummte vor Behagen bei der Berührung.

»Selbstverständlich.« Ich verzichte darauf, seine vom klassischen Jiddisch gefärbte Sprachmelodie und Artikulation wiederzugeben. In beidem war die Färbung außerordentlich stark. Ich mußte mich sehr konzentrieren, um ihn verstehen zu können, und oft dauerte es einige Sekunden, bis mir klar wurde, was er gesagt hatte. Das machte mich noch schüchterner, als ich ohnehin schon war. »Du bist also der Kleine Gentleman«, sagte er, seinen großen Kopf zur Seite rollend. Die leblosen Augen schienen ins Leere zu blicken. Ich war mir nicht sicher, ob er mich überhaupt sah. Im Dezember hatte er meiner Mutter einen Vortrag gehalten, daß ich zeit meines Lebens, sogar schon als Kleinkind, ein vollendeter kleiner Gentleman gewesen sei. Ruth erklärte mir später, beeindruckt habe ihn, daß ich nicht nur still dagesessen und zugehört hätte, während die Erwachsenen sprachen, sondern auch meinen Beitrag zur Unterhaltung geleistet hätte. Bewundernd registrierte Papa auch, daß ich ja offenbar mächtig groß sei (mir selbst wurde nicht klar, was daran so wichtig sein sollte). Er bildete sich eine Menge ein auf seine Körpergröße, und meine (ich war tatsächlich groß für mein Alter) war in seinen Augen ein ererbtes Plus, das auf sein Verdienstkonto ging.

Ich nickte und senkte den Blick. Wieder konnte ich einem Rabinowitz einer älteren Generation nicht in die Augen sehen. Der körperliche Verfall des Greises erschreckte mich. Und von einem kleinen Gentleman hatte ich, wie jedem Sachkenner unter meinen Lesern bereits klar sein dürfte, nicht mehr als jeder Achtjährige. Die weltmännische Rolle, die ich einmal durch Zufall gespielt hatte, war anscheinend zu schwierig, als daß sie sich im Bedarfsfall willentlich hätte reproduzieren lassen.

»Wir wollten dir nur schnell guten Tag sagen. Jetzt lassen wir dich wieder in Ruhe, damit du weiterschlafen kannst«, sagte meine Mutter.

»Nein!« krächzte Papa mit allem Nachdruck, der ihm noch zu Gebote stand. »Ich kann nicht schlafen. Bleibt da und redet noch ein bißchen.«

Ich hielt weiter den Kopf gesenkt und starrte auf den Teppich. Aber den Teppich nahm ich gar nicht wahr. Vor meinem geistigen Auge sah ich Daniel auf einem Schemel stehen und freudestrahlend in einen Küchenschrank nach dem *Afikoman* greifen.

»Wie ist dein Befinden?« fragte meine Mutter.

»Ich bekomme keine Luft.« Er ließ ein rasselndes Geräusch aus der Lunge hören, ob zur Demonstration oder unfreiwillig, konnte ich nicht ausmachen. Es hörte sich schlimm an. Der Tod war im Zimmer mit anwesend; die feuchte Handfläche meiner Mutter verriet mir ihre Angst.

»Nicht verkrampfen, Daddy. Ganz locker lassen.« Über meinen Kopf hinweg sprach Ruth leise zu der Schwester. »Möchten Sie nicht vielleicht eine kleine Pause machen? Wir bleiben so lange hier. Bist du einverstanden, Papa?«

»Sicher«, antwortete er.

»O ja. Danke schön, Madam. Ich könnte eine Tasse Kaffee jetzt gut vertragen.« Die Pflegerin sprach mit lauter Stimme. Sie fürchtete sich nicht vor dem gnadenlosen Unsichtbaren, der darauf wartete, meinen Großvater mit sich nehmen zu können. »Ist es recht, wenn ich in einer Viertelstunde wieder da bin?« fragte sie.

»Lassen Sie sich ruhig Zeit«, sagte meine Mutter. Aber ganz wohl war ihr nicht dabei; ich hörte Beklommenheit aus ihrer Stimme heraus. Die Pflegerin verließ eilends das Zimmer, als befürchtete sie, Ruth könne es sich anders überlegen.

»Wahrscheinlich bleibt mir gerade noch eine Viertelstunde«, sagte Papa und versuchte zu lachen. Das halberstickte Wimmern, das er hervorbrachte, hörte sich an, wie wenn durch den verklebten Nippel eines Ballons die Luft entweicht. Es veranlaßte mich, den Blick vom Teppich zu erheben. Papas Gesicht nahm eine eigenartige Färbung an, nicht rot, nicht weiß, sondern eine Art grünliche Blässe. Seine Bemühung, irgend etwas, was da aufsteigen wollte, zu unterdrücken, endete mit einem Hustenanfall. »Das sollte mir eine Lehre sein, in Zukunft keine Witze mehr zu machen. Aber jetzt verrat mir mal, wo du deinen gutaussehenden Herrn Gemahl gelassen hast.« Papa klang unbekümmert und gelassen. Er empfand anscheinend keine Verbitterung wegen seines Zustands. Ich wußte damals noch nicht, daß seine Haltung etwas Außergewöhnliches war. Er hatte schon so viele Todesgefahren überlebt – die drohende Hinrichtung als Deserteur durch ein Exekutionskommando des Zaren, die Depression in Amerika, den Holocaust in Europa und schließlich auch drei Herzinfarkte –, daß dieses friedliche Ende ihm wohl als ein Glück vorkam. Auf jeden Fall habe ich seine Unbeschwertheit und Unerschrokkenheit bis heute nicht vergessen.

»Er arbeitet noch an seinem Buch«, sagte meine Mutter.

»An seinem Buch? Über diesen Rauschebart in Havanna?«

Meine Mutter lächelte. Ich auch. Es war belustigend, von dem großen Fidel, dem Mann, der, wenn man meinen Vater reden hörte, die Verkörperung der Kraft und aller Mannestugenden war – dem Stier, mit dem alle kubanischen Frauen schlafen wollten oder geschlafen hatten, dem Fresser, der schon zum Frühstück ein Dutzend Eier verschlang, dem militärischen Genie, das mit einer unausgebildeten Bauernhorde die Armee eines Diktators geschlagen hatte, dem Cicero, der mit seiner Silberzunge ein ganzes Volk drei Stunden lang und länger in Bann zu schlagen vermochte, dem kubanischen George Washington, Ben Franklin und Thomas Jefferson in einer Person –, von ihm jetzt (mit jiddischem Akzent) per »Rauschebart« sprechen zu hören, war einfach komisch. »Ganz recht«, sagte sie. »Über Fidel Castro.«

»Der mag doch auch so gern Zigarren«, sagte Papa. Seine leblosen Augen ruhten auf mir – der leere Blick eines Blinden. »Wie Groucho Marx«, setzte er hinzu. »Hast du schon mal daran gedacht, daß Castro vielleicht Jude ist? Ein Sefardi? Wär' ja möglich. Na, das wär' mal was, wo man ein Buch drüber schreiben könnte. Wußtest du, daß es in Spanien Leute–« Er unterbrach sich. Der verklebte Ballonnippel begann wieder zu wimmern. Seine Gesichtsfarbe wechselte von Weiß zu Grün, und er hustete.

»Nicht verkrampfen, Papa«, sagte meine Mutter nervös. Sie streckte die Hand aus und berührte das Plaid über der Brust ihres Vaters. Es bebte bei jedem Hustenstoß.

»Kann nicht–« Er konnte den Satz nicht zu Ende sprechen. Das Grün wich einer dunkleren Farbe – Purpur. »Kann nicht–« Auch der zweite Versuch endete erfolglos. Er sah aus, als ob er unter der Haut von Blut überflutet würde, als ob er von innen her am Ertrinken wäre.

»Lauf' schnell und hol' die Schwester«, sagte Ruth zu mir. Dann überlegte sie sich's anders. »Warte«, sagte sie und hielt mich am Arm fest. Ich weiß nicht, ob sie in meinem Gesicht Furcht zu sehen glaubte. Vielleicht hatte es überhaupt nichts mit dem zu tun, was sie sah; möglicherweise fiel ihr ein, daß ein Achtjähriger in diesem Fall nicht der ideale Sendbote war. Mich mit dem kranken alten Mann allein zu lassen, ging auch nicht. Von den zwei Wahlmöglichkeiten, die sie hatte, taugten beide nichts. Sie entschied sich dafür, mich nicht zu schonen, dafür aber um so schneller Hilfe für ihren Vater herbeizuschaffen. »Ich geh' selber und hol' sie. Du bleibst bei Papa«, sagte sie, und bevor ich überhaupt die Möglichkeit gehabt hatte zu reagieren, war sie schon weg.

Ich war mit einem Sterbenden allein. Außer einer in Gegurgel untergehenden Anstrengung zu sprechen brachte Großvater keinen Laut heraus. In seinen weit aufgerissenen Augen loderte die Angst. Er fuhr sich mit den Händen an die zusammengeschnürte Kehle, um den Würgegriff seines unsichtbaren Henkers zu sprengen.

Seine Brust ruckte, als ob er auf dem elektrischen Stuhl hingerichtet würde. Ich legte meine Hand auf das Plaid, direkt über dem Epizentrum des Bebens, das seinen Rumpf erschütterte. Dabei vermied ich es, in das vom Sauerstoffmangel gezeichnete Gesicht zu sehen. Ich starrte auf meine Hand und dachte angestrengt: ›Werd' gesund, Papa!‹ Ich wünschte mir, ein heilender Stromstoß würde durch meinen Arm in meine Handfläche fließen, mein ganzes Wollen richtete sich darauf, Papas lädierter Brust Linderung zu schaffen. ›Werd' gesund, Papa!‹ dachte ich und richtete den Zauberstrahl auf ihn und wünschte mit der ganzen Kraft meines Herzens, ich könnte ihn heilen.

Nach einer kurzen Weile legte sich Papas Hand auf meine. Die langen, knochigen Finger, die so zerbrechlich aussahen, drückten fest und verstärkten den Druck meiner Hand.

›Werd' gesund!‹ sang ich seiner Hand stumm zu.

Papa drückte fester und fester auf meine kleine Hand. Ich wurde von Entsetzen ergriffen. Gleich würde er sie durch das Brustbein gedrückt haben. Ich malte mir aus, wie meine Finger in ihn hineinstießen und in Berührung kamen mit seinem Blut und seinem Herzen und allem anderen, was meiner verschwommenen Vorstellung nach im Inneren eines Menschen vorhanden war.

Und dann lockerte er den Druck.

»Oha, jetzt geht's mir besser«, sagte er mit einer Stimme so klar, wie ich sie von ihm noch nie gehört hatte.

Die Pflegerin, meine Mutter und Onkel Bernie kamen herein. Ich sah meinen Großvater an. Seine Hautfarbe war wieder normal. Seine Augen waren nicht mehr trübe und leblos; sie strahlten mich an. Und er hielt meine Hand weiter auf seiner Brust fest, jetzt aber nur sacht, wie man etwas, was einem lieb ist, an sich drückt.

Die Erwachsenen waren aufgeregt und bestürmten ihn mit Fragen.

»Ich wär' beinah gestorben, und der Kleine Gentleman hat mich gerettet«, sagte Papa, aber in einem fröhlichen Juxton.

Meine Mutter nahm Papas Worte tatsächlich ernst. Sie drückte mich an sich und wollte wissen, ob ich mich gefürchtet hatte. Ich sagte nein, hätte ich nicht. Fast entschuldigend und bänglich, als wäre ich ein strenger Vorgesetzter, erklärte sie mir, daß sie an meiner Stelle losgelaufen sei, weil sie die Pflegerin schneller finden konnte.

»Aber wenn ich es Ihnen doch sage, es geht mir prima«, sagte Papa zu der Schwester, die seinen Versicherungen nicht glauben wollte. »Ich hatte einen Moment lang Atemnot. Nicht der Rede wert. Vergessen Sie's. Sie können wieder gehen.« Er winkte ihr energisch ab und versuchte mühsam, sich im Bett höher hinaufzuschieben.

»Möchten Sie aufsitzen, Mr. Rabinowitz?« fragte die Schwester. Sie schüttelte die Kissen auf und legte sie ihm als Kopf- und Nackenstütze zurecht.

Als sie auch die Bettdecke aufschütteln wollte, hielt er das Plaid mit beiden Händen krampfhaft fest und sagte: »Nicht doch. Das möchte ich ... ich möchte jetzt meine Ruhe haben. Allein sein. Geht alle hinaus – alle außer meinem Enkel. Nicht, Bernie?«

Der Onkel nickte zustimmend. Er nahm meine Mutter liebevoll bei der Hand. Ihre erste Reaktion war ein entgeisterter Blick, dann lächelte sie. Der Onkel zog sie sacht in Richtung Tür.

»Gehen Sie«, sagte Papa zu der Pflegerin. »Gehen Sie Ihren Kaffee trinken.« Er trieb meine Mutter an. »Geh' jetzt. Ich schick' dir den Kleinen gleich nach.«

»Einverstanden?« fragte meine Mutter mich leise.

»Ja«, antwortete ich wahrheitsgemäß. Meine Furcht vor dem körperlichen Verfall des Greises – und vor dem erbarmungslosen Unsichtbaren, der auf ihn wartete – war weg. Außerdem gefiel es mir, der Kleine Gentleman genannt zu werden. Ich blieb lieber in diesem gewöhnlichen Zimmer (das den Zimmern in Washington Heights viel ähnlicher war) bei diesem Verwandten, der eine gute Meinung von mir hatte. Der überdies etwas anderes mit mir anzufangen wußte, als mich für seine Ideologie in Geiselhaft zu nehmen. Jedenfalls dachte ich das.

Papa wartete, bis wir allein waren, ehe er etwas sagte. Er deutete mit dem Kinn auf einen unberührten Teller, der auf einem Klapptisch am Fußende des Betts stand. »Da steht ein Stück Kuchen. Möchtest du's?«

Ich ging hin und besah mir das Stück aus der Nähe. Es war einfacher Butterkuchen. »Nein, danke.«

Papa lächelte. »Höflich wie immer.« Er winkte mich zu sich. Ich gehorchte. Diesmal bemerkte ich, daß ich mit meiner Vermutung, er rieche schlecht, im Irrtum war. In Wirklichkeit roch er nach Talkumpuder. Aus seinen Augen leuchtete noch immer der Widerschein des Siegs, den er gerade errungen hatte. »Weißt du, daß du ein Jude bist?« sagte er. Seine jiddisch gefärbte Aussprache machte aus dem dunklen, gedehnten »Jude« fast ein helles, knappes »Jidd«; auf mich wirkte das komisch. Ich nehme an, daß ich nicht reagierte. »Du denkst vielleicht, du bist a halber Jidd.« Wieder wirkte seine Aussprache auf mich als Lachreiz. Er schüttelte den Kopf: nein. »Nach dem Gesetz der Jidden bist du a Jidd.« Die rasche Aufeinanderfolge des artikulatorischen Atavismus brachte mich beinah zum Kichern. Ich wollte den alten Mann nicht kränken, also wahrte ich eine feierliche Miene. »Und warum? Weil deine Mutter a Jiddene ist. Ja, wenn es andersherum wär'. Wenn dein Vater a Jidd wär' und deine Mutter a Sch–« Er unterbrach sich. »Wenn sie eine ... na ja, wenn sie keine Jiddene wär'. Dann würdst du nicht als a Jidd gelten, solang' du nicht übertrittst.«

Mir kam das naturgemäß alles hanebüchen vor. Ich vermutete, daß er sich dieses Gesetz aus den Fingern gesogen hatte, und zwar einzig zu dem Zweck, einen Volljuden aus mir zu machen. (In Wahrheit stimmte es haargenau, was er gesagt hatte.) Klar, überlegte ich mir, er war enttäuscht, daß ich nicht komplett jüdisch war (genau wie es meine Latino-Verwandten störte, daß ich nicht komplett spanisch war), und deshalb hatte er sich diese verstiegene Geschichte aus dem Hirn geleiert, die mein Defizit an Judentum beseitigte. Was ich allerdings an ihm bewunderte, war sein unumwundenes, direktes Vorgehen, die Ehrlichkeit, mit der er zugab, daß er mich ganz für sich haben wollte. Und daß er das wollte, gefiel mir. Warum hätte es mich nicht freuen sollen, daß ich gemocht wurde? Es war schmeichelhaft.

»Es ist so«, insistierte er. Ich muß eine skeptische Miene gemacht haben. »In Israel werden sie dich nach dem Rückkehrgesetz so aufnehmen, wie du bist. Das würden sie nicht tun, wenn dein Vater Jidd wär' und deine Mutter nicht. Das ist so. So steht's in der Thora.«

In meinen Achtjährigenohren klang das wie der reinste Galimathias. Ich nickte zustimmend, damit er beruhigt war. Ich wußte schon, wie ich mich in solchen Situationen zu benehmen hatte: Bei den Juden war ich ein Jude, bei den Latinos war ich ein Latino, und unter Amerikanern war ich ein New Yorker.

»Komm her«, rief er. Er rutschte weiter zum Kopfende hinauf, um den Rücken höher lagern zu können. »Ich werd' dir noch was erzählen.« Ich war beim Bett angekommen. »Heb' deine Hand hoch. Die rechte Hand.« Ich tat wie geheißen. Ich fühlte mich, als stünde ich auf der Schuljahr-Eröffnungsfeier der Public School 173 in Reih und Glied mit den anderen Schülern und sollte nun gleich das Treuebekenntnis zur Nationalflagge ablegen. Das heißt, ich fühlte mich lächerlich und von feierlichem Ernst durchdrungen, peinlich berührt und von Ehrfurcht ergriffen. »Ich hab' es gesehen, als ich am Sterben war …« Papa senkte die Stimme zu einem Flüstern. »Im Ernst – beinah wär' es aus mit mir gewesen. Aber dann hab' ich deine Hand auf meiner Brust gesehen. Weißt du, was du gemacht hast?« Papa führte es vor. Er hob die Hand, die Handfläche zu mir gekehrt, die Finger geschlossen. Langsam bewegte er den kleinen Finger und den Ringfinger von Mittel- und Zeigefinger weg, wobei er jedes der beiden auseinanderstrebenden Fingerpaare eng geschlossen hielt. Er konnte sie ziemlich weit auseinanderklappen, so daß er schließlich ein stumpfes V in die Luft schrieb. »Genau das hast du gemacht. Kannst du es noch einmal machen?«

Ich sah auf meine Finger und wartete, als wäre der handlungsauslösende Willensimpuls eine Sache meiner Hand und nicht meines Bewußtseins. Tatsächlich schienen sich die Finger aus eigenem Antrieb zu bewegen. Kein Zweifel, ich konnte meine Finger genauso spreizen wie Papa.

Papa hielt noch immer seine Hand in der Signalhaltung in die Luft. Er sagte: »Das kann nicht jeder. Weißt du, was das bedeutet? Das bedeutet, daß du ein Cohen bist.« Er sprach es ›Co-enn‹ aus. »Die Cohens waren unter den Juden der alten Zeit die Besten. Sie waren die Weisen, die Heilkundigen, die Feldherren. Unter allem jüdischen Volk, das Gottes auserwähltes Volk ist, waren sie die Vornehmsten, die Besten. Ich bin ein

Cohen. Man sieht es mir nicht an. Aber ich bin einer. Und du bist auch einer. In deinen Adern fließt mein Blut.«

Jahre später sah ich – sehr zu meiner Belustigung – in der Fernsehserie *Raumschiff Enterprise* einen Schauspieler namens Leonard Nimoy das gleiche Handzeichen machen: Es war hier der traditionelle Gruß der außerirdischen Spezies, der die von ihm verkörperte Figur angehörte, der Vulkanier, deren Erfinder an so etwas wie die vergröberte Variante eines Jungschen Archetypus gedacht zu haben schien, passend zu den nicht minder kruden Archetypen Captain Kirk und Dr. McCoy. [Ich habe die Serie *Raumschiff Enterprise* in meiner Studie über C. G. Jungs Theorie des kollektiven Unbewußten als Demonstrationsobjekt benutzt. Durchaus nicht, um mir einen Spaß zu erlauben. Respektlosigkeit lag mir fern. Wie die Leser meiner Bücher wissen, teste ich die praktische Nutzbarkeit psychologischer Theoreme gern an den Erscheinungen der modernen Massenkultur. Erstens, weil die Klassiker von Freud und seinen Schülern bereits gründlich abgegrast sind. Zweitens, weil die zeitgenössische Kultur, da sie in vieler Hinsicht nicht nur eine Exemplifikation der Theorie, sondern auch eine Reaktion auf sie darstellt, Material liefert, das, wenn auch eventuell durch Reflektiertheit verfälscht, von höherem praktischen Wert für den Therapeuten ist. Und der Ruf nach Praktikabilität, das sollte man nicht vergessen, ist die große Herausforderung, mit der die Analyse im kommenden Jahrtausend konfrontiert sein wird.]

Es tut mir jedoch leid, daß ich den Zauberbann, den mein Großvater in jenem Augenblick auf seinem Totenlager schuf, durchbrochen habe. Damals wußte ich nicht, daß Leonard Nimroy die Geste eines Tages zum Klamotteneffekt machen würde; ich wußte nicht, daß mein Großvater mit dem, was er mir erzählt hatte, keineswegs unverfälschten jüdischen Volksglauben wiedergegeben hatte. Nur eines wußte ich absolut sicher: daß er wenige Augenblicke zuvor beinah gestorben wäre und daß ich ihn ins Leben zurück gewünscht hatte und meine Finger dabei zu dem geheimnisvollen V gespreizt gewesen waren.

Wir hielten jeder eine Hand hoch, an der sich die Signatur unserer genetischen Verbundenheit zeigte. Papa machte mit dem Kopf eine Geste zur Tür hin, die sich wohl auf das Haus voller Cousins und Cousinen, Onkel und Tanten bezog. »Von denen kann das keiner. Von denen hat keiner Cohen-Blut in sich. Soweit ich weiß, bist du der einzige.« Mein aristokratisches V drückte gegen das seine. Seine Handfläche war warm, seine noch vor kurzem so leblosen Augen glühten.

Eine Weile hielten wir so die Handflächen gegeneinander gepreßt. Schließlich schlang er seine langen Finger um meine Hand und zog mich an sich. Er umarmte mich, ohne sich vom Kissen aufzurichten, so daß mein Kopf in unbequemer Haltung gegen den seinen geklemmt wurde. Neben seinem Brustkorb lag etwas Hartes unter dem Plaid. Er flüsterte mir ins Ohr: »Weißt du, wer deinen Vornamen ausgesucht hat?«

Papa gab mich frei, damit ich antworten konnte. Mein eines Ohr war unter seiner Umarmung in Bedrängnis geraten. Ich rieb es, während ich nachdachte. »Meine Eltern«, sagte ich.

»Weißt du, wer von den beiden? Dein Vater oder deine Mutter?«

»Mein Daddy. Es ist ein spanischer Name.«

»Nein, es ist ein sehr alter Name. Ein hebräischer Name. Weißt du, was er bedeutet?« Ich schüttelte den Kopf. »Rafael – der Name paßt sehr gut zu dir.« Er sprach ihn fast genauso aus wie meine Latino-Verwandten: ›Ra-fa-el‹. Diese Aussprache mochte ich lieber. Aus dem Mund meiner Freunde und der Lehrerinnen in der Schule und anderer Erwachsener, die keine Latinos waren, hörte sich mein Name gewöhnlich ›Rey-fieel‹ an. Papa sagte noch einmal: »Ra-fa-el.« Und langsam, liebevoll ein drittesmal: »Rafael. Ein guter Name. Und für dich ein sehr guter Name. Ich will dir sagen, was er bedeutet. Er ist ein Versprechen, das ER gegeben hat.« Papa deutete zur Decke hinauf. »Er bedeutet: ›Gott heilt.‹« Er strich mir über die Haare. »Du bist ein lieber Junge, Rafael. Du wirst das Versprechen des Herrn einlösen.«

In seinem Blick lag eine Eindringlichkeit, eine Erwartung, die einen tiefen Eindruck auf mich machte. Ich wollte, daß sie in Erfüllung ging.

Papa zog seine streichelnde Hand von meinem Kopf zurück. »Du solltest jetzt wieder zu den andern gehen«, sagte er. »Aber erst hab' ich noch was für dich.« Er schlug das Plaid auf und enthüllte den harten Gegenstand, den ich kurz zuvor gestreift hatte: Dicht neben seinem gebrechlichen Körper lag, in seine satinumrandete Serviette eingeschlagen, der *Afikoman*. Papa streckte ihn mir hin. »Dein Onkel hat gesagt, ich soll das hier dem Kind geben, das mich besucht und mir beweist, daß es sich das verdient hat. Weißt du, was es ist?«

Meine Seligkeit stand mir wohl im Gesicht geschrieben; ich habe noch heute das herzliche Lachen im Ohr, mit dem Papa meine Reaktion quittierte.

Ich sollte ihn nie mehr wiedersehen. Er hatte noch kaum »Geh jetzt!« gesagt, da war ich schon losgerannt. Ich stürzte wie von Sinnen in die Eingangshalle und zerspaltete eine Gruppe von Cousins und Cousinen, die sich hier versammelt hatte. Im Wohnzimmer sprang ich mit einem Satz über einen verdatterten Daniel hinweg, der damit zugange war, die Wandschränke zu inspizieren. Im Eßzimmer schlug ich einen Bogen um meine sichtlich mitgenommen dasitzende Mutter, die noch immer davon sprach, welchen Schrecken ihr Papa eingejagt hatte; ich rammte Onkel Harry, der »Oho, nur immer schön langsam« sagte, und rannte weiter – bis direkt vor das dunkle runde Gesicht von Bernard Rabinowitz.

Mein Onkel richtete seine klugen Augen auf mich, und diesmal hielt ich seinen Blick, ohne mit der Wimper zu zucken.

»Ich hab' ihn gefunden«, sagte ich.

Er lächelte: zwei strahlende Zahnreihen kontrastierend mit olivbrauner Haut. »Das freut mich für dich«, antwortete er.

ZWEITES KAPITEL

Triumph für Ödipus

Von Ende Frühjahr bis Anfang Herbst ist in Tampa, Florida, die Luft warm und feucht wie in einem Dampfbad. Sogar im Winter ist die Atmosphäre hier drückend. Nicht umsonst hat sich die Zigarrenindustrie Tampa als Produktionsstandort ausgesucht. Die Region ist ein Freiluft-Humidor, wie ein berühmter amerikanischer Schriftsteller einmal bemerkte. Hier braucht man nicht zu befürchten, daß die lange grüne Zunge des Tabakblatts austrocknet.

Über das erste Juliwochenende 1960 und den anschließenden Nationalfeiertag reisten meine Mutter und ich nach Ybor City. Papa Sam war im Mai gestorben. Zur Beerdigung nahm Ruth mich nicht mit. Tatsächlich erzählte sie mir erst Ende Juni, daß Papa Sam tot war: erst als sie sicher wußte und mir also fest versprechen konnte, daß mein Vater aus Havanna zurückkommen und im Juli in Tampa zu uns stoßen würde. Jahre später erklärte mir Tante Sadie, daß meine Mutter mir Papa Sams Tod so lange verschwiegen hatte, weil sie mich nicht beunruhigen wollte, solange die nächste Gelegenheit für ein Wiedersehen mit meinem Vater noch nicht feststand. Meine Mutter habe befürchtet, daß ich ohne die beruhigende Gewißheit, bald wieder mit ihm zusammenzusein, auf die Idee kommen könnte, mein Daddy wäre tot, da ja auch ihrer jetzt tot war. Natürlich tat sie damit nichts anderes, als ihre eigene Sorge um Francisco auf mich zu projizieren. Diese Sorge war freilich kein reines Phantasieprodukt. Ruth hatte Grund, um das Leben ihres Mannes zu bangen.

Mein Vater kehrte noch vor Abschluß der Materialsammlung für sein Buchprojekt in die Staaten zurück, weil ein von ihm verfaßter und im *New York Sunday Times Magazine* abgedruckter Artikel über die kubanische Revolution viel Staub aufgewirbelt hatte. Auf die Veröffentlichung hin meldeten sich Verlage, die Interesse bekundeten, die Rechte an Dads Buch noch vor der Fertigstellung des Manuskripts zu kaufen; er hatte Gesprächstermine mit Lektoren, die ihm bereits konkrete Angebote gemacht hatten. Gleichzeitig hatte *Esquire* einen neuen Artikel bei ihm bestellt; die Nummer, in der er erschien, sollte um den 4. Juli an den Zeitschriftenhandel ausgeliefert werden, und in diesem Zusammenhang kam – größtenteils im Rundfunk – so etwas wie eine primitive Frühform von Medienpräsentationstour in Gang.

Am 2. Juli sollte Francisco bei einem Sender in Tampa im Studio live telefonische Hörerfragen beantworten. Für den 1. Juli waren zwei derartige Sendungen in Miami angesetzt. Später im Monat hatte er dann noch Studiotermine in New York. Auch ein Auftritt in der Dave-Garroway-Show war im Gespräch. Ich weiß es zwar nicht sicher, vermute jedoch, daß die treibende Kraft bei Dads Medienauftritten die kubanische Regierung war, die sich verzweifelt bemühte, der vom Weißen Haus ausgehenden steigenden Flut von Anti-Castro-Propaganda entgegenzuwirken. (Propaganda, die natürlich darauf abzielte, die bevorstehende Schweinebucht-Invasion in den Augen der amerikanischen Öffentlichkeit zu legitimieren.) Aber ob mein Vater nun auf unmittelbare Initiative von Fidels Regierung handelte oder nicht – die castrofeindlichen Kubanergemeinden in Miami, New York und New Jersey waren von vornherein der Ansicht, daß es gar nicht anders sein könne. Bei der *New York Times* gingen anonyme Drohbriefe ein, und bei den Rundfunkstationen in Miami meldeten sich anonyme Anrufer, die Drohungen gegen Francisco ausstießen.

Ich sehe mich hier an einem Punkt, wo ich es für angebracht halte, den Fortgang meines Berichts zu unterbrechen und kurz auf den Sachverhalt zu sprechen zu kommen, daß viele Menschen in politischen Dingen sehr dezidierte Überzeugungen haben und mit Unbehagen reagieren, wenn sie jemandes ideologische Orientierung nicht erkennen können. Falls das Handeln und die Meinungen meiner Eltern oder Onkel Bernies gleichermaßen selbstgewisses Verhalten und Denken das Blut meines Lesers in Wallung bringen und er sich fragt, welchen Standpunkt denn nun eigentlich ich selbst einnehme, muß ich bekennen, daß ich ihm darauf keine zufriedenstellende Antwort zu geben vermag. Ich kenne viele hochintelligente Menschen aus dem persönlichen Umgang mit ihnen und eine noch größere Zahl aus ihren Büchern und sonstigen Publikationen. Meine akademischen Lehrer waren zweifellos Autoritäten auf ihrem Gebiet. Ich bin mitten in einem Wald von politischen, philosophischen und wissenschaftlichen Glaubens- und Lehrmeinungen herangereift. Aus eigener Überzeugung kann ich nur sagen, daß niemand stärker als die Menschen und Dinge seiner Umgebung oder von ihnen unabhängig ist. Ideen sind realitätsbezogen, aber der Leim, der eine feste Bindung zwischen uns und ihnen herstellt, ist nicht ihr Wahrheitsgehalt.

Ich gebe jedoch zu, daß es Zeiten gibt, wo man sich für die eine oder für die andere Seite entscheiden muß, wo für eine schwankende Haltung kein Raum ist. Im Sommer 1960 schwankte ich nicht. Ich war acht Jahre alt. Mein Vater und meine Mutter erzählten mir, daß Fidel Castro ein großer Mann sei, und ich glaubte ihnen. Sie sagten, die Vereinigten Staaten seien ein imperialistisches Land, das Schuld trage an der Erniedrigung des kubanischen Volks; sie sagten, unsere Regierung habe einen grausamen Diktator (Batista) gestützt, damit amerikanische Großunternehmen wie United Fruit, ITT und ihresgleichen gigantische Profite machen konnten, und ich glaubte ihnen genauso, wie Millionen anderer amerikanischer Kinder ihren Eltern glaubten, wenn sie von ihnen eingeschärft bekamen, daß jeder, der sich Kommunist nenne, ein Schuft und Fidel Castro ein lächerlicher großmäuliger Irrer sei. Meine Eltern brachten mir bei, daß jeder, der die Revolution in Kuba schlechtmachte – der Präsident der Vereinigten Staaten nicht ausgenommen –, sich im Irrtum befand, und ich glaubte ihnen. Das war der Stand meines politischen Bewußtseins, als ich acht Jahre alt war.

Als ich acht war, schlug mein Herz allerdings nicht für die Politik. Mein Herz schlug für die New Yorker Yankees. Leider war selbst dieses ganz private Engagement nicht gegen ideologische Inquisition gefeit. Mein Großvater Pepín war ein Dodgers-Fan und haßte die Yankees. Warum das so war, begriff ich erst Jahre später, als ich mich mit der Soziologie des Baseballs seiner Generation vertraut machte. Arbeiter begeisterten sich für die Dodgers und die Giants (oder die Sox oder die Indians), während die Yankees-Fans sich aus der Mittel- und Oberschicht rekrutierten. Was in meinen Augen die Vorzüge der Yankees waren, nämlich die große Zahl von Talenten, über die sie verfügten, und ihr geradliniger Erfolgskurs, machte sie für Opa Pepín zum Inbild der Privilegienwirtschaft. Ja doch, sie gewannen mehr Spiele als jede andere Mannschaft, räumte er ein, aber seine Meistertitel verdankte der Verein nicht irgendwelchen besonderen Verdiensten, sondern seinem Geld. Außerdem waren die Yankees ein rassistischer Club, der »die farbigen Spieler« boykottierte. Ich rechtete nicht mit dem alten Mann. Nicht zuletzt, weil ich aus einem ziemlich profanen Grund zum Yankees-Fan geworden war: Im Jahr 1960 waren sie das einzige Profi-Baseballteam in New York.

Ohnehin ließ Großmutter Jacinta ihrem Pepín wenig Zeit, mich wegen meines Lieblingsteams zu drangsalieren. Sobald Opa mir mehr als ein, zwei streitbare Sätze an den Kopf warf, begann sie leise in Spanisch auf ihn einzureden, und das so schnell, daß ich nicht verstehen konnte, was sie sagte. Ich hörte das Wort »*chico*«, das sich auf mich bezog, und sah die brüske Handbewegung, mit der dem Opa bedeutet wurde, er solle den Mund halten, eine Aufforderung, der er zu meiner Überraschung willfährig nachkam. Wenn Pepín neben seiner klein gewachsenen – und infolge der Rückenverkrümmung, die sie sich mit den Jahren zugezogen hatte, jetzt noch kleineren – Ehefrau stand, sah es so aus, als könnte er sie jederzeit kurzerhand überfahren, und doch führte sie das Regiment über ihn und jedermann sonst in ihrem Haus, ohne Widerspruch zu dulden oder auch nur befürchten zu müssen.

Mir behagte dieser Despotismus: Oma schien zu glauben, ich sei keiner Missetat fähig und jedermann benehme sich zu ruppig gegen mich. Zu den anderen in der Familie (und auch zu Bekannten) verhielt sie sich rigoros fordernd, von mir dagegen verlangte sie nichts weiter, als daß ich die leckeren Mahlzeiten aufaß, die sie kochte. Und selbst diese Forderung handhabte sie flexibel: Wenn mir nicht schmeckte, was sie gekocht hatte, machte sie mir etwas anderes. In einem seiner seltenen optimistischen Augenblicke definierte Freud »Glück« als »die nachträgliche Erfüllung eines Kinderwunsches«. Oma Jacinta schaffte es, dem Kind, das ich einmal war, viele Wünsche zu der Zeit zu erfüllen, als ich es noch war. In dieser Beziehung entsprach sie vollkommen dem einzigen allgemeinen Schema von guter elterlicher Fürsorge, das sich angeben läßt.

Meine Mutter und ich kamen am 1. Juli um die Mittagszeit in Tampa an. Am Abend hörten wir meinen Vater im Radio; der Sender in Miami hatte eine so große Reichweite, daß er noch in Tampa gut zu empfangen war. Dad klang munter und vergnügt. Ich rutschte ganz nahe an das alte Dampfradio der Großeltern heran und spürte seine Stimme in mir drin nachklingen. Das Haus war voll Verwandter und Bekannter. Die gaben murmelnd ihrem Einverständnis mit den Argumenten meines Vaters Ausdruck und spendeten stellenweise lauten Beifall, ähnlich wie die Mitglieder der Kirchengemeinde Martin Luther Kings während der Predigt ihres Hirten immer wieder »Amen« zu sagen oder »Du sagst es, Martin« zu rufen pflegten.

[Man darf nicht vergessen, daß diese Latinos nicht die Emigranten waren, die heute das dominierende Element in der Kubanischamerikaner-Gemeinde sind. Die Latinos im Tampa des Jahres 1960 waren keine Vertreter der Mittel- und Oberschicht, die sich vor den Schrecken des Sozialismus geflüchtet hatten, und keine aus Batistas Regierungsapparat und Armee entlaufenen Beamten und Offiziere, sondern die Kinder armer Leute, die im neunzehnten Jahrhundert in die USA eingewandert waren. Ihre Eltern waren vor den Ungerechtigkeiten der spanischen Monarchie geflohen. Sie waren von Francos Niederwerfung des republikanischen Spanien mitten ins Herz getroffen worden und mußten nun das Seelenleid des fortbestehenden Frankofaschismus erdulden. In den USA, ihrer – mit Franco verbündeten und mit Fidel verfeindeten – neuen Heimat, betrachtete man sie als eine nur wenig respektablere Sorte von Niggern. Diese Kubanischamerikaner waren überzeugt, daß Castros Armee aus Menschen ihresgleichen bestand, aus unterdrückten Arbeitern und Bauern, die nur von einem einzigen Motiv angetrieben wurden, nämlich dem Wunsch, die schöne Insel ihrer Vorfahren aus ihrer Erniedrigung zum Erster-Klasse-Bordell amerikanischer Geldleute und zur lukrativen Glücksspiel-Oase der Mafia zu erlösen. Wer ihnen diese enragierte Loyalität – oder, wenn man lieber will, Blindheit – gegenüber Fidels Kuba besser nachfühlen möchte, der braucht sich nur zu vergegenwärtigen, welche Einstellung die amerikanischen Iren jener Generation zur IRA oder, noch besser, welche Einstellung die jüdischen Einwanderer in Amerika zum Staat Israel hatten.]

Während der Sendung wurden die Anrufe von Zuhörern zum Moderator ins Studio durchgestellt. Zwei der Anrufer wurden vorzeitig aus der Leitung geworfen; in beiden Fällen zog jemand mit deutlichem spanischen Akzent unflätig und aggressiv über meinen Vater her und meinte dann noch, der sei ja wohl Kommunist und solle sich doch besser wieder zurück nach Rußland scheren, wo er hingehöre. Es verwirrte mich ein wenig, wie Dad und der Moderator auf die Anschuldigung reagierten. Daß irgendwer glauben konnte, mein Vater sei Kommunist, schien sie zu belustigen. Francisco widersprach nicht ernstlich, als der Moderator in dümmlich-süffisantem Ton sagte: »Tja, ich denke, die meisten von uns haben begriffen, daß Mr. Neruda Journalist und als solcher bemüht ist, in seinen Berichten für Zeitungen wie die *New York Times* oder Illustrierte wie *Esquire* objektiv wiederzugeben, was er gesehen und gehört hat. Jemand, der berichtet, was er gesehen hat, ist deswegen noch lange kein Kommunist. Nicht wahr, Mr. Neruda?«

»Ich glaube im Grunde nicht, daß irgend jemand in der Lage ist, in bezug auf was auch immer wirklich objektiv zu sein«, sagte mein Vater in beschwichtigendem Ton. »Richtig ist aber, daß alles, worüber ich im *Times Magazine* geschrieben habe – die Fortschritte im Gesundheits- und Erziehungswesen, die Schließung der Spielcasinos, die Bekämpfung der Prostitution –, daß das alles beweisbare Tatsachen sind und daß Nachrichtenorgane in der ganzen Welt darüber berichtet haben, unabhängig davon, welche politische Einstellung zur Revolution die Redaktion hat.«

Aber mein Vater war doch Kommunist. Warum sagte er das nicht? fragte ich mich. Nicht besonders dringlich: Ich begriff, daß er diese falsch unterrichteten Amerikaner dazu bringen wollte, ihr Augenmerk auf die Fakten über Kuba zu richten und sich nicht in ihre übliche reflexartige Animosität gegen ein ideologisches Etikett zu flüchten. Mehrere meiner Verwandten erbosten sich über die Anrufer, die meinen Vater einen Kommunisten genannt hatten. Opa meinte, das gehe gegen die Ehre. Eine Tante sprach von »Hetze gegen die Roten«. Ich fragte, was das bedeute. Die Antworten hörte ich mir widerspruchslos an, aber ich war nicht einverstanden mit ihnen: Wenn mein Vater Kommunist war, wieso war es dann entehrend und ungerecht, ihm das vorzuhalten? (Überflüssig zu sagen, daß ich damals noch nichts verstand von dem Unterschied zwischen »Kommunist« und Kommunist.)

Der Moment der Irritation ging rasch vorbei. Mein Vater bezauberte sie alle, einschließlich der wütenden Anrufer. Er erzählte lustige und glaubhafte Anekdoten darüber, wie die kubanischen Bauern ihr Leben selbst in die Hand nahmen; was herauskam bei den Versuchen, den Schaden zu beheben, den jahrelange ökonomische Ungerechtigkeit angerichtet hatte, war manchmal keine glänzende, aber immer eine saubere Lösung. Francisco verhielt sich vielleicht nicht richtig, wenn er den Beschuldigungen, er sei Kommunist, mit Hakenschlägen auswich, aber er wußte, wie man ein Publikum auf seine Seite zieht und Punkte bei ihm macht. Zuletzt fielen mir auf dem Vorleger direkt beim Radio die Augen zu und ich schlief ein: Während mir das Bewußtsein schwand, hatte ich die Stimme meines Vaters im Ohr und stellte mir vor, wie er mich anlächeln würde.

Am nächsten Morgen, als ich am Frühstückstisch gerade meinen zweiten Teller Pfannkuchen leergeputzt und Opa Pepín seine zweite Tasse Espresso ausgetrunken hatte, sagte Opa: »Du willst doch sicher nicht mit zum Flughafen deinen Vater abholen, oder?«

Oma Jacinta bejahte. »Er möchte sich das Baseballspiel im Fernsehen ansehen«, sagte sie.

Meine Mutter zeigte sich überrascht. »Du willst nicht mit zum Flughafen?«

»Doch«, sagte ich. Tatsächlich hatte mich vorher niemand gefragt. Wenn meine Großeltern eine Willensbildung in bestimmter Richtung von mir erwarteten, unterstellten sie mir einfach ihre eigenen Wünsche, um sich mir dann huldvoll anzubequemen.

»Das ist lieb von dir«, sagte Jacinta. »Aber dein Daddy kommt doch hierher. Direkt vom Flughafen. Den kannst du gar nicht verpassen.«

Pepín sagte: »Deine Yankees sind beim ›Spiel der Woche‹ mit dabei. Die willst du ja nun wohl wirklich nicht verpassen.«

»Ich mach' dir *biftec palomillo* mit *plátanos*«, sagte Oma. »Ah!« rief sie aus und ging zum Kühlschrank. Wir frühstückten an einem runden gelben Resopaltisch in der Küche. Sie setzte sich aber niemals hin. Sie war ständig auf den Beinen und nahm ihr Frühstück häppchenweise von einem Teller auf der Anrichte ein, während sie frischen Espresso machte oder den nächsten Schwung Pfannkuchen ausbackte. Jetzt beugte sie sich vornüber, spähte in den Kühlschrank und streckte die Hand hinein, um da drinnen irgendeine Manipulation auszuführen – wahrscheinlich prüfte sie mit der Spitze des kleinen Fingers die Festigkeit ihres Vanillepuddings. »O ja. Die *natilla* ist schon fast soweit. Zum Nachtisch gibt's *natilla* für dich.«

»Aber nicht das *biftec* zum Essen. Ich geh' dir einen Kuba-Sandwich kaufen«, sagte Opa so eifrig, als ob die Schwierigkeit, mich zum Dableiben zu bewegen, darin läge, daß die Leckereien, mit denen Jacinta mich zu bestechen versuchte, nicht verlockend genug wären. »Du magst doch Kuba-Sandwich – hier pressen sie ihn ganz flach.« Er klappte mit der Hand ein imaginäres Sandwichtoasteisen über einem imaginären Gegenstand zusammen. »Du magst Kuba-Sandwich – gib es zu, du großes Baseball-As!«

»Nein, nein. Er mag das *biftec palomillo.*« Oma war neben mich getreten. Sie strich mir über die Stirn und schob dabei meinen Pony hoch. Ihre Handfläche war kühl. »Kuba-Sandwich ist zu fett.«

»Ich werd' auf jeden Fall welchen holen, Frau!« Pepín stand auf und schwenkte gestikulierend einen Arm. »Frankie wird Hunger haben nach dem Flug, und er ißt für sein Leben gern Kuba-Sandwich.«

Überflüssig zu sagen, daß der wahre Verehrer des Kuba-Sandwichs mein Großvater war. Für meinen Kleinjungengaumen war es nichts Umwerfendes, was diese Delikatesse zu bieten hatte: nichts weiter als je eine Lage Dosenschinken, Schweinemett, Käse und Gurkenscheiben, alles zusammen zwischen zwei Scheiben helles kubanisches Brot gepackt und das Ganze auf der letzten Station seines Werdegangs zwischen die Backen eines heißen Sandwichtoasteisens geklemmt, flachgepreßt und erhitzt.

»Wenn Rafael mitkommen will, darf er mitkommen. Sein Daddy wird sich riesig freuen, wenn er ihn am Flughafen sieht.« Es war meine Mutter, die jetzt sprach. Sie aß nicht und hatte auch eine zweite Tasse Espresso abgelehnt. Mit dem unverhohlen schwelgerischen Vergnügen, das Raucher zur Schau zu tragen pflegten, bevor die Zigarette zum Symbol der moralischen Verworfenheit und des Todes wurde, rauchte sie eine Marlboro. In dem hellen Licht der Florida-Sonne, das durch das

Fenster über der Spüle einfiel, verwirbelte der Zigarettenrauch zu einer leuchtend gelben Wolke.

In der Wolke tauchte Opa auf. Er beugte sich vor und begann meiner Mutter ins Ohr zu flüstern.

»Sch, sch, sch...« Mit einem schelmischen Lächeln erzeugte Jacinta einen Geräuschteppich aus Zischlauten, der Pepíns Worte überdecken sollte. Sie versuchte gar nicht erst zu verschleiern, daß sie mir vorenthalten wollte, was Opa und Mam miteinander sprachen. Obendrein postierte sie sich so, daß sie mir den Blick auf die beiden verstellte.

»Ach so«, hörte ich durch Jacintas Geräuschvorhang hindurch das laute Organ meiner Mutter sagen. »Meinst du wirklich?« fügte sie mit einem Beben in der Stimme hinzu.

»Ich will gar nicht mit«, rief ich laut, um das plumpe Komplott, mit dem die Großeltern doch noch erreichen wollten, daß ich zu Hause blieb, zu beenden. Ich konnte mich in sie einfühlen, wenn ich auch nicht verstand, was sie so besorgt machte. Ich weiß heute noch nicht mit Sicherheit, warum sie nicht wollten, daß ich zum Flughafen mitkam; vermutlich hielten sie es für riskant wegen der anonymen Anrufe bei den Sendern in Miami. »Ich möchte mir gern das Baseballspiel ansehen«, sagte ich, und das war immerhin nur halb gelogen. Ich hatte es noch nie geschafft, mir ein Spiel über alle neun Durchgänge anzusehen, aber den Versuch machte ich immer wieder gern.

»Ich hab's doch gleich gesagt«, meinte Großmutter. Sie strich mir erneut den Pony aus der Stirn, mein Weh mit der kühlen Kompresse ihrer Zustimmung lindernd.

Mam und Pepín machten sich frühzeitig auf den Weg zum Flughafen. Tatsächlich brachen sie schon auf, bevor die Maschine meines Vaters in Miami abgeflogen war. Zweieinhalb Stunden vor der Zeit am Flughafen zu sein, war in der Familie Neruda Tradition.

Bis zum Beginn des »Spiels der Woche« war noch eine Stunde Zeit. Ich griff mir einen rosaroten Gummiball und meinen Baseballhandschuh und ging nach draußen. Das Haus meiner Großeltern war ein kleines einstöckiges Holzhaus mit einem Rasen davor, der nicht tiefer als zwei oder zweieinhalb Meter war und in der Breite kaum über die Vorderfront des Hauses hinausging. Man mußte ein Kind sein, um das überhaupt als einen »Rasen« wahrzuhaben. Die Straße war auf ganzer Länge von identischen Kopien des Bauwerks gesäumt. Selbstverständlich hatte sie eine asphaltierte Fahrbahn, und sie mündete in eine vielbefahrene Durchgangstraße, aber hier war kaum Verkehr. Deshalb war mir – nicht ohne ausgiebige Ermahnungen – erlaubt worden, daß ich mich auf der

Fahrbahnmitte postierte, um von dort meinen Gummiball gegen die drei Betonstufen zu werfen, die zur Veranda der Großeltern hinaufführten.

Das war ein neuerlicher Beweis für die Nachgiebigkeit, mit der meine Großmutter mich behandelte. Sie pflegte peinlichst genau makellose Ordnung in ihrem Haus zu halten. Nichts durfte länger als eine Stunde in verschmutztem Zustand bleiben. Der Abwasch wurde allemal sofort erledigt. Die schmutzige Wäsche wurde täglich von Hand gewaschen und hinterm Haus – in einem Hofraum, der auch nicht großzügiger als der Vorplatz bemessen war – auf die Leine gehängt. Der Küchenboden wurde nach jeder Mahlzeit und jeder größeren Invasion gefegt. Mindestens einmal am Tag wurde er gewischt und einmal die Woche gebohnert. Das Wohnzimmer, wo ein grüner Teppichboden lag, wurde täglich gesaugt, obwohl es nur benutzt wurde, wenn Besuch kam. Und der Besuch hielt sich obendrein meist draußen auf der reichlich mit Korbsesseln und Schaukelstühlen bestückten umlaufenden Veranda auf. (Die Veranda war der eigentliche »Salon« des Hauses, der an den feuchtwarmen Abenden von Freunden und Geschwistern, Neffen und Nichten der Großeltern förmlich überquoll.) Von dem Reinlichkeits- und Ordnungszwang meiner Großmutter kann man sich kaum eine übertriebene Vorstellung machen. So war es denn riesig großzügig von ihr, daß sie mir erlaubte, mit meinem Ball auf ihren Augapfel, ihr Haus, zu zielen – wo doch ein Fehlwurf ein Loch in den Fliegendraht der Verandatür reißen oder ein Fenster zertrümmern konnte und selbst relativ gut gezielte Würfe das Risiko einschlossen, daß der Ball gegen die Vorderkante der Verandabodenbretter prallte und dabei einen Schmutzfleck hinterließ oder ein Stück von dem grauen Anstrich absprengte.

Ich bezweifle, daß ich diese Großzügigkeit seinerzeit gebührend zu würdigen wußte. Auf jeden Fall aber hatte ich Freude an meinem Spiel. Mit den Ballwürfen gegen die Vordertreppe half ich mir über die Langeweile hinweg, die mir der Umstand bescherte, daß ich hier einen großen Teil meiner Zeit ohne gleichaltrige Spielkameraden verbringen mußte. Zwar wohnte ganz in der Nähe ein nur ein Jahr älterer Cousin von mir, aber der war im Tagesferienlager, und wenn nicht, standen andere Dinge auf seinem Programm (an den Wochenenden beispielsweise die Baseball-Juniorenmannschaft oder die Pfadfinder), und so mußte ich allein für meine Unterhaltung sorgen.

Im vorigen Sommer hatte ich eine Einzelspielervariante von *stoopball*, einem Spiel, das Großstadtkinder auf der Straße spielen, erfunden. In New York spielte man es so: Man stellte sich zusammen mit einem Freund in gewissem Abstand vom Bordstein auf der Fahrbahn auf, und einer warf den Gummiball gegen die Bordsteinkante, und zwar nach Möglichkeit so, daß er beim Abprallen dem Gegenspieler, der ihn abzufangen versuchte, durch die Lappen ging; anhand vorher ausgesuchter Entfernungsmarken wurde dann entschieden, ob der Wurf als Erreichen der ersten, zweiten oder dritten *base* oder sogar als *home run* zu werten war. Da ich allein war, konnte ich das Spiel nicht in dieser Form spielen, aber die drei Stufen vorm Haus meiner Großeltern hatten mich auf einen neuen Gedanken gebracht. Ich postierte mich mitten auf der Straße und zielte mit dem Ball auf sie. Wenn ich die Vorderseite einer Stufe traf und damit einen hüpfenden Bodenball produzierte, zählte ich das als guten Ball für den Werfer. Wenn ich das Treppchen ganz verfehlte, zählte ich das als Fehlwurf. Traf ich eine Kante, und das Ergebnis war ein harter Bodenball, ein schneller Linienball oder ein Flugball, dann hatte der imaginäre gegnerische Schlagmann den Ball ins Spiel gebracht. In diesem Fall wechselte ich automatisch aus der Werfer- in die Feldspielerrolle und versuchte, den Ball zu fangen, und wenn es gelang, zählte das als Aus für den Schlagmann.

An jenem Tag beschloß ich, mein Spiel als regelrechte Weltliga-Begegnung anzulegen. Der Gedanke kam mir, als ich von der schattigen Veranda in die stechende Florida-Sonne hinaustrat, die mir mitten ins Gesicht schien. Die blühenden Sträucher, die Opa an den Hausecken angepflanzt hatte, strömten einen beißenden Geruch aus, der mich zum Niesen brachte. Gewissermaßen als Nachtrab des Niesers stellte sich in meinem Kopf die Idee ein: Ich werde die Begegnung zwischen den Yankees und den Dodgers in der Weltliga-Runde durchspielen. Das bedeutete, daß ich sowohl in die Rolle von Whitey Ford wie in die von Sandy Koufax schlüpfen würde. Was machte es schon, daß die beiden linkshändige *pitcher* waren und ich mit der rechten Hand warf? Ich war regelrecht elektrisiert. Alles, was sich heute zwischen mir, meinem Gummiball und den Verandastufen abspielte, da war ich mir absolut sicher, würde eine genaue Prognose für das kommende Endspiel 1960 sein.

Bei Lichte besehen, war das Spiel, das ich mir da ausgedacht hatte, harte Arbeit. Ich mußte viel Kraft in die Würfe legen, damit der Ball mit Wucht zurücksprang. Und da die drei Stufen ein ziemlich kleines Ziel waren, mußten Whitey Ford und Sandy Koufax nicht nur kraftvoll, sondern auch äußerst präzise werfen, und durch die Kombination von Kraftanstrengung und Konzentration waren die zwei schon nach den ersten Durchgängen ganz schön geschlaucht. Es dauerte gerade mal zehn Minuten, bis mein Hemd total durchgeschwitzt war, ein klatschnasser Lappen, der um meinen Oberkörper schlabberte, wenn ich dem Ball nachsetzte, um sich dann als klebrig-kalte Masse, die mich frösteln machte, wieder an meine Haut zu heften. Ich fühlte eine leichte Benommenheit – wahrscheinlich eine Folge des Flüssigkeitsverlusts –, und das machte mich störrisch. Ich wollte nicht aufgeben. In dem Duell Yankees gegen Dodgers stand es 4 : 3 für die Yankees, und das Spiel befand sich gerade erst im dritten oder vierten Durchgang. Zwei Drittel oder annähernd zwei Drittel des Spielgeschehens hatte ich noch vor mir, aber ich war schon so erschöpft, daß ich kaum den Überblick über die Läufer und die Punktekonten zu behalten vermochte.

Whitey Ford sah sich mit der Situation konfrontiert, daß die *bases* eins bis drei alle von Läufern besetzt waren. Ich holte Schwung und warf so fest, wie ich mit meinen angeschlagenen Kräften nur konnte. Ich hörte den unverwechselbaren – und Zufriedenheit erzeugenden – volltönenden Laut, den der Gummiball hervorbrachte, als er voll auf eine Stufenkante auftraf. Das Ergebnis war ein gewaltiger Treibschlag, ein Flugball, der über meinem Kopf eine Parabel beschrieb, die ihn weit hinter den Bordstein vor dem gegenüberliegenden Haus führen mußte, in dessen kleinem Rasenvorplatz er mit Sicherheit landen würde: ein Trefferball, der, wenn er ungehindert auf dem Boden ankäme, als *grand-slam home run* für die Dodgers zählen, ihnen vier Punkte und damit – schrecklicher Gedanke! – die 7 : 4-Führung einbringen würde.

Ich hatte einen enormen Startvorteil gegenüber dem Ball, weil sich mein Ohr im Laufe des Spiels sehr fein auf die Geräusche eingestimmt hatte, die er an dem Treppchen erzeugte. Den Kopf schräg nach oben verdreht, verfolgte ich mit dem Blick seine Flugbahn und hüpfte dabei mit Seitwärtsschritten unter ihm her. Der Ball stieg hoch in die Luft, in die grenzenlose tropische Bläue des Himmels, der so hoch war, daß er im Zenit durch seine Nähe zur Sonne auszubleichen schien. Hoch da droben schien der Ball fast bewegungslos zu schweben. Mir war, als bliebe mir unendlich viel Zeit, ihm zuvorzukommen. Im ganzen All existierte nichts außer seinem Flug und meiner Verfolgungsjagd. Welch ein Glücksmoment äußerster Konzentration! Dies ist die Unsterblichkeit, in die der Sport entrückt: In seinem freien Spiel der Sinne gibt es kein Ich und keinen Tod.

Zu meinem Pech gab es in meinem Fall in diesem Moment äußerster sportlicher Konzentration eine Fehleinschätzung und einen harten Untergrund. Nachdem der Stein den Scheitelpunkt seiner Parabelbahn durchquert hatte, legte er auf dem abwärts führenden Kurvenstück rasch an Geschwindigkeit zu. Ich holte gegenüber seiner Bewegung in horizontaler Richtung nicht so mühelos auf, wie ich gedacht hatte. Ich machte, ohne daß dem eine bewußte Entscheidung vorausgegangen wäre, mit weit ausgestrecktem linken Arm einen Hechtsprung. Bei der Landung wartete eine Überraschung auf mich. Den Ball hatte ich zwar – mit einer bilderbuchreifen gehechteten Rettungsaktion für die Yankees – noch gut erwischt, aber mein rechter Arm war nicht auf dem weichen Rasen angekommen. Er knallte auf den gepflasterten Gehweg zur Haustür des Nachbarn. Ich hörte einen Knochen brechen; das Geräusch war so laut und deutlich, als ob ich im Wald auf einen dürren Zweig getreten wäre.

Zuerst spürte ich keinerlei Schmerz, aber mein Magen krampfte sich zusammen, und mir wurde schlecht. Dazu kam ich mir erniedrigt vor. Ich hatte den Ball gefangen, aber wer würde mir das glauben? Von allem würde nur diese ungeschickte Verletzung in Erinnerung bleiben. Dann setzte der Schmerz ein – ein Brennen und Stechen im rechten Unterarm. Aber trotzdem ließ ich den Handschuh mit dem Ball darin an der Linken nicht los. Ich wollte beweisen, daß ich den Ball erwischt und die Yankees vor dem Rückstand gerettet hatte.

Ich zog die Knie an und drehte mich ein Stück weit in Seitenlage. Mir graute davor, den gebrochenen Arm zu bewegen. Ich stellte mir vor, wie die Knochenstücke sich mit den Bruchstellen durch Gewebe und Haut nach draußen bohren würden. Ich übergab mich.

Die Straße, wo die Großeltern wohnten, mündete ein Stück weiter unten in eine Querstraße; man konnte nach links oder nach rechts abbiegen, in Geradeausrichtung jedoch versperrte eine große Kirche den Weg. In halber Seitenlage auf dem Rasen des Nachbarn ausgestreckt, sah ich einen pastellblauen Pkw, der direkt vor der Kirche am Straßenrand parkte. In dem Wagen saßen drei Männer. Die zwei auf den Vordersitzen, die Hüte aufhatten, sahen mich nicht. Aber der Mann auf dem Rücksitz sah direkt zu mir her. Er trug eine Baseballmütze und eine Pilotenbrille mit dunklen Gläsern. Das Dach des Autos war weiß – von einem Glanzweiß, das grell von der matten Färbung der übrigen Karosserie abstach. Auf mich wirkte das Arrangement, als ob das Auto ebenfalls einen Hut trüge, einen breitkrempigen Panama, wie mein Großvater ihn aufsetzte, wenn wir zum Essen ins Restaurant gingen.

Ich rief zu dem Mann auf dem Rücksitz hinüber. Ich fürchtete mich, den Arm zu bewegen, und hatte ohnedies keine Kraft mehr in mir: Mein Körper war dehydriert, mein Magen leer. Ich glaube nicht, daß ich ein richtig lautes Rufen oder auch nur mehr als ein mattes »Hilfe!« hervorbrachte. Offenbar kümmerte es ihn nicht, daß ich verletzt war. Meine Eltern waren beide Atheisten, und ich mit meinen acht Jahren hegte schon einen Argwohn gegen Kirchen und fleißige Kirchgänger. Die

Gleichgültigkeit dieser Pfarrkinder überraschte mich nicht. Ja, ich fürchtete mich plötzlich, Hilfe von ihnen annehmen zu müssen, und stellte meine Bemühungen in ihre Richtung ein.

Ich zog meine Hand aus dem Baseballhandschuh. Obwohl mich davor grauste, den gebrochenen Arm zu berühren, schob ich meine Linke unter den rechten Unterarm und hob ihn mit größter Vorsicht an. Die niedrige Häuserzeile mit der Palmenreihe davor verschwamm mir vor den Augen, als ich mich aufsetzte. Einen Moment lang war ich nahe daran, wieder zu würgen und zu spucken.

»Rafael...?« Meine Großmutter hatte bemerkt, daß meine Ballwürfe aufgehört hatten. Sie tauchte hinter der Fliegentür zur Veranda auf. Im von hier draußen dunklen Hausinneren sah man von ihr nur das weiße Haar. Ein schwebender körperloser Skalp.

»Ich hab' mir den Arm gebrochen«, krächzte ich.

Sie hörte mich nicht. Sie öffnete die Fliegentür und trat mit ihrem Staubwedel in der Hand auf die Veranda. Ich rief ihr von neuem zu, aber im selben Moment ließ jemand in der Nähe ein Auto an, und meine Stimme ging im Lärm des Motors unter.

Ich quälte mich in den Stand. Meine Knie schlotterten; hinzu kam, daß der Zwang, die Unterarme parallel vor dem Körper zu halten, jeden Versuch, durch Balancieren im Gleichgewicht zu bleiben, unmöglich machte. Ich konnte mich sekundenlang auf den Beinen halten und brach dann in die Knie.

»Rafa!« schrie Oma auf. Sie ließ den Staubwedel fallen und stürzte über die Straße zu mir herüber. Es dauerte kaum eine Minute, bis weitere ältere Latino-Frauen – zwei von ihnen schon zeit ihres Lebens Nachbarn der Großeltern – auf der Bildfläche erschienen waren und uns umringten, während ich mit vorsichtigen Schritten zum Haus ging. Oma begegnete der Krisensituation nicht mit der gewohnten Souveränität, wie ich bedauerlicherweise vermerken muß. Sie zeigte sich verschreckt und hilflos. Sie selbst konnte nicht Auto fahren, aber sie wollte auch nicht, daß die einzige von ihren anwesenden Freundinnen, die es konnte, mich zum Krankenhaus fuhr. Überhaupt sollte ich nach ihrem Willen nicht im Krankenhaus, sondern von ihrem Hausarzt behandelt werden. Ich vermute, in Wirklichkeit wollte sie warten, bis mein Großvater zurück war und meine Eltern mich dann in ihre Obhut nehmen konnten. Sie fragte mich zweimal, ob ich ganz sicher sei, daß der Arm gebrochen war. Die anderen Frauen stritten mit ihr – sehr sanftmütig, wie mir auffiel –: einerlei, ob der Arm nun gebrochen sei oder nicht, ich hätte auf jeden Fall Schmerzen, und irgend etwas sei mit dem Arm sicherlich nicht in Ordnung, da ich ihn nicht bewegen könne, und es könne noch Stunden dauern, bis Opa wieder da sei, und so weiter und so fort. Dieses Mißtrauen gegen die Außenwelt und Abschieben bestimmter Aufgaben auf bestimmte Familienmitglieder (Auto fahren war ganz allein Opas Sache, ebenso das Verhandeln mit Ärzten, und überhaupt sollte mich niemand als der Hausarzt, ein Latino, behandeln) war für meine Verwandten in Tampa bezeichnend. Meine Großmutter liebte mich sehr, ja abgöttisch. Es mußte ihr weh tun, mich leiden zu sehen, aber in ein fremdes Auto zu steigen (fremd, selbst wenn es einer alten Bekannten gehörte), um zu einem fremden Krankenhaus zu fahren und dort fremden Leute zu erlauben, den gebrochenen Arm ihres Enkels zu versorgen, das war eine erdrückende Reihe von ungewohnten Entscheidungen und Aufgaben, die allesamt außerhalb des Bereichs lagen, auf dem sie sich kompetent und sicher fühlte.

Der innere Zwiespalt rötete ihre blassen Wangen (sie ging so gut wie nie in die Sonne). Sie wirkte völlig aufgelöst: Ihre Schürze war verrutscht, auf ihrer Stirn prangte ein Schmutzstreifen, der dort hingekommen war, als sie mir vom Rasen aufhalf. Von ihrer adretten Erscheinung und beherrschten Haltung war nichts mehr übrig.

Mir ging es nicht gut, und ich hatte Angst. Beides wurde verschärft durch die Abwesenheit meiner Mutter. Dazu verunsicherte mich Omas ungewohnte Hysterie. Sie führten mich auf Omas Veranda, und dort setzte ich mich in einen Korbsessel; den bewegungsunfähigen Unterarm legte ich quer über meine Oberschenkel. Der Schmerz klopfte von drinnen nach draußen, eine seltsame Umkehrung meiner bisherigen Erfahrung mit Verletzungen. Oma brachte mir eine Schmerztablette und eine Cola. Sie steckte einen Strohhalm in die Flasche und hielt sie mir an die Lippen, während sie mit ihren Freundinnen darüber stritt, wie nun weiter zu verfahren sei. Da der Disput in Spanisch und obendrein als eine Art aufgeregtes Zwitscherkonzert abgewickelt wurde, bekam ich nur Fetzen von ihm mit; doch selbst wenn alle Englisch gesprochen hätten, hätte ich bei der Sprunghaftigkeit und dem Tempo der Auseinandersetzung Mühe gehabt zu folgen.

Der Zucker in der Cola brachte mir zuerst etwas Erleichterung. Übelkeit und Benommenheit ließen nach. Aber mit der Normalisierung des Blutzuckerspiegels kam die Angst. Eine diffuse, nebulose Angst, wie es den Umständen nach auch kaum anders möglich war. Ich wußte, daß über kurz oder lang meine Eltern eintreffen würden, ich wußte, daß früher oder später mein Arm wieder in Ordnung sein würde, und trotzdem plagte mich die dumpfe Sorge, aus irgendeinem Grund könnte das alles nicht hinhauen, aus irgendeinem Grund könnte ich mein Leben lang ein Krüppel bleiben, und aus irgendeinem Grund würde ich vielleicht meinen Vater und meine Mutter nie wiedersehen.

»*Miralo*«, sagte eine der Frauen. Sie unterbrachen ihre Diskussion und sahen mich mit seitwärts geneigten Köpfen voll Mitgefühl an. Ich war meiner Angst und Ungewißheit erlegen. Ich weinte. »*Pobrecito*«, sagte eine andere und streichelte mir die tränennassen Wangen.

Damit war die Sache für Oma entschieden. Sie nahm das Angebot ihrer Bekannten an, sie und mich zu ihrem Hausarzt zu fahren. Später erzählte sie mir, sie habe mich damals zum erstenmal seit meiner Babyzeit wieder weinen sehen; Punkt für Punkt setzte sie mir auseinander, daß ich nicht geweint hätte, als sie mich vom Rasen auflas und zur Veranda lotste, daß ich nicht geweint hätte, als ich die Masern, und auch nicht, als ich eine schmerzhafte Mittelohrentzündung hatte, daß ich bei dieser Gelegenheit nicht … und bei jenem Anlaß nicht … und so weiter und so fort: Sie wob eine richtige Legende um mich, in der sie mich (schmeichelhafterweise) als unerschütterlichen Stoiker porträtierte, um auf dieser Basis die Schlußfolgerung zu ziehen, daß jene ungewöhnliche Anwandlung von Schwäche lediglich beweise, was für heftige Schmerzen ich erduldet haben müsse. (Tatsache ist nach meiner Überzeugung, daß ich ebenso leicht zum Weinen zu bringen war wie die meisten Kinder. Vielleicht noch ein bißchen leichter. Wie dem auch sei, in diesem Fall war nicht physischer Schmerz die Ursache der Tränen. Ich war verwirrt, und es lag, wenn auch von mir nur halb begriffen, manches in der Luft, was Angst und Beklemmung erregen konnte. Schon der einfache Umstand, daß ich mehr als vier Monate lang meinen Vater nicht gesehen hatte, steigerte meine Verwundbarkeit.)

Die Bekannte mit dem Auto riet, vor der Abfahrt bei dem Hausarzt anzurufen und nachzufragen, ob wir nicht besser zum Krankenhaus fahren sollten, aber Jacinta ging nicht darauf ein. Nachdem sie so lange gezögert hatte, war sie jetzt in Übereile. Sie bestand darauf, daß wir sofort aufbrachen. Sie entledigte sich ihrer derangierten Schürze, während die Bekannte zu ihrem Haus lief, um ihr Auto zu holen.

Die Bekannte hieß Dolores, hatte ein Meer von Runzeln im Gesicht, eine blecherne Stimme und einen arthritischen hageren Körper. Ich kann in meiner Erinnerung noch heute mühelos das Bild der älteren Frau wiederbeleben, die geschwinden und zugleich beschwerten Schrittes über die Straße humpelte.

Ich erinnere mich auch, daß Dolores' Haare an den Wurzeln grau waren, was besonders deutlich von hinten zu sehen war. Da ich während der Fahrt direkt hinter ihr saß, hatte ich ihren Haarboden die ganze Zeit im Blickfeld. Oma Jacinta saß neben mir im Fond. Dolores' zweifarbige Haare faszinierten mich, weil ich mir diesen sonderbaren Umschlag von Grau in Pechschwarz partout nicht erklären konnte. Irgendwann versuchte ich dann, Oma auf das Phänomen aufmerksam zu machen. »Kuck mal, ihre Haare …«, begann ich.

»Pst!« unterbrach mich Oma. Sie wandte keinen Blick von der Straße und rief Dolores, die den Weg auch so bestens kannte, im voraus zu, wo sie abbiegen mußte.

»O ja, mein Schatz, ich bin ja bis heute erst einemillionmal zu Dr. Pérez gefahren«, kommentierte Dolores Omas Ortskundeunterricht aus dem Souffleurkasten auf englisch, was heißt: in dem für meine Verwandten in Tampa und ihre Bekannten typischen Englisch, in dem zwei grundverschiedene Artikulationsweisen kunterbunt durcheinandergingen. Schleppende Südstaatler-Aussprache und spanischer Akzent vermischten sich zwar nicht in ein und demselben Wort, wechselten jedoch übergangslos miteinander von einem Wort zum nächsten, so daß auf ein Wort, das mit schönstem *Southern drawl* gesprochen wurde, gleich als nächstes ein Wort mit Latino-Akzent folgen konnte.

»Kuck dir doch mal ihre Haare an«, fing ich von neuem an, und diesmal hielt mir meine Großmutter mit der Hand den Mund zu. Ich staunte und fragte sie mit den Augen nach einer Erklärung. Sie furchte die Stirn und schüttelte stumm den Kopf: ein rigoroses Nein.

Ich ließ es mir gesagt sein und schloß den Mund. Erst daraufhin zog Jacinta ihre knebelnde Hand zurück. Sie ließ sich sogar zu einem Lächeln herbei.

»Was hast du gesagt, mein Schatz?« erkundigte sich Dolores auf englisch.

Ich antwortete nicht. »Es geht ihm besser«, sagte Oma auf spanisch.

Einen Moment lang herrschte Schweigen im Auto. Dann sagte Jacinta: »Hast du etwa die Seventh Avenue verpaßt?« Es war bereits das dritte Mal, daß sie das fragte.

Dolores überging die Frage. »Kann man meine Wurzeln sehen?« fragte sie mich auf englisch.

Oma beugte sich zu ihr vor und deutete aufgeregt auf die Seventh Avenue, an der wir gerade vorüberfuhren. Sie schrie irgend etwas mir Unverständliches auf spanisch. Wir hatten die Abzweigung verpaßt und mußten nun kehrtmachen und zurückfahren. Das Ganze kostete zwar nur wenige Minuten, aber selbst dieser kleine Zeitverlust heizte die Besorgnis meiner Großmutter weiter an. Sie schimpfte mit Dolores, weil sie nicht aufgepaßt hatte. Dolores rechtfertigte sich – was bei ihr etwas Neues war. Als wir das Auto vor Dr. Pérez' Praxis parkten, hatte sich die Sache so weit entwickelt, daß Dolores meine Großmutter ankeifte, die ihre Beschimpfungen in weniger schrillem, leiserem, aber irgendwie sehr viel wütender wirkendem Ton zurückgab. Ich war unterdessen ganz in Nachdenken über Dolores' verwirrende Frage versunken. Was für Wurzeln? Ich kannte Baumwurzeln und wußte, daß der Teil der Karotte, den man ißt, eine Wurzel ist, und ich fragte mich jetzt, ob an Frauen oder vielleicht auch nur an sehr alten Frauen Wurzeln wachsen, und wenn ja, wo, und wozu das gut sein könnte. In dem leichten Schockzustand, in dem ich mich befand, wurde ich von dieser träumerischen Vorstellung rasch überwältigt und sah im Geiste alle möglichen absonderlichen Dinge aus Dolores' hagerem krummen Körper hervorwachsen.

Dolores' Frage hatte sich meiner in solchem Maße bemächtigt, daß ich, während sie mir gemeinsam mit meiner Großmutter aus dem Auto auf den Bürgersteig half, zu ihr sagte: »Man kann Ihre Wurzeln nicht sehen.«

Dolores lächelte. Die Falten und Spalten in ihrem zerklüfteten Gesicht vermehrten, vertieften und verbreiterten sich, als ob die ganze fleischige Hülle ihres Schädels auseinanderbersten wollte. »Na prima, mein Schatz«, sagte sie.

»Aber ich würde sie gern mal sehen«, fügte ich hinzu.

»Ein andermal«, sagte meine Großmutter, die in Gedanken schon bei der nächsten Aufgabe war, die auf sie wartete, nämlich in die Praxis zu gehen und die ihr unvertraute Situation zu bewältigen, daß sie die medizinische Versorgung eines verletzten Enkels zu organisieren hatte.

Im Wartezimmer war es sehr kühl und dunkel, weil die Klimaanlage auf Hochtouren lief und an der Fensterwand die schweren Stores zugezogen waren. Ich fröstelte, während Jacinta der Sprechstundenhilfe in spanisch die ganze Geschichte erzählte. Ich sah, daß die Frau sie zu unterbrechen versuchte, aber Oma stand unter dem nicht zu bremsenden Zwang, haarklein und erschöpfend über den Unfallhergang und ihren Entschluß, mich hierher zu bringen, zu berichten. Sie vergaß auch nicht zu erwähnen, daß meine Eltern am Flughafen waren und daß sie sich sorgte, die beiden könnten es mit der Angst zu tun bekommen, wenn sie uns beim Nachhausekommen nicht vorfänden. Ich zitterte so stark vor Kälte, daß mir die Zähne klapperten. Dolores legte mir die Hände auf die Schultern und rieb sie sacht, damit mir wärmer würde.

Schließlich kam die Sprechstundenhilfe doch noch zu Wort und sagte, sie werde den »Herrn Doktor« fragen, ob er mich gleich drannehmen könne.

Das Vertrauen, das meine Großmutter zu Dr. Pérez hatte, war in der Tat keinem Unwürdigen zugefallen. Er kam umgehend aus seinem Sprechzimmer und untersuchte neben dem Tresen der Sprechstundenhilfe schmerzlos meinen Arm. Wahrscheinlich gebrochen, meinte er, vermutlich nur an einer Stelle. Es sei vertane Zeit, wenn er erst noch eine Röntgenaufnahme machte, meine Großmutter solle mich besser gleich zum Orthopäden bringen, und der könne dann entscheiden, ob ich geröntgt werden müsse, und auch die Behandlung übernehmen. Er schrieb uns Namen und Adresse des Spezialisten auf und sagte, er werde uns telefonisch anmelden, damit man in der Praxis Bescheid wisse und sich um mich kümmere.

Beim Orthopäden war man zwar auf unser Kommen vorbereitet, aber wir mußten lange warten, bis wir aufgerufen wurden – jedenfalls kam es mir lange vor. Die Erschütterung und Entkräftung durch den Schock machten sich bei mir bemerkbar – ich war niedergeschlagen, müde und gereizt. Es mußte wohl noch ziemlich lange dauern, bis mein Arm geröntgt und der Gipsverband angelegt wurde, denn Oma schickte Dolores nach Hause, damit sie Pepín, Francisco und Ruth in Empfang nahm und ihnen erklärte, wo wir abgeblieben waren.

Abgesehen vom Röntgen und dem Anlegen des Gipsverbands wich Oma mir nicht von der Seite. Sie war zu schüchtern, um zu verlangen, daß sie mich ins Behandlungszimmer begleiten durfte. Doch während der übrigen Zeit saß sie neben mir, drückte mit der einen Hand meinen Kopf an ihre Brust und streichelte mit der anderen die Wange, während sie den Blick unverwandt zur Tür gerichtet hielt, jeden Moment damit rechnend, meine Eltern eintreten zu sehen. Ich fühlte mich nicht wohl in dieser Haltung, außerdem gefielen mir die Besorgnis und der Besitzanspruch nicht, die aus ihrer Zärtlichkeit sprachen. Aber ich besaß weder die Energie noch die Unverfrorenheit, deren es bedurft hätte, ihr zu sagen, sie solle damit aufhören. Ich fühlte mich matt. Ich fühlte mich als Versager: Ich hatte meine Großmutter in Aufregung gestürzt. Ich hatte meinem Vater die Heimkehr verdorben. Und ich würde nie bei den Yankees in der zentralen Außenfeldverteidigerposition spielen.

Meine Mutter kam ins Behandlungszimmer, während gerade der Gips am Abbinden war. Anders als meine Großmutter hatte sie vor dem Arzt und seiner Assistentin nicht die geringste Scheu – ja, es hatte fast den Anschein, als ob sie hier zu Hause wäre und das Sagen hätte. Nachdem sie mich – wegen des feuchten Gipsverbands etwas linkisch – umarmt hatte, feuerte sie umgehend eine Salve von Fragen betreffend den Bruch und die Behandlung ab. Sie hatte die Tür offenstehen lassen, und durch den Spalt zwischen ihrem Körper und dem der Assistentin konnte ich einen Ausschnitt vom Wartezimmer sehen.

Dort draußen war mein Vater und sprach laut und vergnügt in spanisch auf seine Mutter ein. Jacinta umarmte ihn hingebungsvoll. Bei dem Größenunterschied zwischen den beiden sah das so aus, als ob sie sich an seinen Hals gehängt hätte, um mit der Zudringlichkeit eines Hundes, der seinen Herrn begrüßt, seine ganze Aufmerksamkeit auf sich zu ziehen. In ihrer sonst so gesammelten Miene spiegelte sich eine heftige Gemütsbewegung. Sie wirkte verjüngt. Ihre Augen strahlten, ein freudiges Lächeln verklärte ihre Züge. Ich erinnere mich noch gut, daß ich dachte: Wie sehr muß sie ihn liebhaben. Ich war überrascht. Ich hatte geglaubt, nur mich hätte meine Großmutter so lieb.

»Frank«, rief Ruth nach draußen zu meinem Vater. »Frank!« rief sie ein bißchen zu laut für meinen Geschmack. »Dein Sohn ist hier drinnen.«

Der Gips hatte abgebunden, und als jetzt mein Vater hereinkam, machte ich meine ersten Erfahrungen mit der Starre des Verbands. Ich wollte die Hand ein Stück weit herausschieben, fand mich aber am Daumenansatz gebremst. Im Unterarm verspürte ich ein Stechen, und als ich hinfassen wollte, mußte ich bekümmert feststellen, daß ich nicht mein weiches, lebendiges Fleisch, sondern die harte Gipsröhre berührte. Ich bekam einen Vorgeschmack davon, wie lästig und frustrierend es sein würde, das Ding sechs Wochen lang zu tragen.

»Hallo, mein Junge«, sagte Francisco, an Arzt und Assistentin und meiner Mutter vorbeiwehend. Er war so groß, daß er sich zu mir niederbeugen mußte, obwohl ich auf dem per Hydraulik erhöhten Behandlungstisch saß. Er umarmte mich und küßte mich auf die Wange. Man vergesse nicht, daß er keiner der physisch erstarrten und gepanzerten Väter der Eisenhower-Ära war. Francisco war ein stolzer Latino-*Papá*, der mich als eine Erweiterung seiner selbst betrachtete. Das bedeutete, daß er oft sehr warmherzig und liebevoll zu mir war – aus demselben Grund mich manchmal aber auch sträflich vernachlässigte.

Der Orthopäde und seine Assistentin waren beide keine Latinos. Zu Beginn seiner Untersuchung, bei der er meinen gebrochenen Arm ziemlich schmerzhaft hin und her bewegte, hatte der Arzt mir verkündet, daß kleine Jungen nicht weinen, und das, obwohl ich keinen Pieps von mir gegeben hatte. Umarmung und Kuß meines Vaters veranlaßten den Doktor zu der nervösen Versicherung: »Er hat es gut überstanden. Es ist nur ein Einfachbruch. Glatte Querfraktur. Ich glaube, er hat noch nicht mal Schmerzen gehabt.«

»Was, nur ein Einfachbruch?« neckte mich mein Vater. Er nahm meine Nase zwischen Zeigefinger und Mittelfinger und drückte fest zu. So fest, daß mir die Tränen in die Augen schossen. »Das kann nicht sein. Wir Nerudas lassen uns nicht auf einfache Sachen ein.« Francisco sah hinreißend aus. Sein Haar war lang und fast ganz schwarz. Lediglich an den Schläfen zogen sich zwei weiße Strähnen entlang wie Rallyestreifen an einem Auto. Er hatte Gardemaß: ein Meter neunzig. Sein Bauch war flach, seine Schultern breit, seine Haltung athletisch, und seine Brust wölbte sich so aufreizend selbstbewußt, daß sie fast zum Angriff provozierte. Die tiefen, weit auseinanderstehenden Augenhöhlen waren ein Charakteristikum aller Nerudas. Die zwei blanken Edelsteine, die daraus hervorspähten, waren von einem warmen Braun; einem spöttischen Funkeln zum Trotz schienen sie beharrlich Freundlichkeit zu verströmen. Die Augen wurden konturiert von dichten, kühn geschwungenen Brauen, die das Profil und die intelligente Stirn betonten. Francisco war ohne Frage ein schöner Mann, beinahe das Klischeebild des *latin lover*. In das Gesicht der Frau, die ihn zum erstenmal sah, trat unweigerlich ein Lächeln. Und das war auch jetzt wieder an der Assistentin des Orthopäden zu beobachten, einer dunkelhaarigen Frau mit Hautflecken und rauhem Südstaatenakzent, die ein richtiges Ekel war und es nicht nur die ganze Zeit verschmäht hatte, auch nur ein einziges Mal das Wort an meine vom Alter gebeugte Großmutter zu richten, sondern auch meine Mutter angeblafft hatte, als sie hereingeplatzt kam, und die mich zuvor mehrmals angeherrscht hatte, ich solle stillsitzen, obwohl sie wußte, daß ich Schmerzen hatte, und ich mich im Grunde gar nicht viel bewegte: Dieser Drachen begann beim Anblick meines Vaters unvermittelt zu lächeln und lachte schallend, als Francisco weiter seinen Spaß mit mir trieb. »Vielleicht sollten wir deinen Bruch doch noch zu einem Mehrfachbruch ausbauen«, sagte er. Er schlang einen Arm um meinen Kopf und drückte zu. Für einen Moment war ich vom Rest der Welt aus- und abgeschlossen. Er ließ mich los. »Meinst du nicht, Rafael? Wir verdrehen deinen Arm zu einer Brezel. Wir machen dir eine Neruda-Fraktur, einen richtig kubistischen Arm. Den Kubismus hat schließlich ein Spanier aufgebracht.«

»Kubismus«, murmelte meine Mutter mit unverhohlenem Abscheu, als ob sie von einer kollektiven Verirrung spräche. »Er ist ein aufgeblähter Witzblattzeichner, weiter nichts.«

»Nein, er ist ein Genie.« Mein Vater hatte Ruth nicht widersprochen, sondern ihre Ansicht freundlich in den Abfalleimer gekippt. »Und er ist ein gestandener Republikaner«, setzte er mit einem Lachen hinzu. Er merkte, daß diese Auseinandersetzung über den künstlerischen Rang und die politische Einstellung Picassos für den Arzt, die Assistentin und mich ein Buch mit sieben Siegeln blieb. »Vielen Dank, Herr Doktor«, sagte er und versetzte dem Arzt einen Klaps auf den Rücken. Der Orthopäde war verdattert sowohl durch die Wucht der kumpelhaften Geste wie durch physische Vertraulichkeit als solche. »Jetzt habe ich nur noch eine Frage: Darf der Patient Eis essen?«

Mein Vater nahm meinen Unfall wie einen Triumph. Er verkündete, er werde bei der Milchbar an der Seventh Avenue anhalten und mir mein Lieblingseis, einen Schoko-Dip, kaufen. Oma protestierte halbherzig, es sei nicht gut für mich, auf leeren Magen Eis zu essen. Normalerweise hätte sie sich rabiat quergelegt und ihn von seinem Vorhaben abgebracht, aber sie war noch zu sehr demoralisiert durch ihre Verlegenheit darüber, daß mein Unfall passiert war, während ich mich in ihrer Obhut befand, als daß sie mit großer Entschiedenheit hätte auftreten können. Auch meine Mutter hätte unter anderen Umständen gegen Franciscos Plan opponiert und schließlich das letzte Wort behalten, aber nachdem wir die Praxis des Orthopäden verlassen hatten, war sie in ein bedrücktes Schweigen versunken. Sie hielt den Arm um mich gelegt und hatte mich schon zweimal auf die Schläfe geküßt, im übrigen starrte sie teilnahmslos und sichtlich gelangweilt von der Schilderung der Ereignisse, die meine Großmutter gab, nach vorn auf die Straßen von Tampa.

Aber Francisco war bester Laune. Er erzählte mir, daß ich seit dreißig Jahren der erste Neruda war, der sich einen Knochenbruch zugezogen hatte. »Und weißt du, warum das so lange gedauert hat?« fragte er, als wir ausgestiegen waren und zusammen auf die Milchbar zugingen. Er schlang noch einmal einen Arm um meinen Kopf und drückte. »Ich kann es einfach nicht fassen, wie groß du geworden bist. Du bist ein Riese. Ich glaube, du wirst noch größer als ich werden.«

»Das glaube ich nicht«, sagte ich.

Er lachte, drückte von neuem fest meinen Kopf und gab mich dann frei. Wenn er so meinen Kopf mit dem Arm umklammerte und preßte, machte er mich schlagartig für eine Sekunde gehör-, sprach- und gesichtslos, und wenn er mich losließ, zauberte er mir damit ebenso unvermittelt wieder die helle, laute Welt vor die Sinne. Es ist keine phantasievolle Metapher, wenn ich sage, daß mein Vater für mich die Welt nach Belieben verschwinden und wieder auftauchen lassen konnte. »Du bist ein waschechter Gallego«, sagte er, das spanische Wort für die Bewohner der spanischen Landschaft Galicien gebrauchend, wo Opa Pepín geboren war. »Du hast den gleichen nüchternen gesunden Menschenverstand wie deine bäuerlichen Vorfahren.« Wir waren am Tresen der Milchbar angelangt. Dahinter stand die nächste Südstaatlerin, die zu strahlen anfing, als Francisco näherkam. Im privaten Kreis sprach er von weißen Südstaatlern per »Plattköpfe« und »Landpomeranzen« – Schimpfwörter, die mir wie so viele andere ethnische Anzüglichkeiten völlig sinnlos vorkamen, wenn ich mir die Objekte ansah, auf die sie sich bezogen –, aber hier erwiderte er freundlich grüßend das Lächeln der Serviererin. »Wir sind hierhergekommen, um uns vor dem Mittagessen noch schnell den Appetit zu verderben«, verkündete er.

»Nein, so ein Zufall«, gab die Serviererin zurück, »genau dazu sind wir da: um euch Männern den Appetit auf die Hausmannskost zu verderben und euch mit was Leckerem zu verwöhnen, was ihr nicht alle Tage kriegt.« Im privaten Kreis mochte sie ihn als »Bohnenfresser« oder »mexikanischen Stromer« titulieren, und Dad hätte in Omas blitzblanker Küche von ihr vielleicht per »rotnackiges Trampel« oder »Landpomeranze« gesprochen, aber jetzt, wo sie sich Auge in Auge gegenüberstanden, schien jeder im anderen ein ganz neues Potential zu entdekken. Dad plauderte ein bißchen mit ihr, ehe er unsere Bestellung aufgab. Er erzählte ihr, daß er am Abend in einer Sendung im Radio zu hören sein werde, und sie sagte, das werde sie sich unbedingt anhören. Schließlich bestellte er für jeden von uns einen Schoko-Dip und sah ihr mit bedächtigem Interesse nach, während sie sich nach hinten zu den blitzenden Edelstahl-Softeismaschinen entfernte. Dann richtete er den Scheinwerferkegel seiner Aufmerksamkeit wieder voll auf mich. »Worüber haben wir uns noch gleich unterhalten? Ach ja, daß du seit dreißig Jahren der erste Neruda mit einem Knochenbruch bist. Weißt du, warum?« Er machte sich nicht die Mühe, meine Antwort abzuwarten. (Zuweilen ertappe ich mich heute dabei, daß ich Fragen beantworte, die mein Vater mir vor vielen Jahren gestellt hat, ohne die Antwort abzuwarten.) »Weil du seit dreißig Jahren der erste Neruda bist, der sich in irgendeiner Form körperlich betätigt. Wir sind allesamt dekadente Intellektuelle geworden.« Er schnappte sich meinen Kopf und wiederholte den Blackout von Licht und Tönen. Er ließ mich los und fuhr fort: »Ich hab mir mit zwölf beim Baseballspielen mit den Arbeitern von der Zigarrenmanufaktur das Bein gebrochen, als ich auf die *home base* reingerutscht bin. Damals hab' ich sonntags gern draußen in Tampa-West Baseball gespielt. Du weißt ja, daß ein paar Jungs aus Tampa bei Oberligavereinen spielen. Tatsächlich war Al Lopez – Al Lopez, das ist der, der die Cleveland Indians in die

Weltmeisterschaftsrunde gebracht hat – also der war schuld an meinem gebrochenen Bein « Das wußte ich alles. Ich hatte die Geschichte schon mehrmals gehört. Mein Vater war der geborene Weltmann. Er hatte den Bogen raus, wie man wildfremde Menschen in ein Gespräch zieht, das den Anschein von Vertraulichkeit erweckt, ohne daß man wirklich etwas von sich preisgibt. Er verfügte über eine reichhaltige Palette amüsanter Anekdoten, die glaubhaft klangen und ihn diskret in ein glorifizierendes Licht rückten. Diesen Besitz verstand er mit scheinbarer Spontaneität elegant und effektvoll zu präsentieren wie ein Pfau seinen Schwanz, und wie ein Pfauenschwanz beeindruckte er den Betrachter und lenkte dessen Aufmerksamkeit von der Tatsache ab, daß den Mittelpunkt der ganzen Pracht ein verwundbarer, vergänglicher Körper bildete. Zum Leidwesen seiner Angehörigen vergaß Francisco manchmal, daß wir keine wildfremden Menschen waren – uns hatte er mit seinem Federkleid ja schon längst verführt, wir brauchten nicht mehr geblendet zu werden.

Als die Serviererin mit unseren hochbeladenen Waffeltüten zurückkam – sie hatte für uns offenbar das Doppelte der üblichen Portion aufgeladen –, näherte sich Francisco gerade dem Schluß seiner »Al-Lopez-und-mein-gebrochenes-Bein«-Anekdote. Sie zeigte Interesse für die Geschichte, und er erzählte sie für sie noch einmal von vorn. Ich biß von oben ein Loch in die gehärtete Kuvertüre und begann das Eis aus dem Inneren zu lutschen. Im Inneren meines Gipspanzers setzte ein pulsierendes Stechen ein. Ich hätte gern meinen Arm an der schmerzenden Stelle berührt. Der Schmerz saß, durch nichts abzustellen, tief drinnen im Unterarm, ein unangenehmes intermittierendes Reißen, das sich nicht abmildern ließ, ich mochte mich halten und hinstellen, wie ich wollte. Zu allem Überfluß schien es sich auch noch verschlimmern zu wollen. Entschlossen, dem Beispiel meines Vaters zu folgen und mich zu amüsieren, lutschte ich weiter an meinem Eis.

Es war mein Lieblingseis. Aber es unter Schmerzen zu essen, war schlimmer, als wenn ich ganz auf es hätte verzichten müssen. Ich hielt den Wohlgeschmack in der Hand, doch was ich tatsächlich schmeckte, war eine einzige Unannehmlichkeit. Ein Softeisrinnsal lief aus einem Spalt im Schokoladenüberzug, am Waffelrand entlang und über meine Finger.

»Iß auf«, sagte mein Vater, sich bei den letzten Sätzen seiner Beinbruchgeschichte unterbrechend.

Die Eistüte fiel zu Boden. Ich hatte sie nicht losgelassen, sie aber auch nicht festgehalten. Ich beobachtete ihren eleganten Salto und das anschließende Zerschmettern und Zerspritzen auf dem Beton mit morbider Faszination. Ich war froh, daß sie hin war.

Meinem Vater und der Serviererin entfuhr ein Ausruf der Bestürzung. Ich blickte zu Opas Auto hinüber und sah, daß meine Mutter in meine Richtung starrte. Oma Jacinta redete auf sie ein und zeigte sich dabei wieder ungewöhnlich fahrig und verunsichert. Der seitlich gescheitelte, tief in die Stirn fallende schwarzgelockte Schopf meiner Mutter blieb beim Zuhören unbewegt. Auch das war ungewöhnlich. Sie schien sonst ununterbrochen in Bewegung zu sein, insbesondere ihr Haar, das, von den Energiestürmen in ihrem Inneren bewegt, zu zittern pflegte. Ihre grünen Augen, die zu mir her starrten, waren weit geöffnet. Doch sie sah mich nicht. Der Hingang meiner Eistüte hatte ihr keinerlei Reaktion entlockt.

Die Kräfte verließen mich, und ich sackte zusammen. Ich kippte nicht um, sondern fiel gegen meinen Vater. Ich fühlte mich schwach und erschöpft. Um mich herum entstand Tumult. Meine Mutter kam aus dem Auto. Wie von weit her hörte ich Oma mit Panik in der Stimme meinen Namen rufen: »Rafa! Rafa!« Die Serviererin sagte, sie wolle mir ein Glas Wasser holen. Francisco hob mich hoch.

»Uff!« stöhnte er unter meinem Gewicht. »Was bist du für ein großer Junge geworden.«

»Was ist los?« rief meine Mutter aufgebracht.

»Er ist müde«, beschwichtigte mein Vater. »Du kannst dich auf den Rücksitz legen, Rafael. Wir fahren nach Hause, und da ruhst du dich aus.«

Mein Vater hatte mich waagrecht auf beide Arme genommen und trug mich zu Opas Wagen zurück. Die niedrigen Häuser von Tampa machten Luftsprünge. In der Tankstelle auf der anderen Straßenseite hüpfte ein blauer Pkw mit einem weißen Hut auf und ab, aber nicht an einer Zapfsäule. Die Insassen konnte ich nicht mehr erkennen, weil mein Vater mich eben mit einem Schwenk in eine andere Richtung drehte, um seitwärts mit mir auf die Tür des Plymouth zuzusteuern. Ich fragte mich, ob wohl der Mann mit der Baseballmütze und der Pilotenbrille in dem blauweißen Auto saß. Ich überlegte, ob ich meinen Eltern etwas von dem Auto und den Männern, die drinsaßen, erzählen sollte. Irgendwann um Weihnachten letzten Jahres hatte Ruth mir eine Predigt über Unbekannte gehalten, die uns beobachteten. Ich solle sie unbedingt informieren, wenn ich irgendwelche fremden Männer in der Nähe unseres Mietshauses herumlungern sähe. Ich fragte, was die von uns wollen könnten. Wenn man es genau nimmt, blieb sie mir die Antwort schuldig.

Sie sagte, Nachbarn seien von Männern angesprochen worden, die sie nach uns ausgefragt hätten. (Ich hatte keine Ahnung, daß meine Eltern seit zehn Jahren Zielobjekt von Nachstellungen – manche würden vielleicht lieber sagen: von Überwachungsmaßnahmen – des FBI waren. Sie waren bis 1950 KP-Mitglieder gewesen, und später war dann noch Franciscos Sympathisieren mit dem fidelistischen Kuba hinzugekommen.) Ich mußte ihr versprechen, ihr jede unbekannte Gestalt zu melden, die ich in der Nähe unserer Wohnung herumlungern sähe. Jetzt fragte ich mich, ob das auch die Männer in dem blauweißen Auto betraf.

Ich kam nicht dazu, das Thema zur Sprache zu bringen. Während Francisco mit mir vor der hinteren Wagentür manövrierte, kam es zwischen Ruth und Oma zu einer Auseinandersetzung darüber, wer von ihnen beiden neben mir im Fond sitzen solle. Anfangs brachte jede ihren Wunsch in indirekter Form zum Ausdruck.

»Jacinta, du setzt dich besser nach vorn, da sitzt du bequemer«, sagte meine Mutter.

»Nein«, sagte Oma, »hier hinten ist es für dich zu eng.«

»Für mich ist da Platz genug.«

»Nein, nein, ich komm' hier schon ganz gut zurecht. Ich nehm' Rafas Kopf auf den Schoß«, beharrte Oma.

»Den kann doch auch ich auf den Schoß nehmen«, meinte Ruth.

»Du wirst dein Kleid zerknittern«, wandte Oma ein.

»Heiliger Strohsack!« sagte mein Vater. »Könnte mir vielleicht mal jemand die Tür aufmachen!« Er trug mich noch immer auf den Armen. Es war heiß. Er ruckte mich in eine für ihn bequemere Position, weil mein Gewicht ihm zu schaffen machte.

Jacinta stieß die hintere Wagentür auf und rutschte zurück auf den Platz bei der anderen Tür. »Nein!« protestierte meine Mutter. Francisco legte mich auf den Rücksitz, und Oma hob behutsam meinen Kopf auf ihren Schoß.

»*Ich* möchte bei ihm sitzen«, hielt meine Mutter ihr verbiestert vor. Der scharfe Ton, den sie gegenüber Jacinta anschlug, war eine Seltenheit – genaugenommen etwas Einmaliges. Sie behandelte Oma sonst immer mit größter Zuvorkommenheit. »Warum hörst du nicht auf das, was ich dir sage? Ich bin seine Mutter. Ich möchte bei ihm sitzen.«

»Nun mach' mal halblang«, sagte mein Vater leise.

»Mach' lieber du halblang«, antwortete meine Mutter in voller Lautstärke. Sie war wütend, aber sie war nicht hysterisch. Sie war sich der Unanfechtbarkeit ihres Standpunkts vollkommen sicher. »Es hat über zwei Stunden gedauert, bis Rafe behandelt wurde. Er hat seit dem Frühstück nichts mehr gegessen, und das Frühstück hat er ausgespuckt. Er ist wahrscheinlich völlig ausgetrocknet, und du hast den großartigen Einfall, ihm eine Eiswaffel reinzustopfen und ihn zu drücken und herumzuschubsen, als ob er dein Saufkumpan wäre –«

In diesem Augenblick passierte etwas Außergewöhnliches. So außergewöhnlich, daß ich meine Schmerzen vollkommen vergaß. Meine Großmutter fing an zu weinen. Durch die Tränen sagte sie auf englisch zu meiner Mutter: »Es ist alles nur meine Schuld. Ich weiß es. Du kannst mir ruhig die Schuld geben. Ich weiß, daß ich mich saudumm angestellt hab'. Ich war so nervös. Ich weiß, daß ich ihn gleich hätte ins Krankenhaus bringen müssen.« Dicke Tränen rollten über die Wangen der alten Frau. Eine klatschte mir auf den Nasenrücken und rann mir ins Auge. Es brannte ein bißchen. Meine kühle und würdevolle Großmutter weinen zu sehen, war ein frappierendes Erlebnis. Frappierend war auch der Klang ihrer Stimme. Sie hörte sich an wie die eines kleinen Mädchens, das um Verzeihung bittet, und eigenartigerweise war der spanische Akzent sehr viel schwächer als sonst. Mit geschlossenen Augen hätte ich diese Stimme nicht als die ihre identifiziert. »Ich bin eine alte Närrin. Ich weiß. Aber wenigstens hab' ich ihm mit meiner Dummheit nicht geschadet. Es geht ihm gut.« Oma schaute zu mir herunter und streichelte mein Gesicht. Weitere Tränen tropften auf mich. Sie wischte sie mit den Fingerspitzen ab. »Ich würde meinem einzigen Enkel niemals einen Schaden zufügen.«

»Ach hol's der Teufel«, stöhnte meine Mutter. Jetzt war die Reihe an ihr, zu weinen. Sie rieb sich mit den Fingerspitzen die Schläfen, dann preßte sie die Handflächen gegen die Augen, wie um die Tränen zurückzudrängen. »Ich geb's auf.« Sie riß die rechte Vordertür auf und setzte sich auf den Beifahrersitz. »Ich kann machen, was ich will, ich bin immer im Unrecht!« bellte sie die Windschutzscheibe an.

Ich schlief ein. Ich kam halb wieder zu mir, als mein Vater mich ins Gästeschlafzimmer trug. Ich hörte Stimmen, die Francisco überschwenglich begrüßten, um sich dann, rasch zum Flüsterton gedämpft, besorgt nach meinem Befinden zu erkundigen. Ich hielt die Augen geschlossen.

In dem Zimmer war es drückend heiß. Ruth und Jacinta brachten jede einen Ventilator. Zwischen den beiden entspann sich ein kurzer Wortwechsel darüber, welcher der bessere sei. Keine konnte die andere überzeugen. Nach einem grollenden Schweigen sagte meine Mutter, sie würden wohl am besten alle zwei Ventilatoren laufen lassen. Ruth zog mir die Segeltuchschuhe von den Füßen, und Jacinta hob meinen Kopf an und schob mir ein Kissen unter. Ich tat, als ob ich schliefe. In Wahrheit fragte ich mich, ob ich mit dem schweren Gipsverband quer über der Brust je wieder würde einschlafen können.

Das Gästeschlafzimmer lag direkt neben dem Wohnzimmer und hatte ein Fenster, das auf die Veranda hinausging. Vor dem Fliegendraht war die Jalousie heruntergelassen, aber das Fenster war hochgeschoben, so daß ich hören konnte, wie mein Vater draußen hofhielt. Nach dem Chor der Ausrufe, Fragen und Lacher zu urteilen, die immer wieder seine Erzählung unterbrachen, hatte sich, obwohl es noch heller Nachmittag war, schon eine Besuchermenge eingefunden, mit der üblicherweise erst in den Abendstunden zu rechnen war. Schon zweimal hatte meine Großmutter der Versammlung vorgejammert, daß Francisco nach dem Flug Ruhe brauche, und das um so mehr, als er am Abend in der Acht-Uhr-Sendung im Radio auftreten müsse. Meine Mutter pflichtete Jacinta in diesem Punkt bei und erklärte meinem Vater, daß er um fünf mit dem Geplauder Schluß zu machen habe, damit ihm noch genügend Zeit bleibe, sich fertigzumachen und etwas zu essen.

»Komm, laß Frankie noch die Geschichte von den Schuhen zu Ende erzählen«, rief ein Cousin. »Dann gehen wir heim und lassen schon mal das Radio warmlaufen, damit wir heut abend nicht verpassen, wie er diesen antikommunistischen Armleuchtern verklart, was richtiger Sozialismus ist.«

Mein Vater erzählte, daß die Kinder in Kuba jahrzehntelang unterernährt gewesen waren, weil sie Bandwürmer hatten. Die Parasiten waren die Hauptursache der hohen Kindersterblichkeitsrate in Kuba. Viele Befallene wurden Opfer opportunistisch-pathogener Krankheitserreger, die ihr tödliches Potential nur aufgrund der von den Würmern herbeigeführten Schwächung des Organsystems entfalten konnten. Mein Vater erläuterte, daß die Parasiten sich im Magen entwickelten und sich dann mittels der Haftorgane, die sie am Kopf trugen, zusammengeringelt im Darm festsetzten. (Das alles trug er in englisch vor, wobei er – wohl weil er befürchtete, einzelne Familienmitglieder könnten sonst nicht mitkommen – die Kerninformationen auf spanisch wiederholte.) Sie könnten, sagte er, eine Länge von bis zu fünfzehn Metern erreichen, also ein Mehrfaches der Größe des befallenen Kindes. Unter Batista habe es keine kostenlose Wurmbehandlung gegeben, obwohl der Befall lebensbedrohlich sei. Es gebe Medikamente, die innerhalb von Wochen von der Wurmplage befreiten. In Amerika bekämen die Kinder im Bedarfsfall von ihrem Arzt ein Rezept ausgestellt, das den wohlfeilen, in bestimmten Fällen sogar kostenlosen Bezug des Heilmittels ermögliche, aber in Kuba sei das Mittel dank der Profitjägerei des Batistaregimes zu einem zehnmal so hohen Preis wie in den USA abgegeben worden. Allerdings hätten sich die verelendeten kubanischen Bauern die Pillen auch zum günstigeren US-Preis nicht leisten können.

Seit der Revolution wurden laut meinem Vater nicht nur vom Bandwurm befallene Kinder unentgeltlich mit Medikamenten versorgt, sondern es war auch gelungen, die Ausbreitung des Parasiten zu stoppen. Wie? Schlicht und einfach durch die Zuteilung von Schuhen an ausnahmslos alle kubanischen Kinder. Offenbar drangen die Würmer durch offene Schrammen an den Füßen in den Körper ein. »Wir haben doch alle schon Bilder von barfuß laufenden glücklichen Kindern in den Tropenländern gesehen«, sagte mein Vater. »Die laufen nicht barfuß, weil sie so unbekümmert sind. Die laufen barfuß, weil ihre Eltern kein Geld für Schuhe haben.«

Entgegen dem Versprechen, das er meiner Mutter gegeben hatte, blieb dies nicht die letzte Impression aus Kuba, über die er an jenem Nachmittag berichtete. Von der nächsten hörte ich schon nichts mehr. Ich schlummerte ein, den Kopf voller Bilder von Würmern dieser heimtückischen Sorte, die in meine Füße hineinkrochen. Ich wußte nicht, daß sie als mikroskopisch kleine Eier in den Körper ihres Wirts gelangten, vielmehr sah ich im Geiste voll entwickelte Exemplare dieser Kreaturen sich in mich hineinbohren. Ich sah die Räuber sich in meinen Magen hinauf winden und sich dort zu zuckenden glitschigen Taurollen zusammenringeln, um mich in aller Ruhe und Gemütlichkeit von innen her auffressen zu können.

Einer hatte sich auf meine Brust gelagert und kroch, während ich schlief, immer höher zu meinem Gesicht hinauf.

Ich wachte schreiend auf.

Nachdem meine Mutter mich beruhigt hatte, regte sich bei mir der Hunger. Der Arm tat überhaupt nicht mehr weh. Oma machte für meinen Vater und mich *biftec palomillo* mit *plátanos*. Nebeneinander sitzend aßen wir beide an dem gelben Resopaltisch in der Küche unser Abendbrot. Oma, Opa und Mam sahen uns zu dabei. Opa war noch satt von den Kuba-Sandwiches, die er auf dem Heimweg vom Flughafen gekauft und denen er zu Hause dann tüchtig zugesprochen hatte, Oma, noch mit Kochen beschäftigt, nahm ihr Essen stehend an der Anrichte ein, und meine Mutter lehnte jeden noch so kleinen Bissen ab. Sie legte die Hand auf ihren nichtvorhandenen Bauch und behauptete, sie habe in letzter Zeit zu stark zugenommen.

»Du bist sehr schön«, antwortete ihr Oma, um in freundlichem Ton hinzuzufügen: »Aber du bist zu mager.«

»Ich liebe dich, Mama«, sagte meine Mutter zu ihr. Sie umarmten sich an Omas Platz beim Herd so innig, als ob sie für lange Zeit Abschied voneinander nähmen. »Ich brauch' dich immerzu in meiner Nähe«, sagte Ruth, als sie sich voneinander lösten.

Die gebratenen Bananen schmeckten süß und waren dank Omas Kochkunst auch nicht zu fett. Ich aß so viele wie mein Vater. Der schwieg die ganze Zeit. In seinen Augen spiegelten sich intensive innere Monologe und Dialoge. Ich begriff, daß er für die Rundfunksendung probte. Ich sah, wie sich dann und wann seine Lippen öffneten, als ob sie etwas flüsterten. Er zeigte keine Reaktion, als seine Mutter ihm liebevoll über den Hinterkopf strich. Während er nach beendigter Mahlzeit auf den Espresso wartete, griff meine Mutter über den Tisch nach seiner Hand. Seine Hand erwiderte den Druck der ihren, aber sein Blick ging noch immer durch sie hindurch ins Leere.

Draußen waren am Himmel – der den ganzen Tag ein reines Blau gewesen war – inzwischen quellende und flutende dunkle Wolken aufgezogen. Ich sah einen Blitzstrahl aufzucken, der eine der schwarzen Massen durchschnitt. Dem Blitz folgten riesige Regentropfen, die geräuschvoll an die Fenster pladderten. In der Höhe begann es zu donnern – nicht mit dumpfem Grollen oder Gepolter, sondern mit überlautem, schneidend klarem, furchterregendem Knattern und Prasseln: als ob Gott das Himmelsgewölbe auf dem Knie entzweibräche.

Am liebsten wäre ich davongelaufen und hätte mich im Schlafzimmer verkrochen, aber so weit zu gehen genierte ich mich. Statt dessen ließ ich mich vom Stuhl gleiten und verkroch mich unterm Tisch.

Die Erwachsenen lachten verständnisvoll. In der Küche war es so dunkel geworden, daß Pepín das Licht anknipste. Ich blieb an meinem Platz unterm Tisch. Mit der freien Hand griff ich nach dem Gipsverband: Zum erstenmal freute ich mich, diesen neuen Panzer an mir zu spüren.

»Nicht, Pepito«, protestierte Oma gegen die Beleuchtung. Ihrer Meinung nach war bei Gewitter jede Nutzung von Elektrizität gefährlich.

Direkt über uns krachte ein gewaltiger, ohrenzerreißender Donnerschlag. Sämtliche Lichter gingen aus. Meine Mutter kreischte. Ich muß aufgeschrien haben. Ehe ich mich's versah, saß plötzlich mein Vater neben mir. Er hatte seine lange Gestalt zusammengeklappt und war unter den Tisch gekrochen. Er zwinkerte mir zu. Weil ich durch den Donner so verschreckt war, begriff ich nicht gleich, daß er Spaß machte, indem er so tat, als sei er von kleinjungenhafter Furcht gepackt. Ich dachte, er wäre genauso verängstigt wie ich.

»*Mira* Francisco!« sagte meine Großmutter kichernd.

Wieder spaltete sich der Himmel. Diesmal mit einem Knall von solcher Lautstärke, daß Oma aufschrie vor Schreck.

»Ich komme runter zu euch«, sagte meine Mutter. Sie schleuderte ihre hochhackigen Pumps von den Füßen (sie war schon für den Besuch im Funkhaus angezogen) und kam zu meinem Vater und mir gekrabbelt. Sie umschlang mich mit den Armen und kuschelte sich an Francisco. Ich roch sein Aftershave und ihr Parfüm. Der Regen kam wie ein Katarakt herabgestürzt; wenn man zum Fenster hinaufspähte, war es, als wäre draußen ein dichter Vorhang vorgezogen worden. Die Krone der Palme hinterm Haus war nicht mehr zu sehen. In buchstäblicher familiärer Einheit zusammengeschweißt saßen wir unter dem Tisch, in Sicherheit vor dem Unwetter. Es war das letzte Mal, daß meine Mutter, mein Vater und ich sich umarmten.

Die nachmittäglichen Hitzegewitter in Florida dauern selten länger als eine halbe Stunde. Es ist, als wäre das Wetter ein von dem langen heißen Tag erschöpftes und frustriertes Kleinkind, das jäh einen Wut- und Tränenkoller kriegt, der ebenso schnell wieder verfliegt, wie er gekommen ist. Eine Stunde später war von dem Abkühlung bringenden Regen keine Spur mehr übrig bis auf den Umstand, daß die zum Ersticken feuchtheiße Luft ein wenig aufgefrischt hatte. Bis dahin war es dann auch Zeit zum Aufbrechen geworden. Ich bat meinen Vater, mich ins Funkhaus mitzunehmen. Ruth, Jacinta und Pepín sagten alle drei wie aus einem Munde nein.

Francisco überstimmte sie. Er legte den Arm um mich und sagte: »Rafe muß mit, das geht gar nicht anders. Er ist doch für diese *Yanquis* der lebende Beweis, daß ich kein übergeschnappter Radikalinski bin. Wie sollte denn das möglich sein? Seht ihn euch doch bloß an!« Er hakte seinen Arm um meinen Kopf und drückte. »Er ist ein echter amerikanischer Junge. Wenn der Moderator erst einmal Rafael gesehen hat, glaubt er mir jedes Wort, das ich sage.«

Er bestand darauf, daß Opa zu Hause blieb und Oma Gesellschaft leistete. »Ich fahre selber«, sagte er. Ich nahm auf dem Rücksitz des Plymouth Platz, und meine Mutter stieg vorn bei Francisco ein. Ich weiß nicht mehr (und ich schreibe dies nach vielfach wiederholtem längeren und intensiven Bemühen, mir den Verlauf jenes Tages in allen Einzelheiten zu vergegenwärtigen), was mich davon abhielt, mich des blauen Autos mit dem weißen Hut zu entsinnen und meinen Eltern von meinen Beobachtungen zu erzählen. Ich kann mich noch lebhaft erinnern, daß ich meine Nase an der Heckscheibe plattdrückte, um zu sehen, ob irgendwelche Autos hinter uns fuhren. Warum tat ich das, wenn nicht, um nach dem blau-weißen Pkw Ausschau zu halten? Vielleicht war ich so wenig mitteilsam, weil ich keine Gelegenheit hatte, sonderlich lange Ausschau zu halten. Francisco, der sich angespannt auf die Suche nach dem Funkhaus konzentrierte, schnauzte mich an: »Setz dich auf deinen Hintern, Rafe! Ich sehe nichts im Rückspiegel, wenn du deine Rübe vorm Fenster hast!«

Das Funkhaus war ein vierstöckiger sandfarbener Bau direkt neben einer Autobahnüberführung. Der ganze Straßenzug bestand aus Bürogebäuden und machte, obwohl es erst früher Abend war, einen ausgestorbenen Eindruck wie eine Straße in einer Geisterstadt. Wir parkten gegenüber dem Eingang.

Der Moderator der Sendung signierte meinen Gips, ebenso die Produzentin, eine junge Frau. Beide waren sehr freundlich. Die Produzentin gab mir eine Cola und holte meinen Eltern Kaffee. Der Moderator war besonders aufgeräumt und herzlich. Bis zu Beginn der Sendung.

»Sind Sie nicht ein Sympathisant des Kommunismus, Mr. Neruda? Ich habe Ihren Artikel in der *New York Times* gelesen.« Aus seinem Mund hörte sich »New York« wie etwas Verachtenswertes an. »Sie bringen alle nur erdenklichen Argumente vor, um Fidel Castros Verbrechen, inklusive Raub und Mord, zu entschuldigen. Es spielt für Sie keine Rolle, daß er unzählige Familienbetriebe zerschlagen und sich ihr hart erarbeitetes Kapital angeeignet hat – vorgeblich, um es in Hilfsprogramme für die Bauern zu stecken. Wenn Sie mich fragen, wandert das ganze Geld auf ein Konto in der Schweiz. Aber Sie und die *New York Times* erzählen uns, das spielt keine Rolle. Es spielt keine Rolle, daß Castro Erschießungskommandos beschäftigt, die im Tag- und Nachtschichtbetrieb Menschen umbringen, deren einziges Verbrechen darin besteht, daß sie als Soldaten die Befehle ausgeführt haben, die ihnen gegeben wurden. Sie bezeichnen derlei Dinge als verständliche Überreaktionen. Ich muß sagen, Sie haben einen erstaunlichen Begriff von Überreaktion. Ich frage mich, was Sie wohl sagen würden, wenn Sie in einer ausländischen Zeitung läsen, daß es eine ganz verständliche Überreaktion ist, wenn die Kommunisten Ihnen Ihren letzten Cent abnehmen und Sie kaltblütig erschießen?«

Ruth und ich hielten sich in einem ein paar Türen vom Sendestudio entfernt an demselben Flur gelegenen Zimmer auf, wo die Produzentin uns untergebracht und nach der freundlichen Bitte, es uns gemütlich zu machen, allein gelassen hatte. Über einen in der Decke eingebauten Lautsprecher konnten wir die Sendung mithören.

»Großer Gott«, sagte Ruth entsetzt. Ich schaute kurz zu ihr hin und machte mir zugleich Sorgen wegen der eingetretenen Stille. Mein Vater antwortete nicht gleich. Wenn in ihm etwas auch nur entfernt ähnliches wie das vorging, was sich auf dem Gesicht meiner Mutter spiegelte, dann stand den Rundfunkhörern eine ungewohnt wortkarge Sendung bevor.

Zu guter Letzt kam Franciscos Stimme dann doch noch von der Zimmerdecke herab. Er wirkte gelassen und amüsiert. »Ich bin mir nicht sicher, ob ich genau verstanden habe, was Sie fragen wollen, Ron. Ich habe nicht geschrieben, daß Mord und Raub zu verstehen sind. Ich *habe* allerdings geschrieben, daß es keine Revolution gibt, bei der nicht Menschen zu Tode kämen. Es hat auf beiden Seiten viele Tote gegeben. Was die Familienbetriebe angeht, von denen Sie sprachen – mir ist da nicht ganz klar, welche Familien Sie meinen. Neunzig Prozent der kubanischen Aktiva waren im Besitz ausländischer Firmen. Das waren keine Kleinunternehmen, wo Mama und Papa das Regiment führten. Ich hab' ja über ITT schon so manches gehört – aber daß die Firma ein Familienbetrieb sein soll, das höre ich nun wirklich zum allerersten Mal.«

Ein Cousin meines Vaters namens Pancho zeichnete seinerzeit die Sendung mit seinem Tonbandgerät auf. Vor einigen Monaten schickte mir seine Tochter Marisa eine Kopie des Bands, und nachdem ich jetzt wieder gehört habe, wie mein Vater mit seinen Argumenten die schier endlose Litanei der von Anti-Castro-Gesinnung getragenen Fragen und Einwände abschmetterte, die der Moderator und die antelefonierenden Hörer vortrugen, bin ich nicht mehr überrascht, daß ich damals, als ich diese Sendung im Wartezimmer des Funkhauses mithörte, meinen Vater grenzenlos bewunderte. Francisco machte Späße; er präsentierte massenweise Fakten; er erzählte Geschichten, in denen die Kubaner und ihr Kampf zu realen Größen wurden. Mochte er auch mit seinen Überzeugungen dem Anschein nach noch so allein dastehen, mochten seine Kontrahenten noch so wütend über ihn herfallen, er wahrte stets heitere Gelassenheit. Ich glaube, den nachhaltigsten Eindruck erzielte er mit seiner Schilderung der Kubaner als eines Volks voller Liebe zur amerikanischen Kultur, angefangen vom Baseball über Hollywoodfilme bis hin zur Rockmusik. Auf jeden Fall beeindruckte er damit mich, denn er illustrierte mit meinem Beispiel die Chancenungleichheit zwischen einem amerikanischen Jungen und einem Jungen im Kuba Batistas.

»Mein Sohn Rafael hat sich heute den Arm gebrochen. Er brauchte nur eine relativ kurze Strecke zurückzulegen, um adäquate medizinische Versorgung zu maßvollen Kosten zu finden. Ein Bauernjunge im Kuba Batistas hätte im gleichen Fall unter Umständen meilenweit zu Fuß laufen müssen, um sich am Ende dem Risiko auszusetzen, daß eine ungeschulte Krankenschwester den Bruch unzulänglich reponiert. Wir haben hier keinen Ärztemangel, und sollte es bei Rafael am Ort der Fraktur zu einer Infektion kommen, so stehen uns dafür ausreichend Antibiotika zur Verfügung. Wenn wir im Herbst nach New York zurückkehren, wird Rafael dort eine gut ausgestattete Schule besuchen, eine Schule, die zudem nichts kostet und die mit der Qualifikation ihres Lehrkörpers und der Qualität ihrer Einrichtungen noch die teuersten Privatschulen in den Schatten stellt, die Havanna zur Zeit des Batista-Regimes vorzuweisen hatte. Zum Zeitpunkt des Siegs der Revolution waren in Kuba über neunzig Prozent der Bevölkerung Analphabeten. Die neue kubanische Regierung hat ein Erziehungsprogramm angekündigt, das die Analphabetismusrate innerhalb von fünf Jahren auf Null drücken soll. Ich habe zwei Tage in Baracken auf den Zuckerrohrplantagen zugebracht, Baracken ohne Fenster, in denen es keine Tische oder Pulte gibt, sondern nur ein paar harte Bänke, auf denen sich Menschen jeden Alters und beiderlei Geschlechts zusammenquetschten, um lesen und schreiben zu lernen. Und nach dem Unterricht gingen alle, auch die Lehrer, zur Arbeit auf die Felder, um den Zuckerrohranbau – der zwar profitabel für die United Fruit Company war, den Kubanern aber eine höchst unausgewogene Volkswirtschaft bescherte – auf dringender benötigte Feldfrüchte umzustellen und so die Ausgaben für Importe zu senken und die Ernährungssituation im Land zu verbessern. Überflüssig zu betonen, daß all diese bewundernswerten Neuerungen durch eine Handelssperre der Vereinigten Staaten zunichte gemacht würden. Kuba ist ein armes Land. Wenn ihm der Zugang zu unseren Märkten versperrt wird, wenn es seine Einfuhren nicht von dem nur neunzig Meilen vor seiner Küste gelegenen Industriegiganten beziehen kann, sondern sie aus einer sehr viel weiter entfernten Weltgegend heranschaffen muß, dann wird es womöglich so sein, daß der kubanische Bauernjunge, der sich genauso für die Yankees begeistert wie mein Sohn Rafael und der nichts lieber täte, als sich zusammen mit Rafe und seinen Schulkameraden die Samstagsmorgensvorstellung im Loew-Kino an der 175. Straße anzusehen – daß dieser Bauernjunge, sage ich, trotz Fidels Reformen weder genug zu essen bekommt noch die Antibiotika, die er zum Gesundwerden, noch die Bücher, die er zum Lernen braucht. Sie, Ron, sagen, daß Kuba mit der Sowjetunion verbündet und deshalb unser Feind ist. Aus meiner Sicht ist das gar nicht so sicher. Noch nicht. Wenn wir allerdings weitermachen wie bisher und

Kuba immer rigoroser von unseren Ressourcen abschneiden, dann treiben wir die Kubaner förmlich in die Arme der Russen, dann haben sie gar keine andere Wahl, als sich mit ihnen zu verbünden. Das wird für sie dann zur Überlebensfrage.«

Mein sorgenfreies Leben verdankte ich einem geographischen Zufall. Ich sah mich im Geiste als Inbild der Armut mit verdrehtem gebrochenen Arm barfuß durch eine Wüste (in meiner Vorstellung war das vegetationsreiche Kuba eine Wüstenei) zu einer Baracke laufen, dem Revier einer melancholisch dreinblickenden Krankenschwester, die mit dem Ruf »Ich weiß nicht, was ich tu'« mir den Arm, mal in diese, mal in jene Richtung verrenkte. Bandwürmer krochen in Schrammen an meinen Füßen. Meine Schulbildung war so miserabel, daß mir der Wortschatz fehlte, um die frenetische Krankenschwester über meine Magenschmerzen ins Bild zu setzen.

Aberwitzig, nicht? Meine Cola schmeckte auf einmal nicht mehr. Die roten Plüschsessel in »Loew's Filmtheater« in Washington Heights erschienen als monströse Verschwendung. Ahnte Francisco auch nur im entferntesten, was es für mich bedeutete, daß er die Selbstverständlichkeiten meines Lebens mit Benachteiligung und Ungerechtigkeit in Zusammenhang brachte? Aber zugleich war es die reine Wahrheit, was mein Vater sagte. Diesen armen Bauernjungen gab es wirklich, und noch immer werden ihm nicht die Medikamente, die Nahrungsmittel und die Bildungschancen geboten, die für seine Altersgenossen in der amerikanischen Mittelklasse etwas Selbstverständliches sind. Natürlich hat sich im Lauf von dreißig Jahren etwas geändert – heutzutage kann man diesem deprivierten Kind auch in New York begegnen. (Man verliere bitte nicht aus den Augen, daß ich mich hier weder für noch gegen bestimmte vorgefaßte Meinungen in der Frage ausspreche, wie diese sozialen Probleme zu lösen wären, einschließlich der Meinung, dagegen sei schlechterdings nichts zu machen.)

Als wir das Funkhaus verließen, waren wir in Hochstimmung. Gegen Ende der Sendung schien sogar der feindselige Moderator seinen Standpunkt geändert zu haben. Es gingen so viele Anrufe ein, daß die Produzentin die Sendung um eine Stunde über die vorgesehene Zeit hinaus verlängerte. Sie geleitete uns die Treppe hinunter, zum einen um meinem Vater zu danken, zum anderen um zu erfahren, wie lange er sich noch in Tampa aufhalten werde. Sie wollte noch eine zweite Sendung mit ihm machen. Sie kamen überein, am nächsten Morgen Kontakt miteinander aufzunehmen.

Opas Plymouth war das einzige geparkte Auto in der Straße. Es war dunkel – die Uhr zeigte nach halb elf – und bereits wieder feucht und warm. In Tampa war es im Freien so stickig, als befände man sich in einem Raum mit verrammelten Türen und Fenstern.

Wir starteten auf den Nachhauseweg, meine Eltern vorn im Wagen, ich auf dem Rücksitz, nach vorn gelehnt, um Francisco über die Schulter schauen zu können. Meine Mutter erging sich in Lobeshymnen auf ihn. Sie ließ besonders schlagfertige Retourkutschen, die er gefahren hatte, nochmals auf der Zunge zergehen; sie lachte nochmals über Witze, die er gemacht hatte; Tränen traten ihr in die Augen, als sie sich an die kubanische Bauersfrau erinnerte, die noch mit achtundsechzig Jahren lesen lernte. Mit ihrer Bewunderung zeigte sie ihm, wie sehr sie ihn liebte.

Ein paar Straßenkreuzungen vom Funkhaus entfernt hielten wir vor einer roten Ampel. Wir befanden uns noch immer in dem ausgestorbenen Geschäftsviertel. Außer unserem Plymouth fuhr auf der Straße nur ein einziges anderes Auto. Seine Lichter kamen, größer und heller werdend, von hinten näher. Sie wurden größer und heller, als sie hätten werden dürfen, als käme eine Sturzwelle auf uns zu, die uns verschlingen wollte. Meine Mutter drehte sich um und sah nach hinten. In dem grellen Licht war ihr Gesicht kalkweiß. Dann krachte es.

Ich prallte gegen den Kunstlederbezug des Vordersitzes, bevor ich in den Beinraum zwischen den Vordersitzen und dem Rücksitz rutschte. Dabei begrub ich meinen Gipsverband unter mir. Der versetzte mir sogar einen kräftigen Schlag gegen die Magengrube. Mein erster Gedanke war, daß er zu Bruch gegangen sein müsse.

Ich hörte wütende Männerstimmen, verstand Fetzen von Unflätigkeiten, in die spanische Wörter gemischt waren. An unserem Auto wurden Türen aufgerissen. Meine Mutter schrie: »Nicht, Frank!«

Der Gips war heil geblieben. Trotzdem rührte ich mich nicht. Ich lag mit der Nase auf dem Getriebetunnel, von Angst gepeinigt. Draußen war etwas Schreckliches im Gange, und ich fürchtete mich hinzusehen.

Ich hörte meine Mutter schreien. Es waren Laute, wie ich sie noch nie von ihr gehört hatte. Ich richtete mich auf und sah hinaus. Der gräßliche Schrei hatte mich aus meiner Feigheit gerissen – und hätte das fraglos auch mit dem Sohn jeder anderen Mutter getan.

Die Wucht des Aufpralls gegen das Heck hatte uns quer über die ganze Kreuzung geschleudert. Meine Mutter lag mit zerschrammtem, blutigem Gesicht rücklings auf der Haube des Plymouth. Ihr Kleid – von dem ich noch weiß, daß sie darin jung und schön aussah, an dessen Farbe ich mich aber nicht mehr erinnern kann – war vorn der Länge nach aufgerissen. Ihr BH war ebenfalls zerfetzt oder abgestreift. Was mit ihrem Slip war, weiß ich nicht mehr – ich nehme an, auch von dem war nichts mehr übrig. Zuerst dachte ich, ihr Zustand wäre eine Folge des Unfalls.

Ein Stück weit seitwärts bemerkte ich den Mann mit der Pilotenbrille. Er hielt den Kopf meines Vaters. Im grellen Licht aus den zersplitterten Scheinwerfern der beiden Autos sah es so aus, als hielte er den Kopf eines Enthaupteten. In Wirklichkeit lag mein Vater, aus einer Kopfwunde blutend, die er bei der Kollision abbekommen hatte, auf den Knien. Er war bei Bewußtsein, wenn auch benommen. Der Mann mit der Pilotenbrille hatte ihn bei den Haaren gepackt und hielt seinen Kopf hoch, damit er sah, was die beiden anderen mit Ruth machten.

Sie hatten sie wie ein erlegtes Stück Rotwild quer über die Kühlerhaube des Plymouth geworfen. Ihre verwundbare Haut zitterte im Scheinwerferlicht des anderen Autos. Einer der beiden Genossen des Bebrillten kletterte auf die Haube und kniete sich über Ruths Brust, so daß er mit seinen Knien ihre Arme festklemmte. Er urinierte auf ihr blutverschmiertes Gesicht. Sie schrie vor Schmerzen. Was der zweite sich am Unterleib meiner Mutter zu schaffen machte, sah ich mir gar nicht erst an. Die Momentaufnahmen dessen, was mir noch erinnerlich ist, zu einer kohärenten Wahrnehmung zu verarbeiten, fiel mir schwer genug.

Im nächsten Augenblick war ich aus dem Auto. Ich erinnere mich nicht, wie ich hinauskam. Warum die Männer aus dem blau-weißen Auto mich in Frieden gelassen hatten, weiß ich nicht. Vielleicht hatten sie mich, wie ich da im Fond auf dem Boden lag, für ohnmächtig gehalten. Der Aufprall war jedenfalls heftig genug gewesen, um mir das Bewußtsein genommen haben zu können.

Was ich dann tat, kommt jemandem, der sich mit menschlichem Verhalten in Extremsituationen nicht auskennt, vielleicht sonderbar vor. Ich eilte nicht etwa meiner Mutter zu Hilfe. Daß der geschundene Körper auf der Kühlerhaube meine Mutter war, wollte ich in diesem Moment nicht wahrhaben. Ich lief auf den Mann zu, der den Kopf meines Vaters hochhielt. Ich sah nicht, daß er eine Pistole in der freien Hand hielt.

Ich krachte mit aller Wucht, die der Körper eines Achtjährigen zu entfalten vermag, gegen den Arm des Bebrillten – mit dem Gips voran.

Aus der Pistole löste sich ein Schuß. Einer der Männer, die meine Mutter malträtierten, brach in Geheul aus. Vermutlich war er getroffen. Ich fiel gegen Francisco. Ich rechnete damit, daß mein Vater jetzt, wo ich ihn befreit hatte, das Heft in die Hand nehmen und uns retten würde. Mein Kopf war dicht neben seinem. Der Mann mit der Pilotenbrille, der auf spanisch fluchte, ging auf uns los. Ich hörte meinen Vater etwas auf spanisch wimmern. Ich weiß bis heute nicht, was er sagte, ich weiß nur, daß es mit »Nicht …« begann, und ich konnte am Ton seiner Stimme erkennen, daß es eine flehentliche Bitte war.

Ich bekam einen Tritt ins Gesicht. Mein Kopf knallte gegen den meines Vaters. Ich sah weiße Lichtblitze – das Phänomen, das gelegentlich als »Sterne sehen« bezeichnet wird. Danach wurden um mich herum Rufe laut, und aus der Ferne waren Sirenen zu hören.

Die grauenhaften Schreie meiner Mutter hörten auf. Ich sagte mir, es sei das beste, auch still zu sein. Mein Vater war noch immer neben mir. Ich hielt ihn für tot. Was mit meiner Mutter war, daran wollte ich lieber nicht denken. Ich wollte einfach so tun, als wäre ich tot, damit man mich in Ruhe ließ.

Wie sich herausstellen sollte, war meine Mutter zwar übel zugerichtet, aber am Leben. Mein Vater hatte eine klaffende Wunde an der Stirn und wirkte desorientiert, war aber ansonsten unverletzt. Bei mir war der Bakkenknochen gebrochen, und der Gipsverband mußte gerichtet werden.

Ich dachte, ich läge stumm und regungslos auf dem Boden und stellte mich tot. Dem war nicht so. Die Polizei fand mich bei dem nackten Körper meiner Mutter stehend und ihre rechte Hand umklammert haltend. Ich hatte die Augen geschlossen und schrie aus vollem Hals.

DRITTES KAPITEL

Die Urangst

Niemand wurde festgenommen. Meine Eltern hatten alle beide die Gewalttäter zweifelsfrei als Kubaner identifiziert. Mein Vater war sich sicher, daß er aufgrund ihres Akzents genau sagen konnte, in welcher Gegend der Insel sie aufgewachsen waren. Aber die Polizei von Tampa bekam sie nicht zu fassen. Ich weiß nicht, wie gründlich gefahndet wurde. Ich weiß, daß man Nachforschungen in den Krankenhäusern anstellte, ob in jüngster Zeit ein Mann mit einer Schußwunde aufgenommen oder verarztet worden war. Nach einer Blutspur am Schauplatz des Geschehens zu schließen, war offenbar einer der Brutalos bei meinem Zusammenprall mit der Pistole seines Spießgesellen angeschossen worden.

Meine Mutter behauptete später, ich hätte unser aller Leben gerettet. Ich weiß es zwar nicht sicher, nehme aber an, daß sie zu meinem Vater das gleiche sagte. Er ging am Tag nach dem Überfall nach Kuba zurück, vermutlich um einem weiteren Anschlag auf sein Leben vorzubeugen. Wenn der Zweck des Coups darin bestanden hatte, Franciscos Auftritte in Radio- und Fernsehsendungen zu stoppen, dann war die Operation erfolgreich gewesen.

Der Schläge, die sie erhalten hatte, und der Vergewaltigung wegen mußte meine Mutter für zwei Tage ins Krankenhaus. (Natürlich wußte ich zum damaligen Zeitpunkt nicht, daß sie vergewaltigt worden war; ich bin mir auch nicht sicher, wer außer meinem Vater und der Polizei überhaupt davon wußte.)

In aller Frühe kam mein Vater an mein Bett und weckte mich, um sich zu verabschieden.

»Ich muß gehen, Rafael. Du verstehst? Auf diese Weise seid ihr zwei sicher, du und deine Mutter.«

Ich erinnere mich noch genau an seine Worte. Für das Englische ist die Formulierung etwas spröde. Tatsächlich läßt sie sich ohne weiteres in ein völlig natürliches Spanisch übersetzen. Aber ich weiß genau, daß er die Worte auf englisch zu mir sagte. Er gab mir einen Kuß. Er umarmte mich. Meine Lippen reagierten nicht. Meine Arme verharrten an meinen Seiten. Er umarmte einen leblosen Körper.

Ich hatte mich in einen schizoiden Zustand geflüchtet. Ich bitte um

Verzeihung für den Begriff, aber er bezeichnet einigermaßen präzise den Sachverhalt. Ich saß stumm vor dem Fernsehapparat, ohne äußeres Anzeichen eines Gefühls oder einer Stimmung, ohne die Vorgänge auf dem Bildschirm wahrzunehmen, in Phantasien verloren, die auf der Leugnung des Überfalls aufbauten oder das Szenario in wirklichkeitsgetreuer Grausigkeit wieder ablaufen ließen oder es um- und weiterdichteten zu einem Schluß, bei dem mein Vater die drei Männer tötete. Nachts konnte ich nicht schlafen. Oma leistete mir im Fernsehzimmer Gesellschaft; sich leicht vor und zurück wiegend, saß sie in einem Schaukelstuhl neben der Bettcouch, auf der ich eigentlich hätte im Schlaf liegen sollen. Ab und an nickte sie ein, um alsbald wieder aus dem Schlummer zu schrecken. Ich kann guten Gewissens sagen, daß ich mich nicht erinnere, in dieser Zeit überhaupt je geschlafen zu haben. Die warmen Nächte, durchlebt mit dem erstickenden Bewußtsein, in einer Welt ohne Lüftungsanlagen zu leben, wurden zu einem zusätzlichen Schrecknis. Ich lag regungslos da, aber mein Herz klopfte wie wild. Ich sah diese Männer vor mir und die Bilder dessen, was sie meinen Eltern antaten, und ich rang nach Atem. Aber es stellten sich keine Tränen, kein Schluchzen ein: nichts geschah, was mir hätte den Seelenfrieden bringen oder den Alpdruck von der Brust nehmen können.

Am Abend des dritten Tages kam meine Mutter zurück. An sie klammerte ich mich. Buchstäblich. Ich hielt ihre Hand fest und war durch nichts zu bewegen, sie auch nur vorübergehend loszulassen. Ein-, zweimal versuchte sie die Hand freizubekommen, aber jedesmal protestierte ich auf der Stelle so vehement, daß sie den Kontakt gleich wieder herstellte. Daß ich meinen Griff auch beim Essen nicht lockerte, störte sie nicht allzusehr. Sie nahm keine feste Nahrung zu sich. Da ihre Kinnlade geschwollen und voller blauer Flecken war, beschränkte sie ihre Kost notgedrungen auf Omas *natilla*. An diesem Abend schmeckte mir das Essen wieder, und ich langte zu. Weil ich Ruth nicht loslassen wollte, mußte mir Oma alles auf dem Teller vorschneiden, damit ich zum Essen nur eine Hand brauchte.

In dieser Nacht teilte ich mir mit Ruth ein Bett im Gästezimmer und schlief zum erstenmal wieder ungestört durch bis zum Morgen. Nur ein einzigesmal wurde ich zwischendurch wach.

Ruth hatte das Bett verlassen. Regungslos, mit gespannter Aufmerksamkeit lauschend stand sie auf die Zehenspitzen gereckt im Türrahmen.

»Mam ...«, rief ich verschlafen.

Sie kam auf Zehenspitzen zum Bett gehuscht. Sie setzte sich hinein, lehnte den Rücken ans Kopfbrett und winkelte die Beine an. Ihre Aufmerksamkeit blieb auf die offene Tür gerichtet.

Ich legte meinen Kopf in ihren Schoß. Wegen der nächtlichen Hitze trug sie irgend etwas Dünnes, Seidiges. Die Wärme ihres Bauchs, ihr einschmeichelnder Geruch, die Nähe zum Ursprung meines Lebens, das alles schuf ein prickelndes Behagen. Ist das Sexualität? Ist es Selbstberuhigung? Ist es Regression? Bin ich ungewollt darauf gedrillt, Wohlbehagen mit Sexualität gleichzusetzen? Oder *sind* sie etwa ein und dasselbe? Ist die Interpretation des Faktums von irgendwelcher Bedeutung? Ist sie wichtiger oder unwichtiger als das Faktum selbst? Wäre mir der Kontakt mit der Strenge meines Vaters besser bekommen als der Trost, den meine Mutter mir gewährte? Verbirgt sich in dieser Frage »Sexismus«? Wenn ich mir über das alles Rechenschaft abgelegt habe, bin ich dann einen Schritt weitergekommen, einen Grad besser geworden?

Wie töricht die Selbstbeobachtung sich doch manchmal darstellen kann oder darstellen läßt, und wie töricht sie in der Tat auch ist, solange Selbstprüfung keine Sache auf Leben oder Tod ist. Was immer man von dem Arrangement halten mag – ein verängstigter Junge auf dem warmen Bauch seiner Mutter –, es hat mich dem Leben zurückgegeben.

»Es geht ihm besser, wenn er bei seiner Mama sein kann«, faßte Jacinta am nächsten Morgen meine Befindlichkeit zusammen, als sie mich am Frühstückstisch einen Stapel von ihren Pfannkuchen verdrücken sah.

Ich begann wieder zu sprechen. Die Backe tat mir dabei weh, und daran sah ich, daß ich die letzten Tage über geschwiegen hatte. Wenn Sie mich am Abend dieses Tages in dem Zug nach New York, den meine Mutter und ich benutzten, auf dem engen Gang, wo ich mich an Ihnen vorbeidrücken wollte – sehen Sie mich noch vor sich: den sonnengebräunten kleinen Jungen mit der in allen Regenbogenfarben schillernden geschwollenen Backe und dem Gipsverband am linken Arm? – wenn Sie mich also da angehalten und gefragt hätten, wie ich denn zu meinen Blessuren gekommen sei, dann hätte ich Ihnen womöglich munter und vergnügt erklärt, das sei beim Baseballspielen passiert. Ich hatte schon angefangen, die unmittelbare Erinnerung an den Überfall zu verdrängen, und bis zum Ende der Woche sollte dieser Verdrängungsprozeß zum Abschluß gekommen sein. Ich spreche hier nicht von einer traumatischen Amnesie. Daß der Überfall geschehen war, blieb mir bewußt. Aber die Einzelheiten verblaßten in meiner Erinnerung, und nur ein kundiger Fragesteller hätte es vermocht, den Unhold aus dem düsteren Kellerverlies heraufzuzitieren, wohin ich ihn in ein trübes Schattendasein verbannt hatte.

[Es ist (was Wunder?) für mich eine interessante Frage, ob eine sofortige psychotherapeutische Intervention in Fällen wie dem meinen die Verbiegungen und Mißbildungen verhindern könnte, die nach einer überwältigenden psychischen Traumatisierung dem Anschein nach unvermeidlich sind. Von den großen Denkern meines Berufsstandes glaubt eine Reihe fest an das Regenerationsvermögen des Menschen, insbesondere des Kindes. Ohne mich im Gestrüpp der Auseinandersetzungen zwischen den psychotherapeutischen »Schulen« verfangen zu wollen, möchte ich doch wenigstens diejenigen hier erwähnen, die Abstriche vornehmen an der von Freud und den zahlreichen Revisionisten seiner Lehre getroffenen Verabsolutierung des Säuglingsalters und der frühen Kindheit zur eigentlichen, alles entscheidenden Kern- und Schlüsselphase unseres Lebensdramas, im Verhältnis zu der das Erwachsenenalter lediglich den Stellenwert eines mehr oder minder vorausberechenbaren Schlußakts besitzt oder – eine noch trübere Perspektive – den der Einkehr im Theatercafé nach der Vorstellung, wo man mit seiner Begleitung bei einem Drink noch einmal die Höhepunkte der eben erlebten Inszenierung wiederkäut. Die Gerechtigkeit gegenüber dem armen, exzessiv ausgeschlachteten Freud verlangt festzuhalten, daß es in Wahrheit über das Ziel hinausschießen heißt, wenn man ihm eine solch pessimistische Sicht der reifen Lebensjahre zuschreibt. Allein schon sein Kampf für die *talking cure* zeigt, daß er das Erwachsenenalter höher bewertete. Wie aber hätte er es mit der folgenden Frage gehalten, wie würden Psychotherapeuten im allgemeinen es mit ihr halten: Sollten wir Traumapsychotherapeuten haben, die gleichsam als psychotherapeutische Unfallsanitäter zu den Schauplätzen von Tragödien eilen, um mit verbaler Erster Hilfe den Schaden zu begrenzen? Natürlich denke ich dabei nicht an jene Neurologen, nach deren Ansicht eine Traumatisierung eine biochemische Veränderung im Gehirn auslöst. Daß *sie* gern im Eilverfahren eingreifen würden, ist bekannt: eingreifen mit Betäubungsmitteln, in deren genaue Wirkungsweise wir, wie sie selbst zugeben, keinen Einblick haben. Ich danke Gott, daß sie über ihre ohnehin schon sehr weitreichende Macht hinaus keine Befugnis haben, mit uns zu experimentieren. Aber wenn sie recht hätten, was spräche dann noch dagegen? Müßte man nicht gleich an Ort und Stelle ein chemisches Vorbeugungsmittel verabreichen? Und die Behavioristen – wenn sie mit ihrer Auffassung recht hätten, müßten sie mit ihrer Fähigkeit, den Spezialisten in Selbstsabotage das Handwerk zu legen, nicht ebenfalls am Unfallort zugegen sein? Erste Reaktionen dieser Art haben wir ohne Frage in diversen Selbsthilfegruppen und ähnlichen Vereinigungen vor uns. Ich will mit dem allen lediglich die Tatsache zu Bewußtsein bringen, daß Psychiatrie und Psychotherapie der einzige Zweig der Medizin sind, der weder einen systematischen Katalog therapeutischer Notfallmaßnahmen noch eine etablierte Praxis der Prävention kennt. Mag sein, daß von den diversen psychotherapeutischen »Schulen« nicht zuletzt deswegen keine guten Gewissens »Heilung« versprechen kann, weil wir alle zu lange warten, bis wir uns an die Arbeit machen.]

Manchmal genügt schon das Erinnerungsbild von meiner Mutter und mir, wie wir, allein mit unseren Ängsten, von der Fahrtbewegung gerüttelt, nebeneinander im Zug sitzen und uns in dem Wahn wiegen, das Schlimmste überstanden zu haben, während in Wirklichkeit das Unheil seinen Lauf gerade erst angetreten hatte – manchmal genügt schon dieses Bild, um mich mit Kummer und Gram zu erfüllen. Wenn ich um meine Mutter Tränen vergieße (und das tue ich), dann in Gedanken an jene scheinbar ruhigen Sommer- und Herbstmonate des Jahres 1960. Wenngleich es den Anschein haben mag, als hätte sie auch später noch gerettet werden können, ist es doch die Ruth ebenjener Zeit, die ich mir als Patientin gewünscht hätte. Dem flüchtigen Beobachter kommt diese Zeit zwar als eine Folge langweiliger, uninteressanter Tage vor, aber genau damals wurde aus dem Unglück, das sie betroffen hatte, eine Erkrankung.

Die Laien unter meinen Lesern interessieren sich wahrscheinlich mehr für die Frage, warum meine vergewaltigte und geprügelte Mutter mit ihrem verschreckten Sohn allein nach New York reiste. Warum sie es tat, und warum man sie ließ. Meines Vaters erklärte Gründe habe ich bereits genannt. Jacinta und Pepín waren zu schüchtern, als daß sie sich unter normalen Umständen in einen Zug nach New York getraut hätten. Ich weiß, daß sie der Überzeugung waren, wir seien in New York sicherer; ich vermute, daß sie überdies erdrückt wurden von einer Reaktion auf die Ereignisse jener Nacht, hinter der eine Einstellung zur Sexualität und eine Auffassung von Charakterfestigkeit standen, die beide noch aus dem neunzehnten Jahrhundert stammten. Ich spürte ihre Mißbilligung für Francisco und ihre Verlegenheit und Befangenheit gegenüber Ruth.

Der Wunsch meiner Mutter, sich vom Schauplatz des Unheils möglichst weit zu entfernen, war zur damaligen Zeit die normale, typische Reaktion von Vergewaltigungsopfern. Sie empfand die Vergewaltigung als Schmach. Ich weiß, daß sie niemandem in ihrer Familie je davon erzählte. Ihrer Schwester Sadie erzählte sie, wieder zu Hause in Washington Heights, die Geschichte von dem Überfall in einer zensierten Fassung. Und selbst diese von allen Anstößigkeiten gereinigte Version wurde der Adressatin unter dem Siegel strengster Verschwiegenheit anvertraut.

Für den Rest des Sommers bezogen wir wieder unsere Wohnung im Haus 585 Westliche 174. Straße. Von meinen vier Freunden waren drei verreist. Alles, was mir blieb, war Joseph Stein, der bereits als Achtjähriger – lange bevor er es mit wissenschaftlichen Pionierleistungen zu Weltruhm brachte – ein Intellektueller war. So sah er auch aus. In der Tat wirkte Joseph mit seinen dicken schwarzumrandeten Brillengläsern und seiner oberhalb des Nabels gegürteten Hose im Jahre 1960 noch mehr wie ein brillanter Naturwissenschaftler denn in späterer Zeit, als er seine bedeutenden Entdeckungen machte. Damals wußte er noch nichts von maßgeschneiderten Hosen mit Bügelfalten; seine Hosenbeine endeten oberhalb der Knöchel und gaben ein Stück bleicher Haut frei, das unten begrenzt war vom Rand der schwarzen Socken, die sein Erscheinungsbild vollends dem eines betagten Pensionärs anglichen. Joseph achtete später sorgfältig darauf, daß den Medien nicht allzu viele Informationen über seine Vergangenheit zuflossen, und es tut mir leid, daß ich ihn hier in einer Weise den Blicken der Öffentlichkeit preisgebe, die ihm nicht gefallen würde, allein, wie sich noch deutlich zeigen wird, setzt die Erklärung der schrecklichen Ereignisse, die hier zu berichten sind, notwendigerweise die Preisgabe vieler Geheimnisse voraus. (Überdies sind Geheimnisse die Tod- und Erbfeinde eines jeden Psychiaters.) Joseph war das einzige Kind eines Ehepaars, das den Holocaust überlebt hatte. Ich sollte besser sagen: das einzige lebende Kind. Das erste Kind seiner Mutter starb auf dem Transport seiner Familie nach Buchenwald, ebenso der Vater dieses Kindes, der erste Mann von Josephs Mutter. Ein zweites Kind, Resultat einer Vergewaltigung durch einen deutschen Aufseher, starb im Lager. Mr. Steins Eltern, seine Frau und seine zwei kleinen Töchter wurden von den Nazis umgebracht. Weder Joseph noch ich hatten zur damaligen Zeit Kenntnis von den früheren Ehen und den anderen Kindern seiner Eltern. Als Kind wußte Joseph über das Vorleben seiner Eltern nicht mehr, als daß sie sich in einem Sammellager der Alliierten kennengelernt hatten, in die USA emigriert waren (wie viele andere Überlebende auch), sich in Washington Heights niedergelassen und dort Joseph erzeugt hatten.

Die Familie Stein wohnte, zwei Stockwerke tiefer, im selben Haus wie wir. Mr. Stein arbeitete als Ladengehilfe bei einem der chassidischen Juweliere in der Diamond Row. Mrs. Stein blieb zu Hause und kümmerte sich um Joseph. Sie war die fürsorglichste und wachsamste Mutter in der ganzen Nachbarschaft, und das will etwas heißen, denn auf diesem Feld hatte sie in Washington Heights eine Menge Konkurrenz. Aber sie hielt mit weitem Abstand die Spitze. Wegen seines breiten Spektrums von Allergien durfte Joseph nicht zu seinen Freunden nach Hause zum Spielen kommen. Bei Leuten, die kein Haustier hatten, war er allergisch gegen das Teppichbodenmaterial. (Mrs. Steins Teppichboden hatte eine geheimnisvolle Spezialbehandlung hinter sich.) Wo – wie bei uns – weder Haustier noch Teppichboden vorhanden war, mußte er sich seines Asthmas wegen in einem vollklimatisierten Raum aufhalten. (Joseph hatte noch nie in seinem Leben einen Asthmaanfall gehabt, aber Mrs. Stein behauptete, der Kinderarzt habe bei ihm eine Anfälligkeit für das Syndrom diagnostiziert.) Die Forderung nach Vollklimatisierung wirkte sich für unsere Wohnung prohibitiv aus, indes erfuhr ich von Joseph, daß bei den Nachbarn, die eine Klimaanlage vorzuweisen hatten und auch die anderen Bedingungen (kein Haustier, kein Teppichboden) erfüllten, unweigerlich ein anderes Haar in der Suppe gefunden wurde. Einmal, so erzählte mir Joseph, sah Mrs. Stein sich der Mutter eines Freundes ihres Sohns gegenüber, die sich eigens zu dem Zweck zu ihr bemüht hatte, ihr persönlich zu versichern, daß es in ihrer Wohnung kein Haustier und keinen Teppichboden gebe, dafür aber ausschließlich vollklimatisierte Räumlichkeiten, die ferner einen heiligen Eid schwor, sie werde nur koschere Speisen auf den Tisch bringen (obschon Mrs. Stein selbst gar keinen koscheren Haushalt führte), und habe aus dem Zimmer ihres Sohns sämtliche Kissen entfernt, weil ja, wofür Mrs. Stein gesorgt habe, allgemein bekannt sei, daß deren Daunenfüllung den armen Joseph mit dem Erstickungstod bedrohen würde. Trotz dieser Garantien weigerte sich Mrs. Stein, ihren Sohn freizugeben, und zwar mit der Begründung, das Parfüm der gastfreien Dame – dessen Heimtücke Mrs. Steins feine Nase auf der Stelle gewittert hatte – stelle für den Atmungsapparat ihres Sohnes eine erheblich größere Bedrohung dar als eine ganze Wohnung voller Hunde und Katzen. Der wahre Sachverhalt – das konnte selbst ein Blinder sehen und noch der Einfältigste begreifen – war der, daß Joseph stets zu Hause, im unmittelbaren physischen Verfügungsbereich seiner Mutter, bleiben mußte.

Das kostete ihn viele Freunde. Man mußte nicht nur zu ihm nach Hause kommen, wenn man mit ihm spielen wollte, sondern auch die ganze Zeit in der Wohnung bleiben. Joseph durfte nur bei paradiesischem Wetter ins Freie. Die Temperatur mußte höher als 21 Grad, durfte aber auf keinen Fall höher als 26 Grad Celsius sein. Am Himmel durfte kein einziges Wölkchen und kein Dunststreifen zu sehen sein: nur das reine Blau, das man von Postkarten aus der Karibik kannte. Solche Tage sind hierzulande allerorten eine ziemliche Seltenheit. Zudem waren viele andere Mütter – einschließlich solcher, die als Holocaust-Überlebende Schicksalsgenossinnen von Mrs. Stein waren – der Ansicht, daß eine so meschuggene Person nur einen Sonderling großziehen konnte, der einen unguten Einfluß auf ihre vielleicht nicht so zartbesaiteten, aber ihren Erzeugern darum nicht minder teuren Sprößlinge ausüben mußte.

Sie hatten nicht ganz unrecht. Joseph war ein Sonderling. Er war außerdem eine liebe und einsame Seele. Meine Mutter, die mir früher völlige Freiheit gelassen hatte, im Fort Washington Park oder auf dem Gehweg vor unserem Haus zu spielen, wollte in diesem traurigen Sommer nicht mehr, daß ich ohne ihre Begleitung draußen umherstreifte. Mit dem Arm im Gips hätte ich ohnedies die meisten von den üblichen Spielen im Freien nicht mitmachen können. Zwei Treppen hinunterzusteigen und Joseph in seinem vollklimatisierten Käfig zu besuchen – etwas, wovon sie mich früher immer abzuhalten gesucht hatte –, wurde jetzt zu einer attraktiven Option.

Tag für Tag stellte ich mich so frühzeitig ein, daß Mrs. Stein sich verpflichtet fühlte, mir ein Frühstück anzubieten. Ich lehnte jedesmal höflich ab. Mir reichte das fade Mittagessen, das ich serviert bekommen würde. Ich dankte ihr, trat auf den Plastikläufer, der als Piste für den Personenverkehr zwischen den Zimmern der Wohnung fungierte, und begab mich schnurstracks und sorgfältig darauf achtend, daß ich nicht auf den moosgrünen Teppichboden trat, durch das Wohnzimmer, wo man sich wie im Versteinerten Wald in Arizona fühlte, zu Josephs gekühlter Klause. Das gespenstische Wohnzimmer durchmaß ich im Eilschritt; Mrs. Stein hatte die Stores Tag und Nacht zugezogen und schützte ihre Möbel mit maßgearbeiteten Plastiküberzügen. Wenigstens war Josephs Zimmer von einer Stehlampe, einer Schreibtischlampe und einer Leselampe mit rot emailliertem Schirm neben dem Bett gut erhellt. Diese drei Lichtquellen mußten ununterbrochen brennen, da vor den Fenstern schwarze Rouleaus *und* Jalousien herabgelassen waren. Der grüne Teppichboden fehlte auch in Josephs Zimmer nicht, aber hier war das Betreten erlaubt, wenn auch nicht mit Schuhen an den Füßen, sondern nur in Strümpfen. Überall herrschte Sauberkeit und Ordnung. Jeder Gegenstand hatte seinen speziellen Platz. Ein Schubladenschrank aus Metall mit flachen Schubladen war zum Parkhaus für Josephs Matchboxautos umfunktioniert worden. Die verschiedenen Formen von Holzbauklötzen waren jede in einem eigenen Kasten untergebracht, und mit Hilfe von ausgedienten Kaffeedosen wurden die verschiedenen Farben und Typen von Legosteinen auseinandergehalten. Auf der Innenseite der

Tür des eingebauten Kleiderschranks war eine Regalkonstruktion angebracht, in der Josephs Brettspiele lagerten: neben Monopoly, Risk und dergleichen auch und vor allem sein beeindruckendes Schachspiel. Nicht die Plastikfiguren und das dünne zusammenklappbare Brett, wie die meisten Kinder sie zu Hause haben. Joseph besaß ein teures Howard-Staunton-Modell: klassische Figuren aus schwarz und weiß imprägniertem Holz und ein dickes Ahornholzbrett.

Gewöhnlich waren morgens die Schachfiguren schon aufgestellt und erwarteten mich. Bei der Stehlampe stand ein spezieller Klapptisch für Brettspiele mit den dazugehörigen Stühlen (in meinen Augen die bemerkenswerteste Einzelheit der Zimmereinrichtung). Damit wir unseren Wettkampf für die Mahlzeiten nicht unterbrechen mußten, pflegte Mrs. Stein ein Metalltablett mit ausziehbaren Beinen im Zimmer aufzustellen, auf dem sie uns unsere morgendliche Zwischenmahlzeit von Obst und Früchten, später unser Mittagessen und am Nachmittag unsere Milch mit gefüllten Schokoladenkeksen servierte. »Hast du Lust auf eine Partie?« lautete der Gruß, mit dem Joseph mich routinemäßig empfing und der begleitet wurde von einer lockenden Kopfbewegung zu den Schachfiguren hin.

Ich hatte keine Lust, weil ich wußte, daß ich verlieren würde. Und ich hatte Lust, weil ich dazulernen und ihn schlagen wollte. Das eine und andere Mal bestand ich darauf, daß wir uns mit etwas anderem beschäftigten. Aber mochte diese andere Option auch noch so interessant und unterhaltsam sein, Joseph schlug mich trotzdem auch an solchen Tagen breit, mindestens ein, zwei Partien mit ihm zu spielen.

Die Partien verliefen nach einem deutlich erkennbaren Muster. Schon nach wenigen Zügen sah ich mich unerklärlicherweise in Bedrängnis, sei es, daß ich einen Läufer einbüßte oder durch eine Massierung von Bauern gefesselt war oder mich gegen eine mißliche Konstellation, die sich um meinen König ergeben hatte, verteidigen mußte. Ich konnte machen, was ich wollte, immer hatte er mich schon bald nach der Eröffnung überspielt. Bei den ersten Partien, die wir gegeneinander austrugen, war ich jedesmal schnell geschlagen. Aber ich bin unbestreitbar ein Dickschädel (und manchmal glaube ich, dieser Eigensinn bis zur Sturheit ist mein einziges Talent): ich kämpfte eisern weiter und weigerte mich, klein beizugeben.

Wir landeten bei einem neuen Muster des Spielverlaufs. Ich lernte, die unheilträchtigsten Züge zu vermeiden und die frühe Niederlage abzuwehren, woraufhin Joseph gezwungen war zu beweisen, daß sein Anfangsvorteil eine gewonnene Stellung war. Bis zum Ende der Partie büßte er die halbe Zeit seinen frühen Vorsprung sukzessive wieder ein, oder ich schaffte es, mich aus der vertrackten Position, in die ich geraten war, zu befreien. Aber anscheinend hatte mich die langwierige Anstrengung, den Berg der Chancengleichheit zu erklimmen, so sehr erschöpft, daß ich dann im sogenannten Endspiel – bei dem nur noch wenige Figuren auf dem Brett stehen – regelmäßig wieder patzte. Josephs Selbstgewißheit, die zu Beginn einer Partie immer stark und späterhin angeschlagen war, kam in der Schlußphase zu riesenhaften neuen Kräften. Die für sein Eröffnungsspiel typische kurz besonnene Entschlußfreudigkeit, mit welcher Figur wie zu ziehen sei, stellte sich wieder ein, und er überrollte mich förmlich. Unsere Partien wuchsen sich zu Marathonderbys mit nervenaufreibend spannendem Hin- und Herpendeln der Überlegenheit aus, aber das Endergebnis war immer das gleiche. Wir spielten Tag für Tag bis zum Ende der Ferien, aber ich gewann nicht eine einzige Partie, wenn ich auch – dem Anschein nach – meinem Ziel von Mal zu Mal näher kam.

Mit Beginn der Schulzeit war mein Arm ausgeheilt, und das machte der neuen Busenfreundschaft zwischen Joseph und mir ein Ende. Ich spielte jetzt, wo ich wieder meinen Arm gebrauchen konnte, lieber mit meinen anderen Freunden Handball gegen die Wand unseres Mietshauses oder zog mit ihnen und ihren Vätern (meiner war noch immer in Kuba) in den Fort Washington Park zum Touch-Football oder Softball Spielen. Ich forderte Joseph auf mitzukommen, aber leider fehlte es in unserem Quartier an einem überdachten Stadion, das ihm Schutz vor der Gewalt der Elemente hätte bieten können.

Trotz dieses hinderlichen Umstands ließ ich Joseph nicht fallen. Ich versuchte, unsere Freundschaftsbeziehung in der Public School 173 fortzuführen. Wie groß Mrs. Steins Glaube an den Wert von Erziehung und Bildung war, kann man daran ermessen, daß sie ihren Liebling aus ihrer Obhut in die Säle dieser Institution entließ. Gewiß, Joseph verzichtete auf die Schulspeisung und brachte sein Essen von zu Hause mit, und es gab in der »P. S. 173« auch keine Teppichböden. Aber selbst ich hielt die Luft in der Schule für ungesund: stauberfüllt, mit Ammoniakgeruch geschwängert und selten erneuert, konnte sie auch einer gesunden Lunge zusetzen. Ich erinnere mich noch gut an Mrs. Fleishers täglichen Kampf mit den durch übergeschmierten Farbanstrich schier unbeweglich gewordenen Schiebefenstern; der Schatten des Sonnenlichts, das durch das Drahtglas einfiel, zeichnete ein trübseliges, an Gefängnisatmosphäre erinnerndes Gitternetz in ihr Gesicht, während sie sich keuchend abmühte, die Fenster aufzustemmen.

Als ich zum Kapitän des Softballteams der Klasse gewählt worden war, rief ich bei der anschließenden Auswahl der Teammitglieder nach den Namen der eindeutigen Starspieler auch den Josephs auf. Einer der besseren Spieler stöhnte auf. Joseph freute sich sichtlich, lehnte jedoch ab. Ich nahm an, daß er sich durch das Stöhnen hatte entmutigen lassen. Am Abend klingelte ich nach dem Essen bei den Steins an der Wohnungstür, um ihn unter uns doch noch zu überreden. Ich war überzeugt, daß er zumindest einen kämpferischen Spieler abgeben würde. Auf jeden Fall wußte ich von unseren Schachderbys her, daß er Kampfgeist besaß. Außerdem wollte ich ihn aus seinem ungelüfteten grünen Gefängnis herausholen.

Mr. Stein öffnete die Tür. Er begrüßte mich, als wäre ich eine freudige Überraschung. Er war klein, ungemein dünn und fast vollständig kahl. Anders als seine Frau und sein Sohn trug er keine Brille, und er hatte fast keine Augenbrauen. Tatsächlich war die linke Augenbraue gar nicht vorhanden, während die rechte lediglich in einer dünnen Linie bestand. Heute nehme ich an, daß dieser Zustand die Folge einer Folterung oder sonstigen Mißhandlung im KZ war. Damals sah ich in ihm nichts weiter als eine organische Komponente von Mr. Steins Gesamterscheinung. Mr. Stein war wie eine freundliche Maus in Menschengestalt: ein kleines, weißes Wesen, das »Hallo« piepste, als es mich vor der Tür erblickte. Mit derselben fast hysterisch hohen Stimme rief er, als verkündete er eine großartige Neuigkeit, ins Wohnungsinnere: »Es ist Ralph!«, und winkte mich eifrig herein. (Ich überging seinen Irrtum: den machten auch andere Leute häufig.) »Nur herein! Nur herein! Wir essen gerade ein Stück Kuchen. Möchtest du auch eins?«

Mit sanftem, aber beharrlichem Druck schob er mich zum Küchentisch, der, wie der Zufall wollte, haargenau der gleiche gelbe Resopaltisch mit gewelltem Metallband um den Rand war wie der, unter den ich mich in Tampa vor dem Gewitter verkrochen hatte. Ich hatte ihn zuvor nie bemerkt, weil wir unsere Mahlzeiten immer in Josephs Käfig eingenommen hatten. Mr. Stein komplimentierte mich auf einen Stuhl. Über das ganze Gesicht strahlend näherte sich Mrs. Stein mit einem senfgelben Kuchenteller in der Hand. Darauf lag ein mächtiger Runken Biskuitrolle von beinah demselben Farbton wie seine porzellanene Unterlage. Mrs. Steins Brille war beschlagen, ihr Haar hatte sie in ein Kopftuch eingebunden, und was sie am Leibe trug, sah für meine unkundigen Augen so aus, als habe sie sich bereits zum Zubettgehen fertig gemacht. Was mir wie ein scheußliches rosa Nachthemd vorkam, war in Wirklichkeit ein Hausmantel. Joseph, noch in demselben weißen Altherren-Button-down-Hemd, das er in der Schule angehabt hatte, saß mir direkt gegenüber und lächelte mir voller Stolz zu. Worauf war er stolz? Auf seine Eltern? Auf die Biskuitrolle? Ich konnte es nicht sagen. Mir war jedoch unbehaglich. Ich fühlte mich wie gefangengesetzt.

Mr. Stein hieß seine Frau mir ein Glas Milch bringen, hieß mich meinen Kuchen essen und forderte mich auf, Näheres über das Softballturnier zu berichten, das, wie er von Joseph gehört habe, unter meiner Leitung stattfinden solle. Mit seiner Piepsstimme brachte er diese Kommandos irgendwie ohne Schärfe heraus.

Den Mund voller Biskuitrolle, klärte ich Mr. Stein auf, daß ich mit der Turnierleitung nichts zu tun hatte, sondern lediglich der Kapitän unseres Klassenteams war. Ich erläuterte ihm, daß jede Klasse unserer Schule gegen ihre sämtlichen Parallelklassen spielen würde, bis die sechs Siegermannschaften unserer Schule ermittelt seien. (Die P.S. 173 platzte – wie damals alle Public Schools der Stadt – fast aus den Nähten unter dem Zustrom der geburtenstarken Jahrgänge.) In der nächsten Runde würden die Meisterteams unserer Schule gegen die Vertreter der anderen Schulen in Manhattan antreten. Am Ende stünde dann der Stadtteilmeister für jede Klassenstufe fest. Soweit war alles die reine Wahrheit. Im weiteren Verlauf, setzte ich hinzu, würden die Stadtmeisterschaft, die Meisterschaft auf der Bundesstaat-Ebene und die nationale Meisterschaft ausgetragen. Das war geflunkert. Warum saugte ich mir das aus den Fingern? Ich wollte Josephs Eltern dazu bringen, daß sie ihrem Sohn die Erlaubnis zum Mitmachen gaben. Als ich bemerkte, wie bei der ersten Erwähnung von Meisterschaften Mr. Steins Augenschlitze sich verengten und seine eine Braue sich hob, war der Gedanke nur natürlich, daß bei ihm mit mehr von der Art auch mehr zu erreichen sei.

Ich hatte mich nicht geirrt. »Mimi«, sagte er zu Mrs. Stein, »das ist eine sehr gute Sache.« Er ließ ein knappes Kommando folgen: »Joseph, du solltest da mitspielen.«

»Großartig«, platzte ich heraus, daß mir die Kuchenkrümel nur so aus dem Mund flogen. »'tschuldigung«, murmelte ich und nahm rasch einen Schluck Milch. Er schmeckte scheußlich. Bei Mrs. Stein gab es Magermilch.

»Magst du keine Milch?« fragte Mrs. Stein.

»Doch, doch«, beteuerte ich und zwang mich, noch mehr zu trinken.

»Aber Joey kann doch gar nicht Baseball spielen«, gab Mrs. Stein ihrem Mann zu bedenken.

»Das macht überhaupt nichts, ich kann es ihm beibringen«, rief ich hastig dazwischen.

»Ich *kann* Baseball spielen!« maulte Joseph. Dabei errötete er. Er nahm die Brille ab und rieb sich die Augen. Wahrscheinlich, um nicht meinem Blick begegnen zu müssen. Ich wußte, daß er log: wie konnte er Baseball spielen können, wenn er kaum je draußen unter freiem Himmel gewesen war?

»Das spielt keine Rolle. Er wird es eben lernen«, befand Mr. Stein.

»Aber wo wollt ihr spielen?« erkundigte sich eine besorgte Mrs. Stein. »Du weißt doch, daß er eine Grasallergie hat.«

Ich machte ihr klar, daß Joseph beim Spiel auf dem betonierten Hof der P.S. 173, auf dem er sich ohnehin mehrere Male täglich aufhielt, vor den Einflüssen der Natur sicher war. Mrs. Stein ließ nicht locker: wenn unsere Mannschaft die angestrebte Schulmeisterschaft erringe und daraufhin gegen die Teams anderer Schulen antreten müsse, sei es ja wohl nicht zu vermeiden, daß Joseph auf fremden Plätzen spiele, unter denen sich höchstwahrscheinlich auch Rasenplätze befänden.

Ich versicherte ihr, daß die Wettkämpfe zwischen den New Yorker Teams sämtlich auf den betonierten Höfen der Public Schools von Manhattan ausgetragen würden.

Ja, aber die Staatsmeisterschaft und die nationale Meisterschaft, was war mit denen? hielt sie mir unter sorgenvollem Kopfschütteln entgegen. »In Albany und Washington wird auf Rasenplätzen gespielt. Außerdem kann Joey nicht im ganzen Land herumreisen. Da kriegt er Asthma.«

Joseph hatte seine Brille neben dem Teller mit dem halb aufgegessenen Stück Biskuitrolle liegenlassen. Ohne die Brille vor den Augen wirkte sein Blick unfokussiert. Er schweifte über die Zimmerdecke, als suchte er dort nach einem Ausweg.

In Parallelbewegung zu seiner Frau wackelte jetzt auch Mr. Stein sorgenvoll mit dem Kopf. »Das stimmt. Und ich kann mir keinen Urlaub nehmen, um mitzufahren.«

»Ich kann auf gar keinen Fall mit ihm fahren«, erklärte Mimi Stein. »Du weißt, daß ich das Reisen nicht vertrage.«

»Selbstverständlich nicht«, piepste Mr. Stein aufgebracht. Er lächelte mir zu und drückte mit dem Zeigefinger einmal auf die Tischplatte, als ob er an einem Verkaufsautomaten seine Auswahl träfe. »Tja, tut mir leid«, spuckte der Apparat aus. »Ich wünsch' euch viel Glück. Ich bin sicher, ihr werdet Sieger.«

»Ich hab' Sie angelogen«, platzte ich laut mit der Wahrheit heraus. Als ich sah, welche Reaktion ich damit auslöste, wünschte ich, ich hätte sie für mich behalten. Auf dem Mausgesicht erlosch das heitere Grinsen; Mr. Steins schmale Lippen schürzten sich beim bitteren Geschmack meiner Hinterlist. Mrs. Stein lehnte sich zurück, senkte das Kinn auf die Brust und musterte mich von unten herauf, als wäre ich soeben eingetreten. Ich redete hastig weiter in der Hoffnung, die beiden noch beschwichtigen zu können. »Es sind gar nicht so viele Turniere. Mit der Stadtteilmeisterschaft ist alles zu Ende. Wir brauchen überhaupt nicht aus Manhattan hinaus. Wahrscheinlich gewinnen wir noch nicht mal das Klassenturnier bei uns an der Schule. Alle glauben, daß die 4 f uns in die Pfanne haut.«

»Joseph«, sagte Mrs. Stein mit tiefer Stimme, die sich fast wie eine Männerstimme anhörte. »Geh in dein Zimmer.«

»Nein«, ächzte er. Weniger aus Protest als aus der Erkenntnis nahenden Unheils heraus.

»Du weißt doch, daß du dich bei so was zu sehr aufregst«, setzte sie hinzu. »Wir müssen uns Rafael mal vorknöpfen.« Sie sprach meinen Namen auf die Weise aus, die ich nicht mochte: ›Rey-fie-el‹.

Mich packte das nackte Entsetzen. Bei *was* regte Joseph sich auf? Sich mich vorknöpfen? Was hatten sie mit mir vor? Lauf weg! beschwor ich mich innerlich. Aber ich saß da wie gelähmt.

»Das ist eine sehr ernste Sache«, sagte Mr. Stein, der ebenfalls seine Stimme um mindestens eine Oktave tiefer gestimmt hatte.

Mrs. Stein erhob sich und stupfte Joseph am Arm. »Du gehst jetzt bitte in dein Zimmer.«

Joseph stieß so abrupt seinen Stuhl zurück, daß die Beine auf dem Linoleum quietschten. Für mich hörte sich das Geräusch wie ein Angstschrei an. Laß mich bitte nicht allein mit ihnen, flehte ich. Aber aus meiner Kehle löste sich kein Wort. (So lächerlich es sich anhören mag: ich glaube, ich habe Joseph nie wirklich verziehen, daß er damals gegangen ist.) Er schnappte sich seine Brille und stürzte aus der Küche.

Lauf weg! beschwor ich mich noch einmal. Aber ich konnte kein Glied rühren.

»Einem Lügner kann man nicht trauen«, sagte Mr. Stein. Er streckte wie hilflos die flachen Hände vor mir aus. »Ist es nicht so? Wie soll man einem Menschen trauen, der einen anlügt?«

»Laßt ihn in Ruhe«, heulte es aus der Richtung, wo Josephs Zimmer lag. Es war ein gespenstischer Ruf. In dem Ton, in dem es ausgestoßen wurde, verriet dieses Flehen das Wissen um die eigene Vergeblichkeit und gab mir damit das Gefühl, daß ich verloren war.

»Ich hab's nicht bös' gemeint!« Meine Kehle krampfte sich um die Worte zusammen, so daß sie mehr nach Furcht und Scham als nach Protest klangen. »Ich wollte doch nur, daß Sie Joseph erlauben –«

»So, so, du hast es nicht bös' gemeint«, fiel Mr. Stein mir mit schneidender Kälte ins Wort. Seine kleinen Augen, vordem die strahlenden, funkelnden Augen einer Comic-Maus, waren jetzt glanzlos. Sie zeigten die dunkle Farbe der Verachtung. »Ich bin neugierig, wie du es sonst gemeint haben willst. Worüber lügst du sonst noch? Was für Aktivitäten hast du wirklich für euch geplant für die Zeit, wo angeblich diese Softballspiele stattfinden?«

»Aktivitäten? Überhaupt keine! Gelogen hab' ich wirklich bloß, was diese Meisterschaften betrifft.«

Mr. Stein runzelte angewidert die Stirn. Er fuchtelte mit der Hand in meine Richtung. »Wann sollen diese Softballspiele stattfinden?« fragte er, als wolle er mir eine letzte Chance geben.

»Wir spielen immer gleich nach der Schule.« Ich sah die beiden an und hatte daraufhin das sichere Gefühl, daß ich umgebracht werden würde. Buchstäblich. Durch meine schreckliche Angst drang keine Stimme der Vernunft, die mir gesagt hätte, daß mir absolut nichts passieren konnte. Ich war fest überzeugt, daß ich würde um mein Leben betteln müssen. »Im Nordhof!« In der Hoffnung, es könnte mir etwas nützen, schickte ich dieses Detail hinterher.

»Warum hat uns die Lehrerin keine schriftliche Mitteilung über die ganze Sache geschickt?« fragte Mrs. Stein ihren Mann. Sie hatte sich immer noch nicht wieder hingesetzt. In dem bauschigen rosa Hausmantel stellte sie eine so gewaltige Wegsperre dar, daß kein Vorbeikommen an ihr war. »Sie schreibt doch sonst pausenlos Mitteilungen. Mir hängen diese Mitteilungen schon zum Halse heraus. Aber darüber, daß die Kinder nach dem Unterricht noch wer weiß wie lange in der Schule bleiben sollen – ausgerechnet darüber schreibt sie nichts?«

»Vielleicht findet gar kein Turnier statt.« Mr. Stein packte mich am Handgelenk. Er hatte Finger wie aus Stahl, und ich mußte mir Mühe geben, nicht loszuheulen. Dabei schien er sich nicht einmal sonderlich anzustrengen. Seine einzelne, maliziöse Augenbraue hob sich, ansonsten verzog er keine Miene, während er den Druck auf meinen Arm erhöhte, den Arm, der gebrochen gewesen war. »Jetzt verrate mir mal, was du wirklich vorhattest. Was wolltest du mit Joseph unternehmen?«

Ich versuchte mich seinem Griff zu entwinden. Eine Antwort zu geben war ich nicht in der Lage. Die Panik, in der ich mich befand, preßte mir die Luft aus der Lunge, so daß ich nicht mehr artikulieren konnte. Ich glaubte ohnehin nicht, daß es mir irgend etwas nützen würde, wenn ich weitersprach. Wenn es mir nicht gelang, mich loszureißen und nach oben in unsere Wohnung zu laufen, war ich verloren.

»Du hast mir also nichts zu sagen?« inquirierte Mr. Stein und drückte fester zu. Ich hatte das Gefühl, daß mein Knochen demnächst nachgeben würde.

»Wo ist dein Vater denn nun wirklich?« Das war Mrs. Steins Stimme. Ihren Ursprung nahm ich nicht wahr. Wahrscheinlich stand Mrs. Stein irgendwo hinter mir. Ich war nahe an das Mausegesicht herangezogen worden, so daß dunkle Äuglein und die im Höhenflug befindliche Hälfte eines Augenbrauenpaares meine ganze Aufmerksamkeit für sich beanspruchten. »Joseph sagt, er ist irgendwo in Südamerika«, fuhr Mrs. Stein mit ihrem Verhör fort. »Aber so lange? Und was macht er da unten überhaupt?«

»Er ist Schriftsteller«, sagte Mr. Stein. Er wurde auf einmal nachdenklich. »Wir werden mit deiner Mutter sprechen und der Sache auf den Grund gehen.« Er richtete sich auf und zog mich von meinem Stuhl hoch.

Kühle Luft durchfloß mich, floß geradewegs durch mich hindurch, als wäre ich auf einen Schlag ein körperloses Wesen geworden. Ich würde freikommen. Ich konnte atmen. Ich würde am Leben bleiben. Wir würden zu uns in die Wohnung gehen, und bei meiner Mutter würde ich in Sicherheit sein.

Mr. Stein zerrte mich am Handgelenk zwei Treppen hinauf. Seine Handschelle – ich hatte das Gefühl, meine Haut darunter war schon wund – öffnete er noch nicht einmal, als Ruth auf sein Klingeln die Tür aufmachte.

Im ersten Moment brachte Mr. Stein vor Überraschung nicht den Mund auf. Meine Mutter muß für ihn ein mehr als seltsamer Anblick gewesen sein. Ich hatte mich an ihren nachlässigen Aufzug schon gewöhnt. Sie hatte eines von den Brooks-Brothers-Hemden meines Vaters an. Sie trug sie ungebügelt und dazu gewöhnlich nichts weiter als einen Slip, weil die Hemden ihr alle bis zu den Knien reichten. Gott sei Dank war sie in eine – ebenfalls aus dem Besitz meines Vaters stammende – Latzhose geschlüpft, bevor sie an die Tür kam. Die Kleidungsstücke waren voller Farbflecken, weil sie zur Zeit dabei war, Zimmer für Zimmer die Wohnung neu zu streichen, eine Tätigkeit, der sie gewöhnlich in der Nacht nachging. Oft fand ich sie morgens schlafend in einem Sessel oder auf der Couch, die Pinsel quer über dem Rand in der Nähe herumstehener offener Farbkanister liegend. Anscheinend war sie dann während einer Arbeitspause eingeschlafen. Sie hatte sich dafür entschieden, für jedes Zimmer eine andere Farbe zu nehmen. Beim Elternschlafzimmer änderte sie zweimal die bereits ausgeführte Auswahl, von Zartrosa zu Knallgelb zu Hellgrau.

Einen Moment lang sahen wir drei uns gegenseitig in stummer Verwirrung an.

»Nanu, Rafe ...?« wandte sie sich in unsicherem Frageton an mich.

Ich nahm noch einmal meine ganze Kraft zusammen und riß an Mr. Steins Hand. Er ließ los. Ich betastete die wunde Stelle. Sie fühlt sich an, als ob darunter der Knochen aufgeweicht wäre. Ich lief in die Wohnung und postierte mich hinter meiner Mutter. Das blaue Brooks-Brothers-Hemd war auf dem Rücken der Länge nach zerrissen. Auf dem Stück nackter Haut zwischen den sich ausstülpenden Rändern war ein Streifen grauer Farbe zu erkennen, der schräg über den hageren Rücken lief. Wo der Streifen die Linie des Rückgrats kreuzte, kam er über den Wirbelknochen in undulierende Bewegung, so daß er wie lebendig wirkte. Wie hatte sie es fertiggebracht, sich einen Strich auf den Rücken zu praktizieren?

»Ich hab' nicht gelogen!« sagte ich – sagte zumindest etwas in diesem Sinne –, wobei ich völlig ignorierte, daß ich in gewissem Umfang ja *tatsächlich* gelogen hatte. Ich wollte aber lediglich zum Ausdruck bringen, daß ich die lautersten Absichten gehabt hatte und daß ich *de facto* ein anständiger Mensch war.

Meine Mutter legte den Arm um meinen Nacken. Ihre Hand kroch von meiner Schulter zu meiner Wange und zog dort mit sanfter Gewalt die Haut straff, bis meine Lippen leicht seitwärts verzerrt waren. »Er erzählt eine Menge Lügengeschichten«, sagte sie zu Mr. Stein. Ihr Ton war liebevoll, ohne den geringsten Beiklang von Mißbilligung oder Enttäuschung. Ihre Fingerspitzen zogen an meiner Wange. Trotz ihres spinnwebartigen Anhaftens hätte ich mühelos reden können, aber sie teilte mir auf diesem Wege ihren Wunsch mit, daß ich den Mund halten solle. »Er hat eine sehr lebhafte Phantasie. Ich fürchte, das liegt in der Familie. Ich habe in seinem Alter am laufenden Band Lügengeschichten erzählt. Die tollsten Ausgeburten der Phantasie. Im Grunde genommen war das für mich ein Mittel, mich interessant zu machen. Wahrscheinlich hat er Ihnen alles Mögliche und Unmögliche darüber erzählt, warum sein Vater nicht da ist. Er vermißt seinen Vater, und ich glaube sogar, er ist ihm ein bißchen böse, weil er so lange weg ist, und deshalb erfindet er Geschichten, warum er nicht nach Hause kommen kann. Die Wahrheit ist: er ist als Reporter für die *New York Times* unterwegs. Im Augenblick hat er einen Auftrag in Lateinamerika, und da ist er ständig auf Achse, es hätte also gar keinen Sinn gehabt, wenn wir zwei mitgekommen wären. Wir wissen nicht, wann wir ihn wieder zu sehen kriegen. Für Rafe ist das schon ziemlich hart.«

»Aber darüber hab' ich doch gar nicht–« Ich wollte erklären, daß der Vorfall nichts mit den Geheimnissen zu tun hatte, von denen ich kein Sterbenswörtchen verlauten lassen sollte: daß mein Vater sich in Kuba aufhielt, daß Mam und Dad Kommunisten waren und all die Sachen. Doch das Spinngewebe ihrer Finger ruckte warnend, und ich schloß noch rechtzeitig den Mund, bevor sie mir ins Wort fiel.

»Diesmal hast du nicht darüber deine Märchen erzählt?« sagte sie, wieder ohne eine Spur von Verärgerung, vielmehr liebe- und verständnisvoll.

Mr. Stein begann endlich zu sprechen, jetzt wieder mausartig piepsend. »Er hat uns eine lange und ziemlich verwickelte Geschichte erzählt – einen ganzen Roman über ein Softballturnier in der Schule. Angeblich ist er Mannschaftskapitän und möchte, daß Joseph mitspielt. Er wollte ihn in der ganzen Stadt herumschleppen – angeblich zu diesen Baseballspielen.«

»Ich verstehe.« Ruth gab mir einen Schubs. »Geh' in dein Zimmer. Geh' sofort in dein Zimmer. Such' nicht erst noch lange in der Wohnung herum nach deinen Spielsachen. Geh' sofort in dein Zimmer, mach' die Tür hinter dir zu und warte auf mich. Ab mit dir!«

Ich ging. Ich hörte noch den Anfang der Entschuldigung, die sie Mr. Stein vortrug.

»Wahrscheinlich steckt irgendein Körnchen Wahrheit darin, aber im ganzen ist es natürlich gelogen. Sie müssen ihm da einiges nachsehen–«

Im Vorübergehen bemerkte ich, daß ihre Schlafzimmertür geschlossen war. Das war ungewöhnlich. Aber ich dachte nicht darüber nach. Ich war in Rage. Ich knallte die Tür meines Zimmers hinter mir zu, schmiß mich auf das Bett und vergrub mein Gesicht im Kopfkissen. Ein rasender Zorn pulsierte und pochte in meinem Kopf, eine Wut der Art, die einem das Gefühl gibt, daß man buchstäblich aus der Haut fahren und in hunderttausend Stücke zerspringen könnte.

Schlimmer als meine Wut war allerdings meine Konsternation. Warum hatte sie das getan? Warum hatte sie eine so infernalische Lüge von sich gegeben, mit der sie meinen Ruf ruinierte? Aus Mr. Steins eigenem Mund hatte sie gehört, daß sein Verdruß nichts mit Dad oder Kuba zu tun hatte, und trotzdem hatte sie mich zu einem wandelnden Paradox gemacht, zu jemandem, dem man desto weniger glauben würde, je aufrichtiger er die Wahrheit sprach. Ich steckte im Treibsand: jede Gegenwehr würde meinen Untergang nur beschleunigen. Wie sollte ich von mir abschütteln, was Mr. Stein Joseph über mich erzählen würde und was in der Folge alle meine Freunde und ihre Eltern und schließlich auch (was das betraf, war Washington Heights eine Kleinstadt) meine Lehrerinnen erfahren würden? Am Ende würde sogar der Inhaber des Süßwarenladens, wo ich Sammelpostkarten mit Fotos von Baseballstars, Schokoladenriegel und Bubble Gum kaufte, davon hören. Für sie alle würde ich fortan Rafe der Lügner sein.

Das konnte ich nicht auf mir sitzen lassen. Vom Hunger nach Gerechtigkeit getrieben, machte ich dem Verbot meiner Mutter zum Trotz die Tür auf und ging hinaus. Mein Schlafzimmer war das hinterste von dreien, die alle an demselben schmalen Seitenflur lagen. Ein kleines Schlafzimmer, das mein Vater als Arbeitszimmer benutzte, trennte es vom Elternschlafzimmer. Hinter meinem Zimmer, am Ende des Flurs, lag das Badezimmer. In dem fensterlosen Gang roch es stark nach Farbe. Ich trat aus meinem Zimmer hinaus und blieb stehen. Ich ging nicht, wie ich vorgehabt hatte, weiter ins Wohnzimmer und von dort in den Eingangsflur, um meine Mutter und Mr. Stein zur Rede zu stellen, weil in der Tür zum Arbeitszimmer meines Vaters ein fremder Mann stand, der mich beobachtete.

Vor Schreck atmete ich hastig, mit hörbarem Geräusch ein und hielt dann die Luft an.

Der Fremde flüsterte mir mit eindringlicher Stimme etwas zu. Nachdem er geendet hatte, legte er einen Finger auf die Lippen. Er sprach Spanisch, aber ich verstand die Sprache gut genug, um mitzubekommen, was er sagte: »Ich bin ein Freund deines Vaters. Sprich jetzt kein Wort.«

Er war ein Latino. Ein bißchen sah er so aus wie mein stämmiger, schwarzhaariger, mondgesichtiger Großonkel Pancho. Ein Asturier, hätte mein Vater gesagt. »Pancho, du hast die wuchtige Statur des Asturiers«, sagte mein Vater seinem Cousin gern als Kompliment. »Du bist gebaut wie ein rassiger Kampfstier. Wie einer, der den Matador aufspießt.« Ich wußte jedoch, daß er seiner eigenen Statur den Vorzug gab, die er an meinem Beispiel zu rühmen pflegte. »Du hast die breiten Schultern und die schmalen Hüften des Gallego«, sagte Francisco mir fast jedesmal, wenn wir beide etwas zu zweit unternahmen. »Die Frauen mögen das bei einem Mann«, fügte er hinzu und lächelte in die Ferne. Der fremde Asturier schlich sich jetzt auf Zehenspitzen zum Eingang in den Flur vor. Ich blieb wie festgebannt stehen und beobachtete ihn mit angehaltenem Atem. Ich konnte Mr. Stein sprechen hören, aber nicht verstehen, was er sagte.

»Ich verstehe.« Die Stimme meiner Mutter war laut – so laut, daß ich verblüfft war. Dem Asturier ging es ebenso. Er stockte mitten in der Bewegung. Mam klang enerviert und aufgebracht. »Wir brauchen uns darüber nicht weiter zu unterhalten. Es tut mir leid, wenn Sie durch die ganze Geschichte irgendwelche Unannehmlichkeiten gehabt haben, obwohl ich nicht sehe, wie das der Fall sein könnte.«

»Ach, das sehen Sie nicht!« Auch Mr. Stein war jetzt deutlich zu verstehen. Der Asturier, der mit ausgestreckten Armen und auf Zehenspitzen mitten im Schritt erstarrt war, bot einen lachhaften Anblick. Er setzte die Fersen zurück auf den Boden, und wie der Teufel es wollte, ächzte eine lockere Diele unter seinen Sohlen. Wir japsten beide, ehe uns der Atem stockte. Doch die knallend ins Schloß geworfene Wohnungstür übertönte diese Geräusche, und dann war auf einmal meine Mutter da und starrte uns überrascht an.

Worüber war sie überrascht? Wußte sie nicht, daß der Asturier in der Wohnung war? Einen schrecklichen Moment lang befürchtete ich, einen Fehler gemacht zu haben, als ich schwieg.

»Rafe, hab' ich dir nicht gesagt, du sollst in deinem Zimmer bleiben?« fauchte sie mich stinkwütend an. »Himmel, Arsch und Wolkenbruch, hörst du mir überhaupt zu, wenn ich mit dir rede?»

»Wer war der Mann?« fragte der Asturier auf englisch. »Ein Polizist?«

»Nein.« Meine Mutter runzelte verärgert die Stirn. »Ein bekloppter Nachbar. Er wohnt auf einem anderen Stockwerk. Wart noch ein paar Minuten, dann gehst du die Treppe runter. Seinetwegen brauchst du dir schon mal überhaupt keine Sorgen zu machen. Mit der Polizei hat der nichts zu tun.«

Der Asturier wandte sich zu mir und lächelte mich an. »Dein Sohn ist sehr hübsch«, sagte er auf spanisch zu meiner Mutter. »Und intelligent. Er hat mich nicht verraten.«

Meine Mutter trat zu mir und umarmte mich. Sie fuhr mir mit den Fingern durchs Haar und drückte mein Gesicht zwischen ihre Brüste. Sie roch nach Farbe, Terpentin und Schweiß. »Er ist ein lieber Junge«, sagte sie.

»Tut mir leid, daß ich mit schlechten Nachrichten gekommen bin.«

»Es könnte schlimmer sein«, sagte meine Mutter. Sie hielt mein Gesicht fest an sich gepreßt. Ein Knopf des Brooks-Brothers-Hemds hatte sich zwischen meine Lippen gezwängt. Er war glatt und hart wie ein Kieselstein.

»Ich geh' jetzt«, sagte der Asturier.

Meine Mutter ließ mich los.

»Ich will erst mal einen Blick in den Hausflur werfen«, sagte sie und ließ uns allein.

Kaum war sie weg, trat er zu mir und flüsterte auf englisch: »Dein Vater hat mir eine Botschaft mitgegeben, die nur für deine Ohren bestimmt ist. Er sagte:« – der Asturier richtete die Augen zur Decke und überlegte einen Moment, bevor er die Botschaft aufsagte – »›Denk dran, Rafa, denk immer dran, daß du den nüchternen gesunden Menschenverstand der Nerudas hast. Wenn du Sorgen hast, dann gebrauche deinen Verstand.‹ Nein, anders:«, verbesserte er sich, »›Wenn dir die Sorgen auf den Leib rücken, dann gebrauche deinen Bauernverstand.‹« Der Asturier verstrubbelte mir die Haare, lächelte mir zu und hastete dann mit einem komischen eiligen Watschelgang meiner Mutter nach.

Selbstverständlich hatte ich inzwischen meinen Ärger vergessen. Als Ruth wiederkam, bekam sie mit keinem Wort zu hören, sie habe meinen Ruf ruiniert. Aus ihren grünen Augen sprach eine ruhige Konzentration, die einen eigenartigen, reizvollen Kontrast zu ihrem wilden schwarzen Lockengewirr bildete. Ihre Haltung und ihre Bewegungen, die seit unserer Rückkehr aus Florida häufig Niedergedrücktheit und argwöhnische Vorsicht zum Ausdruck gebracht hatten, waren sicher und beschwingt. »Er hat einen Brief von Daddy gebracht«, sagte sie zu mir und doch wieder nicht zu mir, indem sie ihre Worte über meinen Kopf hinweg sprach und gleichzeitig ihren Blick mit gespannter Aufmerksamkeit den Flur entlang wandern ließ, als versuchte sie eine Schrift an der Wand zu entziffern. »Ich soll ihn dir nicht vorlesen, aber ich tu's trotzdem. Ich werd' ihn vernichten müssen, und ich will, daß du aus eigener Anschauung weißt, daß er wirklich existiert hat. Was in dem Brief steht, ist zu wichtig, als daß ich verlangen könnte, daß du es auf mein bloßes Wort hin glaubst.«

Von dem Brief, den sie bekommen haben wollte, war nichts zu sehen. Sie ging in unserem kleinen Flur hin und her, spähte erst in mein Zimmer, dann in das Arbeitszimmer. »Nein!« sagte sie in entschiedenem Ton. »Hier auf gar keinen Fall!« Sie legte den Zeigefinger der rechten Hand auf die Lippen und sagte: »Ruhe bewahren!« Das galt nicht mir. Sie nahm mich bei der Hand und führte mich ins Badezimmer. Es war ein Badezimmer, wie ich es noch heute gelegentlich sehe, wenn ich Bekannte auf der Upper West Side besuche. Allerdings sehr selten. Leute, die das Geld dazu haben, die heutigen Wohnungsmieten in New York zu bezahlen, lassen sich in der Regel etwas Neues einbauen anstelle der Fliesen im typischen schwarz-weißen Netzmuster, des Waschbeckens aus milchweißem Porzellan und der Wasserhahn-Drehgriffe aus dem gleichen Material, der Toilette, deren Wasserspülung ihre Arbeit mit explosionsartigem Getöse verrichtet, und des schmalen Mattglasfensters, das für alle

Zeit in nicht vollständig geschlossener Stellung feststeckt, so daß zumal in den Winternächten der Luftzug die entblößte Hinterfront des Benutzers mit einem Kälteschock überfällt.

Ruth schob unseren blutroten Duschvorhang beiseite, beugte sich über die Wanne und drehte den Wasserhahn auf. Ein Winseln, ein Rattern der Rohre, dann, nach Spucken und Fauchen, ein breiter, rauschender Katarakt aus dem Hahn, der mit Donnergepolter auf dem Wannenboden landete. Sie ging zum Waschbecken, wo beide Hähne aufgedreht wurden und den Gewittersturm verstärkten. Sie machte einen vergeblichen Versuch, das Mattglasfenster ganz zu schließen. Dabei klaffte der Riß im Hemd meines Vaters und gab den Blick auf ihren ganzen hageren Rücken frei. Der Farbstrich auf ihrer Haut, den ich zuvor wahrgenommen hatte, war nicht der einzige; er wurde von einem zweiten gekreuzt. Sie trug ein aufgemaltes X auf dem Rücken, als wäre sie das Ziel für einen Schützen. Schließlich setzte sie sich auf den geschlossenen Deckel der Toilette, langte tief in die Tasche von Franciscos Hose und holte einen Brief hervor, der auf zwei Bogen gelbem Briefpapier geschrieben war, einer billigen Ware, die ich heute in meinem Schreibwarengeschäft vergeblich suche. Die Blätter sind inzwischen so spröde geworden, daß der Rand beim geringsten Druck abbröckelt. Während ich sie mir jetzt, bei der Niederschrift dieser Zeilen, wieder ansehe, stelle ich fest, daß das holzhaltige Material mit der rauhen Oberfläche die blaue Tinte aus dem Füller meines Vaters sehr ungleichmäßig aufgesaugt hat. Manche Wörter stehen in sattfarbiger fetter Schrift da, andere sind verblichen, an einigen wenigen Stellen sind die Schriftzüge bis zur Unleserlichkeit zerlaufen. Ruth forderte mich auf, mich hinzusetzen, indem sie mit der Handfläche auf den Badewannenrand neben sich klopfte. Ich gehorchte.

»Meine zärtlich geliebte Ruth«, las sie in sachlich-kühlem Ton. Dann hielt sie inne und schien zu überprüfen, wie weit das folgende entbehrlich war. »Na ja, er schreibt hier eine ganze Weile, wie sehr er mich liebt«, sagte sie und seufzte, aber nicht sehnsüchtig, sondern wie ermattet. »Hier, das ist die Stelle, die ich dir vorlesen möchte.« Sie war am Fuß der ersten Seite angelangt. Der obere Teil des Blatts hing schlaff nach unten wie eine Fahne im ersterbenden Wind. »Es ist zwar ein vertrauenswürdiger Mann, der Dir diesen Brief überbringen wird, trotzdem scheue ich mich, hier offen darüber zu schreiben, wie ich in Erfahrung gebracht habe, in welcher Gefahr ich schwebe. Es steht außer Zweifel, daß die CIA hinter mir her ist, um mich zum Schweigen zu bringen. Falls ich in die Heimat zurückkehre, ist mein Leben keinen Pfifferling mehr wert. Ich habe mit einem jener Männer gesprochen, die in den Spionagefilmen

Doppelagenten heißen, und der hat mir sichere Beweise dafür geliefert, wie entschlossen die Kennedy-Administration ist, mich daran zu hindern, in meinem Heimatland die Wahrheit über die Revolution bekanntzumachen.« Sie sah mich an. Die völlige Hilflosigkeit in ihrem Blick war erschreckend. Ihre Wangen waren eingefallen. »Es tut mir leid, Rafe«, murmelte sie und senkte die Augen zu Boden. Sie seufzte tief auf, und das Ausstoßen des Atems klang halb wie ein Stöhnen. »Wir sind schreckliche Eltern«, flüsterte sie, und ich hörte Tränen in ihrer Stimme, auch wenn sie sich nicht in ihren Augen zeigten.

»Nein, das seid ihr nicht!« widersprach ich, wie wenn ein Fremder den Vorwurf geäußert hätte. »Ich hab' dich lieb, Mami«, sagte ich. Ich griff nach ihrer rechten Hand. In der linken hielt sie noch immer den Brief meines Vaters.

Sie drückte einen Augenblick lang meine Finger und ließ dann meine Hand los, um ihren Oberkörper zu straffen und auf dem zweiten Blatt des Briefs weiterzulesen. »›Es liegt auf der Hand, daß es Wahnsinn wäre, wenn Du mit Rafe zu mir nach Kuba kämst. Mit einem Überfall muß jederzeit gerechnet werden, und wenn die USA ihre ganze Kriegsmaschinerie in Bewegung setzen, dann ist die Verwüstung der Insel durch nichts und niemanden mehr aufzuhalten. Für mich ist es gar keine Frage, daß sie niemanden verschonen werden, auch Unbeteiligte nicht. Ihr seid in New York sicherer. Aber so leid es mir tut, ich muß Dich trotzdem warnen – und ich halte es im übrigen für besser, daß Du Rafe nichts davon erzählst –: ich bin nämlich fest überzeugt, daß Du in Gefahr bist, solange zwischen Dir und mir eine Verbindung besteht. In Havanna habe ich ausgestreut – und zwar besonders vor Leuten, denen ich nicht über den Weg traue –, daß es in unserer Ehe kriselt und daß Du mit meiner politischen Einstellung nichts anfangen kannst. Wenn die Situation für Dich zu ungemütlich wird, solltest Du die Möglichkeit in Betracht ziehen, mit einem Anwalt über Scheidung zu sprechen. Tu alles, was nötig ist, damit es so aussieht, als ob unsere Ehe kurz vor dem Auseinanderbrechen steht. Ich weiß, daß ich Dir damit einiges zumute, aber spätestens seit Julius und Ethel wissen wir doch, mit was für Leuten wir es zu tun haben, und was in Tampa passiert ist, hat immerhin gezeigt, daß sie vor nichts zurückschrecken. Mach Dir jetzt keine Sorgen um mich oder die Weltgeschichte – Du solltest ganz allein an Dich und an Rafe denken. Tu so, als interessiert Dich alles nicht mehr und am allerwenigsten die Politik. Das beste wäre, Du erwirkst offiziell die Scheidung – ich bin sicher, jedes amerikanische Gericht tut Dir den Gefallen, sobald Du erzählst, wohin ich aus freien Stücken meinen Wohnsitz verlegt habe. Stell Dir einfach vor, ich bin im Zuchthaus, in einem Zuchthaus, wo keine Besuche erlaubt sind, aus dem ich aber wegen guter Führung bald entlassen werde, und zwar nicht als gebrochener Mann, sondern stärker denn je. Ich hab' Dich und Rafe schon einmal nicht beschützen können. Ich muß hierbleiben, um Euch nicht noch mal Unglück zu bringen. Ich muß hierbleiben und die Revolution absichern helfen. Wenn das kubanische System zusammenbricht, dann gibt es nirgends auf der Welt noch wahren Sozialismus. Wenn Kuba scheitert, dann bin ich auch gescheitert, dann bin ich weder für Dich noch für mich noch etwas wert. Du weißt, an wen Du Dich wenden mußt, um mir Nachrichten zukommen zu lassen. Vernichte unbedingt diesen Brief. Nimm Rafe in den Arm für mich und gib ihm einen Kuß von mir. Ob er mich jemals wieder als seinen Vater akzeptieren wird? Ich hoffe, daß ich alle meine Versäumnisse eines Tages an ihm gutmachen kann. Ohne Deine Liebe wüßte ich nicht aus noch ein. Ohne die Zuversicht, daß ich Euch beide wiedersehen werde, würde ich verzweifeln. *Un fuerte abrazo. Te amo.*‹« Unter Anspannung ihrer Willenskraft ihren Kummer bezwingend, las sie seine Worte mit beherrschter Stimme vor. Die Folge war, daß sie ergrimmt klang. »Das heißt ›Ich liebe Dich‹«, sagte sie in verbiestertem Ton.

»Daddy kommt also nicht nach Hause?« Der Badewannenrand war eine prekäre und unbequeme Sitzgelegenheit. Ich brauchte beide Hände, um meine Position zu stabilisieren. Das Porzellan war kühl und fest. »Hat er das in dem Brief geschrieben?« fragte ich. Mir kam es vor, als ob sich keinerlei Gefühl in mir regte. Ich weiß, daß meine Mutter sich darauf eingestellt hatte, daß ich durcheinander sein würde. Offenbar begriff ich nicht wirklich, worum es ging. Um nur ein Beispiel für meine Verwirrung zu nennen: »Gebrauche deinen Bauernverstand« empfand ich als eine beleidigende Aufforderung. Für meine Begriffe waren Bauern primitive Menschen, die höchstens eine Stufe über dem Cro-Magnon-Mensch rangierten; wenn man es genau besah, standen sie sogar hinter dem Cro-Magnon zurück, denn sie waren meine Zeitgenossen und anderen Menschen nachweislich unterlegen, wohingegen der Cro-Magnon zu seiner Zeit den Höchststand der Intelligenz verkörperte. Und was für Sorgen sollten mir auf den Leib rücken? Noch mehr Männer, die auf meine Mutter pinkeln wollten? Diese furchterregenden kubanischen Antikommunisten (mein Vater nannte sie *gusanos*, »Gewürm«) und die CIA, die grausamen Agenten der mächtigsten Regierung der Welt, die sollte der Bauernverstand eines Achtjährigen bezwingen? Oder meine Nüchternheit? Und warum hielt er so große Stücke auf unsere primitiven Vorfahren? Denen wollte ich ganz und gar nicht nacheifern: ich wollte sein wie er, ein gutaussehender Intellektueller.

Aber ich wußte schon damals – wußte es seit jener Nacht in Tampa –, daß es ein Element in Francisco gab, das ich nicht in mir selbst haben wollte, und ich war auch überzeugt – wenngleich ich das sofort aus der Helle des Bewußtseins hinunter in den modrigen, lichtlosen Keller verbannte –, daß es weniger Selbstaufopferung als Feigheit war, was ihn veranlaßte, in Kuba zu bleiben. Ich wußte, was ich empfand und dachte, und hatte andererseits schon im nächsten Moment absolut keine Ahnung mehr, daß ich jemals solche Gedanken genährt hatte. O höchstes aller Wunder, die das denkende Wesen wirkt: wir streben unerbittlich zur Wahrheit, und wenn wir sie erreicht haben, schließen wir die Augen vor ihr.

»Ja, das hat er in dem Brief geschrieben, mein Schatz«, sagte meine Mutter. Ihrem Ton fehlte jegliche Wärme und beinahe auch die Klangfarbe. Was ich hörte, hätte die Stimme vom Tonband des automatischen Anrufbeantworters einer Telefongesellschaft sein können, die bekanntgab, daß der angewählte Teilnehmer seinen Anschluß abgemeldet hatte. »Daddy wird noch eine Weile wegbleiben. Aber es geht ihm gut, und er hat uns lieb.« Der Brief wanderte zurück in die Tasche von meines Vaters Latzhose. »Hab keine Angst«, sagte sie und stand auf. Sie streckte ihre Hand aus. »Zeit zum Schlafengehen.«

O nein, ich würde ganz bestimmt keine Angst haben. Wovor auch? Gab es irgend etwas, wovor ich hätte Angst haben müssen?

Arme Frau. Sie war ratlos. Ich ergriff ihre ausgestreckte Hand. Für mich war sie die Verkörperung der Schönheit, die Ernährerin, die Trösterin. Auch jetzt, wo sie ein zerrissenes Hemd anhatte, auf dem Rücken eine Zielmarkierung trug und in der Hose meines Vaters zu ertrinken drohte, legte ich meine Hand voll Zuversicht in die ihre.

Der einzige Beleuchtungskörper in meinem Zimmer war das seines gläsernen Schirms beraubte Deckenlicht, ein Trio von nackten Glühbirnen, die einen maroden fahlgelben Schein verbreiteten wie eine sterbende Sonne. Ruth hatte die Regale, auf denen ich meine Bücher, Comics, Baseballspieler-Sammelpostkarten und Spiele aufbewahrte, samt und sonders abgeschlagen, um die Wände blau streichen zu können. Als sie mit der ersten Wand fertig war, hatte sie festgestellt, daß Blau nicht die richtige Farbe war und es besser gewesen wäre, die Wand weiß zu streichen, wie sie vorher gewesen war. Weiter war sie indessen nicht gediehen, weil sie es langweilig fand, ein Zimmer weiß zu streichen. So hatte ich jetzt eine blaue und drei mit abblätterndem vergilbten Weiß bedeckte Wände, und meine Sachen lagen bunt durcheinandergewürfelt auf dem Boden, in einem Haufen, der an manchen Tagen mit einem Laken verhüllt war, an anderen nicht, je nachdem, ob oder ob nicht Ruth sich an dem fraglichen Morgen geschworen hatte, heute endlich mit meinem Zimmer zu Ende zu kommen. Während ich mich auszog und Ruth das Bett herrichtete, besah ich mir das Tohuwabohu. Kein Wunder, daß Mrs. Stein Joseph nicht erlaubte, zu mir nach Hause zum Spielen zu kommen. Vielleicht hatte das gar nichts mit ihrer Bekloppheit zu tun. Vielleicht waren wir daran schuld.

Ich hatte noch nie ernstlich die Möglichkeit in Betracht gezogen, daß *wir* die Spinner waren. Ungeachtet unseres politischen Ketzertums und des Umstands, daß mein Vater keinen Job wie andere Väter hatte, hatte ich ein verklärtes Bild von meinen Eltern, und ich glaubte ihnen blindlings, wenn sie mir sagten, ich sei stark, schnell, gescheit und liebenswert. Es war doch schön von mir, wenn ich mich zu Jungen wie Joseph freundschaftlich benahm, oder nicht? Doch während ich jetzt meine verwaschene Superman-Pyjamahose anzog (ein Oberteil trug ich nicht), begriff ich, daß *wir* die Freaks waren. Alle anderen waren zufriedene Amerikaner und nicht aus tiefster Seele gegen die Regierung wie wir. Alle anderen Mütter trugen Kleider und kochten das Essen für ihre Familie. Alle anderen Väter gingen morgens zur Arbeit, und am Abend, wenn sie wieder zu Hause waren, redeten sie über die Yankees und nicht über Dostojewski oder die Dritte Internationale. Ich war nicht ein Gegenstand des Neides für alle meine Freunde, nicht die Freude meiner Lehrerinnen, nicht der allseits bewunderte Sonderfall. Ich war ein Freak, ein Schmuddelkind, und es war nicht aufrichtige Hochachtung, was mir von allen Seiten entgegengebracht wurde, sondern eine aus Mitleid geborene Freundlichkeit.

Ich erinnere mich nicht mehr, wann meine Tränen zu fließen begannen – ob zu dem Zeitpunkt, als ich schon im Bett und die Decke um mich herum gerade fertig glattgezogen und festgestopft war, oder unmittelbar davor. Meine Mutter sagte mit dieser tonlosen Stimme: »Du weinst ja«, und schlüpfte zu mir ins Bett. Sie zog mich in die warme Nische, die ihr halbmondförmig gekurvter Körper bildete; ihr Kopf und ihr Hals bogen sich wie ein Schutzdach über mich, die Beine hatte sie über und um meine geschlagen. Sie hatte jetzt nicht mehr die Latzhose an. Vielleicht war sie eine Weile draußen gewesen und hatte mit dem Streichen weitergemacht, vielleicht war es mitten in der Nacht, und ich war weinend aufgewacht. Ich entsinne mich nicht mehr genau. An das Brooks-Brothers-Hemd kann ich mich noch erinnern. Der Stoff, der schwach nach meinem Vater und meiner Mutter und stark nach Farbe roch, war weich und derb zugleich. Meine herabtropfenden Tränen machten einen großen, kreisrunden Fleck über der Kuppe ihrer linken Brust. Unter dem feuchten Stoff begann sich als aufragender Säulenstumpf die Brustwarze abzuzeichnen.

Nach einiger Zeit hörte ich auf zu weinen. Im Zimmer brannte kein Licht. Der häßliche gelbbraune Schein der Straßenlampen drang durch die Jalousie, die der Luftzug, der von draußen hereinkam, in schaukelnde Bewegung versetzte, so daß der Schatten der breiten Lamellen über die Wand, die halb offenstehende Schranktür und die unangezündeten nackten Glühbirnen pendelte.

Mit dem Gesicht auf der tränenfeuchten Stelle wurde mir langsam unbehaglich. Ich versuchte mich von Ruth und Hemd wegzudrehen, aber ihre Arme schlossen sich zur Klammer und hielten mich fest.

»Bleib!« beschwor sie mich flüsternd. Sie stieß mit dem einen Fuß gegen mich und schob ihn unter meine Beine, nahm dann den anderen Fuß zu Hilfe, um mich wie mit einer Greifklaue zu umfassen und meine Beine, mein Becken und meine Hüften gegen sich zu pressen. Sie bewegte sich schaukelnd wie die Schatten, und ihre fülligen Lippen, die sich heiß und trocken anfühlten, bearbeiteten meine Stirn mit weichen Küssen. Stöhnlaute – die ich zuerst für Schluchzer hielt – unterbrachen die Zärtlichkeiten. Ich spürte, wie ihr Geschlecht sich weitete und feucht wurde. Zumindest glaube ich mich zu erinnern, daß ich es spürte. Sie schaukelte und küßte und erschauerte, bis ihr Körper sich versteifte. Ihre Muskeln spannten sich an, und sie ruckte mehrmals. Der Bettrost quietschte heftig, dennoch war ihre Umarmung sanft, nur ein Lufthauch, der die Schatten durch mein ungestrichenes Zimmer wehte. Danach versank sie in Schlaf. Ich schlüpfte aus ihren entspannten Armen, machte mich auf die Suche nach der Latzhose, und nachdem ich sie in dem Wäschehaufen im Badezimmer gefunden hatte, stahl ich den Brief meines Vaters aus der Tasche.

VIERTES KAPITEL

Übertragung

Bis zum Ende meines achten Lebensjahrs ging es mit Ruths Geisteszustand weiter bergab. Die Kommunikation mit mir gestaltete sie meist so, daß sie mir auf einem gelben Briefblock aufschrieb, was sie mir mitzuteilen hatte. Ich mußte dann mit dem Rotstift, den sie mir reichte, in gleicher Manier antworten oder einfach nur mit einem Nicken meine Zustimmung erklären. (Ich widersprach nie: man gibt einer Stummen keine Widerworte.) Wenn unser schriftlicher Dialog beendet war, riß sie den Bogen von dem Block und faltete ihn systematisch zu einem Quadrat zusammen. Sie stierte vor sich hin, kniff die Lippen zusammen und zerriß das Quadrat in kleinere Quadrate. Auf ihrem Gesicht lag der Widerschein von Fanatisiertheit und gespannter Aufmerksamkeit. Sie sammelte die gelben Schnipsel in eine Schale zusammen, die sie mit den aneinandergelegten hohlen Händen formte, und trug sie, als wären sie etwas Heiliges, vor sich her ins Badezimmer, um sie dort in die Toilette zu versenken und wegzuspülen. Während das Wasser in den Spülkasten rauschte, suchte sie den Fliesenboden um die Schüssel mit größter Penibilität nach davongeflatterten Schnipseln ab.

Die Mitteilungen lohnten die Geheimniskrämerei nicht. Sie lauteten beispielsweise: »Steck deine schmutzige Wäsche in den Puff in meinem Kleiderschrank.« Oder: »Laß gefälligst nicht die Kühlschranktür offenstehen, wenn du dir was rausholst.« Oder (die bei Frauen beliebteste Ermahnung an Angehörige des anderen Geschlechts): »Mach bitte den Deckel zu, nachdem du die Toilette benutzt hast.« Das Ganze war eine völlig sinnlose Veranstaltung, ein herzzerreißendes und beängstigendes Schauspiel.

Eines Winterabends um die Schlafenszeit schrieb sie: »Werde jetzt dein Zimmer streichen. Schlaf solange in meinem.« Während ich meinen Schlafanzug anzog, rückte sie mein Bett von der Wand weg und deckte es mit einem alten Laken ab, das die Spuren aller Farben trug, die sie anderswo in der Wohnung ausprobiert hatte. Sie schaffte Pinsel, Farbkanister, eine Leiter und andere Utensilien in mein Zimmer. Aber niemals führte sie dort auch nur einen einzigen Pinselstrich aus; und in der übrigen Wohnung war sie mit der Arbeit fertig.

Meine Eltern hatten ein Mordstrumm von einem Bett, so riesengroß, daß es nicht unbedingt sonderbar wirken mußte, wenn wir es für ein paar Tage teilten. Außerdem hatten wir nie Besucher in der Wohnung. Ruth hatte sich zielstrebig mit ihren kommunistischen Parteifreunden zerstritten – ich vermute, daß dies mit zu der Strategie gehörte, in der Öffentlichkeit ein Zerwürfnis mit meinem Vater vorzutäuschen. Sie hatte eine apolitische Freundin, die Mutter eines meiner Spielkameraden, aber auch mit der brach sie unter irgendeinem Vorwand – Genaueres habe ich nie erfahren – einen Streit vom Zaun. Ich durfte täglich nach der Schule und an Wochenenden gelegentlich auch mal vormittags eine Stunde mit meinen Freunden im Freien spielen, aber nicht mit zu ihnen nach Hause gehen oder sie in unsere Wohnung einladen, denn Ruths Paranoia steigerte sich in rasantem Tempo. Auf ihrem gelben Block explizierte sie mir: »Erwachsene sind gefährlich. Du mußt alles geheimhalten, darfst nichts ausplaudern. Du gehst schnurstracks zur Schule und kommst anschließend schnurstracks nach Hause. Wenn Erwachsene in der Nähe sind, hältst du den Mund. Sie könnten mich ins Gefängnis bringen.« Sie belästigte mich nicht jede Nacht, im ganzen genommen sogar eher selten. Und war es denn eine Belästigung für mich? Wie gern würde ich jetzt das Fachchinesisch gebrauchen, das meine Blöße decken könnte vor den Augen jener Leser, die noch das Glück haben, sie als schockierend zu empfinden: ich fühlte mich sicher und wohl im Bett meiner Mutter, und ich genoß die Wärme ihres Körpers. Und ich tat mein möglichstes – Sie dürfen mir glauben: es war mein möglichstes –, es zu ignorieren, wenn dieser Körper agiler wurde, als für Wohlbefinden und Behaglichkeit allein unbedingt erforderlich war. Ich drückte mich tiefer in das Kissen und warf mein Netz nach der Bewußtlosigkeit aus. Ja, zuweilen schlief ich tatsächlich ein, während sie sich mit jenem zudringlich-verstohlenen Reiben an mir abarbeitete.

Und wie fühlte ich mich bei alldem? Oder besser: was wurde mir von meinen Gefühlen bewußt?

Ich war das Kind mit zwei Gesichtern: hier die entstellte, deprimierte Visage des armen Pinschers, die ich im Spiegel sah, da die Strahlemann-Fassade, die ich Lehrern und Freunden hinhielt. Manchmal spielte ich Normalität und Glücklichsein so perfekt, daß ich selbst auf meine schauspielerische Leistung hereinfiel. Unter den anderen Kindern in der Schule konnte ich stundenlang vergessen, daß ich kein Kind mehr war. Ich war der Revolutionär und Verräter der Revolution, der Vaterlose in der Rolle des Vaters, der kindliche Liebhaber, der angstgepeinigte starke Mann.

Meine Haft war nicht so streng, daß mir jeglicher Urlaub versagt worden wäre. Ich konnte mein Amt als Kapitän des Softballteams wahrnehmen, und ich durfte nach Unterrichtsschluß auf dem Schulhof bei den verschiedenen improvisierten Mannschaftsspielen wie Stockball, Softball und so weiter mitmachen. Anders als man denken könnte, war ich ein guter Schüler. Ich hatte hervorragende Noten. Ich wurde in die Schülerselbstverwaltung gewählt. Ich galt als außergewöhnlich reifes und verantwortungsbewußtes Kind. Was sich hinter diesem Persönlichkeitsbild verbirgt, ist unter Kinderpsychologen heute weithin bekannt, wenngleich dieses Wissen es nicht unbedingt leichter macht, die Opfer ausfindig zu machen. Zu meiner Zeit hätten nur ganz wenige (und beileibe nicht alle) Spezialisten meine Vorspiegelung einer harmonischen Persönlichkeit durchschaut. Ein wirklich unglückliches Kind, ein Kind, dessen Eltern sich nicht an ihre vorgegebene Rolle halten, weiß am besten, wie man das Verhalten eines verantwortungsbewußten Erwachsenen simuliert, und es hat die stärksten Motive, dies zu tun. In meinem speziellen Fall lag der Mißbrauch, der mit mir getrieben wurde, darin, daß meine Mutter mich in die Rolle des Vaters und Liebhabers drängte. Sie führte damit keinen Schlag gegen mein Ich: so aggressiv war ihre Form des Kindesmißbrauchs nicht. Sie ging nicht auf mich ein, versagte meinem wahren Ich die organische Entwicklung zum erwachsenen Mann, machte mich zwangsweise zum Pseudo-Erwachsenen, der – in jedem Sinne des Wortes – für sie dazusein hatte. Kinder können dieses Falschspiel über einen langen Zeitraum bewältigen. (Gewöhnlich sind sie dann in der Adoleszenz oder als Erwachsene überfordert, wenn Freunde und Sexualpartner etwas mehr als Frühreife, nämlich echte Reife von ihnen verlangen.) Natürlich kommt es dann irgendwann einmal so weit, daß die Fassade sich nicht mehr aufrechterhalten läßt; die Risse und Spannungen in dem dürftigen Stützwerk nehmen um ein Vielfaches zu, und früher oder später bricht die ganze Konstruktion zusammen. Doch das passiert nicht sofort, und ich bin überzeugt, daß der größte Schaden in der vorausgehenden Phase der Vertuschung und des Doppelspiels angerichtet wird.

Von Zeit zu Zeit riß meine Mutter sich zusammen. Wir besuchten in Abständen Tante Sadie und Daniel. Mir wurde mit besonderem Nachdruck eingeschärft, den beiden ja nichts zu erzählen. Was ich gern befolgte: mein Cousin Daniel war der Letzte, dem ich meine Situation eingestanden hätte.

Und übrigens: Wenn ich von »meiner Situation« spreche, meine ich damit die Umstände, so wie meine Mutter sie mir expliziert hatte: daß mein Vater ein Revolutionär im Exil war, einer, der für die Sache Kubas eintrat und nur auf den Tag wartete, an dem die korrupte amerikanische Regierung gestürzt würde. Ich hatte kein Bewußtsein davon, daß die nächtlichen Umarmungen meiner Mutter ein Fehlverhalten waren: das schädliche Tun eines traumatisierten Erwachsenen, für das mich keinerlei Verantwortung traf. Trotzdem wußte ich, daß ich auch über sie nicht sprechen durfte; ich wußte, daß sie mir ein unbehagliches Gefühl einflößten – manchmal. Selbst wenn Ruth mich von meinem Schweigegelübde entbunden hätte, hätte ich das Geheimnis gewahrt. Nach meinen Begriffen war ich ein aktiv Beteiligter. Ich machte keinen Versuch, mich ihr zu entziehen; ich sträubte mich nicht, in ihrem Bett zu schlafen. Ich wollte da bleiben. Ich hatte meine eigenen Gründe, Stillschweigen zu wahren. Auch wenn es Dinge gab, die ich an ihr nicht mochte – der Gedanke, ich könnte sie verlieren, weckte in mir Panik und Entschlossenheit.

Am Seder 1961 im Haus meines Onkels nahmen wir nicht teil, obwohl Ruths Zustand sich bis April gebessert zu haben schien. Sie achtete wieder auf ihr Äußeres, strich Stellenangebote in der Zeitung an und ging ein paarmal zu Vorstellungsgesprächen. Wir waren klamm. Das Geld, das mein Vater auf dem Konto zurückgelassen hatte, war alle. Ich glaube – sicher weiß ich es allerdings nicht –, daß Ruth damals eine Halbtagsstelle in der Verwaltung des Columbia Presbyterian Hospital angeboten bekommen hatte und vorhatte zuzusagen.

Zu meinem neunten Geburtstag am 15. April 1961 gab Ruth keine Party. Auf den Briefblock schrieb sie: »Wir gehen ins Kino und gönnen uns hinterher ein Stück Kuchen. Aber keine Einladung, keine Freunde. Die Kinder sind in Ordnung, aber den Eltern kann man nicht trauen.«

Der 15. April war ein Samstag. Sie nahm mich mit zum Museum of Modern Art, wo für Cineasten in einem handtuchbreiten Vorführraum mit kahlen geweißten Wänden Charlie-Chaplin-Filme gezeigt wurden. Meine Mutter amüsierte sich königlich. Zum erstenmal seit Tampa hörte ich sie lange und lauthals lachen. Und natürlich weinte sie auch. Das war bei ihr beinah etwas genauso Ungewöhnliches wie das Lachen. Immer wieder flüsterte sie mir zu: »Er ist ein Genie. Findest du das nicht großartig?«

Ich fand Chaplin unausstehlich. Die grotesken Rührstücke um den Tramp und das Fehlen gesprochener Worte waren für mich trübselige Erinnerungen an das dumpfe Elend bei uns zu Hause. Ich hätte viel lieber einen James-Bond-Film gesehen – ich glaube, damals lief gerade *007 jagt Dr. No*. Einige meiner Freunde hatten zum Geburtstag den 007-Spezialausrüstungs-Koffer geschenkt bekommen. Er enthielt unter anderem ein

Plastikimitat von Bonds Walther PPK, das rote Kugeln verschoß. Meine Freunde ließen mich bei ihren Geheimagenten-Versteckspielen mitspielen, aber ich konnte nichts weiter unternehmen, als mich immerfort zu verstecken, denn ich besaß keine Abwehrwaffen. Schlimmer noch: ich hatte nichts, womit ich auf sie hätte schießen können.

Ich sagte Ruth, ich fände Chaplin großartig. Ich beobachtete sie aus dem Augenwinkel und stimmte jedesmal in ihr Lachen ein; wenn sie mir den Kopf zuwandte, ließ ich ein Lächeln sehen, das anzeigte, daß ich mich amüsierte.

»Du hast wirklich einen guten Geschmack«, sagte sie zu mir, als wir im Rumpelmayer's den Geburtstagskuchen verzehrten. »Schmeckt das?« erkundigte sie sich, mit dem Kinn auf das Stück Bitterschokoladentorte deutend, das sie für mich bestellt hatte. Gegen die Schwarzwälder Kirschtorte, die ich eigentlich hatte haben wollen, hatte sie ihr Veto eingelegt: die sei zu ordinär. (Ich mochte Kirschen – mag sie noch heute.)

»Ja«, log ich. Der Geschmack der Bitterschokolade war für meinen nicht sonderlich kultivierten Gaumen zu kräftig und zu streng. (Er ist es noch heute.)

Wir überquerten die Straße und gingen in den Central Park. In einem abgelegenen Winkel, bei einer steinernen Brücke, fand Ruth eine freie Bank. (Inzwischen unauffindbar geworden.) Ab und an kam ein Radfahrer vorbei; einmal ging ein Pärchen vorüber. Sie schwieg dann, bis die Leute wieder weg waren. Sie nahm meine Hand, sah nicht mich an, sondern zu den Bäumen hinüber und hielt eine Rede.

»Jetzt bist du neun Jahre alt. Für mich ist das unfaßlich. Absolut unfaßlich. Ich weiß noch, wie du ausgesehen hast, als du auf die Welt kamst. Du hattest schon den ganzen Kopf voll schwarzer Haare. Und du warst nicht so ein runzliger Greis. Du hattest mandelförmige Augen. Und ganz hell. Die Schwester meinte, daß du noch nicht richtig sehen kannst, aber ich hatte das Gefühl, du siehst mir direkt ins Herz, und ich hätte schwören können, daß du weißt, wer ich bin. Die Schwester hat mir deine Haarpracht gezeigt, und dann hat sie deine Finger gestreckt, damit ich sehen kann, wie lang sie sind.« Ruth berührte die Spitzen meiner zurückgebogenen Finger und zog sie sacht von der Handfläche weg auswärts. »›Er wird mal groß‹, hat sie gesagt. Und sie hat recht behalten.« In Ruths Feststellung schwang ein Unterton von Verwunderung mit. »Ich glaube nicht, daß ihre Vorhersagemethode wissenschaftlich fundiert war. Na ja, sie hatte Francisco gesehen. Da war dann die Prognose kein großes Kunststück mehr, oder?« Sie lachte in sich hinein.

Ich erinnere mich noch genau, daß ich dachte: Sie muß Chaplin wirklich lieben. Seit dem Überfall hatte ich sie noch nie so sanft und gelockert erlebt.

»Das war der glücklichste Tag meines Lebens. Nicht der Tag, an dem du auf die Welt kamst. Da war ich noch zu geschockt und zu benebelt von der Narkose, um mich richtig freuen zu können. Nein, der Tag darauf, als ich dich zum erstenmal selber im Arm halten und stillen konnte und alle zu Besuch kamen ...« – ihre Augen verengten sich – »... sogar Leute, die ich haßte, waren nett und sehr beeindruckt von dir.« Sie verstummte – wenn ich mich recht erinnere, weil jemand vorbeiging. Als sie weitersprach, lag wieder die alte Angespanntheit in ihrer Stimme. »Ich hatte viele, viele Tage, an denen ich glücklich war. Du mußt nicht denken, daß ich schon immer so gewesen bin. Nein, das war ich nicht. Ich war nicht immer so finster und so ängstlich.« Sie sah mich kurz an. Ihre Augen waren feucht. Ich hoffte, sie würde nicht anfangen zu weinen. »Ich war glücklich, als ich regelmäßig zum Tanzunterricht ging. Bernie hat das abgewürgt. Hat das ruck, zuck abgewürgt. Hat das und noch vieles andere abgewürgt.«

Sie drehte sich rasch um, als ob sie einen heimlichen Lauscher hinter uns ertappen wollte. Als sie sah, daß niemand da war, wandte sie den Kopf wieder nach vorn und sprach weiter. »Aber immer ist dann irgend etwas aufgetaucht, was alles verdorben hat. Nur nicht am Tag nach deiner Geburt. Da war alles einfach wunderbar. Ich fühlte mich wohl und hatte keine Schmerzen. Am nächsten Tag war das schon wieder ganz anders. Aber nicht an deinem ersten vollen Tag auf dieser Erde. Ich weiß noch, daß mich an dem Tag jeder darauf angesprochen hat, wie gut ich aussehe. Gut ausgesehen hab' ich, weil ich glücklich war.« Sie sah mich nicht an dabei. Sie drückte bekräftigend meine Hand, aber der Blick ihrer grünen Augen streifte nervös über die Bäume und die leere Grasfläche. Sie verstärkte ihre Stimme, gab das gehetzte Flüstern der Paranoikerin auf und sagte über dem von weitem herüberbrandenden Verkehrslärm der Fifth Avenue klar und deutlich vernehmbar: »Ich möchte, daß du das weißt. Egal, was mit mir passiert, vergiß nie, daß der Tag, an dem ich dich zum erstenmal sah, ich meine, richtig sah, der glücklichste Tag meines Lebens war.«

So gegen fünf Uhr am Nachmittag kamen wir wieder vor unserem Mietshaus an. Wir wollten eben hineingehen, da hörte ich aus einem der oberen Fenster jemand meinen Namen rufen. Es war Joseph. Abgesehen von unseren Kontakten in der Schule hatte ich mit ihm nicht mehr gespielt, seit ich für seine Eltern als Lügner gebrandmarkt war. (Ich hatte mich geirrt mit der Befürchtung, mein Makel werde sich in der ganzen Nachbarschaft herumsprechen. Entweder besaßen die Steins in den Augen der Nachbarn keine Glaubwürdigkeit, oder sie sprachen mit niemandem über die Sache.) »Rafe!« rief Joseph und linste anschließend verstohlen hinter sich. Dann hatte er auf einmal etwas in den Händen. »Herzlichen Glückwunsch zum Geburtstag!« Es war ein Päckchen. Er signalisierte mir, daß er es fallenlassen werde. »Fang!«

Ich trat unter das Fenster. Er ließ los. Er hatte das Geschenk in Packpapier gewickelt und auf Vorder- und Rückseite des Päckchens mit Leuchtstift »Herzlichen Glückwunsch zum Geburtstag« geschrieben. Seine Handschrift war proper wie eine Mädchenschrift. Aus dem Einwickelpapier schälte ich ein Taschenbuch heraus. Es war kein ganz taufrisches Exemplar mehr, wies vielmehr starke Gebrauchsspuren auf. Und auf der Innenseite des Umschlagdeckels klebte ein Schildchen mit Josephs Namen. Der Titel des Buches verhieß mir, daß der Inhalt ein Welträtsel für mich lösen würde: *Wie spielt man die Schach-Eröffnung?* Oben in der Wohnung holte ich meine Plastikfiguren heraus und unterzog meine Annahme einer genaueren Nachprüfung. Es gab keinen Zweifel: die dramatischen Vorteile, die Joseph sich regelmäßig schon in der Anfangsphase unserer Partien gesichert hatte, verdankten sich diesem Buch. Bei der Eröffnung hatte ich jedesmal gegen das gebündelte Wissen einer Kohorte von historischen und zeitgenössischen Schachgenies gespielt, die die ersten circa zwanzig Züge in allen denkbaren Varianten analysiert und die besten Optionen zu Protokoll gegeben hatten. Davon hatte Joseph kein Sterbenswörtchen verraten. Alle anderen Bücher, die Joseph sein eigen nannte, standen offen sichtbar in seinem Bücherregal, nur dieses nicht. Ja, ich hatte ihn sogar im Verdacht (mit Recht, wie sich herausstellen sollte), daß er noch mehr Schachbücher besaß. Auf dem hinteren Umschlagdeckel fand ich einen Komplementärband mit dem Titel *Wie spielt man das Schach-Endspiel?* angezeigt. Ich hätte mich gern bei Joseph für sein Geschenk bedankt. Und ich hätte auch gern wieder Schach mit ihm gespielt. Ich überlegte hin und her, wie ich erst meine, dann seine Mutter überzeugen könnte, daß weder die CIA noch die Nazis irgend etwas dabei gewinnen würden, wenn Joseph und ich uns zusammen an ein Schachbrett setzten. Ich denke, es wirft ein trübes Licht auf meine damalige Lebenssituation, daß dieses doppelte Hindernis, dem ich mich da gegenübersah, mich nicht zum Lachen brachte, sondern daß ich ernsthaft anfing, mir die Worte zurechtzulegen, die mir helfen sollten, es beiseite zu räumen.

Mein Bemühen, im Geiste einen überzeugenden Antrag auf Hafturlaub zu formulieren, wurde dadurch unterbrochen, daß meine Mutter der Funkstille in unserer Wohnung ein Ende machte. Mit drängender, panikerfüllter Stimme rief sie meinen Namen: »Rafe!«

Ich lief zu ihr. Sie war in der Diele vor der Küche. In glücklicheren Tagen bewirteten meine Eltern an dem langen Kiefernholztisch in diesem Raum debattierende KP-Genossen und Ex-Genossen. Wenn sich eine größere Runde eingefunden hatte, servierten sie eine kubanische Bauernmahlzeit: Francisco kochte große Töpfe voll dicker Bohnen mit Reis, Ruth hatte von meiner Großmutter gelernt, wie man eine *ropa vieja* zubereitet. Bei regelrechten Massenversammlungen gab es manchmal einfach nur Kaffee und Kuchen. Ruth konnte köstliche Heidelbeer- und Apfeltorten backen. Während kurzer Flauten in der politischen Debatte erklärte sie, wie sie es machte, daß der Boden schön locker blieb. Und in der Ecke stand ein kleiner Schwarzweißfernseher, der zuweilen das Anschauungsmaterial zu der laufenden Diskussion lieferte. Kein riesiger Kasten wie bei den Eltern meiner Freunde und schon gar nicht ein supermoderner Farbfernseher, sondern ein tragbares Gerät, wie seifenopernsüchtige Hausfrauen es in der Küche stehen haben oder nachgiebige Eltern es für ihre Heranwachsenden kaufen, damit die sich in ihrem Zimmer Programme nach eigenem Geschmack ansehen können.

Ich traf Ruth vor dem Gerät kniend an. Eine Nachrichtensendung lief. Wahrscheinlich Walter Cronkite, aber genau weiß ich es nicht mehr.

Sie sagte: »Sie haben Havanna bombardiert.« Havanna, so viel hatte ich begriffen, das war, wo mein Vater derzeit lebte. In der Schule hatten wir Katastrophenschutzübungen für den Fall eines Atombombenabwurfs gemacht, die später in vielen Werken und Aktionen der Anti-Kriegs-Kultur der ausgehenden sechziger Jahre satirisch durch den Kakao gezogen oder mit beschwörendem Ernst zitiert werden sollten. Wir hatten geübt, uns schnell unter unserem Tisch zu verkriechen. Im Geiste sah ich meinen Vater sich unter einem Tisch verkriechen. Ich sah ihn augenzwinkernd unterm Küchentisch meiner Großmutter sitzen.

Was im Fernsehen gezeigt wurde, waren (wie ich vermute) Archivaufnahmen von der Einnahme Havannas durch Fidels Truppen. Der Bericht (der sich als Ente erweisen sollte) gab vor, eine Revolte der kubanischen Luftwaffe gegen Fidel zu dokumentieren, bei der die Hauptstadt bombardiert worden sei. In Wahrheit hatten US-Maschinen einige Bomben und große Mengen von Propagandaflugblättern abgeworfen, um im Vorfeld der von der CIA gesteuerten Invasion von Exilkubanern an der Schweinebucht die Moral der Soldaten und der Bevölkerung zu schwächen. Davon wußte meine Mutter freilich nichts. Sie hatte die Nachricht vernommen, daß Havanna das Ziel eines Angriffs der kubanischen Konterrevolution geworden war. Sie kniete vor dem Bildschirm, aber ihre Hände waren nicht etwa zum Beten gefaltet, sondern zu Fäusten geballt, als wollte sie gleich auf das Bild losschlagen.

Das Telefon klingelte.

»O mein Gott«, sagte Ruth. Sie stand auf. Sie trug noch die Sachen, die sie zum Ausgehen mit mir angezogen hatte, ein keckes gelb-weißes Kleid mit hübschem Schwung beim Gehen. Sie war fünfundvierzig, sah aber jünger aus. Ihre Augen leuchteten in diesem Moment in einem hellen Grün, wenngleich sie zuzeiten auch dunkler, fast braun wirken konnten. Der wache Ausdruck dieser Augen wurde verstärkt durch die markanten Bögen der schwarzen, nur wenig gezupften Brauen. »Geh du ran. Sag, ich bin nicht da.« Sie legte die Hand auf die Lippen und sah zur Decke hinauf, als ob von da oben wer herunterhinge. »Mist. Die wissen natürlich Bescheid.«

Das Telefon gab mit fortgesetztem Klingeln zu verstehen, daß es nicht bereit war, seinen Anspruch auf unsere Aufmerksamkeit aufzugeben. »Ich hol's mal her«, sagte ich. Ruth rief mir laut nach, ich solle es lieber lassen, aber da war ich schon in der Küche und hatte den Hörer abgehoben.

Es war Oma Jacinta, am Rande der Hysterie stehend, wie es schien, und ein Trommelfeuer spanischer Laute auf mich abfeuernd. Wir hatten schon vorher miteinander gesprochen, als sie anrief, um mir zum Geburtstag zu gratulieren. Jetzt verstand ich kein Wort von dem, was sie sagte. Im Hintergrund hörte ich einen meiner Verwandten rufen: »Sie sagen, es ist eine Invasion.« Jacinta beruhigte sich so weit, daß sie mir sagen konnte: »Hör zu, mein Schatz, du brauchst dir überhaupt keine Sorgen zu machen. Und jetzt gibst du den Hörer an deine Mama weiter, okay?«

Vor Oma tat sich Ruth keinen Zwang an. Sie sagte: »Diese Scheißkerle!« Dann, nachdem sie längere Zeit schweigend zugehört hatte: »Das ist alles erstunken und erlogen. Das sind im Leben keine Kubaner. In Kuba gibt es keine Luftwaffe – die haben bloß sechs Flugzeuge. Das müssen Leute von uns sein.« Erneute Schweigepause. »Nein. Uns geht es gut«, sagte sie. Und noch einmal: »Es geht uns ausgezeichnet. Nein. Hier ist alles vollkommen in Ordnung.« Bei alldem hatte die Wut in ihrer Stimme immer weiter zugenommen.

Ich schlenderte in die Küche. Überall wäre ich jetzt lieber gewesen als zu Hause. Unsere Küche hatte ein einziges, großes Fenster, das halb offenstand. Es bot Aussicht in den Innenhof, einen engen Schacht, gesäumt von Fenstern, durch die man in Wohnungen sah, die über alle Stockwerke identisch geschnitten, aber verblüffend unterschiedlich eingerichtet waren. Ich beugte mich hinaus und suchte mit den Augen zwei Stockwerke tiefer das Fenster, hinter dem, wie ich wußte, Josephs Zimmer lag.

Und da war er! Gesicht und Blick direkt zu mir herauf gerichtet. Er grinste und winkte. Ich rief hinunter: »Danke für das Buch. Jetzt kann ich dich rasieren.«

Er sagte etwas.

»Was?« schrie ich.

Joseph schob sein Fenster weiter auf und streckte den Kopf heraus. »Ich weiß, wie wir es machen müssen, damit wir miteinander spielen können.« Er brachte eine Taschenlampe zum Vorschein, die er an- und ausknipste. »Morsealphabet und Schachnotation!« Mit einer jähen Bewegung wollte er den Kopf ins Zimmer zurückziehen und knallte ihn dabei gegen den unteren Schenkel des Fensterflügels. »Ich komme«, rief er in die Wohnung hinein und zu mir herauf: »Muß leider weg. Ich erklär's dir in der Schule.« Und damit zog er sich in sein Schneckenhaus zurück.

Ich lächelte noch, als ich mich umdrehte und mich unvermutet meiner Mutter gegenübersah, die Wohlgeruch verströmte, in deren Augen jedoch die Flammen der Wut loderten. »Sie können mich ins Zuchthaus stecken.« Mein Kehle war plötzlich ausgedörrt wie Pergament. Ich glaube, ich hätte selbst dann kein Wort herausgebracht, wenn mir etwas eingefallen wäre, was ich hätte sagen können. »Sie haben Ethel umgebracht. Auf dem elektrischen Stuhl hingerichtet. Und sie haben sich den Teufel darum geschert, daß sie zwei reizende kleine Söhne hatte. Begreifst du das? Du lieferst mich ans Messer.« Sie sagte das mit ruhiger, Normalität und völlige Verstandesklarheit suggerierender Stimme: diese Beherrschtheit war unnatürlich und daher um so erschreckender. »Du sprichst mit fremden Menschen und lieferst mich ans Messer.« Ich rechnete damit, daß sie mich schlagen würde. Sie hatte es noch nie getan, aber ich meinte es aus ihrem Ton heraushören zu können, der mich wie eine harte Ohrfeige traf. Aber nein, sie drehte sich auf dem Absatz um – ihr Kleid schwang dabei um die Hüften, als ob sie tanzte – und ging hinaus.

Ich begann zu weinen. Ich weinte bitterlich, von hysterischem Schluchzen geschüttelt.

Ruth kreuzte wieder auf, als ich gerade zur Ruhe gekommen war; um genau zu sein, müßte ich sagen: als meine Tränen alle waren. Sie hatte Kleenex-Tücher in der Hand, mit denen sie mir die Nase wischte. Sie hatte sich umgezogen, trug jetzt eine lange Hose und hatte ihren Regenmantel übergezogen. Um den Kopf hatte sie ein Tuch gebunden. Sie sah richtig zwielichtig, wenn nicht umstürzlerisch aus. »Ich muß noch mal weg, Schatz«, sagte sie in freundlichem Flüsterton. »Hier ist die Telefonnummer von Tante Sadie. Ruf sie an, falls du Hilfe brauchst. Aber das wird sicher nicht nötig sein. Ich bin spätestens morgen früh wieder da. Wir haben Milch und Kekse und Erdnußbutter und Brot im Haus – wenn du Hunger hast, nimm dir, was du möchtest. Wenn du willst, kannst du länger aufbleiben und fernsehen.« Sie war jetzt fertig mit dem Nasewischen. Sie küßte mich auf die Augen, erst auf das eine, dann auf das andere, und sagte in sanftem Ton, ohne alle Ironie: »Alles Gute zum Geburtstag!« Sie ging. Ich lauschte ihren Schritten, die sich in Richtung Feuertreppe entfernten. Ich hörte sie die Stufen hinuntergehen, dann war sie weg.

So lange fernsehen zu können, wie ich wollte, fand ich toll. Aber als es dunkel wurde, kam ich mir in der großen Wohnung vereinsamt und schutzlos vor, während von draußen die Nachtmusik der Stadt New York an mein Ohr drang: Sirenen, das Grölen eines Betrunkenen, das großmäulige Sprücheklopfen und Krakeelen einer Jugendgang. Es waren Geräusche, die ich mein Leben lang gehört hatte, aber bisher waren sie immer eine harmlose ferne Klangkulisse gewesen, die aufgepeitschte Brandung einer Sturmflut, die mich nicht erreichen konnte. Vergeblich suchte ich im überdimensionalen Bett meiner Eltern den Schlaf. Ich fühlte mich klein und verloren, und die Geräusche drangen langsam, aber sicher näher zu mir vor: Rettungswagen, die Tote aufsammelten, Mordgesindel, das grölte, es werde kleine Jungen abschlachten.

Sei kein Schwächling, redete ich mir zu. Wenn du die Nerven verlierst und dich an jemand um Hilfe wendest, enttäuschst du sie. »Gebrauch deinen Bauernverstand«, ermahnte mich mein Vater. Ich zog den Kopf zwischen die Schultern, schob die Zunge zwischen die Oberlippe und die Schneidezähne und grunzte wie ein Affe. Als wildes Tier fühlte ich mich stärker. Als vernunftlose Bestie fürchtete ich mich nicht.

Während sämtliche Lichter in der Wohnung brannten, lag ich auf die Seite gerollt und zusammengekrümmt wie ein Fetus im Mutterleib in dem Mammutbett, hielt meinen Penis mit der Hand umklammert und stieß Urwaldlaute aus. Einem außenstehenden Beobachter wären sie albern und jämmerlich vorgekommen, aber für mich waren sie die Rettung. Ich flüchtete mich in eine Allmachtsphantasie, über der ich einschlief.

Am nächsten Morgen war Ruth noch nicht wieder da. Das machte mir anfangs nichts aus. Die Sonne schien, ich hatte Cornflakes zu essen und zur Unterhaltung die *Rocky and Bullwinkle*-Zeichentrickfilmstunde im Fernsehen, und als ich später vom Schulhof auf der anderen Straßenseite den Lärm des Softballspiels hörte, das Erwachsene aus der Nachbarschaft da allsonntäglich veranstalteten, nahm ich meinen ganzen Mut zusammen, zog mich an und lief hinüber, um zuzuschauen. Ich erinnere mich noch, daß es ein klarer und kühler Sonnentag war und das Spiel mächtig spannend, letzteres vor allem, weil ich es, auf der Betonbrüstung hinter der Umzäunung sitzend, endlich einmal aus der Nähe verfolgen konnte. Weil ich seit einem Jahr an den Wochenenden nicht die Wohnung verlassen durfte, hatte ich mich die ganze Zeit mit dem Zuschauen aus der Ferne, aus meinem Schlafzimmerfenster, begnügen müssen. Geschmeichelt durch meine Aufmerksamkeit und meinen Beifall, wechselte von Zeit zu Zeit der eine oder der andere der Männer ein paar Worte mit mir. Als das Spiel zu Ende war, war ich tieftraurig.

Ich hatte Hunger bekommen und trottete heimwärts, um mir einen Erdnußbuttersandwich mit Konfitüre zu machen. Vor der Wohnungstür entdeckte ich, was für einen kapitalen Bock ich geschossen hatte. Ich hatte keinen Wohnungsschlüssel bei mir. Ich vermute, beim Weggehen hatte ich unbewußt vorausgesetzt, daß meine Mutter am späteren Vormittag längst wieder zu Hause sein werde. Das war sie nicht. Ich klingelte und klingelte, bis eine Nachbarin auf dem Treppenflur erschien und sich erkundigte, ob etwas nicht in Ordnung sei. Doch, doch, versicherte ich, von Schrecken ergriffen angesichts der Möglichkeit, ich könnte das Geheimnis preisgegeben haben, daß Ruth weggegangen war, und sie damit ins Zuchthaus und auf den elektrischen Stuhl bringen.

Ich lief zur Treppe und die Stufen hinunter; einen oder zwei Treppenläufe tiefer setzte ich mich auf eine Stufe und begann zu weinen. Ich hatte einen schlimmen Fehler gemacht und keine Idee, wie ich ihn wieder ausbügeln könnte. Eine andere Nachbarin kreuzte auf, um nachzusehen, wer da weinte. Ich flüchtete auf ein tiefer gelegenes Podest. Auf den erneuten Schreck hin dachte ich immerhin konzentriert genug nach, um zu einem Entschluß zu kommen.

Ich würde meinen Hunger ignorieren und draußen auf der Straße auf Ruth warten. Ich postierte mich ein Stück weit weg vom Hauseingang und bemühte mich, den Eindruck eines zufällig und müßig da Herumstehenden, nicht eines Wartenden zu erwecken.

Die Zeit verging – mir kam sie wie eine Ewigkeit vor. Wahrscheinlich stand ich nicht länger als einige wenige Stunden auf meinem Posten, aber ich versank dabei immer tiefer in einem Gefühl der Verlassenheit und Hilflosigkeit. Bilder von beinah halluzinatorischer Plastizität zogen vor meinem inneren Auge vorüber. Ich sah meinen Vater tot in den Trümmern des zerbombten Havanna. Ich sah einen boshaft lachenden kubanischen

Piloten auf einem New Yorker Flughafen landen, wo man ihn erwartete, um gemeinsam mit ihn seine Zerschlagung von Fidels Revolution zu feiern. In ihrem James-Bond-Aufzug trat Ruth aus einem Versteck, zog eine Walther PPK und schoß ihn nieder.

Einer von meinen Freunden kreuzte in Begleitung seines Vaters auf. Sie hatten Baseballhandschuhe und einen Softball dabei. Mein Freund fragte, ob ich nicht mitkommen und im Fort Tryon Park Ballwerfen mit ihnen spielen wolle. Ich sagte nein, obwohl ich nichts lieber getan hätte. Ich konnte es nicht riskieren, nicht dazusein, wenn Ruth nach Hause kam. Ich würde schon Ärger genug bekommen, weil ich die Wohnung verlassen hatte. Vergebens hatte ich mir den Kopf zermartert, um eine akzeptable Entschuldigung für meinen Ausflug zu finden. Ich glaube, der Vater meines Freundes schöpfte Argwohn. Er fragte mich mehrmals, ob alles in Ordnung mit mir sei.

Diese drei oder vier Stunden auf dem Gehsteig sind mir in lebhafter Erinnerung. Ich könnte Hunderte von Seiten füllen mit der Schilderung der kompensatorischen Phantasien und der Signale der Hoffnungslosigkeit, zu denen sich die Flecken auf dem New Yorker Trottoir vor meinen Augen zusammenfügten, der atembeklemmenden Angst, die ich verspürte, wenn zufällig Bekannte vorbeikamen und mir mit inquisitorischen Fragen zusetzten, der herzlähmenden Furcht, mit der ich das Auftauchen eines Streifenwagens der Polizei an der nächsten Kreuzung registrierte und mich zwischen parkenden Autos versteckte. In wenigen Stunden durchlebte ich ein ganzes Leben. Ich hatte ein Gefühl, als ob ich einen radikalen Persönlichkeitswandel durchgemacht hätte. Und zugleich passierte gar nichts. In der wirklichen Welt, der Welt jenseits der Schrecknisse und der Sehnsucht in meinem Kopf, gab es nichts als einen langweiligen Sonntagnachmittag. Doch in meinem Innern kämpfte der Weltkommunismus um sein Überleben und verlor den Kampf – und ich wurde zum Waisenkind.

Joseph wurde zu meinem Retter. Er hatte mich von seinem Fenster aus erspäht und rief mir zu, was ich denn da unten treibe. Ich sagte ihm nicht die Wahrheit, legte ihm aber klar, daß ich ein unfreiwilliger Obdachloser war. Ich fror, und mein Magen knurrte und kneipte. Er spürte meine Desolatheit und sagte, ich solle zu ihm heraufkommen. Ich war aus naheliegenden Gründen unschlüssig, und die waren neben meiner Mutter seine Eltern. »Ich komm' an die Tür«, erklärte er. Irgendwie beruhigte mich das. Vielleicht wollte er damit sagen, daß er vorhatte, mich in die Wohnung zu schmuggeln.

Weit gefehlt – Joseph hatte viel zuviel Respekt vor seiner Mutter, als daß er sich so etwas unterstanden hätte. An der Wohnungstür empfing er mich mit der geflüsterten Frage: »Was ist los? Wo ist deine Mam?«

»Ich weiß nicht, wo sie ist. Ich sollte in der Wohnung bleiben. Ich hab' mich versehentlich ausgesperrt.«

Joseph nickte in seiner bedächtigen Altherrenmanier und sagte: »Komm mit. Halt den Mund, bis ich dir ein Zeichen gebe, dann sag, es tut dir leid.«

Zu Mrs. Steins nicht geringer Überraschung marschierten wir mit Aplomb zu ihr in die Küche.

»Mam, Rafe ist gekommen. Er will dir sagen, daß es ihm leid tut, daß er damals gelogen hat. Seine Mutter hat ihm zur Strafe Hausarrest gegeben und ihm verboten, seine Freunde zu besuchen. Das hat volle sechs Monate gedauert. Jetzt lügt er nicht mehr, und da hat sie die Strafe aufgehoben. Wir möchten gern Schach miteinander spielen, bloß eine Partie, dann geht er wieder.« Mrs. Stein hatte während seiner Ansprache mit offenem Mund und glotzend dagestanden und blieb, als er fertig war, so stehen. Joseph nickte mir zu.

»Es tut mir leid«, sagte ich. Fast wäre ich in helle Tränen ausgebrochen. Mit größter Anstrengung schaffte ich es, sie zu einem schwachen Rinnsal zurückzudämmen. »Es tut mir wirklich leid. Ich werd's nie wieder tun.«

»Ist schon gut«, sagte sie und gab sich Mühe, ein strenges Gesicht zu machen, konnte jedoch ihre Rührung über meine Tränen nicht ganz verbergen. »Das war etwas Schlimmes, was du getan hast, aber wenn es dir leid tut und du es nicht wieder tust, ist alles wieder gut. Na, dann geht mal und spielt schön.« Wir wandten uns zur Tür und wollten eben einen blitzartigen Abgang machen, als sie fragte: »Soll ich euch was zu essen machen?«

Nie hätte ich gedacht, daß ich mich einmal so über fades Essen freuen würde. Ich erzählte Joseph einen Teil der Wahrheit, nämlich daß meine Mutter mich die ganze Nacht allein gelassen hatte, sagte ihm aber nicht, warum, und schärfte ihm ein, er dürfe es keinem Menschen erzählen und auch nicht von meinem Besuch bei ihm, weil er mich damit dem Risiko aussetzen würde, für immer und ewig in der Wohnung bleiben zu müssen. Joseph meinte, ich solle mir keine Sorgen machen, meine Mutter werde schon nicht dahinterkommen, daß ich bei ihnen in der Wohnung bin – er hatte einen Plan. Wir stellten den Tisch mit dem Schachbrett so vor seinem Fenster auf, daß wir die Fenster unserer Wohnung im Blick hatten. Wenn Ruth in einem Zimmer das Licht anmachte, würden wir das gleich sehen. Da es noch heller Tag war, hatte ich meine Zweifel, daß

Ruth beim Nachhausekommen Licht anmachen würde, hielt es aber für möglich, daß mir Bewegung in der Wohnung auffallen würde. Und überhaupt – was lag mir schon daran, wenn seine Vorsichtsmaßnahme sich als untauglich erwies. Draußen auf der Straße hatten mich Furcht und Hunger beinah erdrückt. Ich war zu erleichtert über meine Errettung, als daß die Aussicht, ihretwegen eventuell bestraft zu werden, mir etwas ausgemacht hätte.

Das nächste Hindernis zeichnete sich bei Einbruch der Dunkelheit ab. Josephs Eltern kreuzten bei uns im Zimmer auf und sahen mich mit Blicken an, die zu sagen schienen, daß es Zeit für mich sei, nach Hause zu gehen. Ich hatte versucht, Joseph mit Hilfe der Sizilianischen Verteidigung zu schlagen, die zu dem wenigen gehörte, was ich mir in der kurzen Zeit aus seinem Geburtstagsgeschenk vom Vortag hatte aneignen können. Aber zweimal wurde ich ruck, zuck in die Pfanne gehauen – Joseph verschwieg mir, daß er ein neues Schachbuch besaß, in dem viel mehr Varianten verzeichnet waren. Bei der dritten Partie hatte ich es mit einer anderen Eröffnung probiert, und jetzt sah es für mich gut aus. Ich wollte eben den Königsangriff starten, da bemerkte ich das Eine-Braue-Mausgesicht, das mich unfroh von der Seite ansah. »Es ist spät geworden«, stellte Mr. Stein in säuerlichem Ton fest.

Ich hatte eine Eingebung: »Es tut mir leid, daß ich Sie damals angelogen habe, Mr. Stein. Es tut mir sehr leid. Ich werde es nie wieder tun.« Diese Selbstdemütigung in Form einer geheuchelten Entschuldigung – noch vor einem halben Jahr eine für mich undenkbare Absage an meinen Stolz – schuf mir Erleichterung. Ich wollte mich entselbsten, mein Ich zermalmen, wenn das möglich war, um als vollkommen neues Selbst wiederzuerstehen. Ich stand auf. »Ich danke dir für deine Einladung«, sagte ich zu Joseph, der zu meinem förmlichen Gebaren ein so verblüfftes Gesicht machte, daß ich das Gefühl hatte, gleich fliegen ihm die Gläser aus der Brille. Ich hatte mich damit abgefunden, daß ich gehen mußte, und trat auf seine Eltern zu, um mich zu verabschieden.

»Ma, kann Rafe heute nacht nicht bei uns schlafen?« bettelte Joseph in flehentlichem Ton.

Mrs. Stein sah ihren Mann an. Der blinkerte ihr zu. Der Wüterich mit den Stahlfingern, der mich vor den Richterstuhl meiner Mutter geschleift hatte, war in einem Loch verschwunden und als Maus wiedergekehrt. »Aber morgen ist doch Schule«, gab Mrs. Stein zaghaft zu bedenken.

»Wir machen zeitig das Licht aus«, versprach Joseph. »Und hinterher unterhalten wir uns auch nicht mehr.«

»Na, dann meinetwegen«, piepste die Maus entgegenkommend. »Wenn seine Mutter nichts dagegen hat.«

Joseph riß die Augen auf und fixierte mich. Dann sprach er in so vielsagendem Ton, daß es sich schon fast so anhörte, als deklamierte er: »Warum läufst du nicht nach oben und fragst sie?«

Hol's der Henker, so war er: er versteckte seine neuen Schachbücher und spielte den ganzen Abend Katz und Maus mit mir – ich verlor die dritte Partie und noch zwei weitere –, aber er gab keine Ruhe, bis er mich aus der Tinte, in der ich saß, herausgeholt hatte. Ich läutete ein paarmal an unserer Wohnungstür, ohne mir große Hoffnungen zu machen. Was mir im Augenblick am meisten Kopfzerbrechen machte, war die Frage, wie ich Mrs. Stein erklären sollte, warum ich ohne Schlafanzug, Schulkleider und Schulbücher zurückkam.

Ein sauberer Schlafanzug sei nicht aufzutreiben gewesen, sie seien alle in der Wäsche, sagte ich Mrs. Stein – was sie einerseits zwar schockierte, ihr andererseits aber das angenehme Gefühl der eigenen Überlegenheit als Hausfrau und Mutter vermittelte. Ich fügte noch hinzu, daß meine Mutter mir die Anweisung mitgegeben habe, am Morgen so früh wie möglich nach Hause zu kommen und mich für die Schule fertig zu machen.

Mitten in der Nacht wachte ich von Angst und Sorge gepeinigt auf. Ich weinte – lautlos, wie ich dachte. Joseph knipste die Leselampe an. Er kniff seine kurzsichtigen Augen zusammen, während er mich musterte. »Weinst du?« fragte er.

»'tschuldige!« greinte ich und konnte nicht verhindern, daß ich anschließend aufschluchzte.

Er legte den Finger auf die Lippen und flüsterte dann: »Nicht weinen. Du kannst jederzeit bei uns wohnen. Meine Eltern halten dich für sehr gescheit. Und weißt du, nach jüdischem Recht bist du ein Jude.«

»Ich weiß«, sagte ich und hörte auf zu weinen. Ich dachte an Papa Sam. Ich sah Onkel Bernie vor mir, wie er mir mit einem Lächeln auf seinem runden Gesicht die Zwanzig-Dollar-Note überreichte.

Am Morgen verabschiedete ich mich von den Steins. Oben stand ich wieder vor der verschlossenen Tür, und niemand öffnete. Ich entschloß mich, so wie ich war, in den schon mehrere Tage alten Sachen, zur Schule zu gehen. Der Kalender verzeichnete den 17. April. Am Morgen dieses Tages starteten rund 1400 von der CIA ausgebildete und angeleitete Exilkubaner an der Schweinebucht eine Invasion Kubas. Das Unternehmen endete schon nach kurzer Zeit mit einer kläglichen Niederlage der Invasoren. Doch in der Zeitspanne zwischen den ersten Nachrichten von dem

Handstreich und dem Bekanntwerden seines Ausgangs hielt sich zumindest bei den Parteigängern der kubanischen Revolution in den USA die Überzeugung, daß den kubanischen Eindringlingen amerikanische Truppen nachfolgen würden und daß der Vorgang nur der Auftakt zum Sturz des Castro-Regimes durch die USA sei. Noch heute ist nicht bekannt, wo meine Mutter die Nacht des Samstags und den Sonntag verbrachte. Am späteren Montagmorgen wurde sie dann festgenommen. Sie bespuckte Adlai Stevenson, als er eben das Gebäude der Vereinten Nationen betreten wollte (er war zu der Zeit UN-Botschafter der USA) und verwickelte sich anschließend in ein heftiges Handgemenge mit den Wachleuten, die sie abführten. Sie trug eine Pistole und einen Kanister Benzin bei sich.

Viele Jahre lang wußte ich nichts von diesen Dingen. Tante Sadie kam am Nachmittag zur Schule, um mich abzuholen, und traf mich im Turnsaal an. Während sie auf dem versiegelten Parkettboden quer durch den Raum auf mich zuging, sprach aus ihren Augen ein Entsetzen, das alles, was sie mir dann über meine Mutter erzählte, Lügen strafte. Sie sagte, Ruth werde bald wieder auf dem Damm sein, im Augenblick sei sie jedoch krank und müsse ein paar Tage im Krankenhaus bleiben. (In Wahrheit befand sie sich zur psychiatrischen Beobachtung im Bellevue Hospital.) Dicke Tränen kullerten über Tante Sadies Wangen, während ich ihr erklärte, daß ich zwei Tage und zwei Nächte lang mir selbst überlassen gewesen war. Mit dem Schlüssel, den sie mitgebracht hatte, schloß sie die Tür zu unserer Wohnung auf; sie packte eine Reisetasche für mich, dann fuhren wir zu ihrem Haus in Riverdale.

Sie ließ mich eine Weile mit meinem Cousin Daniel allein, um erst ihrem Mann und anschließend Onkel Bernie telefonisch Bericht über mich zu erstatten. Daniel nahm die Gelegenheit wahr, meine Sachen zu durchstöbern. Er spöttelte über meine Schulbücher. Das habe er alles schon in der ersten Klasse gehabt – ich war in der vierten.

»Na ja, das liegt eben daran, daß ich auf eine Privatschule gehe«, meinte Daniel. »Die sind viel besser. Wir sind euch Jahre voraus.«

Der Hieb verletzte mich nicht so tief, wie er es noch ein Jahr zuvor getan hätte. Ich wußte, daß ich neben Daniel ein Freak war, ein Schmuddelkind aus dem grünen Wagen, eine Monstrosität im Vergleich zu seiner Normalität – aber andererseits kannte ich mehr vom Leben als er. Ich hatte Bekanntschaft mit einem Killerkommando gemacht und meinen Eltern das Leben gerettet. Ich hatte allein in unserer Wohnung ausgeharrt, und ich hatte Erwachsene belogen und hinters Licht geführt. Ich konnte meiner Mutter größere Gefallen tun, als er sie jemals der seinen würde tun können. Ich kannte das Geheimnis, das richtige Männer kennen, nämlich daß Frauen unter der richtigen Berührung feucht werden und stöhnen. Und in meinem Brustbeutel trug ich einen ungewöhnlichen (von Agenten der CIA gesuchten) Brief bei mir, den Brief eines Revolutionärs, der es aus purer Selbstlosigkeit aufgegeben hatte, mein Vater zu sein, um statt dessen für eine gerechte Welt zu kämpfen. Hinzu kam, daß ich, als ich Daniel zu einem Schachwettkampf herausforderte, ihn dank der Schulung, die ich bei Joseph genossen hatte, in fünfzehn Zügen matt setzte. Danny wurde so wütend, daß er das Brett umkippte und die Figuren auf dem teuren Teppich verstreute. Er war ein schlechter Verlierer, aber ich nicht. Ich hatte hart gearbeitet, bis ich gelernt hatte, wie man gewinnt. Ich war ein Freak, aber ich war ein Mann, und er war ein kleiner Junge.

Tante Sadie kam in dem Moment zur Tür herein, als er die Schachfiguren durchs Zimmer warf. Sie wies ihn flüchtig zurecht, um mir dann zu sagen, daß Onkel Bernie mich am Telefon sprechen wollte.

»Hallo, junger Mann«, begrüßte mich die Stimme mit dem Celloklang. »Was bist du bloß für ein tapferer kleiner Kerl. Deine Mam hat dir sicher auf die Seele gebunden, daß du mit keinem Wort verraten sollst, was sie vorgehabt hat – so ist es doch?«

»Ja«, sagte ich.

»Siehst du. Und es gehört sich, daß man seiner Mam gehorcht. Aber vor mir brauchst du keine Geheimnisse zu haben. Ich gehör' zur Familie. Wir haben in unserer Familie keine Geheimnisse voreinander.«

»Ist Mam im Gefängnis?« Aus Sadies Nervosität hatte ich geschlossen, daß sie mir keinen reinen Wein eingeschenkt hatte.

»Äh … Hat Tante Sadie dir nicht gesagt, daß sie krank ist?«

»Doch«, sagte ich. ›Gebrauch deinen Bauernverstand.‹ »Aber ich glaube, sie hat mir nicht die Wahrheit gesagt. Wenn Mam im Gefängnis ist, kann ich dann bei dir wohnen, Onkel?« Ich durfte nicht länger die Last und Sorge meiner Eltern sein. Mein Onkel war reich. Er war der große Kapitalist, Teil der überwältigenden Kraft, die meine Eltern bezwungen hatte. Könnte ich mir nicht seinen Beistand, seine Macht sichern, um meine Eltern zu rächen?

»Bei mir? Du wirst bei Tante Sadie, bei Max und bei Danny wohnen. Das wird dir viel mehr Spaß machen. Meine Kinder sind auf dem College, bei mir würdest du –«

»Mami hat gesagt, du bist ein Genie, Onkel.« Das war nicht einmal gelogen. Sie hatte gesagt, in puncto Machtgebrauch sei er ein Genie. »Daniel kann mich nicht leiden. Er sagt, ich bin ein Bohnenfresser. Ich will nicht hier wohnen. Ich will bei dir wohnen. Ich will, daß du mein Vater bist.«

Am anderen Ende der Leitung folgte ein langes Schweigen. Dann sang Bernies Cello mit erstickten Lauten: »Ich komm' dich holen, mein Junge.«

Ich solle bitte noch einmal Tante Sadie an den Apparat holen. Ich lief los, um es ihr zu sagen, und grinste Danny an, als sie aus dem Zimmer war. Er verlangte eine Revanche von mir. Ich setzte ihn in zehn Zügen matt. Er knallte das Schachbrett so fest gegen die Wand, daß es entzweibrach. Ich war in Triumphstimmung. Tante Sadie kam von ihrem zweiten Gespräch mit Onkel Bernie zurück. Ihre Frisur stand auf einer Seite in die Luft, und ihre Augen waren gerötet. Sie gab mir einen Kuß und fuhr dann ärgerlich auf Danny los: »Mit dir habe ich noch ein ernstes Wörtchen zu reden, junger Mann.«

Onkel Bernie holte mich in einer schwarzen Luxuskarosse ab. Während der Fahrt nach Long Island lehnte ich mich an ihn und schlief ein. Ich war neun Jahre alt, und die Verantwortung für mein künftiges Leben war mir selbst zugefallen. Ich fand, daß ich die Aufgabe mit mehr Erfolg anpackte als meine Eltern. Schließlich war ich auf dem Weg zu einer Nobelvilla, in der ich fortan leben würde: war auf bestem Wege, ihnen und ihrer verlorenen Sache doch noch zum Sieg zu verhelfen.

FÜNFTES KAPITEL

Überkompensation

Ich wurde in Papa Sams leerstehendem Logis im Anbau einquartiert. Über ein Stellenvermittlungsbüro wurde eine Betreuerin für mich engagiert, eine junge Frau namens Eileen McElhone (mir kam sie ziemlich erwachsen vor, aber sie war erst achtundzwanzig). Tante Charlotte hatte keine Lust, nachdem ihre Kinder zum Collegestudium aus dem Haus waren, von neuem Mutter zu spielen. Sie verbrachte den größten Teil ihrer Zeit damit, als Lobbyistin diverser Museen, Krankenhäuser und jüdischen Vereine bei Sponsoren Spendengelder lockerzumachen. Drei- bis viermal die Woche übernachtete sie in Manhattan. Mein Onkel sah ebenfalls einer starken Beanspruchung durch seine Geschäfte entgegen: er hatte mit der Arrondierung seines Immobilienbesitzes begonnen und war außerdem mit dem Kauf von Home World, einer ins Schlingern geratenen Baumarkt-Kette im Nordosten, gerade in die Einzelhandelsbranche eingestiegen. Er war häufig auf Geschäftsreise oder hatte bis spät in die Nacht in Manhattan zu tun, zu schweigen von den Verpflichtungen, die sein Engagement für wohltätige Einrichtungen und seine private Passion, das Kunstsammeln, mit sich brachten. Es war Eileens Obliegenheit, mir Gesellschaft zu leisten, mich zur Schule und den Schauplätzen meiner diversen sportlichen Aktivitäten zu bringen und mich hinterher wieder abzuholen.

Sie war eine Schönheit, das Bilderbuchklischee der Irin: himmelblaue Augen, üppiges rotes Haar und hoch angesetzte Wangen, auf denen Blässe und verlegenes Erröten abwechselten. Ihre Rede war Musik. Sie verfügte über die selbstverständliche literarische Bildung eines Volkes, das Porträts von Yeats und Joyce auf seine Banknoten druckt. Mit dem Weiß und Rot ihrer körperlichen Erscheinung, ihrer Fröhlichkeit und ihrem neckenden Ton unterschied sie sich so sehr von meiner jüdischen und hispano-amerikanischen Verwandtschaft mit ihrem dunklen Äußeren und ihrem grüblerischen Wesen, daß ich im Gespräch mit ihr gelegentlich das Antworten vergaß, so fasziniert, ja förmlich hypnotisiert war ich von ihrem fremdartigen Erscheinungsbild.

Eileen bewohnte das nur einen Schritt über den Flur von dem meinen entfernte Zimmer, in dem zuletzt Papa Sams Pflegerin logiert hatte. Das

Badezimmer teilten wir uns. Sie war eine Seele von einem Menschen, aber (wie es bei orthodoxen Freudianern und Katholiken die Regel ist) allzu dogmatisch überzeugt von der wesensmäßigen Schlechtigkeit der menschlichen Natur, die sie besonders sinnfällig bei Kindern in Erscheinung treten sah. Sie war nicht fähig, den Unterschied zwischen dem natürlichen Egoismus eines Vierjährigen und dem krankhaften Narzißmus eines Vierzigjährigen zu begreifen. Sex war in ihren Augen etwas Scheußliches, Rohes und Schmutziges. Wir kamen gut miteinander aus; mit elf Jahren hegte ich ganz ähnliche Ansichten. Ich war überzeugt, daß all mein Wünschen und Verlangen böse war. Allerdings verfügte ich über eine tröstliche Rationalisierung: Wenn es mich nach Geld und Macht gelüstete, so nur weil ich sie als Waffen im Kampf für das Gute, für die Interessen der Armen und Entrechteten benötigte.

Eileen hielt nicht viel von den amerikanischen Kindern. Meine Schulkameraden in Great Neck waren für sie ein verzogenes, weinerliches, rüdes und arrogantes Pack. Für mich auch. Mich lobte sie in den höchsten Tonen. »Was bist du doch für ein lieber Junge. Was für ein Vergnügen ist es, dich zu betreuen. Mein Gott, du stellst ja kaum Ansprüche. Praktisch umsorgst ja du mich. Nicht wie diese anderen kleinen Ungeheuer von Kindern. Die ihre Mütter herumkommandieren wie Dienstboten und die Dienstboten behandeln, als ob sie noch Sklaven aus Afrika wären.« Für meine Eltern hatte sie nur Geringschätzung übrig, und wenn sie über meine Mutter sprach, nahm sie kein Blatt vor den Mund. »Was ist das für eine Sorte Frau, die ihr Kind zwei Tage und zwei Nächte allein läßt? Noch dazu in New York, wo es nicht viel besser als im Dschungel zugeht, nein, wo es schlimmer als im Dschungel zugeht, wenn du mich fragst. Als Mutter war sie ja eine prima Kommunistin. Die Sorte kann mir gestohlen bleiben. Ich pfeif' darauf, daß sie die Verhältnisse umkrempeln wollen, damit wir Arbeiter und armen Leute es besser haben. Ich weiß, was in denen vorgeht, wenn sie erst mal an der Macht sind. Dann sind ihnen die armen Leute egal. Wenn sie erst mal selber die Bosse sind, haben sie kein Herz mehr für die Arbeiter. Ich kenne die Kommunisten, das kannst du mir glauben. Ich hab' keine großen Sympathien für die habgierigen Kapitalisten, aber die Kommunisten sind noch schlimmer. Im Kapitalismus hast du vielleicht nichts zu essen. Aber im Kommunismus hast du noch nicht mal genug, um ein Feuer anzuheizen, auf dem du dein Nichts kochen kannst.«

Die anderen Erwachsenen vermieden es, über meine Eltern zu sprechen. Mit »anderen Erwachsenen« meine ich Onkel Bernie und seine Frau Charlotte, Onkel Harry und Tante Ceil und Tante Sadie. Da Bernie seinen Bruder und seine sämtlichen Schwäger bei sich beschäftigte, bekam ich die Verwandtschaft jetzt öfter zu sehen, vor allem an den Wochenenden. Mein Status hatte sich natürlich geändert. Meine Cousins – mit der einzigen Ausnahme von Daniel – waren freundlicher zu mir. Sie spielten mit mir, lobten mich, wenn mir etwas besonders gut gelang, ermutigten mich zu einem neuen Versuch, wenn etwas danebenging. Daniel kultivierte weiter die Rolle des Ekels. Vom Monopoly bis zum Tennis – er versuchte mich bei allen Spielen, die wir spielten, nach Strich und Faden abzukochen.

Was das Tennis betraf, wurde das, obschon er ein hervorragender Spieler war, immer schwieriger für ihn, denn nach meinen ersten zwei Wochen in Great Neck begann mein Onkel ein aktives Interesse an der Verbesserung meiner Form an den Tag zu legen. Er schleuste mich in einen Tennisklub ein, der seine Plätze in der Nähe hatte, und sorgte dafür, daß ich am Gruppenunterricht für den Nachwuchs teilnehmen konnte; obendrein vereinbarte er mit demselben Profitrainer, daß der freitags nachmittags herüberkam, um mir Privatstunden zu geben. Außerdem engagierte er einen Schwimmlehrer, der mir »die verkrampften Züge austreiben« sollte. Ich konnte mich gerade mal eben über Wasser halten, aber nicht mit der Eleganz und Rasanz eines Olympioniken durch die Chlorbrühe gleiten. »Ich möchte, daß du bis zum Ferienlager ein durchtrainierter Sportler bist«, sagte Bernie mit seiner charakteristischen Offenheit. »Die Kinder, die im Ferienlager bei den anderen gut ankommen, sind die guten Sportler. Wenn du bloß gescheit bist, wirst du geschnitten und schikaniert.« Ich teilte seine Befürchtung vorbehaltlos. Ich war ein Freak und eine Promenadenmischung: wer so verwundbare Stellen hatte wie ich, brauchte soviel Panzerung, wie er nur kriegen konnte.

Nach meinen ersten zwei Wochen in der Baker-Hill-Grundschule kreuzte ein Mathematik-Nachhilfelehrer bei mir auf, weil ein Lehrer Bernie gegenüber bemerkt hatte, ich sei zwar ein heller Kopf, aber in diesem Fach hinter den anderen Schülern weit zurück. Da mein Vater Schriftsteller war, hatte er mich immer wieder zur Lektüre von Büchern angespornt, die für den Intellekt von Menschen höherer Altersstufe als der meinen geschrieben waren, und das Ergebnis war jetzt, daß Bernie von meinem Englischlehrer, meinem Geschichtslehrer und meinem Naturkundelehrer fulminante Beurteilungen meiner Leistungen erhielt. Die begeistertsten von der letztgenannten. Naturwissenschaftliche Kenntnisse waren mir von meiner Mutter förmlich eingetrichtert worden. Sie glaubte nicht nur an den Kommunismus, sondern war zudem fest überzeugt, daß die Zukunft der Menschheit auch von unserer Fähigkeit, den Weltraum zu erobern, abhinge. Sie gab mir Berge von Jugendsachbüchern über den Ursprung und Bau der Erde und die physikalischen Vorgänge auf unserem Planeten zu lesen und besuchte mit mir viele Male das Hayden-Planetarium, wo sie mich mit Broschüren versorgte, deren Kenntnis ich später in einem Quiz unter Beweis stellen mußte, das sie mit mir nach dem Muster der Fernseh-Quizshow *Die 64 000-Dollar-Frage* veranstaltete – nur daß ich nicht heimlich die Antworten zugesteckt bekam. Und für richtige Antworten wurde ich nicht mit Geldpreisen, sondern mit Schokoladenküssen belohnt.

Woher weiß ich, wie meine Lehrer mich beurteilten? Bernie war kein Freund der Geheimniskrämerei und des Drumherumredens: er liebte es offen und geradeheraus. Nach zwei Wochen Schule bestellte er mich in sein Arbeitszimmer, winkte mich in einen tiefen roten Ledersessel vor seinem Eichenholzschreibtisch und strahlte mich an. »Deine Englischlehrerin meint, du bist im Lesen auf dem Niveau der zwölften Klasse. Dein Geschichtslehrer meint, du weißt über den Bürgerkrieg besser Bescheid als er. Und dein Naturkundelehrer sieht dich schon als einen der aussichtsreichsten Anwärter auf das Westinghouse-Stipendium. Er sorgt sich ein bißchen, weil er glaubt, daß die hiesige Public-High-School dir in den naturwissenschaftlichen Fächern nichts zu bieten hat. Er sagt, der Stoff, den er den anderen in deiner Klasse mit größter Mühe verständlich zu machen sucht, ist für dich quasi Kleinkinderkram. Ach ja, hier ist noch etwas« – Bernie blickte von seinen Notizen auf – »er sagt, du hast schon jeden im Schachklub geschlagen. Nicht bei der Schulmeisterschaft. Dafür bist du zu spät in die Schule eingetreten. Aber er sagt, im Klub schlägst du sogar ihren besten Spieler.« Mit breitem Lächeln fügte er hinzu: »Mühelos.«

Ich nickte flüchtig, weil ich vollauf damit beschäftigt war, mich in Bernies Arbeitszimmer umzusehen, einem Raum, der üblicherweise verschlossen war.

»Davon hast du mir gar nichts erzählt.« In seiner Stimme schwang ein Vorwurf mit.

»Entschuldige bitte«, sagte ich.

Das Arbeitszimmer war ganz in tiefen Farbtönen gehalten. In den Einbauregalen drängten sich in ochsenblutfarbenes Leder gebundene vielbändige Prachtausgaben der Großen der Weltliteratur (die natürlich nie gelesen wurden), der Perser war bordeauxrot, und die Vorhänge vervollständigten mit einer eigenen Schattierung das Nebeneinander dunkelroter Farbtöne zum Dreiklang. Die Möbel waren massiv und wuchtig. Die

Raumgestaltung variierte das Thema Blut und Geschichte. Hier war Onkel Bernies Thronsaal. Auf seinem dunkelhäutigen Mondgesicht lag die Serenität eines Königs. Er mußte eine Zweistärkenbrille tragen, um seine Notizen entziffern zu können, aber er sah kraftstrotzend aus, und die Stimme mit dem Celloklang vermittelte den Eindruck von Allwissenheit. »Entschuldigst du dich etwa dafür, daß du dich nicht dick gemacht hast?« fragte er.

»Entschuldige bitte«, sagte ich noch einmal.

Er hob den Kopf von seinen Notizen und nahm die Brille ab. »Neinnein, mein Junge, du hast mich nicht richtig verstanden. Ich hab' dich vor einiger Zeit gefragt, wie du in der Schule vorankommst, und da hast du mir nicht viel erzählt. Daraufhin hab' ich eine kleine Extratour gemacht, um mich mit deinen Lehrern zu unterhalten. Ich dachte mir, du hast bestimmt Anpassungsprobleme. Weißt du, deine Tanten hatten mir alle prophezeit, du würdest dich nach der städtischen Volksschule schwertun bei uns, noch dazu wo du jetzt« – er grinste – »mit unseren hochbegabten Schülern hier in Great Neck konkurrieren mußt.«

Ich nickte; genau damit hatte ich auch selbst gerechnet. Tatsächlich hatte ich Schwierigkeiten im Mathematikunterricht, und zwar hauptsächlich weil da schon seit einem ganzen Jahr nichtdezimale Zahlensysteme auf dem Lehrplan standen und wir uns in der P.S. 173 noch mit der einfachen Multiplikation herumgeschlagen hatten. »Ja, die sind enorm gescheit«, sagte ich. Auf jeden Fall waren sie enorm zungenfertig. Und so kultiviert und weltläufig: sie unterhielten sich fast wie Erwachsene über Sportveranstaltungen, Fernsehsendungen, Konzerte, Filme und Theateraufführungen. Doch eigenartigerweise schien kaum jemand unter ihnen zu wissen, wie die Gebrauchsgüter des täglichen Lebens hergestellt werden oder wie und warum sie funktionieren. Und ihr politischer Verstand war der von Wickelkindern: sie glaubten allen Ernstes, daß Präsident Kennedy niemals lügen würde und daß es Rassismus allenfalls noch im tiefsten Süden gäbe. »Ich glaube, ich krieg' schon noch den Anschluß«, sagte ich, besorgt, mein Rückstand in Mathe könnte den Onkel auf die Idee bringen, die Schule in Great Neck wäre zu schwer für mich.

»Du glaubst, du kriegst den Anschluß?« Onkel Bernie rieb sich irritiert die Stirn. »Das war doch die reine Ironie, was ich da gesagt habe. Ich vergesse immer wieder, daß du mich noch nicht richtig kennst. Ich hab' mir einen Spaß mit dir erlaubt, mein Junge. Die Kinder hier draußen sind absolut nicht gescheiter als du. *Du* bist gescheiter als *sie*. Du brauchst ein bißchen Nachhilfe in Mathematik, aber sogar deine Mathematiklehrerin hält dich für hochintelligent. Sie sagt, du hast in den zwei Wochen fast den ganzen Stoff vom letzten Jahr aufgeholt. Die anderen Lehrer halten dich für den intelligentesten Schüler an der Schule. Ich hab' mir deine Schulakte kommen lassen – ich wußte ja schon, daß du in der P.S. 173 für den Begabten-Förderzweig vorgesehen warst –, aber ich wollte gern auch mal einen Blick auf deinen IQ werfen. Weißt du, mit wem ich telefonieren mußte, damit ich –« Onkel Bernie wedelte mit der Hand, und damit war dieser Punkt erledigt. »Das ist jetzt unwichtig. Heut hab' ich die Kopie des Testergebnisses bekommen. Du liegst im Genie-Bereich.«

Ich war perplex. Das Wort Genie hatte für mich einen besonderen Klang. Im Vokabular meiner Mutter war es das höchste Lob, das einem Menschen erteilt werden konnte. Sie hatte mir klargemacht, daß in der ganzen Weltgeschichte nur eine Handvoll Genies aufgetreten waren. Die Liste der Menschen, denen sie gesprächsweise den Geniestatus zuerkannte, war kurz: sie umfaßte Marx, Einstein, Mozart, Tolstoi und Ernie Kovacs – letzterer war meines Wissens der einzige, den man im Fernsehen sehen konnte.

»Ich begreife nicht, warum mir deine Mutter nie etwas davon gesagt hat. Oder dein Vater. Er war immer sehr stolz auf dich, das muß man ihm lassen. Was mag da bloß in ihren Köpfen vorgegangen sein? Du wärst doch versauert in dieser ...« Bernie schloß die Augen und rieb sich die geschlossenen Lider leicht mit Daumen und Zeigefinger. »Die Solidarität mit der Arbeiterklasse«, murmelte er vor sich hin.

›Steig mit deiner Klasse, nicht aus deiner Klasse auf‹ – so drückte mein Daddy es aus. Er hatte diesen *gusanos* auf die Mütze gehauen, und das war sehr schnell gegangen. Onkel Bernie selbst erzählte, ein Bekannter von ihm – ich hörte dann später zufällig mit, wie Onkel Harry seiner Frau erklärte, daß dieser Bekannte ein hohes Tier in der Demokratischen Partei war – sei überzeugt, daß Kennedy die Wahl 1964 verlieren werde, wenn er nicht irgend etwas zuwege brachte, was die Schlappe vergessen ließ, die Castro ihm zugefügt hatte. Bernie hatte resümiert: »Jack muß beweisen, daß er in der Lage ist, den Kommunisten Paroli zu bieten.« (Bernie nannte den Präsidenten gewöhnlich beim Vornamen, noch dazu in dessen volkstümlicher Variante; in meiner Naivität nahm ich daraufhin an, er wäre persönlich bekannt mit ihm.) Zu dem Zeitpunkt der Audienz in meines Onkels Arbeitszimmer blickte ich schon wieder zuversichtlicher in die Zukunft. Meine Eltern waren nicht besiegt. Jetzt nur nicht aufgeben, rief ich ihnen im Geiste zu. Ich bin schon unterwegs. Ich komme euch zu Hilfe.

»Die P.S. 173 war schon ganz in Ordnung, Onkel«, sagte ich. Daß er mich für intelligent befand, freute mich, aber den IQ-Test nahm ich nicht besonders ernst. Ich wußte, daß meine Mutter sich im »Eltern-und-Lehrer-Verein« bemüht hatte, auf die Einstellung dieser Tests hinzuwirken, weil sie die Kinder aus den ärmeren Schichten benachteiligten. Das Argument leuchtete mir ein. Schließlich wußte ich selbst nur deshalb mehr als andere Kinder, weil meine Eltern Bücher lasen. Sie waren nicht eigentlich reich, aber sie besaßen die Bildung der Reichen und mußten keine geisttötende Arbeit, wie mein Vater das nannte, verrichten. (Mit Abbitte gegenüber allen, die der zur Zeit in der Psychologie grassierenden Testmanie verfallen sind, füge ich in Parenthese hinzu: Wenngleich die heutigen kulturneutralen IQ-Tests auf anderen Kriterien fußen, arbeiten auch sie noch mit einer konventionellen Maßeinheit der Intelligenz, und ich nehme ihre Ergebnisse nicht ernster als die ihrer eklatant parteiischen Vorgänger. Und ich glaube, darin sind sich alle besonneneren Pädagogen und Kinderexperten von heute mit mir einig, die wissen, daß solche Tests nur eine einzelne Komponente des rätselhaften Ganzen des menschlichen Erkenntnis- und Denkvermögens messen. Im Great Neck des Jahres 1961 freilich wurde ein hoher IQ als etwas Weihevolles, fast als ein Zeichen der Erwähltheit behandelt.)

»Aber in deine neue Schule gehst du noch lieber, oder?«

Ich nickte ohne rechte Überzeugung. So war es nicht. Was ich an der Schule in der Innenstadt gemocht hatte, war das Zusammensein mit anderen Kindern. Für den Unterricht und das Bücherstudium zu Hause hatte ich mich nicht im selben Maße erwärmen können. Meine Eltern hatten mir bei zahlreichen Gelegenheiten demonstriert, daß die Unterrichtsinhalte und das, was in den Schulbüchern stand (das galt besonders für die Geschichtsbücher), nur eine simplifizierte (und in mancher Hinsicht unzutreffende) Version des Erwachsenenwissens waren. Ich wollte auf dem kürzesten Wege auf den Wissensstand der Erwachsenen gelangen.

»Fühlst du dich nicht wohler unter Kindern, die auch so helle Köpfe wie du sind?« Onkel Bernie mußte über sich selber lachen. »Ich meine, die in puncto Köpfchen zumindest etwas näher an dein Kaliber herankommen.«

Ich hielt die Kinder, von denen er sprach, für heller als mich. Wirklich. Sie wußten, welche Klamotten ›cool‹ waren. Sie konnten sich gewählt ausdrücken. Eines der Mädchen sagte nicht ›Auf Wiedersehen‹, sondern ›Ciao‹, und ich erinnere mich noch, wie beeindruckt ich war, daß sie Chinesisch sprach. Aber am meisten beeindruckte mich, daß sie alle förmlich überquollen von etwas, das ich als Selbstvertrauen interpretierte. Sie waren felsenfest überzeugt, sie hätten recht, auch wenn sie voll danebenlagen. Manchmal überzeugten sie mich, ich könnte mich im Irrtum befinden, obwohl mein Verstand mir sagte, daß es völlig unmöglich war. Und wenn sie zu guter Letzt durch die Tatsachen widerlegt wurden, brachte sie das nicht im mindesten in Verlegenheit. Aber ich mochte sie nicht, weil sie sich immerzu von den falschen Dingen Anerkennung und Respekt abnötigen ließen: ihr Interesse für mich gründete darin, wessen Neffe ich war; wenn du Einsernoten bekamst, waren sie netter zu dir, als wenn du es »nur« zu Zweien brachtest; sie übergossen Mitschüler, die bei Sportwettkämpfen schlecht abschnitten, unbarmherzig mit Spott und Hohn und krochen vor den »Sportskanonen« sklavisch auf dem Bauch. Es waren bourgeoise Werte, die sie auf diese Weise kultivierten. Ich hatte von meinen Eltern genug gelernt, um zu wissen, daß diese Kinder eine erdrückende Last von bourgeoisen Eigenschaften mit sich herumschleppten – Konkurrenzdenken, Gewinnstreben, Hochnäsigkeit. Ich machte ihnen ihre Fehler nicht zum Vorwurf. Ruth hatte mir oft erklärt, daß die Menschen in einem Gesellschaftssystem, das auf der Basis ungerechter Entlohnung funktioniert, zwangsläufig hartherzig und materialistisch werden. (Stalinisten haben ein behavioristisches Menschenbild.) Trotz meiner Mißbilligung dieser Menschen fühlte ich mich von ihnen angezogen: von ihrer Cleverness, ihrer Schönheit, ihrem Reichtum; ich wollte ihre Hochachtung gewinnen, und ich wollte sie in allem übertreffen. Aber ich mochte sie nicht. Nachdem ich den Schachmatador der Schule abserviert hatte und daraufhin von Kindern freundschaftlich beglückwünscht worden war, die noch eine Stunde vorher die Nase über mich gerümpft hatten, ging ich in die Toilette, suchte mir die am weitesten von der Schwingtür entfernte Kabine aus, betätigte die Wasserspülung und heulte, schlug mit der Faust gegen die Tür und heulte noch mehr. »Ich hasse sie«, flüsterte ich in das gurgelnde Wasser hinunter. Aber ich hätte es nie gewagt, vor meinem Onkel Kritik laut werden zu lassen. Ich durfte nicht riskieren, in die Obhut einer meiner Tanten gegeben zu werden. Schließlich war ich von Marxisten aufgezogen worden und wußte Bescheid über die Macht des Kapitals – Onkel Bernie war in der Familie Rabinowitz der Zar, und ich hatte vor, den Platz neben seinem Thron einzunehmen.

Im häuslichen Leben meines Onkels trat eine Veränderung ein. Er richtete sich seine Arbeit so ein, daß er öfter zu Hause war. An dem Wochenende nach der IQ-Enthüllung nahm er mich mit in seinen Country Club, um mit mir anzugeben. Er fädelte eine Schachpartie zwischen mir und dem Enkel des Besitzers einer New Yorker Ladenkette ein. (Bernie und dieser Ladenkettenkönig sollten bald Konkurrenten werden.)

Bernie stand während der ganzen Partie hinter mir und schaute zu, obwohl er vom Schach nicht die mindeste Ahnung hatte. Seine Gegenwart trocknete mir die Kehle aus und zog mir den Magen zusammen. Die Figuren verschwammen mir vor den Augen, die schwarzen und weißen Diagonalen auf dem Brett begannen zu schwanken, ich fühlte mich wie ein zum Tode Verurteilter, für den die Stunde der Hinrichtung angebrochen ist. Aber ich konnte es mir nicht erlauben, dem Druck, der auf mir lastete, nachzugeben. Ich hielt mir vor Augen, wieviel für mich auf dem Spiel stand und daß ich gewinnen *mußte*, wenn ich mir Bernies Gunst erhalten wollte.

Mein Gegner war abgebrüht – genauso abgebrüht wie Joseph. Er kannte die Eröffnung, mit der ich es versuchte; vor lauter Nervosität konnte ich mich nicht mehr an die richtigen Züge erinnern und schnürte mich beim Positionsspiel selbst ein.

Dem Ladenkettenkönig stand die hämische Schadenfreude ins Gesicht geschrieben. Er sagte irgend etwas in dem Sinne, daß an dem Sieg seines Enkels wohl nicht mehr zu rütteln sei. Von hinten hörte ich das Cello meines Onkels schnarren: ein ärgerlicher, rauher Bogenstrich. »Abwarten«, sagte er. Seine Hand breitete sich über meinen Kopf, und seine Finger massierten meine Kopfhaut, daß sie wie ein Hundefell hin und her rutschte. »Niemals aufgeben!« flüsterte er. Mir fiel ein, wie ich an meinem letzten Abend in Washington Heights neben Joseph im Bett lag und er mir sagte, mein Problem beim Schach sei, daß ich mich zu früh zum Gegenschlag verleiten ließ, wenn ich in Nachteil geraten war. Ich sei so gut in der Verteidigung, daß er mich möglicherweise nicht schlagen könne, wenn ich mich einfach nur verschanzte und ihn zwänge zu beweisen, daß er eine gewonnene Stellung erreicht hatte. Das probierte ich jetzt aus, indem ich zu einer passiven Taktik überging, mich bemühte, die Selbstblockade aufzulösen, in die ich mich manövriert hatte, und den absehbaren Angriffspunkt massiv verteidigte. Mein Gegner zögerte mit dem Königsangriff, und nach und nach ging sein Vorsprung flöten.

Der Ladenkettenkönig wurde ungeduldig mit seinem Enkel. »Das dauert und dauert, und nichts passiert«, grollte er flüsternd. »Hast du mir vorhin nicht gesagt, du bist am Gewinnen?«

»Das *war* er«, antwortete ich stellvertretend für meinen Gegner. Mein Onkel und seine Freunde lachten herzhaft. (Zwei oder drei andere Clubmitglieder hatten sich inzwischen für unseren Zweikampf zu interessieren begonnen.)

»Das bin ich auch noch«, sagte mein Gegner. »Ich hab' dir einen Bauer voraus.«

»Na und?« entgegnete ich ihm verächtlich. »Mit dem kannst du nichts anfangen.« Ein halbes Dutzend Züge vorher hatte ich eine siegbringende Angriffsmöglichkeit für ihn erspäht, ein Spiel, das ich, wenn ich an seiner Stelle gewesen wäre, mit Freuden ausprobiert hätte. An jenem Tag lernte ich eine Lektion in Sachen Verteidigung: Kundschafte mit dem Auge des Gegners den Weg zu deiner Niederlage aus und wähle danach deine Strategie.

Schließlich ging er zum Angriff über, nur war der Schritt jetzt übereilt. Meine massierte Verteidigung wurde ihm rasch zum Verhängnis. Nach wenigen Zügen war er vernichtet. Die Wendung der Dinge hatte sowohl etwas von Magie wie von großer Tragödie. Aber zugleich fühlte ich eine seltsame Trauer über die Vernichtung meines Gegners, die wütende Rache, die meine Figuren nahmen, nachdem sie sich aus ihrer eingeschnürten Position befreit hatten. Noch nie hatte mir eine gewonnene Partie so wenig Freude gemacht.

Onkel Bernie hingegen war höchst vergnügt. Ich staunte über die kindische Manier, in der er dem Ladenkettenkönig Salz in die offene Wunde rieb. »Hab' dir doch gleich gesagt: Abwarten. Das ist schon immer dein Problem gewesen, Murray. Du unterschätzt den Gegner.«

»Komm jetzt«, sagte der Ladenkettenkönig zu seinem Enkel. »Wir sind spät dran.« Er zog seinen Erben mit einem Ruck aus dem Sessel. Ich war bestürzt über diese ruppige Reaktion auf einen verzeihlichen Fehlschlag. Schließlich verband die beiden Blutsverwandtschaft in direkter Linie, nicht ein entfernteres Verwandtschaftsverhältnis, wie es zwischen mir und Bernie bestand.

Mein Onkel rubbelte meine Haare, legte auf dem Weg zu dem Boy, der den Wagen vorfuhr, den Arm um meine Schultern und sagte laut genug, daß der Ladenkettenkönig und mein Schachgegner es hören konnten: »Du bist der geborene Sieger, mein Junge.« Im Auto erkundigte er sich, wie er mir eine Freude machen könnte: ob ich irgendeinen Wunsch hätte – nach einem besonderen Spielzeug vielleicht oder sonst einem Geschenk, das er auf dem Heimweg für mich kaufen könnte. Ich sagte nein, ich hätte im Moment keinen Wunsch. Ich hatte nicht das Gefühl, daß ich ein Geschenk verdient hatte. Für mein Empfinden lag in meinem Sieg etwas Unschönes, Störendes. Ich konnte nicht präzisieren, was es war, und das störte mich ebenfalls. Onkel Bernie sagte: »Die Tugend ist sich selbst Lohn genug, was? Also eins muß ich Ruthchen lassen: sie hat dich nicht verzogen. Den Fehler, den ich gemacht habe, hat sie erfolgreich vermieden.«

Dann mußte ich ihm erklären, wie das Spiel gelaufen war. Ich erzählte ihm von Joseph und seinen Schachbüchern und dem Prinzip der massierten Verteidigung. Als ich am nächsten Tag von der Schule heimkam, warteten zwei Kisten auf mich. Sie enthielten fast sämtliche zur Zeit im Buchhandel erhältlichen Schachbücher, dazu ein wunderschönes Brett aus Holz mit holzgeschnitzten Figuren und ein auf Brieftaschenformat zusammenfaltbares Reiseschach aus schwarzem Leder mit meinen Initialen in Gold. Die schwarzen und weißen Plastikfiguren in der Brieftasche hafteten mittels Magneten rutschfest auf dem Brett.

Nachdem mein Onkel erst einmal hatte erkennen lassen, wie stolz und interessiert er meine intellektuellen Fähigkeiten registrierte, brach bei meinen Onkeln und Tanten, Cousins und Cousinen (einschließlich des Ekels Daniel) die große Liebenswürdigkeit gegen mich aus – man war mit Eifer und nicht ohne eine gewisse Besorgnis bestrebt, vor mir gut dazustehen. Da ich jetzt in den Mantel von Bernies Gunst und Beifall gehüllt war, wurde ich mit einer Miniaturvariante der gleichen Achtung und Ehrfurcht behandelt, die man ihm entgegenbrachte.

Die einzige Ausnahme bildete meine Cousine Julie, die hübsche zwölfjährige Julie, Onkel Harrys Jüngste. Sie hatte in körperlicher Frühreife bereits Brüste und runde Hüften entwickelt, und ihren älteren Cousins funkelte aus ihren Augen leiser Spott entgegen. Sie hatte mich von gleich zu gleich behandelt, als ich in der Familie noch der exotische arme Verwandte war. Sie behandelte mich weiter von gleich zu gleich, nachdem Onkel Bernie mich in die Position seines persönlichen Schützlings erhoben hatte.

Die neue Einstellung der Großfamilie zu mir lernte ich in aller Deutlichkeit zum erstenmal auf der Feier von Onkel Bernies fünfundfünfzigstem Geburtstag am 19. Mai kennen. Früher hatte ich mich bei solchen Gelegenheiten unter meinen Verwandten bewegt, ohne sonderlich beachtet zu werden, außer daß gelegentlich die Bemerkung fiel, in meinem Latino-Aussehen sei ich ja ganz der Vater, eine Feststellung, die in zweideutigem Ton getroffen wurde und in der ich damals ein Zeichen von Rassismus erblickte (und noch heute erblicke). Tatsache war, daß ich die schwarzen Haare, die braunen Augen, die dichten Augenbrauen und den dunklen Teint ebensogut wie von Francisco und Opa Pepín auch von Papa Sam hätte geerbt haben können (Onkel Bernie war der augenfällige Beweis dafür).

An jenem Tag nun schien sich das Interesse von Tanten und Onkeln sowohl während des sportlichen Zeitvertreibs am Nachmittag wie auch beim anschließenden Essen vorwiegend auf mich zu konzentrieren. Der rassistische Einschlag war freilich noch immer da, trotz der neu entdeckten Bewunderung. Nach dem Geburtstagsdinner wechselte die Gesellschaft vom Speisezimmer in den Salon. Die Erwachsenen nahmen auf Sofas und in Klubsesseln Platz, die gegenüber dem Gitterwerk der Bleiglasfenster zu einem Halbrund arrangiert worden waren. Die Kinder und Halbwüchsigen blieben stehen oder setzten sich auf die Stühle, die von den Hausmädchen aus dem Speisezimmer herübergeschafft und in einer Reihe hinter dem wuchtigen Inventar von Sitzmöbeln aufgestellt wurden. Onkel Harry käute seine Eindrücke von den Tennisdoppeln am Nachmittag wieder. Er machte ein großes Aufheben davon, daß ich aus Verärgerung meinen Schläger auf den Boden warf, als ich einen einfachen Topspin-Return verfehlte. In solchen Momenten zeige sich mein lateinamerikanisches Temperament, meinte er. Dabei hatten die anderen Rabinowitz-Sprößlinge ihren Frust über eigene Fehler wie die Berserker ausgetobt. Danny zum Beispiel warf bei einer Gelegenheit seinen Schläger so hoch, daß er über den Zaun segelte und außerhalb vom Tennisplatz auf dem Boden landete. Aber für die Eskapaden der anderen schien Harry blind gewesen zu sein, während er meine dafür um so deutlicher wahrgenommen hatte.

Ein weiteres Indiz für einen rassistischen Zungenschlag in Harrys Geplauder ist die Tatsache, daß Bernie wenig erbaut davon war, meine Verärgerung als mein spanisch-amerikanisches Erbe charakterisiert zu hören. Als Onkel Harry mit scheinbarer Bonhomie sagte: »Das ist sein lateinamerikanisches Temperament«, runzelte Onkel Bernie die Stirn.

»Das ist sein Wille zum Sieg«, verbesserte er seinen Bruder in strengem Ton. »Und der ist sehr zu begrüßen, denn er hat das Zeug zu einem großen Mann in sich.« Als nächstes berichtete er den Anwesenden von seinen Nachforschungen zu meinem schulischen Hintergrund und den Entdeckungen, die er dabei gemacht hatte – bis hin zu meinem IQ. Alle Onkel und Tanten, Cousins und Cousinen – mit Ausnahme von Julie, die ein unglückliches Gesicht machte – lauschten, als ob er über ein Thema von größter Wichtigkeit spräche.

[Es ist so gut wie unmöglich, ein übertriebenes Bild von der andächtigen Verehrung zu zeichnen, welche die meisten Mitglieder der Familie Rabinowitz für handgreifliche Zertifikate der Überlegenheit eines Menschen über andere hegten, seien es IQ-Tests, Diplome von Efeu-Liga-Universitäten, Ehrungen und Auszeichnungen von Standesorganisationen oder – ihre liebste Maßeinheit – Geld. Über den Umstand hinaus, daß diese Interessenausrichtung kulturell determiniert war – durch die Doppelbelastung, in Amerika zu leben und von armen Einwanderern abzustammen –, spielen hier meiner Ansicht nach zum einen die Schockwirkung von Papa Sams Bankrotten während der Depression und zum anderen die Erfahrung des niedrigen sozialen Status nicht nur als Jude, sondern als Ostjude hinein, und zwar in der Weise, daß sie den erwähnten Symbolen der Sicherheit und Respektabilität den Wert von hochwirksam das Selbstgefühl stärkenden Rauschmitteln verliehen, denen man in der Familie Rabinowitz rettungslos verfiel. In gewisser Beziehung waren meine lateinamerikanische und meine jüdische elterliche Familie gar nicht so weit auseinander: während man in jener Sippe der Fata Morgana eines gesellschaftlichen Erlösungs- und Heilszustands nachjagte, die vor ihren Verfolgern im selben Tempo zurückwich, wie diese ihr näherzukommen glaubten, war es dieser Sippe nur um die Symbole des Erfolgs und nicht um wirkliches Leisten und Vollbringen zu tun, so daß man zuletzt dem Gefühl der inneren Leere zum Opfer fiel. Das eigene Urteil, die eigenen Vorlieben und Abneigungen galten nichts: nur das lohnte sich zu tun, wofür die Welt einen Preis, eine Auszeichnung zu verleihen bereit war. In gewissem Sinn waren die Rabinowitz-Kinder verwöhnt und verzogen; in anderer Perspektive stellt sich ihre Kindheit als eingehüllt in eine eines Dickens würdige trübe Atmosphäre der Freudlosigkeit dar.]

Bernies Ruhmrednerei machte mir Kummer. Die Augen der ganzen Familie – diese weit auseinanderstehenden, immer ein wenig erstaunt wirkenden, klugen Rabinowitz-Augen – ruhten auf mir. Was mich besonders irritierte, war die fast an Entsetzen grenzende Überraschung auf den Gesichtern von Aaron und Helen, dem Sohn und der Tochter von Onkel Bernie. Die beiden waren aus Anlaß des Geburtstags ihres Vaters vom College angereist. Ich konnte damals nicht wissen, daß sie sich schwertaten an der Hochschule – was bedeutete, daß sie sich rundum elend fühlten, denn im Augenblick war der akademische Erfolg in ihrem Leben das Symbol von alles überragender Bedeutung und Wichtigkeit. Jedes Lob, das Bernie mir spendete, war eine Ohrfeige für sie. Immerhin ging meine Ahnung in diese Richtung. Ich ersparte mir den weiteren Anblick ihrer Gekränktheit und ihres Neids und konzentrierte meine Aufmerksamkeit auf Julie. Sie zog allein schon mit ihrer Schönheit und natürlichen Liebenswürdigkeit meine Blicke an, aber ihre sexuelle Frühreife verlieh ihr in meinen Augen noch dazu einen besonderen Reiz. Und das mißbilligende Stirnrunzeln, mit dem sie Bernies Ausführungen quittierte, weckte Neugier.

Nachdem er den Anwesenden berichtet hatte, welche Auskünfte er von meinen Lehrern und Lehrerinnen erhalten hatte, knallte Bernie ihnen meinen IQ an den Kopf. (Das war als K.-o.-Schlag gedacht und wurde von der Runde auch als solcher empfunden.) Danach erzählte er von der Schachpartie im Country Club. Er schilderte, wie ich ins Hintertreffen geriet, wie der Ladenkettenkönig mich mit Häme übergoß und wie er, Bernie, mir zuredete: »Niemals aufgeben!«

In diesem Moment bemerkte Julie ruhig, aber so klar, daß jeder in dem Zimmer es hören konnte: »Das ist ja fies!«

»Julie, red nicht dazwischen!« sagte Onkel Harry mechanisch und ohne daß er sich die Mühe gemacht hätte, den Kopf in ihre Richtung zu wenden, wie wenn er diese Zurechtweisung öfter aussprechen müßte.

Tante Ceil, Julies Mutter, machte ein fragendes Gesicht. Sie besaß bei weitem nicht den gleichen hellen Kopf wie ihr Mann und ihre Tochter oder gab sich jedenfalls gern begriffsstutzig, so daß die beiden ihr oft mit Erklärungen zu Hilfe kommen mußten. Zwar taten Julie und Harry so, als wäre Ceils unersättliches Bedürfnis nach Belehrung für sie eine Last, aber im Grunde stärkte es nicht nur Onkel Harrys labiles Selbstwertgefühl (er litt schwer darunter, im bedrückenden Riesenschatten seines Bruders leben zu müssen), sondern auch Julies natürliches Selbstbewußtsein. »Was meinst du damit, mein Schatz?« fragte Ceil so laut, daß Onkel Bernie innehielt. »Ich finde nicht, daß Rafael sich fies verhalten hat.«

»Nein, *er* nicht!« Julie schloß die Augen, klappte, den ganzen Körper straffend, die Beine zusammen und holte tief Luft. Der Angorapullover, den sie trug, spannte sich über ihren Brüsten, die ich jetzt aufmerksam betrachtete.

[So sonderbar und vielleicht auch belustigend es anmuten mag, ich kann nicht umhin, mein Interesse für die Brüste meiner Cousine zumindest versuchsweise zu erklären, Ich war von meiner Mutter vorzeitig sexualisiert worden. Die Frage, inwiefern ich dadurch anders als andere Neunjährige geworden war, bedarf einer sorgfältigen Erwägung. Schließlich ist es schon schwierig genug, eine korrekte Unterscheidung zwischen der normalen kindlichen Sexualität und der Sexualität des Erwachsenen zu treffen. Man bedenke nur, welcher Begriffsverwirrung Genies wie Freud und andere psychologische Vordenker in bezug auf die infantile Sexualität anheimfielen: einerseits waren sie scharfsichtig genug, um den Sachverhalt zu entdecken, andererseits mit Kurzsichtigkeit genug geschlagen, um ihn, insbesondere in der Dimension des Wollens, der Leidenschaft des Erwachsenen gleichzustellen. Dieser Irrtum führte Freud zur Überbewertung der infantilen Sexualität, was wiederum Jung veranlaßte, das Konzept völlig abzulehnen ... Ich breche diesen Gedankengang hier ab, weil er in eine Diskussion methodologischer Fragen ausufern würde, die in unserem Zusammenhang wenig realen Nutzen bringen kann. Doch wenn zwei Generationen scharfsinniger Wissenschaftler auf diesem Gebiet keine klare Grenzziehung zuwege brachten, worauf läßt sich dann meine Hoffnung gründen, den Unterschied zwischen normaler kindlicher Sexualität und der Sexualität eines Inzestopfers präzisieren zu können? Auf nichts als die »Gnade der späten Geburt« – die in diesem Fall darin besteht, Nutznießer der Einsichten wie der Irrtümer der vorausgegangenen Generationen zu sein – sowie natürlich auf den Umstand, daß ich auf eigene Erfahrungen zurückgreifen kann. Mit neun Jahren wußte ich von der Existenz der sexuellen Erregung und des Orgasmus der Erwachsenen und hatte einen postpubertärpragmatischen Begriff von der Erektion. Mindestens dreimal hatte ich schon eine Erektion gehabt, die die Folge der Berührung eines anderen Menschen war und sich damit in wichtiger Hinsicht von der normalen Kindheitserfahrung der zufälligen oder durch Selbststimulation bewirkten genitalen Erregung unterschied. Logisch weitergedacht, bedeutet das, daß ich einen Begriff sowohl von der taktilen Seite der Sexualität (den tiefsten Begriff, den man von ihr haben kann) als auch von dem nicht im Dienste der Fortpflanzung stehenden Interesse Erwachsener für den Körper eines anderen Menschen hatte. Ein normaler Neunjähriger (ich spreche natürlich von einem nichtsexualisierten Neunjährigen) wäre sich vielleicht des faktischen Vorhandenseins von Julies Brüsten bewußt gewesen, hätte unter Umständen auch begriffen, daß sie ein Zeichen ihrer Reife waren, und den Wunsch verspürt, sie zu sehen, aber er hätte sich nicht in Erwachsenenmanier genital erregt gefühlt. Um die Unterscheidung noch um eine Nuance zu präzisieren: ein normaler Junge meines Alters wäre nicht auf den Gedanken gekommen, daß er genital erregt sein *müßte*, wäre nicht bewußt und willentlich auf Erregung aus gewesen. Ich war es. Ich richtete den Blick auf diese Brüste und dachte oder vielmehr: brachte mit Willenskraft den Gedanken in mir hervor, daß sie mir gefallen würden. Ich hatte begonnen, nachts im Bett zu masturbieren, wenn mein Gefühl von Vereinsamung seinen Gipfelpunkt erreichte und ich die Phantasiegestalten meiner mutigen und schönen Eltern vermißte. Wiederum nicht in Erwachsenenmanier, nicht weil ich, grob gesprochen, »geil« oder »scharf« gewesen wäre. Ich masturbierte, weil ich wußte, daß ich es konnte; es war mehr ein erworbener Vollzugszwang mechanischer Art als eine Facette kindlicher Selbststimulation, die ja um der unmittelbar mit ihr einhergehenden angenehmen Empfindung willen betrieben wird und nicht mit Phantasien oder dem Streben nach Orgasmus gepaart ist. Nein, meine Selbstmanipulation war das Treiben eines sonderbaren kleinen Mannes, begleitet von dem Wunsch, das aktuelle Erlebnis mit Hilfe von Erinnerungen an die tabuierten Erlebnisse mit meiner Mutter zu intensivieren, und der Hoffnung auf eine Klimax, wie sie sie hatte. Warum dieser Ehrgeiz? Es gab ein ganzes Bündel, eine Stufenfolge von Warums: um das Verhalten eines erwachsenen Mannes zu kopieren, um für meine Mutter begehrenswert zu sein, um die Liebe und Geborgenheit, die ich verloren hatte, zurückzubringen. Mein Verhalten war nicht eigentlich reife Sexualität mit dem Verlangen, jemand anders zu berühren und von ihm berührt zu werden, und es war nicht kindliche Selbstbefriedigung. Ich war verdorben, unfähig, ein richtiger Mann zu sein, unfähig, ein normaler Neunjähriger zu sein, und zugleich von der Sehnsucht nach beidem verzehrt. Unter diesen Voraussetzungen erschien eine Zwölfjährige mit den sekundären Geschlechtsmerkmalen einer reifen Frau als das vollkommene Liebesobjekt. O weh, ich bin ins Fachchinesisch abgeglitten.]

Ich betrachtete Julies frühreife Brüste, ihre vollen Lippen, ihr langes schwarzes Haar (das an jenem Tag straff zurückgekämmt war), ihre intelligenten Augen, und ich fühlte, daß ich sie liebte, daß ich sie heiraten wollte. Was sie an jenem Tag über Onkel Bernies Prahlerei sagte, machte sie mir noch liebenswerter.

»Ich meine, es ist nicht fair von Onkel Bernie, daß er Rafaels IQ ausposaunt.« Sie sprach meinen Namen ›Rey-fie-el‹ aus, was meine Liebe nicht daran hinderte, immer weiter zuzunehmen. »Und ich finde es fies von ihm, von Rafael zu verlangen, daß er einen anderen Jungen im Schach besiegt, um zu beweisen, daß er intelligent ist.«

»Julie!« sagte Onkel Harry in dem gleichen tadelnden Ton wie zuvor, nur daß es jetzt ernster gemeint war. Er drehte sich nach hinten um und sah seiner Tocher ins Gesicht, um seiner Zurechtweisung Nachdruck zu verleihen. »Das war sehr ungezogen, was du über deinen Onkel gesagt hast. Ich möchte, daß du dich dafür sofort bei ihm entschuldigst.«

Julie errötete. »Ich entschuldige mich nicht«, sagte sie und ballte die Fäuste, mehr um ihren Widerstand zu bekräftigen, als um zu drohen. »*Er* sollte sich bei Rafael entschuldigen.«

»Julie!« Onkel Harry rutschte auf seinem Sitz vor bis zur Kante – er saß auf einem der Sofas, die, im Halbkreis aufgestellt, zu Bernies Klubsessel Front machten – und schüttelte den Zeigefinger in ihre Richtung. *Das* war als Drohung gemeint.

»Sachte, sachte, Harry«, sagte seine Schwester Sadie in humorvollbegütigendem Ton, »sie ist jetzt eine Frau, und da kannst du nicht mehr damit rechnen, daß deine Schwestern deine Partei ergreifen.«

Der Einwurf löste die Spannung und rief bei den Erwachsenen und den

Teenagern allgemeine Heiterkeit hervor. Ich lachte nicht mit, aber ich verstand Sadies Bemerkung immerhin teilweise. Die anderen vorpubertären Kinder antworteten auf die Heiterkeit der Älteren mit reflexhaftem Grinsen; aber sie waren vexiert und suchten in den Gesichtern ihrer Eltern nach weitergehender Aufklärung.

Überflüssig zu sagen, daß die Röte in Julies Gesicht sich um einige Grade vertiefte. Ihre Fäuste öffneten sich jedoch, und sie hielt den Blick fest geradeaus gerichtet. »Ich finde, ich habe recht«, sagte sie; es kostete sie einige Anstrengung, die Worte herauszubringen, trotzdem waren sie laut und deutlich genug, um in dem allgemeinen Gelächter nicht unterzugehen.

Harry fand eine Rückzugsroute, die ihm erlaubte, das Gesicht zu wahren. Sie führte allerdings über die Demütigung seiner Tochter. »Na, wenn sie ihre Geschichte hat, will ich mal auf die Entschuldigung verzichten.« Das provozierte noch lauteres Lachen auf seiten der männlichen Erwachsenen. Die Tanten, Julies Mutter eingeschlossen, machten meistenteils betretene Gesichter. Tante Charlotte, Bernies Frau, schien empört, und Tante Sadie runzelte die Stirn. Die Teenager waren peinlich berührt. Für die Kleineren war die Szene ein Buch mit sieben Siegeln. (Ich wußte, daß Julies Monatsblutung gemeint war. Meine Mutter hatte eine sarkastische Bemerkung über ihre »Geschichte« gemacht, ehe sie mir eine in wissenschaftliche Termini gefaßte Erklärung für die klitschige rote Masse lieferte, die ich eines Morgens in der Toilettenschüssel entdeckt hatte. Ich lag also völlig richtig mit meiner Liebe zu Julie: sie war eine kleine Frau für den kleinen Mann, der ich war.)

Julie sackte zusammen. Jetzt sah sie ganz so aus, als ob sie jeden Moment in Tränen ausbrechen könnte.

»Ich glaube, ich habe nicht verstanden, was du sagen willst, mein Schatz.« Onkel Bernies Cello setzte dem ganzen unzivilisierten Klamauk einen Dämpfer auf. Im Nu war alles still, damit sein Instrument solo spielen konnte. Und ich begriff, warum er eine solche Autorität besaß. Das hatte seinen Grund nicht nur in seiner Macht und seinem Reichtum. Er erzeugte Musik, wo wir anderen nur Lärm produzierten. Ich war überzeugt, daß er das repräsentierte, was faul war in der Welt, aber ich war bezaubert von dem einschmeichelnden Klang des Bösen in ihm. Der Ton, den er gegenüber Julie anschlug, war liebenswürdig: bestimmt, aber sanft und bedächtig. »Du findest es also nicht richtig, wenn ich mich darüber freue, daß Rafael gewonnen hat?«

»Das habe ich nicht gesagt!« Julie war erbittert, verlegen und besiegt. Zum erstenmal seit dem Beginn des Wortwechsels sah sie mich an. »Entschuldige bitte«, stammelte sie in meine Richtung. »Es freut mich für dich, daß du so intelligent bist und gewonnen hast.« Sie wandte sich wieder zum Onkel. Ich hätte mich ihr zu Füßen werfen und ihr sagen mögen, für sie würde ich mich in Stücke hauen lassen. »Ich habe nur gesagt, daß du vor uns allen nicht so über ihn sprechen solltest – auch wenn du nur Gutes über ihn sagst. Das hört sich an, als wäre er dein dressierter Affe, den du vor deinen Bekannten Kunststücke machen läßt. Und das solltest du nicht mit ihm machen. Wieso muß er eine blöde Schachpartie gewinnen, um zu beweisen, daß er intelligent ist?«

»Aber hör mal, natürlich ist Rafe kein dressierter Affe.« Onkel Bernie nickte huldvoll wie ein König und mit einem breiten Lächeln im Gesicht langsam in meine Richtung. »Ich bin stolz auf ihn. Er ist mein Neffe, und wenn jemand in meiner Verwandtschaft etwas vollbringt, worauf ich stolz bin, dann möchte ich es aller Welt erzählen.« Kann sein, daß es eine – vielleicht auf einer Projektion meiner Phantasie beruhende – Augentäuschung war, aber ich hätte schwören können, daß ich sah, wie Aaron und Helen sich versteiften. Bernie hatte während des sportlichen Zeitvertreibs am Nachmittag und bei dem anschließenden Geburtstagsdinner nicht ein einziges Wort über seine Kinder verloren. Ja, ich glaube sogar, daß er nicht ein einziges Mal das Wort an sie richtete. Beim Auspacken ihrer im Laden gekauften Geschenke ließ er sie ein flüchtiges Dankeschön hören, dagegen machte er ein großes Tamtam um das Gedicht, das ich für ihn geschrieben hatte, eine – wie ich damals fand – ziemlich verlogene gereimte Danksagung für meine Errettung. »Du hast nicht verstanden, was der springende Punkt der Geschichte von der Schachpartie ist«, fuhr er in seinem wohllautenden Vortrag fort. »Rafe ist Sieger geblieben. Das war kein Muß. Aber er hat es geschafft. Er ist nicht nur intelligent, er hat auch den Willen, seinen Kopf zu gebrauchen.«

Ich spürte die Glut der Gefühle, die mir von den Anwesenden entgegenschlug, und ließ mich von ihr erwärmen. Ihre Liebe, ihr Neid, ihre Bewunderung, ihr Mitleid – zumal das von Julie – waren förmlich mit Händen zu greifen und für mich ein Lebenselixier.

[Um es ganz klarzustellen: ich spielte meine Rolle mit Hingabe und Begeisterung. Ich war neun Jahre alt, und deshalb ist mir kein Vorwurf daraus zu machen, aber ich bin sicher, daß es Menschen gibt, von deren Seite ich trotzdem mit Vorwürfen, wenn auch in höfliche Formulierungen verpackten, zu rechnen habe. Die kein Mitgefühl für mich aufzubringen vermögen. Die für mein Verhalten nichts als Verwunderung und Befremden übrig haben. Die nicht begreifen, wie jemand ein solches Leben führen kann. Mitgefühl, Einfühlung, ein verständnisvolles Herz –

das sind Talente oder, bescheidener ausgedrückt, Anlagen, die durch Kultivierung entfaltet werden müssen, doch leider ist es um ihre Pflege schlecht bestellt. Ich war gegenüber der Familie meiner Mutter nicht mein wahres Selbst: ich belog sie implizit und explizit, obwohl niemand von ihr mir ernstlich übelwollte. Ja, nach ihren Begriffen waren sie mir nie anders als freundlich und mit offenen Armen begegnet. Wer die Tragik dieser Konstellation nicht zu sehen vermag und unbedingt einen Sündenbock benötigt, dem er die Schuld an allem aufbuckeln kann, dem steht eine ganze Liste von Kandidaten zur Verfügung, auf der ich ohne Frage den ersten Platz einnehme. Ich muß es indessen darauf ankommen lassen, daß der Leser den Stab über mir bricht, weil ihm jegliches Verständnis abgeht für mein bereitwilliges und rückhaltloses Aufgehen in der Favoritenrolle, die mein Onkel mir zuwies, und für die Lust, mit der ich meinen Triumph über meinen Cousin und meine Cousine auskostete. Tatsächlich war ich sogar stolz auf die Gerissenheit des falschen Selbst, das ich mir geschaffen hatte, und auf meine Kunstfertigkeit im Lügen. Wollte ich diese Facette verheimlichen, würde ich – wie es in Autobiographien oft geschieht – meine Geistesverfassung sentimental schönfärben und exakt jene Ambivalenz und Komplexität aus dem Bild eliminieren, die den menschlichen Charakter überhaupt erst erforschenswert macht. Ich brauchte das Lob meines Onkels. Seine Bewunderung brachte mir zwar nicht die gleiche Befriedigung wie das Zusammenleben mit meinen Eltern und der Besitz ihrer Liebe, aber sie war, solange diese Dinge nicht zu haben waren, der beste verfügbare Ersatz. Ich kann nicht umhin, den Vorwurf dieses Makels auf mich zu nehmen, wenn man es denn unbedingt einen solchen heißen will. Ich kann nicht umhin, mich zu dem Bedürfnis zu bekennen, der Kronprinz eines mächtigen Mannes zu sein. Das ist nicht mehr als natürlich, und es ist ein Teil meines Selbst.]

Ich lebte in der quälenden Furcht, ich könnte meiner neugewonnenen Rangstellung als Kronprinz Rafael wieder verlustig gehen. Ich äußerte selten eine glatte Lüge und sagte noch seltener die reine Wahrheit. Nie wurde ein Gefühl gezeigt oder in Worte gefaßt, ohne zuvor von dem stalinistischen Zensor und dem jüdischen Einpauker, die sich in meinem Kopf etabliert hatten, einer skrupulösen Prüfung unterzogen worden zu sein. Ich war ein Maulwurf. Zwar hatte ich noch immer keine Walther PPK, aber dennoch war ich ein von Gefahren umlauerter Meisterspion. Ich war ein Marsianer, der sich unerkannt auf der Erde umtrieb, eingehüllt in eine von Meisterhand geschaffene falsche Haut aus Gefügigkeit und Unschuld, die die außerirdische Schauerlichkeit und Schönheit meines wahren Selbst verbarg. Ich hatte den Brief meines Vaters (ich wechselte häufig sein Versteck, damit niemand ihn entdeckte), den ich hinter der verschlossenen Badezimmertür oder nachts im Bett, wenn ich eigentlich schon hätte schlafen sollen, lesen konnte. Nicht selten umfaßte ich nach einem solchen Wiederlesen meinen kleinen Penis und mühte mich mannhaft, ihn mit der Hand zu einer Leidenschaft aufzuputschen, deren lebensgeschichtliche Stunde noch nicht gekommen war. Am Morgen schlüpfte ich ohne Widerstreben wieder in meine Maskerade. Hätten diese Menschen den wahren Rafe geliebt und bewundert? Nein. Was das betraf, täuschte ich mich bestimmt nicht: wäre man diesem Jungen auf die Schliche gekommen, hätte man ihn dem Therapeuten oder dem Untergang überantwortet. Er mußte in seinem engen Kellerloch versteckt bleiben, wo er zitternd und zagend auf die Schritte des Streifenpolizisten auf dem Trottoir vor der Luke lauschte.

Ich dachte nicht daran, vorzutreten und allen Anwesenden zu offenbaren, daß ich meine Eltern immer noch liebte; daß ich die Anstrengung, die es mich kostete, die Schachpartie zu gewinnen, nur auf mich genommen hatte, um mir meinen Onkel gewogen zu halten; daß ich zwar ein glückliches Lächeln aufsetzte, wenn Bernie erzählte, ich würde bald die Hebräische Schule besuchen, um mich auf meine Bar-Mizwa vorzubereiten, aber ungeachtet dessen nicht an Gott glaubte und schon gar nicht daran, daß ich ein Jude, ein hundertprozentiger Jude wäre. Kein Wort von alldem. Statt dessen unterbrach ich das betretene Schweigen der versammelten Rabinowitz-Familie – man fühlte sich blamiert durch Bernies Hinweis, ich hätte den Willen, meinen Kopf zu gebrauchen (der sagen zu wollen schien, sie ihrerseits hätten diesen Willen nicht) – mit der in feierlichem Ton an Julie gerichteten Frage: »Spielst du Schach?«

Sie machte ein verdutztes Gesicht.

»Mädchen spielen nicht gern Schach«, ließ Danny sich vernehmen.

»Quatsch«, erwiderte Julie. »Ich weiß nur nicht, wie es gespielt wird.«

»Ich kann es dir beibringen«, sagte ich und setzte mich in Richtung Halle in Bewegung. »Komm mit.«

»Laß es uns auf ein andermal verschieben, Rafe. Wir sollten uns jetzt auf den Heimweg machen«, sagte Onkel Harry und erhob sich ächzend vom Sofa. Sein Beispiel wirkte als Signal zum allgemeinen Aufbruch. Alle waren erleichtert, sich mit Anstand verabschieden und gehen zu können. Sie beteten Onkel Bernie an, fanden aber die Bänke in seinem Tempel hart und unbequem.

Ich nutzte diesen Moment allgemeinen Lärms und Trubels, um mich an Julie heranzuschleichen. Ich erhob mich auf die Zehenspitzen, um meinen Mund nahe an ihr Ohr zu bringen, das die straff zurückgekämmten Haare freiließen. Ich bewunderte die makellose Form der kleinen Muschel und flüsterte hinein: »Ich liebe dich.« Julie drehte sich erstaunt um und öffnete die Lippen. Aber bevor sie etwas sagen konnte, drückte ich ihr blitzschnell einen Kuß auf die Wange – der mehr zum Stups als zur Zärtlichkeit geriet – und ergriff verschüchtert die Flucht.

Mit klopfendem Herzen versteckte ich mich in der Vorratskammer und ignorierte dort die gedämpft zu mir hereindringenden Rufe, ich solle kommen und auf Wiedersehen sagen. Ich hatte Julie (und jedem anderen, der mich vielleicht beobachtet hatte) einen kurzen Blick auf meine wahren Gefühle tun lassen. Ich war in Panik, erschrocken darüber, daß ich die Kontrolle über mich verloren hatte. Ich rührte mich nicht aus meinem Versteck hinter einem Stapel Sprudelwasserkisten, zumal ich über den anderen Stimmen die von Julie ausmachen konnte, die mir unter falscher Aussprache meines Namens zum Abschied »Alles Gute« zurief.

Eileen hatte ihren freien Abend. Nachdem die letzten Gäste aus dem Haus waren, rief Onkel Bernie – nicht Tante Charlotte – nach mir: es sei Zeit zum Schlafengehen für mich.

Ich kroch aus meinem Versteck. »Bringst *du* mich ins Bett?« fragte ich, in der Küche auf Bernie zutretend.

»Denkst du, ich kann das nicht? Ich hab' deine Mutter und ihre Geschwister tausendmal ins Bett gebracht. Mama und Papa Sam hatten immer bis in die Nacht im Laden zu tun. Als ich in deinem Alter war, mußte ich dafür sorgen, daß die anderen ihr Abendessen aßen, aufräumten, ihre Hausaufgaben machten und pünktlich ins Bett gingen.«

»Ist das wahr?« Wir waren unterwegs zu meinem Zimmer und gingen jetzt den Flur in dem für Papa Sam angebauten Seitenflügel entlang.

Bernie lachte, einen tiefen Akkord der Vergnügtheit von sich gebend. »Das kannst du dir nicht vorstellen, hä? Und ob das wahr ist! Mama und Papa mußten noch zu den unmöglichsten Nachtzeiten im Laden arbeiten. Also war ich der kleine Familienvater.«

Ich ergriff seine Hand, seine kräftige, dicke, warme Affenpranke mit dem feinflorigen schwarzen Pelzschmuck auf den Knöcheln. »Das tut mir leid, Onkel«, sagte ich und meinte es ernst.

Wir waren in meinem Zimmer angekommen. Auf dem Bett stand das Schachspiel, das er mir geschenkt hatte, die Figuren in der Position nach Zug 14 der Partie Capablanca gegen Steinitz, mit der Capablanca zum erstenmal Weltmeister wurde. In der Kiste mit Schachbüchern, die Onkel Bernie mir geschenkt hatte, hatte ich einen Band mit Capablancas schönsten Partien gefunden. José Raúl Capablanca, ein kubanisches Schachgenie, hatte schon als Kind in der Weltelite gespielt, war als Teenager zu Meisterehren gekommen und als Erwachsener einer der größten Schachmeister aller Zeiten gewesen. Ich war förmlich vernarrt in seine Partien, weil sie mir die Gelegenheit verschafften, mich mit einem genialen Latino zu identifizieren; aber natürlich war ich auch wahrhaft ergriffen von seiner sauberen, eleganten Taktik. Er war der Mozart des Schachspiels, ein stilvoller Killer. Onkel Bernie betrachtet die im Kampf der Giganten erstarrten Schachfiguren, als ob ihre Gegenwart ein Affront wäre. In der Annahme, der unaufgeräumte Zustand meines Betts störe ihn, ließ ich seine Hand los und sagte hastig: »Ich räum' das gleich weg.«

»*Was* tut dir leid?« kam seine Stimme hinter mir her, als ich gerade Capablancas Armee zusammenfegte. »Du hast gesagt: ›Das tut mir leid.‹ *Was* tut dir leid?«

Ich mußte nachdenken. Ich hatte vergessen, worüber wir gesprochen hatten, bevor wir in das Zimmer traten. Als es mir wieder eingefallen war, gab ich ihm die gewünschte Erklärung: »Es tut mir leid, daß du dich um all die andern kümmern mußtest, als du noch so klein warst.« Ich verstaute das Schachspiel an dem Platz, wo es hingehörte, und wandte mich wieder meinem Onkel zu. Sein rundes Kindergesicht war zur Seite geneigt und drückte Erwartung und auch ein bißchen Ängstlichkeit aus.

»Das hat mir nichts ausgemacht«, sagte er. »Ich will dir mal was sagen.« Bernie setzte sich auf den Kinder-Klappstuhl vor dem Kiefernholzschreibtisch am Fenster. Das Fenster ging auf den Tennisplatz hinaus. Dahinter war ein Stück von der bogenförmigen Auffahrt zu sehen. Das Licht von Autoscheinwerfern schwankte über es hin, während der Wagen eines unserer Verwandten in Richtung Straße kurvte. Auf dem kleinen Sitzmöbel wirkte der Onkel wie ein Riese. Ich setzte mich auf den Bettrand und spitzte die Ohren. »Ich kümmere mich immer noch um sie. Ich bring' sie heute noch ins Bett und deck' sie zu und kontrolliere, ob sie ihre Hausaufgaben gemacht haben.« Ein wenig klang es so, als ob er den Sachverhalt eben erst entdeckt hätte. Er hob die Brauen und verzog das Gesicht zu einem bekümmerten Grinsen.

»Das tut mir leid«, sagte ich wieder. Ich war aufrichtig, wenn auch nicht ehrlich. Er tat mir leid. Was kannte er anderes als die Rolle des Befehlsgebers und Entscheidungsträgers? Er hatte seit dem Alter, in dem ich jetzt war, alleinverantwortlich das Ruder führen müssen. Ich wußte, wie schwer das war: die Einsamkeit und die Furcht, die ich während der zwei Tage und Nächte empfand, die ich ganz auf mich allein gestellt war, waren mir noch gut in Erinnerung. Trotz der moralischen Fragwürdigkeit seines Erfolgs bewunderte ich meinen Onkel. Ich begriff, daß von seiner Fähigkeit, sich die Energien des Kapitalismus dienstbar zu machen, einst das Überleben seiner Familie abgehangen hatte.

Er erwachte aus seiner Nachdenklichkeit. »Wieso tut dir das leid? Mir hat es gefallen, in verantwortlicher Position zu sein.«

»Es tut mir leid, weil dir gar keine andere Wahl blieb«, sagte ich.

Er beugte den Kopf, als hätte ich ihm in diesen Worten ein Kultbild entgegengehalten, dem er seine Verehrung nicht versagen durfte. Er starrte auf den Ehering an seiner Hand, an dem er mit der anderen unablässig drehte. »Bist du glücklich hier?« fragte er und hob die Augen, um mir ins Gesicht zu sehen.

Ich bekam es bei der Frage mit der Angst zu tun. War sie der Auftakt zu einer schlechten Nachricht? Ich zweifelte nicht eine Sekunde daran, daß ich mir auf keinen Fall erlauben durfte, auch nur das geringste Schwanken an den Tag zu legen. »Ich finde es herrlich hier!« jauchzte ich, mit bühnenreifer Eindringlichkeit Begeisterung mimend.

Bernie richtete Kopf und Oberkörper auf. Sein kummervolles Grinsen klärte sich zu einem Lächeln.

»Ich bin dir so dankbar, Onkel«, sagte Rafe das arme kleine Waisenkind. Ich stürzte mich in seine Arme, teils um mein Gesicht dem Druck seines Blicks zu entziehen, teils um die echte Dankbarkeit abzuladen, die ich empfand, aber nicht empfinden wollte. Was war ich für ein Amalgam aus Finassieren und Wahrhaftigkeit! (Damals hielt ich mich für einen Lügner durch und durch.) Ich umarmte ihn überschwenglich und vergrub zugleich mein Gesicht in seine blaue Seidenkrawatte und das weiße Turnbull-&-Asser-Hemd.

»Ist ja schon gut, mein Junge«, brummte das Cello reuevoll. Bernie drückte mich fest an sich. »Du bist ein so wohlerzogener, lieber Junge. Du mußt dich nicht bei mir bedanken. Darauf wollte ich mit meiner Frage nicht hinaus.« Dann entfernte er mich mit sanfter Gewalt einige Zentimeter von seiner eleganten Gewandung. Ich weinte. In erster Linie aus Anspannung: unter der Last der Furcht, daß noch etwas Schreckliches im Busche war. »Egal was kommt, du kannst von Herzen gern hier bleiben, bis Ruthchen – bis es deiner Mam wieder besser geht – und meinetwegen sogar noch länger, wenn es ihr recht ist. Vielleicht zieht sie sogar selbst hier ins Haus. Aber gibt es irgend etwas, was dich stört? Sollen wir irgend etwas anders machen?«

Mit abgewandtem Gesicht zog ich mich ein kleines Stück von Onkel Bernie zurück. Die Erleichterung darüber, daß die schlechte Nachricht ausgeblieben war, half mir, meine Tränen unter Kontrolle zu bringen. Nach der Gefühlsentladung und seiner freundlichen Reaktion darauf schöpfte ich neuen Mut, allerdings nur bis zu einem gewissen Grade. Um es zu wiederholen: ich konnte nicht sicher sein, ob es klug wäre, auch nur ein einziges Mal einen echten Wunsch einzugestehen.

»Du kannst es mir ruhig sagen«, sagte er betont ruhig. »Ich bin dir nicht böse deswegen.«

»Darf ich meine Mam besuchen?« fragte ich hastig, als ob die Schnelligkeit, mit der ich die Frage aussprach, ihre Brisanz mindern könnte. Ich hatte Mam seit über einem Monat nicht gesehen. Manchmal zweifelte ich, ob sie überhaupt noch am Leben war. In meiner Umgebung wurde über sie gesprochen, wie wenn sie es wäre, aber das konnte mich kaum beruhigen. Ich wußte, daß Erwachsene lügen, besonders in wichtigen Angelegenheiten.

»Tja, sie ist im Krankenhaus, und soviel ich weiß, lassen die da Kinder nicht–«

»Schon gut, ich hab' nichts gesagt«, warf ich dazwischen, bemüht, meinen Versuchsballon schnell wieder zurückzuholen. Ich wickelte gleichsam in rasendem Tempo die Halteleine auf in der Hoffnung, mit dem raschen Zurückziehen meiner Bitte könne ich zugleich die Erinnerung an ihre Existenz auslöschen. Mir war klar, daß Bernie nicht die Wahrheit sagte. In einem kapitalistischen System war niemand in der Lage, ein Hindernis aufzustellen, das mein Onkel nicht hätte beseitigen können, wenn ihm danach war.

»Du vermißt sie«, sagte er, als ob darin eine Überraschung für ihn läge. Überraschte ihn, daß er sie mir nicht vollständig ersetzen konnte? Oder überraschte ihn, daß *er* sie nicht vermißte? Ich glaube, diese Abwesenheit jeglichen Gefühls für sie und dieses Vergnügen daran, ihr Kind aufzuziehen, waren für sein Bewußtsein ein Mysterium. Ich war zwar erst neun Jahre alt, besaß aber ebendeshalb die Einsicht eines Neunjährigen in das Wesen der Konkurrenz, die der Sache näher kommt und ehrlicher ist als die eines jeden Erwachsenen, und dank dieser Einsicht begriff ich auch, daß der Absturz meiner Mutter in die Psychose für meinen Onkel Lustgewinn mit sich brachte: die Lust, der Sieger im Streit geblieben zu sein, die klare Bestätigung der eigenen Überlegenheit. Als einziges unter allen Geschwistern hatte Ruth Bernies Hilfe verschmäht, und nun war sie gezwungen, sie anzunehmen, ihren kostbarsten Besitz seinen Händen anzuvertrauen.

»Nicht übermäßig«, sagte ich und glaubte die Lüge beinahe selbst.

»Was ist mit deinem Vater? Möchtest du den sehen?«

Jetzt war ich in höchster Alarmbereitschaft. Um es in der bevorzugten Bildersprache der paranoiden sechziger Jahre auszudrücken: meine

Bomber begaben sich auf *Fail-Safe*-Position und bereiteten sich auf den atomaren Konflikt vor. »Nein«, antwortete ich.

»Warum nicht?«

Warum nicht? Großer Gott, ich hatte vergessen, mir ein Warum-nicht auszudenken. Ich verlegte mich auf die beste Abwehrstrategie, die einem Kind zur Verfügung steht. »Weiß nicht«, murmelte ich. »Ich bin müde.«

»Denk mal nach. In einer Minute kannst du ins Bett gehen. Möchtest du nicht deinen Vater sehen?«

Ich zuckte noch einmal mit den Achseln und ließ mich aufs Bett fallen. Ein unbehagliches Schweigen trat ein, die trügerische Ruhe des Hinterhalts. Aus den Augenwinkeln konnte ich wahrnehmen, daß Onkel Bernie in unveränderter Haltung – die Ellbogen auf die Knie und seinen Buddhakopf in beide Hände gestützt – auf dem Kinderstuhl sitzen blieb und mich betrachtete. Auf so simple Weise würde ich ihn nicht von seiner Befragung abbringen. »Fahr' ich in den Sommerferien auf Besuch zu Oma und Opa?« erkundigte ich mich in treuherzigem Ton.

Ich war ein guter Taktiker. Mit der Erwähnung von Jacinta und Pepín hatte ich Bernies Konzentration gebrochen. Er setzte sich auf und erlöste mich von seinem bohrenden Blick. »Zu den Eltern deines Vaters?« sagte er und machte ein nachdenkliches Gesicht, als käme ihm das Verwandtschaftsverhältnis erst jetzt zu Bewußtsein.

»Ich besuch' sie immer in den Sommerferien.« Jedesmal, wenn ich den Brief meines Vaters wiederlas, fragte ich mich, ob die Sache, über die er darin andeutungsweise sprach – der geheime Kanal, durch den meine Mutter ihm eine Nachricht senden konnte –, Jacinta und Pepín vielleicht bekannt war. Aber ich traute mich nicht, Bernie darum zu bitten, sie anrufen zu dürfen. Außerdem war ich durch die Tatsache entmutigt, daß sie ihrerseits mich nicht angerufen oder mir geschrieben hatten.

»Ich dachte, du willst ins Ferienlager«, sagte Onkel Bernie. Wir wußten beide, daß es ein Ausweichmanöver war, und dessen Durchsichtigkeit machte ihn selbst verlegen. Er stand auf, ging zum Fenster und zog die cremefarbenen Vorhänge zu.

»Dauert das Ferienlager den ganzen Sommer?« bohrte ich nach.

»Nun, das werden wir alles klären. Aber he, es ist schon mächtig spät! Jetzt sieh mal zu, daß du schleunigst in deinen Schlafanzug kommst!«

Ich beeilte mich, der Aufforderung nachzukommen. Aus meinen Sachen suchte ich mir den hellblauen Brooks-Brothers-Baumwollschlafanzug heraus. Natürlich wirkte er dank dem eingenähten Etikett mit der Herkunftsbezeichnung auf mich wie eine Art Reflektor, der Energieschwingungen von meinen beiden Eltern auf mich abstrahlte. Ich brauchte das Kleidungsstück nur in die Hand zu nehmen, um ihre lebhaft diskutierenden Stimmen zu hören – voller Humor und Leidenschaft und über dem Stimmengewirr ihrer kommunistischen Genossen klar und deutlich vernehmbar. Die Erinnerung an das ferne Rauschen und Brausen des New Yorker Stadtverkehrs stieg in mir auf, und auf meinen Wangen regte sich das Gefühl ihres Atemhauchs, von dem der Gute-Nacht-Kuß begleitet war.

Gerade als ich in das Unterteil stieg, kam Tante Charlotte herein. Ich brachte den Vorgang hastig zu Ende, um meine Blöße zu decken. Mir kam es so vor, als betrachtete sie beinah mit wissenschaftlich kühler Detachiertheit meinen Penis, ich bin mir heute jedoch sicher, daß dieser Eindruck eine Folge meiner vorzeitigen Sexualisierung war. Man darf getrost behaupten, daß ich für sie keinen sonderlich höheren Status als die Bediensteten hatte, nur daß ich noch lästiger war als diese, weil ich mehr Zeit und Energie kostete als die faule Köchin und das unfähige Hausmädchen. Ich glaube, daß sie meine Nacktheit gar nicht richtig bemerkte. Aber trotzdem waren ihre Gedanken bei einem männlichen Glied.

»Es ist spät«, sagte sie zu ihrem Mann in rüffelndem und vielsagendem Ton. »Ich leg' mich jetzt hin. Kommst du nicht mit rauf?«

»Ich will nur noch schnell Rafe ins Bett packen«, antwortete Onkel Bernie mit verzagter, tonloser Stimme. Der wachsweiche Ton seiner Antwort überraschte mich. Ich hatte von der Beziehung zwischen den beiden noch nicht viel mitbekommen. Daß ich Zeuge eines Gesprächs zwischen ihnen wurde, kam nur ganz selten vor, was hauptsächlich daran lag, daß sie sich nicht oft zur gleichen Zeit im Haus aufhielten, sondern gewöhnlich nur bei offiziellen Anlässen wie heute, und dann mußten sie sich um ihre Gäste kümmern. Ich wußte, daß sie ihn gern oben bei sich haben wollte, um die Lust genießen zu können, die ein Mann einer Frau bereiten kann. Ein normales Kind hätte das nicht so klar begriffen. Bernies flaue Reaktion weckte meine Neugier. Lag irgend etwas Furchterregendes in dem Gedanken, Sex mit ihr zu haben? Ich betrachtete Charlotte in dem Versuch, Aufschluß über diesen Aspekt der Beziehung zwischen ihr und Bernie zu gewinnen. Ihr Haar war in Jackie-Kennedy-Manier toupiert und stark blondiert, fast platinblond. Ihr üppiger Busen glich mehr einer ausladenden Rampe als den kleinen warmen Kissen meiner Mutter oder Eileens wippenden sommersprossigen Zwillingen. Und schon gar nicht hatte er etwas von der Geheimnishaftigkeit und Faszinationskraft, die sich für mich mit den knospenden Brüsten meiner leidenschaftlich fühlenden, idealistischen Cousine Julie verband. Ich wünschte mir, ich könnte sie alle nackt bis zu den Hüften sehen, mit entblößten Brustwarzen, statt allenfalls den flüchtigen Anblick von weißem Fleisch zu erhaschen, dessen Rundung sich hinter der Sichtblende eines BHs verlor. Ich wünschte mir, sie säßen alle mit nacktem Oberkörper nebeneinander auf einem Sofa, und ich könnte zwischen ihnen hin und her gehen und meinen Kopf auf ihre Brüste legen: auf denen von Tante Charlotte mich wie auf Wellen wiegen, auf denen meiner Mutter schlafen, auf denen Eileens lachen und auf denen Julies erwachsen werden.

»Also ich geh' jetzt nach oben«, sagte Tante Charlotte. »Ich weiß nicht, wie lange ich noch die Augen offenhalten kann, allzuviel Zeit solltest du dir also nicht mehr lassen.«

Zweifellos glaubte sie, ich hätte keine Ahnung, was das alles zu bedeuten hatte. Ich schlüpfte ins Bett; Onkel Bernie löschte währenddessen die Deckenleuchte und die Schreibtischlampe. Ich zog die Knie an bis fast ans Kinn und umschlang meine angewinkelten Beine mit den Armen. Ich fühlte mich sicher, aber einsam.

Bernies parfümiertes Gesicht näherte sich dem meinen. Ich erinnere mich nicht mehr, welches Kölnischwasser er an jenem Tag benutzte. Er wechselte häufig die Marken. Er hatte mit zwölf Jahren auf dem Fischmarkt gearbeitet, in den Stunden zwischen Nacht und Tagesanbruch, bevor er zur Schule ging, und seine Mitschüler hatten ihn oft wegen seines Geruchs gehänselt. (Das war ein weiteres trauriges Kapitel seiner Kindheitsgeschichte, das er stolz als einen glücklichen, lehrreichen Lebensabschnitt darstellte, der ihm nicht geschadet, sondern ihn aufgebaut habe. Indes war nicht zu verkennen, daß sich hinter der Fassade des lärmenden Triumphs ganz andere Gefühle verbargen. Nur drei Monate hatte er auf dem Fulton-Markt gearbeitet, aber der Gestank dieser Demütigung hing ihm noch in seiner 24-Zimmer-Villa in Great Neck in der Nase.) Er schwebte über mir, einen herben Geruch verströmend, eine seiner gestärkten Manschetten mit dem Knopf in Pfeilform in Tuchfühlung mit meinem Kinn. Seine behaarten Finger ruhten auf dem Kopfkissen. »Vermißt du deine Mam wirklich?« flüsterte er mir ins Ohr.

Etwas wie ein Hammerschlag traf mein Herz. Vor Schmerz schloß ich die Augen. »Ja«, flüsterte ich und hielt dann den Atem an bei dem Gedanken an das Risiko, das ich damit eingegangen war.

»Und du möchtest sie wirklich besuchen?«

»Ja.« Nur dieses Wort ließ ich durchschlüpfen, ehe ich aus Furcht vor der andrängenden Flut das Schleusentor schloß.

»Aber wenn du wählen müßtest«, summte das Cello, weich gestrichen, mit Schmelz in mein Ohr, »bei wem würdest du leben wollen – bei mir oder bei deinen Eltern?«

Ich umklammerte meine Knie noch fester und drehte das Gesicht zum Kissen, weg von dem pfeilförmigen Manschettenknopf und dem Gesicht mit dem aufdringlichen Geruch. »Ich möchte bei dir bleiben, Onkel«, sagte ich unter so heftigem Zittern, daß mir die Zähne klapperten.

Er küßte mich auf die Schläfe und ging. Ich wartete, bis ich sicher sein konnte, daß er nicht wiederkommen würde. Dann gab ich mir das Zeichen, die Spannung abzuwerfen und zu weinen. Aber es kamen keine Tränen. Ich lag noch wach, als Eileen von ihrem freien Abend nach Hause kam. Sie summte vor sich hin. Ich wußte, daß sie mit einem jungen Mann aus gewesen war, einem Zimmermann aus ihrer alten Heimat, der erst vor kurzem eingewandert war und hier in der Gegend Arbeit in Hülle und Fülle hatte. Die Zeiten waren gut in New York; auf Long Island schossen die Häuser wie Pilze aus dem Boden. Ich erhaschte einen kurzen Blick auf Eileen, wie sie in Slip und BH auf Zehenspitzen auf den Flur trippelte, um sich ein sauberes Nachthemd aus dem Stapel gebügelter Wäsche zu holen, den das Hausmädchen neben ihrer Tür abgelegt hatte. Ich verdrängte meinen Kummer und hielt an seiner Stelle das flüchtige Bild ihrer leuchtenden rosigen Haut mit den braunen Sprenkeln fest. Ich hörte ihr zu, wie sie im Badezimmer, während sie ihr Haar bürstete, *Danny Boy* sang. Sie sang leise, um mich nicht aufzuwecken. Sie hatte eine liebliche Stimme, frei von der Düsterkeit und Heftigkeit meiner Verwandtschaft. Der Text ihres Liedes wußte nichts von Trauer und Verlust. Ich schlief ohne Tränen ein.

SECHSTES KAPITEL

Fehldiagnose

Tante Sadie war nervös. Sie schwang meine Hand hin und her, um mich zu beruhigen, aber ihre Handfläche war klebrig von Schweiß. Ich war ebenfalls nervös. Unfähig stillzustehen, klopfte ich immer wieder mit der Sohle eines meiner Mokassins auf den Marmorfußboden. Wir standen in der weiten Eingangshalle des Hillside Psychiatric Hospital, einer psychiatrischen Privatklinik auf einem reichlich anderthalb Hektar großen Areal in Great Neck, und warteten darauf, daß Onkel Bernie von seiner Unterredung mit dem behandelnden Arzt meiner Mutter zurückkam. Und wir hofften, daß er eine Besuchserlaubnis für mich mitbrächte.

Die zentrale Halle lag im Hauptgebäude der Hillside-Klinik, einem Herrenhaus aus Stein und Marmor, das sich ein in den Roaring Twenties hochgekommener Börsenjobber hatte bauen lassen. Nach seinem Ruin in dem Großen Krach wurde das Anwesen verschleudert; es gelangte schließlich in den Besitz von Dr. Frederick Gulden, der hier die Hillside-Klinik gründete. Frederick – eigentlich Friedrich – Gulden, noch von Freud selbst ausgebildet, war frühzeitig vor den Nazis geflüchtet und hatte in New York mit der »Heilung« (worunter man auf jeden Fall eine Zustandsbesserung verstehen darf) eines manisch-depressiven Jungen die Sympathie und finanzielle Unterstützung der Mutter des Patienten, einer steinreichen Witwe, gewonnen. Ende der vierziger Jahre ließ Dr. Gulden einen dreistöckigen Beton-Anbau zur Unterbringung der Patienten errichten, und das einstige Herrenhaus wurde zum Verwaltungs- und Behandlungszentrum umfunktioniert. Die Eingangshalle mit ihrer hochgewölbten Decke und der ausladend geschwungenen Marmortreppe wirkte reichlich protzig für ein Sanatorium und eher abweisend. Der klotzige Mahagonischreibtisch, der als Anmeldung diente, und der mürrisch dreinblickende Mann dahinter trugen ebenfalls nicht dazu bei, den Raum einladender zu gestalten. Bill Reedy, der Mann an der Anmeldung, betrank sich jeden Abend und pflegte anderntags während der Arbeit seinen Kater. Mit blutunterlaufenen Augen starrte er prospektiven Patienten und ihren nervösen Angehörigen entgegen; der Groll darüber, daß überhaupt jemand es wagte, störend in seinen Amtsbereich einzudringen, stand ihm ins Gesicht geschrieben.

Reedys Gesichtsausdruck schüchterte mich ein, und die daraus resultierende innere Anspannung setzte von neuem meinen Fuß in Bewegung. Das Klopfgeräusch ging Tante Sadie auf die Nerven. »Hör auf, mit dem Fuß auf den Boden zu klopfen, mein Schatz«, flüsterte sie mir zu, und das Echo ihrer Worte fegte über den Marmorboden bis hin zu Reedys geröteten Wangen und zusammengekniffenen Augen. Die Runzeln auf seiner Stirn preßten sich noch enger zusammen, wie wenn er mich ins Visier nähme, um mich als Bösewicht zu entlarven. Das entfesselte eine neue Salve von Klopflauten, und damit war der Teufelskreis komplett.

Onkel Bernie konferierte mit Dr. Halston, der in den sechziger Jahren die Klinik in Vertretung des schon halb im Ruhestand befindlichen Dr. Gulden leitete und dank dem Einfluß meines Onkels meine Mutter in seine persönliche Obhut genommen hatte. Bernie kam in Begleitung von Dr. Halston in die Halle zurück, der uns anschließend in ein Besuchszimmer im Patiententrakt führte. Die Wände hier waren bis zur Oberkante der Scheuerleiste grün und von da bis zum Linoleumfußboden weiß gestrichen. Das Zimmer, in dem ich meine Mutter sehen durfte, war wie das Wartezimmer der durchschnittlichen amerikanischen Arztpraxis eingerichtet: Dreisitzer- und Zweisitzersofa, Couchtisch, Stehlampe und Zeitschriftenständer, dazu Kunstdrucke von klassischen Meisterwerken an den Wänden.

Ruth saß zusammengesunken auf dem größeren der zwei Sofas, die Augen starr auf das Heft des *Time*-Magazins gerichtet, das jemand aufgeschlagen auf dem Tisch hatte liegenlassen. Ihre Hände lagen links und rechts neben ihr mit den Handflächen nach oben schlaff auf der Sitzfläche. Sie war stark abgemagert, und ihr Gesicht wirkte vollkommen blutleer. Ich hätte beinahe laut aufgeschrien – ich dachte, sie wäre tot.

Tante Sadie spürte mein Entsetzen. Ihre Hand schloß sich noch fester um die meine, und sie zog mich näher zu sich heran. Meine Mutter blickte nicht auf.

»Ihr Sohn ist gekommen«, sagte Dr. Halston. Sein gelichtetes blondes Haar war glatt nach hinten gekämmt, und solange ich ihn kannte, trug er stets eine Brille, die mit ihrem wuchtigen schwarzen Gestell auf mich eher wie eine Kampffliegerschutzbrille denn wie eine Sehhilfe wirkte. Er war ein gedrungener, muskulöser Mann mit militärisch strammer Haltung, sprach jedoch mit dünner, hoher Stimme. Die psychoanalytische Ausbildung hatte seinem Organ, das von Hause aus wenig natürliche Wärme besaß, auch alle sonstige Gefühlstönung ausgetrieben. »Ruth. Sehen Sie her.« Halston winkte Tante Sadie, mich nach vorn zu steuern. »Ihr kleiner Sohn ist Sie besuchen gekommen.«

Sobald ich begriffen hatte, daß sie nicht tot war, erlangte ich mein inneres Gleichgewicht wieder. Ich riß mich von Sadie los und lief zum Sofa, um mich meiner Mutter in die Arme zu werfen. Ich hatte vorher von Halston keine Instruktionen oder Hinweise bekommen, wie ich mich zu verhalten und womit ich zu rechnen hätte. (Warum nicht, kann ich mir nicht erklären; ich staune, daß niemand es für nötig hielt, mich auf ihren Zustand vorzubereiten. Könnte es sein, daß mein Gedächtnis mir hier einen Streich spielt?) Ruth bewegte sich nicht. Ich drückte mich ungeschickt an sie, um mich der Kontur ihres schlaffen Körpers anzupassen. Hatte ich in der Zeit zuvor gewünscht, sie würde mich nie wieder anfassen, so sehnte ich mich jetzt nach dem Feuer und der Leidenschaftlichkeit ihrer verbotenen Umarmungen. Ich spürte, daß ihre Liebe zu mir erloschen war.

»Mam«, sagte ich ihr ins Ohr, meine Wange gegen die ihre gelegt, meine Arme um ihren Körper geschlungen. »Ich bin hier, Mam.« Ich hielt eine Stoffpuppe in den Armen. Ich roch ihr Parfüm. Jemand hatte sie mit einem mir unvertrauten Duft besprüht. Sie trug eine biedere weiße Bluse und einen langen blauen Rock. Die Sachen waren nicht ihr Stil: sie pflegte sich sonst mit mehr Pfiff und immer sexy zu kleiden. Die Hillside-Klinik war eigentlich eine Anstalt für die Reichen, genauer gesagt, für die geistesgestörten Angehörigen der Reichen. Abgesehen von dem seltenen Fall, daß ein Patient gewalttätig wurde und (man lebte in der Zeit vor dem verbreiteten Einsatz von Neuroleptika) Zwangsmaßnahmen unterworfen werden mußte, wurden die Insassen zur Pflege ihres Äußeren ermuntert, wozu auch das Tragen adretter regulärer Kleidung aus dem eigenen Besitz gehörte; sogar Katatoniker wurden sorgfältig zurechtgemacht. Offenbar hatte jemand Ruth für den gegenwärtigen Anlaß geschminkt. Ich fand das Rouge, den Lidstrich und den Lippenstift störend. Alle drei waren von fremder Hand aufgetragen. Die unsauberen Konturen machten diese Frau zu einer leblosen Kopie meiner Mutter, einer Gliederpuppe mit allenfalls ungefährer Ähnlichkeit.

Ich hätte am liebsten geweint, befürchtete jedoch, der Besuch wäre schnell zu Ende, wenn ich Nervenschwäche zeigte. Dr. Halston trennte mich von Ruth; er sagte: »Man muß ihr Zeit lassen, sich an deine Gegenwart zu gewöhnen.« Mich langsam von ihr lösend, glitt ich neben sie auf das Sofa, und um meine Gefühle zu verbergen, drückte ich meine Stirn von der Seite gegen ihre Schulter. Keine Reaktion. Die Hände mit aufwärts zeigenden Handflächen beiderseits des Körpers. Das Gesicht versteinert. Die blicklosen Augen starr auf das *Time*-Magazin gerichtet. Es war grauenhaft, der schlimmste von allen schlimmen Zuständen, in denen ich sie schon erlebt hatte, schlimmer als ihre Wutanfälle, schlimmer als die Tortur auf der Motorhaube, schlimmer als die Verführungsszenen. Sie war kein Mensch mehr.

Onkel Bernie trat näher. Sein Cello hatte nicht den gewohnten selbstsicheren Klang. »Ruthchen«, tremolierte es, »Rafe geht es gut, wie du siehst. Wir wollen alle, daß du wieder gesund wirst. Es ist alles in besten Händen. Ich möchte nicht, daß du dir Sorgen machst. Wenn es dir wieder besser geht, kannst du bei mir wohnen und dich um Rafe kümmern und ...« Ich hörte eine Träne in seiner eindringlichen Stimme, einen Anklang von kleinjungenhafter Scheu und Pein. Er wurde immer leiser. »Und ... äh ... es kommt schon wieder alles in Ordnung. Das ist alles, was ich sagen wollte. Mach dir keine Sorgen.«

Ich spähte von der Seite in Ruths Gesicht. Diese ungewohnte Besorgtheit von seiten Bernies müßte sie anrühren, dachte ich. Aber nein. Ihr Blick ging durch ihn hindurch ins Leere.

Sadie schlug die Hand vor den Mund, um ein Schluchzen zu ersticken. Sie wandte sich ab. Bernie trat erschrocken zurück. »Ich dachte, wenn Rafe hier ist ...«

Halston nahm ihn am Arm und steuerte ihn Richtung Tür. Während sie sich entfernten, sagte er leise: »Nein, sie ist total schizo. In einer Phantasiewelt gefangen. Sie hat wahrscheinlich gar nicht mitbekommen, daß Sie hier sind.«

Tante Sadie würgte einen Satzbrocken heraus: »Nicht darüber sprechen.« Ich nehme an, daß dies eine Erinnerung an meine Gegenwart war, denn Onkel Bernie reagierte mit einem Blick in meine Richtung. Er drehte sich um und forderte gleichzeitig Halston mit einem leichten Stups gegen den Ellbogen auf, es ihm gleichzutun, und danach setzten sie, den Rücken zu uns gekehrt, ihr Gespräch im Flüsterton fort. Tante Sadie gesellte sich zu ihnen, so daß zuletzt ein Dreierconsilium am anderen Ende des Zimmers mit abgewandten Gesichtern die Köpfe zusammensteckte.

Nur sehr kurze Zeit, vielleicht zehn Sekunden lang, ließen Sadie, Bernie und Halston mich aus den Augen. Ich kniete noch immer auf dem Sofa, den Oberkörper zu meiner Mutter gedreht, die Nase an ihrer Schulter plattgedrückt. Plötzlich blitzten in Ruths Augen Intelligenz und Spott auf; die Augäpfel mit der großen grünen Pupille bewegten sich in ihrer Höhle, während der Kopf regungslos in seiner Haltung verharrte. Fast ohne die Lippen zu bewegen, flüsterte sie hastig: »Rafe. Nicht reagieren. Nur zuhören. Es ist alles gelogen, was sie dir erzählen. Ich verstell' mich bloß. Sobald ich kann, komm' ich und hol' dich. Du darfst mich nicht verraten, sonst stecken sie dich auch in diese Anstalt. Laß dich nicht unterkriegen.«

»Mam ...«, fing ich an, brach jedoch ab, als ich Ruths Augen glasig werden und verlöschen sah. Mit einem Blick zur Tür stellte ich fest, daß Halstons Aufmerksamkeit auf uns gerichtet war. Die breite schwarze Umrandung seiner Brillengläser ließ zuwenig von seinen Augen sehen, als daß ich hätte sagen können, ob er mich oder meine Mutter im Visier hatte. Nach einer kurzen Inspektion der Lage kehrte Halstons Kopf in die Flüsterrunde zurück.

Sofort erwachten Ruths Augen wieder zum Leben. Ihre Lippen verzogen sich zu einem Lächeln. »Schafskopf«, flüsterte sie.

»Mam«, wisperte ich ihr ins Ohr. »Du bist gar nicht verrückt?«

In der Gesichtshälfte, die ich im Blickfeld hatte, malte sich diebisches Vergnügen ab. »Nein. Du solltest den *Hamlet* lesen.«

»Was ...?« Ich neigte den Kopf näher zu ihren Lippen. Ihr Blick wurde stumpf. Vermutlich kontrollierte einer der drei anderen die Lage in unserem Teil des Zimmers.

Ruth hatte wieder die Leblosenpose eingenommen, flüsterte jedoch zwischen den unbewegten Lippen hindurch: »Den *Hamlet* von Shakespeare. ›Ich bin nur toll bei Nordnordwest; wenn der Wind südlich ist, kann ich einen Habicht von einer Handsäge unterscheiden.‹«

»Rafe, mein Schatz«, rief Tante Sadie, »komm jetzt. Gib deiner Mutter einen Abschiedskuß. Du kommst sie bald wieder besuchen.«

»Was!« schrie ich entgeistert. Ruth hatte sich schlagartig in das Bild einer katatonisch Depressiven zurückverwandelt. (In ein sehr realistisches Bild, wenn meine Erinnerung nicht trügt. Aber bei allem Realismus – auch noch so gekonntes Simulieren sollte den prüfenden Blick eines gewissenhaften oder zumindest unvoreingenommenen Arztes nicht täuschen können.)

»Wir müssen leider gehen, Schätzchen«, sagte Tante Sadie. Sie kam herüber und forderte mich durch das Hinstrecken ihrer besorgten Hand auf, mich vom Sofa zu erheben. Ich verwandte die gebührende Sorgfalt auf den Abschiedskuß, da ich ja nun wußte, daß hinter der Maske des Leichnams das wahre Ich zugegen war.

Nachdem ich meinen Platz auf dem Sofa geräumt hatte, beugte sich Sadie vor und küßte, ihren Mund in den üppigen schwarzen Schopf meiner Mutter pressend, ihre kleine Schwester auf den Kopf. Dabei wären ihr beinah zum zweitenmal die Nerven durchgegangen. Ihr fülliger Busen wogte, und mit atemloser Stimme stieß sie hervor: »Werd' bald wieder gesund, Ruthchen. Du fehlst mir.«

Ich wünschte, ich könnte berichten, daß sich daraufhin in den Augen meiner Mutter etwas regte, ein Flackern, ein Funkeln, irgendein Signal, das angezeigt hätte, daß sie den einfältigen, aber liebevollen Wunsch ihrer Schwester nach einem glücklichen Ausgang gehört hatte – etwas, das nicht die Gefahr der Aufdeckung ihres Falschspiels heraufbeschworen und trotzdem Sadies Seelenpein gelindert hätte. [Später sollte ich begreifen lernen, was für eine unerbittliche, tyrannische Herrin die Paranoia sein kann, zumal wenn sie sich von traumatischen und mithin bekräftigenden Erfahrungen zu nähren vermag. Meine Mutter war ebensowenig in der Lage, Mitleid mit Sadie zu haben oder ihrer Liebe zu vertrauen, wie sie aus eigener Einsicht und Initiative ihre Wahn- und Größenphantasien hätte aufgeben können, weil sie sie daran hinderten, eine gute Mutter zu sein. Es gibt keinen wachsameren und unermüdlicheren Kerkermeister als die Geisteskrankheit. Wenn Ruth Sadie hätte vertrauen können, hätte sie auch jedermann sonst vertrauen können; wenn sie es geschafft hätte, die Mauer um ihre schrecklichen Geheimnisse auch nur ein einziges Mal an einer Stelle zu durchbrechen, wäre die ganze Konstruktion in sich zusammengestürzt. Man kann nicht Teilzeitwahnpsychotiker sein.]

Als Sadie mich hinausführte, blickte ich noch einmal zurück. Die Gliederpuppe mit der Gestalt meiner Mutter saß noch immer auf dem Sofa, ein lebloses Ding. Auf unserem Weg zur Limousine meines Onkels fragte ich mich verwundert – und stumm natürlich –, wie um alles in der Welt sie das durchhielt, stundenlang so zu tun, als hörte sie nicht, was man zu ihr sagte, stundenlang so zu tun, als hätte sie keine Bedürfnisse, keine Wünsche.

»Ist sie immer so?« fragte ich Onkel Bernie auf der Heimfahrt in das lastende Schweigen hinein, das im Wagen herrschte.

Von Rührung über meine Frage überwältigt, schlug Tante Sadie die Hände vors Gesicht. Ihre Reaktion überraschte mich. Unsere Gedanken bewegten sich nicht in gleichen Bahnen: ich war zutiefst beeindruckt von der Willensstärke meiner Mutter, Sadie hingegen glaubte, ich quälte mich mit Gedanken an Ruths Zustand, würde in der Erinnerung von ihrer zombiehaften Erscheinung gemartert.

Bernie betrachtete mit zusammengekniffenen Augen die Szenerie vor seinem Fenster. »Nein, nicht immer.«

Langes Schweigen.

»Du mußt dir das so vorstellen, als ob sie träumt«, sagte Tante Sadie, die Hände vom Gesicht nehmend. Sie ließ mich ein erschöpftes, aber tapferes Lächeln sehen. »Sie ist wach, aber sie träumt dabei. Manchmal kommt sie zu sich, und dann fragt sie nach Sachen, die sie gern hat. Und sie fragt nach dir. Schmerzen hat sie nicht. Das hat der Doktor uns gesagt, nicht, Bernie?«

»Ja«, fauchte Onkel Bernie. Je weiter wir uns von dem Sanatorium entfernten, desto schlechter wurde offenbar seine Laune.

Er haßte meine Mutter, das wußte ich. Sie haßten sich gegenseitig. Ich mußte mir immer wieder ins Gedächtnis zurückrufen: mein Onkel war ein schlechter Mensch. Nein, nicht schlecht. Meine Mutter selbst hatte mir gegenüber differenziert: er war ein guter Mensch, der ein schlechtes Gesellschaftssystem vertrat.

Erneutes Schweigen, das kein Ende nehmen wollte. Nach einer Weile schloß ich die Augen und tat, als ob ich schliefe. Einige Zeit später fuhr meine Tante mir übers Haar und sagte: »Armes Kerlchen.«

»Schläft er?« fragte Onkel Bernie. Sadie bejahte stumm. »Was für eine Mutter!« murmelte er mit überraschender Bitterkeit, als ob er selbst der leidtragende Sohn wäre.

»Wann fangen sie mit den Behandlungen an?« fragte Sadie.

»Morgen.« Bernies musikalisches Organ spielte nur noch in einer einzigen Tonlage: tief und grollend. »Sie probieren es erst mal mit zehn, um zu sehen, ob was dabei herauskommt.«

»Das wird doch in Narkose gemacht, oder?«

»Selbstverständlich. Hillside ist eine von den teuersten und modernsten psychiatrischen Kliniken im ganzen Land.«

»Ich weiß. Und ich finde es riesig von dir, Bernie, daß du –«

»Schon gut, schon gut, keine Dankesarie bitte, darum geht's mir nicht. Die verstehen ihr Handwerk, mehr wollte ich gar nicht sagen. Die machen das mit Narkose und setzen auch die Spannung nicht so hoch ... Auf jeden Fall merkt sie absolut nichts davon. Dr. Halston sagt, das holt die Leute aus der schweren Depression heraus, damit sie überhaupt erst mal ansprechbar sind für therapeutische Maßnahmen. So wie sie jetzt ist, läuft gar nichts. Wie soll der Doktor mit ihr therapeutisch arbeiten? Er kommt ja nicht an sie ran.«

»Ich bete nur, daß es hilft – ich wünschte, ich könnte mich darauf verlassen.«

»Was willst du? Alles andere ist besser als der Zustand, in dem sie sich augenblicklich befindet. Im Augenblick ist sie lebendig tot. Schlimmer als tot.«

»Sch!« Sadie litt. »Sag nicht so was.«

»Es ist die Wahrheit, Herrgott noch mal.«

»Nein, ist es nicht. Man soll die Hoffnung nie aufgeben.«

Ich begriff nicht, worum es in diesem Wortwechsel ging. Für den Fachmann liegt es auf der Hand, aber da ich für ein Laienpublikum schreibe, sollte ich es *expressis verbis* formulieren: Die Elektroschock- oder – so die offizielle medizinwissenschaftliche Nomenklatur – Elektrokrampftherapie (EKT) wird zwar heute als wirksame symptomatische Behandlung akut depressiver Krisen befürwortet und in rund 20 Prozent der einschlägigen Fälle angewendet, aber niemand, selbst ihre wärmsten Befürworter nicht, würden der Behandlung die Indikation bei einer paranoiden Psychose oder einem psychischen Belastungssyndrom – das waren die für den Zustand meiner Mutter in Frage kommenden Diagnosen – zusprechen wollen. [Die Leser meines Buches *Das Tier mit dem Weichhirn* wissen, daß ich den Einsatz der EKT grundsätzlich, also auch in Fällen von typischer Depression, ablehne. Eine Fülle von Indizien spricht dafür, daß die Anwendung der Therapie über einen längeren Zeitraum zu irreparablen Hirnschäden führt, außerdem gibt es keinen wissenschaftlichen Beweis für eine Heilwirkung auf die Wurzel des Leidens. Aber selbst die Befürworter der EKT halten, wie schon erwähnt, die Behandlung in einem Fall wie dem meiner Mutter nicht für angezeigt.]

Meine Mutter wurde falsch behandelt. Der neunjährige Rafe wußte das nicht. Er wußte nicht, daß er ihr schadete, indem er ihr Geheimnis für sich behielt. Und der erwachsene Rafe ist sich nicht einmal sicher, ob man, wäre ich nicht ein so geschickter Gaukler gewesen und wäre man hinter meine Schliche gekommen und hätte man mir das Geständnis abgenötigt, daß sie in Wirklichkeit gar nicht abgekapselt war von ihrer Umwelt – daß sie mit mir gesprochen hatte und mir gesagt hatte, daß sie ihre Ärzte vorsätzlich hinters Licht führte –, also ich bin nicht sicher, ob man mir das geglaubt hätte. Ich hoffe, daß ich hier Dr. Halstons Kunstfehler nicht überdramatisiere. Jeder Arzt kann sich im besten Glauben irren, und das um so eher, wenn ein cleverer Patient ihm bewußt etwas vorgaukelt. Aber ich bin fest überzeugt, daß Dr. Halston, nachdem er seine Diagnose aufgestellt hatte, sie nicht auf die Aussage eines Kindes hin – einer Gewährsperson, die alles aus ihrer Phantasie geschöpft haben könnte – umgehend umgestoßen hätte. Außerdem hatte ich Verständnis für das Motiv meiner Mutter und respektierte es. Was dem normalen Erwachsenen als Wahn erscheinen mußte, war dem traumatisierten Kind nachvollziebar: Meine Mutter handelte nach ihrem eigenen Verständnis aus Liebe, wenn sie, von ihrer Paranoia getrieben, mich zum Schweigen anhielt und mich so daran hinderte, etwas für sie und ihre »Interessen« zu tun. Damit hätte ich nichts weiter erreicht, als mich selbst in die Hände eben der Ungeheuer zu liefern, die bereits sie quälten.

So schwer zu begreifen es ist: Ruths Handlungsweise, die dem Normalmenschen herz- und gewissenlos vorkommen muß, war in Ruths Perspektive die Handlungsweise einer liebenden Mutter.

Ich fand den *Hamlet* in einem der roten Lederbände in Onkel Bernies Arbeitszimmer. Ich hatte die Erlaubnis, dort nach Belieben in den Büchern zu schmökern. Ich war ein frühreifer Leser, und ich genoß es. Mein Vater ermutigte und lobte meinen Leseeifer, und für Onkel Bernie war er Anlaß zu ehrfürchtigem Staunen. Es war der Wunsch, meinem abwesenden Vater zu gefallen und vor meinem stolzgeschwellten Onkel zu glänzen, was mich trieb, meine Nase in die Klassiker zu stecken, aber bei der Stange blieb ich dann, weil ich fasziniert war von dem, was sie mir zu sagen hatten, und von der Sprache, in der sie es sagten. (Alice Miller möge mir verzeihen, aber ich bezweifle, daß jemand Geschmack an kulturellen Dingen entwickeln würde ohne das, was sie als elterliches Fehlverhalten denunziert, will sagen ohne den Narzißmus von Elternfiguren, der die Frühreife des Kindes zur Vorbedingung der elterlichen Liebe macht. Diese Verhaltensweise ist kein Rezept für das Glück des Kindes, da hat sie recht, aber ohne sie hätte es keinen Mozart gegeben.) Aus Onkel Bernies Bibliothek hatte ich bereits Plutarchs *Parallelbiographien* und den ersten Band von Edward Gibbons *Verfall und Untergang des Römischen Reiches* gelesen. Um Shakespeare hatte ich bisher einen Bogen gemacht, weil ich mit Versen wenig anfangen konnte, am allerwenigsten versifizierten Dialogen. Am Nachmittag jenes Tages, gleich nach meiner Tennisstunde, holte ich, noch in verschwitzten Tennisshorts, den zweiten Band der zweibändigen Shakespeare-Ausgabe von seinem Standort in einem der oberen Regalfächer herunter und legte das Buch auf meine nackten Oberschenkel. Ich erinnere mich noch, daß das Leder an meiner Haut klebte. Es dauerte eine Weile, bis ich den Ausspruch fand, den Ruth zitiert hatte. Auf der Suche nach der Stelle entdeckte ich andere Zeilen, die mich fesselten und mich verführten, die dazugehörige Szene durchzulesen. (Bis auf den heutigen Tag habe ich noch nie ein Shakespeare-Stück in der vorgegebenen Szenenfolge durchgelesen, sondern immer nur in einer *ad hoc* gewählten kunterbunten Reihung der einzelnen Szenen, wie wenn ich ein Puzzle zusammensetzte.) Ich ließ mich von Zeilen beeindrucken, die mich noch heute als bedeutsame Geistesblitze ansprechen. »An sich ist nichts weder gut noch böse, das Denken macht es erst dazu« ist ein Spruch, der in jeder psychotherapeutischen Praxis als Wandschmuck dienen könnte, denn ob es nun eine philosophische Erkenntnis ersten Ranges ist, die er formuliert, oder nicht, es ist auf jeden Fall eine Einsicht, die zu den unerläßlichen Voraussetzungen des therapeutischen Prozesses zählt.

Ich liebte das Stück. Wie denn auch nicht? In der Tat ist es ein Indiz für die Intelligenz meiner Mutter, daß sie wußte, sie würde ungeachtet ihres Gefangenendaseins im Sanatorium ihren Einfluß auf mich bewahren und sogar ausweiten, wenn sie mich dazu brachte, es zu lesen. Betrachten wir nur einmal das Sujet des Dramas aus ihrer paranoiden Sicht: Hamlet ist seines Vaters – eines kriegerischen Königs – verlustig gegangen durch die Machenschaften eines so bösen wie mächtigen Onkels, der Hamlet um die Liebe seiner Mutter, das Leben seines Vaters und seinen eigenen Anspruch auf den Thron von Dänemark brachte. Dazu enthält das Stück – zumal in der Lesart des psychoanalytisch inspirierten literarischen Bewußtseins der frühen sechziger Jahre – in Hamlets Verhältnis zu seiner Mutter ein inzestuöses Moment, das gepaart ist mit der aus Entfremdung geborenen Philosophie eines politischen Rebellen. Hamlet ist sich der Scheinheiligkeit und Verderbtheit der Welt eindringlich bewußt: er ist das entrechtete Kind eines Gesellschaftssystems, das in der Hand des feigen und mörderischen Onkels ist. Und diese desolate Lage analog der meinen wird mit dichterischer Genialität vorgeführt, Verzweiflung und Wut artikulieren sich in einer Sprache von so grandioser musikalischer Schönheit, daß noch die qualvollsten Augenblicke des Geschehens Vergnügen an der lauteren Eleganz von Hamlets Geist erwecken. Ja, ich fand den Passionsweg des Prinzen – bis hin zu seinem Tod – beneidenswert. Was sich dem Bewußtsein des normalen Erwachsenen als Tragödie darstellt, erschien dem neunjährigen Rafe fast als ein Triumph.

Meine Romanze mit dem *Hamlet* brachte mich in Konflikt mit Onkel Bernies Sohn Aaron. Der Vorfall ereignete sich während eines Brunchs im Familienkreis, das etwa einen Monat nach meinem Besuch im Sanatorium und kurz nach Aarons erfolgreichem Abschluß des College stattfand. Mit von der Partie waren Sadie und Harry mit ihrem gesamten Anhang. Es war ein Abschiedsmahl: Aaron würde anschließend nach Israel reisen, um dort den Sommer über als Kibbuznik zu arbeiten. Nach seiner Rückkehr sollte die Entscheidung fallen, ob er die Handelsakademie besuchen würde, um seinen Diplomkaufmann zu machen, wie sein Vater es wünschte, oder ob er, wie es ihm selbst vorschwebte, den Versuch machen würde, sich eine Existenz als Kunstmaler aufzubauen. (Ich glaube nicht, daß mein Onkel der Meinung war, die Entscheidung in dieser Frage sei noch offen. Aber Tante Charlotte, die im Verwaltungsrat zweier Museen saß, in Kunstgalerien aus und ein ging und Impressionisten sammelte, unterstützte die künstlerischen Ambitionen ihres Sohnes zumindest halbherzig.) Aarons Schwester Helen war oben in ihrem Zimmer geblieben, weil sie angeblich eine Darmgrippe hatte – Darmgrippe war lediglich eine von zahlreichen Erkrankungen, die es praktischerweise an sich hatten, sie immer dann und nur dann zu befallen, wenn ungeliebte familiäre Verpflichtungen auf dem Terminkalender standen. Das Beinahe-Desaster für mich begann damit, daß Onkel Bernie mich wieder einmal – und einmal zu oft – rühmend herausstrich, und speziell damit, daß er meine *Hamlet*-Lektüre herausstrich. Von ihr wußte er, weil ich ihn noch am Tag unseres Besuchs bei meiner Mutter in der Hillside-Klinik gebeten hatte, die zweibändige Shakespeare-Ausgabe in mein Zimmer mitnehmen zu dürfen. Die Bitte hatte ich sowohl zu dem Zweck ausgesprochen, den *Hamlet* lesen zu können, als auch um das Faktum, daß ich ihn las, aktenkundig zu machen. (Meine Freude an dem Stück war echt, ebenso echt war aber auch meine Eitelkeit.) Bisher hatte Aaron die Unannehmlichkeit, bei jedem Besuch im Elternhaus eine Aufzählung meiner Glanzpunkte um die Ohren gehauen zu bekommen, schweigend erduldet. Am Abend zuvor war er bereits mit meinen diversen Meisterleistungen in der Schule geödet worden. Als Onkel Bernie jetzt der Brunchrunde eröffnete, ich kennte meinen *Hamlet* mittlerweile so gut, daß ich in der Lage sei, lange Passagen aus dem Gedächtnis zu rezitieren, gab Aaron seine stoische Teilnahmslosigkeit auf.

»Na und?« raunzte er. »Er ist neun Jahre alt.«

»Das ist ja gerade das Faszinierende!« Onkel Bernie ließ seine mit Hüttenkäse beladene Gabel fallen, die gerade ihren Weg zu einem Hefekringel angetreten hatte. Die Zinken aus massivem Silber schlugen auf die Servierplatte, ebenfalls aus massivem Silber, und produzierten einen vibrierenden Glockenton, der die vorausgegangene Bemerkung akzentuierte.

»Es reicht!« rief Tante Charlotte. »Wir sind alle voller Bewunderung für Rafael, aber was zuviel ist, ist zuviel.« Sie strich sich eine haarspraygesteifte Locke aus der Stirn. Deren Anwesenheit an diesem Ort war ein absolutes Novum, geschaffen durch ein ungewohnt heftiges Kopfrukken. Tante Charlotte verstand es sonst immer, ihre Gefühlsregungen souverän am Zügel zu führen; in diesem Fall jedoch war ihr Gefühl einfach durchgegangen: ein beispielloses Vorkommnis.

Gleichwohl ging Bernie achtlos darüber hinweg. Er behielt Aaron im Visier und ließ nicht locker. »Wieso sagst du, er ist neun Jahre alt, als ob das alles entwertet?«

»Ich wollte damit sagen ...« Aaron war verständlicherweise gekränkt. Er hielt den Blick auf die Tischdecke und seinen Limosinteller gesenkt. Seine Stimme war weinerlich, aber nicht laut. »Ich wollte bloß sagen – was hat es schon groß zu bedeuten, daß er das alles auswendig lernt? Er versteht's ja doch nicht. Er prägt sich das ein, wie ein dressierter Affe sich seine Kunststücke einprägt.«

Diesmal unterließ es meine alte Fürsprecherin Julie, sich für mich einzusetzen. Sie seufzte laut auf, ein Reflex, mit dem sie bis auf den heutigen Tag auf Gegebenheiten antwortet, auf deren Existenz sie lieber verzichten würde, die ändern zu wollen sie jedoch aufgegeben hat. An jenem Tag gewährte ich ihr keinen Vertrauensbonus; ich fand, sie reagierte mit typisch weiblicher Feigheit und Scheinheiligkeit. (Meine neue Auffassung von dem Verhältnis zwischen den Geschlechtern leitete sich aus den Hamlet-Ophelia-Szenen ab. Ich hatte Julie während der bisherigen Dauer des Brunchs mit düsterer Miene ignoriert und hätte nicht gezögert, ihr zu sagen, sie würde am besten ihre Sachen packen und sich in ein Kloster verziehen – für ein jüdisches Mädchen eine besonders harte Strafe, wie mir schien –, hätte sie es gewagt, mir gegenüber meine übereilte Liebeserklärung von damals aufs Tapet zu bringen.) Doch unbeschadet meiner neu erworbenen Verachtung für Weibersitten (»ihr tänzelt, ihr stolziert herum, und ihr lispelt; ihr hängt Gottes Geschöpfen Spitznamen an, und aus eurer Koketterie macht ihr eure Einfalt«) ergriff ich jetzt die Offensive in erster Linie, um Julie zu imponieren. »Ich hab' alles verstanden!« kreischte ich in heller Empörung.

»Aber klar doch. Ich hätt's mir ja auch selber denken können«, antwortete Aaron.

»Du kannst mich jede Zeile aus dem Stück fragen!«

»Ganz recht«, sagte Onkel Bernie. Andere Erwachsene stöhnten oder sagten leise etwas zu Aaron oder ihrem Tischnachbarn. Sie waren diesen ermüdenden Tanz leid, den Bernie mich und seine Kinder aufführen ließ. Ich glaubte, daß ihr Widerwille und ihre Genervtheit sich allein gegen mich richteten. Meiner Ansicht nach beneideten sie mich. Ich begriff nicht, daß außer Aaron – dessen Neid freilich nichts weiter war als ein durch das Verhalten seines Vaters bedingter Reflex – kaum jemand von den Anwesenden mich beneidete, sondern daß ich für die meisten ein Gegenstand des Mitleids war: ein bedauernswerter kleiner Junge mit einer übergeschnappten Mutter und einem Vater, der sich in einer noch schlimmeren Verfassung befand, nämlich ein Kommunist war.

Ich freilich hielt mich für den edlen Dänenprinzen. Ich sprang vom Stuhl auf, so daß ich in meiner vollen Körpergröße von einem Meter und fünfzig Zentimetern aufragte, und einen kunstvoll gearbeiteten Silberlöffel wie einen Degen schwingend, funkelte ich Aaron über den Tisch hinweg an. »Bitte sehr! Frag mich! Was willst du wissen? Willst du wissen, was *quietus* heißt? Willst du wissen, was ein *bodkin* ist? Oder was *fardels* sind? Weißt du, was genau Hamlet meint, wenn er in seinem Monolog am Ende des zweiten Akts sagt: ›*I'll tent him to the quick. If 'a do blench, I know my course*‹?«

Irgend jemand – ich glaube, es war Onkel Harry – lachte. Ich muß schon ein kurioses Bild abgegeben haben. Manche von meinen Verwandten starrten mich offenen Mundes an. Ich sah nicht zu Julie hinüber, der eigentlichen Adressatin meiner Vorstellung, aber ich war mir sicher, daß sie tief beeindruckt war. Ich hielt den Blick auf Aaron geheftet, der sich nicht konsterniert oder belustigt zeigte, sondern sichtlich gedemütigt war. Seine Wangen waren gerötet, die Augen hielt er gesenkt.

»Na, du Schlauberger«, sagte Onkel Bernie zu ihm. »Du hast selbst damit angefangen. Weißt du, was es heißt?«

Ich war richtig echauffiert von meinem Ausbruch, behielt jedoch meine herausfordernde und überhebliche Pose bei.

Aaron erhob die Augen und sah mich an. In seinem Blick lag Haß, der Haß des verwundeten, in die Enge getriebenen Tiers auf seinen Peiniger. »Nein, weiß ich nicht. Aber ich weiß, was Hamlet meint, wenn er von Claudius sagt, daß er ihn töten will ›in seines Betts blutschänderischen Freuden‹. Weißt du das auch?«

Es war ein Zufall, keine Frage. Aarons Gegenattacke zielte auf meine vermeintliche Ignoranz in sexuellen Dingen. Indes hatte ich zusammen mit allen anderen mir unbekannten Wörtern natürlich auch »Blutschande« und »Inzest« im Wörterbuch nachgeschlagen und wußte sehr gut, was damit gemeint war. Und ich besaß nicht nur das Wissen, sondern hatte vor dem Wissen schon die Erfahrung besessen. Einen gräßlichen Moment lang dachte ich, daß Aaron nicht die Grenzen meines Vokabulars bloßlegen, sondern mein Geheimnis enthüllen wollte. Ich brauchte jedoch nicht mehr als eine Sekunde, um mir darüber klarzuwerden, daß dies ein Ding der Unmöglichkeit war. Danach fühlte sich meine Eitelkeit auf die Folter gespannt. Sie bestürmte mich, hinauszuschreien, daß ich nicht nur wußte, was gemeint war mit »seines Betts blutschänderischen Freuden«, nein, daß ich es durchlebt hatte – wenn auch nicht als Freude. Ich war zu jener Zeit in Konkurrenzkämpfen ein unbarmherziger Rivale. Ich scheute nicht davor zurück, einem angeschlagenen Gegner den Rest zu geben, und hier wäre mein nächster Schritt nun wirklich der Gnadenstoß für Aaron gewesen. Um kein Mißverständnis aufkommen zu lassen: Faktisch kam ich an jenem Vormittag nicht einmal in die Nähe einer Gelegenheit zum Eingeständnis des Inzests. Aber ich war zeitweilig gebannt von der Aussicht auf die Möglichkeit, von der Vision des totalen Siegs, die sich in ihr auftat. Ich nehme an, ich hätte damals laut verkünden können, ich wisse sehr wohl, was Blutschande bedeutet; das hätte bei niemandem Verdacht erweckt. Gleichwohl wäre nach meinem Gefühl das bloße Aussprechen des Wortes dem Bekenntnis gleichgekommen, daß ich einen amoralischen Begriff von seiner Bedeutung hatte.

Ich brauchte die Lösung für mein Dilemma nicht selbst zu finden. Man ließ mir gar keine Chance zu antworten. Die Art, wie Aaron mich eines Defizits in meinem Begriffsrepertoire zu überführen versucht hatte, wurde von den Erwachsenen als unschicklich verurteilt. Noch während ich, gleichsam mit durchdrehenden Rädern im weichen Untergrund festgefahren, meinen Kontrahenten mit dem Blick fixierte, wurde ihm seine verbale Unverfrorenheit von allen Seiten verwiesen. Er verlor sogar die Unterstützung seiner Mutter; sie war so empört, daß sie ihn auf sein Zimmer schickte. Aaron stürmte hinaus, und ich bekam als Entschädigung oder als Beruhigungsmittel eine Tasse heiße Schokolade serviert. Ich trank sie schweigend in kleinen Schlucken, für den Moment von Furcht vor Auseinandersetzungen über kulturelle Dinge erfüllt. Sie waren gefährlicher, als es bei oberflächlicher Betrachtung den Anschein hatte. Von Zeit zu Zeit riskierte ich einen Blick zu Julie hinüber. Sie sah unglücklich, aber schön aus. Ihr schwarzglänzendes, vollkommen glattes Haar reichte bis zu den Rundungen hinunter, die ihre jungen Brüste in dem weißen Angorapullover hervorbrachten. Ich sagte mir, daß sie traurig war, weil sie meine Liebe verloren hatte, ganz so, wie Ophelia meiner Meinung nach unter Hamlets jäher Kälte litt.

»Ich habe, Prinz, noch Andenken von Euch, die's mich schon lang verlangt zurückzugeben.«

»Nein, nein; nicht ich! Ich gab Euch nie was!«

»Verehrter Prinz, Ihr wißt recht wohl, Ihr tatet's, / und das mit Worten von gar süßem Hauch, der / sie reicher machte, doch ist *der* dahin, / so nehmet auch *sie*; dem edleren Gemüte / schwindet das Kleinod mit des Gebers Güte.«

Ich fand, daß unser beider Lage sich gar nicht so sehr von der des edlen Dänenprinzen und der schönen Ophelia unterschied. Ihr Vater diente einem Claudius, der hier Bernie hieß, als Polonius. Ich lag mit den Usurpatoren in einer Fehde auf Leben oder Tod und durfte es ihr nicht sagen, damit sie mich nicht, sei's willentlich oder unwillentlich, verraten konnte. Ich mußte ihr Feindseligkeit vorspielen, und wie der Prinz empfand ich eine generelle Enttäuschung gegenüber dem weiblichen Geschlecht. Sie war schwach, das durfte man nicht vergessen. »Schwachheit, dein Nam' ist Weib.« Und schwach war auch meine tapfere Mutter. Ihre Schwäche manifestierte sich auf andere Weise als die von Hamlets

Mutter, aber im Grunde war Ruth ebenso schwach und ihrem Sohn ebensowenig eine Hilfe.

Nachdem der Brunch beendet war, erhob sich Julie und trat hinter meinen Stuhl. Ich beachtete sie nicht. Sie berührte leicht meine Schulter. »Hast du nicht gesagt, du würdest mir das Schachspielen beibringen?« Sie sagte es sanft.

»Geht ihr denn nicht nach Hause?« erwiderte ich in meinem neuen Inkognito als grobianischer Hamlet.

»Nein. Papa und Bernie haben zusammen noch was Geschäftliches zu erledigen. Du hast uns den ganzen Nachmittag auf dem Hals. Also komm, erklär mir das Spiel.« Sie packte meine Hand und zog mich vom Stuhl auf. Wir nahmen die Abkürzung zu meinem Wohntrakt, den Weg durch die Küche und den Flur, wo die Mädchenzimmer lagen.

Einen Schritt hinter der Schwelle meines Zimmers blieb sie stehen, stemmte die Arme in die Seiten und verschaffte sich unter langsamer Drehung des Oberkörpers einen panoramatischen Überblick. In ihrer Haltung lag etwas Mütterliches. Mir ging ein Licht auf: sie spielte die Rolle meiner großen Schwester, einer Art halben Mutter. Sie liebte mich nicht auf die Weise, wie meine Einbildungskraft es sich in ihren Größenphantasien ausmalte. Ich hatte ihr mit meinem neuen mürrischen Ton keine kalte Dusche verpaßt. Da war gar keine romantische Neigung, der eine kalte Dusche hätte verpaßt werden können, denn sie sah in mir einen kleinen Jungen, keinen tragischen Prinzen.

»Hübsch hast du's hier«, stellte sie fest, bevor sie an meinen Schreibtisch trat, um die darauf herumliegenden Bücher und Papiere in Augenschein zu nehmen. Sie griff sich das Manuskript einer Geschichte, die ich als Hausaufgabe für den Englischunterricht verfaßt hatte. »Hast du das geschrieben? Das ist aber lang.« Beim Durchblättern stieß sie hinten auf den Bildteil. Ich hatte am Ende der Erzählung schwarzweiße Strichzeichnungen von den Hauptfiguren angefügt; nur ein einziges Mal hatte ich noch eine andere Farbe verwendet: Karmesinrot für eine Blutspur, die zum Schauplatz der Tötung eines Menschen führte.

»Oh«, lautete Julies erschrockener Kommentar zu meiner grausigen Zeichnung. Die Leiche war die einer Frau, und der Blutstrom entsprang mehr in der Leisten- als in der Herzgegend, obwohl die Figur in meiner Geschichte durch einen versehentlichen Stich in die Brust umkommt, den sie erhält, als sie sich zwischen zwei Männer wirft, die ihretwegen einen Zweikampf austragen. Die Aufgabe hatte dahin gelautet, eine Geschichte zu erfinden, die etwas vom mittelalterlichen Ritterwesen veranschaulichen würde. Meine Arbeit war mit einer Eins minus benotet worden; unter die Note hatte der Englischlehrer einen langen Kommentar geschrieben, dessen Quintessenz war, daß meine Geschichte zwar gut geschrieben sei und auch in gewissem Sinne mit Rittertum zu tun habe, daß ich im Grunde jedoch das Thema verfehlt hätte. Und die Zeichnung lehre den Betrachter ja eher das Gruseln, als daß sie sein Gemüt erhebe.

»Lies es ruhig durch«, sagte ich mit schwermütiger Stimme. Vielleicht würde die Brutalität meiner Geschichte sie zu der Einsicht bringen, wie vermessen es von ihr war, sich mir gegenüber als Mutterinstanz aufspielen zu wollen.

»Okay«, sagte sie und setzte sich an den Schreibtisch.

Sie war sehr schön. Das Weiß ihrer Haut glänzte wie Elfenbein, und auf ihren Wangen lag ein gesundes Rot. In ihrer Schule war sie Mitglied des Schwimmteams, und das tägliche Training hatte aus ihr eine Erscheinung voller Energie und Strahlkraft gemacht. Ihr Hals war eine Säule, die links und rechts gerahmt war von langen schwarzen Haaren, auch sie von Glanz umstrahlt. Sie war durchglüht von ihrer neuen Reife, ihrer werdenden Weiblichkeit. Wie ich sie so betrachtete – benommen von ihrer ruhigen und doch massiven Schönheit, mit dem Bewußtsein, daß sie mich nicht als Liebhaber sah, nicht als einen Mann, der ihre Erwartungen befriedigen könnte, sondern lediglich als einen kleinen Jungen, den man beruhigen und aufmuntern mußte –, da hatte ich meine erste wirklich spontane Erektion. Es fällt mir – trotz jahrelanger Tätigkeit als Analytiker – schwer zu sagen, ob meine Gefühle für Julie unter allen Umständen die gleichen gewesen wären – auch wenn ich nicht vorzeitig sexualisiert worden wäre und nicht ohne Ruth und Francisco dagestanden hätte. Aber haben solche Spekulationen überhaupt einen Sinn? Was damals geschehen ist, das *bin* ich, diese Dinge sind genausosehr ein Stück von mir wie mein Gesicht, sind im selben Maße Maske oder wahres Gesicht, wie ich sie dazu mache.

»Eine sehr traurige Geschichte«, sagte Julie, während sie mein Manuskript sinken ließ. Sie hatte die Stirn in Falten gelegt und sprach mit strenger Stimme. Die Lektüre schien sie nicht gerührt, sondern ihre Mißbilligung erweckt zu haben.

»Sie *soll* ja auch traurig sein«, gab ich muffig zurück.

Sie schlug einen sanfteren Ton an. »Du hast eine enorme Phantasie.« Sie legte das Manuskript auf den Schreibtisch zurück und wandte sich mit zielbewußtem Gestus zu mir. »Bist du glücklich hier bei Onkel Bernie?«

Stand Polonius hinter dem Wandbehang und spitzte die Ohren?

fragte ich mich. »Na klar doch! Ist doch toll hier! Onkel Bernie ist toll. Er schenkt mir alles, was ich haben will.«

»Ja, er ist sehr großzügig. Aber hier im Haus gibt es keine Kinder. Aaron und Helen sind schon ganz erwachsen. Ich hab' gehört, daß du nicht bei Tante Sadie leben willst, aber vielleicht möchtest du zu uns ziehen. Wir wohnen nur eine Viertelstunde weit weg von hier. Du könntest also Onkel Bernie immer noch problemlos besuchen. Wir sind praktisch jedes zweite Wochenende hier zu Besuch. Und du wärst in der Nähe von deiner Mam.«

Ich war elektrisiert von der Aussicht, Tag für Tag in der unmittelbaren Umgebung von Julie zu leben, in Hörweite ihrer sanften Stimme, im Gesichtsfeld ihrer freundlichen braunen Augen, mit ihren Angorapullovern und deren formgebendem Inhalt in Reichweite.

»Weißt du, für mich hat Bill überhaupt keine Zeit, aber über einen kleinen Bruder im Haus wäre er begeistert.« Bill, ihr sechzehnjähriger Bruder, ließ sich nur bei Familienfesten blicken, für die strengste Teilnahmepflicht für alle bestand: Passah, Erntedank, Onkel Bernies Geburtstag. Er war ein launischer Heranwachsender, der gegen den trockenen, unsensiblen Koofmich rebellierte, als den er seinen Vater betrachtete. Er trug die Haare lang und spielte bei einer Rockband die Baßgitarre; ich hatte gehört, daß er einen Antrag gestellt hatte, bei den »Freedom Rides« – den Busfahrten durch den Süden mit gemischtrassiger Besatzung, mit denen Bürgerrechtler gegen die Rassentrennung protestierten – mitmachen zu dürfen. Ich entsinne mich nicht, daß ich ihn jemals etwas anderes als durch die Zähne gequetschte Einsilbler habe äußern hören. Er machte mir nicht den Eindruck eines besonders umgänglichen Menschen.

Unschlüssig, ob ich annehmen oder ablehnen sollte, sah ich zum Fenster hinaus. Ein Taxi bog in die Auffahrt zum Haus ein. Es führte einen einzelnen Fahrgast mit, eine Frau, deren unscharfes Bild in dem rasch unter dem Fenster vorbeiziehenden Auto eine gewisse Ähnlichkeit mit meiner Mutter hatte.

»Überleg es dir«, sagte Julie. »Ich komme mit dir, wenn du mit Onkel Bernie darüber sprichst. Er hat sicher nichts dagegen. Ich meine, er wird dich natürlich ungern hergeben, aber er sieht bestimmt ein, daß du unter anderen Kindern besser aufgehoben bist.«

Die Türglocke läutete. Die Villa war so weitläufig, daß man zusätzlich zu der Glocke an der Vordertür noch zwei Nebenstellen tiefer im Hausinneren angebracht hatte, eine davon bei der Küche. Vom Eingang zu meinem Flur her waren die Gongschläge deutlich zu hören.

»Da ist jemand gekommen!« rief ich aufgeregt und stürzte los, um als erster an der Tür zu sein. Durch das mattierte Glas des Seitenlichts konnte ich eine weibliche Gestalt wahrnehmen. Mein Herz raste, als ich nach dem Türdrücker griff.

Ich öffnete, und vor mir stand meine Mutter – eine unerwartete und fürs erste auch ungetrübte Freude. Sie trug ein Tuch um den Kopf (für die Elektroschocktherapie hatte man ihr das Haar an den Schläfen geschoren), hatte dunkle Halbmonde unter den Augen, die ihren Blick starr und hohl machten, und klemmte ein Reiseköfferchen gegen den Magen, als wollte sie sich gegen die Möglichkeit eines Straßendiebstahls schützen. Ich war so selig, daß ich keinen Ton herausbrachte. Ich stürzte mich auf sie, um sie zu umarmen. Dabei kam ich mehr auf Tuchfühlung mit dem Koffer als mit Ruth.

»Hallo, Rafe«, sagte sie mit hoher, leiernder Stimme. Sie hielt mit der einen Hand das Köfferchen an sich geklammert, mit der anderen preßte sie mich dagegen.

Ich gab keine Antwort und fragte auch nicht, warum sie ihr Täuschungsmanöver aufgegeben hatte. Ich drückte meine Brust gegen ihr Gepäckstück und vergrub mein Gesicht an ihrem Hals. Die Menschenansammlung, die quasi als Empfangskomitee zusammengeströmt war, sah ich nicht; ich hörte nur, wie sie ihre Familie über meinen Kopf hinweg begrüßte.

»Hallo, Julie. Gut siehst du aus. Ihr haltet ja offenbar eine Vollversammlung ab. Gibt es einen besonderen Anlaß?« Ruths Worte gaben zu verstehen, daß sie sich wohl und unbeschwert fühlte, aber sie sprach stockend, und ihre Stimme lag mindestens eine Oktave über ihrer normalen Tonhöhe. Sie klang geschwächt.

Julie antwortete nicht.

»Ruth«, sagte Tante Sadie, »weiß Dr. Halston, daß du hier bist?«

»Hallo, Sadie. Hallo, Bernie. Charlotte, du siehst blendend aus. Wie immer. Ihr seid alle so stattliche und schöne Menschen. Ich bin hier, um Rafe zu besuchen. Er ist groß geworden, findet ihr nicht? Er reicht mir schon fast bis ans Kinn. Komm, laß dich mal anschauen, Rafe.«

Sie schob mich ein Stück weit von sich. Ich blickte in die großen gespensterhaften Augen. Dort war nicht ein Schimmer von Grün, keine Schalkhaftigkeit, keine Frivolität mehr zu sehen. Nur noch Gehetztheit und Verzweiflung. »Na komm … Nicht weinen!« Mit kalter Hand wischte sie mir Tränen von der Wange. Ich hatte nicht gemerkt, daß ich weinte. »Ich bleib' eine Weile auf Besuch hier. Das geht doch in Ordnung, Bernie, oder? Du hast sicher nichts dagegen.« Ihre Stimme überschlug sich vor lauter gespielter Unbekümmertheit. Sie krächzte, und das beunruhigte mich. Wo war sie? In welcher Welt lebte meine Mutter? Bei jedem Wiedersehen begegnete sie mir als eine neue Variante der grotesken Veräußerlichung ihrer extremen Gefühlslagen. (Tatsächlich war ich – schon seit einem Jahr übrigens – Zeuge des kontinuierlichen Zerfalls ihrer Persönlichkeit, der durch Streß und die unsachgemäße therapeutische Behandlung beschleunigt wurde.) »Ich muß doch meinen Kleinen ab und an besuchen dürfen, nicht? Das gebietet der schlichte Anstand. Sogar im Kapitalismus gelten da gewisse Regeln.« Jetzt schlug ein schroffer, zorniger Unterton durch. »Selbst die ärmsten Landarbeiter dürfen von Zeit zu Zeit ihre Kinder sehen.«

Bernie murmelte etwas in dem Sinn, selbstverständlich sei sie willkommen. Sadie begleitete uns in mein Zimmer. Sie war die einzige, die mitkam, und sie wirkte nervös, so als traue sie meiner Mutter nicht über den Weg. Ich nehme an, seit dem Zwischenfall vor dem UN-Gebäude galt Ruth bei ihren Verwandten als gewalttätig. Vielleicht lag es auch daran, daß sie als Kind mit Gegenständen geworfen hatte, wenn sie mit ihren Geschwistern in Streit geraten war. Sie war die Jüngste in einer kinderreichen Familie, und ohne Zeifel waren ihre im Verhältnis zu den anderen geringe Körpergröße und die daraus resultierende Unfähigkeit, sich durchzusetzen, für sie öfter eine Quelle der Frustration. Ich kannte die Geschichten, die man sich in der Familie über ihre Wutanfälle erzählte: Einmal hatte sie – treffsicher – mit einem Aschenbecher nach Harry geworfen, bei anderer Gelegenheit hatte sie Bernie Fruchtsirup über den Kopf gegossen. Da sie sich schon zu Zeiten, als man sie noch für normal hielt, zu Gewalttätigkeiten hatte hinreißen lassen, war es nur natürlich, daß man jetzt, wo sie sich in einem manifest labilen Zustand befand, mit um so größeren Befürchtungen auf sie blickte.

Meine Mutter hatte weder Freude daran, sich mein Zimmer oder meine Hausaufgaben anzusehen, noch an meiner und Sadies Gesellschaft. Sie betrachtete alles, was ich ihr zeigte, als handelte es sich womöglich um Keimträger. Das Manuskript meiner Geschichte zum Beispiel, dasselbe, das Julie ganz durchgelesen hatte, faßte sie mit spitzen Fingern an, um es schon im nächsten Moment wieder auf den Schreibtisch fallen zu lassen.

»Sadie, könntest du mir vielleicht etwas zu trinken holen?«

Sadie zögerte. »Ich weiß gar nicht, was da ist. Laß uns doch zusammen in die Küche gehen und –«

»Es ist alles da«, unterbrach meine Mutter. Es lag kein Sarkasmus in ihrer Stimme, sie sagte es eher schwermütig.

»Coca ist keine da«, sagte ich, »nur Pepsi.«

»Dann möchte ich eine Pepsi. Holst du sie mir, Sadilah? Bitte-bitte, großes Schwesterlein!« Sie mimte ein kleines Mädchen. Sie faltete die Hände vor der Brust, legte den Kopf schief und schürzte die Lippen. Es war keine sonderlich gelungene Pantomime. Dafür lag zuviel Persiflage darin – ob sie auf die eigene Hilfsbedürftigkeit oder auf Sadies Haltung zielte, wurde nicht deutlich.

Sadie wurde ärgerlich. Sie reckte das Kinn und sagte streng: »Mach keine Dummheiten, Ruth. Du bist draußen, und das ist jetzt das Wichtigste. Wenn du weiterhin Fortschritte machst, dann ...« Sadie sah zu mir her und verstummte.

»Dann bekomme ich das Besuchsrecht?« Ruth sprach sehr sanft, ohne drohenden Unterton, dennoch lag etwas Unheilverkündendes in ihrer Stimme.

Sadie runzelte die Stirn. »Ich hol' dir deine Pepsi. Ich bin sofort wieder da«, sagte sie, und das klang nun allerdings wie eine Drohung.

Meine Mutter sah ihr nach, bis sie die Tür hinter sich zugezogen hatte, wandte sich dann zu mir und sprach hastig auf mich ein. »Ich komme gegen seine Anwälte nicht an. Ich werde auf der ganzen Linie verlieren. Und sie werden immer weiter versuchen hineinzukommen. Weißt du das? Sie werden es nicht aufgeben, da hineinkommen zu wollen.« Sie deutete mit einer heftigen stechenden Bewegung auf ihr rechtes Ohr.

Natürlich hatte ich keine Ahnung, wovon sie redete. Ich wußte nur, daß es etwas mit mir zu tun hatte. »Du bleibst nicht?« fragte ich, obwohl ich die Antwort kannte.

»Er läßt mich nicht. Mein Zustand hat sich noch nicht so weit gebessert«, sagte sie und durchbrach plötzlich ihr verbiestertes Flüstern und ihre finstere Miene mit einem lauten Auflachen und dem Entblößen der Zähne. Aber der Ton war unmelodisch und das Lächeln freudlos. Nicht Gutgelauntheit signalisierten sie, sondern Angst und Wut. Sie packte mich unvermittelt am Arm und zog mich näher an sich heran.

Ich bekam es mit der Angst zu tun, als sie mich so anfaßte. In meiner Freude über das Wiedersehen hatte ich ihre nächtlichen Umarmungen vergessen. Ihr aggressiver Schritt brachte mir wieder zu Bewußtsein, wozu die rührige Ruth sonst noch in der Lage war.

[Dieses Abspalten meiner inzestuösen Mutter von der Mutter, die ich benötigte, ist etwas, das der Überlebensmechanismus des Inzestopfers unvermeidlich vornimmt. Der inzestuöse Elternteil wird zu einer separaten Person, der ein separater Komplex von – separate Reaktionen bedingenden – Erinnerungen zugeordnet ist. Daher kommt es als Reaktion auf schweren Mißbrauch in frühem Alter bei dem Opfer zur Bildung einer multiplen Persönlichkeit mit unterschiedlichen Erinnerungen und unterschiedlichen Gefühlswelten.]

»Mam!« bettelte ich. Ich war entsetzt – nicht nur bei dem Gedanken, daß sie eine sexuelle Annäherung einleitete, sondern auch darüber, daß es im Haus meines Onkels geschah, mit der ganzen Großfamilie in der Nähe. In Übereinstimmung mit der klassischen Opferpsychologie nahm ich an, daß, sollten wir ertappt werden, Schuld und Strafe allein mich treffen würden.

Aber Ruth zog mich nur an sich, um mir besser ins Ohr flüstern zu können. Um mir mit ihrer gehetzten Paranoikerinnenstimme ins Ohr zu flüstern: »Gib mir die Nachricht, die dir dein Vater für mich gegeben hat. Schnell, sie kommt zurück.«

Ich schüttelte verschreckt den Kopf, unfähig, auch nur ein einziges Wort herauszubringen.

»Hast du keine Nachricht für mich?«

Ich schüttelte den Kopf. Ich war verwirrt und geängstigt. Meinte sie den Brief? Nein, sie meinte eine neue Nachricht.

Ruth drückte meinen Arm. Es tat weh. »Sag mir die Wahrheit.« Ich schüttelte wieder den Kopf und spürte, wie mir die Tränen in die Augen stiegen. Sie schien wütend auf mich zu sein. Ich hatte das Gefühl, daß ich versagt hatte: daß es meine Pflicht gewesen wäre, eine Nachricht von meinem Vater zu beschaffen oder auf irgendeine Weise dafür zu sorgen, daß ich für eine Nachricht von ihm erreichbar war.

Ich versuchte mich aus ihrem Griff zu lösen.

»Lüg nicht, Rafe! Sag es mir!« Sie schrie. Die Worte wirbelten mir aus ihren umschatteten Augen entgegen, Augen, die Schreckensbilder gesehen hatten. Und die mich anklagten. »Du erwartest doch nicht im Ernst, daß ich glaube, er hat dir nichts geschickt.«

»Ruth!« Bernie war da. Er riß mich so ungestüm aus ihrem Klammergriff, daß mir schwindlig wurde. Ich muß einen Schock erlitten haben, denn an die nächste halbe Stunde habe ich keine Erinnerung mehr. Ich weiß, daß mein Arm an der Stelle blutete, wo meine Mutter mich gepackt gehabt hatte, weil ich mich entsinne, daß ich später in der Küche saß, wo Eileen mir die Schrunden, die Ruths klauenspitze Fingernägel hinterlassen hatten, mit Jod betupfte. Woran ich mich noch erinnern kann, ist das Bild meiner Mutter, die im nächsten Moment, nachdem Bernie mich ihr entrissen hat, rückwärts zu Boden fällt. Möglicherweise ist sie beim spontanen Zurückweichen gestolpert. Möglicherweise hat er sie geschlagen. Auch daran, was er nach ihrem Sturz zu ihr sagte, erinnere ich mich oder glaube ich mich zu erinnern. Es klingt unglaubwürdig, solange man nicht eingehend den inneren Konflikt bedenkt, in dem sich mein Onkel befand: den Widerstreit zwischen seinem Bedürfnis, aus jeder Lebenslage als Triumphator hervorzugehen, und dem ebenso starken Bedürfnis, in jeder Lebenslage von seiner Umgebung geliebt zu werden. Er riß mich ihr weg und sagte zu ihr, wie sie da auf dem Teppich lag: »Ich liebe dich, Ruthchen.«

Ich sah meine Mutter nicht wieder. Nach ihrer Entlassung aus der Hillside-Klinik war es ihr verboten, mich zu besuchen. Dr. Halston war der Meinung, daß sie durch die Schocktherapie von ihrer Depression geheilt war und mit einer längeren Analyse zu guter Letzt zu völliger Normalität restituiert werden konnte. Man erklärte ihr, daß sie, vorausgesetzt, sie arbeitet produktiv mit ihm zusammen, mich werde wiedersehen und schließlich auch wieder mit mir zusammenleben können. Bernie richtete ihr eine Wohnung in der Nähe der Klinik ein, wo sie mit einer ebenfalls von ihm bezahlten Gesellschafterin lebte und von wo sie fünfmal die Woche zur Therapie bei Dr. Halston ging. Nach seiner Einschätzung war sie zu dem Zeitpunkt im Oktober 1962, als die Affäre um die Stationierung sowjetischer Offensivraketen auf Kuba in ihre heißeste Phase eintrat, in guter Verfassung bei weiterhin positiver Tendenz. Noch nicht einmal diese in aller Welt mit größter Sorge verfolgte internationale Krise vermochte Ruth aus der Ruhe zu bringen.

Am Tag von Kennedys ersichtlichem Triumph, als Chruschtschow auf seine Forderung nach Abbau und Abtransport der Raketen und Abschußbasen einging, stahl sie sich heimlich aus ihrer Wohnung. Auf der windigen UN-Plaza stellte sie ein Schild auf: SO WIRD DIE WELT ENDEN. Unter den Augen eines Auflaufs ratloser Menschen übergoß sie sich mit Benzin und entzündete dann ein Streichholz.

Drei Tage später starb sie, ohne in der Zwischenzeit das Bewußtsein wiedererlangt zu haben. Mir sagte man, sie wäre bei einem Autounfall ums Leben gekommen. Zum Begräbnis konnte ich nicht mitgehen, weil ich in eine schwere körperliche Krise geraten war, die mit stundenlangem unbezähmbaren Erbrechen einherging. Der herbeigerufene Arzt gab mir eine Spritze, die, wie ich heute vermute, ein Beruhigungsmittel enthielt. Ich mußte zwei Tage lang das Bett hüten. In der Nacht nach dem Begräbnis meiner Mutter schlief Onkel Bernie bei mir im Zimmer auf einer Liege. Jahre später erzählte mir Tante Sadie, daß er das nicht ein einziges Mal getan hatte, wenn sein Sohn Aaron oder seine Tochter Helen erkrankt waren. Ihrer Meinung nach war es ein Beweis für seine Liebe zu mir. Meiner Meinung nach war es ein Beweis für sein Schuldgefühl.

SIEBTES KAPITEL

Hamlets Geist

In der Woche vor Weihnachten traf per UPS-Fracht eine Sendung von Jacinta und Pepín ein. Es war das alljährliche Weihnachtspaket, ein Versandkarton, vollgepfropft mit einem Dutzend Geschenken für mich. Sie waren allesamt in rotes Geschenkpapier mit aufgedruckten Nikolausen in Rentierschlitten eingewickelt, allesamt mit rotem Zierband verschnürt, dessen Enden zu einer kunstvollen Schleife geschlungen waren, und allesamt mit einer grünen Grußkarte versehen, auf die meine Großmutter in ihrer großen, runden Handschrift *Feliz Navidad* geschrieben hatte und darunter den Namen der Person, der sie die Rolle des Gebers zugewiesen hatte. Fünf Geschenke waren als von ihr und Pepín kommend identifiziert. Je eines hatte sie auf das Konto von Onkel Sancho und seiner mit mir gleichaltrigen Tochter geschrieben. Das war soweit im traditionellen Rahmen, die übliche Zahl von Gaben, die Francisco bis zum Vorabend des Weihnachtstags hinten in seinem Schlafzimmerschrank versteckt zu halten pflegte. Wenn ich eingeschlafen war, wurden sie zusammen mit den Geschenken meiner Eltern unter den Baum gelegt. Neu waren fünf zusätzliche Geschenke, für die mein Vater als Geber deklariert war.

Onkel Bernie bewies bei der Lösung des Problems, wie mit den Sachen zu verfahren sei, keine sonderlich glückliche Hand. An dem Tag, als sie eintrafen, hinterließ er die Weisung, sie ohne großes Brimborium in meinem Zimmer zu deponieren, wo ich sie dann vorfand, als ich von der Schule heimkam; zusammen mit Eileen packte ich sie aus. Meine Betreuerin war erbost über Onkel Bernies Umgang mit den Weihnachtsgeschenken. Ihre Ungehaltenheit brachte sie lautstark mir und keineswegs ihrem Arbeitgeber zur Kenntnis.

»Du bist ein halber Christ. Davor kann er nicht einfach die Augen verschließen. Er müßte eigentlich einen Baum für dich aufstellen und dich in die Sonntagsschule schicken. Aber sag ihm nicht, daß ich das gesagt habe. Das hier ist nicht *mein* Haus, aber du hast Angehörige, die an Christus glauben, ganz egal was dein Vater für einer ist. Und die wollen, daß du über Weihnachten und alles andere Bescheid weißt.«

Nach den Geschenken zu schließen, wollte Oma Jacinta jedoch in

Wahrheit nichts anderes als dafür sorgen, daß ich zu jeder Tageszeit warm angezogen war. Sie hatte drei Schlafanzüge geschickt. Unter der Sonne Floridas mußte sie sich eine arg übertriebene Vorstellung von der Strenge der New Yorker Winter gebildet haben. In dem Paket fanden sich außerdem zwei Pullover, ein Päckchen mit einem Sortiment Unterhosen und eines mit einem Sortiment Socken. Die übrigen fünf Geschenke waren kleine Spielsachen: zwei Matchbox-Lkws, ein Satz Dominosteine, ein Jo-Jo und ein Buch über Dinosaurier.

Ich fand sie kläglich. Billig und für mich zu kindisch – von erschütternder Armseligkeit im Vergleich selbst zu irgendeiner Kleinigkeit, die Onkel Bernie auf dem Nachhauseweg vom Büro im Vorbeigehen für mich kaufen mochte. Sie machten mich wütend. Nachdem Eileen und ich sie ausgepackt hatten, verließ sie das Zimmer, um den Versandkarton und das Einwickelpapier zum Abfallstapel zu tragen. Ich warf die Matchboxautos mit solcher Wucht gegen den Kasten mit meinen Lego-Steinen, daß ich an einem von ihnen die Tür eindellte. Das Jo-Jo zerbarst unter dem Absatz eines meiner braunen Mokassins, und die Dominosteine verstreute ich im ganzen Zimmer, indem ich die Schachtel rotierend quer durch den Raum schleuderte; der Deckel löste sich mitten im Flug, so daß die elfenbeinfarbenen Rechtecke durch die Luft wirbelten. Was danach von meiner Wut noch übrig war, tobte ich an dem Dinosaurierbuch aus: ich versuchte es in zwei Stücke zu reißen und hatte gerade den Kopf des Tyrannosaurus Rex ein Stückchen gespalten, als Eileen wieder auf der Bildfläche erschien.

»O mein Gott!« japste sie beim Anblick der Verheerung, die ich unter den katholischen Gaben angerichtet hatte. Sie riß mir das Buch aus den Händen und überschüttete mich mit einem Schwall von Vorhaltungen des Inhalts, daß es arme Kinder gebe, die sich über die Sachen freuen würden, und ich möge doch bitte nicht vergessen, daß es nicht auf den Wert der Geschenke, sondern auf die Gesinnung des Gebers ankomme, und was dergleichen Platitüden mehr sind. Ich ließ mich aufs Bett fallen und versuchte, im Innern meines Kopfs die Stimme meines Vaters bei seinem Auftritt in dem Rundfunkstudio in Miami zum Klingen zu bringen. Es war nicht schwer. Das Echo von Franciscos musikalisch wohllautendem Organ mit seinem sinnlichen Timbre, wie es damals aus dem alten Dampfradio ertönt war, war immer noch in mir: ein ganz anderer Klang als der von meines Onkels Cello. Beide Vertreter des Mannestums wirkten auf mich entmutigend: wie sollte ich es jemals zu einem vergleichbaren Grad an Lebenskraft, Selbstvertrauen, Prinzipientreue bringen? Und warum waren Frauen so schwach und töricht und in der Welt der Vordergründe gefangen, warum glaubten sie, es käme darauf an, daß ich dankbar für irgendwelches Spielzeug war, warum glaubten sie, es wäre wichtig, daß mein Vater eine Nachricht schickte, auch wenn er vollauf mit dem Kampf für die Revolution beschäftigt war?

Eileen beendete ihren Monolog mit einem dramatischen Abgang, der untermalt war von dem Schlußsatz: »Und das ist alles, was ich als gottesfürchtige Katholikin dazu zu sagen habe.« Eine Minute später war sie wieder da; sie hatte ihre Winterjacke an und trug meine in der Hand. »Los, komm«, sagte sie und rüttelte dabei die hingehaltene Jacke vor meiner Nase wie ein Matador das rote Tuch vor dem Stier. »Wir gehen in die Kirche.«

»Ich mag nicht.«

»Aber deine Großeltern möchten es.«

»Onkel Bernie wird sauer sein.«

Eileen nickte und versetzte mit dieser zustimmenden Geste ihre rote Haarpracht in stürmische Bewegung. »Da hast du sicher recht. Wenn er es spitzkriegt, bin ich meinen Job los.«

Dieses Risiko machte den Ausflug unversehens interessant für mich. Ein Geheimnis zwischen Mann und Frau, das war etwas, was mir zusagte: es zeigte Liebe an.

Eileen besaß einen klapprigen Plymouth, der gleichen Typs und Baujahrs gewesen sein könnte wie der, den Opa Pepín fuhr. Der hielt sein Gefährt tadellos in Schuß, und das der Tatsache zum Trotz, daß er den Chauffeur für die ganze Großfamilie mit ihren zahlreichen jungen Großneffen und Großnichten machen mußte. Eileen hingegen war alleinstehend. Ihre unstete Romanze mit dem eingewanderten irischen Zimmermann wurde oft von schweren Verstimmungen über seine Liebe zum Alkohol, seine Flirts mit anderen Frauen und seine Abneigung gegen das Heiraten unterbrochen. Sechsmal in der Woche schlief sie nachts im Haus von Onkel Bernie, nur an ihrem freien Tag übernachtete sie bei einer Tante. So wurde ihr Auto selten benutzt. Trotzdem sah es im Wageninneren so aus wie in dem Auto einer Hausfrau mit fünf kleinen Kindern – der Rücksitz und der Boden waren mit einem Wust von allem möglichen Krimskrams und Zivilisationsmüll übersät.

Wir machten uns auf den Weg zur Kirche, ohne eine Nachricht für Bernie oder Charlotte zu hinterlassen. Die beiden waren noch in der City, und Eileen war fest überzeugt, daß wir es schaffen würden, vor ihnen wieder zu Hause zu sein. Es war ein kalter, grauer Freitagnachmittag im Dezember. Es lag kein Schnee, aber der Frost hatte die schwarze Straßendecke mit weißen Streifen bemalt. Nicht weit weg vom Anwesen meines Onkels mußten wir an einer Ampel halten. Ein Auto stoppte neben uns, aus dessen Innerem ein gutaussehender, sonnengebräunter Mann mich an Eileen vorbei anstrahlte. Es war mein Vater.

Der Anblick elektrisierte mich. Ich hatte ein Gefühl, als ob sein Lächeln mir durch die Brust flutete. Ich stieß einen Freudenschrei aus: »Daddy!«

Eileen war perplex. Sie starrte mich an, als hätte ich den Verstand verloren. Francisco hupte, um sie auf sich aufmerksam zu machen. Sie wandte ihren verdatterten Blick zu ihm, während er jetzt ausstieg und zu meiner Tür herüberkam. Ich kurbelte das Fenster herunter und nahm, damit es schneller ging, die zweite Hand zu Hilfe. Ich weiß nicht, warum ich nicht einfach die Tür aufmachte. Das tat dann mein Vater. Weil ich mit beiden Händen fest die Fensterkurbel gepackt hielt, fiel ich aus dem Auto und landete auf dem Boden. Mein Vater hob mich auf und schloß mich in die Arme. Ich hatte vergessen, wie groß er war. Ich selbst war ein Meter zweiundfünfzig groß, nur achtzehn Zentimeter kleiner als mein mächtiger Onkel. Im Vergleich zu ihm war Francisco, wenn auch schmaler und insgesamt eine weniger bedrohlich wirkende Erscheinung, mit seiner Größe von eins-neunzig ein Riese. Er hielt mich während der Umarmung mühelos in der Luft. Soviel Kraft und Geschick war aufregend. Und niemand – kein Mensch auf der Welt – verstand es, soviel Musik in den Klang der drei Silben »Ra-fa-el« zu legen. Er sprach meinen Namen mehrmals aus, während er mich an sich drückte. Er rollte das »R« und bemaß die Zäsur zwischen »fa« und »el« exakt so, daß sie wie der Trommelwirbel vor dem großen Clou wirkte, wie die Beschwörung eines zugleich heldenhaften und geheimnisvollen Zauberwesens. Wenn ich doch nur einmal der Rafael sein würde, den mein Vater sich wünschte! Ich spürte kein Bedauern, daß ich es nicht war, einfach nur Bezauberung angesichts seines Verlangens. Ich lauschte auf das Bild meiner selbst in Franciscos musikalischer Sprachmelodie, und war bereit, in die Rolle, die er mir zudiktierte, zu schlüpfen, sobald ich das erforderliche Talent dazu in mir entdecken würde.

Die Geringschätzung für meinen Vater, die sich bei Eileen im Laufe von eineinhalb Jahren angesammelt hatte, war von seinem Charme binnen Sekunden entkräftet und verscheucht. »Was für ein schönes Englisch Sie sprechen«, sagte er, als sie ihn – obwohl ich das bereits klargestellt hatte – fragte, wer er sei. »Ich bin Rafaels Vater«, sagte er. »Kommen Sie aus Dublin?«

Es dauerte nicht lange, bis er Eileen mit Komplimenten über ihren delikaten Teint und ihre roten Haare zum Erröten brachte. Er sang Loblieder auf das Guinness-Bier und die irischen Schafswollpullover, schrieb dem feuchten Klima ihre schöne Haut und den irischen Poeten ihre musikalische Aussprache gut. Wie alle Charmeure trug er bei seinen Schmeicheleien so dick auf, daß er die Adressatin zu der Entscheidung zwang, ihn entweder für den größten Windbeutel auf Gottes Erdboden oder für einen schlichtweg aufrichtigen Menschen zu halten. An dem Schimmer in ihren blauen Augen erkannte ich, daß sie zu dem Schluß gekommen war, mein Vater sei so arglos wie ein neugeborenes Kind. »Wissen Sie, wir Latinos sind ganz weg, wenn wir eine Frau mit roten Haaren sehen. Fragen Sie nur Desi Arnaz. Die ganze Zeit, während ich in Kuba war, habe ich Rafe bedauert, und jetzt sehe ich, daß es ihm gar nicht besser gehen könnte.«

Er erzählte ihr – nicht mir –, daß er einen Abstecher von Kuba hierher gemacht habe, um mich zu holen. Wir würden nach Europa reisen, erst nach Spanien und dann vielleicht nach Paris. Ich ließ nach außen hin keinerlei Erregung erkennen, obschon mein Puls sich beschleunigte. Unter meiner Winterjacke, dem Wollpullover und dem weißen Schulhemd klopfte mein Herz wie rasend.

»Nach Spanien?« sagte Eileen. »Wo dieser faschistische ›Generalissimo‹ am Ruder ist?« Ich möchte nicht den Eindruck erwecken, ich wäre ein Snob (oder vielleicht ein Sexist), muß aber trotzdem gestehen, daß es mich überraschte, daß Eileen gewitzt genug war, um es als überraschend zu diagnostizieren, daß mein Vater bereit war, sich in irgendeiner Form mit Franco-Spanien einzulassen.

»Aha!« Die Reaktion meines Vaters klang anerkennend. Zu diesem Zeitpunkt führten wir unsere Unterhaltung in der kalten Luft am Straßenrand. Mein Vater hatte seinen Wagen inzwischen auf das Bankett gefahren, Eileens Plymouth stand noch auf der Straße und blockierte die Fahrspur. Gelegentlich kurvte ein Auto mit einem Schlenker an ihm vorbei, und die Insassen spähten neugierig zu uns herüber. »Sie kennen sich aus in der internationalen Politik. Aber wieso überrascht mich das? Die Iren sind nicht nur das literarisch gebildetste, sondern auch das politisch interessierteste Volk der Erde. Ich wette, Sie haben einen Bruder, der Provo ist.«

»Nein, Sir.« Eileen errötete von neuem. »Gott sei Dank nicht«, murmelte sie.

»Tja, es ist schrecklich, es zugeben zu müssen, aber im Moment zeigt Spanien eine freundlichere Einstellung zu Kuba als wir, und außerdem weichen die Verhältnisse dort langsam auf. Alle hoffen voll Zuversicht, daß, wenn Franco erst einmal tot ist … Wenn Franco tot ist –« Francisco kreuzte an beiden Händen den Zeigefinger und den Mittelfinger und schickte ein langes Stoßgebet zum Himmel, ehe er uns wieder seine Aufmerksamkeit zuwandte. »Dann hat Fidel neben Rußland vielleicht noch einen zweiten Verbündeten.« Francisco schlang seinen Arm um meinen Kopf – ich reichte ihm genau bis zur Schulter – und drückte zu. »Ich dachte mir, wir fahren mal in die alte Heimat und sehen uns in Galicien nach unseren Verwandten um. Die muß es da geben, wenn du mich fragst. Ich möchte wetten, du hast da Dutzende von Cousins und Cousinen, die bloß darauf warten, ihren Vetter aus Dingsda, aus Amerika kennenzulernen. Und außerdem bist du, wenn man Henry James glauben kann, genau in dem Alter, in dem jeder amerikanische Junge erste Eindrücke vom alten Kontinent sammeln sollte. Obschon ich nicht glaube, daß James dabei an das faschistische Spanien gedacht hat.«

Francisco wirkte entspannt und höchst zufrieden. Neben seiner tiefen Sonnenbräune sahen wir richtig fahl und fad aus. Er redete wie ein Wasserfall, quaste und flachste querbeet über Sean O'Casey, das kalte Wetter, meine Körpergröße, Eileens rote Haare –, bis ich vor Kälte bibberte. »Fahren Sie mit ihm zum Haus zurück«, sagte er. »Ich fahre hinterher.«

Eileen schwieg auf der Rückfahrt, bis wir in die Einfahrt einbogen. Dann sagte sie in ernstem Ton, als habe sie soeben eine sehr wichtige und bestürzende Wahrheit entdeckt: »Er ist ein charmanter Mann.«

Mein Vater parkte vor der Eingangstür und empfing uns, als wir aus Eileens Plymouth ausstiegen, mit den Worten: »Ich sehe nirgendwo ein Auto. Das heißt wahrscheinlich, daß Bernie noch nicht da ist. Tja, was machen wir ...? Rafael und ich müssen unbedingt pünktlich am Flughafen sein ... Ob Sie mir wohl freundlicherweise helfen würden, seine Sachen zu packen?«

»Seine Sachen packen?« sagte Eileen. »Wollen Sie ihn denn gleich mitnehmen?«

»Es ist Wahnsinn, nicht? Ich bin auf dem Idlewild gelandet, hab' ein Ticket für Rafe gekauft, das Auto gemietet und bin hierhergefahren. In ein paar Stunden müssen wir in der Maschine sitzen.« Francisco trat dicht an sie heran und griff nach ihrer rechten Hand. Sie überließ sie ihm, als wäre dies die natürlichste Sache der Welt. Er drückte sie inbrünstig, während er ihr in beiläufigem Ton seine Bitte vortrug. »Ich habe erst vor drei Tagen die Nachricht erhalten. Und seitdem denke ich unablässig –« Er ließ Eileens Hand los, um mir mit der seinen durchs Haar zu fahren. »Ich habe nichts von allem gewußt, was hier los war. Ich muß meinen Sohn bei mir haben. Er ist mein Glücksbringer.« Er zog mich wieder an sich und quetschte mit seinem kräftigen Arm meinen Kopf. »Und meine

Zukunft. Das müssen Sie verstehen. Ich könnte nicht noch eine Woche oder auch nur einen Tag auf ihn warten, und ich muß morgen in Spanien sein. Ich treffe mich morgen abend mit einem spanischen Verleger in Madrid zu einem Arbeitsessen, von dem für mich wirklich sehr viel, wenn nicht alles abhängt. Rafael und ich sind für die Neun-Uhr-dreißig-Maschine gebucht. Um sieben sind wir am Idlewild mit einem Mann verabredet, der mir einen Riesengefallen getan und Rafe auf die Schnelle einen Paß besorgt hat. Wir dürfen keine Minute Zeit verlieren. Wir sollten so früh wie möglich dort sein, weil ich den Mann auf keinen Fall verpassen darf. Einzupacken brauchen wir nur das Nötigste. Alles, was Rafe sonst noch zum Anziehen braucht, kaufe ich ihm drüben.«

Rückblickend bewundere ich die Frechheit, die mein Vater in diesem Moment bewies. Er bat Eileen nicht nur, ruhig zuzusehen, wie er ihren Arbeitsplatz vernichtete, sondern ihm auch noch dabei zu helfen, ihre Einkommensquelle so schnell wie möglich reisefertig zu machen und sie außer Landes zu bringen.

Mit seinem Handstreich errang er einen halben Sieg. Sie brachte uns ins Haus, zeigte Francisco, wo meine Sachen waren, und trieb sogar eine Reisetasche für mich auf. (Mein Vater hatte vergessen, eine mitzubringen. »Männer!« bemerkte Eileen dazu mit einem süffisanten Lächeln.) Dann ließ sie uns allein. Während wir nebenbei Kleidungsstücke aussuchten, blätterte mein Vater den farbenprächtigen Katalog der Dinge, die wir in Europa sehen würden, weiter vor mir auf: Stierkämpfe, Flamencotänzer, die Alhambra zu Granada, die Ramblas von Barcelona – ein vollständiges Panorama des Landes, wo Hemingway und Orwell Heldentum und Feigheit kennengelernt, Verzauberung und Desillusionierung erfahren hatten. Mir wurde nicht klar, wovon er redete; mit größter Mühe versuchte ich ihm zu folgen. Aber so war ich wieder in meinem Element: auf dem schmalen Fußhalt der Frühreife stehend, um Ausblick auf die Leidenschaften meines Vaters zu haben. Mein schöner Vater war wieder da, und ich war bereit, überallhin mit ihm zu gehen. Er erwähnte mit keiner Silbe die Revolution oder meine Mutter – ganz bestimmt aus Sicherheitsgründen, nahm ich an. Schließlich befanden wir uns noch auf dem Terrain des Feindes.

Eileen kam zurück; ihre Miene hatte sich verdüstert, ihre Augen blickten wachsam. Wir waren mit dem Packen fast fertig. Sie stand im Türrahmen, und das Entsetzen über die volle Reisetasche war ihr anzusehen. »Äh ... ich habe gerade mit Mr. Rabinowitz gesprochen –«

»Ist er da?« Mein Vater schien alarmiert. Das bekümmerte mich – hatte er etwa Angst? Nein, sagte ich mir schließlich, er ist nur verblüfft.

»Nein, er ist noch in der Stadt, aber er kommt, so schnell es geht, mit dem Auto. Er sagt, Sie möchten bitte auf ihn warten – er sorgt dann dafür, daß Sie noch rechtzeitig zum Abflug am Flughafen sind. Das garantiert er Ihnen. Er möchte nicht, daß Rafael weggeht, ohne daß er sich von ihm hat verabschieden können – und mit Ihnen möchte er gleich sprechen. Er ist am Telefon. Der zweite Apparat steht drüben in seinem Arbeitszimmer. Ich zeig' Ihnen den Weg.«

Mein Vater lächelte. Er war entspannt und zeigte wieder die alte Selbstsicherheit. »Ich fürchte, das wird nicht gehen. Die Zeit reicht nicht. Ich möchte kein Risiko eingehen.« Er wandte sich wieder der Reisetasche zu, stopfte noch einen Pullover hinein und zog den Reißverschluß zu. »Sag deiner schönen Betreuerin auf Wiedersehen, Rafe. Wir machen uns auf den Weg in das Land unserer Vorfahren.«

»Aber Mr. Rabinowitz wartet auf Sie am Telefon. Sie müssen wenigstens ein Wort mit ihm sprechen.«

Mein Vater antwortete nicht. Mit einer Hand nahm er die Tasche, die andere streckte er mir hin. Hand in Hand gingen wir in Richtung Tür. Eileen trat uns in den Weg. Sie war sehr nervös. Ich weiß nicht mehr, ob sie regelrecht zitterte, aber ausschließen kann ich es nicht.

»Ich darf Sie nicht gehen lassen, ohne daß Sie mit ihm gesprochen haben«, sagte sie mit leiser Stimme, die Augen zu Boden gesenkt.

»Er ist eben doch nur ein Gewaltmensch«, sagte mein Vater. »Er wird nicht Sie verantwortlich machen.« Er schob mich vorwärts, an ihr vorbei.

Sie gab nach, wenigstens auf physischer Ebene. In dem Moment, als wir auf den Flur treten wollten, rief sie meinem Vater nach: »Sie müssen mit ihm reden. Er hat sich um Ihren Sohn gekümmert! Schon allein dafür schulden Sie ihm ein paar Worte.«

Die Hand meines Vaters schloß sich fester um die meine. Seine Wangen kerbten sich ein wie unter einem starken Einwärtssog – das war seine persönliche Form eines zornigen Gesichtsausdrucks, eine Miene, die ich ihn noch nie einem Fremden gegenüber hatte aufsetzen sehen. Tatsächlich war sie in dem Moment, als er sich zu Eileen umdrehte, auch schon wieder verschwunden. In seiner Stimme jedoch lag kochender, der großen Oper würdiger Zorn: »Wenn Bernie mir jeden Penny gäbe, den er besitzt, wäre er mir noch immer etwas schuldig. Sich um Rafael gekümmert!« Francisco gestikulierte mit der Rechten himmelwärts, um die Absurdität dieser Behauptung anschaulich zu machen, und ließ Eileen stehen, anscheinend um schnurstracks mit mir das Haus zu verlassen, blieb dann aber doch noch einmal stehen, um einen letzten Einfall loszuwerden: »Sie können Ihrem Arbeitgeber ausrichten, daß er gut daran tut, mir aus dem Weg zu gehen. Wenn ich ihn jemals zwischen die Finger kriege, bring' ich ihn um.«

Er war also *doch* ein furchtloser Mensch. Ich hatte es ja gewußt. War er denn nicht Fidel treu zur Seite gestanden, als die mächtigste Nation der Erde eine Seeblockade gegen das arme Kuba verhängte und eine Invasion der Insel organisierte? Niemand sonst – mit Ausnahme meiner schwachen Mutter – hätte den Mut gehabt, sich Bernie zu widersetzen.

Trotz der Gefühlsentladung vor Eileen rauchte mein Vater noch im Auto vor Zorn. Ich sah, wie seine Lippen sich bewegten: Kleinsteruptionen eines furiosen inneren Monologs.

Laß mich mithören, wünschte ich mir insgeheim. Laß mich mitwissen, was du denkst. Aber ich hatte nicht den Mut, den Wunsch auszusprechen. Außerdem kannte ich die Quintessenz seiner stummen Tirade. Er klagte Bernie an, und seine Vorwürfe lauteten dahin, daß mein Onkel ein Kapitalist war, daß er mich meiner Mutter weggenommen hatte und mit einem Präsidenten befreundet war, der Fidel hatte vernichten wollen.

»Es tut mir leid«, sagte mein Vater auf dem Cross Island Parkway. Wir waren schon vor einer Weile auf die Stadtautobahn aufgefahren, und es waren die ersten Worte, die er seit unserer Abfahrt vom Haus meines Onkels zu mir sagte. Ich hatte die Hoffnung, daß er sich mit mir unterhalten würde, längst aufgegeben und war jetzt völlig überrascht von der plötzlichen ungefragten Entschuldigung.

»Was?« fragte ich verwirrt.

Er sah mich kurz an. Seine Augen glühten: die sonnengebräunte Gesichtshaut brachte ihr Weiß zum Leuchten und hellte das Braun der Pupillen zu einem fluoreszierenden Bernsteingelb auf. Aus dem Blickwinkel, aus dem ich jetzt sein Profil sah, bemerkte ich, daß er abgenommen hatte. Die Sonnenbräune camouflierte seine Magerkeit. Franciscos frische Wangen waren weg. Sein Aussehen gefiel mir nicht. Wenn ich an Gewichtsverlust dachte, mußte ich an meine letzten Begegnungen mit meiner Mutter denken. Bei jedem neuen Wiedersehen war sie ein Stückchen weiter geschrumpft, war sie durch Krankheit, Internierung und Elektroschockbehandlung wieder ein bißchen weniger geworden.

»Es muß dir nicht leid tun«, sagte ich und fühlte mich dabei verwirrt und traurig. Mir war nach Weinen zumute, aber ich hätte nicht sagen können, warum. Ich überlegte mir, daß ich eigentlich vergnügt sein müßte: ich war gerettet worden.

»Ich weiß, daß dein Onkel lieb zu dir war. Oder es jedenfalls sein wollte. Ich hatte mir vorgenommen, daß ich vor dir nicht so über ihn reden würde. Aber sie hat mich dazu provoziert.« Er richtete wieder seinen Blick auf mich. »Mein Gott, bist du groß geworden! Was bin ich doch für ein Glückspilz, daß ich einen so stattlichen und so gescheiten Sohn habe.« Francisco wandte sein Augenmerk wieder der Straße zu, stellte den Blinker an, wechselte die Spur und beschleunigte zum Überholen. Er sprach jetzt zu der Welt draußen, die auf die Windschutzscheibe zuflutete. »Jetzt bin ich alle Sorgen los. Die Zukunft kann mich nicht schrecken.« Augenzwinkernd streifte er mich noch einmal mit dem Blick. »Nicht solange ich dich habe und du dich um mich kümmerst, wenn ich einmal ein alter Mann bin. Ich brauche mir keine Sorgen mehr zu machen.«

Im Flughafengebäude war Francisco nervös. Er lehnte sich seitwärts gegen den Schalter der Autovermietung, um die Eingangstüren im Hintergrund im Auge behalten zu können. Sobald der Papierkram erledigt war, hastete er mit mir zu einem anderen Gebäude, das ein Stück weit weg vom Terminal lag. Es war eine Art Lagerhaus, wo wir einen kleinen, völlig kahlen Wartesaal betraten. Ein verschlafener Angestellter tat an dem einzigen Schalter Dienst. Auf dem Schild über dem Schalter stand irgend etwas über Abholung von Sendungen der Internationalen Frachtpost. Die Leute, die in den Raum kamen, um sich von dem Schalterangestellten Zettel aushändigen zu lassen, waren offenbar sämtlich Trucker oder Paketboten. Mir kam es vor, als ob wir endlos warteten. Ich fing an über Müdigkeit, Hunger, Durst und alles mögliche andere zu klagen. Schließlich zog ich mit meinem Gequengel die Aufmerksamkeit des Schalterangestellten auf uns. »Gleich um die Ecke hier is' 'ne Cafeteria«, schaltete er sich hilfsbereit ein. »Da können Se ihm 'nen Doughnut oder was anderes zum Essen kaufen.«

»Ich warte hier auf jemand«, antwortete mein Vater. »Den darf ich auf keinen Fall verpassen.«

»Ach ja ...?« Der Mann hinterm Schalter schien neugierig geworden zu sein. »Mit einem Paket für Sie?«

»Nein, wir haben das hier nur als Treffpunkt verabredet.«

»Im Ernst? Komischer Treffpunkt.« Er besah sich meinen Vater genauer, konnte sich auf das offene, freundliche Gesicht keinen Reim machen und senkte den Blick. »Na ja, mir kann's egal sein«, setzte er hinzu.

»Darf ich mir 'nen Doughnut holen gehen?' fragte ich.

»Nein. Es dauert jetzt nicht mehr lange.«

»Das sagst du schon die ganze Zeit! Ich will mir 'nen Doughnut holen!«

»Nein.«

»Es passiert mir schon nichts.«

Francisco ging zum Fenster, um die Lage zu peilen. Die Cafeteria befand sich im benachbarten Gebäudekomplex. Auf dem Weg dorthin würde ich eine Kreuzung passieren und die kreuzende Straße überqueren müssen. Aber offenbar verkehrten auf den Flughafenfahrstraßen nur vereinzelte langsam fahrende Busse und Lieferwagen, und obendrein wurde dieser dünne Verkehr an der Kreuzung von Ampeln reguliert. Ansonsten war alles problemlos – ein schnurgerades Stück Weg.

»Okay.« Francisco gab mir einen Fünf-Dollar-Schein. »Kauf dir einen Schokoladendoughnut und eine Limo. Mir bring bitte einen schwarzen Kaffee mit. Mit zwei Beuteln Zucker.« Dann fügte er mit dem Anflug eines Lächelns hinzu: »Auch wenn es kein ehrlicher Kubazucker ist.« Vorher hatte er mich mit Geschichten aus Kuba von meiner Müdigkeit und meinem Hunger abzulenken versucht. Ich hatte mich auf Nervenkitzel erregende Berichte über eine Gastrolle in Fidels Revolutionsarmee während des Kampfs gegen die Invasoren gespitzt und bekam statt dessen Anekdoten zu hören, in denen die Protagonisten auf der Veranda saßen und Espresso tranken oder glücklichen Bauern das Lesen beibrachten und sie zum Zuckerrohrschneiden auf die Felder begleiteten. Für mich waren diese Geschichten eine Enttäuschung. Franciscos Erlebnisse in Kuba hörten sich entweder allzu ähnlich einem Besuch bei unseren Verwandten in Tampa an oder wie ein Märchen über ein fernes Königreich, in dem das ganze Volk seinen guten Monarchen um seiner Freigebigkeit willen von ganzem Herzen liebt. Ich wußte, daß ich, würde ich etwas davon verlauten lassen, mit meiner Reaktion nur meine beschämende politische Ignoranz und Blauäugigkeit – den Bewußtseinsstand eines bourgeoisen amerikanischen Jungen – verriete, also behielt ich meinen Eindruck für mich. Francisco belehrte mich über zahllose Einzelheiten der Zuckerrohrernte und auch darüber, wie man das köstliche Zukkerrohr schält, um an das weiche Innere zu kommen, das gekaut eine klebrig-süße Flüssigkeit abgibt. »Als ich ungefähr in deinem Alter das erstemal in Havanna war, kauten wir das regelmäßig. Mein Cousin Pancho nannte es das Konfekt der armen Leute. Und die Kinder in Kuba nennen es heute noch so. Ich hab' sie gesehen, als ich als freiwilliger Helfer auf den Plantagen mitarbeitete. Ich hab' gesehen, wie eine Horde Kinder einen Zuckerrohrschneider anbettelte, und wie sie sich dann auf dem Heimweg die Beute teilten.«

»Davon kriegt man Karies«, sagte ich mit nachdrücklicher Mißbilligung.

»Aber nein, keine Spur. Das ist nicht so wie mit Zuckerraffinade.

Rohrzucker ist eine saubere Angelegenheit. Greift nicht die Zähne an und macht nicht dick.«

»Wirklich?« fragte ich und wurde abermals der Harmlosigkeit des Zuckerrohrs versichert. Kuba war wirklich ein Märchenreich, fand ich. Da kriegte man vom Zucker nicht mal faule Zähne.

An der Ampel die Straße zu überqueren, war ein Kinderspiel, und ich war froh – sonderbar froh –, allein zu sein. Das endlose Palaver meines Vaters über Kuba und über meine Körpergröße, die niemals nachlassende Befangenheit durch seine Gegenwart, diese Dinge waren schon enervierend. Ich kaufte mir einen dicken Schokoladendoughnut und war höchst zufrieden mit seiner unnatürlichen Süße.

Mein Vater genoß seinerseits den Kaffee. »Ah«, sagte er nach dem letzten Schluck, nachdem er die Zunge am Gaumen hatte schnalzen lassen. »Reicht zwar nicht an den Kaffee deiner Großmutter heran, aber ich fühle mich erfrischt. Du hast recht gehabt. Das haben wir jetzt beide gebraucht.« Er sah aus zusammengekniffenen Augen auf die grauen Flughafenfahrstraßen hinaus. »Er läßt uns warten«, konstatierte er besorgt, um sogleich hinzuzufügen: »Wir haben noch jede Menge Zeit.« Es klang nicht sehr überzeugt.

Ich schlief an die Wand gelehnt ein. Auf meinen Augenlidern lastete ein großes Gewicht, ein Gewicht so schwer, daß ich sie nicht heben konnte, als ich eine Stimme hörte, die in meine Träume eindrang, eine vergessen geglaubte Stimme, die zu hören mich nicht gerade glücklich machte. Es war der Mann, dem ich im Flur unserer alten Wohnung in Washington Heights begegnet war, der Asturier, der meiner Mutter den Brief meines Vaters überbracht hatte. Er hatte ein breites Grinsen im Gesicht und sagte mir abermals die speziell für mich bestimmte Nachricht auf, das heißt, er versuchte sie aufzusagen, was ihm erschwert wurde durch den Umstand, daß er den Mund voll klebrigem, triefendem Zuckerrohr hatte. Ich gab mir größte Mühe, die Augen aufzumachen.

Ich erwachte, und da war er, wie er leibte und lebte: in voller Lebensgröße stand der Asturier neben meinem Vater (neben dem seine Körpergröße freilich wie Zwergenmaß wirkte) und studierte mit forschendem Blick mein Gesicht. Er trug einen funkelnagelneuen blauen Nadelstreifenanzug mit weißem Hemd und blauer Krawatte. Von Natur aus klein, wirkte er in seinem Outfit noch kleiner – so als ob er in einer aus teurem Tuch gefertigten Kiste steckte, die oben ein Loch für seinen Kopf hatte. Es fiel mir auf und prägte sich meinem Gedächtnis ein, weil Francisco einiges Tamtam darum machte.

»Pablo!« Francisco schlug dem Asturier auf die Schulter und ließ die

Hand da liegen, um mit den Fingern freundschaftlich zuzudrücken. »Du hast Klamotten an wie der Vorstandsvorsitzende von ITT. Ich weiß nicht, ob ich dich erschießen oder um einen Job angehen soll.«

Pablo, teils geschmeichelt, teils verlegen, zog den Kopf ein und lächelte einfältig. Er antwortete auf spanisch, und soweit ich ihn verstehen konnte, sagte er etwas in dem Sinne, man müsse ja bei den Behörden einen respektablen Eindruck machen. Er nannte auch den genauen Namen der Behörde, die er speziell meinte, aber der setzte sich aus Wörtern zusammen, die ich nicht kannte. Sie muß bei der Beschaffung eines Passes für mich eine Rolle gespielt haben, denn einen solchen zog er jetzt aus der Tasche, einen blaßgrünen flachen Gegenstand etwas größeren Formats als eine Herrengeldbörse, der die goldgeprägte Aufschrift REISEPASS trug und darunter, ebenfalls in Goldprägung, das wohlbekannte Bild des Weißköpfigen Seeadlers mit dem Pfeilbündel in der linken und dem Ölzweig in der rechten Klaue, der den Kopf zur Seite gedreht hielt, um uns mit dem linken Auge drohend zu fixieren. Auf einem flatternden Spruchband, dessen eines Ende er im Schnabel hielt, stand E PLURIBUS UNUM, und unter dem furchterregenden Vogel war in goldenen Plakatschriftlettern *United States of America* aufgedruckt.

»*Mira*«, sagte Pablo und klappte das Ding auf.

Ich schob mich näher an die beiden heran, um zu sehen, was er meinem Vater zeigte. Es war die Seite vier des Dokuments, die leer war bis auf die folgende Eintragung ganz oben:

DIESER REISEPASS GILT NICHT FÜR REISEN NACH DEN UND IN DEN KOMMUNISTISCH KONTROLLIERTEN TEILEN VON

CHINA

KOREA

VIETNAM

ODER NACH ODER IN

ALBANIEN

KUBA

JEDE REISE NACH ODER IN DEN GENANNTEN STAATEN ODER GEBIETEN KANN DIE STRAFVERFOLGUNG NACH § 1185 ABS. 8 US-GESETZBUCH UND NACH § 1544 ABS. 18 US-GESETZBUCH NACH SICH ZIEHEN.

»Was heißt das?« erkundigte ich mich.

»Pst!« machte mein Vater und zog Pablo und mich nicht sonderlich geschickt weiter von dem Paketschalter fort. Seit der Ankunft Pablos hatten wir die ungeteilte Aufmerksamkeit des Schalterangestellten. Er beugte sich vor, um einen Blick auf den Gegenstand zu erhaschen, der uns alle drei so sehr interessierte; daß es ein Reisepaß war, konnte er unschwer erkennen.

Ich fand es nicht gerade clever, wie mein Vater auf den Forscherdrang des Mannes hinter dem Schalter reagierte. Er schob uns aus dem Schalterraum hinaus auf die vorbeiführende Fahrstraße. Wir traten, ohne nach links oder rechts zu blicken, aus der Tür. Ein Taxi hupte uns giftig an. Wir prallten zurück, und der Wagen schoß in Zentimeterabstand an uns vorbei. Ich sah auf meine Füße hinunter, um ganz sicherzugehen, daß sie nicht zerquetscht waren. Während ich geschlafen hatte, war der sonnige Winternachmittag in einen unfreundlichen, diesigen Abend übergegangen. Der dichte Nebeldunst fällte Feuchtigkeit aus, die sich als feines Nieseln niederschlug. Im Nu waren wir mit einem Nässefilm überzogen. Wir flüchteten uns schleunigst auf einen überdachten Fußgängerweg, der zum Terminal führte. Ich schaute zurück. Der Schalterangestellte stand vor der Tür und sah uns nach, alles andere als erheitert durch unseren clownesken Abgang.

»Das war nicht gut«, sagte ich zu meinem Vater. »Jetzt beobachtet er uns. Du hättest so tun sollen, als ob nichts wäre.«

Pablo lachte. Seine unteren Schneidezähne waren winzig und zwei davon ganz schwarz. »Sam Spade«, sagte er und verstrubbelte mir die Haare. Seine Finger rochen nach Tabakrauch.

»Egal, Rafael hat recht.« Mein Vater straffte seine Haltung und gab sich das Air souveräner Unbesorgtheit. »Gehen wir jetzt wenigstens ins Terminal, als ob nichts wäre.«

In der TWA-Lounge waren für die wartenden Fluggäste etliche Reihen von Schalensitzen aus Plastik aufgestellt. Ich hatte dergleichen noch nie gesehen und war höchst belustigt, als ich, kaum daß ich Platz genommen hatte, auch schon wieder unfreiwillig von der glatten Sitzfläche herunterrutschte. Es kostete mich eine bewußte Anstrengung, oben zu bleiben.

Pablo zog eine *Daily News* aus der Tasche. Er beugte sich mit der auseinandergefalteten Zeitung in beiden Händen, dahinter mit der einen Hand den Paß verbergend, zu meinem Vater hinüber, so daß es für einen Beobachter so aussehen mußte, als studierten die beiden zusammen eine besonders interessante Meldung. Von meinem Blickpunkt aus war der Gegenstand ihres Interesses nicht besonders deutlich wahrzunehmen, doch konnte ich immerhin erkennen, daß sie das in den Paß eingenietete kleine Schwarzweißfoto betrachteten. Es zeigte einen kleinen Jungen mit ähnlichen schwarzen Haaren, wie ich sie hatte, und einer Nase ähnlich der meinen und weit auseinanderstehenden tiefliegenden Augen über hohen Backenknochen, die ebenfalls dem Schema meiner Gesichtsbildung entsprachen. Aber mein prospektiver Doppelgänger hatte für den Fotografen entgegenkommenderweise die Lippen zu einem Lächeln verzogen, einem breiten, törichten Lächeln, das jetzt dem Betrachter seines Konterfeis das Fehlen eines oberen Schneidezahns offenbarte. Eines Zahns, den ich ganz ersichtlich noch im Kiefer hatte. »*Coño*«, knurrte mein Vater, nachdem er den Blick zwischen dem Foto und mir hatte pendeln lassen.

»Laß sehen«, sagte ich und versuchte meinem Vater auf den Schoß zu kriechen. Dafür war ich nun aber entschieden zu groß, also lehnte ich mich über seine Beine hinweg und schuf mir mit einem Griff nach der raschelnden *Daily News* bessere Sichtbedingungen. »Soll das ich sein?« fragte ich, ein wenig zu laut, wie ich annehme, denn Francisco zischte mir ein »Pst!« zu und Pablo stöhnte.

»Jetzt bist aber *du* unvorsichtig«, sagte er.

»Ja, gut, aber ich hab' noch alle Zähne«, flüsterte ich so nachdrücklich, daß mein Vater mich zum zweitenmal ein »Pst!« hören ließ. »Und der da hat viel zu viele Haare.«

»Na, deine Haare könnten ja ...« Pablo machte mit Zeige- und Mittelfinger der rechten Hand die Pantomime einer schneidenden Schere. Die eine Hälfte der *Daily News* begann sich selbständig zu machen, und er schnappte nach ihr.

»Ach ja, richtig«, sagte ich. Dann hatte ich eine Eingebung und platzte auch gleich laut heraus damit: »Und ich mach' einfach den Mund nicht auf!«

Jetzt zischten sie mir beide »pst!« zu. Mein Vater schien ziemlich verärgert zu sein. »Wie oft muß ich es dir eigentlich noch sagen? Du sollst hier nicht herumschreien!«

»'tschuldigung.« Ich kroch in meinen Schalensitz zurück. »Aber er sieht mir nicht ähnlich«, bilanzierte ich anschließend meine genauere Betrachtung. Die Ähnlichkeit war nur eine oberflächliche. Mein Double hatte ein schmaleres Gesicht als ich, seine Augen saßen so tief in ihren Höhlen, daß sie fast ganz verschattet waren, und die Nase war dicker und platter.

»Paß mal auf.« Mein Vater faßte mich am Oberarm. Ich hatte den Eindruck, daß seine langen, kräftigen Finger sich zweimal um meinen dünnen Arm schlangen. »Das ist sehr wichtig. Wir mußten für das Bild einen anderen Jungen nehmen, um rechtzeitig an den Paß zu kommen. Ich hatte keine Zeit, dich vorher abzuholen und mit dir zum Fotografen zu gehen. Es ist nichts gravierend Schlimmes, was wir da machen, aber du darfst trotzdem mit niemand darüber reden. Die sehen sich das bei der Paßkontrolle nicht so genau an. Du machst einfach nicht den Mund auf, damit keiner deine Zähne sieht. Okay?«

»Okay. Aber das hab' ich doch selber gesagt.« Mit einem tauben Gefühl im Arm löste ich mich aus seinem Griff.

»Und du sprichst mit keinem Menschen darüber. Okay?«

»Okay.«

Ich fühlte mich elend. Die Beine taten mir weh, die Augen brannten mir. War ich krank? Eine unangenehme Wärme kroch durch meinen Körper und pulsierte in meinem Kopf.

Wir näherten uns dem Schalter der Paßkontrolle. Mein Vater hielt die beiden Reisepässe präsentierbereit in der Hand.

Du bist bei deinem Daddy, redete ich mir stumm zu, und du bist glücklich und zufrieden.

Francisco händigte dem Kontrolleur meinen Paß aus, und der klappte ihn auf.

Du bist bei deinem Daddy, leierte ich gebetsmühlenartig wieder und wieder in meinem Kopf herunter. Und du bist glücklich und zufrieden, legte ich nach. Die Litanei hallte in meinem schmerzenden Schädel wider. Ich hoffte, sie würde uns nicht nur helfen, unbehelligt durch die Kontrolle zu kommen, sondern mich auch von meinem Unwohlsein kurieren.

Zu meinem Entsetzen begnügte sich der Kontrolleur nicht mit einem flüchtigen Durchblättern meines Passes. Er ließ ihn aufgeschlagen auf dem Schalterbord liegen und notierte etwas auf meinem Ticket. Hinterher wurde mir klar, daß er lediglich vorschriftsmäßig die Paßnummer auf den Kontrollabschnitt schrieb.

Aber während er schrieb, geriet ich in Panik. Du bist bei deinem Daddy, und du bist glücklich und zufrieden, schrie ich in den Raum zwischen meinen pochenden Schläfen. Wir passierten die Paßkontrolle ohne Zwischenfall und machten uns auf den langen Weg zum Flugsteig. Du bist bei deinem Daddy, und du bist glücklich und zufrieden, sprach ich, mich langsam entkrampfend, in meinen gepeinigten Kopf hinein.

»Am Eingang zum Flugsteig wird noch mal kontrolliert«, sagte Pablo. »Ist aber reine Routine – ein kurzer Blick und dann: Dankeschön, bitte durchgehen.«

»Das geht schon alles in Ordnung«, sagte Francisco zu mir. »Keiner hat was gemerkt. Genau wie ich dir gesagt hab'.«

Unser erfolgreicher Bluff befreite mich nicht von meinen Symptomen.

Im Gegenteil, die Übelkeit und die anderen Beschwerden wurden nur noch schlimmer. Du bist bei deinem Daddy, flüsterte ich mir zu, und dir kann nichts passieren.

Franciscos Sorgen schienen sich verflüchtigt zu haben. Im Gehen redete er eifrig über das bevorstehende Wiedersehen mit Spanien, über die Dichter und Schauspieler, die Linksintellektuellen, die er besuchen würde, nicht zuletzt auch, um ihnen die allerherzlichsten Grüße und die allerneuesten Nachrichten von Pablo zu überbringen. Pablo unterbrach seinen Redefluß, um seine Aufmerksamkeit auf meine schlechte Verfassung zu lenken. Wir waren inzwischen in der Wartezone am Eingang zum Flugsteig angekommen; hier drängten sich bereits Mitreisende samt Freunden und Verwandten, die ihnen das Geleit gaben.

»Was ist los?« Francisco legte mir die Hand auf die Stirn. »Bist du krank?«

»Ich fühle mich ziemlich elend«, sagte ich.

»Fieber hast du keins«, konstatierte er. »Wahrscheinlich ist es nur Hunger und Müdigkeit.«

»Ich möchte nichts essen«, sagte ich. Mir graute davor, mich womöglich hinterher übergeben zu müssen. Allein schon der Gedanke an die Möglichkeit versetzte mich in die Stimmung am Tag der Beerdigung meiner Mutter, als ich zu Hause blieb und stundenlang praktisch ununterbrochen von Würgereflexen geschüttelt wurde.

»Im Flugzeug kannst du dich ausruhen.« Er schwenkte meine Hand auf und ab. Mein Arm schlotterte, als wäre er knochenlos. »Sei fröhlich. Auch wenn es dir an den Kragen geht. Das ist das einzige, was ich dich über das Leben lehren kann: Das Leben ist zu traurig, als daß man nicht über es lachen sollte.« Er wandte sich zu Pablo und begann halb im Spaß, halb im Ernst zu singen: *»Adios, muchacho! Compañero de ma vida!«* Er ließ meine entkräftete Hand los und umarmte Pablo. Wir lebten noch im Amerika der frühen sechziger Jahre: zwei Männer, die sich öffentlich umarmten, erregten Aufsehen. Die neugierigen Blicke der anderen Passagiere zu uns her machten mich verlegen. Mein Vater schien sich in Sicherheit zu wiegen. Aber irgendwo da draußen war jetzt mein Onkel noch immer überzeugt, daß ich in seiner schützenden Obhut bleiben und nicht bei meinem Vater leben wolle. Hatte ich es ihm denn nicht selbst gesagt?

Ich verspürte Brechreiz. Das Gefühl von hochdrängendem Mageninhalt war unerträglich. Ich fiel auf die Knie, legte die Hände auf den kalten Boden und krampfte unter Anspannung sämtlicher Muskeln den ganzen Körper zusammen, um den Doughnut aus der Cafeteria und die Makkaroni mit Käse des Schulessens und mein Corn-flakes-Frühstück unten zu halten, das alles unter sicherem Verschluß in mir drin zu behalten, denn ich durfte es nicht herauslassen, durfte die unappetitliche Pampe in meinem Innern nicht vor aller Augen sehen lassen.

»Rafael!« sagte mein Vater entsetzt. Er zog mich mühelos hoch. »Was ist los mit dir?« Es klang eher verärgert als besorgt.

»*Pobrecito!*« sagte Pablo.

»Du brauchst Schlaf«, sagte mein Vater in sanfterem Ton. Er schloß mich fest in die Arme, fest genug, um mir die Mühe zu ersparen, mich aus eigener Kraft auf den Beinen halten zu müssen. Ein Hauch von dem schon fast verflüchtigten Duft seines Old-Spice-Kölnischwassers wehte mir in die Nase, vermischt mit einer kräftigeren Probe seines Eigengeruchs. Komischerweise vertrieb der Geruch meine Übelkeit. Ich atmete seine Wärme und animalische Energie ein. Er war ein Hüne voller Kraft und Leben. Selbstverständlich war er in der Lage, mich vor dem Zugriff Bernies zu schützen. Ich war also doch in Sicherheit.

ACHTES KAPITEL

Geschwisterrivalität

Carmelita nahm uns in Empfang, nachdem wir die Zitterpartie durch den Zoll in Madrid glücklich überstanden hatten. Diesmal war ich, als dem Beamten mein falscher Paß ausgehändigt wurde, zu verängstigt, um in meinem Kopf die Gebetsmühle drehen zu können. Aber der Vertreter der Staatsmacht stellte nur einen flüchtigen Vergleich zwischen meinem Gesicht und dem Paßfoto an. Er plauderte mit meinem Vater ganz gemütlich über den Anlaß unserer Einreise nach *España*: Hatten wir Verwandte im Land, die wir besuchen wollten? Bei dieser Konfrontation spielte mein Vater nach meinem Eindruck seine Rolle brillant. Ein Bein mit leicht geknicktem Knie vorgestellt, stand er – in klassischem Kontrapost – entspannt da, lächelte und erzählte die Geschichte von der Auswanderung meines Großvaters von Galicien nach Tampa; er setzte sogar zu der drolligen Anekdote an, wie Pepín zarte Bande mit Jacinta anknüpfte, indem er in der Tabakmanufaktur ihre Langsamkeit im Zigarrenrollen mit seiner geradezu übermenschlichen Flinkheit ausglich. Der Zollbeamte lauschte gebannt, aber ein Aufsichtführender (als solcher wirkte er jedenfalls auf mich, es könnte allerdings auch ein pedantischer Kollege gewesen sein) warf ihm einen strafenden Blick zu, und der veranlaßte den Beamten, Franciscos Erzählfluß zu unterbrechen, meinen Paß ohne weitere Prüfung zu stempeln und mit einem Kreidestummel unsere Gepäckstücke als freigegeben zu markieren, obwohl er nicht einmal einen flüchtigen Blick auf den Inhalt geworfen hatte.

Ich war überrascht, wie lax dieser Lakai des Faschismus sein Amt als Sicherheitswächter ausübte. Auf dem langweiligen Flug hatte Francisco mich in die Geschichte des Spanischen Bürgerkriegs eingeführt, so wie sie sich aus seiner Sicht darstellte. Ich war nicht wenig verwundert darüber – zumal wenn ich daran dachte, daß ich zur Hälfte Jude war –, daß wir unterwegs in ein Land waren, dessen Diktator einst in Hitler seinen wichtigsten und zuverlässigsten Bundesgenossen besessen hatte.

»Hat es da auch Judenvernichtungen gegeben?« fragte ich.

Er lachte, brach aber gleich wieder ab. »Wieso lache ich eigentlich? Immerhin hat es da einmal die Spanische Inquisition gegeben.« Dann klärte er mich über die Besonderheiten der Geschichte des Judentums in

Spanien auf und auch über die fast vollständige Auslöschung des gebildeten, prosperierenden und an Begabungen reichen spanischen Judentums gegen Ende des fünfzehnten Jahrhunderts, die größtenteils durch Ermordung und Vertreibung bewerkstelligt wurde, aber auch durch den erzwungenen massenhaften Übertritt zum christlichen Glauben, mit dem Tausende jüdischer Identitäten in der Taufe hinter einem neuen Namen verschwanden. Mein Vater berichtete mir – zutreffend, nebenbei bemerkt – von spanischen Familien, in deren Haus bis auf den heutigen Tag freitags abends bei Sonnenuntergang die Heiligenbilder mit dem Gesicht zur Wand gedreht und Kerzen angezündet werden, ohne daß diese Menschen erklären könnten, warum sie das tun. »Wegen Antisemitismus brauchst du dir in Spanien heute keine Sorgen mehr zu machen«, schloß er, bevor wir uns dem Essen aus der Bordküche zuwandten, das inzwischen serviert worden war.

Aber schon als sein Kaffee und mein Eisbecher aufgetragen wurden, hatte er seine Meinung wieder geändert. »Vielleicht solltest du doch niemand erzählen, daß du Halbjude bist – einfach nur vorsichtshalber.«

Nach diesem Gespräch hatte ich von den Grenzhütern des faschistischen Spanien etwas mehr Wachsamkeit erwartet, als wir bei der Zollabfertigung beobachten konnten.

Mein Vater hatte das augenscheinlich auch. »Wir haben's geschafft«, flüsterte er mir mit triumphierendem Grinsen zu, während wir mit amtlichem Segen unter einer Tafel durchgingen, die uns in spanischer, englischer und deutscher Sprache in Madrid willkommen hieß. Wir sind in Sicherheit, es ist vorbei, alles in Butter, dachte ich und bemerkte kaum die hochgewachsene und – abgesehen von den üppigen Brüsten und dem markanten Spitzkühler – schlanke junge Negerin, die uns mit Händeklatschen und Rufen auf sich aufmerksam zu machen versuchte. Carmelita hatte ihre prallen Lippen zinnoberrot geschminkt, und ihre großen braunen Augen strahlten vor Glück beim Anblick meines Vaters. Sie stellte ihr Händeklatschen ein und steuerte in gemessenem Tempo zielstrebig auf Francisco zu, die dünnen Arme wie Tentakeln nach ihm auswerfend und ihn mit der Gier eines blind seines Erfolgs sicheren Kraken an sich ziehend – der ein exotisch schöner und offenbar harmloser Krake war und gleichwohl ein Geschöpf mit scheinbar endlos langen Fangarmen, deren Umschlingung, wie es aussah, nicht zu sprengen war.

Alle Augen waren auf die beiden gerichtet. Wie ich schon bald entdekken sollte, zog im Spanien der sechziger Jahre jede Frau schwarzer Hautfarbe neugierige Blicke auf sich, erst recht eine so aparte wie Carmelita. Meine Reaktion auf sie wiederum war von einer spezifisch amerikanischen Form von Rassismus geprägt: als das Produkt der rechtschaffen liberalen Kinderstube, das ich war, sah ich in ihr eine edle und unterdrückte Schwarze, die wahrscheinlich Putzfrau oder Sängerin war, denn das waren die einzigen Berufe, zu denen die amerikanische Kultur und das amerikanische Wirtschaftsleben einer Negerin den Zugang erlaubten. Ich war deshalb sehr erstaunt, als Carmelita zu sprechen begann. Sie hatte eine sonore Stimme in tiefer Lage und mit einem amüsierten Beiklang, die zweifellos eine gute Voraussetzung für eine Karriere als Sängerin gewesen wäre, am meisten verblüffte mich jedoch, daß sie Spanisch sprach – das gleiche ratternde, schnatternde kubanische Spanisch wie meine Verwandten in Tampa.

»*Y tú eres Rafael?*« palaverte sie mit breitem Lächeln, das zwei blendend weiße Zahnreihen enthüllte, auf mich los. Sie hatte einen faszinierenden Mund: enorm groß und die Lippen fast immer in einem vergnügten Lächeln geöffnet, so daß die rosarote Zunge zwischen ihnen hervorblitzte. Sie nicht zu mögen, war unmöglich. »*Es muy guapo, verdad?*« sagte sie zu Francisco und ergänzend zu mir: »*Come tu padre.*« Diese Komplimente über mein Aussehen – jede Feststellung von äußeren Ähnlichkeiten zwischen mir und meinem Vater konnte nur als Lob für ihn gemeint sein – machten mich noch verwirrter, als ich ohnehin schon war. Warum sprach sie nicht Englisch mit dem kecken Tirilieren meiner Klassenkameradinnen in der P.S. 173 oder mit der schleppenden Südstaatler-Aussprache der Hausmädchen in Great Neck? Offenbar hatte sie von meinem Vater Spanisch gelernt, aber warum sprach sie es mit mir?

»Ich spreche nicht Spanisch«, sagte ich.

»Aber du verstehst es ganz gut«, meinte mein Vater. »Und du bist jetzt im besten Alter, es zu lernen. In deinem Alter ist das Gehirn wie ein Schwamm. In spätestens zwei Wochen sprichst du wie ein Kastilier.«

»*No lo hablas?*« Carmelita strich mir liebevoll über die Wange. »*Qué lindo!*« sagte sie – ein weiteres Kompliment, das ich als Lob für Francisco interpretierte. Nicht daß es mir etwas ausgemacht hätte. Ich mochte sie ganz gern. Natürlich hatte sie leichtes Spiel mit mir: sie war eine Frau, und die Nähe einer Frau gab mir das Gefühl von Sicherheit. Ein liebevoller Blick, ein freundliches Wort, das hätte für jede Frau genügt, um mein Herz zu erobern.

Mein Vater, der noch immer kein einziges Wort über meine Mutter oder ihren Tod verloren hatte, gab auch zu Carmelita keine Erklärung ab außer der knappen Bemerkung: »Carmelita ist Kubanerin. Sie kann ein bißchen Englisch, lehnt es aber ab, diese Sprache zu sprechen.« Weil es die Sprache des Feindes war, nahm ich an und schämte mich, weil es die einzige Sprache war, die ich beherrschte. Es gab also schwarze Kubaner. [Für den Fall, daß meine Unwissenheit den Leser überrascht – weil er vielleicht bisher davon ausgegangen ist, daß meine Verwandten in Tampa gemischtrassig und dunkler Hautfarbe waren –, merke ich hier an, daß es in unserer Familie zwar in der Tat einen gemischtrassigen Zweig gibt, daß jedoch die Verwandten, die ich kannte – und von denen ich fälschlich angenommen hatte, daß sie repräsentativ für die Gesamtheit der Bevölkerung Kubas wären –, mediterraner Herkunft waren. Ein bestimmter Zweig, die Pardos, verkörpert einen besonders hellhäutigen Typ mit rotblonden Haaren und Sommerspossen. Natürlich würde meine weiße Hautfarbe mich in den Augen eines Verfechters der Theorie von der Überlegenheit der arischen Rasse nicht von einem Afro-Amerikaner unterscheiden. Vor Jahren stellte ich auf Anregung meines Lehranalytikers eine möglichst vollständige Ahnentafel sowohl für meine hispano-amerikanische wie für meine jüdische Abstammungslinie zusammen und entdeckte dabei in einer Spanne von vier Generationen Verwandte aus allen möglichen Menschenrassen. Ich habe einen afrikanischen Urgroßonkel und eine chinesische Ururgroßmutter. Nichtsdestoweniger war Carmelita in meinen Augen – den Augen eines US-Amerikaners weißer Hautfarbe – klipp und klar eine Negerin, so wie ich in meinen Augen klipp und klar ein judaeo-hispano-amerikanischer Junge war. Hier ist auch der gegebene Ort, auf die Tatsache hinzuweisen – selbst wenn sie ein abgedroschener Gemeinplatz ist, den heute niemand mehr ernst nimmt –, daß wir letzten Endes alle von ein und demselben Elternpaar abstammen. Der Rassengedanke ist eine der wirksamsten und gefährlichsten Selbsttäuschungen des menschlichen Geistes. Oder, wie Freud vielleicht gesagt hätte: Rassismus dient oft als Entschuldigung für barbarisches Verhalten, ist aber selten dessen Ursache.]

Per Taxi kreuzten wir durch die – in erstaunlichem Maße an New York erinnernden – Straßen Madrids. Mein Vater redete wie ein Maschinengewehr in spanisch auf Carmelita ein; aus den vereinzelten Brocken, die ich von seiner Suada verstand, schloß ich, daß er ihr die Geschichte unserer trickreichen Abreise aus den Vereinigten Staaten erzählte. Ich betrachtete durch das Fenster meine neue Welt. Die grauen Bauten in modernistischem Stil, die meinen Vater abstießen (»faschistische Architekturdenkmäler«, nannte er sie), hatten für mich etwas Beruhigendes. Der Anblick eines Vertreters der *Guardia Civil* freilich stürzte mich wieder in Unruhe. Ich unterbrach meinen Vater in seinem Bericht an Carmelita, um ihn nach diesem Mann zu fragen, und erwartete, etwas zu hören wie: er sei ein Elitesoldat oder jemand in ganz einzigartiger Stellung wie etwa der Scharfrichter. Bevor er zur Antwort ansetzte, sah mein Vater demonstrativ zu dem Taxifahrer hin, um mich an dessen Gegenwart zu erinnern. Der Fahrer schien sich nicht für uns zu interessieren, was in Anbetracht des Rassengemischs und jetzt auch Sprachengemischs, das wir ihm boten, kein Wunder war. Mit aufgesetzter Gleichgültigkeit erklärte mir Francisco: »Das ist einer von der *Guardia Civil*. Das ist so eine Art Polizei. Genauer gesagt, das *ist* die Polizei.«

Dieser furchterregende Mensch war nur ein Polizist! Ich unterdrückte mein Erstaunen – und meine Furcht – mit Rücksicht auf den Fahrer. Am liebsten hätte ich vorgeschlagen, wir sollten das Land umgehend wieder verlassen. In Kuba zu sein, selbst wenn man dort in Furcht vor dem Einfall einer feindlichen Macht leben mußte, wäre mir jetzt lieber gewesen, als zwischen den Stiefeln der *Guardia Civil* herumzulaufen. Und mein Vater hatte offenbar recht, wie ich auf der weiteren Fahrt zum Hotel feststellen konnte. Die Männer von der *Guardia Civil* waren nicht nur die reguläre Polizei, sie traten auch in eminent großer Zahl auf. Ich sah auf dem Rest der Strecke noch mehr als zwanzig ihres Schlags. Wir würden ständig auf der Hut sein müssen. Und sie waren ein beängstigender Anblick, der beängstigendste auf diesen Straßen, um ganz genau zu sein: sie waren das einzige Beängstigende, was auf den friedlichen Straßen von Madrid zu sehen war. Die maßgeschneiderte Uniform und die Lacklederstiefel waren garniert mit einem pittoresken Umhang und einem verschrobenen Zweispitz als Kopfbedeckung, so daß sich die Träger schon im Erscheinungsbild als eine Kombination aus mittelalterlicher Ritterromantik und auf modern getrimmtem Naziterror zu erkennen gaben.

Carmelita hatte in einer einfachen Pension zwei Zimmer gemietet. Vor dem Haus verabschiedete sie sich von Francisco und mir, um etwas zum Essen einzukaufen. Wir beide fuhren mit dem winzigen handgesteuerten Aufzug in den zweiten Stock. Francisco ließ mich zusammen mit ihm den Steuerhebel halten; ich freute mich wie ein Stint, als wir die Kabine gleich beim ersten Versuch fast in einer Ebene mit dem Flurboden zum Stillstand brachten. Mein Vater ging voran zu einem Einbettzimmer mit Waschbecken, aber ohne Toilette. Es war ganz nett, aber eng wie ein Wandschrank, und die Enge wurde auch durch das einzige Fenster nicht abgemildert. Das Zimmer nebenan war nur wenig größer, gerade so geräumig, daß man ein Doppelbett hatte hineinzwängen können. Das sei für ihn und Carmelita, erklärte mir Francisco. »Du hast ein Zimmer für dich ganz allein. Da kannst du dir dann vorstellen, daß du ein Erwachsener bist, der allein auf Reisen ist und in Madrid, der Hauptstadt Spaniens, einer der großen Weltstädte, Station macht. Ich bin natürlich direkt hinter dieser Wand, aber du kannst dir einfach vorstellen, daß du morgen früh aufwachst und dir nach dem Frühstück eine Eintrittskarte für den Stierkampf kaufst und –«

»Können wir uns einen Stierkampf ansehen?« unterbrach ich ihn.

»Na ja, es ist Winter. Im Winter gibt es in Madrid keine Stierkämpfe.«

»Ach Scheiße.«

»Rafael!« Francisco rügte meine unflätige Ausdrucksweise, freilich mit nachsichtigem Lächeln. »Um einen Stierkampf zu sehen, müßten wir in den Süden, nach Cádiz, fahren. Möchtest du wirklich einen Stierkampf sehen?«

»Ja!« verbohrte ich mich, mehr aus Verdruß als aus Begeisterung.

»Fürchtest du dich denn nicht vor –«

»Nein! Wann fahren wir nach Cá ...« Ich stockte.

»Cádiz. Wenn du wie ein echter *madrileño* klingen willst, mußt du es so aussprechen: ›Ka-diΘ‹.« Er sprach es mit dem vornehmen kastilischen Lispel-s aus.

»Ka-diΘ«, sagte ich so gekonnt, daß mein Vater applaudierte. »Wann fahren wir dahin? Ist es warm da?« In Madrid war es kalt; hier herrschte eine strengere Kälte als in New York.

»Das kann ich jetzt noch nicht sagen. Ich habe keine Ahnung, wo wir morgen hinfahren werden. Als erstes muß ich heute nacht mit meinem spanischen Verleger zu Abend essen. Genaugenommen müßte ich sagen: mit dem Mann, der *hoffentlich* mein spanischer Verleger werden wird.«

»Heute nacht?« Es war nach acht Uhr abends. Carmelita war Sandwiches kaufen gegangen. Ich hatte angenommen, die sollten für uns alle sein, und wenn wir sie gegessen hätten, würden wir zu Bett gehen.

»Oh, wenn ein Spanier mal um zehn Uhr zu Abend ißt, meint er, er ist besonders früh dran. Tatsache ist, daß wir erst für elf Uhr verabredet sind. Um die Zeit schläfst du schon –«

»Ich bin aber kein bißchen müde!« Wahrscheinlich kreischte ich. Auf jeden Fall reagierte mein Vater, als ob ich von Panik ergriffen wäre. Er schloß mich in die Arme und klopfte mir auf den Rücken, wobei er meinen Kopf ungeschickt gegen seine Brust drückte. Mit seinem Klopfen erzeugte er ein hohles Wummern. Was mich nicht wunderte – ich hatte ein Gefühl, als wäre ich völlig entleert. In einem fremden Land zu sein, an der Seite von Carmelita und einem Vater, der für mich mehr als ein Jahr lang nur eine mythische Gestalt gewesen war, das schien mein Ich aus meinem Inneren ausgewaschen und fortgespült zu haben. Alles entglitt mir. Ich konnte die neuen Bilder nicht mehr richtig verarbeiten. Ich starrte auf das Bett, das Waschbecken, das Fenster – vertraute, alltägliche Dinge –, als ob sie in diesem Rahmen, im Umkreis dieser Menschen einen grundlegend anderen Charakter angenommen hätten. Alles war mir fremd, ich selbst nicht ausgenommen.

Der Trost meines Vaters tat gut und brachte mich in die Normalität zurück. »Wo ist die Toilette?« fragte ich, nachdem er mich eine Zeitlang in den Armen gehalten hatte. Ich wußte, daß ich ihn nicht daran hindern konnte, mich allein zurückzulassen; angst machte mir der Gedanke, er könnte nicht wiederkommen. Diese Angst mußte ich überwinden, damit er gern zu mir zurückkam, sagte ich mir jetzt. Daß die bloße Tatsache meiner Existenz Ansporn genug dazu war, schien mir keineswegs selbstverständlich.

»Auf dem Flur!« sagte er, wie wenn dieser Umstand das Tollste wäre, was ihm je in seinem Leben begegnet war.

»Auf dem Flur?« entgegnete ich im düstersten, ungläubigsten Ton, dessen die Stimme eines Neunjährigen fähig ist.

Er ging mit mir auf den Gang hinaus, an dessen hinterstem Ende das einzige Badezimmer für das gesamte Stockwerk lag. Diese Sanitärzelle war nicht größer als die, die wir in Washington Heights gehabt hatten, aber mein Vater präsentierte mir die ziemlich gewöhnlichen Einrichtung wie eine Luxusausstattung. Hielt er das Inventar wirklich für etwas Besonderes, oder tat er mir zuliebe nur so? Ich glaube, dank seinem Hochgefühl, seiner manischen Exaltation (er hatte über Bernie triumphiert, er hatte Landesgrenzen überwunden, und er stand vor dem Abschluß eines Autorenvertrags) kam ihm die normal große emaillierte Badewanne tatsächlich »so groß wie ein Swimmingpool« vor, hielt er die Toilette mit dem Kettenzug-Spülkasten darüber allen Ernstes für »schick«, war er ehrlich überzeugt, daß man von der duftenden Seife nicht nur reinigende, sondern auch »desodorierende« Wirkung zu gewärtigen hatte und daß der halbblinde Spiegel über dem Waschbecken »aus einem Spezialglas hergestellt« war, das »Frauen ein jugendlicheres Aussehen« verlieh. Mein Vater war gewiß kein Narr, aber wenn er sich von seinen Hoffnungen inspirieren ließ, benahm er sich nicht selten wie einer.

Aber wie dem auch sein mochte, mir war es ziemlich gleichgültig, ob das Badezimmer am Flur eine Luxusanlage war oder nicht; ich wollte dort in erster Linie für mich und ungestört sein. Nachdem mein Vater mir gesagt hatte, daß es von allen Gästen auf unserem Stockwerk zu benutzen war und auch benutzt würde, beschloß ich, erst dann auf die Toilette zu gehen, wenn wir in ein richtiges Hotel übersiedelt waren. Ich erkundigte mich, wann das sein würde.

»Was willst du damit sagen?« lachte mein Vater. »Ist das hier für dich etwa kein richtiges Hotel?«

»Na ja, weißt du ...« Ich stockte.

»Ich glaube, dein Onkel hat dich so verwöhnt, daß du dich mit weniger als dem Carlyle nicht mehr zufriedengeben kannst.«

»Nein, hat er nicht!« Francisco hatte ohne Emotion in der Stimme gesprochen, aber ich hatte aus seinen Worten eine versteckte Verurteilung herausgehört und wünschte, ich hätte meine Beschwerde ungesagt machen können.

»Es ist nicht deine Schuld. Du bist es halt so gewöhnt.«

»Nein, bin ich nicht. Ich weiß nicht einmal, was das Carlyle ist.«

Francisco muß verzweifelt gewesen sein – er lachte nicht. »Das Carlyle ist ein Nobelhotel in New York. Weißt du, der Laden hier kann sich durchaus sehen lassen. Der Lebensstandard deines Onkels ist – nun ja, schon für die meisten Amerikaner unerschwinglich, ganz zu schweigen von dem, was die Leute hier in Europa sich leisten können und gewohnt sind. Besser als hier ist es auch in den besten spanischen Hotels nicht, nur daß du da halt gleich neben deinem Zimmer dein eigenes Bad hast.«

Mein eigenes Bad gleich neben meinem Zimmer hätte natürlich die Lage in meinen Augen total verändert, vor allem weil ich dann zweimal soviel Platz gehabt hätte. »Oh, ich find's prima hier«, sagte ich.

»Okay«, sagte Francisco. Aber ich hatte ihn gekränkt. Wir gingen zu meinem kleinen Zimmer zurück. Mein Vater sagte, er werde jetzt die Koffer auspacken, und ließ mich allein.

Ich setzte mich auf das Bett. Die Federn des altersschwachen Rosts quietschten. Ich starrte auf die Wand direkt vor mir und kam mir verlassen vor. Von der Straße drang ein ominöses Klack-klack herauf, das ich zunächst für das Hufgeklapper eines großen Pferdes hielt. Ich ging zum Fenster und spähte durch die Jalousie des Ladens.

Es waren die Schritte eines Zivilgardisten. Er war eine furchterregende Erscheinung, ein Mensch von kolossalem Leibesumfang, der sein Aussehen nicht weniger erschreckend machte. Wie dieser feiste Uniformierte da unter seinem Umhang und seiner Lacklederkopfbedeckung wie eine Art menschenfressende Riesenschildkröte unaufhaltsam die Straße entlangwanderte, wirkte er genauso beängstigend wie jeder seiner schlankeren und besser durchtrainierten Kollegen. Ich sah ihm auf seinem langsamen Patrouillengang nach, und er erschien mir genauso faszinierend und schrecklich wie King Kong auf seinem Wandalenzug durch die friedliche Stadt, und während ich ihn so beobachtete, malte ich mir aus, wie es sein müßte, wenn ich hier allein im Bett läge, auf den

Schlaf wartend, und von draußen die Schritte des Zivilgardisten zu mir heraufönten.

»Dad!« rief ich. Ich war so verschreckt, daß ich kein Glied rühren konnte. Ich rief noch einmal, jetzt lauter: »Daddy!«

Francisco erschien ohne Hemd am Leib, mit einem frischen in der Hand. »Was gibt's?« Er machte selbst ein erschrockenes Gesicht.

»Bleibt Carmelita da?«

»Deswegen machst du so ein Geschrei? Beinah hätte ich einen Herzschlag gekriegt.«

»'tschuldigung.«

Er seufzte, schlüpfte in das Hemd und begann es zuzuknöpfen. »Ja, Carmelita bleibt jetzt bei uns. Aber darüber unterhalten wir uns morgen früh.«

»Nein, ich meine: Geht sie mit dir zu der Verabredung?«

»Selbstverständlich nicht. Glaubst du, ich laß dich allein im Hotel zurück? Hältst du mich für so einen Rabenvater?«

Ich schämte mich. Wenn man es recht überlegte, hatte er mich nie verlassen – er war mit Todesdrohungen gezwungen worden, außer Landes zu gehen, und er war fortgeblieben, um gegen den Imperialismus zu kämpfen. »Nein«, murmelte ich.

»Weißt du«, sagte er versöhnlich, »das war eigentlich ein Vabanquespiel, daß ich in die Staaten gereist bin, um dich zu holen. Ich hätte geschnappt werden können, und dann wäre ich meinen Paß los gewesen. Aber das hat mich in dem Moment nicht interessiert, weil ich dich bei mir haben wollte.«

Überleg dir nur mal, was er für dich riskiert hat, rüffelte ich mich selbst. Ich schämte mich sehr. Ich senkte den Blick auf den Zipfel seines sauberen Brooks-Brothers-Hemds. Vielleicht verdiente ich es gar nicht, einen so guten Daddy zu haben.

»Ich hab' ihn aufgehoben, Daddy. Und ich hab' keinem Menschen was davon erzählt.«

»Was?« Er trat zu mir und hob mein Kinn hoch. »Ich hab' dich nicht verstanden. Was hast du gesagt?«

Ich weinte beim Sprechen, und die Tränen verschleierten meine Worte. »Ich hab' noch deinen Geheimbrief. Ich weiß, daß du geschrieben hast, er soll vernichtet werden. Aber ich hab' ihn aufgehoben. Mami war damals sauer, glaube ich.« Nachdem die Tränen erst einmal zu fließen begonnen hatten, waren sie schwer wieder zum Stillstand zu bringen, obwohl ich mich nicht mehr elend fühlte. Ich schluchzte und wurde dabei die innere Unruhe meines Vaters gewahr, die sich steigerte, je länger er mich zu besänftigen und dazu zu bringen suchte, ihm zu sagen, was mich bedrückte, indessen es mir trotz meiner Tränen zunehmend besser ging.

[Man beachte, wie hier periodisch getestet wird, ob dem Vater wirklich noch an einem liegt – ein charakteristisches Verhaltensmuster des geschlagenen Kindes. Im vorliegenden Fall ist zwar keine physische Gewalt im Spiel, doch sind die emotionalen Schläge ihr funktional äquivalent. Es besteht das Bedürfnis nach Zuwendung um jeden Preis, sei's auch um den von Leiden und Schmerzen.]

Während ich mich noch mühte, meine Tränen zu ersticken, kam Carmelita zurück. In sanftem Ton sagte sie etwas zu meinem Vater, dann schloß sie die Tür und fischte meinen Sandwich aus ihrem roten Einkaufsnetz. Während ich langsam zur Ruhe kam, breitete sie das Einwickelpapier auf dem winzigen, fast nur puppenstubengroßen Nachttisch aus und legte mein Abendessen darauf. Sie betrachtete uns und rieb sich dabei mit der rechten Hand sacht den Bauch. Ich sah in ihr rundes, zufriedenes Gesicht. Sie lächelte mich liebevoll an.

»Also was war das für ein Geheimdings, von dem du mir erzählen wolltest?« fragte mein Vater.

Ich zog meinen Brustbeutel heraus und gab ihm seinen Brief.

Nachdem er das vergilbte, an den Faltstellen schon ein wenig brüchige Papier auseinandergefaltet und die ersten Zeilen darauf gelesen hatte, runzelte er zu meiner Überraschung verständnislos die Stirn. Seine Begriffsstutzigkeit dauerte allerdings nur wenige Augenblicke, dann löschten Schrecken und Entsetzen über das, was er da las, den Glanz in seinen Augen aus. Er unterbrach seine Lektüre und starrte mich an, als wäre ich für ihn ein fremdartiges, furchterregendes Geschöpf.

Ich war überrascht von seiner Reaktion – und war es andererseits wieder nicht.

[Mein Unbewußtes wußte genau, was da vorging. Was sind wir doch für Wunderwesen: wir sehen mit blinden Augen und sind blind für das, was wir sehen.]

Ich stammelte verängstigt: »Ich hab' nie jemand was gesagt, Daddy! Ich war ein guter Kommunist. Ich hab' nie was verraten.«

Carmelita sagte: »*Comunista?*« Sie war perplex und bat meinen Vater mit einem Blick um eine Erklärung.

Ich stürzte zu Francisco und drängte mich, vorbei an dem Brief, zwischen seine Arme und an ihn. In sein verwundertes, erstarrtes Gesicht schrie ich: »Ich habe nichts verraten, Daddy. Ich hab' nichts Schlimmes getan.«

Er umschlang meinen Kopf mit beiden Armen. »Es tut mir leid, Rafe.« Der Ton seiner Entschuldigung richtete sich nicht an ein Kind. Daß er die amerikanische Verkleinerungsform meines Namens benutzte, läßt erkennen, daß der Altersunterschied für diesen Moment eingeebnet war. Ein Hüne umarmte einen Neunjährigen, aber er sprach mit ihm von Mann zu Mann. »Ich hab' dich im Stich gelassen. Ich weiß nicht, ob du mir das je wirst verzeihen können.«

»Ich hab' dich lieb, Daddy«, schluchzte ich und drohte mit meinen Tränen kurz vor dem wichtigen Arbeitsessen sein frischgestärktes Hemd zu ruinieren.

»Nein, das geht nicht ... Jetzt nicht.« Er löste sich von mir und sagte in schnellem Tempo – zu schnell, als daß ich es hätte verstehen können – etwas auf spanisch zu Carmelita, und Sekunden später fand ich mich in ihren Armen wieder, an ihre warme, hochgewölbte Brust gedrückt und mit einem Hauch von Knoblauch in der Nase, der sich Gott weiß wo in dem groben Stoff ihrer Bluse festgesetzt hatte.

Francisco ging aus dem Zimmer. Eine halbe Stunde später kam er wieder. Bis dahin hatte Carmelita mich mit freundlichem Zureden dazu gebracht, meinen Sandwich aufzuessen. Sie sprach konsequent Spanisch mit mir, immer mit einem strahlenden, herzlichen Lächeln, aber ohne jegliche gestisch-pantomimische Verständnishilfe.

»Na, fühlst du dich wieder besser?« fragte mein Vater, ohne die Antwort abzuwarten. Er hatte sich fertig angezogen und trug jetzt einen anthrazitgrauen Brooks-Brothers-Nadelstreifenanzug. Carmelita beglückwünschte ihn mit lautem Ah! und Oh! zu seinem Aussehen. Er ließ sich lächelnd den handgreiflichen Ausdruck ihrer Bewunderung gefallen – sie strich ihm übers Haar und rückte seine Krawatte zurecht –, während er zu mir sagte: »Über den Brief unterhalten wir uns morgen weiter. Wir haben eine Menge zu bereden. Das war eine schreckliche Zeit damals, und ich hätte das, was ich da geschrieben habe, nicht schreiben dürfen. Du brauchst dir wegen alledem keine Sorgen zu machen. Alles klar?«

»Dann ist das also gar nicht geheim?«

»Also da, wo wir jetzt sind, und in den USA tut man sicher gut daran, sich nicht vor fremder Leute Ohren als Kommunist zu bezeichnen. Nebenbei bemerkt, solltest du dir klarmachen, daß ich nicht KP-Mitglied bin. Schon seit sieben Jahren nicht mehr. Deine Mutter war es übrigens genausowenig.«

»Nein?« Ich war erleichtert. Am liebsten hätte ich in die Hände geklatscht, aber das wäre wohl auch nicht das Richtige gewesen.

»Ich bin Fidelist.«

»*Un fidelista!*« krähte Carmelita, als stünde sie in der Zirkusmanege und kündigte den Beginn der Glanznummer der Vorstellung an.

Francisco lächelte ihr zu und fuhr dann zu mir gewandt fort: »Ich bin Fidelist. Aber daraus brauchst du kein Geheimnis zu machen. Nicht einmal hier in Spanien. Alles klar soweit? Morgen reden wir weiter.«

»Alles klar, Daddy.«

»Bei Carmelita bist du in besten Händen. Leg dich schlafen, und morgen unterhalten wir uns dann in aller Ausführlichkeit.«

»Könntest du sie vielleicht bitten, daß sie bei mir bleibt, bis ich eingeschlafen bin?«

»Kein Problem.« Francisco redete mit ihr auf spanisch. Sie nickte, als handle es sich um eine Selbstverständlichkeit. Mein Vater nahm meine Nase zwischen Zeigefinger und Ringfinger und drückte zu. Das tat weh: es entleerte meine Nebenhöhlen und trieb mir die Tränen in die Augen.

»Du bist ein lieber Junge«, sagte er. »Halt mir die Daumen.«

»Toi, toi, toi, Daddy«, sagte ich mit ehrlicher Inbrunst. Mir war nicht recht klar, wo der Unterschied zwischen einem Fidelisten und einem Kommunisten war. Und ich begriff nicht, wieso man sich in einem faschistischen Land ruhig als Fidel-Anhänger bezeichnen konnte. Und ich scheute davor zurück, über Carmelitas Status nachzudenken (wenngleich mein Unbewußtes natürlich vollkommen Bescheid wußte). Aber ich freute mich wie ein Stint, daß ich kein Kommunist war. Es war, wie wenn man einen vereiterten Zahn gezogen bekam – der pochende Eiterherd war bald ausgetrocknet, und der quälende Schmerz legte sich.

Den Brief meines Vaters, diese mißverstandene Urkunde meiner geheimen Mission, fand ich später unter meinem schmalen Bett, als ich die Tagesdecke von ihm abzog. Anscheinend war er Francisco während meines Tränenausbruchs aus den Fingern gerutscht und dorthin gesegelt. Carmelita war kurz zuvor weggegangen, um irgend etwas zu erledigen. Bevor sie das Zimmer verlassen hatte, hatte sie etwas zu mir gesagt, das ich aber nicht verstanden hatte; sie war im Nu zurück und brachte einen Stuhl und ein Buch mit, um neben meinem Bett sitzend lesen zu können, während ich einschlief. Ich überlegte kurz, ob ich ihr den Brief aushändigen und sie bitten sollte, ihn meinem Vater zu geben, entschloß mich dann aber, es am nächsten Morgen bei unserer großen Aussprache über alles Gewesene und Zukünftige selbst zu tun. Ich verstaute den Brief wieder an seinem alten Platz in meinem Brustbeutel, den ich anschließend unter das ungemütlich flache Kopfkissen des Pensionsbetts schob.

Carmelita las, und ich betrachtete sie. Nach einiger Zeit bemerkte sie es, ließ ihr Buch sinken und begann zu singen. Was sie sang, war kein Schlaflied und kein Volkslied. Die Melodie war spritzig, und im Text kamen Mangobäume und Schiffe vor. Als das Lied zu Ende war, lachte sie. »*Entiendes?*« fragte sie. Ich schüttelte den Kopf. Sie trat zu mir ans Bett und küßte mich auf die Stirn. Ihre Lippen hinterließen einen feuchten Rückstand, und ein Hauch von Knoblauch wehte mir in die Nase.

Als ich einige Zeit später die Augen aufmachte, war sie weg, und ich merkte, daß ich eingeschlafen sein mußte.

Die Zimmerbeleuchtung war aus, aber durch die Jalousie des Fensterladens drang ein zersägter, kalter Lichtschein herein. Ich vernahm den unverwechselbaren furchteinflößenden Schritt des Zivilgardisten. Mir wurde angst bei dem Gedanken an ihn, aber dann lachte ich, weil mir einfiel, daß ich ja kein Kommunist mehr war. Im nächsten Moment war ich schon wieder in Tiefschlaf versunken.

Am nächsten Morgen zog ein aus etwas verschwiemelten Augen in die Welt blickender Francisco mit mir auf die morgendlich kühlen grauen Straßen von Madrid hinaus. Wir mußte einige Straßen weit laufen, bis wir eine Art Schnellgaststätte gefunden hatten. Es gab da eine lange Glastheke mit Fertiggerichten, in der aber weder Hüttenkäse noch Hefekringel auslagen; geboten waren statt dessen Omeletts und kleine Brotlaibe. Mein Vater bestellte einen Espresso und eines von den Miniaturbroten mit Butter. Ich bestellte eines mit Marmelade und dazu eine heiße Schokolade, die so süß und stark war, daß ich den ersten Schluck am liebsten gleich wieder ausgespuckt hätte. Mein Vater beobachtete meinen Augenausdruck, während ich trank, und meinte: »Die spanische Schokolade ist ein kräftiges Gebräu, *verdad*?« Er hatte die halbe Nacht lang Spanisch gesprochen und rutschte jetzt immer wieder ins Spanische aus. Sogar sein Englisch war davon angesteckt – es hatte einen spanischen Akzent, der erst nach seinem zweiten Espresso verschwand.

»Schmeckt prima«, sagte ich. Ich fühlte mich wohl. Es war nicht das aufgeputschte, überhitzte Gefühl des Gerettetseins, sondern eine von dem Bewußtsein der Sicherheit getragene Entspanntheit, wie ich sie seit jenem Abend, an dem meine Mutter vergewaltigt wurde, nicht mehr verspürt hatte.

[Es versteht sich von selbst, daß ein einzelner Vorfall, wie schrecklich er auch sein mag, die affektive Persönlichkeitsstruktur eines Menschen nicht *in toto* zu determinieren vermag; ich möchte also mit dem vorstehenden auch nichts dergleichen suggerieren. Ein Trauma kann jedoch einen Neurotiker in eine Psychose katapultieren – wie es nach meinem Dafürhalten bei meiner Mutter der Fall war –, es kann gewissermaßen eine schlichte Erkältung zu einer Infektion des ganzen Systems aggravieren, die Defizite mit sich bringt, welche die Ausgangssymptomatik wie deren Ursache verdecken und verunklaren, so daß es so fast scheint, als wäre die ursprüngliche Persönlichkeit reines Blendwerk gewesen. Selbstverständlich hatte alles Fühlen und Handeln des kleinen Rafael seine Grundlage in einem Charakter, der älter war als der Vorfall, der ihn zum Zeugen der Vergewaltigung seiner Mutter und der Demütigung seines Vaters machte, und diese seine Wesensmerkmale bedingten seine Reaktion mit. Aber daraufhin nun ins andere Extrem zu verfallen und die Vorgänge in der wirklichen Welt zu einer Art Phantomerlebnis des Geistes ohne Substanz und Bedeutung zu erklären, wäre genauso ein Kurzschluß wie die These, derzufolge wir allesamt lediglich unschuldige Opfer der Gesellschaft sind. Seit der Vergewaltigungsepisode hatte ich mich auf einer Berg-und-Tal-Bahn-Fahrt befunden, und jetzt hatte ich zum ersten Mal das verläßliche Gefühl, daß mein wie toll auf und ab karriolendes Wägelchen zum Halt gekommen war. Ja, ich glaube, an diesem Punkt wäre meine seelische Verwundung heilbar gewesen. Wäre Francisco ein echter Vater gewesen – und nicht selber ein von Schuldgefühlen geplagtes Kind –, hätte er jetzt mit einer Periode der Ruhe, Wiederherstellung und analytischen Behandlung eingreifen können. Die traumatischen Erinnerungen lagen damals noch nicht in großer Tiefe vergraben; ein fähiger Therapeut hätte mir sehr helfen können. Diese Notwendigkeit rechtzeitiger therapeutischer Betreuung mag für manchen so klar auf der Hand liegen, daß ihm meine wiederholte Erinnerung an sie überflüssig erscheint, indes zeigt schon der allerflüchtigste Blick auf unsere Heime, unser Fürsorgeerziehungswesen und die Politik unserer Scheidungsrichter, daß sie längst noch nicht richtig begriffen wurde. Und davon, wie wir mit Jugendkriminalität umgehen, habe ich noch gar nicht gesprochen.]

»Wie war dein Treffen gestern abend?« erkundigte ich mich, während die sirupartig dicke und süße Schokolade mir den Magen umzudrehen drohte. (Ich trank sie nichtsdestotrotz weiter.) Dem, was mein Vater mir auf dem Flug über das bevorstehende Gespräch mit dem spanischen Verleger erzählt hatte, hatte ich entnehmen können, daß der Ausgang für ihn sowohl in finanzieller als auch in psychologischer Hinsicht von großer Bedeutung war. Wenn er auch müde war, so ließ Francisco in seinem Betragen dennoch die Maske des Charmes nicht fallen, eines Charmes, den er, wie ich wußte, selbst angesichts eines Debakels nicht ablegen würde – was sage ich?, den er *gerade* angesichts eines Debakels nicht ablegen würde.

»Mmmm.« Mein Vater trank von seinem Espresso. »Was für ein phantastischer Mensch. Kultiviert und intelligent. Tja ...« Er verstummte; vielmehr: er versenkte sich nochmals in das Tischgespräch von gestern abend. Seine Augen glitzerten bei der Erinnerung an eine Bemerkung, die er gemacht hatte, seine buschigen Augenbrauen hoben sich vor Erstaunen über die Antwort seines Tischgenossen. Dann tauchte er wieder aus seinen Reminiszenzen auf und lächelte mich an. »Das war richtig Balsam für die Seele, ein enormer Kick, mal einen Abend lang mit jemand zusammenzusein, der meine Arbeit zu schätzen weiß. Er hat mir immer wieder gesagt, bis es mir nachgerade schon peinlich geworden ist, wie gut ich schreibe und daß ich ein erstklassiger und origineller Journalist bin. Er hat einen Sinn für meine Art zu schreiben. Siehst du, ich habe da diese Theorie, daß der Journalismus genauso eine narrative Seite hat wie etwa ein Roman.« Mein Vater sah mich an und schien sich wieder bewußt zu werden, mit wem er sprach. »Verstehst du, da wird eine Geschichte erzählt. Und dieser Mann, dieser wichtige Verleger, der hat das ganz genau verstanden, der geht mit meinem journalistischen Ansatz völlig konform. Seiner Meinung nach kann ich mit den richtigen Themen zum führenden Lateinamerika-Experten werden. Nur meint er leider, solange Franco« – mein Vater senkte die Stimme – »noch an der Macht ist, kann er es sich nicht erlauben, ein Buch zu publizieren, das für die Sache Kubas eintritt.«

»Ach so«, sagte ich in traurigem Ton. Mit dem klarblickenden Pragmatismus des Kindes, der sich mehr für die Ergebnisse als für das Dekorum interessiert, hatte ich sofort verstanden, daß noch so viele Lobeserhebungen meinen Vater nicht in die Lage versetzen würden, unsere Schulden zu bezahlen.

»Du bist genau wie deine Mutter«, sagte er. Er preßte mir mit zwei Fingern die Nasenflügel zusammen. »Dich interessieren nicht die schönen Worte, du möchtest Bares sehen. Aber ich kann dich beruhigen, es schaut durchaus Geld heraus bei der Sache. Es schaut sogar mehr Geld heraus, als ich veranschlagt hatte. Oder sagen wir: es *könnte* großes Geld herausschauen. Mein Gesprächspartner hatte eine grandiose Idee zu einem Buch, das ich für ihn schreiben soll. Und darüber möchte ich mit dir reden, denn es würde bedeuten, daß wir noch mindestens sechs Monate, unter Umständen auch ein ganzes Jahr in Spanien bleiben müßten.«

Mein Vater bestellte sich seinen dritten Espresso. Er erkundigte sich, ob ich gern noch eine heiße Schokolade hätte. Ich war voll bis zum Anschlag und hatte Magendrücken. Dank der Zeitverschiebung, der Angst, die ich ausgestanden hatte, und einer Überdosis Kakaobohnen-Alkaloid würde es nicht mehr lange dauern, bis ich die Renneritis hatte. Bevor meine Eingeweide zu kneifen begannen, erläuterte mir Francisco das Buchprojekt, das dem spanischen Verleger vorschwebte. Sein Titelvorschlag lautete *Ein Spanischamerikaner kehrt heim.* »Da muß mir noch was Besseres einfallen«, meinte Francisco. Er hatte jetzt Schweißperlen auf der Stirn von den drei Espressos. Draußen war es kalt, so kalt, daß die Fenster in der Mitte beschlagen waren und zum Rand hin schwitzten wie mein Vater. Wir waren die letzten noch verbliebenen Gäste, die Leute, die zuvor an den übrigen Tischen gesessen hatten, waren inzwischen alle zu ihren Arbeitsplätzen aufgebrochen. »Das ist der Titel, den sich der Verleger ausgedacht hat. Ein Verleger ist kein Schriftsteller.« Das Buch mit dem noch unausgegorenen Titel sollte der Bericht über die sentimentale Reise sein, die Francesco und ich durch das Land unserer Väter machen würden. Der Verleger meinte, ich würde ein reizvolles Kompositionselement abgeben, das vor allem beim weiblichen Lesepublikum gut ankäme, und die große Mehrheit der Buchkäufer, so mein Vater, seien Frauen. Zu den besonderen Attraktionen des Buches würde nicht nur die einzigartige Perspektive eines spanischstämmigen Amerikaners der zweiten Generation, der seine Wurzeln entdeckt, zählen, sondern auch die erzählerischen Perlen, zu denen Begegnungen mit Verwandten – deren es nach der festen Überzeugung meines Vaters in Galicien noch viele geben mußte – den Stoff liefern würden. Solche Zusammentreffen von heutigen Spaniern und ihren amerikanischen Vettern seien ein ergiebiger und faszinierender literarischer Rohstoff. Der Verleger hatte bereits Kontakt mit einer Literaturagentin in den USA aufgenommen und von ihr die Auskunft erhalten, wenn Francisco ihr ein ansprechendes Exposé liefere, sei es ihrer Meinung nach überhaupt kein Problem, die US-Rechte sofort an einen amerikanischen Verleger zu verkaufen; über die Rechte für Großbritannien hatte ein ähnliches Gespräch mit einer englischen Agentin stattgefunden. Die braunen Augen meines Vaters, die tiefliegenden, warmen Augen der Nerudas, funkelten bei der Aussicht auf gleichzeitige Publikation in drei Ländern; sie leuchteten und verrieten zugleich mit nervösem Zucken eine gewisse Besorgnis. »Das würde schon einiges Aufsehen erregen«, sagte er und kippte den Rest seines Espressos hinunter. Ich bemerkte, daß die Längsfurche in der Mitte seiner Zunge gelb von Koffein war. »Ich könnte auch vorab die fertigen Kapitel einzeln an Zeitschriften verkaufen und so die Arbeit an dem Buch finanzieren.« Francisco beugte sich über den Tisch zu mir herüber und flüsterte: »Aber jetzt kommt der Pferdefuß. Was ich dir jetzt sage, wird dir nicht gefallen.«

Mein Herz beschleunigte sprunghaft sein Tempo und begann angsterfüllt zu hämmern. Was konnte er meinen? Wie würde der nächste Schlamassel aussehen?

»Du wirst die nächsten zwölf Monate keine Schule besuchen können.« Francisco lächelte vergnügt über seinen Scherz. »Tut mir leid. Und wenn du mich deswegen noch so sehr piesackst – du wirst in den nächsten zwölf Monaten nicht in die Schule gehen können. Du mußt die ganze sechste Klasse schwänzen.«

»Jey!« jubelte ich und bumste mit den Knien von unten gegen den Tisch. Ob ich mich freuen sollte, daß ich nicht in die Schule mußte, wußte ich eigentlich nicht so recht, aber auf jeden Fall freute ich mich, daß er nur Spaß gemacht hatte.

»So ist das. Tut mir leid. Und davon weiche ich keinen Fingerbreit ab. Du wirst der Schule fernbleiben und dafür Schokolade essen und dir Stierkämpfe ansehen müssen. Aber im Ernst: wir werden viel zuviel auf Achse sein, als daß es Sinn hätte, dich irgendwo in einer Schule anzumelden. Daß du ganz ungeschoren davonkommst, kann ich dir allerdings nicht versprechen. Sollten wir irgendwo länger bleiben, werde ich mir überlegen, ob ich nicht einen Hauslehrer für dich engagiere.«

»Du meinst, wir werden Dienstboten haben?« Hauslehrer kannte ich nur aus Dickens.

»Das nun nicht gerade.« Francisco lachte. »Mein Gott, nein. Obwohl – wo hier alles so billig ist, wer weiß? Vielleicht könnten wir uns tatsächlich ein oder zwei Dienstboten leisten.« Er zwinkerte mir zu. »Leider verstößt das gegen meine politischen Grundsätze. Aber wer weiß, was wir uns sonst alles werden leisten können *en España*? Wenn es mir gelingt, ein Kapitel an den *New Yorker* zu verkaufen – aber nein, jetzt rede ich Unsinn, die würden nie was von mir drucken. Aber sagen wir, ich komme mit *Esquire* oder dem *Playboy* oder dem *Gentleman's Quarterly* ins Geschäft. Von einem einzigen Vorabdruck könnten wir ein halbes Jahr lang leben. Sogar das *Sunday Times Magazine* mit seinen schäbigen Honoraren, sogar wenn die mir ein Kapitel abnehmen, reicht das für zwei Monate.« Francisco sah sich in der Gaststätte um, aus der inzwischen nicht nur die Gäste, sondern auch die flinken Verkäufer verschwunden waren. Vorher waren vier oder fünf von ihnen hinter der Glastheke herumgeflitzt, jetzt stand nur noch ein einsames Männeken verschlafen bei einem Suppentopf und erzeugte mit der kreisenden Schöpfkelle an den Wänden des Gefäßes ein schabendes Geräusch. Mein Vater blickte in die Richtung, wo der Angestellte stand, und deklamierte: »Der allmächtige Dollar. In seinem Reich geht die Sonne nicht unter.« Das erinnerte ihn wohl daran, daß wir noch nicht bezahlt hatten, und er erhob sich, um das zu erledigen.

Ich hielt ihn mit einer Frage auf, die er tunlich nicht angeschnitten und schon gar nicht beantwortet hatte. »Was ist mit Carmelita? Bleibt sie bei uns?«

Er kehrte um und setzte sich wieder. Die Beine seines Stuhls quietschten auf dem gefliesten Boden. Das Geräusch erinnerte mich – weil wir vorher von einem Hauslehrer gesprochen hatten? – an die Cafeteria der Elementarschule in Great Neck. Freute ich mich darüber, daß ich nicht mehr dorthin mußte, wo ich trotz allem, was mich von den anderen Kindern trennte, ein Star war? Ich war nicht einverstanden mit Onkel Bernie, und es machte mir keinen Spaß, mit ihm zusammenzusein. Im Dunstkreis Bernies war man weit entfernt von dem angenehmen Nervenkitzel und der Ausgelassenheit der Vergnügungstour, zu der mein Vater das Leben machte, und trotzdem gab es da etwas, das ich nicht beim Namen nennen konnte und nicht verstand, etwas, das mich störte und das ich zugleich vermißte. Francisco, dem noch immer die Schweißperlen von seinem Espresso auf der Stirn standen, sah mich mit unstetem, fast flehendem Blick an. Das Flackern in seinen Augen verwirrte mich: Warum fürchtete er sich vor mir? Gestern abend, als ich ihm seinen Brief zeigte, hatte er ausgesehen, als ob ich ihm angst machte. Wieso? Womit konnte ich meinem stimmgewaltigen, sprachgewandten, gutaussehenden Vater angst machen?

»Ja«, antwortete er wie ein schuldbewußter Angeklagter auf meine Frage, ob Carmelita bei uns bleiben werde. Er klammerte die Hände links und rechts an die Sitzfläche seines Stuhls und nickte mir zu, wie wenn jetzt ich an der Reihe wäre zu sprechen.

»Werdet ihr heiraten?« fragte ich.

Francisco nickte. Er räusperte sich. »Wir *sind* verheiratet«, sagte er leise. »Ich glaube zwar im Grunde nicht an die Ehe, aber weil Carmelita es so wollte, haben wir zwei in Havanna ein Formular ausgefüllt – mehr ist dazu in Kuba nicht nötig, man braucht sich nur selbst in der vorgeschriebenen Form für verheiratet zu erklären. Es war *ihr* Wunsch, nicht meiner. Ich wollte nie wieder heiraten. Aber sie ist eine gute Frau, und sie liebt dich. Sie ist nicht deine Mutter. Sie ist bestimmt nicht so wie deine Mutter. Ich habe deine Mutter sehr, sehr geliebt«, betonte er, als hätte ich das Gegenteil behauptet. Mit abgewandtem Blick fügte er hinzu: »Keine andere Frau wird mir jemals sein, was sie mir gewesen ist.« Er räusperte sich wieder, um dann mit abschließendem Nachdruck zu sagen: »Carmelita kann sie mir nicht ersetzen.«

Ich bin der festen Überzeugung, daß ich diese ungewöhnliche Ansprache absolut wortgetreu im Gedächtnis behalten habe. Ihre fachgemäße Analyse würde auf mindestens fünfzig Seiten bombastischer Abstraktionen hinauslaufen. Ich möchte mich hier für das Laienpublikum auf den Kommentar beschränken dürfen, daß sie als Methode, einem Kind die Wiederverheiratung eines Elternteils nahezubringen, schlichtweg eine Katastrophe ist.

[Außerdem habe ich das meiste, was dazu zu sagen ist, bereits in meinem Buch über die »romantische« Seite der narzißtischen Persönlichkeit ausgeführt. Mein Antrieb, *Das kalte Herz der Sentimentalen* zu schreiben, war, wie ich gestehe, größtenteils das Bemühen, meinen Groll auf Francisco Neruda durch Verständnis zu ersetzen.]

Mag sein, daß meine Reaktion auf Franciscos Erklärung sich noch verwunderlicher ausnimmt als die Rede meines Vaters. Ich sagte: »Wieso liebt sie mich? Sie kennt mich doch gar nicht.«

Einen Moment langt starrte Francisco mich verständnislos an. Dann lachte er. »Du bist ein richtiger Gallego, das ist mal sicher.« Er lächelte, stand auf und zog mich von meinem Stuhl. Er schloß mich fest in die Arme, klopfte mir auf den Rücken und dröhnte mit selbstbewußter Stentorstimme: »Auf dich werd' ich wohl scharf aufpassen müssen. Auch Franco ist ein Gallego, das sollte man nie vergessen.« Er lachte – über mein verdutztes Gesicht, wie ich annehme – und sagte: »War nur ein Spaß. Aber mit einem Sohn wie dir brauche ich keine Zukunftssorgen mehr zu haben. Du hast soviel Kraft, die reicht für uns beide.«

»Du hast mir meine Frage nicht beantwortet«, sagte ich, als er die Rechnung bezahlt hatte und mir sagte, ich solle mich gut in meine Sachen einmummeln, bevor wir in die Madrider Kälte hinausgingen.

»Welche Frage?« sagte er. Er sah erschöpft aus. Jetzt, wo die belebende Wirkung des Sprechens über die neue Buchidee verpufft war, erschlafften seine Wangen unter dem Bleigewicht der Übermüdung, und die Sorge vertrieb den Glanz aus seinen Augen.

»Wieso liebt mich Carmelita, wo sie mich doch gar nicht kennt?«

Er stieß mich – nicht grob, aber doch merklich unleidlich – in Richtung Tür. »Jetzt hat der Spaß aber ein Ende, Rafe. Du hast genau verstanden, was ich dir sagen wollte.«

Schon im nächsten Moment tat es ihm leid, daß er mich – und sich – mit einem garstigen Francisco konfrontiert hatte. Wir waren kaum zwei Schritte von der Tür des Speiselokals entfernt, da hatte mein Vater bereits wieder seine gewinnende soziale Persönlichkeit angeknipst. Er legte in der kühlen Morgenluft einen Arm schützend um meinen Kopf, beugte sich nieder, um seinen Mund meinem Ohr zu nähern, und versuchte mir seine neue Ehefrau schmackhaft zu machen. »Hab' ich dir eigentlich schon erzählt, was Carmelita in Kuba gemacht hat? Sie ist Sportlerin, Wettkampfschwimmerin. Sie war in der kubanischen Olympiamannschaft, aber jetzt fährt sie doch nicht mit zu den Spielen, obwohl sie die einzige war, für die man in Kuba Medaillenchancen gesehen hat.«

»Wirklich?« Ich war elektrisiert. Eine Spitzensportlerin als Stiefmutter – Mannomann!

»Ja. Sie ist eine Weltklasseschwimmerin.«

»Und warum fährt sie dann nicht mit zur Olympiade?«

»Ähm ...« Mein Vater war nicht mehr bei der Sache. Irgend etwas auf der anderen Straßenseite fesselte seine Aufmerksamkeit. Ich folgte mit den Augen seinem Blick. An der Straßenecke gegenüber stand eine Kirche, ein nicht besonders großer Bau in modernem Stil. Über die ganze Breite eines fensterlosen Abschnitts der Außenwand waren von Hand mit schwarzer Farbe säuberlich die Worte gemalt: »JOSÉ ANTONIO PRESENTE!, dahinter ein Kreuz und Geburts- und Todesjahr des José Antonio.

»Warum fährt sie nicht mit zur Olympiade?« fragte ich noch einmal.

»Äh ... weil sie lieber bei uns bleiben will.« Er war stehengeblieben, um das Grafitto genauer zu betrachten.

»Was heißt das?« fragte ich, nachdem wir beide eine Weile geschwiegen hatten.

»Ich verstehe es auch nicht. José Antonio ist José Antonio Primo de Rivera. Das war der Gründer der Falange.«

»Nein«, monierte ich. »Ich meine: Was heißt *›presente‹*?«

»Es heißt: José Antonio ist da. Er ist unter uns.« Er holte ein handtellergroßes braunes Notizbuch und einen schwarzen Füllfederhalter aus der Innentasche seiner Jacke. »Er war Chef der *Guardia Civil* und Führer der Falange, der faschistischen Partei.« Er rüttelte seinen Füller in der Luft, um den Tintenfluß anzuregen. »Wenn ich den Vertrag für mein Buch habe, kauf' ich mir als erstes einen Montblanc.«

»Schreibst du dir das auf für dein Buch?«

»Ja. Ich mache grundsätzlich keine Notizen, schon gar nicht, wenn ich ein Interview mache. Und ich benutze nie – *niemals* – ein Tonbandgerät. Aber in diesem Fall will ich mir lieber ganz genau das Wann und Wo notieren – das hier ist ein Faktum, das ich nur in hundertprozentig wasserdichter Form bringen kann.« Später sollte sich herausstellen, daß der Grafitto alles andere als ein Einzelfall war und, insofern er mit der Duldung amtlicher Stellen angebracht wurde, eigentlich auch kein echter

Grafitto; mit anderen Wortern, er war durchaus nicht die Manifestation eines rechtsextremistischen Protests gegen Franco und damit das Anzeichen einer Spaltung in der herrschenden Klasse, wie mein Vater gemeint hatte. Die Ablenkung durch die Losung auf der Mauer verhinderte, daß ich Genaueres darüber erfuhr, warum Carmelita die Hoffnung auf olympisches Gold aufgegeben hatte, um sich meinem Vater anzuschließen. Aber einer eingehenderen Erklärung hätte es für mich sowieso nicht bedurft: Wer gäbe meinem wundervollen Vater zuliebe nicht gern seine eigenen Interessen auf?

Die Verlagsverträge wurden ausgehandelt und abgeschlossen. Weder der spanische noch der amerikanische noch der englische Verlag boten annähernd soviel, wie Francisco erwartet hatte. Dafür jedoch war das Leben in Spanien weit billiger, als er zunächst geschätzt hatte, so daß wir von den Vorschüssen, die er erhielt, ein halbes Jahr lang würden recht kommod leben können. Wir reisten zuerst nach Galicien, nach Santiago de Compostela. Dort war es nicht nur bitterkalt, sondern wir erfuhren auch, daß die einzige Verkehrsverbindung zu dem Dorf, in dem mein Vater unsere Verwandten vermutete, in einer Erdstraße bestand, die bis zum Ende der nassen Jahreszeit im März für Motorfahrzeuge unbenutzbar war. Da es keine Möglichkeit gab, in Erfahrung zu bringen, ob und wann unsere entfernten Vettern mit ihren Pferdekarren (die das Verkehrsmittel aller Bauern der Gegend waren) einmal in die Stadt kommen würden, hatte es wenig Sinn, in Santiago zu bleiben. Wir zogen weiter, an die winterwarmen Strände im Südosten des Landes, die sich schon damals großer Beliebtheit bei deutschen und englischen Touristen erfreuten und heute von ihnen hoffnungslos überlaufen sind.

Wir mieteten ein Zwei-Zimmer-Appartement mit Küche und Bad in dem besseren der zwei Hoteltürme, die am Strand von Alicante hochgezogen worden waren. Das Ambiente und die Atmosphäre waren hier nicht viel anders als in dem Hotel bei Tampa, wo wir einmal abgestiegen waren. Den einzigen nennenswerten Unterschied bildeten die Gäste, vor allem die Habitués an der Bar im Erdgeschoß. Dorthin zog es mich regelmäßig, wenn mein Vater seine Tages- oder Zweitagestouren in Städte der Umgebung machte, um für sein Projekt zu recherchieren. (Von diesen Ausflügen findet sich wenig in seinem Erinnerungsbuch *Land der Kanonen und der Seufzer* wieder.) Von Carmelita war in puncto Geselligkeit nicht viel zu erwarten. Sie konnte gar nicht genug Schlaf bekommen; mochte sie auch noch so früh zu Bett gehen und noch so spät aufstehen – sie machte trotzdem tagtäglich eisern ihren Mittagsschlaf. Ich trieb mich bis fünf Uhr nachmittags am Strand herum und spielte dort mit den deutschen und englischen Kindern, die alle paar Tage wechselten, dann machte ich eine Stippvisite an der Bar, um mir eine Cola und eine kleine Schale gefüllte Oliven zu gönnen. Der junge Barkeeper, ein achtzehnjähriger hübscher Bursche namens Gabriel oder Gabby, wie die Briten ihn nannten, tat zum Spaß so, als hätte er es in mir mit einem echten Trinker zu tun. Er bediente mich mit großem Tamtam, und wenn ich mir eine zweite Cola bestellte, witzelte er, heute würde ich es ja wohl nicht mehr alleine die Treppe hinauf schaffen. Wenn meine Schale leer war, füllte er ohne Berechnung frische Oliven nach – und allein dank dieser Großzügigkeit konnte ich mir überhaupt eine zweite Cola leisten. Gabby war der Liebling aller Touristen, ganz besonders jedoch einer Amerikanerin in den mittleren Jahren, der Witwe eines amerikanischen Geschäftsmanns, der während der gesamten Zeit ihrer Ehe in Spanien tätig gewesen war, so daß sie nach seinem Tod in den USA buchstäblich und im übertragenen Sinn keine Heimat mehr hatte. Heute ist mir klar, daß sie eine Alkoholikerin war, die ihre Nachmittage und Abende damit verbrachte, sich an der Bar langsam vollaufen zu lassen und dabei risiko- und folgenlos mit dem dunkelhäutigen, glatthaarigen, gutgebauten Gabriel zu flirten. Sie sah sich selbst als eine Schönheit mit viel zu empfindlichem Feingefühl für diese verderbte Welt. Ihre Hoffnung ging nach eigenem Bekunden dahin, daß ein wohlhabender Tourist sich in sie verlieben und ihr eine Neuauflage des Schlaraffenlebens bieten würde, das sie in ihrer ersten Ehe gehabt hatte, aber sie unternahm absolut nichts, um der Entwicklung der Dinge in diese Richtung nachzuhelfen. Wie sie hieß, habe ich vergessen. Sie stammte aus dem Süden der USA und berichtete Gabby und mir im allerschönsten *Southern drawl* von den Seitensprüngen, die sie gemacht hatte, wenn ihr Mann auf Geschäftsreise war. »Er hat mich vernachlässigt«, ereiferte sie sich apologetisch. »Er hat mich ganz, ganz schrecklich vernachlässigt.« Das gefärbte Blondhaar reichte ihr bis zu der großzügig zur Schau gestellten Partie ihres üppigen Busens, in dessen Spalt Gabbys Blick sich des öfteren verfing, während seine Hand den Tresen wischte. Ich wurde regelmäßig gegen die Pretiosen in der Auslage gedrückt, wenn ich etwas Altkluges von mir gegeben hatte, was ebenfalls nicht gerade selten vorkam. Gabby versicherte seiner Stammkundin mit blitzenden Zähnen, daß sie ungelogen die schönste Frau am ganzen Strand sei und alle Männer sich die Finger nach ihr leckten. Zuweilen rührten seine Schmeicheleien sie zu Tränen. Diesen drittklassigen Tennessee-Williams-Einakter führten sie und Gabby jeden Nachmittag auf, nur daß Gabbys geheime Phantasien nicht um homoerotische Abenteuer, sondern um den Wunsch, Stierkämpfer zu werden, kreisten. Er gestand mir seinen Ehrgeiz an einem der seltenen Tage, an denen unsere Südstaatenschönheit sich woanders als in der Hotelbar die Zeit vertrieb. Ich hatte damals schon die Grundhaltung des Psychotherapeuten, das vorurteils- und kritiklose Zuhören, ausgebildet, und so wurde ich im Laufe jener Monate in das Wünschen und Verlangen vieler Bargäste eingeweiht. Gabriels Sehnsucht berührte mich am stärksten, weil der Beruf des Stierkämpfers auch für mich etwas Verlockendes hatte.

Ich war zum damaligen Zeitpunkt – bei Gelegenheit einer Reise nach Sevilla – zusammen mit meinem Vater schon einmal bei einer Corrida gewesen, und das Erlebnis hatte mich zum Fan von El Cordobés, dem seinerzeit umstrittensten aller Toreros, gemacht. Er brachte die Puristen nicht nur mit seinen langen Haaren gegen sich auf, sondern schockierte sie noch mehr mit seiner Verhöhnung des konventionellen Protokolls für den Auftritt in der Arena. Er dachte sich Bravourstücke aus wie den Kuß auf die Schnauze des Stiers – den ich mit eigenen Augen gesehen habe –, nachdem er das Tier mit einer Serie einzigartig brillanter Passagen völlig benommen und verwirrt gemacht hatte. Zeigte der Stier wenig Angriffslust, brachte El Cordobés ihn mit Degenschlägen auf die Schnauze in Rage oder indem er ihm seine nackte Hinterfront präsentierte. Außerhalb der Arena lieferte er mit seiner Vorliebe für Rock 'n' Roll und Hollywoodfilme Stoff für die Klatschkolumnisten. Mit seiner schlanken Figur und seiner Beatles-Frisur war er der Liebling der Frauen, und er war irrsinnig mutig – selbst diejenigen, die sonst kein gutes Wort für ihn übrig hatten, verweigerten seinem außerordentlichen Mut nicht ihre Anerkennung. In der Arena beschränkte El Cordobés den Einsatz der Banderilleros und des Picadors auf ein Minimum. Die Banderilleros sind die Helfer zu Fuß, die dem Stier mit bunten Bändern geschmückte kurze Spieße mit scharfen Widerhaken ins Genick stoßen (dieser Teil der Corrida kam mir damals ziemlich unfair vor), und der Picador ist ein Folterknecht zu Pferd, der das Tier mit Lanzenstichen zwischen die Schultern piesackt. Die Wunden, die dem Stier in diesen ersten Gängen beigebracht werden, zwingen ihn, den Kopf zu senken, wodurch er die Gefahr, die von seinen Hörnern ausgeht, verringert und seine verwundbarste Stelle ungeschützt dem Todesstoß des Toreros darbietet. Ein feiger Torero könnte durch übermäßigen Einsatz des Picadors und der Banderilleros den Stier praktisch wehrlos und kampfunfähig machen.

Mein Vater und ich hatten das Glück, bei unserer ersten Corrida El Cordobés in der Arena zu erleben, und es war ein glänzender Auftritt. Er tötete zwei grimmige, prachtvolle Tiere. (Ich sehe noch heute das helle Blut unter dem goldenen Griff von El Cordobés' Degen hervorquellen und als leuchtendes Rinnsal über das schwarze Fell laufen.) Seine Gegner stammten aus der angriffslustigen Miura-Zuchtlinie, trotzdem gab El Cordobés dem Picador beidemal schon bald das Zeichen zum Abtreten, damit sie nicht geschwächt wurden. Den zweiten Stier küßte er auf die Nase, aber ich konnte mich der Meinung der älteren Männer um uns herum (sie waren etwa in den Vierzigern und Fünfzigern) nicht anschließen, daß er mit seinem Kampfstil das Tier beleidige und herabwürdige. Mir schien vielmehr, daß El Cordobés die Stiere liebte, und er exekutierte sie, wie ich fand, in formvollendeter Manier. Sein schmaler Körper wölbte sich über den Hörnern und schob sich zwischen die tödlichen Spitzen, während er seinen Degen bis zum Griff in den Stier trieb, der auf der Stelle tot war. El Cordobés' Stiere starben einen schönen Tod, einen Tod mit der magischen Aura, die das Sterben in der künstlerischen Darstellung, aber nicht in der Realität besitzt. [Stierkämpfe sind barbarisch, roh, pompös und aufregend – und natürlich ein nahezu ideales Sicherheitsventil für das Es der spanischen Massen. Zieht man die Rolle der Gewalt in meiner Kindheit in Betracht – insbesondere den nicht angemessen verarbeiteten Verlust, den ich erlitt –, zeigt sich die Anziehungskraft, die das Spektakel auf mich ausübte, in ihrer Unausweichlichkeit. Hinter den offenkundigeren Männerphantasien, deren Medium der Stierkampf ist, verbarg sich in dem Fasziniertsein durch die symbolische Kontrolle und den symbolischen Triumph über den Tod der Wunsch, meine Mutter ins Leben zurückbringen zu können.]

Bei Coca-Cola und Oliven fragte ich Gabby über seine praktischen Erfahrungen im Stierkampf aus. Er erklärte mir, daß er sich den Besuch einer richtigen *novilleros*-Schule (*novilleros* heißen die Anfänger im Toreroberuf) nicht leisten könne und sich deshalb nachts zusammen mit einigen Kameraden in die Pferche beim Schlachthof einschleiche, wo man dann sein Glück beim Austricksen der Stiere – und der Nachtwächter – versuche. Ich bettelte, er möge mich doch einmal zu einem solchen Abenteuerausflug mitnehmen. Zuerst wollte er nicht glauben, daß ich es ernst meinte, dann wurde ihm angesichts meines penetranten Interesses mulmig, und er ließ mich hoch und heilig versprechen, daß ich auf keinen Fall meinem Vater etwas von seinen nächtlichen Eskapaden erzählen würde. Von meinem beständigen Nachbohren erschöpft, bot er mir schließlich einen Kompromiß an: Er werde mich an einem Sonntagnachmittag zu einer etwa eine Dreiviertelstunde entfernten Weide im Landesinneren mitnehmen, deren Besitzer ihm erlaubt hatte, sein »Allotria«, wie der freundliche Bauer es nannte, mit den Jungstieren zu treiben, deren Hörner noch Stummel waren. Bedingung sei allerdings, daß mein Vater mir die Erlaubnis zum Mitkommen gebe (die meisten spanischen Jungen wagten sich mindestens so weit in die Erfüllung ihres Wunschtraums vom Stierkämpfertum hinein), doch als ich Francisco fragte, lächelte er zwar stolz, sagte aber: »Kommt überhaupt nicht in Frage.«

»Warum nicht?«

»Wenn du Sport treiben willst, laß dir von Carmelita Schwimmunterricht geben.«

»Ich kann schwimmen.«

»Aber sie kann dich fit wie einen Olympiakämpfer machen.« Und ohne sich um meinen Protest zu kümmern, ging er in die Küche, um die Sache sofort mit Carmelita zu besprechen. Sie war bei den Vorbereitungen für eine Fischsuppe, die es als Abendessen geben sollte. Sie unterbrach das Gemüseschneiden, als er ihr seine Idee vortrug, um dann in gereiztem Ton zu antworten. In diesem Moment fügten sich die letzten Puzzleteile in das Bild, und es fiel mir wie Schuppen von den Augen. Ich hatte in den vorausgegangenen zwei Monaten eine Menge Spanisch dazugelernt, so daß ich ihre Antwort gut verstand, und außerdem sprach ihr Bauch als augenfälliges visuelles Indiz jetzt seine eigene, unmißverständliche Sprache – er hatte sich mittlerweile zu einer mächtigen vorstehenden Wölbung entwickelt, die man unmöglich mit einem Fettpolster verwechseln konnte. Sie hielt Francisco entgegen, sie könne mit dem Baby nicht schwimmen, weil sie keinen Schwimmanzug besitze, in den sie noch hineinpasse. Mir war klar, daß mit dem Baby nicht ich gemeint war. Außerdem zog sie zur Veranschaulichung mit beiden Händen ihr loses Kleid über dem Fußball in ihrem Bauch straff. Das Baby behindere ihren Beinschlag, also könne sie mir nicht die korrekten Bewegungen demonstrieren, sagte sie, und was mein Unbewußtes schon vor Wochen erkannt hatte, schoß jäh aus der Tiefe herauf in die Bewußtseinshelle. Ich spürte, wie mein Mund auszutrocknen begann. Ich unterbrach den Disput der beiden über die Frage, ob ein neuer Schwimmanzug angeschafft werden solle oder nicht, indem ich mit brüchiger Stimme auf englisch zu meinem Vater sagte: »Sie bekommt ein Kind.«

Er sah mich an und lächelte: »Ja. Ist das nicht großartig? Du bekommst einen kleinen Bruder.«

Ich konnte nicht antworten. Mein Mund und meine Kehle waren völlig ausgedörrt.

»Oder eine kleine Schwester«, ergänzte mein Vater. Seine Stimme verriet keinerlei Unsicherheit oder Befangenheit. Es kam ihm gar nicht in den Sinn, daß diese Neuigkeit für mich schwer zu verdauen sein könnte. Wem das in Anbetracht der Tatsache, daß mein Vater ein hochkultivierter Intellektueller war, erstaunlich vorkommt, dem kann ich nur beipflichten: es ist erstaunlich, aber völlig konform mit seiner narzißtischen, sentimentalen Persönlichkeit.

»In dem Zustand kann ich nicht schwimmen«, insistierte Carmelita. In ihren Augen standen Tränen. Wieder begriff ich vieles mit einem Schlag: warum sie soviel schlief, und warum sie so unzufrieden wirkte. Sie war unglücklich über die Verunstaltung ihres Athletenkörpers.

»Du kannst doch am Strand stehenbleiben und ihm von da aus Anweisungen geben«, meinte mein Vater.

»Nein.« Carmelita blieb hart. »*Du* bist sein Vater. Warum gibst *du* ihm nicht Unterricht?« Sie verließ die Küche. Einen Moment später war zu hören, wie die Tür zum Schlafzimmer der beiden zugeknallt wurde.

Francisco drehte sich zu mir um. »Frauen«, sagte er auf spanisch mit einem Blick voller traurigem Ingrimm, einem »Von-Mann-zu-Mann«-Blick unter Leidensgenossen. »Ich glaube, es ist besser, ich geh' mal rüber und versuch' sie zu beruhigen«, setzte er auf englisch hinzu.

Sie blieben lange genug hinter der geschlossenen Tür ihres Schlafzimmers, um mir Zeit zu lassen, dieses sperrige Paket neuer Informationen gründlich zu untersuchen: alles darin hatte rasiermesserscharfe Kanten; ich sah nicht, wie ich mir den Inhalt hätte zu eigen machen können, ohne mir gefährliche Wunden zuzuziehen. Nach meiner Meinung besaß ich in den Augen meines Vaters *ein* großes Prä, und das lag darin, daß ich sein einziger Sohn war. Unzählige Male hatte Francisco seinen kräftigen Arm um mich geschlungen und mich gedrückt und dabei gesagt: »Du bist mein einziger Sohn, der letzte Sproß der Nerudas. Eines Tages werden die Leute sagen: ›Seht euch diesen Mann an, diesen brillanten Kopf, der obendrein so gut aussieht – er ist der Enkel eines galicischen Bauern. Wie hat er es nur so weit gebracht?‹ Und ich werde ihnen sagen: ›Das ist mein Sohn, mein einziger Nachkomme, mein Erbe.‹« Aus meiner Sicht war ich ein radikal Enterbter: ohne Mutter, ohne Zuhause, ohne Freunde, ohne Familie außer diesem Mann mit dieser solitären Beziehung zu mir, die nun ebenfalls für immer dahin war.

Ich verließ das Appartement und ging nach unten, um meinen gewohnten Besuch bei Gabby zu machen. Er war nicht an seinem Platz hinter der Bar. Aber auf einem der Hocker davor saß meine Tennessee-Williams-Heroine und flirtete mit einem angesäuselten neuen Verehrer, einem Amerikaner mittleren Alters, den ihre geschwätzige Selbstinszenierung erstaunlicherweise anzumachen schien. Tatsächlich war er bereits so aufgeheizt, daß sie ersichtlich froh war, mich auftauchen zu sehen. (Die Aussicht, einen Flirt zum geglückten Ende zu bringen, erfüllte sie offenbar mit Schrecken.) Sie stellte mich vor. Ihre Eroberung hieß Tommy, und die Verkleinerungsform des Namens wirkte ziemlich komisch bei einem Mann, der wie ein pensionierter Profi-Football-Spieler aussah: über eins-achtzig Körpergröße, Stiernacken, rotfleckiges Säufergesicht, fast vollständig ergraute Bürstenfrisur.

»Hallo Kleiner«, sagte er. »Du hörst dich an wie ein richtiger Amerikaner. Biste mal in den Staaten gewesen?«

Ich klärte ihn auf, wieso der Widerspruch zwischen meinem Namen und meinem fließenden Englisch nur ein scheinbarer war.

Die Strategie der Südstaatenschönheit wirkte. Tommy nahm seine Hand von ihrer Schulter und fragte, was mich nach Spanien verschlagen hatte. Ich beschränkte mich auf die knappe Auskunft, daß ich meinen Vater auf einer Reise begleitete, und erkundigte mich bei der Tennessee-Williams-Heroine nach dem Verbleib Gabbys. Der sei in die Küche verschwunden, antwortete sie.

In der Küche hatte noch nie jemand etwas dagegen gehabt, wenn ich hereinkam, also entschuldigte ich mich bei den zweien an der Bar, wobei ich Tommys Aufforderung, ich solle doch lieber dableiben, geflissentlich überhörte. Ich kam gerade dazu, wie Gabby von einem Kellner zusammengestaucht wurde. Das Geblaffe hörte schlagartig auf, als ich in der Tür erschien. Der Kellner fragte, ob ich einen Wunsch hätte.

»Ich hätte gern eine Cola«, sagte ich, woraufhin Gabby die Fortsetzung des Anschisses erspart wurde, damit er mich bedienen konnte.

Nur für mich hörbar hieß Gabby den Kellner ein Arschloch, während wir die Küche durch den Hinterausgang verließen, um eine Kiste Cola zu holen. Einzig zu diesem Zweck sei er überhaupt in die Küche gegangen, sagte er. Sobald wir draußen auf dem kiesbestreuten Zugang für das Personal waren, erzählte ich ihm, mein Vater hätte mir erlaubt, zu der Plänkelei mit den Jungstieren mitzukommen.

»Prima«, meinte er. »Das machen wir gleich morgen. Wir müssen allerdings früh aufbrechen. Um sieben mußt du abmarschbereit sein.«

Für mich war das ein erfreulicher Umstand, weil Carmelita und Francisco nie vor neun Uhr aufwachten.

Wir gingen zur Bar zurück. Gabby, die Tennessee-Williams-Heroine, Tommy und ich bildeten zusammen ein redseliges Quartett. Tommy schien von uns fasziniert zu sein. Er bombardierte uns mit Fragen und hörte sich begeistert unsere Lebensgeschichten an. Ganz besonders gefiel ihm, daß Gabby mir Unterricht im Stierkampf geben wollte.

Als es draußen zu dämmern begann, erklärte ich, jetzt müsse ich nach oben zum Abendessen. Tommy sagte: »He, magst du Comics?«

Natürlich mochte ich Comics. Nur hatte ich seit zwei Monaten keine Gelegenheit gehabt, mir die neuesten Hefte von meinen Lieblingsserien zu besorgen.

»Komm mal für 'n Moment mit zu meinem Auto«, sagte er.

»Und wieder läßt mich ein Mann eiskalt sitzen, wie findest du das?« sagte die Südstaatenschönheit zu Gabby.

»Keine Angst, Baby, ich bin gleich wieder da«, sagte Tommy. Er schnellte mit dem Oberkörper nach vorn, und sie war so überrascht, daß sie dem lauten feuchten Schmatz, den er ihr auf die Lippen drückte, nicht mehr ausweichen konnte.

Erst als ich in der Abenddämmerung auf dem Beifahrersitz von Tommys Auto saß und gierig sechs brandneue Comic-Hefte befingerte, beschlich mich ein komisches Gefühl ob unserer Vertraulichkeit. Er legte mir die Hand auf den Nacken und rieb ihn kumpelhaft. »Du bist ein hübsches Kerlchen«, sagte er. »Wie alt bist du eigentlich?«

Ich bekam es mit der Angst zu tun. Es war nur ein diffuses Gefühl, versteht sich, und ich kam mir auch ein bißchen blöd und feige dabei vor, aber sein Betragen beunruhigte mich doch so sehr, daß ich ihm die Comic-Hefte in den Schoß warf. »Ich muß jetzt nach Hause.«

Tommy schob die Hefte zu mir zurück. »He, nun sei mal nicht zickig. Die hab' ich dir geschenkt. Du kannst sie behalten. Oben in meinem Appartement hab' ich noch mehr. Komm einfach mal morgen vorbei und such dir aus, was dir gefällt.« Er legte mir die Hand ziemlich weit oben auf den Oberschenkel und drückte. »Was ist, kommst du mich nach deinem Stierkampf besuchen?«

Ich verfluchte mich insgeheim selbst, weil ich ihm erzählt hatte, was Gabby und ich vorhatten. Wenn ich ihn jetzt verärgerte, würde er mich womöglich verpfeifen. »Okay ...«

»Ich wohne in 3-A. Wir sehen uns morgen nach dem Mittagessen, abgemacht?« Er tätschelte sacht meinen Oberschenkel und strich zwischendurch immer mal wieder schnell zur Leiste hoch.

Ich öffnete mit einer Hand die Wagentür, in der anderen hielt ich die Comics. »Okay.«

»Braver Junge.« Er klapste mir auf den Hintern, als ich ausstieg. Ich rannte ins Haus. Bis ich an der Tür unseres Appartements ankam, hatte sich ein erdrückendes Schuldgefühl in mir aufgebaut. Wieder einmal hatte ich ein Doppelleben angefangen, war ein Outcast, ein Kind voller Heimlichkeiten und Auflehnung. Was sollte ich jetzt mit den Comic-

Heften machen? Wenn ich meinem Vater ihre Herkunft offenbarte, war er imstande, in seiner Kontaktfreudigkeit, die einen zur Raserei bringen konnte, Bekanntschaft mit Tommy zu schließen, und dann würde er vielleicht hinter mein Vorhaben kommen. Ich legte die Hefte unter die Fußmatte vor unserer Tür; von dort würde ich sie mir holen, wenn Carmelita und Francisco eingeschlafen waren.

Die beiden waren gut aufgelegt. Besonders bei ihr schien die gehobene Stimmung sich in Freundlichkeit gegen mich niederzuschlagen; sie strich mir übers Haar, nachdem sie mir die Schale mit der Suppe vorgesetzt hatte. Mein Vater eröffnete mir, daß sie sich entschlossen hatten, nun doch nicht vier Monate in Alicante zu bleiben, wie ursprünglich geplant, sondern Ende des Monats weiterzureisen. Wir würden nach Barcelona übersiedeln. In eine richtige Weltstadt, setzte mein Vater begeistert hinzu. »Den Strand nutzt du doch sowieso nicht viel, oder? Und in Barcelona finden wir bestimmt auch eine amerikanische Schule für dich.«

»Du hast doch gesagt, ich brauche nicht in die Schule zu gehen.«

»Da bist du mit anderen amerikanischen Kindern zusammen. Wie die sind, weiß ich zwar auch nicht; es sind die Kinder von amerikanischen Managern – aber immerhin Kinder. Du wirst sie mögen, und sie werden dich lieben.« Zu Carmelita sagte er auf spanisch: »Rafael ist immer der Liebling der ganzen Klasse.«

»Bin ich nicht«, sagte ich unfreundlich.

»Bist du doch.«

»Bin ich nicht.« Wachsender Zorn trieb mir Tränen in die Augen.

»Himmelherrgottsakrament!« brüllte mein Vater. Er sprang auf, den Suppenlöffel noch in der Hand. »Ich kann sagen, was ich will, es ist alles falsch!« Er sah auf den Löffel, als ob der schuld daran wäre, und schleuderte ihn in die Spüle. Er fuhr scheppernd im Becken herum, sprang heraus, prallte gegen die Wand und landete mit einem Knall auf dem Herd. »Niemand kann ich's recht machen!« Er schrie Carmelita auf spanisch an: »Ich hab' dir's gleich gesagt!« Dann verschwand er durch die Tür. Eine Sekunde später hörten wir die Appartementtür krachend ins Schloß fallen.

Carmelita hatte während der Eruption den Blick nicht ein einziges Mal von ihrer Suppenschale erhoben. Seelenruhig führte sie jetzt den Löffel mit dem nächsten Schluck zum Mund. Mein Zorn und meine Tränen hatten sich unauffindbar in das hinterste Eckchen meiner Seele verkrochen. Was war ich bloß für ein übler Bursche! Ich bilanzierte meine Sünden und Heimlichkeiten und Ressentiments. Kein Wunder, daß ich nicht länger einziges Kind meines Vaters bleiben würde – ich war dieser Ehrenstellung nicht würdig.

Das schreckliche Schweigen im Anschluß an meines Vaters dramatischen Abgang dauerte endlos. Ich hätte gern den Löffel vom Herd weggeholt, traute mich jedoch nicht, den Bann, der auf der Szene lag, zu brechen. Schließlich hob Carmelita den Blick zu mir. Ihr rundes Gesicht wirkte heiter. Sie sagte leise: »Du solltest nicht patzig zu deinem Vater sein. Schon gar nicht, wenn er dir ein Kompliment macht.«

Sie hatte recht, fand ich, und trotzdem haßte ich sie dafür, daß sie es ausgesprochen hatte. Und offen gestanden haßte ich sie auch dafür, daß sie den Usurpator im Bauch hatte. Ich war zwar nicht wert, der einzige Sohn zu sein, aber wenn sie nicht wäre, wäre ich es trotzdem geblieben.

Während Carmelita sich an den Abwasch machte, holte ich die Comic-Hefte aus ihrem Versteck unter der Fußmatte, ging in mein Zimmer, schloß die Tür hinter mir ab und vertiefte mich in ein Sonderheft meiner Lieblingsserie *X-Men*, in dem ein neuer Superheld seinen ersten Auftritt hatte. Ich hatte das Heft halb durch, als so heftig an meiner Tür gerüttelt wurde, daß der Zimmerboden vibrierte. Draußen dröhnte die Stimme meines Vaters: »Rafael – mach sofort die Tür auf!«

Ich ließ die Comics unter dem Bett verschwinden und beeilte mich, an die Tür zu kommen.

Francisco hatte üblicherweise eine so freundliche und charmante Art, daß man darüber zuweilen vergaß, wie groß er war. In voller Lebensgröße von eins-neunzig füllte er jetzt die Türöffnung, ohne ein Gramm Fett zuviel am Leib, aber trotzdem gut neunzig Kilo schwer, die glatte, sonnengebräunte Haut in diesem Moment kein reizvoller Farbkontrast zu den weißen Zähnen, sondern eine dunkle, bedrohlich wirkende Hülle. Die sonst warmen hellbraunen Augen waren jetzt kalt und glitzernd vor Zorn. Er starrte wortlos auf mich herunter.

Ich habe sein furchteinflößendes Aussehen wiederzugeben versucht, muß aber dazusagen, daß ich davon nicht im mindesten eingeschüchtert war. Ich war reichlich dreißig Zentimeter kleiner und wog fünfundvierzig Kilo weniger als er, aber in meinem Innern kochte eine ausgewachsene Wut.

»Was willst du?« fragte ich pampig. »Ich bin beschäftigt.«

Er verpaßte mir eine Ohrfeige mit dem Handteller. Mein Kopf ruckte zur Seite und schnellte in die frühere Position zurück, Auge in Auge mit ihm. Meine Beine zitterten, mein Herz hämmerte, aber mein Gesicht hatte gewissermaßen die Gemeinschaft mit diesen Feiglingen aufgekündigt und blieb ungerührt: der Blick aus tränenlosen Augen begegnete dem seinen unerschüttert.

»Das war für deinen Ungehorsam«, sagte er.

Ich schwieg.

Sein Blick wurde unsicher, und er begann sich mit der Hand, mit der er mich geschlagen hatte, die Augen zu reiben. Dann nahm er die Hand von den Augen und sagte: »Gabby hat mir erzählt, was ihr vorhabt. Weißt du, was für eine Demütigung es ist, einem fremden Menschen sagen zu müssen, daß dein Sohn ein Lügner ist?«

»Nein«, sagte ich.

Mit einem schnaubenden Geräusch holte Francisco durch die Nase Luft. Seine Lippen öffneten sich zu einem Zähnefletschen, und er hob von neuem die Hand.

Ich drehte den Kopf weg, wie wenn der Schlag bereits gefallen wäre. Aus dem Augenwinkel beobachtete ich die drohende Hand. Sie verharrte einen Augenblick in der Luft und fiel dann auf meine Schulter. Er stieß mich. Wie ein gehemmtes Kind auf dem Schulhof schubste mich mein Vater, so als wollte er meine Kampfbereitschaft testen. Ich taumelte, aber ich stürzte nicht. Und ich dachte nicht daran, meinerseits zu schubsen.

»Nimm dich in acht, junger Mann, der Krug geht so lange zum Brunnen, bis er bricht«, sagte er. Sein Ton und sein Gebaren waren so wenig er selbst, daß er beinah komisch wirkte. Er legte die Hand auf den Türgriff. »Du bleibst in diesem Zimmer, bis du Zeit gehabt hast, darüber nachzudenken, was du da getan hast.« Er zog die Tür halb zu und setzte hinzu: »Nimm dir Zeit zum Nachdenken und tu es gründlich.« Dann riß er die Tür mit einem Knall zu.

Als er später am Abend den Kopf durch den Türspalt steckte, um nach mir zu sehen, stellte ich mich schlafend. Ich las sämtliche Comic-Hefte zweimal durch. Eine Zeitlang überließ ich mich dem Weinen, aber es brachte keine Befriedigung. Schließlich verschloß ich die Zimmertür, stieß mit den Füßen die Zudecke über die Bettkante und ließ meinen unbehaarten Penis vom Seewind umspielen, während ich pumpte und dabei die Erinnerung an die nächtlichen Umarmungen meiner Mutter heraufbeschwor. Vielleicht lag es an dem in Wellen durch das Fenster strömenden kühlen Lufthauch, vielleicht auch daran, daß ich, obgleich erst knapp zehn, mittlerweile in die Pubertät gekommen war – diesmal war die lustvolle Empfindung intensiver, fast an der Grenze zum Schmerz. Ich spielte mit der neuen Empfindung, erneuerte die Bewegungen, die sie zur Manifestation brachten, und dann geschah etwas Erschreckendes und Wunderbares: Ein Krampf durchfuhr mich von den Knien bis zur Brust, und mit ihm fiel ein einzelner Tropfen einer nahezu wasserklaren Flüssigkeit auf meinen Bauch. Ich war verwirrt und erschreckt, bis ich in der Substanz den berühmt-berüchtigten Samen aus dem Buch über die menschliche Sexualität erkannte, das meine Mutter mir vor Jahren, als meine und ihre Welt noch in Ordnung war, zu lesen gegeben hatte.

Dann bin ich also, dachte ich, meinen ersten Schrecken niederkämpfend – dann bin ich also schließlich und endlich ein Mann.

NEUNTES KAPITEL

Die Ermordung des Selbst

Erst um die Mittagszeit des folgenden Tages wurde mein Stubenarrest aufgehoben. Das Frühstück brachte mir Carmelita noch in mein Zimmer, zum Mittagessen rief sie mich dann heraus. Mein Vater saß bereits am Tisch. Sein Lächeln, die lebhafte Mimik von Stirn und Brauen, die Musikalität der Stimme waren noch weg. Keine blitzenden Zähne, die Augenbrauen ein starrer Balken, die Stimme eintöniges Bürokratengeleier. Das hatte nichts ernstlich Furchteinflößendes; es war nicht mehr als ein Abklatsch von Strenge – unfreiwillig komisches schlechtes Theater.

»Rafe«, sprach er mich an, »ich habe nach einer Erklärung gesucht, wie du dazu kommst, eine ausdrückliche Anordnung von mir zu mißachten. Ich kann mich nicht an einen einzigen Fall erinnern, wo dir irgend etwas, was du gewollt hast, vorenthalten oder verboten worden wäre. Und jetzt, wo ich zum ersten Mal nein sage, gehorchst du nicht. Ich fürchte, genau da liegt das Problem – daß ich erst jetzt einmal nein gesagt habe. Du bist verwöhnt. Verwöhnt und undankbar. Hast du auch nur eine entfernte Vorstellung, wie viele Kinder liebend gern mit dir tauschen würden?« Er ließ diese rhetorische Frage eine Weile im Raum stehen, um sie dann mit für ihn untypischer Plumpheit selbst zu beantworten: »Millionen. Die Antwort lautet: Millionen Kinder würden bereitwillig ihren rechten Arm hingeben, wenn sie dafür in den Genuß deiner Privilegien kommen könnten.« (Daß die Schätzung meines Vaters korrekt war, macht sie in meinen Augen zu einem vernichtenden Urteil über die Lage der Kinder in dieser Welt. Das brennt als dauerndes Ärgernis in meinem Bewußtsein. Und für die Rafaels von heute trifft noch immer zu, daß sie noch so sehr leiden mögen – in den Augen der Welt ist ihr Leiden gar keins.)

Ich war zu jenem Zeitpunkt, als Zehnjähriger, von zweierlei überzeugt: zum einen, daß mein Vater mit Recht von mir enttäuscht war, und zum anderen, daß er, wenn er mein wahres Ich kennte, mich verachten würde. Ich mußte mir einen Platz in dieser Welt suchen, mußte mich entscheiden zwischen meinem Vater, der gut, und meinem Onkel, der böse war. Ich entschied mich für meinen Onkel, denn es gab, wie mir schien, kein Vorbeikommen an der Erkenntnis, daß nur in seinem dunklen Reich Bewunderung und Liebe auf mich warteten.

Ich belog meinen Vater nach Strich und Faden: Ich sähe ein, daß ich unerzogen und verwöhnt sei, und wäre froh darüber, in Barcelona in die Schule geschickt zu werden. Francisco war perplex angesichts seines scheinbar totalen Siegs. Mir war klar, daß ich ihn in der Überzeugung bestärkte, nichts hätte ich dringender nötig als Disziplin, aber das war mir einerlei, denn ich war entschlossen, alles zu tun, was ich konnte, um mich meinem Vater zu entziehen, dem Bannkreis seiner unerträglichen Rechtschaffenheit zu entlaufen. Ich würde auf irgendeinem Wege meinen Onkel verständigen, um es mir in der realeren Ungewißheit, die das Leben in der Rolle seines Mündels darstellte, gutgehen zu lassen.

Nachdem ich abgestraft und gemaßregelt war, erhielt ich die Erlaubnis, nach draußen zu gehen. Während ich mich vor dem Hotelbüro herumtrieb, wo ich mit klopfendem Herzen das öffentliche Münztelefon beäugte und mir hektisch das Hirn zermarterte, wie ich es anstellen könnte, Onkel Bernie anzurufen, kam unversehens Gabby vorbei. Er machte mir sanfte Vorwürfe, weil ich gelogen hatte. »Dein Vater ist ziemlich wütend«, sagte er. Als er sah, wie beklommen ich war, fügte er hinzu: »Na ja, er wird's überleben. Wie wär's mit 'ner Cola?«

Ich lehnte dankend ab. Es gab einen Fluchtweg für mich, aber er führte nicht über Gabby – der gehörte zur Welt meines Vaters. Er führte über Tommy. Der war ein Schubiack, selbst wenn mein Argwohn gegen ihn übertrieben sein sollte. Er soff, er himmelte »ein albernes, abgetakeltes Weibsstück« an, wie mein Vater die Tennessee-Williams-Heroine einmal genannt hatte, und er besaß Comics – Literatur eines Genres, in dem nach Franciscos Ansicht nur »wertloser Schund« produziert wurde. Er suchte den Kontakt mit mir, was – einerlei, bis zu welchem Grad er die Intimität auszubauen gedachte – unziemlich war, was ich mir jedoch zunutze machen konnte.

Natürlich hatte ich entsetzliche Angst. Man lasse sich nicht durch das kaltblütige Manipulantentum irreführen, das ich praktizieren mußte, um meinen desperaten Plan durchzuziehen. Die ingeniösen Einfälle des neurotischen, traumatisierten Rafe waren samt und sonders nur der bunte Schleier vor der einfachen, wenn auch scheinbar paradoxen Wahrheit: ich kämpfte ums Überleben. Ich stieg die Treppe hinauf, um oben mit einem Mann, den ich für einen Pädophilen hielt, unter vier Augen zu sein, damit er mir helfen würde, in die Obhut eines Mannes zu gelangen, den ich für einen Widerling hielt. Um ein lebenswertes Leben führen zu können, blieb mir nichts übrig, als mich mit Menschen, die schlechter als ich waren, gemein zu machen.

Tommy kam mit nichts als einer Badehose bekleidet an die Tür. Er roch, als hätte er in Kölnischwasser gebadet.

»He!« sagte er verblüfft. »Bist du allein?« fragte er nervös, obwohl die Antwort auf der Hand lag.

Er zog mich unsanft über die Schwelle und schloß schnell die Tür. Ich sah eine Menge rosa Fleisch, den schlaffen Bauch, der über den Gummibund der Badehose drängte, die Hängebrüste, roch das Parfüm und erkannte, daß ich mit meinem Verdacht recht gehabt hatte. Er schubste mich ins Wohnzimmer, das vom Sonnenlicht durchflutet war.

»Sieh mal, wer gekommen ist«, sagte er zu irgend jemand. In einem Sessel bemerkte ich eine Gestalt, die in dem grellen Gegenlicht vom Fenster her nur schattenhaft wahrzunehmen war, einen hageren Mann in einem sommerlichen Crinkleleinenanzug.

Ich war überzeugt, daß Tommy mich für diesen Mann hergelockt hatte. Und ebenso sicher war ich, daß sie irgendeine Schweinerei mit mir machen und mich hinterher umbringen würden – vielleicht weil das Töten einen Teil ihrer Lust ausmachte.

»Wie heißt du?« fragte der dünne Mann.

Ich war bereit, mich in mein Schicksal zu fügen. Ich fand, ein langsames Sterben als Sohn, der für seinen Vater eine Enttäuschung war, wäre schlimmer gewesen als der schnelle Tod, der mich hier erwartete.

»Nun sag's schon, Kleiner. Wir wissen es sowieso«, sagte Tommy. Er legte mir seine feiste Hand in den Nacken und schob mich vorwärts.

Der Dünne erhob sich. »Na, wird's bald ...?«

»Ich heiße Rafael Neruda«, sagte ich.

»Kennst du jemand namens Bernard Rabinowitz?« fragte der Dünne. Er hatte den gleichen förmlichen und trockenen Ton wie Perry Mason im Fernsehen.

Die Überraschung darüber, daß in diesem Tod sich bereits die Auferstehung ankündigte, verschlug mir fürs erste die Sprache.

»Das ist mein Onkel«, sagte ich dann. »Ist er hier?«

»Er ist auf dem Weg hierher. Er möchte dich sehen. Möchte wissen, wie du –«

»Kann ich mit zu ihm nach Hause gehen?« unterbrach ich.

Der dünne Mann trat näher zu mir und tauchte dabei aus dem Sonnenlicht auf, weil er es meinem Blick verstellte. Er hatte eine lange, schmale Nase. Seine Augenfarbe war ein wäßriges Blau.

»Haste Töne?« sagte Tommy und grunzte.

»Du möchtest in die USA zurück und bei deinem Onkel leben?« fragte Perry Mason.

»Ja.«

»Möchtest du denn nicht lieber bei deinem Vater leben?«

»Nein.«

»Isser gemein zu dir, Kleiner?« fragte Tommy, meinen Nacken massierend.

»*Ich* stelle die Fragen«, sagte der Dünne mit schneidender Stimme.

»Mein Vater *ist* gemein zu mir«, sagte ich.

Der Dünne legte den Kopf schief. Er führte eine lange, schmale Hand an das geneigte Ohr und zupfte nachdenklich am Läppchen. »Ruf das Madrider Büro an«, sagte er zu Tommy. »Sie sollen Mr. Rabinowitz bestellen, er möchte gleich nach der Landung hier anrufen.«

»Vielleicht sollten wir erst noch –« begann Tommy.

»Tu, was ich dir gesagt habe«, sagte der Dünne leise, aber so definitiv, daß es die Wirkung eines gebellten Kommandos hatte. Tommy verließ das Zimmer.

»Wie hat dein Vater dich außer Landes gebracht?« fragte der Dünne.

»Wir sind mit dem Flugzeug von New York hierhergeflogen.«

»Das meine ich nicht.« Er griff in die Innentasche seines Jacketts und brachte ein Exemplar jener hellgrünen Pässe mit den goldgeprägten Buchstaben und dem Donnervogel zum Vorschein. »Hat er so etwas auch für dich dabeigehabt?«

»Ja.«

Er war enttäuscht. »Aha ...«

»Aber der war gefälscht«, sagte ich schnell. »Ein Mann hat ihn ihm gebracht. Auf dem Bild, das bin nicht ich.«

Der Dünne lächelte, ohne daß seine Zähne sichtbar wurden. »Und wer *ist* das auf dem Bild?«

»Das weiß ich nicht. Irgendein anderer Junge, der so aussieht.«

Der Dünne steckte seinen Paß weg. Tommy kam herein und erstattete Bericht: »Er kommt in diesem Augenblick durch den Zoll. Er ruft in den nächsten Minuten an.«

»Es wird absolut keine Probleme geben«, sagte der Dünne und lächelte wieder, ohne daß ein einziger Zahn sichtbar wurde.

Zwei Monate später saß ich in einem Richterzimmer auf Long Island einem stark erkälteten Männchen in den Sechzigern gegenüber. Neben ihm saß eine schwarze Protokollführerin an ihrer Stenographiermaschine. Nach jeder Frage, die er mir stellte, schneuzte der Richter sich geräuschvoll in sein Taschentuch, und so lange mußte ich mit der Antwort warten, wenn ich wollte, daß er sie verstand. Ich antwortete exakt so, wie der Anwalt meines Onkels mich instruiert hatte. Ich sagte, mein Vater wäre ein Kommunist, der für Fidel Castro arbeitete. Ich sagte, er habe mich unter Verwendung eines gefälschten Reisepasses gegen meinen Willen außer Landes gebracht. Der Richter zeigte mir den falschen Paß und fragte, ob ich bestätigen könne, daß dies das fragliche Papier sei. Ich bejahte. Auf die diesbezügliche Frage antwortete ich, daß ich bei meinem Onkel leben wolle und mich fürchte, meinen Vater auch nur wiederzusehen und erst recht ihn zu besuchen. Die gleiche Auskunft hatte ich bereits einem Beamten in Madrid geben müssen. Abgesehen von diesen zwei unerquicklichen Auftritten war meine Rückkehr in die Obhut meines Onkels völlig undramatisch verlaufen. Meinen Vater hatte ich nicht ein einziges Mal auch nur von weitem zu Gesicht bekommen. Später erfuhr ich, daß er bis zu unserer Ankunft in den Vereinigten Staaten unter Arrest gestellt worden war. Das war eine Sache von wenigen Tagen. Der Verzicht auf Einspruch gegen Bernies Vormundschaft wurde ihm damit honoriert, daß die Verfahren wegen Paßvergehens, die in Spanien und den USA gegen ihn liefen, eingestellt wurden.

Mein Leben verlief zu guter Letzt in ruhigen Bahnen. Ich strengte mich an, meinem Onkel Freude zu machen. Ich gab mir größte Mühe, überall die Nummer eins zu sein, sei es in den Lernfächern, sei es bei Spiel und Sport. Mein Eifer währte täglich von morgens bis nachts, vom frühmorgendlichen Training für die Basketballmannschaft bis zu Collegekursen für fortgeschrittene Schüler auf der Abendakademie. Ich sammelte Einser, Schachturnierpokale, Schwimmwettkampfmedaillen, Belobigungen von seiten meiner Lehrer und präsentierte meinem strahlenden Onkel die eingefahrene Ernte, mit jungmädchenhafter Unschuldsmiene, die von keinerlei persönlichen Motiven für diesen Segen sprach, sondern nur den Wunsch verriet, die Ertragskraft des fruchtbaren Humus, auf den er mich versetzt hatte, zu bestätigen. Spätestens als ich das sechzehnte Lebensjahr erreichte, war jede bewußte Erinnerung an die Entscheidung, die ich in Spanien getroffen hatte, in mir ausgetilgt. Alles, was ich noch wußte oder zu wissen glaubte, war, daß ich bei einer Wahnsinnigen und einem kommunistischen Feigling aufgewachsen war. Mich selbst hielt ich – mit der grotesken Arroganz der Jugend – für ein Genie.

Mein Onkel sprach mit größter Beiläufigkeit von mir als einem Genie, etwa so wie jemand, der von einem Heranwachsenden sagt, er sei hochgewachsen oder ein guter Sprinter. Sein Sohn hatte unterdessen der Welt seines Vaters und ihren Werten den Rücken gekehrt und war in der aufkeimenden Gegenkultur der sechziger Jahre untergetaucht; der Kontakt mit ihm war vollends abgerissen, nachdem Bernie ihm die Bezüge aus dem für ihn eingerichten Trustfonds gesperrt hatte. Die Tochter hatte einen der Vizepräsidenten in Bernies Unternehmen geheiratet, ein großes Haus in der Nähe des Anwesens ihres Vaters bezogen und drei Fehlgeburten gehabt. Von Mal zu Mal war sie stärker abgemagert und ihre Alkoholsucht deutlicher in Erscheinung getreten. Bernie verbrachte nur noch wenig Zeit zusammen mit seiner Frau – er hatte eine Geliebte in der City, wie ich später herausfinden sollte –, und auch ich bekam nicht mehr viel von ihm zu sehen, ausgenommen an den hohen Feiertagen: dann ließ er seine nächsten Familienangehörigen links liegen, um sich mit mir über meine Zukunft zu unterhalten.

Er war zu dem Schluß gekommen, daß eine Karriere als Wissenschaftler für mich das Richtige sei. »Du bist zu intelligent, als daß du dich in der Wirtschaft verzetteln solltest«, erklärte er mir in seinem Arbeitszimmer oder am Swimmingpool oder tief in der Nacht in meinem Zimmer. Er benutzte immer dieselben Worte: »Du bist zu intelligent, als daß du dich in der Wirtschaft verzetteln solltest. Klar, du könntest aus meinen Millionen Milliarden machen, aber es wäre eine Schande. Mit meinen Mitteln im Hintergrund könntest du die Therapie gegen Krebs entdecken.« An meinem fünfzehnten Geburtstag vertraute er mir an, daß er seinen Sohn enterbt und seine Tochter durch die Ausgabe von Wandelanleihen an seinen Schwiegersohn versorgt hatte und daß ich im Falle seines Ablebens zu Lebzeiten seiner Frau fünfzig Prozent seines Vermögens erben würde und das Ganze, sollte er nach seiner Frau sterben. »Aber wenn du mich fragst, wird sie mich überleben«, sagte er sachlich. »Nimm dir meine Millionen und mach was draus, was der Menschheit für alle Zeiten im Gedächtnis bleiben wird.« Seine Augen glitzerten. Ich überlegte, ob es aufsteigende Tränen waren, die so funkelten. Er stand auf und sagte in beiläufigem Ton: »Und wenn du mir einen Gefallen tun willst, vergiß nicht, in deiner Nobelpreis-Rede meinen Namen zu erwähnen.«

»Ich danke dir, Onkel.«

Er trat zu mir, strich mit seiner feisten, warmen Hand über meine Milchbartstoppeln und sagte leise: »Du bist ein guter Sohn.« Ehe ich antworten konnte, war er aus dem Zimmer verschwunden.

Ich kam mir als enorm schlauer Fuchs und Verstellungskünstler vor. Ich mochte ihn nicht. Ich war dankbar und gerührt, daß er um meinetwillen seinen Sohn in die Wüste geschickt hatte, aber gleichzeitig war er deswegen in meinen Augen ein Schuft und Schwächling. Diese Ambivalenz, diese zwiespältige Beurteilung jeder Lage, war bei mir ein Dauerzustand.

Überflüssig zu sagen, daß die entzündliche Mischung, zu der sich die Elemente meiner Persönlichkeit addierten, zuletzt in Brand geraten mußte. Das Streichholz, das sie entflammte, war meine schöne, warmherzige Cousine Julie. Meine Sexualität hatte sich zu einer Kompromißbildung entwickelt, dank der sie seit Jahren der Mittelpunkt meiner Phantasien war. Aus dem Abstand des Heute gesehen springt förmlich in die Augen, warum ich mich zu einem weiblichen Familienmitglied hingezogen fühlte, das für die Gleichberechtigung der Schwarzen und die Beendigung des Vietnamkriegs kämpfte, zu einer von starken Gefühlen bewegten Jüdin, die eine gewisse Fürsorglichkeit für mich empfand und sich von meiner frühreifen Intelligenz niemals den Blick auf den dahinter versteckten einsamen kleinen Jungen verstellen ließ. Zur fraglichen Zeit fehlte mir die Einsicht in die Bedingtheit meiner Libido: ich war fasziniert von den Bewegungen ihrer weißen Brüste unter ihrem schwarzen Trikothemd und dem schwarzglänzend über ihren strammen Rücken fließenden Haar.

1968 studierte Julie an der Columbia University und stand kurz vor dem Examen. Sie war dem SDS *(Students for a Democratic Society)* beigetreten, einer auf dem linken Flügel des politischen Spektrums angesiedelten Studentenvereinigung, die damals gerade den Wandlungsprozeß von einer gewaltfreien Protestbewegung gegen den Vietnamkrieg zur militanten sozialrevolutionären Organisation durchlief, dessen extremer Auswuchs dann die terroristische *Weatherman*-Splittergruppe unseligen Angedenkens werden sollte. Noch im Jahr 1968 waren sich weder Julies Eltern noch Bernie – noch die große Mehrheit der amerikanischen Bevölkerung – im klaren darüber, wie ernst es diesen jugendlichen Demonstranten mit der Veränderung der amerikanischen Lebensverhältnisse war: mit der Abschaffung des institutionalisierten Rassismus, des Kapitalismus, des Imperialismus. Julie galt in der Familie noch immer als intelligentes, liebes Mädchen, und ihre Teilnahme an Friedensmärschen, ihre Abneigung gegen Make-up und ihre zerrissenen Jeans betrachtete man als Symptome einer vorübergehenden Sturm-und-Drang-Phase, als Dinge, die das funktionale Äquivalent des Adoleszentenalters für die pubertäre Pferdebegeisterung waren.

[Diese Sicht der Dinge ist nicht ganz falsch. Der Glaube an die Veränderbarkeit der Gesellschaft kann zwar auch im mittleren und höheren Lebensalter in ausgeprägter Form vorhanden sein, erlebt jedoch seine höchste Blüte mit weitaus höherer Wahrscheinlichkeit bei Menschen mit geringer Lebenserfahrung, und die Tollkühnheit, deren es bedarf, gegen die stärkste Militärmacht der Welt die Waffen zu erheben, erwächst am ehesten aus den unerschütterlichen Selbsttäuschungen der Jugend. Wir sind Tiere, auch wenn wir uns noch soviel Mühe geben, uns das Gegenteil einzureden, und die Chemismen des explosiven Wachstums in der Adoleszenz, der vollen Reife im dritten Lebensjahrzehnt und des rapide sich beschleunigenden Abbaus und Verfalls der Kräfte in den mittleren und späteren Jahren sind ebenso viele machtvolle Gezeitenströme, die unseren angeblich vorurteilsfreien Intellekt vom Optimismus zum Pessimismus tragen und treiben. Was nichts daran ändert, daß manche Revolutionen gelingen und andere scheitern.]

Im selben Jahr – dem Jahr, in dem ich sechzehn wurde – meldete mich Onkel Bernie zur Teilnahme an einem Projekt der Columbia University zur Förderung mathematisch sonderbegabter Schüler an. In Anbetracht der historischen Tatsache, daß alle großen Theoretiker der Mathematik mit ihrer bahnbrechenden Leistung bereits als Heranwachsende den Anfang gemacht und sie in der ersten Hälfte ihres dritten Lebensjahrzehnts vollendet hatten, hatte Columbia-Professor Raymond Jericho ein kleines Vermögen an Stiftergeldern zusammengebracht, das ihm erlaubte, hochbegabte Schüler aus der Umgegend zu einem Übungsseminar um sich zu scharen, dessen Zweck darin bestand, einen neuen Newton ausfindig zu machen. Die Zusammenkünfte fanden in der Universität statt, und zwar freitags abends und samstags ganztägig, damit das reguläre schulische Programm der Teilnehmer nicht beeinträchtigt wurde. Die *New York Times* brachte anläßlich unserer ersten Zusammenkunft einen Bericht über uns, in dem wir als das »Genieprojekt« figurierten. Diese Publicity wertete ich schon damals als ein Zeichen dafür, daß Professor Jericho seine Prioritäten nicht auf der Reihe hatte. Ich eckte gleich bei ihm an, weil ich dem Reporter von der *Times* auf die Frage nach meinem Spezialgebiet sagte, daß ich an einer Formel für Zeitreisen arbeitete. »Ist das wahr?« sagte der Reporter. Er begann auf seinen Notizblock zu kritzeln und trat dabei dicht an mich heran. »Das war nur ein Spaß«, sagte Professor Jericho und verweigerte mir zur Strafe die Erlaubnis, mit Yo-Yo Suki (der später bedeutende Arbeiten zur Chaostheorie veröffentlichen sollte) an der Auflösung des Beroni-Paradoxons zusammenzuarbeiten.

»Das ist zu schwer für euch«, meinte Jericho.

»Aber Sie haben doch vorher gesagt, wir sind Genies«, wandte Yo-Yo mit unbewegter Miene ein. Sein »Pokerface« ist ja inzwischen berühmt geworden, aber damals verblüffte es jeden.

»Euch beide sollte man nicht ins selbe Team stecken«, sagte Jericho. »Ich hab' eure Unterlagen durchgesehen – ihr seid euch zu ähnlich.«

Yo-Yo, ein klein gewachsener, pummeliger, blasser japanischer Junge mit dicken Brillengläsern vor den Augen, musterte mich von oben bis unten – einen knapp eins-dreiundachtzig großen jüdisch-spanischen Teenager, der dank Schwimmen und Tennis in der körperlichen Bestform seines Lebens war. Yo-Yo beendete seine Musterung und sagte: »Meinen Glückwunsch, Professor Jericho, Sie haben soeben die Anthropologie, so wie man sie bisher kannte, in den Ruhestand geschickt und diese Wissenschaft auf eine ganz neue Grundlage gestellt.«

Wir waren schon eine *sehr* eigenartige Bande von Jugendlichen. Yo-Yos Bemerkung riß die versammelte Mannschaft zu einer Lachsalve hin, die so stürmisch war, als säßen wir im Kino und hätten gerade eine besonders gelungene Slapstick-Szene einer alten Stummfilm-Klamotte gesehen.

Unsere Arbeitssitzungen begannen im Januar. Bereits im Februar war ich entmutigt. Es zeigte sich ein erster, haarfeiner Riß in dem glänzenden Harnisch meines Images als gescheitester Schüler in ganz Amerika – eines Images, das meiner Meinung nach die wichtigste Voraussetzung dafür war, daß mir die Liebe und das Geld meines Onkels erhalten blieben. Natürlich war (was die Sache nur noch schlimmer machte) der Defekt zu der Zeit nur für mich selbst wahrnehmbar. Wir wurden in Arbeitsteams von je vier Personen eingeteilt, innerhalb deren in gemeinsamer Anstrengung Rätselfragen der Mathematik zu lösen waren. Meine Teamkameraden waren nicht die hellsten Köpfe (tatsächlich sollte sich keiner von ihnen im späteren Leben durch besondere Leistungen auszeichnen, wie Yo-Yo und ein Junge namens Stephan Gorecki es taten), indes wurde für mich bald ersichtlich, daß meine Kameraden innerhalb der Gesamtgruppe zwar nur Mittelmaß verkörperten, aber mir an Fixigkeit sowohl im Ausführen von Berechnungen wie im Durchdringen theoretischer Sachverhalte und Problemstellungen haushoch überlegen waren. Nach vier Sitzungen war ich immer noch nicht in der Lage, mich mit einem konstruktiven Beitrag an der gemeinsamen Arbeit meines Teams während unseres Zusammenseins zu beteiligen, und zwischen den Gruppentreffen mußte ich endlose Stunden harter Arbeit aufwenden, um die verhältnismäßig banalen Hausaufgaben zu verketteten Beweisen – Beweisen, die schon vor Jahrhunderten entdeckt worden waren – zu bewältigen. Daß ich hoffnungslos überfordert war, begriff ich, als ein Schüler namens Jerry Timmerman mir das Heft mit einer Gleichung, an der ich dreißig Stunden gearbeitet hatte, mit der Bemerkung über den Tisch zurückwarf: »Das ist Schrott. Wenn du dich nicht dazu durchringen kannst, ernsthaft mitzuarbeiten, solltest du besser gar nicht mehr hierherkommen. Wie hast du das da zustande gebracht? Hast du es auf dem Weg hierher in der U-Bahn zusammengeschmiert?«

Das einzige Vergnügen, das mir die Genieschule brachte, ergab sich aus dem Umstand, daß Julie nur eine Straße weit von unserem Versammlungsort entfernt wohnte – in einer Wohngemeinschaft mit zwei anderen Examenskandidatinnen – und mir angeboten hatte, ich könne freitags auf samstags bei ihr übernachten. Onkel Bernie hatte dem zugestimmt – wahrscheinlich weil er auf diese Weise den Freitagabend mit seiner Geliebten in seinem *pied-à-terre* in Manhattan verbringen konnte, ohne an irgendwelche Verpflichtungen mir gegenüber denken zu müssen. Nach den zermürbenden Freitagabendsitzungen stolperte ich jedesmal niedergeschmettert und verprellt die lange Gefällstrecke der 116. Straße hinunter zu diesen gastfreundlichen weiblichen Wesen ohne BH unter der Hemdbluse, die manchmal spätnachts oder frühmorgens splitternackt zur Toilette tappten, an meinem Nachtlager auf der Wohnzimmercouch vorüber, wobei der flüchtige Ausblick auf die hellen Brüste oder die verdunkelte Scham um so erregender war, als die Körper sich dem Betrachter im Halbschlaf und ohne Gewahrsein der Situation darboten. Der Altersunterschied – ich war sechzehn, die Mädchen einundzwanzig – war allem Anschein nach für ihr Gefühl gigantisch. Jedenfalls konnte ich es mir anders nicht erklären, daß sie nichts dabei fanden, im Slip mit mir zu frühstücken und sich bei solchen Gelegenheiten in aller Ungezwungenheit zu bewegen, beispielsweise so lässig vorgebeugt nach der Karaffe mit dem Orangensaft zu greifen, daß die T-Shirts sich bauschten und der Halsausschnitt den Blick freigab auf braune oder hellrosa Warzenhöfe oder andere Faszinosa: einen Leberfleck auf der zarten Unterseite der Brust, eine unrasierte Achselhöhle, Brustwarzen, die in dieser Woche fest wie Kautschuk, in der nächsten weich und keck waren. Bei meinem vierten Besuch bekam Julie mit, wie ich gebannt auf den dunklen Hügel ihrer Wohnungsgenossin Kathy starrte, der sich schwellend durch den weißen Slip abzeichnete. Als Kathy aus dem Zimmer ging und ich – mit spontaner Erektion und flach atmend – endlich wieder Augen für den Rest der Welt hatte, bemerkte ich, daß Julie mich beobachtete. Ich durchlebte Augenblicke des Grauens. Es gab für mich keinen Zweifel daran, daß sie jetzt, wo sie erkannt hatte, daß ich durchaus keine geschlechtslose Unschuld war, mir das Vergnügen dieser Übernachtungen entziehen würde.

»Sie ist schön, nicht?« stellte Julie fest.

»Wer?« fragte ich ungeheuer geistreich. Ich drapierte meinen rechten Arm quer über meinen Schoß für den Fall, daß mein von Leidenschaft entflammter Penis bemerkbar sein sollte.

»Du brauchst dich nicht zu genieren«, sagte Julie leichthin. Sie erhob sich, um die Milch – oder war es der Kaffee? (wer hatte jetzt noch Augen für so etwas?) – zur Anrichte zurückzutragen, und ließ dabei ihr straffes Hinterteil in dem roten Slip sehen, über dem jetzt nicht mehr das graue Männer-T-Shirt hing, das sie als Nachthemd zu tragen pflegte. Julie hatte von den dreien die größten Brüste – sie spannten den umhüllenden Stoff so stark, daß es immer so aussah, als könnten die Brustwarzen jeden Moment durch das Gewebe dringen. Sie waren auch jetzt das erste, was ich sah, als sie sich zu mir umdrehte und – den Gestus der Blumenkinder imitierend (was ich aber damals nicht wußte) – hinzufügte: »Der Körper ist schön, weißte das nicht, Mann?«

[Feministische Psychologinnen haben uns über eine Reihe von Schwachstellen in der psychologischen Theorie aufgeklärt, die sich aus der unreflektierten Verabsolutierung der männlichen Sehweise ergeben, aber auch die feministische Optik hat ihre blinden Flecken, und einer davon ist die Unfähigkeit zu begreifen, besser gesagt: sich in den Sachverhalt einzufühlen, daß visuelle Stimuli auf den Mann, insbesondere den heranwachsenden Mann und den Mann im beginnenden Erwachsenenalter, mit ganz anderer Macht wirken, als sie es in der sexuellen Reaktion der Frau tun. Bisher hat noch jede einschlägige Studie, einerlei auf welches Dogma die einzelnen Autoren schwören, Belege dafür erbracht, daß Frauen durch Pornographie – besonders wenn sie ästhetisch ansprechend gemacht ist – zwar stimuliert werden *können*, daß aber die stimulierende Wirkung auf junge Männer *immer* eintritt, selbst bei kurzer und beiläufiger Konfrontation mit Nacktheit in kruder Form. Männer sind in jeder Lage hochgradig erregbar, einerlei ob sie gerade von starken Schmerzen geplagt werden, ob sie in gedrückter oder gehobener Stimmung sind, ob die gegebenen Umstände den tatsächlichen Vollzug des Geschlechtsakts möglich, wahrscheinlich oder unmöglich machen, und auch völlig unabhängig davon, ob das aufreizende Fleisch einer bekannten oder unbekannten, geliebten, gehaßten oder gefürchteten Person gehört. Ausnahmen von der Regel bilden lediglich Katatoniker und andere männliche Individuen in psychotischen Extremzuständen. Die feministische Bestürzung angesichts des Sachverhalts schlägt nur allzu oft in – als theoretische Reflexion verkappten – Abscheu oder in die glatte Leugnung der Naturgegebenheit des Faktums um. Manche Feministinnen gehen so weit zu behaupten, die Erregbarkeit des Mannes durch visuelle Stimuli sei das Ergebnis einer Sozialisation, die ihn lehre, die Frau als Besitztum zu betrachten. Jeder, der einmal ein achtzehnjähriger Adoleszenter gewesen ist, weiß, daß dieser Befund schlimmer als ein Beobachtungsfehler ist: daß sich in ihm eine gefährliche Ignoranz bekundet. Männer reißen schadenfrohe Witze über das Nachlassen der sexuellen Reaktion nach dem dreißigsten Lebensjahr, in Wahrheit jedoch ist es für die meisten eine Erlösung. Die Natur lockert dann ihren eisernen Griff immerhin so weit, daß wir bei der Konfrontation mit angeblich abstrakten Beispielen der Schönheit des menschlichen Körpers zumindest den Anschein von Würde und Bedacht zu wahren vermögen.]

Mit nassen Haaren, ein blaues Badetuch um den Leib gewickelt, tauchte Sandy, Julies zweite Mitbewohnerin, aus der Dusche auf und begann sich ohne lange Vorrede über die Pläne der Columbia University zu ereifern, einen nahe gelegenen Häuserkomplex, der der Universität gehörte, zu einer Sporthalle und zu Wohngelegenheiten für Fakultätsmitglieder und Studenten umzubauen, wozu die Ausweisung der derzeitigen Mieter – sozial schwacher, zumeist schwarzer Familien – erforderlich war. Obschon Sandys vierschrötige Gestalt nicht das Attraktivste war, was man sich denken konnte, wirkte ihr Vortrag auf mich wie eine pornographische Veranstaltung. Zwar hatte sie eine größere Partie ihres Körpers bedeckt als Kathy und Julie, aber das schlichte Wissen, daß sie nur das Frotteetuch trug und darunter nichts, daß ich also, sollte der unter der linken Achsel hinter dem Rand des Tuchs festgesteckte Zipfel sich aus seiner Halterung lösen, in einem halben Meter Abstand neben einem total nackten Mädchen sitzen würde – allein schon dieses Wissen zwang mich, jetzt beide Arme über meinen Schoß zu legen. Wieder bemerkte Julie den Schleier über meinen Pupillen. Sie lächelte wissend, während Sandy einen Argumentationszusammenhang entwickelte, in dem akademisches Elitedenken, Rassismus und Völkermord zu austauschbaren Größen wurden und schließlich (solange man auf abstrakter Ebene argumentiert, kommt man leicht so weit) die Absicht der Universitätsverwaltung, sich in der Dauerkonkurrenz mit Harvard durch unverändert rigide Zulassungsbedingungen auszuzeichnen und die Attraktivität der Columbia für Eliteprofessoren und -studenten durch das Angebot von komfortablen Wohnungen und einer neuen Sportanlage zu erhöhen, als das moralische Äquivalent von Sklaverei und Völkermord erschien. Zu meiner Überraschung blieb Sandy während ihrer politischen Brandrede die meiste Zeit zu mir gewandt und erläuterte mir auch immer wieder die Begriffe, die sie gebrauchte, weil sie offenbar annahm, daß diese Gedanken für mich schokkierend und schwer zu verstehen wären. Tatsache ist, daß ich Sandy dank meiner Jugend sehr gut verstand. »Wir schicken ihre Kinder nach Vietnam, damit sie sich dort abschlachten lassen, und zu Hause zerstören wir ihren Lebensraum«, sagte sie abschließend.

Julie brachte Sandy den Kaffee und sagte: »Es ist einfach deprimierend.«

»Wie denken die Kids bei dir in der Schule über den Krieg?« wandte sich Sandy an mich, als ich, die Unterarme über dem Schoß gekreuzt, bloß wortlos dasaß und sie anstarrte. Sie zog und krempelte den Oberrand ihres Badetuchs zurecht, der sich gelockert und langsam auseinanderzurutschen begonnen hatte – ein schweißtreibend spannendes Zwischenspiel.

»Sie halten nicht viel davon«, sagte ich.

»Seid ihr organisiert?«

Kathy kam in Jeans und Hemdbluse zurück. In einer Plastiktüte brachte sie Marihuana und Zigarettenpapier mit. Ich konnte mir denken, daß sie vorhatte, einen Joint zu drehen; ich hatte einmal auf der Schülertoilette bei der Prozedur zugesehen. Julie sah ein wenig nervös zu mir her. »Ich glaube, er weiß nicht, was du mit ›organisiert‹ meinst«, sagte Kathy zu Sandy. Sie bemerkte Julies Unbehagen wegen der Droge. »Oh«, sagte sie, »daran hab' ich gar nicht mehr gedacht.«

»Du bist doch gegen den Krieg, oder?« sagte Sandy.

»Das ist schon okay«, sagte ich zu Kathy. »Meinetwegen kannst du dir ruhig deinen Joint drehen.« Ich hatte zwar den Jargon drauf, aber für mich waren das alles nur leere Worthülsen. Die coolen Kids auf der High-School in Great Neck, die Gras rauchten, lebten zwar in meiner unmittelbaren Umgebung, so daß ich sie sehen und hören konnte, aber auf sozialer Ebene stand eine unüberwindliche Glaswand zwischen ihnen und mir. Ich gehörte zu zwei Kategorien von Menschen, für die diese Hipster nur Verachtung übrig hatten: zu den Strebern und den Sportskanonen.

Kathy lächelte erleichtert. »Deine Cousine hat uns auf die Seele gebunden, wir sollen dich ja nicht verderben, aber das hatte ich im Moment vergessen.«

»Du hast schon mal gekifft?« fragte Julie mich mit einiger Besorgnis, deren Grund mir nicht ersichtlich war.

Ich nickte nur stumm, unfähig, die Lüge über die Lippen zu bringen. Meine Gefühlslage dabei war die gleiche, wie wenn sie mich gefragt hätte, ob ich noch Jungfrau war. Meine Unerfahrenheit einzugestehen hätte nicht zu dem Air von Männlichkeit gepaßt, das ich mir zu geben bemüht war.

»Begreifst du, was für eine Ungerechtigkeit es ist, daß wir bloß Leute aus den untersten Schichten, egal ob schwarz oder weiß, in den Krieg in Vietnam schicken?« fragte mich Sandy.

»Ja klar, aber …«, begann ich, ehe mir wieder einfiel, daß ich mich nicht in einen Disput mit ihr verwickeln wollte.

»Was aber? Findest du es etwa nicht ungerecht?«

»Wenn du ganz gegen den Krieg bist, was hast du dann davon, wenn sie Leute aus allen Bevölkerungsschichten hinschicken?«

»Dann wäre der Krieg bald aus. Wenn da drüben Jungs aus der weißen Mittelklasse ins Gras beißen müßten, hätten wir hier bald ein großes Geschrei, daß damit Schluß sein muß.«

Kathy und Julie sahen mich an und genossen (nicht etwa maliziös, sondern mit freundschaftlicher Sympathie) das interessante Schauspiel, das sich ihnen bot und in ihren Augen darin bestand, daß ein naiver Jugendlicher durch Bekehrung zur Einsicht aufgeklärt oder – wie es in ihrem Jargon hieß – radikalisiert wurde. Meine Lage war einigermaßen verzwickt. Ich war in alle drei bis über beide Ohren verliebt, wenn ich auch Sandy für ziemlich unterbelichtet und reizlos und Kathy für eine überkandidelte Schnepfe hielt. Ich bewunderte den Idealismus und das Selbstvertrauen der drei, war aber überzeugt, daß sie unausweichlich auf den Schiffbruch zusteuerten. Außerdem bildete ich mir viel auf meine Intelligenz ein – wenn sie auch zur Zeit in dem »Genieprojekt« fürchterliche Schläge einstecken mußte. Alles in allem konnte ich es nicht unterlassen, die Maske der Uninteressiertheit und Unwissenheit in Sachen Politik fallenzulassen, um mich dickezutun. »Aber in Kriegen müssen doch immer die Armen den Kopf hinhalten«, sagte ich. »Der Zweite Weltkrieg hat vierzig Millionen Menschen das Leben gekostet, von denen die meisten aus der Arbeiterklasse stammten, und der ganze Spuk hat erst aufgehört, nachdem wir sämtliche bedeutenden deutschen Großstädte in Schutt und Asche gelegt und in Japan zwei Atombomben auf die Zivilbevölkerung geworfen hatten.«

»Das ist etwas anderes –«, begann Sandy.

»Der Krieg«, schnitt ich ihr das Wort ab, »ist das logische Endprodukt der Konkurrenzgesellschaft, der Kapitalismus ist das radikalste Konkurrenzsystem, und die USA sind die kapitalistischste Nation der Geschichte. Ohne Krieg würden die USA zusammenbrechen.«

»Genau –«, holte Sandy Schwung.

»Und deshalb«, fuhr ich fort, »wird die Regierung alles und, wenn es sein muß, jeden von uns opfern, um Sieger zu bleiben. Vor die Wahl gestellt, die Kontrolle des Weltmarkts zu verlieren oder das amerikanische Volk auszubluten, werden die USA sich immer dafür entscheiden, uns über die Klinge springen zu lassen. Aus ihrer Sicht haben sie keine andere Wahl. Für den Sieg in Vietnam würde LBJ seine eigenen Kinder ans Messer liefern. Das ist das Gesetz, nach dem er angetreten ist.«

»Wow«, sagte Kathy und zündete sich einen Joint an. Das überstehende Papier am locker gestopften vorderen Ende brannte im Nu ab und segelte als große graue Aschenflocke auf meine über meinem Schoß gekreuzten Unterarme hinunter.

»Exakt so isses«, sagte Sandy.

»Mein Gott, Rafe«, sagte Julie, nicht vorwurfsvoll, sondern gepeinigt von der Perspektive, die ich da aufgerissen hatte.

»Warum gehst du überhaupt zu diesem elitären Scheiß von Mathe-Seminar?« wollte Sandy wissen. Sie setzte sich auf den Stuhl neben mir. Das Badetuch klaffte jetzt an ihrem linken Oberschenkel bis hinauf zur Hüfte auseinander, und im Schatten des Frottee-Baldachins, der sich über ihre Leisten spannte, sah ich ein kleines, dichtes Büschel schwarzer Haare. Ich hob ruckartig den Kopf und blickte fest in Sandys ernste, interessierte Augen, die in diesem Moment von Sex nichts wußten. »Ich meine, wenn du das Schweinesystem durchschaust«, fügte Sandy hinzu, »wieso machst du da mit?«

»Mein Gott, Sandy, jetzt laß es mal gut sein«, sagte Julie.

Kathy entließ aus ihrem Mund endlich ein Rauchwölkchen, den Rest vom ersten Durchzieher, und sagte atemlos: »Weil das ein Seminar für Genies ist, und er *ist* ein Genie.«

Die Bemerkung elektrisierte mich fast genausosehr wie der Spalt in Sandys Badetuch. Ich hatte schon längst geschluckt, daß ich kein Genie war (wenigstens hatte ich es fünf Jahre lang genossen, die Verblendung meines Onkels zu teilen), und ich wußte, daß diese gefährliche Wahrheit meinen Teamkameraden an der Columbia nicht verborgen geblieben war. Vielleicht würde es mir auf anderen Feldern als der Mathematik auch weiterhin gelingen, die Menschen hinters Licht zu führen – auf weniger objektiv kontrollierbaren Wissensgebieten wie zum Beispiel dem der Weltpolitik. In politischen Dingen konnte man »zwei mal zwei ist gleich fünf« sagen und daraufhin für einen glänzenden Kopf gehalten werden und nicht etwa für jemand, der nicht einmal das kleine Einmaleins beherrscht. Es würde nicht mehr lange dauern, bis mein Onkel von Professor Jericho erfuhr, daß ich in seinem Verein nicht zur Spitzengruppe zählte. Ich hatte ein akutes Kompensationsbedürfnis.

»Das weiß ich auch, daß er ein Genie ist«, sagte Sandy.

Mann, das geht ja leicht, dachte ich und linste in den immer weiter auseinanderklaffenden Spalt in ihrem Badetuch. Ich hatte nun ihre intimste Körperregion mitsamt dem Streifen weißer Haut darüber voll im Blick. Was verbarg sich in diesem Wald? Mein ganzer Körper wollte es wissen. Ich wußte, wie man es berührt, ich wußte, was es für Sandy war, aber was würde es für mich sein? Etwas ganz Außergewöhnliches, dessen war ich sicher, ein Ort, wo Lügen und Geheimnisse keinen Zweck mehr hatten, wo die Wahrheit nicht mehr gefährlich war.

»Aber du hast die Pflicht und Schuldigkeit, mit deinem enormen Grips anderen zu helfen«, fuhr Sandy fort. »Wir organisieren SDS-Gruppen an allen High-Schools, und du solltest an eurer Schule den Pionier machen und die Trommel für unsere Sache rühren. Du wärst wirklich in der Lage, etwas für die Politisierung deiner Mitschüler zu tun.«

Sie verbissen sich alle drei in dieses Thema und redeten sich die Köpfe darüber heiß, ob ich meine Altersgenossen an der High-School oder die Genies an der Columbia University radikalisieren solle. »Warum nicht beide?« meinte Sandy, ließ sich dann jedoch von Kathy und Julie überzeugen, daß es das beste wäre, ich würde meine Kräfte auf die Wunderkinder konzentrieren: wenn ich sie dazu bringen könnte, sich öffentlich gegen die Pläne der Universitätsverwaltung auszusprechen, wäre das von großem Nutzen für die Sache. Und würde mich eine Erbschaft von zweihundert bis dreihundert Millionen Dollar kosten, dachte ich.

»Die werden da nie mitmachen«, sagte ich zu den Mädchen. Jede hatte inzwischen einen Zug an dem Joint gemacht, und Sandy, die leider ihr Badetuch wieder zurechtgesteckt und mich damit der schönen Aussicht beraubt hatte, streckte jetzt ihre Hand zu mir herüber – in der Geste von Michelangelos Gottvater, der Adam das Leben offeriert – nur daß es mein erster Genuß einer verbotenen Droge war, was sie mir offerierte.

Julie sah besorgt aus, sagte jedoch nichts. Ich griff zu. Und kam dabei mit den Fingern zu nahe an die Glut: mit einem »Autsch!« ließ ich den Joint fallen, und er landete in Sandys Schoß.

Sandy griff ihn sich umgehend und tat mit unbewegter, sachlicher Miene etwas so Verführerisches, daß ich verwirrt war. Sie hielt mir den Joint an die Lippen, als fütterte sie ein Kleinkind, und sah mir fest in die Augen, während ich den Rauch einsog. Er brannte mir wie Feuer in der Brust. Ich keuchte, der Rauch schoß mir aus Mund und Nase, die Augen tränten mir, mein Stolz lag in Trümmern. Sandy stand neben mir – unter dem Ansturm der Gewalt, mit der meine Lunge rebellierte, war ich aufgesprungen – und klopfte mir den Rücken. Ich spürte den Druck ihrer kleinen Brust an meinem rechten Arm. Julie brachte mir ein Glas Wasser. Ich trank belemmert. Aber die drei Grazien fanden offenbar nicht, daß ich mich lächerlich gemacht hatte.

»Du hast ja überhaupt nichts abgekriegt«, sagte Sandy und hielt mir erneut den Joint hin.

»Nein«, funkte Julie dazwischen.

»Ich will aber«, blaffte ich. Der schroffe Ton, in dem es herauskam, überraschte mich selbst.

»Ist ja schon gut«, gab Julie nach.

Diesmal achtete ich darauf, daß ich den Joint in sicherem Abstand von der Glut anfaßte. Ich zog vorsichtig. Die drei schauten mit feierlichen Mienen zu, als wären sie Zeugen einer heiligen Handlung. Ich behielt das bißchen, das ich inhaliert hatte, eine Weile in der Lunge. Nachdem ich die Tüte an Kathy weitergegeben hatte, öffnete ich den Mund. Wie es schien, kam nichts wieder heraus.

Kathy machte einen Zug und gab an Sandy weiter, die das Kunststück vorexerzierte, eine Rauchschwade aus dem Mund entweichen zu lassen und sie durch die Nase wieder einzuziehen. Der Joint wanderte zu Julie weiter. Sie überraschte mich – weil ich in ihr wohl im wesentlichen noch immer das sah, was sie als meine brave Cousine bisher gewesen war: die jüdische höhere Tochter aus dem Long-Island-Milieu – damit, daß sie einen tiefen Zug machte und das Feuer wegschluckte, als wäre es nichts. Sie sah mich an. Ich war wieder an der Reihe. »Du solltest jetzt aufhören«, sagte sie. »In einer Stunde mußt du im Seminar sein.«

»Um Himmelswillen, Julie, hör auf, ihn zu bemuttern«, sagte Sandy.

»Er ist noch ein Kind, Sandy«, protestierte Julie. »Wir haben kein Recht, ihm unsere Entscheidungen aufzuzwingen.«

»Selbstbestimmung«, sagte Kathy ernst, das Wort herauskeuchend.

Ich lachte. »Genau wie für Vietnam«, sagte ich und kicherte.

Aus unersichtlichem Grund brach Kathy in schallendes Lachen aus. Sandys Augen glitzerten. »Er ist schon high.«

»Bin ich das?« fragte ich.

»Ich mach' dir wohl besser noch 'ne Kanne Kaffee«, sagte Julie.

»Warum bringst du nachher nicht die ganze Bande von Genies mit hierher?« sagte Sandy.

»Ja, wir törnen sie alle an, und dann knobeln wir zusammen die Lösung für das Welternährungsproblem aus«, sagte Kathy. »Das wär' doch stark«, fügte sie hinzu. »Ein radikalisierter Braintrust.«

»Die Lösung des Welternährungsproblems existiert schon«, sagte Sandy. »Sie heißt Sozialismus.«

»Das wird nicht klappen«, sagte ich.

»Und wie das klappt«, insistierte Sandy. »Wenn alle Ressourcen auf der Welt gerecht verteilt werden –«

»Nein, das meine ich nicht!« Bevor ich wußte, was ich tat, hatte ich Sandys nackte Schulter gepackt und freundschaftlich zugedrückt. »Ich wollte sagen, die Genies werden nicht hierherkommen, um mit dir die Welt zu retten. Die würden keinen Finger rühren, um die Welt zu retten.« Sandys Haut fühlte sich überraschend zart und weich an – ein angenehmes Gefühl, und ich genoß es. Sie war so robust gebaut und zeigte der Welt ein so grimmiges Gesicht, daß ich eine härtere Schale erwartet hatte.

Kathy lachte schallend. Sandy sah mir forschend in die Augen. Ich setzte die Spitze meines Zeigefingers auf die Kuppe ihrer Schulter und zog langsam eine unsichtbare Linie bis zum Hals. Sandy drehte den Kopf zur Seite, um mit den Augen mein Tun zu verfolgen; auch Julie und Kathy beobachteten mich. Ich war vollkommen entrückt: es war ein Gefühl, als würde ich Sandys Seidenhaut auf meinen Finger schieben, einen Tropfen von ihrer Körpersubstanz abschöpfen, um ihn für mich zu behalten. Ich erwachte aus meiner Trance und zog hastig meinen Finger zurück. Das Ganze hatte kaum eine Sekunde gedauert, aber während dieser Zeit war ich vollständiger entblößt, als Sandy es gewesen wäre, wäre ihr Badetuch zu Boden gefallen.

»Entschuldigung«, sagte ich verlegen.

»Ich wüßte nicht, wofür.« Sandy ging zur Tür. »Angenehmes Gefühl«, bemerkte sie noch, ehe sie mit den Worten »Ich muß los, sonst komme ich zu spät zur Streikversammlung« aus der Küche verschwand. Ihre Art der Fortbewegung war ein ungraziöses Watscheln, das ich ihr aber auf der Stelle verzieh. Ich fand jetzt, daß dieser breite, plattfüßige Gang etwas Kraftvolles und Ehrliches hatte.

Von den zwei Zügen aus der Tüte war ich im Seminar noch den ganzen Tag so high, daß mein Beitrag zur Arbeit des Teams nicht nur wie sonst etwas schwer zu entschlüsseln, sondern der pure Nonsens war. Nach einiger Zeit konnte ich mit meinen Teamkameraden nicht mehr Schritt halten und verstummte, und daraufhin entdeckte ich, wie wenig die drei mich überhaupt brauchten: keiner beschwerte sich über mein Schweigen und meine Untätigkeit. Ja, sie schienen mit ihrer Arbeit sogar schneller als sonst voranzukommen. Ohne die geringste Hilfe von meiner Seite lösten sie ein Problem, an dem wir uns zuvor zwei Wochen lang vergebens die Zähne ausgebissen hatten. Sie jubelten vor Freude und riefen Professor Jericho herbei, um vor ihm zu glänzen. Während sie auf ihn einsprachen, sah er kurz zu mir her (ich stellte später fest, daß meine Augen gerötet waren). Er beglückwünschte die drei und bat mich dann angelegentlich, nach dem Seminar nicht gleich wegzugehen, er wolle mich kurz unter vier Augen sprechen.

Nachdem die Sitzung beendet war, blieb ich brav auf meinem Platz sitzen. Während die letzten Genies den Raum verließen, drehte Jericho einen Stuhl um, setzte sich rittlings auf die Sitzfläche und stützte das Kinn auf die über die hohe Rückenlehne drapierten Unterarme.

»Wie kommst du voran, Rafael?« fragte er; er sprach meinen Namen so aus, wie ich es partout nicht leiden konnte: ›Rey-fie-el‹.

»Ganz gut.«

»Auf mich machst du den Eindruck, als bist du nicht zufrieden.«

»Nicht zufrieden?« knurrte ich.

»Liegt es an dem Team?«

»Ich *bin* zufrieden.« Die Dröhnung war verflogen, und jetzt tat mir der Rücken weh. Mir war mulmig bei dieser Befragung. Was wußte er? Hatte er mit den anderen im Team gesprochen? Oder mit meinem Onkel?

»Komm schon. Sag mir, was los ist. Ich hab' doch Augen im Kopf. Ich sehe, daß du kein richtiges Verhältnis zu den anderen findest. Stört dich was Bestimmtes an der Arbeit? Stört dich die Teamarbeit als solche? Möchtest du lieber solo arbeiten?«

»Nein«, sagte ich hastig. Das wäre mein Untergang; dann wäre ja niemand mehr da, hinter dem ich mich verstecken konnte. »Es ist bloß – na ja, ich bin momentan nicht in Form. Das war heute nicht mein Tag, ich war schon besser«, sagte ich und begann selbst an meine Lüge zu glauben. »Ich hab' heute nichts Richtiges geleistet, und das ist mir peinlich. Aber ich kann nichts dagegen machen, verstehen Sie? Das tritt bei mir periodisch auf. Ich kann wochenlang schlapp herumhängen, und auf einmal bin ich wieder voll da.«

»Wirklich?« Sein Interesse war erwacht. »Dann hast du also gewohnheitsmäßig unproduktive Perioden?«

»Ja, ich muß richtig frustriert sein, damit es wieder funkt, verstehen Sie?« Vielleicht war es wirklich so, vielleicht war ich ein wetterwendisches Genie. Ich hoffte es jedenfalls.

»Dann zieh' ich mich zurück.« Er hob eine Hand, die Innenfläche mir zugekehrt. »Ich bitte um Entschuldigung. Ich will mich nicht in den natürlichen Lauf der Dinge einmischen. Es pressiert nicht. Wir arbeiten hier nicht nach Stundenplan.« Er stand auf. »Es reicht, wenn du mir bis Mai etwas Brillantes auf den Tisch legst«, spaßte er.

Fest entschlossen, wieder brillant zu werden, ging ich nach Hause. Meine Selbsttäuschung war von kurzer Dauer. Ich versuchte an diesem Abend, den nächsten Schritt in der Lösung des Problems durchzurechnen, mit dem unser Team befaßt war. Es gelang mir nicht. Statt dessen füllte sich mein Kopf mit Phantasien, die mein geliebtes Trio umkreisten

– ich küßte Julie, die sich in Kathys Brüste und schließlich in Sandys lockenden Urwald verwandelte. Daß ich meine sexuelle Spannung durch Selbstmißbrauch (ein Ausdruck, der meine Einschätzung der Autoerotik präzise wiedergibt) abbaute, half auch nicht, meinen Intellekt zu schärfen. Die ganze Woche war ich in der Schule im Tran. Ich war aus dem Takt gebracht. Ich stellte fest, daß der Unterricht im Grunde keine großen Anforderungen stellte. Ich mußte lediglich gut genug aufpassen, um die speziellen Vorurteile der Lehrer auf historischem oder literarischem oder naturkundlichem Gebiet mitzubekommen, und diese Vorurteile bedienen, indem ich sie mir gut genug ins Gedächtnis prägte, um sie so lange nachplappern zu können, bis ich erfolgreich den monatlichen Test hinter mich gebracht hatte. Man verlangte von uns nichts wirklich Schwieriges: keine Originalität, keine Kreativität und schon gar keine Genialität. Ich war intelligent, keine Frage. Aber viele andere waren es auch, die nicht mit so guten Noten abschnitten, wie ich sie bekam. Der Unterschied zwischen ihnen und mir war, daß ich mich so mächtig ins Zeug legte. Ich vergeudete nicht meine Kräfte damit, daß ich die unsicheren Gewässer der Jugendromanzen erkundete oder gegen meine Eltern rebellierte (faktisch *war* mein Strebertum eine Rebellion gegen meine tote Mutter und meinen außer Landes lebenden Vater). Ich war ein Hochstapler, befand ich. Ein überdurchschnittlich begabter Schüler und Sportler, der viel Wind machte, dem aber schnell die Luft ausging, wenn er es mit echtem Talent zu tun bekam. Sicherlich, ich war in vieler Hinsicht frühreif: ich hatte außergewöhnliche Lebenserfahrungen gemacht, und daher wirkte ich nach außen klug. Aber in der Einsamkeit im Innern meines Kopfes wußte ich es besser. Meine Klugheit war eine Mischung aus Tarnung und dem unguten Wissen, wie leicht ich mittels raffinierter Schmeicheleien Erwachsene manipulieren konnte. Mein schriftstellernder Vater hatte mich früh gelehrt, mich für Erwachsenenliteratur zu interessieren, und schreckliche Kindheitserlebnisse hatten dieses Interesse verstärkt. Noch lange nachdem Francisco aus meinem Leben verbannt war, bevorzugte ich Romane von einem Anspruchsniveau, das weit über meinem kalendarischen Alter lag. Ich las Dickens, Dostojewski, Tolstoi, Dreiser und den Rest des so traurigen wie eindrucksvollen Kanons desillusionierender Weltliteratur – nicht, wie meine Umwelt annahm, weil ich so gescheit gewesen wäre, sondern weil die Autoren mir die turbulente Welt verstehen halfen, die mein Leben durchgerüttelt und ihm dabei seine sonderbare, verwirrende Gestalt gegeben hatte. Ein Nebeneffekt meiner Lektüre war, daß ich mir eine Wendigkeit im sozialen Umgang aneignete, die über meine Jahre hinausging. Das Schreckliche daran war, wie mir im Laufe dieser Woche allmählich aufging, daß ich mich selbst nicht kannte. In einem für mich sehr realen Sinne existierte ich gar nicht. Ich war das Geschöpf der Bedürfnisse und Phantasien meiner wechselnden Versorger.

In jener Woche der Traurigkeit stellte ich in der Schule während eines Aufenthalts im Tagesraum meiner Klasse eine Liste meiner sämtlichen Aktivitäten zusammen: Tennisspielen, Schwimmen, klassische Musik Hören, Schachspielen, Romane Lesen, Beschäftigung mit Mathematik, Wissenschaft, Geschichte, kreatives Schreiben und so weiter. Dann starrte ich die einzelnen Punkte nacheinander brütend an, weil ich mir vorgenommen hatte, neben allen Aktivitäten, die ich aus Freude an der Sache betrieb, ein Häkchen zu machen. Das Häkchen setzte ich an mehreren Stellen. Ich glaube, ich wählte Romane Lesen, Beschäftigung mit Wissenschaft und Musik Hören aus. (Jedenfalls hätte ich das, wenn ich ehrlich war, tun müssen.) Doch dann radierte ich die Häkchen wieder aus, weil mir einfiel, wie sorgsam ich darauf achtete, daß meinem Onkel und meinen Lehrern auf irgendeinem Wege zur Kenntnis gelangte, welche Bücher ich las und welche Komponisten ich liebte. In alles spielte histrionische Eitelkeit hinein. Woran hatte ich eigentlich Freude, wenn kein Publikum zugegen war, das meinen Geschmack bewundern konnte?

Ich drehte das Blatt um und schrieb auf die Rückseite grimmig die Wahrheit: Masturbieren, Schokoladenkekse mit Vanillecremefüllung, Coca-Cola, gegrillte Rippchen, Würstchen mit Sauerkraut, nackte Frauen – an dieser Stelle hielt ich inne. Dann schrieb ich: Brüste, Mösen, Nabel, Hälse, Augen, Ohrläppchen, langes Haar, gelocktes Haar, schwarzes Haar, blondes Haar ... Ich liebte die Frauen. Das war die Antwort. Ein unersättliches Gelüsten. Nach Freuden für meinen Magen und meinen Penis. Das und nichts anderes war ich: ein Wesen voller Begierden, unkultiviert und auf jeden Fall bar jeglicher Genialität.

Ich zerriß das Blatt, zerriß es in so winzige Stücke, daß kein Mensch es je würde wieder zusammensetzen können. Ich versenkte die Schnipsel in meinem Pult und sah mich nach den anderen Schülern im Tagesraum um, von denen sich manche wohl als meine Freunde betrachteten. Alles, was sie von mir wußten und dachten, war falsch – einerlei ob sie mich mochten oder nicht leiden konnten. Jeden Tag, wenn sie sich im Tagesraum einfanden, tat ich, als wäre ich mit anwesend, aber in Wirklichkeit war ich gar nicht da – man konnte kaum sagen, daß ich in meiner eigenen Haut anwesend war.

Die Welt schwankte. Mein Schädel platzte auf. Mein Geist schien sich aus meinem Fleisch zu verflüchtigen, sich von diesem Fremdling zu verabschieden, um sich in einer anderen Welt mit einer Kollektion anderer Körper, die als Wohnstätten zur Wahl standen, ein neues Heim zu suchen. Es war grauenhaft: ich spürte, wie der innerste Kern meines Wesens sich zu verflüchtigen drohte. Ich schloß die Augen, knirschte mit den Zähnen und flüsterte wieder und wieder: »Du bist wirklich. Du bist wirklich. Du bist wirklich.«

Ich war im Begriff, wahnsinnig zu werden. Mit einemmal war mir das klar. Ich beendete meine Litanei und preßte, die Augen noch immer geschlossen, mit verschlungenen Armen die Hände gegen meine Rippen. Merkwürdig, überlegte ich, daß ich mit dem Los meiner Mutter vor Augen mir nie die Wahrscheinlichkeit klargemacht hatte, die da auch für mich bestand. Mein Onkel war das Genie. Meine Mutter, mein Vater und ich, wir waren die tauben Nüsse, für die die Welt uns hielt, die neidischen Schwächlinge der Erde, die von jenen versorgt werden mußten, die echte Energie, echte Selbstgewißheit und echtes Talent besaßen. Der moralische Kosmos drehte sich in meinem Kopf wie ein Kreisel. Mir war von meinem Selbstverlust so übel, daß ich, als es zum Unterricht klingelte, nicht vom Stuhl hochkam.

Ich sah zu, wie die anderen aufstanden und hinausgingen. Ich wünschte mir, ich hätte die Kraft gehabt, ihnen nachzurufen: »Bitte helft mir. Ich möchte gern ich sein, aber ich kann nicht. Ich möchte euch lieben, aber ich kann nicht. Ich möchte geliebt werden, aber ich weiß nicht, wer ich bin.«

»Was vergessen?« fragte der aufsichtführende Lehrer.

»Mir ist schlecht«, gab ich Auskunft, dieses eine Mal vollkommen wahrheitsgemäß.

ZEHNTES KAPITEL

Realitätsprüfung

Am nächsten Morgen wurde ich in Dr. Halstons Privatpraxis im Hillside Psychiatric Hospital gebracht. Mein Onkel wartete an der Anmeldung. Ich hatte mich seit dem Blitzschlag des Entsetzens, der mich im Tagesraum getroffen hatte, kaum bewegt oder gesprochen. Ich ließ mich zu keiner Erklärung herbei, weder gegenüber der Krankenschwester in der Schule noch gegenüber meinem Onkel und meiner Tante. Wenn ich gefragt wurde, was mir fehle, gab ich nur ein geflüstertes »Ich fühle mich nicht gut; im Augenblick kann ich mich auf nichts konzentrieren« von mir. Bernie fuhr mich zum Long Island Jewish Medical Center, und die Untersuchung dort erbrachte keinerlei physischen Befund. Für die Krankenschwester in der Schule, für meine Tante, für die Ärzte – für jeden außer Bernie – war von Anfang an klar, daß die Wurzel des Übels in meinem Kopf saß. Den ganzen Tag über bis zum Abend sträubte sich Bernie gegen diese Erkenntnis. Sein anfängliches Nichtwahrhabenwollen war verständlich. Übergangslos und ohne ersichtlichen Grund war sein Vollblut erlahmt; er wollte sich selbst glauben machen, daß nicht der Jockey und schon gar nicht eine Eigenart der Rasse, sondern eine unbedeutende Verstauchung die Ursache war.

Von den Untersuchungen und Tests zurück in meinem Zimmer, schaltete ich den Fernseher ein, legte mich aufs Bett und glotzte stumpfsinnig auf den Bildschirm; ich sprach mit niemandem und rührte das Essen nicht an, das mir auf einem Tablett hingestellt wurde. Irgendwann nickte ich für eine Weile ein. Ich bemühte mich, meinen Kopf leer und meinen Körper still zu halten. Wenn ich irgendeinen Gedanken faßte, konnte meine Haut aufspringen, und dann würde ich auslaufen; auch wenn ich mich bewegte, konnte ich mir damit schrecklichen Schaden zufügen, sagte mir mein Gefühl. Wurde ich zum Gehen gezwungen – zum Beispiel um die Strecke vom Untersuchungstisch zum Auto zurückzulegen –, ging das unendlich langsam vonstatten. Ich schob einen Fuß vor, lächelte meinen Begleitpersonen beschwichtigend zu, damit ihr Ärger nicht zu groß wurde, wenn ich jetzt gleich wieder pausierte, um mir Gewißheit zu verschaffen, daß nichts aus mir herausgefallen oder ausgelaufen war, und erst wenn das geschehen war, zog ich den anderen Fuß nach.

Mein Onkel fragte mich wieder und wieder: »Was hast du?«, bis er schließlich die Geduld verlor und mich anbrüllte: »Verdammt noch mal, mach endlich den Mund auf, oder ich schlag' dir den Schädel ein!« Er hatte die Fäuste geballt, und sein Gesicht war puterrot angelaufen. Über sich selbst erschrocken, verließ er das Zimmer. Mir wurde angst bei seiner eklatanten Unduldsamkeit gegen meine Schwäche, aber von vorn damit zu beginnen, ihm etwas vorzumachen, wäre noch gefährlicher und schrecklicher gewesen, so daß seine Verärgerung über meine Apathie mich nicht aus ihr herauszureißen vermochte. Nach seinem Ausbruch schaute er im Laufe des Abends noch mehrmals bei mir herein, beobachtete mich mit zornfunkelnden Augen, sagte jedoch nichts bis zu seiner letzten Visite. »Wir werden morgen zusammen Dr. Halston konsultieren«, erklärte er. »Der wird dir helfen. Mach dir keine Sorgen.« Was er sagte, war fürsorglich, aber wie er es sagte, klang es ungehalten.

Da saß ich also nun, Auge in Auge mit dem Arzt, der meine Mutter behandelt hatte. Das wuchtige schwarze Brillengestell war noch das gleiche wie vor sieben Jahren, aber von dem sich lichtenden blonden Haar war nichts mehr übrig. Das Wiedersehen aktivierte in mir die Erinnerung an Ruths Irresein und bestätigte mir, daß ich genauso zum Untergang verurteilt war wie sie.

»Erzähl mir mal, Rafe – du wirst doch Rafe gerufen?«

Ich nickte betont lebhaft.

»Also Rafe, jetzt erzähl mir mal, womit du in dem Klassenzimmer gerade beschäftigt warst – das war doch ein Klassenzimmer, wo du dich aufgehalten hast?«

»Der Tages ...«, ich machte eine Pause, damit meine Stimme nicht etwa mit zu rapider Silbenfolge irgendwas kaputtmachte. »... raum«, schloß ich.

»Der Tagesraum? Und das ist kein Klassenzimmer?«

Ich schüttelte den Kopf.

»Ist es eine Art Arbeitsraum?«

Ich nickte.

»Und was hast du da gemacht – gearbeitet?«

»Nein«, sagte ich, und ohne daß ich es gewollt hätte oder verhindern konnte, entfuhr mir ein Lachen. Es war unheimlich.

»Lachen ist hier nicht verboten«, sagte Halston. »Ich bin kein Lehrer. Du bist nicht zum Direx zitiert worden. Du hast nichts angestellt. Du bist nicht hier, um dir eine Strafe abzuholen.«

Ich glaubte ihm nicht.

Er wartete auf eine Antwort. Als klar war, daß keine kommen würde, sagte er: »Ich weiß, daß du sehr intelligent bist, deshalb will ich nicht um den Brei herumreden. Wenn jemand mit einer Geisteskrankheit zu mir kommt – und vielleicht hast du eine, ich weiß es nicht –, dann muß ich wie jeder Arzt die Temperatur messen, eine Blutprobe nehmen, Röntgenaufnahmen machen. Nur läßt sich das, wenn es um die Frage geht, wie es mit dem Seelenleben aussieht, nicht anders als in der Weise machen, daß ich Fragen stelle und der Patient mir offene Antworten gibt.«

Ich schwieg.

»Ich kann dir keine Medizin verabreichen, die dich gegen deinen Willen gesund macht. Du mußt selbst den Willen haben, gesund zu werden. Möchtest du gesund werden?«

Ich nickte. Ich hörte, was er sagte, aber ich bemühte mich, meinen Verstand vollständig abzuschalten. Ich betrachtete eingehend seine dikken Brillengläser und fragte mich: War das Kunststoff? Sie sahen so robust aus, daß ich mir überlegte, sie könnten womöglich aus Stahl sein. Aber nein, Stahl, das wäre zu schwer für seinen Kopf gewesen. Das Gewicht hätte ihm das Genick brechen können.

»Nichts, was du hier sagst, wird jemals einem Dritten zur Kenntnis gelangen.« Er mußte meinen geringschätzigen Blick mitbekommen haben, denn er wurde blaß. »Glaubst du mir nicht?«

Ich verzog keine Miene.

Halston nickte zu der geschlossenen Tür zum Wartezimmer hin. »Ich verspreche dir bei meinem hippokratischen Eid – und du kannst mir glauben, daß es für mich nichts Höheres gibt – ich verspreche dir, daß keine Menschenseele, auch nicht dein Onkel, auch nur ein einziges Wort von dem erfahren wird, was wir hier miteinander reden.«

Ich wollte das nicht durchdenken. Die Worte »Mit Geld kann man alles kaufen« schossen mir durch den Kopf. Ich konnte nicht anders, als ihm zu antworten: »Ich glaube Ihnen nicht.« Auf Konfrontationskurs mit ihm zu gehen, war nicht so schrecklich, wie meinen Verstand zu gebrauchen.

Anders, als ich erwartet hatte, war Halston nicht beleidigt. Er lehnte sich zurück und strich sich mit der Hand über den kahlen Schädel. Muß schön sein, dachte ich, so eine harte Schale unter den Fingern zu haben. »Liegt es speziell an mir? Oder würdest du generell keinem Arzt glauben?«

»Ist nicht persönlich gemeint«, sagte ich. Ich nuschelte die Worte durch lediglich einen Spaltbreit geöffnete Lippen. Das war eine prima Lösung. So wurde meine Haut nur minimal bewegt, und ich konnte mit weniger Aufwand mehr Wörter von mir geben. Leider hörte ich mich dabei an wie eine Figur in einem Zeichentrickfilm oder als spräche ich aus einer geschlossenen Kiste heraus.

»Verstehe. Na, du mußt ja ganz schön schaurige Geheimnisse mit dir herumschleppen.«

»Kann man wohl sagen«, kommentierte ich mit meiner neuen Zeichentrickfilmstimme und ließ wieder das Lachen hören. Zu laut! Auf das Lachen muß ich aufpassen!

»Ich beneide dich.«

Ich war überrascht.

»Ich beneide dich natürlich nicht darum, daß es dir schlecht geht. Aber mein Leben war noch nie besonders interessant. Da gibt's wenig geheimzuhalten.«

Er schlug die Hände zusammen und rieb sie aneinander, als habe er eine Aufgabe erledigt. »Tja, ich glaube, wir sitzen fest. Ich fürchte, wenn du dich gegen die Behandlung sperrst, läßt das keinen anderen Schluß zu, als daß du krank bist, und du mußt hierbleiben. Ich hatte gehofft, wir könnten uns unterhalten und du könntest anschließend nach Hause gehen. Du könntest ein paarmal die Woche hierherkommen und mit mir über deine Geheimnisse sprechen – die Geheimnisse bleiben würden –, und ansonsten könntest du genauso weitermachen wie bisher und brauchtest auf nichts zu verzichten, was dir Spaß macht.«

Gefüllte Schokoladenkekse, Masturbieren, Rippchen.

»Ich werde immer offen mit dir sein«, sagte er. »Ich möchte nicht, daß du hierbleibst. Meiner Meinung nach bist du im Grunde nicht ernstlich krank. Du gehörst nicht in eine psychiatrische Klinik. Klar, du hast Sorgen und Probleme. Die haben wir alle, besonders mit sechzehn. Aber ich halte es für ein Trauerspiel, daß du wie ein hoffnungslos Geistesgestörter behandelt werden willst. Du nicht auch?«

Ich zuckte die Achseln. Das war eine Frage, die ich nicht durchzudenken wagte.

»Möchtest du hierbleiben?«

»Nein.«

»Wenn du es vermeiden willst, bleibt dir nur eins: du mußt einen Test mit mir machen.«

»Einen Test?«

»Einen Test, ob du mir vertraust, daß ich deine Geheimnisse für mich behalte.«

Ich nickte.

Er ließ viel Zeit verstreichen, ehe er wieder sprach. Das Warten war quälend. Ich sah meine Mutter mit ihren verschatteten Augen vor mir, entkräftet von dem Aufenthalt in der Klinik.

Endlich brach er das Schweigen. »Woran dachtest du gerade, als dich in dem Tagesraum der Drang überkam, einfach nur still und stumm dazusitzen?«

Furcht stieg in meiner Kehle auf, ein ähnliches Gefühl, wie wenn sich der Mageninhalt hebt, aber ohne die begleitende Übelkeit. Der Druck von unten löste meine Zunge aus ihrer Fesselung. »Ich dachte gerade daran«, sagte die Zeichentrickfilmfigur in mir in haspelnder Sprechweise; mir wurde klar, daß es Bugs Bunny war, der da sprach. »Ich dachte gerade daran, daß ich kein Genie bin, Doc.«

»Ah so!« Dr. Halston nickte emphatisch. »Siehst du, ich wußte, daß wir etwas gemeinsam haben. Ich bin auch kein Genie.«

Ich lachte. Laut und anhaltend. Ich konnte nicht mehr aufhören, und auf einmal bebte und schluchzte ich. Das Schluchzen wurde sehr heftig und überraschte mich. Ich verspürte nicht das mindeste Gefühl von Traurigkeit, und das war verwirrend. Aber andererseits floß auch nicht meine Persönlichkeit mit den Tränen aus mir heraus.

Halston rührte sich nicht. Er wartete, bis es vorbei war, dann reichte er mir eine Box Kleenextücher. Ich schneuzte mich. Ich fühlte mich gelokkert, nicht mehr so zerbrechlich. Das zusammengeknäuelte Tuch trug ich zu dem leeren Plastikpapierkorb, der genauso schwarz und massiv war wie Halstons Brillengestell.

»Daß du kein Genie bist, ist das eins von deinen Geheimnissen?« fragte er, als ich wieder auf meinem Stuhl saß.

»Na und ob, Doc.«

»Ich hätte es lieber, du würdest mich nicht ›Doc‹ nennen.«

»'tschuldigung.«

»Du kannst es aber tun, wenn du möchtest. Ich bin für dich kein Vormund und kein Vorgesetzter. Du mußt mir nicht gehorchen.«

Ich glaubte ihm nicht, deshalb schwieg ich. Das Lügen hatte ich aus meinem Aktionskatalog gestrichen. Ich hielt mich an die Regel: Entweder die Wahrheit oder Schweigen.

»Muß es vor allen Leuten geheimgehalten werden, daß du kein Genie bist?«

»Exakt.«

»Aber besonders vor bestimmten Menschen?«

»Exakt.«

»Ganz besonders vor deinem Onkel?«

»Volltreffer.«

»Was würde passieren, wenn er dahinterkäme, daß du kein Genie bist?«

Ich dachte das durch. Es gab eine Menge möglicher Antworten. Ich entschied mich für die, von der ich annahm, daß sie ihn am meisten beeindrucken würde. »Es würde mich zweihundert Millionen Dollar kosten.«

»Ja, das ist allerdings ein guter Grund, ein Geheimnis daraus zu machen.«

»Nicht wahr.«

»Gibt's noch einen anderen Grund?«

»Er würde mich nicht mehr lieben.«

Halston nickte. »Und welcher von den zwei Gründen ist der wichtigere?«

»Wie der wichtigere ...?«

»Fürchtest du dich mehr davor, seine Liebe zu verlieren, oder mehr davor, sein Geld zu verlieren?«

Ich schwieg.

»Ist das auch ein Geheimnis?«

»Alles ist ein Geheimnis.«

»Na ja, aber das ganz große Geheimnis kenne ich jetzt schon, stimmt's?«

Ich schwieg.

»Verstehe. Das ganz große Geheimnis kenne ich nicht. Aber was ich kenne, ist ein wichtiges Geheimnis, ja?«

Ich nickte.

»Also hast du dich immerhin schon entschlossen, den Test mit mir zu machen – warum dann nicht gleich gründlich?«

»Ich möchte gehen«, sagte ich.

»Wir haben noch fünf Minuten. So werden wir das immer machen: uns täglich eine Stunde lang miteinander unterhalten – vorausgesetzt, du hast weiterhin den Willen, gesund zu werden. Du kommst nach der Schule hierher und testest mich. Ansonsten wirst du dein Leben weiterleben wie bisher, und dabei wirst du dann schon sehen, ob irgendwer durch mich von deinen Geheimnissen Wind bekommt. Aber du mußt weiter offen mit mir reden, sonst geht der Test nicht weiter und du wirst auch nicht gesund.«

Ich nickte.

»Für heute also nur noch eine letzte Frage. Was wäre dir unangenehmer: das Geld deines Onkels oder die Liebe deines Onkels zu verlieren?«

»Das weiß ich selbst nicht.«

»Worauf würdest du tippen?«

»Tippen?«

»Sag einfach mal auf gut Glück so oder so. Wir sind ja nicht in einer Prüfung. Es gibt keine richtige oder falsche Antwort.«

»Klar gibt's die.«

»Ja? Und welches wäre die richtige?«

»Seine Liebe.«

»Dann vermute ich mal, daß deine Antwort ›das Geld‹ lauten müßte.«

Ich lächelte. Halston lächelte zurück. Er warf einen Blick auf die Uhr auf seinem Schreibtisch. »Okay. Ich werde dich jetzt erlösen und deinen Onkel zu mir bitten und mit ihm besprechen, daß du mich jeden Nachmittag besuchst. Er wird mich fragen, was dir fehlt, und ich werde ihm sagen, daß du eine Panikattacke hattest, daß du aber wieder auf die Reihe kommst, vorausgesetzt, wir beide können uns unbehindert unterhalten, ohne daß er sich einmischt. Das wird ihm nicht gefallen, aber er wird es akzeptieren. Denk dran, Rafe, was wir hier miteinander sprechen, bleibt unter uns. Ich möchte meinerseits nicht, daß *du* anderen Leuten *meine* Geheimnisse erzählst. Kapiert?«

Ich nickte. Er stand auf. Ich folgte seinem Beispiel.

»Ich mag dich, Rafe«, sagte er. »Ich glaube, unsere Gespräche werden mir Spaß machen.«

Onkel Bernie blieb eine halbe Stunde bei ihm drin. Eine sehr, sehr lange Zeit, wie mir schien. Wahrscheinlich war Halston in die Knie gegangen und ließ sich zu allem breitschlagen, was Bernie von ihm verlangte. Aber als der Onkel in der Sprechzimmertür erschien, verriet sein verwirrter und gequälter Gesichtsausdruck, daß es nicht so gelaufen sein konnte. Er ließ sein gespieltes Mitgefühl beiseite und behandelte mich statt dessen mit der Ungehaltenheit, die, wie ich wußte, seine wirkliche Stimmungslage war. »Los, komm«, sagte er, »der Doktor sagt, du kannst ganz gut ohne fremde Hilfe gehen.«

Ich versuchte, die Strecke zum Auto mit kleinen – nicht allzu auffälligen – Schlenkerschritten zurückzulegen. Wenn Bugs Bunny mir schon seine Stimme lieh, warum sollte ich nicht auch hoppeln wie er? Bernie registrierte meine sonderbaren Bewegungen aus dem Augenwinkel, aber sie gingen im einzelnen ziemlich rasch vonstatten, also sagte er nichts. Im Auto knurrte er: »Der Doktor sagt, du kannst morgen in die Schule gehen.«

Der Doktor muß übergeschnappt sein, dachte ich, sagte jedoch nichts.

»Und anschließend gehst du für eine Stunde zu ihm. Und das machen wir mit Ausnahme der Wochenenden jeden Tag so, bis du ...« Bernie wandte den Blick nach vorn. In tiefem Schweigen fuhren wir über eine Ladenmeile des Northern Boulevard. Ich vergaß meinen Onkel und besah mir die Welt draußen. Ich bemerkte Dinge, an denen ich schon Hunderte Male vorbeigefahren sein mußte, ohne sie wirklich wahrzunehmen. Ich sah eine Milchbar, und die Schoko-Dips fielen mir ein, die ich als Kind so gemocht hatte – Vanille-Softeis, kurz in Schokoladensoße getaucht, die sofort zu einer kühlen, starren Hülle verhärtete. Ich wünschte mir, ich hätte jetzt so einen Schoko-Dip haben können, aber es wäre mir nicht im Traum eingefallen, meinen Onkel um etwas so Nichtiges wie eine Waffeltüte mit Softeiskrone zu bitten.

»Dr. Halston möchte, daß ich Professor Jericho anrufe und dich von dem Columbia-Projekt abmelde. Er sagt, das würde deinem Wunsch entsprechen.« Onkel Bernie rückte auf seinem Sitz und neigte sich zu mir herüber. Im Zentrum seiner markanten Gesichtszüge saß ein Paar verletzt und verwirrt dreinschauender Augen. »Stimmt das? Du möchtest da nicht mehr hingehen?«

Ich schwieg. Ich wäre gern weiter Gast in Julies Wohnung gewesen. Und es irritierte mich, daß Halston ganz konkret meine Teilnahme am »Genieprogramm« angesprochen hatte. War das nicht ein indirekter Verrat des Geheimnisses, das ich ihm anvertraut hatte?

Bernie wandte den Blick nach vorn. »Wenn es dir bei Professor Jericho und den anderen nicht gefallen hat, warum hast du es mir nicht einfach gesagt? Ich mach' dir deswegen keinen Vorwurf. Als ich den Artikel in der *Times* gelesen hab', hab' ich mir gedacht: Mein Gott, diese Leutchen hören sich ja alle wie richtige Nervtöter an.«

Erneutes Schweigen.

»Wir werden deine Tennisstunden absetzen oder auf eine andere Zeit verlegen müssen«, meinte er.

»Absetzen«, sagte ich.

»Oh, du kannst ja sprechen.« Er lehnte sich zurück und knurrte: »Ich hoffe, das Ganze ist kein Fehler.« Nach einer weiteren langen Schweigepause seufzte er und sagte: »Ich möchte dich nicht genauso verziehen wie meine Kinder.«

Am nächsten Tag machte ich in der Schule eine frappante Entdekkung: Kein Mensch achtete darauf, wenn ich im Unterricht schwieg, mir zum Essen einen Platz suchte, wo ich allein war, und während der Arbeitsstunde und den Umzügen der Klasse zwischen den Unterrichtsräumen mit niemand sprach. Ich fand das so wunderbar, daß ich auf die

Toilette ging, um dort unbeobachtet laut darüber zu lachen. Der eine und andere von den Lehrern sah zu mir her, wenn er seine kniffligsten Fragen stellte, und war sichtlich verwundert, meine Hand nicht erhoben zu sehen, gab jedoch nach ein paar Enttäuschungen seine Erwartungshaltung auf. Meine Freunde – richtiger gesagt, die ehrgeizigen Mannschaftssportler und Siebengescheiten vom gleichen Schlag wie ich – sprachen mich an, um sich zu erkundigen, ob ich krank gewesen sei. Ich nickte, lächelte und ging weiter, und niemand registrierte, daß ich volle acht Stunden lang kein einziges Wort von mir gab. Ich hätte mich darüber schier totlachen können. Es war kein verrückter Einfall von mir gewesen, daß ich nicht existierte. Ich existierte wirklich nicht.

Mit einem Katarakt von Worten berichtete ich Halston. Ich schilderte ihm mit allen Einzelheiten, wie ich mich in meiner stummen Rolle durch die einzelnen Begegnungen manövriert hatte. In meiner Aufregung bemerkte ich gar nicht, daß meine Bugs-Bunny-Stimme weg war. Das Kinn in die rechte Hand gestützt, hörte er aufmerksam zu und lächelte, als genösse er den Spaß von ganzem Herzen mit. »Und obwohl du nur dagesessen und nichts getan hast«, sagte er, als ich fertig war, »hat kein Mensch gemerkt, daß du kein Genie bist.«

Die Bemerkung hatte irgendwo eine boshafte Spitze. Ich konnte aber die Stelle, wo sie saß, nicht finden. »Genau«, sagte ich und zog mich in das Schneckenhaus der Schweigsamkeit zurück.

Er wartete geduldig. Als klar war, daß ich unaufgefordert nicht wieder das Wort ergreifen würde, fragte er: »Wie hat dein Onkel auf die Unterredung zwischen ihm und mir reagiert?«

Ich zuckte die Achseln. »Er will nicht, daß ich verzogen werde.«

»Was heißt das?«

»Ich soll nicht faul werden.«

»Und was dachtest du, als du das gehört hast?«

Ich zuckte die Achseln.

»Nichts? Du hast überhaupt nichts gedacht? Oder ist das wieder ein Geheimnis?«

»Nein. Ich kann mich bloß nicht erinnern.«

»Versuch's.«

Ich wartete. Das einzige, was mir wieder einfiel, war die Milchbar. »Ich hatte Lust auf ein Softeis.«

»Wie bitte?«

»Ein Softeis. Ich hätte gern einen Schoko-Dip aus der Milchbar gehabt.«

»Mhm. Wie kamst du auf Softeis?«

Mir kam das ziemlich blödsinnig vor, was er da machte. Dieses Bemühen, mich am Reden zu halten, und sei das Thema noch so nichtssagend, war nur dämlich. »Keine Ahnung«, sagte ich.

»Du klingst gereizt.«

»Ich bin nicht gereizt.«

»Wann hast du zum letztenmal einen ...« Er stockte und machte mir mit der Hand ein Zeichen, ihm zu Hilfe zu kommen.

»Einen Schoko-Dip?«

»Ja. Wann hast du zum letztenmal einen Schoko-Dip gegessen?«

»Wissen Sie was«, entfuhr es mir, ehe es mir richtig bewußt wurde, »ich halte das für ziemlichen Blödsinn, was Sie da machen.« Ich weiß nicht mehr, ob ich vor Schreck über meine zwar ehrliche, aber grobe Bemerkung die Hand vor den Mund schlug, aber auf jeden Fall war mir danach.

»Tja, ich hab' dich gewarnt. Ich bin kein Genie. Aber *du* mußt kein Genie sein, um dich daran zu erinnern, wann du zum letztenmal einen Schoko ... – wie heißt das noch gleich? Schoko-Flip?«

Ich lachte. Er war wirklich ein Blödmann. »Schoko-Dip«, verbesserte ich ihn. »Die hab' ich als Kind gern gegessen. Ich schätze mal, den letzten in Washington Heights.«

»Mit deiner Mutter?«

Auf halber Entfernung zwischen ihm und mir, an der Kante seines Mahagonischreibtischs, tauchten die Bilder vor mir auf: der schwindeln machend heiße Tag in Tampa, mein Arm im Gipsverband, mein Vater, der mit der Serviererin in der Milchbar flirtet, und der Zeitlupen-Sturz meines Schoko-Dips, der zuletzt auf geweißtem Beton zerbirst.

»Woran denkst du?« erkundigte er sich, mich aus meiner Gedankenverlorenheit zurückholend.

»Ich hatte mir den Arm gebrochen.« Halston nickte fast so, als habe er es schon gewußt. »Ich hatte mir in Tampa den Arm gebrochen, als ich da bei den Großeltern zu Besuch war. Mein Vater war verreist, und als er wiederkam und mich vom Krankenhaus abgeholt hat –« Ich hielt inne. »Vom Krankenhaus? War es ein Krankenhaus?«

»Könnte sein, daß es eins war. Du bist mit deinem Onkel aus einer Art Krankenhaus gekommen. Vielleicht hast du dich deswegen daran erinnert, wie dein Vater dich vom Krankenhaus abgeholt und dir einen Schoko-Dingsbums gekauft hat.«

Ich versuchte den Nebel zu zerteilen, der sich inzwischen vor die Bilder jenes Tages gelagert hatte und sie meinem Blick entzog. Irgend etwas Wichtiges verbarg sich vor dem Suchstrahl meiner Erinnerung. Ich bemühte mich, das Bild anzuleuchten, aber es löste sich auf, und ich sah nichts als die zersplitternde Schokoladenhülle und die zerlaufende Eiskrem. Ich klatschte mir auf den Oberschenkel. »Ich kann mich nicht mehr erinnern.«

»Es wird dir schon wieder einfallen«, meinte Halston. »Alsdann. Die Stunde ist bald um, und du hast mir noch kein einziges Geheimnis verraten. Was ist das ganz große Geheimnis? Warum fangen wir nicht mit der Nummer eins an?«

Inzwischen war mir aufgegangen, daß seine Frage, warum ich einen Schoko-Dip hatte haben wollen, gar nicht so unsinnig gewesen war. Meine Verachtung für seine vermeintliche Blödheit kippte in Ehrfurcht vor seinem Röntgenblick um. Nicht nur daß er mir anmerkte, wenn ich log – er konnte Dinge über mich aus mir herausbekommen, von denen ich selbst nichts wußte. Das war für mich eine ganz neue Erfahrung, und nicht minder überraschte mich die Entdeckung, wie wenig ich mich selbst kannte.

»Na, wie wär's?« fragte Halston. »Wollen wir das große Geheimnis nicht aus dem Weg räumen?«

Vielleicht konnte er direkt in mich hineinsehen, vielleicht auch nicht. Vielleicht nicht in den allerdunkelsten Winkel.

Halston lächelte. »Es muß nicht unbedingt das ganz große Geheimnis sein. Irgendein anderes tut's auch.«

»Ich wichse«, sagte ich hastig.

Er nickte gelangweilt. »Oft?«

»Mindestens einmal jeden Tag. Manchmal auch zweimal.«

»Macht es dir Spaß?«

Ich lachte.

»Ist das wieder mal 'ne blöde Frage?«

Ich überlegte. »Nein«, gab ich zu.

»Also ...?«

»Meistens. Manchmal, da hab' ich so ein Gefühl von, wie soll ich sagen ...«

»Beschmutzung?«

»Nein – Langeweile.«

Jetzt zeigte er auf einmal Interesse. »Du masturbierst aus Langeweile? Oder langweilt dich das Masturbieren?«

»Beides«, sagte ich.

»Langweilst du dich, oder fühlst du dich eher einsam?«

»Ich fühle mich nie einsam.«

»Du fühlst dich nie einsam?«

»Ich bin gern allein.«

»Ah ja. Wen stellst du dir vor, wenn du masturbierst?«

Ich schwieg.

»Ist das ein Geheimnis?«

»Ich stelle mir Frauen vor.«

»Älter als du oder Mädchen ungefähr deines Alters?«

»Älter.«

»Frauen aus deiner Bekanntschaft?«

»Mhm.« Ich war in Erregung geraten. Das war jetzt wie ein Versteckspiel, nur daß ich nicht genau wußte, ob ich mich vor ihm oder vor mir selbst versteckte. An wen dachte ich *wirklich*? Meine Phantasien waren ein Kaleidoskop von Frauen, in dem es nur eine einzige beunruhigende Figuration gab – falls ich in bezug auf das, was sich im Aufblitzen jenes der Betrachtung sich entziehenden Bildes verbarg, richtig vermutete.

»Zum Beispiel?«

Ich schwieg.

»Hab' ich dein Geheimnis irgend jemand verraten?«

»Nein«, sagte ich. Ich war zu dem Schluß gekommen, daß es nicht eigentlich ein Verrat war, mich aus Professor Jerichos Projektgruppe herauszuholen. Trotzdem hatte ich mich bei ihm darüber beschweren wollen, es dann aber doch unterlassen, weil mir der Ausstieg andererseits nicht ganz unwillkommen war.

»Ist es deine Tante? Denkst du vielleicht an sie dabei?«

Ich mußte lächeln, weil ich sowohl den Gedanken als solchen wie die Tatsache, daß Halston ihn in Betracht zog, höchst komisch fand.

»Aha, ich hab' mal wieder danebengeraten. Warum sagst du es mir nicht selbst? Wie du weißt, bin ich kein Genie. Wenn wir so lange warten wollen, bis ich richtig geraten habe, könnte es noch Jahre dauern.«

»Ich stelle mir meine Cousine vor.«

»Die Tochter deines Onkels?«

»Nein. Nicht die Tochter von Onkel Bernie. Meine Cousine Julie. Die Tochter von seinem Bruder.«

»Also auch eine Cousine ersten Grades?«

»Ja.«

»Ist das ein Geheimnis, daß sie dich in deinen Phantasien beschäftigt?«

»Na klar.«

»Okay. Die Zeit ist um. Wir sehen uns morgen wieder. Falls dir noch etwas zu dem Softeis einfällt, kannst du es mir dann sagen.« Er lächelte. »Das ist deine Hausaufgabe.«

Am Abend kam mein Onkel zeitig zum Essen nach Hause – unter der Woche ein seltenes Vorkommnis. Tante Charlotte und ich aßen gewöhnlich zu verschiedenen Zeiten, nicht weil unsere Stundenpläne es so erfordert hätten, sondern mehr um einander aus dem Weg zu gehen, daher war eine gemeinsame Mahlzeit für uns alle drei ein äußerst seltenes Ereignis.

Nach dem Tag in der Schule und dem Gespräch mit Halston ging es mir ziemlich gut. Ich hatte Halstons bestechendes und schlüssiges Konzept begriffen. Das Lügen ließ sich leichter bewerkstelligen, wenn es wenigstens *einen* Menschen gab, dem man ungestraft die Wahrheit sagen konnte. Außerdem log ich ja nicht wirklich, es sei denn durch Verschweigen, das sich aus meiner selbstauferlegten Stummheit ergab. Ich hatte auch – dank Halstons meiner Meinung nach gezielten Fragen zu meinen sexuellen Phantasien – eine Vorstellung davon, was ich tun könnte, um mich selbst zu kurieren. Ich war noch Jungfrau – das war mein Problem. Ich liebte die Frauen, ohne daß mich das bisher veranlaßt hatte, etwas in praktischer Beziehung zu unternehmen. Das würde jeden um den Verstand bringen.

Claire, die schwarze Köchin mittleren Alters, die zu den Zeiten, wo mir niemand Gesellschaft leistete, für mich allein kochte und deckte, servierte uns ein einfaches Gericht, bestehend aus Lammkoteletts, Spargeln und Kartoffelpüree. Nachdem sie sich zurückgezogen hatte, fragte Onkel Bernie: »Wie ist es in der Schule gelaufen?«

»Ganz gut«, sagte ich.

»Ich habe mit Professor Jericho telefoniert. Er sagt, daß er ein bißchen enttäuscht ist, aber andererseits auch Verständnis für die Situation hat.«

»Wer ist Professor Jericho?« schaltete sich Tante Charlotte ein.

Bernie warf ihr einen verächtlichen Blick zu. »Das weißt du doch.«

»Nein, nie von ihm gehört.« Sie führte einen Spargel zum Mund und biß den Kopf ab.

»Müßtest du aber.«

Schweigen trat ein.

Tante Charlotte biß erneut von ihrem Spargel ab, kaute bedächtig, nippte an ihrem goldgeränderten Wasserglas. Es sah so aus, als hätte sie das Thema ad acta gelegt – bis sie fragte: »Ja, und wer ist nun dieser Professor Jericho?«

»Verdammtundzugenäht«, fluchte Onkel Bernie leise.

»Er leitet das Projekt an der Columbia University, wo ich bis jetzt immer hingegangen bin«, sagte ich. Das waren so viele Wörter so normal gesprochen, daß sie beide ein überraschtes Gesicht machten.

»Ich danke dir«, sagte Tante Charlotte. Sie pflegte mich normalerweise zu übersehen, aber wenn es denn, aus welchem Grund auch immer, einmal passierte, daß ich in ihr Gesichtsfeld trat, benahm sie sich nie schäbig zu mir. »Komischer Name für einen Professor. Was lehrt er eigentlich?«

»Du kannst dich tatsächlich nicht erinnern«, sagte Onkel Bernie. Es war nicht als Frage gesprochen. »Mein Gott, es hat in der *New York Times* gestanden!« sagte er, als ob das etwas alle profane Realität an Realitätsgehalt Übertreffendes wäre.

»Ach ja.« Tante Charlotte lächelte. »Das Genieprogramm. Da gehst du nicht mehr hin?« fragte sie mich, angenehm berührt von der Neuigkeit, wobei ich allerdings den Eindruck hatte, daß ihre Süffisanz nicht an mich adressiert war.

»Halston möchte nicht, daß er weiter teilnimmt.« Das war objektiv gesehen die Wahrheit, aber nach dem Informationsstand des Sprechers eine Lüge – Halston hatte Onkel Bernie gesagt, es wäre mein eigener Wunsch. »Sein Stundenplan ist zu vollgepackt.«

»Rafael ist ein Schwerarbeiter«, stimmte ihm Tante Charlotte zu.

»Darf ich trotzdem Julie besuchen gehen?« fragte ich. Onkel Bernie runzelte die Stirn. »Sie rechnet dieses Wochenende sowieso noch mal mit mir.«

»Du hast bei Julie logiert?« fragte Tante Charlotte.

»Das ist doch lächerlich!« Bernie wandte sich von Charlotte ab und seinem Teller zu, um ihn energisch von sich zu schieben, obwohl er kaum etwas gegessen hatte. »Was soll dieses Spiel? Glaubst du vielleicht, ihm weh zu tun« – er deutete mit ähnlich weit ausholender Geste auf mich, wie eine spärlich bekleidete Assistentin in einer Fernseh-Show einen Preis in die Kamera hält – »ist ein Mittel, wie du mir weh tun kannst?«

»Und? Ist es das nicht?« fragte Charlotte. »Ich denke, du liebst Rafael. Wenn *ich* jemand liebe und jemand anders tut ihm weh, dann tut das auch mir weh.«

Welch ein Tag der Enthüllungen! Tante Charlotte war darauf aus, mir weh zu tun, und das anscheinend schon die ganze Zeit. Wieso hatte ich nie etwas davon gemerkt?

Onkel Bernie hatte noch immer den Arm in meine Richtung gestreckt. In dieser Haltung verharrte er wie ein Denkmal, während er seine Frau anstarrte. »Du gibst es also zu? Du hast die Stirn, es zuzugeben?« Dann kam Bewegung in ihn, und er stand auf. Sein rundes Gesicht kündigte Unheil an, seine Stimme war heiser.

Tante Charlotte schien nicht im mindesten geängstigt, dafür hatte ich um so mehr Angst um sie. »Was gebe ich zu? Ich will Rafael nicht weh tun. Das phantasierst du dir zusammen. Ich habe lediglich gesagt, wenn jemand einem Menschen weh tut, den ich liebe, dann tut er damit auch mir weh. Das ist eine der elementaren Tatsachen des Lebens, die du offenbar nicht begriffen hast.«

Dr. Halston hätte dazu wahrscheinlich angemerkt, man müsse kein Genie sein, um zu erkennen, daß sie von ihrem enterbten Sohn sprach.

Bernie drehte sich vom Tisch weg, als ob er einen Ruf gehört hätte. Seine bedrohliche Zornesmiene verschwand. Er spähte aus zusammengekniffenen Augen in das dämmrige Wohnzimmer hinüber. Ich folgte mit den Augen seinem Blick. Die Bleiglasfensterwand vervielfältigte das Bild der hinter ihr untergehenden Sonne zu einem Raster von Dutzenden rot aufleuchtender kleiner Scheiben. Bernie hielt Ausschau nach etwas, das ihm eine neue Gelegenheit bot, seine Kraft zu erproben: nach einem Wild, das er töten, einem Reich, das er erobern konnte. Ich vermutete, das war es, was ihn trieb, auf die Welt loszugehen und ihr Millionen abzuringen: nicht die unerbittliche Logik des Materialismus, die nach der Überzeugung meiner Eltern das Regiment über ihn führte, sondern seine Unfähigkeit, die Frauen in seinem Leben für sich einzunehmen – meine Mutter, seine Ehefrau und, wer weiß, vielleicht sogar seine Mutter (die ich nicht mehr kennengelernt hatte). Die Frauen – sie waren der Schlüssel. Wer ihre Liebe nicht gewinnt, zu dem »ist das Chaos zurückgekehrt«.

»Rafe«, sagte er leise, »komm mit mir.«

Ich sah Tante Charlotte an. Sie trug einen Rollkragenpullover, der am Hals die Falten verdeckte, die im Gesicht das Messer des Chirurgen ausgebügelt hatte. Das blondierte Haar war über eine mindestens fünfzehn Zentimeter starke toupierte Unterschicht zurückgekämmt und mit Festiger fixiert; der in seiner Starrheit leblos wirkende Aufbau, der vermutlich der letzte Schrei der Frisurenmode war, verlieh seiner Trägerin ein etwas bizarres löwenartiges Aussehen. Sie tat mir leid. Ihre gespielte Gleichgültigkeit gegenüber der Wut ihres Mannes wirkte eher kläglich als überzeugend.

Onkel Bernie klopfte mir mit der flachen Hand seitlich gegen die Schulter, das Signal für sein störrisches Vollblut, sich auf die Beine zu erheben. »Hier ist nicht unser Zuhause«, sagte er mit seiner weichen, sonoren Cellostimme.

Tante Charlotte betupfte ihre Lippen mit der Serviette. Sie ignorierte Bernie und sah mir ungeniert in die Augen. »Gott steh dir bei«, sagte sie leise.

»Komm jetzt.« Onkel Bernie zerrte an mir. Ich stand auf. Zu seiner

Frau sagte er: »Wer hier eine psychiatrische Behandlung braucht, das bist du.«

Ich senkte verlegen die Augen. Onkel Bernie zog mich mit sich fort, und gemeinsam verließen wir das Zimmer. Ich hörte Tante Charlotte hinter uns lachen, bitterbös und sarkastisch, trotzdem nicht gezwungen, sondern wirklich belustigt. »Das ist ja gelungen«, sagte sie uns in den Rücken, wenngleich die Worte nicht speziell an unsere Adresse gerichtet waren. Sie lachte von neuem. Der spöttische Klang folgte uns durch das Haus. Im Geiste hörte ich ihn noch, als wir längst die Tür von Onkel Bernies Arbeitszimmer hinter uns geschlossen hatten.

Er forderte mich mit einer Handbewegung auf, in einem der roten Ledersessel Platz zu nehmen. Er selbst ließ sich hinter seinem Schreibtisch nieder, griff zum Telefon und wählte eine Nummer. »Fred? Ja, ich. Ich halte es nicht mehr aus«, sagte er. »Ich möchte es jetzt hinter mich bringen, egal was es kostet. Die einzige Komplikation ist Rafe. Ich möchte ihn vor Ende des Schuljahrs nicht aus der hiesigen Schule nehmen. Aber in diesem –«, er holte Luft, um seinen geballten Ärger in die folgenden Worte zu legen, »– diesem *Eiskeller*, bei dieser Hexe, kann er nicht bleiben. Ja« – er sah zu mir herüber – »ich glaube, sie hat ihm geschadet. Das kann auch gar nicht anders sein, wenn du mich fragst. Das muß einem Menschen –« er wandte den Blick von mir ab »– das muß einem Menschen aufs Gemüt schlagen. Man könnte fast meinen, er ist gar nicht mehr vorhanden. Mein Gott, dieses Miststück!« Er lauschte geduldig einem Vortrag, den sein Gesprächspartner ihm hielt. Ich hörte die beschwörende Stimme, die aus dem Hörer drang, verstand aber nicht, was sie sagte. »Ich kann nicht«, sagte Bernie schließlich. »Ist mir egal, ob ich blechen muß. Und außerdem wollen wir doch erst mal sehen. Wir wollen doch mal sehen, ob sie sich tatsächlich auf eine Schlammschlacht einlassen will. Ich bin mal gespannt, wie es ihr gefallen wird, wenn wir sie in aller Öffentlichkeit auseinandernehmen. Wenn wir ihr das Herz herausschneiden und es der Meute zum Fraß vorwerfen.« Er lachte grob über eine Bemerkung des anderen. »Da hast du recht – wenn wir eins finden. Na, wenn nicht, dann eben die Leber.« Irgendwann legte er dann auf. Ich hörte nicht mehr zu; Bernies Gerede war zu abstoßend. Er erledigte eine Reihe weiterer Telefonate. Ich nickte unterdessen wiederholt ein, bis mir der Kopf auf die Brust sackte und daraufhin jedesmal wieder ins Wachsein hochschnellte, wo ihn freilich nichts erwartete als neue Dösigkeit und das Weggleiten in den Schlaf und in Träume von Oma Jacintas *natillas* und *plátanos maduros*, dem heißen Sand des unweit von Tampa gelegenen Strands von Clearwater und dem endlosen

Himmel über Florida, in den ich hinaufsah, wenn ich mich auf dem Rükken liegend im warmen Wasser des Golfstroms treiben ließ – ein majestätisches leeres Blau, das am Horizont zu Weiß verdampfte.

Von den Nerudas in Tampa hatte ich seit der unglückseligen Spanienreise nichts mehr gehört. Nach der Zeugenaussage gegen meinen Vater machte ich gar nicht erst den Versuch, wieder mit ihnen in Verbindung zu treten, und ebensowenig hatte es meines Wissens einen solchen Versuch von ihrer Seite gegeben. Allerdings konnte es sein, daß Onkel Bernie sie abblockte. Es tat weh, daß die Weihnachts- und Geburtstagspakete nicht mehr kamen. Aber in Anbetracht dessen, was ich ihrem Sohn angetan hatte, konnte ich den Großeltern keinen Vorwurf machen. Ich rieb mir das Gesicht, um wieder wach zu werden. Onkel Bernie beendete gerade wieder ein Gespräch. Bei diesem letzten Telefonat war eine Frau in der Leitung. Er sagte ihr, er werde sich von seiner Frau noch heute abend trennen. Das bedeutete, daß ich kraft seines letzten Willens zum Alleinerben wurde. Eines Tages würde sein Geld und mit ihm die Macht, die es verlieh, an mich fallen, und ich hätte dann die Mittel, jedermanns Wunden zu heilen. Selbst die seines Sohns Aaron, sagte ich mir, um mein Gewissen zu beschwichtigen, das mich angesichts der Zerstörung, die ich in Onkel Bernies Familienleben angerichtet hatte, mit Vorwürfen quälte. Nachdem ich meinen Vater entschädigt und den Armen geholfen hätte, würde ich, was von Bernies Vermögen noch übrig war, an Aaron zurückgeben und ihn so wieder in sein Geburtsrecht einsetzen. Nach dieser Überlegung fühlte ich mich in der gegebenen Lage deutlich wohler – bis mir einfiel, daß, wenn ich nicht wäre, Aaron gar keine Wunden hätte, die geheilt werden mußten.

Wir übernachteten in einem Motel in nebeneinander liegenden Zimmern. Bernie erklärte mir, er werde bis zum Ende des Schuljahres in Great Neck ein Haus mieten, und danach würden wir in die City ziehen, wo ich vom nächsten Jahr an eine Privatschule besuchen würde. Vor dem Einschlafen fragte ich ihn noch einmal, ob ich am kommenden Freitag bei Julie übernachten dürfe, und er runzelte erneut die Stirn. Er überlegte kurz und entschied sich dann, mit gewinnendem Lächeln zuzustimmen. »Meinetwegen. Aber paß auf dich auf. Den Frauen in unserer Familie ist nicht zu trauen.« Er lachte, als wäre das ein lustiger Witz.

Im Laufe des nächsten Monats erfuhr mein Leben einen tiefgreifenden Wandel. Mein Onkel mietete eine möblierte Wohnung mit drei Schlafzimmern und engagierte ein englisches Ehepaar als Butler und Köchin, um sicherzustellen, daß ich während der vielen Nächte, die er außer Hause verbrachte, nicht allein war. Ein Chauffeur brachte mich im Wagen zur Schule, hinterher zu Halstons Klinik und zuletzt zu der Interimswohnung zurück, wo Richard und Kate warteten, um mich zu bedienen, als ob ich ein in Opposition zum Herrscherhaus stehender und aus seinem Heimatland verbannter junger Lord wäre, dem Achtung und Mitgefühl gebührte. Von Freitag abends bis Samstag morgens war ich bei Julie zu Gast, anschließend besuchte ich Onkel Bernie in Manhattan, um den Samstagabend mit ihm und einer Freundin von ihm zu verbringen. Die »Freundin« war Tracy, seit Jahren die Geliebte meines Onkels, wenngleich die beiden es für nötig hielten, mir eine seit kurzem bestehende platonische Bekanntschaft vorzuspielen. Halston erzählte ich viele Geheimnisse; keines davon war das ganz große. Wir rekapitulierten den Überfall auf meine Eltern in Tampa, soweit er mir noch erinnerlich war. Halston bohrte nicht allzu nachdrücklich nach Einzelheiten – wohl deswegen, weil er die Geschichte schon ausführlich genug von meiner Mutter gehört hatte, als sie bei ihm in Behandlung war. Er ging auch mein Verlassenheitserlebnis während der Schweinebucht-Invasion mit mir durch, als meine Mutter mich kommentarlos allein gelassen hatte. Auch an diesem Punkt zeigte sich bei mir eine Gedächtnishemmung, aber Halston bekundete ohnehin kein großes Interesse für die Einzelheiten.

[Ich gebe mir Mühe, hier keine Bewertungen von Dr. Halstons Vorgehensweise aus meiner späteren Sicht einfließen zu lassen, denn sie würden das klare Bild der Therapie, so wie ich sie damals erlebte, verwischen. Zur fraglichen Zeit funktionierte die Übertragung hervorragend. Es liegt auf der Hand, daß ich absolut keine kritische Distanz zu Dr. Halstons Methoden hatte, folglich würde es zu einer verzerrten Darstellung der realen Verhältnisse führen, wollte ich diese Distanz jetzt bei dem Bericht über unsere Sitzungen nachträglich einführen. Ich kann mich jedoch der Tatsache nicht verschließen, daß die Fachgenossen unter meinen Lesern an dieser Stelle der Information bedürfen, daß meine Gedächtnishemmung, von einigen krassen Einzelheiten abgesehen, nicht eigentlich die faktische Seite des vergangenen Geschehens betraf. Dem Erinnerungsvermögen unzugänglich blieb, was ich angesichts der Fakten gefühlt hatte und welche Bedeutung den Fakten in einem weiteren sozialen Horizont zukam. Um mein bevorzugtes Gleichnis für das deformierte Denken zu gebrauchen: Ich wußte, daß die eine Seite der Gleichung »2 + 2« lautete; was ich nicht wußte, war das Resultat – meine Berechnungen ergaben jeden Tag eine andere Summe, und ich hatte kein Bewußtsein davon, daß die korrekte Lösung »4« für mich ein »Tabu« war.]

Halston versuchte einzukreisen, was ich während der zwei Tage und Nächte, in denen ich von meiner Mutter allein gelassen worden war, gefühlt und empfunden hatte, vor allem meine Reaktion darauf, daß Onkel Bernie mich nach der Festnahme meiner Mutter zu sich geholt und in seinen Haushalt aufgenommen hatte. Aufs Ganze gesehen konzentrierte er sich – anders als man es von einem Therapeuten Freudscher Observanz erwartet hätte – auf mein derzeitiges Verhältnis zu Bernie. Ja, es wurde für ihn, aus welchen Gründen auch immer, sogar zu einem der seltenen Anlässe, meiner Auffassung von einem Sachverhalt zu widersprechen.

»Onkel Bernie hat mich nicht gerettet«, sagte ich.

»Nein? Du hast aber selbst das Wort ›retten‹ gebraucht.«

»Ja. Aber ich habe ihn darum gebeten. Es war nicht seine Idee.«

»Er ist gekommen und hat dich geholt und bei sich aufgenommen.«

»Ja.«

»Und damit hat er dich nicht gerettet?«

»Doch, aber ...«

»Aber?«

»Es war nicht seine Idee.«

»Ah ja. Es war also keine Rettung, weil du ihm den Anstoß dazu gegeben hast.«

»Nein, das meine ich nicht.«

»Was meinst du dann?«

»Ich meine, daß ich ihm gesagt habe, was er hören wollte, damit er mich rettet.«

»Und was wollte er hören?«

»Daß er –« Ich brach ab. Ich war der unwiderruflichen Kapitulation gefährlich nahe geraten.

»Daß er ...?«

»Daß ich ihn liebe.«

»Und? Liebst du ihn nicht?«

»Nein.«

»Ist *das* das ganz große Geheimnis?«

»Nein«, sagte ich.

»Aber es ist ein Geheimnis?«

»Ja.«

Diese Gespräche machten mir Vergnügen, und gleichermaßen vergnüglich fand ich meine Schweigsamkeit im Unterricht, das Absterben meiner alten Freundschaften und das frisch erwachte Interesse für mich, das die Hipster bekundeten, seit ich mir die Haare lang und länger wachsen ließ und mich aus den Schulsportmannschaften zurückgezogen hatte. Einen der Hippies an unserer Schule brachte ich einigermaßen aus der Fassung, als ich ihn in der Toilette darauf ansprach, ob er mir nicht ein Fünf-Dollar-Päckchen Gras verkaufen könne. Er sah beeindruckt zu, wie ich einen Durchzieher aus dem angebotenen Probejoint inhalierte und den Rauch à la Sandy langsam aus dem Mund entweichen ließ, um ihn durch die Nase wieder einzuziehen. Nachdem ich mich dergestalt als geübter Kiffer ausgewiesen hatte, wurde ich als Kunde akzeptiert. Mit einem ansehnlichen Vorrat an Dope versehen, entdeckte ich ein neues Vergnügen: abends törnte ich mich high und schwelgte in einer Orgie einsamer Lust, die noch gesteigert wurde durch die erhöhte Sensibilität und animierte Phantasietätigkeit im Gefolge des Drogengenusses.

Freitags und samstags indessen verfolgte ich mein neues Ziel, nämlich meine lästige, peinliche und, wie ich fest überzeugt war, ungesunde Jungfräulichkeit abzustreifen. An konkreten Fortschritten in dieser Richtung hinderte mich meiner Überzeugung nach ein junger Mann, Mitglied im SDS-Lenkungsausschuß an der Columbia University, in den Julie verliebt war. In diesem Sinne interpretierte jedenfalls ich die Beziehung zwischen den beiden, eine Zweierbeziehung ganz im Stil der späten sechziger Jahre: sie schliefen miteinander; er diskutierte alles, was in seinem Kopf vorging, mit ihr; sie machte sich seine Ideen zu eigen und verfocht sie manchmal leidenschaftlicher als er selbst; und sie besuchten die meisten geselligen Veranstaltungen von der politischen Versammlung bis zur Kinovorstellung gemeinsam. Hätte man die beiden gefragt, hätten sie bestimmt verneint, ein Paar zu sein, denn die monogame Beziehung war in ihren Augen eine bürgerliche Repressionsagentur, mit der kapitalistisches Besitzdenken auf das Verhältnis zweier Menschen zueinander übertragen wurde; Julie war zudem der Ansicht, daß die monogame Beziehung besonders die Frau benachteilige, insofern sie *in praxi* zwangsläufig den männlichen Chauvinismus zementiere, da mit der Idee des gegenseitigen Besitzes die der männlichen Dominanz unzertrennlich verbunden sei. Dieser Selbstbetrug war dank dem politischen Programm, dem sich diese Leute gemeinsam verschrieben hatten, auch bei all ihren Freunden gängige Münze. Ich brauche wohl nicht zu erklären, warum ich trotz meines Altersrückstands und meiner sexuellen Unerfahrenheit so viel besser darüber Bescheid wußte, wie tiefsitzend und machtvoll selbst bei einem Radikalen das Bedürfnis ist, zu lieben und geliebt zu werden und den geliebten Menschen mit einer monopolistischen Ausschließlichkeit zu besitzen, die selbst einem Andrew Carnegie Respekt abgenötigt hätte.

In gewisser Weise bestärkte mich Julies Lover in meinen eigenen Hoffnungen. Gus war ein hochgewachsener, hagerer New Yorker halb jüdischer, halb irischer Abkunft, dessen Eltern beide Mitglieder der amerikanischen KP gewesen waren. Von den rötlichen Haaren und der sommersprossigen Haut abgesehen unterschied er sich im Äußeren nicht allzu stark von mir, und sein sozialer Hintergrund war dem meinen denkbar ähnlich. Ich lernte ihn am zweiten Samstag nach meiner Panikattacke bei den drei Mädchen kennen. Auf den Fingernägeln kauend, die Beine unaufhörlich in wippender Bewegung, löcherte Gus mich mit Fragen nach meiner politischen Einstellung, den Kids in Great Neck und dem Grund für meinen Rückzug aus dem »Genieprojekt«.

»Sandy«, antwortete ich. Die Genannte blickte von dem Protestplakat auf, das sie mit Hilfe eines Filzschreibers zu fabrizieren im Begriffe war. Für später am Tag stand eine Demo gegen den Bau der Sporthalle auf dem Programm. »Sie hat mich in diesem Punkt radikalisiert«, sagte ich, mich des Insiderjargons bedienend. »Ich hab' dann kapiert, daß ich da für elitäre Machenschaften instrumentalisiert werden soll.«

Sandy lächelte. Falls sie errötete, war das bei ihrem dunklen Teint nicht wahrzunehmen, aber ihre Augen verrieten, daß sie sich durch meine Worte geschmeichelt fühlte.

Gus, dessen Mund gewöhnlich ein wenig offenstand wie der Fang eines gutartigen, aufgeregten hungrigen Hundes, ließ den Unterkiefer noch ein Stückchen tiefer sacken und nickte bedächtig. »Find' ich gut von dir, Sandy«, sagte er und nahm das Nägelkauen wieder auf. »Willst du nicht 'ne SDS-Zelle bei euch in der Schule gründen?» fragte er mich, an einem Nagel knabbernd.

»Ich bin kein Führertyp«, sagte ich.

»Genau das sollst du ja auch gar nicht sein«, meinte er. Er spuckte ein Stückchen Nagel aus. »Führertum ist politisches Dinosauriertum. Du solltest bloß den anderen Kids den Weg weisen, wie sie sich politisieren und sich selbst organisieren können. Deshalb halten wir ja im studentischen SDS auch nichts davon, daß wir selbst in die Schulen gehen und da Zellen gründen. Das wäre Altenchauvinismus gegenüber den Jüngeren.«

»Rafe wäre ein guter Mann dafür«, sagte Julie. Sie trug ein schwarzes Trikot und verwaschene Jeans. Sie sah umwerfend aus: in der vollen Blüte der Jugend, die Haut sanft leuchtend wie durchscheinendes Porzellan, das schwarze Haar glänzend, die großen braunen Augen voll Feuer und zugleich mit dem unschuldigen Blick eines Rehkitzes. Sie länger als einige Sekunden anzusehen war Pein und höchste Lust. »Er hat das nötige politische Bewußtsein und echtes pädagogisches Talent. Und er würde nicht versuchen, die anderen zu bevormunden.«

Gus nickte. »Was können wir tun, um dir bei der Sache zu helfen?«

Ich schwieg. Neue Geheimnisse häuften sich auf die alten. Mein Verlangen, Julie und ihrer Umgebung, einschließlich ihres Lovers, zu imponieren, war unvermindert heftig, aber ich konnte es nicht riskieren, mir den Zorn meines Onkels zuzuziehen, indem ich mich offen in linken politischen Aktivitäten engagierte. Und wie hielt ich es mit Halston? Durfte ich so weit gehen, dem Doktor von meinem neuen Geheimleben zu erzählen – oder würde mich das in seinen Augen in die Nähe des Wahnsinns meiner Mutter rücken? Wäre es nicht möglich, daß Halston Ruths Ideologie für ihren Geisteszustand verantwortlich machte?

»Wißt ihr was?« sagte Gus. »Rafe sollte heute zu der Demo mitgehen und nächste Woche zu ein paar Versammlungen kommen.«

Ich marschierte an jenem Tag neben Sandy. Julie und Gus gingen in der Reihe vor uns. Ich war von ängstlicher Sorge erfüllt, es könnte zu Gewaltakten kommen und meine Eskapade in der Folge Onkel Bernie ruchbar werden. Aber der erste politische Protestmarsch meines Lebens verlief idyllisch wie ein Spaziergang auf dem Lande: Bevor es richtig losging, gasten wir uns alle high, dann marschierten wir in der Frühlingssonne untergehakt und mit Sprechchören vergnügt zu dem Platz, wo die Sporthalle entstehen sollte, und hörten uns ein paar Reden an. Die von Gus war die beste. Sein lockeres Auftreten verlieh seiner Argumentation Überzeugungskraft. Er redete vor der versammelten Menge im selben Ton und Stil, wie er in der Unterhaltung mit vertrauten Bekannten sprach – wobei allerdings nicht zu leugnen ist, daß er in der Unterhaltung gelegentlich wie jemand wirkte, der auf dem Podium steht und eine Rede hält. Nach der Demo gingen wir zum Essen in die West End Bar, ein Studentenlokal. Ob es nun an dem Gras lag oder an der frischen Luft oder an meinem über die Tatsachen weit hinausschießenden Gefühl, eine beachtliche Mutprobe bestanden zu haben – ich hatte auf jeden Fall einen Mordshunger. Ich verputzte zwei Hamburger, während um mich herum Streitgespräche geführt wurden, bei denen die Argumente wie Pingpongbälle zwischen den Tischen hin und her flogen; das Ganze drehte sich darum, daß einige Mitglieder rivalisierender studentischer Gruppierungen mit Gus und den übrigen Sprechern des SDS zwar in der Ablehnung des Sporthallenprojekts konform gingen, aber nicht in der Frage, welche Proteststrategie in Zukunft zu verfolgen sei.

Für mich wurde es Zeit, mich auf den Weg nach Manhattan zu meinem Onkel zu machen. Ich kündigte an, daß ich zur Wohnung der Mädchen zurück müsse, um meine Kulturtasche zu holen.

»Seine Kulturtasche«, echote jemand. »Das ist ja schrill«, fügte er hinzu und lachte.

»Ich komme mit«, sagte Sandy.

»Ich mach' das schon –«, sagte Julie.

»Er kann doch einfach meinen Schlüssel mitnehmen und ihn in der Wohnung liegen lassen«, meinte Kathy.

Sandy kippte den Rest ihres Kaffees hinunter, stand auf und sagte stirnrunzelnd: »Nein, ich muß sowieso gehen.« Und zu mir: »Okay. *Vamos.*« Sie verließ das Lokal mit schnellen Schritten, ohne auf mich zu warten, als hätte sie an Wichtigeres, als ich es war, zu denken.

»'tschüs, mein Schatz«, sagte Julie. Sie nahm meine Hand, zog mich zu sich und küßte mich auf die Wange. Sie hatte mich noch nie zuvor »mein Schatz« genannt, und der Kuß, wiewohl keusch, wurde fest aufgedrückt, mit einer, wie es schien, ebenfalls neuen Gefühlswärme.

Während ich mit der nachklingenden Empfindung von Julies Lippen auf der Wange neben Sandy hertrabte, beschäftigte ich mich innerlich mit der Suche nach dem Warum dieser körperlichen Vertraulicheit von seiten meiner Cousine. Weil ich in der Demo mitmarschiert bin, befand ich schließlich, enttäuscht über dieses Ergebnis.

Mein verdüsterter Gemütszustand muß mir anzusehen gewesen sein. »Alles in Ordnung mit dir?« erkundigte sich Sandy im Aufzug, der uns nach oben brachte.

Der familiäre Zuschnitt meiner Beziehung zu Julie und ihren Freundinnen deprimierte mich. Ich erlebte diese Niedergeschlagenheit (deren Ursache aus meiner heutigen Sicht in die Augen springt) als ein entkräftendes Krankheitsgefühl ähnlich wie beim Anzug einer Grippe, ohne Bewußtsein davon, daß ich mir wieder einmal ein Kabinett von Zerrspiegeln geschaffen hatte, in dem ich niemals ein wirklichkeitsgetreues Spiegelbild oder einen Ausweg aus dem Labyrinth meiner Gefühle finden würde.

[Exakt diese Tendenz des Neurotikers, in verblüffendem Tempo immer neue Muster der Selbstsabotage zu schaffen, ist es, was die Therapie so häufig frustrierend sowohl für den Kranken wie den Arzt macht. Es mag sich pervers anhören, aber ich habe im Laufe der Zeit Bewunderung für das Regenerationsvermögen der psychischen Störungen entwickelt. Es kann dem Therapeuten nur nützen, wenn er niemals die Tatsache aus den Augen verliert, daß neurotisches Verhalten *de facto* ein – sei's auch fehlgesteuerter – Überlebensmechanismus ist. Seine Zählebigkeit ist ein Zeichen des Lebensverlangens, und in diesem Paradox findet die Hoffnung auf Heilung einen Rückhalt.]

Sandy legte ihre Hand auf meinen Arm und wiederholte ihre Frage: »Alles in Ordnung mit dir?«

Das alte Entsetzen lebte wieder auf. Mein Schädel konnte aufbrechen, meine Haut reißen: ich stand erneut kurz davor, leck zu werden. Sprich aus, was du fühlst, redete ich mir zu, verzweifelt bemüht, den Wahnsinn abzuwehren. »Ich bin deprimiert«, sagte ich.

Sandy nickte. Zu meiner Überraschung fragte sie nicht nach dem Grund. Sie rieb meinen Arm und lächelte ermutigend, aber sagte kein einziges Wort. Die Fahrstuhltür ging auf. Mit ihrem watschelnden Gang verließ sie die Kabine. »Los, komm«, sagte sie. Sie schloß die Wohnungstür auf, warf ihr Schlüsselbund in eine Schale und schleuderte ihre Sandalen von den Füßen. Ihre Fußsohlen waren schwarz. Sie streckte die linke Hand aus; die Finger forderten meine Hand an.

Ich sah sie verständnislos an.

Mit schelmischem Blick wackelte sie erneut mit den Fingern, und es war nicht mehr zu verkennen, was sie wollte.

Sie war energisch und selbstbewußt, und ich wußte, daß sie, anders als ich, real war.

Ich reichte ihr die Hand.

Sie zog mich durch den Flur zu ihrem Zimmer. Auf der Liege war das Bett noch nicht abgeräumt; die gelbe Baumwolldecke lag zusammengeknüllt am Fußende, am Kopfende lehnte ein zerdrücktes Kissen an der Wand. Sie warf mit dem Fuß die Tür zu, zog mich zum Bett, und wir setzten uns Seite an Seite auf die Kante. Sie strich mir mit leichter Berührung einmal über die linke Wange, fuhr mir dann mit den Fingern durch das Haar bis zum Hinterkopf und hielt schließlich mit der Hand die hintere Rundung meines jetzt überhaupt nicht mehr zur Brüchigkeit neigenden Schädels umspannt. Sie kam mit dem Gesicht nah an meine Lippen und flüsterte: »Das ist dir doch recht?«

Mein Verlangen war so erdrückend, daß ich nicht viel mehr als nicken konnte.

Sie küßte mich. Ihre Zunge drängte meine Lippen auseinander und erkundete mit geschäftigen Bewegungen meine Mundhöhle, und auch ihre Hände waren geschäftig, rieben meinen Rücken, kneteten meinen Nacken, als wollte sie mich zum Konkavabdruck ihrer Vorderseite formen. Ich erwachte aus meiner Passivität und drängte meinerseits in ihren Mund; einen kurzen Moment lang registrierte ich, wie der Geschmack der Spiegeleier, die sie zum Brunch gegessen hatte, sich mit dem meiner Hamburger vermischte, dann waren wir nur mehr ein einziger Geschmack von Menschlichkeit. Ich berührte ihr dünnes Haar und ließ dann mein Hände auf ihren Rücken gleiten. Er war weich – viel weicher, als ich es bei ihrem kräftig gebauten Körper erwartet hatte.

Sie entzog sich dem Kuß und begann mein Hemd aufzuknöpfen. Jeden einzelnen Knopf öffnete sie mit Sorgfalt und Bedacht, um nicht zu sagen mit Andacht. Ich küßte sie ein-, zweimal auf den Kopf, während sie mit den Händen die Knopfleiste abwärts wanderte, und dachte im stillen: »Dem Himmel sei Dank. Dem Himmel sei Dank.« Als sie beim Hosenbund anlangte, hielt sie beim Anblick der Protuberanz an meinen Jeans inne. Sie legte eine Hand auf die Schwellung, sah hoch und fragte mit ernstem Gesicht: »Bist du noch Jungfrau?«

Ich nickte.

Die Auskunft schien sie zu beflügeln. Sie ruckte kurz an meinem Gürtel, sagte: »Zieh das aus!«, und stand auf. Mit einer einzigen Bewegung zog sie ihr T-Shirt über den Kopf und schleuderte es von sich. Im nächsten Moment hatte sie bereits ihre Jeans offen. Sie glitten zu Boden. Mit den Füßen entledigte sie sich ihrer vollends. Finger glitten hinter den Rand ihres roten Schlüpfers und schoben. Sie stieg aus den Beinlöchern und sah zu mir her. Ich hatte mich nicht gerührt. Der Anblick ihrer offenherzigen Nacktheit war hypnotisierend. Sie hatte kleine Brüste mit dunklen Warzen, die leicht auswärts zeigten wie divergent schielende Augen.

»Du bist schön«, sagte ich.

Sie lachte. »Jetzt bist du an der Reihe«, sagte sie.

Ich hatte kein rechtes Vertrauen in die Standfestigkeit meiner zittrigen Beine. Noch auf den Bett sitzend, versuchte ich, Jeans und Unterhose gleichzeitig loszuwerden. Auf den Oberschenkeln fuhr sich der Packen fest. Ich hatte meinen Penis noch nie in so lächerlicher und heilloser Verfassung gesehen: von mir weg in die Höhe strebend, um die Welt auf sich aufmerksam zu machen. Sandy lachte von neuem und zerrte an der verhedderten Stoffmasse. Sie manövrierte das Geklumpe langsam über die Knie und die Knöchel weg, und ich strampelte dabei zur Unterstützung wie ein Baby beim Windelnwechseln. Mit einem Schubs beförderte sie meine Garderobe auf den Boden, um dann aufs Bett zu klettern und sich neben mir auszustrecken. Wir lagerten uns einander zugedreht auf die Seite. Sie küßte mich flüchtig und sah sich dann meine Erektion an. Ich folgte mit den Augen ihrem Blick. Sie strich mit drei Fingerspitzen leicht von der Wurzel bis zum Kopf. Ein elektrischer Schlag hätte kaum anders wirken können. Meine Hüften bäumten sich von der Matratze auf, und ich stöhnte.

»Das tut gut, nicht?« sagte sie. Es war keine Frage, sondern eine Feststellung.

Ich lachte.

Sie tastete nach meiner rechten Hand und legte sie auf ihren bebuschten Hügel. Sie führte meine Finger zu ihrer feuchten Schamspalte. »Hier tut es *mir* gut«, sagte sie und drückte meinen Mittelfinger sacht auf ihren Lustknopf. »Aber nicht zu fest«, sagte sie, während sie den Finger bewegte. »So –«

Unwillkürlich schüttelte ich ihre Hand ab und steifte meine Finger, damit sie eine weiche Fläche bildeten. Ohne zu überlegen, strich ich sacht abwärts und aufwärts, dann seitwärts hin und her und massierte in dieser Weise ihr ganzes Geschlecht, mit sanftem Nachdruck auf dem Punkt, der ihr so wichtig war. Sie machte ein überraschtes Gesicht. Ich schloß die Augen und hatte es mühelos wieder präsent: das ungleichmäßige Schema abwärts, aufwärts, kreisend, seitwärts ... Die ganze Körperregion lockerte und öffnete sich, während ihr warmer Leib sich mir entgegenwölbte. Nur stand diesmal auch ich unter Strom, war von dem Druck ihres warmen Bauchs gegen meinen Penis so wohlig durchschauert, daß ich mich mit aller Kraft zusammennehmen mußte, um den komplizierten Rhythmus zu wiederholen, den meine Mutter geliebt hatte.

Ich muß dem psychologisch ungeschulten Leser empfindungsgestört oder zumindest stark desintegriert vorkommen, wenn ich berichte, was als nächstes geschah. Trotz der Hingabe von Sandys Leib, trotz meiner eigenen lustvollen Erregung ging mir eine kahle und nüchterne Wahrheit auf, die mich wie ein Schlag auf den Kopf traf, mein Gehirn lähmte und es von der Glut meines Körpers abschnitt. Im Besitz des Wissens und der emotionalen Reife, die für diese Einsicht unerläßlich waren, begriff ich in diesem Moment endlich: *Ich war der Liebhaber meiner Mutter gewesen.*

Mittlerweile hatte Sandys Berührung nicht mehr nur den Zweck, meine Lust anzustacheln. Sie preßte mich an sich, um sich eines Ankers zu versichern, während sie sich dem Fluten ihrer Erregung überließ. Ich erhöhte Tempo und Dynamik meiner Finger, während die Erinnerung mir offenbarte – und das war die entsetzlichste, erschreckendste Entdekkung –, wozu meine Mutter mich hatte bewegen wollen. Mehrmals hatte sie in jenen verbotenen Nächten ihre Beine fest gegen meine Hand gepreßt mit dem stummen Geheiß, tiefer zu dringen. Es schien mir jedesmal ein erregtes Drängen, dem ich, verwirrt und, versteht sich, taub für ihre Aufforderung, nicht nachkam. Aber jetzt endlich begriff ich das Anliegen, das sie mir vorgetragen hatte. Die Antwort, die sie hatte haben wollen, gab ich Sandy und beendete so, als ob er erst gestern unterbrochen worden wäre, meinen Dialog mit meiner Mutter, wenn sie auch seit sechs Jahren tot war und meine Rolle in unserem intimen Drama eine stumme gewesen war.

Sandy keuchte, bäumte sich ruckend auf und stöhnte.

Während sie kam, enthüllte sich mir schlagartig das Geheimnis meiner Persönlichkeit, und ich sah des Rätsels Lösung so klar und deutlich vor mir, als läse ich in einem wissenschaftlichen Gutachten: Manipuliert und zur Verschwiegenheit verurteilt, war ich der passive Liebhaber meiner Mutter gewesen und hatte dabei gelernt, daß ich andere Menschen beglücken mußte, weil sie mich sonst nicht lieben würden, und diese Dynamik hatte ich in jeder Beziehung erneuert, ich hatte jedermanns Lustzentrum massiert, damit er mich, mochte ich auch verschwiegen und unaufrichtig sein, umschlang und an sich zog, denn darin bestand für mich die Liebe.

Die Wucht dieser Entdeckung, so könnte man meinen, hätte meine Leidenschaft ersticken und eine rasende Wut über den Mißbrauch, der mit mir getrieben worden war, entbinden müssen. Hätte ich nicht mit Impotenz oder Gewalttätigkeit reagieren müssen? Aber statt dessen fügte ich mich willig, als Sandy mich jetzt nach oben manövrierte, sich meinen Penis griff und ihn – ein bißchen erstaunt über irgend etwas, vielleicht die Ängstlichkeit in meinen Augen – in sich einführte.

Und hier wartete das Wunder: das Entsetzen wurde von Wonne besiegt. Endlich hatte jemand anders als ich sich meines Begehrens angenommen. Mein Körper schwelgte in dem Genuß, ein luxuriöses Heim für seinen am stärksten darbenden Teil gefunden zu haben. Das psychologische Gutachten in meinem Kopf fing Feuer. Seine kalte Sprache wurde ein Raub der Flammen und war im Nu vergessen. Einsicht und Wissen interessierten mich nicht mehr. Ich wurde zu einem Menschen, der sich nicht von anderen Menschen in der Ekstase höchster Lust unterschied, der das gleiche fühlte wie alle anderen in einer Umarmung Verzückten, die, wenn sie denn Lüge sein sollte, die überzeugendste Lüge ist, die je ersonnen wurde.

ELFTES KAPITEL

Eine Deutung

Am Montag war ich dann der Verzweiflung nahe. Die Zeit bis zur Therapiesitzung wollte nicht vergehen. Der Verlust meiner Unschuld hatte keineswegs das kosmische Grauen verjagt, das mich beschattete und auf die Gelegenheit lauerte, mich in atembeklemmende Panik zu stürzen. Ich dachte mir einen Satz aus, den ich innerlich wiederholte, wenn es mir zu nahe kam: »Ich bin allein, ein Fremder auf einem Stein, der sich in einem sinnlosen Universum dreht.« Die scheußliche Empfindung mit Hilfe dieser unzulänglichen Worte zu artikulieren, brachte ein wenig Erleichterung, aber nur als Notbehelf zur Überbrückung der Zeit, bis ich alle Geheimnisse bei meinem Therapeuten würde abliefern können.

»Nun?« sagte Halston. »Was gibt es Neues?«

»Ich möchte Ihnen das ganz große Geheimnis erzählen.« In meinem ganzen Körper liefen absonderliche Reaktionen aller Art ab: die Ohren klingelten, der Magen flatterte, die Kehle war abgeschnürt, so daß ich die Worte regelrecht hervorpressen mußte.

Halston zog die Augenbrauen hoch, was dank seiner Glatze zu einem höchst markanten Mienenspiel geriet. »Warum?«

»Warum?« Die Frage setzte mich in Erstaunen.

»Was ist der Anlaß, daß du es mir erzählen willst?«

»Ich weiß nicht.« Ich war verärgert. »Ich möchte es Ihnen halt erzählen.«

»Okay.«

»Möchten Sie nicht, daß ich es erzähle?«

»Wir sitzen hier zusammen, damit du über alles sprechen kannst, was *du* möchtest.«

Ich schloß die Augen, bis mein Ärger über sein Hakenschlagen verraucht war. Als ich sie wieder aufmachte, hatte Halston einen Ellbogen auf die Armlehne und das Kinn in die Hand gestützt – eine Haltung, die mir nur ein Minimum an Neugier auszudrücken schien. »Also – was ist das ganz große Geheimnis?«

»Ich ...« Es war schwieriger auszusprechen, als ich erwartet hatte. Ich meine körperlich schwierig. In meinem Innern rollte eine Serie von Explosionen ab. Ich hätte schwören können, daß ich mein Herz zerplatzen hörte und spürte, wie mein Brustkorb sich mit Blut füllte. »Ich habe über meinen Vater Lügen erzählt.«

»Wem hast du über deinen Vater Lügen erzählt?«

»Dem Richter, der Polizei. Ich wollte nicht mehr bei ihm bleiben, deshalb habe ich Lügen über ihn erzählt.« Mein Unbehagen wich jetzt, verdampfte durch die Poren, wenn ich auch nicht schwitzte. Ich spürte eine Erleichterung dieser Art: eine Nervenabspannung bis zum Grade eines angenehmen Erschöpftseins. »Ich habe gesagt, daß er Kommunist ist und daß er mich schlecht behandelt. Alles, was Onkel Bernies Anwälte mir gesagt haben.«

»Und das war alles gelogen?«

»Na ja ... nicht die Sache mit dem Paß.«

»Die Sache mit dem Paß?«

»Er hat für die Ausreise einen Paß für mich besorgt, in dem war nicht mein Bild, sondern das Bild von einem anderen Jungen. Das ist zwar verboten, aber es war kein ...«

»Kein?«

»Na ja, es war kein richtiges Verbrechen. Er hatte keine Zeit, ein Paßfoto von mir machen zu lassen, und ich wußte über die ganze Sache Bescheid. Ich hatte nichts dagegen gehabt.«

»Aber er hat es so gemacht?«

»Ja.«

»Und es verstößt gegen das Gesetz?«

»Ja.«

»Okay. Und was war gelogen von dem, was du erzählt hast?«

»Na ja, ich hab' gesagt, er wär' Kommunist, und ...«

»War er es nicht?«

»Nein, genaugenommen nicht. Er war's mal *gewesen*, aber ...«

»Er war es gewesen. Wie lange lag das zurück? Ich meine von dem Zeitpunkt gerechnet, wo du gesagt hast, er sei Kommunist.«

»Ich weiß nicht genau. Ein paar Jahre.«

»Aha.« Schweigen. Halston verharrte in seiner lässigen Haltung.

»Sie meinen also, ich habe nicht gelogen?«

»Ich meine gar nichts. Ich habe nur gefragt.«

»Ach kommen Sie!«

»Ach kommen Sie – wie weiter?«

»Das sind doch Wortklaubereien, was Sie da veranstalten. Ich hab' diese Sachen gesagt, weil ich ihm weh tun wollte und weil ich von ihm weg wollte. Ich hab' das nicht im Ernst geglaubt. Ich hab' gesagt, er behandelt mich mies. Das hat er aber nicht getan.«

»Aha. Warum hast du dann solche Sachen über ihn gesagt?«
»Weil ich wütend auf ihn war.«
»Weswegen?«
»Weil er meine Mutter und mich sitzengelassen hat.«
»Er hat deine Mutter und dich sitzengelassen?«
»Ja, nach dem Überfall. Da ging er nach Kuba. Und dann ist sie krank geworden. Das wissen Sie doch alles schon.«
»Du sagst immer wieder, das wüßte ich alles schon.«
»Das habe ich jetzt zum ersten Mal gesagt.«
»Ich habe es von dir schon öfter gehört. Wieso glaubst du, ich wüßte das alles schon?«
»Weil meine Mutter es Ihnen erzählt haben muß.«
»Ich schlage vor, wir vergessen, was ich von deiner Mutter gehört haben müßte. Du hast gesagt, sie wurde krank, nachdem dein Vater weg war?«
»Ja, von da an hat sie nicht mehr gesprochen und alles nur noch auf Zettel geschrieben –«
»Sie hat nicht mehr gesprochen?«
»Ja.«
»Warum?«
»Sie hat gemeint, wir müssen alles –« Ich hielt einen Moment inne, bevor ich das nächste Wort, geheimhalten, aussprach. Die unverhoffte Entdeckung traf mich wie eine Ohrfeige. Ich sah Halston an.
Er saß noch immer seitwärts geneigt und allenfalls mäßig interessiert in seinem Sessel. »Ja ...«
»Jetzt verstehe ich. Ich habe sie kopiert. Aber andererseits – ich meine, als sie anfing, zudringlich zu werden, hat sie sich ja nicht in die Unbeweglichkeit zurückgezogen.« Ich lachte. »Sie hat in einem fort die Wohnung neu gestrichen.«
»Zudringlich zu werden?«
»Ja, wenn sie im Bett, Sie wissen ja ...« Ich fordere ihn mit einer Handbewegung auf, sich selbst einen passenden Ausdruck zu suchen. Mir fiel keiner ein. Inzest war nicht das richtige Wort, denn dazu hätten Penetration und Aktivität meinerseits gehört.
Halston runzelte die Stirn. Er hob den Kopf aus der Hand und setzte sich gerade. »Wenn sie *was* im Bett tat?«
»Das wissen Sie doch.« Ich genierte mich. Außerdem war ich wirklich überzeugt, daß er Bescheid wußte; wieso mußte ich da noch alles bis ins Letzte ausbuchstabieren?
»Du solltest meiner Meinung nach bei nichts, worüber du sprichst,

davon ausgehen, daß ich irgend etwas davon schon weiß. Warum sagst du mir nicht alles selbst? Sollte wirklich etwas dabei sein, was ich schon weiß – was tut's? Ich kann sehr gut damit leben, eine Sache zweimal zu hören.«

Ich war mächtig sauer über sein Versteckspiel. Ich senkte den Kopf und sprach in Richtung Fußboden, teils aus Verlegenheit, teils um meinen Ärger zu verbergen. »Sie hat nicht mehr gesprochen. Sie hat alles auf Zettel geschrieben, die hat sie gleich wieder zerrissen und die Toilette hinuntergespült. Und sie hat die ganze Zeit die Zimmer frisch gestrichen –«

Halston unterbrach mich, ein seltenes Vorkommnis. Zudem verriet sich in seinem üblicherweise emotionslosen Tonfall eine gewisse Ungeduld: »Ja, das hast du schon gesagt. Aber was meinst du damit, daß sie ›zudringlich‹ wurde?«

»Darauf wollte ich gerade zu sprechen kommen«, sagte ich giftig. »Sie hat ewig lange mein Zimmer gestrichen, deshalb mußte ich bei ihr schlafen.«

»Du *mußtest* bei ihr schlafen?«

»Na ja, in meinem Zimmer *konnte ich nicht* schlafen.«

»Du mußtest also in *einem* Bett mit ihr schlafen?«

»Ja.«

Schweigen. Halston stierte mich an. Er rückte an seiner Brille und forderte mich mit einem Nicken auf weiterzusprechen.

»Na ja, ich hab' nicht gleich erfaßt, was los war, aber Sie wissen ja, sie hat sich an mir gerieben, und Sie wissen ja ...« Meine Stimme erstarb.

»Nichts weiß ich«, sagte er und fixierte mich weiter mit scharfem, kühlem Blick.

»Hat sie Ihnen nichts erzählt?«

»Vergiß bitte, daß ich deine Mutter kenne.«

Ich griente. »Das ist nicht ganz einfach.«

»Nur für die Dauer der Zeit, in der du mir Auskunft über sie gibst. Ich bin sicher, das ist nicht allzu schwer. Du hast gesagt, sie hat sich an dir gerieben und ...« Er machte mir mit der Hand ein Zeichen, den Satz zu beenden.

Ich sah zu Boden. »Na ja – sie kam.«

»Sie kam?«

»Nennen Sie es meinetwegen, wie Sie wollen!« Seine gouvernantenhafte Zimperlichkeit nervte mich. Was hatte er davon, wenn er mich in Verlegenheit brachte?

»Wolltest du sagen, sie hat sich an dir gerieben, bis sie einen Orgasmus hatte?«

»Genau das.« Ich hielt den Blick gesenkt. Sie dauerte mich, und ich war wütend, daß er mich unnötigerweise zwang, ihre Verfehlung zum wiederholten Mal auszusprechen. »Ich meine, als ich mit Sandy geschlafen habe –«

»Wie bitte?« unterbrach mich Halston. Seine Stimme war emotionsgeladen. Sie klang erbost.

»Das hab' ich ganz vergessen Ihnen zu erzählen. Ich meine, dazu sind wir noch gar nicht gekommen.« Ich sah ihn stolz und selbstbewußt an. »Am Samstag hab' ich meine Unschuld verloren.«

»Rafael.« Halston neigte sich über seinen Schreibtisch vor zu mir. Gewöhnlich nannte er mich Rafe. »Was soll dieses Spielchen?«

»Spielchen?« Plötzlich hatte ich das Gefühl, daß ich in einer Klemme steckte. Ich hatte zuvor nicht schnell genug geschaltet, aber jetzt sagte mir mein Gespür, daß etwas nicht stimmte.

»Du kommst herein und sagst, daß du mir das große Geheimnis erzählen willst, und dann erzählst du mir etwas, was jeder weiß.«

»Was? Wie meinen Sie das? Wieso weiß das jeder?«

»Ich meine, jeder, der deine Lebensgeschichte kennt. Deinem Onkel wurde die Vormundschaft über dich zugesprochen. Stimmt es etwa nicht, daß deine ganze Familie diese Geschichte kennt? Jeder in deiner näheren Umgebung weiß, daß du vor Gericht diese Aussagen über den Paß und über die politische Einstellung deines Vaters gemacht hast.«

Ich war verwirrt. Im Moment konnte ich nicht sagen, wo er sich irrte, obwohl ich sicher war, daß er unrecht hatte, und außerdem verstand ich nicht, warum er sich aufregte. »Stimmt eigentlich.«

»Und dann läßt du ganz nebenbei diese Bomben hochgehen. Daß dich deine Mutter im Bett bedrängt hat, und daß du deine Unschuld an deine Cousine verloren hast. Du sprichst über diese Dinge, als wären nun ausgerechnet sie keine von deinen Geheimnissen.«

»Ich hab' meine Unschuld nicht mit Julie verloren. Das war mit Sandy. Ihrer Freundin.«

Er wischte das mit einer Handbewegung beiseite. »Wann ist deine Mutter zudringlich geworden?«

»Nachdem mein Vater weg war, bevor sie – ja also, bevor sie durchgedreht hat und beim UN-Gebäude festgenommen wurde.« Jetzt sah ich klar, begriff das Mißverständnis und bekam es mit der Angst zu tun. »Hat sie Ihnen nie etwas davon erzählt?« fragte ich in kläglichem Ton. Noch eine Erinnerung, die bisher blockiert gewesen war, trat über die

Bewußtseinsschwelle: das Bild von Ruth, wie sie die Katatonikerin simuliert und mir zuflüstert, daß Halston ein Schafskopf sei. Meine Lage wurde brenzlig. Alle meine Sinne sagten es mir: ich wäre am liebsten davongelaufen. Aber wohin?

»Vergiß bitte, was deine Mutter mir deiner Meinung nach erzählt hat. Laß uns so tun, als ob ich sie nie kennengelernt hätte. Erzähl mir, was sie deiner Meinung nach im Bett mit dir gemacht hat.«

Deiner Meinung nach. Er gebrauchte die skeptische Wendung ›deiner Meinung nach‹. »Eigentlich nichts Besonderes.«

»Nichts Besonderes? Gerade hast du gesagt, daß sie einen Orgasmus hatte.«

»Ich weiß es nicht genau. Ich war ja noch klein.«

»Warum hast du gesagt, sie hatte einen Orgasmus, wenn du es nicht genau weißt?«

Ich war bloßgestellt. Ein Teil von mir, der Schachspieler in mir, verwünschte meinen Verstand, weil er mich mit derart unzulänglicher Deckung hatte operieren lassen. Ich hatte kein Argument mehr, das ich Halston hätte entgegensetzen können. So weit war es also gekommen – und ich hatte geglaubt, wir gingen den Weg gemeinsam, unter Verzicht auf die üblichen Lügen und taktischen Manöver. Ich appellierte an ihn, sein Bemühen, mich zur Kapitulation zu zwingen, einzustellen. »Sehen Sie denn nicht, warum mein Verhalten gegenüber meinem Vater ein großes Geheimnis ist? Ich lebe bei meinem Onkel, weil er glaubt, daß ich meinen Dad nicht mag und meine Mutter nicht mag, aber das ist nicht wahr, mich hat bloß sein Geld interessiert. Ich wollte Fettlebe machen und hatte Wut auf meinen Vater. Der hat mir aber nie etwas Böses getan. Das ist ein Geheimnis, ein echtes Geheimnis. Das dürfen Sie keinem Menschen erzählen.«

»Warum nicht? Was würde passieren, wenn jeder es wüßte?«

»Jeder wüßte, daß ich ein Sohn bin, der über seinen Vater Lügen verbreitet. Jeder wüßte, daß ich meinem Onkel Lügen erzähle.«

»Was für Lügen?«

»Daß ich wünschte, er wäre mein Vater. Daß ich ihn liebe.«

»Das hast du ihm erzählt?«

Ich nickte. Er hatte doch bestimmt kapiert. Er *mußte* begriffen haben. Er konnte sich unmöglich meine Lebensgeschichte angehört haben, ohne sich ein Bild davon zu machen, was ich getan hatte.

»Hast du deinem Onkel erzählt, was deine Mutter im Bett mit dir gemacht hat?«

»Nein!« Ich war entsetzt bei dem bloßen Gedanken.

»Nein? Auch nicht an dem Abend, als deine Mutter festgenommen worden war und du wolltest, daß er dich zu sich holt?«

»Nein.«

»Wäre das nicht ein Grund mehr für ihn gewesen, dich zu bedauern und zu retten?«

»Es ist nicht gelogen.«

»Ich habe nicht behauptet, daß es gelogen ist.«

»Aber Sie denken, daß ich lüge.«

»Wieso nimmst du an, daß ich dir nicht glaube?«

»Tu' ich ja gar nicht. Ich nehme überhaupt nichts an. Hören Sie, sie hat mich nur fest umarmt und sich vor und zurück bewegt, das war alles, ja und sie ... Ich hab' das gar nicht richtig begriffen, bis ich mit Sandy zusammen war und mir klargeworden ist, was Mam gemacht hat.«

»Ah ja. Du hast also erst am Samstag erkannt, was vor Jahren geschehen ist?«

»Nein. Ich hab' es nur besser begriffen.«

»Wenn es dir gar nicht so schlimm vorgekommen ist, was deine Mutter getan hat, warum hast du mir dann nicht früher davon erzählt?«

Ich legte mein Gesicht in beide Hände und rieb mir die Stirn, während ich mir den Kopf darüber zerbrach. Über Vergangenes zu reden war ich nicht gewohnt. Im Kopf hatte ich klare Bilder davon. Ohne Worte – ohne die Etikettierungen, ohne die Beurteilungen, die sie vollzogen – war das Geschehene unkompliziert. Erst die Worte veränderten seine Bedeutung, so kam es mir vor: »Nichts ist gut oder böse, das nicht erst unser Denken dazu macht.«

»Ich dachte, daß mein Onkel es vielleicht herausgefunden hatte, daß er es vielleicht von Ihnen erfahren hatte.« Das stimmte nicht. Noch während ich es aussprach, wurde mir klar, daß ich an so etwas nie gedacht hatte. Ich hatte schlicht und einfach überhaupt nicht viel darüber nachgedacht, ob jemand anders davon wußte oder nicht. Ich wollte mich nicht daran erinnern, daß es vorgekommen war, und nachdem meine Mutter tot war, noch darüber zu reden, erschien mir unmenschlich. Unmenschlich und ungehörig.

»Ah ja.« Halston sah auf die Uhr, nahm mit der linken Hand seine wuchtige Brille ab und rieb sich mit der rechten die Augen. »Dein Vater war weg. Deine Mutter sprach nicht mehr und schrieb alles auf Zettel, und sie strich dein Zimmer neu an.«

Er glaubte mir. Ich nickte eifrig und assistierte. »Sie ist mit dem Anstreichen nie fertig geworden. Deshalb mußte ich jede Nacht bei ihr im Bett schlafen.«

Halston setzte seine Brille wieder auf. »Wie viele Nächte waren das?«

»Ich weiß nicht. Ein Monat oder zwei. Ich kann mich nicht mehr genau erinnern.«

»Und sie hat sich jede Nacht an dir gerieben?«

»Nein, nein. Nur ein paarmal.« Ich erinnerte mich an das erste Mal, an den sanften Lufthauch, der durch mein Zimmer wehte. »Eigentlich war es das erstemal ja in meinem Bett.«

»Sie kam zu dir ins Bett. Dein Vater war nicht da –«

»Das war an dem Tag, als wir den Brief von ihm bekommen haben. Ja, an dem Abend war das, glaube ich.«

»Was war das für ein Brief?«

»Der Brief, in dem er uns geschrieben hat, warum er nicht heimkommen und bei uns wohnen kann.«

»Du hast einen oder vielleicht auch zwei Monate lang bei deiner Mutter im Bett geschlafen, und sie hat sich ein paarmal an dir gerieben und dabei Laute von sich gegeben?«

»Sie hat gestöhnt. Und sich hin und her bewegt. So als ob sie aufgeregt wäre.«

»Und daran hast du gemerkt, daß sie einen Orgasmus hatte?«

»Ich wußte gar nicht, daß es so etwas wie einen Orgasmus gibt. Wie hätte ich da etwas merken können?«

»Und woher wußtest du dann, daß sie nicht geweint hat?«

»*Was soll das heißen?*«

»Beruhige dich. Ich frage ja nur. Bitte behalte Platz.«

Mir war nicht bewußt geworden, daß ich hochgefahren war. Genaugenommen hatte ich mich nicht von meinem Platz erhoben, sondern saß jetzt wie zum Sprung bereit auf der Sesselkante. Ich setzte mich zurück, starr vor Zorn. »Was wollen Sie damit sagen? Daß nichts war?«

»Ich will überhaupt nichts sagen. Ich weiß nicht, was war. Das weißt nur du. Aber anscheinend bist du dir nicht ganz sicher. Wie es aussieht, bist du am Samstag, als du mit diesem Mädchen geschlafen hast, zu einem Schluß gekommen. Ich möchte dir lediglich helfen, deiner Sache sicher zu werden. Ich halte es für wichtig, daß du mit deinen Gefühlen und deinem Eindruck von dem Vorgefallenen ins klare kommst.«

Ich betrachtete die Kante seines Schreibtischs, das geschnitzte Reliefmuster auf dem Rand der Mahagoniplatte, und versuchte mich im Geiste in die Vergangenheit zu versetzen. Was erwartete mich da? Ein dunkles Zimmer, das Erwachen aus dem Schlaf, ihre Beine, die mich umfangen, schaukelnde Bewegungen, Stöhnlaute, ihr Erschauern. Waren es Schluchzer gewesen? Hatte ich die Laute verkannt?

»Gehen wir ein Stück weiter zurück, in die Zeit, bevor dein Vater diesen Brief schrieb. Du wurdest in Tampa Zeuge eines Überfalls auf deine Eltern. Dabei hast du beobachtet, was deiner Mutter widerfuhr. Was war das im einzelnen, was du da beobachtet hast?«

»Ich habe gesehen, daß sie nackt war. Ich habe einen Mann gesehen –« Ich brach ab. Ein Mann hatte ihr ins Gesicht uriniert, das war es, woran ich mich erinnerte.

»*Was* hast du gesehen? Was hat der Mann mit ihr gemacht?«

»Er hat uriniert.«

»Hast du gesehen, wie Urin austrat und auf deine Mutter spritzte?«

Ich schwieg. Der *gusano* hatte eine Erektion gehabt. Er hatte seinen erigierten Penis auf das Gesicht meiner Mutter gerichtet. Nein. Auf einer Großstadtstraße? In aller Öffentlichkeit? War das möglich? Ich kapitulierte, verbiestert und ärgerlich. »Was hat er getan? Sagen Sie es mir.«

»Ich weiß es nicht. *Du* weißt es. Du warst dabei.«

»Aber natürlich wissen Sie es. Mam muß es Ihnen erzählt haben.«

»Deine Mutter war krank. Sehr krank. Du bist es nicht. Es ist möglich und sogar wahrscheinlich, daß dein Erinnerungsvermögen besser ist, als das ihre es war. Mir ist klar, daß ein Teil von dir krank sein will, aber du bist nicht krank. Du hast klare Erinnerungsbilder und verstehst, was die Bilder bedeuten, besonders wenn du nicht daran denkst, wie du dir wünschst, daß es gewesen wäre, oder wie dein Onkel es sich wünscht, sondern nur daran, wie es wirklich war.«

»Aber ich habe keine klare Erinnerung daran. Ich hatte panische Angst. Der Mann hat irgendwas gemacht – kann sein, er wollte sie vergewaltigen, kann sein, er hat uriniert.«

»Ich verstehe. Aber daß deine Mutter mit dir im Bett einen Orgasmus hatte, darin bist du dir sicher?«

»Ich bin mir nicht sicher.«

»Du bist dir nicht sicher?«

Ich war es nicht. Ich blickte auf meine Knie und wünschte, ich hätte in mich hineinsehen und die schlichte Wahrheit erkennen können, mochte sie noch so abstoßend sein. »Was hätte ich für einen Grund, es mir auszudenken?« fragte ich laut.

»Das ist eine interessante Frage«, sagte Halston, jetzt wieder in freundlichem Ton. Er sah auf die Uhr. »Die Zeit ist fast um. Vielleicht solltest du einmal darüber nachdenken. Hast du dir gewünscht, daß deine Mutter Sex mit dir macht?«

Ich konnte nur noch mit Mühe atmen. War alles, was ich im Kopf hatte, Lüge gewesen? Waren die Geheimnisse gar keine Geheimnisse, die

Lügen keine Lügen, die Wahrheit ein Phantasma? Hatte ich gar nichts verheimlicht?

»Aber wenn es nicht wahr ist, bin ich ja verrückt«, fuhr es mir heraus, nicht eigentlich an Halstons Adresse.

»Das ist interessant. Wie kommst du darauf?«

»Weil es nicht anders sein kann.«

»Ist es ein Schock für dich, zu hören, daß jeder Junge in seinem Leben eine Phase durchläuft, in der er davon phantasiert, der Liebhaber seiner Mutter zu sein?«

Ich schüttelte den Kopf. In Wirklichkeit *war* es ein Schock. Einer, der mich unter den gegebenen Umständen bis ins Innerste erschütterte. Ich hatte – aus aufgeschnappten Bemerkungen und Lesefrüchten zusammengestoppelt – eine verschwommene Kenntnis des Ödipusmythos sowie der Tatsache, daß Freud ihn zur Grundlage einer berühmten Theorie gemacht hatte, aber in der Quintessenz lief mein diesbezügliches Wissen auf die nebulöse Ansicht hinaus, daß mit der eigenen Mutter zu schlafen zum Irrsinn führt und daß schon das bloße Gelüst auf die eine oder andere Weise das Gemüt zerrüttet. Was Halston wirklich angesprochen hatte, die infantile Sexualität, war für mich *terra incognita*.

»Das ist kein Schock für dich?« fragte Halston noch einmal.

»Heißt das, sie träumen es?«

»Nein. Es gibt einen Lebensabschnitt, in dem jedes Kind den Wunsch hat, der Sexualpartner des andersgeschlechtlichen Elternteils zu sein.«

Ich nickte wissend dazu, obwohl ich es wieder nicht so recht verstand.

[Ich bin kein Freund mangelnder Allgemeinbildung und kann mich nicht für den in der modernen Erziehung und Bildung vorherrschenden Trend zum Spezialistentum erwärmen, und ich halte nichts von der absurden Vorliebe für Expertenjargon in der Psychologie und Psychiatrie – in der Tat ist die Absicht, dem entgegenzuwirken, für mich das Movens, dieses Buch in der Sprache des Laien zu schreiben. Dem allen zum Trotz hielte ich es freilich manchmal für besser, die Gebildeten zeigten sich sehr viel weniger beschlagen in Psychologie und Psychiatrie, als daß sie lückenhafte und verzerrte Kenntnisse mit sich herumtragen, wie sie es heute tun. Nur allzu oft ähnelt der Gebildete unserer Zeit, wenn er sich zu Fragen der Humanpsychologie äußert, einem Fünfjährigen, der sich am Steuer eines Schwerlastzugs versucht.]

»Ich will damit sagen« – Halston sah wieder auf die Uhr – »daß sexuelle Wünsche und Phantasien, deren Gegenstand ein Elternteil ist, in einer bestimmten Phase der Kindheit etwas Allgemeinmenschliches sind. Aber das macht sie natürlich noch lange nicht akzeptabel für die Umwelt. Selbst im Kindesalter sind sie tabu. Deswegen behalten die Menschen zuweilen Ereignisse, Gefühle oder auch nur Wünsche, die mit einem Elternteil zu tun haben, in entstellter oder verunklarter Form in Erinnerung. Die Zeit ist um«, sagte er mit verlegenem Lächeln. »Wir werden uns morgen darüber weiter unterhalten.«

Spätestens an diesem Punkt sind die Fachleute unter meinen Lesern natürlich in der Lage, den weiteren Verlauf meiner Therapie bei Dr. Halston abzusehen. Er sprach mit mir über die Vergewaltigungsszene, das Sich-Absetzen meines Vaters und das inzestuöse Verhalten meiner Mutter, und ohne jemals eine direkte Feststellung zu treffen – so daß ich immer das Gefühl hatte, von selbst zu dieser oder jener Einsicht gefunden zu haben –, überzeugte er mich von der Richtigkeit einer Reihe wichtiger Rückschlüsse, die sich in bezug auf meine Vergangenheit ergaben. Zunächst einmal davon, daß ich das, was der castrofeindliche Kubaner meiner Mutter antat, während mein Vater zusammengeschlagen und erniedrigt wurde, einerlei was es war oder nicht war, als sexuelle Attacke auffaßte, weil mein Unbewußtes unter den Bedingungen meines panischen Schreckens die Wirklichkeit in dieser Weise interpretierte, wobei es sich zur Darstellung des Bösen in der Außenwelt meiner eigenen tabuisierten Wünsche als Medium bediente. In meinem Entsetzen über den Anblick meines Es, das meine Mutter übermannte, rammte ich den Kubaner mit der Pistole in der Hand, wobei ich im selben Zug meinen Vater kastrierte (das Bild vom »Enthaupteten« und dessen abgetrenntem Kopf in den Händen seines Folterers) und mich an seine Stelle als Beschützer meiner Mutter setzte (mit gefährlichen Konsequenzen für meine Persönlichkeitsstruktur). Daher dann mein Gefühl, meinen Vater aus unserer Nähe vertrieben (ihn ermordet) zu haben und verpflichtet zu sein, seinen Platz als Liebhaber meiner Mutter einzunehmen – sozusagen ein »Zwang« zum Vollzug der tabuisierten ödipalen Phantasie, für den nicht ich, sondern meine Mutter mit Wahnsinn und Selbstmord gestraft wurde. Es versteht sich von selbst, daß diese Deutung, würde sie von Dr. Halston vorgetragen, in ganz anderem Sprachgewand – sehr viel wissenschaftlicher formuliert und in höherem Grad terminologisch verschlüsselt – daherkäme, und auch ohne die Einzelheiten zu erwähnen, die hier über die tatsächlichen Ereignisse zu lesen waren und von denen viele mit seiner Sicht der Dinge unerfreulich disharmonieren. Da Halston als Theoretiker – wenn auch nicht als Praktiker (er bat mich nie auf die Couch und zeigte nur peripheres Interesse für meine Träume) – ein orthodoxer Freudianer war, der seine Ausbildung und Schulung in den dreißiger und vierziger Jahren absolviert hatte, bietet er einem Psychiater meiner Generation eine bequeme Angriffsfläche für Kritik; darüber darf man jedoch nicht vergessen, daß er Erlerntes, wie anfechtbar auch immer es sein mochte, gewissenhaft praktizierte und daß er glaubte, mir mit seiner Betrachtungsweise helfen zu können. Auch ein grandioser Chirurg kann mit einem rostigen Taschenmesser als Werkzeug keine gelungene Herztransplantation ausführen.

Bedauerlicherweise saugte ich aufgrund meiner natürlichen Neigung zum psychoanalytischen Denken Dr. Halstons Sicht der Dinge in mich auf wie ein trockener Schwamm. In bezug auf mein Gefühlsleben ließ sie sich auf einen sehr einfachen Nenner bringen: Ich war eine ungezähmte Bestie, deren Lebensgeschichte ein Phantasieprodukt war. Ich hatte jetzt einen neuen, besseren Grund, meine innere Biographie geheimzuhalten. Sie war eine Fiktion.

Mein Groll auf meinen Onkel war größer denn je. Er hatte das Scheusal in mir aus seinem Bau gelockt und ihm die Keule in die Hand gedrückt, mit der es meinen Vater erschlug. Das sagte ich auch Halston. Er wiederum erklärte mir den Mechanismus der Projektion, und siehe da! wieder einmal gab es auf der ganzen Welt nur einen einzigen Schurken, und der war ich. Mein skrupelloser Onkel war niemand anders als Rafe in Dunkelgestalt, ein Unhold aus meinem Unbewußten. Ich allein war die ganze Welt: ich hatte die Wirklichkeit verschluckt, und alles wurde aus mir neu geboren: Gott und der Teufel, Liebe und Tod, Wahrheit und Lüge.

So war es denn auch kaum zu verwundern, daß Sandy völlig vernarrt in mich war. Sogar mir selbst kam es so vor, als sei ich auf irgendwie erschreckende Weise unwiderstehlich geworden. Die ganze Woche lang rief sie mich jeden Abend an, und am Freitagabend dann zog sie sich – sehr zu Julies Überraschung und, wie ich hoffte, auch Eifersucht – ganz unverfroren mit mir in ihr Bett zurück. Auf diese Weise gab Sandy ihren Mitbewohnerinnen unser Verhältnis bekannt. Am nächsten Morgen begaben wir uns gemeinsam an den Frühstückstisch, Sandy mit einem Arm um meine nackten Schultern geschlungen, ich mit nichts weiter als meiner Unterhose am Leib. In die ernste Miene meiner Cousine sagte ich ein freundliches »Hi, Julie«.

Kathy, die, einen Joint rauchend, über die ausgebreitete *New York Times* gebeugt war, sah auf. »Das ist ja voll der Hammer«, murmelte sie.

»Sandy«, sagte Julie mit einer Kopfbewegung zum Korridor hin, »ich muß mit dir reden.«

»Etwa über mich und Rafe?« sagte Sandy und nahm den Arm von meiner Schulter. Sie ging zur Kaffeekanne hinüber. »Möchtest du?« fragte sie mich.

»Jau«, sagte ich und setzte mich. Kathy bot mir den Joint an. Ich zog den scharfen Rauch ein und kam mir so richtig schön verworfen vor. In der Nacht hatte ich mit Sandy drei Nummern geschoben und damit meinen Saldo an Lebenshöhepunkten innerhalb von Stunden vervierfacht. Sandy hatte mich mit dem Mund bearbeitet, und ich hatte mit der Zunge gemacht, worauf ich mich mit der Hand verstand, ich hatte ihre Brustwarzen zwischen den Zähnen gewälzt, hatte die weiche Haut auf der Innenseite ihrer Schenkel geleckt, hatte ihre strammen Hinterbacken geküßt. Ich quoll über von Selbsthaß, aber es war ein überaus arroganter Selbsthaß. Ich bin vielleicht nicht das, was man sich gewöhnlich unter einem Genie vorstellt, dachte ich, aber ich bin ein Genie des Lebens.

Julie gab Sandy keine Antwort. Sie sah mich mit mutlosem und etwas traurigem Gesichtsausdruck an – was ich mit einem Grinsen beantwortete. Sandy kam mit zwei gefüllten Kaffeebechern zum Tisch und reichte mir einen. Sie setzte sich und rieb mir einige Sekunden lang liebevoll die Schulter, ehe sie die Hand nach dem Milchkarton ausstreckte. »Na, wo liegt das Problem?« sagte sie mit einem Blick zu Julie.

Julie seufzte. »Ich glaube, darüber sollten wir unter vier Augen sprechen.«

»Wenn es um Rafe und mich geht, dann sollte er ruhig mit dabeisein«, sagte Sandy.

»Ich hab' nichts dagegen, wenn ihr euch allein unterhaltet«, warf ich ein.

»Aber ich«, meinte Sandy.

»Ich habe überhaupt kein Problem mit dem, was *Rafe* tut«, sagte Julie in einem aufgebrachten, scharfen Ton, der uns alle drei überraschte.

»Was soll das heißen?« fragte Sandy und schob ihren Stuhl weg von meinem Platz, um Julie Auge in Auge gegenüberzusitzen. Das mißtönende Kratzen der Stuhlbeine auf dem Küchenboden begleitete ihre Frage mit einer unheilverkündenden Hintergrundmusik.

»Klar, daß Rafe Spaß daran hat, mit dir ...« Julie schüttelte gereizt und befangen den Kopf. »Ich meine, ihm kann man es nicht zum Vorwurf machen ...« Wieder führte sie den Gedanken nicht zu Ende.

»Was zum Vorwurf machen?« Sandy beugte den Oberkörper vor und stützte die Ellbogen auf die Knie, so daß der Kaffeebecher zwischen ihren Beinen baumelte. Ihre Haltung glich der eines Bauarbeiters bei der Frühstückspause.

»Er ist ein *Teenager*!« sagte Julie in einem Ton, als wäre damit alles gesagt.

»Nicht im Bett«, sagte Sandy und ließ ein genüßliches Lachen hören.
Kathy kicherte und senkte dann schnell die Augen.

»Ich finde das nicht spaßig«, sagte Julie.

»Das Ganze würde dich kein bißchen stören, wenn ich ein Kerl wäre und er die Frau«, sagte Sandy.

»Und ob es mich stören würde. Jeden würde es stören. Und dich zuallererst. Ich höre förmlich dein Geschrei, was für ein Schwein dieser Kerl ist.«

Sandy schüttelte den Kopf, wandte sich von Julie ab, stellte ihren Becher auf den Tisch und sagte zu Kathy: »Ich kapier' das nicht. Ich habe keine Ahnung, was der Zinnober soll.«

»Hör mal«, sagte Julie. »Ich habe eine gewisse Verantwortung für Rafe. Er ist sechzehn. Sieh ihn dir mal an. Er hat dieses Mathe-Projekt geschmissen, sitzt hier in Boxershorts rum und raucht einen Joint. Das ist schlichter Wahnsinn. Und nicht zu verantworten. Das ist alles. Du kannst dir alles mögliche einreden, aber letzten Endes läuft es immer darauf hinaus, daß –« Julie brach jäh ab und knallte eine offenstehende Schranktür zu. Wir fuhren alle drei erschreckt zusammen. »Verdammt noch mal!« schrie sie Sandy an. »Dafür kämpfen wir nicht!«

»Du bist nicht meine Babysitterin«, sagte ich.

Julie, die ganz auf ihre Freundin konzentriert war, sah mich an, als hätte sie vergessen, daß ich da war. Sie war fertig angekleidet, in Jeans und Trikot wie letzte Woche zu der Demo. Sie war schöner denn je, fast als gehörte sie nicht der gleichen Spezies an wie Sandy. Trotz meiner exzentrischen Geistesverfassung begriff ich, daß ihre Sorge um mich echt war – einerlei ob ich zu Recht oder zu Unrecht hoffte, sie möge durch Eifersucht motiviert sein. Es war nicht zu verkennen, daß Julie sich in einer Weise um mein Wohl sorgte, wie es Sandy weder jetzt noch in Zukunft jemals in den Sinn käme.

»Um mich brauchst du dir keine Sorgen zu machen«, sagte ich zu ihr in vertraulichem Ton, wobei ich wünschte, die anderen wären nicht da. Ich hatte das Gefühl, daß ich, wären wir allein, die Kraft hätte, ihr die Wahrheit zu gestehen, ihr zu sagen, daß ich sie liebte, sie liebte seit jenem Tag, an dem sie mich gegen die Zurechtweisung meiner Mutter wegen der Jagd nach dem *Afikoman* in Schutz genommen hatte, ihr zu sagen, daß sie etwas besaß, das außer ihr fast niemand hatte: ein selbstloses Herz. Um das Übermaß ihrer Großherzigkeit zu ermessen, brauchte ich sie nur mit meiner eigenen Engherzigkeit zu kontrastieren.

»Auf dich bin ich nicht böse, Rafe«, sagte sie leise.

»Das läuft ja bekloppt hier«, sagte Sandy. Sie stand auf und trat zwischen mich und Julie. »Los, komm mit. Wir machen jetzt einen Spaziergang und arbeiten das mal auf.«

Die beiden verließen die Wohnung. Kathy reichte mir den Joint und studierte dann weiter ihre Zeitung, während ich ein, zwei Züge nahm. Als ich ihr die Tüte zurückgab, blickte sie auf und sagte: »Also der Vietcong macht tolle Sachen, sag' ich dir.«

Ich stimmte ihr zu.

Ich fühlte mich einsam. Je mehr ich mir Dr. Halstons Deutung zu eigen machte, desto mehr wurde dieses Gefühl zur Grundstimmung meines Erlebens. Nicht mehr als ein in bebendem Entsetzen ins Grenzenlose zerfließendes Ich empfand ich mich jetzt, sondern als eingesperrt hinter Mauern, die er um mich errichtet hatte. Da alles sich in Wirklichkeit in meiner Innenwelt zutrug, hatte die Außenwelt ihre Schrecknisse verloren, hatte ihre Fähigkeit eingebüßt, mich in Panik zu versetzen. Das war einerseits gut, andererseits jedoch war damit auch das Erlösungsversprechen zurückgenommen, das einstmals in ihr angelegt gewesen war. Als dann Julie und Sandy von ihrem Spaziergang zurückkamen, interessierte ich mich nicht im geringsten dafür, was sie miteinander gesprochen hatten, und ich fühlte auch keinen Antrieb, mich in meinem Tun von der unverhofften Erleuchtung leiten zu lassen, daß ich nach wie vor unsterblich verliebt in Julie war. Das eine war unwichtig, das andere aussichtslos. Ich machte gern Sex mit Sandy, und hätte Julie es geschafft gehabt, dem einen Riegel vorzuschieben (es war ihr nicht gelungen), hätte mich das zwar geärgert, aber nicht untröstlich gemacht, denn vom Sex abgesehen hatte ich durchaus nicht vor, viel Zeit mit Sandy zu verbringen. Als Sandy mich nach der Rückkehr von dem Spaziergang mit sich in ihr Zimmer schleppte, um mir dort fidel und nicht ohne Triumph zu berichten, wie »spießig und bekloppt Julie auf unsere emanzipierte Beziehung« reagiert habe, wie jedoch sie, Sandy, Julie »gezwungen« habe, »sich den Widersprüchen in ihrem eigenen Kopf zu stellen«, da empfand ich lediglich Verzweiflung darüber, daß wieder einmal Menschen meinen üblen Machenschaften zum Opfer gefallen waren. Warum nur waren sie alle – ob Blindgänger oder Erfolgsmensch, Latino oder Jude, jugendlich oder erwachsen, Kommunist oder Kapitalist – warum waren sie mir gegenüber so hilflos? War die Welt nur von Narren bevölkert? War es das, was meine Mutter eigentlich damit gemeint hatte, daß Verrücktsein darin bestehe, begriffen zu haben, *wirklich* begriffen zu haben, *wie* einfach die Menschheit zu manipulieren ist und wie aussichtslos daher jeder Versuch, sie zu retten?

Ich glaube, damals – irgendwann im Laufe jener Wochen – kam mir zum erstenmal der Gedanke, mich für denselben Ausweg wie meine Mutter zu entscheiden und mich umzubringen. Allerdings gefiel mir die Methode nicht, die sie gewählt hatte. Über ihre Selbstverbrennung war ich von Dr. Halston ins Bild gesetzt worden. Daß sie durch Suizid aus dem Leben geschieden war, war mir zu dem Zeitpunkt seit etlichen Jahren bekannt, über die Einzelheiten freilich wußte ich wenig. Er berichtete sie mir auf meine entsprechende Frage hin in ziemlich kühlem Ton – schließlich hatte sie mit ihrer Tat an seinem Image als Therapeut gekratzt. Er erkundigte sich nach dem Grund meiner Neugier, aber den nannte ich ihm nicht. Er war in meine sämtlichen Geheimnisse eingeweiht, darum freute es mich, jetzt endlich einmal wieder eines zu haben, das er nicht kannte – und das sollte, wenn es nach mir ging, auch so bleiben. Ich war inzwischen zu dem Schluß gekommen, daß es bei mir zur Erbanlage gehörte, Geheimnisse zu haben. Am Abend des Tages, an dem ich von Halston die volle Wahrheit über Ruths Suizid erfuhr, dachte ich darüber nach, warum die Bilder von Ruth, wie sie ihr Schild aufpflanzt, ihren undomptierten Haarschopf mit Benzin übergießt, die gaffende Menge aus grünen Augen anfunkelt und ein Streichholz entzündet – warum diese Bilder mich weder zu Entsetzen noch zu Mitleid rührten: weil ihre Tat meiner Meinung nach nicht falsch oder töricht oder wahnsinnig war. Mit Ausnahme der gewählten Todesart. Die war erstens zu schmerzhaft. Zweitens war das Verdammungsurteil, das sie aussprach, nicht vernichtend genug. Die Deklaration SO WIRD DIE WELT ENDEN konnte man allzu leicht übergehen.

Im Arzneischränkchen meines Onkels fand ich eine fast noch volle Flasche Veronal. Sie enthielt mehr Tabletten, als ich brauchte, um mich umzubringen. Ich klaute die ganze Flasche, weil ich überzeugt war, daß in Anbetracht der bei drei verschiedenen Wohnungen – der Villa, unserem Interimsdomizil hier und seinem *pied-à-terre* in Manhattan – unvermeidlichen Konfusion ihr Verschwinden ihm weniger verdächtig vorkommen würde, als wenn ich mir nur einen Teil der Tabletten nahm. Außerdem wollte ich zu gegebener Zeit auf Nummer Sicher gehen, daß ich hinterher wirklich tot war. Mir war klar, daß ein Fehlschlag die Einweisung in eine Anstalt nach sich ziehen würde, und das erschien mir noch grausiger als das Weiterleben wie bisher oder das Sterben. Ich machte mich an den Abschiedsbrief. Für den würde ich mehrere Tage brauchen, denn ich wollte nicht weniger als eine Generalbeichte zu Papier bringen und dazu persönliche Botschaften und Bitten um Verzeihung an Bernie, meinen Vater, Julie, die Großeltern …

An diesem Punkt meiner Überlegungen tauchte, zusammen mit dem

Bild von Jacinta und Pepín, ein Gefühl schmerzlichen Verlusts in mir auf, dem die Frage folgte, wie es den beiden wohl gehen mochte. Onkel Bernie hielt sich wie gewöhnlich in Manhattan auf, Richard und Kate waren, nachdem sie mir das Abendessen serviert und anschließend die Küche aufgeräumt hatten, zu Bett gegangen, ich hatte mir einen Joint reingezogen, die erste Seite meines Abschiedsbriefs geschrieben, und überlegte mir jetzt, daß es nichts gab, was mich davon abhielt, zum Telefonhörer zu greifen, mir von der Auskunft die Nummer der beiden geben zu lassen und sie anschließend anzurufen. Sicher, am Monatsende, wenn er die Telefonrechnung bekam, würde Onkel Bernie die Sache spitzkriegen, aber dann war ich schon tot.

Ich zauderte eine Stunde lang, schlich den Korridor entlang, um nachzuprüfen, ob das Dienstbotenehepaar wirklich schlief, und ermannte mich schließlich zu dem kühnen Schritt, leise in Onkel Bernies Schlafzimmer vorzudringen, wo sein privates Telefon stand. Mein Herz hämmerte. Ich wunderte mich über meine Ängstlichkeit, zu der kein Anlaß bestand, da ich ja entschlossen war, mich aller Bestrafung und Belohnung von seiten meiner Mitwelt für immer zu entziehen. Unter Aufbietung von Willenskraft mußte ich mich zu dem entnervenden Horror, den das Drehen der Wählscheibe bedeutete, zwingen, um mich anschließend mit zitternder Stimme nach der Nummer zu erkundigen. Meine Finger hatten fast nicht die Kraft, sie aufzuschreiben. Ich hatte das Gefühl, einer Ohnmacht nahe zu sein, während ich erneut die Wählscheibe drehte und für die scheinbar endlos lange Dauer von sechs Klingelzeichen ausharrte, bis sich die verschlafene Stimme meines Großvaters in Spanisch meldete: »*Hola?*«

»Hallo«, brachte ich krächzend heraus.

»Challo«, sagte die Stimme am anderen Ende der Leitung, die jetzt hellwach und alarmiert klang. »Wer ist da?«

Beim Klang seiner schwermütigen Greisenstimme bekam ich Angst, mit ihm zu reden. Ich räusperte mich, um meine Kehle von allen Erschwernissen des Sprechens zu reinigen, die meine Feigheit in sie hineinpraktiziert hatte. »Ist Jacinta zu sprechen?« fragte ich mit unnatürlicher Sprachmelodie, indem ich mit wilden Intervallsprüngen auf der Tonleiter entweder höher oder tiefer als normal intonierte.

»Wie bitte?«

»Ist Jacinta Neruda zu sprechen?« fragte ich mit tiefer Stimme.

Am anderen Ende der Leitung trat Schweigen ein. Ein langes, befremdliches Schweigen. Schließlich erkundigte er sich in argwöhnischem Ton: »Wer spricht da?« Zwischen den einzelnen Wörtern machte er deutliche

Pausen. Das erinnerte mich an einen Schauspieler, den ich im *Hamlet* in der Rolle des Geists gesehen hatte. Er hatte seinen gesamten Text in dem langsamen, schleppenden Tempo eines Trauermarschs gesprochen.

›Ade, ade, ade!, und denk an mich!‹ ging mir durch den Kopf.

»Ich bin ein Bekannter von ihr.« Etwas Besseres fiel mir nicht ein. Ich legte drei Finger auf die Gabel, um die Verbindung jederzeit blitzschnell unterbrechen zu können.

»Ein Bekannter?«

»Ja. Dürfte ich sie bitte sprechen?«

Wieder das befremdliche Schweigen. Mir kam ein abstruser Gedanke: Vielleicht ließ er feststellen, woher der Anruf kam. Der Einfall war so unsinnig, daß ich mich fragte, ob ich nicht vielleicht wirklich übergeschnappt sei.

»Ich bin ihr Ehemann«, sagte mein Großvater schließlich. »Kennen wir uns?« erkundigte er sich. Er führte irgend etwas im Schilde. Er war nicht gerissen genug, um das Kalkül, das in jeder seiner Fragen und Antworten lag, vor mir verbergen zu können, aber ich konnte mir nicht vorstellen, welchen Zweck er damit verfolgen könnte, mich auf die Folter zu spannen. Warum holte er sie nicht einfach an den Apparat? Ihm zu sagen, wer ich war, kam nicht in Frage. Ich war mir sicher, daß er sofort auflegen würde. Ich hätte besser tagsüber anrufen sollen. Wahrscheinlich wäre er dann aus dem Haus gewesen.

»Nein, Sir. Ich muß sie nur ganz kurz sprechen. Es ist kein Notfall. Ich habe ihr lediglich etwas mitzuteilen.«

»Am besten, Sie sagen es mir.« Er hustete. »Ich bin der Ehemann. Sie können es ruhig auch mir sagen.«

»Das ist, äh ...« Ich war mit meinem Latein am Ende. Seine Bockigkeit ging mir über den Verstand. »Das geht nicht.«

»Tut mir leid.« Er hustete wieder. »Meine Frau ...«

Ich dachte, daß es wohl das beste wäre, die Gabel niederzudrücken. Ich würde morgen irgendwann tagsüber anrufen, dann hätte ich sie gleich am Apparat.

»... meine Frau«, fuhr er mit leiser, verlegener Stimme fort, »ist letztes Jahr gestorben.«

Ich trennte die Verbindung. Den stummen Hörer am Ohr, preßte ich mit anhaltendem Druck die Gabel nieder, als könnte ich so auslöschen, was er gesagt hatte. Aber wie sehr ich auch drückte, es änderte nichts: Sie war nicht mehr – war dahingegangen, ohne daß ich es bemerkt hatte.

ZWÖLFTES KAPITEL

Die Roßkur

Am 28. April 1968, drei Monate nach Beginn meiner Therapie bei Dr. Halston, hatte ich meinen Abschiedsbrief fast fertig. Im letzten Absatz, meinem Lebewohl an Julie, kam ich ins Stocken. Ich wollte sie um Verzeihung bitten, ihr versichern, daß sie alles, was sie für mich tun konnte, getan hatte, und trotzdem verhindern, daß irgendwer daraus den Schluß ziehen konnte, mein Urteil über die Welt beruhe auf einem Irrtum. In der Mittagspause fand ich die richtige Formulierung und beendete den Brief. Ich würde meine letzte Sitzung mit Halston hinter mich bringen, meine letzte einsame Mahlzeit zu mir nehmen und später, nachdem Richard und Kate zu Bett gegangen waren, die Tabletten schlucken. Am nächsten Morgen würde man mich finden, und dann, daran gab es keinen Zweifel, würde jede Hilfe zu spät kommen.

Der Wagen aus dem Fuhrpark meines Onkels, der mich zu Dr. Halston bringen sollte, wartete um vier Uhr vor der Schule. Der Fahrer war aufgeregt. Er hatte im Autoradio WIMS, einen Nachrichtenkanal, eingestellt und überfiel mich gleich mit der Neuigkeit. Radikale schwarze und weiße Studenten der Columbia University hatten den Hamilton-Bau besetzt und mindestens einen Verwaltungsangestellten als Geisel genommen; sie verlangten, daß die Universität alle in irgendeiner Form mit dem militärischen Komplex und dem Vietnamkrieg zusammenhängenden Forschungs- und Rekrutierungsprogramme einstellte und auch das weithin in Verruf geratene Sporthallenprojekt aufgab. Wie stets bei solchen Ereignissen war man sich auf jeder Seite im unklaren darüber, wer was zu tun im Begriff war, und rechnete mit unmittelbar bevorstehenden Gewalttätigkeiten der Gegenseite. Es kursierten – absolut unzutreffende – Berichte, denen zufolge auch Studenten als Geiseln gehalten wurden, aber mit Hilfe dieser Gerüchte schaffte ich es, meinen Fahrer nach Manhattan umzudirigieren. Er ließ sich zwar nicht davon abbringen, vorher bei seinem Fahrdienstleiter anzufragen. Aber ich instruierte ihn, die Anfrage damit zu begründen, daß aller Wahrscheinlichkeit nach meine Cousine mitten in dem Tohuwabohu festsaß und es im Sinne meines Onkels war, daß ich in die Innenstadt fuhr und mich um das Wohl einer Familienangehörigen kümmerte. Der Fahrdienstleiter war so ergriffen von dem melodramatischen Bild einer bedrängten Verwandten seines Brötchengebers, das ich ihm präsentieren ließ, daß er dem Wechsel des Fahrtziels ohne weiteres zustimmte.

Wir kamen etwa um fünf Uhr vor der Universität an. Ich hatte keinen bestimmten Plan. Gleichsam mit der Verheißung, hier sei ganz Außerordentliches zu erleben, hatte der Ort mich magnetisch angezogen. Ich wurde nicht enttäuscht. Das würdevolle Gebäude war zu lautem Leben erwacht. Trauben von Studenten hatten sich in die geöffneten Fenster gezwängt, und zwischen den Fensterreihen war die ernste Fassade mit provokanten bunten Spruchbändern dekoriert. Davor hatten sich nicht etwa Polizisten postiert, sondern Kommilitonen der Hausbesetzer und auch einige neugierige Bürger versammelt; da und dort stritten Zuschauer über Sinn oder Unsinn der Besetzung, die meisten jedoch feuerten die Radikalen an. Zwei Bürgerinnen mittleren Alters füllten Proviant in einen Eimer, der anschließend unter dem lauten Beifall der Menge an einem Seil zu einem der Fenster hinaufgezogen wurde. Ich war begeistert über das Spektakel.

An einem der Fenster im zweiten Stock bemerkte ich Sandy. Ich rief ihr zu. Sie schrie zurück: »Komm und mach mit!« Ihre Nachbarn am Fenster, die nicht deutlich verstanden hatten und glaubten, sie hätte sich an die Allgemeinheit gewandt, griffen den Zuruf auf und skandierten ihn im Sprechchor: »Kommt und macht mit! Kommt und macht mit!«

Ich machte keine Anstalten, Sandys Aufforderung zu folgen. Nicht weil es mir an Mut gefehlt hätte, sondern weil ich mich für unwürdig hielt. Ein Stück weit links von mir wurden ablehnende Rufe laut. Ich sah zu der Stelle hinüber, wo sie herkamen. Dort standen drei Studenten, die, nach ihren weißen Hemden, ihren Krawatten und ihren Blazern zu schließen, offensichtlich Mitglieder der »Koalition der Mehrheit«, des konservativen Studentenbunds, waren. Sie riefen irgend etwas in dem Sinne zurück, daß es ein Recht auf den Besuch von Vorlesungen gebe. Es gelang ihnen allerdings nicht, ihre Parole in die Form eines Sprechchors zu bringen; da ihr Rhythmus und Geschlossenheit fehlte, konnte sie sich gegen die Rufe der Gegenseite nicht behaupten.

Sandy und ihre Freunde antworteten dem Trio mit »Kommt und macht mit! Kommt und macht mit!«

In die Fensteröffnung direkt unter ihnen hatten sich fünf Schwarze gezwängt, die mit perfekter Synchronisation nach jedem »Kommt, macht mit!« einen eigenen Sprechchor einschalteten: »Kein Bauprojekt, in dem der Teufel steckt.«

Die Straße hinauf und hinunter wurden die Sprechchöre von der

Menge aufgegriffen, und im Nu waren die Stimmen der »Mehrheitskoalitionäre« übertönt. Von der allgemeinen Stimmung beschwingt, setzte ich mich in Bewegung und ging auf das Hauptportal des Hamilton-Baus zu, das von zwei wenig einladend aussehenden schwarzen Studenten bewacht wurde.

Oben an den Fenstern und hinter mir wurde mein Vormarsch mit Jubel und Beifall begrüßt.

Rechterhand bemerkte ich zwei Wachmänner der Universität. Sie starrten mich an, während ich an ihnen vorbeiging. Dann hatte ich das Portal erreicht. Der größere der beiden Schwarzen sagte: »He, Bruder«, und hielt mir den einen Türflügel auf. Eine ungeahnte Erleichterung überkam mich; ich hatte das Gefühl, endlich zu Hause angekommen zu sein.

Dann war das Leben etwa sieben Stunden lang bunt, faszinierend, gefährlich und schön. Auf allen Stockwerken, in allen Räumen fanden Besprechungen, Abstimmungen, Diskussionen statt, und bei alledem wurde eine Menge Fez getrieben. Im einzelnen liegen diese Dinge außerhalb des engen, ganz auf mich selbst beschränkten Gesichtskreises dieses Berichts; hier ist darüber nichts zu sagen, als daß ich diese Stunden genoß und daß während ihrer alle Gedanken an Selbstvernichtung vergessen waren.

Man stimmte darüber ab, ob Marihuana- und Alkoholkonsum erlaubt sein sollte. Beides wurde aus naheliegenden Gründen der Sicherheit und der Publizität abgelehnt. (Nichtsdestotrotz teilten ein schwarzes Erstsemester namens Billy McFarland und ich uns in einer Besenkammer heimlich einen Joint – zwei Gesetzesbrecher, die sich vor Gesetzesbrechern versteckten.) Bei den meisten Diskussionen stand der Wunsch der schwarzen Studenten im Vordergrund, die Besetzung des Hamilton-Baus allein, ohne Beteiligung von Weißen, durchzuführen. Dafür wurden alle möglichen abstrakten Argumente ins Feld geführt, von denen das – auch in meinen Augen – stichhaltigste dahin lautete, daß in der Öffentlichkeit nicht der Eindruck entstehen dürfe, die Schwarzen handelten unter der Rädelsführerschaft weißer Radikaler, seien lediglich Mitläufer. Natürlich waren die Weißen durch derartige Bedenken in ihren Gefühlen verletzt. (Besonders ich: das erhebende Erlebnis, von einem Schwarzen mit dem Gruß »Bruder« in das Gebäude eingelassen zu werden, wurde dadurch entwertet.)

Um Mitternacht herum sagte Sandy zu mir, sie werde zur Wohnung gehen, um Proviant zu besorgen. Sie küßte mich, brachte ihre Lippen an mein Ohr und flüsterte: »Mit dem Wiederkommen können wir uns ja ein bißchen Zeit lassen.« Ich sagte nein, das ginge nicht, ich hätte mich zu einer Wacheschicht am Hintereingang einteilen lassen. Das war eine durchsichtige Lüge, aber Sandy hakte nicht nach. Sie bat Julie, sie zu begleiten. Vielleicht hatte das etwas zu bedeuten; ich dachte nicht weiter darüber nach.

Eine halbe Stunde später – ich saß gerade in einer Ecke des Dekanats auf dem Fußboden und lauschte einer Diskussion zwischen schwarzen und weißen Studentenführern über die weitere Taktik – wurde ich von Gus ans Telefon gerufen. »Julie ist dran«, sagte er und machte ein etwas ratloses Gesicht. »Sie will dich sprechen.«

»Hör zu, Rafe, wir sind hier in der Wohnung.« Julie sprach mit gepreßter Stimme. Es war ihr anzuhören, daß sie durcheinander war, auch wenn sie sich Mühe gab, unerschrocken zu klingen. »Als wir angekommen sind, haben hier zwei Privatdetektive auf uns gewartet –«

Der Hörer wurde ihr aus der Hand genommen, und ich hörte eine ruhige, fast belustigt klingende Männerstimme: »Rafael? Ich bin Gunter. Ich arbeite für Ihren Onkel. Wir haben Ihre Cousine und ihre Freundin hier bei uns. Beiden geht es gut. Es wird ihnen nichts passieren. Aber sie bleiben so lange hier und leisten uns Gesellschaft, bis Sie da herauskommen, wo Sie jetzt sind. Wenn Sie das Universitätsgebäude und den Campus verlassen, werden Sie direkt gegenüber dem Tor einen Wagen sehen, in dem Ihr Onkel auf Sie wartet. Sobald Sie zu ihm eingestiegen sind, lassen wir Julie und ihre Freundin frei. Ich gebe den Hörer noch mal kurz an Ihre Cousine weiter.«

Wieder drang Julies bebende Stimme aus der Muschel. »Du mußt herauskommen, Rafe. Du bist noch minderjährig, und daraus kann man uns einen Strick drehen.«

Gus, der eine Sonnenbrille trug, hatte sich direkt neben mir in den Schreibtischstuhl des Dekans gelümmelt. »Wass'n los, Mann?« fragte er, als er mein verdonnertes Gesicht sah.

Irgend jemand drehte seinen Transistorempfänger auf, um eine Stones-Nummer zu hören, so daß ich schreien mußte, damit Gus mich verstehen konnte: »Es geht um Julie. Mein Onkel ist da draußen. Er hat zwei Schnüffler engagiert, die halten Julie fest.«

Meine öffentliche Verlautbarung lenkte die Aufmerksamkeit der Studentenführer auf uns. Als sie kapiert hatten, wer mein Onkel war, kochten sie. Gus griff zum Telefon. Er rief Julie an und sagte ihr, sie solle die Detektive einfach stehenlassen und weglaufen. Sie erklärte ihm, daß das unmöglich war. »Ich ruf' gleich noch mal an«, sagte er.

»Ich geh' raus«, kündigte ich an. Ich konnte es nicht geschehen lassen, daß ich auch noch am letzten Tag meines Erdenlebens den Träumen anderer Menschen ein Bein stellte, so aussichtslos sie auch waren.

Die Radikalen, schwarze wie weiße, waren in der Mehrzahl dagegen. Einige andere meinten, der Fall lenke von der Sache ab, derentwegen man hier war. Die Debatte ging hin und her. Die Mehrheit war der Ansicht, mein Onkel würde nicht wagen, Julie und Sandy noch länger festzuhalten, wenn man die Sache an die Presse gebe.

»Die Presseleute werden sagen, was er tut, unterscheidet sich nicht von dem, was wir tun«, sagte ich, und daraufhin sahen mich sämtliche Anwesenden an, als hätten sie eben erst meine Existenz bemerkt. Ich hatte bis jetzt noch nichts zu der Diskussion beigetragen. Ich war zufrieden damit, ein Kind im Windschatten dieser Erwachsenen zu sein und ohne großes Tamtam ihr Risiko mitzutragen. Ich fuhr fort: »Ich habe mich entschieden, und dabei bleibt es. Ich möchte euch hier nicht die Tour vermasseln.«

»Das ist cool«, sagte einer der Schwarzen.

Gus rief Julie an, die Detektive sollten erst sie und Sandy freilassen, dann würde ich zu meinem Onkel hinausgehen. Wie zu erwarten war, lehnten die beiden Schnüffler ab: erst solle ich das Gebäude verlassen. Julie erklärte Gus, er brauche sich keine Gedanken zu machen, die zwei hätten keine gesetzliche Handhabe, sie und Sandy festzuhalten; sobald man ihr nicht mehr damit drohen könne, sie wegen »Kidnappings« zu belangen, wisse sie sich schon ihrer Haut zu wehren.

Billy McFarland, den ich erst seit fünf Stunden kannte, begleitete mich die Treppe hinunter und umarmte mich, bevor ich durch die Tür ins Freie trat. »Erzähl allen die Wahrheit über uns«, sagte er. Er hatte mir bei unserem gemeinsamen Joint in der Besenkammer gestanden, daß er fest überzeugt war, die Aktion werde für alle Besetzer mit dem Tod enden.

›Denk an mich!‹ ging mir durch den Kopf, und so närrischer- wie tiefempfundenerweise sprach ich es auch aus.

Auf der Straße war noch immer eine Menge Neugieriger auf den Beinen, die meisten Befürworter der Aktion; die Polizei war nur mit einem einzigen Fahrzeug vertreten, einem nicht gekennzeichneten Pkw, der hinter der Limousine meines Onkels geparkt war. Der Chauffeur hielt mir die Tür auf, und ich stieg gebückt in das dunkle Wageninnere. Das Lederpolster gab unter meinem Gewicht nicht nach. Es war, als ob ich darauf schwebte.

»Lüg mich jetzt nicht an«, sagte Bernie. »Hast du dich hierherfahren lassen, um nach Julie zu sehen oder um bei diesen Strolchen mitzumachen?«

»Ich wollte mitmachen«, antwortete ich.

Er rutschte auf seinem Sitz, bis er mir frontal zugewandt war. »Warum?« wollte er wissen.

»Warum nicht?« sagte ich.

Er gab mir eine Ohrfeige. Die Wucht des Hiebs war ungebremst, nicht wie bei meinem Vater abgeschwächt durch Betroffenheit darüber, daß einem die Beherrschung verlorenging. Mein Kopf schlug gegen das Rükkenpolster, und da ließ ich ihn mürrisch und apathisch liegen. Während das Brennen auf meiner Backe nachließ, dachte ich: Was auch immer er tut, er kann mir nicht mehr weh tun.

»Sprich nicht in diesem Ton mit mir. Von dir habe ich das zuallerletzt verdient.« Der Wagen hatte sich inzwischen in Bewegung gesetzt, um mich von der Insel der Revolte wegzubringen, zurück ins Nobelmilieu der Stadt, die Domäne der Bernies. »Weißt du, was Dr. Halston zu mir gesagt hat?«

Ich schüttelte unbeteiligt den Kopf. Meine Geheimnisse brauchten jetzt nicht mehr gehütet zu werden.

»Er hat gesagt, das ist ein gutes Zeichen.« Onkel Bernie lachte verächtlich. »Die Welt wird immer verrückter.«

»Hast du Julie und Sandy freigelassen?«

»Das ist eine Sache, die dich absolut nichts angeht. Du bist noch ein Kind, kapier das mal! Ein Minderjähriger. Du bist mein Mündel. Wo du hingehst und was du tust, liegt nicht in deinem eigenen Ermessen. Diese Leute glauben, sie haben den großen Durchblick. Da kann man doch nur lachen. Die kriegen welche auf die Nuß, daß ihnen der Schädel knackt, und das wird ihnen guttun.«

Wir fuhren durch den Central Park in Richtung East Side. Ich rutschte zur Tür, zog am Griff und drückte sie auf. Die schwarze Straßendecke glitt unten vorbei wie ein reißender Fluß. Ich ließ mich auf den Boden sacken und schob mich seitwärts in die Tür, bis mein rechter Fuß über der verwischten Fläche schwebte. »Laß sie frei!« schrie ich.

»Sir«, rief der Chauffeur.

Auf dem Hintern sitzend, schob ich das linke Bein näher zur Tür. Es fehlten noch ein, zwei Handbreit zum Sturz.

Onkel Bernie saß unbewegt da.

»Sir ...?« Der Chauffeur nahm Gas weg.

»Nicht anhalten«, sagte Bernie mit ruhiger Stimme.

»Laß sie frei!« gellte ich. Mir war klar, daß ich mich wie ein Wahnsinniger anhören mußte, obwohl ich mich völlig in Ordnung fühlte. In gewisser Weise fühlte ich mich wohl.

Der Fluß verwandelte sich in Asphalt zurück, als der Chauffeur jetzt die Limousine abbremste.

»Nicht bremsen«, sagte Bernie in gelassenem Ton zu dem Chauffeur.

Die Straße wurde wieder zu einer strudelnden schwarzen Fläche. »Ich tu's!« kreischte ich. Ich glaube, ich weinte dabei.

Bernie neigte sich zu mir herunter und schrie: »Warum? Für zwei dumme Puten, von denen tausend dich nicht aufwiegen würden?« Sein Gesicht war jetzt fast direkt vor meinem. »Ich war bereit, dir die Welt zum Geschenk zu machen. Nicht mehr und nicht weniger als die ganze Welt.« In der eigenartigen Beleuchtung im Innern der Limousine – dem Schein der Leuchtleisten am Wagenboden, in den die draußen vorbeiflitzenden Straßenlaternen periodisch hineinschnitten wie Elektronenblitze – wirkte Onkel Bernies Kopf häßlich und zu Riesengröße angeschwollen, größer als ich, größer als das ganze Auto. »Alles andere ist nur dummes Zeug! Hier – hier bist du!« Er rammte mir seinen Zeigefinger gegen die Stirn. »Und nichts sonst! Du und nur du! Nichts sonst!«

Ich brachte es nicht fertig zu springen. Ich blieb in der Position sitzen, die ich eingenommen hatte, halb drinnen im Auto, halb draußen. Onkel Bernie richtete sich wieder auf, lehnte sich auf seinem Platz zurück und sah aus dem Fenster neben sich. Auf der Ostseite des Parks verlangsamte der Wagen schließlich die Fahrt und hielt vor einer roten Ampel.

Der Chauffeur stieg aus und kam zu meiner Tür. Er sah mich an. »Würden Sie bitte Ihren Fuß nach drinnen nehmen, Sir«, sagte er.

Ich gehorchte.

»Ich werde die Türen vom Armaturenbrett aus verriegeln, Sir«, sagte der Chauffeur zu Onkel Bernie. »Sagen Sie mir bitte Bescheid, wenn Sie wünschen, daß ich die Türsicherung bei Ihnen ausschalten soll.«

Er klappte die Tür neben mir zu.

Mit dem Rücken gegen die Sitzbank blieb ich zusammengesunken auf dem Boden sitzen. »Ich hasse dich«, sagte ich ohne sonderlich viel Nachdruck oder Überzeugung.

»Wen juckt's«, sagte Bernie in ähnlich leidenschaftslosem Ton.

Vor seiner Stadtwohnung machten wir zwanzig Minuten halt. Ich mußte bei dem Chauffeur im verriegelten Auto bleiben. Bernie ging in die Wohnung hinauf, wohl um Tracy Bescheid zu sagen, und kam mit einem Koffer zurück. Auf der Fahrt zu der Wohnung in Great Neck verharrten wir in Schweigen. Es war fast drei Uhr morgens, als wir ankamen.

»Du bleibst morgen zu Hause«, sagte Bernie, während er mich zu meinem Zimmer eskortierte. »Ich werde morgen früh als erstes einen Besuch bei Halston machen. Der hat offenbar völlig den Überblick verloren.« Er betrachtete nachdenklich mein Bett. »Ich hätte es mir denken können. Schon vor Jahren.« Bevor er ging, sagte er: »Und wage ja nicht, auch nur daran zu denken, dich aus der Wohnung zu schleichen.«

Ich öffnete das Fenster. Die Luft war mild, würzig, belebend. Ich schaltete das Radio ein, drehte die Lautstärke zurück und stellte WINS ein, um mir die hysterische mißbilligende Berichterstattung über meine Freunde im Hamilton-Bau anzuhören. Es gab keine Neuigkeiten zu vermelden. Das würde sich bald ändern, wie ich wußte – besser wußte als die Bewohner der Erwachsenenwelt. Die weißen Studenten würden aus dem Hamilton-Bau abziehen und eines nach dem andern die übrigen Universitätsgebäude besetzen, bis der gesamte Lehrbetrieb lahmgelegt war. Zuinnerst war ich überzeugt, daß sie am Ende eine Niederlage erleiden würden; man würde sie in den Wahnsinn treiben wie meine Mutter, aus dem Lande vertreiben wie meinen Vater, aber ich würde sie nicht verraten. Ich würde meiner Schwäche, meiner Habgier, meinen lügnerischen Phantasien ein Ende machen.

Ich zog mich aus und schluckte den gesamten Inhalt der Tablettenflasche. Die Frühlingsluft auf meiner nackten Haut war eine wunderbare Empfindung, eine Liebkosung. Die Stimme im Radio war abstoßend und überanstrengt. Ich vermochte nicht Teil der zerbrechlichen Schönheit der Welt noch ihrer beharrlichen Schrecklichkeit zu sein. Und deshalb wurde der Feigling und Verräter Rafael Neruda in den Tod geschickt.

DREIZEHNTES KAPITEL

Genesung

Nachdem mir im Long Island Jewish Medical Center der Magen ausgepumpt worden war, sorgte mein Onkel dafür, daß ich für die gesetzlich vorgeschriebene neunzigtägige Beobachtungsperiode in die Turson-Klinik für Kinder- und Jugendpsychiatrie auf der Upper East Side eingewiesen wurde. Dort kam ich in die ärztliche Obhut einer Assistenzpsychiaterin namens Dr. Susan Bracken. Das Leben gerettet hatte mir die Gewissenhaftigkeit von Bernies Butler Richard. Nachdem mein Onkel ihn verständigt hatte, daß wir mitten in der Nacht in die Wohnung zurückkommen würden, versuchte er, bis zu unserem Eintreffen wach zu bleiben, nickte jedoch während des Wartens ein. Um vier Uhr früh schreckte er aus dem Schlaf auf und stellte fest, daß er unsere Heimkehr verpaßt hatte; er schlich daraufhin zu meiner Tür, und als er das leise gestellte Radio hörte, steckte er den Kopf ins Zimmer, um zu fragen, ob ich noch einen Wunsch hätte. Er sah das offene Fenster und daß ich nackt auf dem Bett lag. Besorgt, ich könnte mich erkälten, holte er eine Decke, und als er sie über mich breitete, entdeckte er meinen Abschiedsbrief und die leere Tablettenflasche.

Susan Bracken ist fast eins-zweiundachtzig groß, hat ein markantes Gesicht und eine tiefe Stimme, spricht jedoch in sanftem Ton, was wahrscheinlich ein Relikt aus den Tagen jugendlicher Scheu und Befangenheit wegen ihrer Körpergröße ist. Einen Tag nach meiner Einlieferung kam sie abends zum Explorationsgespräch in mein Zimmer auf der Privatstation. Sie zog die Rouleaus an den Fenstern herunter und versperrte mir so den tristen Ausblick auf einen regenverschleierten East River.

Sie verblüffte mich vom ersten Augenblick an. »Sie wollten wirklich über den Jordan gehen, nicht?« sagte sie, während sie sich einen metallenen Klappstuhl angelte und ihn direkt neben mein Bett schob. Meine Arme und Beine waren festgeschnallt. Meine Mundhöhle war ewig trokken, und meine Schläfen pochten. Ich sah zu, wie sie ihre langen Beine übereinanderschlug, und hörte das geräuschvolle Rascheln, das ihr weißer Arztkittel dabei von sich gab. Sie warf einen Blick in den Aktendekkel, den sie aufgeklappt auf den übergeschlagenen Oberschenkel gelegt hatte. »Sie haben so viel Veronal geschluckt, daß einer vom Notaufnahmeteam gemeint hat, Sie würden trotz der raschen Wiederbelebung auf Dauer gaga bleiben.« Sie lächelte. »Genaugenommen reden die in der Notaufnahme nicht davon, daß einer gaga bleibt, wenn ich mich recht erinnere, sondern daß er eine weiche Birne behält.«

Ich fand sie überhaupt nicht komisch. Ich starrte zwischen stechenden Schmerzen in meinen Schläfen hervor und wünschte, ich hätte diese Qualen auf sie abschießen und sie damit in Nichts auflösen können.

»Passen Sie auf«, sagte sie. »Ich will mit Ihnen mit offenen Karten spielen. Ich weiß schon eine ganze Menge über Sie. Ich hab' hier Ihren ...« – Sie hielt meinen Abschiedsbrief hoch – »... tja, wie nennt man so was? Abschiedsbrief? Ich meine, das ist immerhin ein acht Seiten langes Opus. Fast schon ein Mini-Roman.« Sie neigte ihre breite, flache Stirn – eine richtige Affenstirn, dachte ich damals – und studierte das Dokument. Unterhalb der großen Stirnfläche lagen die Augen in tiefen Höhlen, so daß ich weder ihre Farbe noch ihren Ausdruck erkennen konnte.

»Sie sind häßlich«, sagte ich zu ihr.

»Ach ja? Sage ich häßliche Dinge? Oder sehe ich häßlich aus?« Sie entflocht ihre Beine, ließ meine Unterlagen auf ihrem Schoß liegen und breitete clownesk die Arme aus, wie um sich dem urteilenden Paris zu präsentieren.

»Beides.« Infolge längeren Nichtgebrauchs und meines Katers war meine Stimme ein Krächzen.

»Tatsächlich? Und dabei höre ich von allen Seiten, daß ich eine« – sie legte eine sarkastische Emphase auf das nächste Wort – »*hübsche* Frau bin.« Sie lächelte mich an. »Ich glaube, es ist mir lieber, wenn man mich als häßlich bezeichnet. Aber wie dem auch sei, es ist ziemlich ungewöhnlich, daß ein so entschlossener Selbstmordkandidat wie Sie überlebt. Ich würde sagen, die Aussichten, daß Sie es wieder versuchen, sind hervorragend. Na ja, vielleicht nicht gerade in der allernächsten Zeit. Da sind Sie für eine derartige Unternehmung noch zu depressiv. Es hört sich vielleicht komisch an, aber um sich umbringen zu können, braucht man offenbar ein gewisses Quantum Tatkraft. Eine echte Depression saugt einen so aus, daß nicht einmal die Kraft bleibt, einen Selbstmord zu planen. Wie dem auch sei, ich habe aufgrund einer Intervention Ihres Onkels auch sämtliche persönlichen Unterlagen Dr. Halstons erhalten. Das ist ebenfalls etwas ganz und gar Ungewöhnliches, aber ich vermute, was für andere Leute ungewöhnlich ist, macht Ihr Onkel mit links.«

Ich nickte.

Susan klappte den Aktendeckel zu und ließ ihn auf den Fußboden fallen. Sie stützte die Ellbogen auf die Knie und beugte sich näher zu mir. Jetzt konnte ich ihre Augen ganz deutlich sehen. Sie waren von einem schmutzigen Braun und für ihr Gesicht zu klein. Außerdem wirkten sie, obwohl sie mich ungeniert ansah, irgendwie scheu. »Ich habe ein Problem, und darüber will ich mit Ihnen reden. Ich habe da nun diese ganze Vorgeschichte, aber das alles habe ich nicht von Ihnen selbst gehört. Und jetzt weiß ich nicht recht, was ich machen soll: Soll ich – vorausgesetzt, Sie reden mit mir – mit Ihnen noch mal eine Eigenanamnese machen, oder soll ich gegen alle Zunftregeln verstoßen und Ihnen sagen, daß ich in bezug auf Sie leider schon zu einem Befund gekommen bin, der möglicherweise sogar ein falscher Befund ist, und daß mich Ihre Vorgeschichte interessiert, sogar sehr interessiert, und daß ich mich mit Ihnen unterhalten möchte, obwohl ich glaube, daß ich zu voreingenommen bin, um mit Ihnen arbeiten zu können.«

Ich stöhnte. »Könnten Sie sich vielleicht etwas konkreter ausdrükken?« krächzte ich.

»Sie klingen ja ziemlich heiser. Möchten Sie etwas trinken?« Ich nickte. Sie füllte aus dem Behälter auf dem Nachttisch einen Becher mit Wasser, tat einen Trinkhalm hinein und hielt ihn mir an die Lippen. Als ich meinen Durst gestillt hatte, sagte sie: »Jetzt also konkret. Ich bin der Meinung, Sie gefallen sich in der Opferrolle. Ich glaube, Sie fühlen sich gern schuldig. Wenn man Ihren Brief liest, bekommt man den Eindruck, daß weder Ihr Vater noch Ihre Mutter, noch Ihr Onkel, noch sonstwer für irgend etwas verantwortlich zu machen ist, sondern daß *Sie* ganz allein an allem Unglück in der Welt schuld sind. Es würde mich nicht wundern, wenn Sie mir erzählten, daß Sie den Vietnamkrieg angezettelt haben.«

Innerhalb kürzester Zeit lagen wir im Streit miteinander, der im Ton einer privaten Auseinandersetzung zwischen Gleichgestellten ausgetragen wurde. Susan brachte die Ereignisse in Tampa und in Spanien aufs Tapet und meinte, ich sei damals noch ein Kind und für mein Tun und Lassen, Denken und Wünschen nicht verantwortlich gewesen. Das Thema Inzest, ob Phantasie oder Wahrheit, sprach sie weder im einen noch im anderen Sinne an. Ich widersprach, indem ich ihr Dr. Halstons Einsicht (nach meiner damaligen Überzeugung war es meine eigene) entgegenhielt, derzufolge meine Erinnerungen die Projektionen unbewußter Phantasien waren.

Nach einiger Zeit schnitt sie mir das Wort ab. »Was für ein gigantischer Unsinn. Jetzt hören Sie mir mal zu. Haben *Sie* vielleicht diese Kubaner angestiftet, Ihre Mutter zu überfallen?«

»Nein –«

»Haben *Sie* Ihrem Vater eingeredet, er soll nach Kuba gehen und seine Frau sitzenlassen?«

»Nein –«

»Haben *Sie* Ihre Mutter in den Wahnsinn getrieben?«

»Nein –«

»Dann verraten Sie mir doch mal, was Sie eigentlich getan haben, ich meine *wirklich getan* haben, das man Ihnen zum Vorwurf machen könnte.«

»Das hab' ich Ihnen doch schon gesagt. Ich habe falsche Beschuldigungen gegen meinen Vater vorgebracht.«

»Das ist allerdings richtig.«

Mir kam es vor, als ob wir schon eine Ewigkeit diskutierten. »Ist denn nicht schon längst die Zeit um?« fragte ich. Mein Kopfweh war so schlimm wie noch nie; mit buchstäblich gebundenen Händen eine Auseinandersetzung führen zu müssen, riß gewaltig an den Nerven.

Sie lachte. »Also ich habe mich jetzt schon so weit von den Zunftregeln entfernt, daß so etwas hier überhaupt keine Rolle mehr spielt. Ich hab' Ihnen ja schon gesagt, ich kann nicht mit Ihnen arbeiten. Mich stört so unendlich viel an der Art, wie Sie an die Dinge herangehen. Nur ein Beispiel. Sie haben zu Dr. Halston gesagt, daß Sie auf Ihren Vater böse waren, weil er Sie und Ihre Mutter verlassen hatte, und daß Sie deshalb die falschen Beschuldigungen gegen ihn vorgebracht haben.«

Ich nickte.

»Wenn das so ist, warum sind Sie dann überhaupt mit ihm gegangen?«

Darauf wußte ich zwar keine Antwort, aber ich war mir sicher, daß dies nur an meinem schlechten Befinden und an meiner Erschöpfung lag.

»Haben Sie sich gefreut, daß er Sie nach Spanien mitgenommen hat?«

Ich nickte.

»Warum eigentlich?«

»Ich habe ihn geliebt.«

»Aber Sie waren so wütend auf ihn, daß Sie bewußt eine Falschaussage gegen ihn gemacht und ihn damit ins Exil gezwungen haben. Warum sind Sie dann ursprünglich überhaupt mit ihm gegangen?«

»Ich wollte ihn auf die Probe stellen. Richtiger gesagt, ich wollte mich selbst auf die Probe stellen. Ich wollte sehen, ob ich das Mordgelüst, das ich gegen ihn hegte, überwinden konnte.«

»Wollen Sie etwa sagen, daß alles ein ausgeklügelter Plan des frustrierten Ego eins Zehnjährigen war? Keine Spur von einem verängstigten kleinen Jungen, der froh war, seinen Daddy wiederzusehen und bei ihm bleiben zu dürfen?«

»Gehen Sie endlich«, sagte ich.

»Sehen Sie. Das sagen Sie in dem Moment, wo Sie sich mit Ihren Argumenten geschlagen geben müssen. Das ist auch so etwas, was mich an Ihnen stört. Sie können nicht verlieren. Sie müssen immer und überall der Sieger sein. Sie glauben, Sie können jeden in den Sack stecken, jeden aufs Kreuz legen, und wenn das nicht geht, dann haben Sie in Ihren Augen kein Recht mehr zu leben. Das macht mich fuchsteufelswild.« Zu meiner Verblüffung schüttelte sie tatsächlich die geballte Faust vor meiner Nase, öffnete sie jedoch rasch wieder, um sich mit der Hand durch das wirre glanzlose Haar zu fahren, das die gleiche schmutzigbraune Farbe hatte wie ihre Augen. Ein Büschel blieb hochstehen, wie wenn ein starker Zug durch das Zimmer wehte, in dem die Luft in Wirklichkeit heiß und drükkend war. »Ich kann Sie nicht behandeln. Sehen Sie, ich weiß, warum Sie vor dem Richter die Unwahrheit über Ihren Vater gesagt haben. Eigentlich sollte ich Sie ja Schritt für Schritt zu der Einsicht führen, aber wahrscheinlich wissen Sie das selbst.«

Ich nickte.

»In Ihrem Abschiedsbrief haben Sie geschrieben, daß Sie nach Beginn der Behandlung bei Halston viel psychologische Fachliteratur gelesen haben.«

»Ein paar Bücher.«

»Ein paar. Ich wette, es waren rauhe Mengen. Sie wissen also Bescheid über die Behandlungstechnik?«

Ich nickte.

»Wissen Sie, warum Sie das meiner Meinung nach getan haben?«

Ich schloß die Augen.

»Weil Sie aus der Behandlung als Sieger hervorgehen wollten; Sie wollten Halston eine Schlappe beibringen, auch wenn Sie sich damit selbst schadeten.«

Ich machte die Augen wieder auf. Sie hatte recht. Die Überraschung mit dem Schoko-Dip hatte mir nicht gefallen. Ich lächelte.

»Aber den grenzenlosen Durchblick haben Sie trotzdem nicht. Und wissen Sie, warum? Weil keiner den hat. Sogar Freud nicht. Sie sehen nicht einmal, warum Sie gegen Ihren Vater ausgesagt haben.«

Ich hatte ein komisches Gefühl. Zum erstenmal verspürte ich einen leichten Schreck. Aber wovor sollte ich erschrecken? Im Grunde war ich tot. Ich war wütend und unglücklich, weil man mich ins Leben zurückgeholt hatte, aber was konnte mich erschrecken?

»Denken Sie mal nach. Was hat sich zwischen Ihrer Ankunft in Spanien und dem Zeitpunkt, zu dem Sie sich zur Rückkehr entschlossen haben, geändert? Was kam neu hinzu im Bild? Da steht's drin.« Sie klopfte mit der Schuhspitze auf den Aktendeckel, der noch immer auf dem Boden lag. »Nicht in Ihrem Abschiedsbrief, aber in Halstons Notizen über die Familienverhältnisse. Unter dem Stichwort Geschwister. Wie Sie sicher aus Ihrer Lektüre wissen, ist es für den Therapeuten wichtig zu wissen, ob der Patient ein Einzelkind ist, und wenn nicht, welchen Platz er in der Reihenfolge der Geschwister einnimmt.«

Ich hörte auf zu denken. Ich schloß die Augen und sah keine Bilder mehr, weder aus der Vergangenheit noch aus der Gegenwart, noch von der Zukunft. Ich betete, sie möge endlich gehen.

»Haben Sie einen Halbbruder oder eine Halbschwester?«

Ich machte die Augen auf. Das Zimmer war einen Moment lang rosa überhaucht, bevor es wieder seine Krankenhausaura annahm.

»Sie wissen es nicht, und auch Halston weiß es nicht. Okay« – sie bückte sich nach dem Aktendeckel, stand auf und strich ihren Kittel glatt – »ich muß gehen. Aber fragen Sie sich mal, wen Sie eigentlich ins Exil geschickt haben – Ihren Vater oder dieses Geschwister.«

Das Erschreckende an dieser unverhofften Entdeckung war für mich, daß ich Carmelitas Schwangerschaft vollkommen vergessen gehabt hatte. Bevor Susan das Thema zur Sprache brachte, hätte ich jederzeit behauptet, ich sei ein Einzelkind. Und was noch haarsträubender war: Am liebsten hätte ich auch jetzt noch mit ihr über diese Frage gerechtet. Am liebsten hätte ich ihr entgegengehalten: Woher wissen wir, ob dieses Kind heil zur Welt gekommen ist und überlebt hat?

Susan war schon auf dem Weg zur Tür, machte dann aber, allem Anschein nach von einer Woge ganz und gar irrationalen Ärgers erfaßt, noch einmal kehrt. »Sie geben sich die Schuld an allen Problemen der Welt. Sie machen sich zum größten Schurken der Weltgeschichte, in dem es nur so brodelt von schrecklichen Gefühlen und Phantasien. Aber das *eine* vollkommen natürliche ungute Gefühl, die Geschwisterrivalität, *das*, o nein, das darf nicht sein, daran können Sie sich nicht erinnern, das haben Sie gar nicht bemerkt.« Wäre in diesem Augenblick irgend jemand in mein Zimmer getreten, hätte er aus ihrer heftigen Erregung und meiner Passivität den Schluß ziehen können, daß sie die Patientin und ich der Therapeut war. »Sie sind nicht das Monstrum, für das Sie sich halten, Rafe, und auch nicht der große Zampano, für den Sie sich halten. Und da sind wir bei dem furchtbaren Geheimnis, das Sie sogar sich selbst nicht einzugestehen wagten: Sie sind ein Mensch wie alle anderen, und aus diesem Sachverhalt gibt es kein Entrinnen. Nicht einmal durch Selbstmord.« Sie wartete, bis ich Zeit gehabt hatte, den vollen Sinn ihrer Worte zu erfassen, dann lachte sie. »Man sollte mir die Approbation entziehen«, sagte sie und verließ das Zimmer.

Als sie das nächstemal kam – es war am folgenden Tag gegen Mittag, und sie brachte mein Essen mit –, war ich auf sie vorbereitet.

»Sie haben mich angelogen«, sagte ich, während sie das Tablett auf mein Bett absetzte und seine Beine so zurechtrückte, daß das Hühnerfrikassee, die gekochten Erbsen und das Kartoffelpüree über meinem Brustkasten schwebten.

Sie löste meine rechte Hand aus der Fessel und reichte mir den Löffel. »Im Ernst? Und womit?«

»Sie tun nur so, als ob Sie mich nicht behandeln könnten. Das ist bloß ein fauler Trick.«

»Irrtum.« Sie schob links ihr widerspenstiges Haar hoch, und wieder blieb es stehen und winkte. Nach einem Taxi? Einem Friseur? Sie war so groß und so grotesk – wie ein Clown. »Ich habe bereits dafür gesorgt, daß Ihr Fall einem Kollegen anvertraut wird. Heute nachmittag kommt Dr. Blaustein zu Ihnen. Er ist eine Kapazität.«

»Sie lügen«, sagte ich, den Mund voller Erbsen. Eine sprang heraus und traf mich am Hals.

»Das ist der Grund, warum ich hier bin. Um Ihnen selbst zu sagen, daß ich den Fall abgebe. Ich möchte nicht, daß Sie denken, es hätte irgendwas mit unserem Gespräch gestern zu tun. Es liegt nicht an Ihnen. Sie haben doch sicher gelesen, daß es so etwas wie eine Gegenübertragung gibt?«

Ich schüttelte den Kopf. Sie erklärte mir, was darunter zu verstehen war. Daß Persönlichkeit und Lebensgeschichte des Therapeuten in eine schädliche Wechselwirkung mit dem Patienten eintreten konnten, verblüffte mich. Je länger sie über das Thema sprach, desto länger wurden die Pausen, die ich beim Essen zwischen den einzelnen Bissen machte.

»Okay«, sagte sie und erhob sich. »Ich sage jetzt der Schwester Bescheid, daß sie abräumen kann. Wissen Sie was?« Sie ging um das Bett herum und löste auch die andere Handfessel. »Ich glaube, das brauchen wir jetzt nicht mehr.« Den Kopf fast auf die Höhe der breiten Schultern gesenkt, lächelte sie mir aufmunternd zu. Auch diese gewohnheitsmäßig gebeugte Haltung war ein Relikt aus Jugendtagen, als sie sich noch ihrer Körpergröße geschämt hatte.

»Glauben Sie, daß Halston bei meiner Behandlung gepfuscht hat?«

»Und wie!« sagte sie im Brustton der Überzeugung. Ich hatte damals keine Ahnung, wie skandalös diese Feststellung war: daß sie auf das gröbste gegen die Standesethik und alle Verfahrensregeln verstieß. Aber darüber hinaus war sie auch, wie ich heute glaube, ein brillanter Schachzug, ein Beleg für jene besonderen Eigenschaften, die Susan zu einer begnadeten Therapeutin machen. »Und obendrein hätte er Sie gar nicht erst zur Behandlung annehmen dürfen, weil er zuvor schon Ihre Mutter behandelt hatte. Das ist durch nichts zu entschuldigen.«

»Warum? Weil sie sich umgebracht hat?«

»Nein. Weil er unter den gegebenen Umständen nicht *Ihnen*, einzig und allein Ihnen zugehört hat. Er hatte schon eine zweite Partei gehört. Er hatte schon jahrelang Eindrücke und Beurteilungen von Schlüsselereignissen in Ihrem Leben gesammelt, die nicht von Ihnen stammten. Er hatte nicht mehr die Möglichkeit, was Sie ihm erzählten, richtig zu gewichten. Er hatte sich schon Ansichten gebildet, bevor er Sie zum erstenmal in seinem Sprechzimmer gesehen hat. Und außerdem war da noch seine Beziehung zu Ihrem Onkel, zu jemand, der ihn mit beachtlichen Zuwendungen unterstützt hatte. Er war nicht unbefangen genug, um Ihre Signale ohne einen Menge störender Interferenzen empfangen zu können.«

Ich muß bei dem angestrengten Bemühen, mir jede Sitzung bei Halston, jeden Wortwechsel mit ihm ins Gedächtnis zurückzurufen, in Geistesabwesenheit verfallen gewesen sein. Ich schrak auf, als Susan jetzt sagte: »Woran denken Sie gerade?«

Sie hatte sich wieder hingesetzt und betrachtete mich, die Ellbogen auf die Knie gestützt, das Haar noch immer einseitig abstehend, aus ihren kleinen und scheuen, aber aufmerksamen Augen.

»An etwas, was Ihnen nicht gefallen wird«, sagte ich.

»Geschenkt.«

»Geschenkt?«

»Passen Sie auf. Sie tun mir jetzt bitte einen Gefallen.« Sie richtete sich auf, verschränkte ihre Finger und streckte mit auswärts gedrehten Handflächen ihre langen, hageren Arme. »Hören Sie bitte auf, ständig darauf zu achten, was andere Leute denken.« Als sie mit ihrem Körpergähnen fertig war, setzte sie sich aufrecht und mit geradem Hals hin und gestattete sich, so groß zu sein, wie sie war. »Sie schleppen eine viel zu schwere Last mit sich herum. Zum Teufel mit dem, was wir anderen denken! Also – woran haben *Sie* gedacht?«

»Ich dachte: Wenn Halston ein schlechter Therapeut war, warum ist mir das nicht aufgefallen?«

Susan lächelte. »Na wunderbar. Er pfuscht, und Sie sind schuld daran. Wissen Sie, wie man das nennt? Das nennt man Hybris. O ja, ich weiß – *Sie* halten es für Bescheidenheit, *Sie* glauben, Sie verhalten sich unsentimental und hart gegen sich selbst. Großartig! Sie waren überdreht und durcheinander. Sie waren wehrlos. Sie hatten gegen Halston nicht die kleinste Chance. Niemand hätte eine Chance gehabt.« Susan schüttelte die Faust vor meiner Nase. »Kapieren Sie doch endlich mal! Sie sind noch ein Kind. Sie waren Ihr ganzes Leben lang nur ein Kind. Sie hatten gegen keinen dieser Menschen, von Ihrer Mutter bis zu Ihrem Onkel, eine Chance. O ja, ich weiß – Sie sind intelligent.« Sie deutete mit einer ausladenden Geste auf das bedrückende Zimmer, das vergitterte Fenster, die geöffneten Handfesseln. Vom Korridor her hörte ich das fast niemals aussetzende Stöhnen eines siebzehnjährigen Schizophrenen. »Sehen Sie sich doch mal um, wie weit Sie es mit Ihrer Intelligenz gebracht haben.«

Mir war nach Weinen zumute. Mein Kopf war noch immer benebelt von dem Barbiturat und ein Hexenkessel voll niemals nachlassender stechender Schmerzen. »Bitte«, sagte ich.

Susan beugte sich vor und sagte leise: »Ja?«

»Bitte. Ich brauch' Sie als ...« Ein Schluchzen drängte sich in meine Kehle, deshalb brach ich ab, schloß die Augen, drängte die Gemütsbewegung zurück und seufzte. Als ich die Augen wieder aufschlug, sah ich Susan sich die Stirn reiben. Sie rieb so heftig, daß sich unter ihren Fingern Striemen bildeten. Ihr war nicht wohl in ihrer Haut. »Bitte helfen Sie mir«, führte ich meinen Gedanken zu Ende.

Susan betrachtete mich mit ernstem Blick. Ich flehte mit den Augen um Hilfe. Ich war mir nicht mehr sicher, was ich hinter mir hatte lassen wollen. Was war es noch, dem ich in den Tod hatte ausweichen wollen? Meine Vorstellung zeigte mir ein janusköpfiges Bild von allem und jedem: meine Mutter, die Wahnsinnige, und meine Mutter, die Prophetin; mein Onkel, der barbarische Despot, und mein Onkel, der einsame Patriarch; mein Vater, der Revolutionär, und mein Vater, der Feigling; mein Heimatland, das reichste und freieste der Welt, und mein Heimatland, das habgierige und todbringende. Gab es wirklich noch eine andere Wahrheit, ein Leben, das ich gelebt hatte, ohne daß es mir bewußt geworden wäre?

Susan sah auf ihre Handrücken hinunter. Wie alles andere an ihr waren ihre Hände lang und knochig. Sie drehte sie um, wie um sich die Innenflächen zu besehen. Sie hatte an beiden Händen den Ringfinger und den kleinen Finger von Mittelfinger und Zeigefinger weggespreizt, so daß sie zweimal ein V formte, das verrückte, mysteriöse Cohen-Zeichen.

Sie klappte die Finger auf und zu wie die Schenkel einer Schere und sah mich an.

Sie machte ein verwundertes Gesicht. »Warum lächeln Sie?« wollte sie wissen.

»Wissen Sie, was mein Name bedeutet?« fragte ich.

Auf ihrem Gesicht machte die Verwunderung der Ratlosigkeit Platz.

»Mein Vorname«, sagte ich. »Er ist ein Versprechen, das Gott gegeben hat.«

Epilog

Die Therapie bei Dr. Bracken dauerte zwei Jahre. Die Einzelheiten sind für den Leser entbehrlich – sie betreffen eine mühselige, die Geduld strapazierende und oft durch verschlungene Labyrinthe führende Rekonstruktion der Fakten, der Gefühlswelt, der Phantasien und der Wahrheit meiner Vergangenheit, in der Susans schwierige Aufgabe bestand, eine Aufgabe, die sie, wie ich guten Gewissens sagen kann, brillant gelöst hat. Der hier vorausgegangene erzählende Bericht enthält die Entdeckungen, die wir bei unserer gemeinsamen Arbeit gemacht haben. Susan bediente sich zahlreicher unkonventioneller Techniken, zu denen auch gehörte, daß sie mich Recherchen zur Verifikation bestimmter Erinnerungen anstellen ließ.

Mein Onkel war ein geduldiger und pflichtbewußter Vormund. Er trug sämtliche Kosten der Behandlung. Natürlich war er oft verärgert über mich, und eine Zeitlang schien es, als würde er seine Enttäuschung über meine Zukunftspläne niemals verwinden. Susan hatte mich bis zum Beginn des nächsten Schuljahres so weit, daß ich meinen Bildungsweg fortsetzen konnte; ich war zwar nicht mehr der zwanghafte Primus, der ich früher gewesen war, konzentrierte mich dafür jedoch aus spontanem Interesse auf die wissenschaftlichen Fächer. Mein Onkel war nicht gerade entzückt darüber, daß ich mich für die Psychiatrie als Studienfach entschied, hatte jedoch Verständnis dafür – wie es wohl jeder gehabt hätte –, daß ich mich verpflichtet fühlte, mich der unvollkommenen Wissenschaft zu weihen, die in den Händen eines talentierten Praktikers mir zu guter Letzt zur Rettung geworden war. Susan lehrte mich die Gefährlichkeit meiner Selbsttäuschungen erkennen. Ich habe mich für die Psychologie im klaren Bewußtsein der Tatsache entschieden, daß ich kein Genie bin und es nicht in meiner Macht liegt, die Welt aus allem Übel zu erretten, aber ich bekenne, daß ich meine Laufbahn in der Hoffnung eingeschlagen habe, ein Kleines von dem Frieden und der Versöhnlichkeit weitergeben zu können, welche mir von all den Männern und Frauen zum Geschenk gemacht wurden, die es wagten, die kindlichen Fragen zu beantworten: Wer sind wir? Warum tun wir, was wir tun? Und die naivste und schönste von allen: Können wir uns ändern?

ZWEITER TEIL

Gene Kenny – eine Fallgeschichte

ERSTES KAPITEL

Gegenübertragung

Schon wenige Minuten nach Beginn meines ersten Gesprächs mit Gene Kenny war mir klar, daß ich ihn nicht mochte. Ich war fünfundzwanzig Jahre alt, hatte das medizinische Examen an der Johns Hopkins University abgelegt, meine Facharztausbildung am Bellevue Hospital erhalten und vervollständigte jetzt meine Ausbildung als Assistenzarzt Dr. Susan Brackens in deren Poliklinik in Greenwich Village. Nichts deutete darauf hin, daß mein therapeutischer Kontakt mit Gene mein Leben einschneidend verändern würde, auch nicht das kleinste Vorzeichen ließ die Tragödie ahnen, die über ihn hereinbrechen sollte, aber ich wußte, daß ich ihn nicht als Patient haben wollte.

Gene war keineswegs mein erster Patient. Er zählte jedoch zu den allerersten, mit denen ich unter Susans Kontrolle arbeitete. Sie hatte in einem der alten Bürgerhäuser an der 10. Straße, unweit der Einmündung in die Sixth Avenue, ein psychiatrisches Ambulatorium eröffnet. Nicht nur Onkel Bernie, sondern auch Susan meinte, ich sei überqualifiziert für die Arbeit in dem Niedrigmieten-Wohngebiet, aber ich wollte bei ihr in die Lehre gehen, und außerdem war es mir höchst willkommen, dank der kostenlos oder allenfalls zu einem sehr moderaten Preis gewährten Behandlung mit einem mir neuen Patiententyp Bekanntschaft zu machen. Für die betuchten, zungenfertigen, gewinnend sympathischen Leichtneurotiker, deren Prototyp dem Bewußtsein der Öffentlichkeit in den Helden von Woody-Allen-Filmen präsent ist, stand auch ohne mich therapeutisches Potential genug zur Verfügung.

Im Jahre 1977, in dem Gene Kennys Therapie begann, behandelten wir in unserem Ambulatorium eine breite Palette von Problemen. Alkohol- und Drogenabhängigkeit, Mißhandlung von Ehefrau und Kindern (in einem Fall auch Mißhandlung des Ehemanns), ein Sammelsurium von sexuellen Störungen, lähmende Angstzustände und chronische Depression – all diese Dinge bekamen wir in großer Zahl zu sehen, präsentiert von einem Ausschnitt des New Yorker Bevölkerungsspektrums, der einen farbenreichen Katalog sozialer Typen – vom Künstler bis zum Jugendbandenmitglied auf der Lower East Side – umfaßte. Was alle unsere Patienten (mit einer Ausnahme) gemeinsam hatten, war ein chronischer

Geldmangel. (Die Ausnahme war eine ältere Frau, zu deren zahlreichen anal-retentiven Charaktereigenschaften auch der Geiz gehörte.) Selbstverständlich stellten sich auch Schizophrene bei uns ein sowie etliche Leute mit Problemen, die ich als rein körperliche diagnostizierte, wenngleich sie sich zunächst in Verhaltensauffälligkeiten äußerten – Menschen mit Gehirntumoren, Schilddrüsenproblemen und bestimmten Formen von Migräne, ferner ein Mann mit einem Lungenkollaps. (Er hielt seine quälenden Schmerzen für ein psychogenes Symptom. Ich war daher nicht überrascht, als er später doch noch zu meinem Patienten wurde.) Wir überwiesen diese Fälle an die Notfallabteilung des Bellevue Hospital, ebenso die Schizophreniefälle, von welch letzteren wir freilich den einen und anderen auch selbst in ambulante Behandlung nahmen.

Gene war fünfzehn. Er hatte volles, dichtes schwarzes Haar, eine Haut von ungesunder Blässe, volle Lippen, ein kräftiges Kinn, dunkle Augen und eine lange, knochige Nase, die leicht verrutscht im Gesicht saß, ein bißchen wie die Nasen auf Bildern aus Picassos kubistischer Periode. Sein Aussehen wirkte auf mich europäisch, wobei ich allerdings zugeben muß, daß das in einem Umfeld, wo im Prinzip jedem, der nicht schwarzer Hautfarbe oder Asiate ist, »europäisches« Aussehen bescheinigt wird, keine sonderlich spezifische Kennzeichnung ist. Ich glaube, was sich mir in diesem Fall als »europäisch« darstellte, war die unverkennbare ethnische Reinheit seiner Züge. Er schien aus einer Ahnenreihe hervorgegangen zu sein, deren sämtliche Glieder ein und derselben Region entstammten – einer osteuropäischen Region nach meinem Eindruck. Ich war höchst verwundert, als er den Mund aufmachte und in durch und durch amerikanischer Manier redete.

»Oben hat man mir gesagt, ich soll mich hier hinsetzen«, sagte er. Er saß in krummer Haltung in dem Sessel vor der rechten Schmalseite des Schreibtischs. Wir befanden uns in einem der zwei für Einzelsitzungen reservierten Zimmer im Souterrain.

Ich hatte oben eine Gruppentherapiesitzung geleitet, bevor ich zu Gene hinunterging. Es war acht Uhr, das Gespräch mit ihm war der letzte Termin meines Zwölf-Stunden-Tags. Ich setzte mich hinter den Schreibtisch und sagte: »Hallo, ich bin Dr. Neruda.«

»Ah ja«, sagte er. Er hielt den Blick abgewandt, und das war mehr die kindliche Verschämtheit, wie man sie bei Achtjährigen findet, als die Mürrischkeit des Pubertierenden.

»Du heißt Gene?«

Er nickte. Die Augen auf die Schreibtischplatte geheftet, zog er in einem fort seine dicken Lippen zwischen die Zähne und preßte sie wieder auswärts. Anscheinend war er sehr nervös.

Ich hatte das Protokoll des Vorgesprächs gelesen, das ein Psychologiestudent von der New York University geführt hatte, der bei Susan sein Praktikum absolvierte. Die Fakten sahen so aus: Gene war fünfzehn, Einzelkind, besuchte die neunte Klasse der »Einraumschule«, einer progressiven Privatschule im Village, und lebte bei seinen Eltern am Lower Broadway. Als Beruf des Vaters war Fotograf, als Beruf der Mutter Redakteurin in einem Schulbuchverlag angegeben. Das Einkommen der Eltern erfüllte die Bedingungen für die Gratisbehandlung, was bedeutete, daß es zumindest nach Ausweis der Steuerbescheide aus den letzten zwei Jahren niedrig war. (Die Kosten der Privatschule bezahlte die Mutter des Vaters. Das wiederum konnte bedeuten, daß die Einkommensverhältnisse der Kennys keine Auskunft über ihre tatsächliche Vermögenslage gaben; Susans Prinzip war es jedoch, zunächst einmal festzustellen, ob der Patient eine Behandlung brauchte, und sich erst hinterher Gedanken über die Bezahlung zu machen. Falls wir Gene als Patient annahmen und hinterher feststellten, daß seine Großmutter Millionärin war, würden wir hoffentlich doch noch zu unserem Geld kommen. Ohnehin war das für mich kein so wichtiges Thema wie für meine zwei Kollegen. Ich benötigte über das reguläre Gehalt hinaus, das Susan mir zahlte, keine Zusatzleistungen.) Im Schlußabsatz des Protokolls war festgehalten, daß der Patient über Schlaflosigkeit, Herzklopfen, Appetitmangel und Konzentrationsschwäche in der Schule klagte und daß er in Begleitung seiner Mutter vorstellig geworden war. Die Mutter hatte angegeben, daß die Leitung von Genes Schule geraten hatte, einen Therapeuten zu konsultieren; der Schulpsychologe, ein Bekannter von Susan, hatte uns als kostengünstige Möglichkeit empfohlen. Um Gene zu entkrampfen, begann ich mit Fragen nach Dingen, über die wir beide im Bilde waren.

»Hat deine Mutter dich hierherbegleitet?«

Er nickte. »Sie wartet draußen auf mich.«

»Wie alt bist du?«

»Fünfzehn.«

In dem Stil machte ich noch einige Takte weiter.

Dann sagte ich: »Okay, Gene, wo drückt der Schuh? Weshalb bist du hier?«

»Das war Mamis Idee.«

Mir fiel auf, daß er sie mit dem Kleinkinderwort apostrophierte. »Wenn es nach dir gegangen wäre, wärst du nicht hier?«

Er zuckte die Achseln. Sein Blick irrte über die Schreibtischplatte.

»Viele Leute sprechen lieber im Liegen. Möchtest du dich auf die Couch legen?«

Er runzelte die Stirn. Seine dichten Augenbrauen hoben sich kohlschwarz von der blassen Haut ab. Sie waren auf ihre Weise sehr beredt und teilten mir mit, daß er alles andere lieber wollte, als sich hinzulegen. Vom Stirnrunzeln bewegt näherten sie sich einander, stiegen dann zum Ausdruck der Verwunderung empor, um zuletzt ein Augenpaar zu begleiten, das mit unverkennbar furchtsamem und angewidertem Blick über die Couch wanderte.

Ich wollte ihm gerade sagen, daß er natürlich ebensogut auch sitzen bleiben könne, als er mit einem gemurmelten »Okay« und mich noch immer keines Blickes würdigend aufstand und zur Couch huschte. Er setzte sich mit gesenktem Kopf auf die Kante und wartete in der Haltung eines Delinquenten unmittelbar vor der Bestrafung.

In diesem Augenblick regte sich in mir eine starke Abneigung gegen Gene. Ich erschrak darüber. In der ganzen Zeit, die ich jetzt den Arztberuf ausübte, hatte ich noch nie eine derartige Empfindung gehabt. Sowohl im Krankenhaus wie hier im Ambulatorium hatte ich es schon oft mit böswilligen, abstoßenden, mitunter auch körperlich verunstalteten Patienten zu tun gehabt; mit Patienten, deren Verhalten und Erscheinungsbild zu ertragen nicht leichtfiel und Nerven kostete; mit Patienten, die praktisch autistisch oder psychotisch waren. Einmal hatte ein Schizophrener, den ich behandelte, unter sich gemacht, während ich ihm den Blutdruck maß. Diese Begegnungen waren sicher nicht der reine Genuß, aber keine von ihnen war von diesem Gefühl der Abneigung, diesem Erlöschen jeglicher Sympathie begleitet gewesen.

»Du kannst deine Schuhe ausziehen«, sagte ich routinemäßig.

Er streifte unter Zuhilfenahme erst des einen, dann des anderen Fußes seine Segeltuchschuhe ab, ohne die Schnürsenkel zu lösen, und ließ sich rücklings auf die Couch plumpsen. Allerdings ohne die Beine hochzunehmen. Die hingen seitlich herab, die Füße knapp über dem Parkettfußboden – ein weiteres Zeichen dafür, daß ihm das Liegen nicht behagte.

»Möchtest du auf der Couch liegen?«

Er zuckte die Achseln. Ich tat, als hätte ich es nicht gesehen. »Was hast du gesagt?«

»Das geht schon in Ordnung«, antwortete er kaum hörbar.

»Freut mich, daß es sich mit deinem Wunsch deckt«, sagte ich und bereute noch im selben Moment, was ich gesagt hatte. Was um Himmels willen sollte der ironische Kommentar?

»Wie?« murmelte er.

»Nichts«, sagte ich und schickte damit meinem ersten Fehler gleich einen zweiten hinterher. Ein Psychotherapeut sollte der Letzte auf Gottes weitem Erdenrund sein, der glauben machen will, eine beiläufige Bemerkung habe nichts zu bedeuten. Außerdem hatte er wahrscheinlich verstanden, was ich gesagt hatte. Sein »Wie?« war eine Reaktion auf die offenkundige Deplaziertheit meiner Bemerkung. Mein Vertuschungsversuch machte alles nur noch schlimmer. Einen Moment lang dachte ich daran, die Sitzung abzubrechen und einen Kollegen zu holen, der die Exploration fortsetzte. Leider war von unserer Crew nur noch Susan im Haus, und die war anderweitig beschäftigt.

»Leg ruhig die Füße auf die Couch«, sagte ich.

Er zuckte zusammen. Die Reaktion war nicht mißzuverstehen: mein Vorschlag war ihm unangenehm. Dennoch hob er prompt die Füße auf die Couch. Er fügte sich, entkrampfte sich jedoch nicht: er hielt die Knie leicht gebeugt, die Arme steif, die Handflächen auf die Kissen gedrückt, als wollte er jederzeit in der Lage sein aufzuspringen.

Ich erhob mich, um zu dem schräg hinter dem Kopfende der Couch postierten Ohrensessel hinüberzugehen. Auf diesem Platz befand sich der Therapeut außerhalb des Gesichtsfelds des Patienten – solange der nicht den Kopf nach ihm verdrehte – und hatte zugleich dessen Mienenspiel im Blick. So lächerlich das dem Leser vielleicht vorkommt, dieses Plazierungsarrangement ist eine wohlüberlegte Reform der Tradition, den Sessel des Therapeuten direkt hinter den Kopf des Patienten zu postieren, damit keiner der beiden Akteure die Möglichkeit hat, das Gesicht des anderen zu sehen.

Gene bekam meinen Platzwechsel mit. Der Fußboden in dem Zimmer hatte sich während des Winters unter Feuchtigkeitseinwirkung aufgewölbt und knarrte unter jedem Schritt. Genes Kopf drehte sich ruckartig zur Seite, seine Füße krümmten sich, und sein rechter Arm reckte sich wie in einem Säuglingsreflex hoch, als gelte es, einen Angriff abzuwehren.

»Ich werde mich in diesen Sessel setzen«, erklärte ich ihm. Gene verdrehte sich, um mich im Auge behalten zu können. »Wenn ich am Schreibtisch sitzenbleibe, mußt du deine Stimme zu sehr strapazieren.«

Er nickte. Ich ließ mich in dem Ohrensessel nieder. Gene verharrte in seiner Haltung. Sie war so unbequem, daß er sie nicht lange würde beibehalten können.

Ich entschloß mich, ihm zu verraten, warum ich die Couch vorgeschlagen hatte. Das war eine der Lektionen, die ich bei Susan gelernt hatte: ›Bau nicht unnötig Mauern zwischen dir und dem Patienten auf.‹ »Mir ist es lieber, wenn jemand bereit ist, sich auf die Couch zu legen«, sagte ich. »Dann kann ich ihm zuhören, ohne daß ich mir in jedem Moment überlegen muß, was für ein Gesicht ich jetzt machen müßte – ob es das beste wäre, zu lächeln oder die Stirn zu runzeln oder eine ungerührte Miene zu machen. Solche Überlegungen kosten Konzentrationskraft, die ich besser in das Zuhören stecken sollte. Und du hast es im Liegen leichter, deinen Gedanken freien Lauf zu lassen. So kann ich mich besser auf dich und du kannst dich besser auf dich selbst konzentrieren, und keiner von uns beiden braucht sich von irgendwelchen Äußerlichkeiten am anderen ablenken zu lassen. Aber wenn du dich unbehaglich fühlst, können wir auch miteinander arbeiten, während du sitzt. Ich habe eine Reihe von Leuten in Behandlung, die einen Horror vor der Couch haben, und das geht soweit ganz ausgezeichnet.«

Einige Augenblicke blieb er noch in seiner ungemütlichen Haltung erstarrt. Dann ließ er seinen Kopf nach hinten sinken, und sein Arm kehrte an seine Seite zurück. Seine Knie streckten sich ein wenig.

»Du möchtest also doch auf der Couch bleiben?« fragte ich.

Er zuckte die Achseln. Im Liegen mit den Achseln zu zucken, ist nicht ganz einfach, er verstand es jedoch, seine mageren Schultern genauso ausdruckskräftig zu bewegen wie seine Augenbrauen. Ich war bemüht, ihm irgendeine bejahende oder verneinende Äußerung, die klare Bekundung irgendeiner persönlichen Vorliebe zu entlocken. Das passive Verhalten, das er an den Tag legte, samt der unterdrückten Wut über die eigene Unterwürfigkeit ist ein Bild, dem man häufig begegnet; im gegebenen Fall hoffte ich noch herauszufinden, ob es für seine sämtlichen interpersonalen Beziehungen typisch oder lediglich eine für die momentane Situation gewählte Abwehrhaltung war.

»Also wie ist es nun, Gene – willst du auf der Couch liegenbleiben?«

Ein kaum vernehmliches Murmeln: »Glaub' schon.«

»Möchtest du überhaupt hier sein? Oder ist das einzig und allein die Idee deiner Mutter?«

Erneutes Schweigen. Seine Furcht, eine klare Auskunft geben zu müssen, war offensichtlich. »Ich weiß nicht«, sagte er schließlich. Er schien erleichtert, daß er diese Antwort, die ihn auf nichts festlegte, gefunden hatte.

»Dann vermute mal«, sagte ich.

»Ich soll vermuten?« Die pubertäre Rauheit in seiner Stimme hatte einem kindlich-hellen Klang Platz gemacht.

»Ja. Was würdest du vermuten? Daß du gern hergekommen bist?«

»Ich hab' doch gemußt«, jammerte er. »In der Schule haben sie Mam gesagt, ich müßte.«

»Also war es gar nicht die Idee deiner Mutter?«

Er zuckte die Achseln.

»Und du wärst lieber nicht hier?«

»Ich weiß es nicht.«

Ich wartete.

Er wartete. Dann jammerte er: »Das kann ich doch erst hinterher wissen.«

»Ob du überhaupt hiersein willst, kannst du erst wissen, nachdem du hergekommen und wieder gegangen bist?«

Gene wollte sich erneut so verdrehen, daß er mich sehen konnte. Das hätte er allerdings nur durch Aufrichten des Oberkörpers erreichen können, und so viel rebellische Energie spürte er nicht in sich. Er brach den Versuch ab und ließ den Kopf mit geschürzten Lippen auf der Seite liegen.

»Wie meinen Sie das?« fragte er, die Stimme jetzt wieder zu einem Murmeln gedämpft.

»Du hast gesagt, ob du hiersein willst, kannst du erst hinterher wissen.« Ich machte eine Pause. Ich war im Begriff, den Boden der konventionellen Behandlungstechnik zu verlassen. Susan würde nichts dagegen haben, aber so seltsam es sich nach ihrem Erfolg mit mir anhören mag: mir selbst war bei ihren gewagteren Methoden nicht wohl. »Ich glaube dir nicht«, sagte ich in freundlichem Ton.

»Aber es stimmt«, sagte er traurig. »Ob ich etwas mag, weiß ich immer erst ...« Seine Stimme erstarb. Nach einem Seufzer setzte er hinzu: »Manchmal weiß ich es ganz lange nicht.«

In gewissem Sinne hatte ich die Antwort, die ich haben wollte. Er verhielt sich zu allem passiv. ›Na‹, dachte ich und schob die vorübergehend empfundene Abneigung beiseite, ›der Fall ist einfach. Wir werden seine Gefühle ans Licht bringen, und mit dieser Erkenntnis wird langsam sein Selbstvertrauen wachsen, sie auszudrücken und darauf zu bestehen, daß seine Umgebung sie anerkennt, und im selben Zug werden sich seine Depression und seine Ängste legen.‹

»Ich glaube, du verwechselst da zwei Dinge«, sagte ich. »Nicht hiersein wollen ist ein Gefühl; wissen, ob es richtig oder falsch ist, nicht hiersein zu wollen, ist ein Urteil.«

Gene schloß die Augen. Dann zog er die Beine an. Seine linke Hand näherte sich der Brust. Ich faßte sie genau ins Auge und sah, was ich erwartet hatte: Der Daumen war in der Faust versteckt. Er kämpfte gegen den Drang an, ihn in den Mund zu stecken.

»Ich möchte wissen, was du fühlst, Gene. Ich zerbreche mir nicht den

Kopf darüber, ob es richtig oder falsch ist, was du fühlst. Darüber mußt du selbst entscheiden oder sollen meinetwegen auch andere entscheiden, wenn sie glauben, daß sie das können. Ich persönlich glaube nicht, daß wir bei Gefühlen zwischen richtig und falsch unterscheiden können. Bei Handlungen ja. Aber nicht bei Gefühlen. Unsere Aufgabe hier ist es, dir zu helfen, daß du deine Gefühle erkennen lernst.«

Gene öffnete die Augen. Er führte die Hand mit dem versteckten Daumen bis dicht unters Kinn. »Ich hab' hier nicht herkommen wollen«, sagte er mit bebender Stimme. Er sprach nicht weiter und atmete kaum noch. Womit rechnete er jetzt von meiner Seite? Gebrüll? Gewalttätigkeit?

»Du möchtest also nicht hiersein?«

Er nickte. Die Faust bedeckte jetzt den Mund, so daß der vergrabene Daumen direkt vor den Lippen ruhte. Rollte er sie wieder ein- und auswärts? Das war eine Saugbewegung. Freud hätte jetzt bereits die Diagnose fertig. Er würde nach seinem Helm und seiner Taschenlampe greifen und entschlossen in die Höhle der Zeit vordringen, um die Geschichte von Genes Stillperiode auszuleuchten – und er hätte, wie ich mir mit Unbehagen eingestand, womöglich recht mit der Exploration in dieser Richtung.

»Möchtest du auf der Couch liegen?«

Er schüttelte mit einem leisen Stöhnen den Kopf. Er war drastisch regrediert, und auf einmal war das Gefühl wieder da: ich mochte ihn nicht. Warum war er so knochenlos? Ich hatte große Lust, ihn anzubrüllen, er solle sich aufsetzen und wie ein Mann benehmen. »Wehr dich gegen mich«, dachte ich, während ich den Ball betrachtete, zu dem er sich zusammengerollt hatte.

»Und warum liegst du dann da?«

Er schüttelte den Kopf, und dabei stöhnte er wieder.

»Gene, ich kann mir nicht erklären, was die Laute, die du da von dir gibst, bedeuten sollen.«

Er fuhr fort, zu stöhnen und den Kopf zu schütteln.

Wieder riß mir der Geduldsfaden. »Wenn du dich nicht bequemen willst, mit mir zu reden, werde ich die Sitzung beenden müssen.« Ich hatte schweißfeuchte Schläfen, so sehr kochte ich innerlich. Ich schämte mich meiner Schnitzer, konnte sie jedoch weiß der Henker warum nicht abstellen.

Das Stöhnen hörte auf meinen Anraunzer hin auf, versteht sich. Er führte seine Faust zum Bauch hinunter und deckte die andere Hand über sie. Dazu machte er eine liebe Unschuldsmiene. »Entschuldigung«, sagte er mit leiser, zerknirschter Stimme. Durch meinen Patzer hatte ich Terrain verloren.

›Ich sollte die Sitzung besser beenden‹, dachte ich. »Wenn du –« Ich seufzte und bemühte mich, innerlich zur Ruhe zu kommen. »Wenn du dich nicht auf die Couch legen wolltest, warum hast du es dann getan?«

»Weil ich gedacht habe, Sie würden mich sonst nicht mögen«, antwortete er laut und vernehmlich.

»Warum liegt dir daran, daß ich dich mag?«

Seine dichten Augenbrauen vollführten ihren Tanz wie gehabt, aufwärts: Verwunderung, abwärts: Stirnrunzeln. Vermutlich hatte er dieses Mienenspiel jemandem abgeguckt. Der Mutter? Dem Vater? Wahrscheinlich der Mutter. Er hängte ein Achselzucken an und sagte: »Sie sind der Doktor.«

»Wenn ich mit dir auf dem Dach eines Hochhauses stehe und sage, du sollst hinunterspringen, weil ich dich sonst nicht mag, springst du dann hinunter?«

»Ja«, antwortete er ohne zu zögern und wälzte sich auf den Rücken. Er streckte sich zu voller Länge aus und verwandelte sich dabei vor meinen Augen in einen Jungen im Pubertätsalter. »Ich liege gern auf der Couch«, sagte er. Seine Unschuldsmiene, das kubistische Babygesicht, war wie weggeblasen. Die Augen waren zu Schlitzen verengt, die strotzenden Lippen zu einer Schnute geschürzt.

»Geht dir das mit allen Leuten so?«

»Wie?« sagte – richtiger gesagt, blaffte er, in einem lauten, gereizten Ton, der ganz in Fünfzehnjährigenmanier war.

»Möchtest du von allen Leuten gemocht werden?«

»Möchte ich von allen Leuten gemocht werden?« wiederholte er nachdenklich. »Nein«, meinte er schließlich. »Aber von fast allen.«

»Und würdest du fast allen zuliebe vom Hochhausdach springen?«

»Ja«, sagte er und lächelte zur Zimmerdecke hinauf. Das Lächeln stand ihm gut; zwischen den auseinandergezogenen Lippen zeigte sich eine wohlgeordnete Formation weißer Zähne.

»Macht es dir Spaß, so entgegenkommend zu sein?«

»Wie?«

»Bist du gern jemand, der vom Hochhausdach springen würde, damit die Leute ihn mögen?«

»Ja«, sagte er. Er grinste. Er befand sich nun im offenen Aufruhr und begegnete mir mit einer Taktik der Nadelstiche. Die Zustandswechsel erfolgten bei ihm in rapidem Tempo. Er bewegte sich so flink die Skala der Lebensreife hinauf und hinunter wie ein Klaviervirtuose über die

Klaviatur. Es mußte mehr hinter seinem Problem stecken als simple Passiv-Aggressivität oder eine orale Fixierung. »Was hat die Schulleitung auf die Idee gebracht, daß du hierherkommen solltest?«

»Ich weiß es nicht«, sagte er.

»Jetzt mach aber mal 'n Punkt, Gene!« fuhr ich ihn an. Was war *das*? Wieder war mir das Ruder aus der Hand geglitten. »Waren es vielleicht deine Noten?« fügte ich hinzu, um Schadensbegrenzung bemüht.

»Wir bekommen keine Noten.«

Die »Einraumschule« war aus heutiger Sicht ein gescheitertes pädagogisches Experiment, ein abartiger Auswuchs der sechziger Jahre – Unterricht bei offenen Türen, keine Tests, Unterricht nach der Projektmethode statt mechanisches Lernen. Ich wußte Bescheid über diese Art Pädagogik und hatte meine eigene Meinung über sie, aber die Sicht des Therapeuten ist nicht unbedingt auch die des Patienten. Ich wollte, daß Gene mir die Kulissen, zwischen denen sich sein Leben abspielte, selbst schilderte. »Was bekommt ihr dann?«

»Am Kurs mit Erfolg/ohne Erfolg teilgenommen. Am Ende läuft's ja doch auf 'ne Benotung hinaus, schätze ich. Sie sagen zwar, das ist was anderes, aber – na ja, Sie wissen ja ...« Er seufzte.

Ich wußte. Für einen Heranwachsenden bleiben die Erwachsenen Heuchler, auch wenn sie sich noch so große Mühe geben, es nicht zu sein. »Und du schließt deine Kurse ohne Erfolg ab?«

Er nickte. »Ich schätze ja. Wir haben das Zwischenzeugnis noch nicht gekriegt. Ich hab' zwei von meinen Projekten nicht fertiggemacht. Die braucht man für 'nen anständigen Abschluß. In Englisch sollte ich ein Theaterstück schreiben, und in Biologie hab' ich das Freilandprojekt vergeigt. Das ödet mich alles so entsetzlich, das ist das ganze Problem. Ich könnte das ja durchaus bringen, aber ich hab' einfach keinen Bock.«

Er fühlte sich allzu wohl bei dem Thema. »Was macht dein Vater?«

»Wie?« Gene zuckte heftig zusammen und zog das rechte Bein hoch.

»Was macht dein Vater beruflich?«

»Er ist ...« Gene zögerte. »Er ist Fotograf.«

»Pressefotograf? Werbefotograf?«

»Nein.« Das war mit Nachdruck gesagt. »Er ist Künstler.« Gene sprach das Wort halb mit amerikanischer Intonation, halb im *Queen's English* aus.

»Mhm.« Da waren wir wohl bei einem interessanten Punkt angelangt. Ich wartete.

»Das ist nicht sein Brotberuf«, sagte Gene.

Die Formulierung hörte sich an wie von jemand anders aufgeschnappt. Vielleicht drückte sein Vater sich so aus. »Ach?« sagte ich.

»Sein Brotberuf ist Zimmermann.« Gene hatte bei dem Thema Feuer gefangen. »Na ja, eigentlich ein bißchen mehr als Zimmermann. Er macht auch die Entwürfe für die Sachen, die er baut.«

»Tatsächlich?« Ich zeigte mich interessiert, weil er interessiert war. »Was sind das für Sachen? Schränke?«

»Schränke und alle möglichen andern Sachen. Zum Beispiel, wenn jemand eine Küche gebaut haben will – Sie wissen ja, die Leute, die in einem Loft wohnen, brauchen eine speziell gebaute Küche, eine Sonderanfertigung, weil das gewöhnlich ... weil das ja vorher Fabrikraum gewesen ist.«

Wieder ein Ausdruck, den er aufgeschnappt hatte. Aber egal – Gene sprach zum erstenmal unangestrengt. Ich stellte noch mehr Fragen, und es machte ihm Freude, sie in aller Ausführlichkeit zu beantworten. Ich ließ ihn ungehindert vom Hölzchen aufs Stöckchen kommen und seine Erinnerungen genießen. Sein Vater pflegte ihn früher in seiner Mittagspause von der Grundschule abzuholen, und den Nachmittag verbrachte Gene dann am Arbeitsplatz seines Vaters, dem er – mit unendlicher Lust an der Rolle des Gehilfen – Bretter vermessen und zurechtsägen, Werkstücke zuammennageln und Resopalplatten zuschneiden half. Die Vollzeitarbeit der Mutter im Schulbuchverlag hatte zur Folge gehabt, daß unter der Woche sich oft der Vater um Gene hatte kümmern müssen, daß er ihn morgens zur Schule gebracht und ihn nachmittags unter seinen Augen beschäftigt hatte, bis Gene alt genug war, um nach der Schule selbst für sich sorgen zu können.

»Wann war das? Von welchem Zeitpunkt an bist du nach der Schule allein nach Hause gegangen?«

»Weiß ich nicht«, sagte Gene ungeduldig. Er wollte jetzt nicht aufhören, über die Tätigkeiten seines Vaters zu sprechen, und auf ein neues Thema kommen. »Ich bin lange Zeit von der Schule nicht direkt nach Hause gegangen, auch als ich schon in dem Alter war, wo ich allein auf die Straße durfte. Ich bin dahin gegangen, wo Daddy gerade gearbeitet hat. Einmal hatte er in Brooklyn zu tun, und –«

Ich fiel ihm ins Wort. »Aber heute besuchst du ihn nicht mehr an seinen Arbeitsplätzen?«

»Ähm ... nein. Dad macht jetzt nicht mehr viele Entwürfe und Zimmerarbeiten.«

»Konzentriert er sich mehr auf die Fotografie?«

»Er hat eine Präsentation.«

»Eine Präsentation?«

»Eine Ausstellung. In einer sehr wichtigen Galerie.« Gene sprach die Wörter »sehr wichtig« so aus, als wären sie ihrerseits sehr wichtige Wörter. Hinterher lag er regungslos, scheinbar ohne zu atmen, da.

»Ist das seine erste Ausstellung?«

»Nein.« Ärgerlich. »Er hat 'ne Menge Ausstellungen.«

»Eine Menge?«

Gene brummelte etwas. Er hatte keine Lust, über das Thema zu reden.

»Wie viele?« erkundigte ich mich.

»Ähm ... er hat jede Woche eine Ausstellung in der ›Autowerkstatt‹ gehabt.«

»In der Autowerkstatt?«

»Ja, zusammen mit seinen Freunden. Nachdem die *Times* dagewesen ist, hat's dann noch 'ne Menge andere Ausstellungen gegeben.«

»Welche Autowerkstatt ist das?«

»Wie?«

»Du hast gesagt –«

Gene keckerte. Er verdrehte den Kopf, um zu mir hersehen zu können. »Das ist nicht *eine* Autowerkstatt. Das ist ›*Die* Autowerkstatt‹. Verstehen Sie?«

»Ich verstehe absolut nichts von der Kunstszene. Du wirst mir den Sachverhalt schon etwas deutlicher erklären müssen.«

Er war nicht begeistert, aber immerhin lieferte er mir die gewünschte Erklärung – vorgetragen in einem feierlich-umständlichen Stil, der unschwer als ein Zweitaufguß zu erkennen war. Er schlüpfte in die Rolle seines Vaters, um mir des langen und breiten von der baufälligen Autoreparaturwerkstatt an der Houston Street zu erzählen, die Kenny senior zusammen mit Künstlern unterschiedlichsten Genres als Ausstellungsraum angemietet hatte – etwas außerhalb der Legalität, wie es schien; jedenfalls gab es Stunk, der mit der Ausweisung der Gruppe endete. Gene konnte es sich nicht verkneifen, in die mörderischen Streitgespräche zwischen den Bildhauern, Malern, Fotografen und anderen Musenjüngern abzuschweifen, und verirrte sich dabei so tief in ein Geflecht von Nebenwegen, daß ich ihn unterbrechen mußte, um ihn auf die Hauptroute unseres Gesprächs zurückzuholen. »Hast du vorhin nicht etwas von einer Galerie gesagt?«

»›Unsinn‹«, sagte Gene.

Ich war perplex. »Ist das der Name der Galerie?« erkundigte ich mich mißtrauisch.

»Ja sicher«, sagte Gene ungeduldig. »Die Galerie ›Unsinn‹.«

»Ich kenne mich in der Kunstszene nicht aus. Ist das eine bedeutende Galerie?«

»In New York die prestigeförderndste Galerie für das Debüt eines Künstlers«, sagte Gene feierlich. Wieder hatte er als Bauchrednerpuppe seines Vaters gesprochen. Nach kurzem Schweigen fiel ihm eine weitere Bemerkung ein, die er von seinem Vater gehört hatte. »Und New York ist der Mittelpunkt der weltweiten Kunstszene.«

»Dann ist das für deinen Vater also eine sehr wichtige Ausstellung?«

»Ja«, sagte Gene traurig.

»Gibt's dabei auch eine Vernissage?«

»Ja sicher.« Gene war ungeduldig geworden. »Müßten wir nicht langsam Schluß machen?«

Aha. Die Vernissage war ein Spannung auslösendes Element. »Wir haben noch etwas Zeit. Und wann findet die Vernissage statt?«

»Wie? Ach so. Nein. Die hat schon stattgefunden – vor zwei Monaten.«

Ich war überrascht. Es mußte ein Reinfall gewesen sein. »Und wie ist es gelaufen?«

Gene deklamierte gereizt: »Die Leute kamen in Scharen, die Galerieräume waren überfüllt. Dad hat hymnische Besprechungen in der *Times* und der *Village Voice* bekommen. Jetzt ist er einer von den ganz großen Fotografen im Land.« Er verschränkte die Arme über der Brust und blickte mit gerunzelter Stirn zur Zimmerdecke hinauf.

Er ist eifersüchtig auf die künstlerische Arbeit seines Vaters, sagte ich mir voll Entdeckerfreude. Ihr Erfolg bedeutet für ihn Verlassenwerden. [In Genes Reaktion erkannte ich deutlich auch ein ödipales Motiv. Darüber hinaus weckte die ichpsychologische Komponente mein Interesse: Gene identifizierte sich mit seinem zimmernden Vater; nach dem Verlust dieses Rollenmodells regredierte er auf das Infantilstadium. Aber damals stand ich ganz im Banne von Susans psychologischer Interessenrichtung, die den Objektverlust und die begleitenden Gefühle des Kummers und der Verlassenheit betonte, und vernachlässigte darüber den elementaren Trieb, sich zum Sieger über den Vater zu machen, wie auch den Aspekt, daß die Verwandlung des Vaters in einen erfolgreichen Künstler eine Bedrohung für Genes Ich mit sich brachte. Seinerzeit sah ich die verschiedenen Theorierichtungen als sich gegenseitig ausschließende Alternativen, nicht als sich ergänzende Farben der Palette. Ich hatte noch eine weite Strecke auf meinem Entwicklungsweg zurückzulegen, bis ich begriff, daß und wie man durch Kombination der Farben ein dreidimensionales Bild erschafft.]

Zum ersten Mal fühlte ich mich als Herr der Lage. »Okay, Gene«, sagte ich. »Unsere Zeit ist fast um. Es hat mir Freude gemacht, mich mit dir zu unterhalten. Ich fände es gut, wenn du in Zukunft dreimal die Woche zu uns kämst. Wie wär's mit montags, mittwochs und freitags? Ginge das?«

Schweigen. Der versteckte Daumen wanderte zum Kinn. Dann ein verzagtes »Dreimal die Woche?«

»Macht das Schwierigkeiten? Du könntest doch auf dem Nachhauseweg von der Schule hier vorbeikommen.« Mein Vorschlag betreffend die Tageszeit war überlegt. Mir war klar, daß er die Nachmittage vermißte, die er früher in Gesellschaft seines Vaters verbracht hatte; die Koinzidenz der Therapie- mit jenen Nachmittagsstunden würde die Übertragung begünstigen. Falls das dem Nichtfachmann als Manipulation vorkommt, stimme ich ihm zu. Es *ist* Manipulation, aber keine betrügerische oder böswillige. Damit die Therapie wirkte, mußte man Gene einen Ersatz für die Geborgenheit und die Kraft bieten, die er als Kind aus jenen Nachmittagen geschöpft hatte. Ja, der Schachzug berechtigte sogar zu der Hoffnung, daß die in der Therapie erfahrene nachmittägliche Fürsorge insofern einen wesentlichen Vorteil gegenüber der früheren Erfahrung bringen werde, als sie sich zu einer Beziehung gestalten würde, die Gene am Ende aus eigenem Entschluß beenden konnte, ohne hinterher geschwächt und hilflos dazustehen in dem Gefühl, einen unersetzlichen Verlust erlitten zu haben.

»Ich denke, das läßt sich einrichten. Wie lange wird es dauern?«

»Eine Stunde.«

»Nein ...« Der versteckte Daumen stieg höher. »Äh ... Wie lange werde ich hierherkommen müssen?«

»Darüber wirst du dich mit deinem Therapeuten verständigen.«

»Sind Sie nicht ...« Er zögerte. »Sind nicht Sie ... das?«

Ich hatte in dem Gespräch mit ihm zu viele Fehler gemacht. Ich freute mich, daß ich einen gewissen Einblick in seine funktionelle Störung gewonnen hatte, aber ich konnte mich nicht guten Gewissens für seine ärztliche Betreuung anbieten. Mehr noch: ich hatte das Gefühl, daß ich meine unangebrachte Reaktion auf Gene mit Susan würde durcharbeiten müssen. »Nun, was wir hier gemacht haben, war lediglich ein Vorgespräch. Ich werde jetzt mit Susan Bracken – das ist meine Chefin – darüber sprechen, bei wem von uns du am besten aufgehoben wärst. Und natürlich hast du da auch ein Wörtchen mitzureden. Wenn du mit der Wahl, die wir treffen, nicht zufrieden bist, kannst du es uns ruhig sagen.«

»Können Sie nicht?« Gene klang verängstigt. Seine Lippen rollten sich einwärts und auswärts. »Können nicht Sie das machen?«

»Eventuell.« Mir war klar, daß ich ihn jetzt eigentlich hätte fragen müssen, ob er mich als Therapeut haben wollte, aber ich tat es nicht. Dieses Widerstreben war für mich ein neues Indiz dafür, daß ich den Fall nicht übernehmen sollte. »Warum ziehst du dir nicht die Schuhe wieder an und holst deine Mutter herein? Dann besprechen wir das zu dritt.«

Gene gehorchte stumm. Er bewegte sich langsam, wie wenn seine Muskeln entkräftet wären und schmerzten. Das war, wie ich schon bei früheren Gelegenheiten bemerkt hatte, bei Patienten, die eine produktive Sitzung hinter sich hatten, durchaus nichts Ungewöhnliches. Unsere stärksten Gefühle durchzuexerzieren, ist harte Arbeit. Wenigstens hatte ich nicht total versagt.

Ich war gespannt auf die Bekanntschaft mit Genes Mutter, dem, wenn man so will, vergessenen Gegenstand unserer Sitzung. Ich sah auf den ersten Blick, daß er sein serviles Gebaren von ihr übernommen hatte. Ihr Kopf erschien neben der Kante der Spanplattentür – die als Schalldämmung so wenig taugte, daß wir in dem Raum, den wir mit Augurenlächeln als »Wartezimmer« bezeichneten (tatsächlich war es ein umgebautes Schrankkabinett), ständig einen Geräuschgenerator laufen hatten. Die beiden ließen mich eine Weile warten; vermutlich erstattete Gene seiner Mutter ausführlich Bericht. Ihr Haar war viel lockiger als seines und von anderer Farbe, einem unnatürlichen Rotbraun. Gefärbt, um vorzeitiges Ergrauen zu kaschieren, befand ich. Sie hatten beide die gleichen großen, dunklen Augen. Ihre strahlten in der Beflissenheit zu gefallen. Sie hatte einen breiten Mund wie Gene, aber schmale Lippen. Auch die Adlernase hatten beide gemeinsam, nur daß die ihre perfekt zentriert im Gesicht saß.

»Hallo«, sagte ihr Kopf, und während ich mich daraufhin erhob, erschien mehr von ihr im Zimmer. Beide schoben sich gleichzeitig durch die halboffene Tür, Gene fast vollständig hinter ihrem Rücken versteckt. Ihren Auftritt vollzog sie mit einer Seitwärtsbewegung in Richtung Couch und einer anschließenden Seitwärtsbewegung in Richtung Schreibtisch – einem lächerlich umständlichen Manöver. Sie war hager, hatte eine mädchenhafte Figur und die gleichen breiten und knochigen Schultern wie Gene, zwischen die sie den Kopf geduckt hielt, so daß sie ein bißchen einem unterwürfig näherkommenden gutartigen Hund ähnelte. »Ich bin Carol, Genes Mutter«, sagte sie. Ihre tiefe, einschmeichelnde, selbstsichere Stimme war eine angenehme Überraschung.

»Ich freue mich, Sie kennenzulernen«, sagte ich und drückte die dargebotene Hand. Sie war schlaff und nachgiebig, die fleischgewordene Bitte, sich ihrer Besitzerin mit liebevoller Fürsorglichkeit anzunehmen. Ich ließ sie schleunigst wieder los.

»Gene hat das Gespräch mit Ihnen richtig gutgetan, Herr Doktor. Wir sind Ihnen beide ja so dankbar, daß Sie sich soviel Zeit für ihn genommen haben.«

Ich lud sie mit einer Handbewegung ein, Platz zu nehmen. »Hol dir doch bitte den Klappstuhl, Gene, und setz dich zu uns!« Ich setzte mich. Gene gehorchte mit übertriebener Eilfertigkeit. Carol ließ sich mit hochgezogenen Brauen und erwartungsvollem Blick auf der Sesselkante nieder. Ihr Mienenspiel war das einer Stummfilmdiva: es steigerte den Gefühlsausdruck zu grotesker Überdeutlichkeit, mit dem Ergebnis, daß der Betrachter den Eindruck der Unaufrichtigkeit hatte. Diese Familie war einfach nicht meine Kragenweite. Ich durchlebte innerlich einen Anfall von Verzweiflung, eine momentane Schwäche, die ein guter Persönlichkeitspsychologe vielleicht einer genaueren Ergründung für wert erachtet hätte und die sich zusammenfassend noch am ehesten als ein Gefühl von hoffnungslosem Hochstaplertum beschreiben läßt. Eine innere Stimme sagte mir, daß ich im Heilberuf nichts verloren hatte, weil ich für diese Aufgabe einfach nicht das erforderliche Maß an Mitgefühl mit anderen Menschen mitbrachte und auch nicht intelligent genug war. Aber da ich eine Lehranalyse durchlaufen hatte, wußte ich, was diese Empfindung ausgelöst hatte: der Umstand, daß ich erstens die vielen Fehler, die mir während der Sitzung unterlaufen waren, nicht jedesmal auf der Stelle korrigiert hatte und zweitens mitten in einer faustdicken Lüge begriffen war – in Wahrheit nämlich war Gene mir bereits fest zur Betreuung zugeteilt worden. Fehler zu vertuschen und mit Lügen zu arbeiten war nicht gut für mein Selbstkonzept. »Ich bin der Meinung, daß es Gene guttun würde, wenn er dreimal die Woche hierherkäme – sagen wir montags, mittwochs und freitags, am besten im Anschluß an die Schule, wenn sich das zeitlich einrichten läßt.«

Schon eine gute Weile bevor ich zu Ende gesprochen hatte, begann Carol meine Worte mit zustimmendem Nicken zu begleiten, wobei ihr Kopf auf und ab tanzte, als wäre sie eine Puppe und ihr Hals eine Drahtspirale. Es war ein unerquicklicher Anblick, weil die Geste nicht echte Zustimmung, sondern nur den blinden Wunsch zu gefallen signalisierte. »Wunderbar, das geht in Ordnung, genauso machen wir's«, sprudelte sie hervor, kaum daß ich innegehalten hatte.

»Ich werde mit Frau Dr. Bracken besprechen, wer Gene therapeutisch betreuen soll, und dann kann er sich mit dem Betreffenden –« Ich unterbrach, weil Carol die Hand in die Luft streckte wie eine Schülerin, die es kaum noch erwarten kann, drangenommen zu werden.

»Gene hat mir gesagt, daß er eigentlich von Ihnen betreut werden möchte.« Mit schief geneigtem Kopf zeigte sie mir ein bedauerndes Lächeln, als wollte sie sagen: »Tja, was kann man da machen?« De facto stellte sie mir eine Forderung. Da hatten wir ja die Quelle seiner Passiv-Aggressivität. »Selbstverständlich ist es nicht unsere Sache, das zu entscheiden. Das habe ich auch Gene klargemacht. Schließlich bekommen wir die Behandlung umsonst, und Sie haben sicher sehr viel zu tun, aber meinen Sie denn nicht auch, es wäre eine gute Idee, ihm einen Arzt zuzuteilen, den er mag?« Gene stierte verlegen auf den Boden vor seinen Füßen. Sie verzog das Gesicht zu einer Grimasse der Hilflosigkeit, als ob sie ebenfalls verlegen wäre.

»Es ist mehr als eine gute Idee«, sagte ich. »Es ist unumgänglich.«

Carol nickte und lächelte mir beifällig zu. Sie sah Gene an. Der hielt noch immer den Kopf gesenkt. »Siehst du«, sagte sie zu ihm. »Ich hab' dir gleich gesagt, du brauchst dir keine Sorgen zu machen.«

»Aber Gene kennt doch noch gar nicht die anderen Therapeuten bei uns im Haus. Es könnte durchaus sein, daß er jemand anderen lieber mag.«

Carols Augenbrauen schoben sich zusammen, ihr breiter Mund schrumpfte zu einer Schnute. »Das ist kaum möglich«, sagte sie. »Er hat sich bei Ihnen absolut wohl gefühlt.«

»Es ist genaugenommen nicht meine Entscheidung allein. Ich muß es mit Frau Dr. Bracken besprechen.«

Carol hatte wieder die Hand in die Luft gereckt. »Genug der Worte«, sagte sie. »Ich bin überzeugt, daß es klappen wird.« Sie beugte sich so weit vor, daß sie fast über der Schreibtischplatte zu schweben schien. »Da ist noch etwas.« Sie hatte die Stimme gedämpft, wenn auch nicht so stark, daß Gene nicht hätte mithören können. »Wir haben Genes Vater von der ganzen Sache nichts erzählt, und ich glaube, es wäre keine gute Idee, ihm zu sagen, daß Gene dreimal die Woche hierherkommt. Wenigstens in der ersten Zeit wäre es nicht so gut. Ich erwähne das nur für den Fall, daß mal ein Schriftwechsel wegen Gene nötig werden sollte oder Sie etwas telefonisch klären müßten – in dem Fall möchte ich Sie bitten, mir in den Verlag zu schreiben oder mich da anzurufen. Das läßt sich doch machen, nicht?« Sie streifte wieder die Maske des bedauernden Lächelns über. Ihre Hände stiegen auf Schulterhöhe, die Handflächen nach oben gekehrt, die Finger auswärts zeigend, um ihre Hilflosigkeit, ihre peinliche, aber unentrinnbare Zwangslage zu unterstreichen.

Ich mußte lächeln. Eine *Frau*, die *mich* bat, den Mund zu halten. Das war ja mal ganz was Neues. »Tut mir leid, aber wenn das so ist, kann Gene nicht zu uns zur Behandlung kommen.«

Ihre Augenbrauen kletterten hoch und höher, ihr Mund klappte auf. »Nein, wirklich?« sagte sie so inbrünstig und mit solchem Nachdruck, daß es komisch wirkte.

»Die Dinge lägen anders, wenn Gene erwachsen wäre. Er ist jedoch noch minderjährig, und deshalb ist für eine Behandlung die Zustimmung der Eltern erforderlich; das ist Gesetz und nicht zu umgehen. Selbstverständlich muß außer Ihnen und dem Vater niemand informiert werden. Und alles, was Gene mit mir spricht, ist vertraulich und unterliegt strengster Geheimhaltung, auch Ihnen und seinem Vater gegenüber. Auf die Zustimmung des Vaters könnte nur dann verzichtet werden, wenn es einen wichtigen Grund gäbe, die Behandlung vor ihm geheimzuhalten.«

»Den gibt es.« Sie war jetzt sehr ernst; die Muskeln an ihrem Unterkiefer hatten sich gespannt, die Augenbrauen bildeten eine gerade Linie, ihre Stimme hatte einen feierlichen Ton angenommen. Mimik, Gestik und Haltung dieser Frau schienen keinen neutralen Status zu kennen, sondern nur den Wechsel zwischen Zuständen vehementester Expressivität. »Er würde nie und nimmer seine Einwilligung geben. Er hält nichts von der Psychiatrie.«

»Das ist unterm rechtlichen Gesichtspunkt nicht ausreichend. Es müßte zumindest von Ihnen eine justitiable Erklärung vorliegen, daß Gene von seinem Vater mißhandelt oder auf irgendeine Weise bedroht wird. Ist das der Fall?«

Sie schüttelte heftig den Kopf. »Nein, nein, aber er würde es nie erlauben. Gene würde also so oder so nicht zur Behandlung gehen können. Es hat also gar keinen Zweck, ihm davon zu erzählen. Aber egal, ich bin seine Mutter, und *ich* stimme der Behandlung zu.«

»Tut mir leid. Wenn Sie sich das Formblatt ansehen, das Sie erhalten haben – Sie haben es doch noch?«

»Wie?« Sie sah zu ihrer Handtasche hinunter. »Ach so. Ja.«

»Das Formblatt muß von beiden Eltern unterschrieben werden. So verlangt es das Gesetz, wie ich bereits gesagt habe, es sei denn, Sie geben Mißhandlungen zu Protokoll. Aber das tun Sie ja nicht, wenn ich Sie richtig verstanden habe.«

Ihr Gesicht war jetzt völlig leer. Es gab bei ihr also doch auch eine ausdruckslose Ausdruckshaltung. Sie bewegte sich nicht und sprach nicht.

»Falls Mr. Kenny mit Frau Dr. Bracken über Genes Behandlung sprechen möchte«, fuhr ich fort, »bin ich ganz sicher, daß sie seine sämtlichen Zweifel und Befürchtungen zerstreuen wird. Gene ist unglücklich und braucht Hilfe. Das dauert nicht ewig, kostet in seinem Fall nichts und bringt heutzutage auch keine gesellschaftliche Stigmatisierung mehr mit sich. Außerdem braucht außerhalb des engsten Familienkreises kein Mensch davon zu erfahren.«

»Okay«, sagte sie brüsk. »Ich sag' ihm Bescheid, und er wird unterschreiben. Ich kümmere mich darum.« Mit ihrem knappen Ton ließ sie mich ihre Unzufriedenheit fühlen; von der früheren Nachgiebigkeit und Beflissenheit war ihre Gesichtslandschaft so radikal entleert wie die Wüste vom Wasser. »Wann soll Gene anfangen?«

»Nun, wie wäre es mit Montagnachmittag um halb fünf?«

»Und Sie werden ihn betreuen?« Die Frage war im Ton einer Zurechtweisung geäußert.

»Wie ich schon sagte, ich muß darüber noch mit Frau –«

»Ich werde Frau Dr. Bracken anrufen. Sie ist ja wohl diejenige, an die man sich in dieser Sache zu halten hat. Ich hätte Sie gar nicht damit behelligen sollen.« Sie erhob sich und sagte: »Jetzt wollen wir aber Herrn Dr. Neruda nicht länger zur Last fallen, Gene.«

Gene sprang auf die Füße. Carol trat hinter ihn, legte ihm die Hand auf die Schulter und schob ihn auf mich zu. »Auf Wiedersehen, Herr Dr. Neruda, und haben Sie vielen Dank«, sagte sie langsam und deutlich, worin ganz offenbar die Aufforderung an Gene lag, ihr nachzusprechen.

»Danke«, murmelte Gene.

»Gib Herrn Dr. Neruda die Hand«, drängte sie.

Mit gesenktem Kopf streckte Gene eine schlaffe Hand aus.

»*Möchtest* du mir die Hand geben?« fragte ich. Mein Gott, war ich denn vom Teufel geritten?

Carol stierte mich mit großen Augen an. Gene hob den Kopf und sah mir in die Augen. Das war eine Premiere. Sein Blick leuchtete. Seine Ausgabe von Carols breitem Mund war zu einem – überbreiten, aber nicht stummfilmartig überdramatisierten – Lächeln auseinandergezogen. »Nein«, sagte er.

»Dann vergessen wir es doch einfach«, sagte ich. »Wir sehen uns dann am Montag.«

Carols Schultern gingen hoch und höher. »Okay«, sagte sie, und die Schultern sackten in die Ausgangsposition zurück. »Haben Sie vielen, vielen, vielen Dank«, fügte sie atemlos wispernd hinzu.

In einem 24-Stunden-Schnellimbiß an der Sixth Avenue kaufte ich mir einen Sandwich, trug ihn zum Aufgang der Poliklinik zurück und aß dort, während ich wartete, bis Susan mit ihrem letzten Patienten fertig war, die Hälfte davon, ehe ich kapitulierte. Ich hatte keinen sonderlich großen Hunger, und davon abgesehen war der Saftschinken schon angetrocknet und ziemlich fett. Sie kam kurz nach zehn aus dem Haus und warf mir einen überraschten Blick zu. »Ich dachte, du bist schon längst weg.«

»Ich habe Mist gebaut«, sagte ich.

Sie schloß die Tür ab und ließ die Augen liebevoll über das dunkle Gebäude wandern, etwa wie eine Mutter ihr schlafendes Kind betrachtet. Dieser Blick war das einzige Anzeichen von Stolz auf die eigene Leistung, das ich jemals an ihr wahrnahm. (Und sie hatte ja in der Tat Außerordentliches geleistet. Menschen, die normalerweise nie zu einer Therapie gekommen wären, bekamen sie hier in erstklassiger Qualität für nichts oder fast nichts; überdies hatte Susan so erfolgreich Sponsorengelder beschafft, daß sie noch im selben Monat in Brooklyn eine weitere Poliklinik eröffnen konnte.) Sie drehte sich um, kam die Treppenstufen heruntergetrabt und nahm meinen Arm. »Das kann ich nicht glauben«, sagte sie.

»Ich habe die schlimmste Sitzung meiner ganzen Praxis hinter mir.«

»Erzähl mir, was war.« Wir gingen auf der Fifth Avenue in Richtung Norden zu Susans Loft in der 16. Straße, und unterwegs berichtete ich ihr von meiner Reaktion auf Gene und seine Mutter. Ich war noch längst nicht fertig, als wir vor ihrer Haustür ankamen. Sie lud mich ein, mit hinaufzukommen. Ich lehnte ab, weil ich Harry, ihrem Ehemann, nicht zur Last fallen wollte. »Der schläft jetzt schon tief und fest«, meinte sie. Sie hatte recht. Wir setzten uns an den quadratischen Bauerntisch vor der Fensterwand im vorderen Teil des Loft, um mit unseren Stimmen Harry nicht zu stören – der Schlafbereich im hinteren Teil war lediglich durch eine nicht ganz durchgezogene Wand abgetrennt.

Susan hörte sich meine Schilderung der Sitzung geduldig und ohne eine einzige Zwischenbemerkung an. Ihre erste Frage überraschte mich. »Ist es bei dir die Regel, daß du den Patienten so schnell auf die Couch legst?«

Ich überlegte. »Nein, eigentlich nicht. In manchen Fällen kommt das erst nach mehreren Sitzungen.«

Sie nickte, als hätte sie sich das gedacht. »Also?«

»Ich weiß nicht recht. Er war innerlich unruhig und hat sich körperlich unbehaglich gefühlt. Er wollte mich partout nicht ansehen. Er hat soviel Energie darauf verwandt, meinem Blick auszu…« Ich sprach nicht weiter. Mir war klar, daß sie nicht diese vordergründige Erklärung hören, sondern die tiefere Bedeutung des Vorgangs ergründet sehen wollte.

»Du hast dich unbehaglich gefühlt«, sagte sie schließlich.

»Ja. Von Anfang an.«

»Warum?«

Ich schilderte noch einmal die allerersten Augenblicke der Begegnung, Genes serviles Auftreten und Gebaren, sein ovales Gesicht, die verrutschte Nase, meine Spekulation über seine mögliche osteuropäische Herkunft.

Susan fiel mir ins Wort. »Kenny? Hast du nicht gesagt, er heißt Kenny?«

»Ja sicher.«

»Das hört sich aber eher wie ein irischer Name an. Wie heißt seine Mutter mit Mädchennamen?«

Ich öffnete meine Aktentasche und holte das Protokoll des Vorgesprächs heraus, das der Praktikant von der New York University geführt hatte. »Shoen«, sagte ich lachend.

»Klingt nicht sehr osteuropäisch«, meinte Susan. »An wen hat er dich erinnert? Wer ist in deinem Bekanntenkreis osteuropäischer Herkunft?«

»'ne Menge Leute. Die Familie meiner Mutter. Meine sämtlichen Bekannten in Washington Heights. Du. Harry.«

»Und du selber«, sagte Susan. »Du bist zur Hälfte osteuropäischer Herkunft.«

In der Öffnung neben der Raumteiler-Wand tauchte Harry auf. Seine Haare standen zu Berge. Er war in Unterhose und T-Shirt, letzteres mit einem Riß am linken Armansatz.

»Hallo, Schatz«, sagte Susan.

Harry kam näher und küßte sie verschlafen. Sie steckte einen Finger durch den Riß im Hemd und kitzelte ihn. Harry wich zurück. »Nicht vor den Angestellten«, sagte er. Er musterte mich und legte mir dann die Hand auf die Schulter. »Wo tut's weh?« erkundigte er sich.

»Rafe hatte heute eine Sitzung, die ihm Kummer macht.«

»Ach Gottchen.« Harry war psychiatrischer Sozialarbeiter, der Strafgefangene und ihre Angehörigen betreute und einen verzweifelten Kampf gegen Rückfälligkeit und die automatische Weitergabe der Kriminalität an die Nachkommen führte. Er versuchte, sein Haar glattzustreichen. »Hoffentlich hast du richtig Scheiße gebaut«, sagte er. »Den Patienten so ins Bockshorn gejagt, daß er schreiend davongelaufen ist und ins Bellevue eingeliefert werden mußte.«

»Eine absolut unrealistische Erwartung«, sagte Susan. »Ich glaube sogar, daß der Patient ihn mag.«

Harry stöhnte. »Scheiße. Ich hätt's mir denken können. Möchten Sie einen Kaffee, Herr Perfektionist?«

»O ja«, sagte ich. Die Küche war zum Frühstücksbereich hin offen, so daß er sich mit uns weiter unterhalten konnte, während er den Kaffee abmaß und Wasser in den Kocher füllte.

»Ich hab' mich selbst in ihm gesehen«, sagte ich. »Mein bemitleidenswertes Ich. Mein suizidales Ich.«

»Könnte sein«, meinte Susan. »Okay, gehen wir also das Ganze noch mal durch. Du hast den Eindruck, er will gar nicht auf die Couch, aber er fügt sich wie ein verdrossener kleiner Junge, und daraufhin empfindest du – was?«

»Ich hab' ihn gehaßt.«

Harry lachte. Susan reagierte skeptisch. »Gehaßt?«

»Es hat mich abgestoßen. Irgendwie hat er so reagiert, als wollte ich ihm etwas antun und er hätte sich in sein Schicksal ergeben.«

»Eine sehr treffende Beschreibung der Psychotherapie«, sagte Harry.

»Ihm etwas antun?« fragte Susan verwundert.

»Ich entsinne mich, daß ich in einem bestimmten Moment dachte, jetzt hat er Angst, daß ich ihn schlage.«

»Es wurde doch über mögliche Mißhandlungen gesprochen, oder?« sagte Susan. »Von seiten des Vaters. Als die Mutter mit diesem Vorschlag –«

»Das kam von mir. Ich sagte ihr, daß wir nach geltendem Recht auf die Zustimmung des Vaters zur Therapie nur dann verzichten können, wenn sie Mißhandlungen von seiner Seite zu Protokoll gibt.«

»Wie bitte?« sagte Harry. »Wie kommst du denn auf so einen Schmonzes?«

»Die Mutter wollte Rafe breitschlagen, daß er ihr hilft, die Therapie vor dem Vater des Jungen geheimzuhalten«, erklärte Susan.

»Ich mußte ihr die Rechtslage vorhalten, sonst hätte sie mir ewig in den Ohren gelegen.«

»Wir brauchen ja nun tatsächlich die Zustimmung der Eltern«, sagte Susan. »Das war also sachlich absolut angemessen.«

»Das war mit der Kanone auf Spatzen geschossen«, sagte Harry.

»Ich kann mir auf keinen Fall eine Rolle in irgendeinem neurotischen Spiel, das da vielleicht zwischen Mutter und Vater im Gang ist, zudiktieren lassen. Und außerdem könnte eine heimliche Behandlung uns leicht in eine juristische Klemme bringen«, entgegnete ich. »Man kann Minderjährige nicht ohne Wissen und Wollen der Eltern therapieren, und ich gehe davon aus, daß sich das auf *beide* Eltern bezieht.«

»Absolut richtig«, sagte Harry. »Aber das ist schlicht und einfach schon ein Gebot der Standesethik. Wozu da noch lange auf Recht und Gesetz herumharfen?«

»Du hast nicht ausreichend Gebrauch von deiner eigenen Autorität gemacht«, sagte Susan.

Harry schaltete den pfeifenden Wasserkocher ab und schüttelte mit gespielter Empörung die Faust gegen mich. »Du mußt dich stärker auf phallisch-aggressives Auftreten verlegen. Du bist schließlich ›Dr. med.‹, verdammt nochmal. Du könntest ihr den Amerikanischen Ärzteverband auf den Hals hetzen.«

Ich senkte den Kopf und legte mein Gesicht in beide Hände. Verzweiflung, Erschöpfung, Ungenügen an mir selbst, das Gefühl, daß alles, was ich erlernt und mir erarbeitet hatte, für die Katz war – diese Empfindungen erdrückten mich, und das Wissen, daß sie allesamt Überreaktionen waren, machte sie nur noch schlimmer.

»Rafe.« Susan sprach leise, aber es war ein Kommando. »Na, komm schon. Jetzt mal nicht den Denkapparat abschalten. Nicht schlappmachen.«

Das waren Schlüsselwendungen aus meiner Therapie bei ihr, Worte mit Pawlowschem Effekt. Ich hob das Gesicht aus den Händen, sah sie an und zählte laut die Gründe für mein Verhalten auf. »Ich war verärgert über sie und war überzeugt, daß sie mich überfahren würde, deshalb hab' ich zuerst dich als Schutzschild vorgeschoben.«

»Hilfe, Mami!« sagte Harry.

»Sch!« ermahnte ihn Susan.

»Er hat ja recht. Und dann hab' ich mich hinter der Rechtslage verschanzt –«

»Hilfe, Papi!« sagte Harry.

»Ich hatte Angst, wenn sie das Gefühl hatte, ich bin das einzige Hindernis, würde sie mich breitschlagen, *und gleichzeitig* – ein typisch irrationaler Zug – hatte ich Angst, wenn ich hart blieb, würde sie das als Vorwand nehmen, Gene gar nicht erst in die Therapie zu schicken.«

»Aber das hast du doch eigentlich gewollt – daß du ihn nicht als Patient bekommst.«

»Daß *ich* ihn nicht als Patient bekomme. *Ich* will ihn nicht behandeln. Aber ich wollte ihr keine Handhabe geben, wie sie die Therapie überhaupt umgehen kann.«

»Das ist allerdings wirklich irrational«, sagte Harry, während er mir eine Tasse Kaffee vorsetzte. »*Sie* war es doch, die ihn zu euch gebracht hat. *Sie* wollte doch, daß er behandelt wird –«

Susan fiel ihm ins Wort. »Du traust ihr also nicht?«

»Nein. Daß sie sich um einen Therapieplatz kümmert, geschieht auf Betreiben der Schulleitung. Meiner Meinung nach möchte sie, daß ihr Sohn sich für krank hält. Aber sie möchte nicht, daß er gesund wird.«

»Hä?« sagte Harry. »Das ist ja ein atemberaubender Salto mortale.«

»Ich weiß. Ich hab' ja gesagt, daß ich aus dem Konzept bin. Aber egal, er braucht auf jeden Fall eine Therapie. Ich war mir nicht sicher, ob es richtig war, daß ich die Mutter in der Sache mit der Geheimhaltung vor dem Vater so abserviert habe.«

»Du hast befürchtet, du tust das nur deshalb, weil du auf diese Weise vielleicht darum herumkommst, ihn behandeln zu müssen«, sagte Susan.

»Genau«, sagte ich. »Deshalb wollte ich die Entscheidung dir überlassen.«

»Quatsch«, sagte Harry ruhig. »Du hast einfach Schiß gehabt.«

»Nein«, sagte Susan ebenso ruhig. »Felicia hast du behandelt, ohne ihre Eltern zu informieren.«

Ich nickte.

»Wer ist Felicia?« wollte Harry wissen.

Susan erklärte es ihm, während er ihr eine Tasse Kaffee brachte. »Felicia kam vor acht Monaten zu uns in die Sprechstunde. Ganz allein. Sie ist zwölf. Ihre Mutter war eine Prostituierte –«

»Jetzt erinnere ich mich«, unterbrach Harry. »Deine Wunderkur. Zwölfjährige Heroinsüchtige mutiert zur Ballettratte. Meine Frau hat leider recht. Du hättest dich mit der heimlichen Behandlung von Felicia tief in die Scheiße reiten können.«

»Das ist es ja gerade. Warum war ich nicht bereit, für Gene auch nur ein ganz bescheidenes Risiko einzugehen? Es war eine miese Regung.«

»Nein!« Susan klapste mich auf die Hand, zwar nur leicht, aber es war trotzdem ein Klaps. »Nimm mal deinen Grips zusammen. Während der Sitzung hast du das getan. Im Moment tust du es nicht.«

»Ich hatte einen Grund? Einen guten Grund?«

»Ja!«

Jetzt entsann ich mich des Ärgernisses: ›Sie hatte die Stimme gedämpft, wenn auch nicht so stark, daß Gene nicht hätte mithören können …‹

»Sie hat einen Keil zwischen Gene und seinen Vater getrieben«, verkündete ich strahlend wie der unbeliebte Klassenprimus in der Schule. »Genes Hauptproblem ist der Verlust des Vaterobjekts. Ich möchte, daß der Vater erfährt, daß sein Sohn leidet, und ich möchte nicht, daß die Mutter ihre Macht über den Sohn, den sie mittels seiner Scham- und Schuldgefühle wegen seiner Notlage dominiert, noch ausweitet.«

Susan applaudierte. »Und was das Wichtigste ist: du hast recht. Meinst du nicht auch, Harry?«

»Ja doch. In der Theorie hat er recht gehabt, in der Praxis hat er Schiß gehabt.«

»Hab' ich tatsächlich gehabt«, gab ich bereitwillig zu. »Aber das war nicht der reine Bammel, ich hab' dabei trotz allem eine therapeutische Entscheidung getroffen.«

»Du hättest die Verantwortung auf dich selbst nehmen sollen, statt sie auf Susan oder die Rechtslage abzuwälzen«, sagte Harry.

»Du hast recht. Ich hätte die Rolle seines Vaters übernehmen müssen.«

Susan nickte. »Das Gefühl des Verlusts ist bei ihm sehr stark.«

»*Zu* stark, wenn man den relativ geringfügigen Anlaß bedenkt. Deshalb habe ich auf Mißhandlung getippt. Das war nicht einfach nur eine Projektion.«

»Eine Projektion konnte es ja wohl schon deswegen nicht sein, weil dein Vater dich nicht mißhandelt hat«, meinte Harry.

Susan deckelte ihn. »Könntest du freundlicherweise mal für einen Moment den Rand halten, Harry?«

»Mit dem größten Vergnügen«, sagte er, während er sich zu uns setzte.

»Du mußt Gene therapeutisch betreuen. Das ist für dich so wichtig wie für ihn.«

»Ich kann es nicht«, sagte ich.

»Was empfindest du bei dem Gedanken?«

»Angst.«

»Wovor?«

»Vor einem Mißerfolg.«

»Oho! Da sei Gott vor!« sagte Harry.

»Du hast ein Recht auf Mißerfolg. Die Fehler, die du gemacht hast, sind Bagatellen. Die Übertragung war – besonders für die erste Sitzung – hervorragend. Und du hast echte Empathie für ihn. Deine starke Abneigung ist eine umgekehrte Empathie.«

»Er ist ein banaler Fall«, sagte ich.

»Wie bitte?« sagte Harry. »Was zum Teufel soll denn das nun wieder heißen?«

»Ich bin noch nicht mal völlig überzeugt, daß wir ihn überhaupt zur Behandlung annehmen sollten. Er hat dann und wann eine Angstattacke, er hängt in der Schule ein bißchen durch, na schön – aber wir haben sehr viel ernstere Fälle auf der Warteliste.«

Harry machte eine Geste zu Susan hin wie ein Conférencier, der dem Gaststar die Bühne für seinen Auftritt überläßt.

»Du widersprichst dir selbst«, sagte sie. »Erst vor wenigen Minuten hast du gesagt, er braucht auf jeden Fall eine Therapie.«

»Im Augenblick spreche ich von der optimalen Ausnutzung unserer begrenzten Möglichkeiten. Wir haben schon Leute weggeschickt, die am Rande des Nervenzusammenbruchs standen. Und Gene ist ein banaler Fall. Jeder Feld-Wald-und-Wiesen-Therapeut könnte ihm helfen.«

»Rafe!« sagte Susan wieder in dem Ton, der das Pawlowsche Klingelzeichen war.

»Ja?« antwortete ich gehorsam.

»Bist du wirklich der Ansicht, daß sein Problem banal ist?«

Ich brauchte nicht lange, um mir auf die Schliche zu kommen. »Nein. Irgendwie ist er zu nahe an mir selbst, an meinen ungelösten Vaterproblemen. Er ist für jeden Therapeuten ein einfacher Fall, nur nicht für mich. Du solltest ihn übernehmen. *Du* könntest ihm helfen.«

»Auch nicht besser als du. Und was noch wichtiger ist« – Susan legte ihre Hand auf meinen Arm; der Druck ihrer langen Finger war Ansporn und Beruhigung zugleich – »*er* kann *dir* helfen.«

ZWEITES KAPITEL

Schutz und Schirm für das Ich

Die folgenden zwei Monate von Genes Therapie vermag ich nicht mit der gleichen Detailgenauigkeit zu rekonstruieren wie unser erstes Treffen. Zum einen fertigte ich von dem Erstgespräch noch in der Nacht nach der Unterredung mit Susan und Harry ein akribisch genaues Protokoll an, zum anderen lief meine Arbeit mit Gene eine Zeitlang nach Schema F. Die biographische Anamnese klappte reibungslos. Er war offen und entgegenkommend. Selbst seine Blockaden und Verdrängungen waren aus der Sicht des Therapeuten unproblematisch.

Was mir als erstes auffiel, war der für die damalige Zeit ungewöhnlich hohe Anteil des Vaters an der Pflege und Betreuung des Kleinkinds. Genes Mutter war im Grunde die Haupternährerin der Familie. Möglicherweise war hier dank dem Erfolg, den der Vater mit seiner Ausstellung gehabt hatte, eine Änderung im Gange, aber auf jeden Fall war während Genes Kindheit die Mutter diejenige mit der festen Arbeit gewesen; der Vater war, zumindest nach Genes Erinnerung, die Quelle der Geborgenheit, das Kinder- und Küchenmädchen – das Mutterobjekt – gewesen. Nicht daß Carol mit ihrem Mann oder er mit ihr die Geschlechter- und emotionalen Rollen getauscht hätte: Sie verkörperte eindeutig das weibliche Element, er eindeutig das männliche. Die ödipale Dynamik war infolgedessen im Lot: Gene buhlte um so mehr um die Zuwendung seiner Mutter, als diese durch Carols Arbeit zu einem knappen und damit besonders kostbaren Gut wurde. Allerdings mußte er sich da nicht sonderlich anstrengen. Sobald die Mutter von der Arbeit nach Hause kam, überließ ihm der Vater das Terrain und zog sich in seine Dunkelkammer zurück. Das führte zu einer inzestuösen emotionalen Intimität zwischen Gene und seiner Mutter, einem Paradebeispiel für das von der Objektbeziehungsschule identifizierte Grundübel: unzulängliche Ablösung von der Mutter. [Ich hegte bereits Mißtrauen gegen Diagnosen und Behandlungen auf der Grundlage theoretischer Konstrukte. Meine – zugegeben: zu der Zeit zahlenmäßig geringen – Erfolge hatte ich erzielt, indem ich mein Augenmerk auf die Besonderheiten der Lebensgeschichte des Patienten richtete. Egal ob Gene sich nahtlos in das Freudsche oder Horneysche oder Sullivansche oder Eriksonsche oder Mahlersche Schema einfügte – sein Drama war die Rivalität zur fotografischen Kunst des Vaters, in der Mutter wie Sohn sich stehen sahen. Sein Problem lag meiner Ansicht nach darin, daß die Bühne, auf der dieses Drama aufgeführt wurde, vollständig in das Unbewußte verlegt war und seine Rolle in dem Spiel damit so gründlich aus seinem Bewußtsein verdrängt, wie wenn er, noch bevor der Vorhang sich hob, aus dem Theater verbannt worden wäre.]

Von seiner Kindheit zeichnete Gene das folgende Bild: Unter der Woche verbrachte er den größten Teil seiner freien Zeit mit seinem Daddy, sei es dort, wo der gerade einen Auftrag für eine Zimmerarbeit erledigte, oder im Park oder zu Hause; als er den Vater verlor, verlor er ihn nicht an die Mutter, sondern an die Fotografie. Diese Diskrepanz zwischen Zimmerarbeit und Fotografie war in Genes Bewußtsein von Anfang an klar artikuliert und es bis heute geblieben. Zu den Zimmerarbeiten hatte er seinen Vater schon begleiten dürfen, als er noch nicht laufen konnte, aber der Zutritt zu der Dunkelkammer war ihm noch im Adoleszentenalter verboten. Die Gründe, die ihm dafür genannt wurden, verdeckten für ihn die wahren Hintergründe der Diskrepanz; es waren Gründe, denen er nichts entgegensetzen konnte: die Enge des Raums, die Gefährlichkeit der hier aufbewahrten Chemikalien, die permanente Dunkelheit, die gewahrt werden mußte. Sein Vater war nicht bereit, ihn mit der teuren Kamera und den Objektiven herumspielen zu lassen, und Gene seinerseits interessierte sich nicht für die Ersatzangebote, die seine Eltern ihm machten, beispielsweise in Gestalt einer Polaroidkamera als Geschenk zu seinem sechsten Geburtstag. Es war längst nicht soviel dabei, ihn Nägel in ein Stück Abfallholz einschlagen zu lassen, wie ihm zu erlauben, eine Filmrolle zu verplempern. Und meiner Ansicht nach war da auch noch die Möglichkeit, daß Gene von Natur aus einfach keinen Sinn für das Fotografieren hatte. Diese Überlegung ist für die meisten psychologischen Theorien eine Ketzerei. Genes mangelndes Interesse für die Fotografie darf ihnen zufolge keine Sache des persönlichen Geschmacks, sondern muß affektgesteuert, muß eine psychodynamisch bedingte Ablehnungshaltung sein. Ich für meinen Teil war nicht bereit, von dieser Voraussetzung auszugehen. Denn die Kamera, die nicht angefaßt, die Dunkelkammer, die nicht betreten werden durfte, das Wetteifern um die Zuwendung des Vaters, das von vornherein verloren war, wenn die Fotografie als Konkurrentin auftrat – das alles hätte ja statt Gleichgültigkeit ebensogut eine tiefe Neigung zur Fotografie bewirken können. Mein Instinkt sagte mir, daß Gene aus purem Zufall das Zimmern lieber mochte als das Fotografieren. Es gibt natürliche Gräben zwischen den Menschen: daß eine Kluft nicht selbstgeschaffen ist, mindert keineswegs ihr psychologisches Wirkungspotential. Ja, es mag sogar besonders schmerzlich sein, keine Beziehung zu etwas finden zu können, das der geliebte Mensch liebt.

Wochenlang machte ich keinen Versuch, diesen Konflikt aufzudekken, sondern ließ Gene das »neurotische« Panorama seines Lebens in aller Vollständigkeit ausmalen, die er für richtig hielt. Erst als er mit seinem Zerrbild fertig war, begann ich in dieser Richtung zu sondieren. (Seine psychische Verfassung trieb, soweit ersichtlich, nicht zur Eile: Nach ersten zwei Sitzungen berichtete er, daß seine Angstattacken zurückgegangen waren und daß er in der Schule sein Englisch- und sein Biologie-Projekt zu Ende gebracht hatte, mit Verspätung zwar, aber noch rechtzeitig genug, um im Halbjahreszeugnis für beide Kurse ein »Mit Erfolg teilgenommen« zu ernten.) Wir hatten schon einen Monat Therapie hinter uns, als ich erstmals eine provokante Frage stellte. Konnte Gene sich daran erinnern, wann ihm zum erstenmal verboten worden war, die Dunkelkammer zu betreten?

Zunächst kam die übliche Verneinung, eine für die meisten Patienten, nicht nur für Gene typische Reaktion. Das erste Verbot sei seinem Gedächtnis entfallen, meinte er. Die Therapie vollbrachte ihr Zauberkunststück – es frappiert mich jedesmal von neuem – in der nächsten Sitzung. Gene kam mit der klaren Erinnerung aus seinem vierten Lebensjahr an, daß nicht sein Vater, sondern seine Mutter den Zutritt zur Dunkelkammer für ihn gesperrt hatte. Offenbar war er bei einem Streifzug durch die Wohnung dort hineingeraten, und sie hatte ihn überrascht, wie er eben eine Flasche mit einer toxischen Flüssigkeit öffnen wollte. Von da an bestand sie darauf, daß sein Vater die Dunkelkammertür stets verschlossen hielt.

»Mam sorgt sich in einem fort um meine Sicherheit«, bemerkte er und schloß einen langen Exkurs über ihre Überfürsorglichkeit im allgemeinen an. In seiner Darstellung erschien sie als eine Karikatur mütterlicher Besorgtheit. Indessen dokumentierte keine der Anekdoten, die er über sie erzählte, daß sie übermäßig oder ungewöhnlich nervös gewesen wäre, außer wenn es um das Fotografen-Instrumentarium ihres Mannes ging. Ich spießte seine Wahrnehmungstäuschung nicht sofort auf. Ungeachtet des Erfolgs, den sie damit in meinem Fall erzielt hatte, war ich mit Susans ungestümer Vorgehensweise nicht einverstanden. Gene war kein Suizidfall in einer geschlossenen Abteilung. Ich hielt es lieber mit Freud: Gene mußte seine Gefühle mit eigenen Händen exhumieren. Ich fragte ihn wiederholt nach diesen Erinnerungen aus frühester Zeit: den Ermahnungen der Mutter, die Dunkelkammer nicht zu betreten; ihrem schrillen Gezeter, wenn er eine von seines Vaters Kameras anfaßte; ihrem eisernen Nein zu seinem Wunsch, den Vater auf einer Fotoexkursion zu begleiten. Ich griff nicht ein, wenn Gene wieder und wieder blind an der Wahrheit vorbeistolperte, sondern hörte mir geduldig an, wie er Carols Bemühen, die Kunstausübung seines Vaters vor Störungen zu schützen, als Überfürsorglichkeit in bezug auf ihn, Gene, erklärte. Sein Irrtum war eklatant. Sie hatte nichts dagegen, daß er mit der Säge oder dem Hammer oder dem Bohrer hantierte, die ja allesamt für Kinder keine ganz ungefährlichen Werkzeuge sind. Sie erlaubte ihm, bei bewegter See zu schwimmen, wenn sie Bekannte, die am Meer wohnten, besuchten, sie erlaubte ihm, schon im Alter von neun Jahren allein mit der U-Bahn zur Schule zu fahren, und sie ließ ihm noch viele andere kleine Freiheiten, die eine neurotische – und übrigens auch eine normale, aber vorsichtige – Mutter niemals tolerieren würde. Aber Gene konnte diese widersprüchlichen Fakten aufzählen und dennoch bei seiner Meinung bleiben, einzig der Wunsch, ihn vor Unfällen zu bewahren, sei das Motiv seiner Mutter gewesen, ihm das Betreten der Dunkelkammer und das Berühren des fotografischen Instrumentariums zu verbieten.

»Und wie ist das heute?« fragte ich ihn schließlich. »Meinst du, deine Mutter sorgt sich immer noch, du könntest dich versehentlich vergiften?«

Gene schwieg. Er zog in fortgesetztem Wechsel die Lippen zwischen die Zähne und preßte sie wieder nach außen – eine ausdauernde Renitenzbekundung.

Ich wartete. Ich vertraute darauf, daß Genes Wunsch zu gefallen und vielleicht auch nach Heilung seiner Störung am Ende die Oberhand über diese stumme Auflehnung gewinnen würde. Nach langem Schweigen sagte er: »Wie war noch mal Ihre Frage? Ich habe sie vergessen.«

Ich wiederholte die Frage wortgetreu.

Er stieß ein grimmiges »Nein« hervor. Dann brummelte er: »Ähm ... Sie sorgt sich, daß ich irgendeinen Unfug anstelle, und Dad wird wütend.«

»Was würde passieren, wenn dein Vater wütend würde?«

»Wie?« sagte er. Anzeichen jäher Beängstigung zeigten sich: das rechte Knie hob sich, während der Fuß auf der Unterlage aufwärts in Richtung Schenkel rutschte; der Kopf verdrehte sich, und der Blick suchte den Kontakt mit meinem; die expressiven Augenbrauen senkten sich; die Stimme kippte um. In unseren bisherigen Sitzungen war noch nie über Aufwallungen von Zorn beim Vater gesprochen worden. Ich machte mir eine Notiz über Genes Reaktion, und dabei fiel mir ein, wie unbehaglich Carol der Gedanke an die mögliche Reaktion ihres Mannes auf die Nachricht von Genes Therapie gewesen war. Ich hatte die ganze Zeit angenommen, daß Carol den Kontakt zwischen Gene und ihrem fotografierenden Ehemann aus Rivalität unterbände, aus ihrem eigenen ungelösten ödipalen Konflikt heraus, der darauf beruhte, daß auch sie die Dunkelkammer nicht betreten durfte und nicht zum Mitkommen auf die Schnappschuß-Jagden eingeladen wurde. Weshalb sollte Gene ein Privileg genießen, das ihr verweigert wurde? Aber vielleicht war diese Annahme ganz falsch. Vielleicht befürchtete sie, wenn Gene die verbotene Dunkelkammer beträte, könnte es einmal passieren, daß der Vater sich in seiner Wut an ihm vergaß. Konnte es nicht sein, daß sie, indem sie die Fiktion von dem sanften Zimmermann aufrechterhielt, der im hellen Tageslicht seiner Arbeit nachging, und den bedrohlich explosiven Künstler ganz in sein eigenes Revier verbannte, Gene vor der Begegnung mit einem Menschen behütete, vor dem sie echte Furcht empfand?

»Was würde passieren, wenn dein Vater wütend auf dich würde?« fragte ich noch einmal.

Gene verharrte wie versteinert und kaum atmend in seiner entsetzten Haltung.

»Wie heißt dein Vater?« fragte ich. Mein Instinkt riet mir: Machen wir ihn zum Menschen. Holen wir ihn uns als Individuum, nicht als Archetyp vor den Blick.

[Ich hatte zu der Zeit, als ich Gene behandelte, als Therapeut noch die Eierschalen hinter den Ohren und leistete mir allerhand Fehler. Das im vorstehenden Absatz Berichtete indessen kündigt bereits meine spätere Technik an. Wie können wir vom Patienten die realistische Sicht des eigenen Lebens verlangen, wenn wir ihm nur aus seiner Neurose geborene Zerrbilder zurückspiegeln? Susan tat recht daran, das Dogma vom kritiklosen Zuhören zu verwerfen, wenngleich sie nach meinem Dafürhalten mitunter allzu schnell interveniert. Es gibt jedoch eine mittlere Ebene, einen Modus, in dem man weder als Spiegel noch als Gedankenpolizei fungiert, sondern als Wegweiser, der dem Patienten eine mögliche neue Richtung anzeigt, wo der von sich aus nichts anderes wahrnimmt als die alte, ausgetretene Sackgasse.]

»Äh ...« Genes rechtes Bein streckte sich und kehrte auf die Unterlage zurück. »Ähm ...« Er ließ ein verlegenes Lachen hören. »Mir fällt nur ›Daddy‹ ein.«

»Dir fällt nicht ein, wie dein Vater mit Vornamen heißt?« sagte ich freundlich.

»Es ist verrückt«, sagte Gene, halb verwundert, halb konsterniert.

Ich machte mir eine Notiz über die kleine Episode, die mir etwas über ihn verriet und aus der ich zugleich etwas für mich selbst lernte. Der Leser mag den Vorgang nichtssagend finden, aber mich verblüffte es, wie dieser simple technische Kunstgriff Gene dazu verhalf, sich seiner Ehrfurcht vor dem Vater, der mythischen Statur, die dieser für ihn besaß, innezuwerden.

Gene schlug mit der flachen Hand auf die Couch und brachte jetzt den Namen heraus: »Don. Er heißt Don.«

»Nennen ihn die Leute, die ihn näher kennen, gewöhnlich Don, oder nennen sie ihn Donny?«

»Donny?« Die Vorstellung amüsierte ihn. »Nein.«

»Don«, sagte ich mit tiefer Stimme und packte Macht und Erhabenheit in den Namen.

Gene lachte von neuem. »Ja, genau so.«

»Okay – und was passiert, wenn Don wütend wird?«

»Hä?« Er winkelte wieder das Bein an und verdrehte den Kopf. Ich wartete. »Na ja, er wird halt wütend«, sagte er verdrossen.

»Wird er laut?«

»Klar wird er laut.« Danach Schweigen.

»Flucht er?«

»Ob er flucht?« Ich wartete. »Ja, schon. Er drückt sich nicht sehr gewählt aus.«

Nicht sehr gewählt, so kann man das auch nennen. »Wie zum Beispiel?«

Gene schnaubte. »Also hören Sie ...« Er winkelte die Beine an und streckte sie wieder. Auch der Rumpf blieb nicht ruhig liegen, sondern rutschte mal hin, mal her. Gene hätte das Thema am liebsten auf sich beruhen lassen: mit dem Phantasiebild von der überfürsorglichen Mutter, die ihn von giftigen Chemikalien fernzuhalten suchte, war ihm wohler.

»Sag's mir trotzdem.«

»Er sagt – ›Scheißdreck‹.«

»Sonst nichts?«

»Also hören Sie.« Er stöhnte. In einem Akt von Vogel-Strauß-Politik drehte er sich zur Rückenlehne der Couch.

»Genierst du dich, seine Ausdrücke zu wiederholen?«

Keine Antwort. Ich wartete. Gene leierte monton zu den Kissen hin: »Er sagt ›Scheiße‹, ›Leck mich‹, ›Saukerl‹, ›Arschloch‹.«

»Zu dir?«

»Nicht oft.« Gene hatte die Stimme gesenkt. »Er sagt das meistens so vor sich hin. Er sagt: ›Was bin ich für ein Riesenarschloch. Dieser Saukerl will mich in der Scheiße landen sehen.‹ Dad glaubt von allen seinen Bekannten, daß sie ihm Mißerfolg an den Hals wünschen. Er ist ständig –«

»Was sagt er zu *dir*, wenn er Wut auf dich hat?«

»Noch blöder geht's ja wohl nicht?«

»Was ist daran blöd?«

»Nein. Das sagt er zu mir. ›Noch blöder geht's ja wohl nicht?‹« Gene lachte nicht über meinen Irrtum. Komme ich mir blöd vor? fragte ich mich. Auf meinen Notizblock schrieb ich: Genauer hinhören!

»Hat er dich auch schon mal als Saukerl oder Arschloch tituliert?« fragte ich.

»Nein«, sagte Gene. »Einmal hat er ›hirnverbrannter Trottel‹ zu mir gesagt.«

»Weswegen?«

»Hä!«

»Wann hat er ›hirnverbrannter Trottel‹ zu dir gesagt?«

»Ich weiß nicht mehr, wann. Ich war noch klein. Ich weiß nicht, wie alt.«

Der Widerstand war für seine Verhältnisse ziemlich stark. »Ich meine: Was hat Don veranlaßt, dich einen hirnverbrannten Trottel zu nennen?«

»Ach so. Ich hab' in einem Aufzug eine Schachtel Nägel fallen lassen.« Gene rollte sich endlich wieder auf den Rücken und sprach nicht mehr zu den Kissen. »Das war so ein offener Lastenaufzug in einem Lagerhaus, das zu Lofts umgebaut war. Die Nägel sind alle rausgerollt und irgendwo unten gelandet.« Die Erinnerung war natürlich kein Glücksmoment für ihn, aber offenbar bedeutete sie keinen sonderlich großen Streß. Seine Beine hatten sich entspannt, die Gesichtszüge hatten sich geglättet. Mir fiel auf, daß in der erinnerten Episode der gute Vater, der liebevolle Zimmermann, mitspielte.

[Nicht ohne Amüsement lese ich heute bei Durchsicht meiner Notizen aus jener Sitzung den Vermerk: »Guter Vater = Jesus/Fotograf = Satan?« Da Genes Vater katholisch, seine Mutter anglikanisch erzogen war, stellte ich vermutlich Spekulationen über eine etwaige symbolische Dimension des Umstands an, daß der gute Vater Zimmermann war. Ich hoffe für diese so schludrige wie prätentiöse Gedankenspielerei auf die Nachsicht der Fachwelt – schließlich war ich damals gerade fünfundzwanzig Jahre alt.]

»War Don jemals wütend auf dich, weil du seine Kamera angefaßt hast oder in der Dunkelkammer gewesen bist?«

»War nicht drin.« Gene war zu seiner abwehrenden Verdrossenheit zurückgekehrt. Er winkelte beide Beine an und umschlang die Knie mit den Armen.

»Wieso nicht?«

Er gähnte. Erhöhter Streß. Er ließ seine Beine los, und sie plumpsten auf die Couch. »Ich hab' ihn nie angerührt.«

»Ihn?«

»*Sie*. Seine Sachen. Ich hab' sie nie angerührt.«

»Du hast ›ihn‹ gesagt.«

»Hab' ich nicht.«

Bis auf den heutigen Tag verfehlt ein schöner Freudscher Versprecher niemals seine verblüffende und ergötzende Wirkung. Ich finde, wir haben es hier mit Freuds subtilster und scharfsinnigster Beobachtung zu tun. Selbst wenn sie seine einzige Errungenschaft wäre, hätte er Anspruch auf unsere Verehrung. Gene hatte »ihn« – den Fotografen, den in seiner Dunkelkammer vergrabenen wirklichen Vater – nie angerührt!

»Was, glaubst du, wäre passiert, wenn du Dons Kamera in die Hand genommen hättest?«

»Er hätte zu mir gesagt, ich soll sie in Frieden lassen.«

»Sie in Frieden lassen?«

»Sie nicht anfassen.« Gene war ungehalten. Seine Stimme klang unwirsch, und er ließ Anzeichen von Kribbeligkeit erkennen, rieb sich das Gesicht, bewegte in einem fort die Füße.

»Hat deine Mutter jemals die Kamera in die Hand genommen?«

»Nein.«

»Nicht ein einziges Mal?«

Gene schüttelte den Kopf. »Sie hat Angst, sie macht was kaputt.«

»Dann ist er wohl auch zu ihr nie richtig grob?«

»Er ist schon mal grob zu ihr. Halt bloß nicht wegen seinem Zeugs. Da lassen wir die Finger davon.«

Ich war jetzt so weit, daß ich für heute das Ende ansteuern konnte. Es war so viel Material zusammengekommen – solches mit unterschwelliger phallischer Bedeutung inbegriffen –, daß sich ein so trauriges wie komisches Tableau ergab. Es zeigte Gene und seine Mutter, allabendlich von Don verlassen, der mit seinen langen Objektiven, die sie nicht »anrühren« durften, in einer dunklen Kammer voll giftiger Flüssigkeiten verschwand, während die Verlassenen in so großer Furcht vor dem Zorn lebten, der sich über sie ergießen würde, sollten sie die Dunkelkammer je betreten, daß keiner von beiden zu erproben wagte, ob die Furcht berechtigt war. Außerdem war zu sehen, daß Gene für heute genug von dieser strapaziösen Exploration hatte. Er war erschöpft und verschanzte sich noch immer hinter einem starken Widerstand. Für eine einzelne Sitzung hatte er eine Menge Ausgrabungsarbeit geleistet. Ich schwenkte also auf eine meiner Meinung nach elegante und für uns beide unverfängliche Überleitung zum Abschluß der Sitzung ein – und lieferte nun meinerseits ein schönes Beispiel einer Fehlleistung unter dem Diktat des Unbewußten.

»Wie hat Don eigentlich auf die Nachricht reagiert, daß du bei uns eine Therapie machst?« Danach hatte ich bisher noch nicht gefragt. Damals, als Carol mich angerufen hatte, um mir zu sagen, daß ihr Mann die Einwilligungserklärung unterschrieben habe, hatte sie von sich aus hinzugefügt, Don halte zwar nach wie vor nichts von der Psychotherapie, sei jedoch bereit, seine Zustimmung zu geben, wenn die Schulleitung der Meinung sei, daß man Gene mit der Sache einen Gefallen tue. Da sie nicht meine Patientin war, hatte ich keinen Anlaß, ihre Angabe nachzuprüfen – hatte ich mir nach dem Anruf jedenfalls gesagt.

Auf meine Frage hin erstarrte Gene – mit versteiften Beinen, die Arme entlang dem Körper ausgestreckt, lag er regungslos da wie ein steinernes Sinnbild des Erschreckens. »Wie?« Seine routinemäßige erste Abwehr: so tun, als hätte er nicht verstanden.

Ich ahnte die Wahrheit. Was eine plötzliche Eingebung mir über die Bedeutung von Genes Reaktion verriet, war rundum stimmig: ein Detail, das genau in das Puzzle seiner Lebensgeschichte und seiner Persönlichkeit paßte. Meine Ahnung sagte mir, daß Carol mich belogen hatte: sie hatte gar nicht daran gedacht, ihren Mann zu informieren, hatte vielmehr auf dem Formular Dons Unterschrift gefälscht und Gene zum Mitwisser ihres Betrugsmanövers gemacht. Meine Kombination hätte Entdeckerfreude in mir wecken müssen, sie tat es jedoch nicht. Statt dessen war ich bestürzt. Aber wie denn auch anders? Wie hätte ich in diesem Moment mit mir zufrieden sein können? Ich hätte wissen müssen – *ich mußte gewußt haben* –, daß jene Frage womöglich eine Schlüsselfrage war, trotzdem hatte ich sie gestellt und mir dabei eingeredet, sie wäre unverfänglich, Ausklang, nicht Auftakt. Konnte ich sie unter den Tisch fallen lassen? Sowohl die Tatsache, daß ich auf sie verfallen war, wie die Wahrscheinlichkeit, daß ich mit meiner Ahnung recht hatte, stillschweigend revidieren? Ich sah auf die Uhr: noch fünf Minuten. Na und? Ich konnte überziehen – an die Sitzung schloß sich in meinem Stundenplan ohnehin eine Lücke von einer halben Stunde an, und ich hielt nichts davon, auf einer produktiven Etappe einfach abzubrechen. Aus Furcht, das

Falsche zu tun, kam ich bei allem Hin-und-her-Überlegen zu keinem Ergebnis – auch das ärgerte mich. Gene lag still und stumm da, atmete kaum und spielte toter Mann.

Ich konnte es unmöglich dabei belassen. »Deine Mutter hat mir gesagt, Don würde sich mit dem Gedanken, daß du bei uns eine Therapie machst, nicht befreunden können«, sagte ich. Ich wollte nicht den Eindruck erwecken, daß ich eine Falle für ihn aufbaute, obgleich ich es möglicherweise tat. »Wie hat er reagiert?«

»Weiß ich nicht«, stieß Gene rasch hervor und sah auf seine Armbanduhr, etwas, was er sonst nie tat.

»Wir haben reichlich Zeit«, sagte ich.

»Na prima«, sagte er.

»Hat er dich nie auf deine Besuche hier angesprochen?« fragte ich.

»Nein«, antwortete er ungezwungen. Er holte entspannt Atem. »Darüber hat er mit mir noch nie gesprochen.«

Und ich wußte auch, warum. Zumindest glaubte ich es zu wissen; aber natürlich konnte ich mich irren. Aber egal, es war in jedem Fall ein Risiko, die Beschuldigung auszusprechen, ob ich recht hatte oder nicht.

»Fragt er dich, worüber wir uns unterhalten?«

»Nein«, sagte Gene entspannt.

»Du hast also noch nie mit ihm über die Therapie gesprochen?«

»Nö.«

»Auch nicht mit deiner Mutter?«

»Doch, natürlich. Die will jedesmal wissen, worüber wir gesprochen haben.«

»Und? Sagst du es ihr?«

Er nickte.

»Du mußt nicht mit ihr über die Sitzungen sprechen, wenn du nicht willst – das weißt du?«

»Klar, ich muß nicht.« Er war sarkastisch. »Danke. Ich werd's mir merken.«

Ich beendete die Sitzung und ließ ihn gehen. Jetzt hatte ich fünfundzwanzig Minuten freie Zeit und ein Problem, das mich umtrieb. Am liebsten wäre ich die Treppe hinaufgerannt und in Susans Gruppensitzung hineingeplatzt. Beim Blick auf den Arbeitsverteilungsplan stellte ich fest, daß sie gerade mit Angehörigen von Alkoholikern und Drogensüchtigen arbeitete – denen sie, ihre Spinnenarme schwenkend und die großflächige Stirn in strenge Falten legend, zweifellos die Illusion von ihrer Opferrolle raubte. Später, bei ihren ersten, verängstigten Schritten in Richtung Selbständigkeit, würde sie diesen Menschen hilfreich zur Seite stehen. Ich fragte mich, wie das wohl für Harry war, mit ihr zu schlafen und in diesem knochigen Konzentrat von Kraft und Energie die Flamme der Leidenschaft zu entfachen. Ich lachte, weil ich wußte, daß dieses Gedankenspiel besagte, daß ich mich wirklich hilfsbedürftig und unzulänglich fühlte.

Ich rief meine Cousine Julie im Büro an. Sie war als künstlerische Leiterin an das West End Forum, eine der renommiertesten Off-Broadway-Bühnen, berufen worden. Sie war gerade in einer Besprechung, aber ihre Assistentin stellte mich durch, als ich erklärte, daß die Angelegenheit dringend sei.

»Rafe?« fragte Julie.

»Ich liebe dich«, sagte ich.

»Was ist los mit dir?« wollte sie wissen.

Ich lachte. »*Du* solltest von uns beiden der Seelenklempner sein. Hast du heute abend Zeit?«

»Wir haben Hauptprobe. Willst du kommen?«

»Wenn ich hinterher ein paar Takte mit dir reden kann.«

»Versprochen. Obwohl ich dich hinterher vielleicht zuerst für die psychologische Betreuung der Schauspieler und der Autorin brauche.«

»Wenn ich die behandelt habe, könnt ihr euern Laden nach der ersten Vorstellung dichtmachen.«

»Probleme?«

»Ich glaube, ich sollte auf Schönheitschirurg umsatteln.«

»Aha, du möchtest wohl auch ins Showgeschäft?«

»Nicht unbedingt. Ich denke mir nur, daß es das beste für mich wäre, ich würde mich auf Oberflächenbehandlung spezialisieren.«

»Was sagt Susan dazu?«

»Die möchte ich gar nicht erst fragen.«

»Ich dachte, sie ist deine Lehrerin oder Ausbilderin oder so was?«

»Ich muß mehr phallische Persönlichkeit zeigen. Es wird Zeit, daß ich erwachsen werde. Deshalb wollte ich dich nach deiner Meinung fragen. Das ist meine Form von männlicher Reife.«

Sie lachte. »Junge, Junge, du bist ja wirklich angeschlagen.«

»›Junge, Junge‹ ist richtig. Bis um neun hab' ich noch Patienten.«

»Dann kriegst du den zweiten Akt noch mit.«

Von dem Stück ist mir nichts im Gedächtnis geblieben. Nach dem Vorhang ging die zweite Hauptdarstellerin hinter der Bühne keifend auf den Hauptdarsteller los, aber Julie und die Autorin waren offenbar mit der Aufführung hoch zufrieden. Die beiden hatten noch eine kurze Besprechung miteinander, und danach hatte ich Julie für mich allein. Ich führte sie zu einem späten Abendessen in das japanische Restaurant gleich neben dem Theater aus.

Ich erzählte ihr von Gene und meinem Dilemma. »Ich bin sicher, daß die Mutter dem Vater kein Wort von der Therapie gesagt hat.«

»Du meinst ...« Julie trug ihr schimmerndes schwarzes Haar jetzt kurz geschnitten, griff aber von Zeit zu Zeit noch gewohnheitsmäßig in die verschwundene Fülle, was dann regelmäßig damit endete, daß sie über die Stoppeln an der Schläfe strich. Das tat sie auch jetzt einige Sekunden lang, ehe sie den angefangenen Satz beendete: »Du meinst, sie hat seine Unterschrift gefälscht?«

»Möchte ich annehmen. Das Gravierende ist, daß sie Gene instruiert hat, es vor mir zu verheimlichen.«

»Moment mal. Das will mir nicht in den Kopf. Diese Frau hat vor ihrem Mann solche Angst, daß sie auf einem Dokument seine Unterschrift –«

»Das ist nicht so wichtig –«

»Wovor hat sie Angst? Schlägt er sie?«

»Nein. Viel schlimmer. Er übersieht sie.«

Julie runzelte die Stirn. Ich bemerkte erst jetzt – im Theater war es zu dunkel dafür gewesen –, daß sie einen irisierenden blauen Lidstrich aufgelegt hatte. Sie trug ein Herrenhemd aus schwarzer Seide und enge schwarze Jeans, dazu einen Herrenhaarschnitt und einen *sehr* roten Lippenstift – ihr Äußeres war ziemlich exzentrisch. War das eine Art Kleiderordnung der Theaterleute? Julie hatte während der Zeit, in der ich meine Facharztausbildung absolvierte, als künstlerische Leiterin eines Provinztheaters im Mittleren Westen gearbeitet. Als sie vor einem Jahr nach New York zurückgekommen war, um ihren neuen Job anzutreten, hatte sie Hippieaufmachung favorisiert – abgewetzte Jeans, Arbeitshemd, langes Haar und gewöhnlich kein Make-up. Ich fragte mich (und registrierte, daß ich mich dies fragte), ob ihr neuer Kleidungsstil wohl eine lesbische Kostümierung war. Im Village hatte ich dieses Outfit schon an lesbischen Paaren beobachtet; übrigens entsprach auch ihr früherer Hippieaufzug der lesbischen Kleiderordnung des Village. Die Autorin des Stücks war eine Lesbe. Ihr Stück drehte sich um Lesbenprobleme, und sie hatte mir nach der Aufführung erzählt, daß die Handlung autobiographisch war. Zwischen der künstlerischen Leiterin des Theaters und der Autorin des Stücks waren eine Menge körperlicher Zeichen der Zuneigung ausgetauscht worden. Ich bin ein morbider Mensch, dachte ich, und fühlte meine Verzweiflung wachsen.

»Du meinst, im Grunde wäre es besser, er würde sie schlagen?« fragte Julie, während ich im Trübsinn zu versacken drohte.

»Das ist nicht das Problem. Es geht nicht, daß Gene mir die Sache verheimlicht. Das ist eine schreckliche Belastung.«

»Dann stell sie halt zur Rede.«

»Es darf sie nicht geben!« rief ich aus.

Julie lachte. »Was soll denn das heißen?«

»Sie existiert nicht. In der Therapie gibt es nur den Patienten und mich, sonst nichts; wir sind ein geschlossenes Universum. Aus dem kann ich nicht heraustreten in das wirkliche Leben des Patienten, ohne die Übertragung zu schwächen. Wenn ich die Mutter anrufe, dann degradiere ich damit Gene, egal ob sie die Sache abstreitet oder nicht – ich mache ihn zum Kind, zum Außenstehenden, während ich doch eigentlich sein Ich festigen will. Besser gesagt: es erst einmal aufbauen will. Er hat nämlich keins. Er ist ein Geschöpf seiner Eltern.«

Julie entfernte die Schale von einem rötlichen Stückchen Ingwer und kaute es nachdenklich. »Soll ich dir was sagen, Rafe?«

»Vielleicht besser nicht.«

»Ich verstehe von alledem kein Wort. Wenn ich dir zuhöre, komme ich mir ziemlich blöd vor. Wieso rufst du nicht einfach den Vater an und plauderst mit ihm ein bißchen über die Therapie? Wenn er Bescheid weiß, ist das ein harmloses Gespräch. Wenn nicht, hast du den Sachverhalt ans Licht gebracht, ohne daß –«

»*Ich* bin jetzt für ihn die Eltern«, schnitt ich ihr das Wort ab.

Julie zuckte zusammen. »Sei mir bitte nicht böse.«

»Bin ich nicht. Ich bin mir selber böse.«

»Weswegen? Du hast doch nichts getan.«

»Sieh mal. Ich bin jetzt die Eltern. Gene muß diese Dinge zusammen mit mir bewältigen, er muß zusammen mit mir noch einmal diese ganze Dynamik durchleben und dabei lernen, sich souverän zu behaupten. Hätte Gene sich selbst entschlossen, seinen Vater zu beschwindeln, wäre das überhaupt kein Problem, selbst wenn er mich darüber belogen hätte. Das würde in den Prozeß mit eingehen, in dem wir uns befinden. Aber hier hat eine außenstehende Person die Hand im Spiel. Und das ist mir bekannt, aber ich –« Ich brach ab. Die Lösung war ganz einfach. Sie verstieß gegen die Lehrbuchweisheit, aber Susan würde sie gutheißen. Ich widerstand der Versuchung, sie sofort anzurufen und ihre Zustimmung einzuholen. Nein, ich würde es einfach tun. Bei der nächsten Sitzung mit Gene, gleich als erstes. Wenn ich mich irrte, dann sollte ich mich halt in Gottes Namen geirrt haben.

Julie trank einen Schluck von ihrem Grüntee. Mit einem fragenden Blick über den Rand des erhobenen Bechers hinweg forderte sie mich zum Weitersprechen auf.

»Ich hab's«, sagte ich. »Danke.«

»Und? Wie hast du das Problem gelöst?«

»Ich werd' dich jetzt was fragen. Du darfst mir aber deswegen nicht böse sein. Du mußt dir einfach nur sagen, daß ich im Augenblick ein bißchen überdreht bin.«

»Mich was fragen? Was?«

»Bist du lesbisch?«

Julie stellte den Becher hin. Sie gab einen undefinierbaren Laut von sich. Ihre großen Augen wurden noch größer. »Rafe«, sagte sie, und es hörte sich wie ein Hilferuf an.

Ich griff nach der Hand, in der sie den Teebecher gehalten hatte. Sie war warm und geschmeidig. Die Finger packten mich fest. »Ich bin verliebt in dich«, eröffnete ich ihr.

»Ich liebe dich auch«, sagte sie.

»Nein«, sagte ich. »Ich meine: ich möchte mit dir schlafen.«

Sie wurde blaß. Ihre Pupillen weiteten sich, als sie mir jetzt direkt in die Augen sah. »Aber ...«

»Aber?«

»Wir sind doch ...« Sie zuckte die Achseln.

»Cousin und Cousine.«

»Ist das nicht ...?« Sie senkte den Blick.

»Ein Tabu«, sagte ich. »Ja, vielleicht sehne ich mich deswegen so sehr nach dir.« Julie runzelte die Stirn bei jenem unwillkommenen Gedanken, und ich sah mich ermutigt. Ich zog ihre Hand näher zu mir, und sie hob verwirrt und beseligt die Augen. Ich fühlte mich von Hoffnung durchflutet. »Es kann aber auch sein«, sagte ich und wagte endlich den großen Sprung, »es kann aber auch sein, daß du die einzige Frau auf der Welt für mich bist.«

DRITTES KAPITEL

Durchbruch

Als Gene zwei Tage später zur nächsten Sitzung in meinem Sprechzimmer erschien, hatte ich Grund, ihm dankbar zu sein. Julie und ich waren ein Liebespaar geworden – und ich war so glücklich wie noch nie. Mein Leben, so schien es, war vollkommen oder jedenfalls so vollkommen, wie ich mit irgendwelchem Recht erwarten durfte. Ich übte einen Beruf aus, der mich befriedigte, und ich liebte einen Menschen und wurde wiedergeliebt. Glück, schrieb Freud einmal, ist die Erfüllung eines Kindheitswunschs. Ich hatte mir die Kraft, andere zu heilen, und Julies Liebe gewünscht. Wie es aussah, hatte ich beides bekommen.

Ich widerstand der Versuchung, Susan von meinem Dilemma mit Gene zu erzählen und wie ich vorhatte, es zu lösen. (Auch von der neuen Beziehung zwischen mir und Julie erzählte ich ihr nicht gleich.) In meinem Bewußtsein hingen meine offene Erklärung gegenüber Julie und mein Alleingang in Genes Therapie miteinander zusammen, und dementsprechend sagte mir ein quasimagisches Gefühl, daß der Erfolg oder Mißerfolg, den ich in dem fraglichen Punkt bei Gene hätte, auf mein Liebesleben zurückschlagen würde. Mit ziemlicher Nervosität verfolgte ich, wie Gene seine Segeltuchschuhe auszog und sich auf die Couch legte.

»Gene, bevor wir anfangen, möchte ich heute zuerst etwas mit dir besprechen. Wir haben uns noch nie richtig über die Therapie an und für sich unterhalten, über die Grundregeln, meine ich. Die Zeit, die wir hier miteinander verbringen, steht dir zur freien Verfügung. Das Zimmer hier ist für die Dauer dieser Zeit dein persönliches Reich. Und es ist ein Ort, an dem du dich sicher fühlen kannst. Ich dränge dich vielleicht, über Dinge zu sprechen, über die du lieber nicht sprechen würdest. Gelegentlich hat es vielleicht den Anschein, als bringe ich dich dazu, Gefühle zu empfinden, die du nicht empfinden möchtest. Und ich bin nicht perfekt. Ich mache Fehler, aber alles, was zwischen diesen vier Wänden gesprochen wird, egal, was es ist, bleibt unter uns. Dieses Zimmer ist für dich ein absolut sicherer Ort. Was du mir sagst, werde ich keinem Menschen weitersagen, vor allem nicht deiner Mutter oder deinem Vater. Da du noch minderjährig bist, mußte deine Mutter dich hierherbegleiten, und so habe ich sie überhaupt erst kennengelernt, aber bei erwachsenen Patienten kommt so etwas nicht vor. Es gibt Patienten, die jahrelang zum Therapeuten gehen, ohne daß ihre Bekannten und Verwandten jemals erfahren, daß sie eine Psychotherapie machen. Manche Therapeuten verlangen von ihren Patienten, daß sie mit niemand über die Sitzungen sprechen. Ich nicht. Ich überlasse es dir, wie du es damit halten willst. Ich bin nicht der Ansicht, daß ich diese Entscheidung für dich treffen sollte. Nun habe ich allerdings ein Problem. In gewisser Beziehung ist es ein sehr einfaches Problem, in anderer Beziehung nicht. Mein Problem ist: Ich glaube, daß deine Mutter nicht getan hat, worum ich sie damals, als wir uns alle hier zum erstenmal gesehen haben, gebeten habe. Ich glaube, daß sie deinem Vater nicht gesagt hat, daß du hierherkommst. Ich glaube, daß sie ihm das Formular für die Zustimmungserklärung nicht gezeigt hat und ihn folglich auch nicht dazu gebracht hat, seine Unterschrift darauf zu setzen.« Inzwischen waren natürlich Genes Beine angewinkelt und seine dichten Augenbrauen auf Tiefstand. »Nun, das hat alles nichts zu sagen. Es interessiert mich nicht. Ich bin überzeugt, dein Vater hätte nichts dagegen, daß du zu mir in die Behandlung kommst. Seine Einwilligung brauche ich nicht unbedingt, und ob deine Mutter mich nun belogen hat oder nicht, das wird an deiner Therapie nichts ändern. Aber – und das ist ein ganz großes Aber – es gefällt mir absolut nicht, daß sie dich so weit gebracht hat, mich zu belügen. Wenn du mich auf eigene Faust über irgend etwas belügen willst, ist das völlig in Ordnung.«

Gene lachte ungläubig.

»Das meine ich ernst. Meiner Ansicht nach hast du nicht den geringsten Grund, mich über irgend etwas zu belügen. Wenn du mich trotzdem belügen willst, ist das eine Sache zwischen dir und mir, und wir werden das schon irgendwie geradebiegen. Aber daß du mir etwas verheimlichst, weil jemand anders es so will, das ist nicht in Ordnung. Es ist nicht fair dir gegenüber, dich in diese Situation zu bringen.«

»Sie hat es nicht bös gemeint«, sagte Gene in klagendem Ton. »Sie hat Angst gehabt, Dad würde herausbekommen, daß ich ...« Er sprach nicht weiter. Seine Beine senkten sich auf die Unterlage, und er drehte sich ein Stückchen zu mir her. Seine Stimme war jetzt sanft und kindlich. »Sie wollte mir bloß helfen.«

Meine Ahnung hatte also nicht getrogen. Ich war in ekstatischer Stimmung. Ein abgründiges Gefühl sagte mir, daß ich ein Recht auf meine Arbeit und meine Liebe hatte, daß mir mein Anspruch auf Glück mit Brief und Siegel bestätigt worden war. Natürlich unterdrückte ich mein Hochgefühl. Ich war unversehens schon mitten in der Sitzung, ganz nahe am Kern von Genes Problem. »Wovor hat sie Angst, Gene?«

»Daß er wütend auf mich wird.«

»Wütend, weil du eine Therapie machst?«

»Nein. Doch. Nein. Ich meine: wütend, weil ich krank bin.«

Dank seinem neu gewonnenen Vertrauen zu mir machten wir in jener Woche rapide Fortschritte. Gene exhumierte Kindheitserinnerungen an die Unduldsamkeit seines Vaters gegen Krankheiten. Die Geschichten waren typische Widerspiegelungen der Erlebniswelt eines Neurotikers: zwischen den nackten Fakten und der Bedeutung, mit der Gene sie ausstattete, bestand ein krasses Mißverhältnis.

Schon nach wenigen Sitzungen trat die Schlüsselerinnerung ans Licht: Einmal hatte Gene nachmittags nach der Schule Halsschmerzen. Er besuchte damals, so glaubte er sich zu erinnern, den Kindergarten oder die erste Klasse und war etwa sechs oder sieben Jahre alt. Sein Vater arbeitete an einem großen Auftrag auf der Upper West Side: er baute einem Galeriebesitzer eine Regalwand in die Wohnung ein – hier zeigte sich, daß die Arbeit als Zimmermann und Bauschreiner für Don mehr als nur eine Form des Gelderwerbs war, nämlich auch ein Schleichweg zu Kontakten, von denen er sich erhoffte, daß der eine oder andere ihm irgendwann einmal zu einer Ausstellung verhelfen könnte. Gene wollte nach Hause. Don wollte die Zeit nicht verlieren, die der Umweg gekostet hätte, sondern mit Gene sofort zu seiner Arbeit zurück; es war Freitag, und er hatte dem Galeristen versprochen, bis zum Wochenende alles fertig zu haben. Er rief Carol im Verlag an, sie erklärte ihm jedoch, sie könne heute unmöglich früher aus dem Büro weg. Also beschwatzte er Gene, mit ihm nach Uptown zu kommen; er kaufte ihm ein Spielzeug, er besorgte ihm Halspastillen zum Lutschen, er unterbrach seine Arbeit, um eine Pizza und eine Orangenlimonade für ihn kaufen zu gehen. (Diese Einzelheiten holte ich durch geduldiges Nachbohren aus Gene heraus; er hätte sich am liebsten nur an Ungeduld und Vernachlässigung von seiten seines Vaters erinnert.)

Ihren bitteren Höhepunkt erreichte die Episode, als abends um sechs der Galerist nach Hause kam. Gene fühlte sich inzwischen fiebrig und koddrig. Da er sich nicht traute, seinen Vater bei der Arbeit zu stören, hatte er sich in stummem Leiden in eine Ecke zurückgezogen, wo er gegen den Brechreiz ankämpfte, den der Holzstaub in der Luft ihm verursachte, während er sich niedergeschlagen einen Bildband mit Boschs Höllenvisionen ansah. Er sah zu, wie sein Vater den Galeristen begrüßte und ihm nervös die fast fertige Regalwand zeigte. Der Mann war nicht zufrieden. Der tiefere und höhere Stellraum für Kunstbände war nicht in der gewünschten Länge vorhanden. Don wollte ihn mit der Erklärung beruhigen, er könne den Mangel binnen zwei Tagen leicht beheben, aber der Galerist lamentierte, die Verzögerung würde bedeuten, daß er das für Sonntag angesetzte Brunch absagen müsse, zu dem er den genialen jungen brasilianischen Künstler, der sich zur Zeit auf Besuch in den USA aufhielt, eingeladen hatte. Bei dieser Gelegenheit erlebte Gene nach seiner Erinnerung seinen Vater zum erstenmal als Schwächling: apologetisch, katzbuckelnd, unsicher, kein souveräner Meister seines Handwerks mehr, sondern ein ängstlicher Kriecher. Don bot dem Galeristen an, die Nacht durchzuarbeiten, um seinen Fehler zu korrigieren.

»Wie bitte? Bei dem Krach kann ich doch kein Auge zutun.«

»Ich werde vollkommen geräuschlos arbeiten«, versprach Don und brachte nach Genes Erinnerung mit reumütig gesenktem Kopf noch leise hervor: »Die Sache tut mir aufrichtig leid.«

»Für die Überstunden zahle ich keinen Cent«, sagte der Galerist.

»Selbstverständlich nicht. Es war mein Fehler«, sagte Don. »Sehen Sie, mein Kleiner da ist krank. Ich mußte mich um ihn kümmern, und das hat mich abgelenkt.«

Der Galerist drehte sich zu dem Häufchen Elend in der Ecke um. »Wenn er krank ist, was hat er dann hier verloren?«

Im selben Moment erbrach Gene auf den Hieronymus-Bosch-Bildband. Der Anblick der widerlichen orangefarbenen Masse, die plötzlich aus ihm herausschoß, stand ihm noch heute in krasser Deutlichkeit und Scheußlichkeit vor Augen. Er erkannte Pizzabrocken darin. Die Masse lief über den Einband des Buchs und feuchtete das Leinen. Sein Vater schrie etwas Unverständliches, während der Galerist zeterte, das Buch sei ruiniert, die Regalwand unbrauchbar und sein Wochenende im Eimer. Er zwang Don, den Bucheinband gründlich zu säubern, und bestand darauf, daß Gene unterdessen allein in der Toilette wartete, damit für den Fall einer Wiederholung des Mißgeschicks vorgesorgt war. Zu guter Letzt setzte der Galerist Gene und seinen Vater mit den Worten an die Luft, Don solle ja nicht auf die Idee kommen, sich noch einmal bei ihm blicken zu lassen, und den Gedanken an Bezahlung könne er sich ruhig abschminken.

Damit schuf er die Grundlage für die Verlängerung des Schreckens, der sich an die Episode knüpfte. Carol verlangte von Don, er solle auf Bezahlung dringen, doch der wollte nichts davon wissen; er war so beschämt und verstimmt durch den Vorfall, daß er ihn einfach nur so schnell wie möglich vergessen wollte. Gene, so stellte sich heraus, war ernstlich erkrankt, und zwar an Scharlach. Zwei Tage lang hatte er hohes Fieber. Im Bett bekam er im Halbdämmer die erbitterten Auseinandersetzungen zwischen Don und Carol mit. Warum forderte Don von diesem Hundsfott von einem Galeristen nicht, was ihm nach Recht und Billigkeit zustand? wollte Carol wissen. Am Samstagabend zu vorgerückter Stunde, als Gene ihrer beider Meinung nach schon fest schlief, erreichte der Streit seinen Höhepunkt. Es endete damit, daß Don Carol ohrfeigte. Daraufhin verließ sie die Wohnung und kam erst am nächsten Abend zurück. Gene fühlte sich zwar miserabel, traute sich aber während der Dauer ihrer Abwesenheit aus Furcht vor Don nicht, ihn um irgendwelche fürsorgerische oder pflegerische Handreichungen zu bitten, und wurde obendrein von der Furcht gepeinigt, seine Mutter würde nicht mehr wiederkommen. Er litt entsetzlich, und das in klausnerischer Einsamkeit.

Um zu diesen Fakten und den sie begleitenden Gefühlen vorzudringen, waren zahlreiche Sitzungen vonnöten. Wie Gene Motivation und Verhalten der einzelnen Figuren erlebte, lag unter einem Schleier verborgen, und der Versuch, ihn zu lüften, stieß auf massiven Widerstand. Nur mit Hilfe sehr präziser Fragen konnte ich Gene zu der Einsicht bringen, daß das Bild vom Verhalten seines Vaters, das er mit sich herumtrug – das Bild eines mitleidlosen und gewalttätigen Menschen –, nicht mit der offenbar ziemlich phlegmatischen Gottergebenheit zusammenpaßte, mit der der Vater seinen Problemen begegnete. Ebensowenig harmonierte sein Bild von der Mutter als einer fürsorglichen und malträtierten Person mit dem Phlegma und der Gleichgültigkeit, die sie ihm gegenüber an den Tag gelegt hatte. So sonderbar es dem nichtfachmännischen Leser vorkommen mag, wir beschäftigten uns – wenn auch nicht ausschließlich, sondern jeweils für eine Weile in den einzelnen Sitzungen – über Monate mit der Analyse der einzelnen Entscheidungen, die sein Vater und seine Mutter getroffen hatten. Warum, fragte ich, hatte Carol, die doch vermutlich eine einigermaßen flexible Arbeitszeit hatte, an jenem Freitag nicht eine oder eineinhalb Stunden früher Feierabend gemacht, um Don zu entlasten? (Bei anderen Gelegenheiten hatte sie das getan.) Von sich aus hatte sich Gene diese Frage noch nie gestellt. Und auch jetzt sträubte er sich gegen sie. Warum hatte sein Vater nicht eine Babysitterin bestellt und Gene nach Hause gebracht, statt ihn zu seiner Arbeitsstätte mitzuschleifen? Warum benutzte er Gene als Alibi für seinen eigenen Fehler? Und so weiter und so fort. Ich war ein Quälgeist, der die ganze Geschichte Wort für Wort mit der Lupe absuchte und dann mit Fragen aufwartete wie etwa der, warum Don seinem Sohn Pizza zu essen gab. (Ein eigenartiges Essen für ein krankes Kind, merkte ich dazu an.) Ich hatte an allem, was die Eltern getan hatten, etwas auszusetzen und nahm gegen *beide* eine sehr kritische Haltung ein.

Gene war durch diese scheinbar absurde mikroskopische Untersuchung der Fürsorglichkeit seiner Eltern – verständlicherweise – irritiert. Nach seinem Dafürhalten hatte ich unrecht, wenn ich seinen Eltern mangelhafte Erfüllung der Elternrolle vorwarf: in seinen Augen bewies die Episode im Haus des Galeristen, daß Galeriebesitzer gemeine Schufte waren, daß sein Vater seine Charakterfestigkeit einbüßte, sobald er sich bei Leuten, die im Kunstbetrieb mitmischten, einzuwetzen versuchte (das wurde nicht in dieser Klarheit artikuliert, aber ersichtlich so empfunden) und daß sein Vater sich Krankheiten gegenüber generell unduldsam verhielt; und die Ohrfeige, die Don Carol gegeben hatte, bewies, daß Don ein Choleriker war, dessen entzündliches Temperament zu reizen Carol und Gene um jeden Preis vermeiden mußten.

Allenthalben zeigte sich im Gefühlshaushalt der Familienmitglieder als allen gemeinsames Element ein gewisses Phlegma, gepaart mit der Furcht, Ärger oder gar Zorn zu erregen. Gene, so stellte sich heraus, hatte sich an jenem Tag schon vor der Schule fiebrig und im weiteren Tagesverlauf zunehmend schlechter gefühlt, aber weder seinen Eltern noch der Lehrerin etwas davon gesagt: der Lehrerin nicht, weil er fürchtete, ihr Ungelegenheiten zu machen, den Eltern nicht, um die Ordnung ihres Arbeitstags nicht durcheinanderzubringen. Ersichtlich hatte man ihm vor Jahren beigebracht, daß es sich für ihn nicht schickte, den Planungen Erwachsener in die Quere zu kommen. Kein Zweifel, er war in dem Bewußtsein erzogen worden, daß es völlig in Ordnung war, wenn Mutter und Vater seine Bedürfnisse dem Wünschen und Wollen der Autoritätsfiguren in ihrem Leben unterordneten und die Schuld an Benachteiligungen, die ihm daraus erwuchsen, sich gegenseitig oder Gene selbst zuschoben, statt den Übelstand an seiner eigentlichen Wurzel anzugehen, nämlich an ihrem eigenen gestörten, von Furcht und Ressentiment geprägten Verhältnis zu jeglicher Autorität. Genes Bestreben, diese Vernachlässigung zu vertuschen, war besonders stark, wenn es um die Mutter ging. Er war entsetzt über meine Feststellung, es sei eine Lieblosigkeit von ihr gewesen, daß sie aus der Wohnung verschwunden und erst nach vierundzwanzig Stunden wiedergekommen war, während er mit Fieber im Bett lag.

»Sie hat Angst vor Dad gehabt«, wandte er ein. »Er hat sie geschlagen.«

Zum hundertsten Mal (so schien es mir wenigstens) mußte ich nun wieder mit der Frage kommen: »Hat er mit der Faust zugeschlagen?«

»Nein, ich wollte sagen –«

»Was genau hat er gemacht?«

»Das hab' ich Ihnen doch schon gesagt. Er hat ihr eine Ohrfeige gegeben.«

»War sie schwer verletzt?«

»Nein –«

»Hat sie geblutet?«

»Ich weiß, was Sie sagen wollen. Na schön. Aber sie hat Angst gehabt. Wer sagt ihr, daß er nicht weitermacht? Sie hat mir gesagt, sie hat Angst gehabt, er bringt sie um.«

»Na schön. Deine Mutter hat Angst, daß er nicht davor zurückschrekken würde, sie umzubringen, deshalb macht sie sich aus dem Staub – und läßt einen kranken Siebenjährigen in der Gewalt dieses Ungeheuers zurück?«

Mir war nicht darum zu tun, Gene eine bestimmte Sicht der Dinge aufzunötigen. In dem eben zitierten Beispiel mag ich parteiisch erscheinen, aber bei anderen Gelegenheiten führte ich das Gespräch als Anwalt seiner Mutter. Letztlich wollte ich mit alledem einzig erreichen, daß Gene nicht blindlings die Version seiner Eltern von den Ereignissen übernahm, sondern seine eigenen Wahrnehmungen und Gefühle entdeckte. Mag sein, daß ich in manchen Fällen doch den Versuch machte, ihn zu Gefühlen zu lotsen, die er hätte haben sollen – gegen diesen Vorwurf kann man sich nur schwer zur Wehr setzen. Mein Interesse galt nicht der objektiven Wahrheit. Viele Menschen, für die Psychotherapie ein rotes Tuch ist, unterstellen ihr, sie hätte es einzig darauf abgesehen, Mütter und Väter zu Bösewichtern abzustempeln. Wäre Gene ein Neurotiker anderen Schlags gewesen, einer, der sich als unschuldig verfolgtes Opfer sah und ganz vernarrt in dieses Selbstbild war, hätte ich möglicherweise das Tun seiner Eltern gegen seine Anklagen in Schutz genommen. Die moralische Betrachtungsweise des Lebens, von der alle Religionen und Kulturen durchdrungen sind, macht Menschen, vor allem Kinder, krank. Letzten Endes ist es belanglos, ob Don oder Carol oder Gene in jeder Hinsicht recht hat oder nicht (wenngleich ich dazusagen muß, daß es mein Begriffsvermögen übersteigt, wie ein siebenjähriger Fieberkranker im Unrecht sein könnte); von Bedeutung ist allein die Tatsache, daß Gene von Vorfällen wie den geschilderten im Innersten berührt war, aber keinen Zugang zu seinen Gefühlen hatte. Er war von der Bedeutung, die jeder einzelne Vorgang zum Zeitpunkt seiner Aktualität für ihn gehabt hatte, so radikal abgeschnitten, als wäre er bei dem Geschehen gar nicht dabeigewesen.

Er hatte sich vollständig in der Deutung verschanzt, welche diese Vorgänge im Erleben seiner Eltern erfahren hatten. Er hatte sich in der Ansicht seiner Mutter verbarrikadiert, derzufolge Don lediglich seiner Aufgabe als guter Vater und Ehemann nachkommen wollte, als er Gene zu jener wichtigen Arbeit mitnahm; so schottete er sich gegen sein eigenes Gefühl ab, das ihm sagte, daß sein Vater sich phlegmatisch und seine Mutter sich teilnahmslos verhalten hatte. Er redete sich Carols Meinung ein, daß sein Vater ein schlechter Handwerker sei, weil er bei den Regalen einen Fehler gemacht habe, und obendrein ein schlechter Geschäftsmann, weil er sich um seinen Arbeitslohn hatte bringen lassen – er redete sich das ein, obwohl er selbst zu der Zeit seinen Vater eher als unaufrichtig und schwächlich empfand. Im Laufe der Therapie entdeckten wir, daß Gene, während der Galerist noch über das angebliche Zuwenig an tieferem und höherem Stellraum lamentierte, die speziellen Regale für die Kunstbände gezählt und festgestellt hatte, daß sie in der vereinbarten Anzahl vorhanden waren. Er konnte sich nicht damit abfinden, daß sein Vater sich eine eindeutig ungerechtfertigte Kritik gefallen ließ, und deshalb eskamotierte er dieses unliebsame Faktum, indem er sich den auf Verzerrung der Tatsachen beruhenden Standpunkt seiner Mutter zu eigen machte, Don hätte wirklich einen Fehler gemacht, aber trotzdem auf Entlohnung bestehen müssen.

Zur Abstützung dieser Potemkinschen Konstruktionen hatte Gene sich inzwischen auch Dons Überzeugung angeschlossen, daß sein Vater ihn völlig zu Recht als Alibi benutzt hatte: daß Don bei der Anfertigung der Regalwand einen Fehler gemacht hatte, weil er sich gleichzeitig um sein krankes Kind hatte kümmern müssen. Tatsache ist, daß der siebenjährige Gene sehr wohl wußte, daß die Arbeit korrekt ausgeführt worden war; Tatsache ist auch, daß er das Gefühl hatte, er habe sich wie ein braver kleiner Junge benommen und sich größte Mühe gegeben, seinen Vater nicht zu stören. Vielleicht fühlt sich mancher Leser befremdet und irritiert, weil Genes Urteile und Empfindungen im Kontrast und Widerspruch zu der Art und Weise stehen, wie er selbst unter Umständen gedacht und gehandelt hätte. (Nebenbei bemerkt: Rafael Neruda beurteilte diese Handlungen und Verhaltensweisen anders als der siebenjährige Gene.) Doch darin zeigt sich nur der Unterschied zwischen den Reaktionen auf andere Menschen im Alltagsleben und den Reaktionen des Therapeuten. Selbst wenn es zuträfe, daß die Empfindungen des kleinen Gene möglicherweise falsch gewesen waren (daß es beispielsweise durchaus einleuchtend gewesen war, seine Erkrankung als eine der Arbeit der Eltern nachgeordnete Größe zu behandeln), selbst dann müßte der gereifte Gene, um zu diesem Befund kommen zu können, erst einmal wissen, was er als Siebenjähriger empfunden hat. Wie soll jemand seine

Meinung ändern, solange er sie gar nicht kennt? Es ist Genes Sache, darüber zu befinden – wenn es ihm denn ein wirkliches Bedürfnis ist –, ob seine Mutter oder sein Vater der bessere Elternteil war und ob die beiden gut oder schlecht an ihm gehandelt haben. Das kommt später. Meine Aufgabe war es, Material in den Angelegenheiten des einzigen Beteiligten vorzulegen, der keinen Anwalt hatte. Ob mein siebenjähriger Klient in den Augen des Katholizismus oder des Kommunismus oder des Feminismus oder des Kapitalismus oder der Zeugen Jehovas oder der Kommentatoren der *New York Times* schuldig oder unschuldig war, spielte für mich keine Rolle. Meine Aufgabe war es, diesen Siebenjährigen wieder zum Leben zu erwecken, Gene mit ihm bekannt zu machen und ihn dann über sich selbst richten zu lassen.

Im Laufe des folgenden Jahres kehrten wir immer wieder zu dieser Geschichte zurück. Von ihr führten viele Türen ins Innere von Genes Gefühlsleben. Das Erbrechen zum Beispiel war der Eingang in den Keller, in dem Gene seinen Ärger und seinen Zorn versteckt hielt. Dorthinunter zu gelangen kostete einen erbitterten Kampf. Lange Zeit weigerte sich Gene entschieden, seinem Erbrechen irgendeine Bedeutung beizumessen; er beharrte vielmehr darauf, es sei ein rein zufälliges Vorkommnis gewesen, und dies der Tatsache zum Trotz, daß Dons Entschuldigung, an seinem Fehler bei den Regalen sei der schlechte Gesundheitszustand seines Sohnes schuld gewesen, unmittelbar vorausgegangen war.

Man erinnere sich: Wir hatten auf einer vorausgegangenen Etappe der Therapie bereits entdeckt, daß es bei der Regalwand in Wirklichkeit gar keinen Fehler gegeben hatte. Die Bestätigung dafür verschaffte Gene uns beiden, indem er an dem Tag, als er seinen Vater über die Therapie ins Bild setzte, mit Don auch gleich seine diesbezügliche Erinnerung abcheckte. Zu Genes nicht geringer Überraschung (zu meiner allerdings nicht) hatte Don gegen seine Besuche bei mir nichts einzuwenden, wenngleich er deren Nutzen bestritt. Nachdem diese Hürde genommen war, erzählte Gene seinem Vater, daß er an jenem Tag die in größerem Abstand voneinander angebrachten tiefen Regalböden nachgezählt hatte, und soweit er sich erinnern konnte, hatte die Zahl gestimmt. Don, so berichtete Gene weiter, war hoch erfreut. »Was, daran erinnerst du dich noch?« sagte er lächelnd, und anschließend verbrachten die beiden in entspannter Atmosphäre einen gemeinsamen Nachmittag. Don ging sogar so weit aus sich heraus, Gene einige seiner neuesten Aufnahmen zu zeigen. Auf das Fiasko mit der Regalwand angesprochen zu werden, brachte in Don – nachdem er zum erfolgreichen Fotografen avanciert war – nur mehr heitere Saiten zum Erklingen. Der schofle Galerist buhlte jetzt um die Gunst des neuen Sterns am Himmel der fotografischen Kunst. Ja, ein Freund, so wußte Don Gene zu berichten, hatte ihm kürzlich zugetragen, der Galerist renommiere damit, daß die Regalwand in seiner Wohnung von »dem hochbegabten Don Kenny« entworfen und gebaut sei. Am Abend sagte Don dann im Beisein von Gene im Spaß zu Carol, jetzt sei wohl der richtige Zeitpunkt, dem Galeristen eine Rechnung zu schicken. Die Erwachsenen lachten. Hier zeigte sich natürlich wieder einmal der Unterschied des erwachsenen zum kindlichen Erleben. Was für die Erwachsenen eine Parodie ihrer Konflikte und ihrer Neurose war, war für Gene alles tragischer Ernst.

Das Ende von Genes Therapie wurde für mich an dem Tag absehbar, als es ihm endlich gelang, die Szene, in der er auf Boschs Höllenvisionen erbrach, mit den Gefühlen von neuem zu durchleben, mit denen er selbst sie ursprünglich erlebt hatte, nicht mit den Gefühlen, die seine Eltern ihm eingeredet hatten. Daß er verzweifelt entschlossen gewesen war, der Lüge seines Vaters zu glauben, hatte er inzwischen längst begriffen. Vor die Wahl gestellt, Don entweder für einen doppelzüngigen Opportunisten halten zu müssen, der sich nicht traute, dem Galeriebesitzer die Zähne zu zeigen, sondern lieber sein Kind zum Prügelknaben machte, oder ihn als einen anständigen Menschen zu sehen, dessen Problem darin bestand, daß er mit der simultanen Belastung durch die Vaterrolle einerseits, die Arbeit andererseits nicht fertigwurde – angesichts dieser Alternative war die zweite Option für Gene die bei weitem sympathischere. Don hatte sich auf das schlechte Befinden seines Sohnes hinausgeredet, also trat Gene auf Stichwort in Aktion. Verborgen geblieben war ihm jedoch bisher das tiefere Gefühl, das die Aktion begleitete: das, was wir im Fachchinesisch als das Introjekt von Genes Wut über den begangenen Verrat bezeichnen würden – Wut nicht nur über den schweren Verrat, den der Vater an Gene beging, sondern ebensosehr auch über den noch schwerer wiegenden Verrat an dem Vaterbild, an dem Gene so inbrünstig hing. Man kann getrost sagen, daß Gene, psychologisch gesehen, lieber gestorben wäre, als seinen Vater so zu sehen, wie er wirklich war: als einen Mann, der das Wohl seines Kindes vernachlässigte, seine Würde preisgab und log, wenn er glaubte, er komme damit seinem Ziel, seine fotografischen Arbeiten einmal im Rahmen einer Ausstellung der Öffentlichkeit gezeigt zu sehen, auch nur einen kleinen Schritt näher. Und so starb der wahre Gene denn auch. Doch die Wut über die Mordtat war in ihm und brach aus ihm heraus in Gestalt eines Stücks von ihm, das sich auf die Kunst ergoß. Brach aus, aber in sicherer Form – brach, mit der erstaunlichen, auf Selbstnegierung angelegten Logik der Neurose, in einer Form aus, in der sie die gleichzeitige Bestrafung des Vaters, des Galeristen und des als Alibi fungierenden Gene ermöglichte. Von da an sollte Gene sich als das Kind verachten, das bei der Untat, die Don, den selbstbewußten Zimmermann, und seinen geliebten Sohn und Lehrling das Leben kostete, bereitwillig eine Komplizenrolle übernahm.

Als er den Vorgang jetzt im Medium seiner eigenen Gefühle wiedererlebte, begann Gene zu weinen. Dicke Tropfen stummer Trauer liefen ihm über die Wangen. Bevor der Tränenstrom einsetzte, sagte er mit Grabesstimme: »Ich habe gewußt, daß er mich nicht liebt. Ich habe gewußt, daß ihn nichts auf der Welt interessiert außer seinen Bildern.«

»Und auf ein Bild hast du dich übergeben«, konstatierte ich mit leider unvermeidlicher buchhalterischer Pedanterie und Kälte.

»Ja sicher …« Ein peinliches Schweigen trat ein. Dann sagte er: »Er hat sich für sich selbst nicht interessiert. Er hat sich nicht einmal für mich interessiert.«

Überflüssig zu sagen, daß dies nicht die Stunde des nüchternen und realistischen Denkens war. Ich bin mir bewußt, daß dieserart melodramatische Gemütsbewegungen, die die Therapie aus scheinbar einfachen Begebenheiten entbindet, ihren Gegnern ein griffiges Argument liefern, sie als Irrweg abzutun. Im normalen Leben würde in vergleichbarer Situation mancher Gene mit den Worten auf den Rücken klatschen, er möge doch bitteschön langsam erwachsen werden. Andere würden ihn in den Arm nehmen und zu ihm sagen: »Aber selbstverständlich liebt dich dein Vater. Er war damals nur verprellt und ängstlich. Wir machen alle mal Fehler …«, und dergleichen mehr. Leider geht das an der Art und Weise, wie Kinder das Leben erfahren, völlig vorbei. Und es verkennt im Grunde auch die Art und Weise, wie wir im tiefsten Innern – im empfindlichsten und verborgensten Teil unseres Selbst – fühlen. Aus dem Umstand, daß sie noch nie in diesen inneren Bereich vorgedrungen sind, leiten manche Menschen fälschlicherweise das Recht zu der Überzeugung ab, es gäbe ihn nicht.

Es dauerte noch ein Jahr – es war das dritte –, bis Gene so weit war, daß er sowohl die Bedeutung, die der Vorfall für ihn im Kindesalter gehabt hatte, als auch seine Bedeutung in der realen Welt zu akzeptieren vermochte. Er war zu guter Letzt in der Lage, seinen Vater als ganzen Menschen und nicht als ein radikales Entweder-Oder zu sehen. Und er war zudem imstande zu begreifen, daß ein Streit zwischen seinen Eltern nicht irgendeine Sekundärfolge seiner Scharlacherkrankung war.

Letzteres war ein nützlicher Fortschritt. Im dritten Jahr seiner Therapie trennten sich seine Eltern. Es kam zutage, daß Don seit Jahren ein Verhältnis mit einer der Malerinnen der ›Autowerkstatt‹-Gruppe hatte. Er löste es auf und brach gleichzeitig mit seiner Frau. Nach einer Reihe erfolgreicher Ausstellungen sah Don sich unwiderruflich auf dem Weg nach oben, und damit erlosch schlagartig seine Bereitschaft, eine brüchige Ehe aufrechtzuerhalten und ein wackeliges Verhältnis fortzuführen. Don war unverkennbar so stark außengeleitet, in seinem Selbstbild so sehr von dem Bild beeinflußt, das andere Menschen sich von ihm machten, daß er sich im selben Moment, als die Welt ihn in den Rang des erfolgreichen Künstlers erhob, auch zur Suche nach dem großen Liebesglück berechtigt glaubte.

Gene verstand Ursache und Wirkung der Scheidung besser als seine Eltern. Denn faktisch hatte er ja, Jahre bevor sie selbst ihren Problemen ins Auge sahen, diese Probleme durchlebt und als Instrument ihrer Vertuschung fungiert. (Genaugenommen sahen die Eltern niemals der Wahrheit über ihr Leben ins Auge. Carol redete sich ein, die Ehe sei glücklich gewesen, bis Don »abhob«. Don redete sich ein, Carol habe ihm suggeriert, er sei ein kaputter Typ und nicht wert, geliebt zu werden; dank seinem Erfolg ging ihm auf, daß er ein prima Bursche war, und daraus folgerte er, daß sie diejenige sein müsse, die kaputt war.) Es war dieser Aspekt von Genes Neurose: seine Bereitschaft, als Blitzableiter für die Neurosen seiner Eltern zu fungieren, was mir an ihm mit der Zeit sympathisch wurde. Ganz und gar nicht mochte ich den Gene, der in die gleiche Kerbe wie seine Mutter hieb, wenn er seine Animosität gegen den künstlerischen Ehrgeiz seines Vaters spüren ließ, den Gene, der seine Wut über die Kunst seines Vaters auskotzte. Er ähnelte zu sehr dem jungen Rafe, der nach wie vor meine Mißbilligung hatte. Dem anderen Gene jedoch, dem Kind, das Einblick in das Bedürfnis seiner Eltern hatte, so zu tun, als ob ihre längst abgestorbene Ehe noch lebendig wäre, diesem Gene vermochte ich Mitgefühl entgegenzubringen. Und voll Stolz beobachtete ich, wieviel Geduld und Mitgefühl er nach der Trennung der beiden im Umgang mit dem pomphaften Don und der tief bekümmerten Carol bewies.

Ich habe hier nur einen Ausschnitt aus Genes Analyse und seiner Lebensgeschichte darbieten können. Das begeisterndste und schönste Nebenprodukt der Therapie, das Aufblühen der Persönlichkeit, sobald die Fessel der Krankheit gelockert ist, war in Genes Fall in recht lebendiger und eindrucksvoller Form zu beobachten. Der Junge, der für nichts jemals ein gezieltes Interesse bekundet hatte – denn Arbeitseifer und Ehrgeiz wären Verrat an der Mutter und eine beängstigende Identifikation mit dem Vater gewesen, der ihn verletzt hatte –, zeigte sich binnen kurzem fasziniert von der Elektrotechnik und der Welt der Computer, die damals gerade am Anfang der Mikrochip-Revolution stand. Mutter und Vater waren beide konsterniert angesichts dieses naturwissenschaftlich-technischen Interesses. Carols Begabung war eine literarische, die von Don eine visuelle. Der Pragmatismus der technischen Intelligenz war ihnen fremd und zuwider.

Mit sechzehn legte sich Gene in der Schule zum erstenmal richtig ins Zeug. Ich riet ihm zur Teilnahme an einem Sommerkurs für hochbegabte High-School-Schüler an der Johns Hopkins University. (Ich hatte ihn zuvor zu einem Test geschickt, bei dem sich herausgestellt hatte, daß er eine außergewöhnliche mathematische Begabung besaß, was in der progressiven Schule ohne Tests, die er besuchte, unbemerkt geblieben war.) Die Aufnahmeprüfung bestand er mit Bravour. Und bei dem Sommerkurs in Baltimore entdeckte er dann seine Liebe zum Computer und sein Talent nicht nur für die abstrakte Informatik, sondern auch für die technischen Aspekte des Elektronenrechners. In der Einraumschule, das sei zur Ehrenrettung der Verantwortlichen gesagt, gab man ihm die Möglichkeit, sich auf sein neues Interesse zu konzentrieren. Unsere therapeutische Zusammenarbeit endete, als Gene seinen High-School-Abschluß machte, die Zulassung zum MIT – der Nummer eins auf seiner Hochschul-Wunschliste – bekam und nach Boston übersiedelte. Dort hoffte er jene Maschinen konstruieren zu lernen, die damals schon im Begriff waren, unsere Welt zu revolutionieren. Die Therapie war ohnedies reif zum Abbruch. Gene hatte sich entwickelt und verließ die Dunkelkammer seiner Eltern als die Verkörperung einer klar konturierten, unverwechselbaren Identität.

Kurz vor seiner Abreise nach Cambridge fragte ich ihn, was ihn an Computern so sehr faszinierte.

»Sie tun genau das, was man ihnen sagt.«

»Nicht bei mir«, sagte ich. Ich werde auch heute noch nicht klug aus ihnen.

Gene lachte. Nach einem kurzen Moment sagte er: »Und sie lügen nicht …«

Ich schloß die Akte Gene Kenny. Aus meiner damaligen – durchaus nicht abwegigen, sondern, wie ich fürchte, nur allzu berechtigten – Sicht war die Lust des gereiften Gene am Computerbau die Repristination der seligen Stunden, die er als Kind mit Hämmern und Sägen in der Nähe seines Vaters verbracht hatte. Als junger Erwachsener kehrte er zum Bauen und Konstruieren und damit zu dieser Glückseligkeit zurück; zu guter Letzt wurde er selbst zu dem Trugbild, das er so sehr geliebt hatte: dem zimmernden Vater, der Dinge mit den Händen schuf. Nur würde *dieser* Zimmermann Maschinen bauen, die nicht logen. Er hatte so viele Jahre seines Lebens immer nur eine Höllenvision vor Augen gehabt. Jetzt sah er den Himmel offen.

VIERTES KAPITEL

Expandierender Strudel

Ich verbuchte die Therapie als Erfolg und dachte offen gestanden nur noch selten an Gene. Was von der ganzen Geschichte für mich lebendig blieb, waren die persönlichen Konsequenzen, die sie zumal durch Genes Auslöserfunktion für meine Affäre mit Julie für mich gehabt hatte. Leider war das Glück mit Julie nicht von Dauer.

Ich konnte sie nicht dazu bringen, mich zu heiraten. Lange Zeit – länger, als es mir gegenüber noch halbwegs fair war – schützte sie berufliche Gründe für ihre Weigerung vor. Einige Zeit nachdem sie vom Off-Broadway-Theater zu einer mittelgroßen Filmproduktionsgesellschaft übergewechselt war, kündigte sie mir an, sie werde nicht darum herumkommen, nach L. A. umzuziehen, wenn sie den Einstieg bei einem der Branchenriesen schaffen wolle. Als ich ihr anbot, mit ihr an die Westküste zu gehen, rückte sie mit ihrer wahren Sorge heraus – dem Gedanken, daß wir in Anbetracht des genetischen Risikos, das wir eingehen würden, sollten wir jemals Kinder haben, keine Zukunft hätten. Damit war mir dann auch klar, warum sie stets auf der Geheimhaltung unserer Beziehung vor dem Rabinowitz-Clan bestanden hatte. Für mich stand fest – und diese Überzeugung wurde dann zum Ausgangs- und Angelpunkt eines erbitterten letzten Wortgefechts –, daß sich hinter Julies Besorgnis über das Risiko der Erbschädigung unserer Kinder eine brennendere Furcht verbarg: daß sie die Aussicht nicht ertrug, lebenslang die Mißbilligung ihrer Mutter wegen einer unschicklichen Heirat auf sich lasten zu fühlen. Julie war empört über meinen Vorwurf, sie mache sich vom Urteil ihrer Mutter abhängig, aber ich bin sicher, meine Leser können sich denken, wie überzeugend ihr Widerspruch in den Ohren eines Psychiaters klang.

Ich verspürte keine Neigung, die Affäre als Hasardspiel über eine gigantische geographische Entfernung hinweg fortzusetzen – und das obendrein auch noch heimlich. Julie ging es im Grunde genauso. Bereits ein halbes Jahr nachdem sie 1984 in Los Angeles eine Stelle angetreten hatte, heiratete sie – bezeichnenderweise (wie ich mir sagte) einen Herzchirurgen – und bekam innerhalb der nächsten vier Jahre zwei Kinder. Ja, ich trug sogar die Geburtsanzeige ihres neugeborenen zweiten Babys, meiner Nichte zweiten Grades Margaret, in der Aktentasche bei mir an jenem Abend, als ich bei der Rückkehr ins Ritz-Carlton-Hotel in Boston die Nachricht ausgehändigt bekam, daß ein Gene Kenny angerufen und um meinen Rückruf gebeten hatte; er hatte die Nummer hinterlassen, unter der er im Sheraton Cambridge zu erreichen war. Wir schrieben das Jahr 1988; seit unserer letzten Therapiesitzung waren neun Jahre vergangen.

Ich rief nicht sofort zurück. Ich war müde. Ich hatte den vierten Tag als sachverständiger Zeuge im Tagesheim-Grayson-Prozeß hinter mir, der von einem enormen Medienecho begleiteten gerichtlichen Verhandlung des systematischen sexuellen Mißbrauchs von fünf Kindern durch ein Ehepaar, das in seiner Bostoner Wohnung einen kleinen Kinderbetreuungsservice betrieben hatte. An zwei Tage richterlicher Vernehmung und weitere zwei Tage Kreuzverhör hatte sich eine Reihe von Fernsehinterviews angeschlossen, deren Höhepunkt die Kuriosität eines Auftritts in der Sendung *Nightline* war. Jetzt fühlte ich mich ausgepumpt. (Es ist schon sonderbar, jemandem ein Interview zu geben, dessen Gesicht man nicht sieht. Man sitzt in einem Raum, in dem ein Kameramann und ein Toningenieur ihre Arbeit tun, reagiert auf eine Stimme aus dem Knopf, den man im Ohr trägt, und muß trotzdem mit kontrolliertem Mienenspiel arbeiten, denn die Zuschauer haben die Illusion, daß der Interviewte Tom Koppel sehen kann. Das kann er nicht. Tom Koppel hat einen Monitor vor sich, sein Interviewpartner nicht. Angeblich bekommt Kissinger einen, wenn er interviewt wird, ich bin mir jedoch nicht sicher, ob man dem Gerücht glauben kann. Die Situation verschafft Koppel einen enormen psychologischen Vorteil – er kann mit den Zuschauern über sein Mienenspiel kommunizieren, ohne daß der Interviewpartner es bemerkt. Koppels Antwort, als ich den Zuschauern mitteilte, daß ich ihn nicht sehen konnte, klang säuerlich. Ich war seitdem noch des öfteren Gast in seiner Sendung, daher weiß ich, daß er mir meine wiederholten Versuche, seinen Medienprofi-Trick auszuhebeln, nicht nachträgt, aber einen Monitor habe ich trotzdem nie bekommen.)

Ich war physisch erschöpft, aber psychisch in gehobenem Zustand. Der Fall Grayson bescherte mir meine erste Kostprobe von der aufdringlichen Verliebtheit der Medien in Vorzeigemenschen. Gegen deren lästige Folgen hatte ich noch keinerlei Abwehrmechanismen entwickelt. Bislang hatten ich und meine Kollegen Diane Rosenberg und Ben Tomlinson uns in unserer räumlich beengten Gemeinschaftspraxis in White Plains im Dunkel der Anonymität abgerackert. Wir hatten in etlichen Strafverfahren wegen Kindesmißbrauchs als Gutachter der Anklage fungiert und betreuten die Schützlinge des örtlichen Jugendamts, die eine psychiatrische Behandlung nötig hatten. Im Zentrum unserer Arbeit mit den Tagesheim-Grayson-Kindern stand das am schwersten geschädigte Opfer, ein Junge, der als »Timmy« durch die Presse ging – das war der Name einer der multiplen Persönlichkeiten, die er ausgebildet hatte. Wie es für die multiple Persönlichkeitsstörung typisch ist, war »Timmy« (gleich allen anderen Charakteren, die sich dieser traumatisierte Sechsjährige erfunden hatte) ein Schutzschirm gegen die von den Graysons wiederholt an ihm vorgenommenen analsexuellen Akte und den von seinen Peinigern ausgeübten Psychoterror. Unsere Arbeit mit »Timmy« und den vier anderen Opfern war eine Routinesache gewesen – wir sammelten die Fakten über die Einzelheiten der Mißbrauchspraxis. Die Kinder waren noch immer zutiefst verstört, ja, in der Zerreißprobe, die das Prozeßgeschehen für »Timmy« darstellte, hatte sich sein Zustand in mancher Beziehung noch verschlechtert. Ich war als Zeuge der Kinder geladen, da die Verteidigung sich auf die Taktik verlegt hatte, Argumente dafür zu sammeln, daß wir, die behandelnden Psychiater, die Beschuldigungen, die Gegenstand der Verhandlung waren, den Kindern überhaupt erst in den Kopf gesetzt hätten – es war dies das einzige noch anwendbare Verteidigungskonzept, nachdem die Aussagen der Kinder im Kreuzverhör nicht hatten erschüttert werden können. Es war völlig korrekt von der Verteidigung, daß sie die erwähnte Möglichkeit auslotete. Es steht außer Zweifel, daß eine mangelhafte Behandlungstechnik in der kindlichen Phantasie Bilder des Mißbrauchtwerdens hervorbringen kann, die dann unter Umständen zu falschen Beschuldigungen führen. Da wir jedoch mit äußerster Skrupulosität vorgegangen waren, alle Gespräche auf Videoband aufgezeichnet und niemals auch nur andeutungsweise eine Suggestivfrage gestellt hatten; da der Mißbrauchsfall Grayson der seinerzeit in diesen Dingen noch verhältnismäßig ahnungslosen amerikanischen Öffentlichkeit in einem so gespenstischen wie sensationellen Licht erschien; und da die Attacken des Verteidigers auf unsere Methoden in einer Sackgasse endeten, ernteten wir mehr öffentliche Aufmerksamkeit, als uns nach rein sachlichem Maßstab gebührte, und waren für die Medien plötzlich ein heißes Thema. Mir selbst war bewußt, daß wir nichts weiter getan hatten, als unsere Arbeit so zu erledigen, wie es sich gehörte, dennoch fand ich mich unversehens in der Rolle des Anwalts aller mißbrauchten Kinder der Welt wieder. Ich hatte mir kein besonderes Verdienst erworben, das gerechtfertigt hätte, daß ich mit einem Mal auf allen Frequenzen als Sachverständiger zu hören und zu sehen war. Ich tat mein Möglichstes, um die Tatsache ins öffentliche

Bewußtsein zu rücken, daß ich keine Sonderrolle spielte, sondern nur einer unter Hunderten war, die auf demselben Gebiet tätig waren. Trotzdem kam ich mir, als mein Flirt mit den Medien für diesen Tag beendet war, ein bißchen wie ein aufgeblasener Ochsenfrosch vor (um es in der Sprache des Stadtviertels auszudrücken, in dem ich meine Kindheit verbracht habe). Andererseits hatte ich aber auch einen ganz realen Anlaß, in Hochstimmung zu sein: Zumindest an diesem einen Tag hatte man »Timmy« und den anderen Kindern geglaubt.

Ich hatte eben den Zettel mit Genes Nachricht unter das Telefon geklemmt und mir gesagt, ich würde ihn morgen früh anrufen, da begann der Apparat zu läuten. Ich hatte am Empfang Bescheid sagen wollen, daß man keine Anrufe mehr durchstellen solle, es aber vorläufig noch aufgeschoben, weil ich damit rechnen mußte, daß das Büro des Staatsanwalts mich zu erreichen versuchte. Es konnte sein, daß man mich auf das Kreuzverhör hin für eine weitere Vernehmung benötigte. Ich nahm den Hörer ab und meldete mich mit »Ja?« Eine tiefe, einschmeichelnde Stimme, die ich nicht kannte, erkundigte sich mit einem Anflug von Belustigung: »Bin ich mit Dr. Neruda verbunden?«

»Mit wem spreche ich?« Ich war vorsichtig. Während der Dauer des Prozesses hatte ich zahlreiche anonyme Anrufe bekommen; zwei der Anrufer hatten sich nicht wie die anderen mit Obszönitäten begnügt, sondern Gewaltphantasien artikuliert. Bei den angekündigten Scheußlichkeiten handelte es sich mit größter Wahrscheinlichkeit um leere Drohungen, aber absolut sicher sein konnte man in solchen Fällen nie. Den zweiten dieser mit Drohungen aufwartenden Anrufer versuchte ich zu überreden, sich mit mir zu treffen. Er redete noch eine Weile weiter, allerdings einzig zu dem Zweck, die brutalen Scheußlichkeiten, die er »Timmy« anzutun gedachte, noch krasser auszumalen. Meinen Vorschlag, sich mit mir zu treffen, nahm er nicht ernst. Er war jedoch ernst gemeint. Der Mann brauchte Hilfe. Seine Phantasien waren alles andere als harmlos, einerlei ob er sie zu realisieren versuchte oder nicht.

»Ich bin es.« Die Stimme kletterte in eine höhere Tonlage, und daraufhin erkannte ich sie sofort wieder.

Gene war unverkennbar beschickert. Er erzählte mir, daß er einen sensationellen Erfolg feierte – einen Erfolg ebenso für sich wie für die Firma Flashworks, bei der er angestellt war – und deshalb schon den ganzen Abend am Bechern war. Sie hatten auf den Internationalen Computertagen, die tags zuvor in Boston zu Ende gegangen waren, den Prototyp ihres neuen Mainframes vorgestellt, und jetzt kamen die Aufträge nur so hereingeströmt. »Wir haben die schnellste Maschine der Welt gebaut«, sagte Gene und fügte dann mit einem Lachen hinzu: »Und die benutzerfreundlichste. Die Kunden lieben uns. Wir werden Big Blue plattmachen.«

»Big Blue?«

»IBM. Hören Sie, ich weiß, daß Sie ziemlich im Zeitdruck sind, aber könnte ich nicht schnell auf einen Drink zu Ihnen rüberkommen? Ich hab' Sie in *Nightline* gesehen. Tatsächlich bloß gesehen. Bei dem Krach in der Bar war nichts zu verstehen. Ich hab' aber in der Zeitung gelesen, was Sie für die Kinder getan haben. Find' ich großartig.«

»Danke. Das hab' ich allerdings nicht allein getan, ich –«

Gene hörte gar nicht zu. »Könnten wir uns nicht sehen? Nur eine Viertelstunde. Ich weiß, daß Ihre Zeit knapp ist. Aber in der Zeitung hab' ich gelesen, daß Sie Ihre Praxis im Staat New York irgendwo jott-wee-dee in der Pampa haben –«

»Na, so weit in der Pampa nun auch wieder nicht. In White Plains.«

»White Plains? Das ist Feindterritorium. Na, jedenfalls leben wir in Massachusetts, und wenn wir mal Dad in New York besuchen, bleiben wir in der Stadt – das heißt, so 'ne Chance wie jetzt, Sie wiederzusehen, krieg' ich so schnell nicht wieder.«

»Für mich ist die Zeit zum Ausgehen eigentlich schon überschritten, Gene –«

»Ich bin ganz in Ihrer Nähe. Nur auf einen einzigen Drink?«

»Was hältst du von morgen früh? Wir könnten zusammen frühstükken.«

»Ich reise vor Tau und Tag ab. Es dauert bestimmt nicht länger als eine halbe Stunde, dann sind Sie mich wieder los.«

Dieser Gene im Erwachsenenalter – er war jetzt fünfundzwanzig – klang und agierte ganz und gar nicht phlegmatisch. Es war für mich eine Genugtuung, das festzustellen, und sein Eifer ließ mich nicht kalt. Er verkörperte einen meiner Behandlungserfolge. Warum sollte ich mich nicht einmal im Licht eines echten therapeutischen Triumphs sonnen statt immer bloß in dem überzogenen öffentlichen Lob meiner Auftritte in dem Prozeß?

Wir trafen uns in der Lobby des Ritz und gingen dann hinüber in die ruhige, fast leere Hotelbar. Gene wirkte ein wenig größer als damals, hatte aber noch immer den drahtigen Körper seiner Mutter und eine jugendlich glatte Haut. Die Sachen, die er trug, waren zu jugendlich für sein Alter: verknitterter Blazer mit zu kurzen Ärmeln, Jeans-Hose mit zu langen Beinen, die auf den abgetragenen Mokassins aufstanden, Jeans-Hemd und sportliche rote Wollkrawatte. In diesem Aufzug hätte er als

Harvard-Erstsemester durchgehen können. Mit seinem jungenhaften Äußeren sah er nicht unbedingt aus wie jemand, der darauf aus war, IBM plattzumachen, aber seine Welt war die Computerbranche, und die, so nahm ich an, war bevölkert von ehrgeizigen jugendlichen Kriegern mit Killerinstinkt.

Während des Wartens auf seinen Gin-Tonic schwallte er eine Weile über mich daher: daß er meine Rolle in dem Fall Grayson von Anfang an verfolgt habe, und daß es ihn kein bißchen überrascht habe, daß ich es als Psychiater zu Berühmtheit gebracht hätte, nur als er erfahren habe, daß ich ausschließlich Kinder behandle, da sei er allerdings ein bißchen überrascht gewesen (vielleicht auch ein bißchen enttäuscht? fragte ich mich). Er erkundigte sich, wann ich bei der Poliklinik in der 10. Straße aufgehört hätte und nach White Plains übersiedelt sei und wieso ich mich auf mißbrauchte Kinder spezialisiert hätte, hörte sich aber meine Antworten nur mit flüchtigem Interesse an. Es dauerte nicht lange, bis er mir mit beträchtlichem Stolz von sich selbst erzählte. Er war gleich nach dem Studium am MIT bei Flashworks – damals ein Küken der Computerbranche – eingetreten und in ein Team von Ingenieuren und Hackern eingegliedert worden, dessen – über Erfolg oder Mißerfolg des Unternehmens entscheidende – Aufgabe darin bestand, im Wettlauf sowohl mit einer rivalisierenden Gruppe innerhalb der Firma als auch mit den beiden führenden Computerherstellern neue Computermodelle zu konzipieren und Prototypen zu entwickeln. Flash II, die Maschine, die am Vortag mit so großem Erfolg der Öffentlichkeit präsentiert worden war, verkörperte zwei Jahre nervenaufreibender Arbeit und versprach laut Gene, die Firma Flashworks weltweit zur Nummer eins unter den Computerherstellern zu machen. »Ich bin auf Erfolgskurs. Hätten Sie das je gedacht?«

Ich sagte ihm, daß ich es nicht anders erwartet hatte, und gratulierte ihm. Ich bemerkte, daß er einen Ehering trug. »Du bist verheiratet?« fragte ich.

»Ja klar. Seit dem dritten Jahr am MIT. Ich hab' auch einen Sohn.« Er war auf die Sesselkante vorgerutscht und sprach lebhaft, wenn auch mit schwerer Zunge. In seinen Augen lag noch die alte kindliche Schüchternheit, der Blick hatte nach wie vor die Tendenz, dem meinen auszuweichen, nur selten richtete er sich auf mich, und dann kam er wie ein Schuß aus dem Hinterhalt, als ob er mich überrumpeln wollte. »Er ist jetzt sechs.« Er verdrehte sich etwas in dem riesigen ledernen Ohrensessel, um in seine Gesäßtasche greifen zu können, und holte eine Brieftasche heraus. Sie war bis zum Platzen mit Geldscheinen und Papieren vollgestopft.

Ich bekam diverse Fotos von seinem Sohn Peter und seiner Frau Cathy zu sehen. Peter hatte blondgelocktes Haar – die Locken von Gene, die Farbe von der Mutter. Auch in seinem ansprechenden Gesicht waren Züge beider Eltern verschmolzen: Genes große, staunende Augen und ausdrucksvolle Augenbrauen mit Cathys kräftigem Kinn und schmallippigem Mund. Cathys Äußeres war mir nicht neu. Außer dem rotblonden Haar und dem zusammengekniffenen Mund hatte sie von Carol Kenny auch die Figur und die Haltung – das Drahtige, den vorgereckten Kopf, das Buhlen um Wohlwollen, das aufgesetzte Lächeln. Hör um Gotteswillen auf, alles mit den Augen des Hirnklempners zu sehen, sagte ich innerlich zu mir selbst und laut zu Gene: »Was für eine nette Familie, Gene!«

»Sie sind beide toll!« sagte er. »Für meine Frau kann ich Gott dankbar sein. Sie hat mich zu dem gemacht, was ich bin.« Er schoß – zur Bekräftigung – einen Blick auf mich ab, wandte die Augen aber sofort wieder ab und griff nach seinem Glas. »Und Sie natürlich. Ohne Sie hätte ich überhaupt kein lebenswertes Leben.« Er leerte sein Glas, und durch den Schwung klickten Eiswürfel gegen seine Zähne.

»Das hast *du* geschafft, Gene. Du hast dir den Erfolg in dein Leben geholt. Das ist ja der faule Trick bei der Psychotherapie. Der Patient macht die ganze Arbeit, und wir buchen das dann auf unser Verdienstkonto.«

Gene stellte sein Glas auf den Tisch zurück. Er räusperte sich und legte die Stirn in Falten. »Das glaube ich nicht«, sagte er hastig und ging rasch zu einem anderen Thema über. »Cathy hat mich einmal nach Ihnen gefragt, und da ist mir etwas Furchtbares aufgegangen, etwas wirklich ganz Peinliches.« Er schoß einen prüfenden Blick auf mich ab und fixierte dann den Druck von einer Jagdszene an der Wand hinter meinem Sessel. »Ich hab' Sie nie nach etwas gefragt, was Sie selbst betrifft. Ich hab' Ihnen drei Jahre lang bloß mein Herz ausgeschüttet, aber in der ganzen Zeit überhaupt nichts über Sie in Erfahrung gebracht.«

»Und das hast du richtig gemacht. Du hast instinktiv begriffen, daß ich nur ein Symbol war. Du hast alles über mich gewußt, was du wissen mußtest.«

Das brachte mir den längsten Blick in unserer ganzen bisherigen Beziehung ein: er hatte dabei den Kopf schief gelegt und den breiten Mund in einer Mischung aus Neugier und Belustigung verzogen. »Wie meinen Sie das?«

»Ich war immer nur der Platzhalter für die Person, mit der du gerade die Probleme durchgearbeitet hast, die du mit ihr hattest. Manchmal war ich deine Mutter, manchmal war ich dein Vater, manchmal war ich du selbst oder jedenfalls ein Teil von dir.« Mir wurde bewußt, daß ich – unter der Macht einer Gewohnheit, die sich bei all den Auftritten im Gerichtssaal und den Interviews gebildet hatte – in einen dozierenden Ton verfallen war. Ich machte eine wegwerfende Handbewegung. »Zerbrich dir jetzt nicht mehr groß den Kopf über diese Dinge. Wenn du nicht aufs College gegangen wärst, hätten wir mit der Therapie wahrscheinlich noch eine Weile weitergemacht –«

»Tatsächlich?« unterbrach Gene angelegentlich.

»Nicht lange. Eigentlich nicht, um noch irgendwelche Dinge aufzuarbeiten, eher damit die Therapie langsam ausklingen kann. Wenn du generell Trennungsprobleme gehabt hättest, hätten wir uns natürlich Zeit gelassen, das ist klar, aber du wolltest den nächsten Schritt in deinem Leben machen, und das ist gesund. Aber egal, ich denke mir, wenn es zu diesem Ablösungsprozeß gekommen wäre, hättest du noch Gelegenheit gehabt, mir ein paar Fragen zur Person zu stellen, und dann hättest du festgestellt, daß ich nur irgendein Mensch bin, jemand ganz anderes als die Inkarnationen, mit denen du es in der Therapie zu tun gehabt hast. Ich bin aber dagegen, daß Therapeut und Patient hinterher Freunde werden. Ich habe meine Ausbildung bei meiner Therapeutin gemacht – erinnerst du dich noch an Susan Bracken?«

»Klar. Bei der waren Sie in Behandlung? Im Ernst?«

Ich nickte. »Erst war sie meine Therapeutin, dann meine Lehranalytikerin und zuletzt meine Arbeitgeberin. Wir sind gute Freunde geworden. Aber sie wird für mich immer etwas anderes sein als nur ein Mensch unter anderen. Ja, es ist sogar so, daß ich unter anderem deswegen nicht mehr bei ihr arbeite, weil ich einfach nicht dem Drang widerstehen konnte, mit jedem Fall, den ich übernommen hatte, zu ihr zu laufen, um ihren Rat einzuholen. Und ich denke zwar gern daran, daß wir Freunde sind, aber sie wird für mich immer mehr als nur eine Freundin sein.« Ich sah auf meine Armbanduhr. »Ich muß jetzt wirklich ins Bett ...«

»Klar.« Gene winkte dem verschlafenen Kellner, der als einziger noch Dienst hatte. Er bat um die Rechnung, die umgehend vorgelegt wurde. Ich streckte die Hand nach ihr aus, aber Gene schnappte sie mir weg. »Das ist meine Sache. Jetzt hab' ich doch zum erstenmal in meinem Leben ein Spesenkonto.« Er ließ den Kellner mit einem Hundert-Dollar-Schein abziehen.

»Wie geht es deinen Eltern?«

»Dad geht's prima. Na ja, die Stimmung schwankt gelegentlich. Sie wissen ja, die Karriere – mal himmelhoch jauchzend, mal zu Tode betrübt. Aber im Grunde geht es ihm glänzend. Und Mam ...« Er seufzte.

»Mam ist im Grunde nie über die Scheidung weggekommen, und dann ist sie krank geworden.«

»Was Ernstes?«

»Kann man sagen. Ovarkarzinom. Sie ist kurz vor Peters Geburt gestorben.« Gene hatte affektlos gesprochen, wie das im Fachjargon heißt. Ohne Trauer, ohne Zorn. Nur das Faktum konstatierend. Ich rechnete die Kalenderzeiten nach. Seine Mutter war drei Jahre nach unserer letzten Sitzung gestorben. Zu der Zeit war die Frau, die er vor kurzem geheiratet hatte, schwanger, und er arbeitete auf sein Examen hin. Der Tod eines Elternteils ist naturgemäß immer ein Streßfaktor, und unter den erwähnten Umständen dürfte er in noch viel höherem Maße als solcher gewirkt haben. Die beruflichen Systemkomponenten in mir – wenn ich mir diese Anleihe beim Vokabular von Genes Arbeitswelt erlauben darf – schalteten sich instinktiv, wenn auch ein bißchen müde, zu.

»Das tut mir leid, Gene«, sagte ich mit allem Gefühl, das mir hier am Platze schien. Ich brauchte dabei nicht zu schauspielern; ich empfand echtes Mitgefühl für ihn. Seine Beziehung zu seiner Mutter war problematisch gewesen, seine Bindung an sie meines Wissens nie gelöst worden. Der Zeitpunkt ihres Todes war ein harter Schlag für ihn; ich will damit nicht sagen, daß es für den Tod einen gelegenen Zeitpunkt geben könnte, aber angesichts ihrer in der emotionalen Dimension inzestuösen Beziehung zu Gene drängt sich der Schluß auf, daß in irgendeinem Winkel seines Inneren das Gefühl aufgekommen sein muß, sie sei gestorben, weil er sie durch eine andere Frau, eine andere Familie ersetzt hatte. War Gene damit tatsächlich ohne das Bedürfnis nach fremder Hilfe fertiggeworden? Wenn dem so war, hatte er eine beeindruckende Leistung vollbracht, die bewies, daß der Erfolg unserer gemeinsamen Arbeit viel größer war, als ich mit einigem Recht hätte erwarten dürfen.

[Mit dem Wort »Heilung« wird in meinem Berufsstand, gelinde gesagt, zu leichtfertig umgegangen. Pharmakopsychiater gebrauchen es in Situationen, in denen ein objektiver Beobachter vielleicht davon sprechen würde, daß die störendsten Symptome des Patienten mit Hilfe von chemischen Agenzien niedergeschlagen wurden. Analytische Psychologen gebrauchen es unter Umständen in Fällen, wo andere davon sprechen würden, daß ein Einzel- oder Teilproblem gelöst ist. Heilung sollte theoretisch bedeuten, daß der Patient ein Gefühl der Harmonie – die innere Ausgeglichenheit – erlangt hat und in der Lage ist, diesen Gleichgewichtszustand nach jedem unabwendbaren Schicksalsschlag aus eigener Kraft wiederherzustellen. Nach meiner Erfahrung ist letzteres ein Ziel, das die Therapie nur ganz selten erreicht. Ein Ereignis wie Carol

Kennys früher Tod just zu der Zeit, als Gene die Fundamente für seine eigene Familie legte, treibt in vielen Fällen den Patienten in das Sprechzimmer des Therapeuten zurück, wo dann in aller Regel die Prozedur noch einmal von vorn beginnt, manchmal jedoch – das war Jungs Hauptanliegen – vorher Erreichtes konsolidiert und ausgebaut werden kann. Nach Überzeugung mancher Zeitgenossen, insbesondere der Pharmakopsychiater, beweist diese augenscheinliche Rückfallneigung die Unwirksamkeit der analytischen Therapie. Diese Einschätzung, so scheint mir, wird dem Charakter der schwierigen Landschaft des Lebens nicht gerecht. Einmal einen Berg erstiegen zu haben, bedeutet ja nicht, daß man bei der Besteigung eines höheren keinen Führer mehr benötigte, und auch wer nur denselben Berg zum zweitenmal besteigt, profitiert von dem Können, das er sich beim ersten Aufstieg erworben hat.]

Der Kellner war an unseren Tisch zurückgekommen. Gene war im Augenblick damit beschäftigt, das Wechselgeld entgegenzunehmen und ein Trinkgeld zu geben. Er hatte sich für meine Anteilnahme nicht bedankt. Er erhob sich und dokumentierte mit seinen wackligen Beinen die Wirkung des Alkohols.

»Es muß eine schwere Zeit für dich gewesen sein.«

Er zog die zusammengepreßten Lippen zwischen die Vorderzähne und nickte. »Ich hab' mir überlegt, ob ich Sie anrufen soll.«

»Das hättest du ruhig tun können. Ich habe doch hoffentlich nie einen Zweifel daran –«

»O ja, das ist mir schon klar.« Er war so unsicher auf den Beinen, daß er sich mit der linken Hand an dem Sessel festhielt. »Aber was hätten Sie mir sagen können? Es ging ziemlich schnell zu Ende mit ihr. Sie war schon in einem fortgeschrittenen Stadium, als die Krankheit festgestellt wurde. Cathy hat mir da durchgeholfen. Und dann ist Peter gekommen. Es hat mir nur leidgetan, daß Mam ihn nicht mehr hat sehen können.« Er sah zu Boden. Wie er da stand, in seinem Oberschüleraufzug und anscheinend den Tränen nahe, war er ein trauriger Anblick. Von der wilden Energie aus dem Triumph mit dem Computer war nichts mehr übrig. »Tja«, sagte er seufzend. »Es ist Zeit für die Heimkehr.«

Ich begleitete ihn hinunter in die Lobby; kurz vorm Ausgang blieben wir stehen. Ich fragte ihn, ob ich ihm nicht Adressen von vertrauenswürdigen Therapeuten in der Nähe seiner Wohnung besorgen solle.

»Sie haben wohl einen Ring aufgebaut, was?« sagte er lachend.

»Ich könnte mich mal umhören und –«

»Danke, kein Bedarf.« Er klopfte mir leicht auf die Schulter und nahm die Hand sofort wieder weg. »Ich bin jetzt über alles weg. Bestimmt. Ich hab' Ihnen da irgendwie ein falsches Bild vermittelt. Wenn Flash II gestern durchgefallen wäre, würde ich jetzt Hilfe brauchen, aber so – nein, mir geht's blendend.« Er schoß einen seiner schnellen Seitenblicke auf mich ab: seine Augen waren gerötet, und ich meinte ein ängstliches Flakkern in ihnen wahrzunehmen. Der Portier fragte Gene, ob er ihm ein Taxi heranwinken solle. Gene sagte ja und streckte mir die Hand hin. »Danke für alles. Das hab' ich Ihnen sagen wollen.«

Ich schüttelte seine Hand und sagte: »Warte!« Ich holte meine Karte aus der Brieftasche. »Da steht, wo du mich erreichen kannst. Ruf mich an, wenn ich dir bei euch in der Gegend jemand empfehlen soll, den du konsultieren kannst. Oder auch einfach nur, um zu plaudern, natürlich.«

Gene hatte die Augen gesenkt und lehnte mit einem Kopfschütteln ab. »Mir geht es bestens.« Dann nahm er die Karte. »Na gut. Danke.« Er hastete durch die Drehtür und stolperte, als er am Bordstein ankam. Der Portier hielt einen Moment lang seinen Ellbogen fest. Bevor er in das Taxi einstieg, drehte Gene sich noch einmal zu mir um und winkte – noch immer, so mein Eindruck, der kleine Junge, der tapfer zur Schule ging.

Ich wußte, daß es nur eine Frage der Zeit war, bis ich wieder von ihm hören würde. Ein paar Monate später, im Frühjahr, rief er an. Er leide an Schlafstörungen. »Wir haben wie die Irren an Flash II gearbeitet«, erzählte er. »Achtzehn, zwanzig Stunden am Tag. Manchmal habe ich zwei Nächte hintereinander nicht geschlafen. Ich glaube, im Moment finde ich einfach nicht den Weg ins normale Leben zurück, ich kann einfach nicht abspannen. Wissen Sie jemand, an den ich mich wenden kann, damit er mir Schlaftabletten verschreibt?«

An Schlaftabletten zu kommen, ist in den USA, dem Land der Wunscherfüllung ohne Warten, leider ziemlich einfach, also nahm ich an, daß Genes Geschichte eine Nebelkerze war. Ich fragte mich, warum er sich genierte zuzugeben, daß er Hilfe brauchte. Hatte er das Gefühl, mir damit ein schlechtes Zeugnis auszustellen? »Laß mir etwas Zeit, ein bißchen herumzutelefonieren und ein paar Adressen zu sammeln. Ich möchte dir zu den einzelnen Namen auch etwas Verläßliches sagen können, damit du ein paar Anhaltspunkte hast, nach denen du dich entscheiden kannst.«

»Na ja ... es ist vielleicht bloß für ein oder zwei Sitzungen. Sie sollten sich da nicht zuviel Mühe machen.«

Ja sicher, wozu sich überhaupt Mühe machen? Es geht ja nur um eine Lappalie wie das eigene psychische Wohlbefinden. Ich war verärgert. Phlegma und die bis zur Selbstsabotage gehende Scheu, den eigenen Bedürfnissen Rechnung zu tragen – Genes Symptome waren in alter Pracht und Herrlichkeit wiederauferstanden. Vielleicht hatte Gene das richtige Gespür gehabt, als er sich scheute, mich um Rat zu fragen; für meine Eitelkeit war das offenbar schwer zu ertragen. »Das macht überhaupt keine Mühe«, sagte ich. »Hör zu, Gene, wenn ich ehrlich sein soll, glaube ich nicht, daß dir mit Schlaftabletten geholfen ist. Kann sein, daß du nur ein paar Sitzungen brauchst, aber wenn das jetzt schon monatelang geht, ist auf jeden Fall was anderes angesagt als nur mal wieder richtig ausschlafen.«

»Ach so«, sagte er, dann war Funkstille.

»Ich besorg' jetzt mal ein paar Adressen, dann ruf' ich dich zurück.«

Wieder einmal hatte ich das Gefühl, daß zwischen Gene und mir eine eigenartige Verbindung bestand, und es erleichterte mich, ihn an einen anderen Therapeuten weiterreichen zu können. Schon der Zeitpunkt seiner Rückkehr in meinen Gesichtskreis hatte etwas Aufreizendes. Noch am selben Tag sollte im Hochhaus des New York Hospital mit einer aggressiven Radikalbehandlung von Onkel Bernies fortgeschrittenem Pankreaskarzinom begonnen werden. Die Ärzte beabsichtigten, Bernies Blutkreislauf mit einer gewaltigen Dosis Chemotherapeutika zu überfluten, eine Maßnahme, während deren Dauer sein Leben an einem seidenen Faden hängen würde. Appendix und Milz würden operativ entfernt werden. Die Nieren würden ständig gespült, das Blut mehrfach ausgetauscht und die Atmungsfunktion von einem Beatmungsgerät übernommen werden. Drei Tage lang würde der Patient 40 Grad Fieber haben, und wahrscheinlich würde man ihn in Eis packen müssen, um die Temperatur so niedrig zu halten; ein weiterer Anstieg würde zu einer Schädigung des Gehirns führen. Und die ganze Prozedur würde von Anfang bis Ende von unvorstellbaren Schmerzen begleitet sein, die zu keinem Zeitpunkt mit Morphium würden gedämpft werden können; Onkel Bernie würde hilflos leiden müssen. Das Ziel dabei war im wesentlichen die Abtötung sämtlicher Stammzellen, der dann eine Übertragung von Knochenmark seiner Tochter folgen sollte. Wenn er überlebte, wäre der Krebs vermutlich auf Dauer besiegt. Die Behandlung war ein Glücksspiel. Mit ihren Implikationen erinnerte sie mich an das alte Witzwort: Wäre der Patient nicht an der Medizin gestorben, wäre er jetzt geheilt. Das Verfahren war bisher erst in sechs Fällen angewandt worden, in vier davon mit Erfolg – auf mittlere Sicht jedenfalls, denn die überlebenden Patienten konnten sich der erzielten Remission lediglich ein Jahr lang erfreuen. In den beiden anderen Fällen starben die Patienten innerhalb von vierundzwanzig Stunden nach der Behandlung. Aus einem halben

Dutzend Fälle ließen sich natürlich keine sinnvollen Prognosen ableiten. Grundlage für den Entschluß zu der eminent risikoreichen Behandlung war in Bernies Fall, daß der Patient sich in einem Zustand befand, in dem er ohnehin nichts mehr zu verlieren hatte.

Bevor ich in die City aufbrach, hatte ich noch eine halbe Stunde Zeit, mit meinem Studiengenossen Bill Roth zu telefonieren, der jetzt im Cambridge Hospital arbeitete. Ich nahm an, daß er mir empfehlenswerte Psychiater in der Nähe von Genes Wohnort in Massachusetts würde nennen können. Ich war in meinem Sprechzimmer in unserer Gemeinschaftspraxis, die als Operationsbasis für unsere Arbeit mit mißbrauchten Kindern diente. Sie lag nur wenige Minuten entfernt von einem staatlichen Jugendwohlfahrtszentrum, für das Diane, Ben und ich als psychiatrische Betreuer tätig waren – unser wichtigster Aufgabenbereich. Für den Fall Grayson pendelten noch immer mindestens zwei von uns regelmäßig nach Boston, jetzt allerdings nicht mehr, um an der Rechtsfindung mitzuwirken, sondern zur Betreuung der Kinder. Dadurch waren wir mit der Arbeit im Wohlfahrtszentrum etwas in Rückstand geraten, und durch Bernie würde ich jetzt noch einmal drei Arbeitstage verlieren.

»Hat dein Ex-Patient einen richtigen Knacks, oder ist er bloß ein Hypochonder?« erkundigte sich Bill respektlos.

»Ich glaube, er braucht ein bißchen Hilfe bei der Kummerverarbeitung, bin mir allerdings nicht hundertprozentig sicher. Ich hatte jetzt schon länger keinen Kontakt mehr mit ihm.«

»Oh, du suchst jemand, der ihn knuddelt. Wie wär's mit Toni? Du erinnerst dich doch noch an sie?« Toni, eine exzellente Psychologin, war eine gemeinsame Bekannte aus unserer Zeit an der Johns Hopkins University. »Sie praktiziert jetzt in irgendeiner Wohnsiedlung in Massachusetts. Die bringt jeden so weit, daß er sich seines Lebens freut. Wenn du an ihren Möpsen liegst, guckst du seelenruhig zu, wie dein Haus abbrennt, und sagst nicht piep.«

»Geknuddelt hat sie bloß dich und nicht ihre Patienten. Außerdem will mein Patient einen Psychiater, damit er jemand hat, der ihm Rezepte ausstellen kann. Er meint, er braucht Schlaftabletten.«

»Und damit bist du einverstanden?«

»Ich hoffe, das Genie, das du mir gleich empfehlen wirst, sieht sofort, ob er das Zeug wirklich braucht oder nicht.«

»Ich hab' hier direkt vor meiner Nase eine Karte. Toni ist höchstens eine halbe Stunde weit weg von deinem Mann. Warum sagst du ihm nicht, wenn Toni der Meinung ist, daß er Ablöscher braucht, verschreibst *du* sie ihm?«

»Daran hab' ich auch schon gedacht. Aber dann hab' ich mir gesagt, wenn du das hörst, denkst du, ich will den Aufpasser machen.«

»Was ist falsch daran, den Aufpasser zu machen?«

Toni war eine gute Wahl, in mancher Hinsicht zumindest für den jetzt erwachsenen Gene eine bessere Wahl als ich. Ich rief bei ihr an, erreichte sie jedoch nicht. Das Telefonieren mit ihr und anschließend mit Gene mußte ich daraufhin erst einmal vertagen. Es war inzwischen Zeit für mich geworden, in die City zu fahren und mich im New York Hospital zu dem, was vom Rabinowitz-Clan übrig war, zu gesellen. Wichtiger noch für mich: es war möglicherweise der Abschied von Bernie, was mich dort erwartete, wohin mich jetzt die Verwandtschaftspflicht rief.

Als ich auf dem Stockwerk, wo Bernies Zimmer lag, den Fahrstuhl verließ, sah ich mich Auge in Auge mit Tante Sadie, die auf ihren Stock gestützt auf dem Vorplatz stand. Sie hatte sich vor zwei Jahren in Palm Beach den Hüftkopf gebrochen, als sie beim Swimmingpool mit Daniels Ältestem Fangen spielte. Sie konnte gehen, ohne zu hinken, und stützte sich auf den Stock nur, wenn sie müde war. Sie hatte Angst, sie könnte noch einmal stürzen; der Stock war für sie mehr Sicherung gegen das Hinfallen als Stütze. »Oh, Rafe«, sagte sie. »Ich wollte gerade einen Kaffee trinken gehen. Hier auf der Station darf man nichts essen und nichts trinken.«

Ich umarmte sie. Ihr Stock klopfte leicht an meine Seite. Sie hatte mich, als ich aus dem Fahrstuhl trat, aus klaren Augen angeblickt. Während der Umarmung spürte ich, wie ihr Kopf an meiner Brust bebte. Und tatsächlich, als wir uns voneinander lösten, war sie in Tränen.

»Ich hatte schon befürchtet, du kommst nicht«, sagte sie.

»Na, hör mal, das war doch klar, daß ich komme.«

»Ich dachte, deine Arbeit macht dir im letzten Moment bestimmt noch einen Strich durch die Rechnung.«

»Sadie, was ist los mit dir?«

Ihr altes Gesicht war sanft und mild: Hamsterbäckchen, scheue Augen, ein weicher Mund. Onkel Leo war vor fünf Jahren überraschend gestorben – eine schwere Koronarembolie. Ihre Söhne und Enkelkinder lebten in Houston und Chicago. Sie sah sie nur wenige Male im Jahr. Und dann war da natürlich auch der Hüftkopfbruch mit seinen Nachwirkungen. Nicht ohne Sarkasmus in der Stimme fragte sie: »Was mit mir los ist, möchtest du wissen?«

»Ich meine, gibt es irgendwas Neues?«

»*Sie* ist hier.« Sadie sprach das Pronomen voller Verachtung aus. »Sie« war Patricia, die zweite Frau meines Onkels, rund zwanzig Jahre jünger als er, eine scharfzüngige Immobilienmaklerin, die Bernie das Haus in Palm Beach verkauft und sich selbst als Dreingabe in das Geschäft eingebracht hatte. Seine Familie, sprich Sadie und Bernies Tochter Helen, war überzeugt, daß Pat sich mehr für Bernies Geld als für Bernie selbst interessierte. Bernie und Pat waren jetzt schon zehn Jahre verheiratet, und meines Wissens war es eine glückliche Ehe.

»Na ja, sie ist immerhin seine Frau.«

»Ich halt' sie nicht aus«, sagte Sadie, während sie einen Schritt zurücktrat und einen Fussel von ihrer Bluse schnippte. »Nicht jetzt.«

»Hast du denn in Florida nicht ständig mit ihr zu tun?«

»Nicht solange ich es vermeiden kann.« Sadie kniff die Augen zusammen. Der Blick erinnerte mich an meine Mutter. »Sie zählt in diesem Moment sein Geld nach.« Aber dann zeigte sich der Unterschied zwischen meiner Mutter und ihrer Schwester. Der unfreundliche, argwöhnische Blick verschwand, und Sadie lachte über sich selbst. »Am besten, du hörst gar nicht auf mich. Ich bin verrückt. Alt und verrückt. Sie hat sein Geld verdient. Sie ist gut zu ihm gewesen.« Sie ging zum Fahrstuhl und konzentrierte dabei ihre Aufmerksamkeit ganz auf ihren Stock, den sie – mit ihm auf den Boden klopfend, mit der Krücke den Knopf drückend – mehr wie ein Spielzeug denn wie eine Gehhilfe handhabte. »Er ist mein kleiner Bruder«, sagte sie, und bei dem »kleiner« krampfte sich ihr die Kehle zusammen.

Ich studierte ihren Gesichtsausdruck. Er war gelassen. »Er ist ein kräftiger Mann«, sagte ich. »Er hat eine gute Chance, das durchzustehen.«

»Die Ärzte sind verrückt. Sie haben ihren Spaß daran, die Leute erst noch zu quälen, bevor sie sterben. Es geht ihnen nur ums Geld.«

»Du redest wie eine Kommunistin, Tantchen.«

»Dich hab' ich nicht gemeint, mein Schatz. Du bist ein Heiliger«, sagte sie in vollem Ernst.

Ich mußte lachen und sang dann leise: *»El veinticuatro de octubre, el día de San Rafael.«*

Sadie lächelte. »Was ist das denn?«

»Der vierundzwanzigste Oktober ist der Tag des heiligen Rafael«, übersetzte ich. »Mein Namenstag. Großmutter Jacinta rief mich an dem Tag immer an und sang mir das vor.«

»War sie sehr religiös?«

»Überhaupt nicht.«

Sadie runzelte die Stirn. Der Fahrstuhl kam. Sadie trat hinein. Im Hintergrund der Kabine stand ein müder Mann vom Reinigungsdienst im verschmutzten Arbeitskittel, Mop und Eimer neben sich. Er hatte sich mit geschlossenen Augen gegen die Rückwand gelehnt und nahm keine Notiz von uns. Sadie, noch immer nachdenklich die Stirn runzelnd, drückte geistesabwesend einen Knopf. »Deine Mutter hat immer gesagt, sie sei eine entzückende Frau.« Die Flügel der Fahrstuhltür schoben sich vor ihr zusammen.

Ich fand Onkel Bernie in einem riesigen Eckzimmer mit Panoramablick auf den East River und Manhattan. Seine Ehefrau Pat war bei ihm – sonnengebräunt und modegerecht heruntergehungert, das schwarzgefärbte Haar straff zurückgebürstet, die Kleidung von unauffälliger Eleganz: weiße Bluse, schwarzer Rock, um den Hals eine Reihe schlichter, aber teurer Perlen. »Da kommt er ja«, sagte sie, als ich eintrat. Sie küßte die Luft neben meiner Backe und drückte mir gleichzeitig mit einer Hand den Unterarm. »Er hat mich ganz verrückt gemacht, weil er es kaum abwarten konnte, dich zu sehen.« Sie ging zur Tür. »Ich sorge dafür, daß niemand hereinkommt, solange du mit Rafe zugange bist«, sagte sie, die Hand auf dem Türknopf. Sie ging hinaus und zog die Tür hinter sich zu.

Bernie hatte zwar noch immer ein volles Gesicht, aber weit über zwanzig Kilo Gewicht verloren. Über der Stirn war er vollständig kahl, und das verbliebene Haar war ganz ergraut, aber die Haut hatte eine erstaunliche Jugendlichkeit bewahrt – sie hatte nur wenige Runzeln und einen durchscheinenden Glanz wie die Haut eines Neugeborenen. In einen marineblauen langen Morgenmantel gehüllt, saß er in einem Sessel in der Fensterecke. Auf dem Tisch neben ihm stapelten sich juristische Dokumente. Er erhob sich, und jetzt war seine Gebrechlichkeit nicht mehr zu übersehen. Der Kopf war für den hageren Hals und die eingesunkene Brust viel zu groß. Ich umarmte ihn. Er klopfte mir zaghaft auf den Rükken. »Du siehst blendend aus«, sagte er und löste sich aus der Umarmung. Er schien unsicher auf den Beinen. Ich ergriff seine linke Hand und hielt sie, während er sich mit umständlicher Sorgfalt wieder in dem Sessel niederließ. Mein Blick fiel auf seine Fingerknöchel. Die Haarbüschel waren jetzt weiß; obwohl sie immer noch so aussahen, als würden sie gewohnheitsmäßig zu einem eleganten Flor gebürstet, wirkten sie aufgrund der Farbe längst nicht mehr so dicht wie früher. Der Handrükken wies Altersflecke auf, einen großen an der Daumenwurzel, einen kleineren hinter der Wurzel des kleinen Fingers. Im Handgelenk war ein konstantes Zittern, das sich bis in die Finger hinein fortsetzte und sie in ständiger Bewegung hielt. Er bedeutete mir mit einer Handbewegung, ich solle einen Sessel heranschieben und ihm gegenüber Platz nehmen.

Als ich das getan hatte, reichte er mir einen Brief. »Lies das.«

Der Brief war von Aaron, Bernies inzwischen sechsundvierzigjährigem Sohn. Sie hatten sich seit zwanzig Jahren nicht mehr gesehen. Aaron schrieb, er habe von Bernies Krankheit gehört, und drückte sein Bedauern und seine Hoffnung auf einen Behandlungserfolg aus. Es sei ihm ein Bedürfnis, daß sein Vater wisse, daß er nach langer Drogensucht vor fünf Jahren Hilfe gefunden habe und jetzt von der Sucht runter sei. Er habe eine Arbeit, die ihm Spaß mache, lebe in Iowa mit einer Frau zusammen, die er liebe, und verbringe neuerdings die Sommer mit Isaac, seinem Sohn aus erster Ehe, der jetzt ein Teenager sei. Er selbst wolle nichts von Bernie, abgesehen davon, daß er ihn gern einmal besuchen kommen würde, aber er mache sich Hoffnung, daß Bernie ein College-Studium für Isaac finanzieren werde, denn der Junge sei intelligent und habe diese Zukunftschance verdient. Aaron bezweifelte, daß sein Hilfslehrergehalt dafür ausreichen würde, und meinte, daran werde sich auch in Zukunft kaum etwas ändern. Ich bin kein besonders ehrgeiziger Mensch, schrieb er. Er spreche das alles offen und ohne Umschweife aus, fügte er hinzu, weil er wisse, daß Bernie es nicht leiden könne, wenn man ihn um Geld bitte, und daher seiner Meinung nach nur noch ärgerlich wäre, wenn er, Aaron, um den heißen Brei herumrede. Für sich selbst bitte er um nichts. Es tue ihm leid, daß er sich als eine so große Enttäuschung erwiesen habe; wenn es auch nach seiner Überzeugung verständliche subjektive Gründe für die schweren Zeiten gebe, die er durchlebt habe, sei ihm doch klar, daß er für die Entfremdung zwischen ihm und Bernie, für seine Scheidung und seine eingeschränkten beruflichen Möglichkeiten selbst verantwortlich sei. Unbeschadet dessen wäre es jedoch in seinen Augen eine Ungerechtigkeit, wenn sein Sohn für die Fehler bestraft würde, die er, Aaron, gemacht habe. Ob man es glaubt oder nicht, das Schreiben endete mit den Worten: »Ich liebe dich.«

Ich las den Brief zweimal. Ich war nicht gerade entzückt über ihn. Meiner Ansicht nach gab sich Aaron unnötig schuldbewußt und wortkarg und beklagenswert. Seine momentane Lebensperspektive war durchaus nicht so eingeschränkt, wie er tat. Es machte ihm Spaß, im Lehrfach zu arbeiten, und nebenbei schrieb er Short Stories, von denen bereits drei veröffentlicht worden waren. Er liebte seine zweite Frau über alle Maßen. Sie war schwanger, ein Faktum, das er verschwiegen hatte. Zudem hätte er nach meinem Dafürhalten Isaac, der ein sympathischer und intelligenter Junge war, ruhig etwas mehr herausstreichen können. Mit einer wirklichkeitsnäheren, weniger zugestutzten, weniger verschämten Darstellung seiner Person hätte er Bernies Stolz angesprochen. Wie aus diesen Anmerkungen zu ersehen, stand ich mit Aaron seit Jahren in Verbindung, wovon Bernie freilich nichts wußte. Aaron wollte, daß ich den Kontakt geheimhielt. Mein Weg ist mit Geheimnissen gepflastert, dachte ich. »Hast du davon gewußt?« fragte Bernie.

»Von dem Brief? Nein.«

»Und von Aaron?«

»Ja.«

Bernie nahm den Brief. Er schüttelte mit einem matten Lächeln den Kopf über mich. »Warum hast du mir nichts gesagt?«

»Weil es dich nichts anging.«

Bernie brummte amüsiert. Er legte den Brief zuoberst auf den Stapel Papiere auf dem Tisch. »Du hast ihm geholfen, hab' ich recht? So ist er zu der Behandlung gekommen.«

»Ich hab' ihm eine Telefonnummer gegeben. Das ist alles. Das andere hat *er* gemacht. Du solltest nicht an den Tatsachen drehen, Onkel.«

»Du meinst also, ich soll tun, worum er mich bittet?«

»Isaac ist ein gescheiter Bursche. Er sollte ein College besuchen können, ohne sich über Studiengebühren und Lebenshaltungskosten und so weiter den Kopf zerbrechen zu müssen.«

»Was will er denn mal werden? Darüber schweigt Aaron sich aus.«

»Musiker. Er spielt Trompete. Studieren würde er am liebsten am Oberlin College. Er ist sehr begabt.«

»Noch ein Künstler.« Bernie hob behutsam das Wasserglas an die Lippen und trank. Anschließend machte er ein schmatzendes Geräusch; es war nicht sehr laut, hatte aber trotzdem etwas Infantiles. »Was habe ich bloß für eine kreativ begabte Familie. Ich kann mich glücklich schätzen.«

»Du *kannst* dich glücklich schätzen.«

»Ach ja? Ich habe mein ganzes Leben – ich habe jede einzelne Minute meines Lebens für meine Familie gearbeitet. Aber meine Familie ist undankbar, und sie ist eine einzige Katastrophe. Kannst du mir erklären, warum das so ist?«

Ich schwieg.

»Ich wette, du kannst es. Ich wette, du wüßtest mir eine Erklärung, daß mir die Haare zu Berge stehen.«

»Bist du böse auf mich?«

»Du hättest mir das mit Aaron sagen sollen. Daß du mir nichts davon gesagt hast, heißt, daß du mich nicht für voll nimmst. Oder daß du mich für einen Gewaltmenschen hältst. Ist das mit Aaron meine Schuld? War es meine Schuld, daß er sich mit Drogen zugedröhnt hat, war das meine Schuld?«

»Ich bin ein Hirnklempner, Onkel. Kein Rabbi. Ich bin kein Spezialist für Schuldfragen.«

»Du lebst wohl hinter dem Mond? Rabbis sind Spezialisten für das Einsammeln von Spendengeldern. Nein …« Er schob Aarons Brief weiter von sich fort. Der rutschte über die Kante des Papierstapels, kippte nach unten und blieb hochkant stehen, wie ein Auto, das über den Rand eines Absturzes hinausgeschossen ist. »… man kann niemand für irgend etwas Schuld geben«, sagte er verbittert.

»Warum bist du böse auf mich, Onkel?«

»Du müßtest jetzt eigentlich mein Arzt sein«, sagte er wie nebenbei. Er sah auf Manhattan hinaus. Die Sonne ging unter und warf schräge Strahlen auf die gläsernen Türme von Midtown. »Ich hab' dir einmal gesagt, ich wünsche mir, daß du die Therapie für Krebs entdeckst.« Er lächelte verschmitzt. »Ich wußte, daß der heutige Tag kommen würde.«

»Es …« Fast hätte ich gesagt: Es tut mir leid, aber das wäre albern und unwahr gewesen. Ich betrachtete die Situation von einem Standpunkt aus, der vielen gefühllos vorkommen mag. Onkel Bernie war über achtzig. Die Ansicht, daß die Begegnung mit dem Tod im Alter zu einem wilden Kampf werden müsse, ist zu unreif und zu wirklichkeitsfremd, als daß ich sie akzeptieren könnte. »Empört euch, wütet, rast gegen das Verlöschen des Lichts« ist eine Devise, in der sich Unvermögen, die Natur zu begreifen, ausspricht. Bernie war es gewöhnt, den Gang der Ereignisse unter seiner Kontrolle zu haben, doch ebendas hatte seinen Beziehungen zu seiner Umgebung auch schwer geschadet. Ich hatte gehofft, daß er seinem Ende gefaßter ins Auge sehen würde. Das war nun meinerseits infantil. Doch einerlei, ob es ein Segen war oder ein Fluch, er war nun einmal mein Vater geworden, und ich wünschte, er hätte mir ein besseres Beispiel gegeben. Das letzte Geschenk, das Eltern ihren Kindern machen können, ist die Lektion, wie man stirbt.

Bernie wartete darauf, daß ich weitersprach. Als ich stumm blieb, fuhr er fort: »Du hast mir am Telefon nicht gesagt, was du von dieser Behandlung hältst.«

»Behandlung?«

»Ja, Behandlung. Was soll es denn sonst sein, wenn es keine Behandlung ist?«

»Es gäbe andere Möglichkeiten. Weniger schmerzhafte, weniger –«

»Aber sie würden alle bedeuten, daß ich sterbe. Das steht außer Frage, haben sie mir gesagt.«

Ich schwieg.

»Du denkst, sterben werd' ich so oder so.«

»Die anderen Testfälle waren vierzig Jahre jünger als du. Der Versuch mit dir ist doch nur genehmigt worden, weil du Geld hast.«

»Glaubst du, damit sagst du mir was Neues?«

»Mit einer normalen Behandlung könntest du noch bis zu einem Jahr unter relativ komfortablen Umständen leben.«

»Unter relativ komfortablen Umständen«, wiederholte er und schüttelte den Kopf.

»Du hättest Zeit, Aaron wiederzusehen, deinen Enkel kennenzulernen und dich von allen Menschen, die dir etwas bedeuten, in Ruhe zu verabschieden.«

»Die Menschen, die mir etwas bedeuten, sind alle hier.«

»Aber keiner verabschiedet sich von dir, ja? Das wäre unsolidarisch.«

Bernie lächelte mich an. Er klatschte mir mit der flachen Hand aufs Knie. »Ausgenommen du. Du bist der einzige, der den Mumm hat, mir ins Gesicht zu sagen, daß ich es nicht überstehen werde.«

»Vielleicht überstehst du es. Aber vielleicht lohnt es sich nicht.«

»Fünf oder zehn Jahre länger leben?« Er starrte mich an. Ich nickte. »Das lohnt sich nicht?« fragte er ungläubig.

»Vielleicht nicht.«

»Du bist verrückt«, sagte er.

»Was verstehst du schon vom Verrücktsein, Onkel«, erwiderte ich.

Wir lachten beide. Bernie trank wieder einen Schluck Wasser. Er stellte das Glas auf den Tisch zurück und griff dann mit derselben Bewegung nach Aarons Brief, um ihn aus seiner havarierten Position zu hieven und auf den Stapel zurückzulegen. »Ist dieser Enkel von mir, diese Leuchte Isaac – ist der weißer Hautfarbe?«

Das kam für mich überraschend. Ich dachte kurz nach. »Du hast Nachforschungen angestellt.«

»Diese schwarze Ehefrau –«

»Ex-Ehefrau.«

Bernie machte eine wegwerfende Handbewegung. »Hat *sie* ihn auf die Drogen gebracht?«

»Ich weiß es nicht. Ich glaube nicht. Sie hat ihn jedenfalls vor die Tür gesetzt. Und damit hat sie dafür gesorgt, daß er sich seiner Sucht hat stellen müssen.«

»Bernie Rabinowitz' einziger echter Enkel hat Jazz im Blut«, sagte er in mokantem Ton – aber es klang hohl. Seine Tochter Helen war empfängnisunfähig. Ihre zwei Kinder waren adoptiert.

»Sieh dir deinen Neffen an«, sagte ich, auf mich deutend. »Der Rabinowitz-Clan ist eine regelrechte UNO.«

Bernie machte mit den Lippen ein schmatzendes Geräusch. »Ich werde diese Trockenheit im Mund nicht los. Hol mir doch bitte noch etwas Wasser. Im Kühlschrank ist Mineralwasser.«

Der Kühlschrank war nur einer von den Einrichtungsgegenständen, die als Extra-Komfort in Bernies Zimmer gestellt worden waren. Außer dem mit Papieren befrachteten Tisch waren da noch eine Stereoanlage, ein Fotokopiergerät, diverse Diktiergeräte und ein großes Trumm von Apparat, bei dem es sich um etwas mir damals noch völlig Unbekanntes handelte, nämlich um ein Faxgerät der ersten Generation.

Während ich ihm ein Glas Evian holte, schaute Pat herein. »Helen ist mit den Kindern da.«

»Und das Genie?«

»Helen sagt, Jerry ist noch im Büro. Er wird in allernächster Zeit hier sein.«

»Es dauert noch eine Weile«, sagte Bernie in dem gebieterischen Ton, der sein üblicher Umgangston mit Pat war.

Sie verdrehte die Augen, zog sich aber gefügig zurück.

»Sie ist die einzige, die einsteckt, ohne zu jaulen.«

»Und was ist mit mir?«

»Du kritisierst. Das ist schlimmer als Jaulen.«

»Ist Jerry auch einer von denen, die jaulen?« erkundigte ich mich nach Helens Ehemann, dem jetzigen Präsidenten von Bernies Unternehmen.

»Jerry fährt mir Verluste ein und gibt allem und jedem die Schuld daran, bloß nicht sich selbst und seinem inkompetenten Management.« Das war ein altbekanntes Lamento. Anfang der siebziger Jahre hatte mein Onkel sich aus der Direktion seines Unternehmens zurückgezogen und seinen Posten an seinen Schwiegersohn abgetreten. Zu Bernies Überraschung stieß Jerry die Elektro- und Baumarkt-Kette Home World ab, die Bernie in den Sechzigern gekauft und ausgebaut hatte. Mit dem Gewinn aus dem Verkauf stieg Jerry groß in das Immobilien- und Baugeschäft in Manhattan ein. Sein Engagement galt allerdings nicht dem Bau von Unter- und Mittelschichtwohnungen, mit dem sein Schwiegervater in den vierziger und fünfziger Jahren reich geworden war, sondern anspruchsvollen Büro- und Luxus-Wohnkomplexen. Anfangs kamen seine Unternehmungen an der Wall Street gut an. 1972 kam eine Reihe von Unregelmäßigkeiten ans Licht – im Verlauf der Affäre wanderten vier leitende Beamte der Stadtverwaltung hinter Gitter –, und 1973 schlug dann die Rezession in New York mit voller Wucht zu. Bis zum Jahr 1974 erlebten die Aktien von Bernies Unternehmen einen Wertrückgang von dreiundzwanzig Dollar auf fünfundsiebzig Cent pro Aktie, was bedeutete, daß der Kurswert von Bernies und Jerrys Aktienvermögen von sechshundert Millionen Dollar auf weniger als dreizehn Millionen Dollar schrumpfte. Onkel Bernie hängte das Pensionärsdasein an den Nagel. Mit einer Reihe brillanter taktischer Manöver holte er die verfahrene Karre aus dem Dreck. Er nutzte seine Kontakte zu alten Spezis, machte mit den Banken Geschäfte zum gegenseitigen Vorteil, ging städtischen und staatlichen Behörden um den Bart und schaffte es, Jerry nicht nur vor dem Gefängnis zu bewahren, sondern ihn auch aus den Zeitungsspalten herauszuhalten. Bis 1980 stemmte Bernie die Börsennotation seiner Aktie wieder auf zehn Dollar hoch. In einem Akt der Großmut und Redlichkeit – so schien es mir – trat Bernie seine Führungsrolle abermals an Jerry ab. Mit dieser zweiten Thronfolge lief es besser. 1988 wurde die Aktie an der Börse mit fünfundzwanzig Dollar notiert, und Bernie figurierte wieder auf der Forbes-Liste der einhundert reichsten US-Bürger.

»Ich dachte, Jerry macht seine Sache jetzt glänzend«, sagte ich.

»Ronald Reagan hat seine Sache glänzend gemacht«, meinte Bernie. »Jerry ist in dem Zug mitgefahren.« Bernie nahm erneut einen tiefen Schluck aus dem Wasserglas. Ich fühlte mich an meine Mutter erinnert; sein Weltbild und das ihre waren so verschieden nicht. Wie sie war auch er der Ansicht, daß die Gezeiten der Gesellschaft den einzelnen tragen, wohin sie wollen, daß erfolgreiche Geschäftsleute oft nur Treibgut sind und sich dabei für Olympiaschwimmer halten. In der Tat war es sein klares Bewußtsein von seiner persönlichen Spielart des Marxismus gewesen, woraus Bernie stets seine Überlegenheit geschöpft hatte: Er versuchte nicht, Wellen zu erzeugen, er ritt auf den Wellen. Als hätten sich seine Gedanken in der gleichen Richtung bewegt, wischte er sich die Lippen und sagte: »Es ist Zeit, sich aus dem Immobiliengeschäft zurückzuziehen, und das vor allem in New York. Jerry glaubt, Bush wird schon dafür sorgen, daß alles so weiterläuft wie bisher. Diese Burschen können den Hals nicht vollkriegen«, meinte Bernie. »Geld machen ist nicht schwer. Billig kaufen und teuer verkaufen ist schwer. Aber diese Genies glauben, die guten Zeiten gehen ewig weiter. Ich sage ihnen immer wieder, es ist alles eine Sache von Angebot und Nachfrage. Wir haben gebaut und gebaut und gebaut. Die Preise sind im Keller. Aber Jerry sagt mir, die Japs sind scharf auf unsere Immobilien, und das beweist, daß es aufwärts geht.« Bernie grunzte unmutig. »Kann man von mir verlangen, daß ich das ernst nehme? Ich kenne mich aus in dieser Stadt.« Er deutete mit einer Kopfbewegung hinaus auf das – ohne Frage eindrucksvolle – weitgespannte Panorama von Manhattan vor seinen Fenstern. Die Gebäude, die er errichtet hatte, waren wie verkleinert zu sehen – Spielzeug für die Riesenhände seines Reichtums und seiner Macht. »Niemand schafft heute noch bleibende Werte. Vielleicht fangen sie nach der Katastrophe wieder damit an. Vielleicht ...« Wieder ließ er einen Laut des Unmuts hören. »Es ist alles dahin. Die Welt, in der mein Vater gelebt hat, ist dahin.«

»Warst du mal in den koreanischen Lebensmittelläden?«

»Was?« Bernie sah mich aus zusammengekniffenen Augen scharf an, als hätte ich ihm etwas zur Begutachtung vorgelegt.

»Sie erinnern mich an die alten jüdischen Feinkostläden. Die ganze Familie ist im Einsatz. Einschließlich Kinder. Vierundzwanzig Stunden am Tag, sieben Tage in der Woche. Die Kinder machen ihre Schulaufgaben zwischen dem Geldverdienen.«

»Das sind auch Narren«, sagte Bernie. »Mein Vater war ein guter Mensch, aber er war ein Narr.« Er lachte auf. »Kinder, die ihre Schulaufgaben machen und Geld verdienen. Das findest du gut?«

»Ich finde es gut und nicht gut.«

»Was zum Kuckuck soll denn das nun wieder heißen?«

»Man integriert seine Kinder in den eigenen Arbeitsprozeß, das gefällt mir. Eine Lehrzeit hat viele Vorteile. Das ist ein sehr viel weniger entfremdetes Lernen, als bis ins Erwachsenenalter Schulen zu besuchen, um am Ende von jemand Fremdem einen Beruf erlernt zu haben. Andererseits haben diese Kinder keine Kindheit, und das ist ein zu hartes Schicksal. Sie wachsen vielleicht zu arbeitsamen, ehrsamen und erfolgreichen Menschen heran, aber ihr Herz ist leer. Sie werden in ihrem Erwachsenenleben niemals Freude empfinden, weil sie nichts angespart haben, auf das sie zurückgreifen könnten.«

Bernie starrte mich an. Sein Kopf zitterte leicht. Seine Augen glühten von Widerspruchsgeist wie immer. »Wäre es besser, sie würden zu Drogensüchtigen heranwachsen wie die Schwarzen?«

»Nein. Aber es müßte noch eine andere Möglichkeit geben.«

»Dein Problem ist, daß du glaubst, die Menschen könnten glücklich sein.«

»Ich glaube, sie sollten eine Chance bekommen, es zu sein.«

»Genug davon. Nicht etwa, daß ich glaube, du hast unrecht.« Bernie blickte auf seinen Stapel von Papieren, auf Aarons Brief. »Ich *weiß*, du hast unrecht«, sagte er ruhig. »Jetzt hör mir mal zu.« Er neigte sich vor zu mir, hielt dabei jedoch den Kopf gesenkt. »Falls es schlecht für mich ausgeht, hinterlasse ich dir genug, daß du damit versuchen kannst, die Welt zu retten.« Als er jetzt den Kopf hob, lag auf seinem Gesicht ein breites Lächeln, das ein blitzendes Gebiß sehen ließ. Seine Mimik spiegelte eine verwirrende Mischung aus Humor und Bosheit. »Wenn du diesem Enkel von mir helfen möchtest – bitteschön, tu dir keinen Zwang an. Von mir bekommen sie keinen Cent.«

»Und wenn du überlebst?«

»Dann haben sie Pech gehabt.« Bernie nahm wieder einen Schluck Wasser. Ich schwieg. Ich glaubte ihm nicht. Er stellte das Glas hin und sagte: »Und jetzt hol bitte meine mich liebende Familie herein.«

Das war der Abschied. Schon zu viele andere waren unbedankt von mir aus der Welt gegangen. Ich ergriff seine zitternde Hand. Er war überrascht, packte jedoch fest zu. Mein Daumen strich über den weißen Haarflor über die Fingerknöchel, die mich vor langer Zeit so fasziniert hatten. »Ich liebe dich, Onkel. Du hast mir das Leben gerettet.«

Tränen schossen ihm in die harten Augen. Er schüttelte den Kopf, wie um zu verneinen.

»Nein, ich will jetzt nicht so tun, als ob du niemals Fehler gemacht hast. Oder als ob ich keine Fehler gemacht hätte. Das will ich damit nicht sagen. Ich will sagen, du hast dein Bestes getan, und das war mehr als genug. Ich bin dir dankbar.«

Er legte die andere Hand über meinen Daumen und drückte zu, und dabei rollte ihm eine Träne über die Wange. Er schloß die Augen, seufzte und sagte: »Ich bin stolz auf dich.« Eine Weile saßen wir einander Hand in Hand gegenüber. Seine Augen waren gerötet, als er sie wieder öffnete. »Bist du glücklich?«

Ich nickte. »Manchmal.«

»Über deine Arbeit?«

Ich nickte. Wieder seufzte er. »Das war eine gute Sache, was du da in Boston mit diesen Grayson-Kindern gemacht hast. Ist es das, was du mit meinem Geld anfangen wirst? Kindern helfen?«

»Ich will es versuchen.«

Bernie nickte. Er ließ meine Hand los, schloß die Augen und preßte die Finger gegen sie, als wollte er sie in den Schädel hineindrücken. »Okay«, seufzte er und sah mich an. Sein Blick war jetzt klarer, wenngleich immer noch traurig und skeptisch. »Okay«, sagte er noch einmal und fuhr in schicksalsergebenem Ton fort: »Ich bin bereit, sie zu sehen.«

Zwei Tage später war er tot. Wie ich befürchtet hatte, verbrachte er die letzten achtundvierzig Stunden seines Lebens in einem qualvollen Delirium. Aus meiner Zeit als Arzt im Praktikum war mir bestens bekannt, welches Zerstörungswerk die Medizin an einem Menschen zu vollbringen vermag, daher sorgte ich mit dem Einverständnis aller übrigen Familienmitglieder dafür, daß mit Bernie keine Wiederbelebungsversuche mehr gemacht wurden, nachdem sein Zustand erst einmal eine gewisse Grenze überschritten hatte. Ehe man ihn in Frieden scheiden ließ, hatte man sein Herz zweimal reanimiert. Im Zeitpunkt seines Todes wog der Mann, der als unerschrockener Dreizehnjähriger einen Trupp jüdischer Jugendlicher in einem siegreichen Kampf mit der härtesten irischen Jugendgang angeführt hatte, ganze sechsunddreißig Kilogramm. Es war ein häßlicher Tod, seiner nicht würdig.

Am Tag von Onkel Bernies Beerdigung gelang es mir endlich, Toni telefonisch zu erreichen. Sie hatte noch zwei Wochenstunden frei und war gern bereit, mit Gene einen Termin zu machen. Ich rief Gene an, der meine kurze Lageerklärung mit einem skeptischen »Aha« quittierte.

»Das klingt ja nicht sehr begeistert.«

»Es ist ja nicht so, daß ich sexistisch bin, aber ...«

»Mit einer Therapeutin ist dir nicht wohl?«

»Na ja ... Eigentlich hab' ich wieder ganz gut geschlafen, seitdem ich Sie angerufen habe. Vielleicht brauch' ich ... Oder ist das – ist das vielleicht so ähnlich, wie wenn man auf dem Weg zum Zahnarzt ist, und dann hört das Zahnweh auf?«

»Schon möglich. Jetzt sprich erst mal mit ihr. Wenn du sie nicht magst, besorg' ich dir gern die Adresse eines Therapeuten.«

»Okay«, meinte er in einem kläglichen Ton, der besagte, daß es nicht okay war. Ich war zu erschöpft und in zu trüber Stimmung, um weiter nachzubohren. Nicht nur Onkel Bernies Tod und die bevorstehende Beerdigung drückten mir aufs Gemüt. Unbehaglich war mir an jenem Tag auch die Aussicht auf das erste Wiedersehen mit Julie seit dem Tod ihres Vaters. Damals war sie unverheiratet und kinderlos gewesen.

Die Begegnung ließ nicht lange auf sich warten. Vor der Synagoge in Great Neck sah ich sie allein am Rand des Parkplatzes stehen und eine Zigarette rauchen. Obwohl Julie außer Mutter zweier Kinder auch Filmproduzentin in L. A. war, unternahm sie nichts gegen die grauen Strähnen, die sich in ihrem Haar zu zeigen begannen. Und sie tat gut daran. Die hellen Streifen in der schwarzen Flut erhöhten die Eleganz ihrer Erscheinung. Sie warf die Zigarette weg und breitete die Arme aus, um mich zu begrüßen. Beim Einfahren in den Parkplatz hatte ich vom Auto aus Kummer und Verstörtheit in ihrem Gesicht wahrgenommen. Das hatte mich überrascht. Julie hatte Onkel Bernie nie sonderlich gemocht, und seit der Episode am Rande der Besetzung des Hamilton-Baus war auch der letzte Rest familiären Gefühls für ihn erloschen. Ich freute mich, als ich beim Näherkommen bemerkte, wie ihre unglückliche Miene einem Lächeln Platz machte.

»O Gott, Rafe«, flüsterte sie in mein Ohr, während wir uns umarmten, »werden wir uns in Zukunft bloß noch auf diesen Scheißbeerdigungen sehen?«

Sie in den Armen zu halten rief erotische Reminiszenzen in mir wach: mein Kopf auf ihrem Bauch ruhend; ihr Hintern, von meinen Händen umspannt, im Orgasmus ruckend und sich aufbäumend; Zehen, die bei einer bizarren Sederfeier in Tante Sadies Haus unterm Tisch in mein Hosenbein kriechen. Ich konnte es nicht unterlassen, diese Umarmung in Trauerkleidern zu mißbrauchen. Ich preßte sie an mich und ließ erst los, als sie mich mit einem Nachdruck wegschob, der ihr Mißbehagen deutlich zum Ausdruck brachte.

»Du siehst hinreißend aus«, sagte ich mit heiserer Stimme, die nichts verhehlte.

»Wohl kaum. Ich bin eine angejahrte Mutter von zwei Kindern.«

»Komm, *fishing for compliments* paßt nicht zu dir. Du weißt genau, daß du hinreißend aussiehst.«

Sie lächelte. »Na schön. Danke.« Sie tätschelte ihren Bauch. »Da steckt harte Arbeit drin, das kannst du mir glauben. In L.A. ist eine Wamme ein Staatsverbrechen.« Ihr Gesicht nahm unvermittelt wieder den beunruhigten Ausdruck an, den ich vom Auto aus gesehen hatte. »Mam ist völlig durch den Wind. Das Ganze nimmt sie schwer mit. Noch ärger als bei Daddy.« Ich nickte. Julie kramte in ihrer schwarzen Handtasche und brachte eine Zigarette zum Vorschein.

»Ich dachte, du hättest es aufgegeben.«

»Nur während der Schwangerschaften. Ich rauche nicht, wenn die Kinder oder Richard dabei sind.« Richard war ihr Mann. »Richard würde mich umbringen.«

»Du rauchst hinter dem Rücken deines Mannes?«

»Er weiß Bescheid. Ich rauche halt bloß nicht direkt vor seiner Nase. Sind die alle bekloppt?« fragte sie übergangslos. »Hat sein Geld sie um den Verstand gebracht? Sie« – sie machte eine Kopfbewegung in Richtung Synagoge. Der Parkplatz war voll. Die Feier sollte in fünf Minuten beginnen. Ich hatte mich verspätet. Die Fahrt hatte mich mehr Zeit gekostet, als ich erwartet hatte; auf allen Routen, die ich ausprobiert hatte, hatte ich Baustellen passieren müssen – »sie führen sich auf, als wäre Gott persönlich gestorben.«

»Vielleicht ist Er das für sie. Vergiß nicht, er hat sie aus der Armut herausgeholt, und er hat sie vor fünfzehn Jahren ein zweitesmal gerettet.«

»Und obendrein hat er sie alle irreparabel gehirnamputiert.« Sie blies

Rauch aus und klapste sich dann mit der freien Hand auf den Mund. »Ich bin fürchterlich.«

»Nein, bist du nicht. Du bist nur stärker als sie.«

Julies Unrast war wie weggeblasen. Ihre nervösen Bewegungen waren schlagartig zum Stillstand gekommen, die Hand mit der Zigarette baumelte an ihrer Seite, die Augen waren unverwandt auf mich gerichtet. »Was willst du damit sagen?«

»Du hast dich geweigert, dich von ihm abhängig zu machen. Und du hast es geschafft. Du hast es aus eigener Kraft zu was gebracht.«

»Und was ist mit dir? Du –«

»Du weißt so gut wie ich, daß ich ohne Onkel Bernies Hilfe nie auf die Beine gekommen wäre.«

»Er hat dich auch verletzt. Fürchterlich verletzt.«

»Ja. Aber er hat es nicht gewollt, gewollt hat er das Gegenteil. Und als es wirklich darauf ankam, hat er mir geholfen.«

Julie ließ die Zigarette fallen und trat sie auf dem Splittbelag aus. »Laß uns reingehen, bevor ich dir auch noch auf die Nerven gehe.«

Wie sich dann herausstellte, hatte sie einen Streit mit ihrer Mutter gehabt. Ceil war böse, weil Julie ihren Mann und ihre Kinder in Kalifornien gelassen hatte. Julie hatte recht gehabt. Die hinterbliebenen Mitglieder des Rabinowitz-Clans machten den Eindruck eines Stammes, der nicht nur seinen Häuptling, sondern auch seine Gottheit verloren hat. Vor allem Tante Ceil und Tante Sadie waren völlig zerschmettert. Auch Bernies Tochter Helen war bedrückt, wobei freilich der Kummer ihrer Persönlichkeit zum Vorteil zu gereichen schien. Nach der Rückkehr der Gesellschaft in das Trauerhaus trank sie keinen Tropfen, eine beachtliche Leistung für eine Person, die ich nicht ohne Grund für eine Alkoholikerin hielt. Mit tapferer Konzentration kümmerte sich Helen um das Wohl ihrer Tanten und erzählte anrührende Geschichten über ihren Vater, die mich überraschten: wie Bernie ihr das Fahrradfahren beigebracht und wie er an ihrem dreizehnten Geburtstag mit ihr getanzt hatte und ähnliches mehr – Anekdoten aus der Zeit, als ich noch nicht mit im Haus gelebt und er sich anscheinend ihr und Aaron viel intensiver gewidmet hatte. Selbst Helens Mann Jerry, für den es eine gewisse Erleichterung sein mußte, endlich keinen Boß mehr über sich zu haben – selbst Jerry war still, in sich gekehrt und ein bißchen verschüchtert. Meine Cousins und Cousinen – Daniel und die anderen, mit denen ich seinerzeit um die Wette nach dem *Afikoman* gesucht hatte – waren mit Ehepartnern und Kindern da, letztere teils anstellig, teils Chaoten. Alle waren von Ehrfurcht durchdrungen und überzeugt, daß ein großer Mann von ihnen gegangen war. Julie paßte weder ihrem Intellekt noch ihrem Temperament nach in die Versammlung.

Als die Gäste nach und nach immer weniger wurden und die Familie wieder unter sich war, flackerte der Streit zwischen Julie und ihrer Mutter von neuem auf. Ceil beschuldigte Julie der Respektlosigkeit, weil sie allein zur Beerdigung gekommen war. Ich beendete die Auseinandersetzung zwischen Mutter und Tochter, indem ich Julie bat, mit mir nach draußen zu kommen. Wir spazierten über den Rasenhang in Richtung Tennisplatz, wo ich während so vieler Trainerstunden literweise Schweiß vergossen hatte, um Bernie imponieren zu können.

»Kannst du mir erklären, was in ihrem Kopf vorgeht?« sagte Julie. »Die Kinder sind drei und sieben Monate alt. Die kann ich nicht zu einer Beerdigung mitnehmen. Und gegen wen ist das respektlos? Gegen Bernie? Gegen diese Mieze, die er geheiratet hat? Mam kann sie nicht ausstehen.«

»Deine Mutter möchte ihre Enkel hier haben. Sie möchte das neue Leben um sich spüren, mehr nicht. Bloß um das Gefühl zu haben, daß es weitergeht.«

»Deshalb möchte ich ja, daß sie mit nach L. A. kommt und ein paar Monate bei uns bleibt. Ich weiß, daß sie hier einsam ist und –«

»Sie will, daß du das Leben, das sie führt, ästimierst. Und dieses Leben findet nun einmal hier statt. Im reizvollen, feinsinnigen, kultivierten Great Neck.« Julie lachte über meinen mokanten Ton. »Du mußt nicht, wenn du nicht willst. Du bist nicht verpflichtet, ihre Phantasien zu unterstützen.«

»Aber *du* tust es. Du heulst mit den Wölfen. Sie waren so mies, so gottverdammt mies zu dir, und sie nehmen dich *immer noch nicht* für voll. Für sie bist du irgendwie ein Versager. Jerry redet mit dir, als wärst du das Familienfaktotum. Und du läßt dir das alles mit Engelsgeduld gefallen. Du bist der gebende Teil in dem Verhältnis, du gibst mit vollen Händen, aber sie merken es gar nicht. Ich verstehe nicht, wie du das aushalten kannst.«

»Tu' ich das wirklich? Mit den Wölfen heulen?« Ich hatte längst begriffen, daß ein Diplom in Psychologie nicht zur vollkommenen Selbsterkenntnis verhilft (und auch nicht zu anderen Vollkommenheiten, nebenbei bemerkt). Wir waren beim Tennisplatz angelangt. Ich tastete nach dem Lichtschalter und kippte ihn um, gespannt, ob die Anlage noch funktionierte. Weißes, nicht grelles, aber dennoch gleißend helles Licht überflutete den Platz und seine nähere Umgebung. Schwärme von Insekten tauchten aus dem Nachtdunkel auf und bestürmten die rechteckigen

Scheinwerfer. Ob der Asphaltbelag gepflegt worden war? Von hier draußen lag er hinter der grünen Segeltuchplane verborgen, mit der der Zaun verhängt war, damit der Platz das Bild des Rasens in der Totalsicht vom Haus aus nicht mit einer Lücke verschandelte. Ich zog die Tür auf, um den Zustand des Belags in Augenschein zu nehmen. Als Bernie das Haus von seiner ersten Frau Charlotte gekauft hatte – sie heiratete einen Geschäftsmann, dessen Operationsfeld Südamerika war, und verließ mit ihm die USA –, hatte ich angenommen, er habe vor, zu dem alten Brauch der großen Familientreffen – der aufwendigen Seder- und Geburtstagsfeiern – zurückzukehren. Aber es hatten keine Familienfeiern mehr stattgefunden. Zu Onkel Bernies Gewohnheiten hatte es gehört, den Tennisplatzbelag alle fünf Jahre erneuern zu lassen. Die Tür kreischte laut in den Angeln, ein schlechtes Omen. Aber der Belag war tadellos in Ordnung, die Markierungslinien leuchteten weiß, und das Plastik der Netzleine glänzte. Es war für mich ein gespenstischer Anblick, eine Geistererscheinung aus meiner Kindheit.

Hatte Julie recht? War ich in den Augen dieser Menschen letztlich ein Versager? Hatten sie meine Kinderphantasien ernst genommen und ihrem Gedächtnis eingeprägt, so daß ich für sie nach wie vor Bernies gescheitertes Wunderkind war? Und machte ich ihnen etwas vor, indem ich mich zwar nach außen hin mit ihrer Geringschätzung abfand, aber insgeheim mich ihnen überlegen fühlte? »Heule ich wirklich mit den Wölfen?« fragte ich Julie noch einmal. »Ich bin mir keiner Heuchelei bewußt. Die meisten von ihnen tun mir ehrlich leid. Aaron an erster Stelle. Und Sadie. Sie hat immer ein besonders enges Verhältnis zu ihrer Familie gehabt. Ich glaube, der Selbstmord meiner Mutter hat sie am allerschwersten getroffen, und sie hat Bernie geliebt, wirklich geliebt.«

»Oh, Scheiße.« Julie setzte sich vor der Tür ins Gras. Sie langte nach einer Zigarette. »Wenn ich dir zuhöre, komme ich mir wie ein Stückchen Dreck vor.«

Ich hielt den Blick auf den in alter Frische leuchtenden Tennisplatz gerichtet. »Ich liebe dich«, sagte ich, ohne sie anzusehen – ich hatte nicht den Mut dazu und war auch zu beschämt über meine Kapitulation vor dem Gefühl. »In sieben Jahren hat sich daran nichts geändert. Eigentlich müßte es passé sein. Aber ich denke jeden Tag an dich, und heute ist mir klar, daß ich mich mehr nach dir sehne als je zuvor. Ich hab' einen Fehler gemacht. Ich hätte um jeden Preis bei dir bleiben sollen.«

Von ihr war kein Laut zu hören. Einen Moment lang war mir, wie wenn in der Ferne, beim Haus, ein Jubelruf aufklänge. Aber Freudenlaute aus der Mitte einer Trauergemeinde? Das ergab keinen Sinn.

Schließlich nahm ich ein Geräusch wahr, das ihre Lippen bei einem erneuten Zug aus der Zigarette machten. Aber sie sprach kein Wort.

»Vielleicht rede ich nur deswegen mit dir in einem fort über Familienpflichten«, fuhr ich fort. »Vielleicht ist das bloß eine verdrückte Art und Weise, mich darüber zu beklagen, daß du mich nicht ...« Ich konnte nicht weitersprechen. Ich fühlte mich vereinsamt. Ich lehnte mich gegen den Zaun, und dabei fiel mir ein perfekter Return ein, den ich hier einmal gegen jemand – ich wußte nicht mehr, wen – gespielt hatte, ein volley geschlagener Rückhand-Passierball, ein klassischer Profischlag, allerdings der einzige, den ich, mit einem Anflug von Größe, je in dieser Form zuwege brachte. Obwohl es ein folgenloses Ereignis in meinem Leben gewesen war, konnte ich noch immer den Ball zum Punktgewinn über das Netz wirbeln sehen, als ob es gestern und eine Sache von größter Bedeutung für mich gewesen wäre. »Es tut mir leid«, sagte ich und drehte mich zu Julie um.

Sie saß mit gesenktem Kopf, die Arme um die angezogenen Knie geschlungen, neben der offenstehenden Tür. Ich kniete mich neben sie. Sie blickte auf, Nässe im Gesicht. Sie sprach heftig, aber deutlich: »Das ist nicht fair. Du hast Schluß gemacht. Ich habe dir gesagt, wir sollten einfach weiter –«

»Heimlich? Unser ganzes Leben lang?« Ich ereiferte mich, als wäre die Zeit für uns sieben Jahre stehengeblieben.

Sie richtete den Oberkörper auf und drückte mit einer Hand gegen mich wie ein unwilliges Kind. »Du hast kein Recht, das jetzt noch am Leben halten zu wollen. Ich liebe Richard, und ich liebe meine Kinder. Versuch nicht, mir deswegen Schuldgefühle einzureden.«

Ich packte sie an den Schultern und drehte sie mit dem Gesicht zu mir, weil ich sie küssen wollte. »Ich wollte dich zwingen –« Ich brach ab.

»Mich zwingen – wozu? Es ihnen zu sagen?« Sie machte eine Kopfbewegung zum Haus hin. Die Tränen waren versiegt. Sie war nicht im Zwiespalt. Ich war es. Für sie war die Sache abgetan. »Wie hätten wir vor ihren Augen ein Familienleben führen sollen? Ich habe zwei wunderbare Kinder. Du kennst sie nicht. Du ziehst es vor, sie zu ignorieren.«

»Du weißt, warum.«

»Für die da drüben würdest du alles tun. Über die Kinder von Aaron und Helen singst du ganze Arien, aber von meinen siehst du dir nicht einmal Fotos an.«

»Du kannst von mir keine Freudenausbrüche darüber erwarten, daß du glücklich verheiratet bist.«

»Aber ich *bin* glücklich verheiratet.«

Ich ließ sie los. Der Impuls, sie zu küssen, war auf jeden Fall weg.

»Ich weiß, du willst es nicht wahrhaben«, sagte Julie. »Aber es ist so. Ich liebe Richard. Ich bin wütend auf dich, weil du nicht losläßt und mich nicht so sehen willst, wie ich bin. Ich bin eine Frau in den mittleren Jahren mit einem Ehemann und zwei Kindern. Ich war nie so kompliziert, wie du mich gern gehabt hättest. Ich habe dich geliebt, und ich war bereit, auf Kinder und ein normales Familienleben zu verzichten, damit wir zusammenbleiben können. Zu mehr war ich nicht in der Lage.« Sie seufzte und bedeckte ihr Gesicht mit den Händen. »Ich bin genauso konventionell wie die anderen«, murmelte sie. »So sieht es in Wahrheit aus.«

Sie hatte recht – zwar nicht mit ihrer letzten Bemerkung, aber was mich anlangte. Mich von den Phantasien zu trennen, die ich um Julie gesponnen hatte, schmerzte nicht weniger, ja vielleicht sogar noch mehr als die Trennung von der realen Julie. Sie nahm die Hände vom Gesicht. Ich starrte sie an und versuchte, die reale Frau wahrzunehmen. War die Person, die ich vor mir hatte, das junge Mädchen, das sich meinetwegen mit meiner Mutter und meinem Onkel angelegt hatte? War sie die Frau, die mir einst das Geschenk der reifen Liebe gemacht hatte? Das Flutlicht vom Tennisplatz her ließ meiner Einbildungskraft keinen Raum. Julie sah müde aus, und ihre Augen reagierten nicht auf das stumme Flehen der meinen. Sie war eine Fremde für mich, und das bedeutete, daß ich in gewisser Beziehung selbst noch ein Fremder für mich war.

In der Ferne rief eine Stimme: »Rey-fie-el!« Eine Gestalt kam vom Haus her auf uns zugerannt; wer es war, konnte ich nicht erkennen.

Julie drückte meinen Arm. »Werde glücklich, Rafe. Du hast es verdient.« Sie stand auf. »Mach dich los von uns. Wir tun dir nicht gut.«

»Rey-fie-el!« rief die Gestalt. Sie schwenkte zwei Tennisschläger und eine Dose Bälle. Der unförmige Schatten erreichte jetzt die Grenze der Flutlichtglocke. Es war mein Cousin Daniel, in schwarzer Hose, aber ohne Jackett und Hemd. Er sah aus wie die Boxer auf den Fotografien aus der Zeit um die Jahrhundertwende: nackte Brust, Schmerbauch, lange dunkle Schlabberhose. »Jemand scharf auf ein Tennismatch?« sagte er und lachte.

»Bist du besoffen?« fragte Julie kühl.

Ich stand auf.

»Los, komm schon!« Daniel streckte mir einen Schläger hin. »Wetten, daß ich dich noch immer abkochen kann.«

»Ich bin überzeugt, daß du das kannst«, sagte ich und begleitete Julie zum Haus meines toten Onkels zurück.

FÜNFTES KAPITEL

Rosenhan läßt grüßen

Laut Toni hatte Gene bei der ersten Sitzung geredet wie ein Wasserfall, aber nichts gesagt. Seine Gedanken kreisten beharrlich um ein bedingtes Angebot, das ihm sein unmittelbarer Vorgesetzter, der Leiter des Flash-II-Kreativteams, gemacht hatte. Theodore Copley hatte Gene unter dem Siegel der Verschwiegenheit anvertraut, daß er sich ernsthaft überlege, zu Flashworks' Hauptkonkurrenten Hyperion überzuwechseln. Falls er zusage, wolle er Gene gern mitnehmen. Nach Genes Ansicht war das angespannte Durchdenken der Entscheidung, vor der er möglicherweise stand – die Firma zu verlassen, bei der er Erfolge gesammelt hatte, und mit seiner Familie gegen den Willen seiner Frau in einen anderen Bundesstaat zu übersiedeln –, die Erklärung für seine Schlafstörungen. Toni fand das nicht überzeugend. Ich hatte ihr keinerlei Information über Gene oder die Details unserer therapeutischen Arbeit zukommen lassen. Jetzt bat sie darum. Ich lehnte ab.

»Aber wieso denn? Das würde doch Zeit sparen, meinst du nicht?«

»Erinnerst du dich an Rosenhan?« Rosenhan war ein Psychologieprofessor, der eine Gruppe Doktoranden mit dem Auftrag losgeschickt hatte, mit vorgetäuschter Schizophrenie die Aufnahme in eine psychiatrische Klinik zu erreichen. Keiner der Schwindler wurde von den Spezialisten entlarvt, und das obwohl alle nur ganz oberflächlich instruiert worden waren, wie sie die Simulation zu gestalten hatten. Um seine These mit einer Gegenprobe zweifelsfrei zu beweisen, arrangierte Rosenhan dann ein Experiment, bei dem erfahrenen Psychiatern echte Schizophreniepatienten vorgeführt wurden, nachdem er zuvor den Medizinern die vorgeblich vertrauliche Information hatte zuspielen lassen, es handle sich ausnahmslos um Simulanten. Die Ärzte befragten die echten Schizophrenen in aller Ausführlichkeit und kamen einhellig zu dem Ergebnis, es mit Schwindlern zu tun zu haben. Rosenhans deprimierendes Fazit: Psychiater sehen, was sie zu sehen erwarten.

»Damit beleidigst du mich«, beschwerte sich Toni. »Und entmutigst mich. Ich habe das Gefühl, ich soll einem Test unterzogen werden.«

»Aber woher denn, die Sache liegt ganz anders. Ich habe die Befürchtung, daß meine vermeintlich erfolgreiche Therapie mit Gene ein Schuß in den Ofen war, und ich möchte dich nicht vorbelasten. Es soll wirklich keine Schikane sein. Ich habe mehr Vertrauen in deine Arbeit mit Gene als in meine.«

»Rafe, das ist jetzt Geschwätz.«

»Nein, das meine ich ernst. Ich bin im Grunde nicht besonders gut in der Behandlung von Erwachsenen. Ich verliere mich da vollkommen in der Vergangenheit und bleibe in der Archäologie stecken. Bei Kindern bin ich immer im Hier und Jetzt.«

»Hört sich wie eine Rationalisierung an.«

»Ist aber keine.« Ich dachte an den erwachsenen Gene in seinem Schüleraufzug und mit seinem jungenhaften Habitus. War er überhaupt ein Erwachsener?

Toni unterbrach mein stummes Nachdenken. »Wie auch immer – ich dachte, Gene war noch ein Kind, als du ihn behandelt hast.«

»Sicher – ein Teenager.«

»Na bitte!« Toni klang triumphierend.

»Was heißt ›Na bitte‹?«

»Willst du mir etwa erzählen, du wärst kein guter Therapeut für Teenager?«

»Toni, erinnere dich an Bertha!« Bertha war ein Fall aus meiner Zeit als Arzt im Praktikum an der Universitätsklinik in Baltimore, eine zweiundfünfzigjährige stumme Schwarze, die meine Kollegen und ich als schizophren diagnostiziert hatten. Toni fand heraus, daß Bertha aus Haiti stammte, stellte Nachforschungen an und kam schließlich dahinter, daß sie sich für das Opfer einer Verhexung seitens ihrer Nachbarin hielt, die gleich ihr eine obskure Religion praktizierte, eine Art Santería, eine Mischung aus Katholizismus und Voodoo. Auf Tonis Initiative fand sich ein Trupp von uns in einer Vollmondnacht in der Cafeteria ein, wo wir (nachdem wir mit Hilfe zweier Flaschen billigem Rotwein unsere feierliche Stimmung befestigt hatten) beim Schein purpurfarbener Kerzen eine Zeremonie ausführten, in der unter anderem auch ein aus der anatomischen Präparatensammlung entliehener Menschenschädel eine Rolle spielte. Eine Woche danach wurde eine fidele und selbstsichere Bertha aus der Klinik entlassen. Die Geschichte ist nur einer von vielen Belegen für Tonis ungewöhnliche Fähigkeit, dem Rosenhan-Syndrom auszuweichen.

»Ich kann dir nicht ganz folgen, Rafe. Bertha war im wesentlichen ein kulturelles Problem. Niemand war auf die Idee gekommen, mit ihr in ihren eigenen Begriffen zu reden.«

»Eben. Ich auch nicht. Ich wollte ja auch nicht sagen, daß Rosenhan *dein* Problem ist. Ich teste nicht dich. Ich teste meine Behandlung.«

»Na schön, wie du willst ... Ich bin trotzdem der Meinung, du könntest mir Zeit sparen helfen. Aber egal, Gene ist fest davon überzeugt, daß seine Probleme ausschließlich mit seiner Arbeit zusammenhängen. Dabei glaube ich, daß er sich einzig bei seiner Arbeit noch wohl fühlt.«

Das hätte genausogut auch von mir gesagt sein können, kam mir hinterher zu Bewußtsein. Ich hatte seit sechs Jahren keinen Urlaub gehabt, ich war seit dem Ende der Affäre mit Julie mit keiner Frau eine Gefühlsbindung eingegangen, meine Feundschaften und Bekanntschaften basierten im Grunde alle auf beruflichen Beziehungen, meine Abende waren der Abfassung eines Buches über »Timmy« und den Fall Tagesheim Grayson gewidmet. Es war Zeit, mir Zeit zu nehmen. Um so mehr, als ich die Hälfte meiner Zehn-Millionen-Dollar-Erbschaft (wie ersichtlich, war ich nicht der Alleinerbe) für den Bau eines psychiatrischen Behandlungszentrums für mißbrauchte Kinder bestimmt hatte und mich bis dato noch nicht in der Lage gesehen hatte, auch nur einen einzigen Vorschlag zur baulichen und gestalterischen Planung des zweistöckigen Gebäudes beizusteuern.

Ich hatte auch eine Regelung zur Finanzierung von Isaacs Studium getroffen. Aaron erklärte ich, so sei es Bernies Wunsch gewesen – in gewissem Sinn war das die reine Wahrheit.

Aaron glaubte mir nicht. »Ach wirklich?« meinte er. »Kannst du mir zeigen, wo das in seinem Testament steht?«

»Er hatte keine Zeit mehr, sein Testament zu ändern«, sagte ich.

»Oder keine Lust«, meinte Aaron. »Ich danke dir jedenfalls, Rafe.«

Nachdem ich mein Gewissen um diese Last erleichtert hatte, machte ich mit einem Brief an die Opa Pepín zuletzt bekannt gewordene Anschrift seines Sohnes einen neuen Versuch, Kontakt mit meinem Vater in Havanna aufzunehmen. (Überflüssig zu sagen, daß zu den Nebeneffekten von Susans Therapie auch die Erneuerung des Kontakts mit der Verwandtschaft meines Vaters gehörte. Onkel Bernie beobachtete das zwar mit Mißmut, war aber durch meinen Suizidversuch genugsam verschreckt, um es zu tolerieren. Ich war achtzehn, als ich zum erstenmal seit langem wieder auf der alten Veranda stand und Opa Pepín, nachdem ich ihn um Verzeihung für alles Vorgefallene gebeten hatte, zu erklären versuchte, warum ich seinerzeit mit meiner Aussage vor dem Richter seinen Sohn belastet hatte. Als ich geendigt hatte, nickte er und sagte: »Ich verstehe. Die Barbaren haben dir eine Gehirnwäsche verpaßt.« Ich murmelte verständnislos: »Die Barbaren?« Opa zeigte mit dem gereckten Kinn auf einen Punkt irgendwo hinter meiner linken Schulter. Ich drehte mich um, um zu sehen, was er meinte. In weiter Ferne, jenseits des

Meers von bescheidenen Wohnhäusern, das sich meilenweit in Richtung Horizont zu erstrecken schien, funkelte Licht in den Fenstern eines neuerbauten Büroturms. Ich richtete den Blick wieder auf Pepín. »Du meinst die Kapitalisten?« fragte ich. »Ich meine die Barbaren«, sagte er und ist seither nie mehr auf meinen Verrat zu sprechen gekommen.) Es war mein vierter Anlauf, wieder Verbindung mit Francisco anzuknüpfen, seit ich mit Erfolg ein Gesuch auf Erneuerung seines amerikanischen Passes eingereicht hatte, und wieder kam keine Reaktion. Seit bald einem Jahrzehnt stand es ihm frei, wieder ungehindert in die USA einzureisen. Meines Wissens hatte er davon keinen Gebrauch gemacht. Ein Kollege vermittelte mir die Bekanntschaft des kubanischen UN-Botschaftsattachés. Er bestätigte mir, daß mein Vater am Leben, bei guter Gesundheit und auch unter der Adresse, an die ich ihm geschrieben hatte, zu Hause war; in praktischer Hinsicht wußte er mir nur zu raten, ich solle nach Havanna reisen und meinem Vater gegenübertreten. Da ich Francisco in allen Briefen gebeten hatte, ihn besuchen zu dürfen, und nun auch mit Sicherheit wußte, daß er sie erhalten hatte, war davon auszugehen, daß ein solcher Überraschungsbesuch nicht willkommen wäre. Vielleicht fehlte es mir auch einfach an Courage. Sowohl den Erzählungen Opa Pepíns wie dem, was der Botschaftsattaché (der nach eigener Auskunft meinen Vater ziemlich gut kannte) mir sagte, war deutlich zu entnehmen, daß Francisco Geldsorgen hatte. Ich deponierte fünfzigtausend Dollar – der Botschaftsattaché bezeichnete sie witzelnd als »amerikanisches Lösegeld« – zu seiner Verfügung bei einer kanadischen Bank; das war ein legaler und sicherer Weg, die sowohl auf amerikanischer wie auf kubanischer Seite bestehenden Beschränkungen des Verkehrs zwischen den beiden Ländern zu unterlaufen. Das Geld wurde nicht zurückgewiesen – tatsächlich wurde das Konto sofort belastet, wie ich von einem Bankbeamten erfuhr –, aber es kam weder ein Brief noch ein Anruf. Ich hatte um Vergebung gebeten, und sie war mir verweigert worden. Vielleicht mit Recht. Aber trotz meiner Schuldgefühle wollte ich mir nicht noch mehr Bestrafung einhandeln.

Im Frühjahr und Sommer 1988 bemühte ich mich, Streß abzubauen und etwas für mein Wohlbefinden zu tun: ich schränkte die Arbeit mit den Kindern auf höchstens acht Stunden am Tag ein, ich trat einem Fitneß-Club bei (und besuchte ihn auch), und – der bedeutsamste Wandel – ich setzte mich über meine prinzipiellen Bedenken gegen ein Verhältnis mit einer Arbeitskollegin hinweg. Im Verlauf des Falls Tagesheim Grayson trennte sich Diane Rosenberg von einem Mann, mit dem sie seit ihrer Studienzeit zusammengelebt hatte. Wir kamen einander, über die durch die Zusammenarbeit bedingte Vertraulichkeit hinaus, näher. Über ein Jahr lang sträubte ich mich dagegen, dem erotischen Element in unserer Beziehung Raum zu gewähren und damit unsere Freundschaft aufs Spiel zu setzen, denn nicht nur wäre unser Kameradschaftsverhältnis gefährdet, sondern ich würde auch den Verlust einer intelligenten und engagierten Mitarbeiterin riskieren. Ich gab mich nicht der Täuschung hin, daß wir als entzweite Liebende je wieder zu der Harmonie unseres früheren platonischen Verhältnisses würden zurückkehren können.

Um es unverblümt herauszusagen: unsere ersten Versuche mit dem Sex gerieten verklemmt und ein bißchen komisch. Wenn, wie Freud bemerkte, in einem Schlafzimmer immer sechs Personen anwesend sind – die Liebenden und die Geister ihrer Eltern –, dann ist das Schlafzimmer zweier Psychiater so voller Geister wie die Luft in den Rauhnächten. Ich fand, eine Luftveränderung würde uns vielleicht die Befangenheit nehmen, und so reisten wir in unseren ersten Urlaub nach jahrelanger Arbeit gemeinsam. Die zwei Wochen in Paris waren paradiesisch in jeder Hinsicht. Wir warfen mehr als nur unsere Kleider ab. Wir schlüpften in die Haut wissenschaftsferner, naiver Touristen und entdeckten danach, daß unsere Körper im Dunkeln tanzen konnten, ohne daß irgendwelche Poltergeister ihren Rhythmus zu karikieren vermochten.

Daß ich mir Zeit für Pausen nahm, schien meine Arbeit effektiver zu machen. Im Juli schaffte »Timmy« eine Reihe verblüffender Durchbrüche – es kam zur raschen Integration seiner abgespaltenen Persönlichkeiten, beginnend mit einer ungemein rührenden und gespenstischen Szene, bei der die verschiedenen Ichs sich miteinander bekannt machten. Außerdem erschien mein Buch über den Inzest und fand allseits starke Beachtung; selbst von seinen Kritikern wurde es aufmerksam und besonnen diskutiert. Im August wurde dann das Behandlungszentrum eröffnet, wenngleich die Bauarbeiten noch nicht vollständig abgeschlossen waren; Diane und ich offenbarten unseren Freunden, daß wir uns zusammengetan hatten, und lösten damit weniger Überraschung und Mißbilligung aus, als wir erwartet hatten; und ich arbeitete auf Hochtouren an der Fertigstellung meines Buchs über den Grayson-Prozeß, das inspiriert war von der Tapferkeit, mit der »Timmy« sich seinen schmerzhaften Erinnerungen stellte, und von den Dingen, die ich aus seinen bemerkenswerten Einsichten in die Strategien und Motive seiner Peiniger gelernt hatte.

In der letzten Augustwoche meldete sich Gene telefonisch bei mir. Er war seinem Mentor zu Hyperion gefolgt. Die Forschungs- und Entwicklungslabors der Firma befanden sich in Tarrytown, so daß er mit seiner

Familie in den Norden des Westchester County umgezogen war. Von Toni hatte ich seit dem Gespräch, in dem ich ihr das Rosenhan-Experiment zitiert hatte, nichts mehr gehört. Die Besuche bei ihr hatten Gene nach eigenem Bekunden nicht viel gebracht, und daraufhin hatte er sie bereits nach der dritten Sitzung eingestellt. »Es war ohnehin auch ein praktisches Problem. Ich mußte diese Entscheidung treffen, und das war ziemlich stressig. Mir war nicht wohl bei dem Gedanken ans Weggehen, und mir war nicht wohl bei dem Gedanken ans Dableiben.« Er kam mich in meiner Eigenschaft als Therapeut besuchen. Er hatte das Gefühl, daß der neue Job – er würde als Projektleiter an der Entwicklung des neuen Hyperion-Computermodells arbeiten – eine unerträgliche Belastung für ihn bedeuten werde. Das Wort »unerträglich« gebrauchte er selbst.

»Ich behandle keine Erwachsenen mehr, Gene. Ich investiere meine ganze Arbeitskraft in das Behandlungszentrum, daneben habe ich keine Zeit mehr für anderes. Die wenigen Erwachsenen, die sich zu uns verirren, überweisen wir an andere Therapeuten. Ich bin auf schwere Fälle von Kindesmißbrauch spezialisiert. In der Erwachsenenpsychiatrie bin ich gar nicht mehr *up to date*.«

»Wird denn da jetzt in der Therapie mit neuen und besseren Methoden gearbeitet?«

»Die Arbeitsmethoden werden ständig verbessert. Das ist in der Psychiatrie nicht anders als auf anderen Gebieten. Wenn du zu mir in die Behandlung kämst, müßtest du Candyland spielen oder mit Wachsmalstiften Bilder malen.«

»Hört sich nicht schlecht an. Candyland kann ich ziemlich gut. Monopoly kann ich besser.«

Ich mußte lachen. »Auf mich wirkst du ganz gesund, Gene. Bist du ganz sicher, daß du eine Therapie brauchst? Daß man sich in einem neuen Job anfangs belastet fühlt, ist realitätskonform, mußt du wissen.«

»Na ja ... danke. Aber ...« Er seufzte. »Okay, vergessen Sie's.«

»Nein. Vergessen möchte ich nichts. Sprich es aus. Was aber?«

»Sie haben mir mal gesagt, ich könnte jederzeit wiederkommen und mit Ihnen sprechen. Einfach reinschauen zu einem Boxenstopp, haben Sie gesagt.«

»Einem Boxenstopp?« Das klang ganz nach Rafe, dem selbstgewissen Therapeuten. Als ob ich ein Mechanikermeister wäre und der Patient eine Maschine, die mit geschickten Handgriffen wieder präzis reguliert werden konnte. Ich hatte ihm versprochen, daß ich immer ein offenes Ohr für seine Probleme haben würde. Er hatte mir seine heikelsten Gefühle anvertraut, und ich hatte jetzt keine Zeit für ihn?

Ich erklärte ihm, daß ich aus White Plains weggezogen war. Das neue Behandlungszentrum lag in Riverdale. Er sagte, die Fahrt mache ihm nichts aus und als Projektleiter könne er sich seine Zeit nach eigenem Gutdünken einteilen. Er kam zu Beginn der Mittagessenszeit, der Stunde, die in meinem Tagesplan die Rolle einer entspannenden Pause vom sonst üblichen Arbeitszwang spielte. Da wir in den Morgenstunden das Haus von Handwerkerlärm freihalten wollten, fingen zu diesem Zeitpunkt die Handwerker mit der Arbeit in den Behandlungszimmern an, die für überwachte Patienten-Interviews vorgesehen waren. Sie installierten hier Videokameras, die hinter von hinten her durchsichtigen Spiegeln versteckt wurden – weil die Geräte so nicht bei den im Raum stattfindenden Transaktionen störten, lieferten sie Bildmaterial von höherem dokumentarischen Wert. Unser Ziel war es, den Anforderungen der Prozeßordnung zu genügen, ohne vor unseren Patienten Hemmnisse aufzubauen. Jede Minute unseres Kontakts mit den Kindern mußte aufgezeichnet werden, damit etwaige Vorwürfe, wir hätten die Opfer beeinflußt, jederzeit entkräftet werden konnten – bei solchen Gelegenheiten wirkt jedoch insbesondere bei den ersten Sitzungen die augenfällige Anwesenheit von Kameras ablenkend und störend. Wir hatten vor, den Kindern zunächst die Überwachungsanlage samt den einseitig transparenten Spiegeln zu zeigen und uns dann mit ihnen in eines der regulären Behandlungszimmer – die sich nicht sonderlich von einem lustig eingerichteten Kindergarten unterschieden – zu begeben und die Existenz der Apparaturen in den Wänden zu vergessen. (Zwar gibt es Therapeuten, die Bild- und Tonaufzeichnungsgeräte einsetzen, ohne die Kinder zu informieren, ich für meinen Teil hätte es jedoch unfair gefunden, so zu verfahren. Und nicht nur unfair, sondern auch allzu ähnlich jener Sorte lügnerischen Gebarens, die sie von ihren erwachsenen Peinigern kannten.) Wir wollten unsere Arbeit mit den Kindern grundsätzlich immer aufzeichnen, einerlei, ob sie im Zusammenhang eines konkreten Rechtsverfahrens stand oder nicht. Denn zum einen konnte man im voraus nie wissen, ob es nicht doch zur Strafverfolgung oder zumindest einer Ermittlung kommen würde, und zum anderen würden die Bänder nützliches Studien- und Analysematerial für andere Therapeuten abgeben.

Gene bemerkte auf dem Weg zu meinem Zimmer die Videokabel. Ich erklärte ihm, was es mit dem Lärm der Bohrmaschinen auf sich hatte.

»Werden wir aufgenommen?« fragte er. Er trug Jeans, ein zerknittertes Button-down-Hemd und Bootsschuhe. Sein schwarzes Haar war lang, die Tolle fiel ihm schräg über eine Augenbraue. Für einen Erwachsenen wirkte sein Äußeres zu jugendlich. Sein Gesicht wies kaum Faltenlinien auf. Mit einer kleinen Auffrischung der Haarfarbe hätte er als Achtzehnjähriger durchgehen können. Vielleicht klammerte er sich nicht gefühlsmäßig an die Jugend, vielleicht war er auf biochemischer Ebene noch kein Mann. (Aus Joseph Stein, mit dem ich die alte Freundschaft aus Kindertagen nach über zwanzigjähriger Zäsur erneuert hatte, war ein Neurobiologe von Weltruf geworden, der – wie Dutzende anderer begabter Menschen – seine ganze Kraft darauf verwandte, die Funktionsweise des Gehirns aufzuklären. Die Zuversicht, daß die Wissenschaft eines Tages in der Lage sein werde, den Antriebsmechanismus jeder einzelnen menschlichen Handlung, jedes Gedankens und jedes Gefühls genau zu bestimmen und zu lokalisieren – diese Zuversicht hatte Joseph zwar noch nicht aufgegeben, aber er gab offen zu, daß wir darüber zum augenblicklichen Zeitpunkt sehr wenig wissen; jede neue Entdeckung bringt neue Fragen mit sich.) Es war nicht einfach so, daß Gene ein Junge bleiben wollte – auch sein Körper wollte es. Was haben wir denn schon wirklich von den Unterschieden im Alterungstempo begriffen? Nur allzu oft hat es den Anschein, daß man über alles in der menschlichen Natur letzten Endes nach dem Muster des alten Meinungsstreits argumentieren kann, was zuerst dagewesen sei: die Henne oder das Ei. Mir lag daran, geistig offen zu bleiben. Nach jahrelanger Ausbildung und Arbeit war ich von Theorien nicht mehr im gleichen Maße überzeugt wie früher. Und für wie verläßlich durfte ich die Technik halten? Gene und ich hatten uns anscheinend kaum verändert. Wir standen wieder da, wo wir einmal angefangen hatten: vor den alten Fragen.

»Aufgenommen?« Ich gab mich begriffsstutzig.

»Ich hab' da draußen Videokabel und Tonbandgeräte gesehen.« Gene deutete in Richtung Tür.

»Das ist für die Zimmer, in denen wir mit Kindern arbeiten. Leider wird bei der Arbeit mit Kindern alles zu einer juristischen Angelegenheit. Wir sind gehalten, jede Beschuldigung der Polizei zu melden, ob wir sie für wahr halten oder nicht. Ich möchte natürlich Kinderschändern das Handwerk legen, aber eigentlich liegt mir mehr daran, den Kindern zu helfen. Manchmal wünsche ich mir, unser Auftrag würde sich darauf beschränken, ihre Leiden zu lindern, und man würde uns die Pflicht zur Mitwirkung bei der Strafverfolgung der Täter erlassen. Die Überwachungsanlage wird für Erwachsene nur eingesetzt, wenn es sich um Personen handelt, die der Kindesmißhandlung verdächtigt werden.« Gene blickte noch immer in Richtung Tür. Nach kurzem Schweigen fuhr ich fort: »Dieses Zimmer ist für dich ein sicherer Ort. Was du mir hier sagst, dringt über diese Wände nicht hinaus.«

»Ich kann mich erinnern, daß Sie das immer gesagt haben. Aber es stimmt nicht.« Gene lächelte in meine Richtung, seine Augen wichen allerdings meinem Blick aus. Ich fand es erfreulich, daß er sich entschlossen hatte, mir zu widersprechen. Bei der Durchsicht meiner Notizen aus der Zeit unserer früheren gemeinsamen Arbeit hatte ich festgestellt, daß seine Hemmung, Zorn auszudrücken, nicht durchgearbeitet worden war. Es war ein Fehler von mir gewesen, daß ich ihn nicht ermutigt hatte, sich mir aktiv zu widersetzen.

»Du bist nicht überzeugt, daß dies hier ein sicherer Ort ist?«

Genes Blick ruhte auf meiner Schulter. Er streifte rasch über mein Gesicht und kam dann auf einem Punkt ein Stück weit zu meiner Linken zum Stehen. Gene schlug die Beine übereinander. »Oh, ich glaube schon, daß es hier sicher ist. Davon habe ich auch nicht gesprochen. Ich wollte sagen, es stimmt nicht, daß nichts von dem, was ich hier sage, nach draußen gelangt.« Er machte eine Pause und sagte dann leise: »Ich habe Ihre Bücher gelesen.«

Nur zwei der Bücher, die ich veröffentlicht hatte, enthielten Fallgeschichten meiner Patienten. Nach gängiger Gepflogenheit hatte ich sie in geraffter Form zitiert und sowohl sämtliche Namen geändert als auch, um die Tarnung noch zu verstärken, weitere Einzelheiten verfremdet. Diese Arbeiten hatten keine Ähnlichkeit mit dem Buch, das der Leser hier vor sich hat. Auf jeden Fall enthüllten sie nichts über meine Person und wenig von dem konkreten Wortlaut der Gespräche, die zwischen mir und den Patienten stattgefunden hatten. Trotzdem hatte ich in allen Fällen vorher die Erlaubnis der Patienten zum Abdruck eingeholt. Das Wesentliche in diesem Zusammenhang ist jedoch: ich hatte Genes Fall in keinerlei Form publizistisch verwertet. »Ich habe nirgendwo über dich geschrieben, Gene.«

Gene schob seine lange Haartolle aus der Stirn und warf mir einen kurzen Blick zu. Diesmal ließ er beim Lächeln ein Stück Zahnreihe sehen. »Und der ›Erbrechende Junge‹?«

»Ah.« Mir ging ein Licht auf.

»Sie haben vieles geändert, aber das war ich, nicht wahr?«

»Nein«, sagte ich. »Der ›Erbrechende Junge‹, das bist nicht du.«

Gene sah mir direkt in die Augen. Er schluckte. Sein Adamsapfel wirkte auffallend groß, größer, als ich ihn in Erinnerung hatte. Er hob das übergeschlagene Bein und stellte es parallel neben das andere. »Wirklich?« sagte er erstaunt – und ein bißchen traurig, wie mir schien.

»Es kann einen schon entmutigen«, sagte ich. »Ich habe als Student einen ähnlichen Schock erlebt. Die menschlichen Erlebnisformen sind in hohem Maße stereotypisiert. Erbrechen ist häufig das Abfuhrventil für unterdrückten Zorn, vor allem bei Kindern. Der ›Erbrechende Junge‹ war ein anderer Patient. Ich habe ihn vorher gefragt, ob er etwas dagegen hätte, wenn ich seine Fallgeschichte zitiere, und er war einverstanden unter der Bedingung, daß ich die Fakten so verändere, daß eine Identifikation unmöglich ist.« Ich hielt inne. Gene starrte mich noch immer mit einer Mischung von Konsternation und Trauer an. Ich setzte leise hinzu: »Ich hätte nie etwas publiziert, was dich betrifft, ohne dich vorher zu fragen. Und selbstverständlich hätte es dir freigestanden, nein zu sagen.«

»Ich möchte grundsätzlich nicht, daß Sie etwas über mich publizieren«, sagte er. Er preßte die Knie zusammen und kreuzte die Arme vor der Brust. Sein Blick war auf meine Brust gerichtet.

»Geht in Ordnung.« Ein uneingeweihter Beobachter hätte denken können, daß er gegen seinen Willen in meinem Sprechzimmer war. Dabei hatte ich mich beileibe nicht um seinen Besuch gerissen, ich hatte ihn sogar davon abzuhalten versucht. Dieser scheinbare Widerspruch machte mir keine Kopfschmerzen, denn meiner Meinung nach war er enttäuscht, daß er nicht der »Erbrechende Junge« war.

»Es gibt da Dinge ...« Gene blickte aus dem Fenster und verstummte. Die Jalousie war aufgeklappt. Lieferwagen, ein Abfallcontainer und eine Kabelrolle beherrschten die Aussicht.

»Soll ich die Jalousie schließen?«

»Wie? Ach so. Nein.«

»Du hattest einen Satz angefangen. ›Es gibt da Dinge ...‹«

»Deshalb konnte ich ja auch nicht mit Toni sprechen. Verstehen Sie? Es gibt da Dinge, die einfach niemand anders wissen darf.« Er lächelte. »Das ist jetzt kein Kinderkram mehr. Schon die ganzen Sachen, die meine Arbeit betreffen, sind Betriebsgeheimnisse. Und ich möchte auch nicht, daß jemand in der Firma erfährt, daß ich zu einem Hirnklempner gehe.«

»Niemand braucht etwas zu erfahren. Ich werde nicht über dich schreiben und auch mit niemand über dich sprechen. Allerdings habe ich dir, glaube ich, schon gesagt, daß ich keine erwachsenen Patienten –«

»Ich kann nicht«, fiel er mir ins Wort. Er schüttelte noch lange über den Einwurf hinaus nachdrücklich den Kopf, hin und her, wieder und wieder, in fortgesetzter Verneinung.

»Was kannst du nicht?«

»Ich kann nicht zu jemand anders gehen. Ich hab' zu niemand anders Vertrauen.«

»Aber von mir hast du eben noch geglaubt, daß ich dich hintergangen habe.«

»Nein.« Er runzelte die Stirn.

»Nein? Hast du nicht geglaubt, daß ich in meinem Buch –«

»Gut, gut, Sie haben recht. Haben Sie eigentlich immer recht?« Sein Ton war spürbar gereizt – ein Novum für mich.

»Was glaubst du?« fragte ich.

»Ich glaube, Sie haben immer recht.«

»Tja«, sagte ich mit einem Lächeln, »du hast unrecht.«

Gene kapierte den Witz nicht. »Das weiß ich. Anscheinend hab' ich immer unrecht.«

»Wobei hast du immer unrecht?«

»Ich hab' immer unrecht gegen Frauen. Kann man als Mann überhaupt jemals einen Streit mit einer Frau gewinnen?«

»Aber ja.«

»Glaub' ich nicht.«

»Gegen wen unterliegst du beim Streiten?«

Gene verlagerte sein Gewicht auf der Sitzfläche. Er saß in einem bequemen, aber einfachen Lehnstuhl. Meine Sitzgelegenheit war eine luxuriöse Extravaganz: ein »Chefsessel« aus schwarzem Leder von Knoll International. In meinem Rücken befand sich eine Einbau-Bücherwand, zur Rechten von Gene ein Einbau-Aktenschrank. Die Tür war aus massivem Kiefernholz, Wände und Decke waren, wie in allen Behandlungsräumen, schallisoliert – ich war die Geräuschgeneratoren leid. Gene betrachtete eingehend seine Umgebung bis hin zum Halogenfluter und dem zweiten Lehnstuhl. »Ich vermisse die Couch«, sagte er und blickte gleichzeitig aus dem Fenster. Draußen ging ein Handwerker vorbei, einen großen Pappbecher voll Kaffee in der Hand und eine filterlose Zigarette qualmend.

Ich stand auf, um die Jalousie zu schließen. »Gibt es hier nicht«, bestätigte ich. »Die lenken mich ab«, sagte ich, die Handwerker meinend, während ich die Lamellen gerade so weit verstellte, daß die Sicht versperrt war, aber das Sonnenlicht in Streifen einfallen konnte.

»Für die Kleinen brauchen Sie wohl keine Couch?«

»Manchmal schon. In diesem Zimmer will ich keine Kinder behandeln. Vielleicht gelegentlich Jugendliche. Ich hab' dich gewarnt: ich bin auf eine herkömmliche Langzeittherapie nicht eingerichtet. Möchtest du liegen? Wir haben –«

»Nein, nein, ist schon in Ordnung so«, sagte er hastig.

Ich amüsierte mich im stillen, weil ich an unser erstes Gespräch zurückdachte, bei dem in bezug auf den Wunsch, die Couch zu benutzen, das Verhältnis umgekehrt, die respektiven Haltungen indessen nahezu die gleichen gewesen waren. »Du bist jetzt ein Mann, also in einem Alter, wo es Zeit ist, den Dingen ruhig aufrecht ins Auge zu sehen«, sagte ich. Mein Ton war ungewohnt fröhlich. Warum? War ich der Meinung, daß er sich zu ernst nahm? Woher wollte ich das wissen?

Gene nickte. Er setzte die Musterung seiner Umgebung fort, besah sich mein Telefon, die Schreibmaschine auf dem Nebentisch, die Fotografien meiner Mutter und meines Vaters, von Onkel Bernie, Julie, Oma Jacinta und Opa Pepín, meine gerahmten Diplome und eine Kohlezeichnung von »Timmy«. Letztere gab einen Traum wieder – sie zeigte einen Jungen, der auf einem zugefrorenen See Fußball spielt: auf blauem Wasser stehend kickt er einen leuchtend weißen Ball über einen blutroten Horizont.

»Weshalb bist du hier, Gene? Was hast du auf dem Herzen?«

»Ich habe immer noch Probleme mit dem Schlafen.«

»Mit dem Einschlafen oder mit dem Durchschlafen?«

»Mit beidem.«

»Hast du in letzter Zeit mal einen Check-up machen lassen?«

»Ja sicher. Mußte ich beim Arbeitsplatzwechsel. Wegen der Versicherung. War alles vollkommen in Ordnung.«

»Wodurch wachst du auf?«

Er blickte mit gerunzelter Stirn auf »Timmys« Zeichnung.

»Durch Träume?« fragte ich.

»Mhm.«

»Was sind das für Träume, die dich aufwecken?«

»Ich weiß nicht, ob es das ist, was mich aufweckt.«

»An welche Träume kannst du dich am besten erinnern?«

»Einen hab' ich schon oft gehabt.« Draußen drehte eine Kreissäge auf. Die Fenster also doch nicht so schalldicht, wie ich gehofft hatte. Gene fuhr herum und blickte in die Richtung, wo das Geräusch herkam, sprach jedoch weiter. »Ich bin in einer Turnhalle. *Glaube* ich jedenfalls. Der Raum ist ein bißchen wie die Turnhalle der Einraumschule. Groß und kahl, die Fenster ganz hoch oben. Die Turnhalle war im Keller, deshalb waren die Fenster knapp unterhalb der Decke.«

»Bist du allein in der Turnhalle?«

»Anfangs ja. Es ist ganz still und friedlich. Ich habe das Gefühl, daß irgend jemand will, daß ich etwas Bestimmtes tue, aber ich weiß nicht, was.«

»Und daß du das nicht weißt, stört oder beunruhigt dich das?«

»Anfangs nicht. Dann taucht *sie* auf.«

Die Säge jaulte auf und verstummte schlagartig. Die plötzliche Stille unterlegte meine Frage »Wer ist *sie*?« mit einem dramatischen Effekt.

»Ich weiß nicht«, sagte er hastig. Er hielt einen Moment lang den Atem an, bevor er hinzusetzte: »Schon der bloße Anblick von ihr macht mir angst.«

»Wie sieht sie aus?«

»Manchmal ist sie blond. Irgendwie – na ja, so rotblond wie meine Frau. Aber es ist nicht meine Frau. Manchmal hat sie schwarze Haare, aber es sind dieselben. Es ist dieselbe Frisur, meine ich.«

»Langes Haar?«

»Nein. Mehr wie ein Helm. Sie hat ein Kleid an, ein langes Kattunkleid, aber es hat kein Oberteil.«

»Es ist also ein Rock?«

»Nein. Es ist kein Rock. Ich weiß nicht, wie ich es erklären soll, aber es ist ein Kleid ohne Oberteil.«

»Sie ist also barbusig?«

»Ja.«

»Wie sehen ihre Brüste aus?«

»Sie sind enorm groß. So ungefähr wie auf einem Ausklappfoto im *Playboy*, würde ich sagen, nur daß sie nicht hübsch sind. Die Warzen sind groß und steif und ganz dunkelbraun und recken sich mir entgegen.«

Ich notierte mir: Brustwarzen = Penisse. Gene runzelte die Stirn, als er mich schreiben sah. Es war ohnedies ein dummer Einfall, mir jetzt Notizen machen zu wollen. Ich zog die Schreibtischschublade auf und legte den gelben Notizblock hinein.

»Erregt dich das?«

»Nein.« Es wurde abwehrend, hastig und zu laut gesagt.

Ich schwieg.

Gene streifte mich mit dem Blick und machte mit der Hand die Bewegung des Zurückstreichens über seine Tolle, obwohl sie nicht wieder in die Stirn gefallen war. Er holte hörbar Atem und sagte: »Sie geht auf mich zu und macht den Mund weit auf.« Sein Blick ging ins Leere. Unter seinen Augen lagen die Schatten der Ermüdung, die Augäpfel waren gerötet.

»Aha. Und sagt sie dann etwas?«

»Ich glaube, sie will es.«

»Was glaubst du, daß sie sagen will?«

»Wie?«

»Was glaubst du, daß sie sagen will?«

»Sie sagt nie etwas.«

»Ich weiß.«

»Sie wissen? Wieso?«

»Weil du es mir andernfalls schon gesagt hättest. Was glaubst du, daß sie sagen will?«

»Irgendwas Nettes. Ich weiß nicht, was.«

»Irgendwas über ihre Brüste?«

»Ihre Brüste sind jetzt weg.«

»Weg? Oder hat sie etwas an?«

»Nein. Ich nehme sie nicht mehr wahr. Sie spuckt mich an.« Gene blickte in seinen Schoß. Er verschränkte die Finger und drehte dann die Hände gegeneinander. »Sie sagt nichts. Ich bin mir sicher, daß sie nett sein will, aber sie spuckt mich an.«

»Was geschieht mit der Spucke?«

Gene hob die Augen. Er ließ seine Fingergelenke so laut knacken, daß mir fast übel wurde. »Wie?«

Ich schwieg.

»Tja, ich weiß nicht. Ich denke – Nein!« Er streckte den Oberkörper und setzte sich gerade, die Finger lösten sich aus der Verknotung, sein Blick ging zur Decke hinauf. »Ich schreie: ›Geh weg!‹« Er klapperte mit den Augenlidern, während die Worte wie ein Sturzbach aus ihm hervorschossen: »Ich wache nicht auf. Ich dachte, ich wache auf, wenn ich ›Geh weg!‹ schreie, aber in Wirklichkeit verschwindet die ganze Szene, bevor die Spucke mich trifft. Ja, so geht es weiter. Mir ist vorhin nicht eingefallen, warum ich mir nicht sicher war, ob der Traum mich aufweckt. Der zweite Teil weckt mich auf. Die beiden Teile hängen zusammen.«

»Ich verstehe. Und wie sieht der andere Teil aus?«

Schweigen. Gene verschränkte wieder seine Finger. Ich hoffte, er würde nicht auch wieder die Gelenke knacken lassen. »Ich sitze an meinem Terminal«, sagte er schließlich, wie wenn er eine Überlegung abschlösse.

»An deinem Terminal?«

»Ja, bevor die Spucke auf mir landet, sitze ich an meinem Computerterminal und checke noch mal den Leiterplattenentwurf für den – tja, eigentlich müßte es der Black Dragon sein, aber er ist es nicht. Ich arbeite noch immer am Flash II. Der Black Dagon ist der –«

»Jetzt keine Erklärungen!« schnitt ich ihm brüsk das Wort ab. »Du sitzt an einem Terminal …?«

»Ja doch. An meinem.«

»Und …?« drängelte ich.

Er antwortete zügig: »Die Pläne ergeben für mich keinen Sinn. Eigentlich müßten sie das. Es geht um ganz simple Dinge. Einfach nur um die Plätze für die Speicherchips und um – egal, im einzelnen spielt das hier keine Rolle. Ich müßte alles spielend verstehen, aber ich verstehe es nicht. Und dann wird mir klar, daß ich nichts weiter zu tun brauche, als die Escape-Taste zu drücken – das ist sonderbar.«

»Was ist daran sonderbar?«

»Na ja, ich arbeite mit der Maus – in der Wirklichkeit, meine ich. Ich klappere nicht auf den Tasten herum, wenn ich an der Maschine arbeite.«

»Mhm. Aber in dem Traum denkst du daran, die Escape-Taste zu drücken ...«

»›Escape‹. Ist doch ziemlich durchsichtig, oder?«

»Kann sein. Erzähl weiter.«

»Okay, mir geht also auf: wenn ich Escape drücke, wird der Datenmüll vom Bildschirm gelöscht und ich verstehe alles, ich verstehe das ganze System, in einem einzigen klaren, übersichtlichen Bild habe ich das Ganze vor mir, und alles ist paletti.«

»Drückst du Escape?«

»Ja sicher«, sagte er traurig.

»Was passiert?«

»Der Bildschirm bleibt mit dem Datenmüll drauf hängen, das ganze System bleibt hängen. Und daraufhin drehe ich durch und tu' was, was ich nicht tun sollte. Ich mache einen schrecklichen Fehler.« Er hielt schweratmend inne.

Ich wartete. Gene rieb sich das Kinn, dann runzelte er die Stirn. »Was tust du?« versuchte ich nachzuhelfen.

»Ich schalte das Gerät ab. Damit wird der ganze Datenmüll gelöscht – aber auch die Lösung des Problems.«

»Und dann wachst du auf?«

»Nein. Noch nicht. Ich schalte das Gerät ab, aber es geht nicht aus. Nur der Bildschirm wird gelöscht.«

»Und das hast du ja gewollt.«

»Ja, schon ...«

»Du hast einen schrecklichen Fehler gemacht und hast damit erreicht, was du wolltest.«

»Nein.«

»Nein?«

»Nein. Auf dem Bildschirm erscheint eine Schrifttafel. Als ob Skip sich mal wieder einen Spaß erlaubt hat.«

»Wer ist Skip?«

»Einer von den Hackern bei Flashworks. Hat den andern gern Streiche gespielt. Das Programm so verändert, daß man gedacht hat, es läuft nicht richtig, und gerade wenn man gemeint hat, jetzt hat man das wieder hingebogen, ploppt eine Schrifttafel mit Schönschriftlettern auf den Bildschirm. Ein grafisch sehr elegant gestalteter Vulgarismus.«

»Was stand auf der Schrifttafel in dem Traum?«

Gene sprach die Worte langsam, in unheilverkündendem, aburteilendem Ton: »Du bist ein Hurensohn.« Er nickte und sagte vor sich hin: »Sie hängen zusammen. Es sind nicht zwei verschiedene Träume, es ist nur einer.«

»Und wenn du die Schrift siehst, wachst du auf?«

Gene nickte. »Sie hängen zusammen«, murmelte er. »Ich möchte bloß wissen, wie oft ich das jetzt schon geträumt hab'.«

»Ich auch«, sagte ich.

Gene lächelte. »Müßten Sie das nicht eigentlich wissen?«

Wieder die Animosität gegen meine angebliche Allwissenheit. Ich hatte bei ihm versagt, sollte das heißen. Aber er konnte es nicht unverblümt aussprechen und war sich obendrein seines Urteils nicht sicher, denn warum wäre er sonst wieder zu mir gekommen? Es sei denn, er war gekommen, um sein Geld zurückzufordern. »Nein«, sagte ich. »*Du* weißt alles. Es gibt nur einen einzigen Spezialisten in Sachen Gene Kenny, und das bist du.«

»Dann sitze ich ganz schön in der Scheiße.« Gene rutschte auf die Stuhlkante vor, senkte den Kopf und strich sich mit beiden Händen über die Backen; dabei zog er die Haut nach unten, so daß seine geröteten müden Augen noch deutlicher zu sehen waren.

»Bist du im Augenblick sehr im Arbeitsstreß?«

»Klar, deswegen hab' ich den Job ja angenommen.«

»Du hast den Job angenommen, um im Arbeitsstreß zu sein?«

»Nein, nein.« Er war ungehalten. »Das ist doch Blödsinn«, sagte er. Über sich selbst erschrocken, blickte er abrupt auf. »Entschuldigung, das hätte ich nicht sagen sollen. Ich wollte nicht sagen, Sie reden Blödsinn. Das gehört mit zu den Dingen, die mir zu schaffen machen. Dauernd schnauze ich Leute an und sage Sachen, die ich so meine.« Er schnaubte. »Ich wollte sagen, die ich *nicht* so meine.« Er rammte die flache rechte Hand gegen seine Schläfe. »Ich müßte mal wieder ausschlafen.« Er sah mich jetzt flehentlich an – ein Kind, das erbittet, was ihm zusteht. »Meine Frau meint, ich soll mir Schlaftabletten besorgen.«

»Laß uns mal deinen typischen Tagesablauf durchgehen, Gene. Gehen wir mal deinen Stundenplan durch.« Ich mußte ihm immer wieder gut zureden, damit er diese Bestandsaufnahme ernst nahm. Wiederholt versuchte er zu raffen und zusammenzufassen. Wenn wir dann jede einzelne Stunde aufdröselten, erwiesen sich seine Zusammenfassungen als unzutreffend. Er hatte das Gefühl, er verschwende viel Zeit zu eigennützigen Zwecken. In Wirklichkeit war er ein fleißiger Arbeiter (wie produktiv er dabei war, vermochte ich zu diesem Zeitpunkt nicht zu beurteilen) und dabei immer für die Interessen anderer tätig. Seine Frau hatte sich so oft und ausdauernd darüber beklagt, wie früh beider Sohn Peter morgens aufzustehen pflegte, daß Gene es sich zur Gewohnheit gemacht hatte, gleichzeitig mit Peter aufzustehen – das war in der Regel gegen sechs Uhr früh. Gene machte Peter das Frühstück, zog ihn für die Schule an, packte seine Schultasche, machte sein Bett (obwohl zweimal die Woche eine Putzfrau ins Haus kam) und brachte seiner Frau eine Tasse Kaffee ans Bett, bevor er sich um halb acht auf den Weg ins Büro machte. Dort arbeitete er ohne Pause – häufig auch ohne Mittagessen – bis mindestens sechs Uhr abends. Während Spitzenzeiten arbeitete er bis Mitternacht. Eine solche Phase würde in etwa einem Jahr wieder für das neue Computermodell anstehen – den Black Dragon, wie firmenintern der Spitzname der Maschine lautete. Bei Flash II war Durcharbeiten bis zum Morgengrauen an der Tagesordnung gewesen. Wenn er von der Arbeit nach Hause kam, tat er, wollte man seiner Zusammenfassung glauben, nichts weiter, als wie ein Zombie herumzusitzen. »Wie ein Zombie« waren seine eigenen Worte. In Wahrheit wusch er Geschirr, badete Peter, spielte mit ihm und las ihm Gutenachtgeschichten vor, um sich anschließend mit dem Studium von Konstruktionsplänen oder anderen Dingen, die zu seinem Beruf gehörten, zu beschäftigen.

»Wann schläfst du eigentlich mit deiner Frau?« erkundigte ich mich.

Die Frage machte ihn befangen. Die Beine wurden defensiv übereinandergeschlagen; auch die Hände deckten die angesprochene Körperpartie. [Manche Therapeuten hätten viel Aufheben von diesem sofortigen Abschirmen der Genitalregion gemacht, indes sind derlei Bewegungen ganz alltägliche Reaktionen, wie sie viele Menschen in einer unangenehmen Gesprächssituation an den Tag legen. Ich beschränke mich bei solchen Dingen darauf, sie zu registrieren, und messe ihnen erst dann Bedeutung bei, wenn ein charakteristischer Zug erkennbar wird, wie etwa Genes Aversion, dem Gegenüber in die Augen zu sehen.] Sein Gesicht schloß sich auf, die Augen weiteten sich, die Haut glättete sich. Er wirkte noch jungenhafter und schamvoller als sonst. »Na ja, es ist nicht ganz einfach, möchte ich mal sagen. Wir müssen damit warten, bis Peter eingeschlafen ist, und manchmal schläft meine Frau vor ihm ein oder ist zu müde, wenn es soweit ist. Pete schläft nicht viel und wacht zwischendurch öfter auf. So um eins, halb zwei kommt er jede Nacht zu uns ins Schlafzimmer.«

»Jede Nacht?«

Es stellte sich heraus, daß Pete vielleicht zweimal die Woche in der Nacht ins Elternschlafzimmer kam. Gene sagte, ihm graue (sein Wort) bei dem Gedanken, daß Peter sie beim Sex überraschen könnte.

»Ist denn die Schlafzimmertür nicht abschließbar?« fragte ich.

»Doch, schon ...« Gene war offenbar nicht der Meinung, daß sich die Situation durch Abschließen der Zimmertür wesentlich ändern würde. »Er könnte uns doch hören«, sagte er schließlich, nachdem ich an diesem Punkt hartnäckig nachgebohrt hatte.

»Meinst du, Peter weiß, daß du und Cathy Sex miteinander habt?« fragte ich.

Die Frage hob ihn aus den Schuhen. Sein Mund klappte auf. Er gestikulierte in Richtung Bücherregal, als ob hinter mir jemand stünde, der genauso verdattert war. »Ich ... ich ...« Er ließ einen unartikulierten Laut hören, dann: »Ich glaube nicht. Mir ist das nie in den Kopf gekommen – ich meine, solange ich klein war.«

»Was ist dir nie in den Kopf gekommen?«

»Daß meine Eltern ... Na ja, daß sie ...« Hatte er tatsächlich rote Ohren bekommen, oder sah es nur so aus? Jedenfalls wirkte er verlegen.

»*Du* bist bei *deinen* Eltern ins Schlafzimmer geplatzt, als sie gerade beim Sex waren. Zumindest als dein Vater gerade die Brüste deiner Mutter küßte.«

»Ich?« sagte er verblüfft. Seine Stimme verriet höchstes Erstaunen. Sein Mund stand offen, während seine Augen zur Decke hinaufwanderten. »Tatsächlich«, bestätigte er. Mit einem Mal richtete er den Blick gespannt auf mich. »Woher wissen Sie das?«

»Du hast es mir selbst gesagt.« Ich hob die Hand. »Es ist kein Trick, Gene. Ich hab' meine alten Notizen durchgesehen. Du hast mir vor Jahren erzählt, daß du in eurer alten Loft-Wohnung – erinnerst du dich, an der Tür zum Elternschlafzimmer war kein Schloß ...«

»Klar, es war eine Schiebetür.«

»Richtig. Du hattest schlecht geträumt, von einer Spinne, und du bist ins Schlafzimmer deiner Eltern gelaufen. Dort war es ganz dunkel, aber von draußen fiel ein Lichtschein von der Straßenbeleuchtung auf das Bett deiner Eltern.«

»Richtig.« Er nickte, während er mit abwesendem Blick in die Vergangenheit starrte. »Richtig. Und ich habe gedacht, Dad beißt Mam.«

»Erinnerst du dich, was dann geschah?«

»Sie hat mich gesehen.«

»So hast du es mir erzählt.«

»Sie hat mich gesehen, und ich bin wieder in mein Zimmer gelaufen.«

»Ist das alles, woran du dich erinnerst?«

»Dad hat mich angeschrien?« riet er auf gut Glück.

Ich schwieg.

»Nein, nicht richtig?« fragte er weinerlich.

[Natürlich gibt es in diesem Zusammenhang kein Richtig und Falsch. Seine derzeitige Erinnerung harmonierte nicht mit dem, was er mir früher erzählt hatte, das hieß jedoch nicht, daß er sich, im psychologischen Sinn des Wortes, irrte. An einer Erinnerung ist genauso wichtig, *in welcher Beziehung* sie kontrafaktisch reproduziert wird. Für uns sind nicht die Fakten die Wahrheit – daher empfinden wir die gesetzlichen Auflagen häufig als hinderlich und ungerecht.]

»Gene, wir haben die Zeit bereits um zehn Minuten überschritten, und die Sache ist kompliziert, also –«

Gene sprang auf die Füße und murmelte in meine Erklärung hinein: »O ja, natürlich, es tut mir leid.«

»Es gibt nichts, das dir leid zu tun hätte«, sagte ich brüsk.

Er erstarrte und sah mich aus großen Augen an. Seine dichten Augenbrauen hoben sich zum Ausdruck der Befremdung.

»*Mir* tut es leid«, sagte ich. »Ich bin etwas frustriert, weil ich nicht mehr Zeit habe. Gene, das wird ein Problem werden, falls du die Besuche bei mir fortsetzen willst. Mein Terminplan ist gerammelt voll, da ist überhaupt keine Luft mehr drin. Genaugenommen hab' ich nur noch die Mittagessenspausen frei, und ich halte es für keine gute Idee, allzu oft das Mittagessen ausfallen zu lassen. Ich kann mir beim besten Willen nicht öfter als zweimal die Woche für dich Zeit nehmen. Ich hoffe, das ist dir nicht zuwenig.«

»Iss klar. Die Kleinen, die brauchen Ihre Hilfe wirklich. Sie können Ihre Zeit nicht damit vertun, sich mein Gejaule anzuhören.«

»Wenn du es genau wissen willst, Gene: gejault hast du eben jetzt zum ersten Mal.«

»Ach, das war doch nur ein Spaß.«

»Für mich hat es sich wie ein verkappter Vorwurf angehört. Es ist ja nicht so, daß ich glaube, die Kinder brauchen mich nötiger als du, oder daß ich dich weniger schätze als sie, sondern die Sache ist schlicht die, daß ich meine ganze Zeit schon für sie verplant habe, und ich bin kein Übermensch. Ich kann nicht öfter als zweimal die Woche ohne Mittagessen oder ohne Arbeitspause auskommen.«

[Das eben Berichtete ist ein Regelverstoß. Ich forderte Gene auf, in mir den gewöhnlichen Menschen zu sehen, und verlangte damit von ihm – der Übertragungstheorie zufolge – etwas Unmögliches und, wichtiger noch, auch gar nicht Wünschenswertes. Das tat ich aus kühler Überlegung. Mir war nicht etwa der Geduldsfaden gerissen. Ich war zu der Überzeugung gekommen, daß, sollte ich mit ihm arbeiten, ein neuer Ansatz vonnöten war. Meiner Meinung nach war Gene im Jugendstadium steckengeblieben oder, besser gesagt, in das Jugendstadium verliebt und hatte sich in seiner Schüchternheit und Anspruchslosigkeit ein sicheres Refugium geschaffen. Angesichts dieser Situation als Therapeut abermals die Ersatzelternrolle zu übernehmen, wäre meiner Ansicht nach trotz aller theoretischen Korrektheit unproduktiv gewesen.]

»Es tut mir leid«, sagte Gene.

»Nein, es tut dir überhaupt nicht leid«, sagte ich in freundlichem Ton. Er war perplex. »Wie wär's mit Freitag um die gleiche Zeit?« Er nickte langsam, noch immer geschockt von meiner Unverblümtheit. »Findest du allein hinaus?« Ächzend, als ob er an Muskelkater litte, erhob er sich. Inzwischen mußte aus der Südlichen Bronx der Transporter mit meiner Therapiegruppe, fünf Heimkindern im Heranwachsendenalter, angekommen sein. Die Gerichte hatten diese Jugendlichen aus ihrem Zuhause in ein beinah ebenso unzuträgliches Ambiente verpflanzt. Sie hatten erschreckende Probleme: sie waren von Eltern und Ersatzeltern aufs schwerste mißbraucht worden, besuchten unzulängliche Schulen und lebten in gefährlichen Wohnrevieren, wo sie von Cracksüchtigen umgeben waren. Ihre wirtschaftlichen und emotionalen Zukunftsaussichten waren praktisch gleich Null. Gene hatte nicht ganz unrecht. In der Tat verachtete ich bis zu einem gewissen Grade solche mittelklassetypischen Beschwerden wie die seinen. Gleichzeitig war ich mir jedoch bewußt, daß das Universum der Emotionen nicht das Universum der Relativität ist: der Schmerz von einem Spreißel im Zeh konnte Genes Herz wie eine Lanze durchbohren. Schmerz nimmt uns total in Besitz. Niemandem ist nachzuweisen, daß es ihm besser geht als anderen; man kann sich nur besser fühlen als andere. Gene vorzuhalten, daß er ein vergleichsweise unbeschwertes Leben hatte, hätte lediglich seinen Jammer um Schuldgefühle vermehrt – das ist der Fehler, den die Religion macht. Und dennoch, mit Nachsicht gegenüber seinem Infantilismus würde man ihn dazu anhalten, ewig nur die eingebildeten Ungeheuer in den dunklen

Ecken und nicht den erquickenden Sonnenschein überall sonst zu sehen – das ist der Fehler, den traditionell die Psychotherapie macht.

Gene verabschiedete sich und ging. Das Mädchen an der Anmeldung rief an, um mir zu sagen, daß meine Gruppe im Gruppenraum eins auf mich wartete. Ich zog die Schreibtischschublade auf, stellte das versteckte Tonbandgerät ab und nahm die Kassette mit dem Mitschnitt der Sitzung heraus. Auf den Papierstreifen längs der rückwärtigen Schmalseite schrieb ich »Gene Kenny«, dazu das Datum und die Ziffer 1, dann legte ich die Kassette in meinen Aktenkoffer, um sie bei der Plackerei im Fitneßclub am Spätnachmittag über Walkman abhören zu können.

»Wer beginnt mit Lügen, endet mit Betrügen.« Das alte Sprichwort ging mir durch den Kopf, bevor ich mich meiner richtigen Arbeit zuwandte.

SECHSTES KAPITEL

Massive Gegensätze

Drei Monate später führte ich mit meinem Freund aus Kindheitstagen Joseph Stein ein Streitgespräch über Träume. Wir hatten eine Verabredung zu viert, zu der ich Diane als Begleiterin mitnahm. Unsere Beziehung hatte sich nach der Reise im Sommer so stark intensiviert und vertieft, daß wir uns, als der Winter heranrückte, überlegten, ob wir heiraten oder wenigstens in eine gemeinsame Wohnung ziehen sollten. Joseph brachte seinen festen Freund mit, einen jungen Jazzmusiker mit dem Künstlernamen Harlan Daze. Wir sahen uns im Village einen Film an, aßen in einem Lokal in der Nähe des Kinos eine Pizza und gingen anschließend zu Fuß zu Josephs zehn Straßen weit entfernt gelegener Terrassenhauswohnung, um dort noch einen Kaffee zu trinken.

Joseph und ich hatten 1982 durch die Vermittlung des Fernsehens unsere Freundschaft wieder aufgefrischt. (Ein Talkmaster lud uns als Vertreter entgegengesetzter Standpunkte zur Diskussion über eine Streitfrage, die ich in meinem Buch *Das Tier mit dem Weichhirn* thematisiert hatte, in seine Sendung ein. Ich hatte die Verabreichung von Methylphenidaten wie Ritalin und von Neuroleptika an Kinder kritisiert; Joseph war zugegen, um die Wirkungsweise der Medikamente zu erklären und mir zu widersprechen. Zum Verdruß des Talkmasters pflichtete er mir darin bei, daß sie in der Praxis zu häufig verschrieben werden.) Als in der Grundlagenforschung zum menschlichen Gehirn aktiver Neurobiologe – als der er jedermann mit auch nur oberflächlicher Kenntnis des Wissenschaftsbetriebs bestens bekannt ist – arbeitete Joseph neben seiner Haupttätigkeit als ordentlicher Professor an der Columbia University als Berater eines großen Pharmakonzerns an der Entwicklung von Neuroleptika mit. Mit den Durchbrüchen, die er auf dem Feld der Theorie erzielte, bereitete er den Boden für neue Experimente, die handgreifliche Resultate abwarfen. Erst in diesem Jahr war der Wirkstoff Fluoxetinhydrochlorid, ein sehr spezifisch wirkender Serotoninverstärker mit angeblich weit harmloseren Nebenwirkungen als die zur Zeit gebräuchlichen Neuroleptika, auf den Markt gekommen. Unter dem Markennamen Prozac wurde das Mittel in den USA binnen kurzer Zeit zu einem der meistverschriebenen Antidepressiva und begann auch schon – zum Teil unter anderem Namen, wie etwa Fluctin – auf den Weltmarkt vorzudringen. Joseph war bei weitem nicht allein für die Entwicklung von Prozac verantwortlich, aber er hatte, wie allgemein anerkannt wurde, eine essentielle Rolle dabei gespielt.

»Träume sind Unsinn«, sagte Joseph nicht zum erstenmal an diesem Abend – und übrigens auch nicht zum erstenmal im Lauf der Neuauflage unserer Freundschaft. Wir zwei waren so radikal verschiedener Meinung über die Ursachen menschlichen Verhaltens, daß wir ein Abkommen getroffen hatten, dieses Thema in unseren Gesprächen nach Möglichkeit zu meiden. Leider ließ Joseph sich des öfteren Verstöße gegen unsere Abmachung zuschulden kommen.

Harlan nahm eine Tasse Espresso von seinem eleganten Chinalacktablett und reichte sie mir. Den Schwulen hätte niemand in ihm vermutet, der das Klischeebild vom Homosexuellen kultivierte – ganz besonders Josephs Mutter nicht. Sie war inzwischen verwitwet und lebte noch immer in Washington Heights, was einer der zahlreichen Gründe dafür war, daß Joseph, obwohl sich sein Labor in der Columbia University befand und er auch seine Lehrveranstaltungen in der Universität abhielt, sein Privatquartier weit weg in Downtown aufgeschlagen hatte – dort war er durch einhundertsiebzig Häuserblocks vom Revier seiner Mutter getrennt. Er hatte mir erzählt, daß er in der ständigen Furcht lebte, seiner Mutter zufällig einmal mit einem Freund an seiner Seite über den Weg zu laufen. Harlan, der zehn Jahre jünger als Joseph war, sah mit seinen zum Pferdeschwanz zusammengebundenen langen blonden Haaren, in seinen zerrissenen schwarzen Jeans und dem weißen T-Shirt nicht gerade wie ein Kollege oder Doktorand von Joseph aus. Trotzdem hätte Josephs Mutter ihn nie für einen Schwulen gehalten. Seine hochgewachsene, hagere Gestalt war immer ein wenig geduckt; er bewegte sich mit der Geschmeidigkeit einer pirschenden Raubkatze. An seinen Lippen schien (worüber Joseph sich lauthals beklagte) ständig eine Zigarette zu kleben; er hatte die gleiche tiefe Stimme wie ein Cowboy und war genauso wortkarg wie einer. Ich mochte ihn aus mindestens zwei Gründen. Erstens, weil Joseph mit ihm glücklich war. Und zweitens, weil ich mit Vergnügen beobachtete, wie Harlan die Arroganz und Großspurigkeit meines alten Freundes, die im Laufe des Jahres im Kielwasser seiner Erfolge mächtig zugenommen hatten, bei vielen Gelegenheiten mit Kaltwassergüssen überschüttete. »Vielleicht sind *deine* Träume Unsinn«, sagte Harlan halblaut und lächelte Diane zu.

Sie hatte sich an diesem Abend bislang nicht sonderlich wohl gefühlt und sowohl vor dem Kinobesuch wie beim anschließenden Abendessen kaum den Mund aufgemacht. Das lag meiner Einschätzung nach daran, daß sie Joseph nach den Erfahrungen, die sie bei ihren drei vorausgegangenen Begegnungen mit ihm gemacht hatte, nicht mochte. Sie habe den Eindruck, sie existiere für ihn gar nicht, sagte sie mir. »Ich meine nicht als Geschlechtswesen«, ergänzte sie. »Ich meine, er benimmt sich, als ob ich überhaupt nicht vorhanden wäre.« Ich konnte sie verstehen. Joseph identifizierte alle Frauen und erst recht eine willensstarke Jüdin wie Diane mit seiner erstickenden, ewig putzenden und kochenden Mutter. Er war so sexistisch wie Pat Buchanan, ganz anders als das Klischeebild vom Homosexuellen, das diesem ein hohes Maß an Aufgeschlossenheit und Verständnis für die Lage der Frau in der Gesellschaft zuschreibt. Ich fragte mich, wie er wohl seine Doktorandinnen und Assistentinnen behandelte beziehungsweise wie viele Frauen er überhaupt in seinen Schüler- und Mitarbeiterkreis aufnahm. Und ich sann über die Ironie nach, die darin lag, daß die Dominanz der Mutter im Leben eines berühmten Wissenschaftlers diesen schließlich veranlaßte, sich Liebesobjekte zu suchen, die seine Mutter nicht zu sehen bekommen durfte.

»Hast du den Artikel von Allan Hobson gelesen?« sagte Joseph zu mir, nachdem er sich offenbar entschieden hatte, von Harlans Bemerkung keine Notiz zu nehmen.

Ich nickte. »Was er schreibt, ist reine Sophisterei.«

»Hast du dir mal das Datenmaterial genau angesehen?« Joseph leerte seine Espressotasse in einem Zug. Meinen Einwand tat er mit einer wegwerfenden Handbewegung ab. »Ich wette, du hast es dir erspart, die Zahlen zur Kenntnis zu nehmen, hab' ich nicht recht? Psychiater«, setzte er dann noch abschätzig hinzu, wobei er sich an Diane wandte – sehr zu meiner und ihrer Überraschung. »Das sind Pseudowissenschaftler. Ich wette, er hat den Argumentationszusammenhang bei Hobson überhaupt nicht verstanden.« Diane starrte ihn mit leerem Blick an. »Hallihallo, sind Sie noch da?« sagte Joseph zu ihr.

»Ich bin Psychiaterin, und ich –« setzte sie an. Diane ist eine kleine, schlanke, energiegeladene Frau mit einer schwarzen Lockenpracht, die genauso ein kompliziert verschlungener und nicht zu bändigender Wildwuchs ist wie ihre ganze Persönlichkeit. Sie hat eine kecke Nase, helle, sommersprossige Haut und braune Augen, deren Glanz leider durch eine Brille ein wenig gedämpft wird. (Kontaktlinsen lehnt sie ab.) Ihre quicklebendige, freundliche Art und ihr zierlicher Körperbau verleihen ihr eine mehr als außergewöhnliche Jugendlichkeit – mit vierunddreißig Jahren passierte es ihr immer noch, daß Barkeeper sich erst ihren Ausweis zeigen ließen, bevor sie Alkohol an sie ausschenkten – und ihren

Zornanwandlungen den Anschein von Gutartigkeit und Harmlosigkeit. Ihr Ton war wütend und gereizt, aber ich sah, daß Joseph sich keiner Gefahr bewußt war. Ich wußte, daß sie im nächsten Augenblick eine scharfe und im übrigen auch wohlverdiente Zurechtweisung auf ihn abfeuern würde, mit der Joseph nach meiner Kenntnis seines kommunikativen Repertoires nicht anders würde fertigzuwerden wissen, als indem er mit gleichem Kaliber zurückschoß. Deshalb griff ich ein und stoppte die laufende Entwicklung. In einem offenen Krieg zwischen Diane und Joseph wäre mit Sicherheit ich das erste Opfer gewesen.

»Mit seinem gesamten Datenmaterial beweist Hobson lediglich, *wie* die Träume im Gehirn entstehen«, sagte ich, Diane ins Wort fallend.

»Siehst du, du hast den Grundgedanken nicht begriffen! Ich hab's gewußt!« Joseph neigte sich vor, um seine Espressotasse auf den eichenen Kaffeetisch zurückzustellen, ließ aber die Untertasse schon knapp über der Tischplatte los. Die Tasse klapperte auf der Untertasse, rutschte herunter und kippte um.

»Ach du Schande«, murmelte Harlan. Er stellte die Tasse wieder auf und wackelte tadelnd mit dem Zeigefinger. »Und auch noch mit dem guten Porzellan.«

»Doch, doch, ich hab' schon begriffen, worauf er hinauswill«, antwortete ich und hörte Zorn aus meiner Stimme heraus. »Aber die Tatsache, daß die Naturwissenschaft die Mechanik der Traumproduktion nachzeichnen kann, sagt nichts über die Bedeutung der Träume oder ihre Bedingtheit durch emotionale Konflikte aus. Wer das annimmt, begeht einen Denkfehler.«

»Oh, ich verstehe.« Joseph schien höchlich amüsiert. »Du willst also sagen, daß der Erfolg von Prozac kein Beweis dafür ist, daß wir die Ursachen der Depression dingfest gemacht haben.«

Das war es, worum es ihm bei dem ganzen Gerede um die Bedeutung der Träume eigentlich ging. Prozac war erst vor vier Monaten von der Food and Drug Administration als Arzneimittel zugelassen worden, und Joseph war sehr stolz auf das gewaltige Jubelgeschrei, mit dem es in der Publikumspresse begrüßt wurde. Ich hatte mich, von konventionellen Glückwunschfloskeln abgesehen, über den Vorgang ihm gegenüber nicht geäußert. Anscheinend war er der Überzeugung, er hätte den definitiven Beweis erbracht, daß in unserem seit langem währenden Streit darüber, ob die Pharmakotherapie oder die *»talking cure«* als das wirksamere psychiatrische Behandlungsverfahren zu betrachten sei, ich derjenige war, der die falsche Position vertrat, und wollte jetzt von mir das Eingeständnis meiner Niederlage hören.

Ich überlegte, ob ich seinen Verstoß gegen unser Abkommen mit Nichtachtung strafen sollte, konnte mich aber nicht dazu durchringen. »Ja, genau das will ich sagen. Auch mit noch soviel erfolgreicher medikamentöser Stimmungsmanipulation ist nicht bewiesen, daß die Depression oder die Träume oder was auch immer nicht durch Konflikte oder Gefühlslagen bedingt sind. Symptome verdecken ist nicht heilen.«

»Ich kann es nicht glauben.« Joseph klatschte sich mit beiden Händen auf die Schenkel und drehte sich weg von mir. Wieder wandte er sich an Diane. »Das sagt der allen Ernstes. Ich kann es einfach nicht glauben.«

Diane schlug die Beine übereinander und gab sich ein für sie untypisches hochmütiges Air, das sie, offen gestanden, nicht perfekt hinkriegte. »Was können Sie nicht glauben? Bitte verraten Sie es uns. Ich brenne förmlich darauf, es zu erfahren«, sagte sie und zeigte ihm ein breites Lächeln.

Joseph überhörte den Sarkasmus in ihrer Stimme. Er stand auf. »Beenden wir das Thema«, sagte er, um sogleich fortzufahren: »Du willst bloß nicht zugeben, daß wir es geschafft haben. Wir können die Depression heilen, wir können Angstzustände heilen, zum Henker – wir können die Neurose heilen! Wir haben bewiesen, daß sie nichts damit zu tun hat, ob deine Mami dir den Hintern abgewischt hat oder ob sie es dich selber hat tun lassen. Das Ganze ist nichts weiter als ein chemisches Ungleichgewicht. Wie kannst du, ein ausgebildeter Wissenschaftler, noch behaupten wollen, daß die Depression eine andere Ursache hat als einen Mangel in der Gehirnrezeptur, wenn wir in der Lage sind, sie mit einer Tablette zu beheben?«

»Weil ich gute Gründe dafür habe«, sagte ich ruhig. Meine Zornanwandlung war verflogen.

»Die möchte ich hören!« Joseph kreischte mich fast in gleicher Manier an, wie er es als Zehnjähriger getan hatte.

»Komm, laß uns das Thema beenden, Joseph.«

»Aha, du möchtest das Thema beenden. Weil du dich geschlagen geben mußt.«

»Ruhe bewahren, locker bleiben«, sagte Harlan und zündete sich eine Zigarette an.

»Hör du lieber auf zu rauchen«, blaffte Joseph ihn an.

»Vor einer Minute wolltest du noch selbst damit aufhören«, sagte ich.

»*Ich* möchte nicht, daß das Thema beendet wird«, erklärte Joseph den beiden anderen feierlich. »Ich bitte jedermann, davon Kenntnis zu nehmen. Ich möchte das Thema nicht beenden.«

»Schön, du möchtest nicht«, sagte ich. »Ich möchte.«

»Ich möchte nicht, daß du es beendest, Rafe«, sagte Diane. Das war nicht ihre Art: normalerweise pflegte sie ihren Standpunkt selbst zu vertreten. Und sie hatte, obwohl es mir galt, kühl und mit Geringschätzigkeit in der Stimme gesprochen.

»Siehst du. Du mußt dich geschlagen geben«, meinte Joseph. »Wir bleiben bei dem Thema.«

Ich sah Diane an. Im Augenblick wurde ich nicht schlau aus ihr. War sie der Meinung, es sei meine Pflicht, ihn von seinem hohen Roß herunterzuholen – oder wollte sie meine Kampfbereitschaft testen? Ob so oder so, ihr Verhalten entsprach nicht ihrer sonstigen unerschrockenen und direkten Art. »Okay«, sagte ich und wandte meine Aufmerksamkeit wieder Joseph zu. »Worum ging – ach ja, wie kann ich behaupten, daß die Depression eine andere Ursache als ein chemisches Ungleichgewicht hat, wenn ihr sie mit einem Medikament abstellen könnt. Darf ich dich so verstehen, Joseph, daß du aufgrund der Tatsache, daß Wissenschaftler eine Frau mit tiefgekühltem Sperma befruchten können, zu dem Schluß gekommen bist, daß die Inseminationsspritze Babys hervorbringt?«

Harlan lachte. Joseph wedelte abwinkend mit beiden Händen. Er war klein von Wuchs, gerade mal ein Meter sechzig. Klein und von alles andere als athletischem Körperbau, aber die Altherrenkleider, die er als kleiner Junge getragen hatte, waren längst Vergangenheit. Jetzt trug er Armani-Anzüge als Gesellschaftskleidung, Sachen von Banana Republic als Freizeitkleidung und an Abenden wie dem heutigen Jogginganzüge. In einem rot-weißen Exemplar eines solchen wirbelte er jetzt auf dem Platz, wo er stand, herum, um mir verächtlich den Rücken zu zeigen. »Das ist Schwachsinn.« Er drehte sich wieder zu mir um. »Das ist unter deinem Niveau, Rafe. Es tut mir leid für dich, daß du dich in solchen Schwachsinn flüchtest.«

»Mir tut es auch leid. Ich möchte mich natürlich ungern in Schwachsinn flüchten. Was ist falsch an meinem Argument?«

Joseph stierte mich an, als ob er nach einem Anzeichen von Sarkasmus suchte. Er konnte keines entdecken, weil keines da war. Er seufzte. »Die künstliche Befruchtung beweist, daß Same und Ei und nicht die Liebe das Baby hervorbringen.«

Seine Bemerkung wurde mit Schweigen aufgenommen. Es war kein respektvolles Schweigen, das die Anerkennung für einen Triumph des logischen Denkens enthielt. Ich glaube, wir anderen waren alle beklommen bei dem Gedanken, was Josephs Sicht für die Zukunft der Menschheit bedeuten mochte.

»Deine These ist also«, sagte ich, nachdem die beklommene Stimmung im Zimmer so lange angehalten hatte, daß Joseph in dieser Zeit hatte eins nach dem andern unser aller Gesichter mustern, sich wieder in seinen Sessel setzen, nach der Espressotasse greifen und sie nach Feststellung ihres leeren Zustands auf den Kaffeetisch zurückstellen können. »Deine These ist also, daß die Fähigkeit von Prozac, Symptome der Depression abzustellen –«

»Nicht die Symptome!« Josephs Stimme war so durchdringend, daß Harlan mit dem Kopf wegzuckte und dann so tat, als müßte er sich das Ohr ausputzen. Diane lächelte ihm zu. Joseph übersah die Pantomime. »Spiel es nicht herunter, indem du von Symptomen redest. Was ist Depression mehr als ein Bündel von Symptomen?«

»Genau«, sagte ich. »Was ist Depression? Die Frage habt ihr ebensowenig beantwortet, wie die künstliche Befruchtung Antwort auf die Frage gibt, was das Leben ist. Ein Patient geht zum Arzt und klagt darüber, daß er nicht schlafen kann, keinen Appetit hat, sich nicht konzentrieren kann, keine Freude am Leben hat und daß nicht die geringste Aussicht besteht, daß sich an all dem je etwas ändert. Der Arzt sagt ihm, daß er an Depression leidet. Er verschreibt ihm dein Medikament, und daraufhin bessert sich die Situation des Patienten in einigen Punkten. Er ißt besser, er schläft besser. Der Arzt lobt ihn, seine Angehörigen loben ihn –«

»Das ist nicht alles –«

»Laß mich das eben noch zu Ende führen. Der Patient setzt das Medikament ab. Und wieder kann er nicht schlafen, nichts essen, sich nicht konzentrieren –«

»Ja und?« Joseph hatte sich an Diane gewandt. Offenbar hielt er mich für einen aussichtslosen Fall. »Man verschreibt ihm halt wieder die Tabletten. Wo ist daran etwas anders als bei anderen Krankheiten, die man sich zum zweitenmal holt? Jemand hat eine Infektion und bekommt ein Antibiotikum verschrieben. Das heißt doch nicht, daß er sich nicht wieder infizieren kann.«

Die Lippen wie versteinert, die Arme gekreuzt, sah Diane mich an wie ein Professor, der im Examen auf die Antwort des Prüflings wartet. Daß sie mit Rücksicht auf meine Freundschaft mit Joseph nicht selbst antworten wollte, konnte ich verstehen, aber warum sah sie mich so mißmutig an? Ich hoffte, daß ihr Verdruß sich gegen Joseph richtete. Auch Harlan sah mich erwartungsvoll an. Beide schienen mich aufzufordern, meinen Freund zu widerlegen. Ich war mir nicht sicher, ob ich ihn widerlegen wollte: ich wollte wissen, ob er recht oder unrecht hatte, und bezweifelte, daß ein Meinungsstreit zur Gewißheit führen könne.

Mein Ton war eher appellierend als streitbar: »Könntest du mir erklären, Joseph, wie sich das von dem Mann unterscheidet, der sich auf Abendgesellschaften deplaziert vorkommt und sich darum jedesmal betrinkt, wenn er eine besucht? Oder von dem Ghetto-Jugendlichen, der mit Recht findet, daß seine Aussichten im Leben nicht berauschend sind, und sich Crack kauft, um auch einmal auf einer Woge von Glücksgefühl zu schwimmen? Habt ihr eine Therapie für die Depression gefunden, Joseph, oder habt ihr einfach nur eine sozial akzeptable Form von Sucht kreiert? Vielleicht habt ihr etwas zur Behebung der Depression getan. Vielleicht habt ihr euch aber auch nur eine eigene Krankheit erfunden, mit der ihr die Depression überdeckt.«

»Jetzt hör aber auf«, sagte Joseph. »Willst du mir erzählen, daß du bei deiner Arbeit mit Antidepressiva absolut nichts am Hut hast? Daß du die Leute lieber immer weiter abrutschen läßt, als –«

»Ich sehe, daß du immer noch nicht mein Buch gelesen hast, Joseph.« Er reagierte nicht. Harlan lächelte in sich hinein. Als weder Bestätigung noch Widerspruch kam, fuhr ich fort: »Ja. Psychopharmaka sind bestenfalls nutzlos. Im schlimmeren Fall schaffen sie ein zusätzliches Problem. Ich arbeite nie mit Psychopharmaka.«

»Weil du voreingenommen bist«, sagte Joseph mit abschließender Bestimmtheit; es klang nicht wie ein Vorwurf an meine Adresse, sondern mehr als ziehe er ein persönliches Fazit.

»Weil sie gefährlich sind.« Ich blieb hartnäckig. »Willst du etwa bestreiten, daß die Trizyklika suchtbildend sind? Willst du bestreiten, daß Neuroleptika Spätdyskinesie verursachen?«

»In *einigen* Fällen!« monierte Joseph. »Genau das ist der Grund, warum ich dein Buch nicht zu Ende gelesen habe. Du schüttest das Kind mit dem Bade aus. Nur weil manche Psychopharmaka nicht vollkommen sind, verdammst du sie alle in Bausch und Bogen. Ist die Couch vollkommen?«

»Nein. Mehr noch: Die Couch ist langwierige, mühselige Arbeit. Mühselig für den Arzt, mühselig für den Patienten, mühselig für seine nächsten Angehörigen, mühselig für alle Beteiligten. Nicht so die Psychopharmaka. Sie bringen Erleichterung. Sie machen es leicht, mit den Kranken umzugehen. Leicht für die Mediziner, leicht für die Kliniken, leicht für die Angehörigen. Aber eines tun sie ganz bestimmt nicht: sie bewirken keine Heilung von Depression oder Schizophrenie. Und was noch wichtiger ist, Joseph – und du weißt, daß es stimmt –: auf lange Sicht bewirken diese Psychopharmaka eine Persönlichkeitsreduktion –«

Joseph war aufgesprungen. »Ich hab's gewußt! Du kennst die Forschungsliteratur über Prozac nicht!« Er verschaffte seiner Kleidung endlich eine sachliche Legitimation, indem er sich ans Joggen machte: vom Wohnzimmer den Flur hinunter zu seinem Arbeitszimmer.

Harlan beugte sich vor, schüttelte die Espressokanne und fragte Diane, ob sie noch eine Tasse trinken wolle.

»Nicht, wenn Sie frischen machen müssen«, sagte sie.

»Kein Problem«, sagte Harlan. »Das lenkt mich ab von meiner Depression. Ich hab' sowieso grad nichts Besseres zu tun.« Er erhob sich mit der leeren Kanne in der Hand. »Der Gedanke, daß Joey sich seine eigene Krankheit erfunden hat, gefällt mir.«

Joseph kam zurück und brachte Lesestoff für mich mit: ein Dissertationsmanuskript, zwei Hefte des *New England Journal of Medicine* und ein populärwissenschaftliches Buch von einer Pharmakologin in einer Taschenbuchausgabe. »Die Verfasserin ist eine hohle Nuß«, sagte er, während er mir das Taschenbuch aushändigte, »aber lies dir mal die Fallgeschichten im letzten Kapitel durch, da hast du empirische Daten über die Wirkung von Prozac. Du kennst das Buch nicht, hab' ich recht?«

»Du hast recht«, sagte ich. »Vergiß nicht, Joseph, ich halte nichts davon, Kindern Psychopharmaka zu verabreichen, die –«

»Ich weiß, ich weiß.« Er überreichte mir den Rest des Stapels. »Aus den Berichten hier geht hervor, daß Prozac anders ist als alle anderen Antidepressiva. Es ist erst seit einem Jahr im Einsatz –«

»Das weiß ich, Joseph.«

»– und ich möchte, daß du dir die Rattenstudien über erfahrungsabhängige zerebrale Selbstorganisation ansiehst.«

»Zerebrale Selbstorganisation?«

»Weißt du nicht, was das ist?«

»Nein«, gab ich zu.

»Das ist unverantwortlich«, quiekte Joseph.

Harlan stöhnte.

Josephs Stimme blieb in der hohen Tonlage. »Tut mir leid. Aber es ist so. Ich weiß, du hältst nichts von der Psychopharmakologie«, sagte er in eindringlichem Ton zu mir, »aber deswegen solltest du noch lange nicht die Neurobiologie ignorieren. Freud würde das mit Sicherheit nicht tun.« Diane murmelte irgend etwas. Ich konnte sie nicht verstehen, weil Joseph sie übertönte: »Die Forschungen zur erfahrungsabhängigen zerebralen Selbstorganisation sind auch relevant für deine mißbrauchten Kinder. Sie liefern den Beweis, daß emotionale Traumata Veränderungen im Chemismus des Gehirns bewirken können.«

»Den *Beweis*?« fragte ich.

»Meiner Meinung nach ist das die einzige logische Schlußfolgerung, die man aus den Selbstorganisationsstudien ziehen kann. Streß und Traumata setzen im Gehirn einen Circulus vitiosus in Gang. Und daraus ergibt sich nach meiner Überzeugung der unausweichliche Schluß, daß Heilung nur auf pharmakologischem Weg zu erzielen ist.«

»Ich glaub', mein Schwein pfeift«, sagte Diane. Joseph überhörte die Bemerkung.

Ich warf einen Blick auf den Artikel im *New England Journal of Medicine*. Er trug den Titel *Prozac und das »neue Ich«*. Ich sagte: »Eins zu null für dich. Ich hab' tatsächlich zuwenig über das Thema gelesen, um mit dir darüber debattieren zu können.« Ich sah meinen alten Freund an und überließ ihm den Sieg. »Okay, Joseph, ich werd' erst mal meine Hausaufgaben machen.«

SIEBTES KAPITEL

Eine Glaubenskrise

Niemandem, schon gar nicht den Leuten vom Bau, muß ich wortreich erklären, was die Spatzen von den Dächern pfeifen. Es dauerte nur wenige Jahre, bis Josephs Verheißungen in bezug auf Prozac landauf, landab von den Medien jubelnd bestätigt wurden. Heute besteht praktisch Einhelligkeit darüber, daß Prozac bei vielen Kranken eine tiefgreifende Persönlichkeitsveränderung hervorbringt, insbesondere bei Menschen, die an einer milden Form von Depression, an geringem Selbstwertgefühl oder an emotionaler Überempfindlichkeit leiden. Also namentlich bei Patienten, die bisher ausschließlich als Klientel des Psychoanalytikers galten. Also namentlich bei Patienten wie Gene Kenny. Den Prozac-Adepten zufolge spüren ihre Patienten nicht nur Erleichterung bei den unmittelbaren körperlichen Auswirkungen ihres seelischen Leidens, vielmehr wandelt sich ihr Alltagserleben von Abweisung, Verlust, Konflikt, Schuld usw. sowohl auf der Gefühlsebene wie auf der Ebene des Verhaltens.

Warum also nicht auch Gene Prozac verschreiben? Die Leser meines Buches *Das Tier mit dem Weichhirn* wissen, daß es – wie sogar Joseph Stein einräumt – keinen Beweis dafür gibt, daß *irgendein* seelisches Leiden, angefangen von der Schizophrenie bis hin zu leichten Affektstörungen, somatischen Ursprungs ist. So haarsträubend es sich für ein von Psychobiologen, Genetikern und Arzneimittelherstellern mit Halbwahrheiten und haltlosen Behauptungen überschüttetes Laienpublikum anhören mag – es gibt keinerlei wissenschaftlichen Beweis dafür, daß so etwas wie »Geisteskrankheit« überhaupt existiert. An den Gehirnen von Selbstmördern, Schizophrenen, manisch Depressiven, ja von Vertretern der gesamten Palette psychiatrischer Störungen vermag die Autopsie keinen meßbaren Unterschied zu den Gehirnen von Menschen festzustellen, die wir in die Kategorie der geistig Gesunden einordnen. Nur *wenn* (und dies ist ein Wenn, auf das es entscheidend ankommt) die »Geisteskranken« einer Elektrokrampftherapie unterzogen werden oder Neuroleptika oder Sedativa verabreicht bekommen, weist das Gehirn hinterher eine Schädigung auf. Nur wenige Dinge in der Psychiatrie sind so klar und eindeutig wie diese: Geisteskrankheit – sofern wir darunter etwas

Organisches verstehen – existiert nicht, und die modernen physikalischen und chemischen Behandlungsmethoden können bei längerem Einsatz einen irreversiblen Hirnschaden bewirken, der dann allerdings *wirklich* eine Geisteskrankheit ist.

Die Verwechslung der Tatsache, daß Medikamente das Handeln und Fühlen von Menschen verändern können, mit einer Heilung von seelischen Krisenzuständen zieht sich durch alle Ebenen unserer Gesellschaft. Prozac zum Beispiel »kuriert« angeblich die Depression, indem es die Serotoninmenge im Gehirn erhöht. Gleichwohl ist kein Wissenschaftler in der Lage nachzuweisen, daß der Serotoninspiegel Depressiver niedriger ist als der von Menschen, die als normal gelten. (Manche Psychobiologen eskamotieren den Bruch in ihrer Logik, der sich im Licht dieser Tatsache zeigt, indem sie der gesamten Bevölkerung zur Einnahme von Prozac raten.) Nach der *künstlichen* Anhebung des Serotoninspiegels mittels Prozac gibt eine Minderheit der Patienten an, daß sie sich energetischer fühlt und Niederlagen und Frustrationen mit einem sehr viel geringeren Grad trauriger Verstimmung hinzunehmen vermag. Was die Anwälte des Medikaments verschweigen: der gleiche Effekt läßt sich für das Kokainschnupfen nachweisen, wie ja auch das Zigarettenrauchen nachweislich die Konzentrationsfähigkeit erhöht und Alkohol angstlösend wirken kann. Der Unterschied – ein Faktum, das in hohem Maße die Resultate klinischer Tests von Psychopharmaka beeinflußt – liegt darin, daß Menschen, die, gleichsam im Wege der Selbstmedikation, zu verbotenen Drogen, Zigaretten oder Alkohol greifen, keinen Psychiater als Beistand haben, der ihnen sagt, daß sie in nüchternem Zustand krank und erst unter der Einwirkung ihrer Suchtdroge völlig gesund sind. In dem Material, das Joseph mir überlassen hatte, wurde nirgendwo in die nebulose Logik der Pharmakologie hineingeleuchtet. Einsicht allein bringt nicht unbedingt Heilung. Psychopharmaka bringen keine Heilung. Jedenfalls dann nicht, wenn das Therapieziel die autonome, weder von einem Therapeuten noch von Tabletten abhängige Persönlichkeit ist. Wir betrachten uns gern als Vertreter eines wissenschaftlichen Berufs, unsere Patienten als Kranke und unsere Behandlung als einen Zweig der Medizin, doch der Psychiater, ob er nun mit Psychopharmaka oder mit der Couch arbeitet, befaßt sich mit einer Behandlung von Beschwerden, für deren Erfolg er keinen anderen Maßstab hat als das befangene Zeugnis der Betroffenen einerseits und einer intoleranten Gesellschaft andererseits. Vor diesem Hintergrund hat man weitreichende Erfolgsbehauptungen grundsätzlich mit Skepsis zur Kenntnis zu nehmen. Weder konnte ich damals noch kann ich heute einen Beweis dafür entdecken, daß eine medikamentöse Behandlung Gene Kennys etwas anderes gewesen wäre als ein Tribut an die heutige Kultur der schnellen Befriedigungen und der Wunscherfüllung ohne Aufschub.

Unbeschadet dessen hatte unser wissenschaftlicher Meinungsstreit am New Yorker Kaffeetisch für mich in mehrfacher Beziehung schwerwiegende Konsequenzen. Was ich zu der Zeit nicht erkannte und nicht erkennen konnte, waren die Konsequenzen, die er für Gene Kenny nach sich ziehen sollte. An jenem Abend schien sein Fall absolut keine Beziehung zu der Frage zu haben, über die Joseph und ich uns die Köpfe heiß redeten. Vielmehr sah es zunächst so aus, als ob die Diskussion einzig in meinem Privatleben eine nennenswerte Nachwirkung zeitigen sollte. Diane wahrte im Taxi zu ihrer Wohnung ein verärgertes Schweigen. Ich hatte den von Joseph empfohlenen Lesestoff auf den Knien und schaffte es trotz wiederholten Anlaufs nicht, eine Unterhaltung in Gang zu bringen. Sie reagierte jedesmal einsilbig, auch als ich Joseph dafür entschuldigte, daß er sie wie einen psychiatrischen Laien behandelt hatte. »Für ihn bin ich einfach nur eine dumme Schnepfe«, erwiderte sie unversöhnlich. Als wir vor ihrer Haustür ankamen, sagte sie: »Vielleicht solltest du heute lieber bei dir zu Hause übernachten.«

»Okay«, sagte ich und kämpfte den hirnklempnertypischen Impuls nieder, die Frage, die im Raum stand, auf der Stelle ausdiskutieren zu wollen. Da sie von der Richtigkeit dieses Prinzips ebenso fest überzeugt war wie ich, mußte sie einen triftigen Grund haben, die Aussprache hinauszuschieben.

Die Nervenanspannung, in die es sie versetzt hatte, mich abzuweisen, ließ nach. Sie küßte mich liebevoll und flüsterte: »Entschuldige. Ich bin einfach nur furchtbar müde.«

Für eine geschulte Analytikerin keine besonders seriöse Entschuldigung. Ich ging darauf ein. »Kann ich gut verstehen. Ich ruf' dich morgen an.«

Ich wollte ohnehin noch die Artikel studieren, die Joseph mir mitgegeben hatte. Ich hatte das dumpfe Gefühl, daß in seiner Glaubenslehre etwas Nützliches enthalten sein müsse. Das war in der Tat der Fall. Ich las bis tief in die Nacht, gefesselt vor allem von den Studien zur erfahrungsabhängigen Selbstorganisation von Rattengehirnen, deren Ergebnisse dafür sprachen, daß Streß und Abgelehntwerden in frühem Alter biochemische Veränderungen hervorbringen, die dann unter Umständen überdauern und ein Eigenleben entfalten. Natürlich bedeuten diese Forschungen keine Entscheidung in dem uralten Streit über Ursache und Wirkung, sie begründen jedoch ernsthafte Zweifel daran, ob gesprächsbasierte Therapien allein den Schaden beheben können. Sie belegen übrigens auch die vitale Bedeutung einer frühzeitigen Behandlung – Ermutigung und Ansporn für jemanden wie mich, der mißbrauchte Kinder behandelt und dabei gelegentlich an der Möglichkeit verzweifelt, Spätfolgen auszuschalten. Ich hatte »Timmy« aus seiner Fluchtburg multiple Persönlichkeit herausgelockt, aber woher sollte ich die Sicherheit nehmen, daß er später nicht von neuem leiden würde, ähnlich wie Gene mit den alten Problemen in neuem Gewand wiedergekommen war?

Am nächsten Morgen war mir klar, daß ich mich mit den Forschungen zur erfahrungsabhängigen Selbstorganisation des Gehirns vertraut machen mußte. Ich telefonierte mit Joseph, und er versprach, mir unveröffentlichtes Material über eine Anzahl einschlägiger neurologischer Untersuchungen zu schicken. Meine augenscheinliche Kapitulation vor seinem Standpunkt nahm er ohne Überheblichkeit zur Kenntnis. (Ich verschwieg ihm, daß mich das Datenmaterial zu Prozac nicht im mindesten beeindruckt hatte.) Kurz nachdem ich den Hörer aufgelegt hatte, rief Diane an.

»Ich entschuldige mich«, sagte sie verschlafen. Sie hat von Natur aus ein tiefes, rauchiges Organ. Um diese frühe Tageszeit war ihre Stimmlage noch um einiges tiefer. Sie klang sehr sexy.

»Ich wüßte nicht, wofür du dich entschuldigen müßtest«, sagte ich.

»Hast du gut geschlafen?« erkundigte sie sich.

Wahrscheinlich mit einer Portion manischer Aufgekratztheit erzählte ich ihr, daß ich den größten Teil der Nacht mit Lesen verbracht hatte und jetzt in Hochstimmung war.

»Du willst doch wohl nicht sagen, daß du einer Meinung mit ihm bist?« fragte sie.

Ich versuchte ihr klarzumachen, daß es meiner Ansicht nach nicht darum ging, ob ich einer Meinung mit Joseph war oder nicht. Ich weiß noch, daß ich mit dem etwas bombastischen Satz schloß: »Wichtig ist die Wahrheit.«

Diane brummte: »Oh, wenn das so ist – der Wahrheit will ich mich natürlich auf gar keinen Fall in den Weg stellen.«

Ich fühlte mich irritiert. Diane ist eine hervorragende Praktikerin: kein Therapeut könnte seine Arbeit hingebungsvoller machen, und nur wenige könnten mehr für ihre Patienten tun als sie. Auf theoretischem Gebiet fehlt es ihr allerdings an Neugier und Aufgeschlossenheit. Ihre Neigung gehört den Weiterentwicklungen der analytischen Therapie auf Freudscher Grundlage – dem, was auch ich beim ersten Durchgang mit Gene praktizierte: der Therapeut offeriert jemandem, der nur mangelhafte elterliche Fürsorge kennt, elterliche Fürsorglichkeit in mustergültiger Form, dazu einige Einsichten und viel Gefühlswärme und Ermutigung. Sobald Diane als Doktorandin zu ihrem »Glauben« gefunden hatte, nahm sie – wie nur allzu viele Psychologen es tun – abweichende Theorieansätze und Techniken einzig noch zu dem Zweck zur Kenntnis, sie der Fehlerhaftigkeit zu überführen.

»Weißt du, irgendwo da draußen liegt eine Antwort bereit«, sagte ich gereizt. »Und wenn die gefunden wird, werden viele Menschen ihr Leben unter erfreulicheren Bedingungen leben können.«

Sie antwortete zunächst nicht. Ich hörte ihr Bettzeug rascheln. Im Geiste sah ich sie vor mir, wie sie zum Kopfende ihres Betts hinaufrutschte, sich aufsetzte und die marineblaue Decke hochzog, um ihre Brüste zu bedecken. »Sie ist reizend«, hatte Tante Sadie zu mir bemerkt, nachdem ich sie mit Diane bekannt gemacht hatte. »Sie sieht genauso aus, wie deine Großmutter in jungen Jahren ausgesehen hat.« Sadie meinte die Mutter meiner Mutter. Ich freute mich über ihren Kommentar – und fand ihn erschreckend genug, um mich anhand eines alten Schwarzweißfotos von Nana davon zu überzeugen, daß die Ähnlichkeit allenfalls eine oberflächliche war. Nicht zu bestreiten war freilich, daß Diane vorläufiger Endpunkt einer langen Ahnenreihe starker jüdischer Frauen war, und unter diesem Aspekt enthüllten sich meine Gefühle für sie tatsächlich als inzestuös gefärbt. »Ich mag es gern, daß du so groß bist«, flüsterte sie eines Morgens, mit angezogenen Beinen zur Kugel zusammengerollt und an mich gekuschelt, während ich, oben wie unten an den Bettrand heranreichend, ausgestreckt dalag. Ob meine Mutter einst dieselben Worte zu Francisco gesagt hatte? Ich stellte mir Diane vor: warm und vertrauensvoll in meine Arme geschmiegt. Sei vorsichtig, dachte ich, du möchtest dich schließlich dieser Intimität nicht entfremden. Sie seufzte. »Wem machst du was vor, Rafe, dir oder mir? Du wärst doch der letzte Seelenklempner, der zu seinen Patienten sagt: ›Jetzt nehmen Sie mal zwei Prozac, und morgen früh rufen Sie mich dann an, wie's Ihnen geht.‹«

»Richtig.«

Erneutes Schweigen. Sie trank etwas, wahrscheinlich Kaffee aus der großen weißen Tasse, die sie von unserer Parisreise als Erinnerung an unser tägliches Frühstück im Hotelzimmer, vor allem den köstlichen starken Kaffee, mitgebracht hatte.

»Darf ich dir etwas sagen?« fragte sie.

»Klar.«

»Dein Freund Joseph ist neidisch auf dich.«

Ich mußte lachen – der Impuls ließ sich nicht mehr rechtzeitig unterdrücken.

»Ich meine es ernst«, beschwerte sie sich. »Er ist nicht nur neidisch auf dich. Er ist auch in dich verliebt.«

Ich sah auf die Uhr. Obwohl Samstag war, hatten wir Sitzungen mit drei zur Zeit provisorisch in einem Heim untergebrachten Kindern auf unserem Terminplan stehen; die erste sollte in anderthalb Stunden beginnen. Das Familien- und Jugendgericht hatte uns als sachverständige Gutachter bestellt. Leider hatten Diane und ich nur an Wochenenden noch Termine für die Kinder frei gehabt. Das eine war ein von seinem Stiefvater schwer mißhandelter Junge; das zweite, ein siebenjähriges Mädchen, war von seinem dreizehnjährigen Onkel zum Oralsex gezwungen worden; und das dritte war ebenjener kinderschänderische Onkel im Heranwachsendenalter, ein Junge namens Albert, der als Kleinkind seinerseits von seiner Mutter sadistisch und inzestuös mißbraucht worden war. (Sie pflegte ihn zum Cunnilingus zu zwingen und ihn nach dem Orgasmus mit dem glühenden Ende einer Zigarette zu verbrennen oder mit einem Elektrokabel zu peitschen. Als Kind einer Kombination von sexueller Nötigung und physischer Mißhandlung ausgesetzt gewesen zu sein, scheint übrigens das Hintergrundprofil des Serienmörders zu sein. Gerade für Albert schienen mir die möglichen Konsequenzen aus den Forschungen zur erfahrungsabhängigen Selbstorganisation des Gehirns besonders relevant.) Diane würde sicher verstehen, daß es für mich um viel zu wichtige Fragen ging, als daß Josephs möglicherweise anfechtbare Motive mich hätten interessieren können. Albert, der Serienmörder *in statu nascendi*, war im Staatskrankenhaus zur Behandlung der bei ihm diagnostizierten Aktivitäts- und Aufmerksamkeitsstörung ADD auf Ritalin gesetzt worden. Der Psychiater, der die medikamentöse Behandlung angeordnet hatte, war zu der Überzeugung gekommen, daß ein dreizehnjähriger Afroamerikaner, der nie einen Vater gekannt hatte, dessen Mutter cracksüchtig war und der seit seinem sechsten Lebensjahr von seiner Mutter sexuell mißbraucht und sadistisch gequält wurde, nicht unter seiner Lebensform, sondern an einer Störung seines biochemischen Gleichgewichts litt. Ritalin ist ein weit weniger spezifisches Mittel als Prozac oder andere Psychopharmaka, an deren Entwicklung Joseph damals arbeitete. Er hatte (in Übereinstimmung mit den meisten Wissenschaftlern) öffentlich eingeräumt, daß Ritalin, ungeachtet des Nutzens, den es Pflege- und Aufsichtspersonal als Sedativum für dissoziale Kinder bringt, eine Gefahr darstellt, insofern es bei Einnahme über längere Zeit sowohl suchtbildend als auch mit hoher

Wahrscheinlichkeit hirnschädigend wirkt. Kein Zweifel, es stellt hyperaktive Kinder still – es würde auch jedes andere Kind stillstellen. Besorgnis angesichts des weitverbreiteten Einsatzes von Ritalin zur Behandlung der zur »Krankheit« erhobenen ADD und der mit noch fragwürdigerem Recht als »Krankheit« gehandelten Lernstörung war mein Hauptantrieb, *Das Tier mit dem Weichhirn* zu schreiben, das Buch, das Joseph nie zu Ende gelesen hatte. Meine Aufgabe in bezug auf den dreizehnjährigen Vergewaltiger war es – abgesehen von der juristisch relevanten Frage nach seinem Geisteszustand zu dem Zeitpunkt, als er sich an seiner Nichte verging –, ein Urteil über seine derzeitige psychiatrische Versorgung abzugeben. Josephs Argumente waren keineswegs nur abstrakte Theoreme – weder was uns noch was unsere Patienten anging. Er räumte ein, daß Ritalin eine schlechte Lösung war; das Wesentliche war für ihn, daß von Kindern erlebte schwere seelische Traumata den Chemismus ihres Gehirns unwiderruflich veränderten, und so skeptisch ich dieser Auffassung gegenüberstand, ich konnte sie nicht einfach damit widerlegen, daß kein psychopharmakologisches Mittel existiert, das wirklich hilft.

»Diane, wir müssen uns mit diesen Ideen auseinandersetzen. Ich kann mich nicht vor den Richter hinstellen und sagen: ›Also wissen Sie, ich bin grundsätzlich gegen die Anwendung von Psychopharmaka‹, und es dabei bewenden lassen. Mir ist es im Grunde egal, welche Gefühle Joseph für mich hat oder nicht hat – oder genauer gesagt, warum er sich bemüht, mich zu seinem Standpunkt zu bekehren. Wenn du meinst, daß ihn ein verhindertes Begehren nach mir umtreibt und daß er das auslebt, indem er mit mir konkurriert –«

»Tja, wie üblich hast du es mal wieder viel besser formuliert, als ich es könnte. Genau das steckt meiner Meinung nach bei ihm dahinter.«

»Verstehe. Aber macht das was? Keinem von uns bekommt es gut, wenn man allzu scharf in seine Motive hineinleuchtet. Was ist damit gewonnen, wenn ich das Material aus Homophobie oder Zunftstolz heraus ablehne?«

»Hast du schon mal daran gedacht, es abzulehnen, weil es falsch ist?«

»Ich weiß nicht, ob es falsch ist. Darum muß ich es ja studieren.«

»Was ist denn neu an dem Ganzen? Das ist doch alles kalter Kaffee, den man schon seit –«

»Neu sind Beweise dafür, daß nach Traumata feststellbare Veränderungen des Chemismus eintreten. Das heißt noch immer, daß die Veränderung durch Emotionen und Konflikte verursacht ist.«

»Dann kann man sie auch wieder abbauen, indem man den Konflikt durchspricht.«

»Vielleicht. Bei einem schweren Trauma vielleicht aber auch nicht. Das beweist nicht, daß Psychopharmaka die Lösung des Problems sind. Aber« – ich zögerte, »wir« zu sagen, weil ich nicht den Eindruck von Kritik an Diane erwecken wollte – »ich sollte mich in der Materie wirklich besser auskennen. Zu meiner Schande muß ich gestehen, daß ich diese Forschungen aus meiner Voreingenommenheit heraus nur lückenhaft zur Kenntnis genommen habe. Ein paar von den Untersuchungen, die dafür sprechen, daß Traumata bleibende neurologische Schäden verursachen können, sind sogar schon während meiner Studienzeit publiziert worden. Ich kann mich da von dem Vorwurf einer gewissen Engstirnigkeit nicht freisprechen.« Jetzt mußte ich Diane mit einbeziehen, wenn ich nicht herablassend erscheinen wollte. »Du und ich haben die Pflicht, alles zu prüfen, was Hilfe verspricht. Wir sind Ärzte. Wir haben keine Parteilinie zu vertreten.«

»Hör mal zu ... Du hast überhaupt nicht begriffen, was ich ... Ich habe nicht ... Das ist ein Mißverständnis ...« Diane sprudelte die einzelnen Satzfragmente mit gereizter Stimme heraus, ohne eines zu Ende zu führen. Laken und Decken raschelten. Anscheinend hatte sie ihr Bett verlassen. Sie hatte ein schnurloses Telefon und bewegte sich beim Telefonieren gern durch die Wohnung. Mir fiel ein, wie sie mich vor etwa einem Jahr eines Tages anrief und mich bat, sie ein bißchen zu unterhalten, während sie ihren Küchenboden schrubbte. Ich war bezaubert. Von diesem Moment an wußte ich, daß unsere Beziehung mehr war als nur kollegiale Freundschaft. So wie ich bei aller Irritation angesichts ihrer Abwehr gegen Josephs Verhalten zu mir auch jetzt wußte, daß ihre Fürsorglichkeit Liebe war. Denn das Rezept der Liebe schließt auch Zutaten ein, die man besser so gründlich verrührt, daß sie am Ende nicht mehr zu identifizieren sind.

»Wo siehst du ein Mißverständnis?« fragte ich. Wir waren spät dran und durften unsere Unterhaltung nicht mehr allzu lange ausdehnen, aber ich wollte auch nicht den Anschein erwecken, als ob ich auf eine Gelegenheit wartete, mich zu drücken.

»Du hast zu viele Skrupel«, sagte sie in entschiedenem Ton. »Das ist alles.«

»Kann ein Arzt wirklich *zu* viele Skrupel haben?«

»Die Welt wird dir das Herz brechen, Rafe, wenn du auf alles und jeden soviel Rücksicht nimmst. Joseph verhält sich nicht wie ein Freund zu dir. Er will nur vor allen Leuten großtun damit, daß er Rafael Neruda beigebracht hat, wie der seine Patienten zu behandeln hat.«

»Jetzt wirst du aber neurotisch«, sagte ich. Und bereute es auf der

Stelle. – Ein lastendes Schweigen trat ein. Ich hörte ihren Atem gehen: schwer, mühsam, gefahrdrohend.

»Entschuldige«, sagte ich hastig. »Ich wollte sagen, so ist Joseph nicht, und überhaupt, wie soll er sich meine Arbeit auf sein eigenes Konto schreiben können? Wir arbeiten doch im Grunde auf verschiedenen Gebieten. Kein Mensch würde ihm glauben, so fängt's schon mal an.«

»Okay. Beenden wir das Thema.« Ihr Ton war irritiert und irritierend. »Wir müssen uns auf die Socken machen.«

»Sieh mal, mit dem, was Joseph forscht, kann ich vielleicht meine Behandlungsmethoden verbessern. Was gibt es da zu befürchten?«

»Du begreifst nicht, was ich dir sagen will. Ist das Absicht? Begreifst du's wirklich nicht?«

»Nein, wirklich nicht.«

»Na schön.« Sie seufzte. »Ich versuch's noch mal. Du hast Dutzende und Aberdutzende Kinder geheilt – da draußen laufen eine Menge Menschen wie Felicia oder wie ›Timmy‹ herum, die dir ihr Leben verdanken, aber Joseph redet mit dir, als ob du ein Dilettant wärst. Und mich behandelt er, als wär' ich eine Kellnerin. Das lasse ich mir nicht bieten. Und du solltest es dir auch nicht bieten lassen, wenn du mich fragst. Ich halte das für neurotisch!«

»Diane, ich habe schon vor langer Zeit herausgefunden: Wo viel Licht ist, ist auch viel Schatten. Joseph hat einen hellen Kopf, aber um den richtig gebrauchen zu können, muß er sich in der Illusion wiegen, er sei überhaupt der hellste Kopf auf diesem Planeten. Um dieses Bedürfnis ist er nicht zu beneiden, denn es verurteilt ihn zu ewigem Unbefriedigtsein. Ich schätze ihn als Freund. Ich weiß – und ich weiß es mit absoluter Sicherheit –, daß Joseph alles tun würde, um mir zu helfen, wenn ich seine Hilfe wirklich brauchte. Aber wenn wir ein Spiel gegeneinander austragen – und ein Meinungsstreit ist für Joseph nichts anderes als ein Spiel –, dann muß er gewinnen, oder es muß am Ende zumindest so aussehen, als hätte er gewonnen. Genau das braucht er von mir.«

»Mit anderen Worten, du bedienst seine Allmachtsphantasien.«

»Diane.« Ich konnte meine Verärgerung nicht unterdrücken. »Ich fände es wirklich besser, wenn wir auf den Psychologenjargon verzichten würden.«

»Du meinst, wenn *ich* auf den Jargon verzichten würde.«

»Nein. Jargon ist Jargon, egal wer ihn benutzt.«

»Hör zu, Rafe, mein Liebster, ich wollte ja nur sagen, wenn ein Patient so mit dir redet, wie du –«

»Diane, wir müssen los. Ich hol' dich ab, und dann können wir das unterwegs zu Ende diskutieren. Einverstanden?«

»Ich bin fertig. Was ich zu sagen habe, habe ich gesagt.« Der Ton war knapp.

»Du klingst, als wärst du wütend.«

»Bin ich nicht. Ich warte unten vor dem Haus.«

Zuerst spürte ich keine Reaktion in mir. Ich verließ das Haus in ausgeglichener Stimmung, und im Auto genoß ich die Fahrt durch die samstagmorgendlich ruhigen Straßen. Ein paar Häuserblocks vor Dianes Wohnung begann dann allerdings mein Herz zu rasen, während ich innerlich teils ärgerliche, teils ernste Repliken einstudierte. Aber als ich in die Straße, wo sie wohnte, einbog, mußte ich lachen. Es war zu komisch. Wir hatten Krach miteinander – einen richtigen Ehekrach.

Ich lachte noch, als ich mit dem Auto vor ihrer Haustür hielt.

Wir krachten uns um unsere Identitäten; jeder prüfte die Festigkeit der geheimen Ichgrenzen des anderen. Wie tief wollte ich eigentlich Diane auf mein Lebensterrain vordringen und dort ihre Fahne hissen lassen? Sie wußte nichts davon, daß Joseph mich einst in Washington Heights als rettender Engel von der Straße geholt hatte. Sie wußte nicht, daß er seine ganze Kindheit hindurch total isoliert gewesen war und keinen Schimmer hatte, wie man eine Freundschaft unterhält. Sie wußte nicht, daß Joseph selbst in seiner Person seine Überzeugung widerlegte, daß alles im Charakter eines Menschen nur eine Sache der chemischen Umstände seiner Zeugung ist. Treibsatz von Josephs Denken war das emotionale Bedürfnis zu beweisen, daß seine Eltern keinen schädigenden Einfluß auf ihn ausgeübt hatten. Wie hätte er ihnen nach allem, was sie in Deutschland erlitten hatten, eine Schuld vorrechnen können?

Von alledem hatte Diane keine Ahnung, und – um ihr Gerechtigkeit widerfahren zu lassen – wie sollte sie, uninformiert über diese Dinge, wie sie war, mein Verhalten verstehen? (Ich fragte mich auch, warum ich ihr nichts davon erzählt hatte. War es mir unangenehm, daß ich Joseph etwas schuldete? Wollte ich Diane zuliebe die Illusion aufrechterhalten, daß ich allein die gebende Seite in der Beziehung war?) Das verzwickteste Problem ergab sich für mich daraus, daß ich mit Diane nicht unbefangen und frei von der Leber weg reden konnte. Sie würde, da war ich mir ganz sicher, nie meine Meinung teilen, daß in Josephs Ideen selbst dann eine beachtliche Portion objektiver Wahrheit stecken könne, wenn der Glaube, daß die Umwelt keinen Einfluß auf den Menschen habe, für Joseph ein emotionales Bedürfnis war. Sobald ich ihr Josephs Geschichte erzählte, würde sie ihn wahrscheinlich gerührt ins Herz schließen, aber als intellektuelle Potenz wäre er für sie nicht mehr vorhanden. Dieses – im Zuge ihrer Ausbildung noch verstärkte – reduktionistische Menschenbild, dieses Bedürfnis, insgeheim die gesamte Motivationsstruktur eines Menschen zu durchschauen, um Toleranz für sein Tun und Lassen erübrigen zu können, war Dianes Schwachstelle, die dunkle Kehrseite ihres Anfangsinteresses für die Psychologie.

Aus ebendieser Geisteshaltung heraus, wie ich glaube, tat sie auch meine Furcht, in denselben Fehler wie Joseph zu verfallen – nämlich nur solche Fakten zur Kenntnis zu nehmen, die eine trostspendende theoretische Sicht des Lebens bestätigen –, als nicht mehr denn ein Nebenprodukt meiner Kindheitstraumata ab. Sie wußte von dem ideologisch aufgeheizten Klima meiner Kindheits- und Jugendjahre und den Resultaten: dem Selbstmord meiner Mutter, meiner Entfremdung von meinem Vater, Onkel Bernies Abkehr von den Menschen, die ihm am nächsten standen, meinem Nervenzusammenbruch, meinem Suizidversuch. Aber diese kahlen Fakten waren wirklich nicht die ganze Geschichte. Noch nicht einmal aus dem inzestuösen Verhalten meiner Mutter (ein Geheimnis, in das nur Susan Bracken und Diane eingeweiht waren) würde sie sich meine Geisteshaltung vollständig erklären können. Das entsetzliche Geschehen als solches drängt sich dem Betrachter mit allzugroßer Übermacht auf; mit seiner Grelle überstrahlt es die Auswirkungen auf die reale Person und entzieht sie dem Blick. Diane würde, um zu verstehen, eine vollständige Darstellung hören müssen, wie ich sie in diesem Buch gebe. Und würde sie zuhören? Oder würde sie als Psychologin hören? Ich wollte nicht Dianes Patient werden.

Oder vielleicht doch? Brauchte ich sie als Frau oder als Therapeutin? Wollte ich geliebt oder verstanden werden? War beides zugleich möglich? Mit Julie war das überhaupt keine Frage. Sie war ein Teil meines Lebens, auch wenn sie dessen Tatsachenhintergrund nicht kannte. Sie verstand ohne Worte. Sie liebte ohne Wenn und Aber.

Natürlich lag es in meiner Hand, unsere Beziehung sicher durch diese Untiefen zu steuern. Eine einzige Anekdote über Josephs Mutter würde genügen, um Dianes Einwände gegen ihn dahinschmelzen zu lassen; ich brauchte nur zu erzählen, wie er mich aus der verzweifelten Lage erlöste, in die meine Mutter mich mit ihrem Weggang gebracht hatte, um sie zu beschämen und zum Schweigen zu bringen. Sie würde daraufhin meine Beschäftigung mit seinen Forschungen als eine Art Gegenleistung akzeptieren und mich in diesem Punkt fortan in Frieden lassen. Aber genaugenommen wäre das ein Trick, eine Manipulation. Wollte ich eine Beziehung, in der ich im Hintergrund Drähte zog?

Diese Fragen rumorten in meinem Hinterkopf, während Diane zu mir ins Auto stieg, mich mit offenen Lippen ausdauernd küßte, sich auf dem Beifahrersitz zurechtsetzte und voll Elan mit lauter Stimme die Notizen rekapitulierte, die sie sich bei unserem ersten Termin mit den Kindern, die wir gleich wiedersehen würden, gemacht hatte. Das Thema Joseph war für sie allem Anschein nach abgeschlossen. Um so besser, dachte ich. Das Wetter an diesem Tag Mitte November war kühl, aber eine bleiche Sonne gab sich alle Mühe, uns ein bißchen Behaglichkeit zu schenken, und signalisierte mit ihrer Anstrengung zugleich, daß dieser Tag womöglich der letzte vor der Ankunft des Winters war, der dazu einlud, den Aufenthalt unter freiem Himmel zu genießen. Auf der Schwelle des Behandlungszentrums hatte ich plötzlich den Wunsch, meinem Sprechzimmer heute einfach davonzulaufen. Diane ging es nicht anders. »Ich wollte, wir wären in Paris«, flüsterte sie mir zu.

Unser letzter Klient für den Tag, Albert, der mißbrauchte und seinerseits dem Kindesmißbrauch nicht abholde Dreizehnjährige, traf mit Verspätung kurz vor der Mittagessenszeit ein. Er wurde, was ungewöhnlich war, von zwei Männern begleitet. Einer wartete draußen bei Al, während der andere zu uns ins Zimmer kam, um mit uns beiden allein zu sprechen. Er stellte sich als Paratherapeut vor – ein Begriff, der mir neu war und von dem ich annahm, daß er eine aufgedonnerte Bezeichnung für Pfleger war. Er erläuterte uns, daß Al am Morgen im Kinderheim in Yonkers einen anderen Jungen tätlich angegriffen hatte. Er hatte dem Jungen den Arm gebrochen und ihm gedroht, ihm mit einem spitz zugefeilten Löffel die Augen auszustechen. Man hatte entschieden, ihn trotzdem zu der für heute anberaumten Sitzung ins Behandlungszentrum zu bringen, wenngleich er anschließend wieder ins Metropolitan State Hospital verbracht werden und des Privilegs, zu den zwei noch vorgesehenen Sitzungen ins Behandlungszentrum zu kommen, verlustig gehen würde. Ich würde ihn in der geschlossenen Abteilung für Jugendliche des Met State besuchen müssen. (Was soviel hieß wie in einem vergitterten Raum, in dem der Gestank aus den hinter einer Seitentür aufgestellten Abfallkübeln hing.) Der glatzköpfige Paratherapeut erkundigte sich, ob er während der Sitzung sicherheitshalber mit im Zimmer bleiben solle. Diane war durch die Nachricht von Alberts Gewalttätigkeit geschockt. Ich sagte ihr, sie solle ein Taxi kommen lassen und nach Hause fahren. Sie hatte mir auf der Herfahrt gestanden, daß Als brutaler Anschlag auf seine kleine Nichte (die Dianes Patientin war) sie gegen ihn eingenommen habe. Die Nachricht von dem Anschlag auf ein zweites Kind konnte ihre Abneigung gegen ihn nur verstärken. Nachdem sie gegangen war, erklärte ich dem Pfleger, daß ich mit Albert schon allein klarkommen würde.

Der kahle Paratherapeut musterte mich von oben bis unten. Ich fand es ein bißchen komisch, so begutachtet zu werden. Immerhin war ich dreißig Zentimeter größer und mindestens fünfunddreißig Kilo schwerer als Al.

»Okay, ich glaube, wir können's riskieren. Aber drehen Sie ihm auf keinen Fall den Rücken zu. Ist das klar? Formal gesehen hätten wir ihn gar nicht herbringen dürfen, aber dann hat man sich gesagt, daß Sie darauf bestehen würden, und aus irgendeinem verrückten Grund können wir ihn sowieso nicht vor drei Uhr im Met State einliefern.«

Al kam hereingeschlurft, ignorierte die Sessel und setzte sich mit der Wand im Rücken auf den Fußboden. Rund um das rechte Auge hatte er auf Stirn und Wange blaue Stellen. Seine Haut war tiefschwarz. Das Gesicht war schön geschnitten, mit hoher Stirn, kräftigem Kinn und schwarzglänzenden Augen. Er war ein gutaussehender Bursche ohne jede Spur pubertärer Täppischkeit. Ich fragte ihn, ob er etwas zu trinken wolle. Er sagte, er hätte gern eine Cola. Ich bot ihm ein Glas eisgekühltes Wasser an. Mit Ritalin im Leib mußte er nicht unbedingt auch noch Koffein aufstocken. Ich bemerkte an seinen Lippen eine leichte Schwellung. Nachdem ich ihm das Wasser gereicht hatte, erkundigte ich mich nach der Herkunft der Blutergüsse in seinem Gesicht, und er grummelte mit einer Kopfbewegung zur Wartezimmertür hin verdrießlich: »Die hab' ich von denen da.«

»Nicht von dem Jungen, dem du den Arm gebrochen hast?«

»Der hat mich nicht mal mit'm kleinen Finger angerührt. Die da ha'm mir die Fresse poliert. Und ha'm noch mächtig Spaß gehabt dabei. Der Glatzer iss 'ne Schwuchtel, iss ja wohl klar. Iss ganz scharf auf meinen zuckersüßen Arsch.«

Während der nächsten halben Stunde erzählte mir Al, was für einen Spaß es ihm gemacht hätte, seinem Opfer die Augen aus den Höhlen zu bohren oder, noch besser, dem Kahlkopf die Eier abzuschneiden. Schade, daß Diane nicht da sei, meinte er, er hätte so gern ihre Titten gesehen; ihr die Brustwarzen abzubeißen – das wär'n Ding, das würde ihm gefallen. Wenn so 'ne Brustwarze abgetrennt wird, ob da so richtig dick Blut fließt? überlegte er. Das waren einige seiner sanfteren Bemerkungen. Bei dem vorausgegangenen Gespräch war er still und träge gewesen, ganz das medikamentös stillgestellte Kind und nicht das hier, dieses »Monstrum«, das angeblich die Frucht einer schlechten Gehirnrezeptur war. Hatte man das Ritalin bei ihm abgesetzt? Nach Ausweis seines Krankenblatts nicht. Hatte er es weggekippt? Man konnte davon ausgehen, daß die Pfleger zu gewitzt waren, als daß sie sich hätten übers Ohr hauen lassen: die Jungen wurden bei der Medikamenteneinnahme schärfstens beobachtet.

Ich hörte mir seine fürchterlichen Drohungen zehn Minuten lang geduldig an, dann bemerkte ich: »Ich bin enttäuscht über diese Phantasien.«

»Ja? Das tut mir leid. Tut mir echt leid.«

»Was ist mit mir? Möchtest du mir nicht auch irgendwas Scheußliches antun?«

»Ja? Soll ich? Soll ich dich in den Arsch ficken?«

Meine Müdigkeit holte mich ein, verstärkt durch die Verzweiflung angesichts Alberts Situation. Ich hatte den größten Teil der vergangenen Nacht lesend durchwacht. Wenn die Studien über die erfahrungsabhängige zerebrale Selbstorganisation bei Ratten (und Albert kam mir in diesem Augenblick einer Ratte sehr ähnlich vor) auf Menschen übertragbar waren, dann war durch den sexuellen Mißbrauch und die physische Folter, die er von seiner Mutter über sich hatte ergehen lassen müssen, der Chemismus seines Gehirns verändert worden (vermutlich zur Abfederung der außerordentlichen Streßbelastung), und diese Veränderung hatte sich gehalten und hielt sich weiter, Serotonin oder Dopamin oder der Himmel weiß was flutete in übermäßiger oder ungenügender Menge durch seinen Organismus, um Gefühle der Wut, der Verzweiflung und des Verlusts abzuwehren, Gefühle aus einer Vergangenheit, die ihn – mochte sie noch so weit zurückliegen oder noch so gut verstanden sein – noch immer ohne Unterlaß oder Abschwächung piesackte. Doch wenn dem so war, warum ließ diese Veränderung sich nicht in Relation zu einem sogenannten normalen Gehirn messen? Trotzdem war es möglich, daß sie bestand. Konnte ich ihre Herrschaft mit der bloßen Macht des Wortes brechen?

»Nein, du willst mir wahrscheinlich das Loch stopfen«, hörte ich Albert sagen. »Willst du meinen Schwanz lutschen?« Albert erhob sich rasch auf die Beine. Ich rührte mich nicht: ich fürchtete mich nicht vor ihm. Und ohnehin bedrohte er mich nicht. Er zog sein Hemd aus. Darunter kam eine knabenhafte Brust zum Vorschein – flach, die Rippen deutlich hervortretend. Von oberhalb der rechten Brustwarze bis neben den Nabel zog sich eine Kette von vier Narben, kreisrunde Wülste von aufgehellter und verzerrter Haut: die Stellen, wo seine Mutter ihre Kippen ausgedrückt hatte. Er versuchte, die Brustwarze unterhalb der obersten Narbe mit der Hand zu umfassen und hochzupressen, aber es klappte nicht, seine Brust war zu flach. »Willst du an meiner Titte lutschen?«

Klar, daß meine Fachkollegen Patienten wie Albert nur zu gern Psychopharmaka verschreiben, dachte ich. Vielleicht war das der richtige Weg, vielleicht war Prozac der Vorbote einer leuchtenden Zukunft, in der Psychiater ihre Patienten ebenso mühelos heilen, wie Allgemeinärzte heute eine Mittelohrentzündung kurieren – aber das war nicht der Grund, warum meine Kollegen sich so bereitwillig von der Psychotherapie ab- und der Pharmakologie zuwandten. Der Grund war die Verzweiflung angesichts der Hoffnungslosigkeit menschlicher Beziehungen, die Verzweiflung an unserer Fähigkeit, einander mittels Liebe und Verständnis zu heilen.

»Albert«, sagte ich, »ich möchte die Ritalineinnahme bei dir absetzen.«

Albert ließ seine Brust los. »Vielleicht willst du meinen Schwanz lutschen.« Im Nu hatte er Gürtel und Reißverschluß seiner Jeans offen und Hose und Unterhose gleichzeitig auf die Oberschenkel hinuntergeschoben.

Die Realität des Zerstörungswerks, das seine Mutter an seinem Penis angerichtet hatte – es war im Krankenblatt beschrieben, und Albert hatte es mir im Gespräch geschildert –, war ein bei weitem grausigerer Anblick, als ich mir vorgestellt hatte. Ich preßte meine Fingernägel in die Handflächen, um nicht die Kontrolle über meinen Gesichtsausdruck zu verlieren. Es war von größter Wichtigkeit, daß ich jetzt weder Erschrekken noch Mitleid zeigte. Ich fragte: »Wann hat er dich so gesehen?«

»Willst du ihn lutschen?«

»Wann hat der Junge, den du heute angegriffen hast, dich nackt gesehen? Heute? Oder war es schon vor einer Weile?«

Albert schwenkte die Hüften; er ließ sie kreisen wie eine Stripperin. Er packte seinen lädierten Penis. »Ich könnt' mir 'ne Muschi draus machen lassen. Das können die heute. Sie machen dir ein Loch in den Bauch und schieben ihn rein. Da machen sie dir 'n Wichsknopf draus« – er quetschte die narbige Eichel zusammen, bis fast nichts mehr von ihr übrig war – »da geht dir hinterher dann trotzdem noch einer ab.«

»Hat er dich in der Dusche gesehen? Oder in der Toilette? Oder wo?«

»Was zum Geier quatschst du da eigentlich, Mann?«

»Du hast dich ausgezogen, damit ich sehen kann, was deine Mutter angerichtet hat. Ist mir schon klar. Aber ich muß ganz genau wissen, was mit dem anderen Jungen war, Albert –«

Er hatte seinen Penis losgelassen und das Hüftkreisen eingestellt. Er runzelte die Stirn und fiel mir ins Wort. »Sag nicht Albert zu mir. Ist das klar, Arschgesicht? So heiß ich nämlich verdammtnochmal nicht.«

»Wie soll ich dann zu dir sagen?«

»Zebra. Gefällt dir das? Sag Zebra zu mir.«

»Hat er das zu dir gesagt?«

»Der hat überhaupt nichts zu mir gesagt. Du bist nicht so schlau, wie du dir einbildest. Du bildest dir ein, du weißt alles, aber du weißt 'n Scheißdreck. Glaubst du, du kannst uns bessern? Glaubst du, Shawna ist jetzt gebessert?« Das war die Nichte, die er vergewaltigt hatte. »Die lutscht alle Typen ab. Die ist sieben, aber die kann besser blasen als deine Frau.«

»Hat sie den Jungen abgelutscht, dem du den Arm gebrochen hast?«

Albert lächelte. Er drehte sich um, beugte sich vor und streckte mir den Hintern entgegen. Die Form des Brandmals auf der rechten Backe verriet seine Herkunft: es war dreieckig wie die Sohle eines Bügeleisens. »Leck mich am Arsch.« Sein Kopf zeigte zur Wand. Er senkte ihn, stürzte vorwärts und rammte ihn gegen die Wand. Nach dem Aufprall taumelte er ein, zwei Schritte zurück. Einen Moment lang hielt er inne, dann wiederholte er die Aktion. Danach zitterten ihm die Beine. Er stolperte. Ich war von meinem Sessel aufgesprungen. Er riß sich zusammen, rammte noch einmal gegen die Wand und brach zusammen.

Ich lief zu ihm und drehte ihn auf den Rücken. Über seine linke Augenbraue lief Blut. Die Augen starrten ins Leere. Wahrscheinlich hatte er mindestens eine leichte Gehirnerschütterung. Ich machte mir Sorgen, wie es organisch mit ihm bestellt sein mochte. Nicht auszuschließen war ein Rebound-Effekt: sein Gehirn hatte sich an die Dosierung des Ritalins gewöhnt und verlangte jetzt immer mehr davon. Seine Körperbewegungen hatten etwas Ruckartiges und kündigten bereits den Schaden an, den Neuroleptika und Ritalin hinterlassen können, nämlich die Spätdyskinesie. [Bei mindestens zwanzig Prozent der Patienten, die länger als ein Jahr mit Neuroleptika behandelt werden, ist die Folge eine Spätdyskinesie – ein Verlust der Muskelkontrolle, der in so schmerzhaften wie häßlichen veitstanzähnlichen Bewegungsstörungen resultiert. Ich hatte Kenntnis von Forschungsergebnissen, aus denen hervorging, daß Ritalin, obzwar kein Neuroleptikum, bei Kindern schon in sehr viel kürzerer Zeit die gleiche Wirkung hervorzubringen vermag. Deswegen war ich jetzt alarmiert.]

Ich wollte eben Alberts Puls fühlen, als die beiden Pfleger mich von ihm wegdrängten. Ich hatte sie nicht hereinkommen hören. Der Kahlköpfige setzte Albert das Knie auf die Brust. Der andere packte ihn bei den Füßen und blickte dabei mit vor Ekel verzerrtem Mund auf die Genitalregion des Daliegenden.

»Hat er sie verletzt?« schrie der Kahlköpfige.

»Er hat mich überhaupt nicht berührt«, sagte ich. »Gehen Sie runter von ihm. Sie behindern seine Atmung.«

Albert streckte – wie ein Betrunkener, der nach einem Halt sucht, und ebenso erfolglos – seine Hand nach der Schulter des Kahlköpfigen aus. Was den Paratherapeuten veranlaßte, sein anderes Knie auf Alberts Magengrube zu setzen und den Daliegenden zu ohrfeigen.

Ich versetzte dem Kahlköpfigen einen Stoß. Er war unsicher postiert und mühelos wegzuschubsen. »Runter!« schrie ich. »Sie ersticken ihn ja!«

»He!« moserte sein Kollege.

Der Kahlköpfige funkelte mich wütend an, machte aber keine Bewegung.

Ich sagte den beiden, sie sollten einen Krankenwagen rufen, der ihn ins Columbia Presbyterian Medical Center schaffte. Weiterer Augenschein überzeugte mich, daß Al eine Gehirnerschütterung hatte. Er oszillierte zwischen Ohnmacht und Bewußtsein und blieb einmal über eine Minute lang weg, wobei sein Atem so schwach ging, daß ich eine Mund-zu-Mund-Beatmung durchführte und mich innerlich darauf vorbereitete, einen Luftröhrenschnitt zu machen. Die Atemspende reanimierte ihn leidlich. Ich überzeugte mich, daß seine Atemwege frei waren und daß er eine zufriedenstellende Körpertemperatur hatte, dann befragte ich die Pfleger nach der Medikation, unter der Al stand. Die beiden hatten angeblich keine Ahnung. Ich glaubte ihnen nicht. Ich hatte sie im Verdacht, daß sie unterderhand seine Ritalindosis erhöht hatten. Ich fuhr im Krankenwagen mit zum Klinikum. Zuvor hatte ich dort telefonisch einen befreundeten Assistenzarzt verständigt, und der nahm uns in der Notaufnahme in Empfang.

Dann folgte erst einmal ein stundenlanges bürokratisches Hickhack. Die Röntgenuntersuchung erbrachte die Bestätigung für Als Gehirnerschütterung. Das Kinderheim bestand auf seiner Überführung ins Metropolitan State. Ich hielt es für besser, daß er die Nacht im Columbia-Klinikum verbrachte, bis ich am nächsten Tag die Ergebnisse der Blutuntersuchung in der Hand hatte.

Bisher hatte ich mit Becky Thornton, der Leiterin des Kinderheims Yonkers, in bestem Einvernehmen gelebt. Damit war es jetzt aus. Sie war empört über meine Einmischung und verweigerte mir jegliche Auskunft sowohl über den Hergang von Alberts Attacke auf seinen Heimgenossen wie über die Medikamente, die ihm verabreicht wurden. Sie drohte, eine richterliche Verfügung zu erwirken und Alberts Überführung mit Polizeigewalt vollstrecken zu lassen.

»O nein, das werden Sie sicherlich nicht tun«, sagte ich. »Sie möchten sicherlich nicht, daß ich bei Gericht Widerspruch gegen die Verfügung einlege und eine Untersuchung beantrage. Sie möchten sicherlich nicht mit Fragen der Art behelligt werden, wie Albert an eine Waffe kommen konnte –«

»Es war ein Löffel!«

»– oder wie sorgfältig die Kinder beaufsichtigt werden. Und Sie möchten sicherlich auch nicht, daß ich die Brutalitäten Ihrer Angestellten zu Protokoll gebe, die zu beobachten ich Gelegenheit hatte.«

»Tom und Bill haben versucht, Sie zu beschützen, das ist alles.«

»Und ganz nebenbei hätten Tom und Bill Albert zu Tode bringen können.«

»Das ist eine groteske Beschuldigung.«

»Nein, ist es nicht. Alberts Atmung war aus irgendeinem Grund geschwächt, und nach der Gehirnerschütterung bestand die akute Gefahr eines totalen Stillstands. Das wäre für Ihr Heim und mein Behandlungszentrum eine Katastrophe gewesen. Ich habe nicht vor, die Fahrlässigkeit der beiden an die große Glocke zu hängen. Falls Sie jedoch Alberts medizinische Versorgung behindern, werde ich es müssen. In diesem Punkt habe ich zu Ihren Leuten absolut kein Vertrauen.«

»Hören Sie, ich gebe zu, daß wir ihm nicht gewachsen sind. Deshalb wollen wir ihn ja ins Met State verlegen. Wir haben ihn nur deswegen noch einmal zu Ihnen ins Behandlungszentrum gebracht, weil wir uns gesagt haben, Sie springen im Viereck, wenn wir –«

»Ich springe im Viereck? Wann haben Sie mich zuletzt im Viereck springen sehen?«

»Ich bitte um Entschuldigung. Wir haben uns gesagt, Sie würden es uns *übelnehmen*, wenn wir ihn überführen, ohne daß Sie ihn vorher noch einmal gesehen haben. Es war von unserer Seite die reine Konzilianz.«

»Von wegen. Die Besuche sind gerichtlich angeordnet. Sie *mußten* ihn bringen. Jetzt tun Sie bitte sich selbst und mir und Albert einen Gefallen. Lassen Sie ihn über Nacht im Columbia.«

»Und was mache ich, wenn er dort gegen jemand tätlich wird?«

»Er hat eine Gehirnerschütterung.«

»Das ist in meinen Augen keine Garantie.«

»Ich übernehme die volle Verantwortung für ihn. Wenn etwas passiert, nehme ich es auf meine Kappe.«

»Das muß ich aber schriftlich haben.«

Ihre beiden Pfleger Tom und Bill waren noch im Klinikum. Ich schrieb die gewünschte Erklärung und händigte sie ihnen aus.

Um jedes Risiko zu vermeiden, wollte ich die Nacht neben seinem Bett verbringen. Albert war in psychologischer Hinsicht ohne Frage in der Lage, tätlich zu werden oder zu fliehen oder Selbstmord zu begehen. Ich hätte ihn ans Bett fesseln oder ihm ein schweres Beruhigungsmittel spritzen lassen können, aber genau so werden Menschen wie Al, die niemanden haben, der sich für sie aufopfert, in unserem System immer behandelt. Medikamente müssen ihnen den menschlichen Kontakt, gleichgültige oder böswillige Pfleger müssen die liebevolle Fürsorge ersetzen. Seit man ihn aus den Fängen seiner Mutter befreit hatte, war er aus der psychiatrischen Verwahrung in Kinderheime und weiter zu Pflegeeltern verschoben worden – erst als er seine Nichte vergewaltigte, lenkte er die Aufmerksamkeit der Polizei auf sein eigenes Schicksal als mißbrauchtes Kind. Nach meiner Überzeugung war dieser neuerliche Gewaltausbruch ein neuer Hilferuf. Irgend etwas war eingetreten und hatte als auslösendes Moment gewirkt; vielleicht war es die Medikation, unter die er gestellt worden war. Spielte keine Rolle. Ich mußte ihm zeigen, daß jemand bereit war, ihn als menschliche Person zu nehmen und zu behandeln. Sonst würde er mit Sicherheit untergehen. Als Mensch untergehen, nicht als Gefahr und Bedrohung. Zu guter Letzt würde das System ihn freisetzen, und er würde das werden können, was für alle Welt der Inbegriff unfaßbarer Monstrosität ist – ein tückischer Sexualmörder.

Ich rief Diane an und erklärte ihr die Lage. Sie hörte sich meinen Bericht von Anfang bis Ende kommentarlos an. Als ich fertig war, sagte sie: »Ich hab' mich dämlich benommen, Schatz, wie 'ne Mimose. Vor allem hab' ich die ganze Sache dir allein aufgehalst. Entschuldige bitte. Ich komm jetzt gleich zu dir rüber.«

Ich bestand darauf, daß sie zu Hause blieb und sich ausruhte: sie könne ja, wenn sie unbedingt wolle, am Morgen zu mir stoßen. Wegen ihrer Abneigung gegen Albert solle sie sich keine Vorwürfe machen, sagte ich ihr. Und dann entwickelten wir in ersten Ansätzen einen Plan.

Nachdem wir unser Gespräch beendet hatten, ging ich den Korridor hinunter zu Als Zimmer. Er war ans Bett gefesselt. Die Untersuchungsergebnisse würde ich nicht vor morgen früh bekommen. Er war wach. Sein rechter Fuß bebte und zitterte in einem Tremor, den der in fortwährendem raschen Wechsel kontrahierende und relaxierende Quadrizeps verursachte. Al starrte mich an. Ich löste die Riemen, mit denen er gefesselt war, und massierte sein Bein. Die Krämpfe waren heftig und lokal präzise eingegrenzt. Der übrige Körper war schlaff und bewegungslos.

»Tut das weh? Die Krämpfe, meine ich.«

Er schüttelte den Kopf. »Ich hab' kein Schmerzgefühl, generell nicht«, sagte er.

Ich konnte den Muskel nicht zur Ruhe bringen – er schien mich mit seinem dämonischen Eigenleben verspotten zu wollen. Ich breitete eine zweite Decke über Al und fragte ihn, ob er etwas zu essen haben wollte.

Er schüttelte den Kopf.

Ich klingelte der Schwester und bat sie, eine Schale Bouillon zu bringen.

Nachdem die Bouillon eingetroffen war, sagte er: »Hab' keinen Bock drauf.«

Ich tauchte den Löffel ein und führte ihn halbvoll in kurzem Abstand in die Höhe seiner Lippen, aber nicht dicht heran. Er starrte mich an. »Was soll'n das werden?« fragte er.

»Ich meine, du solltest es dir noch mal überlegen.«

Er drehte den Kopf weg und dann schnell wieder her, um nach dem Löffel zu schnappen und die Bouillon zu schlucken, wie wenn er mich veräppeln wollte. Ich maß einen neuen Löffelvoll ab und wartete. Jetzt sah er mich ohne Gehässigkeit im Blick an. »Ich werd' nich' anders«, sagte er.

»Genauso denken die anderen alle auch«, sagte ich.

»Bloß du nicht?«

»Ich? Kann ich nicht sagen. Ich hab' dazu keine Meinung. Ob du dich änderst oder nicht änderst, ich bin in jedem Fall da, um dir zu helfen.«

Er nahm den Löffel in den Mund, schluckte und sagte leise: »Ich hab' probiert, ihn zu vögeln.«

»Den Jungen, dem du den Arm gebrochen hast?«

»Na klar.«

»Du hast ihn vergewaltigen wollen?«

»Nö. Der wollte, daß ich ihn vögle. Er ist schwul.«

»Er ist schwul? Soweit ich informiert bin, ist er zehn Jahre alt.«

»Na und?«

»Mit zehn ist meiner Meinung nach noch niemand schwul oder hetero.«

»Das ist Quatsch. Jeder Depp weiß, daß Schwulität angeboren ist.«

Ich bot einen neuen Löffel Suppe an. Al erklärte: »Ich kann allein essen.«

Ich reichte ihm die Schale. Er ignorierte den Löffel, setzte die Schale an die Lippen und nahm einen ausgiebigen Schluck.

»Bist du schwul?« fragte ich.

»Ich bin gar nichts. Ich kann nicht vögeln.«

»Hast du ihm deswegen den Arm gebrochen?«

»Dann wächst er mir.«

»Und dann kannst du vögeln?«

»Klaro.« Er lächelte mich an. »Erst brech ich ihnen die Gräten. Dann kann ich vögeln.«

»Verstehe.«

»Jetzt ist dein Zebedäus happy.«

»Ich verstehe nicht, was du meinst.«

»Dabei wächst er *dir*. Wenn du fiese Sauereien hörst. Da bist du geil drauf.«

»Ich hör' dir zu, wenn du das meinst.«

»Ich kann dir 'ne Menge Horrorstorys erzählen. Nich' so'n ›Freddy der Dreizehnte‹-Scheiß. Echte Horrorstorys. Sowas willste doch hören, oder?«

»Ja«, stimmte ich zu. »Erzähl mir die ganzen fiesen Sauereien.«

ACHTES KAPITEL

Der Wunschring

Zwei Tage später – ich hatte in der Nacht zuvor gerade mal zwei Stunden Schlaf tanken können – fiel ich aus allen Wolken, als Gene zur Mittagszeit im Behandlungszentrum zur Sitzung erschien. Ich hatte den Termin schlicht vergessen. Diane, Ben und Rand Carlton, der Neuzugang in unserem Therapeutenteam, verließen gerade mein Zimmer, wo wir eine Arbeitsbesprechung abgehalten hatten. Diane und ich hatten den beiden anderen unsere Idee präsentiert, eine Zehn-Zimmer-Bettenstation anzubauen, einige im Umgang mit mißbrauchten Kindern erfahrene Laienkräfte, die wir kannten, zu engagieren und uns so die Unterbringungs- und Betreuungsmöglichkeit für Individuen wie Albert zu schaffen, die in unserem Sozialfürsorgesystem ernstlich gefährdet waren. Ben und Rand waren Feuer und Flamme. Diane, die noch immer von Schuldgefühl geplagt war, erzählte den beiden, daß sie am Samstag Nerven gezeigt und mich im Stich gelassen hatte. Ich merkte dazu an, daß ihre Reaktion verständlich war, daß Alberts Geistesverfassung erschreckend war und wir jetzt auch Klarheit hatten, warum. Was der sorglose Tablettenpsychiater im Metropolitan State Hospital ihm nach nicht ganz zehnminütigem Interview an Ritalin verschrieben hatte, so hatte sich bei der Blutuntersuchung ergeben, hatte in seinem Organismus einen Ritalinspiegel toxischen Niveaus aufgebaut. Sobald ich das Untersuchungsergebnis vorliegen gehabt hatte, hatte ich Joseph angerufen. Es spricht für ihn, daß er einräumte, sehr wahrscheinlich sei ein Rebound-Effekt im Spiel: das Medikament dämpfe jetzt Alberts vermeintliche Hyperaktivität nicht mehr, sondern entfalte kausative Wirkung.

»Typisch Hirnklempner«, meinte Joseph. »Nichts tun sie lieber, als Medikamente verschreiben. Hat der denn nicht gewußt, daß die Heraufsetzung der Dosis –«

»– Wenn der Albert ansieht, sieht er eben keinen Menschen«, fiel ich ihm ins Wort. »Er sieht einen abstoßenden, Angst einflößenden schwarzen Halbstarken.«

Joseph gab mir Ratschläge, wie ich bei der Entwöhnung Alberts vom Ritalin die mit Sicherheit zu erwartenden schweren Entzugserscheinungen verringern könne. Als er mir vorschlug, die Qual des Entzugs mit einem anderen Medikament zu lindern, sagte ich, ohne lange zu überlegen, laut und deutlich: »Kommt nicht in Frage!«

»Na schön«, sagte Joseph. »Aber Prozac wirst du deswegen doch nicht gleich abschreiben?«

»Das wird nicht bei Kindern eingesetzt, oder?« fragte ich.

»Na ja ... Ich weiß nicht genau. Könnte sein.« Er seufzte. »Wahrscheinlich doch.«

»Jetzt hör mir mal zu, Joseph. Ich bleibe deinem Wundermittel gegenüber aufgeschlossen und werd' es ohne Scheuklappen studieren. Aber wenn du dir selbst einen Gefallen tun willst, dann publizierst du bei Gelegenheit mal ein paar Orientierungshilfen.«

»Wir sind dran. Aber gegen schlampige Ärzte kannst du nichts machen, Rafe.«

»Joe, das ist im Grunde genommen keine Antwort. Die Wahrheit ist, ihr wißt selber nicht genau, was ihr da macht.«

»Wir wissen genug.«

»Wißt ihr, was Serotonin im Organismus bewirkt?«

»Nun, die Affenstudien –«

»Wißt ihr *genau*, was es bewirkt?«

»Nein. Nicht genau, Rafe. Im Gehirn kennen wir uns noch nicht richtig aus.«

»Und wieso pfuscht ihr dann darin herum?«

»Aber Rafe! Nun sei doch mal realistisch! Wenn wir Medikamente nicht an Menschen ausprobieren, wie sollen wir dann wissen, ob sie wirken? Ohne Risiko kein Fortschritt.«

»Ich bleibe aufgeschlossen für die Sache, wenn du deine Hausaufgaben ordentlich machst und ein Auge darauf hast, wie Prozac eingesetzt wird.«

Joseph lachte. »Abgemacht«, sagte er. Er lachte wieder. »Als ob ich das könnte.«

Brian Stoppard, unser Rechtsanwalt, hatte am Sonntag von einem wohlwollenden Richter eine Eilverfügung erwirkt, kraft deren Al unter unserer Obhut im Columbia-Klinikum bleiben durfte. Ich hatte bis zum Montagmorgen an seinem Bett gewacht. Während dieser Zeit hatten, obwohl er noch eine niedrige Dosis Ritalin verabreicht bekam, bereits die Grippesymptomen ähnlichen Entzugserscheinungen eingesetzt. Er stöhnte im Schlaf, und der Schlaf ähnelte insgesamt einem Fieberdelirium: die Laken waren schweißgetränkt, die Beine zuckten oder strampelten in der Luft. Die Reaktion einer Schwester illustrierte beispielhaft die Probleme, die um Patienten wie Albert entstehen. Als sie ihn schlafend daliegen und dabei mit den Beinen in unsichtbare Fahrradpedale treten sah, meinte sie: »Meine Fresse, der ist ja voll durchgeknallt, was?«

Ich engagierte Tania Gold, eine Sechzigjährige mit langer Erfahrung als Jugendfürsorgerin, damit sie am Montag für Diane und mich die Wache an Alberts Bett übernahm, dann begab ich mich ins Behandlungszentrum.

Wenn ich überhaupt noch an den Termin mit Gene gedacht hätte, hätte ich ihn abgesagt. Ich war erschöpft, besorgt, wütend, desorientiert. Ich wußte, daß die gebräuchlichen Psychopharmaka nichts taugten. Doch die Studien über die erfahrungsabhängige Selbstorganisation des Gehirns beunruhigten mich. Was war, wenn emotionale Traumata unsichtbare Hirnschäden bewirkten, die mit noch so vielen Gesprächen nicht zu beheben waren? Dann stand ich auf verlorenem Posten, *und* es gab keine Medikamente, die hätten helfen können. Auf theoretischer Ebene konnte ich Josephs Position teilen, aber nicht in der Praxis. Ich sah nur eine Lösung, und die bestand in einer gründlicheren Betreuung dieser Kinder, einer Betreuung, die nicht eine Minute lang aussetzte. Sie zwei- oder dreimal wöchentlich zu sehen, war eine Farce. Sie brauchten mehr als Einsicht; sie brauchten konsequente Betreuung und Zuwendung, die konsequente Fixierung ihrer Grenzen und konsequente Belohnungen; mehr als alles andere brauchten sie Geduld und Engagement, wenn nicht Liebe. Aber dieser Plan war mit Hindernissen und Risiken verbunden. Brian hatte sich die Punkte, zu denen ich juristischen Rat benötigte, geduldig angehört. Er meinte, wegen der Albert zur Last gelegten Straftatbestände dürfte es eine harte Nuß sein, seine Überstellung in unsere Obhut zu erreichen; bei den anderen Kindern sei das überhaupt kein Problem, vor allem mit dem geplanten Anbau im Hintergrund. »Das Projekt wird ein Vermögen kosten«, merkte er an. »Kommt die Sozialhilfe für die Behandlungen auf?»

»Nein. Die zahlen, wenn die Kinder eingesperrt und mit Medikamenten vollgepumpt werden, weil das ja angeblich richtige Medizin ist.«

»Verstehe. Warum richtet ihr nicht ein Fürsorgeheim ein? Dafür bekommt ihr Zuschüsse von der Regierung und –«

»– Ich bin für klare Verhältnisse. Wir wollen als Ärzte und nicht als staatliche Jugendfürsorger tätig werden. Ich bin sicher, daß wir da und dort Stiftungsgelder lockermachen können, die werden allerdings bestenfalls fünfzig Prozent der Kosten decken.«

Brian senkte die Stimme. »Rafe. Darf ich dich etwas fragen? Kannst du dir das alles leisten?«

In der Tat. Gute Frage. Ich würde den Rest meiner Erbschaft ausgeben

– das Geld, das zur lebenslangen Sicherung meines Einkommens unter allen Umständen zurückzuhalten ich Bernies Vermögensverwalter versprochen hatte. Wenn dieses Kapital weg war, würde ich meinen Lebensunterhalt mit meiner Arbeit bestreiten müssen, und dazu war zunächst einmal erforderlich, daß meine Arbeit Gewinn abwarf. Und die Behandlung dieser Kinder sah nicht nach einer Goldgrube aus.

Das waren die Gedanken, die mir im Kopf herumgingen, als Gene durch die Tür trat. Er entschuldigte sich für sein frühes Kommen (ganze zwei Minuten vor der Zeit, wenn man es genau nahm) und schob sich in den Sessel mir gegenüber. Ich starrte ihn an, überrascht durch seine Anwesenheit. Montag, Mittagszeit: seit drei Monaten unser gewohnter Termin – und trotzdem hatte ich ihn heute vergessen.

Gene betrachtete mich. Ich war nicht rasiert und nicht geduscht. Er schob seine dichten Augenbrauen zusammen angesichts meines verwahrlosten Zustands und sah dann verlegen weg. »Ich hab' wieder den Traum gehabt«, sagte er. »Nur sind Sie diesmal auch drin vorgekommen.«

Er rekapitulierte den altbekannten Traum: Er ist allein in der Turnhalle seiner alten Schule, wo sich ihm eine barbusige Frau mit bedrohlich wirkenden Brustwarzen nähert; er glaubt, daß sie etwas Nettes sagen will, aber statt dessen spuckt sie ihn an; er schreit, sie soll weggehen, und sein Wunsch geht in Erfüllung; nur daß nicht sie verschwindet, sondern Gene, und zwar in sein Computerlabor, wo er sich vor einem Terminal wiederfindet, in dem die Lösung seines ganzen Problems steckt. Aber das Terminal rückt die Wahrheit nicht heraus. Gene sieht sich gezwungen, alles aufs Spiel zu setzen, indem er die Escape-Taste drückt, aber das funktioniert nicht. Er muß alles vernichten, indem er die Maschine, die ihm die Wahrheit sagen könnte, abschaltet. Das Gerät schaltet aber nicht ab. Statt dessen erscheint auf dem Bildschirm eine bestürzende Meldung: »Du bist ein Hurensohn.« An dieser Stelle, das war das Neue, hatte nun auch ich einen Auftritt in dem Traum. Gene bekannte, daß der geträumte Neruda zugleich die Verkörperung seines Vaters war, ein changierendes Bild, das kaum etwas dafür leistete, seinen, wie Gene meinte, augenfälligen Symbolgehalt zu wahren. Die Neruda/Don-Gestalt sagte: »Du bist eine liebe Frau.«

»Ich meine, Sie hätten ›Frau‹ gesagt«, trug Gene nach. »Es könnte aber auch ›Tochter‹ gewesen sein. Ich kann mich nicht entscheiden.«

»Entscheiden?«

»Erinnern. Eigentlich bin ich ziemlich sicher, daß es ›Tochter‹ war. ›Du bist eine liebe Tochter.‹« Gene schwieg eine Weile. Dann sprach er mit erhobener Stimme – sie war eine Spur zu laut für meine müden Ohren – weiter: »Also? Denken Sie, ich bin homosexuell? Ich meine, denke *ich*, daß Sie denken, ich bin homosexuell?«

Ich mußte lachen. Genauer gesagt, mir entfuhr ein amüsiertes Schnauben; es klang spöttisch und arrogant. »Entschuldigung«, sagte ich ohne weitere Erklärung. »Du bittest mich immer wieder, diesen Traum zu deuten. Soll ich das tun? Dir klipp und klar sagen, was er meiner Ansicht nach bedeutet?«

»Könnten Sie das? Ich meine – hat er etwas zu bedeuten?«

»Ich halte mich nicht für einen glänzenden Traumdeuter. Aber dein Traum sagt mir etwas. Ich glaube allerdings, daß du mit ihm nicht mir, sondern dir selbst etwas sagen willst.«

Genes Blick ruhte auf meiner Brust. Er sah mir kurz in die Augen, während er fragte: »Und was?«, und senkte den Blick sofort wieder auf meinen Rumpf.

»Du hast dich über den Tod deiner Mutter insgeheim gefreut. Sie hat dir aus ihren geschwollenen Brustwarzen keine Muttermilch offeriert, sie hat dich immer nur mit furchterregendem Zorn traktiert, deshalb hast du sie fortgewünscht, du hast sie zu einem Computerterminal gemacht und dich ›eskapistisch‹ zur Wahrheit deines Computers geflüchtet. Zuerst dachte ich, die Schrift auf dem Bildschirm – ›Du bist ein Hurensohn‹ – wäre eine Selbstverurteilung, die du wegen deines Wunsches über dich aussprichst. Aber in Wirklichkeit ist es meiner Ansicht nach eine Verurteilung deiner Mutter – der verkappte Groll über ihre Wiederkunft. Du mußt die Meldung wörtlich verstehen: ›Du bist der Sohn einer Hure‹ – der Ausdruck ›Hure‹ will in diesem Zusammenhang deiner Mutter nicht sexuelle Promiskuität unterstellen, sondern sie zu einem ›Luder‹ und ›Miststück‹ erklären. Der Computer, versteht sich, ist deine Maschine und sagt dir stets die Wahrheit. Was die neu hinzugekommene Bemerkung von meiner Seite beziehungsweise von seiten deines Vaters betrifft – wir sind beide wahrscheinlich mit Stärke ausgestattete Selbstbilder von dir –, so vermute ich, daß sie das Verlangen ausdrückt, trotz deiner Wut auf deine Mutter und deines Wunschs, daß sie sterben möge, als liebes Kind anerkannt zu werden.«

Gene hatte seine Furcht, mir in die Augen zu sehen, vergessen. Er stierte mich an. Sein vorstehender Adamsapfel bewegte sich auf und ab.

»Selbstverständlich enthält der Traum noch andere Mitteilungen und Emotionen«, fuhr ich fort. »Die Frau, die sowohl deine Mutter als auch deine Frau zu verkörpern scheint, die Frau in der Turnhalle – ich nehme an, die interessiert dich besonders?« Gene, noch immer sprachlos vor

Verblüffung, nickte. »Die Frau mit den mütterlich geschwollenen Brustwarzen, von der du glaubst, daß sie etwas Nettes zu dir sagen will, die dich aber statt dessen anspuckt – das ist ein komplizierter Fall. Eine phallische Frau, von den Brustwarzen und der Spucke her – letztere, als Wut-›Erguß‹, ein ›Ejakulat‹. Ich vermute, sie verkörpert unter anderem auch deinen Vater – oder *dich* bei dem Bemühen um Mannhaftigkeit. Ich weiß, das hört sich komisch an, aber dieserart ›Verdichtung‹ ist in Träumen gang und gäbe. Sie ist die verkörperte Wut. Die Wut deiner Mutter, die Wut deines Vaters und deine eigene Wut über Gene, den hilfsbedürftigen Sohn. Aber wenn du ›Geh weg‹ schreist und sie löst sich in ein Computerterminal auf, oder besser gesagt, wenn du dich aus der Einraumschule zum Computerbauen verabschiedest – worin sich Ablehnung sowohl deiner Mutter wie deinem Vater gegenüber manifestiert –, dann schickst du sie meiner Überzeugung nach in den Tod. Und zwar dankbar und erleichtert.« Ich gähnte. Ich war müde, keine Frage, aber zugleich war mir bewußt, daß dieses Gähnen auch ein Reflex der nervösen Anspannung angesichts meines augenblicklichen Tuns war, der Abkehr von der Technik meiner Anfangsjahre und des Mich-Einlassens auf das Risiko einer direkten Konfrontation mit Genes Psyche. »Das Mannweib-Motiv hast du dann weiterverfolgt mit einer Vaterfigur – in Gestalt von mir oder deinem Vater –, die dir sagt, daß du eine liebe Frau beziehungsweise eine liebe Tochter bist. Natürlich gehört das alles zu einem Motivgeflecht, das sich durch dein Leben zieht – folglich könnte es sein, daß ich deine Traumsymbole gewaltsam in diesen Raster zwänge. Du bist nicht besonders phallisch, und du fürchtest dich vor Frauen. Du fürchtest dich vor allem, Ärger über sie herauszulassen oder ihnen gegenüber phallisch aufzutreten. Eines ist vollkommen eindeutig. Die in ein Wortspiel verpackte Botschaft könnte klarer nicht sein: ›Als Hurensohn bist du eine liebe Tochter.‹«

»Mein Gott«, flüsterte Gene mit belegter Stimme.

Ich wartete.

»Mein Gott«, sagte er ein zweitesmal, immer noch flüsternd. »Mein Gott, sind Sie auf Draht.«

»Nicht ich, Gene. Du. Du bist der begabte Wortspieler. Du bist derjenige mit dem Durchblick. Vor Jahren ist mir das alles entgangen. Deine tiefsitzende sexuelle Frustriertheit und Angst, deine Gefühlsverwirrung in bezug auf die Geschlechterrollen, das habe ich alles unter den Teppich gekehrt, weil ich nicht den Anschein erwecken wollte, Kritik an der Person zu üben, die in eurem Haushalt das Geld nach Hause brachte. Ich war so politisch korrekt, daß ich das Gefühlschaos übersah, in das dich die Beziehung zu deinen Eltern gestürzt hatte. Ich hatte keinen Durchblick, Gene. Es stammt alles von dir. ›Als Hurensohn bist du eine liebe Tochter.‹ Deine kastrierende Mutter will dich als Mann zu einem Schwächling machen. Der Traum ist deine Schöpfung, deine Beurteilung, dein Wünschen und Verlangen, dein Witz. Ein recht gelungener Witz übrigens.«

»Ich höre nicht mehr, was Sie sagen.« Gene krümmte den Oberkörper nach vorn und rieb dabei mit den Händen seine Oberschenkel. Er schüttelte verzweifelt den Kopf. Ich sah ihm über den Schreibtisch hinweg aufmerksam zu. Seine Knie hüpften auf und ab. »Ich höre die Wörter. Aber ich verstehe – ich kann sie nicht verstehen.«

»Du hast Angst.«

»Alles, was Sie gesagt haben, stimmt.« Seine beiden Hände fuhren zum Kopf und schoben das dichte Haar aus der Stirn. »Aber ich hab' kein Wort davon behalten.« Er klappte in unablässigem rhythmischen Wechsel die Beine zusammen und wieder auseinander und massierte sich gleichzeitig mit den Fingern die Schläfen. Plötzlichkeit und Heftigkeit dieser Angstattacke beeindruckten mich.

»Okay, Gene. Ich gehe das Ganze noch mal Schritt für Schritt durch. Du brauchst dich an nichts mehr zu erinnern. Vergiß alles, was ich gesagt habe, und ich gehe alles noch mal ganz von vorn durch.«

»Sie müssen mich hassen«, murmelte er.

»Warum denn?« Ich konnte nicht verhindern, daß mein Erstaunen sichtbar wurde. »Warum sollte ich dich hassen?«

»Ich wollte doch, daß meine Mutter stirbt?« Tränen schossen ihm in die Augen; die Mundwinkel waren zu einem törichten Ausdruck nach unten verzogen.

»Nein«, sagte ich mit Nachdruck.

»Nein?« Die Hände senkten sich. Die Beine hielten inne. Erleichterung begann sich einzustellen.

»Du hast dich gefreut, daß sie tot war.«

Es war, als hätte ich ihm einen Tritt in den Magen versetzt. Die Lippen zwischen die Zähne gepreßt, klappte er stöhnend nach vorn.

»Sie hat dich angekeift, sie hat dich angegeifert, und du hast dir gewünscht, sie wäre nicht mehr da. Und auf einmal war sie weg. Wie durch Zauberei. Tatsächlich hast du große Schuldgefühle deswegen. Du denkst, du hast sie umgebracht, und bestrafst dich jetzt dafür. Deshalb kannst du dich bei der Arbeit nicht mehr konzentrieren, und deshalb kannst du nicht mehr schlafen. Du hast den Schlaf gemordet, und deine Maschine hängt. Du hast nur einen Ausweg: zuzugeben, daß du ein

Hurensohn bist. Und du hoffst, daß ich dir sagen werde, daß du eine liebe Tochter warst.«

»Ich hab' mit meiner Arbeit keine Probleme«, sagte Gene mit einer Leichenbittermiene, die in ihrer Exzessivität schon wieder komisch wirkte.

»Das sagst *du mir*. Aber das ist nicht das, was *dein Traum dir* sagt.«

»Wir bekommen den Black Dragon mit einer Terminüberschreitung von nicht mehr als zwei Monaten fertig. Vielleicht werden es auch drei Monate. Aber die Maschine dann testen und die Fehler beseitigen kann ich schneller als jeder andere auf der Welt. Darum hat mich Stick ja auch mitgenommen.« Stick war der Spitzname von Genes Chef Theodore Copley. »Ich denke, mit der Konzentration ist bei mir alles in Ordnung. Ich müßte nur mal wieder schlafen.« Gene rutschte vor bis zur Sesselkante und hob mir wie flehend eine Hand entgegen. »Darum dürfen die ja auch nicht erfahren, daß ich in Therapie bin. Wenn Stick den Eindruck hat, daß ich abgebaggert bin, läßt er mich fallen. Im Augenblick sind die Zeiten lausig für die Computerbranche. Ich weiß nicht ... Ich meine, ich bin mit der ganzen Familie hierher gezogen, obwohl sie mir vorher gesagt hat, daß das ein Risiko ist.«

»Wer hat dir das gesagt – Cathy oder deine Mutter?«

»Cathy. Meine Mutter war schon tot.«

»Gene, im Moment bist du gerade dabei, dich vor unserem Hauptthema zu drücken. Dein Problem ist nicht euer Projektplanungstermin und nicht der Kahlschlag in der Computerbranche. Dein Problem ist, daß du glaubst, du hättest deine Mutter getötet, weil du froh warst, als sie tot war. Und damit meine ich nicht *dich*, den wachen, voll bewußten Gene. Ich meine dein Unbewußtes. Dein Unbewußtes wirft deinen Zorn auf sie und das tatsächliche Geschehen durcheinander. Aber nicht du hast sie getötet. Getötet hat sie der Krebs. Und du bist nicht die liebe Tochter eines Hurensohns, auch wenn du dich noch so sehr anstrengst. Daß du Angst vor Cathy hast und keinen Sex mit ihr hast, ändert nichts an der ablehnenden Haltung deiner Mutter zu dir und nichts an ihrem Tod. Du mußt lernen, in dich hineinzuhören. Du hast Angst- und Schuldgefühle wegen Dingen, die nicht existent sind, die nie geschehen sind. Deine Mutter hat sich verlassen gefühlt –« Ich brach ab, weil Gene weinte.

Er weinte stumm, mit zerknautschtem Gesicht und geröteten Wangen wie ein greinendes Kind; aber er war ein Mann, deshalb wirkte es grotesk. »Ich hab' meine Mutter geliebt«, brachte er schließlich stammelnd und unter lautem Schluchzen heraus.

»Natürlich hast du deine Mutter geliebt. Tatsache ist: du liebst sie *noch immer.*«

Wieder änderte sich schlagartig sein Gesichtsausdruck. Das Schluchzen hörte auf. Durch Tränen blickte er mich hoffnungsvoll an.

»Hier geht es nicht darum, ob du ein lieber Mensch bist, Gene. Vergiß das Liebsein. Du hast deiner Mutter nichts getan. Egal, was du insgeheim gedacht oder gefühlt hast, du hast alles getan, was man von einem guten Sohn erwarten kann. Eben weil du sie so sehr geliebt hast, weil du dich so sehr nach ihrer Liebe gesehnt hast, warst du froh, als sie tot war. Sie war für dich zu einer Megäre geworden, und das quälte dich zu sehr, also hast du dir gewünscht, sie wäre nicht mehr da, und dann hat das Schicksal sie fortgenommen. Aber du bist nicht der Mittelpunkt des Universums: du hast sie nicht getötet.«

Gene holte tief Luft. »Aber Sie haben doch gesagt –«

»Wer hat hier was gesagt, Gene?« fiel ich ihm ins Wort. »Wer hat den Traum geträumt?«

»Na gut. Dann hab' ich also gewollt, daß sie stirbt –«

»Du hast gewollt, daß sie aufhört, dich zu hassen. Du hast dir gewünscht, daß die wütende, enttäuschte Mutter fort wäre. Aber du hast nicht gewollt, daß die reale Person stirbt. Ja, du hast sogar solche Angst, sie ein zweitesmal zu verlieren, daß du nicht wagst, mit Cathy eine offene Aussprache darüber zu erzwingen, daß ihr keinen Sex habt und daß du glaubst, sie liebt dich nicht.«

Gene zog einen Flunsch. Mutlos, die Schultern gekrümmt, rutschte er tiefer in seinen Sessel. »Wir haben Sex.«

»Wie oft?«

Die Antwort kam zögernd: »Nicht sehr oft.«

»Glaubst du, daß Cathy dich liebt?«

»Nein.«

»Glaubst du, daß sie mit dir schlafen möchte?«

»Nein.«

»Ich bin mir nicht ganz sicher, Gene. Ich will offen mit dir sein. Kann sein, daß Cathy dich nicht liebt. Kann sein, daß sie keinen Sex mit dir haben will. Ich bin mir da nicht sicher. Ich bin mir nicht sicher, weil du nicht um ihre Liebe wirbst. Du hast viel zuviel Angst, du könntest sie umbringen, wenn sie zur Megäre wird, die dich zurückstößt. Du hast Angst, ein Mann zu sein, weil du ja eigentlich eine liebe Tochter sein sollst.«

Ich wartete. Gene hatte die Finger verschränkt, seine Hände ruhten im Schoß, auf seinem tränenfeuchten Gesicht lag feierlicher Ernst, sein Blick war auf mich gerichtet. Er war aufmerksam und betreten wie ein gescholtenes Kind. Nach einiger Zeit nickte er.

»Was machen deine Ohren?« erkundigte ich mich ohne Spott.

»Ich verstehe Sie gut«, sagte er.

»Okay. Aber bis jetzt habe ich, Rafael Neruda, noch kein Wort gesagt. Bis hierher war das Ganze ein Selbstgespräch, das du mit dir geführt hast. Jetzt werde *ich* etwas sagen.« Ich zog die Schreibtischschublade auf und holte vierundzwanzig Tonbandkassetten heraus. »Dies hier ist das Tonbandprotokoll unserer sämtlichen Sitzungen. Ich habe dich belogen. Ich bin nicht so sehr auf Draht, daß ich alles behalten könnte, was du sagst und wie du es sagst, deshalb benutze ich Tonbänder, um alles Wort für Wort zu rekapitulieren. In deinem Fall habe ich die Bänder mehrmals abgehört.«

Ich wartete auf eine Reaktion. Er sprach nicht und legte seine Büßerhaltung nicht ab.

»Hier noch etwas, das ich, dein Therapeut, zu der Sache sage. Du läßt mich am Schluß des Traums auftreten und dir einen Wunsch erfüllen. Einen Wunsch, der deine Besuche hier betrifft. Du läßt mich sagen: ›Du bist eine liebe Tochter.‹ Das wünschst du dir von mir. Du möchtest nicht, daß ich dem erwachsenen Mann Gene Kenny helfe. Du möchtest, daß ich das lähmende Bild deiner Kindheit absegne. Du möchtest, daß ich dein Elend konservieren helfe. Ich wiederum möchte da nicht mitmachen. Ich werde mich nicht zum Ausführungsorgan des Wunschs deiner Eltern machen, der auch der Wunsch deiner Frau und sogar dein eigener Wunsch ist, nämlich des Wunschs, daß du eine liebe Tochter sein mögest. Du bist keine Tochter. Und was den Kern der Sache besser trifft: du bist nicht lieb. Du bist der erwachsene Mann, der Maschinen bauen will, die die Wahrheit sagen; der eine Frau haben möchte, die Leidenschaft zeigt und mit ihm schlafen will; der frei von Ängstlichkeit und Schuldgefühlen sein möchte – und dieser Mann leidet. Ihm werde ich helfen, aber nicht jenem Schwächling.«

Ich schob ihm die Tonbandkassetten hin.

»Nimm sie an dich, wenn du anderer Meinung bist. Vergiß nicht, daß alles, was ich dir gerade gesagt habe, letzten Endes nur eine individuelle Meinung ist. Ich kann nicht ausschließen, daß ich mich irre, aber so entspricht es nun einmal meinen Überzeugungen, und was das betrifft, kann ich nicht aus meiner Haut. Ich bin nicht dein Vater, ich bin nicht der liebe Gott, und ich bin vielleicht noch nicht einmal ein sonderlich fähiger Psychiater.«

Genes Blick wanderte zu den Kassetten. Und dort verweilte er.

»Aber wenn du weitermachen willst, brauche ich sie. Du bist ein sehr schlauer Mensch, auch wenn du es nicht sein willst, und ich brauche für die Arbeit mit dir jede erdenkliche Hilfe.«

Ich wartete. Er ließ sich Zeit für seine Entscheidung. Als er ging, lagen die Kassetten noch auf meinem Schreibtisch.

NEUNTES KAPITEL

Entgiftung

Ich habe meine Entscheidung, Gene mit offenem Visier entgegenzutreten, rückblickend viele Male analysiert. Ich war an jenem Tag körperlich und geistig erschöpft. Meine Empathie für ihn war infolge meiner Besorgnis um das Schicksal Alberts und anderer mißbrauchter Kinder auf einem noch nicht dagewesenen Tiefstand. Dennoch sehe ich noch heute viele objektive Gründe für meine offene Kriegserklärung an Genes Charakter. Obschon meine Motive nicht ganz unanfechtbar waren, könnte ich nicht behaupten, daß meine Attacke schlechte Technik gewesen wäre.

Drei Monate lang hatte ich mir die Geschichte eines phlegmatischen, unglücklichen Lebens angehört: die Geschichte eines Mannes, der seit der Geburt des gemeinsamen Sohnes nicht mehr regelmäßig Sex mit seiner Frau hatte; eines Mannes, der Überstunden machte für einen Chef, der ihn mit Schmeicheleien und Versprechungen überschüttete, ihn aber finanziell kurz hielt; eines Mannes, der jedes Schlückchen Freude, das ihm zuteil wurde, sofort mit dem Gift seiner trostlosen Selbsteinschätzung versetzte und verdarb.

Gene hatte Entscheidendes beigetragen zur Entwicklung eines Computermodells – Flash II –, das weltweit achthundert Millionen Dollar einspielte; zu Weihnachten erhielt er eine Gehaltszulage von eintausendfünfhundert Dollar, die er ohne zu murren akzeptierte, obwohl er innerlich kochte. Stick Copley lockte Gene nicht zuletzt mit der Aussicht auf ein sechsstelliges Jahresgehalt zu Hyperion. Nachdem Gene dem neuen Arbeitgeber zugesagt, bei Flashworks gekündigt und eine Kaufzusage für ein Haus in Westchester gegeben hatte, eröffnete ihm Stick, daß sein Gehalt im ersten und zweiten Jahr lediglich fünfzigtausend Dollar betragen werde, versprach jedoch gleichzeitig – allerdings ohne sich vertraglich zu binden –, Genes Bezüge nach erfolgreichem Abschluß der Arbeit an Black Dragon zu verdoppeln. Diesmal machte Cathy (anders als bei der Weihnachtszulage) Gene das Leben so sauer, daß er bei Stick Protest einlegte. Copley besänftigte die Kennys mit dem Angebot eines zinslosen Darlehens von Hyperion, das ihnen die Möglichkeit gab, ihr Ranchhaus in Westchester wie geplant zu kaufen. Gene merkte nicht, daß diese Vergünstigung in gewisser Weise eine genauso riskante Sache war, wie wenn ein Bergmann sich auf Pump im Laden der Grubengesellschaft versorgt. Ich drängte ihn, sich den Darlehensvertrag noch einmal genau anzusehen, und siehe da! wie ich es mir gedacht hatte, konnte das Darlehen fristlos gekündigt werden, wenn Gene bei Hyperion ausschied, einerlei, ob auf eigenen Wunsch oder nach Kündigung von seiten des Arbeitgebers. Gene hatte sich natürlich nicht die Mühe gemacht, das Dokument einem Rechtsanwalt zur Prüfung vorzulegen, nachdem Stick ihm geraten hatte, er solle es lieber lassen, denn dadurch würde er ein kleines Vermögen an Honorar sparen. Um es unverblümt zu sagen: mein Patient war ein Trottel – mehr Eunuch als Ehemann, mehr Sklave als Angestellter.

Sein Verhältnis zu seinem sechsjährigen Sohn Pete war der einzige Lichtblick in seinem Leben und gleichwohl eine mit Schuldgefühlen belastete und kräftezehrende Beziehung. Aber wenigstens keine einseitige. Pete verehrte Gene. Wie denn auch nicht? Gene war ein großzügiger Geber, ein konsequenter, auf Schlüssigkeit und Nachvollziehbarkeit bedachter Zuchtmeister, und er brachte bedingungslose Liebe in die Beziehung ein. Er hatte ein schlechtes Gewissen, weil er während der Zeit, als er unter Termindruck an der Fertigstellung von Flash II arbeitete, viele Abende im Büro verbracht hatte, deshalb übernahm er freiwillig den Nachtdienst am Bett des Patienten, als Pete auf die Übersiedlung von Massachusetts nach Westchester mit einer rezidivierenden Mittelohrentzündung und wiederholten Anfällen von Streptokokkenangina reagierte. An seinem neuen Arbeitsplatz war Gene oft nicht bei der Sache, weil er sorgenvoll über Petes Wünsche, Gefühle und Schulprobleme nachdachte; er war mit dem gleichen Eifer bemüht, seinem Sohn durch Aufmerksamkeiten und Gefälligkeiten Freude zu bereiten, wie der Prinz im Märchen um die schöne Königstochter wirbt. Auf dem Nachhauseweg von der Arbeit kaufte Gene Petes Lieblingsnäschereien, und er entwarf und programmierte neue Computerspiele, die er zu Hause in den Home-Computer einfütterte, damit Pete mit ihrer Hilfe leichter neue Freunde gewinnen könne. Gene besuchte pünktlich alle Veranstaltungen von Petes Schule und kümmerte sich nicht darum, daß Stick Copley sich keine große Mühe gab, seine Mißbilligung der Abwesenheitszeiten, die sich daraus ergaben, zu verhehlen. Gene arbeitete die Mittagspausen und die Wochenenden durch, damit er frei bekam, um Pete bei der Schulfeier vier Töne auf seiner Blockflöte spielen zu hören. Fiel ihm die Fürsorgebedürftigkeit seines Sohns lästig? Nein. Hatte er den Eindruck, daß sein Chef sich unfair gegen ihn verhielt? Nein. Widersprach er Cathys wiederholten Andeutungen, an Petes Erkrankungen (die sie für psychosomatisch hielt, wenngleich ich da anderer Meinung war) sei im Grunde Gene schuld, weil er die Familie zum Umzug gezwungen habe? Nein. Gene verfocht sein Eigeninteresse nicht, wo dies nicht am Platz war, und das machen die meisten anderen Menschen auch nicht anders, und Gene verfocht sein Eigeninteresse nicht, wo dies geboten war, und das müßten wir eigentlich alle tun.

Wie charakterisierte er sich selbst? »Ich bin ein miserabler Vater. Ich bin bei der Arbeit am Black Dragon zu langsam. Ich bin ein miserabler Liebhaber. Ich bin egoistisch. Ich bin faul. Ich nehme keine Rücksicht auf andere Menschen.«

Nachdem ich ihm offen meine Meinung zu seinem Traum gesagt hatte, führte ich für unsere weiteren Sitzungen eine Regel ein, mit der ich die Psychologie à la Freud auf den Kopf stellte. Ich lehnte es ab, über Ereignisse in der Vergangenheit zu sprechen. Mit Vergangenheit meine ich die Biographie seiner Mutter und seines Vaters. Wir blieben bei seinen derzeitigen Beziehungen und richteten den Blick nicht weiter zurück als bis zu der Zeit seiner ersten Bekanntschaft mit Cathy und seiner Heirat mit ihr. Dadurch trat mit bisher nicht gekannter Intensität Genes Sexualleben in den Vordergrund.

»Als ich Cathy kennenlernte, war ich noch Jungfrau«, sagte Gene.

»Nein, das warst du nicht«, entgegnete ich ihm in meinem neuen Umgangsstil: unumwunden, fast ungehalten.

»Na ja ...« Genes Problem mit dem Blickkontakt steigerte sich jedesmal, wenn das Thema Sexualität zur Sprache kam, ins Groteskkomische. Gewöhnlich ging sein Blick zu einem Punkt kurz vor meinem Körper oder zumindest unfokussiert in meine Richtung. Jetzt richtete er ihn auf die Jalousie am Fenster. Aber auch dort hielt er es nicht aus. Gene senkte den Kopf und starrte auf die graue Auslegware. »Mehr oder weniger.«

»Du hast auf der High-School mit deiner Freundin geschlafen.«

»Nur zweimal.«

»Trotzdem, Gene. Man kann nicht mehr oder weniger Jungfrau sein. Was wolltest du sagen? Daß du, abgesehen von jenen ersten zwei Malen, mit keiner Frau außer Cathy geschlafen hast?«

Er war durch und durch verlegen. Und gedemütigt. Er brummte etwas und deckte die Hand über die Augen. Normalerweise hätte ich jetzt als erstes diese Gefühlsregung aufgearbeitet. Aber in diesem Fall – und ich bedaure, wenn es das Laienpublikum gegen mich einnimmt – blieb ich mitleidlos beim Thema: »Ist das richtig, Gene? Oder hast du noch sonst mit jemand geschlafen?«

»Ich kann nicht…« Ohne die Hand von den Augen zu nehmen, schüttelte er den Kopf.

»Doch, du kannst«, sagte ich.

Langes Schweigen. Die Hand senkte sich. Mit leiser, schamhafter Stimme sagte er: »Können Sie sich noch daran erinnern, wie ich Sie in Boston besuchen gekommen bin?«

»Selbstverständlich.«

Gene blickte mutig auf – direkt auf meine Jalousie. »Ich bin zu einer Prostituierten gegangen.«

Ich reagierte nicht auf die seiner Meinung nach eminent bedeutungsvolle Nachricht. »Und – war's das?« fragte ich. »Mit deiner Schulfreundin zweimal. Mit Cathy ich weiß nicht wievielmal – nicht sehr oft, nach deinen Andeutungen zu schließen. Und ein Besuch bei einer Prostituierten.«

Gene schürzte ärgerlich die Lippen. Er schnaubte einmal hörbar durch die Nase. Dann saß er, innerlich kochend, stumm und reglos da.

»Ich wette, du hast gezählt, wie oft. Stimmt's? Kannst du mir sagen, wie oft du in deinem Leben Sex gehabt hast?«

Etwas Mirakulöses geschah. Gene drehte den Kopf – nur den Kopf – und sah mir direkt in die Augen. Er sprach seinen Text mit einem sarkastischen Lächeln: »Mit oder ohne Masturbation?«

Er nahm den Kampf gegen mich auf. Die Fahne seiner Männlichkeit mochte selbst in seinen Augen einen ramponierten und albernen Anblick bieten, aber er hatte sie trotzdem gehißt.

»Ohne Masturbation«, sagte ich.

»Ja.«

»Ja heißt, du hast gezählt, wie oft?«

»Ja. Woher haben Sie es gewußt?«

»Du bist ein mathematischer Kopf, Gene. Hast du die genaue Zahl, oder ist es eine Schätzung?«

»Eine ziemlich präzise Schätzung.«

»Würde mich interessieren, wie du die zusammengebracht hast.«

»Na ja, wir müssen erst mal Kriterien aufstellen«, sagte Gene. »Geht's um Koitus?«

»Koitus?«

»Ja doch.« Gene nahm mich jetzt auf den Arm. Er schob sich im Sessel zurecht, so daß er mir frontal gegenübersaß, und lehnte sich mit erhobenem Kopf und glitzerndem Blick vor. »Soll ich die Blasnummern weglassen?«

»Die Prostituierte, das war eine Blasnummer?«

Er machte ein langes Gesicht. Ich verfluchte mich im stillen. Das war ein Fehler gewesen. Ich hatte ihm einen kleinen Schubs geben, hatte seinen Stolz reizen, nicht untergraben wollen. Ich tat mein Bestes, um meinen Fehler auszubügeln. »Nein, alle Formen von sexuellem Verkehr erfüllen die Bedingungen. Wechselseitige Masturbation, Oralverkehr, alles, was zwischen zwei Partnern stattfindet und zum Höhepunkt führt.«

Genes betretener Gesichtsausdruck war verschwunden. Aber das Glitzern kehrte nicht in seine Augen zurück. »Zum Höhepunkt nur für einen der Beteiligten oder für beide?«

»Nur für dich. Aus meiner Sicht zählst nur du.«

»Sie sind ja ein Sexist, Dr. Neruda«, sagte Gene. Er besaß also doch Mut: stolz präsentierte er sich auf dem Deck seines neuen Schiffchens und schwenkte sein blankes Schwert gegen die schweren Geschütze meines Schlachtschiffs.

»Richtig«, sagte ich. »Soweit es dich betrifft, bin ich ein Sexist. Also wie bist du auf deine Zahl gekommen?«

»Nun, in den ersten drei Monaten haben wir's jeden Tag gemacht. Und ich erinnere mich an mindestens drei Tage, wo wir's zweimal gemacht haben. Das macht zusammen dreiundneunzigmal.«

»Dazu zweimal in der High-School.«

»Genau. Fünfundneunzigmal.«

»Runden wir doch einfach auf hundert auf«, schlug ich vor.

Genes Energie ließ nach. Er wollte nicht ernstlich weitermachen. Er brach den Blickkontakt ab. »Na ja ... Das ist nicht ...«

»Okay. Fünfundneunzigmal«, sagte ich. »Und weiter?«

Er seufzte. »Für das Jahr danach muß ich raten.«

»Du meinst für die Zeit, bis Cathy mit Pete schwanger war?«

»Genau. Ich hab's zu nicht mehr als 'nem kontinuierlichen Rückgang gebracht. Sie können sich das ja ungefähr vorstellen. Einen Monat lang viermal die Woche, dann dreimal, dann zweimal und das übrige Jahr dann einmal die Woche.« Er rieb sich mit Daumen und Ringfinger der rechten Hand die dichten Augenbrauen; seine dunklen Augen starrten schwermütig ins Leere.

»Und was macht das zusammen? Sechzehnmal im ersten Monat?«

»Insgesamt zweiundsechzigmal bis zum Beginn der Schwangerschaft.« Genes Stimme hatte sich gesenkt, sein Körper war im Sessel zusammengesunken.

»Wie sieht die vorläufige Gesamtbilanz aus?«

»Bis zu meinem letzten Jahr auf dem College alles in allem einhundertsiebenundfünfzigmal.« Sein entnervter Ton war bar jeglichen Humors und jeglicher Hoffnung.

»Und danach?«

Gene rieb seine Augenbrauen in beschleunigtem Tempo und senkte gleichzeitig das Kinn, bis Augen und Mund hinter der schirmenden Hand verschwunden waren. Er seufzte erneut.

»Und danach? Pete ist jetzt sechseinhalb Jahre alt, das wären –«

Er schnitt mir gereizt das Wort ab. »Vielleicht einmal pro Monat. Das ist ein bißchen optimistisch, aber einmal waren wir eine Woche in Florida, da ...« Er sprach nicht weiter.

»Das wäre dann zwölfmal pro Jahr, mal sechseinhalb –«

»Nein.« Genes Hand senkte sich. Er setzte sich aufrecht, zur Jalousie gewandt. »Ich habe geschwindelt. Vielleicht alle zwei Monate einmal. Vielleicht.« Sein Kinn reckte sich, wie um zu verhindern, daß die Lippen zitterten. »Neununddreißigmal. In sechseinhalb Jahren. *Vielleicht* neununddreißigmal. Wahrscheinlich eher um die fünfunddreißigmal.«

»Wie hoch ist die Gesamtsumme?«

»Einhundertsechsundneunzigmal.«

Ein gedrücktes Schweigen schloß sich an. Mir war die Lachhaftigkeit unseres buchhalterischen Exerzitiums eindringlich bewußt, dennoch berührte mich seine Verzweiflung und überlagerte das Gefühl der Albernheit unserer Rückschau.

»Moment mal«, sagte ich. »Haben wir nicht die neun Monate Schwangerschaft vergessen?«

Gene schüttelte den Kopf. »Nein«, sagte er, mehr stöhnend als sprechend. »Solange sie schwanger war, haben wir es nicht gemacht.«

»Kein einziges Mal?«

»Nein. Nicht nachdem es sicher war.«

»Warum nicht?«

»Es hat ihr nicht – ich meine, sie hat mich einmal gelassen, aber ... Sie konnte es nicht ausstehen, also ... Ich meine, sie war schwanger. Ich wollte sie nicht zwingen, mit mir zu schlafen.«

»Im Gegensatz zu heute?«

Gene sah mich flüchtig an und wandte den Blick mit einem gemurmelten »Wie?« rasch wieder ab.

»Zwingst du sie heute, mit dir zu schlafen?«

»Mehr oder weniger«, brummte er.

»Willst du sagen, du wendest richtig Zwang an?«

»Nein, ich wende keinen Zwang an, natürlich nicht.« Das kam mit äußerster Gereiztheit. »Ich jammere. Ich klage. Jeden Tag fange ich davon an, bis es zu peinlich wird und sie mich lassen muß. Das braucht ungefähr vierzehn Tage.«

»Sie ergreift nie selbst die Initiative zum Sex?«

Es mit Worten zuzugeben, wäre zu beschämend gewesen. Er nickte schwach und rutschte tiefer in den Sessel, weg von mir, während sein Blick zum Fußbodenbelag hinunterdriftete.

»Hast du schon mal aufgehört, sie aufzufordern, und abgewartet –«

Wieder schnitt er mir ungehalten das Wort ab, als säße ich auf der Leitung. »Ja sicher! Auch das hab' ich probiert. Ich hab' sie nicht mehr gefragt. Fünf Wochen später hab' ich dann wieder zu betteln angefangen.«

»Was heißt betteln?«

Den trüben Fluß ihrer verschämten Intimbeziehungen dergestalt mit dem Schleppnetz nach dem Körper der Wirklichkeit abzufischen, nahm fünf Sitzungen in Anspruch. Wie üblich hatte Gene in seinem Resümee die Tatsachen verzerrt wiedergegeben. Er bettelte nicht, und er jammerte nicht; er sekkierte Cathy, indem er ihr Fristen vorrechnete. »Es ist schon wieder eine Woche her, Schatz«, lautete sein Liebesgeflüster an ihrem Ohr. Wenn er sie beim abendlichen Auskleiden oder nach einem Bad im Bademantel auf dem Flur oder in der Küche über den Herd gebeugt überraschte, pflegte er sie ungeschickt zu umarmen – wahrscheinlich auch ein bißchen zu begrapschen (was er freilich mir gegenüber nie zugeben wollte) – und sie ohne Rücksicht auf das Fehlen jeglichen romantischen Einschlags in der Situation oder auf eine anderweitig bedingte Untunlichkeit seines Vorhabens zum Sex aufzufordern.

Selbst aus Genes mutmaßlich voreingenommener Darstellung ging klar hervor, daß Cathy das Gefühl haben mußte, ihr Leben bestehe aus öder, in sozialer Isolation verrichteter Arbeit. Gewiß, sie war nicht berufstätig, Pete war jeden Tag bis drei Uhr in der Schule, und zweimal in der Woche kam die Putzfrau, die ihr die gröbste Arbeit abnahm; aber das alles abgerechnet, blieben fünf Tage, die sie damit verbrachte, Betten zu machen, angetrocknete Marmelade vom Fußboden zu kratzen, die unendlichen Mengen von Spielsachen einzusammeln, die Gene so großzügig anschaffte und Pete so sorglos in der Wohnung verstreute; fünf Tage, in denen das Einkaufen, das Kochen, das Verabredungen-Treffen für Besuche Petes bei Spielkameraden, das Hinbringen und das Wieder-Abholen sie pausenlos in Trab hielten. Ihr Unglück wurde verschärft durch die Tatsache, daß sie neu am Ort war. Die Mütter von Petes neuen Schulkameraden hatten ihr sechs Jahre Erfahrungsaustausch über die Freuden und Leiden des Kindergroßziehens voraus. Sie waren nach außen hin freundlich zu Cathy, knüpften aber keine wirklich vertrauliche Beziehung zu ihr an. Aus Cathys Sicht – Gene erkannte das selbst – hatte er durch seinen Job eine erfüllende Aufgabe und auf Anhieb Freunde. Sie selbst fand weder bei den berufstätigen noch bei den nichtberufstätigen Müttern Anschluß: in der ersten Gruppe hatte man keine Zeit für sie, und sie fühlte sich von deren Mitgliedern immer etwas herablassend behandelt; in der zweiten Gruppe hatten sich die Zeitpläne und Freundschaften lange vor ihrem Auftauchen herausgebildet.

In der Familie hungerte sie nach Ungestörtheit. Genes Heimkehr von der Arbeit war für sie das Signal, sich abzusondern. Nur selten unternahm man etwas zu dritt. Gene spielte mit Pete am Computer oder im Freien hinterm Haus. Cathy beschäftigte sich allein: sie legte sich aufs Bett und las oder nahm ein Bad oder ging einkaufen – tat irgend etwas x-Beliebiges, was sie für eine Weile aus dem Gefängnis befreite, als das ihr das Familienleben vorkommen mußte.

Gene schilderte Cathys Lebensweise nicht exakt in diesen, aber doch in ganz ähnlichen Ausdrücken. Es war durchaus nicht so, daß er kein Verständnis für sie gehabt hätte. Im Gegenteil, er fühlte sich ihr gegenüber schuldig. Er begriff jedoch nicht, daß (wie es nach meiner Überzeugung der Fall war) sie mit ihrer Zurückweisung seiner sexuellen Avancen wahrscheinlich die Seite ihres Lebens zurückwies, zu deren Symbol er im Lauf der Zeit für sie geworden war: die Tretmühle der einsam zu bewältigenden und unbefriedigenden Aufgaben, in die sie jeden Tag von neuem hineinmußte.

Warum suchte sie sich nicht eine Stelle und ging arbeiten?

Mit den für die Therapie typischen Wiederholungen (dem immer wieder erneuerten Begehen bekannten Terrains mit von Mal zu Mal sichereren Schritten) dauerte es nochmals drei Monate, bis wir den Verhau von Genes Schuldgefühlen und Gefühlsverwirrung, Gekränktheit und Zorn durchdrungen und Cathys Attitüde der passiven Selbstsabotage klar vor Augen hatten. Sie hatte ihr Collegestudium der ungewollten Schwangerschaft wegen ungraduiert abgebrochen. Ursprünglich hatte sie vorgehabt, nach der Graduierung Medizin zu studieren. Die Möglichkeiten, die sich ihr nun boten – Arbeit als Sekretärin oder als Verkäuferin, Fortsetzung der akademischen Ausbildung bis zum Abschluß –, fand sie entweder unter ihrer Würde oder in Anbetracht ihres Wohnorts und von Petes Stundenplan allzu schwer zu realisieren. Außerdem war sie sich nicht sicher, wie stark ihr Drang zum Arztberuf überhaupt noch war. Einerseits fühlte sie sich zu alt für einen zweiten Anlauf, andererseits interessierte sie kein anderer Beruf. Ebenso deplaziert wie ihre Klage über den Mangel an Freundinnen und Bekannten an dem neuen Wohnort (sie war schon in Massachusetts die gleiche depressive, apathische Ehefrau gewesen wie hier) war auch ihre Klage darüber, daß sie keinen Beruf hatte. Sie machte nie einen ernsthaften Versuch, einen Beruf, der sie gereizt hätte, zu entdecken und anzustreben. Ich wußte, was sie Genes Meinung nach wirklich fühlte. Es wurde Zeit, diese Wunde zu sondieren.

»Du glaubst, sie liebt dich nicht?«

Gene nickte. Seiner Meinung nach machte sie ihn verantwortlich für ihre ungewollte Schwangerschaft, für ihre Entscheidung gegen die Abtreibung und auch dafür, daß ihr Studentinnentraum von Frauentum und Ehe der Realität nicht standgehalten hatte. Kurz, ihr verpfuschtes Leben war seine Schuld.

In sechs aufeinanderfolgenden Sitzungen stellte ich, sobald eine Flaute in unserem Gespräch eintrat, die Frage: »Du glaubst, daß Cathy dich nicht liebt?«

»Es ist mir egal, ob sie mich liebt oder nicht«, antwortete er beim sechstenmal und brachte damit unser Gespräch auf eine neue Bahn.

»Es ist dir egal!« Ich war höchst erfreut über dieses Novum. Im Moment jedoch übertrieb ich mein Erschrecken.

»Ja.«

»Na, na. Du willst mir allen Ernstes erzählen, daß es dich nicht interessiert, ob deine Frau dich liebt oder nicht?«

»So ist es.«

»Und dabei hast du mir so oft gesagt, wie weh es dir tut, daß sie dich nicht liebt.«

»Das war gelogen.«

»Es ist dir völlig egal?«

»Schnurzpiepegal«, beharrte Gene übellaunig und bockig. Seitdem ich meinen Gesprächsstil gewechselt hatte, verlegte er sich des öfteren darauf, mir in pubertärer Manier zu trotzen. Ich freute mich über diese kampflustige Haltung – endlich ließen wir Kindheit und Kindlichkeit hinter uns.

»Schwer zu glauben, Gene.«

»Es ist mir wirklich absolut einerlei.«

Ich wartete.

»Wissen Sie auch, warum?« fuhr er nach kurzem Schweigen fort. »Weil ich nicht glaube, daß Menschen sich ein Leben lang lieben können. Das ist schlicht und einfach Quatsch. Und jeder weiß das. Das macht mir keine grauen Haare.«

»Na gut. Was macht dir graue Haare?«

»Ich glaube, sie liebt Pete nicht.«

Er wollte wieder zurück auf das sichere Terrain, die ausgetretenen Pfade. Wir brauchten neuen Schub – unser letzter Durchbruch lag vier Monate zurück. »Also das ist nun wirklich Quatsch«, sagte ich.

Gene schien hocherfreut. Er sagte nichts, grinste mich nur an.

»Gene, du hast dir redlich Mühe gegeben, mich zu überzeugen, daß du der bessere Elternteil bist, und dagegen ist nichts zu sagen. Es ist nur natürlich, daß Eltern miteinander konkurrieren, wer von ihnen mit den Kindern besser umgeht, aber das jetzt ist ein Schlag unter die Gürtellinie. Natürlich liebt sie Pete.«

Gene grinste weiter. Es lag auch Bosheit in seinem Gesichtsausdruck. Ich war elektrisiert. Er schwieg noch eine Weile, und sein Lächeln mutierte dabei zu einem Stirnrunzeln. Was er schließlich antwortete, war eine unverhüllte Herausforderung: »Woher wollen Sie das eigentlich wissen?«

»Woher ich das wissen will?«

»Sie haben Cathy und Pete nie kennengelernt.«

»Das stimmt. Alles, was ich von ihnen weiß, habe ich von dir erfahren.«

»Sie stehen auf ihrer Seite«, sagte Gene. Er sah mir direkt in die Augen und hatte einen Finger gegen mich gereckt. »Sie glauben nicht, daß eine Mutter ihr Kind nicht lieben kann. Da hakt's eben bei Ihnen. Deshalb können Sie mir nicht helfen. Für Sie ist immer der Vater an allem schuld. Aber ich sage Ihnen, wenn ich nicht wäre, wäre Pete ein ziemlich verkorkstes Kind. Er hätte keine Freunde, er würde sich vor lauter Schüchternheit nicht trauen, in der Schule den Mund aufzumachen, und die Lehrer wüßten alle nicht, wie intelligent er ist.«

»Ist Pete ein intelligentes Kind?« erkundigte ich mich neugierig.

Der Mund stand ihm offen vor Verblüffung über meine Frage. Während ich eine Teetisch-Plauderei führte, hatte er seine Boxerhose an und die Fäuste erhoben, tänzelte auf flinken Füßen um mich herum und schoß linke und rechte Gerade auf mich ab. »Sie wissen doch, daß er intelligent ist.«

»Weiß ich das? Du hast mir nie etwas davon gesagt.«

»Klar hab' ich Ihnen erzählt, daß er intelligent ist.«

»Nein, hast du nicht. Ich gehe davon aus, daß er es ist. Aber du hast es mir gegenüber nie erwähnt.« Jetzt war seine Deckung offen. Ich landete einen Treffer: »Cathy ist eine gute Mutter.«

Er starrte mich benommen an. »Vielleicht sollte ich sagen: Sie ist eine hinlänglich gute Mutter. Und du bist ein hinlänglich guter Vater.«

»Hinlänglich gut?« sagte Gene. »Was soll das denn heißen?« Er war enttäuscht über die Benotung, die ich seinen väterlichen Qualitäten erteilt hatte.

»Das hinlänglich gute Elternteil ist ein Begriff, den ein Psychologe erfunden hat, um der Tatsache Rechnung zu tragen, daß zwar alle Eltern Fehler machen und ihre Kinder ihren eigenen Neurosen aussetzen, daß sie aber damit in den meisten Fällen nicht viel echten Schaden anrichten. Um ein gesundes Kind heranzuziehen, muß man nicht unbedingt ein heiteres Naturell besitzen und auch nicht immer liebevoll oder immer konsequent sein. Man muß eben nur hinlänglich gut sein. Ihr seid beide hinlänglich gut. Und Pete entwickelt sich prächtig.«

»Woher wollen Sie das wissen?« fragte Gene. »Woher wollen Sie wissen, daß wir ihn nicht immer wieder grün und blau prügeln? Woher wollen Sie wissen, was wir wirklich mit ihm anstellen?«

»Okay«, sagte ich, »wenn du es unbedingt wissen willst: entweder seid ihr hinlänglich gute Eltern, oder du bist ein exorbitanter Lügner – nicht nur ein Genie an Erfindungsreichtum, sondern auch ein Wunder an Ausdauer.«

Genes Stimmung war gesunken. Ich wartete. Er drehte sich von mir weg.

Ich sagte: »Was stört dich daran, daß ich glaube, Cathy liebt Pete?«

»Nichts. Ich bin nur anderer Meinung. Ich lebe mit ihr zusammen, nicht Sie. Ich sehe sie mit Pete zusammen, nicht Sie.«

»Na gut. Wenn ich so völlig daneben liege mit meiner Ansicht, wieso stört dich das?«

»Weil Sie mein Therapeut sind. Sie müßten eigentlich auf meiner Seite stehen. Das tun Sie aber nicht. Ihrer Ansicht nach sind Mütter immer im Recht.«

[Eine reichlich abwegige Behauptung. Wenn ich mich überhaupt auf jemandes Seite geschlagen hatte, dann auf diejenige Genes, um ihn gegen seine Mutter und seine Frau in Schutz zu nehmen. Seine Beschwerde richtet sich in Wirklichkeit gegen die von ihm selbst produzierten Rationalisierungen von Carols und Cathys Verhalten; indem er sie auf mich projiziert, vermag er gegen sie anzukämpfen. Da ich die Übertragung fallengelassen hatte, gefiel mir das ganz und gar nicht.]

»Das ist Quatsch, Gene«, sagte ich.

Sein Blick kehrte zu mir zurück – um den Fremden zu mustern, der ich geworden war.

»Ich bin der Meinung, daß Cathy dich für Lebensentscheidungen verantwortlich macht, die sie selbst getroffen hat. Ich bin der Meinung, daß sie dich unfair und lieblos behandelt, und du weißt sehr wohl, daß ich dieser Meinung bin. Aber ich werde es dir nicht durchgehen lassen, daß du dich davor drückst, sie wegen der Dinge, die dich wirklich belasten, zur Rede zu stellen, indem du dich in eine Phantasie flüchtest.«

»In was für eine Phantasie?«

»Du bist wütend auf sie, weil sie dich nicht liebt, und hast Schiß, es auszusprechen, aber du hast keinen Schiß, es auszusprechen, wenn du dabei Pete als Double für dich einsetzen kannst. Das ist deinem Sohn gegenüber nicht fair. Und es ist Cathy gegenüber nicht fair.«

»Sie meinen, es fällt mir leichter, sie eine miserable Mutter zu nennen, als sie ...« Er sprach nicht weiter.

»Eine kastrierende, Schuldgefühle einpflanzende, apathische Ehefrau zu nennen«, sprach ich den Satz an seiner Stelle in nüchternem Ton zu Ende.

Einen Moment lang schwieg er. Dann begann er schallend und exzessiv zu lachen. Einem Hustenanfall nahe brach er ab und fragte: »Wie war das noch mal?«

»Eine kastrierende, Schuldgefühle einpflanzende, apathische Ehefrau. Sie hat Entscheidungen getroffen. Sie hat sich dafür entschieden, Pete zu bekommen, dich zu heiraten und das Studium abzubrechen. Jetzt bereut sie das alles. Dabei waren es ihre eigenen Entscheidungen. Du hast sie nicht gezwungen –«

Gene hob die Hand, um mich zu unterbrechen. »Ich bin nicht ganz unschuldig«, sagte er.

»Ach?«

»Ich – ich meine, ich habe ihr sofort angeboten, sie zu heiraten, und ich habe ihr gesagt, wie gern ich ein Kind hätte –«

Ich schnitt ihm das Wort ab, indem ich ihn anschrie: »Mir stinkt das allmählich, wie du immer für die Mütter Partei ergreifst! Du kommst nie auf die Idee, daß *sie* Mist gebaut haben könnten. Immer ist der Vater der Buhmann.«

Gene grinste. »Okay, okay.« Er nickte. »Ich hab's kapiert.«

»Jetzt mal Schluß mit dem Unsinn, Gene! Sie möchte dir eine Schuld anhängen. Das kannst du dir nicht bieten lassen. Sag ihr, sie soll ihr Leben ändern. Zeig mal ein bißchen Mumm, ja? Wir haben dich jetzt rauf und runter und vorwärts und rückwärts analysiert. Du weißt genau, warum du Schiß hast, sie offen anzusprechen. Deine Eltern haben sich gegenseitig nie offen auf ihre Probleme angesprochen, und als sie es dann getan haben, hat's mit ihrer Ehe ein böses Ende genommen.«

Gene konzentrierte sich so sehr auf die letzte Bemerkung, daß er sich in

Betrachtungen über sie zu verlieren drohte. »Wenn sie miteinander geredet hätten, als sie noch jung waren ... Vielleicht wären sie dann –«

»Nein«, unterbrach ich ihn.

»Was?«

»Hör auf, dich nach irgendwelchen Garantien umzusehen. Die gibt es nicht. Wenn du deine ›Was-bin-ich-bloß-für-ein-beflissener-Ehemann‹-Nummer seinläßt und dich Cathy gegenüber so gibst, wie du bist, kann es dir passieren, daß sie dich verläßt. Ich kann dir nicht sagen, wie es ausgehen wird. Du bist ein Feigling, Gene. Das ist das ganze Geheimnis. Andere Leute haben genauso Schiß wie du, sind genauso durch den Wind wie du und genauso verletzlich wie du. Du bist nicht sensibler als andere. Du bist ein Feigling.«

»Das lasse ich mir nicht –« Gene wandte den Blick vom Fenster in eine Richtung, die er bis jetzt immer vermieden hatte: zur Tür. »Ich meine, dafür gibt es keine –« Er hielt inne.

»Keine was?« schrie ich ihn an.

»Ich lasse mir das nicht gefallen.«

»Dann eben nicht!«

Er stierte mich an, öffnete die Lippen und schloß sie wieder. Mit geblähten Nüstern holte er tief Luft und erhob sich. Ich befürchtete, er könnte die Nerven verlieren. Schließlich drehte er sich, wie auf irgendein rätselhaftes inneres Stichwort hin, auf dem Absatz um und ging.

Zwei Tage später fanden Diane und ich uns auf dem Jugendgericht ein, wo über unseren Antrag entschieden werden sollte, unsere vorläufige Aufsicht über Albert (die seit seiner Entlassung aus dem Klinikum vor fast einem halben Jahr in Kraft war) bis auf weiteres zu verlängern und gegen die inzwischen verhängte dreijährige Jugendstrafe wegen Nötigung zu »widernatürlichen sexuellen Handlungen« aufzurechnen. Wir schrieben den 2. Mai 1989. Die Entscheidung lag in den Händen von Richterin Martina Torres, die eine Woche zuvor im Jugendstrafverfahren Albert für schuldig befunden hatte. Der Zeitpunkt war für die Verhandlung unseres Antrags günstig, weil der Anbau, in dem Albert zusammen mit anderen untergebracht werden sollte, soeben fertig geworden war. Während seines Strafverfahrens – das zeitlich mit dem Bau der Bettenstation zusammenfiel – hatten er und drei andere Jungen auf Feldbetten im Schlafraum 1 genächtigt; den Schlafraum 2 teilten sich zwei Sozialarbeiter, die die Jugendlichen an den Abenden und Wochenenden beaufsichtigten und versorgten.

Albert, längst von allen Medikamenten entwöhnt, stand zwischen

Diane und mir im Richterzimmer von Frau Torres. Er war nervös, was sich darin zeigte, daß er ständig das Gewicht von einem Fuß auf den anderen verlagerte und den Kopf hin und her drehte. Als ich ihm mit einem Blick Mut zusprechen wollte, war ich überrascht über den Ausdruck in seinen Augen. Sie bordeten über von Gefühlen. Unmut, Hilflosigkeit und Verzweiflung wetterleuchteten in schnellem Wechsel, und dieser Aufruhr schmerzlicher Empfindungen war zu heftig, als daß er durch einen ermutigenden Blick hätte besänftigt werden können. Konnte die Richterin in diese Augen sehen, ohne Mitleid zu verspüren? Aber wir verließen uns nicht allein auf den scharfen Blick der Justiz für Alberts Gemütslage. Wir hatten zudem seine äußere Erscheinung auf Respektabilität gestimmt: mit blauem Blazer, weißem Hemd, modischer Jeanshose, Mokassins und einer flotten gelben Krawatte, die Diane für ihn ausgesucht hatte.

Daß Diane Albert demonstrativ zur Seite stand, war ein wichtiges Signal, weil sie sein Opfer, seine Nichte Shawna, behandelt hatte. Shawna lebte jetzt in Pennsylvania in der Obhut eines Quäker-Ehepaars, das vorhatte, sie zu adoptieren. Sie hatte sich in ihr neues Dasein gut eingelebt. Die unmittelbaren Folgen ihres Leidenswegs – vor Alberts Attacke war sie jahrelang von ihrer Mutter vernachlässigt und von dem Freund ihrer Mutter geschlagen worden – hatten sich verloren. Ihre Leistungen im Lesen und Schreiben hatten sich dramatisch gebessert, sie fand rasch Anschluß bei Gleichaltrigen, schlief gut und hatte einen gesunden Appetit. Neun Monate zuvor, als sie noch nicht bei Diane in Therapie war, waren Elementarleistungen dieser Art für Shawna noch so gut wie unmöglich gewesen. Ja, damals war sie sogar von zwei auf Anordnung des Gerichts tätigen Gutachtern, einem Sozialarbeiter und einem Psychologen, als »lernbehindert« und »präschizophren« eingestuft worden.

[Letzteres ist ein neues modisches Schlagwort: nichts weiter als eine leere Worthülse. Jeder, der nicht schizophren ist, ist präschizophren. Der brillante Psychologe, der in der Lage wäre, das Auftreten einer Schizophrenie vorauszusagen, müßte erst noch geboren werden.]

Etliche Monate vor der Anhörung hatte Albert seine Nichte in einem Brief um Verzeihung für seine Verfehlung an ihr gebeten. Shawna hatte in hübsch gerundeter großer Handschrift geantwortet. Auf ein Blatt liniertes gelbes Notizpapier hatte sie geschrieben: »Jesus liebt Dich, Al. Und ich liebe Dich auch.« Beide Schriftstücke befanden sich bei den Richterin Torres unter den mit der Antragsbegründung eingereichten Unterlagen.

Wir sahen zu, wie sie jetzt die zwei Briefe durchlas; vielleicht sah es auch nur so aus – immerhin hatte sie vor dem Termin zwei Wochen Zeit zum Aktenstudium gehabt. Mit anwesend waren Brian Stoppard, der Anwalt, der Diane, mich und Albert vertrat, und ein Staatsanwalt namens Richard Bartell.

Richterin Torres ließ Alberts Entschuldigungsschreiben auf die Tischplatte fallen. »Tut es dir leid, was du mit Shawna gemacht hast?« fragte sie.

»Ja sicher«, sagte Al und sah mit gehetztem, suchendem Blick erst Richterin Torres, dann mir, dann Diane ins Gesicht. Diane berührte ihn leicht am Ärmel seines Blazers.

»Wieso tut es dir leid?«

»Was?« sagte Albert verdutzt.

»Was tut dir leid daran, was du mit Shawna gemacht hast?«

Albert sah mich konsterniert an. »Sag ihr die Wahrheit, Al«, sagte ich. Diane runzelte die Stirn, weil sie sich meinen Rat nicht erklären konnte. Sie sah Albert zwar jeden Tag, hatte aber noch nie mit ihm gearbeitet, und im Interesse unseres Gefühlslebens suchten wir Schlafzimmergespräche über unsere Arbeit nach Möglichkeit zu vermeiden.

»Mir tut's leid ...« Al sah wieder zu mir her. Ich nickte bekräftigend. Zu Richterin Torres gewandt, fuhr er fort: »Mir tut's leid, daß ich ihr den Sex vermiest hab'. An sich ist das was Schönes. Es war nicht richtig, daß ich da was Mieses für sie draus gemacht hab'.«

Diane nahm ihre Brille ab und wischte die Gläser mit einem Papiertaschentuch, das sie aus der Tasche zog – ein Zeichen von Nervosität. Die Richterin warf mir stirnrunzelnd einen Blick zu. Was Staatsanwalt Bartell anging, so hatte er sich bis jetzt eines für einen Vertreter der Strafverfolgungsbehörde ungemein zurückhaltenden Tons befleißigt; den Antrag auf Inhaftierung hatte er zwar nicht zurückgezogen, sich aber auch nicht mit sonderlich großer Emphase für ihn eingesetzt. Nachdem Al seine Erklärung abgegeben hatte, senkte Bartell den Blick. Ich hätte gewettet, daß er sich überlegte, es sei besser für ihn, jetzt eine schärfere Gangart anzuschlagen. Im Geiste sah er wohl schon die Zeitungsschlagzeilen vor sich: VERGEWALTIGER ZU NEUEN UNTATEN FREIGELASSEN!

Albert, der nicht ahnte, daß er mit seiner Erklärung ins Fettnäpfchen getreten war, schnippte leise mit den Fingern, eine Marotte, die sich bei ihm zeigte, wenn er beunruhigt war. Sie hatte ihm – zusammen mit seinen schlechten Schulnoten, der ständigen Unruhe seiner Füße und seiner drastischen Ausdrucksweise – die Diagnose »Aktivitäts- und Aufmerksamkeitsstörung« beziehungsweise »ADD« eingetragen.

Ich sagte leise zu ihm: »Al, ich weiß, du bist nervös – ich glaube, wir sind alle miteinander nervös, aber mit deinem Fingerschnippen machst du wahrscheinlich alle hier nur noch nervöser.«

»Oh.« Al packte seine rechte Hand mit der linken, als ob seine Willenskraft allein nicht ausreichte, den Impuls in seinen Fingern zu unterdrücken. »'tschuldigung«, sagte er zu der Richterin. »Iss bloß so eine Gewohnheit von mir.« Er sah mich von der Seite her an, und ich nickte ihm zu, um ihn anzuregen, seine Erklärung noch ein wenig zu vertiefen. Ich hatte ihm schon viele Male gesagt, daß er in einer Welt lebte, deren seismographische Sensibilität für das Verhalten schwarzer junger Männer, ob sie nun fair oder unfair war, er besser nicht unterschätzen sollte. Ich sagte ihm, er solle nicht sein Verhalten ändern, sondern statt dessen mehr über seine Wünsche und Ängste sprechen, solle verdeutlichen, wie es in ihm aussah, um so in den Augen einer in Vorurteilen befangenen Umgebung so weit wie nur möglich zu einem Individuum zu werden. »Ich hab' Angst«, sagte er zu Richterin Torres. »Darum mach' ich das. Im Moment hab' ich echt Angst.«

Ich fragte mich, ob Richterin Torres sich im klaren war, wie schwer dieses Eingeständnis Albert ankommen mußte – ein Eingeständnis, das ihn im Sozialwohnungsviertel hätte das Leben kosten können.

Die Richterin nickte. »Ich verstehe. Hier gibt es nichts, wovor du Angst haben müßtest –«

»Verzeihen Sie, Frau Richterin«, warf Brian Stoppard ein, der als einziger vollkommen gelassen wirkte, »aber für Albert steht hier eine ganze Menge auf dem Spiel. Seine Angst ist eine Realangst, wie Herr Dr. Neruda das nennen würde.«

Ich war Brian für die Zwischenbemerkung dankbar. Nicht so Richterin Torres, wie ich glaube. Einen Richter zu reizen könnte als Dummheit erscheinen, aber Brian hatte mit seinem fordernden, zuweilen herablassenden Auftreten bis jetzt noch jeden Prozeß für uns gewonnen.

»Sie haben recht, wir sind hier mit einer ernsten Angelegenheit befaßt«, sagte Richterin Torres pikiert zu Brian. »Danke, daß Sie mich daran erinnern.« In sanfterem Ton wandte sie sich dann an Albert. (Vielleicht war das der Zweck von Brians Taktik: den Eindruck zu erwecken, daß er, der Weiße mittleren Alters, aggressiver war als sein Mandant.) »Albert, ich möchte zu einer Lösung kommen, die nicht nur zum Besten der Gesellschaft, sondern auch zu deinem eigenen Besten ist. Die Justiz ist sich bewußt, daß du noch minderjährig, noch ein Kind bist. Es geht uns nicht einzig und allein um Bestrafung. Wir wollen dir helfen, ein anderer Mensch zu werden. Könntest du mir vielleicht etwas deutlicher erklären, was du gemeint hast, als du gesagt hast, es tut dir leid, daß du ihr den Sex vermiest hast? Heißt das, du hättest lieber ganz normal Sex mit Shawna gehabt, statt sie zu nötigen?«

»Frau Richterin –« setzte Brian an.

Sie stoppte ihn. »Bitte unterbrechen Sie nicht, Herr Anwalt.« Sie sah Albert an.

Er rang so fest die Hände, daß wir alle das Aneinanderreiben der Hautflächen hören konnten. Mit flehentlichem Blick wandte er sich zu mir.

»Halt dich nur immer weiter an die Wahrheit, Al«, sagte ich.

Er antwortete auf Richterin Torres' Frage, aber zu mir gewandt: »Sie wissen ja, daß ich selber so Sachen hab' machen müssen. Jetzt iss Sex für mich was Mieses. Das Allermieseste. Ich hab' sie dazu gezwungen. Ich weiß auch nicht. Vielleicht isses für mich mein Leben lang mies. Hab' das eigentlich nich' mit ihr machen wollen. So was wirste hinterher nich' wieder los. Hab' so'n Scheiß mit Shawna nich' machen wollen. Sie iss echt dufte, und das hat's ihr versaut. Das war 'n ganz schlimmes Ding, was ich mir da geleistet hab'.«

Bei Diane hatte nicht nur die Anspannung nachgelassen – sie war auch den Tränen nahe. Bartell starrte Albert erstaunt an. Die Richterin legte die Hand ans Kinn und machte den Eindruck von jemandem, der vollauf im Bilde ist. »Ich glaube, ich sehe jetzt klarer. Nun sag mir aber bitte mal, Albert: Bist du der Meinung, daß sexuelle Beziehungen jeglicher Art mit einem Kind unrecht sind?«

Alberts Mund stand offen. Das Händeringen ging weiter. Ich sah, daß er nicht begriffen hatte, wo für die Richterin das Problem lag.

»Frau Richterin«, schaltete ich mich ein, »darf ich Albert die Frage in etwas anderer Form stellen?«

»Au ja«, sagte Albert laut und mit hörbarer Erleichterung.

Bartell entfuhr ein Lachen, das er sofort abwürgte.

Alberts schön geschnittenes Gesicht verwandelte sich in eine Maske des Hochmuts. Mir war klar, daß er verlegen und verschüchtert war, aber seine markanten Züge und die schwarze Haut mußten auf einen Fremden, zumal auf einen fremden Weißen, bedrohlich wirken. »Oh, Scheiße«, murmelte er.

»Was hast du gesagt, Albert?« fragte die Richterin.

»Entschuldigung«, sagte er. »Ich wollte nicht dazwischenreden.«

Richterin Torres gab mir mit einem Nicken das Zeichen zum Weitersprechen.

Ich fragte: »Albert, hättest du gerne Sex mit Shawna?«

Albert runzelte die Stirn. Er schnippte dreimal hintereinander mit den

Fingern, als wollte er einen Kellner herbeizitieren. »Hat sie das gemeint?«

»Die Frau Richterin wüßte gern, ob du Sex mit Kindern haben möchtest.«

»Denkt sie das?« fragte er entbehrlicherweise.

»Nein, Albert«, sagte Richterin Torres. »Ich denke nicht ja, und ich denke nicht nein. Ich stelle nur eine Frage.«

»Weiß sie nicht Bescheid?« Albert sprach weiterhin nur zu mir, als ob wir allein in dem Raum wären. Diese Unhöflichkeit gegenüber den anderen Anwesenden muß fraglos arrogant gewirkt haben. Ich wußte, daß Furcht hinter ihr steckte.

»Du solltest der Frau Richterin alles offen sagen. Nur so kannst du sicher sein, daß sie am Ende alle Informationen hat, die sie haben muß. Du kannst dich da ganz auf uns verlassen.«

Albert nahm vor Richterin Torres Haltung an wie ein Soldat beim Rapport. »Ich kann gar nicht, verstehen Sie? Ich kann keinen Sex haben. Sie sagen, mein ...« Er machte eine verlegene Geste in Richtung Leistengegend. »Sie sagen, er ist vollkommen in Ordnung. Aber in meinem Kopf, da hakt's, verstehen Sie? Für mich ist das alles mies. Rafe – ich meine der Doktor – der meint, das wird schon wieder. Ich weiß nicht. Ich kann gar nicht vögeln.« Al wurde sich bewußt, was er für ein Wort gebraucht hatte, und schnell fügte er hinzu: »Entschuldigung, das war jetzt nicht schlimm gemeint. Aber so sagt man halt. Ich bitte um Entschuldigung.«

Peinlich berührt wandte Bartell das Gesicht von Albert ab und besah sich eingehend die Regalwand des Richterzimmers. Da er meinen Bericht kannte, nahm ich an, daß seine Reaktion nicht durch die Tatsache von Alberts Impotenz, sondern durch das Schauspiel ihres Eingeständnisses ausgelöst war.

Richterin Torres indessen reagierte souverän. Sie blieb trocken bei der Sache. »Albert, mir ist jetzt klar, wo ich dich mißverstanden habe. Ich glaube, ich habe meine Frage falsch gestellt. Nehmen wir jetzt mal an, daß Herr Dr. Neruda recht hat. Ich denke, wir alle hier sind überzeugt, daß er recht hat und dein Problem irgendwann verschwindet und du Sex haben kannst, wann du willst und mit wem du willst. Sind wir uns so weit einig? Wollen wir für den Moment mal davon ausgehen?«

»In Ordnung, *ma'am*«, sagte Albert.

»Würdest du unter diesen Umständen Sex mit einem Kind haben wollen?«

»Natürlich nicht.« Albert war beleidigt. Ich erkannte es daran, daß er seine linke Wange zwischen die Zähne saugte, als wollte er daraufbeißen. »Das hab' ich doch schon gesagt, denk' ich.«

Richterin Torres blickte in die Papiere vor sich auf dem Schreibtisch. Sie sprach mit vorgebeugtem Kopf. »Herr Dr. Neruda, in Ihrem Behandlungszentrum gibt es keine Sicherungseinrichtungen, ist das richtig? Von den jungen Leuten könnte jeder einfach davonspazieren?«

»Ja.«

»Euer Ehren«, mischte Stoppard sich ein, »sie stehen jederzeit unter Aufsicht –«

»Das ist mir bewußt, Herr Anwalt. Ich spreche jetzt speziell davon, daß sie über Nacht nicht in sicherem Gewahrsam sind und tagsüber übrigens auch nicht. Wo und wie sie ihre Zeit verbringen, ist genauestens geregelt und wird genauestens überwacht und dokumentiert, aber was das Verlassen des Anwesens betrifft, so ist das einzige Hindernis das Ehrenwort der jungen Leute, ist das richtig?«

Ich antwortete: »Es ist ihnen verboten, das Anwesen ohne uns zu verlassen, und sie stehen unter Aufsicht, es existiert allerdings in der Tat kein physikalisches Fluchthindernis. Man muß aber auch sehen, daß Albert seit mittlerweile sechs Monaten unter diesen Bedingungen bei uns lebt.«

»Die Überfälle auf Shawna und auf den Jungen im Heim fanden im Abstand von sieben Monaten statt. Worauf gründen Sie Ihre Zuversicht, daß Albert sich auch weiterhin verantwortungsbewußt und berechenbar verhalten wird?«

»Seit sechs Monaten arbeite ich mit Albert an fünf Tagen in der Woche und manchmal auch übers Wochenende. Gemessen am sonst Üblichen, entspricht das einer jahrelangen Therapie. Ich glaube, ich kenne ihn sehr gut, ich kenne ihn vielleicht besser als jeder andere, ausgenommen er selbst. Er hat in außerordentlich stark ausgeprägter Form den Wunsch, aus eigener Kraft ein produktives Leben führen zu können, ein Leben, das ihn zu einem nützlichen Mitglied unserer Gesellschaft macht. Ja, ich bin sogar der Meinung, daß sein Gewaltakt gegen Shawna ein pervertierter Ausdruck des Wunsches war, aus dem Milieu von Hoffnungslosigkeit und Gewalt, das seine familiäre Umgebung für ihn darstellte, herausgeholt zu werden. Ich glaube nicht, daß Albert die Freundschaftsbeziehungen, die er im Behandlungszentrum angeknüpft hat, und das Therapieprogramm aufgeben wird, um davonzulaufen, denn das Behandlungszentrum ist für ihn ein Ort, wo er in Sicherheit ist. Wie Sie wissen, werden er und die anderen Jungen täglich pädagogisch betreut. Sie haben Gelegenheit, bei den lokalen Basketball- und Fußballvereinen mitzumachen und dort Freundschaften zu schließen. Albert hat bei uns eine Lebensform, die ihm fehlen würde. Das ist das beste Mittel zur Verhinderung von Gewalttätigkeit und Flucht, das man sich denken kann.«

Richterin Torres schlug einen Schnellhefter auf und deutete auf ein Schriftstück. »Ich habe hier ein Amicus-curiae-Memorandum vom Kinderheim Yonkers und dem Metropolitan State Hospital. Beide Institutionen sind für Ihre Therapie und für Alberts weiteren Verbleib in Ihrem Behandlungszentrum, Herr Doktor. Aber andererseits sehen sich auch beide außerstande, Ihre Erklärung zu bestätigen, daß Albert keine Gefahr für sich selbst oder andere darstelle. Auf seiten des Met State geht man sogar so weit, Ihnen den Einbau von Sicherungsmaßnahmen nahezulegen. Sie haben sicherlich Verständnis dafür, Herr Doktor, daß ich meine Sorge für Alberts Wohl der Sorge für das Wohl der Gesellschaft unterordnen muß. Können Sie außer dem bereits Vorgetragenen noch irgendwelche Sicherheiten anbieten, daß niemand durch Albert zu Schaden kommen wird?«

»Mir fällt dazu im Augenblick nur eines ein, Euer Ehren, und das ist der Umstand, daß ich mit diesem Experiment den Fortbestand meines Behandlungszentrums aufs Spiel setze – ich riskiere nicht nur die Bundeszuschüsse und die Zuschüsse des Staates, sondern auch mein eigenes Geld. Sollte Albert flüchten oder einen Gewaltakt begehen, wären unsere Arbeit und mein Ruf aufs schwerste geschädigt. Darf ich außerdem noch bemerken, daß die von seiten des Kinderheims und des Met State geäußerten Bedenken meiner Ansicht nach lediglich der eigenen Rückversicherung dienen und keinen prognostischen Wert in bezug auf Alberts Verhalten haben.«

Richterin Torres ließ den Anflug eines Lächelns sehen. »Es tut mir leid, Herr Doktor, daß ich als Juristin nicht so zwischen den Zeilen zu lesen vermag, wie das in Ihrem Berufsstand zur Alltagspraxis gehört. Ich muß die Stellungnahmen der Amici curiae, genau wie die Ihren, so nehmen, wie sie gesagt sind.«

»Das sehe ich ein.« Ich lächelte zurück. »Wie ich schon sagte, zögere ich nicht, meinen Ruf und den Fortbestand unseres Behandlungszentrums auf Albert zu verpfänden. Mehr Vertrauen in die Sache vermag ich nach Maßgabe der Umstände nicht zu dokumentieren.«

Richterin Torres sagte: »Und mehr Vertrauen in die Sache kann die Justiz billigerweise nicht verlangen.« Sie erhob die geöffneten Hände zu einer auf Albert gemünzten Geste. »Alles weitere liegt bei dir. Du hast jetzt die Chance, dein Leben zum Besseren zu wenden, Albert.«

ZEHNTES KAPITEL

Wandel

Gene ließ sich eine Woche lang nicht blicken. Dann hinterließ er bei der Telefonistin die Nachricht, daß er sich am nächsten Tag zur gewohnten Zeit einfinden werde; falls das Schwierigkeiten mache, solle ich doch bitte zurückrufen. Ich machte mich für den Termin frei – eigentlich hatte ich vorgehabt, zusammen mit Diane Mittag essen zu gehen –, meldete mich jedoch nicht bei ihm, weil ich sehen wollte, ob er eine verbale Beruhigungsspritze brauchte, um aufzuscheinen.

Brauchte er nicht. Und vom Augenblick seines Eintretens in mein Zimmer an zeigte er einen ganz neuen Habitus; er schritt von einer Aura der Entschlossenheit umgeben zu seinem Sessel, saß in aufrechter Haltung, fixierte mich mit festem Blick. »Sie haben recht«, sagte er und wedelte mit der Hand. »Ich habe in den letzten Tagen endlos darüber nachgedacht. Um ein Haar hätte ich auf der Rückfahrt ins Büro mein Auto zu Schrott gefahren – ich meine an dem Tag, als ich hier den Abmarsch gemacht habe. Da fällt mir übrigens ein« – er guckte kurz weg, zwang sich aber gleich wieder, mich zu fixieren – »die zwei ausgefallenen Sitzungen bezahle ich nicht. Sie haben mich hinausgeworfen. Ich denke, so ist das nur gerecht. Klar, ich bin gegangen, aber Sie haben mich praktisch hinauskomplimentiert.«

Nicht schlecht. Das würde mich einhundert Dollar kosten. »Ich bin einverstanden«, sagte ich bierernst. »Darf ich dich so verstehen, daß du die Therapie fortsetzen willst?«

»Wenn Sie mitmachen«, sagte Gene. »Sie haben recht. Ich bin ein Schwächling. Ein Schisser. Ein Weichei. Ich bin dabei, das zu ändern, aber ich könnte einen Freund gebrauchen –« Er hielt inne. »Aber Sie sind ja nicht mein Freund, oder?«

»Ich habe eine freundschaftliche Einstellung zu dir. Freundschaft und Arzt-Patient-Beziehung sind allerdings zwei Paar Stiefel.«

»Ich brauche Ihre Hilfe«, sagte Gene in einem forschen Ton, der einem nicht den Eindruck vermittelte, als ob er irgend jemanden brauchte. »Ist das ein schlechtes Zeichen? Ist das vielleicht ein Teil meines Problems?«

»In gewisser Weise ja.«

»Also wär's besser, ich wär' gar nicht hier?«

»Wenn du eine ernsthafte Anstrengung machen willst, dein Leben zu ändern, ist es nicht unvernünftig, daß du dir einen Bundesgenossen suchst. Ich werde dich mit dem größten Vergnügen in meinem bequemen Ruderboot begleiten, Gene, während du schwimmend neuen Ufern zustrebst. Ich werde nicht naß werden dabei. Ich werde nicht ertrinken. Ich denke, auch du wirst nicht ertrinken. Auf keinen Fall jedoch möchte ich mit dir am Meeresufer stehen und darüber rätseln, ob das Wasser ungefährlich ist. Es ist nicht ungefährlich. Und ich kann dir nicht das Schwimmen abnehmen.«

Gene verfiel für eine Weile in ein nachdenkliches Schweigen. Er schlug die Beine übereinander, rieb sich das Kinn und meinte schließlich: »Ich glaube, ich sollte eine Gehaltserhöhung verlangen.«

»Das würde ich auch sagen.«

»Stick hat mich zu sich nach Hause eingeladen. Zu einer Grillparty. Zusammen mit Pete und Cathy natürlich. Der Black Dragon hat jetzt Vorfahrt. In einem Jahr müssen wir einen Prototyp fertig haben. Ich weiß, was das heißt. In einem Monat wird er die Frist auf ein halbes Jahr verkürzen. Ich werde schuften müssen wie ein Brunnenputzer. Und ich bin der Projektleiter. Er kann mir nicht die Verantwortung für das wichtigste neue Produkt der Firma aufhalsen und glauben, daß er mit fünfzigtausend Jahresgehalt davonkommt.«

»Klingt einleuchtend.«

Völlig übergangslos sprudelte Gene heraus: »Ich hab' Prostituierte besucht.«

Ich wartete auf Einzelheiten. Er zuckte die Achseln und schien seinerseits auf eine Reaktion von mir zu warten. »In der letzten Woche?« sondierte ich. »Oder ...?«

»Nein, schon während der ganzen Therapie bei Ihnen. Ich bin inzwischen bei einmal die Woche angekommen. Im Augenblick geh' ich zu einer, die kenn' ich schon 'ne ganze Weile – das ist, ähm, 'ne Blondine –, sie heißt, also sie sagt, sie heißt Tawny. So heißt sie nicht wirklich.«

»Hört sich nicht so an.«

»In dem Punkt hab' ich Ihnen nicht die Wahrheit gesagt.«

»Schwamm drüber.«

»Seit damals in Boston geh' ich zu Nutten. Und ich hab' Ihnen nie was davon erzählt.«

»Gene, das ist eine Sache, die du ganz allein zu entscheiden hast. Wenn du mir nicht die Wahrheit sagen willst, kann dich nichts und niemand daran hindern.«

»Sie sind nicht böse darüber?«

»Nicht über deine Besuche bei Prostituierten.«

»Aber Sie sind böse?«

»Es ärgert mich, daß du mir nichts davon erzählt hast, weil das nämlich bedeutet, daß ein Teil deiner Zeit hier vertan war, und das wiederum bedeutet, daß auch ein Teil von meiner Zeit vertan war.«

»Das tut mir leid.«

»Schwamm drüber. Willst du jetzt darüber sprechen?«

Das tat er in aller Ausführlichkeit, mit Erleichterung und einem gewissen euphorischen Überschwang in der Stimme. Schon in Massachusetts waren ihm in der Kundenzeitschrift, die im Drugstore des Einkaufszentrums auslag, die einschlägigen Kleinanzeigen aufgefallen. Er rief eine von den angegebenen Telefonnummern an, aus reiner Neugier, ob das nicht alles getürkt war, wie er sich sagte, weil er nicht glauben konnte, daß es möglich war, für ein illegales Gewerbe öffentlich Reklame zu machen. Er legte auf, als eine Frau sich erkundigte, ob sie etwas für ihn tun könne. Es faszinierte ihn, wie die Prostituierte sich gemeldet hatte: »Hallo? Kann ich etwas für Sie tun?« Er rief schätzungsweise noch viermal an und legte immer wieder auf, sobald sie sich gemeldet hatte. Beim nächstenmal meldete er sich und bat um nähere Informationen. Sie gab ihre Körpermaße an, zählte ihr Dienstleistungsangebot auf (das zum Teil in Kodewörtern formuliert war, die er nicht verstand) und nannte ihren Preis. Ihre Unverblümtheit wirkte keineswegs abstoßend; erschrocken war er über seine eigene Reaktion: er war scharf auf sie geworden. Das einzige, was ihm an der Anmache der Nutte nicht schmeckte, war der Preis – einhundertfünfundzwanzig Dollar für die Stunde. Ein paar Wochen lang rang er mit der Versuchung, ehe er eine ausprobierte, und nach seiner Übersiedlung nach Westchester dauerte es dann noch einmal ein, zwei Monate, bis ihm wieder eine Kundenzeitschrift in die Hände fiel, er herumtelefonierte und schließlich Dauerkunde bei »Tawny« wurde. Ich fragte ihn, ob ihn der Gedanke an Aids nicht beunruhige. »O nein. Die sind clean, und außerdem lassen sie dich als erstes mal 'nen Präser überziehen. Sogar bevor sie dir einen blasen.«

Ich enthielt mich der Stellungnahme. Anscheinend arbeitete er gezielt darauf hin, aus dem Sex jegliche Leidenschaft und jegliches Gefühl zu eliminieren. Außerdem steckte in seinem Tun eine gehörige Portion Zorn. Das wurde jedenfalls für mich unmittelbar einsichtig, nachdem ich ihn gebeten hatte zu schildern, wie der Gang zur Prostituierten sich bei ihm zur Gewohnheit verfestigt hatte.

»Anfangs bin ich da nicht oft hin. Aber seitdem wir letztes Jahr im Sommer mit der Therapie angefangen haben, und vor allen Dingen seit wir darüber gesprochen haben, wie selten ich Sex ...« Er fiel sich mit einem Ausbruch von Gereiztheit selbst ins Wort: »Ich hab' es satt, meine Frau immerzu bitten und betteln zu müssen. Anstatt vor ihr auf den Knien rumzurutschen, geh' ich einfach los und hol' mir, was ich will.«

»Und du stehst auf Blasen?«

Das traf ihn an empfindlicher Stelle. Er schluckte und antwortete unwirsch: »Ja sicher, ich steh' auf Blasen. Schätze, damit bin ich definitiv als Zombie ausgewiesen.«

»Als Zombie? Ich denke, damit bist du als ganz normaler Vertreter des männlichen Geschlechts ausgewiesen.«

»Warum geh' ich da immer öfter hin, seit ich zu Ihnen in die Therapie komme? Angeblich sollen Sie ja dafür sorgen, daß es mir besser geht. Es geht mir aber schlechter.«

»Nun, zunächst einmal hast du nie darüber gesprochen. Du hast dich in meiner Gegenwart nicht damit auseinandergesetzt.«

»Das stimmt.«

»Und dann ist da noch die Möglichkeit, daß du damit etwas tust, was du tun willst, daß du keinen Sex mit Cathy haben willst, sondern daß du lieber eine entgegenkommende Partnerin hast, mit der es zu keinen Gefühlskomplikationen kommt.«

Gene sah mich erbost an, sagte dann aber: »Nein, so ist es nicht. Hinterher fühl' ich mich schlecht. Ich komm' mir dann wie ein *loser* vor. Wenn ich es gern tu', wieso fühl' ich mich hinterher schlecht?«

»Wenn du es nicht gern tust, warum tust du es dann?«

»Weil ich ein *loser* bin.«

»Vielleicht ist es das, was du willst: Lust fühlen und dich hinterher als *loser* fühlen.«

[Ich nannte ihm nicht alle Aspekte, die der Blick des Analytikers an seinen Besuchen bei Prostituierten entdeckte. Weder sagte ich ihm rundheraus noch gab ich ihm auf Umwegen zu verstehen, was ich vermutete, nämlich daß er hier lediglich wieder eine neue Methode entwickelt hatte, den offenen Ausdruck seiner Verärgerung zu umgehen und seine Frau heimlich, ohne das Risiko eines Gegenschlags oder einer Zurückweisung, zu bestrafen. Hinzu kam die Auflehnung gegen mich aus Verärgerung darüber, daß ich ihn mit seiner sexuellen Mangelsituation konfrontiert hatte. Jedesmal, wenn er mir bei unserem Zusammensein verhehlte, daß am Tag zuvor eine Zweiundzwanzigjährige ihren Kopf auf seiner Erektion hatte schaukeln lassen, hatte er zweifellos das Gefühl, insgeheim einen Sieg über mich errungen zu haben, das Gefühl, daß ich nicht allwissend war und er nicht einfach nur der Weichling Gene Kenny, sondern ein gestandener Mann, der sich holte, was er wollte, wenn er nur wollte. Warum drang ich mit der Sonde nicht in diese Region vor? Das gehört mit zu den Paradoxen der Therapie. Ich unterließ es, weil Gene es unter falschen Voraussetzungen von mir erwartete: als Strafe für seine Wut und seine Selbstverzärtelung. Ich hielt es für besser, die Ursache (sein Lustbedürfnis) und die Neurose (seine Angst davor, offen den Lustgewinn zu suchen) aufzudecken.]

Unsere Gespräche blieben an der Oberfläche – ein kühles, einigermaßen seichtes Rekapitulieren seines Verhaltens ohne Eintauchen in latente Konflikte oder Motive. Wir waren von der Charakteranalyse zur Erörterung von Handlungen und ihren Folgen übergegangen. In gewisser Weise war die Therapie zu Ende. Gene brauchte mich noch als Trainer, als jemand, der ihn anfeuerte, als Zeugen seiner Kämpfe mit dem Ich, das er schon zeit seines Lebens kannte, insbesondere mit seiner Neigung, die eigenen Wünsche zu sabotieren. Falls Gene ein Urteil von mir haben wollte – zum Beispiel, daß es schlecht sei, zu Prostituierten zu gehen –, so konnte ich ihm damit nicht dienen. Als er mir eröffnete, er wolle warten, bis die Arbeit am Black Dragon richtig auf Touren gekommen sei, bevor er Stick um eine Gehaltserhöhung bitte, weil er dann in einer besseren Position sei, sagte ich: »Ich glaube auch jetzt nicht, daß er dich jederzeit ersetzen kann.« Ich zerpflückte nicht seine Rationalisierung, ich deckte nicht die Macht der Strafphantasie auf, die er um den von ihm mit einer Forderung belästigten Stick spann, und ich verfolgte das akute Problem nicht zurück zu seinem Ursprung in Genes Beziehung zu seinen Eltern, sondern ich betonte Gene gegenüber die Forderungen, die das Hier und Jetzt stellte. Es war eine einfache Idee, von der ich mich dabei leiten ließ: ich mußte Gene dazu bringen, selbstsicherer zu handeln, als er sich fühlte, und mich darauf verlassen, daß Verhalten die zugehörigen Gefühle im Schlepptau führt.

[Wie unterscheidet sich das von einer Verhaltenstherapie? Erstens durch die jahrelange Analyse, die vorausgegangen war. Zweitens dadurch, daß ich keinerlei konkrete Handlungsweisen vorschrieb, sondern lediglich die Fesseln der Angst durchschnitt.]

Mit seiner Prognose, daß Stick den Zeitplan für den Black Dragon straffen würde, sollte Gene recht behalten. Bei der Grillparty bat Stick Gene, ihm bei den Essensvorbereitungen zu helfen. Während sie Steaks und Hähnchenkeulen auf Platten arrangierten, gestand Stick, daß er den für Marketing und Verkauf zuständigen Direktoren und dem Dragon-Team gegenüber mit seiner Terminschätzung bewußt zu hoch gegriffen hatte; er wußte, daß die veranschlagten und bewilligten Geldmittel für die Entwicklung des Prototyps nicht ausreichen würden, und wenn er dann den unvermeidlichen Antrag auf Aufstockung des Budgets stellte, wollte er als Anreiz und Kompensation den vorzeitigen Abschluß des Projekts anbieten können. Außerdem legte Stick noch ein anrüchigeres Motiv offen. Eine zweite Gruppe, die von Copleys Hauptrivalen bei Hyperion geleitet wurde, arbeitete an einer Maschine, die als nächste Neuerung die Produktpalette des Unternehmens erweitern sollte. Wäre der Black Dragon bereits im Januar 1990 produktionsreif, würde dies das Aus für die Maschine des Rivalen bedeuten. Wenn allerdings Copleys verkürzter Zeitplan zum gegenwärtigen Zeitpunkt bekannt würde, würden der Rivale und die Marketingverantwortlichen im Unternehmen – Leute, die Copley, wenn es nach ihm ging, eines Tages mit »Herr Generaldirektor« anreden würden – Einwände erheben: Hyperion würde unmöglich beide Maschinen gleichzeitig am Markt durchsetzen können.

Beseligt und geschmeichelt, wie er war, weil Copley ihn ins Vertrauen gezogen hatte, übersah Gene die manipulatorische und intrigante Komponente der Sache; das Glück des Eingeweihtseins trübte seinen kritischen Blick. Und in seiner Freude und Ergriffenheit darüber, daß er als einziger von seiner Ebene der Mitarbeiterhierarchie zu dieser Gesellschaft geladen worden war (die anderen Gäste waren sämtlich Mitglieder des Hyperion-Managements), bildete sich in ihm die Überzeugung heraus, daß Stick für seine Beförderung sorgen würde, wenn nur die Sache mit dem Black Dragon klappte. Obenauf auf diesen Köstlichkeiten fand Gene sogar noch ein Sahnehäubchen. Er lernte Sticks sechsundzwanzigjährige Tochter kennen. Mehrmals schien sie in seinem Bericht über jenen glanzvollen Nachmittag im Garten auf: »Und dann sagte Halley etwas Superbes. Ich erinnere mich nicht mehr genau, wie sie es formulierte, aber ...«, und als nächstes umschrieb er den jeweiligen Geistesblitz. Es waren sämtlich Zynismen, einer davon eine Medisance über die Skrupellosigkeit ihres Vaters, die so weit gehe, daß er sie früher sogar beim Candyland-Spielen immer beschissen habe. »Sie ist eine echte Schönheit«, informierte mich Gene. »Ich meine, sie ist *unglaublich* schön. Und so verflucht intelligent. So intelligent, daß ich es einfach nicht glauben konnte.« Diese unverhohlene Begeisterung war bei ihm etwas Ungewöhnliches, aber als Phänomen für sich schenkte ich ihr wenig Beachtung. Zunächst einmal war die junge Frau die Tochter eines Mannes, den Gene mehr oder weniger anbetete. Und dann stand er, durchflossen von der Wut auf seine abweisende Frau, sexuell ganz allgemein unter Strom und fühlte sich in seinem Selbstvertrauen gestärkt sowohl durch die Illusion von erfolgreichem Sex mit »Tawny« als auch durch den Zauber und Reiz der nachmittäglichen Veranstaltung, auf der er Gast war. Gene war im Rausch – er fand sogar Worte der Bewunderung für Sticks Barbecuesauce.

»Was ist aus der Gehaltserhöhung geworden?« fragte ich.

Er ertaubte – seine altbekannte Abwehrtaktik. »Wie?«

Ich wiederholte meine Frage. Wieder fragte er zurück: »Wie?«

»Du wolltest mit Copley über eine Gehaltserhöhung sprechen«, wurde ich deutlicher, um seinem Gehör auf die Sprünge zu helfen. »Hast du es getan?«

»Wir waren auf 'ner Party«, wandte Gene ein.

»Wenn ich dich richtig verstanden habe, habt ihr euch beim Hamburgermachen in der Küche die ganze Zeit unter vier Augen über geschäftliche Dinge unterhalten. Bei der Gelegenheit hättest du doch auch dein Problem aufs Tapet bringen können.«

Gene machte ein verdrießliches Gesicht, hob die rechte Hand zu seiner dichten Augenbraue und fuhr nachdenklich darüber hin. »Cathy hat mir gesagt, ich soll es lieber lassen.«

»Ach, Cathy war mit dabei in der Küche?«

»Nein«, sagte er fast aufstöhnend. »Bevor wir zu Hause losgegangen sind. Ich hatte ihr erzählt, was Sie mir gesagt haben, daß ich machen soll, und –«

»Moment, Moment! Ich hab' dir nicht gesagt, daß du um Gehaltserhöhung bitten sollst. *Du* hast zu mir gesagt, daß du um eine Gehaltserhöhung bitten willst.«

»Also wissen Sie, für das, was wir da machen, könnt' ich mir eigentlich auch ein Buch kaufen. *Wie bekomme ich, was ich will* oder so was Ähnliches.«

Ich lachte erfreut. »Richtig. Ein Assertiveness Training Programm. Wir zwei könnten zusammen in der Talkshow von Phil Donahue auftreten. Weißt du, Gene, ich bin der erste, der dir bestätigen würde, daß wir keine traditionelle Therapie mehr machen. Von mir aus können wir jederzeit aufhören, wenn du willst; du brauchst es nur zu sagen. Aber wie auch immer, ich bin überrascht über Cathy. Ich hatte geglaubt, sie ist der Meinung, daß Stick dich ausnutzt.«

»Ist sie auch, aber schließlich arbeite ich schon seit sieben Jahren für Stick, und jetzt waren wir zum erstenmal bei ihm zu Hause eingeladen. Sie hat gemeint, es wäre unhöflich, gleich beim allererstenmal, wo wir bei ihm sind, vom Geld anzufangen. Ich meine, wir haben ja beide vorher nicht gewußt, daß er sich mit mir allein unterhalten wird, und ... verstehen Sie?, ich hatte ihr versprochen, nicht davon anzufangen, und darum ...«

»Hättest du ihn denn gern darauf angesprochen?«

»Na klar.«

»Und du hast es nur deswegen nicht getan, weil du es Cathy versprochen hattest?«

»Okay, ich bin ein Weichei. Ich brauche zu allem Mamis Erlaubnis.«

»Siehst du? Hier hast du den Grund, warum wir keine traditionelle Therapie mehr machen. Du weißt die Antworten schon. Du weißt, daß du Mamis Erlaubnis brauchst, und du erinnerst dich auch sicher, daß Don dem Galeriebesitzer keine Rechnung für die Regalwand geschickt hat.«

Gene lächelte. »Ich wollte, ich könnte jetzt gleich auf einen Bildband reihern«, sagte er. Er räumte ein, daß er mit Stick über seine Bezahlung sprechen müsse. Um die Wahrheit zu sagen, machte ich mir um seine Arbeitsbeziehungen keine großen Sorgen. Stick hatte ihm die Leitung des Projekts Black Dragon anvertraut, und Gene hatte offenbar keine Probleme mit den Männern, die ihm unterstellt waren. Mag sein, daß seine Erfahrungen als unfair behandelter Angestellter ihn selber zum fairen Umgang mit Untergebenen erzogen hatten. Wahrscheinlicher ist, daß das beruhigende Gefühl, Autorität zu besitzen, ihm half, seinem Führungsstil den Stempel seiner Persönlichkeit aufzudrücken, und daß sein sanftes Wesen anderen den Mut zu Selbständigkeit und Kreativität einflößte. Gene sprach von den jugendlichen Hackern, die er unter sich hatte, oft in den höchsten Tönen: Die guten Einfälle und Ideen kämen allein von ihnen, er selbst habe nichts zu tun, als ihnen nicht im Wege zu stehen und gelegentlich ihre Hausarbeiten zu überprüfen. »Ich komme mir vor wie ein Vorschullehrer, der lauter Genies in seiner Klasse hat. Ich tu' nichts weiter als aufpassen, daß sie nicht die Wachsmalstifte aufessen.« Daß er mit der Bitte um Gehaltserhöhung warten wollte, bis Stick damit herausgerückt war, welche enorme Wichtigkeit der Black Dragon für ihn hatte – was bei der Grillparty geschehen war –, erschien mir durchaus nachvollziehbar. Daß Gene nicht die allererste Gelegenheit beim Schopf ergriff, war kein Verbrechen.

Die regelmäßigen Besuche bei »Tawny« waren eine Sache für sich. Sie machten mir Sorgen. Nicht weil ich prüde gewesen wäre. Für Genes Eheleben war nicht weniger, sondern mehr Intimität – vor allem romantische, amouröse Intimität – indiziert. Und für Genes Furcht, die Rolle des erwachsenen Mannes anzunehmen, bedeutete es wohl kaum Abhilfe, daß er hier eine de facto infantile Sexualbeziehung angeknüpft hatte.

Genes Schilderung seiner Besuche bei »Tawny« zeichneten das Bild einer Regression: der Mann wird von einer jungen Hilfskraft, die sich anstelle der unabkömmlichen Mutter um ihn kümmert, entkleidet, stimuliert, zur Ruhe gebracht und manchmal auch gebadet. Gene war offensichtlich der Meinung, er hätte sein Problem mit Cathy gelöst. Sie wollte keinen Sex, also besorgte er ihn sich gegen Bezahlung woanders. Er betrachtete das sexuelle Begehren weiterhin als einseitige Angelegenheit (daß auch Cathy das Bedürfnis nach Sex haben könnte, kam ihm gar nicht in den Sinn) und die Befriedigung als einen Vorgang, der nichts mit Gefühlen zu tun hat – es spielte keine Rolle, daß »Tawny« sich absolut nicht für ihn interessierte, sondern nur für die hundertfünfundzwanzig Dollar, die er auf dem Tisch des Hauses hinterließ.

[Ich hätte Gene das Vergnügen an »Tawny« einigermaßen vergällen können, wenn ich ihm von den klinischen Studien über Prostituierte erzählt hätte, aus denen hervorging, daß die überwältigende Mehrzahl von ihnen in der Kindheit sexuell belästigt wurde, meist von einem männlichen nahen Verwandten, und daß ihre wahre sexuelle Orientierung lesbisch ist oder daß zumindest ihre Sinnlichkeit durch Wut und Selbsthaß so stark blockiert ist, daß sie kein physisches Begehren und keine physische Lust empfinden. Wahrscheinlich hätte Gene sich gesträubt, mir zu glauben – ich bin sicher, daß »Tawny« ihn mit bühnenreif gespielter Zuneigung bediente. Aber eine solche Enthüllung wäre ein Schuß aus dem Hinterhalt gewesen. Mir lag mehr daran, ihm sein eigenes Verhalten transparent zu machen, als ihm seine Illusionen über das ihre zu nehmen.]

Noch am selben Nachmittag wurde Gene bei Copley vorstellig und trug ihm seinen Wunsch nach einer Gehaltserhöhung vor. Drei Tage danach berichtete er mir von seiner Demarche. Zu seiner Überraschung stimmte Stick ohne weiteres zu, daß er hunderttausend im Jahr wert sei. Ohne Ungehaltenheit, ohne Theater, ohne Sträuben. »Sie sind mein bester Mann«, sagte Stick. Noch Tage danach lief Gene vor Beglückung rot an, als er die Komplimente wiederholte, die er bei der Unterredung zu hören bekommen hatte. »Nur – ich hab' die Mittel nicht im Budget«, fuhr Stick fort. »Ich müßte unseren Geheimplan offenlegen, um zu begründen, warum du das Geld wert bist. Im Vorstand geht man immer noch davon aus, daß du ein Jahr Zeit hast, den Schwarzen Drachen unter Dach und Fach zu bringen. Aber in einem halben Jahr, wenn die Sache gelaufen ist, werde ich dich für den Posten des Projektkoordinators auf Unternehmensebene vorschlagen, und dann stehen ganz andere Summen zur Diskussion als hundert Mille. Vielleicht sogar eine Viertelmillion plus Wandelanleihen.« Stick malte seine Vision von ihrer gemeinsamen Zukunft noch detaillierter aus: wenn der Black Dragon erst einmal zum Verkaufsrenner geworden war, würde er zum Generaldirektor und Gene zum Direktor des Bereichs Forschung und Entwicklung aufsteigen, und beide zusammen würden sie die Produktlinie des Unternehmens erweitern.

»Das würde bedeuten, daß wir mehr Leute, mehr erstklassige Leute in die Firma holen müssen«, sagte Gene.

»Genau dazu brauche ich dich ja, Gene. Keiner hat einen besseren Blick für Talente als du, und keiner kann sie besser motivieren. Die jungen Burschen da draußen würden sich für dich in Stücke hauen lassen.« Copleys Lobesworte nachsprechend, badete Gene noch einmal in Seligkeit. Während er versonnen dem Nachhall der Schmeicheleien in seiner Erinnerung nachlauschte, kreuzten sich unsere Blicke. »Das hat er tatsächlich gesagt«, ergänzte er.

»Ich habe nicht den geringsten Zweifel«, sagte ich. »Und ich habe auch nicht den geringsten Zweifel, daß es stimmt.« Ich wartete.

Gene atmete hochzufrieden tief durch, lächelte mich an und hatte offenbar nichts mehr mitzuteilen.

»Deine Gehaltserhöhung hast du also nicht bekommen?« mußte ich schließlich fragen.

»Im Augenblick sind ihm die Hände gebunden. Das sehen Sie doch selber, oder? Ich meine, das ist Ihnen doch auch klar?«

»Mir ist klar, was er gesagt hat.«

»Oh!« Gene straffte den Oberkörper und saß jetzt wieder gerade, weil ihm noch etwas eingefallen war. »Und er hat mir außerdem eine fette Prämie versprochen, wenn der Black Dragon ein Erfolg wird, eine Prämie, die den Namen verdient. Er hat von einem Anteil am Nettogewinn gesprochen.« Gene schüttelte den Kopf bei dem Gedanken, von Ehrfurcht ergriffen angesichts der Größenordnung des Versprechens. »Da geht's um Millionen«, murmelte er. »Das muß man sich mal klarmachen.«

»Was hat Cathy dazu gesagt?«

»Cathy hab' ich es gar nicht erzählt. Ich hab' es Tawny erzählt.« Gene lachte über sich selbst. »Hätte ich wahrscheinlich nicht tun sollen. Möglicherweise erhöht sie daraufhin den Tarif. Hat mir allerdings zunächst mal 'ne Prämie eingebracht. Sie hat –« Er brach, mit einem unsicheren Blick auf mich, jäh ab und fuhr anschließend mit erhobener Stimme fort, als wollte er das vorangegangene Satzbruchstück überdecken: »Egal – auf jeden Fall hab' ich dann zu Hause zu Cathy gesagt, wir müßten öfter miteinander schlafen. Und sie hat gesagt, ich hätte vollkommen recht! Ich hab's kaum fassen können. Sie hat sich sogar dafür entschuldigt, daß sie –«

»Moment, Moment! Nicht so hastig!« Gene nahm seine typische Gelehriger-Schüler-Haltung an: Hände im Schoß, Blick gesenkt, gefaßtes Harren auf die Standpauke. Ich hätte beinahe laut aufgelacht. Seine Reaktion war zugegebenermaßen nicht ganz abwegig. Mein Einwurf hatte sich tatsächlich wie eine Rüge angehört. Wie sollte ich jetzt fortfahren? Die langsame Methode half nur, wenn die Ereignisse, um die es ging, weit in der Vergangenheit lagen. Hatte ich mich nicht entschlossen zu experimentieren, den etablierten Methoden den Rücken zu kehren? War nicht dieses Direkt-zur-Sache-Gehen *mein* Prozac, *meine* Selbstvertrauen und Durchblick verleihende Wunderpille? »Zunächst einmal hätte ich gern Auskunft über ein bestimmtes Detail, auch wenn es nur eine Kleinigkeit ist und du es mir vorenthalten wolltest – was hat Tawny mit dir gemacht, nachdem du ihr erzählt hast, daß sie es in dir womöglich mit einem zukünftigen Millionär zu tun hat?«

Gene nickte – ein wortloses Eingeständnis seines Vertuschungsversuchs. »Na schön«, seufzte er und schürzte die Lippen, bevor er Farbe bekannte. Als er es dann tat, legte er in seine Stimme soviel Würde und Leichenbitterernst wie nur möglich. »Sie hat das Kondom weggelassen, als sie mir ...« Er machte eine Geste in Richtung seiner Leistengegend und zuckte die Achseln.

Eine spaßige Geschichte, fand ich. Copley verrückte Gene den Kopf, indem er ihm Potemkinsche Dörfer an den Zukunftshorizont malte, und zog sich so aus der Schlinge, ohne einen Cent berappen zu müssen. Gene machte eine Prostituierte zur Mitbewohnerin seiner Luftschlösser und erhielt daraufhin eine, wenn auch möglicherweise riskante, Vorzugsbedienung. Tollkühn gemacht von so viel neu hinzugewonnenem phallischen Format (von dem zumindest eine Komponente eine bloße Chimäre war), konfrontierte Gene seine Frau mit der Forderung nach mehr Rücksicht auf seine Wünsche und Bedürfnisse – und drang damit durch. Es war, als hätte ich so etwas wie eine Nahrungskette der Egoverliebtheit vor mir. Eins mußte ich Stick lassen: er war ein glänzender Verkäufer.

»Was hat Cathy gesagt, als du ihr – ja, was hast du eigentlich genau zu ihr gesagt?«

»Als Pete im Bett war, hab' ich ihr eine Tasse Kaffee ins Wohnzimmer gebracht und zu ihr gesagt, ich muß mit ihr reden. Ich hab' nicht gejault. Ich hab' ihr einfach nur ganz ruhig gesagt, daß ich unglücklich bin, weil sie nicht mit mir schlafen will, daß sie es nur tut, wenn ich sie darum bitte, und daß sie mich sehr lange bitten läßt. Ich hab' gesagt, ich möchte, daß sich das ändert, sonst muß ich davon ausgehen, daß sie lieber nicht mit mir verheiratet sein will.«

»Hast du ihr erzählt, daß du dich um die Gehaltserhöhung bemüht hast?«

»Nein. Ich wollte das eine nicht mit dem anderen durcheinanderbringen.«

»Am nächsten Tag vielleicht? Oder am übernächsten? Das ist doch immerhin schon drei Tage her, daß du mit ihr gesprochen hast, oder nicht?«

»Also, nachdem ich gesagt hatte, was ich sagen wollte, bin ich aus dem Zimmer gegangen. Am nächsten Morgen haben wir nicht miteinander geredet, und als ich am Abend nach Hause gekommen bin, war Pete da. Nachdem ich ihn ins Bett gebracht hatte, hab' ich mich gleich an meinen Schreibtisch gesetzt und noch etwas gearbeitet. Nach einiger Zeit ist Cathy hereingekommen. Sie hat geweint. Beziehungsweise sie hatte geweint. Sie hat sich entschuldigt und gesagt, sie weiß, daß sie fies zu mir war. Sie hat gesagt, auf der Grillparty hat sie gehört, wie Stick den andern erzählt hat, daß ich mich seinerzeit beim Flash II ungeheuer reingehängt hab' und daß ich mit der Fehlerbeseitigung praktisch die Firma gerettet hab', weil die nämlich im Arsch gewesen wär', wenn das nicht termingerecht hingehauen hätte, und da ist ihr klargeworden, unter was für einem Druck ich in der Zeit gestanden hab', und sie ist sich ziemlich mies vorgekommen. Sie hat gesagt, ihr ist klar, daß mit ihr was nicht stimmt, weil sie die ganze Zeit zu müde dafür ist, aber das soll anders werden. Und dann haben wir miteinander geschlafen –«

»Ihr habt an dem Abend miteinander geschlafen?«

»Na, klaro«, sagte Gene. Er hatte die ganze Zeit ein ernstes Gesicht gemacht. Jetzt grinste er. »Ich muß bloß sagen, was ich will – das funktioniert tatsächlich. Ich sag's Ihnen ja, Sie sollten ein Buch schreiben, und wir zwei sollten bei Phil Donahue in der Talkshow auftreten.«

Vielleicht wär's besser, Stick würde das Buch schreiben, dachte ich im stillen. Auf jeden Fall wäre er der richtige Mann, in der Talkshow die Werbetrommel dafür zu rühren. »Und nachdem ihr miteinander geschlafen hattet?«

»Bin ich eingeschlafen. Gestern abend mußte ich im Büro Überstunden machen. Bis jetzt war wirklich noch keine Gelegenheit –« Er unterbrach sich. »Überhaupt, ich brauch' ihr das gar nicht zu erzählen. Stick hat sie echt beeindruckt. Vor der Grillparty hatte sie eigentlich noch nicht viel von ihm gesehen. Sie hat gemeint, es war ein Fehler von ihr, daß sie sich gegen den Umzug hierher gewehrt hat. Sie sagt, Stick ist auf der Überholspur, und ich hab's richtig gemacht, daß ich mit ihm gegangen bin. Sehen Sie mal, er hat mich doch ins Vertrauen gezogen. Wenn er jetzt im Vorstand eine Gehaltserhöhung für mich vorschlägt – und es geht ja eigentlich nicht um eine Erhöhung, sondern um eine Verdopplung –, dann fliegt zwangsläufig sein Plan auf. Das wäre letztlich gegen meine eigenen Interessen.«

»Könnte er nicht wenigstens eine Geste des guten Willens machen?« fragte ich.

»Was?« Gene runzelte die Stirn.

»Ich denke, eine fünfzehnprozentige Erhöhung kann er bestimmt in seinem Budget unterbringen, ohne daß er deswegen den verkürzten Zeitplan für den Black Dragon offenlegen muß. Und dir wäre mit fünfzehn Prozent schon ein bißchen geholfen. Das wären siebeneinhalbtausend mehr im Jahr. Davon könnte sich zum Beispiel Cathy etwas mehr Hilfe im Haushalt leisten, was ihr in Anbetracht der Tatsache, daß du im nächsten halben Jahr einen Sechzehn-Stunden-Arbeitstag haben wirst, womöglich sehr willkommen sein wird. Vielleicht verschaffst du ihr mit dem Geld die Zeit, den Collegeabschluß zu machen oder irgend etwas anderes zu tun, was sie interessiert. Vielleicht tut sie jetzt, wo sie sich über ihr persönliches Elend besser im klaren ist, ganz gern etwas für die Verbesserung ihrer Lebensqualität.«

Gene saß eine Weile stumm da und starrte blicklos auf mein Bücherregal. Er schob die Finger beider Hände ineinander, und ich spannte mich innerlich an, weil ich im Geiste schon das Knacken der Knöchel hörte. Mehrmals zog er die Finger auseinander und schob sie wieder ineinander, bis er sie schließlich fest verschränkte und die Handflächen auswärts drehte; wie üblich ging mir das schnalzende Geräusch, mit dem die Gelenkhaut gegen den Knorpel prallte, auf die Nerven.

»Wissen Sie, das wird noch ein Problem werden.«

»Was?«

»Meine Besuche hier werd' ich wohl ... Na, möglicherweise schaff' ich's noch einmal pro Woche.«

»Was hältst du davon, ihn um eine fünfzehnprozentige Gehaltserhöhung zu bitten, Gene?«

»Wozu denn noch?« Er klang gequält. »Nur noch ein halbes Jahr, dann bricht für mich sowieso das goldene Zeitalter an.«

»Das Schlimmste, was dir passieren kann, ist, daß er nein sagt. Lob ist eine tolle Sache, Gene. Balsam für die Seele. Aber der Körper nagt dabei am Hungertuch.«

Gene saugte die Backen zwischen die Zähne, hielt eine Weile den Atem an und atmete dann eruptiv aus. »Sie haben recht«, ließ er dem Luftstrom folgen. »Okay. Ich werde mit ihm reden.«

»Was unsere Sitzungen angeht – ich weiß nicht, was wir da machen sollen. Wir könnten uns per Telefon unterhalten, falls dir das etwas bringt –«

»Nein!« In Genes Ablehnung lag ein entsetzter Unterton.

Ich zog die Brauen hoch.

»Das Risiko, daß jemand in der Firma etwas mitbekommt, ist mir zu groß.«

»Ich könnte mal versuchen, ob ich mir die Zeit zum Telefonieren nicht abends nehmen kann.«

»Das nützt nichts, abends bin ich auch im Büro. Ich glaube, ich muß einfach – ich weiß es noch nicht. Kann sein, daß ich nicht mehr kommen kann.«

Ich hatte kein gutes Gefühl. Zugegeben, Gene hatte endlich mit seiner Frau offen über seine wahren Gefühle gesprochen, und er hatte von Stick gefordert, was ihm zustand, aber so, wie sich mir die Dinge darstellten, würde der erzielte Durchbruch in beiden Fällen folgenlos bleiben. Es sah nicht danach aus, als ob Genes Eheleben bei dem riesigen, straff organisierten Arbeitsprogramm, das vor ihm lag, an Intimität gewinnen könnte. Seine Forderung an Cathys Sinnlichkeit war das Verlangen eines Neurotikers: ich möchte Liebe von dir, und zwar sofort, nur habe ich leider gerade anderweitig zu tun. Sicherlich, er hatte Copley mit einem Anspruch konfrontiert. Bekommen hatte er einen Wechsel auf die Zukunft, während Stick von seinem Projektleiter sofort bekam, was er wollte. Selbst wenn Copley doch noch mit einer fünfzehnprozentigen oder zehnprozentigen Gehaltsaufstockung herausrücken sollte, würde sich dadurch an Genes Situation nicht viel ändern. Nicht daß ich Sticks Versprechungen für Lügen gehalten hätte. Warum hätte ich sie anzweifeln sollen? Wenn der Black Dragon ihn tatsächlich auf den Chefsessel von Hyperion katapultierte, was sollte ihn davon abhalten, Gene, einen loyalen und erfolgreichen Mitspieler in seiner Mannschaft, zu befördern? Das war kein Gnadenerweis; das war, wie mein Onkel gesagt hätte, ein Beweis von Geschäftstüchtigkeit.

Unsere Zeit war um, und Gene schien nicht in der Stimmung, in bezug auf unseren zukünftigen Stundenplan eine Entscheidung zu treffen. Er meinte, er könne noch einmal in dieser Woche und wahrscheinlich auch in der nächsten wiederkommen. Ich versprach ihm, meine Terminplanung durchzugehen und nach Alternativlösungen zu suchen.

Ich fuhr nach Hause und freute mich unterwegs schon darauf, Diane über die Sitzung zu berichten. Sie ließ sich gern über die Arbeit mit Gene erzählen, weil er ein Ausnahmefall in meiner Praxis war und so für beide von uns eine Ablenkung von den grausamen Lebensgeschichten der Kinder.

Ich muß zu meiner Schande gestehen, daß ich mich über Gene und seine Kümmernisse lustig machte. Diane war zwei Monate zuvor zu mir gezogen, und ich fand sie jetzt in der Badewanne vor, das jugendliche – ohne Brille kindlich wirkende – Gesicht körperlos über einem Gebirge von weißem Badeschaum schwebend, das auf der Wasseroberfläche lagerte. »Ich will Sex, und ich will, daß du auch Sex willst, oder ich verlasse dich«, sagte ich beim Eintreten.

Diane senkte den Kopf und blies eine Schaumflocke in meine Richtung. »Okay, kühner Held, komm und hol mich!«

»Oh, das waren nicht *meine* Worte. So redet mein Patient mit seiner Frau.«

»Im Ernst?« Diane setzte sich aufrecht. Ich sah zu, wie unter dem langsam sich auflösenden Schaum ihr Hals und der Ansatz ihrer Brüste zum Vorschein kamen. »Das mußt du mir in allen Einzelheiten erzählen.«

Nachdem ich meinen Bericht beendet hatte, liebten wir uns, unter dem sanften Gebrutzel zerplatzender Schaumblasen über das Wannenporzellan gleitend. Wir waren in ausgelassener, frivoler Stimmung. »Nenn mich Tawny«, flüsterte Diane, während sie mich an sich zog.

ELFTES KAPITEL
Fehlerbeseitigung

Stick hatte noch freie Mittel im Budget, die für eine fünfprozentige Gehaltsaufbesserung ausreichten, und der innerbetriebliche Wettlauf ging weiter. Da Gene unsere Sitzungen in seinem vollgepackten Stundenplan nicht mehr unterbringen konnte, unterhielten wir uns einmal die Woche, mittwochs um zwölf, eine halbe Stunde lang am Telefon. Er rief aus einer ruhigen Zelle in einem fünf Minuten von Hyperion entfernten International House of Pancakes an; falls irgend jemand, der ihn kannte, ihn dort entdeckte, würde es so aussehen, als hätte er seine Mahlzeit in dem Schnellrestaurant unterbrochen, um rasch nach Hause zu telefonieren. Cathy engagierte eine weibliche Hilfskraft, die Pete von der Schule abholte und leichte Putzarbeiten sowie einen Teil der Einkäufe erledigte. Sie immatrikulierte sich an der State University New York in Purchase, um zunächst einmal ihren Bachelor of Science zu machen, und vertagte die Entscheidung in der Frage, ob sie Medizin studieren solle, bis zur Graduierung.

Zwei Monate nach Beginn unserer Umstellung auf das Telefon versäumte Gene seinen Termin. Am nächsten Morgen rief er an, um sich zu entschuldigen: Bei seiner Arbeit sei unerwartet eine kritische Zuspitzung eingetreten. Seine Stimme war heiser und matt; er klang zermürbt. Er arbeite im Augenblick rund um die Uhr, erklärte er, und könne beim besten Willen nicht verbindlich sagen, ob er mittwochs immer Zeit habe.

»Möchtest du eine Weile aussetzen, Gene? Du brauchst es mir nicht schonend beizubringen. Ich kann mit einer offenen Auskunft leben.«

Er seufzte laut. »Ja. Ich kann über nichts anderes mehr reden als über die Maschine. Sobald das Ding fertig ist, können wir ja wieder nach dem alten Fahrplan weitermachen. Das werd' ich dann auch nötig haben. Ich weiß überhaupt nicht mehr, wie die Menschen aussehen, geschweige denn, wie ich mit ihnen reden soll.«

Vor der Fertigstellung der Maschine hörte ich noch einmal im August 1989 von Gene. Wenn ich ihn bei dieser Gelegenheit richtig verstanden habe, hatte die verspätete Lieferung einer Schlüsselkomponente des Black Dragon die Arbeiten an dem Prototyp einschließlich der Fehlerbeseitigung verzögert. Letztere ist im Fall einer neuen Maschine die Endkontrolle sämtlicher Hardwareteile beziehungsweise der Verdrahtung zwecks Feststellung der Ursache von Pannen des Prototyps. Fehlerbeseitigung war Genes wichtigste Pflicht. Er schilderte sie als eine langwierige, langweilige und diffizile Arbeit. Obwohl für diese rein praktische Aufgabe keinerlei höheres Computerwissen benötigt wird, ist sie in gewissem Sinn wichtiger als die innovative Brillanz der neuen Konstruktionsidee. Die Konzeption mag absolut stimmig sein, aber wie kann man das wissen, solange nicht jede kleinste Verbindung, jedes winzige Einzelteil überprüft ist?

Als nachträglichen Einfall fügte Gene noch hinzu, daß das hausinterne Konkurrenzprojekt gestorben war, mehr noch: Sticks Rivale war gekündigt worden. »Du hörst dich nicht so an, als ob du besonders glücklich darüber wärst«, stellte ich fest.

»Na ja, das Ganze ist prima, wenn ich beim Black Dragon mit der Fehlerbeseitigung so weit komme, daß der verdammte Kasten funktioniert.« In seinem Ton schwang Angst mit, richtige Angst, nicht einfach nur nervöse Spannung. Jetzt – beim Hören dieser bebenden, verschreckten Stimme – begriff ich viel besser als bei all unseren nostalgischen Gesprächen über die Last und den Triumph des Baus von Flash II, wieviel von sich selbst er in seine Arbeit investierte. Die Maschine war sein wahres Leben: in sie steckte er seine ganze Leidenschaft, und er liebte diese seine Schöpfung mit einer Liebe, die aus einem ungeschützten und unbedachten Herzen kam.

Ich war beeindruckt, ein bißchen besorgt, aber nicht alarmiert. Ich rechnete damit, daß er Erfolg haben würde, und wenn nicht, traute ich mir zu, ihm helfen zu können, mit dem Mißerfolg fertigzuwerden. Außerdem steckte ich binnen kurzem selbst in einer Krise, die mit das Gravierendste und Bedrohlichste war, was ich in dieser Beziehung erlebt hatte, eine Herausforderung, die mich in Zweifel am Sinn meiner Arbeit mit Kindern und an der Existenzberechtigung meiner Schöpfung, des Behandlungszentrums, stürzte.

Es begann harmlos genug. Phil Samuel, ein Fachkollege an der Webster University, bat uns um Überlassung von Videoaufzeichnungen etlicher unserer ersten Interviews mit Kleinkindern (bis zu sechs Jahren), die Opfer sexuellen Mißbrauchs und/oder körperlicher Mißhandlung geworden waren. Er sicherte zu, die Bänder lediglich zur eigenen Orientierung zu verwenden, keine Kopien zu machen und sie umgehend zurückzugeben. Warum? wollte ich wissen; der Gedanke, das sensitive Material in fremde Hände zu geben, schmeckte mir nicht. Samuel bot mir an, mir noch vor der Veröffentlichung eine klinische Studie zu überlassen, die er vor kurzem abgeschlossen hatte und aus der hervorging, daß Kleinkinder extrem suggestibel sind. Ja, sie erbrachte den Nachweis, daß ihre Suggestibilität sogar auf eine Befragung von solcher Behutsamkeit und Unaufdringlichkeit anspricht, daß wohl niemand auf die Idee käme, sie als suggestiv zu qualifizieren. Der Studie lag eine bewundernswerte Versuchsplanung zugrunde. Zwei Doktoranden führten Einzelgespräche mit acht Kleinkindern. Man stellte eine Reihe von Fragen nach alltäglichen Erlebnissen, in dem Stil: »Bist du schon einmal am Meer gewesen?« Unter diesen Banalitäten war ein Stück Konterbande versteckt. Die Frage »Bist du schon einmal von einer Maus gebissen worden?« wurde in neutralem Ton gestellt. Beim ersten Durchlauf antworteten alle Kinder mit Nein. Der Interviewer zeigte keine Reaktion, wiederholte die Frage nicht und stellte keine Anschlußfragen zu dem Thema. Eine Woche später wurden denselben Kindern dieselben Fragen erneut vorgelegt. Diesmal gab die Hälfte der Kinder eine andere Antwort: Ja, man war schon einmal von einer Maus gebissen worden. Die Anschlußfragen waren neutral und nichtssagend: »Wo warst du, als du gebissen wurdest?«, »Mußtest du zum Arzt gehen?« Beim dritten Durchlauf antworteten alle Kinder mit Ja und warteten mit einer Menge farbenprächtiger Einzelheiten auf. Ich traute diesen Ergebnissen nicht – bis ich Samuels Studie gelesen und seine Videos gesehen hatte.

Ich brachte die Sachen Diane. Sie hielt nicht für der Mühe wert, sich mit ihnen zu beschäftigen. »Das ist der alte Mist in neuer Verpackung: Kinder sind unglaubwürdig. Das Hexenjagd-Argument der Strafverteidiger.«

Ich ließ nicht locker, bis sie sich bereit erklärte, sich die Videos an einem Sonntag anzusehen. Gemeinsam verfolgten wir, wie ein Kind nach dem anderen ohne Einschüchterung oder sonstigen Druck von seiten des Interviewers komplizierte Geschichten von Vorfällen erfand, die nie stattgefunden hatten. Ein Junge lieferte eine besonders detailfreudige Konfabulation. Seiner Erzählung zufolge war er gemeinsam mit seinem älteren Bruder in den Keller gegangen, wo zwischen den Geschwistern ein Streit um eine Plastikfigur entbrannte, in dessen Verlauf der Bruder ihn in einen Haufen alter Kleider schubste. Der Kleiderberg erwies sich als das Versteck einer Maus, die den Erzähler in den Zeigefinger der rechten Hand biß. Er wurde ins Krankenhaus gebracht, wo man ihm eine Spritze gab und einen Verband anlegte, ehe man ihn wieder nach Hause entließ. Sein Vater stellte Fallen auf, die Maus kam in einer von ihnen um und wurde im Garten begraben, und zu guter Letzt feierte die Gerechtigkeit einen weiteren Triumph, indem nämlich der ältere Bruder dafür bestraft wurde, daß er den Erzähler in den Altkleiderberg geschubst hatte. Nachdem die Phantasie des Jungen diese Blüten getrieben hatte, wurde sein Vater eingeschaltet, der dem Fabulierer vorhielt, daß es seines Wissens nie eine Maus im Haus, einen Krankenhausbesuch und so weiter gegeben hatte. Der Junge gab bereitwillig zu, daß die ganze Geschichte nur ein Märchen war. Der Vater sagte zu ihm, das sei nicht weiter schlimm, niemand sei ihm deswegen böse und von jetzt an könne er getrost die Wahrheit sagen.

Beim nächsten Interview informierte der Doktorand den Jungen, daß er über das Gespräch zwischen Vater und Sohn im Bilde war: er wisse nun, daß die Geschichte erfunden war, der Junge könne das zugeben, ohne befürchten zu müssen, daß er deswegen ausgeschimpft würde. Der Junge weigerte sich zu widerrufen. Er bestand mit Nachdruck darauf, daß jede Einzelheit wahr sei, und wartete obendrein mit neuen Ausschmückungen auf. Samuels Schlußfolgerung: Je größer die Skepsis, die dem Jungen entgegenschlug, desto tiefer hinein in den Bereich der Realität verlagerten sich für ihn die phantasierten Ereignisse. Ein Phantasma hatte sich in eine traumatische Erinnerung verwandelt.

»Na und? Das ist ein Einzelfall«, meinte Diane.

Ich zeigte ihr die schriftlichen Protokolle. Alle Kinder hatten schließlich Schilderungen von Mäusebissen geliefert, die nie stattgefunden hatten, und alle hatten, mit den Fakten konfrontiert, wenig Neigung gezeigt, sich von ihren Fabeleien zu verabschieden. Jawohl, sie waren jung genug, um einer genuinen Verkennung des Unterschieds zwischen Phantasie und Wirklichkeit erliegen zu können, durften aber nichtsdestoweniger als Zeugen vor Gericht aussagen. (Was ihr Alter für den Wert ihrer Zeugenaussage vor Gericht zu besagen hat, ist alles andere als eine akademische Frage. Kinder von bis zu sechs Jahren galten bei den Gerichten als die zuverlässigsten Beweiszeugen in Sachen sexueller Mißbrauch, weil man davon ausging, daß sie in puncto Sexualität zu unwissend waren, als daß sie irgendwelche Fakten hätten erfinden können. Ich hatte dies mehr als ein dutzendmal vor einer Geschworenentribüne als meine Expertenmeinung beeidet, für die ich auch nicht den Schatten eines Zweifels gelten lassen wollte.)

Ich ging in die Küche, um Kaffee zu kochen, und ließ die in das Studium von Samuels Manuskript vertiefte Diane allein im Zimmer zurück. Als ich wiederkam, hatte sie das Videoband zurückgespult und damit begonnen, wieder und wieder die Schlüsselmomente der einzelnen Gespräche abzuspielen: ich wußte, daß sie in der ersten Gesprächsserie nach irgendeinem falschen Zungenschlag des Interviewers bei der Frage »Bist du schon einmal von einer Maus gebissen worden?« suchte. Die Frage wurde denkbar beiläufig vorgetragen. Und ebenso beiläufig wurde im ersten Durchlauf geantwortet: mit einem lakonischen Nein. In der folgenden Woche bewirkte die Frage ein Stutzen, das sich in einigen Fällen auch schon in ein Ja auflöste. In der dritten Woche indessen nickten alle Befragten mit dem hübschen kleinen Kopf und versicherten in feierlichem, ein bißchen beleidigtem Ton: »Ja.«

Hörte ich da irgendwo Freud lachen?

Schließlich schaltete Diane den Videorecorder ab. Sie schob die über den Couchtisch verstreuten Manuskriptblätter mit dem Fuß beiseite, nahm ihre Brille ab, lehnte sich zurück und schloß die Augen. »Letzten Endes«, sagte sie mit tieferer Stimme als gewöhnlich, »dreht sich die Geschichte nur um eine Maus.« Sie verharrte in ihrer halb liegenden Position, die Hände hinter dem Kopf verschränkt, die Augen geschlossen, als ob sie im Begriff wäre einzuschlafen. Mit ihrem gelassenen sommersprossigen Gesicht sah sie genauso hübsch und unschuldig aus wie ein phantasierendes Kind.

Ich wartete auf eine genauere Erklärung. Diane sah so aus, als würde sie jeden Moment einschlafen. Das Thema war für sie abgeschlossen. Ich lachte spöttisch auf. »Und das war's dann? Das ist alles, was du dazu zu sagen hast?«

Sie öffnete die Augen. Sonst keine Reaktion. »Du weißt genau, was ich meine.«

»Nein.«

Sie zog die Hände auseinander, hob die Füße vom Couchtisch und ließ sie auf den Boden sinken, setzte sich auf und belehrte mich: »Es ist ein großer Unterschied, ob ein Kind behauptet, es sei von einer mythischen Maus gebissen worden, oder ob es, sagen wir, als kleines Mädchen einen wirklich existierenden Menschen, noch dazu einen nahen Verwandten, beschuldigt, er habe an seiner Vagina herumgespielt.«

»Das würde ich unterschreiben. Aber warum geben sie die Phantasie nicht auf, wenn sie gesagt bekommen, daß alle Welt weiß, es stimmt nicht, und daß keiner ihnen einen Strick daraus drehen will?«

»Na, hör mal!« Diane schüttelte den Kopf über mich. Sie stand auf und schien dann zu merken, daß sie eigentlich nirgendwo hinwollte.

»Was heißt: Na, hör mal?«

»Das ist das Ego, die Identitätsbildung. Sie wissen, daß die Lüge folgenlos bleibt. Was kann schon passieren – etwa, daß die Maus zu Unrecht bestraft wird? Sie verteidigen ihren Stolz, nicht die Lüge.«

Ein gutes Argument. Genau aus diesem Grund wollten sie unsere Videobänder haben: die Aussagekraft der Mausstudie war begrenzt. Ich glaubte nicht, daß Phil Samuel vorhatte, eine persönliche Position in der innerhalb und außerhalb der Psychologie mit wachsender Schärfe ausgetragenen Diskussion über die von Kindern ausgehenden Beschuldigungen zu untermauern – einer Diskussion, deren Themenspektrum von der Glaubwürdigkeit oder Unglaubwürdigkeit kindlicher Zeugen bis zu der Frage reichte, ob nicht die Prozedur der Vernehmung und des Kreuzverhörs eine ebenso schwere Traumatisierung bewirkt wie die zur Verhandlung stehenden Geschehnisse.

[Ohne Frage versuchen Erwachsene sich sehnlich einzureden, daß von Kindern erhobenen Beschuldigungen nicht zu trauen ist. In Fällen von Verbrechen, bei denen die Beteiligten Erwachsene sind, kann dem Opfer immer – und wiederum: fälschlicherweise – eine irgendwie geartete Mitschuld zugerechnet werden. Ein Straßenraub ist ebensosehr die Schuld des Opfers, das sich leichtsinnig in eine gefährliche Gegend vorgewagt hat, wie die des Räubers; Urheber einer Vergewaltigung ist ebensosehr das aufreizende Kleid des Opfers wie der Vergewaltiger; und so weiter. Das alles gehört mit zu dem natürlichen Verlangen, vom blinden Zufall auf dem Lebensweg des einzelnen ausgestreute Gefahren und Tücken zu leugnen. Wieviel angenehmer ist es demgegenüber, sich die Welt als einen Hindernis-Parcours zu denken, den man mit einigem Geschick glücklich bis zum gesetzten Ziel überwinden kann. Wenigstens den Kindern wird, wenn auch in oberflächlicher Sicht, Unschuld unterstellt. Außer Freud und notorischen Kinderschändern dürfte man nicht viele finden, die den Gedanken laut werden lassen, daß Kinderwünsche auf Sex mit Erwachsenen zielen – und was Freud betrifft, so ist bei ihm von Phantasien, nicht von realer Beteiligung die Rede. Es ist nicht zu vermeiden, daß alle Eltern ihren Kindern weh tun, in den meisten Fällen mit Geringfügigkeiten, weit entfernt von echter Mißhandlung; nichtsdestoweniger hinterlassen auch derartige Geringfügigkeiten ein peinigendes Schuldgefühl, das mit dem Wunsch nach Entlastung einhergeht. Unser Weg zur Reife schließt, sofern er nicht über eine Therapie führt, den Glauben ein, daß unsere Verwundung nicht stattgefunden habe oder daß wir den Schmerz getrost ignorieren könnten, weil er sich uns in übertriebener Form darstelle. Ich verarge es niemandem, wenn er sich sträubt, seine Kindheitserinnerungen für wahr zu halten; für manche ist das eine nützliche Abwehrhaltung. Mein Groll richtet sich vielmehr gegen jene Therapeuten, die – sei's aus Nachlässigkeit, sei's aus Ehrgeiz – ihre Arbeit nicht richtig machen und den verbreiteten Eindruck verstärken, daß Kinder sich regelmäßig Geschichten von körperlicher Mißhandlung und sexuellem Mißbrauch ausdenken.]

Tags darauf rief ich Phil an, um etwas über die Zielrichtung der geplanten neuen Studie zu erfahren. Er sagte mir, er wolle überprüfen, ob Kinder, die niemals sexuellen Mißbrauch erlebt hatten, einschlägige Geschichten genauso mühelos zusammenfabulieren wie eine Geschichte von einer beißenden Maus. Wir gälten allgemein als die sorgfältigsten und neutralsten Befrager (nicht zuletzt weil wir Videoaufzeichnungen von allen Gesprächen anfertigten und nicht verbal, sondern mit Hilfe von Puppen rekonstruierten, welche Manipulationen genau an den Kindern vorgenommen worden waren), und er wolle von unserer Technik lernen. Ich bat ihn, mir die neue Versuchsplanung zu erläutern. Acht Kinder sollten von einem Kinderarzt einer Routineuntersuchung unterzogen werden, die von versteckten Kameras aufgezeichnet würde. Der Pädiater würde etliche Prozeduren ausführen, die so harmlos wie sinnlos waren: den Kindern mit einem Pappbecher am Ohr den Bauch abhorchen, sie mit einer Vogelfeder leicht unterm Arm kitzeln – beides ohne Haut-auf-Haut-Berührung, die »Patienten« würden die ganze Zeit vollständig bekleidet bleiben – und mit einem Zungenspatel ihre Zehen abzählen. Zu keinem Zeitpunkt würden bei der Aktion die Genitalien der Kinder entblößt oder berührt. Man könne diese Dinge als ärztliche Verrücktheiten betrachten und möglicherweise auch eine sexuelle Symbolik in ihnen entdecken, aber kein vernünftiger Mensch könne sie als physische Zudringlichkeit auslegen; tatsächlich seien sie unsinnlicher und weniger aufreizend als eine normale Umarmung der Eltern oder eine Rauferei unter Geschwistern. Eine Woche später würden die Kinder nach dieser ärztlichen Untersuchung befragt werden, und zwar vor dem Hintergrund der Fiktion, daß gegen den Kinderarzt ein Ermittlungsverfahren im Gang war; dabei würde man in Anlehnung an unsere Verfahrensweise und Technik Puppen einsetzen und die Fragen von direkten sexuellen Bezügen freihalten. Samuel hätte nun gern unsere Videoaufzeichnungen von Gesprächen mit echten Mißbrauchsopfern gesehen, um seine Doktoranden mit ihrer Hilfe auf diese zweite Phase des Experiments vorbereiten zu können.

Diane stand dem Ansinnen generell entschieden ablehnend gegenüber und war erst recht dagegen, Bänder von dem Fall Peterson, das für Phils Zwecke geeignetste Material, aus der Hand zu geben. Henry Peterson hatte den Vater seiner Ehefrau beschuldigt, seine sechs- beziehungsweise vierjährigen Enkelinnen sexuell belästigt zu haben, während sich die Kinder in seiner Obhut befanden. Zur Zeit des behaupteten Mißbrauchs steckten Henry und seine Frau mitten in einem mit größter Erbitterung geführten Scheidungsverfahren; er hatte umständehalber seinen Wohnsitz in einen anderen Bundesstaat verlegen müssen, und sie war häufig auf Geschäftsreise; die Folge davon war, daß die Peterson-Mädchen praktisch in der Obhut ihrer Großeltern mütterlicherseits aufwuchsen. Henry Petersons Anwalt schaltete uns ein, damit wir die Mädchen befragten; die Tatsache, daß in letzter Zeit Klagen wegen Kindesmißbrauchs mehrfach gescheitert waren, hatte ihn argwöhnisch gemacht. Diane kümmerte sich allein um den Fall. Sie deckte eine systematische, zunehmende Belästigung der Mädchen durch den Großvater auf. Er fingerte während des Badens an ihren Schamlippen, kroch nachts zu ihnen ins Bett, um sich an ihnen zu reiben, und tat schließlich etwas, was sich in den Worten der Mädchen so anhörte: »Opa hat mir auf den Bauch gepinkelt.« Auf eine Beschwerde bei der Oma hin, berichteten die Mädchen, habe diese ihnen mit einem Holzlöffel den Hintern versohlt, bis sie bluteten. Da Penetration nicht mit zum Tatbestandsbild gehörte und die Schläge nach Auskunft der Betroffenen vor Monaten empfangen worden waren (die Mädchen waren von den Großeltern zur Mutter gezogen, nachdem diese eine neue Stelle angetreten hatte, in der sie nicht mehr reisen mußte), lag kein gegenständlicher Beweis für oder gegen den von Diane eruierten Befund vor. Allerdings waren die Peterson-Mädchen in einer erschrekkenden psychischen Verfassung. Sie litten unter schwerem Pavor nocturnus, waren in puncto Sauberkeitserziehung vollständig regrediert, fürchteten sich vor ihren Großeltern und brachen in lautes Schreien aus, wann immer sich ein Körperkontakt mit einem Mann ankündigte – und davon war auch ihr Vater nicht ausgenommen. Für uns ist dergleichen die emotionale Bekräftigung eines Befunds. Ich zweifelte nicht daran, daß die Geschichten der Mädchen im wesentlichen – wenn nicht sogar in allen Einzelheiten – zutrafen.

Ich wollte Dianes Befragung der Peterson-Mädchen in das Material für Phil Samuel mit einschließen, und zwar eben weil in diesem Fall, anders als bei Patienten wie Albert, keine beweiskräftigen körperlichen Indizien existierten und die beiden Mädchen obendrein der von Samuel untersuchten Altersgruppe angehörten. Die meisten unserer Patienten lagen im Alter über seiner Obergrenze von sechs Jahren. (Die Altersgrenze war nicht willkürlich gewählt, sondern entsprach der Grenze zwischen zwei psychologischen Entwicklungsphasen. In der geplanten Studie ging es darum zu bestimmen, wie leicht sich für ein Kind unter Umständen der Unterschied zwischen Phantasie und Wirklichkeit verwischt. Vom vollendeten sechsten Lebensjahr an – nach dem Wechsel aus der Kleinkind- in die Kindes- oder Schulkindphase – ähnelt das Kind, das eine kontrafaktische Behauptung äußert, mehr und mehr dem erwachsenen Lügner. Phil Samuel testete jedoch nicht die kindliche Bereitschaft zum Lügen, sondern die grundsätzliche Befähigung von Kleinkindern, als Zeugen in einem Gerichtsverfahren zu fungieren. Nach seiner Überzeugung hatte der in der Mausstudie zitierte erfindungsreiche Junge keinen Begriff von dem [für Erwachsene evidenten] Unterschied zwischen dem »Spiel«, das darin bestand, daß man von einem klinischen Psychologen befragt wurde, und einer förmlichen Zeugenaussage vor Gericht. In vielen Fällen würde ein Kind dieses Alters noch nicht einmal in der Öffentlichkeit des Gerichtssaals auftreten müssen. Eine Aussage unter vergleichbaren Bedingungen, wie sie bei dem klinisch-psychologischen Experiment gegeben waren, genügt, und ein späterer informeller Widerruf – etwa das Geständnis gegenüber dem Vater, daß die Geschichte erfunden war – wird als eine für Mißbrauchsopfer typische Realitätsverleugnung eingestuft.)

Diane sperrte sich gegen mein Vorhaben mit dem Argument, daß die Klage gegen die Großeltern nicht zu einem Strafverfahren geführt hatte – Henry Peterson hatte bei Gericht lediglich beantragt, den Großeltern das Recht auf Kontakte mit den Kindern abzuerkennen; im übrigen wurde auf seinen Antrag und mit Zustimmung der Staatsanwaltschaft zur Schonung der Familie von einer Strafverfolgung abgesehen. Ihr Einwand erschien mir in diesem Zusammenhang unerheblich. Samuel hatte mir zugesichert, daß er die Bänder zu keinem anderen Zweck verwenden werde, als sich über unsere Fragetechnik und die Art und Weise, wie wir Puppen verwendeten, kundig zu machen. Darin sah ich keinerlei Anlaß zu Bedenken.

Am Morgen disputierten wir, ohne zu einem Ergebnis zu kommen, dann einigten wir uns darauf, am Abend zu Hause definitiv zu entscheiden, wie wir es mit den Peterson-Videos halten wollten, und wandten uns jeder seinen eigenen Geschäften zu. Meine Aufgabe für diesen Tag war eine für mich ungewöhnlich erfreuliche. Albert war in das Dorrit House in North Carolina aufgenommen worden, eine Internatsschule für Knaben aus unterprivilegierten Schichten, für deren Gründung ein reicher Tabakbaron in seinem Testament die Mittel ausgesetzt hatte. In Anbetracht von Alberts guter Führung und schulischen Fortschritten sowohl während der neun Monate, seit die Jugendrichterin die Umwandlung seiner Strafe in einen Aufenthalt in unserem Behandlungszentrum konzediert hatte, als auch während des letzten halben Jahrs vor dem Richterspruch (alles in allem fünfzehn Monate Therapie bei exzellenter Führung), fand Richterin Torres sich bereit, die Auflagen für die bedingte Strafaussetzung so weit zu lockern, daß Albert das Internat besuchen konnte.

Albert hatte tags zuvor seine Sachen gepackt und eine kleine Abschiedsparty für die Betreuer und seine Zimmergenossen gegeben. Ich chauffierte ihn zu dem Rehabilitationszentrum in Brooklyn, in dem sich seine Mutter zur Zeit aufhielt. Hier sollte das erste Wiedersehen mit ihr seit ihrer beider Festnahme vor zwei Jahren stattfinden. Wenn das vorüber war und sie sich voneinander verabschiedet hatten, würde ich Albert nach Manhattan fahren, wo ein Kleinbus wartete, der ihn zusammen mit sechs anderen zum Dorrit House bringen würde.

Das Frauenheim in Brooklyn war eine umgebaute Pension. Wir wurden zum Garten hinter dem Haus geführt. Albert trat vor mir auf den Klinkerboden der Terrasse hinaus, wo zwei tapeziertischähnliche hölzerne Picknicktische und grüne Metallklappstühle aufgestellt waren. Unter der Schiebetür mußten wir beide den Kopf einziehen. Seine Mutter wartete mit gekreuzten Armen unter einem hohen Ahorn auf dem grasbewachsenen erhöhten Plateau, das den hinteren Teil des Gartens bildete. Es war ein drückend heißer Tag Ende August. Der üppig belaubte Baum wirkte klamm, erschöpft, rußig. Clara beobachtete die Ankunft ihres Sohns, als ob er ein Fremder wäre. Sie trug eine rote Bluse, die oben weit genug offenstand, um einen beachtlichen Busenansatz und den Rand eines schwarzen BH sehen zu lassen. Der flache Bauch und die langen Beine wurden betont durch denkbar knapp sitzende weiße Shorts – so knapp, daß der Rand, wie mir später auffiel, Striemen in ihre Oberschenkel schnitt.

Ich war perplex über ihre jugendliche Erscheinung. Bei Alberts Geburt war sie fünfzehn gewesen, das bedeutete, daß sie immer noch nicht ganz dreißig war. Als abstraktes Faktum war mir das bekannt gewesen. Aber mit eigenen Augen ihre milchkaffeebraune glatte Haut, ihre mädchenhafte Figur, den Adel der hohen Backenknochen und der markanten Nase zu sehen, das erfüllte so gar nicht die Erwartungen in bezug auf eine Mutter, geschweige denn in bezug auf die im ungeheuerlichsten Maße, das mir in meiner bisherigen Praxis untergekommen war – und das übrigens auch von Fallbeispielen in der Literatur nicht übertroffen wurde –, kinderschänderische Mutter.

Einigermaßen fassungslos war ich auch angesichts der Tatsache, daß man Clara die Freiheit gelassen hatte, Albert in diesem Aufzug gegenüberzutreten. Unwillkürlich suchte ich in den Augen unserer Begleiterin nach einer Erklärung. Es war eine hübsche junge Afro-Amerikanerin, die allerdings ein reizloses blaues Kleid trug, das bis zu den mit Sandalen bekleideten Füßen reichte. Ich hatte nicht die geringste Ahnung, welchen Rang sie hier innehatte, und mir ging auf, daß mein fragender Blick sinnlos war. Offensichtlich war jemand der Meinung, daß es Klaras Sache war, wie sie sich Albert präsentieren wollte, und seine Sache, wie er darauf reagierte. Alles in allem konnte ich das nicht bestreiten. Wenn sie dabei bleiben wollte, ihre Beziehung zu ihm zu sexualisieren, dann sollte er das auch wissen.

Albert blieb auf der Terrasse stehen. »Hallo«, sagte er verlegen und senkte den Kopf, als sie nicht antwortete, die verschränkten Arme nicht auseinandernahm, sich überhaupt nicht regte. Sie schien durch uns hindurchzusehen, nicht grimmig, eher wie in Trance.

»Ich bin da drin gleich hinter der Tür«, sagte unsere Begleiterin. »Wollen Sie nicht mitkommen?« fragte sie mich mit gesenkter Stimme.

Ich schüttelte den Kopf. Albert hatte mich gebeten, die ganze Zeit bei ihm zu bleiben. Er fürchtete sich vor Clara. Und er fürchtete sich vor sich selbst. Er hatte lebhafte Phantasien, in denen er sie aufschlitzte, vor allem ihr den Bauch aufschlitzte; manchmal fühlte er das Verlangen, sie zu erwürgen, während sie um Vergebung bettelte. Oft passierte es ihm, daß er mitten in einer angenehmen und harmlosen Tätigkeit den Griff ihrer Hand spürte, mit dem sie seinen Kopf zwischen ihren Beinen festhielt und seine Lippen gegen ihr Geschlecht drängte; manchmal war die Erinnerung so plastisch, daß Albert mit den Schultern ruckte, um sich aus ihren unnachgiebigen Fingern zu befreien. Mit jedem Tag, der verging, wurden die Erinnerungen klarer und frischer. Seit kurzem konnte er wieder masturbieren, was zwar in gewisser Weise eine Erleichterung für ihn bedeutete, aber andererseits auch Bilder des Gefoltertwerdens und der Rache heraufbeschwor, mit denen sexuelle Empfindungen für ihn unweigerlich gekoppelt waren. Ich hatte die Arbeit mit ihm stets so angelegt, daß er den spezifischen Zusammenhang seines Traumas mit Clara nicht aus den Augen verlor, daß er sich gegen Erinnerungen und Phantasien, die sie betrafen, nicht stemmte und daß er sie nicht – in dem Bemühen, ihr zu vergeben – verallgemeinerte. »*Sie* hat es getan«, sagte ich mehr als einmal zu ihm. »Nicht irgendwer, nicht irgendeine Frau. *Diese* Frau. Vergiß nie, daß es ihr Gesicht, ihr Körper war, nicht das Gesicht und der Körper von irgend jemand.« Als ich ihm diesen Rat gab, konnte ich natürlich nicht wissen, wie schön und vital der Mensch war, der ihn gefoltert hatte.

»Setzen wir uns«, sagte ich, als Clara nach einer Weile noch immer in ihrer Wachtpostenhaltung verharrte. Ich zog einen der grünen Stühle von seinem Tapeziertisch weg und setzte mich. Albert folgte meinem

Beispiel, wobei er seinen Stuhl so dicht wie möglich neben dem meinen plazierte.

Ich fragte mich, wie ich mich gefühlt hätte, wenn ich nach meiner Therapie bei Susan Gelegenheit gehabt hätte, mit meiner Mutter zusammenzutreffen und mit ihr zu sprechen. Clara löste ihre verschränkten Arme voneinander. Sie kam mit schlaksigen Bewegungen langsam auf uns zu, den Blick auf die Blumenbeete an ihrem Weg gesenkt. Ihre unbeteiligte Haltung wirkte fast schon beleidigend. Ich brachte mir zu Bewußtsein, daß Albert sich einer Frau gegenübersah, die ganz anders als meine Mutter war, daß seine Narben nicht nur tiefer, seine Verletzungen nicht nur schlimmer waren, sondern daß sie auch sein Leben lang sichtbar bleiben würden – Wunden, die, wer immer ihn zärtlich genug liebte, um intim mit ihm zu werden, auch und gerade beim Liebesakt sehen und fühlen würde. Je näher Clara kam, desto heftiger regte sich mein Groll auf sie. Mein Körper spannte sich wie unter dem Eindruck einer drohenden Gefahr – oder, besser gesagt, als wollte ich mich an einem brachialen Angriff auf sie hindern.

»Hallo, Al«, sagte sie und hob zum Gruß leicht die Finger an der sonst unbewegten Hand. Sie setzte sich auf die unterste Stufe der Treppe zwischen dem Rasenplateau und der mit Klinkern gefliesten Terrasse, die Beine aneinandergeschmiegt, die Knie bis ans Kinn hochgezogen. Sie lächelte ihn reumütig an. »Gut siehst du aus.«

Ich beobachtete seine Reaktion – hauptsächlich um die Augen von dem unergründlichen Rätselbild abzuwenden, das sie darstellte, von dem Bild einer hübschen jungen Frau, die vom Leben nichts zu wissen schien, die den Eindruck vollkommener Unberührtheit machte. Alberts Haut ist dunkler als die seiner Mutter, indes teilt er mit ihr den Adel der Gesichtszüge. In seinen weit geöffneten Augen trat kraß das Weiße hervor, während er sie von oben bis unten betrachtete. Er blieb stumm.

Sie nickte, wie wenn er geantwortet hätte und sie mit dem Gesagten einverstanden wäre. »Du gehst auf eine Schule?«

Albert nickte. Eine kaum merkliche Andeutung.

»Wo ist die?«

»North Carolina«, brummte Albert.

»Deine Großmutter ist aus North Carolina«, sagte sie, zu einer vorüberfliegenden Düsenmaschine aufblickend. Sie sah dem sich entfernenden Flieger nach. »Glaub' ich wenigstens«, setzte sie hinzu und ließ den Blick zu Albert zurückwandern.

»Ich hasse dich«, sagte er, das letzte Wort mit einem Würgen begleitend, als ob Tränen seine Stimme zu ersticken drohten. Aber seine Augen waren trocken, der Kopf saß in erstarrter Haltung auf dem langen Hals.

Clara schien nicht gehört zu haben. Sie besah sich eingehend seine Kleidung und ließ sich Zeit für ihre Musterung. Unvermittelt schwenkte ihr Blick zu mir. Mit der Plötzlichkeit eines Überfalls aus dem Hinterhalt schoß sie die Frage auf mich ab: »*Mußt* du mit dabeisein?«

Ich war zu verdattert, um antworten zu können.

»Hat dir wer gesagt, du sollst mit dabeibleiben, oder was? Kann ich mit meinem Sohn nicht allein sein?« Clara nickte zu dem Haus in unserem Rücken hinüber. »Sie ist da drüben. Mußt du unbedingt *hier* sein?«

Ich drehte mich um und sah nach hinten. Unsere Begleiterin stand hinter der Glastür und beobachtete uns.

»Die paßt schon auf, daß ich ihm nichts tu'«, sagte Clara, als ich mich wieder zu ihr umdrehte. »Bei der ersten Bewegung, die ich mache – ich brauch' ihm bloß 'n Kuß geben oder ihm die Pfote schütteln wollen, dann quatscht die mich tot. O Scheiße, lieber wär' ich gleich tot, als daß ich mir das Gelaber anhören muß. Ich rühr' ihn schon nicht an.«

Albert sagte grob: »Hast du mich verstanden? Ich hasse dich.«

Clara ließ den Kopf sinken und die Arme hängen – eine Marionette, die der Spieler an den Haken gehängt hat. Da hing sie nun, leblos. Von draußen schwappte sommerlicher Straßenlärm über die Gartenmauer. Kinder kämpften mit Wasserpistolen gegeneinander, auf dem Pflaster wurde in rasantem Tempo ein Basketball gedribbelt, ein Radio mit Rapmusik war bis zum Anschlag aufgedreht. Ein Mann brüllte: »Tony! He, Tony, du Arschkaffer! Wir müssen los.« Die Musik hörte schlagartig auf. Ein kleines Mädchen kreischte vor Vergnügen. Der Basketball ratterte auf einer Metallfläche. In Clara kehrte Leben zurück. Sie setzte sich aufrecht und rekelte sich, den schmalen Hals dehnend und die schlanken Arme vom Körper wegstreckend. In beiden Achselhöhlen wurde dabei ein blaßweißer runder Fleck sichtbar, womöglich von einem Deodorant herstammend. Sie glitt von der Treppenstufe herunter auf die Knie.

»Du bist mein Baby«, flüsterte sie leidenschaftlich erregt. Sie hielt jetzt die Arme ausgestreckt und winkte Albert mit den Fingern. »Du bist und bleibst mein süßes Baby.«

Unwillkürlich rutschte ich mit meinem Stuhl ein Stückchen zurück. Ich meinte, das Öffnen der Glastür gehört zu haben, aber unsere Begleiterin zeigte sich nicht. Albert hingegen hatte sich nicht gerührt. Sein nobles Gesicht war versteinert; die Wangen klebten an den Kiefern, die Augen funkelten vor Zorn.

Clara perorierte leise und eindringlich weiter, wie eine Verliebte. »Ich weiß, ich hab' dir weh getan, Baby, aber das war das Crack, das war das Leben, was ich gehabt hab', der ganze Scheiß, den ich um die Ohren gehabt hab'. Ich hab' dich lieb, Baby. Das bin nicht ich gewesen, wo dir weh getan hat. Ich bin deine Mama, Baby.« Sie war gerührt über sich selbst: ihre Augen schwammen in Tränen. Mein Blick fiel auf ihre breiten, üppigen, scharlachrot geschminkten Lippen – sie waren sinnlich und unschuldig.

»Was glaubst du, mit wem du redest?« sagte Albert. Die Worte waren ruppig; nicht so sein Ton.

»Ich red' mit meinem Sohn. Du bist und bleibst mein Sohn –«

»Verzapfst du den Schmus für den Doc da?« Albert deutete mit einer Kopfbewegung auf mich. Sie sahen beide zu mir her, aber nur flüchtig. Im nächsten Moment fixierten sie einander wieder. »Dem kannst du nichts vormachen. Eher machst du mir was vor als ihm. Und da hast du null Chancen, ich fall' auf deine Lügen im ganzen Leben nicht rein.«

Claras breiter Mund stand offen, Tränen liefen ihr über die Wangen, sie hielt die Hände ausgestreckt, ihre Finger signalisierten ihm, zu ihr zu kommen. »Ich sag' ja nicht, daß ich nichts getan hab'. Ich lüg' ja nicht. Ich weiß, was ich getan hab'. Alle wissen es. Ich hab' nichts davon, wenn ich lüge.« Sie schien erst jetzt zu bemerken, daß sie kniete, und offenbar überraschte sie das. Sie streckte die Hand zu der Stufe zurück und stemmte sich hinauf. Sie wandte uns das Profil zu, während sie sich anklagte: »Ich weiß, daß ich schlecht bin. Ich weiß, daß ich mich nicht rausreden kann –«

»Dabei tust du nichts anderes als dich rausreden«, sagte Al, wieder ruppig in der Sache, aber mit einer Stimme, die beim letzten Wort versagte.

»Ich sag' bloß, daß ich dich liebhab', das ist alles.«

»Du sagst, du warst es nicht.«

»Nicht mein richtiges Ich«, bockte Clara. »Ich hab' dich nicht angerührt, solang' ich nicht gepafft hab'.« Sie sah an ihm vorbei zu mir her und sagte: »Verklicker' du's ihm. Ich sag' ja nicht, ich war's nicht. Ich sag' ja nicht, ich bin nicht schuld. Ich sag' bloß, ich hab' ihn lieb und ich wollt' bei Gott, es wär' nie passiert.« Sie hatte sich wieder in Rührung versetzt, und frische Tränen liefen in den getrockneten Spuren der alten über ihre Wangen.

»Sie schieben die Schuld auf den Stoff«, konstatierte ich.

»Und? Macht der einen vielleicht nicht verrückt im Kopf?« begann sie mit mir zu streiten. »Willst du mir weismachen, daß Crack einen nicht von der Rolle bringt? Ist das der Scheiß, den du ihm eintrichterst? Daß ich immer noch dieselbe bin? Ich bin nicht mehr dieselbe. Das ist noch so 'ne verdammte Lüge. Wenn du ihm so'n Scheißdreck erzählst, ist das gelogen.«

»Nein!« donnerte Albert mit Stentorstimme. Clara fuhr zusammen. Ich hörte ein Schrittgeräusch hinter mir, das ich unserer Begleiterin zuschrieb. Der Baßton von Alberts Aufschrei hallte eine Weile nach, ehe Stille eintrat, in der nur das Geräusch des Basketballs zu hören war, der mit singendem Oberton im Stakkato gegen den Zementboden prallte. Erst als sein Schrei verklungen war, fuhr Albert im sonoren Ton fester Überzeugung fort: »Du willst immer bloß darauf hinaus, daß es Gott weiß wer war, bloß nicht du. Mehr hast du nicht dazu zu sagen. Du willst mir noch das Letzte wegnehmen, was ich hab'. Andere Leute haben Mitleid mit mir und wollen mir helfen. Das ist nun wirklich das einzige, was ich dir verdanke, und jetzt willst du egoistische Schnalle mir das auch noch wegnehmen.« Albert stand auf. Er hatte sich schon halb zum Gehen umgedreht; anscheinend befürchtete er, er könne jeden Augenblick die Herrschaft über sich verlieren. »Von mir aus kannst du abkratzen«, bellte er ihr über die Schulter zu. Im Vorbeigehen stieß er gegen meinen Stuhl.

Ich erhob mich, um ihm zu folgen. Bei unserer Begleiterin, die unter der Terrassentür stand, drehte ich mich noch einmal nach Clara um. Mit erloschenen Augen, das tränenfeuchte Gesicht unbewegt, saß Alberts Mutter bolzengerade auf der Treppenstufe. Sie starrte mich an, als hätten wir uns noch nie gesehen.

Es war spät geworden, als ich nach Hause kam. Der Kleinbus zum Dorrit House hatte nicht pünktlich abfahren können. Was eigentlich ein Glück war. Durch die Begegnung war Albert offenkundig stark aufgewühlt und, wie ich fand, ernsthaft gefährdet. Es war eine Nachlässigkeit von mir gewesen, zu akzeptieren, daß zwei so gewichtige Ereignisse in seinem Leben in so kurzem zeitlichen Abstand aufeinanderfolgten. Mir war nicht wohl gewesen, als wir als einzig möglichen Termin für einen Besuch bei Clara den Tag von Alberts Abreise nach North Carolina genannt bekamen; er bestand jedoch darauf, sie noch einmal zu sehen, bevor er New York verließ, und ich fand, daß ich ihm das nicht abschlagen konnte.

Wir unterhielten uns in einer Cafeteria gegenüber dem Platz, wo der Kleinbus geparkt war. Der Fahrer hatte die Kühlerhaube hochgeklappt und suchte über die Eingeweide des Vehikels gebeugt herauszubekommen, warum der Motor stotterte. Albert saß mir gegenüber, ohne von dem Stück Kirschtorte und dem Glas Milch, die vor ihm standen, Notiz zu nehmen. Er atmete flach und hatte die Schultern hochgezogen und die Arme angehoben wie ein Boxer in Kampfstellung. Die kaum unterdrückte Wut, die er im Bauch hatte, wirkte wie ein elektrisches Feld: Der Kellner hielt, wenn er sich neben uns stellte, Abstand zu Alberts Seite des Tischs. Ich merkte, daß er von seinem Platz hinter der Theke aus ein wachsames Auge auf uns hatte. Ich versuchte, Albert dazu zu bringen, gezielt und ohne Umschweife über seinen Ärger zu sprechen. Als das nicht gelang, forderte ich ihn auf, mir zu schildern, auf welche Weise er seine Mutter am liebsten umbringen würde.

Die meisten Menschen würden wohl zumindest mit einem Keim von Abscheu und Entsetzen auf einen derartigen Vorschlag reagieren. Albert und ich waren, was solche Alptraum-Gespräche anging, alte Hasen. »Ich will nicht«, brummte er in wütender Verkniffenheit.

»Erzähl mir, wie du dir vorstellst, daß du sie umbringst. Erwürgst du sie?«

»Mit Darüber-Reden komm ich da nicht von los. Sie machen sich was vor. *Ich* mach mir zum Teufel noch mal was vor. Ich bin froh, daß ich von hier verschwinde. Wenn ich ausraste, will ich Sie und meine Kumpels nicht in die Scheiße mit reinreiten.«

»Ich will dir die Mordgedanken nicht ausreden, Albert. Ich weiß, daß ich dich mit Reden nicht davon abbringen kann. Ich möchte lediglich, daß du mir erzählst, was in dir vorgeht, damit du dich hinterher ein bißchen besser fühlst.«

»Sie reden nix wie Scheiße.«

»Wirst du sie erst vergewaltigen? Oder ihr bloß die Kehle zudrükken?«

»Hören Sie, Rafe, lassen Sie mich einfach in Ruhe. Ich bin fertig, Mann. Total im Eimer.« Tränen traten ihm in die Augen, obwohl er noch immer die Kämpferhaltung beibehielt.

»Wenn du ihr die Kehle zudrückst, kann sie wenigstens nicht mehr lügen.«

»Ich will ihr aber nicht die Kehle zudrücken!« blaffte er, viel zu laut. Ich spürte, wie sich danach Stille um uns ausbreitete. Ich sah mich nicht um, weil ich befürchtete, ein Blickkontakt mit dem Kellner könnte als Signal ausgelegt werden, daß ich Hilfe brauchte.

Ich sprach leise. »Was dann? Pistole?«

»Ich werd' ihr Zebra in die Kehle rammen. Zufrieden? Ich stopf' ihr die ekelhafte Fresse. Sie soll an meinem Rotz ersticken.«

»Mit Sperma kannst du niemand umbringen.«

»Nein, kann ich nicht.« Er lächelte. »Sie haben recht. Das ist auch bloß der Aufwärmer. Ich schlitz' ihr den Bauch auf und hol' den Magen raus. Das kriegt sie alles mit, weil sie noch lebt. So killen die Japs. Die geben dir dein Gekröse in die Hand, und dann kannst du zugucken, wie du verreckst.«

»Hast du eine Ahnung, warum du sie auf diese Weise umbringen willst?«

»Ach Scheiß, Mann. Spielt das eine Rolle? Ich mach das auf jeden Fall so, egal was da für beknackte Symbole drinstecken.«

»Du willst sie schwängern. Sie soll in ihrem Mund deinen Penis heilen, dann füllst du sie mit deinem Sperma, machst in ihrem Bauch ein neues Ich und schneidest sie auf, um es lebend auf die Welt zu holen. Das Ungeheuer soll dir die Wiedergeburt ermöglichen und dabei selber dran glauben müssen.«

Albert stierte mich eine Weile an und schüttelte dann mitleidig den Kopf über mich. »Mann, das ist der dümmste Scheißdreck, den Sie je verzapft haben. Ich meine, Sie haben ja schon öfter karierten Scheiß geredet, aber das ist der Clou, noch dämlicher geht's wirklich nicht.«

»Sie wird in der wirklichen Welt nicht sterben, Albert. Sterben kann sie nur in deinem Kopf. Da wohnt sie nämlich. Da ist ihr Zuhause. Da wird ihr die Post hingeschickt, da kocht sie ihr Essen, und da quält sie dich.«

»Dann schneid' ich mir das Gehirn raus.«

»Mit Drogen? Wie sie?«

»Die iss gerissen. Der fehlt nichts. Der tut nix weh. Die hat sie alle um den Finger gewickelt in dem tollen Schuppen, wo sie jetzt wohnt, sonst könnt' sie da nich' halbnackt rumlaufen. Wahrscheinlich treibt sie's da mit jedem. Wahrscheinlich treibt sie's mit dem kessen Vater, der uns die Tür aufgemacht hat und sich aufgeführt hat, als ob er 'ne afrikanische Prinzessin wär'. Die hat mich angeglotzt, als ob *ich* der *Alten* auf den Pelz gerückt wär'. O Mann, die Weiber. Die hassen uns wie die Pest. Clara iss überhaupt kein Ungeheuer. Die hat bloß gemacht, was die alle miteinander am liebsten machen würden – die würden uns allen am liebsten den Schwanz abschneiden.«

Endlich ging er mit der Kuchengabel auf seine Kirschtorte los und vertilgte auf einen Sitz fast ein Drittel davon. Die Gefahr war noch nicht gebannt, aber mit jedem wutgeladenen Wort, das er hervorstieß, wurde sie geringer. Solange er sich seine quälende Wut von der Seele redete, würde er niemanden physisch attackieren müssen – jedenfalls am fraglichen Tag nicht. Ich fürchte, den meisten Menschen dürften Alberts

Erfolge nicht besser vorkommen als die des mythischen Helden Sisyphos.

Es war spät geworden, als ich nach Hause kam. Diane, die in eines meiner Sweatshirts geschlüpft war (es reichte ihr bis zu den nackten Knien), winkte mir strahlend mit einem Topflappen entgegen. »Du wirst es nicht glauben, ich habe ein Abendessen gekocht. Ein richtiges Abendessen.« Ihr Lächeln erstarb. »Was ist los?«

Ich berichtete. Niedergeschlagen saß ich dabei auf einem der zwei Barhocker vor unserem Küchentresen, viel zu müde, um auch nur mein auf den diversen Fahrten durch den heißen Tag durchgeschwitztes Jackett auszuziehen.

»Das hört sich an, als würde er es schaffen«, meinte Diane. Sie griff nach meiner Hand und streichelte sie sanft. »Das hast du großartig gemacht.«

Ich hatte ihr den Bericht fast emotionslos und zum Ende hin mit vor Heiserkeit versagender Stimme gegeben. Mir war zum Heulen zumute, und die Beine taten mir weh; ich hatte Muskelschmerzen, als hätte ich einen Marathonlauf hinter mir.

Diane kam um den Tresen herum und schlang von hinten die Arme um mich. Sie küßte mich auf den Nacken und flüsterte mir ins Ohr: »Das muß ein entsetzlich schwerer Tag für dich gewesen sein.«

»Ich habe Angst«, sagte ich und merkte, daß ich weinte.

Sie manövrierte uns in eine Position, in der sie mich von vorn umarmen konnte. Ich war drauf und dran, allen ungeweinten Tränen meines Lebens endlich freien Lauf zu lassen, als sie sagte: »O Baby.«

Das erinnerte mich an Clara, und damit war für mich die Wirkung von Dianes Zärtlichkeit dahin. Meine Tränen versiegten schlagartig. Und ich fragte mich, wie Albert jemals Vertrauen in die Liebe würde gewinnen können, wenn ein flüchtiger Gedanke an Clara schon mich blockierte.

»Ich liebe dich«, waren Dianes nächste Worte, und ich hörte wieder sie sprechen, nur sie, eine Frau, der ich vertrauen konnte. Sie führte mich zur Couch, half mir aus dem klammen Blazer und bettete meinen Kopf auf ihren Schoß.

»Ich bin müde«, gab ich zu, als hätte sie mich danach gefragt.

»Schlaf ein bißchen, mein Liebling. Mach die Augen zu.«

»Ich möchte, daß wir heiraten«, sagte ich, und die Tränen waren wieder da. Ich schluchzte in mein Sweatshirt und bekam Schaumbadduft in die Nase. »Ich möchte, daß wir ein neues Baby machen«, sagte ich mit der Stimme eines schläfrigen Kindes.

Diane fragte nicht, was ich mit einem neuen Baby meinte. Wahrscheinlich konnte sie es sich denken. Auf jeden Fall antwortete sie in entschiedenem Ton: »Wir werden heiraten und hübsche Babys machen und glücklich sein bis an unser Lebensende.«

Ich schloß die Augen. Die Muskelschmerzen brannten immer heftiger. Nach kurzer Zeit war ich eingeschlafen und träumte von einer nächtlichen Autobahn, auf der kein Durchkommen war, weil die Fahrbahn von liegengebliebenen Kleinbussen verstopft war. Männer brüllten sich gegenseitig in ohnmächtigem Zorn auf spanisch an. Die Frauen lachten und enthüllten ihre Brüste. Und Kinder, die von drinnen ihre Gesichter an die Fensterscheiben preßten, winkten mich vorbei, nach vorn, auf die leere Fahrbahn.

ZWÖLFTES KAPITEL

Glück

Der Freitagnachmittag stand den Schülern des Dorrit House für fünfzehnminütige Telefongespräche nach Hause zur Verfügung, und Albert rief jeden Freitagnachmittag an. Schon nach wenigen Wochen klang er sehr gut. Er war begeistert von dem Sportprogramm der Schule; er hatte die Aufnahme in die Freshman-Football-Mannschaft geschafft und war überrascht, daß die Anforderungen im Unterricht ihn nicht entmutigten. »Schätze, ich hab' den Nachhilfelehrern nix zugetraut«, meinte er mit Bezug auf die Helfer, die wir engagiert hatten, damit sie unsere vier Schützlinge im Behandlungszentrum in puncto Schulbildung in Form brachten. Ihm gefiel auch, daß jeder Schüler das Recht seiner Kameraden respektierte, Schweigen über die eigene Vergangenheit zu wahren. Die Gemeinschaftsdusche konnte er nicht meiden, doch niemand witzelte über die Narben an seinem Körper oder zeigte sich abgestoßen von ihrem Anblick. Der Quarterback seiner Football-Mannschaft, ein Chicano-Cherokee-Mischling aus dem Mittelwesten, besah sie sich unverhohlen und sagte: »Du weißt Bescheid, hä?«

Albert verstand zwar nicht, wie er das meinte, sagte aber trotzdem: »Worauf du dich verlassen kannst.« Von da an waren sie Freunde.

Albert war für den Trainer der Running Back Nummer eins in der Freshman-Mannschaft und hatte schon die Zusage erhalten, daß er nächstes Jahr in der Schulauswahlmannschaft aufgestellt würde.

»Das iss vielleicht 'n Ding – du wirst in die Football-Mannschaft aufgenommen, und schon ziehen sie alle den Hut vor dir«, meinte Albert. »Also, mir macht das mordsmäßig Spaß. Ich zieh' mir die wattierte Kluft an und renn' alles um, was sich mir in den Weg stellt. Und soll ich Ihnen was sagen? Mir tut überhaupt nichts weh. Wenn ich mit den andern zusammenkrache, wälzen die sich auf dem Boden rum und brüllen wie die Stiere, und mir macht das überhaupt nichts aus. Und ich seh' klasse aus in dem Dress. Sie sollten mich mal sehen, Mann. Echt übersinnlich. Das müssen Sie sich mal ansehen.«

Ich versprach ihm, daß ich das tun würde.

»Das ist Sublimierung, nicht?« meinte Diane, als ich ihr von dem Gespräch erzählte. »Keine Verdrängung.«

»Ich denke, er fühlt sich da glücklich, ob so oder so.«

»Ich kann Football nicht ausstehen«, brummte sie. »Warum ist er nicht in die Theatergruppe eingetreten?«

»Tolle Idee. Da könnte er jetzt griechische Tragödien spielen. Das würde bestimmt seine Laune heben.«

»Spinn dich aus, ja. Ich will ja bloß sagen: Al ist wirklich ein lieber Kerl.«

»Aber die Welt, in der wir leben, ist nicht lieb«, sagte ich. Dabei muß ich ein ziemlich finsteres Gesicht gemacht haben. Diane langte zu mir herüber – wir waren im Auto vom Behandlungszentrum zu einem Lokal unterwegs, in dem wir mit Joseph und Harlan verabredet waren, und sie saß am Steuer – und quetschte mit zwei Fingern meine Nase. Ich mußte lachen und befreite mich mit einem Kopfrucken.

»Die Welt, in der wir leben, ist nicht lieb«, echote sie in gespielt grämlichem Ton.

»Ist sie auch nicht«, moserte ich, immer noch lachend.

»Danke für die Neuigkeit.«

»Ich liebe dich«, sagte ich.

Sie lächelte. »Oha!« Sie sah in den Rückspiegel, wechselte die Fahrspur, um den West Side Highway bei der Ausfahrt 79. Straße zu verlassen, und sagte: »Ich hab' mit Jonas Friedman über deinen Freund an der Webster gesprochen.«

»Du meinst Phil Samuel?«

»Genau den. Jonas sagt, es stimmt nicht, daß er unparteiisch ist. Er hat bei diesem Prozeß in, äh, Seattle mit der Verteidigung zusammengearbeitet – war das nicht der Tagesheim-MacPherson-Prozeß?«

»Ausgeschlossen. Er lehnt es grundsätzlich ab, die Ergebnisse der Mausstudie vor Gericht zu bezeugen, egal für wen.«

»Das ist richtig. Er tritt nicht als Zeuge auf. Das sagt Jonas auch. Aber er arbeitet als Berater. Er bringt Anwälten bei, wie sie Psychologen im Zeugenstand auseinandernehmen können.«

Ich hatte Phil in bezug auf die Aufzeichnungen von Dianes Interviews fürs erste hingehalten. Er wußte von ihrer Existenz, weil mir im ersten Gespräch mit ihm, noch bevor ich von Dianes Bedenken wußte, herausgerutscht war, daß wir über Bänder von Interviews in der beobachteten Altersgruppe verfügten; als ich mich dann entschloß, Dianes Vorbehalt Rechnung zu tragen, mußte ich einen Rückzieher machen: anstelle dieser Bänder legte ich der Sendung an Phil das Begleitbuch zu Ben Tomlinsons Kurs für Polizeipsychologen an der John Jay University bei, das ausführliche Instruktionen für den Einsatz von Puppen und das Ausschalten unbewußter Beeinflussung, vor allem der Suggestion durch Körpersprache und stimmliche Signaleffekte, enthielt. Samuel hatte mich tags zuvor angerufen und erneut um die Peterson-Bänder gebeten. Ich hatte ihm gesagt, ich müsse darüber erst einmal mit der betroffenen Therapeutin reden, und die Sache dann (bequemerweise) prompt vergessen.

Diane jetzt darauf anzusprechen, war wohl kaum opportun. Auf der 79. Straße hielt uns die Ampel auf. Ich schwieg, bis sie auf Grün umsprang und wir den Riverside Drive in östlicher Richtung überquerten.

»Ich glaube das nicht«, sagte ich.

»Jonas saugt sich so etwas nicht aus den Fingern.«

»Vielleicht hat er es von jemand, der falsch informiert ist.«

»Er hat es von Samuel persönlich!« Diane lächelte. Ich hatte sie im Verdacht, daß sie sich freute, weil aus ihrer Sicht die Mausstudie damit dem gegnerischen Lager zugeordnet war. »Der hat damit auf einer Tagung renommiert«, fuhr sie fort. »Er hat zu Jonas gesagt, er weiß genau, daß die Anklage im Fall MacPherson Quatsch ist, und deswegen wird er die Verteidigung munitionieren.«

»Ich rufe Phil morgen an und frag' ihn.«

»Wozu? Wenn ich du wäre, würde ich mich überhaupt nicht mehr mit ihm abgeben.«

»Weil ich mir mein eigenes Bild machen will.« Ich holte Luft, bevor ich sprang: »Und weil ich immer noch vorhabe, ihm die Peterson-Bänder zu schicken.«

Diane wandte den Kopf und starrte mich entgeistert an. Sie hatte völlig vergessen, daß sie hinter dem Lenkrad eines Autos saß, nehme ich an, denn sie überfuhr eine rote Ampel, und im Nu waren quietschende Reifen und giftiges Hupen zu hören. Sie führte eine Vollbremsung aus, und umringt von Stoßstangen und wutschnaubenden Fahrern kamen wir mitten auf der Kreuzung zum Stehen. Es dauerte eine Minute, bis die Stockung sich aufgelöst hatte. Keiner hatte uns gerammt. Wir ignorierten die diversen gereckten Stinkefinger und brüllenden Gesichter. Diane bog in die West End Avenue ein, fuhr rechts ran und hielt mitten im absoluten Halteverbot. Sie atmete hastig; offenbar war ihr der Schreck in die Knochen gefahren.

»Alles in Ordnung?« fragte ich.

Sie legte die Hand auf die Brust und atmete tief durch. »Das ist doch nicht dein Ernst«, sagte sie nach einer Weile.

»Nicht mein Ernst?«

»Das mit den Bändern.«

»Ich werde mit Phil reden. Wenn es stimmt, daß er Partei ergriffen hat, bekommt er sie nicht, andernfalls möchte ich, daß er die Peterson-Bänder sieht. Ich hab' sie durchgesehen –«

»Du hast sie durchgesehen?« sagte Diane erschüttert.

»Ja. Ich hab' sie mir angesehen, und deine Technik ist absolut fehlerfrei. Ich bin stolz darauf, und wenn er jemandes Verfahrensweise kopiert, dann möchte ich, daß es deine ist.«

»Mein Gott«, flüsterte Diane. Sie schüttelte den Kopf, nahm die Brille ab, schloß die Augen, rieb sie mit den Fingern und setzte schließlich die randlosen Gläser wieder auf. Sie sah mich an, als erwartete sie, etwas Neues zu erblicken. Als es immer noch ich war, was sie sah, zuckte sie die Achseln und seufzte.

»Was heißt das?« fragte ich.

»Ich fass' es nicht, wie naiv du bist. Das ist – na ja, irgendwie ist es auch wieder liebenswert. Wahrscheinlich ist es sogar mit ein Grund, warum ich dich liebe, aber andererseits entsetzt es mich. Und macht mir ein bißchen Angst.«

»Angst? Wovor?«

»Ich glaube, es ist gefährlich für unsere Arbeit.«

»Soll *ich* vielleicht fahren?« fragte ich.

»Wie bitte?«

»Also wenn wir um sieben mit Joe und Harlan essen wollen, sollten wir lieber mal wieder losfahren. Es kann 'ne halbe Stunde dauern, bis wir 'n Parkplatz finden.«

»Wir parken auf einem bewachten Parkplatz. Okay?« Ihre Gereiztheit war im Begriff, sich zum Zorn auszuwachsen.

»Okay.« Sie seufzte erneut, zuckte die Schultern und schüttelte erneut mißbilligend den Kopf. Ich wartete einige Augenblicke, in denen ich mit mir über meine Gefühle ins reine zu kommen versuchte. Schließlich sagte ich: »Ich glaube nicht, daß ich naiv bin. Und offen gesagt wär's mir lieber, du würdest mich nicht in einem Atemzug loben und beleidigen.«

»Wie war das?« Diane verrutschte auf ihrem Sitz, so daß sie mir frontal zugewandt war. »Was soll das denn heißen?«

»Erzähl mir bitte nicht, ich sei entsetzlich naiv und das sei einerseits zwar irgendwie liebenswert, andererseits aber auch gefährlich. Wenn du mich schon herunterputzen willst, dann tu's wenigstens offen.«

»Du meinst also, ich will dich herunterputzen?« Sie war baff. »Was ich gerade gesagt habe, das ist für dich ›herunterputzen‹?«

»Ich bitte um Entschuldigung. Ein Irrtum meinerseits. Aber du hast mich in einer fachlichen Angelegenheit als naiv bezeichnet, und das ist zumindest eine abwertende Bemerkung.«

»Okay. Es tut mir leid. Du bist nicht naiv. Aber ich finde, du gehst da zu weit. Ich sehe meine Persönlichkeitsrechte von dir auf fachlicher Ebene eindeutig mißachtet.«

»Wieso?«

»Es geht um *meine* Arbeit. Ich möchte nicht, daß du irgendwem Videobänder von meiner Arbeit für irgendwelche Forschungen zur Verfügung stellst.«

»Auch nicht für vollkommen objektive Forschungen?«

»Meiner Meinung nach kannst du vorher überhaupt nicht wissen, wie es damit steht. Selbst wenn du feststellst, daß Samuel zum gegenwärtigen Zeitpunkt absolut integer und unparteiisch ist, kannst du nicht voraussagen, was er später einmal mit den Bändern anfangen wird. In einem halben Jahr ist er vielleicht nicht mehr unparteiisch. Und außerdem« – mit erhobenem Zeigefinger signalisierte sie, daß dieser letzte Punkt von entscheidender Bedeutung war – »sagt eine Studie über die Phantasietätigkeit normaler Kinder meiner Ansicht nach absolut nichts über die Glaubwürdigkeit mißbrauchter Kinder aus. Du weißt ganz genau, daß wir keinen Mißbrauchsvorwurf ohne irgendeinen körperlichen oder emotionalen Beweis untersuchen. Bei den Kindern aus der Mausstudie hätten wir festgestellt, daß sie sich in sonstiger Hinsicht völlig normal verhalten, und damit wären sie für uns als mögliche Mißbrauchsopfer ausgeschieden. Und du weißt auch –«, sie reckte den Zeigefinger gegen mich, als wäre ich ein ungehorsames kleines Kind, »gerade du weißt am allerbesten, daß die Phantasien von mißbrauchten Kindern in die umgekehrte Richtung gehen und sich nicht um noch schlimmeren Mißbrauch, sondern ums Geliebtwerden drehen.«

Ich betrachtete ihren tadelnd gereckten Finger und wartete, bis sie es bemerkte und ihn senkte.

»Diane«, sagte ich ruhig, »ich bin sicher, wenn du dir noch einmal ganz genau überlegst, was du eben gesagt hast, wirst du einen Widerspruch darin feststellen. Wenn sich nachweisen läßt, daß gesunde Kinder ohne weiteres einen Mißbrauch phantasieren, dann ist jede einschlägige Beschuldigung fragwürdig. Die Unterscheidung, die du da eben getroffen hast, macht Phils Untersuchung genaugenommen nicht entbehrlicher, sondern notwendiger und dringlicher. Und wenn er nachweisen kann, daß Kinder zwar mühelos nichtsexuelle Vorkommnisse, aber nicht sexuellen Mißbrauch phantasieren können, dann stärkt er damit die Glaubwürdigkeit von mißbrauchten Kindern als Zeugen in Gerichtsverfahren. Außerdem machst du dir nicht bewußt, daß er die Kinderarztstudie in jedem Fall durchführen wird, ob wir mitmachen oder nicht.

Damit, daß du vor dem Projekt den Kopf in den Sand steckst, schaffst du es nicht aus der Welt.«

»Es kümmert dich gar nicht, was ich sage!«

Während meiner langen Ansprache hatte ich den Blick hinaus schweifen lassen zu dem abendlichen Fußgängergewühl auf der West End Avenue: Menschen, die mit Aktentaschen oder Einkaufstüten in der Hand nach Hause strebten; Kinder in derangierter Schulkleidung mit schweren Ranzen auf dem Rücken; ausgepumpte Jogger, die aus dem Park heimkehrten; an allen Straßenecken Obdachlose, die mit dem Becher in der ausgestreckten Hand Wegzoll einforderten wie Mautbeamte. Als ich mich jetzt auf ihre bekümmerte Bemerkung hin wieder Diane zuwandte, überraschte mich das sichtbare Ausmaß ihrer Entgeisterung. Sie hatte die sommersprossige Nase so kraus gezogen, daß die Brille bis über die Augenbrauen emporgestiegen war, und sah mich mit leidend verzerrtem Mund aus zusammengekniffenen Augen an.

»Was ist los?« fragte ich in der Annahme, sie verspüre irgendeinen körperlichen Schmerz.

»Es kümmert dich gar nicht, was *ich* sage.« Sie tippte sich mit dem Zeigefinger auf die Brust. »Du behandelst mich, als wäre ich so etwas wie eine Angestellte oder eine Schülerin von dir. Es geht um *meine* Arbeit, verdammt noch mal! Du hast kein Recht, darüber zu verfügen. Du hast kein Recht, sie ohne meine Zustimmung in fremde Hände zu geben.«

So hatte ich die Sache noch nicht gesehen. Hauptsächlich deswegen nicht, weil ich die Videobänder als niemandes persönliches Eigentum betrachtete, weder als ihres noch als meines. In meiner Sicht gehörten sie vielmehr dem Behandlungszentrum, waren ein Stück von unserer gemeinsamen Arbeit. Sie sollten Fachkollegen zur Verfügung stehen, ihnen helfen, den Kindern zu helfen.

Während ich mir die Unterschiedlichkeit unserer Standpunkte klarmachte, setzte sich Diane wieder so, daß ihr Blick nach vorn ging, und sprach gegen die Windschutzscheibe: »Und ich bin stinksauer, daß du dir die Bänder angesehen hast, ohne mich vorher zu fragen. Für mich ist das so, als hättest du meine Post aufgemacht oder so was Ähnliches. Oder in meinem Tagebuch geschnüffelt. Nein« – sie sah mich wieder an – »es ist so, als würdest du mich kontrollieren. ›Ich bin stolz auf deine Arbeit.‹« Sie zitierte mein Kompliment, als wäre es eine Beleidigung. »Als ob du mein Lehrer wärst und mir eine gute Note gibst.«

»Okay«, sagte ich, mehr zu mir selbst als zu ihr. »Okay, jetzt hab ich's kapiert. Im Grunde reden wir aneinander vorbei. Tut mir leid, daß es für dich so aussieht. Glaub mir, das Gegenteil ist der Fall. Zuerst hab' ich angenommen, du hast nichts dagegen. Nachdem ich festgestellt hab, das ist nicht der Fall, hab' ich die Bänder zurückgehalten. Und wenn du nicht willst, daß ich die Bänder wegschicke, werd' ich's auch nicht tun. Ich bin jedoch nicht der Meinung, daß es sich um *deine* Arbeit handelt. Genausowenig wie ich glaube, daß die Bänder von Albert *meine* Arbeit sind. Unsere Bänder sind unser gemeinsames Eigentum, und das wiederum gehört unserem Berufsstand.«

»Das ist naiv, Rafe«, sagte Diane in verändertem Ton – ernst und ungeziert, ohne jeden Beiklang von Hysterie oder Gekränktheit. »Ich weiß, daß du kein Naivling bist, aber davon auszugehen, daß sich bei anderen Menschen keine Besitzer- und Beschützerinstinkte regen, wenn es um ihre eigene Arbeit geht, das zumindest ist naiv. Ich will gern glauben, daß du anders reagieren würdest, wenn *ich* deine Bänder weitergeben würde, aber da bist du eben eine Ausnahme. Die meisten Menschen empfinden genau wie ich.«

»Meinetwegen«, sagte ich. »Im Moment will ich eigentlich nur eines, ist mir eigentlich nur eines wichtig, nämlich daß du begreifst, daß ich den allergrößten Respekt vor dir und deiner Arbeit habe und daß ich ohne deine Zustimmung niemals auch nur das kleinste Stück von deiner Arbeit weitergeben würde – von meiner übrigens auch nicht.«

Diane lächelte. »Jetzt gehst du zu weit.« Sie beugte sich zu mir herüber und küßte mich. »Mit deiner Arbeit kannst du machen, was du willst.« Sie rückte sichtlich erleichtert und zufrieden mit mir auf ihrem Sitz zurecht. »Aber wenn du meinen Rat hören willst, dann läßt du dich mit diesem falschen Fuffziger besser nicht ein. Dem kannst du nicht trauen, er lügt.«

»Ich werd' mit ihm sprechen«, sagte ich. »Aber jetzt sollten wir losfahren. Wir kommen zu spät.«

Wir kamen um Viertel nach sieben an, eine Viertelstunde zu spät. Joseph und Harlan waren nicht da, obwohl sie den Treffpunkt selbst ausgesucht hatten – ein schickes, teures und lärmerfülltes Lokal namens Café Luxembourg. Diane und ich hatten inzwischen wieder Frieden geschlossen. Ich war mir immer noch nicht schlüssig, wie ich mich Phil gegenüber verhalten sollte. Der Klatsch, den Diane mir zugetragen hatte, beunruhigte mich, und ich überlegte, ob ich ihn nicht in der Webster University aufsuchen und mich mit ihm Auge in Auge unterhalten sollte. Falls es ihn in das »Kindern-kann-man-nicht-glauben«-Lager verschlagen hatte, wollte ich ihm ernsthaft ins Gewissen reden: Das Maus-Szenario besaß Signifikanz, aber keine Beweiskraft; sollte er mit einem diesbezüglichen Vorurteil an den Kinderarzttest herangehen, könnte er damit dessen Ergebnisse genauso verfälschen, wie vorgefaßte Meinungen eines Therapeuten die befragten Kinder dazu bringen konnten, unwahre Geschichten zu erzählen. Gleichzeitig machte mir, obwohl das Mißverständnis zwischen Diane und mir ausgeräumt war, ein Aspekt ihres Verhaltens Kopfzerbrechen, den ich ihr noch nicht vorgehalten hatte, und zwar hauptsächlich deswegen nicht, weil ich keine Fakten zur Verfügung hatte. Da sie jeglichen Kontakt mit Samuel ablehnte, hatte sie telefonische Auskünfte von Dritten über ihn eingeholt. Meine Sorge ging dahin, dies könnte bedeuten, daß sie in das »Kindern-muß-man-immer-glauben«-Lager abgedriftet war. Daß alle Kindesmißbrauchsvorwürfe wahr sind, ist ebenso unmöglich wie das Gegenteil. Leider wurden Teile unserer Arbeit mit dem lästigen Bedürfnis der Justiz nach der Fiktion von unerschütterlichen Fakten und gerechten Strafen verwechselt. Diane, so schien mir, reagierte zu abwehrend. Es gibt keine absolut perfekte Technik. Als Wissenschaftlerin hätte sie meiner Meinung nach mit mehr Neugier auf Phils Arbeit reagieren müssen und nicht mit dem Bestreben, ihn zu diskreditieren.

Um Viertel vor acht – wir saßen noch immer wartend an der Bar – kam Harlan ins Lokal gehastet und bahnte sich unsanft einen Weg durch das Gedränge der Gäste. Aber als er bei uns ankam, sah er uns an, als wären wir eine Enttäuschung für ihn. »Hier ist er nicht«, konstatierte er.

»Joseph?« fragte Diane.

»Scheiße«, sagte Harlan. Seit wir ihn das letztemal gesehen hatten, hatte er sich den Pferdeschwanz mitsamt dem größten Teil seiner blonden Haare abschneiden lassen, so daß er jetzt eine Art Bürste trug, wenngleich das Haar an einigen Stellen doch wieder zu lang für eine Bürste und an den Seiten nicht kurz geschnitten, sondern mit Brillantine oder Öl an den Kopf geklatscht war. Er trug die gewohnten engen schwarzen Jeans ohne Gürtel, ein schwarzes Seidenhemd mit Button-down-Kragen ohne Krawatte und altmodische schwarze hohe Turnschuhe – immerhin wiesen sie Schnürsenkel auf. Er hatte sich seit Tagen nicht rasiert, aber bestimmt nicht, weil er sich einen Bart stehen lassen wollte, hätte ich gesagt. Der bekümmerte jugendliche Blick seiner blauen Augen desavouierte den Schwerer-Junge-Stil seiner Aufmachung und Gewandung.

»Was ist los?« fragte ich.

»Ich weiß nicht, wo er steckt«, sagte Harlan, mehr resigniert als verärgert.

»Habt ihr euch gestritten?« erkundigte sich Diane.

Harlan sah sich um. »Gibt's hier irgendwo ein Telefon?« Er machte Miene, sich Richtung Oberkellner wieder ins Gewühl zu stürzen.

Ich hielt ihn am Arm fest. »Was ist passiert, Harlan? Komm, red schon.«

»Ich weiß es nicht.« Er senkte wie beschämt den Kopf.

»Heißt das, du darfst es nicht sagen?«

»Ich weiß es nicht!« klagte er. »Ich muß los, muß ihn suchen.« Er befreite sich aus meinem Griff, das heißt, er versuchte es.

Ich ließ seinen Arm nicht los. »Harlan, du weißt, daß Joseph und ich alte Freunde sind.«

»Es tut mir leid. Bestellt euch einfach schon was zu essen und fangt an. Sobald ich ihn gefunden hab, kom-«

»Harlan, sag mir, was los ist. Ich möchte helfen.«

Eine Frau neben uns an der Bar hörte mit. In der drangvollen Enge, die hier herrschte, blieb ihr kaum eine andere Wahl, als sich taub zu stellen. Harlan blickte kurz zu ihr hin. Diane schlug vor, wir sollten nach draußen gehen.

Die Straße war belebt. Wir gingen gegen den warmen Septemberwind, der uns vom Hudson her entgegenwehte, bis zur West End Avenue. An dem Streifen Himmel, der zwischen den Apartmenthochhäusern sichtbar war, zeigte sich ein leuchtender Sonnenuntergang, dessen Farbenspiel durch die Dunstglocke über Jersey noch nuancierter wurde. Harlan machte mit seiner unsystematischen, wirr hin und her springenden Erzählweise die Geschichte länger und komplizierter, als sie dem reinen Faktenzusammenhang nach war. Im Juni waren er und Joseph übereingekommen, sich einem Aidstest zu unterziehen. Beide praktizierten zwar schon seit Jahren Safer Sex, waren sich jedoch im klaren darüber, daß sie in Anbetracht der langen Inkubationszeit der Krankheit trotzdem damit rechnen mußten, sich irgendwann zuvor angesteckt zu haben. Harlan hielt sich an die Abmachung, und das Untersuchungsergebnis war negativ. Joseph dagegen sagte den Untersuchungstermin ab und verabredete einen neuen Termin, den er jedoch mehrmals verschob. Harlan fand es unfaßlich, daß ein Naturwissenschaftler so abergläubisch in bezug auf die Kenntnis der Tatsachen sein konnte, wenn es um seinen eigenen Körper ging. »Es ist ja nicht so, daß du von dem Test Aids bekommst«, hielt ihm Harlan vor. Schließlich konfrontierte Harlan Joseph mit einer ultimativen Aufforderung, und das wirkte. Joe war vor drei Tagen zur Untersuchung gegangen. Heute morgen hatte er das Ergebnis bekommen sollen; er hatte versprochen, sobald er Bescheid wußte, Harlan zu Hause anzurufen. Er hatte nicht angerufen. Harlan versuchte ihn zu erreichen und fand dabei heraus, daß Joseph eine Vorlesung abgesagt hatte, nicht in seinem Büro in der Universität erschienen und auch bis zum Abend nicht in seinem Labor gesichtet worden war. Er hatte eigentlich vor dem Abendessen mit uns nach Hause kommen und sich umziehen wollen, und auch das war nicht geschehen. Für Harlan war klar, daß Joseph den Befund »HIV-positiv« erhalten hatte. Das war jedoch im Augenblick nicht seine dringendste Sorge. Er befürchtete. Joseph könnte sich umgebracht haben. Harlan erklärte, sie beide seien mit zwei Männern bekannt gewesen, die kurze Zeit nach Erhalt des positiven Befunds Selbstmord begangen hatten; Joseph habe im Gegensatz zu Harlan und ihrem schwulen Freundeskreis die Tat zumindest in beiläufiger Form gutgeheißen. »Das war kein Selbstmord«, hatte er nach Harlans Erinnerung gesagt. »Das war lediglich eine hochwirksame Schmerztablette.«

Das hörte sich ganz nach meinem irren rationalistischen Freund an.

Ich erkundigte mich, für welche Zeiten die abgesagten Lehrveranstaltungen angesetzt gewesen waren und um welche Zeit spätestens alle Mitarbeiter Josephs Büro und das Labor verlassen hätten. Sobald feststand, daß Joseph sich da wie dort erst ungefähr vom gegenwärtigen Zeitpunkt an allein aufhalten konnte, schlug ich Harlan vor, er möge noch einmal im Büro und im Labor anrufen. Im Büro meldete sich der Anrufbeantworter, im Labor erfolgte keine Reaktion. Üblicherweise sei auch dort auf Anrufbeantworter geschaltet, wenn niemand mehr da sei, sagte Harlan.

»Kommen wir da rein?«

»Nicht, wenn die Tür abgeschlossen ist.«

»Nein, ich meine in das Gebäude.«

»Der Wachmann kennt mich.«

Ich sagte, dort sollten wir jetzt hingehen. Weder Harlan noch Diane hatte gegen den Vorschlag etwas einzuwenden. Ich erklärte Diane, sie könne jetzt nach Hause gehen. Sie antwortete: »Bist du verrückt?«

Sie chauffierte uns zur Columbia University. Nicht zum Schauplatz der Studentendemonstrationen von Achtundsechzig (mir fielen sie trotzdem wieder ein), sondern zu einem alten Bau an der Ecke Amsterdam Avenue/118. Straße. Der oberirdische Teil war ein normales Wohngebäude mit Etagenwohnungen für Angehörige des Lehrkörpers. Durch einen Seiteneingang, vorbei an einem schläfrigen Wachmann hinter einem zusammenklappbaren Bridgetisch, gelangten wir zu einem Aufzug, der uns den Weg in die drei unterirdischen Geschosse öffnete, wo sich Labors und, wie Harlan erklärte, das Möbellager der Universität befanden.

Der Aufzug war ein geräumiger Drahtkäfig, der sich zugunsten der vermehrten Tragkraft sehr langsam bewegte. Wir schwebten an zwei von fahlgelben Leuchtstofflampen erhellten Korridoren vorbei.

»Das ist ja gespenstisch hier«, sagte Diane.

»Ich sage immer zu Joey«, bemerkte Harlan in elegischem Ton, als spräche er von längstvergangenen Zeiten, »hier haben sie Kennedys Gehirn verwahrt.«

Ich lächelte. Diane sagte: »Ich bin offenbar zu dumm für diese Welt. Was soll das heißen?«

Der Aufzug hielt ratternd an. »Es ist verschwunden«, sagte Harlan düster.

Ich zog die Aufzugtür auf. »Wir werden Joe und Kennedys Gehirn finden.«

Harlan nickte und versuchte dabei zu lächeln. Er trat aus der Kabine und wandte sich nach rechts. Der Korridor war breit, die Beleuchtung allerdings schummrig. Er passierte zwei verbeulte graue Metalltüren und blieb vor der dritten stehen.

Ich hielt ihn an der Schulter zurück, als er nach dem Drehknopf greifen wollte. »Einen Moment«, sagte ich. Ich schob mich an Harlan vorbei und legte mein Ohr an die Tür. Ich hörte etwas, ein Geräusch, das zu schwach war, als daß ich es hätte identifizieren können.

»Da ist jemand drin«, flüsterte ich. »Verhaltet euch bitte so, als wärt ihr nicht vorhanden.«

»Was?« Harlan war empört.

»Ich halte es für möglich, daß er nur aufmacht, wenn *ich* allein rufe – so als ob ich allein wäre.«

Harlan sah Diane an. Sie nickte bekräftigend. Er sah wieder mich an. »Das ist ganz schön herb«, sagte er.

»Ich bin ihm nicht so wichtig, deshalb fällt es ihm leichter, mir gegenüberzutreten.«

Er zuckte die Achseln. »Okay.«

Ich klopfte. Nicht laut und eindringlich. Leichthin. Ich wartete. Von drinnen keine Reaktion. »Joseph«, rief ich gerade so laut, daß ich drinnen zu verstehen war. »Ich bin's, Rafe. Ich hab' einfach mal blind geraten, daß du hier sein könntest.«

Ich meinte drinnen ein Husten zu hören. Dann Totenstille.

»Komm, Joe, mach schon auf, hier draußen wird's einem unheimlich. Du kennst mich doch, ich will dich nicht löchern, ich will bloß mit dir reden.«

Totenstille.

Harlan flüsterte: »Vielleicht hat der Wachmann einen Schlüssel.«

Ich hörte etwas splittern. Glas, nahm ich an. Harlan wollte nach dem Türknopf greifen. Ich fing seine Hand ab und rief laut: »Joe! Ich bin's, Rafe. Ich bin allein. Laß mich hier nicht versauern. Hier draußen kann einem ja richtig angst werden.« Ich gestikulierte zu Harlan und Diane, sie sollten sich zurückziehen. Diane zog Harlan mit sich den Flur hinunter, und er wehrte sich nicht gegen das Abgeschlepptwerden.

Ich klopfte von neuem. »Nun mach schon, Joe, oder ich krieg's wirklich noch mit der Angst.«

Ohne Vorwarnung durch Schritte oder das Geräusch eines Schlüssels im Schloß ging die Tür auf. Joseph stand mir gegenüber, in schwarzer Nylon-Warm-up-Jacke mit halb geöffnetem Reißverschluß, unter der er weder Hemd noch Unterhemd trug. Durch verschmierte Brillengläser starrte er mich an, als wäre ich ein aufdringlicher Hausierer. »Wie kommst du hierher?«

»Harlan hat mir den Weg gezeigt.«

Alarmstimmung. Der Türflügel begann sich auf das Schloß zuzubewegen. »Ist er hier?«

»Nein.« Ich trat kurzerhand über die Schwelle und zwang so Joe, mir den Weg freizugeben. »Ich bin allein.« Ich schloß die Tür, ohne den Schlüssel umzudrehen. Blinzelnd sah ich mich in der hellerleuchteten, teuer eingerichteten Lokalität um, die einen denkbar krassen Gegensatz zu dem tristen Korridor bildete. Sie setzte sich aus zwei großen Räumen zusammen, der erste ein mit Schreibtischen, Computern, Druckern, Aktencontainern und, wie mir auffiel, einer aufwendigen Hi-Fi-Anlage bis zur Fassungsgrenze vollgestelltes Großraumbüro. Allenthalben herrschte im Großen wie im Kleinen jene Art peinlicher Ordnung, die ich mit dem Haushaltungsstil von Josephs Mutter assoziierte. Die Trennwand mitsamt der Tür zwischen diesem und dem zweiten Raum bestand zum größten Teil aus Glas. Auch hinter ihr durchflutete das Licht einen großen Saal; er wurde beherrscht von einer Vielzahl zu mehreren parallelen Kolonnen geordneter Experimentiertische, die mit Mikroskopen und Apparaturen mir unbekannter Zweckbestimmung übersät waren, sowie von Regalen voller Bechergläser. Im Labor drängten sich die Gegenstände dicht beieinander, und wenngleich hier die gleiche penible Ordnung walten mochte wie in dem Büroraum, so war sie, zumindest für meine Augen, nicht zu erkennen – was ich wahrnahm, war ein Durcheinander mir unverständlicher Technik.

»Ich brauche ja wohl nichts zu erklären?« sagte Joe ruhig.

»Ist es definitiv?« fragte ich.

»Oh, er wird der Ordnung halber noch einen Gegencheck machen –

reine Formsache. Die arbeiten manchmal ganz schön schlampig, aber« – Joe grinste – »was würde dir dazu einfallen, wenn ich dir sage, daß ich mit einem anderen Ergebnis rechne? Realitätsverleugnung, Realitätsverleugnung und nochmals Realitätsverleugnung.« Das Grinsen verschwand. »Soll ich dir mal was Komisches zeigen?« Er trat an einen Aktencontainer, zog eine Schublade auf, fingerte zielstrebig die Hängemappen durch, zog eine Mappe heraus und entnahm ihr ein Schriftstück. Er reichte es mir.

Ich setzte mich auf die Kante eines Schreibtischs und las. Es war ein Brief von einem prominenten Aidsforscher, der offenbar mit Joseph gut bekannt war und hier mit ihm hart ins Gericht ging, weil er Aids bei seiner Forschungsarbeit überging. Er beschwor ihn, wenigstens beim Aufbringen von Fördermitteln für die Aidsforschung behilflich zu sein, besser noch: sich selbst an der Suche nach einer Therapie zu beteiligen. Das Schreiben war privater Natur: der Absender beschuldigte Joseph, er sei ein von Selbsthaß erfüllter Schwuler, der befürchte, sich bloßzustellen, wenn er sich in irgendeiner Form mit Aids abgebe; Joseph solle endlich seine sexuelle Identität akzeptieren und als Wissenschaftler zu einer andere motivierenden Leitfigur der Schwulenbewegung werden. Ich sah nach dem Datum: der Brief war zwei Jahre alt.

»Alles Quatsch«, sagte Joseph, als ich die Lektüre beendet hatte. »Ich hab' Schiß vor der Krankheit gehabt, das ist alles. Und ich hab' mich verhalten wie ein abergläubischer Jude aus dem Schtetl. Augen zumachen, dann wird die Gefahr schon weggehen.«

»Ich dachte, du hast Angst vor dem Coming-out wegen deiner Mutter.«

»Damit redet sich jeder raus.« Ich gab ihm den Brief zurück. Er steckte ihn in die Mappe, wobei er sorgfältig darauf achtete, das Blatt beim Einschieben nicht zu wellen oder zu knicken. Dann verstaute er das Dokument wieder gehörigen Ortes und schob langsam die Containerschublade zu. »Das würde er mir nicht abnehmen. Und um die Wahrheit zu sagen: ich glaube, selbst wenn Mam tot wäre, würde ich mir kein« – seine Stimme wechselte in einen spöttischen Tonfall – »›Coming-out‹ erlauben.« Wie zur Unterstreichung des Gesagten vollendete er das Schließen der Schublade mit plötzlicher Wucht, die einen dröhnenden Knall produzierte. »Warum zum Geier soll ich verpflichtet sein, meine sexuellen Neigungen auszuposaunen? Bist du vielleicht verpflichtet, publik zu machen, daß du hetero bist? Hast du vielleicht irgendwelche Warnschilder umhängen? Erzählst du deinen Patienten, daß deine Mutter sich umgebracht hat?« Ich muß eine gequälte Reaktion gezeigt haben, denn er hob seine kleinen Hände und sagte: »Entschuldigung. Das ist natürlich nicht zu vergleichen.« Er senkte den Kopf. Ich bemerkte, daß die Glatzenbildung bei ihm enorme Fortschritte gemacht und ihm nicht viel mehr als einen Haarkranz übriggelassen hatte. Unvermittelt riß er den Kopf hoch und zeterte: »Mit Viren hab' ich nichts am Hut. Die sind uninteressant. Jedenfalls im Vergleich zum Gehirn.« Er spazierte langsam weg von mir und richtete seine Ansprache unterwegs an seine Aktencontainer: »Ich wollte dahinterkommen, wie *wir*, wir alle, funktionieren, wie wir uns von den Tieren unterscheiden, und nicht, wie eine beschissene Krankheit funktioniert. Warum soll ich die Nazis studieren, wenn ich Einstein studieren kann?« Joseph war auf seiner Wanderung bei der Tür zu dem zweiten Saal angelangt, durchschritt sie und sprach jetzt in das Labor hinein. »Was wäre das für ein Wissenschaftler, der alles, was er angefangen hat, stehen und liegen läßt, weil aus irgendeinem Grund die Leute umkommen, mit denen er gern vögelt?« Er ging eine Tischkolonne entlang, drehte sich um und setzte sich an eine Ecke. Eine Reihe großer weißer Apparate versperrte mir teilweise die Sicht auf ihn. Ich hörte ein Knacken und Knirschen und fragte mich, ob er jetzt Kartoffelchips aß.

Ich folgte ihm ins Labor und setzte mich in einigem Abstand ihm gegenüber. Um ihn herum war der Boden mit Glasscherben übersät, die sichtlich von zerbrochenen Bechergläsern stammten. Ein saurer Geruch hing in der Luft, der mich – ahnungslos in Sachen Chemie, wie ich war – besorgt machte. Hatte er irgendwelche giftigen Stoffe freigesetzt?

»Warum bin ich schwul?« fragte Joseph mit kindlicher Einfalt.

Ich lächelte.

»Nein, ich meine es ernst. Was ist im Psycho-Jargon augenblicklich in? Du weißt ja, womit *wir* uns herumschlagen – ist der Hypothalamus größer, ist er kleiner, ist er rosarot? Sind wir genetisch kodiert? Können wir die Adresse finden? Das hat mich im Grunde nie interessiert. Pipifax. Wenn ich herauskriegen könnte, wie das hier funktioniert« – er rammte sich mehrmals hintereinander die Zeigefingerspitze gegen den Schädel – »dann wüßten wir über alles Bescheid.« Er langte in einen der weißen Apparate und brachte ein Becherglas zum Vorschein, das er behutsam am ausgestülpten Rand festhielt. Er ließ es fallen. Es zersprang auf dem Fußboden. Ich zuckte in reflexartiger Furcht vor umherfliegenden Glassplittern zusammen. »Jetzt werd' ich's nicht mehr erfahren, selbst wenn es prinzipiell wißbar ist. Vielleicht ist es nicht für unsere Augen gedacht. Vielleicht ist das Gehirn das Antlitz Gottes. Also sag du mir, sag *bitte* du mir: Warum bin ich ein warmer Bruder?«

»Du vernichtest doch nicht etwa wichtige Arbeit?« fragte ich.

»Natürlich nicht. Das ist nur Kinderei.« Er deutete auf die Glasscherben um ihn herum. »Das ist alles protokolliert und kann jederzeit problemlos wiederholt werden. Ich spiele hier bloß ein bißchen Riesenbaby.« Er hob ein neues Becherglas in die Luft und ließ es plumpsen. Nachdem es in Scherben lag, kam er auf seine Frage zurück: »Nun red schon. Du bist mit dem Thema immer so höflich umgegangen. Warum steh' ich auf Männer? Weil Mam so anal ist? Weil Dad mich immer auf die Lippen geküßt hat? Weil sie mir immer rektal Fieber gemessen hat, bis ich dreizehn war?«

Ich mußte lachen. »Na ja, so ist das Meßergebnis ja auch genauer, oder?«

»Ich möchte wirklich nicht sterben«, sagte Joseph, und mit einem Mal schwammen seine Augen in Tränen. »Verstehst du, ich hab' immer geglaubt, ich bin die Ausnahme.«

»Harlan sagt, ihr habt immer aufgepaßt.«

»Nein, nicht die Ausnahme bei Aids. Ich hab' geglaubt, ich bin der erste Mensch, der ewig lebt.« Er fuhr mit den Fingern hinter die Brillengläser, um Tränen abzuwischen, obwohl gar keine geflossen waren.

»Joe, nur damit ich mir ein klares Bild von der Situation machen kann – du hast kein Vollbild-Aids, oder?«

»Bin ich nicht ein Glückspilz?«

»Möglicherweise hast du noch ein sehr langes Leben vor dir. Möglicherweise wird eine Erhaltungstherapie gefunden, mit Insulin zum Beispiel. Nehmen wir mal an –«

Joseph stieß den weißen Apparat vom Tisch. Ich glaubte Funken fliegen zu sehen, als er aufschlug. Eine Menge Bechergläser landete auf dem Boden, und der Krach war gewaltig. Eine kleine Rauchwolke stieg auf und löste sich rasch auf.

»Realitätsverleugnung, Realitätsverleugnung und nochmals Realitätsverleugnung!« schrie Joseph. Brüllte es, bar jeglicher Selbstbeherrschung, um genau zu sein.

Ich wartete darauf, daß der Lärm sich legte. Als Joe sich ausgebrüllt hatte, erstarrte er beim Anblick von etwas in meinem Rücken. Ich sah nach hinten. In der Tür zum Labor stand Harlan. Diane hielt sich im Büro im Hintergrund. Die Blicke der Liebenden verschränkten sich: Harlans blaue Augen freundlich und bittend, Josephs kleine dunkle Augen hinter verschmutzten Brillengläsern kalt und abweisend wirkend. Gab er Harlan die Schuld? Wie sollte das angehen? Ärgerte es ihn, daß Harlans Testbefund negativ war? War er von Wut gegen Gott und die

Welt erfüllt, die in diesem Moment lediglich zutage trat? Nach langen Augenblicken dieses stummen Austauschs wandte sich Joseph wieder zu mir und sagte: »Komm schon. Schluß mit der Höflichkeit. Sag mir, warum. Wenigstens dieses eine Mal wirst du keinen Widerspruch von mir hören.«

Ich stand auf. »Ich lasse euch beide jetzt besser al-«

»*Nein!*« Joseph schlug mit der Faust auf den Tisch. Es gab kein Geräusch und mußte weh getan haben. »Sag's mir. Ich möchte es wirklich hören.« Wieder standen Tränen in seinen Augen. »Komm schon, Rafe. Eine simple Frage. Ich werd' abnibbeln, weil ich's im Arsch mag. Das gibt mir doch ein Recht auf irgendeine Antwort, oder nicht?«

»Es gibt da eine Menge unterschiedlicher Ansichten –«

»Ich möchte *deine* Ansicht hören. Versuch nicht, mit irgendwelchem Geschwätz davon abzulenken. Ich scheiß auf die Theorien anderer Leute.« Joseph senkte wieder den Kopf, als betete er gen Mekka. »Bitte«, flüsterte er. »Sag mir was, worüber ich nachdenken kann. Woran ich glauben kann. Worüber ich mich lustig machen kann.« Er schien zu weinen, aber als er den Kopf hob, hatte sich keine Träne aus seinen gefluteten Augen gelöst. »Gib mir was zum Nachdenken, Rafe.«

»Ich glaube, es kommt da sehr auf die besonderen Umstände an. Ich halte nichts von allgemeinen Theorien.« Harlan war langsam nähergekommen und stand jetzt nur noch einen halben Schritt hinter mir. Ich wandte mich zum Gehen, um ihm meinen Platz zu überlassen.

»Na hör mal, über meine gottverdammten besonderen Umstände weißt du doch 'ne ganze Menge«, sagte Joe. »Jetzt laß mich nicht einfach im Regen stehen.« Ich stand Seite an Seite mit Harlan vor ihm. »Also warum ich?« bohrte Joe weiter. »Ich hab' nie was für Frauen übriggehabt. Nicht ein einziges Mal. Ich bin so auf die Welt gekommen. Rein gefühlsmäßig jedenfalls ist es für mich so. Aber du hältst das für Bockmist, oder? Es kommt davon, daß Mam mich nicht auf die Sitzgarnitur gelassen hat, daß ich nie außer Haus bei meinen Freunden übernachten durfte, daß sie mich nicht eine einzige Minute lang aus den Augen gelassen hat.« Er hatte jetzt wirklich angefangen zu weinen, den vorgebeugten Kopf in die Hände stützend und seine Worte gegen die harte Oberfläche des Labortischs sprechend. Harlan drängte sich an mir vorbei und beugte sich über Joe, strich ihm zärtlich über Schultern und Rücken und küßte ihn auf den Nacken, die Wange, die Schläfe.

Ich wandte mich zum Gehen.

»Nein!« schrie Joe. Beim Blick zurück stellte ich fest, daß Harlan ein Stück weit nach links von ihm abgerückt war. Mein Freund war aufgesprungen und rief mir nach: »Jetzt mach schon! Ich will etwas von dir hören.«

Harlan, Diane und Joseph waren auf drei Seiten meines Gesichtskreises verteilt – ein Dreieck, das wie eine Falle anmutete. Ich vermochte meine Erschütterung über die Lage meines Freundes nicht mehr zu kaschieren. Mir war auf Anhieb klar, was sein Tod für mich bedeuten würde. Er war meine letzte Verbindung zu meiner Kindheit, der letzte Mensch, der mich noch aus der Zeit kannte, als ich mich normal gefühlt hatte: als Sohn liebevoller, tatkräftiger Eltern und Bewohner einer sinnvollen, stimmigen Welt.

»Erinnerst du dich an *Portnoys Beschwerden*?« sagte ich mit einem nervösen Kichern. Ich hatte mich nicht mehr in der Hand.

Joseph lüpfte seine Brille, um sich über das feuchte Gesicht zu wischen. »Und?« murmelte er.

»Erinnerst du dich, wie sehr du das Buch gemocht hast? Du hast damals gesagt, es ist deine eigene Biographie.«

Joe nickte, den Mund in schierer Verständnislosigkeit dümmlich aufgeklappt.

»Philip Roth vögelt Frauen. Er *liebt* es, mit Frauen zu vögeln. Vielleicht ist er eigentlich schwul, und du bist eigentlich heterosexuell. Das spielt keine Rolle, Joseph. Theorien sind Schrott. Ansichten und Meinungen sind Wortgeklingel.« Ich lächelte und streckte dem Zuhörer-Trio meine leeren Hände entgegen, allen dreien der Reihe nach mit denselben Gesten signalisierend, daß ich ihnen mehr nicht zu bieten hatte. Sie schienen nicht zufrieden damit. Ich breitete die Arme aus, klopfte mir dann mit den Handflächen fest auf die Brust und schrie: »Das Leben findet hier statt! Hier! Im Körper.«

Harlan ging zu Joseph zurück, stellte sich neben ihn und legte den Arm um die Schultern seines kleinen Geliebten. Die beiden betrachteten mich, wie wenn ich einen Bühnenauftritt absolvierte und sie sich noch nicht sicher wären, ob ihnen die Darbietung gefiel.

»Du stirbst nicht daran, daß du schwul bist. Und von mir wirst du nicht erfahren, warum du schwul bist. Ich weiß es, aber ich werd's dir nicht sagen. Warum nicht? Weil du glücklich damit bist. Du bist schon immer glücklich damit gewesen. Wir sollen das Glück nicht ansehen, Joseph. Es ist das Antlitz Gottes.«

Er sagte etwas. Ebenso Diane. Ich erinnere mich nicht mehr, was es war. Ich glaube, zuletzt weinte ich heftiger als Joseph, genau weiß ich es nicht mehr. Ich erinnere mich allerdings, daß er mich damit aufzog.

DREIZEHNTES KAPITEL

Anpassung

Phil Samuel hatte geschäftlich in New York zu tun und meinte, wir sollten die Gelegenheit zu einem Treffen nutzen. Er schlug ein gemeinsames Frühstück im Elephant & Castle vor, einem Lokal in Greenwich Village, das mit seinem Publikum, der elektronischen Berieselung mit klassischer Musik und der Spinatomelette, den Croissants und dem Espresso auf der Speisekarte genau die Atmosphäre lieferte, die Touristen in einem Viertel, das im Ruf eines Quartiers der Boheme stand, erwarteten. Faktisch ist es ein schäbiges Relikt der sechziger Jahre, ein Reservat des inzwischen entschieden verbürgerlichten Völkchens von ergrauten Schwulen, Radikalen und Künstlern, das die umliegenden teuren Reihenhäuser bewohnt. Phil beäugte strahlend das Ambiente. Er trug ein weißes Buttondown-Hemd von Brooks Brothers, einen einreihigen blauen Blazer, dessen Ärmel eine Daumenbreite zu kurz waren, und eine beige Kordhose mit abgewetzten Knien.

Nachdem wir unsere Bestellung aufgegeben hatten, sagte er: »Ich liebe New York. Meine Frau und ich haben auf unserer Hochzeitsreise hier gefrühstückt.« Er beugte sich vor, um mich mit einem Blick hinter der Kellnerin her zu fragen: »Ist das eine Frau?« Ihr hagerer Körper war komplett in Schwarz verpackt, das Haar zu einem Feld von Noppen an der Kopfhaut abgeschoren und der rechte Nasenflügel mit einem Diamantstecker gepierct. »Ja«, sagte ich.

»Eine Lesbe?« fragte er, gleichzeitig mit flinken Augen neugierig die anderen Gäste musternd.

»Kann sein«, sagte ich. »Muß aber nicht sein. In fünfzehn Jahren wohnt sie vielleicht in Scarsdale und hat drei kleine Kinder.«

Er lachte herzhaft.

»Obwohl –«, setzte ich hinzu, »auch als Mutter von drei Kindern in Scarsdale könnte sie immer noch lesbisch sein.«

»Richtig!« sagte er und lachte von neuem. Unsere Kellnerin kreuzte wieder auf. Sie setzte unsanft den Kaffee auf den Tisch, mit mürrischem Gehabe, als ob wir langweilige männliche Verwandte wären und Mam sie zum Mithelfen vergattert hätte. »Danke sehr«, sagte er, um Freundlichkeit bemüht.

»Mhm«, sagte sie im Weggehen.

»Machen die Kids an der Webster sich nicht so auf?« fragte ich.

»Nicht so schrill.«

»Schrill?« sagte ich.

»Cool«, sagte er und lachte wieder.

Ich erkundigte mich nach seiner Familie. Während ich ihn aufgeräumt davon erzählen hörte, wie er sich beim Inline-Skating mit seiner siebenjährigen Tochter Rückenschmerzen holte oder wie er in aller Herrgottsfrühe aus den Federn kroch, um seinen neunjährigen Sohn zum Hockeytraining zu kutschieren, erschien er mir ebenso beneidenswert wie unbegreiflich. Hier hatte ich einen mit sich und der Welt zufriedenen Menschen vor mir, sorgsam geschliffen und geglättet, damit er sich nicht an den scharfen Ecken und Kanten der Welt verletzte. Wie kam so jemand dazu, sich als Psychologe, sei's auch im Forschungsbereich, ausgerechnet auf Kindesmißbrauch zu spezialisieren? Hatte Diane recht, wenn sie dieser Spezies praxisferner Wissenschaftler in ihren akademischen Elfenbeintürmen mißtraute? Suchte dieser Mann nach dem Beweis, daß Kinder keine zuverlässigen Zeugen für einen Mißbrauch sind, weil ihm der Gedanke, daß erwachsene Menschen Kinder brutal quälen können, genauso schwer in den Kopf wollte wie die Konzeption unserer Kellnerin von ihrer Geschlechtsrolle? Und was sagte es über mich selbst aus, daß eine mustergültige Normalität wie die seine mir so absonderlich – und unwahrscheinlich – vorkam wie kleine grüne Männchen vom Mars?

Ich fragte ihn, ob er im MacPherson-Prozeß die Verteidigung unterstützt habe.

»Sie haben die Mausstudie zu Gesicht bekommen und mich daraufhin als sachverständigen Zeugen benennen wollen. Offen gestanden fand ich die Anklage so unfundiert, daß ich beinah ja gesagt hätte. Aber ich konnte das guten Gewissens nicht tun. Die Mausstudie hat in bezug auf Zeugenaussagen über sexuellen Mißbrauch keinerlei Beweiskraft. Woher wissen Sie, daß die Verteidiger Kontakt mit mir aufgenommen haben?«

»Praktisch von Ihnen selbst. Sie haben es Jonas erzählt und der einer Kollegin, von der ich es habe.«

»Ganz ehrlich, mit Jonas hab' ich mir einen Spaß erlaubt. Ich wollte ihn ärgern, weil er die Mausstudie auf der Tagung in San Francisco unter Beschuß genommen hat. Jetzt sagen Sie mir bloß nicht, er hat das für bare Münze genommen.«

»Anscheinend doch.« Klatsch von Spezialisten über Spezialisten ist immer eine fragwürdige Sache. Ich hatte Dianes Information sowieso nicht recht getraut.

»Ich war baff über das Ergebnis«, sagte er, als ich auf meine Reaktion auf die Mausstudie und die zwischen uns noch offene Frage – ob ich ihm das Videoband von Dianes Befragung der Peterson-Mädchen würde überlassen können – zu sprechen kam. Am Telefon hatte ich nein gesagt; Diane hatte ich versichert, der einzige Zweck meines Treffens mit Phil sei, ihm auf den Zahn zu fühlen. Sie hatte mich nicht dazu bringen können, mich ihrer Auffassung anzuschließen, daß ihre Arbeit mit den Peterson-Mädchen ihr persönliches Eigentum sei, das sie der wissenschaftlichen Weiterverwertung vorenthalten könne, wenn ihr danach war. Ich ließ mich auf ein Treffen mit Phil ein, um ihm eine Chance zu geben, mich von seiner Objektivität (relativ gesprochen, natürlich) zu überzeugen; wenn es ihm gelang, konnte ich ihm das Material mit reinem Gewissen überlassen, auch wenn ich damit ein schweres Zerwürfnis mit Diane riskierte. Insofern war die Sache ein Wagnis. Konnte ich mich über ihren Willen hinwegsetzen, obwohl mir klar war, daß ich damit möglicherweise unsere Beziehung zerstörte, die mir von Tag zu Tag kostbarer wurde? Der alte Rafe (oder sollte ich vielleicht besser sagen: der junge Rafe?) war aus seinem langen Schlaf gerüttelt worden und flüsterte mir jetzt zu, daß der Ausweg darin lag, heimlich vorzugehen, Phil das Band zuzustecken, ohne Diane etwas davon zu sagen, und auf diesem Wege beide Ziele zu erreichen: sowohl die Überprüfung unserer Methoden als auch die Erhaltung meiner Liebesbeziehung.

»Hatten Sie denn nicht damit gerechnet, daß die Kinder Geschichten erfinden würden?« fragte ich.

»Doch, doch. Kinder erfinden immer irgendwelches Zeugs. Ich hatte mit Nachlässigkeit gerechnet. Verstehen Sie, nicht damit, daß eine Geschichte von Wiederholung zu Wiederholung konsequent durchgehalten wird. Daß Phantasie zu Wirklichkeit wird, genauer gesagt, zu Erinnerung wird – damit hatte ich nicht gerechnet.«

»Vielleicht ist das nur Trotz.«

Phil runzelte die Stirn und schüttelte den Kopf. »Nachdem wir Erwachsenen ihnen alle gesagt haben, es ist nichts dabei, wenn sie zugeben, daß die Geschichte erfunden ist? Niemand bestraft sie, niemand fragt nach dem Wieso und Warum? Was gibt's da noch zu trotzen?«

»Vielleicht schützt die Trotzhaltung ihren Stolz auf sich selbst, auf die Unversehrtheit der eigenen Identität. Ich glaube, für Kinder hat Würde einen höheren Stellenwert als Wahrhaftigkeit. Die Wahrheit zählt in ihrer Welt nicht viel. In ihrer Welt führen die Heuchler das Kommando.«

»Wie bitte?« Phil hatte gerade in sein Croissant gebissen. Blätterteigschuppen klebten an seinen Lippen. Er wischte sich mit der Serviette den Mund und sagte: »*Da*für haben Sie doch hoffentlich nichts übrig?«

»*Wo*für nichts übrig?«

»Na, für diesen alten Sechzigerjahre-Schwachsinn – die ganze Welt ist verrottet und kaputt, und deshalb kann man keine Regeln aufstellen. Eltern müssen Grenzen setzen. Die Kinder, von denen wir hier reden, kommen aus heilen Familien. Elterliche Sorge auf Konsequenz und Widerspruchsfreiheit angelegt. Keine Maßnahme ohne ausdrückliche Begründung. Sie werden nicht von Heuchlern erzogen.«

»Tatsächlich? Dann sind sie wirklich Ausnahmen. Die Heuchelei ist die Logik des Elternseins.«

»Jetzt machen Sie aber mal 'n Punkt. Was zum Teufel soll das denn heißen? Das ist eine vollkommen verantwortungslose Behauptung.«

»Phil, es ist nichts weiter als eine Beobachtung. Erwachsene gebrauchen vor ihren Kindern tagtäglich mehrmals sogenannte Notlügen oder verstoßen gegen irgendwelche banalen Regeln. Das Telefon klingelt. Sag, ich bin nicht da, rufen Sie Ihrer Frau zu. Sie instruieren Ihre Kinder, daß sie bei Rot auf keinen Fall die Straße überqueren dürfen, aber Sie selbst halten sich nicht daran, wenn Sie es eilig haben. Die Kinder bekommen mit, wie Sie sich bitter über Ihre Schwiegereltern beklagen, aber an Thanksgiving dürfen sie auch nicht den kleinsten Anflug von Mißmut sehen lassen. Der Vater schimpft über seinen Boß, der sei ein Idiot, aber die Kinder dürfen kein Wort der Kritik an ihren Lehrern lautwerden lassen –«

Phil fiel mir ins Wort: »Der Vergleich ist lächerlich. Die Lügengeschichte von der Maus ist ausgesponnen und zu nichts nütze. Kinder können sehr gut unterscheiden zwischen einer momentanen Höflichkeitslüge und fortgesetzter Unaufrichtigkeit.«

»Ich habe keinen Vergleich angestellt, Phil. Ich habe lediglich gesagt, daß Wahrhaftigkeit von Kindern nicht sonderlich hoch bewertet wird. Und außerdem *gibt* es ein Motiv für die Verteidigung der Mauslüge. Die Kinder wollen sich ihren Anspruch auf Glaubwürdigkeit erhalten. Den zu sichern wird sehr wichtig, sobald ein Kind zur Schule geht und ein Teil seines Lebens sich außerhalb der Familie abspielt. Nur sehr wenige Eltern reagieren auf einen Konflikt zwischen den Tatsachenschilderungen ihres Kindes und einer Instanz der Außenwelt in der Weise, daß sie vorbehaltlos der Version des Kindes Glauben schenken. Dabei wünschen sich Kinder von niemandem auf der Welt so sehr blindes Vertrauen in ihre Glaubwürdigkeit wie von ihren Eltern. Zuzugeben, daß man mit der

Geschichte von der Maus gelogen hat, hat vielleicht zur Folge, daß einem nie mehr geglaubt wird.«

Phil legte die Stirn in Falten, schob seinen Teller von sich – es war nur noch ein Stümpfchen Croissant übrig –, wischte sich den Mund, nahm einen Schluck aus seiner Kaffeetasse und heftete den Blick auf die Tischplatte. Er dachte über das Gesagte nach – ein vielversprechendes Zeichen. »Ich weiß nicht ... Ich bin mir nicht sicher, ob ich das unterschreiben würde. Aber wie auch immer, es ist prinzipiell nicht beweisbar. Es führt ins Reich der Spekulation, und ich glaube nicht – ich habe noch nie besonderes Vertrauen in die reine Theorie gehabt.«

»Es ist auch nicht theoretischer als die Schlußfolgerung, die Sie in Ihrer Studie ziehen, Phil.«

Er richtete den Oberkörper kerzengerade auf und blickte auf meine Schädeldecke. »Unsere Schlußfolgerung beruht auf den erhobenen Fakten.«

»Nein, an einer Stelle machen Sie einen Sprung in den Glauben, und zwar dort, wo Sie konstatieren, daß Kinder den Unterschied zwischen Phantasie und Realität nicht kennen und es sich deswegen nicht um eine vorsätzliche Lüge handelt. Und außerdem widersprechen Sie sich selbst, Phil. Gerade vor einer Minute haben Sie gesagt, Kinder könnten sehr gut zwischen einer momentanen Höflichkeitslüge und fortgesetzter Unaufrichtigkeit unterscheiden. Bei Ihrer Mausstudie haben Sie eine unrealistische Situation geschaffen: Lügen war nicht unter Strafe gestellt. Phil, wie viele Erwachsene, glauben Sie, würden die Wahrheit sagen, wenn das Lügen nicht mit Sanktionen bedroht wäre? Warum haben wir Strafgesetze gegen Falschaussagen vor Gericht? Als diese Kinder zum erstenmal mit dem Interviewer zusammentrafen, wurden sie da belehrt, sie müßten die Wahrheit sagen, die reine Wahrheit und nichts als die Wahrheit? Wurden sie vereidigt? Nein, ein freundlicher Unbekannter spielte mit ihnen ein Spiel in der Art der gesprächsweisen Verhöre, die Kinder tagtäglich über sich ergehen lassen müssen und die sie häufig mit Einfällen aus dem reichlich sprudelnden Born ihrer Phantasie würzen. Dann sehen sie sich auf einmal mit Zweifeln konfrontiert. Plötzlich gelten andere Spielregeln. Jetzt sind Faktentreue und Wahrheit oberstes Gebot.«

»Aber das ist doch der springende Punkt. Genauso befragen wir doch auch Kinder nach sexuellem Mißbrauch. Wir bringen sie doch auch nicht auf die Polizeiwache oder lassen sie auf die Bibel schwören.«

»Ja, aber wir sagen vorher nicht zu ihnen, wir stellen jetzt bloß ein paar Fragen zum Zeitvertreib. Hier werden gestörte Kinder dem Arzt vorgestellt, damit er ihnen helfen kann: der Situation fehlt von Anfang an das Moment der spielerischen Unverbindlichkeit. Und wir stellen die Fragen nicht obenhin, als ob es uns einerlei wäre, ob ein Erwachsener an ihren Genitalien gespielt hat oder ob sie schon mal bei einem Baseballspiel waren. So unsensibel in bezug auf die Natur der Umstände sind Kinder nun auch wieder nicht. Sie wissen, daß die Aussage, ihr Vater habe sie anal penetriert, auf einer anderen Bedeutungsebene liegt als eine Geschichte, in der sie eine imaginäre Maus bezichtigen, sie gebissen zu haben.«

»Genau das ist ja der Grund, warum wir die Kinderarztstudie durchführen. Genau deshalb will ich ja Ihre Technik nachstellen. Ich muß einen Versuch unter Ernstfallbedingungen durchführen.«

Das machte mich nachdenklich. Ich sah ihm in die Augen, die mit ernstem Ausdruck in meinem Blick forschten, und war überzeugt, daß er es ehrlich meinte.

Er bedrängte mich. »Sehen Sie, ich stehe vor dem Problem, daß ich kein definitives Ergebnis habe. Für ein Kind ist es nicht schwer, eine Geschichte von einer Maus zu erfinden. Es verfügt über alle Informationen, die es dafür braucht. Ich kann mir nicht vorstellen, wie es gehen soll, daß ein Kind, das noch nie sexuell belästigt wurde, so etwas ohne einschlägige Kenntnisse erfindet. Aber wir müssen das mit einer empirischen Studie belegen, andernfalls verbreitet das Ergebnis der Mausstudie den Eindruck, daß Kinder unzuverlässig sind.«

»Niemand ist zuverlässig, Phil. Das ist der entscheidende Punkt. Jeder kann in jedem Alter vorsätzlich lügen.«

»Dann sagen wir *zu* unzuverlässig. Seien Sie mir nicht böse, aber jetzt treiben Sie wirklich Haarspalterei. Aber wie auch immer, wenn wir uns an die Technik Ihres Behandlungszentrums halten, besteht doch für Sie eigentlich überhaupt kein Anlaß zu Bedenken.«

Ich sah auf die Sitzfläche des unbesetzten Stuhls neben mir hinunter. Dort lag, in einem khakifarbenen Umschlag, eine Kopie des Videobands, das er haben wollte. Ich hatte es nicht etwa deswegen mitgebracht, weil ich von vornherein gewillt gewesen wäre, mich überzeugen zu lassen. Zumindest sagte ich mir das. Ich verspürte die alte Furcht und die alte Schwäche in meinem Bauch, der mißtrauische einsame Heranwachsende kam wieder zum Vorschein: an jedermanns Version der Wahrheit zweifelnd, sich scheuend, Partei zu ergreifen, nach Wissen dürstend, aber voll Furcht vor den Antworten.

Ich ließ ihn seine Zusicherungen wiederholen. Er würde sich das Band heute abend zweimal ansehen, sich dabei ausführliche Notizen über Dianes Technik machen und es morgen früh, bevor er die Stadt verließ, in den Briefkasten meiner Wohnung stecken. Niemand würde etwas erfahren. Die Sache würde unter uns bleiben.

Aber Diane zu hintergehen machte mir kein gutes Gefühl und war obendrein eine kitzlige Sache, wie ich gleich beim Eintreffen im Behandlungszentrum merken sollte. Diane folgte mir in mein Zimmer, um sich zu erkundigen, wie das Frühstück gelaufen war, und ich sah mich gezwungen, ihr das Treffen mit einem großenteils erfundenen Ende zu schildern. Nichtsdestoweniger brachte mir die Teilwahrheit, die ich ihr erzählte – daß ich von Phils lauteren Absichten überzeugt war –, eine mißbilligende Bemerkung ein. »Er will dir nur Sand in die Augen streuen«, sagte Diane. »Jetzt gibt er sich dir gegenüber als der große Unparteiische, aber wenn er mit seiner Untersuchung fertig ist, wird er ein einseitiges Ergebnis präsentieren und dir erklären, daß er seine Meinung geändert hat.«

»Das glaube ich nicht«, sagte ich, fühlte mich jedoch zugleich durch ihren bestimmten Ton verunsichert. War ich im tiefsten Innern – unter dem Panzer der Ausbildung und Berufserfahrung, den Narben, die die Lebenserfahrung hinterlassen hatte – zu vertrauensselig: ein argloses Kind in einer Welt verschlagener Erwachsener?

Wie auch immer, es war nicht mehr rückgängig zu machen. Das Videoband wurde wie versprochen zurückgegeben, mit Dank und der Bemerkung, daß Dianes Technik sehr beeindruckt habe.

In den folgenden Monaten liefen die Dinge im Behandlungszentrum zur Zufriedenheit. Die schweren Fälle, die wir zur Betreuung rund um die Uhr aufgenommen hatten, machten ausgezeichnete Fortschritte. Wir arbeiteten mit finanziellem Verlust, der freilich nicht so groß war, daß ich ihn nicht hätte ausgleichen können. Ich schloß einen Verlagsvertrag, in dem ich mich verpflichtete, ein Buch über unsere stationäre Therapie gestörter Kinder zu schreiben, und erhielt einen Vorschuß, der das Defizit für zwei Jahre deckte. Was wir von und über Albert hörten, klang ermutigend. Sein Notendurchschnitt war gut – eine glatte 2 –, und er hatte sich im Dorrit House einen großen Freundeskreis geschaffen. Dianes Engagement im Fall Peterson endete, nachdem das Gericht den Großeltern das Recht, mit den Kindern Kontakt zu halten, aberkannt und ihnen die Kosten der weiterlaufenden Therapie auferlegt hatte. (Die infolge des Wohnungswechsels der Mädchen nicht von Diane durchgeführt wurde.) Sich selbst in Behandlung zu begeben, lehnte der Großvater ab, obwohl ihm für diesen Fall die Lockerung des Kontaktverbots in Aussicht gestellt worden war.

Im Februar 1990 rief nach fünfmonatigem Schweigen Gene wieder an.

Er war in überschäumender Laune. Der Black Dragon war fertig. Gemeinsam mit Halley – er mußte mir ins Gedächtnis zurückrufen, daß Halley Sticks Tochter war – würde er den Prototyp in einigen Tagen auf den Internationalen Computertagen vorstellen. Ob er irgendwann vorher bei mir vorbeikommen dürfe.

Ich schlug denselben Abend, sechs Uhr, als Termin vor. Er kreuzte mit fünfzehnminütiger Verspätung auf – ein beispielloses Vorkommnis. Ich hatte mich gerade entschlossen, nach Hause zu gehen, weil ich mir sicher war, er würde mich nicht so lange warten lassen, wenn er nicht überraschend verhindert worden wäre.

»Wow, bei Ihnen hat sich ja mächtig viel geändert«, stellte er beim Hereinkommen fest. Das gleiche hätte ich zu ihm sagen können. Sein Kleidungsstil war neu: rostbraune Breitrippenkordhose mit Bügelfalte und Umschlag, schwarzer Rollkragenpullover und teuer aussehendes Jackett, ebenfalls schwarz, aber mit raffinierten weißen Sprenkeln. *Très chic* waren auch die schwarzen Halbschuhe mit orangefarbenen Nähten und dicker Sohle. Wenngleich die einzelnen Kleidungsstücke für sich genommen etwas zufällig wirkten, ergaben sie zusammen ein geschlossenes Ganzes, das Gene mit dem Air teils eines Hochschullehrers, teils eines privatisierenden Millionärs ausstattete. Auch seine Frisur hatte sich geändert – die ehemals wild wuchernde Lockenpracht war in Form geschnitten und mit Hilfe von Gel straff nach hinten gekämmt, was eine hohe Stirn und erstaunlich kleine wohlgeformte Ohren zum Vorschein brachte und dem Gesicht einen Ausdruck von Draufgängertum verlieh, der durch den offenen, freien Blick noch verstärkt wurde. Die Tendenz, dem Blick seines Gegenübers auszuweichen, hatte Gene zwar nicht restlos überwunden, aber seine Seitenblicke waren jetzt nicht mehr ein stiller Protest in Richtung Fußboden, sondern eine quasi feldherrnmäßige Musterung des Terrains. »Fast könnte man meinen, Sie betreiben ein Hotel.«

»Wir bringen hier neuerdings ein paar Patienten unter, und dazu brauchen wir auch Übernachtungsmöglichkeiten für Personal – deshalb die Bettenstation.«

»Ach so ...« Er nickte und besah sich weiter ungeniert seine Umgebung, mich eingeschlossen, wenngleich er die Augen nirgends lange verweilen ließ. Seine Beine waren ständig in Aktion, hüpften auf und nieder; genauso unruhig waren seine Finger, verschränkten sich, knackten, trommelten dann auf die Knie.

»Du bist spät dran, Gene.«

»Ich weiß. Tut mir leid. Aber im Büro war in allerletzter Minute noch was zu erledigen, und hinterher bin ich losgeprescht, weil ich dachte, ich pack's noch. Wie ich dann gemerkt hab', daß ich's nicht schaffe, wollt' ich Sie eigentlich aus dem Auto anrufen, aber ich hatte Ihre Nummer nicht bei mir, und erinnern konnte ich mich auch nicht mehr an sie. Ist das nicht irre? Hat sicher was zu bedeuten, stimmt's?«

»Du bist bis jetzt noch nie zu spät gekommen, Gene.«

»Hat auch was zu bedeuten, stimmt's?«

»Wahrscheinlich.«

»Klaro, hat ganz bestimmt was zu bedeuten, weil ich nämlich früher gezittert hätte, daß ich *ja* pünktlich bin, und deswegen so lächerlich früh losgefahren wäre, daß sie mich in der Firma mit ihrer sogenannten Eilsache nicht mehr erwischt hätten.«

»War's denn keine Eilsache?«

»Na ja, jetzt, wo ich Abteilungsdirektor für Forschung und Entwicklung bin ...« Er lächelte und breitete die Arme aus wie ein Künstler, der auf den Applaus wartet.

»Ich gratuliere.«

»... brauchen sie mich da rund um die Uhr. Sie wissen ja, wie das ist. Sie leiten selbst einen großen Apparat.«

»Hast du deswegen jetzt ein Autotelefon?«

»Ihnen entgeht aber auch nichts. Ich hab' ein Mobiltelefon und einen Piepser. Fragen Sie mich nicht, wozu ich *beides* brauche. Na ja, weil man als Großverbraucher die Batterien billiger kriegt. Aber Ernst beiseite, ich bin so weit hinter der Zeit, daß ich es für das beste halte, ich komme gleich zum Kern der Sache. Ich glaube, ich bin verliebt.«

Er war so aufgedreht, daß ich versucht war zu lachen. Die Frage lag mir auf der Zunge, ob er Amphetamine einnahm. Der sarkastische Gedanke brachte mich auf einen ernst zu nehmenden Verdacht. »Nimmst du Prozac?« fragte ich.

»Wie?« Gene schüttelte den Kopf, wie um wach zu werden. »Was haben Sie gesagt?«

»Ich habe gefragt, ob du Prozac einnimmst.«

»Nein. Das heißt, ich glaube nicht. Ist Prozac nicht irgendein Psychopharmakon?« Ich nickte. »Mein Gott, daß ausgerechnet Sie das fragen ... Nein, ich bin verliebt, das ist im Augenblick mein Medikament. Oder glauben Sie nicht an Liebe?«

»Wenn ich mich recht entsinne, warst du es, der mir einmal gesagt hat, er glaubt nicht an Liebe.«

»Das hab' ich gesagt? Na ja, weil ich damals gar nicht gewußt hab', was Liebe ist. Ich sage Ihnen, das ist das Größte. Das Beste, wo gibt.«

»Hast du eine Affäre mit Halley?«

»Nein. Das heißt *noch* nicht ... He, Sie haben's ja gewußt.« Gene hob die Finger wie ein Basketballspieler, der einem Mannschaftskameraden signalisiert, daß er gerade zwei Punkte gemacht hat. Ich weiß nicht, wie ich mein Erstaunen über diese Geste beschreiben soll: im Kontext der verklemmten Körpersprache, die er über einen Zeitraum von dreizehn Jahren in unseren Sitzungen an den Tag gelegt hatte, war diese Bewegung eine krasse Obszönität. »Hab' ich Ihnen von ihr erzählt?« wollte er wissen.

»Nicht richtig. Aber als du mit mir telefoniert hast, hast du mir ungewöhnlich umständlich erzählt, daß sie mit zu eurer Computertagung kommt, und jetzt kommst du hier herein und sagst mir, du bist verliebt. Da könnte selbst Dr. Watson zwei und zwei zusammenzählen.«

»Großer Gott, ja. Ich zittere schon die ganze Zeit bei dem Gedanken, daß es zu auffällig ist. Cathy hat eindeutig schon etwas mitbekommen.«

»Wovon mitbekommen?«

»Von mir und Halley.«

»Hast du nicht gesagt, ihr habt nichts miteinander?«

»Ich hab' sie geküßt«, sagte er hastig wie ein verlegenes Beichtkind und zugleich mit einem durchtriebenen stolzen Grinsen.

»Du hast sie geküßt. Und sie? Wie hat sie reagiert?« Mit einer Handbewegung forderte ich ihn auf, etwas ausführlicher zu werden.

»Also geohrfeigt hat sie mich nicht.« Er holte tief Luft und hielt den Atem an.

»Hattest du mit einer Ohrfeige gerechnet?«

Er sah mich mißbilligend an. Schließlich ließ er die Atemluft entweichen. »Nein. Das heißt, ich weiß nicht genau. Ich hatte Angst, sie zu berühren. Ich hab' wochenlang mit dem Gedanken gespielt. Ich hab' die ganze Zeit nur auf ihre Lippen gesehen, als sie über die Tagung in Boston gesprochen hat ... Sie hat volle Lippen, müssen Sie wissen, und das wirkt besonders, wenn sie stark geschminkt sind. Ich war mir noch nicht mal sicher, ob ich sie schön finden soll. Aber ich hab' einfach nicht wegsehen können. Und von dem, was sie gesagt hat, hab' ich überhaupt nichts mehr mitgekriegt. Sie hat aufgehört zu reden und hat mich angelächelt und gesagt: ›Hallo? Sind Sie noch da?‹ Und auf einmal war mir alles egal. Cathy. Der kleine Pete. Sogar was mit mir selber passiert. Ich kann mich nicht mal erinnern, daß ich mir gesagt hätte, jetzt küßt du sie. Es ist einfach passiert. Auf einmal. Direkt in unserem neuen Konferenzraum. Direkt neben einer Glaswand. Vom Parkplatz aus hätte uns jeder sehen können. Daran hatte ich überhaupt nicht gedacht.«

Die Erinnerung versetzte ihn in eine Art Trance. Ich wartete, während er noch einmal die Kußszene durchlebte, dabei leise seufzte, die Beine übereinanderschlug, kurz seine Lippen berührte, als ob da noch der Druck der ihren zu spüren wäre. »Sie hat mich wiedergeküßt«, sagte er schließlich. »Verstehen Sie, sie hat mitgemacht. Sie hat den Mund geöffnet –« Er hielt abrupt inne und lachte. »Ich hab' meinen wirklich weit aufgemacht, kann ich Ihnen sagen. Es war wie zu High-School-Zeiten – Zungenkuß, verstehen Sie.«

»Hört sich an, als hätte es Spaß gemacht.«

»Hat es auch. Es war riesig.« Er sah mir mit dem furchtlosen und offenen Blick eines neugierigen Kindes direkt in die Augen. »Bin ich ein Schuft?«

»Weil dir ein Kuß geschmeckt hat?«

»Ach, kommen Sie. Sie wissen doch auch, wo das hinführt. Ist Ehebruch nicht eine Todsünde?«

»Tut mir leid, Gene. Ich bin kein Geistlicher.«

»Was passiert, wenn ich mich verliebe?«

»Ich denke, du hast dich schon verliebt?«

»Verknallt. Was passiert, wenn wir miteinander ins Bett gehen und sie will mich hinterher immer noch haben?«

»Keine Ahnung. Ich bin auch kein Hellseher. Abgesehen davon – ist die Frage nicht falsch gestellt? Was passiert, wenn ihr miteinander ins Bett geht und *du* willst sie hinterher immer noch haben?«

»Ich glaube, ich würde mich von nichts und niemand aufhalten lassen. Ich glaube, noch nicht mal Petey könnte mich aufhalten.«

»Was hat Pete damit zu tun?«

»Hä? Also hören Sie, jetzt treiben Sie aber die Hirnklempnermasche zu weit. Pete ist der entscheidende Grund dafür, daß ich überhaupt verheiratet bin.«

»Nicht Cathy?«

»Also eins steht fest: Daß ich noch verheiratet bin, liegt nicht etwa daran, daß meine Ehe so herrlich ist.«

»Wenn Pete nicht wäre, wärst du schon ausgestiegen?«

»Das wissen Sie doch.«

Das stimmte nicht. Ich wußte nichts dergleichen. »Gene, wie wollen wir das eigentlich nennen, was wir hier tun?«

Seine Beine kamen zur Ruhe. Sein neuerdings so selbstsicherer Blick senkte sich. »Wie?«

»Kehren wir zur Therapie zurück? Hast du vor, wieder regelmäßig zu kommen?«

»Ginge das nicht?« fragte er mit der alten, mir ach! so vertrauten Übellaunigkeit in der Stimme.

»Willst du es denn?«

»Ich stecke in einer Krise.«

»Heißt das, du willst?«

»Eigentlich müßte ich wohl, oder?«

»Willst du?«

»Ja!« Seine Gereiztheit rutschte mit heraus, und sein Blick tauchte zu Boden.

»Würde dein Stundenplan es denn erlauben?«

»Na ja, jetzt, wo der Black Dragon fertig ist und ...« Er hielt inne und versank in tiefe Nachdenklichkeit.

Ich wartete und hing derweil meinen eigenen Gedanken nach. Ich wollte die Sitzungen mit ihm nicht wieder aufnehmen. Gene hatte meine Hilfe nicht nötig. Sicher, er hätte einen guten – oder meinetwegen auch mittelmäßigen – Therapeuten, der ihm half, seine Eheprobleme auf die Reihe zu bringen, gut gebrauchen können (was übrigens auch für Cathy galt). Aber ansonsten war der Mann, der mir da gegenübersaß, relativ gesund. Um es unverblümt zu sagen: ich war nicht Psychiater geworden, um Ehemänner zu behandeln, die sich danach sehnten, mit einer Frau, die jünger und schöner war als die eigene, zu schlafen und die an ihrer Ehe nur der Kinder wegen festhielten. Das ist vielleicht keine besonders sympathische oder lobenswerte Geisteshaltung, aber durchaus keine psychiatrische Krankheit. Und mal ehrlich! sagte ich zu mir selbst. Du möchtest ihn nicht als Patient haben. Du hast die Sitzungen mit ihm nicht vermißt.

»Ich hab' Angst«, sagte Gene leise. Er drückte den Rücken durch, um sich Haltung zu geben, hob den Blick und sah mich traurig an.

»Wovor?« fragte ich, ebenfalls leise.

»Ich hab' das Gefühl, daß ich mich nicht mehr unter Kontrolle habe.«

»Das hast du auch nicht.«

Sein Mund öffnete sich zum Antworten und schloß sich unverrichteterdinge wieder.

»Du hast dich dein Leben lang angestrengt, dich unter Kontrolle zu halten, dich zu bezähmen. Deinen Zorn zu bezähmen, dein natürliches Bedürfnis nach Anerkennung für deine Arbeit, nach erfüllter Liebe, nach Geliebt- und Geschätztwerden zu bezähmen. Du hast dich als Kind bezähmt, weil deine Eltern Ungezähmtheit bei dir nicht geduldet haben. Du hast dich als Ehemann bezähmt aus Furcht, Cathys Liebe zu verlieren, wenn du sie mit sexuellen Forderungen konfrontierst. Du hast dich Stick gegenüber bezähmt aus Furcht, er könnte dich für ehrgeizlos halten. Diese ganze Selbstbezähmung wirfst du jetzt über Bord. Du bist schon seit etlichen Jahren dabei, das alles sukzessive über Bord zu werfen, und jetzt bist du schon fast ein freier Mann.«

»Warum habe ich dann Angst?«

»Das nennt man Neurose. Es ist eine irrationale Furcht, die für dich natürlich nicht irrational ist. Du hast dich mehr vor dem gefürchtet, was passieren würde, wenn du anderen Menschen deine Wünsche offenbarst, als davor, nicht zu bekommen, was du dir wünschst. Nach den Regeln der gesunden Vernunft ist das unsinnig, da du dich ja durch die Bitte um Erfüllung deines Wunschs nicht schlechter stellen kannst, solange die einzige Alternative darin besteht, den Wunsch ganz zu unterdrücken. Das Schlimmste, was dir passieren kann, ist, daß du auf deine Bitte ein Nein zu hören bekommst. Aber für dich war es nicht unsinnig, weil du dich nicht vor dem Nein als solchem fürchtest.«

Gene lächelte vor sich hin. Er fragte mit leiser Stimme: »Wovor fürchte ich mich dann?«

»Du fürchtest dich vor dir selbst. Vor den Gefühlen, mit denen du reagierst, wenn du um etwas bittest, und die Antwort ist nein. Du fürchtest dich vor der Wut und der Trauer, die der Ablehnung folgen. Und du fürchtest dich auch vor den Gefühlen, mit denen du reagieren würdest, wenn die Antwort ein Ja wäre. Was du gar nicht erst probierst, kann dir nicht fehlschlagen. Du hast Stick um mehr Verantwortung gebeten, und er hat sie dir übertragen. Was, wenn du versagst? Solange du nichts von ihm verlangt hast, hast du dich nicht auf den Prüfstand stellen müssen. Indem du von Cathy nicht verlangt hast, daß sie dich liebt, warst du zwar einsam, hast aber das Risiko umgangen, von ihr zu hören, daß sie für dich nichts empfindet. Indem du einen Bogen um andere Frauen gemacht hast, bist du der Gefahr ausgewichen, dich zu verlieben. Die Neurose hat ihre eigene Logik, und sie ist seit deiner Kindheit deine Freundin, seit dem Tag, an dem du dich auf das Buch des Galeriebesitzers übergeben hast, oder noch viel länger: seit dem Tag, als du deine Eltern beim Liebesakt überrascht hast.«

»Was meinen Sie damit?«

»Erinnerst du dich nicht? Als du ins Schlafzimmer gelaufen bist, wo sie gerade beim Liebesspiel waren?«

»Natürlich erinnere ich mich. Aber was wollen Sie damit sagen, daß –? Nein« – er lachte – »was *besagt* das für mich?«

»Sie waren bestürzt und aufgebracht –«

Gene fiel mir ins Wort: »Dad hat mich angeschrien, stimmt's?«

»So hast du es mir erzählt.«

»Und Mam hat mich am nächsten Morgen ausgeschimpft. Ich soll ja nicht noch mal zur Tür reinplatzen, ohne anzuklopfen.«

»Und warum bist du zu ihnen ins Schlafzimmer gelaufen?«

»Ich wollte etwas, ja? Meine Arznei? War ich nicht krank?«

»Vor Jahren hast du mir etwas anderes erzählt.«

»Was hab' ich damals gesagt?«

»Daß du von einer Spinne geträumt hast. Du bist aufgewacht und warst allein. Es war dunkel im Zimmer.« Ich wartete.

»Ich hab' mich gefürchtet«, sagte er.

»Davon war damals nicht die Rede. Es könnte aber trotzdem sein. Erzählt hast du allerdings, daß du dich einsam gefühlt hast und nicht allein bleiben wolltest.«

Tränen sammelten sich. Er schluckte, drückte die Augen zu und rieb sie mit den Fingerspitzen, um seine Gemütsbewegung zu kaschieren. Nachdem er die Hand wieder hatte sinken lassen, nickte er mit düsterer, aber gefaßter Miene. »Das stimmt.«

»Du hast dich einsam gefühlt«, sagte ich. »Aber sie haben dich hinausgeworfen, und du hattest das Gefühl, daß ihre Liebe zu dir nur leeres Getue war, daß niemand dich brauchen konnte, daß die Welt eine Party, eine ausgelassene heimliche Fete feierte, zu der du nicht eingeladen warst.«

»So einfach kann es doch wohl nicht sein«, sagte Gene.

Was für ein wißbegieriges und zugleich hochmütiges Wesen ist doch das Tier Mensch: sucht nach Antworten auf seine Probleme, und wenn es sie gefunden hat, ist es von ihnen enttäuscht. »Ich halte das Ganze nicht für einfach, Gene. Es ist ziemlich kompliziert. Ich will nicht sagen, daß du derselbe Mensch wärst, wenn ein einmaliges Stören deiner Eltern beim Liebesakt alles wäre, was dir zugestoßen ist. Ich will nicht einmal sagen, daß jeder andere genauso wie du reagiert hätte. Du hast eine angeborene Furchtsamkeit, eine für Erschütterungen und Kränkungen besonders anfällige Zartheit des Gemüts. Das hat dich zu einem guten Vater und einem loyalen Angestellten gemacht. Es hat dich zu einem liebenden Sohn gemacht, zu einem sehr liebenden Sohn sogar, und das bei Eltern, mit deren Liebe zu dir es offen gesagt nicht weit her war. Und es gab ja nicht nur die zwei eben erwähnten Vorfälle – es gab Hunderte, die sich gegenseitig verstärkten. Wir haben nur die Archetypen herausgestellt, die Sinnbilder deiner Lebenserfahrung. Und sie haben dich nicht wirklich lahmzulegen vermocht. Sieh dich an: Du bist hier, um an dir zu arbeiten. Du hast dich im Leben tapfer gehalten. Viel tapferer als Menschen, denen es keine Probleme macht, lauthals herauszusagen, was sie wollen und haben möchten, und die kaum eine Minute stillhalten können, solange ihre Wünsche nicht befriedigt sind.«

Gene legte eine Hand auf seine gelgefestigte Frisur. Er fuhr über die geglättete Haarpracht und strählte symbolisch zurück, was faktisch bereits zurückgestrählt war. Die Geste – eine Novität in seinem Repertoire – vermittelte den Eindruck von Souveränität und Gelassenheit. Danach sagte er ruhig: »Danke.«

»Und nun?« Ich lächelte ihm zu. »Wie wollen wir es halten, Gene? Kehren wir zur Therapie zurück?«

»Ich möchte aufhören.« Er sagte es leichthin und unbefangen, um dann wie in einer schrecklichen Vorahnung, etwa so als ob die Decke über ihm einstürzen könnte, den Atem anzuhalten. Ich nickte und wartete. Er atmete aus. »Aber ich habe Angst davor.« Er räusperte sich. »Sagen Sie mir, was ich tun soll. Habe ich es nötig?«

»Man hat es immer nötig, mit jemandem offen über sein Leben sprechen zu können. In der letzten Zeit, bevor wir unsere Zusammenkünfte eingestellt haben, hast du die Sitzungen dazu benutzt. Offen gesagt habe ich für so etwas keine Zeit. Ich bin hier im Behandlungszentrum enorm im Druck, und obendrein arbeite ich an einem Buch. Mir liegt an dir, Gene, und ich möchte, daß alles gutgeht für dich. Ich würde es gern sehen, daß du dein Eheproblem löst, sei es nun so oder so. Ich hoffe, du pochst im Berufsleben auch in Zukunft auf das, was dir zusteht, und bleibst ehrgeizig und hörst nicht auf, dich zu fordern. Aber auf diesem Kurs bist du ja schon. Falls irgend etwas schiefgeht, falls du das Bedürfnis hast, dich über ein ganz spezielles Problem mit jemand auszusprechen, bin ich zu jeder Tages- und Nachtzeit für dich da. Ich finde, wir sollten uns noch ein paarmal sehen, einfach um die Sache langsam ausklingen zu lassen. Falls du auch in Zukunft nicht auf regelmäßige Gespräche mit einem Therapeuten verzichten möchtest, könnte ich dir –«

»Nein«, fiel er mir freundlich, aber bestimmt ins Wort. »Sie haben recht. Es wird Zeit, daß ich erwachsen werde. Ich sollte mein Leben selbst in die Hand nehmen.« Wir kamen überein, uns noch dreimal zu treffen und dann Schluß zu machen.

Das nächstemal sah ich ihn nach den Computertagen wieder. Der Black Dragon war gut angekommen. Der Bestelleingang war zwar nicht so, wie man sich erhofft hatte, aber das war auch bei der Konkurrenz nicht anders. Die Rezession machte der gesamten Computerbranche schwer zu schaffen. Aber die Maschine war eine technische Glanzleistung, und das ging auf Genes Konto. Während des Aufenthalts in Boston schliefen er und Halley jede Nacht miteinander. Es war, so Gene, das Leidenschaftlichste und Aufregendste, was er an Sex je erlebt hatte. Er war fasziniert von ihr und verbrachte in dieser Sitzung die meiste Zeit damit, mich über Einzelheiten ihrer Lebensgeschichte ins Bild zu setzen, etwa über ihre kurze Schauspielerkarriere in Hollywood, die ihr einige Beachtung eingetragen hatte; am ausführlichsten jedoch verbreitete er sich über eine traumatische Erfahrung, die ihn besonders faszinierte: den Tod ihres Bruders bei einem Skiunfall vor fünf Jahren. Das Ereignis war ihm in vager Form bekannt gewesen, denn Stick hatte sich seinerzeit für die Abwicklung der Formalitäten im Zusammenhang mit der Überführung und der Beerdigung eine Woche Urlaub genommen, über die Einzelheiten der Tragödie indessen hatte Copley nie mit ihm gesprochen. Gene war zutiefst gerührt über ihre Liebe zu ihrem Bruder und ihre Trauer um ihn. Er sei der einzige Mensch, mit dem sie je über den Tod ihres Bruders habe sprechen können, gestand ihm Halley. Sie machte keinen Hehl daraus, daß es ihr das liebste wäre, er würde sich von seiner Frau trennen und sie heiraten. Sie liebe ihn so sehr, sagte sie, daß sie unter allen Bedingungen an ihm festhalten würde, trotzdem hoffe sie, er werde sich ganz für sie entscheiden.

Hochgemut fuhr er nach Hause – allerdings auch wild entschlossen, Cathy mit der Wahrheit zu konfrontieren. Er führte seinen Vorsatz nicht aus. Der überraschend herzliche Empfang, der ihn zu Hause erwartete, habe ihm einen Strich durch die Rechnung gemacht, erklärte er mir. Cathy begrüßte ihn nicht mit der gewohnten Übellaunigkeit, sondern umarmte ihn stürmisch und küßte ihn leidenschaftlich, während Pete an seinen Eltern zerrte, bis sie über ihre eigenen Beine stolperten und alle drei auf dem Boden landeten. Genes kleiner Sohn nutzte die Gelegenheit, auf den Vater zu krabbeln, während Cathy sich zu den beiden kuschelte. Sie hatte ein aufwendiges Abendessen vorbereitet und dazu den Tisch mit Blumen und Kerzen dekoriert; Petey hatte für seinen Vater ein Modell des Black Dragon aus Legosteinen gebaut. Das Dilemma, in dem er sich befand, war für Gene eine Quelle sowohl der Freude wie der Verlegenheit. Natürlich äußerte er mir gegenüber alle der Situation angemessenen Gefühle: Schuldbewußtsein ob Halleys Liebe, Scham ob seines Betrugs an Cathy und die Furcht, Pete weh zu tun. Es war jedoch nicht schwer, die dünne Schale dieser zivilisatorischen Pflichtübungen zu durchstoßen und zum eigentlichen Kern seiner Gefühlsreaktion vorzustoßen, und der war eitel Wonne ob der Tatsache, daß zwei Frauen gleichzeitig um ihn buhlten; Erleichterung darüber, daß er eben doch ein begehrenswerter und begehrter Mann war.

»Was soll ich tun?« fragte er mich.

»Keine Ahnung, Gene. Du willst es mir zwar nicht glauben, aber ich bin wirklich kein Pfarrer. Du mußt selbst entscheiden, was gut und was böse ist. Du erinnerst dich sicher, wie du über deinen Vater gedacht hast, als du erfahren hast, daß er all die Jahre eine Geliebte hatte.«

»Ja sicher«, sagte er, und zum erstenmal glitt der Schatten eines heftigen Schuldbewußtseins über seine strahlende Miene. »Er hat alles nur noch schlimmer gemacht.«

»Aber du bist nicht dein Vater, richtig?«

»Richtig.«

»Es ist deine Sache zu entscheiden, was richtig und was falsch ist. Ich kann nur hoffen, daß du dich dabei von *deinem* Gefühl leiten läßt und nicht von dem, was du denkst, daß andere Leute von dir wollen.«

[Ich nehme an, daß manche meiner Laien-Leser womöglich geschockt sind angesichts meiner laxen Reaktion auf Genes Affäre. Aus Fernseh-Talkshows und populärpsychologischen Büchern habe ich den Eindruck mitgenommen, daß man in den USA verlernt hat, zwischen geistiger Gesundheit und Moralität zu differenzieren. Zudem lebt man hier in humorloser Unkenntnis der Relativität moralischer Maßstäbe. In Frankreich hätte Gene sich in den Augen der Gesellschaft nicht durch die außereheliche Liaison als solche in Mißkredit gebracht, wohl aber, wenn er die Grausamkeit begangen hätte, sie seiner Frau unter die Nase zu reiben. In den USA wird häufig der Betrug allein als pathologisches Symptom bewertet, und dem Betrüger rechnet man es als moralisches Verdienst und noble Haltung an, wenn er vor seine Frau hintritt und ihr eröffnet, daß er sich in eine andere verliebt hat und darum die Scheidung verlangt. Ich finde es bedauerlich, daß so viele Populärpsychologen dem Mißverständnis in bezug auf die Funktion der Therapie Vorschub leisten: für die Beurteilung von Genes Affäre mit Halley, insoweit die Situation nicht durch jahrelange emotionale und sexuelle Passivität bedingt war, liefern die gesellschaftlichen Sitten beziehungsweise die religiösen Überzeugungen die Kriterien. Wie ich schon an früherer Stelle bemerkte, bestand meine Aufgabe darin, Gene mit seinem wahren Selbst bekannt zu machen, und *nicht* darin, sein Selbst nach meinen Begriffen von Wohlverhalten zu formen. Von den Fachleuten unter meinen Lesern werden wohl einige die Tatsache, daß Gene kurz vor der vorgesehenen Beendigung der Therapie eine Bedrohung seiner Ehe zur Sprache brachte, als einen Versuch, die Therapie zu verlängern, schlicht gesagt: als einen neuerlichen Hilferuf deuten. Ich gebe zu, daß ich seinerzeit als ein Moment seines Verhaltens das Motiv zu erkennen glaubte, Material für mich zu kreieren, mir einen Ereigniszusammenhang zu liefern, den er legitimerweise als für ihn nicht zu bewältigen einstufen konnte und der folglich sein weiteres Angewiesensein auf unsere Sitzungen begründete. Tatsächlich war das mit ein Grund für meine laxe Reaktion. Es wurde Zeit, daß Gene sich seinen Lebensproblemen stellte, ohne sich vorzumachen, er wäre für diese Aufgabe nicht gerüstet. In unsere Beziehung hatte sich von neuem die Übertragung eingeschlichen: ich war das letzte Hindernis, das er nicht bequem überwinden konnte, die letzte Entschuldigung für ihn, nicht nach seinem eigenen Empfinden zu handeln. Man vergesse bitte nicht: ich handelte in dem Bewußtsein, daß Gene jederzeit zu mir kommen konnte und auch kommen *würde*, falls er in echte Schwierigkeiten geriet. Sollte es zur Scheidung von Cathy kommen und er deshalb Hilfe benötigen, würde er sie bekommen – sei's von mir oder einem Therapeuten, den ich für ihn aussuchen würde –, aber ich würde nicht mit angehaltenem Atem dasitzen und darauf warten, daß sich der Vorhang über dem Drama hob. Um es so einfach wie überhaupt nur möglich auszudrücken: Ehebruch war in meinen Augen keine Krankheit, die in meine Behandlungskompetenz gefallen wäre.]

Am 15. März 1990 eröffnete ich unsere letzte Sitzung damit, daß ich Gene die Tonbandprotokolle unserer Zusammenarbeit anbot. Anfangs schien er verlegen. Er grinste, fuhr sich über die gelgefestigte Frisur und fragte: »Was soll ich damit anfangen?«

»Was du willst. Ich hab' dir ja gesagt, ich brauche sie für unsere Arbeit, aber die ist ja nun zu Ende, und –«

Er hob die Hand vom gestrafften und geglätteten Haar, hielt sie hoch wie ein Schüler, der die Aufmerksamkeit des Lehrers auf sich ziehen möchte, und fiel mir ins Wort: »Was ist, wenn ich wiederkommen muß?«

»Ich kann sie auch hier aufheben, wenn dir das lieber ist. Hier sind sie auf jeden Fall sicher. Ich dachte nur, ich sollte sie dir korrekterweise anbieten.«

»Nein, ich finde, Sie behalten sie besser hier. Wenn ich sie mitnehme, das hat so was unwiderruflich Abschließendes.«

Er sprach dann über den augenblicklichen Stand seiner Beziehung zu Halley. Sie war viel auf Reisen, um für die Firma Bestellungen hereinzuholen – nicht auf den verhältnismäßig gutgehenden Black Dragon, sondern auf die weniger erfolgreiche PC-Produktlinie. Ihre häufige Abwesenheit befreite ihn von dem Druck, in Sachen Ehe und Affäre schnell handeln zu müssen. Außerdem hatte Halley Wort gehalten: wann immer sie wieder in der Stadt war, traf sie sich mit ihm, ohne ihn zu bedrängen, er solle sich endlich von Cathy trennen. Natürlich hatte das nun wieder den perversen Effekt, daß Gene sich sorgte, sie liebe ihn vielleicht doch nicht so sehr, wie sie behauptete. Ich muß gestehen, daß auch ich meine Zweifel an der Echtheit ihrer Gefühle hatte. Warum arbeitete sie für die Firma, die ihr Vater leitete, noch dazu, wo sie offenbar weder Computerwissen noch irgendein Interesse für Computer mitbrachte? Und wenn sie so schön und intelligent war, wie Gene sie schilderte, wieso ließ sie sich dann mit einem verheirateten Mann ein, der, um es unverbrämt zu sagen, nicht gerade der Typ war, der in solchen Frauen ein verbotenes Liebesverlangen zu erwecken vermag? Aufgrund des wenigen, was mir an Faktischem über sie bekannt war, stellte ich sie mir wohl als eine weibliche Variante des alten Gene vor – als eine Frau, die sich in Situationen und Beziehungen manövrierte, von denen sie mit Sicherheit die Enttäuschung ihrer Wünsche erwarten durfte, und die auf diese Weise wahrscheinlich anderen, tiefer liegenden Wünschen auswich. Überdies mußte sie an einer Form von Elektrakomplex leiden, um für ihren Daddy arbeiten und mit seiner Spitzenkraft liiert sein zu können. Berücksichtigte man Genes Status als quasi Adoptivsohn von Copley, hatte man wahrscheinlich auch das Element der Erfüllung eines inzestuösen Verlangens mit einer Ersatzfigur des toten Bruders in das Bild einzusetzen. Und zu alledem nahm ich – vielleicht zu Unrecht – an, daß sie bei weitem nicht die faszinierende Frau war, für die Gene sie hielt. Ihre wahren Motive taten freilich nichts zur Sache. Völlig klar – und ein wenig unerfreulich – war, daß Gene zum erstenmal in seinem Leben die Menschen in seiner Umgebung dominierte. Stick stand in der Firma unter Druck; er mußte täglich damit rechnen, daß der Aufsichtsrat ihn wegen des Einbruchs bei den Verkaufszahlen feuerte; das einzige erfolgreiche Produkt verdankte er Gene, und von Gene hing es auch ab, ob er dem Aufsichtsrat für das kommende Jahr eine neue Produktlinie würde präsentieren können. Jetzt, wo ihr Mann nicht mehr verzweifelt nach ihr gierte, zeigte Cathy sich als liebende Ehefrau. Zu dieser objektiven Ironie bemerkte Gene: »Es ist schon verrückt. Irgendwie auch ein bißchen morbid. Jetzt, wo ich gut und reichlich gebumst werde, möchte sie von mir gebumst werden. Und das läßt sich jetzt immer besser an. Nicht so gut wie mit Halley, aber besser als früher. Ich liebe sie nicht mehr so wie früher«, sagte er, »und sie liebt mich anscheinend um so mehr.« Er registrierte merkwürdige »Zufälle«, die interessantes Material für Freuds Psychopathologie des Alltagslebens hätten abgeben können, wie zum Beispiel den Umstand, daß die Namen der beiden Frauen in seinem Leben eine sonderbare Ähnlichkeit aufwiesen: Cathy und Halley. »Manchmal muß ich erst überlegen, wen ich wie anspreche, die Namen sind ja so leicht zu verwechseln«, sagte er mit meckerndem Lachen, das weniger ein Zeichen schäbiger Gesinnung als seiner kindlichen Freude über das Füllhorn von Vergnügen war, das über ihn ausgegossen wurde. Seine Lage hatte Ähnlichkeit mit der des jüngsten von mehreren Geschwistern, nachdem die älteren alle aus dem Haus sind: es findet es toll und freut sich wie ein Stint, daß es beim Essen nicht mehr um den Nachtisch bangen muß, den früher die »Großen« schon unter sich aufgeteilt hatten, ehe die Schüssel bei ihm anlangte. Die große Entscheidung, vor der er stand – seine Ehe aufrechtzuerhalten oder mit Halley ein neues Leben anzufangen –, betrachtete er mit nervösem Unbehagen, wie sich versteht, andererseits aber auch beglückt: endlich war er selbst Autor und Regisseur seines Lebensdramas. Was immer sich an Zweifeln in bezug auf meine Mitwirkung bei der Befreiung von Genes Es in mir regen wollte, wurde zum Schweigen gebracht durch das verläßliche Wissen, daß er ein Mensch war, dem die Interessen der anderen nicht gleichgültig waren und der sich deshalb für die Lösung entscheiden würde, die für alle Beteiligten die beste war.

»Wahrscheinlich häng' ich morgen schon wieder am Telefon und lieg' Ihnen in den Ohren«, sagte Gene. »Und in einer Woche sitze ich dann wieder hier.«

»Das halte ich für höchst unwahrscheinlich«, sagte ich.

»Aber für den Fall, daß ich es wirklich durchziehe, möchte ich mich schon mal bei Ihnen bedanken für Ihr –« Er brach unvermittelt ab, weil ihm etwas eingefallen war, was er unbedingt noch loswerden wollte: »Ich hab' Ihnen noch gar nicht erzählt, daß ich neulich wieder mal ein paar Takte mit meinem Vater gesprochen habe.«

»Wie geht es ihm?«

»Ach Gott, er lamentiert wie immer. Beruflich sieht's momentan für ihn nicht so toll aus. Aber egal – er hat mich jedenfalls gefragt, wie's mir so geht, und das hab' ich ihm dann auch gesagt. Aber richtig, verstehen Sie? Alles.«

»Auch das mit Halley?«

»Na klar. Und wissen Sie, was er gemacht hat? Er hat mir allen Ernstes einen Vortrag gehalten, wie wichtig es wäre, daß ich mich bemühe, die Familie zusammenzuhalten. Können Sie das verstehen?«

»O ja«, sagte ich. »Ich entsinne mich gut, daß er sich selbst lange darum bemüht hat.«

»Ich glaube, Sie haben recht. Na, jedenfalls hat er gemeint, er hat's mit Mam zwar nicht leicht gehabt, aber trotzdem war die Zeit, wo wir zusammen waren – als ich noch klein war, wissen Sie – das war trotzdem die schönste Zeit in seinem Leben.« Gene schluckte, von Rührung übermannt. Als er wieder ungehindert sprechen konnte, setzte er hinzu: »Er hat gesagt, wenn er wieder mal 'ne Ausstellung hat, dann bringt er auch 'n Bild von mir und Mam. Eins, das er gemacht hat, als ich noch klein war.« Tränen traten in Genes ernste Augen, dieselben bekümmerten und zugleich vertrauensvollen Augen, die mich vor dreizehn Jahren mit scheuen Blicken um Hilfe angefleht hatten. »Er hat gesagt, ich bin ein gutes Kind gewesen, und er ist stolz auf mich. Und er hat gesagt, er ist überzeugt, daß ich es schon richtig machen werde.«

»Da bin ich ganz einer Meinung mit ihm«, sagte ich.

Gene seufzte. »Na ja, ich hab' das nicht gesagt, weil ich mich herausstreichen will.«

»Bist du ganz sicher?« fragte ich lächelnd.

»Absolut.« Er lächelte zurück. »Ich wollte sagen, daß ich mit ihm niemals über das alles hätte reden können, wenn Sie nicht wären. Ich hätte niemals den Black Dragon durchgestanden und niemals die Traute gehabt, Halley anzubaggern. Und selbst wenn das falsch war, ich war auf jeden Fall glücklich dabei. Das verdanke ich alles Ihnen.«

»Nun ja, keine Ursache. Ich muß dazusagen, daß du –«

Er unterbrach mich. »Ich weiß. Ich hab' alles selbst gemacht. Trotzdem. Danke.«

Er stand auf. In modischen Schuhen, verwaschenen Jeans, schwarzem Polohemd und hellgrauem sportlichen Jackett, das glänzende Haar nach hinten gestrählt, der Blick bei unserem Abschied endlich furchtlos und offen, stand er mir gegenüber und streckte mir die Hand entgegen: »Ich sage bewußt nicht auf Wiedersehen, sondern leben Sie wohl, Herr Dr. Neruda.«

Ich muß gestehen, daß ich die dargebotene Hand mit einer Aufwallung von Eitelkeit schüttelte: ich war stolz auf das Erreichte.

VIERZEHNTES KAPITEL

Schlußstrich

Joseph Stein starb ein Jahr nach meiner letzten Sitzung mit Gene. Nicht einmal volle zwei Jahre hatte er den positiven Testbefund überlebt, erst vierzehn Monate waren seit dem Auftreten der ersten Symptome des Vollbilds vergangen. Zum Entsetzen seiner Freunde und Kollegen machte Joseph keinen Versuch, sich gegen die Krankheit zu wehren; er lehnte die Standardtherapien ebenso ab wie Behandlungsmethoden im Erprobungsstadium, zu denen er dank seiner privilegierten Position Zugang gehabt hätte. Nachdem das Endstadium eingesetzt hatte, tauchte er unter; er brach alle Kontakte ab, auch den zu seinem Lebensgefährten Harlan. Niemand wußte, daß er eine lange Reise durch Asien und Europa angetreten hatte. Später erfuhren wir, daß er auf dieser Reise zweimal an Lungenentzündung erkrankt war und beide Male versucht hatte, die Einlieferung in ein Krankenhaus zu umgehen. Beim zweitenmal wurde ihm der verspätete Behandlungsbeginn zum Verhängnis: die Infektion war bereits zu weit fortgeschritten, Komplikationen führten zum Herzversagen. Er starb ausgerechnet in Polen. Die Selbstzerstörungsabsicht in seinem Verhalten war nicht zu verkennen. Er wußte besser als jeder andere, daß er bei richtiger sekundärer und tertiärer Prävention noch viele Jahre hätte leben können. Die Nachricht von seinem Tod erhielt ich von seiner Mutter. Für sie war ein lebenslanger Alptraum zuletzt Wirklichkeit geworden: sie kehrte auf den Schauplatz des Holocausts zurück, an das Krankenbett ihres Sohns, der anfällig für jeden Erreger war.

Ohne Frage hatte Joseph mit seiner Handlungsweise etwas zum Ausdruck bringen wollen. Ob sie ein Vorwurf an die Adresse seiner Eltern oder eine Geste der Ehrerbietung ihnen gegenüber war, vermag ich nicht zu sagen. Ich weiß auch nicht, ob das zielbewußte Ansteuern des Landes Polen beim Herannahen des Todes – er brach auf dem Warschauer Flughafen zusammen – geistiger Verwirrung entsprang oder schlichter Neugier auf die Bühne, auf der sich die dramatischsten Szenen im Leben seiner Eltern abgespielt hatten. Mrs. Stein ließ von sich aus nicht verlauten, ob sie in dieser Hinsicht besser Bescheid wußte, und sie zu fragen, ob Joseph sich vor seinem Tod ihr gegenüber ausgesprochen hatte, schickte sich meinem Gefühl nach nicht. Außerdem konnte es sein, daß sie keinerlei Einblick in seine Motive hatte. Vor dem Anruf, mit dem er sie informierte, daß er in einem Warschauer Krankenhaus im Sterben lag, hatte sie bereits seit einem vollen Jahr nichts von ihm gehört. Als sie anderntags an seinem Bett eintraf, so erzählte sie mir, zeigte er sich die meiste Zeit bereits denkgestört. In einem seiner lichten Momente habe er ihr gesagt, in seinem Testament gebe es einen Passus, der mich betreffe, und ich solle ja tun, was er verlange, oder er werde mich nicht ein einziges Mal beim Schach gewinnen lassen. »Was heißt das?« wollte sie wissen.

»Er hat gegen mich immer gewonnen«, sagte ich. »Er war immer cleverer als ich, und daran hat er mich gern erinnert.«

»Das tut mir leid«, sagte sie. Die Gemütsruhe, mit der sie, verwitwet und jetzt ihres Kindes verlustig, ihr Schicksal akzeptierte, machte mir bange. Sie war winzig. Ihre bleiche Haut verhüllte kaum die Adern und Knochen der Hände. Ihr Kinn zitterte ohne Unterlaß, und ihre Augen waren leblos wie Puppenaugen. Über ihren Sohn sprach sie indessen mit kräftiger, dem Anschein nach unbekümmerter Stimme. »Er war nicht mehr bei Verstand und wußte deshalb nicht, was er sagte. Er hat Sie sehr gemocht. Wahrscheinlich hat er gedacht, das ist besonders witzig. Er hat die Leute gern zum Lachen gebracht«, sagte sie, Joseph eine Eigenschaft zuschreibend, die mir an ihm entgangen war.

Bei der Testamentseröffnung begriff ich. Von einem Trustfonds für Mrs. Stein abgesehen, hinterließ Joseph sein gesamtes Vermögen Harlan. Das abweisende Betragen gegen den Freund, das Joseph mit dem Abbrechen der Beziehung und dem Unterbinden jeglicher Möglichkeit der Kontaktaufnahme an den Tag gelegt hatte, verschärfte jetzt nur noch Harlans Kummer. »Der Teufel soll ihn holen«, sagte er, als die Klausel vorgelesen wurde, mit der Joseph ihn zum Haupterben einsetzte, aber als der Akt beendet war, brach er beim Verlassen des Anwaltsbüros zusammen und hielt sich schluchzend an seinem Begleiter fest, einem gemeinsamen Freund von ihm und Joseph. Mrs. Stein sah ohne erkennbare Gefühlsregung zu, wie die beiden einander trösteten. Sie wirkte um so isolierter von ihrer Umgebung, als sie die meisten von Josephs Freunden bei Gelegenheit der Gedächtnisfeier zum erstenmal gesehen hatte. Ich konnte nichts tun, um ihr die Situation zu erleichtern, aber mein Bedauern darüber wurde überlagert von Ärger über Joseph. Ich ärgerte mich über ihn aus vielerlei Gründen, ganz besonders jedoch wegen seines Vermächtnisses an mich. Was er mir durch seine Mutter hatte bestellen lassen, bezog sich darauf, daß er mich zum Erben seiner nachgelassenen wissenschaftlichen Papiere, seiner sämtlichen Manuskripte zur Gehirnforschung gemacht hatte, und zwar, wie er schrieb, in der Hoffnung, daß ich mein Wissen und Können dazu nutzen würde, seine Theorien der allgemeinen Öffentlichkeit verständlich zu machen. War das Gehässigkeit? Oder krankhafte Selbstsucht?

Zu meiner Überraschung ergriff Diane Partei für ihn. »Ich glaube, du irrst dich«, kommentierte sie meine Vermutungen. Wir gingen zu Fuß von der Anwaltskanzlei in Midtown zu unserer Wohnung auf der West Side zurück. Es war ein verfrühter Frühlingstag, kühl, aber sonnig. Im Central Park wimmelte es von Menschen, die soviel Kleidung abgelegt hatten, wie sie nur irgend verkraften konnten. »Er hat nur drei Menschen in seinem Testament bedacht – seine Mutter, Harlan und dich. Die drei, die er am meisten geliebt hat.«

»Beziehungsweise auf die er den größten Rochus gehabt hat.«

»Jetzt hör aber auf, Rafe. Obendrein hat er dir noch seine wissenschaftlichen Arbeiten hinterlassen, die Sachen, die ihm das meiste bedeuteten. Er hat sie dir anvertraut, obwohl er gewußt hat, daß du nicht einer Meinung mit ihm bist. Das ist ein beachtliches Kompliment.«

»Da bin ich mir nicht so sicher. Vielleicht hatte er einfach nur ein diebisches Vergnügen bei dem Gedanken, daß ich die Aufgabe auf dem Hals habe, für die Verbreitung von Ideen sorgen zu müssen, mit denen ich nicht übereinstimme.«

»Entschuldige bitte, aber du weißt ja, ich habe von Joseph keine sonderlich hohe Meinung. *De mortuis nihil nisi bene* – aber er war denn doch ein zu großer Egomane, als daß er den Untergang seines Lebenswerks riskiert hätte, nur um dich ärgern zu können. Nein, er hatte Vertrauen zu dir. Er wußte, du wirst ihm Gerechtigkeit widerfahren lassen.«

»Der Teufel soll dich holen, Joseph!« sagte ich. Aber am folgenden Wochenende begann ich seine Papiere durchzulesen und Notizen auf die Ränder der Seiten zu schreiben.

Zwei Wochen später heuerte ich eine Hilfskraft für den Job an, eine brillante junge Neurobiologin namens Amy Glickstein, die Josephs Glauben an den biochemischen Determinismus teilte. Um ihre Mithilfe bat ich sie nach einem enorm bedeutsamen Ereignis in meinem Privatleben, das mich zu einer veränderten Einschätzung der Frage führte, ob ich für die Aufgabe geeignet war, einen Standpunkt, der nicht mein eigener war, mit Alleinvertretungsanspruch zu popularisieren. Mein Vater kehrte in die USA zurück. Ich erfuhr davon auf sehr direktem Wege, dennoch war es für mich ein Schock. Eines Donnerstagnachmittags nahm ich im Behandlungszentrum ein Telefongespräch entgegen, das damit begann, daß eine dünne, hohe Männerstimme sich auf spanisch erkundigte, ob ich Rafael Neruda sei. Als ich bejahte, begann der Anrufer in rapidem Spanisch, dem ich nicht folgen konnte, auf mich einzureden. Ich unterbrach ihn mit der Frage, ob er denn nicht, bitte, Englisch sprechen könne.

»Kein gutes Englisch. Ich bin Francisco Neruda«, verkündete er.

Eine Zeitlang, die mir wie eine Ewigkeit vorkam, aber wahrscheinlich nur wenige Augenblicke dauerte, starrte ich ins Leere. Dann sagte ich automatisch: »Nein, der sind Sie ganz bestimmt nicht.«

»Doch. So heiße ich. Aber gerufen werde ich Cuco. Ich bin dein Halbbruder.«

Jetzt begriff ich. Verlegen sagte ich: »Ja natürlich, natürlich.« Um dann die törichte Bemerkung hinterherzuschicken: »Freut mich, dich kennenzulernen.« Und brachte es fertig, die Täppischkeit fortzusetzen: »Mit dir zu sprechen, wollte ich sagen. Wir haben uns ja nie kennengelernt, deshalb ...« Jetzt endlich hörte ich auf mit den Albernheiten. »*Perdóname.* Ich wußte nicht, wie du heißt. Eigentlich weiß ich überhaupt nichts über dich. Tut mir leid, aber mir hat nie jemand was erzählt. Bist du der Sohn von Carmelita? Geboren in, warte mal –«

Er fiel mir ins Wort. »Ja, genau. Ich bin achtundzwanzig. Und dich hat niemand informiert?«

»Über dich informiert?«

»Nein. Entschuldige. Ich drücke mich unklar aus. Mein Vater – entschuldige, unser Vater, der hat gemeint ... Er hat gesagt, ich soll dich anrufen.«

»Ist er hier? Seid ihr hier? Rufst du aus den Staaten an?«

Sie waren in Tampa. Opa Pepín habe Probleme mit dem »Kopf«, und sie seien gekommen, um sich um ihn zu kümmern. Ich telefonierte alle zwei Monate mit Pepín und hatte den Eindruck, daß er körperlich bei bester Gesundheit war, abgesehen von der Arthritis in den Knien, die ihm vor allem deswegen verhaßt war, weil er ihretwegen nicht mehr im Garten arbeiten konnte. Er war zweiundneunzig Jahre alt und lebte allein in dem Haus, dessen Vorgarten und Veranda Schauplatz meines Unfalls beim Auftritt in der Baseball-Weltliga gewesen waren. Er hatte eine Aversion gegen das Reisen, und aus Gründen, die der Leser gut versteht, legte ich keinen Wert auf einen Besuch in Tampa. Ich hatte ihn seit sechs Jahren nicht gesehen. Während der knappen Lageschilderung meines Halbbruders verspürte ich eine solche Vielfalt unterschiedlich motivierter Gewissensbisse, daß ich beinah lachen mußte. Ich hätte in noch so vielen psychologischen Lehrbüchern nachschlagen können, jedes hätte mir bestätigt, daß hier eine Situation vorlag, in der ich ganz und gar der

Schurke war. Dort unten gab es drei männliche Verwandte, die ich vernachlässigt oder verraten oder als nichtexistent behandelt hatte. Sobald ich mich mit der Tatsache abgefunden hatte, daß ich in diesem Fall unwiderruflich für alle Ewigkeit im Unrecht war, fühlte ich mich gleich entspannter. Selbstrechtfertigungen mögen Wunder für das Ego wirken, aber sie kosten Kraft bis zur Erschöpfung (und fördern wahrscheinlich auch die Glatzenbildung). »Was kann ich tun, um zu helfen«, fragte ich. »Soll ich die Adressen von zuverlässigen Ärzten durchgeben?«

»Nein danke. *Abuelo* hat einen Arzt. Dr. García.«

»Ja, ich weiß«, sagte ich ein bißchen pikiert. Schließlich war ich es, der für Pepín, nachdem er zwei Generationen von Latino-Ärzten überlebt hatte, jüngere medizinische Betreuer wie Dr. García gesucht und jedesmal dem neuen Arzt eingeschärft hatte, er möge dem Patienten verheimlichen, daß seine Eltern castrofeindliche Exilkubaner waren. Opa hätte sich nie in die Hände eines Mediziners nichthispanischer Abkunft oder antikommunistischer Gesinnung begeben – eigentlich war er generell nicht sonderlich glücklich darüber, die Sorge für seine Gesundheit einem Menschen, dessen Lebensalter sich gerade mal auf ein Drittel des seinen belief, anvertrauen zu müssen, einerlei welcher Volkszugehörigkeit und politischen Überzeugung der Betreffende war. Obwohl ich Pepín seit meiner Kindheit nur fünfmal besucht hatte, wiegte ich mich gern in dem Glauben, mein Möglichstes getan zu haben, um Kontakt mit ihm zu halten und ihm unter die Arme zu greifen. Aber machte ich mir da nicht etwas vor? Wir hatten kein besonders enges Verhältnis zueinander. Pepín hatte mir nie erzählt, wo mein Halbbruder und mein Vater sich aufhielten; er wisse es nicht, hatte er mir gegenüber stets behauptet, obwohl das Gegenteil der Fall war, wie sich jetzt zeigte. »Was fehlt ihm eigentlich genau? Du hast gesagt, er hat was mit dem Kopf.«

»Er kommt allein nicht mehr zurecht. Er braucht jemand, der für ihn kocht und saubermacht.«

»Aber er hat doch eine Zugehfrau«, begann ich, wieder auf etwas verweisend, was ich arrangiert hatte. Ich wurde mein schuldbewußtes Verlangen nicht los, Beweise vorzulegen, daß ich mir Mühe gegeben hatte, ein guter Enkel zu sein. Ich schämte mich, weil ich bei den Telefongesprächen mit Opa Pepín nicht gemerkt hatte, daß er in die Senilität wegrutschte.

»Ach ja? Er hat eine Zugehfrau?« Mein Bruder schien überrascht.

Am anderen Ende der Leitung hörte ich jemand im Hintergrund »Cuco?« rufen.

»Moment, bitte«, sagte er. Dann folgte ein Wortwechsel in Spanisch.

Ich hielt den Atem an. Mein Herzschlag passierte die Bewußtseinsschwelle. Ich würgte an einem Kloß in meiner Kehle. Ich war mir sicher, daß die nur schwach zu vernehmende zweite Stimme meinem Vater gehörte.

Mein Bruder sprach wieder in die Schallmuschel. »Versteh«, sagte er und wollte damit, glaube ich, nicht zum Ausdruck bringen, daß ich verstehen solle, sondern daß er verstanden habe. »*Abuelo* braucht vierundzwanzig Stunden am Tag Hilfe. Er« – er senkte die Stimme, wie um zu verhindern, daß jemand mithörte – »vergißt immer alles. Er erkennt dich nicht immer. Entschuldigung. Ich meine nicht dich. Ich meine die Leute überhaupt.«

»Ich verstehe. Denkt ihr an eine Vollzeitpflegerin oder an ein Heim? Welche Art Pflege habt ihr –«

»Entschuldigung«, unterbrach Cuco. Er sprach mit der Stimme im Hintergrund. Wieder verharrte ich lautlos und mit gespitzten Ohren, um etwas mitzubekommen. Aus dem Hintergrund war schwach ein ärgerliches Aufstöhnen zu vernehmen. »Moment«, sagte Cuco.

Fast schon im selben Moment hörte ich eine tiefe, volltönende Stimme in der Leitung. Eine Stimme, die ich mein Lebtag gekannt hatte.

»Hallo, Rafe, ich bin's.« Die Dynamik und das Selbstbewußtsein waren unverwechselbar und – als wäre nicht ein einziger Tag vergangen – unverändert. »Dein Großvater will unbedingt, daß ich dich informiere. Wir müssen ein Pflegeheim für ihn finden. Verdammte Scheiße!« murmelte er – nicht an meine Adresse – vor sich hin, vermutlich bei dem Gedanken an die Situation im ganzen. »Er möchte dich hier haben«, fuhr er im Kommandoton fort. »Komm her oder laß es bleiben, ganz wie du willst. Mir ist es scheißegal«, setzte er wie beiläufig hinzu, ohne die Gehässigkeit, die der Kraftausdruck einschloß. »Ich hab' ihm versprochen, daß ich dich anrufe. Und das hab' ich getan.« Ich hörte das hohle Klappern, mit dem der Hörer auf die Gabel zurückkehrte, dann war die Leitung tot.

Eine Weile war mir so, als wäre nicht der Apparat, sondern ich selbst zum Schweigen gebracht worden. Mein Schweigen währte länger: schon nach kurzer Zeit klingelte der Apparat von neuem – genaugenommen klingelt er nicht, sondern gurrt wie eine elektronische Taube. Ich meldete mich mechanisch, erkundigte mich gar nicht erst, worum es ging, sondern schützte sofort eine dringende Beschäftigung vor und ließ die Telefonistin dem Anrufer, wer auch immer er sein mochte, bestellen, ich würde zurückrufen. Ich erholte mich von dem Schock, indem ich über mögliche Modalitäten der Reise und deren Ratsamkeit nachdachte.

Sollte ich auf direktem Weg zum Flughafen fahren? Mir gar nicht erst die Mühe machen zu packen, sondern gewissermaßen aus dem Stand die nächste Maschine nehmen? Sollte ich Diane Bescheid sagen und sie einladen mitzukommen? Würde sie vielleicht sogar darauf bestehen, mitzukommen? Sollte ich überhaupt reisen? Ich muß gestehen, daß ich große Lust hatte, einfach so zu tun, als gäbe es die drei in Tampa nicht. Wenn ich sie als nichtexistent behandelte, war ich vielleicht jeglicher Schuld und Verantwortung ledig. Ich kannte mich gut genug, um zu wissen, daß ich mir nie erlauben würde, diesen Ausweg zu beschreiten; es war einer jener Zeitpunkte in meinem Leben, wo ich wünschte, ich hätte nie ein Buch über Psychologie gelesen.

Und dennoch benahm ich mich, als hätte ich nie eine Lehranalyse gemacht und als wäre ich unfähig zur Selbstanalyse. Ich rief Julie an. Nach ihrer Büronummer mußte ich erst einmal eine Weile suchen, und sie stellte sich dann auch umgehend als veraltet heraus. Der Mensch, den ich am Apparat hatte, nannte mir ihre neue Nummer. Ich hatte bereits die Vorwahlnummer gewählt, als ich mich eines Besseren besann und das Unternehmen abbrach. Was in Gottes Namen hätte Julie mir Hilfreiches sagen können?

Wenigstens war ich aus meiner Lähmung aufgewacht. Ich rief bei verschiedenen Fluggesellschaften an und buchte schließlich zwei Plätze in einer Maschine, die in vier Stunden abflog. Mehr Zeit würde ich wohl kaum brauchen, um nach Hause zu fahren, ein paar Sachen zu packen und zum Flughafen zu fahren. Ich ging den Korridor hinunter, um Diane abzufangen, die gerade mit einer Sitzung fertig war. Als erstes erzählte ich ihr, daß ich mich nach einem Pflegeheim für meinen Großvater umsehen mußte. Sie erkundigte sich, wie lange ich voraussichtlich weg sein würde. Dann sagte ich ihr, daß mein Vater dort unten war. Sie ging zur Anmeldung vor und bat das Mädchen, das dort Dienst hatte, unsere sämtlichen Termine für den morgigen Freitag abzusagen. Ich glaube, ich hatte sie auf die Probe stellen wollen. Sie hatte sie bestanden.

Auf dem Flug unterhielt ich sie mit Geschichten aus Tampa. Von meiner Kindheit kannte sie eigentlich nur den groben Aufriß, die gespenstischen Höhepunkte, nicht die Dinge, die in mir fortlebten. Zuletzt sprach ich größtenteils über Freundlichkeiten, mit denen Oma Jacinta mich verwöhnte: wie sie mir spätabends um zehn im Grill noch Käsesandwichs machte, im Kühlschrank *natillas* für mich bereithielt, durch die Fliegentür ein Auge auf mich hatte, während ich auf der Straße spielte, und mich von Zeit zu Zeit hereinrief, um mir ein Glas Limonade anzubieten. Ich fühlte noch im Moment des Erzählens die Kühle ihrer Handfläche, die sie mir auf die Stirn legte, wenn ich, an ihrem gelben Resopaltisch sitzend, das Getränk in mich hineingoß. Die Erinnerungen bewegten mich tief. Diane griff nach meiner Hand und hielt sie fest. Ich schwieg nach meiner Erzählung, sprachlos vor Überraschung angesichts des ausgedehnten Lichtermeers, als das sich das nächtliche Tampa präsentierte. In meiner Erinnerung war die Stadt nicht so groß. Das sagte ich zu Diane, und sie überraschte mich daraufhin mit der Bemerkung, in der *New York Times* habe sie gelesen, daß Tampa zu den am schnellsten wachsenden Großstädten der USA zähle. Der Flughafen war jedenfalls eine riesengroße Anlage, als ob man mit Millionen Reisenden rechnete. De facto war er geisterhaft ausgestorben.

Als ich dem Taxifahrer das Fahrtziel nannte, griff er nach einem Band Straßenkarten, suchte im Register und blätterte sich dann zu einer buntbedruckten Seite durch. Er sagte: »Wie war noch mal die Adresse?«

Ich wiederholte sie ihm. »Sechzehn-dreiundfünfzig St. Claire Street.«

»Sind Sie sicher, daß Sie die richtige Adresse haben?«

»Ja«, sagte ich.

»Das ist kein Hotel. In der Gegend gibt's keine Hotels.«

»Nein. Wir übernachten privat.«

Er besah mich im Rückspiegel. »Sind Sie da schon mal gewesen?«

»Wo liegt das Problem?« fragte mich Diane.

»Die Adresse stimmt«, sagte ich zu dem Fahrer und sprach, zu Diane gewandt, mit normaler Lautstärke weiter, damit der Fahrer mithören konnte: »Weil es ein weitgehend schwarzes Wohngebiet ist, nimmt er an, daß ich die falsche Adresse habe. Früher war es ein ziemlich armes, aber achtbares Latino-Arbeiterviertel. Heute ist es ein Crack-Ghetto. Und das Schlimmste«, setzte ich hinzu: »die Bohnenfresser sind weggezogen, und die Nigger haben sich jetzt da breitgemacht.«

Der Fahrer fuhr los, richtete aber im Rückspiegel den Blick auf mich, um festzustellen, ob der letzte Satz ein Sarkasmus war, mit dem ich ihn auf die Schippe nahm. Ich machte ein Pokergesicht. »Kann sich dein Großvater denn dort sicher fühlen?« fragte Diane.

»Er wohnt da seit siebzig Jahren. Ich konnte ihn nicht dazu bringen, umzuziehen.«

»Iss ja schade«, meinte der Fahrer. »Da ist der Opa also an seinem Haus festgenagelt. Wahrscheinlich kauft's ihm keiner ab.«

»Wahrscheinlich«, stimmte ich zu.

»Davon hast du nie etwas erzählt«, bemerkte Diane. Es klang in meinen Ohren wie ein Vorwurf. »Hast du dir denn keine Sorgen gemacht bei dem Gedanken an einen alten Mann in so einer Umgebung?«

»Ich? Du weißt doch, daß ich mir niemals wegen irgend etwas Sorgen mache.« Sie lachte nicht. »Er hat mir einmal gesagt, lieber würde er sterben als umziehen. Damit war das Thema meiner Meinung nach abgehakt.«

Die Augen gegen das Scheinwerferlicht der entgegenkommenden Fahrzeuge zusammenkneifend, sah sie mich prüfend an und wartete, wie wenn meine Antwort nicht ausreichend wäre.

»Seine politische Überzeugung«, sagte ich leise. »Erinnerst du dich nicht an ihre politische Überzeugung? ›Steige mit deiner Klasse, nicht aus deiner Klasse auf‹«, zitierte ich. »Er wollte um keinen Preis umziehen.«

Sie wandte den Blick weg, zu dem Fenster neben sich. »Es ist wahrscheinlich schwer, aus einem Haus auszuziehen, in dem man sein Leben lang gewohnt hat«, bemerkte sie. Ich ärgerte mich. Es war die Hirnklempnerin, die da sprach und mir mein Bild von meiner Welt ausreden wollte.

»Sein bester Freund ist vor rund fünfundzwanzig Jahren weggezogen«, sagte ich, »als die ersten Schwarzen in die St. Claire Street gezogen sind. Die Cousins und Cousinen meiner Generation haben es genauso gemacht. Sie sind in hübsche Mittelklasseviertel gezogen. Wenn er mitgegangen wäre, hätte er heute lauter vertraute Menschen und Dinge um sich. Man kann durchaus nicht so ohne weiteres davon ausgehen, daß er aus Zaghaftigkeit geblieben ist. Als für den Häuserblock, wo er wohnte, die Segregation aufgehoben wurde, waren die Schwarzen, die dort einzogen, ehrbare Arbeiter. Opa Pepín war der erste Latino, der an ihre Tür klopfte und sie zu sich einlud. Mit der Familie im Nachbarhaus ist er heute noch gut befreundet. Die Leute haben sogar ein Auge auf ihn. Sie sind genauso unglücklich wie er über das, was das Crack aus dem Viertel gemacht hat. Diane, ich weiß, wir New Yorker können es uns kaum noch vorstellen, aber es gibt tatsächlich Menschen, die sich bei dem, was sie tun, von Prinzipien und nicht von irgendeiner Neurose leiten lassen.«

Sie klopfte mir sacht auf den Oberschenkel. »Ruhe bewahren, locker bleiben«, sagte sie im Flüsterton.

»Schon gut«, sagte ich. »Tut mir leid.«

In der Nähe unseres Fahrtziels sahen wir beide auf die Straße hinaus. An der Seventh Avenue, wo wir einst bei der Milchbar angehalten hatten, um einen Schoko-Dip für mich zu kaufen, patrouillierten Huren auf dem Autostrich. In der Situation steckte ein ethnischer Witz – auch das, was jetzt hier verkauft wurde, hätte man als Schoko-Dip bezeichnen können. In der Straße, wo mein Großvater wohnte, waren die Häuschen und winzigen Rasenvorplätze ordentlich gepflegt. Aber die Fenster waren vergittert, und auf den Veranden war kein Mensch zu sehen. Früher waren sie an den feuchtwarmen Frühlingsabenden voll palavernder Menschen gewesen, die den neuesten Klatsch austauschten, politisierten und einander von Haus zu Haus zuriefen, während die Kinder auf der Straße spielten und zwischendurch zu dem jetzt nicht mehr existierenden Laden an der Ecke liefen, um sich Süßigkeiten zu kaufen. Unser Fahrer war nervös geworden, als er auf der Nebraska Street von der Ampel aufgehalten worden war, bevor er in die St. Claire Street hatte einbiegen können. Mit unruhigen Blicken fortwährend die Seitenspiegel und den Rückspiegel kontrollierend, hatte er den Wagen im Kriechtempo weiterrollen lassen, so daß er praktisch schon durch war, als die Ampel umsprang. Ich gab ihm ein ordentliches Trinkgeld. Mancher von seinen Kollegen hätte die Fuhre gar nicht angenommen.

Wir trugen unsere Reisetaschen auf die unbeleuchtete Veranda hinauf. Die Eingangstür war mit einem Schutzgitter gesichert. Um an den Klingelknopf zu kommen, mußte man die Hand zwischen den Stäben durchstecken; von drinnen war ein klagender Doppelton, ein wehmütiges Ding-dong zu hören. Von der Ausfallstraße am Ende des Häuserblocks drang eine Folge von knallenden Geräuschen wie von Feuerwerkskörpern herüber.

»Was war das?« fragte Diane.

»Wer ist da?« rief von drinnen die piepsige Stimme, die sich mir am Telefon als mein Bruder vorgestellt hatte.

»Ich bin's, Rafael«, sagte ich mit gerolltem »r« und gedehntem »l«. Diane warf mir einen Blick zu.

Drinnen sagte eine zweite Stimme etwas Unverständliches. Im Vorderzimmer ging Licht an. Ein schabendes Geräusch, dann erschien ein Auge im Türspion. »Das ist er«, hörte ich meinen Vater sagen, und das Auge verschwand. Eine Weile geschah wieder nichts, dann regte sich etwas an den Schlössern, und endlich ging die Tür auf.

Cuco, in weißem T-Shirt und neu aussehenden Bluejeans, füllte die Türöffnung. Er war mindestens sieben Zentimeter größer als ich, zwei Meter oder sogar zwei-zwei, und seine Augen waren von dem gleichen warmen Braun wie die meines Vaters. Ansonsten war da keine offensichtliche Familienähnlichkeit: er hatte milchkaffeefarbene Haut, krauses Haar und ein weicheres, weniger markant konturiertes Gesicht als mein Vater. Sein Kinn zum Beispiel war so gut wie nicht vorhanden. Er war zwar alles andere als fettleibig, hatte aber Carmelitas kräftige Knochen und vierschrötige Statur geerbt: von den breiten Schultern und schmalen Hüften der Gallegos, auf die mein Vater sich so viel zugute zu halten pflegte, war bei ihm nichts zu sehen. In der Tat hätte er beim Football einen hervorragenden Außenverteidiger abgegeben, einen von jenen Hünen mit langen Beinen und massigem Körper, die schnell und zugleich hart am Mann sind. Ich mußte an Albert denken, der in diesem Frühjahr seinen High-School-Abschluß machte. Er wurde schon jetzt von Colleges der Spitzengarnitur heftig umworben, und zwar genau dieser Eignung zum Ersten Offensivverteidiger wegen – als der zukünftige neue Lawrence Taylor, wie sein zu hyperbolischer Ausdrucksweise neigender Trainer gern sagte. Cucos Stimme, hoch, dünn und sanft, deutete allerdings nicht auf rohe Kräfte ihres Besitzers hin. »Rafael?« sagte er mit einem freundlichen Lächeln, das seine breiten Backen auseinanderzog, so daß sie den Blick auf ein Gebiß von Mausezähnen freigaben, die so unregelmäßig standen wie die Häuser eines mediterranen Gebirgsdorfs. »Kommt herein«, forderte er uns auf und schnappte sich gleichzeitig mit einer Hand so mühelos unsere zwei Reisetaschen, als ob sie leer wären.

»Waren das Pistolenschüsse, was da gerade zu hören war?« fragte ihn Diane beim Eintreten.

»Glaub' schon«, sagte er, bekümmert den Kopf wiegend, während er die Tür hinter uns schloß. »Hier ist die ganze Nacht ein irrer Krach.«

»Ich bin Diane Rosenberg«, stellte sie sich vor und streckte eine lächerlich klein wirkende Hand aus. Die beiden nebeneinander boten einen lustigen Anblick. Diane ist fast einen halben Meter kleiner als Cuco.

Ich sah mich um. Das Mobiliar war noch dasselbe wie vor dreißig Jahren, nur daß das Sofa inzwischen neu bezogen worden war. Alles sah sauber und ordentlich aus, trotzdem wäre Oma Jacinta in Ohnmacht gefallen, wenn sie es gesehen hätte. Der Teppich war nicht shamponiert, die Anrichte war nicht poliert, und die Vorhänge hatten dringend eine Wäsche nötig. In Cucos Rücken war die Tür zu dem Schlafzimmer, in dem meine Mutter mich nach der Rückkehr mit dem eingegipsten Arm zu Bett gebracht hatte. Dort war es jetzt dunkel. Ich wechselte den Standort, um ins Eßzimmer und in die dahinter liegende Küche spähen zu können. In der Küche brannte Licht, aber es war niemand zu sehen. »*Abuelo* schläft«, sagte Cuco mit einer Geste zum vorderen Schlafzimmer hin.

»Ist mein –« Ich brach ab, um es anders zu formulieren. »Ist Francisco da?«

Cuco blickte in Richtung Küche und dann wieder mich an. Ein gequälter Zug trat in sein freundliches Gesicht. »Ja. Er hat gesagt, wenn du ein Bett brauchst, sollst du das Zimmer da nehmen.« Cuco zeigte auf die Tür im Eßzimmer, die zu dem Nebenzimmer führte, in dem früher meine Eltern zu übernachten pflegten, wenn sie zu Besuch da waren.

Ich gestikulierte zur Küche hin. »Ich werd' mal rasch guten Tag sagen.« Zu Diane sagte ich: »Entschuldigst du mich einen Moment?«

Cuco legte seine Pranke an Dianes Ellbogen und dirigierte sie mit sanftem Druck zum Sofa. »Wir werden uns unterhalten und Freundschaft miteinander schließen«, sagte er.

Diane schenkte ihm ein strahlendes Lächeln. »Ich finde das einfach nicht gerecht.«

»Nicht gerecht?« Cuco konnte sich keinen Reim auf ihre Bemerkung machen.

Sie setzte sich auf das Sofa. »Eure Familie. Der liebe Gott hat alle Nerudas zu groß geschaffen.«

Ich ging durch das dunkle Eßzimmer zur Küche. Das Haus war mir schon in meiner Kinderzeit klein vorgekommen. Für den Blick des Erwachsenen war es im Vergleich zu den Kindheitserinnerungen so stark geschrumpft, daß ich mich wie in einem Traum fühlte. Gegenüber diesen Zeugnissen der Vergangenheit war ich jetzt ein Riese. Zumindest in körperlicher Hinsicht. Auf der Schwelle der Küche hätte ich schwören mögen, daß meine Beine unter mir nachgaben. Ich hielt einen Moment inne, um sie zu besehen, und war überrascht, daß ich nicht in den Knien eingeknickt war. Der Linoleumbelag auf dem Fußboden war noch der alte mit dem schwarzweißen Schachbrettmuster. Aus den Augenwinkeln nahm ich den gelben Resopaltisch mit den Aluminiumbeinen wahr. Ich sah zur Spüle hinüber, ob meine Großmutter nicht gerade dabei war, einen Teller zu spülen, den ich für einen späten Snack benutzt hatte. An den Fenstern, durch die sie beim Kochen gern hinausgeschaut hatte, waren jetzt Gitter angebracht, aber natürlich war keine Jacinta da. Ich holte Luft, um meinen Mut zu stärken, und wandte mich zum Tisch. Mein Vater war nicht da.

Ich hörte einen Schritt hinter mir und stolperte vor Schreck. Zumindest hatte ich das Gefühl, daß mein Herz es tat. Ich drehte mich zu dem kleinen Fernsehzimmer um, in dem ich als Kind auf der Ausziehcouch geschlafen hatte. Mein Vater stand breitbeinig auf der Türschwelle. Sein Haar war ganz weiß und – naturgemäß – dünner geworden und über der Stirn stark gelichtet. Die dichten Augenbrauen waren noch immer fast schwarz. Er hatte dieselbe stolze Haltung – gerade, mit vorgewölbter Brust –, in der ich ihn in Erinnerung hatte. Im Gesicht war er voller geworden, aber er hatte keinen Bauch. Er war stark gebräunt. Ich war tief beeindruckt von seiner stattlichen, würdevollen, achtunggebietenden Erscheinung. Sie war also doch keine Ausgeburt der kindlichen Phantasie gewesen. Mein Vater war keine Schimäre.

»Hallo, Dad«, sagte ich, jetzt auf Kleinjungenformat geschrumpft. Der Klang meiner eigenen Stimme war mir fremd: unsicher, süßlich, verängstigt.

Er schwieg. Er betrachtete mich, als hätte er ein Objekt vor sich, das keine Reaktion erforderte, als wäre ich eine Puppe, kein Mensch aus Fleisch und Blut.

»Du siehst großartig aus«, sagte ich. Irgendwie hatte ich keinen Eigenwillen mehr, konnte die Worte, die aus meinem Mund kamen, nicht mehr vorausplanen. »Ich freue mich wirklich, dich wiederzusehen.« Wieder musterte ich ihn und staunte, daß diese kraftvolle Gestalt die eines Vierundsiebzigjährigen sein sollte. Mag sein, daß es Geschichten über die Wirtschaftsprobleme Kubas gewesen waren oder, was wahrscheinlicher ist, eine aus meinem Schuldgefühl geborene Projektion oder, schlimmer noch, ein noch tiefer – in verschütteter Wut – wurzelnder Wunsch, was mir die Erwartung eingegeben hatte, daß die Jahre ihm hart zugesetzt hätten, daß ich einem geschwächten, gebrochenen Menschen wiederbegegnen würde.

»Ich freue mich nicht, dich wiederzusehen«, sagte er mit dieser nicht alltäglichen, ihrer Unfehlbarkeit so sicheren, so melodischen und theatralischen Stimme – jener Art Stimme, die uns Autos verkauft, uns zu Flügen am sonnigen Himmel einlädt und uns die Nachrichten vom Tage vorliest. »Ich hatte gehofft, du würdest nicht kommen.« Er sah nachdenklich vor sich hin. Als er wieder aufblickte, deutete er mit dem Kopf in Richtung Eßzimmer. »Du hast jemand mitgebracht. Deine Frau?«

»Nein. Wir sind nicht verheiratet. Aber sie ist eine Freundin von mir. Das heißt, wir stehen uns sehr nahe ...«

»Das heißt, du bumst sie«, sagte er und lachte in sich hinein, merkte es und hörte sofort auf damit, sah mich kurz an und wandte den Blick stirnrunzelnd ab. »Wir werden uns morgen zwei Pflegeheime ansehen und uns dann für eins entscheiden. Ich möchte, daß du anschließend gleich wieder nach New York zurückfliegst. Meinem Vater zuliebe werde ich mich in seiner Gegenwart an die Regeln der Höflichkeit halten. Ansonsten sprich mich bitte nicht an.« Er trat ins Fernsehzimmer zurück, und dabei schien ihm noch etwas einzufallen. »Es sei denn«, fügte er hinzu, nachdem er bereits die Tür in meine Richtung in Bewegung gesetzt hatte, »es macht dir nichts aus, wie Luft behandelt zu werden.« Sein Timing war perfekt: mit dem letzten Wort klappte die Tür vor meiner Nase zu.

Als ich ins Wohnzimmer zurückkam, unterbrach Cuco, was immer er Diane gerade hatte sagen wollen, und fragte: »So schnell schon fertig mit Sprechen?«

»Ich hab' nur eben guten Tag gesagt.« Diane verdrehte den Oberkörper, um mich anzusehen. Ich setzte hinzu: »Wir suchen uns vielleicht besser ein Hotel.«

»Nein, nein«, sagte Cuco. »Hier sind keine Hotels. Und wir haben eine Verabredung.«

»Eine Verabredung?« fragte Diane.

»In einem Heim für Senioren. Acht Uhr. Das ist früh, ja?«

»Ja«, bestätigte ich.

»Es ist besser, ihr bleibt da.« Er lächelte mir zu und enthüllte dabei seine unregelmäßigen Zahnreihen. In Richtung Küche nickend, fügte er hinzu: »Er ist ein Dickkopf.«

Ich war belustigt. »Dickkopf« war eine Lieblingsvokabel meiner Großmutter gewesen; sie pflegte sie immer dann zu gebrauchen, wenn sie einem Drängen meinerseits nachgab, das sie nicht gutheißen konnte – wenn sie mir die dritte Coca-Cola des Tages bewilligte oder mir erlaubte, schon vor Ablauf einer Stunde seit dem Essen schwimmen zu gehen, oder wenn sie sogar eine noch gefährlichere Konzession machte, nämlich erlaubte, daß ich meine Haare nach dem Waschen an der Luft trocknen ließ, statt sie mit dem Handtuch trocken zu frottieren. »Du bist ein solcher Dickkopf«, pflegte sie in solchen Fällen zu sagen und tat dabei so, als pochte sie mir mit den Fingerknöcheln auf den Schädel. Einmal kam es zwischen ihr und meinem Vater zu einer lebhaften Meinungsverschiedenheit, bei der sie die Vokabel auch ihm an den Kopf warf. Ich war hell begeistert, als ich es hörte. »Wir sind alle zwei Dickköpfe«, rief ich freudestrahlend. Francisco und Jacinta stellten ihren Wortwechsel ein. Sie sahen mich einen Augenblick verständnislos an, dann hellte ein Lächeln ihre finsteren Mienen auf. »Er ist stolz darauf«, sagte Oma und lachte so herzhaft, daß sie sich den Bauch halten mußte. Francisco nahm meinen Kopf in seine Armpresse und drückte zu, bis die Welt um mich versunken war. Als er mich losließ, klingelten mir die Ohren, aber ich hörte trotzdem, wie er sagte: »Recht hat er. Dickköpfe erreichen auch was.«

Was haben wir erreicht, Vater?

»Wie steht's mit dir, Cuco?« fragte ich. »Bist du auch ein Dickkopf?«

»Ich?« Er legte verwundert die gespreizten Finger auf seine Brust. »Nein.« Er lächelte Diane zu. »Ich bin eine Weichbirne«, sagte er und lachte freundlich.

Ich saß den beiden gegenüber, in dem Sessel, in dem früher mein Vater an den kühleren Abenden hofzuhalten und seiner Familie die Welt zu erklären pflegte. »Erzähl mir etwas von dir, Cuco. Du hast doch nichts dagegen? Wir sind Brüder, aber ich weiß so gut wie nichts über dich.«

»Nein?« Er schüttelte den Kopf, als wäre das ein bedauerliches und staunenswertes Faktum. »Hast du gesagt. Am Telefon. Daß dir nie jemand was über mich erzählt hat.«

»Ich hab' auch selbst mit schuld daran«, sagte ich. »Ich hätte ja fragen können.«

»Ah ja?« Er schien skeptisch.

»Lebst du in Havanna?«

Die Antwort war: zeitweise. Er arbeitete als Mannschaftsbetreuer des kubanischen Baseball-Olympiateams. Zuvor war er Aktiver gewesen – erster Baseman, wie er sagte. Aber vor einem Jahr hatte er sich eine Rückgratverletzung zugezogen. Er stand auf, um sein Haltungsproblem zu dokumentieren. Ich war überrascht, als er die Linksschlägerposition einnahm.

»Du bist Linkshänder?« sagte ich, aus irgendeinem sonderbaren Grund erfreut und stolz. Wir hatten keine Linkshänder in der Familie, und das Novum gab mir irgendwie das Gefühl, daß er *wirklich* mein Bruder war. Ich sah und hörte mich im Geiste schon bei irgendwelchen Gelegenheiten irgendwelche Leute mit Geschichten über Cucos linkshändige Glanzleistungen nerven.

»Ich werfe rechts«, sagte er.

»Iss wahr? Hast du von Anfang an links geschlagen?«

»Nein«, sagte er und wechselte voll Erklärungseifer von der Schlagmannhaltung in erstarrten Lauf über. »Als Linksschläger ist man schneller bei der ersten Base, verstehst du?« Er deutete auf die Schlafzimmertür. »Und außerdem ist da die Abwehrlücke an der ersten und zweiten Base, wenn – ähm ...«

»Die erste von einem Läufer besetzt ist«, beendete ich seinen Satz.

»Du verstehst ja was von Baseball!« sagte er hocherfreut und klatschte sogar in die Hände.

Diane lachte. »Rafe ist ein großer Baseballfan.«

Das war einigermaßen übertrieben, aber immerhin insoweit richtig, als Baseball die einzige Sportart war, die ich mit mehr oder weniger konsequentem Interesse verfolgte; ich besuchte sogar in jeder Saison ein oder zwei Spiele. Ich fragte: »Du warst in der kubanischen Mannschaft erster Basemann?«

»In der Nationalmannschaft. Du bist ein Fan und kennst mich nicht?« Er war nicht verstimmt, nur neugierig.

»Der kubanische Baseball spielt hier in der Sportberichterstattung keine große Rolle«, erklärte ich ihm.

»Wir kennen eure sämtlichen Spieler.« Er nickte versonnen. »Bei euch werden die Meldungen über uns zensiert, hab' ich gehört. Die meisten von unsern Leuten sind genauso gut wie eure Oberligaspieler. Linares steckt die meisten von euern Spielern in den Sack.«

»Wir wissen, daß ihr gute Spieler habt«, versicherte ich ihm. »So weit werden wir immerhin informiert.«

»Und es ist schade, daß sie nicht einreisen und in unseren Vereinen mitspielen dürfen«, sagte Diane.

»Ah ja?« fragte Cuco wieder in leicht verwundertem Ton. »Warum?« setzte er hinzu.

»Warum?« wiederholte Diane. »Na ja, also weil sie dann in den großen Spielen mitspielen könnten.« Sie wußte, daß sie sich in eine Klemme manövriert hatte. Trotzdem, sie gab nicht auf. »Weil sie dann berühmt werden und in der Weltliga spielen könnten.«

»Gut wär's, wenn kubanische Mannschaften in eurer sogenannten Weltliga mitspielen könnten, weniger gut, wenn die kubanischen Spieler in euren Vereinen zu Marionetten der Besitzer werden würden.«

Diane zuckte nicht mit der Wimper. »Die Spieler haben bei uns eine Menge Macht«, entgegnete sie unverdrossen. »Fast soviel Macht wie die Vereinsbesitzer.«

»Nein«, sagte Cuco selbstgewiß.

»Doch.« Diane war, was die Lebensumstände von Baseballprofis anlangte, ebenso selbstgewiß und, wie ich vermutete, ebenso unwissend. »Aber egal!« setzte sie hinzu. »Es ist jedenfalls ein Unrecht, daß ihr nicht bei uns spielen könnt. Es ist eine Schande, wenn Menschen nicht frei entscheiden dürfen, wo sie ihre Arbeit machen wollen.«

»Da haben Sie recht«, sagte Cuco. Diane sah ihn mit schräg geneigtem Kopf an. Sie war überrascht. Ich nicht.

»Sie stimmen mir zu?«

»Selbstverständlich.«

»In Kuba können Sie das aber nicht laut sagen«, bemerkte sie – nicht provokant, sondern anteilnehmend.

Cuco rutschte auf dem Sofa nach vorn und setzte sich schräg, ihr zugewandt; seine vorgelagerten massigen Oberschenkel hatten die Größe eines Couchtischs. »Warum nicht?« wollte er wissen.

Ich lachte. Diane und Cuco sahen mich an. »Das Embargo, Diane«, sagte ich. »*Wir* hindern die amerikanischen Baseballteams, zum Frühjahrstraining nach Kuba zu fliegen. *Wir* haben als erste ein Verbot für kubanische Staatsbürger erlassen, sich in den USA als Profisportler zu betätigen.«

»Aber«, begann Diane, hielt jedoch sofort inne. Sie sah Cuco an und zuckte dann die Achseln. »Vergessen wir's.«

»Was ›aber‹?« fragte ich. »Du kannst es ruhig aussprechen«, versicherte ich ihr.

»Aber Castro würde es doch sowieso nicht genehmigen.«

»Fidel wünscht es sogar!« Cuco gestikulierte mit über den Kopf erhobenen Händen; seine piepsige Stimme überschlug sich vor leidenschaftlicher Erregung. »Seit 1961 fordert er die Beendigung des Embargos. Er hat –« Cuco verstummte jäh und starrte auf etwas in meinem Rücken.

Ich sah nach hinten. Mein Großvater war aus dem Schlafzimmer aufgetaucht und kämpfte mit einer roten Schlafanzugjacke. Eine Hose hatte er nicht an. Im Gesicht sowie an der Brust und den Beinen wies seine Haut ein Braun von lederner Beschaffenheit auf, wie es typisch ist für Menschen, die den ganzen Tag in der Sonne sind; einen krassen farblichen Gegensatz dazu bildeten Bauch und Hüften, eine bleiche Fläche, die lediglich im Zwickel zwischen den Leisten vom rötlichvioletten Dunkel des Geschlechtsteils unterbrochen wurde. *»Coño«*, brummte er verschlafen. Er hatte die Jacke verkehrt herum angezogen, mit dem Rücken vorn; sein rechter Arm steckte im linken Ärmel, der andere Ärmel war leer. Er ruckte mit den Schultern vor und zurück, und jedesmal flog der leere Ärmel nach vorn und ihm ins Gesicht, wie ein ungebärdiger Schwanz.

»Abuelo!« Beschämt über Pepín stürzte Cuco ins Schlafzimmer und kam mit seiner Schlafanzughose wieder. Er hatte nicht bemerkt, daß sie im Schritt durchnäßt war.

Opa stieß sie weg, wobei er auf spanisch sagte, sie sei nicht zu gebrauchen. Cuco verschwand wieder im Schlafzimmer. Ich half Opa mit der Jacke. »Du hast sie verkehrtrum an«, sagte ich, während ich sie ihm abzog.

»Rafael?« fragte er.

Ich zog die Jacke über seine Arme und begann sie zuzuknöpfen. »Ja, ich«, sagte ich. Ein schwacher Uringeruch stieg mir in die Nase.

»Bist du gerade erst gekommen?«

Sein Körper war von Kopf bis Fuß fast unbehaart, mit Ausnahme der Schamgegend, und selbst die Schambehaarung war ergraut und lichtete sich. Pepín war etwas über eins-achtzig groß und drahtig – man konnte an ihm die Konturen von Muskeln und Knochen erkennen, als ob seine Haut eine Nummer zu klein für ihn wäre. »Ja, Diane und ich sind gerade erst gekommen«, sagte ich und signalisierte ihm ihre Anwesenheit, gleichzeitig seine Nacktheit vor ihr verdeckend.

»Deine Freundin?« fragte er und versuchte, an mir vorbei zu spähen.

»Diane. Ich hab' dir von ihr erzählt, erinnerst du dich?«

Pepín sah mit zusammengekniffenen Augen zu ihr hinüber.

»Hallo«, rief sie ihm zu.

Cuco erschien mit einem hellgelben Schlafanzug auf den Armen. Pepín nahm keine Notiz von ihm; im Moment betrachtete er es als seine vordringlichste Aufgabe, Diane stilgerecht zu begrüßen. Er ließ mich stehen und schritt zum Sofa, wo er seine Hand ausstreckte und sich gleichzeitig höflich vorbeugte, damit Diane sie mühelos ergreifen könne. Er entsann sich seiner spanischen Gesittung, nicht jedoch des Umstands, daß er von den Hüften abwärts nackt war. »Guten Tag«, sagte er. »Ich bin Rafaels Großvater.« Die dargebotene Hand schwebte, nicht weiter als einen knappen halben Meter davor, auf der Höhe seines Geschlechtsteils.

»Abuelo!« zeterte Cuco, zu ihm stürzend. Unter seinem riesenhaften Körper bebten die Dielen. Er entfaltete die gelbe Schlafanzughose und hielt sie Pepín vor den Bauch. Die gelbe Jacke war auf dem Boden gelandet.

Diane ergriff unterdessen unerschrocken Pepíns Hand und schüttelte sie. »Ich freue mich, Sie kennenzulernen.«

Nach beendigter Begrüßung wandte Pepín sich Cuco zu. »Was ist los mit dir, *chico*?« fragte er. »Hast du gefragt, ob sie Kaffee möchten?« erkundigte er sich, schon unterwegs in Richtung Küche.

Cuco tanzte neben Großvater her und hielt seine Blöße bedeckt. Er nickte heftig zum Unterleib des Greises hin und sagte in eindringlichem Flüsterton: *»Mira!«*

Pepín sah an sich hinab. Er furchte die Stirn bei dem verwirrenden Anblick. Er hatte eine rote Jacke an, aber vor seinem Bauch war eine gelbe Hose drapiert. Er tastete über den gelben Stoff, den er dabei gegen seine Schenkel drückte. Dann langte er hinter sich und fühlte seine nackten Hinterbacken. »Was hast du gemacht?« fragte er Cuco auf spanisch.

»Du hast sie nicht an«, antwortete Cuco auf spanisch. »Du bist ohne was an aus deinem Schlafzimmer gekommen.«

»Aber wieso ist die Hose gelb?« wollte Opa wissen.

»Die rote ist naß.«

Opa dachte angestrengt nach. Er betastete die rote Jacke, in die ich ihm hineingeholfen hatte. »Die ist nicht naß.«

»Nichts passiert«, sagte Diane, die nicht richtig kombiniert hatte, was die beiden miteinander verhandelten. »Ich bin Ärztin.«

»Sie sind Ärztin?« fragte Opa sie auf spanisch.

Sie wiederholte verunsichert: »Ja, ich bin Ärztin. Also machen Sie sich keine Gedanken.«

Pepín sah mich an und sagte auf englisch: »Du hast gesagt, sie ist deine Freundin.« Mit seinem Gesicht ging eine Verwandlung vor sich: das Kinn reckte sich streitlustig, die Augen schlossen sich zu schmalen Schlitzen. Er kam zu mir herüber, um mich auf englisch anzufahren: »Was ist los? Willst du mich verscheißern?« Mit dem Standortwechsel hatte er seine Blöße aufgedeckt; Cuco hatte mit der vorgehaltenen Hose nicht schnell genug gespurt. »Du bringst hier Ärztinnen ins Haus und behauptest, es sind Freundinnen von dir.« Er mußte die Luft auf seiner Haut gespürt haben. Er sah an sich hinunter, während Cuco sich ihm näherte, die gelbe Hose wie ein Stierkämpfer das rote Tuch schwenkend. Pepín sah seine Nacktheit. »Großer Gott«, entfuhr es ihm in Spanisch, »sie haben mir meine Schlafanzughose geklaut!«

Zu guter Letzt schafften Cuco und ich es doch noch, Opa zu überzeugen, daß Diane sowohl meine Freundin als auch Ärztin war und daß wir kein Interesse daran hatten, uns seine Schlafanzüge unter den Nagel zu reißen. Sobald er vollständig in seine leuchtend gelbe Kluft gehüllt war, stellte Opa sich Diane noch einmal vor. »Ich bin Rafaels Großvater«, sagte er mit feierlichem Ernst zu ihr. Er beugte sich zum Kuß über ihre Hand. »Entschuldigen Sie bitte, was da vorgefallen ist. Ich bin unmittelbar nach dem Aufwachen immer ganz durcheinander.« Er strich ihr einen Moment über die Hand. »Cuco«, sagte er. »Hast du *café* für die beiden gemacht?«

»Danke, aber so spät trinken wir keinen mehr«, sagte Diane. »Wir sind völlig wunsch- und bedürfnislos.«

»Ich glaube, ich hab' schon mal gefragt«, entsann sich Pepín. Er drehte sich um und schlurfte nachdenklich auf sein Schlafzimmer zu.

»Gute Nacht, Opa«, sagte ich und küßte ihn auf die Stirn.

Er sah mich aus trüben Augen an. »Gute Nacht«, murmelte er. »Ich werd', scheint's, senil«, setzte er hinzu. Er versuchte den Gedanken mit einem Lachen wegzuwischen, schien aber doch auf eine Stellungnahme von mir zu warten.

»Aber nein, davon kann keine Rede sein«, murmelte ich, bereute es jedoch sofort, weil ich nicht wußte, ob er in den Plan mit dem Pflegeheim eingeweiht war und mit welcher Begründung man seine Zustimmung erlangt hatte.

Ich konnte nicht einschlafen. Cuco hatte recht gehabt. Draußen war ein irrer Krach: Polizeisirenen im Halbstundentakt und immer wieder die knallenden Geräusche, so zahlreich, daß ich zu der Überzeugung kam, es könne sich unmöglich um Pistolenschüsse handeln. Einmal hörte ich von der Straße her, an die der Hof hinterm Haus grenzte, den hastigen Laufschritt mehrerer Personen, bis plötzlich ein lautes Gescheppe einsetzte, als ob eine ganze Batterie Aluminiummülltonnen über eine Betonfläche rollte; danach war es totenstill. Spätestens jetzt war ich hellwach. Diane war, kaum im Bett, zu meinem Erstaunen problemlos eingeschlafen und blieb zu meinem Verdruß unerschüttert weg. Wahrscheinlich hätte ich auch in der allerstillsten Nacht keinen Schlaf gefunden. Nach dem Geschepper lauschte ich dem Rascheln, mit dem die Wedel der Palme hinterm Haus an der Veranda streiften, einem Geräusch, von dem eigentlich eine einschläfernde Wirkung hätte ausgehen müssen. Statt dessen erinnerte es mich an die Nacht wenige Tage nach dem Überfall in Tampa, in der ich meinen Kopf auf den Bauch meiner Mutter gebettet hatte und ihre Körperwärme mich meine lädierte Backe vergessen ließ; rief mir in Erinnerung, wie ich vor dem Einschlafen im Dämmerlicht in ihr Gesicht hinaufgespäht hatte, wo die Augen unablässig in gehetzter Bewegung waren, um Tür und Fenster zu überwachen, oder sich zuweilen auch auf einen Punkt in der Zukunft richteten, auf ein Schrecknis, das ich spürte, aber nicht identifizieren konnte.

Schließlich muß ich doch noch fest eingeschlafen sein, denn als ich, von einer lauten und vergnügten Unterhaltung in der Küche geweckt, die Augen aufschlug, war ich allein im Zimmer. Die Situation unterschied sich gar nicht so sehr von den Kindheitsszenen des morgendlichen Erwachens in Tampa, bei dem ich hinter den Kulissen Oma schon emsig am Frühstück für meine Eltern werkeln hörte, während Pepín meinen Vater mit Fragen nach den Verhältnissen in Kuba bestürmte. Die Floridasonne schien durch das Fenstergitter und die Jalousie ins Zimmer, zeichnete ein Netz von waagrechten und senkrechten Streifen auf die Oberflächen, die sie traf, und verwandelte die Bettwäsche in wogendes Millimeterpapier. Ich lauschte. Zu meiner Überraschung fand die gutgelaunte Unterhaltung zwischen Diane und meinem Vater statt. Das brachte mich im Nu aus dem Bett. Im ersten Moment stand ich, von Müdigkeit benommen, auf etwas unsicheren Beinen. Ich hörte, wie Diane lachte und sagte: »Nein, Sie müssen Ihr Buch unbedingt zu Ende schreiben. Das muß jeden US-Bürger faszinieren, wenn er liest, wie es da wirklich aussieht.« Freudig erregt fuhr ich in die Jeans und das Polohemd, die ich vor dem Flug in die Reisetasche gestopft hatte. Ich hörte, wie mein Vater antwortete: »Sie sind ein leicht zu gewinnendes Publikum. Sie sind bereits in einen Neruda verliebt«, und hinzufügte: »Gott steh Ihnen bei.« Das herzerhebende Glücksgefühl, das mich überkam, wirkte wie eine Wunderkur. Konnte das sein? War es möglich, daß dies alles war, was ich gebraucht hatte? Daß jahrelange innere Zerrissenheit und Einsamkeit jetzt in einem einzigen großen Aufwischen weggespült wurden?

Ich ging zur Küche und blieb auf der Türschwelle stehen. Eben antwortete Diane auf ein Angebot meines Veters: »Ich würde liebend gern einmal nach Kuba reisen.« Sich zu mir wendend, sagte sie: »Meinst du nicht, das sollten wir einmal tun, Rafe?« Ihr beiläufiger Ton klang ungezwungen.

»Klar sollten wir das.« Mein Vater saß neben Diane am Tisch, vor sich eine Schale, in der in einer Milchpfütze noch ein paar durchgeweichte Cornflakes schwammen. Pepín stand hinter ihm; seine Hände ruhten auf den Schultern meines Vaters. Auf Opas Gesicht lag ein abwesender Ausdruck, sein Blick ging ins Weite. Er trug eine frisch gereinigte schwarze Leinenhose und ein frisch gebügeltes weißes Hemd; obwohl er keine Krawatte umgebunden hatte, war der Kragenknopf zugeknöpft. Er war sauber rasiert. Da und dort – am Kinn, unter der Nase, unterhalb der linken Schläfe – zeigten kleine Flecken von verkrustetem Blut an, wo er die Klinge ungeschickt geführt hatte. Diane trug weiße Shorts und ein blaues Baumwolltop, das ihr viel zu groß war und infolgedessen von der linken Schulter langsam, aber stetig abrutschte, bis sie entblößt war und Diane die Sache mit einem Griff in Ordnung brachte, wonach das Spiel von vorn begann. Der Teller vor ihr war mit Toastkrümeln übersät. Die Luft in dem Raum war bereits kräftig aufgeheizt von der Morgensonne und mit Kaffeeduft geschwängert.

»*¿Quieres café con leche?*« rief mir Cuco vom Herd aus zu. Dabei winkte er mir mit einer hocherhobenen schlanken Zinnkanne.

»Ja, danke«, sagte ich.

Cuco setzte die Espressomaschine bei kleiner Flamme auf den Brenner. Er goß Milch in einen Stieltopf und zündete eine zweite Flamme an.

»Der Kaffee ist unheimlich gut«, sagte Diane.

»Kubanischer Kaffee macht Haare auf den Zähnen«, antwortete mein Vater.

»Guten Morgen«, sagte ich in seine und Großvaters Richtung.

Keiner von beiden gab eine Antwort. Francisco hob seinen Kaffeebecher an die Lippen und trank. Pepín sah durch mich hindurch.

Diane schloß die Kluft des Schweigens, bevor sie zu breit wurde. »Also wie geht der Tag jetzt weiter?«

»In fünfzehn bis zwanzig Minuten müssen wir losfahren«, sagte Francisco. Er stand vorsichtig auf und entfernte die Hände seines Vaters von seinen Schultern; eine hielt er fest, um Opa behutsam aus dem Weg zu manövrieren. »Apropos Haare – ich glaube, ich sollte meine noch rasch bürsten. Und mir auch die Zähne kämmen. Wir wollen ja nicht, daß diese Gringos uns für Asis halten, nicht wahr?« sagte er zu Pepín. Er stutzte. »Den darfst du nicht zuknöpfen«, sagte er und knöpfte Opas Kragen auf. »Du trägst ja keine Krawatte.«

»Mir ist kalt«, sagte Opa auf spanisch und knöpfte den Kragen wieder zu.

»Dir ist kalt!?« erwiderte Francisco auf spanisch. »Mann Gottes, es hat schon einundzwanzig Grad. Und am Himmel ist keine einzige Wolke zu sehen. Bis Mittag hat es bestimmt sechsundzwanzig bis dreißig Grad.« Er streckte die Hände nach Pepíns Hemdkragen aus.

Opa schlug nach den Händen seines Sohns. »Die Schuppen, die wir angucken gehen, sind vollklimatisiert.«

Francisco ließ gutmütig von seinem Vorhaben ab und klopfte Pepín seitlich gegen die Schulter. »Woher willst du das wissen, alter Knabe?«

»Die Heinis hier im Süden klimatisieren doch jede Hundehütte.«

»Recht haben sie. Mir hängen die Tropen zum Hals heraus. In der Hitze kann man doch keinen klaren Gedanken fassen.« Zu Diane sagte er auf englisch: »Wir reden darüber, daß es hier unten im Süden zu heiß ist. Das Gehirn funktioniert hier nicht.«

»Oh, ich liebe dieses Klima«, sagte Diane. »Ich bin den Winter leid.«

»Ah, die Winter in New York«, deklamierte Francisco mit ausgebreiteten Armen und die Augen verdrehend, als träte er in einem Broadway-Musical auf und würde gleich einen Song anstimmen. »Die schönen Frauen in ihren langen Mänteln.« Er lächelte sie an, als ob sie eine der New Yorker Winterschönheiten wäre. »Und die Luft! Es gibt nichts Schöneres, als an einem kalten Februarabend auf der Fifth Avenue tief durchzuatmen. Das klärt den Kopf von dem ganzen Gedankenmüll.«

»Sie müssen schon sehr lange nicht mehr dagewesen sein«, sagte Diane. »Heute atmen Sie da hochprozentig verschmutzte Luft.«

»Sie war schon immer verschmutzt. Herrlich schön verschmutzt.« Diane mußte lachen. »Ja wirklich«, versicherte er ihr. »Diese Luft ist mit Ideen geschwängert. Sie bringt sogar Dummköpfe zum Nachdenken. Es kommen zwar keine großen Gedanken dabei heraus, aber immerhin, die Leute denken. Hier unten und in Kuba, wenn da die infernalische Hitze losgeht, verdampft den Leuten das Gehirn, und alles hängt nur noch benebelt rum. Eine ernsthafte Unterhaltung ist in Havanna überhaupt erst nach Sonnenuntergang möglich. Na, und in

Tampa! Da kommt noch die Feuchtigkeit hinzu. Da läuft sogar in der Nacht nichts.«

»Sag zu ihr nicht so was!« Pepín schlug Francisco auf den Rücken, aber nur kraftlos, mit zitternder Hand. »Hier ist es schön zum Leben. Ist doch logisch, daß sie unser Wetter mag. Niemand hat's gern kalt.«

»Reg dich nicht auf!« sagte Francisco auf spanisch. »Ich mein' es doch nicht ernst.«

»Hört sich aber so an, wie wenn's ernst gemeint wär'«, knotterte Pepín. Seine Lippen bebten, als wäre er drauf und dran, in Tränen auszubrechen. Er wechselte ins Englische über und versicherte Diane angelegentlich: »Nach Tampa kommen viele Besucher, und sie kommen alle gern hierher. Fast jeden Tag wird hier ein Neubau fertig. Und«, setzte er zu Cuco gewandt hinzu, »vielleicht kriegen wir auch eine Baseballmannschaft.« Zu mir sagte er: »Die Leute kommen sehr gern hierher.«

»Aber sicher«, sagte ich. »Diane und ich machen das von jetzt ab jeden Winter so, daß wir der Kälte ein Schnippchen schlagen und hierherkommen.«

Das trug mir einen scharfen Blick meines Vaters ein; er war das erste sichtbare Anzeichen dafür, daß er meine Anwesenheit im Zimmer überhaupt zur Kenntnis nahm.

»Recht so«, sagte Pepín. Seine zitternden Hände bewegten sich zu dem bereits zugeknöpften Kragen, um ihn noch einmal zuzuknöpfen. »Ihr könnt zu *Noche Buena* kommen und über Neujahr bleiben. Ist ein schöner Urlaub.« Irritiert, weil der Kragen sich nicht zuknöpfen ließ, schaute er nach unten. »Ach so«, sagte er und setzte auf spanisch hinzu: »Er ist schon zu.«

»Tolle Idee«, sagte ich. »Genauso machen wir's.«

»Großartig«, sagte mein Vater auf dem Weg zur Tür. »Ich an deiner Stelle würde gleich den Flug buchen.«

Diane streckte die Hand nach ihm aus. »Warten Sie.«

Francisco blieb in der Tür stehen.

»Macht es nichts, wenn ich so salopp angezogen mitkomme?«

Francisco trat zu ihr, beugte sich vor und küßte sie auf die Stirn. »Sie sehen reizend aus. Keine Sorge, *Sie* werden schon nicht mit einer Landarbeiterin verwechselt. Da weiß jeder, daß er jemand Besseres vor sich hat.« Er verließ die Küche mit den Worten: »Aber für uns Latinos ist es besser, wenn wir uns in Schale werfen.«

Cuco goß die heiße Milch und den Espresso für mich in einen großen Becher zusammen. Pepín blieb mit leerem Blick mitten in der Küche stehen, fuhr mit unruhigen Händen über seine Kleidung, betastete die

Manschetten, zupfte die Bügelfalte an der Hose zurecht, fummelte am Hemdkragen. Einmal öffnete er die Gürtelschnalle, besah sich eingehend die beiden getrennten Gürtelenden, um sie dann wieder zu vereinigen. Danach lächelte er uns zu und bemerkte auf spanisch: »Heiß, nicht?«

Cuco war zu diesem Zeitpunkt schon sich umziehen gegangen, und Diane und ich unterhielten uns im Flüsterton. Wir hatten versucht, Opa in die Unterhaltung einzubeziehen, aber er schien unsere Fragen nicht zu hören: Zum erstenmal hatte er jetzt etwas von sich aus gesagt. »Möchtest du den Kragen offen haben?« fragte ich.

»Den Kragen?« Er griff sich mit einer Hand an den Hals. Die Finger drückten die Gegend rings um den obersten Hemdenknopf, dabei legte er die Stirn in Falten.

Ich stand auf. »Soll ich ihn dir aufknöpfen?«

»Nein-nein.« Mit der Hand seinen Hals bedeckend, wich er zurück und drehte sich dem vergitterten Fenster zu. »Nein«, sagte er noch einmal, jetzt mit leiserer, melancholischer Stimme.

Ich setzte mich wieder hin. Diane ergriff meine Hand. »Dein Vater ist sehr charmant«, sagte sie.

»Hab' ich dir doch gesagt.«

»Und er sieht sehr gut aus.«

»Ich kann es kaum glauben, daß er vierundsiebzig ist.«

Sie drückte meine Hand. »Du siehst ihm ähnlich, wollt' ich dir sagen. Unheimlich ähnlich.«

»Das muß ihm schwer im Magen liegen.«

»Nein ...« Diane war enttäuscht. »Es muß ihm gefallen.«

»So wird's schwieriger für ihn, mich zu verleugnen.« Pepín tippte mir auf die Schulter. »Was ist, Opa?«

Er sprach Englisch. »Das ist alles kein Problem. Mach dir deswegen keine Sorgen. Das geht problemlos über die Bühne.«

»Mach' ich mir auch nicht«, sagte ich. Er klopfte mir auf die Schulter und zwinkerte mir dabei zu. »Worüber soll ich mir keine Sorgen machen?«

»Was wir heute vorhaben. Weißt du nicht mehr, was wir vorhaben?«

»Doch, natürlich. Ich mach' mir keine Sorgen«, versicherte ich ihm.

»Das ist gut. Dazu besteht nämlich überhaupt kein Grund.«

Cuco erschien in anscheinend brandneuer Bundfalten-Jeanshose und City-Hemd, ebenfalls ohne Krawatte. »Wir müssen los. Papá holt gerade das Auto aus der Garage.«

Zum erstenmal hörte ich Cuco von meinem Vater per Papá sprechen –

unter Verwendung des Wortes, das für ihn die natürliche Anredeform für Francisco war. Ich beneidete ihn und mußte ein Aufwallung von Groll niederkämpfen. Vielleicht war das der Grund, warum ich draußen, wo Francisco hinterm Lenkrad von Pepíns Buick auf uns wartete, an das offene Fenster neben dem Fahrersitz trat, meinen Kopf ins Wageninnere steckte und fragte: »Besitzt du für die USA einen gültigen Führerschein?«

Francisco starrte geradeaus durch die Windschutzscheibe, wie wenn er nicht vorhätte, mir zu antworten. Cuco riß hinten den Schlag auf, um meinen Großvater und Diane einsteigen zu lassen. Es entspann sich ein kurzer Wortwechsel über die Frage, wo Diane sitzen solle. Ich verharrte in meiner Stellung mit dem Kopf im Wageninneren, kaum dreißig Zentimeter von Franciscos Gesicht entfernt. Nach einigen Augenblicken drehte er mir den Kopf zu. Ich spürte einen Stoß in der Brust, als seine warmen braunen Augen sich in meine bohrten. Sie schienen absolut Herr der Situation, die vor ihnen lag. »Nein, Herr Wachtmeister«, sagte er mit spöttischem Zungenschlag. »Um die Wahrheit zu sagen: bei meinem Führerschein ist die Gültigkeitsfrist abgelaufen.«

»Dann fahr' wohl besser ich«, sagte ich.

Francisco richtete den Blick wieder nach vorn. Diane und Opa waren in den Fond geklettert; sie saß in der Mitte, Opa rechts, links war – vermutlich für mich – Platz gelassen. Cuco öffnete die Tür auf der Beifahrerseite. »Setz dich nach hinten«, sagte Francisco auf spanisch zu ihm und rutschte auf den Beifahrersitz.

Also fuhr ich. Mein Vater dirigierte mich mit eisiger Kommandostimme, als würde er einen Hund abrichten. Ich gehorchte musterhaft.

Nachdem wir das erste Heim in Augenschein genommen hatten, wiederholte Opa mit matter Stimme in einem fort, wie schön es da gewesen sei. Wir anderen dagegen fanden, daß das Haus nicht in Frage kam, da es nicht viel mehr war als eine schäbige Pension. Der Heimleiter, ein spindeldürrer Mensch mit salbungsvollem Gebaren, folgte uns bis zum Auto, um uns zu versichern, daß ihm die Absicht völlig fern liege, uns zu einer Entscheidung zu drängen, zumal er Mr. Neruda für einen Gentleman halte, der überdies ersichtlich hochintelligent sei. »Er wäre für uns ein Plus«, sagte er, und ich dachte bei mir: Was für eine sonderbare Wortwahl! »Indes«, setzte der Leiter im Ton des Bedauerns hinzu, »ich habe nur eine Vakanz, und die dürfte schnell wieder besetzt sein.« Ich entlockte meinem Vater ein Lächeln, als ich beim Anfahren leise »Uriah Heep« vor mich hinsagte.

Francisco vergaß seinen Vorsatz, mich mit Nichtachtung zu strafen.

»Ja, wahrscheinlich klaut er den alten Leutchen die Schecks von der Sozialversicherung und füttert sie mit Haferschleimsuppe.«

»Genau«, sagte ich. »Oder er krallt sich die Schecks und verscharrt die Leutchen im Garten. So spart er die Haferschleimsuppe.«

»Schhh«, sagte Diane und machte mir im Rückspiegel ein Zeichen mit den Augen. Sie blickte kurz zu meinem Großvater hin, der tatsächlich von unseren Sarkasmen genug zu begreifen schien, um beunruhigt zu sein.

Francisco nannte mir die nächste Adresse und erklärte mir, wo ich als nächstes abbiegen mußte. Im Fond setzten Diane und Cuco Opa auseinander, warum Uriah Heeps Seniorenheim nicht das Richtige für ihn war. So waren wir auf den Vordersitzen einen Moment für uns, und vielleicht war es das, was meinen Vater veranlaßte, von sich aus, wenn auch leise, das Wort an mich zu richten: »Du hast Dickens gelesen?«

»Das ist von dir ausgegangen«, antwortete ich. »Als ich acht war, hast du mich praktisch gezwungen, *Oliver Twist* zu lesen. Und in Spanien hast du mir abends vor dem Einschlafen *Große Erwartungen* vorgelesen.«

Francisco nickte und murmelte: »Daran erinnerst du dich noch.«

»Aber selbstverständlich«, sagte ich. »Um die Wahrheit zu sagen: wenn sie das Alter dafür haben, rate ich meinen jugendlichen Patienten, Dickens zu lesen. Aus ihrer Perspektive ist er nämlich gar nicht so verstaubt.«

»Er war ein Genie«, sagte mein Vater traurig, als ob diese Tatsache der Welt gleichgültig wäre.

Den zweiten Besuch machten wir in einem größeren Institut, einem Hundert-Betten-Haus. Die Bewohner waren hier in Zweibettzimmern untergebracht. In Uriah Heeps Etablissement wäre Opa mit fünf Mitbewohnern zusammengepfercht worden. Die Zimmer hatten zwar etwas Anstaltsmäßiges wie Krankenhauszimmer, waren aber immerhin hell und sauber und von passabler Größe, so daß auch ein paar persönliche Besitztümer in ihnen Platz hatten. Schon auf unserem Rundgang verkündete Großvater wieder unablässig, wie schön er es hier fand. Ich konnte mir seine Beflissenheit, sei's in dieses, sei's in das andere Heim einzuziehen, nicht erklären. Eigentlich hatte ich erwartet, daß seine Senilität sich in ganz anderer Form äußern würde: in Furcht vor jeglicher Veränderung in seiner Lebensweise und dem entsprechenden Widerstand dagegen. Mir ging ein Licht auf, als ich auf der Treppe zum Werkraum hinunter seinen Arm stützte und ihm bei dieser Gelegenheit die Frage zuflüsterte: »Gefällt es dir wirklich hier?«

»Ja, es ist schön hier«, sagte er wahrscheinlich zum zwanzigsten Mal. »Ein paar Wochen kann man's hier anstandslos aushalten«, setzte er auf spanisch hinzu.

»Ein paar Wochen?« fragte ich. »Wie meinst du das?«

»Es ist schön hier«, sagte er auf englisch. »Bis ich wieder klar im Kopf bin«, ergänzte er auf spanisch. Dann wieder auf englisch: »Es ist schön hier.«

Das größere, modernere Pflegeheim spaltete uns in zwei Parteien. Diane und Cuco waren dafür. Die Bewohner waren größtenteils Latinos, das Personal machte einen fähigen Eindruck und wirkte auch nicht überlastet. Den Bewohnern wurden noch andere Betätigungsmöglichkeiten geboten, als in Gesellschaft Uriah Heeps vor der Glotze zu sitzen. Zudem lag das Haus in der Nähe des alten Ybor City, wo mein Großvater früher Zigarren gedreht hatte. Tatsächlich fuhren wir nach der Besichtigung nach Ybor City selbst hinein, um im Tropicana Großvaters Lieblingsessen, Kubanische Sandwiches, zu verzehren. Francisco und ich erhoben keine Einwände gegen Cucos und Dianes positive Bewertung des Pflegeheims, aber andererseits sperrten wir uns dagegen, die Entscheidung als gefallen zu betrachten. Allerdings hatte ich nicht das Gefühl, daß Francisco meiner Meinung irgendwelches Gewicht beigemessen hätte. Für Opa freilich war die Frage geklärt. »Am besten, wir fahren gleich noch mal hin und sagen, daß ich morgen einziehe«, sagte er und wirkte schon sehr viel vitaler, als er jetzt in einen im Toaster plattgepreßten Mammutsandwich biß, von dessen Rändern ihm Senf auf die Finger tropfte.

Francisco wischte ihm mit einer Serviette über die Finger. »Morgen? Wie kommst du denn darauf? Da wird erst nächsten Monat etwas frei, und außerdem muß da erst einmal eine ganze Menge Papierkrieg erledigt werden.« Er lächelte Diane zu. »Was da an Formularen allein schon für ›Medicare‹ und ›Medicaid‹ auszufüllen ist, geht auf keine Kuhhaut, stimmt's?« Sie hatte mit dem Heimleiter über Versicherungsnachweise, die Liquidation von Großvaters Vermögenswerten und ähnliche Dinge gesprochen und sich dabei ungewollt als Expertin für die bürokratischen Formalitäten zu erkennen gegeben. In unserem Behandlungszentrum erledigte sie den gesamten Papierkrieg mit den Ämtern. Meinen Vater hatte sie damit sehr beeindruckt. »Und außerdem müssen wir noch das Haus verkaufen«, setzte er zu Opa gewandt hinzu.

»Das Haus verkaufen?« Opa biß in seinen Sandwich und sprach kauend weiter; Krümel von der Weißbrotkruste rieselten ihm aufs Kinn. »Du kannst das Haus nicht verkaufen. Das soll einmal dir gehören. Dir und Cuco. Ihr sollt da wohnen.«

»Bis du untergebracht bist, ja. Aber dann müssen wir zurück nach« – er senkte die Stimme – »Havanna.« Bevor wir das Lokal betreten hatten, hatte Opa ihn gewarnt, daß die Kellner sämtlich Exilkubaner waren. »Vielleicht bitten sie Cuco um ein Autogramm«, hatte Francisco unbekümmert geantwortet, aber jetzt schien er Wachsamkeit für angezeigt zu halten; nachdem er das Wort »Havanna« ausgesprochen hatte, ließ er seinen Blick forschend durch den Raum schweifen, wie um zu kontrollieren, ob sich nicht in irgendeiner Ecke ein Sturm zusammenbraute.

Ich griff mir die Rechnung, die der Kellner brachte. Mein Vater schnappte mir den Zettel aus der Hand. »Nein!« sagte er bestimmt, der Ton jetzt wieder der eines Hundeabrichters.

»Gibt's hier irgendwo ein Telefon?« erkundigte sich Diane. »Wir sollten mal im Behandlungszentrum anrufen, ob Nachrichten für uns eingegangen sind«, setzte sie zu mir gewandt hinzu.

»Ja«, stimmte ich zu. »Opa, gibt's hier ein Telefon?«

»Was?« Er sinnierte schweigend vor sich hin, seit Francisco ihm gesagt hatte, daß das Haus in der St. Claire Street verkauft werden würde.

»Wo ist hier das Telefon?«

Er sah mich aus alten Augen mit erloschenen Pupillen an. »Weiß ich nicht«, sagte er mit tiefem Bedauern.

»Wenn ich mich richtig erinnere, gibt es auf dem Weg zu den Toiletten ein Münztelefon«, sagte Francisco. »Ich zeig' euch den Weg.«

»Du zuerst«, sagte ich zu Diane. Sie und mein Vater erhoben sich. Francisco erklärte ihr den Weg und ging dann weiter zur Kasse. Während er die Rechnung und Geld hinreichte, sagte er etwas zu dem Kassierer. Der Mann lachte, und im Nu hatte sich zwischen den beiden eine freundliche Unterhaltung entsponnen. Ich fühlte einen Blick auf mir ruhen, während ich Francisco beobachtete. Als ich mich umdrehte, stellte ich fest, daß Cuco die Augen auf mich geheftet hatte.

»Er kommt mit allen Leuten ins Gespräch«, sagte ich.

»Ja.« Cuco schien darüber genausowenig entzückt zu sein wie ich. »Manchmal denke ich, daß er um so freundlicher zu den Leuten ist, je weniger er sie mag.«

Ich lächelte bei Cucos Einsicht. »Ja«, sagte ich.

»Aber das stimmt nicht«, sagte Cuco. »Es kommt einem nur so vor, weil er uns, die Menschen, die er liebt, härter anfaßt.«

»Danke«, sagte ich.

»Wofür?« Cuco hob eine Hand, um anzudeuten, daß er nicht begriff.

»Dafür, daß du mich zu den Menschen rechnest, die er liebt.«

»Aber selbstverständlich liebt er dich.«

Pepín sagte auf spanisch: »Es ist heiß hier drin, nicht?«

»Soll ich dir den Kragen auf-«, begann ich, brach dann aber mit einer resignativen Handbewegung ab.

Cuco ignorierte Opas Zwischenbemerkung. Er fuhr fort, mich aufmerksam zu betrachten.

»Nein, tut er nicht«, sagte ich. Mein Kinn bebte.

»Doch«, entgegnete Cuco unbeirrt. »Er hat mir viel von dir erzählt. Meine Mutter auch, und er auch ...« Cuco deutete mit dem Kinn auf Pepín.

»Wie geht es deiner Mutter?«

»Ich hab' keinen Kontakt zu ihr.«

»Du hast keinen Kontakt zu ihr?«

»Weißt du das nicht?« Cuco legte die Stirn in Falten. Er besah sich die Überreste unserer Mahlzeit und schob mit seinem dicken Zeigefinger einen Weißbrotkrümel in eine kleine Wasserpfütze. Der Krümel schwamm kurz an der Oberfläche, ehe er ihn zerdrückte. »Sie hat sich abgesetzt«, sagte er und war sichtlich beschämt. »Bei den letzten Panamerikanischen Spielen war sie auf einmal verschwunden. Wir haben dann gehört, daß sie sich in Miami aufhält.« Er seufzte und richtete den Blick wieder auf mich. »Sie haben dir zwar nichts von mir erzählt, aber sie haben mir viel von dir erzählt. Er hat mir erzählt« – er zeigte mit dem Kinn auf Francisco, der sein Wechselgeld nachzählte und sich noch immer angeregt mit einem von den *gusanos*, wie er sie nannte, unterhielt, dem »Gewürm«, das die kubanische Heimat in der Stunde der Not im Stich gelassen hatte – »er hat gesagt, daß du in diesem Land ein bedeutender Mann bist.«

»Das hat er nicht als Kompliment gemeint.«

»Doch. Hat er. Er hat gesagt, du bist ein bedeutender Doktor. Er hat gesagt, du behandelst die Armen. Er hat gesagt, wenn du wolltest, könntest du nur Leute aus den privilegierten Klassen behandeln und dir eine goldene Nase verdienen, aber du setzt dich für die schwarzen Kinder ein. So redet er über dich.«

Darauf konnte ich nicht gleich antworten. Ich war zu sehr in die Betrachtung von Francisco vertieft. Inzwischen war noch ein anderer Mann an die Kasse getreten, und jetzt war dort ein Dreier-Gespräch im Gang. Ich sah Cuco nicht an, als ich sagte: »Ich hab' ihn verraten.«

»*Yo sé*«, flüsterte Cuco. »Meine Mutter hat mir erzählt, was du getan hast. Sie hat es dir nicht verziehen.« Er ließ ein verbittertes Brummen hören, das sich vermutlich auf die in dieser Tatsache steckende Ironie bezog, und fuhr dann fort: »Aber er hat dir verziehen. Er hat gesagt, du willst zwar kein Neruda sein, aber du kannst gar nichts dagegen machen. Man kann seinen Blutsbanden nicht entlaufen.«

»Wie bitte?« Ich lachte unwillkürlich in mich hinein über Franciscos melodramatische narzißtische Phantasie. Ich wandte den Blick von der Szene an der Kasse und sah meinen Bruder an. Ich legte meine Hand auf Cucos Oberarm und war verblüfft von dem Umfang und der Härte seines Bizeps.

»Er sagt, du bist und bleibst ein Neruda.« Cuco war ernst, fast feierlich, sein Blick traurig. »Das ist ein Kompliment.«

Ich erkannte den Grund seiner Traurigkeit. Ich ließ meine Hand auf seinem kraftvollen Arm liegen. »Ein Neruda bist du auch«, sagte ich.

Jetzt war die Reihe an Cuco, Franciscos Auftritt an der Kasse zu beobachten. Wir hörten die Melodie von unseres Vaters Stimme, nicht die einzelnen Töne. Den Blick auf Francisco gerichtet, fragte Cuco leise: »Meinst du?« Und wiederholte die Frage mit seinen verschreckten Augen.

»O ja.« Ich nickte. »Wir sind beide Nerudas.«

Diane kam zurück und sagte: »Sally hat Nachrichten für dich.« Francisco hatte die Unterhaltung mit seinen neuen Bekannten beendet und steuerte auf uns zu.

»Was Dringendes?«

»Weiß nicht. Es sind Nachrichten *für dich*«, sagte sie mit gespielter Überkorrektheit. »Ich hab' Sally gesagt, du würdest zurückrufen.«

Ich ging zum Münztelefon. Bei den Nachrichten, die Sally mir übermittelte, war nichts Dringendes, aber eine alarmierte mich trotzdem. Phil Samuel hatte angerufen, um zu fragen, ob ich an einem Exemplar seiner neuen Studie interessiert sei. Er könne sie mir faxen oder per Post schikken. Falls mir letzteres lieber sei, wüßte er gern, ob er die Sendung an meine Wohnung adressieren solle.

»Komisch, nicht?« meinte Sally.

»Hat er seine Telefonnummer hinterlassen?«

»Klar. Ha'm Sie was zum Schreiben griffbereit?«

Ich notierte mir die Nummer auf der Rückseite einer alten American-Express-Quittung, die ich in meiner Brieftasche gefunden hatte. Das Münztelefon befand sich direkt neben den Türen zu den Toiletten. Beim Blick zurück in Richtung Gaststube sah ich, daß Diane am Eingang zum Flur auf mich wartete. Ich würde Phil später anrufen, entschied ich.

Opa saß schon hinten im Auto, hatte den Kopf an Cucos Schulter gelehnt und schlief. Francisco stand am Bordstein. Das von der Chromleiste des Buick reflektierte Sonnenlicht blendete mich beim Näherkommen. Als ich blinzelnd vor Francesco stand, sagte er: »Wenn du nichts dagegen hast, mache ich alles klar, daß mein Vater kommenden Monat einziehen kann. Es scheint ihm ja da zu gefallen.«

»Ihr bleibt so lange hier, bis das über die Bühne ist?«

»Aber selbstverständlich«, sagte Francisco hochmütig.

»Vergessen Sie nicht«, sagte Diane, »er muß seine sämtlichen Vermögenswerte auf Sie überschreiben, damit ›Medicaid‹ bezahlt. Andernfalls lassen sie ihn erst mal ausbluten.«

Francisco kniff gegen das schimmernde Fenster des Lokals die Augen zusammen. »Ich weiß nicht recht ...«

Diane berührte seinen Arm. »Ich besorg' Ihnen die Anschrift von jemand hier in der Gegend, der sich damit auskennt und Ihnen helfen kann. Es gibt keinen Grund, die Ersparnisse Ihres Vaters zum Fenster rauszuwerfen. Die sollen Sie und Cuco einmal haben, anders würde er es auch nicht wollen.«

»Rechtlich ist das überhaupt kein Risiko«, sagte ich.

»Wie bitte?« Franciscos Ton war scharf, nur Nuancen entfernt vom Rüffel. »Hab' ich vielleicht gesagt, daß ich mir den Kopf über rechtliche Risiken zerbreche?«

»Nein, aber ich dachte nur –« begann ich. Er schnitt mir das Wort ab: »Hast du für heute abend einen Flug für euch gebucht?«

»Fliegen wir heute abend zurück?« fragte mich Diane.

»Ich hatte noch keine Gelegenheit zum Buchen«, sagte ich zu meinem Vater.

»Wir sollten wenigstens noch bis morgen bleiben«, sagte Diane.

Zum erstenmal begegnete er ihr kühl. »Nein«, sagte er, die hintere Wagentür öffnend, »ihr reist heute abend ab.«

Die Fahrt verlief in Schweigen. Opa wachte nicht auf, als wir in seine Garageneinfahrt einbogen. Cuco rief ihn mehrmals beim Namen, doch erst als er den Kopf des Greises sacht von seiner Schulter hob, schlug Pepín die Augen auf. »Sind wir da?« fragte er auf spanisch. Er spähte zu den üppigen Azaleensträuchern hinaus, die er jedes Wochenende zu stutzen pflegte. »Aber das ist ja mein Haus?« konstatierte er.

»Ja, wir sind zu Hause«, sagte Cuco.

»Fahren wir nicht zu dem Altersheim?« fragte Pepín klagend.

Ich saß, keiner Bewegung fähig, stumm hinterm Lenkrad. Francisco antwortete nicht und starrte unbewegten Blicks durch die Windschutzscheibe auf die Veranda. Cuco und Diane halfen Pepín aus dem Auto und erklärten ihm dabei, daß wir die Pflegeheime schon besucht hatten. In dem Moment, als sie die Tür schlossen, erinnerte er sich wieder. »Sie waren alle beide schön«, hörte ich ihn sagen, bevor der Schlag zufiel. Wir waren allein im Wagen, wo es jetzt, da die Klimaanlage aus war, ungemütlich heiß wurde.

»Das Leben kann man nur hassen«, sagte mein Vater mit ruhiger Gewißheit anscheinend zu sich selbst. Ich hörte ihn am Türgriff ziehen und legte rasch – zu schnell, als daß ein Bewußtsein meines Tuns sich hätte bilden und mich abhalten können – meine Hand auf seinen Arm.

»Warte«, sagte ich. Aus dem Augenwinkel sah ich, daß er den Türgriff losließ. Ich nahm die Hand von seinem Arm. Ich hatte nicht den Mut, ihn anzusehen. Und er seinerseits hatte keine Lust, mich anzusehen. Wir hielten jeder den Blick nach vorn gerichtet und sahen zu, wie Cuco und Diane Pepín die Stufen zur Veranda hinaufgeleiteten. Einmal blickte Diane zurück, registrierte uns und ging weiter. Cuco warf uns einen forschenden Blick zu, während er den zweien die Tür aufhielt, und einen zweiten, während er sie hinter sich zuzog.

»Nun, was gibt's?« erkundigte sich mein Vater. »Wenn wir hier noch länger sitzen bleiben, sind wir in ein paar Minuten erstickt.«

»Soll ich die Lüftung anstellen?«

»Nein. Sag, was du zu sagen hast, das genügt.«

»Ich war als Kind ziemlich gestört«, sagte ich und ließ meine Hände vom Lenkrad auf die Schräge des Armaturenbretts sinken. Sie spürten die Wärme des Vinyls, und die Sonne weißte ihre Haut.

»Es gibt keinen Grund, warum wir das alles durchkauen müßten«, sagte mein Vater ungeduldig, aber ohne Groll. »Es tut dir leid. Das weiß ich. Du hast es in deinen Briefen geschrieben. Selbstverständlich tut es dir leid. Ich glaub's dir. War's das?« Er rückte zur Tür, um auszusteigen.

»Ich war damals zehn Jahre alt, Dad. Meine Mutter hatte sich –«

Er schnitt mir hastig das Wort ab, angsterfüllt, wie ich zu spüren meinte, aber auch in deklamierendem Tonfall, als ob er eine Rede hielte. »Das ist was ganz Neues, was sich hierzulande ausgebreitet hat. Ich hab' nicht schlecht gestaunt, als ich mir auf dem Flughafen die *Newsweek* gekauft hab'. Und in der *Nation* hab' ich dann den gleichen Unsinn gelesen. Also das wird einem jetzt überall serviert, sogar in der *New York Review of Books*. Und im Fernsehen. In diesen ewigen Sabbel- und Laberrunden – wie heißen sie doch gleich – diesen ...«

»Talkshows.«

»Richtig. Talkshow nennt man das. Gesprächsrunde. Großer Gott. Es ist grotesk, was die Leute in diesem Land sich unter einem Gespräch vorstellen. Also dieser Unsinn hat hier die gesamte Kultur verseucht.«

»Ich habe keine Ahnung, wovon du redest«, sagte ich. Ich lehnte die

Stirn gegen das Lenkrad; mein Nacken lag bloß, und ich fühlte mich wirklich wie ein Verurteilter, der den Kopf auf den Richtblock gelegt hat und auf das Beil des Henkers wartet.

»Du hast *keine* Ahnung?« Er hatte sich in solche Heftigkeit gesteigert, daß ich für einen Moment das täuschende Gefühl hatte, seinen Atem auf meiner Wange zu spüren. »Du hast *wirklich – keine – Ahnung*? Na ja, es paßt ins Bild. Wenn einer mittendrin in diesem Ideenklima lebt und diese Ideen auch noch zu dem Handwerkszeug gehören, mit dem er arbeitet, dann ist er natürlich ... Na ja, wir sind alle die Sklaven unserer Zeit und unserer Umstände. Man kann dir wohl kaum einen Vorwurf daraus machen, daß du an den Schmus glaubst.«

»Bitte«, flehte ich den Tachometer an, »sag endlich einmal klipp und klar, was du meinst.«

»Ich *meine* diesen Unsinn, daß niemand für das verantwortlich ist, was er tut. Man muß alles verzeihen, weil man alles auf angebliche tiefere Ursachen zurückführen kann. Das ist so, als würden wir sagen, daß Hitler völlig im Recht war, als er in seinen Lagern zwölf Millionen Menschen ermorden ließ, weil er ja, nicht wahr, schwer an seinen Kindheits- und Jugendtraumen zu tragen hatte. Wahrscheinlich war es ein Kommunist, der seinen Aufnahmeantrag in die Wiener Kunstakademie abgelehnt hat. Oder war es vielleicht ein Jude? Egal, auf jeden Fall war das eine seelische Mißhandlung, ist ja wohl klar? Oder vielleicht hat ihm sein Vater den Hintern versohlt, wenn er mit schlechten Noten aus der Schule nach Hause kam, und die Sechser hat ihm ein Jude gegeben, so daß er logischerweise sechs Millionen von der Sorte umbringen mußte. Du kannst mir glauben, ich werde den ›White Anglo-Saxon Protestants‹ nie verzeihen, was sie Lateinamerika angetan haben, und auch ihre schreckliche Eingebildetheit auf das Geldmachen nicht, so als ob es eine Kulthandlung, eine Art Gottesdienst wäre – aber eines muß ich diesen Episkopalen lassen: wenn sie Mist gebaut haben, dann haben sie die Schuld bei sich selbst gesucht und nicht in ihrer Sauberkeitserziehung.«

Ohne den Kopf vom Lenkrad zu nehmen, drehte ich ihm das Gesicht zu. Meine Haut quietschte auf dem Kunstleder. Franciscos Gesicht war gerötet, seine Augen blitzten, sein Blick ging durch die Windschutzscheibe, ohne das Draußen wahrzunehmen – es war der abwesende Blick, den ich aus meiner Kindheit kannte. Mein Vater war in diesem Augenblick nicht bei mir in Tampa. Er trat auf einem anderen Forum, vor einem bedeutenderen Auditorium auf. »Niemand anderer als du hat mir beigebracht, daß die unbedarfte gesellschaftliche Moral nicht die Wahrheit ist.«

»Was?« Er sah mich verärgert an. Ich hatte ihn von einem faszinierenden Höhenflug zurückgeholt.

»Du hast mir beigebracht, daß Eigentum Diebstahl ist, daß nicht unbedingt Dummheit die Ursache von Unwissenheit ist, daß die Sklaverei nicht mit dem Bürgerkrieg zu Ende gegangen ist, daß –«

»Geschenkt!« Francisco wedelte mir mit dem gereckten Zeigefinger vor der Nase herum. Wahrscheinlich wäre es ihm lieber gewesen, er hätte zu dem Zweck eine zusammengerollte Zeitung gehabt. »Geschenkt! Das sind Binsenweisheiten! Nur Schwachköpfe, reaktionäre Schwachköpfe glauben, daß Recht und Gesetz eine von der Natur gegebene Ordnung und nicht die von den Siegern gemachten Spielregeln sind. Aber nehmen wir mal an, eines Tages ist es soweit. Ich meine nicht jetzt oder bald – es wäre lächerlich, in absehbarer Zukunft damit zu rechnen – aber sagen wir, irgendeines fernen Tages existiert auf der Erde nur noch ein einziges Regierungssystem, der vollendete Kommunismus; es herrscht Überfluß an Gütern, die Macht ist vollständig dezentralisiert, alles ist Gemeinbesitz, es geht vollkommen demokratisch zu. Trotzdem wird es noch Diebe geben. Trotzdem wird es noch Kriminelle geben. Wie viele, weiß ich nicht. Vielleicht sind es zehn Prozent der Bevölkerung, vielleicht nur fünf Prozent, vielleicht auch zwanzig Prozent. Das ist nicht das Entscheidende. Es wird immer Kriminelle geben. Nicht alle von denen« – er machte eine Kopfbewegung zur Nebraska Avenue hin, die jetzt menschenleer in der Mittagssonne dalag, deren nächtliches Bild jedoch für jeden, der diesen Corso der Huren und Dealer und Drogensüchtigen einmal gesehen hatte, hinter dem Tageseindruck stets gegenwärtig war – »nicht alle von diesen gottverlassenen Kreaturen sind Kriminelle. Manche hat das Leben ausgebrannt, sie haben keine Hoffnung und keinen Halt mehr, ihnen ist alles egal. Aber manche sind schlicht und einfach üble Typen, das ist alles. Und ähnlich ist das auch in den herrschenden Klassen. Da gibt es viele, die das, was sie tun, deshalb tun, weil sie es für gut und richtig halten. Andere sind einfach nur Abschaum, denen es Spaß macht, andere zu unterjochen. Was die Menschen in ihrem individuellen Dasein letztlich tun, dafür sind sie selbst verantwortlich. Die Gesetzmäßigkeiten historischer Prozesse zu begreifen, heißt nicht, den einzelnen von jeder Schuld freizusprechen. Es ist unglaublich, was in diesem Land vor sich geht. Ich begreife es einfach nicht. Aus politischer Sicht, meine ich.«

»Aber sicher begreifst du es«, murmelte ich. Mit einem Seufzer hob ich den Kopf vom Lenkrad und versuchte mich zu strecken. Ich mußte sehen, daß ich weiterkam, den Flug buchte, nach New York zurückflog, den gestrigen Abend und den heutigen Tag vergaß, Phil Samuel anrief, das Buch über Josephs Forschungsarbeit zu Ende schrieb, heiratete, Kinder hatte, alt wurde und starb ... Ich mußte mich aufrecht setzen, den Blick nach vorn richten, losfahren und ohne Nachsicht und Pardon meinen Kurs halten. »Natürlich wollen die Amerikaner für nichts Verantwortung übernehmen. Wir können – oder wollen – unsere Probleme nicht auf sozialer Ebene lösen. Es ist einfacher, zu einem Hirnklempner zu gehen, als die soziale Infrastruktur zu ändern.«

»So denkst du also.« Francisco verrutschte auf seinem Sitz. Schweißtropfen liefen ihm über die Schläfen.

»Soll ich das Gebläse anstellen?«

»Laß. Wir drehen die Fenster runter.«

Wir kurbelten die Scheiben nach unten. Francisco atmete die warme verdreckte Luft von Tampa ein und nieste. Mit einem Finger unter der Nase fragte er: »Wie kann man mit solchen Ansichten Psychiater sein?«

»Ich behandle ja nicht diese Leute, ich behandle ...« Ich seufzte. Der Standpunkt meines Vaters, diese Unduldsamkeit gegen das Thema Kindesmißbrauch, war gar nicht so selten, wie er sich gern weisgemacht hätte. Die Menschen wissen einfach zuwenig. Sie hatten nicht wie ich endlose Stunden mit Patienten zugebracht – und ich arbeitete nicht mit Kriminellen, die auf ein milderes Strafmaß, und nicht mit Berühmtheiten, die auf absatzfördernde Histörchen für ihre Autobiographie aus waren, sondern saß den geschundenen Körpern und den verzagten Augen der Verstoßenen gegenüber. Ich seufzte nochmals und bemerkte, daß mein Vater mich mit echter Neugier betrachtete und – vielleicht zum erstenmal seit dreißig Jahren bereit und willens, mir zuzuhören – auf meine Antwort wartete. »Ich kann den Rassismus nicht aus der Welt schaffen, Dad. Ich kann meine Landsleute nicht zu der Überzeugung bringen, daß der Besitz eines Mercedes ein weniger zufriedenstellendes und erstrebenswertes Ziel ist als eine gerechte Welt. Aber ich kann einen kleinen Teil von dem, was sie als Ausschuß wegwerfen, aus der Gosse holen und versuchen, den Dreck von ihm abzuwaschen.«

Francisco lächelte mit geschlossenen Lippen – ein sanftes Lächeln des Bedauerns und, wie ich mir einbildete, des Verzeihens. »Du kannst die Welt nicht verändern, indem du die Menschen einzeln nacheinander veränderst.«

»Ich glaube nicht, daß ich die Welt überhaupt verändern kann, Dad.«

Er wandte sich ab und sah hinaus auf das Haus seiner Kindheit. »Du willst sagen: Die Welt läßt sich sowieso nicht verändern. Du meinst, Kuba ist der Beweis dafür. Du meinst, das hier« – er deutete auf die

Häuser mit den Gitterfenstern und die glutheißen menschenleeren Straßen – »dieser sogenannte Triumph des Kapitalismus ist der Beweis dafür. Aber du irrst dich.« Er kurbelte das Fenster auf seiner Seite hoch und öffnete die Tür. Er setzte den Fuß hinaus auf den Boden, drehte mir dann noch mal den Oberkörper zu und zeigte mir sein schönes Gesicht, in dem sich die Gewißheit spiegelte, daß er mir über sei. »Ich bin vierundsiebzig Jahre alt, und ich kann dir versichern: Man kann die Welt verändern. Die Welt *ist* verändert worden. Sie ist zum Schlechteren verändert worden.«

FÜNFZEHNTES KAPITEL

Desaster

»Ich glaube nicht, daß Sie die Kinderarztstudie als gute Nachricht empfinden werden«, sagte Phil, als ich ihn am Sonntag zu Hause erreichte. Diane war mit einer Freundin irgendwohin zum Brunch gegangen. Ich saß auf der Couch und sah mir im Fernsehen mißmutig den Nachrichtenüberblick der Woche an und lauschte Reportern und Kommentatoren, die sich als Meteorologen und Hellseher gebärdeten, indem sie aus der Pressekonferenz des Präsidenten vom Vortag die weitreichendsten Schlußfolgerungen in bezug auf die politische Großwetterlage ableiteten und mit ebenso apodiktischer Gewißheit die weitere Entwicklung für das gesamte kommende Jahr voraussagten. (Noch wenige Wochen vor dem Fall der Berliner Mauer hatte keiner von ihnen sich vorstellen können, daß in absehbarer Zeit sich auch nur ein Stein aus diesem denkwürdigen Bauwerk lösen würde. Ich glaube, wenn ich mir einen Tom-und-Jerry-Zeichentrickfilm angesehen hätte, hätte ich dabei mehr über die politische Zukunft erfahren.)

»Wieso?« fragte ich Phil und drückte den Stummschaltknopf der Fernbedienung, während mich gleichzeitig die Frage beschäftigte, warum Anchorman Sam Donaldson wohl an seinem Toupet sparte. Ich hoffte jedenfalls, daß es ein Toupet war, was er auf dem Kopf hatte.

»Tja, das beste wird sein, Sie lesen sich das Ganze mal durch, und außerdem sollten Sie sich unbedingt auch eins von den Videos ansehen. Ich schicke ein Video mit, okay?«

»Okay. Aber geben Sie mir doch schon mal 'ne Kurzfassung. Wie sieht Ihr Ergebnis aus?«

Im Hintergrund hörte ich einen kleinen Jungen quengeln: »Dad! Kommst du jetzt? Du hast gesagt, du spielst mit mir.«

»Nur eine Minute noch.« Obgleich Phils Worte verrieten, daß er sich belästigt fühlte, war sein Ton freundlich. »Ich muß hier noch eine Minute mit jemand sprechen, länger dauert das nicht. Dann spielen wir weiter. Geh schon mal nach draußen und warte da auf mich, okay?« Er senkte die Stimme, um mir die Situation zu erklären: »Ich soll mit Laserkanonen durchlöchert werden.«

»Hoffentlich tut's nicht weh«, sagte ich. Sam Donaldson hatte einer jungen Frau im Bikini mit String-Tanga Platz gemacht, die mit wogenden Hinterbacken zwei Sechserpack Bier über einen blaßroten Strand auf eine türkisblaue Wasserfläche zu trug. Ein junger Mann, der Sam Donaldsons Toupet noch lange nicht nötig haben würde, gesellte sich zu ihr und zeigte sich unwahrscheinlicherweise mehr daran interessiert, das Bier als die Frau in die Hände zu bekommen.

»Das ist das Großartige an Laserkanonen«, sagte Phil. »Sie machen einen Mordskrach, aber wenn sie einen durchlöchern, fließt kein Blut.«

»Die sollten wir schleunigst an alle Armeen der Welt ausgeben.«

»Hören Sie, Rafe«, sagte er, »diese Studie wird Ihr Weltbild erschüttern. Ich bin sicher, Ihr erster Impuls wird sein, sie für unhaltbar zu erklären, deshalb hoffe ich, daß Sie sich das Video ansehen. Wir haben Ihre Techniken angewandt. Sie werden es sehen. Aber das hat sich nicht bemerkbar gemacht. Fast fünfzig Prozent der Kinder haben sich die tollsten Sachen zusammengesponnen, die der Doktor mit ihnen gemacht haben soll: das Stethoskop in die Scheide gesteckt, den Spatel in den Anus gestoßen – unglaubliches Zeug. Ein Junge hat behauptet, der Doktor habe seinen Penis verschluckt und ihn erst wieder herausgegeben, als er den Penis des Doktors angefaßt habe. Na, Sie werden's ja sehen. Sie hatten überhaupt keine Mühe, ohne verbale Hinweisreize draufloszuphantasieren. Für das Bemühen um den Nachweis, daß Kinder unter sechs Jahren vor Gericht zuverlässige Zeugen sind, ist die Arbeit eine Katastrophe. Ich werde sie in zwei Wochen auf dem Arizona Children's Forum vortragen. Und so leid es mir tut – ich werde die Empfehlung aussprechen müssen, daß Psychologen es ablehnen, an Strafverfolgungsaktionen wegen Kindesmißbrauchs mitzuwirken, wenn die vermeintlichen Opfer im fraglichen Alter sind. Gott allein weiß, wie viele Unschuldige wir schon zugrunde gerichtet haben.«

Ich schaltete den Fernsehapparat aus. »Phil«, hörte ich mich mit einem leisen Lachen sagen. In Wirklichkeit war mein Mund ausgetrocknet und mein Gesichtsfeld so stark verengt, daß vom ganzen Universum nur noch mein Schoß und der Boden unter meinen nackten Füßen übrig zu sein schienen. Meine Stimme indessen war so ölig und selbstgewiß wie die Stimme von Sam Donaldson. »Sie machen's ein bißchen melodramatisch, nicht?«

»Lesen Sie die Studie, Rafe. Ich sage nicht, daß wir den Behauptungen von Kindern kein Gehör schenken sollen, wenn körperliche Beweise vorliegen. Ganz klar, wo wir Hinweise auf eine venerisch übertragene Krankheit haben oder blaue Flecken feststellen, ist der Fall anders gelagert. Aber auch in einem solchen Fall kann man ein Kind unter sechs nicht in den Zeugenstand stellen und sich darauf verlassen, daß es ein akkurates Bild der Vorgänge liefert. Und wenn keine körperlichen Beweise vorliegen, können Sie die Geschichte gleich vergessen. Die haben einfach keine Vorstellung davon, was das für eine Bedeutung hat, was sie sagen. Sie kochen sich da was zusammen aus dem sexuellen Bildermüll, der in uns allen herumliegt, und sie haben keine Ahnung, daß sie damit Existenzen vernichten – woher sollten sie die auch haben?»

»Beziehen Sie sich auf mich in Ihrer Studie?«

»Selbstverständlich nicht. Auch nicht auf Ihre Techniken. Aber machen wir uns nichts vor, Rafe, die Leute vom Bau sehen natürlich, daß wir nach Ihren Regeln vorgegangen sind, daß unsere Verfahrensweise dieselbe ist wie die, die Sie in Ihrem Behandlungszentrum anwenden.«

»Aber Sie haben doch auch andere Befragungstechniken getestet, oder?«

Stille. Weit weg im Hintergrund hörte ich das Kriegsgeschrei aufeinander Jagd machender Kinder und das schwache Heulen von Spielzeugsirenen.

»Phil?« rief ich.

»Rafe, Sie arbeiten nach der saubersten, am wenigsten mit Einflüssen erwachsener Souffleure kontaminierten Methode. Keine verbalen Hinweisreize oder Suggestivfragen, alles nur mit Puppen, kein Druck in irgendeine Richtung, alles auf Video aufgezeichnet. Wir hatten keinen Anlaß, andere Techniken auszuprobieren. Wenn Ihre nicht funktionierte, konnten die Ergebnisse mit anderen nur noch schlechter werden.«

Es dauerte eine Weile, bis ich mich von der Couch erhob. Ich duschte, und anschließend rasierte ich mich, obwohl ich mir ursprünglich vorgenommen hatte, das Wochenende über zu gammeln und den Bart bis Montag stehenzulassen. Ich überlegte hin und her, ob ich das Thema im Gespräch mit Diane anschneiden sollte. Ich könnte ihr von Phils Anruf berichten, ohne meinen Wortbruch und welchen Bock ich damit geschossen hatte zu beichten. Mir selbst konnte ich allerdings nicht verhehlen, daß es zumindest ein taktischer, wenn nicht sogar ein prinzipieller Fehler gewesen war, Phil die Aufzeichnung ihrer Sitzungen mit den Peterson-Mädchen zu überlassen. Denn wenn ich jetzt in der Studie Schwächen entdeckte und sie öffentlich geißelte, würde Phils mit Sicherheit zu erwartende Replik überzeugender – und für mich persönlich vernichtend – ausfallen, falls er sich entschloß, die Herkunft der von ihm getesteten Befragungstechniken aufzudecken. Und ich hatte nicht den geringsten Zweifel, daß er Verrat an mir begehen und seine Quelle offenlegen würde. Und dabei würde er sich nicht nur ehrenhaft, sondern auch noch edelmütig vorkommen können – als ein Wissenschaftler, der tapfer die verfolgte Unschuld in Schutz nimmt.

Am Montag ließ ich alles seinen gewohnten Gang gehen. Ich war zu dem Schluß gekommen, daß es keinen Sinn hatte, etwas zu unternehmen oder mich in Spekulationen zu ergehen, solange ich die Fakten nicht kannte. Phils Päckchen traf am Dienstag per Federal Express ein. Ich las den größten Teil des Artikels in meiner Mittagspause – das reichte aus, um mir ein klares Bild vom Ausmaß des Schadens zu vermitteln. Die Aussprache mit Diane länger hinauszuschieben, wäre mir jetzt gewissenlos vorgekommen; außerdem verbot die objektive Lage jedes weitere Zögern. Um zwei Uhr, eine Viertelstunde vor Beginn meiner nächsten Gruppensitzung, meldete sich Sally über die Gegensprechanlage, um mir zu sagen, daß Gene in der Leitung sei.

Geh nicht ran, warnte mich eine atavistische Stimme. Daran erkannte ich, daß ich in schlechter psychischer Verfassung war. Ein unglücklicher, unberechenbarer Rafe hatte wieder zu seiner Stimme gefunden. »Der Mensch deprimiert dich«, sagte diese Stimme. »Und du bist nicht in der Verfassung, irgend jemand zu behandeln.«

Ich griff zum Hörer. »Gene?«

»Oh, hallo.« Er wirkte erleichtert. »Tut mir leid, daß ich Sie anrufe.«

»Warum tut dir das leid?«

»Na ja, ich wollte sagen, ich weiß, daß Sie viel zu tun haben. Ich wollte nur … ich bin momentan etwas in Unruhe, das ist alles. Und ich weiß nicht, mit wem ich sonst darüber reden soll.«

»Was ist das Problem?«

»Ich weiß nicht so recht, wo ich anfangen soll.« Ich erklärte ihm, daß ich im Moment nur eine Viertelstunde Zeit hatte, daß er aber morgen früh vorbeikommen könne. (Suchte ich Ablenkungen? fragte ich mich und verfluchte Phil. Wie weit hatte er mich gebracht? Würde ich jetzt jede Entscheidung, die ich traf, wieder anzweifeln? Du bist ungerecht gegen Phil, sagte ich mir schließlich. Er hat deine Unschlüssigkeit nicht erfunden.)

»Morgen kann ich nicht. Vielleicht nächste Woche. Im Moment muß ich nur mal ein paar Minuten mit jemand sprechen, das ist alles.« Und das tat er. Ich erfuhr, daß er sich vor sechs oder sieben Monaten von Cathy getrennt hatte; vor zwei Wochen hatten sie ihre Verhandlungen zum Abschluß gebracht und eine Scheidungsvereinbarung unterschrieben. Er beendete seine Ehe, um uneingeschränkt mit Halley zusammensein zu können. Daß er Pete das zumutete, war schrecklich, aber andererseits hatte er das Gefühl, daß er auch durch das Zusammenleben mit einer Frau, die er nicht liebte, zu einem schlechten Daddy wurde. Er war unkonzentriert, wenn er sich mit seinem Sohn beschäftigte, fuhr leicht aus der Haut und nutzte jede sich bietende Gelegenheit, außer Haus zu sein. Die Scheidung von Cathy würde ihn wenigstens in die Lage versetzen, hochwertige Zeit mit Pete zu verbringen – »hochwertige Zeit« waren seine eigenen Worte. Überhaupt hatte sich eine ganze Anzahl manierierter Ausdrücke in sein Vokabular eingeschlichen, die mich an die Sprache des Marketing erinnerten. Als er mir zu erklären versuchte, warum das Zusammenleben mit Cathy seiner Meinung nach auch seine Entfaltung im Beruf behinderte, sagte er unter anderem: »Ich mußte meine Energien auf die Zukunft und nicht auf eine *no future*-Beziehung fokussieren. Ich muß mir neue Chancen schaffen und mein Potential maximieren.«

»Aber der eigentliche Grund ist, daß du mit Halley zusammensein willst, hab' ich das richtig verstanden?«

»Ja«, sagte Gene ernst. Und seine Stimme bekam wieder einen natürlichen Ton. Der geplagte Manager machte einem verletzlichen Mann Platz. »Ich liebe sie. Ich habe etwas Ähnliches noch für keinen Menschen empfunden. In mir dreht sich alles um bei dem Gedanken, sie zu verlieren.«

»Weshalb sorgst du dich, du könntest sie verlieren?«

»Ich *bin dabei*, sie zu verlieren«, sagte er mit brüchiger Stimme.

Er berichtete, daß sie zwei Monate lang praktisch zusammengelebt hätten, wenn auch wegen der laufenden Scheidungsverhandlungen nicht offen; aber jetzt könnten sie das bedenkenlos tun, ja sogar – wie er es sehnlichst wünschte – die Heirat ins Auge fassen. Halley sträubte sich jedoch dagegen. Sie meinte, sie sollten jetzt nichts überstürzen, Gene könne sich unmittelbar nach der Scheidung gar nicht sicher sein, ob er eine neue Bindung eingehen wolle, und es sei wahrscheinlich verfrüht, eine gemeinsame Wohnung zu beziehen. Sie seien doch ohnehin praktisch jede Nacht zusammen. »Lassen wir doch alles noch eine Weile so, wie es ist«, hatte sie gesagt.

»Klingt ganz vernünftig«, kommentierte ich.

»Sie läßt mich einfach fallen«, sagte Gene mit verzweifelter Gewißheit.

»Wieso denn? Sie hat nicht Schluß mit dir gemacht. Sie weigert sich nicht, mit dir zusammenzusein.«

»Das braucht sie auch gar nicht. Sie ist sowieso bald nicht mehr im Land. Wir haben ein französisches Unternehmen aufgekauft – das heißt, Stick hat das gekauft, Sie wissen ja, der ist jetzt Vorstandsvorsitzender und Mehrheitsaktionär. Erst hat er sich an der feindlichen Übernahme von Minotaure beteiligt, dann haben wir uns den Bettel ganz unter den Nagel gerissen – Sie haben sicher in der Zeitung darüber gelesen?«

Ich sagte nein, hätte ich nicht, und im Moment tue der Vorgang auch nichts zur Sache. Dann erkundigte ich mich, wie lange Halley auf Reisen sein werde.

»Ich habe keine Ahnung, absolut keine Ahnung«, murmelte Gene. »Also sie soll das Kontaktbüro in Paris aufbauen helfen. Das heißt, sie wird ständig hin und her fliegen, und außerdem ist die Rede davon, daß sie vielleicht, also jetzt, wo uns die Sowjetunion offensteht, daß sie vielleicht ein paar Erkundungreisen dahin macht –«

Sally meldete sich über die Gegensprechanlage. Meine Gruppe wartete. Ich sagte Gene, daß wir gerade noch Zeit hätten, einen Besuchstermin für ihn auszumachen, wenn er wolle. Er meinte, im Moment überblicke er seinen Terminplan nicht genau, aber er werde mich dieserhalb morgen noch einmal anrufen. »Sagen Sie mir nur schnell noch eins. Finden Sie, daß ich die Situation dramatisiere?«

»Kann sein, daß du Halley erschreckst. Möglicherweise hat sie recht. Vielleicht willst du so schnell heiraten, weil es dir angst macht, daß die Scheidung von Cathy jetzt endgültig wird. Aber um das alles zu besprechen, sollten wir uns treffen«, legte ich ihm noch einmal nahe. »Mich interessiert vor allen Dingen, warum du in diesem Maße auf Halley fixiert bist –«

»Ich liebe sie! Ich kann ohne sie nicht leben«, sagte Gene mit einem Grad von Überzeugtheit, der mich überraschte. Dergleichen zu hören war für mich eine Seltenheit, eine verblüffende Seltenheit (und nicht etwa weil meine Patienten Kinder und Jugendliche waren: ich hatte in Susan Brackens Poliklinik Erwachsene behandelt, und ich arbeitete auch jetzt mit Eltern und anderen Erziehungsberechtigten). Ich war perplex. Am liebsten hätte ich gesagt: »Das ist doch absurd.« Statt dessen murmelte ich: »Ah ja, verstehe.« Nachdem ich den Hörer aufgelegt hatte, ertappte ich mich bei dem Gedanken: Woher willst du wissen, daß es absurd ist?

[Meine Eitelkeit verbietet mir, beim Leser den Eindruck intellektueller Naivität zu hinterlassen. Die Äußerung irgendeines Patienten, er könne ohne einen bestimmten Menschen nicht leben, verstehe ich in meiner professionellen Eigenschaft selbstverständlich nicht als den Ausdruck wahrer Liebe, sondern als Anzeichen eines psychischen Problems. Ich erwähne jenen zufälligen Gedanken oder, besser gesagt, Gefühlsimpuls nur, um den Grad der Konsternation zu illustrieren, in der ich mich damals befand.]

Das Gespräch mit Gene wirkte in mir nach. Ich beschloß, Diane gegenüber mein Gewissen zu erleichtern. Das machte zunächst einmal Umstände. Diane und ich waren mit Bekannten zum Essen im Restaurant verabredet. Ich sagte das Treffen ab. Diane erfuhr davon, bevor ich Gelegenheit gehabt hatte, es ihr zu sagen. Als wir uns auf dem Parkplatz des Behandlungszentrums zur gemeinsamen Heimfahrt trafen, stellte sie mich zur Rede.

»Lilly hat mir erzählt, daß du für heute abend abgesagt hast. Wegen irgendeines Notfalls.«

»Hab' ich Notfall gesagt?« Ich brachte ein Lächeln zustande. »Ich glaube, ich bin in Panikstimmung.« Ich hob meinen Aktenkoffer hoch und sagte: »Ich hab' hier Phil Samuels neue Studie.«

Diane zog die Augenbrauen zusammen. »Der Teufel soll ihn holen«, sagte sie. Ihr keckes Näschen krauste sich. »Ist sie so schlimm, daß wir nicht zu Abend essen können?« Ich bemerkte, daß schon die wenigen Stunden, die wir in Tampa in der Sonne verbracht hatten, zahlreiche neue Sommersprossen fabriziert hatten. Die Anatomie hatte ihr die Möglichkeit, ein drohendes Aussehen anzunehmen, versagt. Ich wußte, daß ich mich ihr gegenüber in einer schiefen Situation befand, und fühlte mich entsprechend beklommen, aber erschrecken konnte sie mich nicht.

»Sie ist so schlimm, daß wir vielleicht auch noch auf das Frühstück werden verzichten müssen. Aber egal, hier ist jedenfalls nicht der richtige Ort, über das Ding zu sprechen.« Ich stieg ins Auto. Sie blieb, noch immer stirnrunzelnd, draußen stehen. Ihr schwarzgelockter Schopf bebte, als sie jetzt den Kopf seitwärts kippte. Ihr rechter Zeigefinger beschrieb auf ihrer Schläfe einen Kreis und deutete dann auf mich. Einer unserer halbwüchsigen Patienten, der auf dem halben Spielfeld neben dem Parkplatz mit einem Basketball übte, beobachtete sie bei ihrer Pantomime. Ohne auf den davonhüpfenden Ball zu achten, brach er in schallendes Lachen aus, bei dem er sich vornüber krümmte und langsam in die Hände klatschte. Diane warf ihm eine Kußhand zu und stieg ein.

»Also was steht in der glänzenden neuen Studie dieses Schleimscheißers drin?« fragte sie mit aufgesetzter englischer Intonation, als ob sie eine Herzogin wäre.

»Darüber würde ich lieber erst zu Hause sprechen«, sagte ich.

»Denkste, mein Kleiner! Du hast das Essen abgesagt, also wirst du *erstens* heute abend zu Hause kochen, und *zweitens* wirst du jetzt auf der Stelle mit der Sprache herausrücken.«

Ich versuchte es mit einem Ablenkungsmanöver. »Du bist ja offenbar gut drauf.«

Es funktionierte. »Ich hatte einen großartigen Tag«, sagte Diane und erzählte, daß sie heute bei der Arbeit mit einem siebenjährigen Mädchen einen Durchbruch erzielt hatte, dessen Beine durch Eintauchen in eine Wanne voll kochend heißem Wasser verbrüht waren und das vor einem Jahr von der Polizei in diesem Zustand aus einem Wandschrank befreit worden war. Eine Weile schilderte sie mir begeistert die Fortschritte ihrer Patientin. Sie hatte gerade gesagt: »Und sie hat tatsächlich einen Scherz über ihre Verbrühungen gemacht«, als bei ihr der Groschen fiel. »He, Moment mal. Beinah wär' ich dir auf den Leim gegangen. Du erzählst mir jetzt, was Phil verzapft hat. Oder du gibst mir die Studie zum Lesen.«

»Jetzt gleich?« fragte ich, während ich auf den Henry Hudson Parkway einfädelte.

»Bitte nicht noch mal, ja!« sagte sie so schroff, wie sie nur konnte. »Hör auf mit den Hinhaltemanövern!«

»Erinnerst du dich an die Versuchsanordnung? Kleinkinder von bis zu sechs Jahren wurden zwecks körperlicher Routineuntersuchung zum Kinderarzt gebracht. Die Vorgänge wurden natürlich jeweils mit der Videokamera aufgezeichnet. Der Doktor macht ein paar ausgefallene Sachen: horcht mit seinem Stethoskop die Füße ab, benutzt einen Pappbecher als Stethoskop, um den Bauch abzuhorchen, und ähnliches. Bei alldem behalten die Kinder die Kleider an. Später wurden sie dann von Therapeuten interviewt, wie wenn der Vorwurf der sexuellen Belästigung im Raum stünde. Fast fünfzig Prozent der Kinder dachten sich die tollsten Sachen aus, die der Kinderarzt mit ihnen angestellt haben soll: vaginale Penetration, anale Penetration, Befingern der Genitalien – die ganze Palette.«

»Nach wie vielen Befragungen?«

»Die meisten Kinder, die auf irgendwelche Hirngespinste verfallen sind, haben das beim zweiten Interview getan.«

Schweigen trat ein. Ich sah nicht zu ihr hin. Draußen herrschte die wunderschöne Abendstimmung am Ende eines milden Frühlingstags. Zu unserer Linken stand die New Yorker West Side Wache vor dem breiten Fluß zu unserer Rechten. Die braunen, silbergrauen und weißen Bauten waren unter dem Angriff von Verschmutzung und Verwahrlosung gealtert, dennoch waren sie, wie sie da standen, in meinen Augen so zeitenthoben wie die schimmernde Wasserfläche.

Als Diane sprach, hatte sich ihr heiterer Ton verflüchtigt. »Was verschweigst du mir von der Geschichte, Rafe?«

Ich ließ mir Zeit. Im Augenblick nahm ich eine der scharfen Kurven der Stadtautobahn, die (dank einer wegen der üblichen endlosen Bauarbeiten gesperrten Fahrspur) zu allem Überfluß auch noch verengt war. Der Wagen vor mir wirbelte ein weggeworfenes Stück Papier auf, das gegen mein Seitenfenster klatschte. Wir waren nicht mehr weit weg von unserer Ausfahrt, nicht mehr weit weg von unserer Wohnung. Mir war etwas flau im Magen, als ich jetzt das Geheimnis preisgab, aber gleichzeitig verspürte ich auch einen Hauch lustvoller Gespanntheit, wie ich gestehen muß, ein klein wenig Vorfreude darauf, etwas über unsere Beziehung zu erfahren, was ich anders vielleicht nie mit Sicherheit hätte wissen können. »Erinnerst du dich, daß Phil vor knapp einem Jahr hier in New York war und ich mich mit ihm getroffen habe?«

»M-hm«, sagte Diane mit solcher Betonung, daß ich mir sicher war, sie wußte bereits, was jetzt kommen würde.

»Damals hab' ich ihm das Videoband von deinen Sitzungen mit den Peterson-Mädchen gegeben. Er hat unsere Technik kopiert.«

»Scheiße«, sagte sie leise, aber deutlich, das Wort in zwei klar voneinander abgesetzte Silben zerlegend.

»Ich hab' sein Video noch nicht gesehen«, fuhr ich fort. »Ich weiß also nicht, wie sorgfältig –«

»Es spielt überhaupt keine Rolle, wie –« begann sie.

Ich übertönte sie: »Und er hat keine Angaben zur Herkunft der Technik gemacht.«

»Na prima! Dann ist ja alles in schönster Ordnung. Der Mann ist ja wirklich die Großherzigkeit in Person.«

Ein langes Schweigen schloß sich an. Ich hielt die Augen auf die Straße gerichtet. So vergingen ein oder zwei Minuten, in denen ich von der Autobahn abfuhr und auf den Riverside Drive einbog. Unsere Tiefgarage war nur noch einen Häuserblock entfernt. Ich mußte an einer Ampel anhalten. Dann sah ich sie an. Der Anblick überraschte mich, überraschte mich sehr, und zuletzt erschreckte er mich auch.

Dianes jugendliches Gesicht war mir zugewandt. Die kleinmädchenhaften Sommersprossen. Kein Stirnrunzeln. Kein Naserümpfen. Die Miene ruhig und gelassen. Aber die Augen hinter den randlosen runden Brillengläsern standen voller Tränen.

Unser Streit – der erste von vielen, aber in einem sehr realen Sinn der einzige von Bedeutung – dauerte bis zum frühen Morgen und endete damit, daß sie eine Tasche packte und die Wohnung verließ. Als erstes sahen wir uns die Videoaufzeichnung an. Diane las die Studie, ich las sie zum zweitenmal, gemeinsam sahen wir uns das Video zum zweitenmal an. Da sie die Befunde in der Folgezeit auf zahlreichen öffentlichen Foren angegriffen hat, ist ihre Reaktion allgemein bekannt. Nach ihrer Überzeugung war Phils Studie durch die Tatsache entwertet, daß der Kinderarzt bei der Untersuchung allerhand abseitige, wenn auch harmlose Prozeduren ausführte. Sie erinnerte an den – meiner Meinung nach unerheblichen – Umstand, daß kinderärztliche Routineuntersuchungen nie ohne Anwesenheit mindestens eines Elternteils durchgeführt werden. Und sie erklärte, Phils Doktoranden hätten unsere Techniken lediglich phantasielos nachgeäfft und von vornherein die Puppen eingesetzt trotz des Fehlens von vorläufigen Hinweisen auf Mißbrauch.

»Das Ganze ist reiner Unsinn«, sagte sie um drei Uhr morgens zu mir. »Und du weißt, daß es Unsinn ist. Wir hätten die Interviews nach dem ersten Durchlauf abgebrochen. Ohne irgendwelche Anzeichen emotionaler Verwirrung würde ich nie mit Puppen ankommen. Das Ganze hat überhaupt keine Beziehung zur Realität. Er wollte von Anfang an beweisen, daß Kinder unzuverlässig sind, weil er das und nichts anderes glauben will.«

Zu diesem Zeitpunkt war ich schon längst zu der Überzeugung gekommen, daß jede weitere Diskussion zwecklos war, antwortete aber trotzdem. »Wir können nicht für die einwandfreie Arbeit aller Therapeuten garantieren. Du hättest den Fehler vielleicht nicht gemacht, aber in unserem Metier gibt es Horden von mittelmäßigen oder schlecht ausgebildeten Leuten –«

»Woher willst du das wissen? Und überhaupt, was besagt das schon? Natürlich kann ein Stümper mit jedem Verfahren Mist bauen. Großer Gott, ein schlechter Chirurg kann dich umbringen, wenn er dir den Blinddarm rausschneidet. Aber was zum Geier beweist das?«

Unterm Strich lief unsere Meinungsverschiedenheit auf folgendes hinaus: Nach Dianes Überzeugung war unsere Arbeit ein Dorn im Auge einer Kultur, die sich weigerte, die Verantwortung für ihre Nachlässigkeiten und Versäumnisse zu übernehmen; selbst wenn eine kleine Zahl der von Kindern erhobenen oder angestoßenen Mißbrauchsvorwürfe unberechtigt waren, war das ihr zufolge bei weitem besser als die Rückkehr zu den Verhältnissen der Zeit, als gegen Inzest, Prügel und tödliche Mißhandlungen nichts unternommen wurde und für mittellose entwurzelte Kinder keine Behandlungsmöglichkeiten zur Verfügung standen. Ich hielt dem entgegen, daß ich durchaus nicht die Absicht hatte, unsere Arbeit mit Kindern aufzugeben, von denen wir sicher wußten, daß sie mißbraucht worden waren, daß ich es jedoch für moralisch nicht vertretbar hielt, solange keine körperlichen Beweise für Mißbrauch vorlagen, an Befragungen mitzuwirken, deren Ergebnisse bei Streitigkeiten um das

Sorgerecht oder in Strafprozessen Verwendung finden würden. »Ich sehe mich außerstande, bei einer Sache mitzumachen, die das Risiko birgt, daß ein Unschuldiger ins Gefängnis wandert oder seinen Arbeitsplatz verliert oder in seiner Familie oder dem Gemeinwesen, in dem er lebt, zum Aussätzigen gestempelt wird.«

»Aber das ist doch in der Praxis gar nicht durchführbar«, sagte Diane, die es offenbar immer noch nicht fassen konnte, daß Phils Studie mich mehr als nur oberflächlich angeschlagen hatte. »Nach geltendem Recht sind wir *verpflichtet*, alle vorgebrachten Beschuldigungen der Polizei zu melden. Wenn wir uns an dein Rezept halten, müssen wir das Behandlungszentrum zumachen. Und vorher werden uns alle Fördermittel gestrichen. Selbst wenn wir es schaffen, uns ohne Zuschüsse irgendwie durchzuwursteln, müssen wir die Hälfte unserer prospektiven Patienten ohne Diagnose abweisen. Hast du auch mal an die gedacht? Hast du dir auch mal überlegt, wie viele Behandlungsbedürftige da durch die Maschen fallen, die dann als Psychokrüppel oder Schlimmeres enden? Wir sind nur für das verantwortlich, was wir selber tun. Und ich bin mir *absolut sicher*, daß wir niemals einen unschuldigen Menschen zu Schaden gebracht haben.«

»Wo nimmst du diese Sicherheit her?« fragte ich. Ich saß mit gekreuzten Beinen auf unserem Bett. Sie hatte gerade – ein vergeblicher Versuch, ihre Nerven zu beruhigen – ein Bad genommen und wirkte jetzt winzig in ihrem geräumigen Frotteebademantel und ohne Brille auch ein bißchen blind. Der Bademantel klaffte ein wenig, wie sie da argumentierend auf und ab schritt. Ich sah ihre weißen Schenkel und das dunkle Dreieck. Ich fühlte Bedauern, aber keine Reue. Ich war müde – nicht weil es nach drei Uhr morgens war: ich war der Ungewißheit müde.

»Ich bin mir meiner Sache sicher!« Sie trat einen Schritt auf mich zu. Sie war klein, aber von meinem Platz auf der Matratze aus wirkte sie groß. »Willst du mir etwa erzählen – willst du *mir* allen Ernstes erzählen, daß du irgendwelche Zweifel hast? Hältst du es auch nur im geringsten für möglich, daß Opa Peterson unschuldig ist?«

Jetzt waren wir beim eigentlichen Streitpunkt angelangt. Ich senkte den Kopf und sprach es aus: »Ja.«

»Nein«, sagte sie, regelrecht flehend. »Das ist nicht dein Ernst.«

»Doch. Ich meine, nach dieser Studie können wir die Möglichkeit, daß wir uns geirrt haben, nicht mehr vollständig ausschließen. Das ist kein Vorwurf gegen dich ...«

»Natürlich ist es das!« Sie schob ihre Haare mit beiden Händen hoch und über dem Kopf zu einem Lockenberg zusammen. Sie hatte einen weißen Hals und makellos geformte kleine Ohren. »Ich fasse es nicht. Der Teufel soll dich holen, Rafe!« Jetzt waren keine Tränen zu sehen. Mit beiden Händen am Kopf funkelte sie mich an. Sie reckte mir das Kinn entgegen. »Warum?« fragte sie, ihre Haare loslassend. Sie sah maßlos bestürzt aus in ihrem Bademantel, in dem sie zu ertrinken drohte. »Warum willst du uns ruinieren?«

Eine solche Frage läßt sich mit den Mitteln der Logik nicht beantworten. Für Diane bestand kein nennenswerter Unterschied zwischen dieser intellektuellen Unstimmigkeit und der generellen Stimmigkeit unserer Beziehung. Ich hatte sie inständig um Verzeihung dafür gebeten, daß ich sie mit dem Videoband hintergangen hatte, aber letzten Endes war es nicht das, was sie kränkte. Ich beging Verrat an ihren Überzeugungen, ihrer Arbeit, und das schlimmste von allem: ich hatte etwas verraten, worauf sie ihrer Meinung nach einen vielfach begründeten Anspruch hatte – meinen Glauben an sie.

»Kapierst du denn nicht, was diese Scheißkerle treiben?« schrie sie mich an, nachdem sie vergeblich auf eine Antwort gewartet hatte. »Denen ist diese sogenannte Wahrheit, von der du ständig redest, scheißegal! Der will sich bloß einen Namen machen.«

»Seine Motive spielen keine Rolle«, murmelte ich.

»Und so was will Psychiater sein! ›Seine Motive spielen keine Rolle‹«, äffte sie mich nach. »Und deine Motive spielen auch keine Rolle, ja? Du führst eine Selbstbestrafungsaktion durch, um nichts anderes geht es hier. Du läßt dir von deinem Vater gründlich das Fell gerben.«

»Das ist ein Trugschluß«, sagte ich mit äußerster Geringschätzung.

»Das ist ein Trugschluß?« Diane bog den Oberkörper zurück und blickte mit zusammengekniffenen Augen zur Decke. Sie atmete schwer, als hetzte sie hinter dem Sinn unseres Streits her, damit er ihr nicht entwischte. »Du hast recht«, sagte sie leise, in gekeuchtem Flüsterton. »Ich bin eben nur eine zweitklassige Hirnklempnerin. Wie mußt du es leid sein, mit einem so schwachen Geist zusammenzuleben.« Den Blick noch immer nach oben gerichtet, schlug sie ihren Bademantel auf. Ihre Haut war vom Bad leicht gerötet, die Brustwarzen dunkel und fest, das schwarze Haar auf dem Schamhügel duff und klamm. »Dafür bin ich zu gebrauchen.« Sie senkte den Blick zu mir. »Du hast recht. Ich hab' nicht gründlich genug nachgedacht.« Sie trat ans Bett und packte mich an den Haaren. Sie zog meinen Kopf an ihren duftenden Bauch und drückte ihn hinunter zu ihrer Scham. »Du möchtest gern dein Daddy sein, nicht? Ich soll für deine beschissenen Prinzipien draufgehen.« Sie zog meinen Kopf hoch und näherte ihr Gesicht dem meinen. Ihr Mund öffnete sich, und im ersten Moment dachte ich, sie würde mir ins Gesicht spucken. »Du hast recht. Ich bin ja sooo dumm. Ich hab' dir wieder und wieder durchgehen lassen, daß du ein ganz schlimmer Junge mit ganz schlimmen Geheimnissen bist. Tja, damit ist es jetzt aus, Herr Doktor. Von jetzt an bin ich die Mami, die du verdienst.« Sie ließ meine Haare los. »Und was du da mit mir gemacht hast, wird dir noch leid tun. Sehr leid tun.«

Von nun an wurde, sofern das überhaupt noch möglich war, alles unerfreulicher. Ungeachtet meines Bestrebens, einen vollständigen Bericht über die komplizierte Wechselbeziehung zwischen meinem Leben und der Behandlung Gene Kennys vorzulegen, scheint es mir überflüssig, den Verfall der längsten kontinuierlichen Liebesbeziehung meines Lebens Etappe für Etappe zu schildern. Ich stellte mich auf einen klaren Standpunkt ohne Wenn und Aber: Entweder gab das Behandlungszentrum die Mitarbeit an Befragungen im Rahmen amtlicher Ermittlungen auf, oder ich gab meine Mitarbeit im Behandlungszentrum auf. Und ich würde mich auch nicht an einer öffentlichen Polemik gegen Phils Studie beteiligen, solange ich ihr nichts entgegenzusetzen hatte, woran ich selbst glaubte; Dianes Einwände waren in meinen Augen nicht stichhaltig oder gingen an der Sache vorbei.

Ja, ich stimmte mit ihr darin überein, daß Phils Studie im Kontext eines in den USA tief eingewurzelten Bedürfnisses stand, die Fehlfunktionen und Mißbräuche zu leugnen, die zum Wesen unserer Gesellschaft gehören, zum Wesen einer Kultur, welche die systematische Zerstörung des Familienlebens in den ärmeren Schichten, vor allem bei den armen großstädtischen Minderheiten, nicht nur zuläßt, sondern in mancher Beziehung auch anheizt. Von der Popularität des biochemischen Determinismus bis zum weitverbreiteten Einsatz von Ritalin (90 Prozent aller ärztlichen Verschreibungen werden für männliche schwarze Kinder ausgestellt), von der unverhältnismäßigen Medienbeachtung für die advokatorischen Kniffe, mit denen raffinierte Verteidiger unter Berufung auf Mißhandlung im Kindesalter Strafminderung für zahlungskräftige Mandanten erwirken, bis zur zynischen Besteuerung von Sozialhilfeleistungen, kündete für mich, nicht anders als für Diane, alles von dem Glauben der amerikanischen Mittelklasse an ihr Recht, nur für die Befriedigung eigener Interessen und Bedürfnisse zu leben, von der Überzeugung, daß Altruismus etwas nicht nur Nutzloses, sondern sogar Unmoralisches ist. Diane hatte auch recht in bezug auf die Motive hinter Phils Studie und den Zweck, für den sie eingesetzt werden würde. Doch von dem Grundsatz, an dem ich mein ganzes Leben lang festgehalten hatte, mochte ich auch in diesem Fall nicht abrücken: Die Ideologie liefert keine Antworten auf Tatsachenfragen. Wenn unsere Techniken Mängel aufwiesen, war ihr weiterer Einsatz durch nichts zu rechtfertigen.

Es liegt mir fern, die guten Absichten in Dianes Standpunkt schmälern zu wollen. Ihre blinde Verteidigung der eigenen Überzeugungen mit der komplementären Bereitschaft, die Augen vor der Möglichkeit des Irrtums zu verschließen, könnte durchaus die einzige Art und Weise sein, wie der einzelne in unserer Gesellschaft effektiv zu funktionieren vermag. Mein Problem lag darin, daß ich mir nicht sicher war, ob ich überhaupt noch effektiv funktionieren wollte. Aus Hochachtung vor ihrer aufrichtigen Gesinnung setzte ich ihrer Forderung, die Leitung und das gesamte Vermögen des Behandlungszentrums auf sie zu übertragen, keinen Widerstand entgegen. Mein Anwalt brach angesichts meiner plötzlichen Verarmung in lautes Wehgeschrei aus. Ich wußte jedoch, daß es Diane nicht darum ging, mich abzuzocken, um für sich persönlich Kasse zu machen: sie würde für die Sache weiterkämpfen, und ob sie nun für die richtige oder die falsche Sache kämpfte, sie hatte sich nach meinem Empfinden mit ihrer bisherigen Arbeit das Recht erworben, für den Kampf nach bester Möglichkeit gerüstet zu sein.

Was ihre Deutung meiner Motivlage angeht, so vermag ich dazu nichts Abschließendes zu sagen. Mag sein, daß ich mich einer Selbstgeißelung unterzog, daß ich das Drama meiner Eltern ausagierte oder daß ich unter dem Einfluß irgendeiner anderen der seelischen Störungen handelte, die sie mir in jener Nacht vorwarf. Mag sein, daß es nicht das rationale Denken war, was mich zu der Entscheidung trieb, aus dem Behandlungszentrum auszuscheiden und unsere Beziehung zu beenden. Ich bin mir durchaus bewußt, daß die Basis für eine derartige Schlußfolgerung vorhanden war. Sie überzeugte mich freilich nicht.

In den folgenden tumultuarischen Wochen harter Auseinandersetzung verlor ich Gene aus den Augen. Er rief zweimal an. Beim erstenmal war ich nicht im Haus, und später vergaß ich zurückzurufen. Beim zweitenmal erreichte er mich.

»Sie hat mich geschaßt«, sagte er fast ohne Einleitung. Seine Stimme war geschwächt. »Sie sagt, es gibt keinen andern, aber ich glaube ihr nicht. Sie bumst irgendeinen Typ in Paris, aber das ist noch mein kleinstes Problem.«

Wir hatten mittlerweile Ende April. Aus Rücksicht auf Diane vertrat ich offiziell die Version, daß ich einen Studienurlaub nahm, und hielt mit der wahren Sachlage hinterm Berg, die so aussah, daß es nicht nur *mein* Wunsch war, die Verbindung zwischen mir und dem Behandlungszentrum aufzulösen, sondern daß auch Diane als neue Chefin von meiner weiteren Mitarbeit in welcher Funktion auch immer nichts wissen wollte. Ich lehnte es wiederholt ab, mich in der Presse zu Phils Studie zu äußern. Diane ging – ein cleverer Schachzug, wie ich fand – sofort in die Offensive, indem sie Samuel öffentlich brandmarkte, weil er unsere Technik fehlerhaft angewandt habe. Damit beraubte sie ihn der Möglichkeit, mit der Enthüllung, daß er die von ihm erprobten Techniken von uns übernommen hatte, Punkte zu machen. Tatsächlich wirbelte die Studie nicht soviel Staub auf, wie ich befürchtet hatte. Dianes Parteigänger in dem Streit waren ebensogut organisiert und ebenso potent wie diejenigen Phils. In höflich-wissenschaftlicher Ausdrucksweise beschimpfte man sich gegenseitig als Hochstapler und Schurken, und die diversen Publikumsfraktionen ergriffen jeweils in vorhersehbarem Sinne Partei. Wie immer er ausgehen würde, es würde ein langer und mörderischer Kampf sein. Diane sprach inzwischen kaum noch mit mir. Bei unserer letzten längeren Unterredung hatte sie mir gesagt, sie könne meine pharisäische Selbstgerechtigkeit einfach nicht mehr ertragen, und ich sei noch schofler als Phil: der kämpfe wenigstens für seine Überzeugungen. Am Tag des Telefonats mit Gene war ich gerade dabei, meinen Schreibtisch zu räumen; für den folgenden Morgen stand meine Abreise nach Baltimore bevor, wo mir das Prager Institute für ein Jahr ein Stipendium einschließlich Arbeitsplatz für die Verfolgung wissenschaftlicher Projekte eigener Wahl angeboten hatte. Zunächst hatte ich vor, die ersten vier Kapitel von Amy Glicksteins Monographie über Josephs Arbeit zu redigieren und daneben die Umbruchrevision meines Buches über unsere stationäre Therapie für schwere Mißbrauchsfälle zu erledigen.

»Und was ist dein größtes Problem?« fragte ich Gene. Zufällig hatte ich gerade mein Notizbuch in der Hand. Ich blätterte es nach der Telefonnummer eines Therapeuten in der Nähe von Genes Wohnung durch. Er brauchte offenkundig Betreuung.

»Cathy zieht aus New York weg. Zu ihrer Mutter nach Arizona.«

»Darf sie das denn so ohne weiteres?«

»Ich hatte nie gedacht – ach Scheiße.« Gene seufzte. »Herrgott, ich könnte mich in den Arsch beißen.«

»Was soll das heißen, Gene? Hast du keine juristische Handhabe, sie zum Dableiben zu zwingen?«

»Mir hat's mit der Scheidung zu sehr pressiert. Mein Anwalt hat mir gesagt, ich soll eisern auf so einer Klausel bestehen, aber Halley hat gemeint – ach Scheiße, ich darf gar nicht daran denken, was ich für ein Arschloch gewesen bin. Cathy sagt, Pete kann mich ja in den Sommerferien besuchen.« Er hustete. Es klang nach Verschleimung.

»Warum will sie wegziehen? Liegt's am Geld?«

»Nein-nein.« Gene hatte genug von dem Thema. »Mit Geld könnte ich sie auch nicht dazu bringen, daß sie dableibt. Sie sagt, Pete ist schlecht in der Schule, und ihre Mutter wird ihm helfen, und auf jeden Fall will sie jetzt mit dem Medizinstudium anfangen.«

»Vielleicht gibt sie ihn dir in Obhut.«

»Machen Sie Witze? Sie straft mich ab. Sie hat eine Stinkwut auf mich wegen Halley.«

»Was sagt dein Anwalt dazu?«

»Er meint, wenn sie wegzieht, können wir klagen, aber das heißt natürlich nicht, daß wir den Prozeß auch gewinnen, und in der Zwischenzeit ist Pete für mich verloren. Ich hab' überhaupt alles verloren.«

»Na, alles ja wohl nicht.«

»Doch, alles.« Gene war mit einem Mal sehr gedämpft. Er sagte etwas, aber so leise, daß ich es nicht verstehen konnte.

»Wie?« fragte ich.

Jetzt kam die Antwort laut. »Ich bin entlassen.«

»Du bist entlassen?«

»O Gott«, sagte er, mehr zu sich selbst.

»Wann, Gene? Wann ist das passiert?«

»Gestern.«

»Hat Stick dich entlassen?«

»Ja. Einfach gefeuert. Können Sie sich das vorstellen?« Er schnaufte ins Telefon. »Ich kann jetzt nicht aus New York weg. Jedenfalls nicht nach Arizona. Ich muß ganz schnell einen neuen Job finden. Das ist sicher kein Problem. Klar, die Branche kriselt, aber das macht in dem Fall nichts aus. Stick kann sagen, was er will, ich hab' einen fabelhaft guten Ruf. Ich hab' schon einen Tip, wo was frei ist, und ich könnte sicher auch bei Apple anfangen.«

»Wann habt ihr beiden Schluß gemacht, du und Halley?«

»Das hat nichts miteinander zu tun. Sie hat mich nicht geschaßt, weil ihr Alter mich rausschmeißen wollte. Sie haßt ihn. Klar, sie ist völlig auf ihn fixiert, aber sie haßt ihn trotzdem.«

»Wann habt ihr euch getrennt?«

»Vor vierzehn Tagen.« Das mußte die Zeit gewesen sein, als er angerufen und mich nicht erreicht hatte. »O verflucht, ich wollte, Sie hätten mich das nicht gefragt«, sagte er in traurigem Flüsterton.

»Warum?«

Gene seufzte. »Warum müssen Sie von den Menschen immer das Allerschlechteste annehmen?«

»Das ist wohl berufsbedingt. Gene, ich verreise morgen, und zwar für sehr lange Zeit. Vielleicht ein Jahr. Aber ich kenne da einen phantastischen Kollegen, mit dem du Kontakt aufnehmen solltest –«

»Hören Sie auf!« schrie er. Ich war so verblüfft, daß ich den Hörer vor mich hin hielt und ihn betrachtete. Als ich ihn wieder ans Ohr legte, hörte ich Gene sagen: »Wenn Sie mich nicht sehen wollen, bitteschön. Wenn Sie wollen, daß ich auflege, lege ich auf.«

»Ich möchte nicht, daß du auflegst. Aber ich kann dich nicht –« Ich gab es auf. »Paß auf, ich geb dir die Telefonnummer, unter der ich in der nächsten Zeit zu erreichen bin, in Ordnung?«

»In Ordnung. Kleinen Moment noch ... Okay, legen Sie los.« Ich nannte ihm die Nummer. Er sprach sie nach und sagte dann: »Ich sitze in der Scheiße. Sie können sich gar nicht vorstellen, wie tief ich in der Scheiße sitze. Was kann mir eigentlich noch passieren? Als nächstes müßte schon ein Jumbojet auf mich abstürzen.«

»Ich finde, du solltest mit Cathy sprechen.«

»Was?«

»Besuch sie mal und sprich mit ihr. Mach das nicht über Anwälte. Mach ihr klar, wieviel es für dich bedeutet, Pete sehen zu können. Mach ihr klar, daß zumindest, bis die Jobfrage geregelt ist, alles übrige für dich so bleiben muß wie bisher.«

»Ich kann ihr unmöglich erzählen, daß ich meinen Job verloren hab'. Sie ahnen nicht, wie rachsüchtig sie ist. Wer weiß, was sie mit der Information alles anstellen würde. Am Ende läßt sie sich vielleicht das alleinige Sorgerecht zusprechen und ich krieg' ihn überhaupt nicht mehr zu sehen. Sie kennen sie nicht.«

»Sie ist sicher wütend auf dich. Aber du bleibst trotzdem Petes Vater, und es ist nicht ausgeschlossen, daß du etwas erreichst, wenn du direkt mit ihr sprichst – einen Versuch sollte es dir wert sein. Wenn du meinst, du solltest ihr die Sache mit dem Job nicht erzählen, dann läßt du es eben. Aber sprich auf jeden Fall mit ihr. Sag ihr wenigstens, daß du mit Halley auseinander bist.«

»Hm. Keine schlechte Idee.« Er schnaufte einen Moment. Dann hustete er wieder. »Vielleicht mach' ich das. Vielleicht stelle ich es so hin, als ob ich mit ihr Schluß gemacht hätte und ... Ich muß es mir mal überlegen ... Vielleicht mach' ich's so. Ich probier's mal. Ich ruf' sie an. Sind Sie morgen unter Ihrer neuen Nummer zu erreichen?«

»Ja. Ruf mich an, wann immer du willst, Gene. Okay? Und wenn ich nichts von dir höre, melde ich mich in ein paar Tagen bei dir.«

Er überzeugte sich davon, daß ich seine aktuelle Telefonnummer hatte. Er klang jetzt etwas ruhiger. Zumindest sagte er: »Danke, jetzt geht's mir wieder besser.«

Als ich eine Stunde später das Haus verlassen wollte, bat Sally mich, kurz mit ihr in den Gruppenraum 2 zu kommen, um festzustellen, was ich von dem Aktenmaterial, das sie vorsorglich für mich herausgesucht hatte, an mich nehmen wollte. Sie ging voraus, und als sie die Tür öffnete, sah ich zunächst ein mit dem Computerdrucker beschriftetes Spruchband aus Endlos-Computerpapier mit dem Text KOMMEN SIE BALD WIEDER! und hörte dann ein in lautem Sprechchor vorgetragenes fröhliches »Überraschung«.

Alle Jugendlichen, die bei mir in Behandlung gewesen waren, waren anwesend, dazu unser gesamter Therapeutenstab – einschließlich Dianes – und die im Haus wohnenden Fürsorger. Die größte Überraschung war wohl Albert, inzwischen zu einem Hünen herangewachsen und angehender Student an der University of Notre Dame, der eine Flasche Sekt emporhielt, als wollte er mich mit ihr bespritzen.

»Ich bin doch nirgends Sieger geworden«, protestierte ich, schützend die Arme hebend.

Das Prager Institute hatte mir ein abgeschiedenes Cottage als Studio zur Verfügung gestellt. Dort war ich am nächsten Tag damit beschäftigt, System in Josephs Papiere zu bringen. Ich hatte ganz bestimmt keinerlei Siegergefühle. Ich machte mich sofort an Amys erste vier Kapitel, aber die Arbeit ging mühsam und schleppend voran.

Gene ließ nichts von sich hören. Nach drei Tagen rief ich bei ihm an, landete beim Anrufbeantworter und hinterließ eine Nachricht. Zwei Wochen vergingen, bis der Anruf kam. Eine hohe Stimme mit Queens-Akzent stellte sich als Detective O'Boyle von der Westchester County Police vor. »Haben Sie einen Patienten namens Gene Kenny?« wollte er wissen.

»Worum geht es, Detective?«

»Tja, das kann ich Ihnen leider nicht sagen, solange Sie mir nicht verraten haben, ob Sie einen Patienten namens Gene Kenny haben.«

»Er ist im Moment nicht bei mir in Behandlung, aber es stimmt, er ist ein Patient von mir.«

»Alter neunundzwanzig Jahre? Haarfarbe Schwarz, Augenfarbe Braun? Ehefrau Cathy geborene Shoen? Ein Sohn, Name Peter, Alter neun Jahre? Letzter Arbeitgeber Hyperion-Computer?«

Inzwischen war ich in höchstem Grade beunruhigt. Ich setzte mich in meinem Schreibtischsessel gerade, griff mir einen Notizblock und notierte: »12. Mai 1991, 11.37 Uhr.« Im stillen dachte ich: »Nein, es kann nicht sein.« Laut sagte ich: »Ja, das ist er. Was nicht in Ordnung?«

»Mr. Kenny hat heute nacht Selbstmord verübt. Er hat einen an Sie adressierten Abschiedsbrief hinterlassen.«

Ich schloß die Augen. Irgendein Grünzeug oder Unkraut, das im Umkreis des Cottage wuchs, verursachte mir Bindehautreizung und eine Triefnase. Ich hatte ein Antihistaminikum eingenommen, aber meine Augen brannten trotzdem. Wieder dachte ich: »Nein, es kann nicht sein.« Dann machte ich die Augen auf.

Ich erinnere mich nicht mehr, in welcher Reihenfolge O'Boyle die Fakten referierte, aber an die Fakten selbst erinnere ich mich. Gene hatte seine Frau am vorigen Abend noch spät in ihrem Haus besucht. Pete schlief schon. Es kam zum Streit. Irgendwann im Verlauf der Auseinandersetzung schlug Gene Cathy. Er hörte erst auf, sie zu schlagen, als sie tot war. Etwa um eins weckte er Pete. Ohne ihm zu sagen, was vorgefallen war, ging er mit dem Jungen zu einem Nachbarhaus hinüber. Dem Ehepaar, das dort wohnte, erzählte er, Cathy fühle sich schlecht und er werde deshalb mit ihr zum Krankenhaus fahren. Er bat die beiden, Pete am Morgen zur Schule zu bringen. Die Geschichte kam ihnen sonderbar vor, aber sie waren zu schläfrig, um noch Fragen zu stellen, und willigten ein. Gene kehrte in Cathys Haus zurück, wo er zwei Abschiedsbriefe schrieb, einen für mich und einen für die Polizei. Er ließ Cathys Wagen an, schloß die Garagentür und wartete auf dem Vordersitz auf den Tod.

Ich fragte O'Boyle, ob er mir Genes Abschiedsbrief an mich vorlesen könne. Er sagte, das habe er ohnehin vorgehabt. Er hoffe, ich könne ihm eine Erklärung dazu geben.

»Tut mir leid, Rafe«, deklamierte O'Boyle, »ich habe versucht, ihr gut zuzureden, aber sie wollte mich nur verwunden. Und wenn ich's mir überlege, hat sie ja recht gehabt, daß sie das wollte. Können Sie mir einen Gefallen tun? Ich weiß nicht, ob Sie verhindern können, daß Pete in die Hände von Cathys Mutter fällt. Mein Vater wird in dieser Hinsicht nichts unternehmen, da bin ich sicher. Aber könnten nicht Sie versuchen, Pete zu helfen? Nur Sie können ihm helfen. Sie haben keinerlei Schuld an alldem. Sie haben getan, was Sie konnten. Sie haben mich geheilt. Ich bin kein Neurotiker mehr. Das Problem ist nur, daß ich das normale Elend des Lebens nicht ertragen kann.«

O'Boyle fragte, ob ich ihm die letzten zwei Sätze erklären könne. Ich hatte zuerst Mühe zu sprechen. Ich mußte mich mehrmals räuspern, bis ich herausbrachte: »Ich nehme an, daß er irgendwann Freud gelesen hat.

Es ist eine Abwandlung von etwas, was Freud einmal über das Ziel der Psychotherapie geschrieben hat.«

»Ah ja?« In Anbetracht des Gegenstands unserer Unterhaltung begegnete mir der Kriminalbeamte bemerkenswert locker. »Und was war das? Was hat Freud da geschrieben?«

»Ziel der Therapie ist es, das realitätsferne Elend des Neurotikers durch das normale Elend des Lebens zu ersetzen.«

»Iss wahr?« sagte der Beamte. Er las noch einmal die letzten Sätze von Genes Abschiedsbrief und sprach sie dabei halblaut vor sich hin. »›Sie haben mich geheilt‹«, zitierte er Gene murmelnd. »›Ich bin kein Neurotiker mehr. Das Problem ist nur, daß ich das normale Elend des Lebens nicht ertragen kann.‹« O'Boyles Stimme kehrte zu normaler Lautstärke zurück. »Ich kapier's immer noch nicht. Können Sie mir's mal erklären, Doc?«

Ich versuchte es gar nicht erst.

Epilog

Am nächsten Tag reiste ich nach New York. Der erste Mensch, mit dem ich mich nach Genes Tod unterhielt, war Susan Bracken, doch der Bericht sowohl über dieses Treffen wie über Susans unerwartete Beurteilung meiner Arbeit mit Gene hat seinen Platz im folgenden Teil dieses Buches. Ich erfuhr, daß es keine öffentliche Beisetzung und keine öffentliche Gedächtnisfeier – daß es auf Genes Hinscheiden überhaupt keinen zeremoniellen Reflex unter Publikumsbeteiligung geben werde. Das war verständlich. Er hatte seine geschiedene Frau und anschließend sich selbst umgebracht. Eine Bestattung im erweiterten Familienkreis war kaum zu erwarten. Gene hatte, soweit ich aus der Therapie wußte, keine nahen Freunde; von den Copleys abgesehen, hatte keine der Beziehungen, die er im beruflichen Umfeld angeknüpft hatte, sich in sein Privatleben hinein verlängert. Halley und Stick fühlten ihm gegenüber keine Verpflichtung, davon konnte man ausgehen. So blieb als einziger Don Kenny.

Nach Auskunft von Detective O'Boyle hatte Genes Vater für den Nachmittag die Überführung des Leichnams ins Krematorium in Auftrag gegeben, wo er am folgenden Tag eingeäschert werden sollte. Vielleicht sah Dons Planung vor, daß bei der Gelegenheit irgend jemand einige Worte sprach, vielleicht würden Dons Freunde in dieser Stunde des Grams bei ihm sein, und das wäre dann Genes Gedächtnisfeier. Ich weiß heute noch nicht, wie es dann wirklich war. Ich stellte umgehend den Verbleib von Pete fest. Und in der Tat: Cathys Mutter war angereist und würde den Jungen mit nach Arizona nehmen.

Nach dem Gespräch mit Susan in ihrer Poliklinik in Greenwich Village ging ich zu Fuß zur Galerie Unsinn. Aus meinen Unterhaltungen mit Gene wußte ich, daß sie exklusiv die Vertriebs- und Lizenzrechte an Dons Bildern verwaltete. Die Galerie, eine typische Repräsentantin der alternativen Kunstszene im ehemaligen New Yorker Industriegebiet SoHo, residiert im Erdgeschoß eines Stahlskelettbaus. An solchen Orten sind die Wände in der Regel weiß gestrichen, die Decke ist hoch, der Raum weit und tief und seine bauliche Leere lediglich von den Stahlpfeilern unterbrochen, die manchmal weiß gestrichen sind, damit sie mit dem Hintergrund verschwimmen, und manchmal in einer leuchtenden Farbe, damit sie um so deutlicher mit ihm kontrastieren. Hier waren sie in Schwarz gehalten, womit, wie mir schien, weder der eine noch der andere Effekt erzielt wurde. Eine bewegliche Wand unterteilte die Galerie in zwei Räume. Der vordere Raum war einem Fotografen gewidmet, der eine Neuentdeckung des Hauses war und dessen Bilder mir wie durch ein Mikroskop gemachte Nahaufnahmen winzigkleiner Motive vorkamen; ich blieb allerdings nicht stehen, um diesen flüchtigen ersten Eindruck zu überprüfen.

Im hinteren Raum wurde eine Retrospektive von Dons Werk gezeigt. Sie lief unter dem Titel »Die Zeit in der Autowerkstatt«. Dank meiner Bekanntschaft mit Gene verstand ich den Bezug. Zum ersten Mal sah ich die Bilder, von denen in der ersten Phase meiner Arbeit mit Gene die Rede gewesen war. Es waren ungekünstelte Porträtstudien, für meine Begriffe eigentlich recht traditioneller Machart. Das überraschte mich. Gewiß, es gab hier keine kalkulierten Posen zu sehen, alle Bilder waren ausnahmslos unter freiem Himmel aufgenommen, und Bildzentrum war stets ein Gegenstand, der eine gewisse Dramatik in das Sujet hineintrug oder zumindest einen chiffrierten Kommentar zur Persönlichkeit des Porträtierten lieferte. Aber eigentlich interessierten mich all diese Studien nicht so sehr, daß ich mir die Zeit genommen hätte, sie der gebührenden Aufmerksamkeit zu würdigen. Ich entdeckte im Nu, was hier vorzufinden ich gehofft hatte, und ging schnurstracks auf mein Ziel zu.

Es war eine großformatige Fotografie, etwa sechzig auf einhundertzwanzig Zentimeter. Schwarzweiß, versteht sich, auf Mattglanz gebracht, der mich an die Standfotos von alten Hollywoodfilmen erinnerte. In der Bildmitte ein weißer steinerner Löwenkopf. Ich habe mir zwar nie die Mühe gemacht, es nachzuprüfen, aber ich vermute, der Kopf gehört einem der Löwen vor der New York Public Library an der Ecke 42. Straße/Fifth Avenue. Eine junge, nicht unbedingt schöne, aber augenscheinlich zufriedene Carol Kenny lehnt sich von der Seite gegen das Haupt der steinernen Bestie. Auf dem Sockel des Standbilds steht, halb in ihre Arme geschmiegt, der gerade erst fünf- oder sechsjährige Gene. Carol hat sein Handgelenk gepackt und die zur Faust geballte kleine Hand in den Rachen des brüllenden Löwen geschoben, genau zwischen die scharfen Reißzähne. Dieser Aspekt des Sujets beherrscht die Bildmitte, und naturgemäß wandert der Blick des Betrachters von dort zu dem Gesicht des Jungen, um seine Reaktion festzustellen.

Er hat die Augen nicht auf seine bedrohte Hand, sondern auf das Gesicht seiner jungen Mutter gerichtet. Sein Haar ist ein dichter, wirrer

Schopf. Die großen Augen leuchten, die Haut ist glatt. All das erwartet man nicht anders. Bemerkenswert ist indessen der Gesichtsausdruck. Er ist das Überraschende an der Szene. Es liegt keine gespielte und erst recht keine echte Furcht in ihm. Gene hat den Mund weit geöffnet, so daß die ungleichmäßig großen Zähne des im Wachstum befindlichen Kindes zu sehen sind. Und er lacht. Er lacht aus vollem Halse. Er ist voller Vertrauen und Glückseligkeit.

Damals sagte ich mir, daß diese Seele, zumindest was mich anlangte, nicht sang- und klanglos dahingegangen sein sollte.

DRITTER TEIL

Bosheit – Diagnose und Therapie

ERSTES KAPITEL

Fallrevision

»Wie viele Patienten hast *du* schon umgebracht?« fragte ich Susan. Jeder einen Pappbecher Cappuccino in der Hand, den wir bei Dean & Deluca am University Place gekauft hatten, gingen wir über den Wochenmarkt am Union Square, an links und rechts aufgereihten Ständen mit frischem Obst und Gemüse und hausgemachten Torten entlang, hinter denen Männer und Frauen bedienten, die nicht so aussahen, als wären sie die bäuerlichen Erzeuger der Waren. Angebaut und gebacken wird im agrarischen Hinterland des Staates New York, verkauft werden die Sachen, deren organische und gesunde Produktionsweise an allen Ecken und Enden des Markts auf handgeschriebenen Schildern plakatiert ist, dreimal die Woche hier unter freiem Himmel. Die New Yorker sind eifrige Abnehmer. Susan und ich kamen in dem dichten Käufergewühl nur schrittchenweise voran.

»Hör auf damit«, sagte sie und klatschte mir mit der flachen Hand kräftig auf das Schulterblatt. Sie schwenkte nach rechts, um eine Galerie von Apfelsteigen zu inspizieren, war aber mit dem gemurmelten Kommentar »Da ist Harrys Sorte nicht dabei« schnell wieder an meiner Seite. Sie war dreiundfünfzig. Weil sie nichts gegen die zunehmende Graufärbung ihres Haars unternahm und es bieder zurückgekämmt und zum Knoten geschlungen trug, wirkte sie älter. In sonstiger Beziehung hatte sie sich kaum verändert: noch immer groß, mit krummem Rücken, knochig und spinnengliedrig. Auf der breiten, flachen Stirn waren noch etliche Falten dazugekommen, aber die schmutzigbraunen Augen waren freundlich wie eh und je und noch immer von nie erlahmender Neugier. Harry und Susan wohnten noch immer in dem Loft in der 16. Straße. Und noch immer betrieb sie ihre Polikliniken im Village und in Brooklyn.

»Gehen wir in den Park«, sagte sie.

»Wie Sie wünschen, gnädige Frau.«

Wir verließen die Gasse für die Marktbesucher und benutzten den schmalen Durchlaß zwischen zwei Verkaufsständen als Schleichweg zum Union Square Park hinüber. Es war Mittagszeit und der Park infolgedessen ebenfalls von Menschenmassen bevölkert: Studenten und Büroangestellte, die teils aus Papiertüten auf ihrem Schoß Sandwiches klaubten, teils mit Hotdogs auf ihre Mundöffnung zielten, teils an Pizzastücken knabberten. Ein Pärchen knutschte heftig, während rings um seine Füße die Tauben nach Krümeln suchten. »Du hast niemand umgebracht«, sagte Susan. Sie schob sich mit dem Hintern auf einen noch nicht von Parkbesuchern besetzten Abschnitt der halbhohen Mauer, die den Park vom Markt trennte. Sie zog den Deckel von ihrem Cappuccinobecher und leckte den Milchschaum ab, der an der Unterseite des Dekkels klebte. Ihre langen Beine schlenkerten langsam vor und zurück, dabei schleifte ein Paar ausgeleierte New-Balance-Tennisschuhe über das Pflaster.

Ich blieb vor ihr stehen und hob den bauchigen wattierten Umschlag hoch, den ich in der rechten Hand hielt. »Ich habe Tonbänder von meinen sämtlichen Sitzungen mit Gene.«

»Tatsächlich?«

»Das heißt aus der Erwachsenenzeit. Nicht aus deiner Poliklinik.«

»Du hast jedes Wort aufgenommen?« Ich nickte. Susan seufzte. »Wieder ein Grund mehr, die Technik zu hassen. Und jetzt willst du dich damit quälen, sie alle abzuhören?«

»Eigentlich hatte ich gehofft, ich könnte *dich* damit quälen.«

»Kannst du vergessen.«

»Ist dir schon mal aufgefallen, Susan – auf deine alten Tage entwikkelst du einen ausgeprägten jiddischen Akzent?«

»Ah, wir sind heute ein bißchen maliziös, ja? Aber du hast recht. Die halbe Zeit habe ich ein Gefühl, als ob ich Vorsteher in einer ziemlich ausgeflippten Synagoge wäre.« Sie trank von ihrem Cappuccino, und plötzlich lachte sie. »Hast du eigentlich mal Freuds Briefe aus den ersten Jahren seiner Bekanntschaft mit Jung gelesen? Er war damals ganz beglückt, daß Jung sein Schüler geworden war. Das war natürlich lange vor dem Abfall. Gefreut hat er sich vor allem darüber, daß Jung so ein properer Christenjunge war. Dadurch sei Jung für die psychoanalytische Bewegung besonders wertvoll, hat er seinerzeit an ich weiß nicht mehr wen geschrieben. Der gute Siggi hat sich große Sorgen gemacht, die Leute könnten die Psychoanalyse für eine rein jüdische Angelegenheit halten.«

»Hm, womöglich war es das, was Gene in den Untergang getrieben hat. Ich habe ihm Hühnersuppe serviert, dabei hätte er vielleicht einen Martini viel nötiger gehabt.«

»Ich sehe, ich brauch' mir keine Sorgen zu machen«, sagte Susan. »Solange du noch Witze machen kannst, mach' ich mir keine Sorgen um dich.«

Sie wechselte das Thema und erkundigte sich nach Diane. Sie kannte nur die Alibigeschichte von meinem Studienurlaub, nicht die Wahrheit. Ich schenkte ihr reinen Wein ein. Am Ende war sie wenig erbaut. »Worum geht es dir jetzt? Suchst du jemand, der dich abstraft?«

»Sind wir Freunde, Susan?«

»Aber natürlich. Ich liebe dich.«

»Dann speis mich jetzt bitte nicht mit flinken Sprüchen ab. Du bist meine Lehranalytikerin. Ich möchte, daß du eine Fallrevision machst und mir dann sagst, wie du die Sache siehst.«

Zum erstenmal besah sie sich den voluminösen Umschlag etwas genauer. »Ich denke, du solltest als erstes mal mit mir rüber zu Wiz gehen.« Sie zeigte mit dem Kinn zu dem Elektro-Discounter auf der Straßenseite gegenüber dem Westrand des Parks, in dessen Schaufenster rote Plakate eine Aktionswoche verkündeten. Susan zuckte die Achseln. »Mein Kassettendeck ist kaputt.«

Wir gingen zu dem Laden rüber, wo wir nach einigem Stöbern einen Stereo-Radio-Recorder kauften, weil etwas Kleineres nicht vorrätig war. Sie gab dem Verkäufer ihre Visa-Card. Er verschwand mit ihr, um die Abbuchungsformalitäten zu erledigen. Susan wollte wissen, was Gene in seinem Abschiedsbrief geschrieben hatte. Ich referierte es in knappen Worten. Sie fragte: »Wirst du wegen des Jungen etwas unternehmen?«

»Vorerst noch nicht.«

»Nein?« Ihr skeptischer Ton verriet Mißbilligung.

»Ich mache so lange keine Behandlung mehr, bis du mit der Revision des Falls fertig bist.«

»Alles erledigt«, unterbrach der Verkäufer, der die Kreditkarte zurückbrachte. Er händigte Susan außerdem einen gelben Schein aus. »Den geben Sie bitte vorne ab, dann bekommen Sie Ihren Recorder.« Er streckte ihr noch einen rosa Durchschlag hin. »Das ist Ihre Quittung.«

»Vorne?« Susan war verwirrt. »Wo vorne und wem vorne?«

Der Verkäufer beugte sich über seinen Tisch nach vorn, um es ihr zeigen zu können. Neben der Detektoranlage am Ausgang, die Ladendiebe abschrecken sollte, stand ein schwarzer Hüne mit einer Baseballmütze auf dem Kopf. »Sehen Sie den Mann da? Dem geben Sie das hier« – er tippte auf den gelben Zettel – »und er wird Ihnen dann Ihr Radiogerät aushändigen.« Er tippte auf den rosa Zettel. »Und das hier behalten Sie.«

Susan deutete auf den Radioapparat auf dem Verkaufstisch. »Kann ich nicht einfach den da mitnehmen?«

»Das ist ein Ausstellungsstück. Der muß –« Der Verkäufer gab entnervt auf. »Gehen Sie einfach nach vorn. Geben Sie den gelben Schein ab.

Sie bekommen genau das gleiche Radio wie das hier, nur ein funkelnagelneues Gerät. Originalverpackt und alles. Sie werden absolut zufrieden sein.«

»Warum haben Sie die neuen Geräte nicht gleich hier?«

»Die hier sind nur zur Ansicht. Das Lager ist im Keller. Von da unten wird eins heraufgeschickt, und der Mann da vorn gibt es Ihnen.«

Susan wandte sich zu mir. »Verstehst du dieses System?«

»Vollkommen«, sagte ich. »Das gehört mit zur Warenbestandskontrolle. Schafft Platz in den Regalen, weniger Ware im Verkaufsraum bedeutet weniger Chancen für Ladendiebe, und für die Angestellten wird's ebenfalls schwerer, was mitgehen zu lassen. Onkel Bernie hat behauptet, er hat das System in seiner Zeit als Besitzer von Home World erfunden.«

Ich hatte die Neugier des Verkäufers geweckt. »Ihr Onkel war Besitzer von Home World?«

»Ja.«

Er stützte sich auf den Verkaufstisch, winkte mich näher zu sich und fragte mit gesenkter Stimme: »Was ist eigentlich aus denen geworden?«

»Sein Schwiegersohn hat das Unternehmen verkauft, und es hat dann, glaube ich, expandiert, und eines Tages war es pleite, so war's doch, oder?«

Der Verkäufer wiegte den Kopf und machte ein bekümmertes Gesicht. »Diese Branche ist der reinste Dschungel. Wer da überleben will, muß über Leichen gehen. Home World war ein Riesenunternehmen«, sagte er, sich aufrichtend, und ließ die Augen durch den gigantischen Verkaufstempel von Wiz wandern.

»Darf ich Sie noch was fragen?« sagte Susan zu dem Verkäufer.

»Sagen Sie es nicht!« Er hob abwehrend die Hand. »Geben Sie ihm den gelben Schein. Und schon haben Sie Ihr Radio. Es kommt aus dem Keller. In der Originalverpackung. Funkelnagelneu.«

»Nein-nein«, sagte Susan. »Das wollte ich nicht fragen.«

»Nein? Was wollten Sie dann fragen?«

Sie deutete auf den fernen Packtisch und den Mann mit der Baseballmütze. »Wie heißt der Mann?«

»Wie er heißt? Sie wollen wissen, wie er heißt?«

»Ja. Wie heißt er?«

»Anthony. Er heißt Anthony.«

»Fein«, sagte Susan freundlich und strebte davon. »Los, komm, Rafe. Wir wollen mal sehen, ob Anthony tut, was er gesagt hat.«

Er tat es. Susan bestand darauf, daß ich sie zu ihrem Büro begleitete, den Radio-Recorder auspackte und anschloß, Kassette Nummer eins einlegte und testete, ob er funktionierte. Als ich Genes Stimme sagen hörte: »Werden wir aufgenommen?«, schloß ich die Augen.

Immerhin weckte das sofort ihr Interesse. Sie hörte sich an, wie ich Genes Frage auswich, und fragte dann: »Du hast es ihm nicht gesagt?«

Ich drückte die Stop-Taste. Ich gab Susan eine Liste der Schlüsselsitzungen mit stichwortartiger Zusammenstellung der jeweils besprochenen Themen. Im Kern sind diese Sitzungen dem Leser bereits bekannt. Ich erklärte Susan, daß es wahrscheinlich ausreichen würde, wenn sie sich nur diese Kassetten anhörte.

Mit zusammengekniffenen Augen studierte sie meine Liste. »Zehn«, sagte sie und zog eine Schnute. »Auch das sind zehn Stunden. Ich weiß nicht, wann ich Zeit dazu habe. Es könnte eine Woche dauern.«

»Von mir aus können es auch zwei sein. Oder zwanzig. Ich unternehme nichts, solange ich nicht deine Meinung gehört habe.«

»Und dieses Nichts-Unternehmen, wo wird das stattfinden?« Ich erzählte ihr, daß ich vorhatte, an das Prager Institute zurückzukehren und abzuwarten. Sie lud mich ein, bei ihr im Loft zu logieren. »Du könntest hier in der Poliklinik aushelfen. Damit würdest du mir einen großen Gefallen tun. Im Moment sind wir unterbesetzt. Billy hat eine Grippe. Du könntest für ihn einspringen. Er macht Familientherapie. Größtenteils Kinder. Du wärst ideal.«

»Nichts zu machen«, sagte ich. Ich ging noch einmal nach Downtown, um mir in Don Kennys Ausstellung in SoHo die Fotografie von Gene und seiner Mutter mit dem Löwen anzusehen. Dann fuhr ich nach Baltimore zurück.

Man kann nicht sagen, daß ich tatsächlich nichts unternommen hätte. Da ich die Tonbandkassetten, bevor ich sie nach New York brachte, fast zwanzig Stunden lang abgehört hatte, machte ich mir jetzt als zusätzliche Grundlage für meine Fallrevision mit Susan Notizen über meine Eindrücke. Und ich verfolgte die Bewegungen von Pete Kenny und Mrs. Shoen, Cathys Mutter. Nach dreitägigem Aufenthalt in New York reiste sie wieder heim nach Phoenix und nahm den Jungen mit.

Ich telefonierte mit einer Reihe von Leuten. Dank einer glücklichen Fügung machte ich in Phoenix einen Kinderpsychologen namens David Cox ausfindig, der für die örtlichen Public Schools als Berater tätig war. Ich hatte ihn vor Jahren auf einer Fachtagung in Boston kennengelernt und hatte genügend Zutrauen zu ihm, um ihn jetzt anzurufen und ihm meine Situation zu schildern. Ich erklärte ihm, daß Mrs. Shoen nach meiner Vermutung Pete im Herbst zum Schulbesuch anmelden würde. Ob er wohl in Erfahrung bringen könne, wie es um den Jungen stand?

Cox tat mehr als erwartet. Am folgenden Freitag rief er zurück, um mir zu sagen, daß er mit Mrs. Shoen gesprochen hatte. Er hatte sie kurzerhand angerufen, ihr gesagt, er habe durch das Gerede einiger Leute von der Tragödie erfahren, und ihr für den Bedarfsfall Rat und Beistand angeboten. Mrs. Shoen war erleichtert, jemanden zu haben, mit dem sie sich aussprechen konnte. Pete kannte immer noch nicht die Wahrheit; man hatte ihm gesagt, seine Eltern seien bei einem Unfall ums Leben gekommen. (Vielleicht ist das die Wahrheit, dachte ich bei mir.) Mrs. Shoen hatte für die kommende Woche einen Besuchstermin bei Cox; er ging davon aus, daß er schließlich auch Pete in seinem Sprechzimmer sehen werde.

»Wenn ich Ihnen in irgendeiner Form behilflich sein kann, lassen Sie es mich bitte wissen«, sagte ich.

»Ich fände es nützlich, wenn ich etwas mehr Hintergrundinformationen über den Vater hätte.«

»Kein Problem. Aber zum gegenwärtigen Zeitpunkt sollte man sich ganz auf die aktuelle Befindlichkeit von Pete konzentrieren, meinen Sie nicht?« Cox machte einen neuen Versuch, mir Einzelheiten aus der Nase zu ziehen, die über das sehr schematische Bild, das ich ihm gegeben hatte, hinausgingen, aber ich bremste ihn: »Meines Wissens hatte der Junge keine emotionalen Probleme.«

Cox verstummte für einen Moment. Als er wieder sprach, war sein Ton sehr höflich. Zu höflich. »Nun, außer dem Mord/Selbstmord war da ja auch noch die Scheidung.«

»Ich habe selbstverständlich von der Zeit vor diesen Ereignissen gesprochen. Während des Scheidungsverfahrens und danach war Gene nicht bei mir in Behandlung.«

»Zweifelsohne hatte die Scheidung eine Vorgeschichte«, bemerkte er, wiederum mit extremer Höflichkeit.

»Rufen Sie mich an, sobald Sie Pete gesehen haben, dann unterhalten wir uns darüber weiter«, sagte ich.

Susan rief am Samstagnachmittag an. Sie hatte nur vier Tage gebraucht. »Also«, sagte sie, »ich bin jetzt fast fertig. Willst du nicht morgen vorbeikommen?«

»Um welche Zeit?«

»Geht's um zwölf? Zum Brunch. Wir lassen Harry ausschlafen und essen Hefekringel mit *lox*.«

Mir war nicht danach, sie um eine Vorabinformation zu bitten. Ich bildete mir ein, aus ihrer erschöpften Stimme das Bedauern heraushören zu können, mit dem sie mir das Ausmaß meines Versagens würde offenbaren müssen. Daß es so kommen würde, schien unvermeidlich. In fünf von einem nervösen Magen vergällten Tagen und fünf durch verkürzten und unruhigen Schlaf verkorksten Nächten hatte sich die schlimme Ahnung in mir zur Gewißheit verdichtet. Am Sonntagmorgen wachte ich, obwohl ich erst nach Mitternacht in Schlaf gefallen war, um halb fünf total erschöpft auf, ein klassisches Anzeichen von Depression. Ich entschied mich, sofort die Fahrt nach New York anzutreten.

Nachdem ich das Auto geparkt hatte, lief ich zwei Stunden lang durch die sonntäglich stillen Straßen, um mir etwas Bewegung zu machen, fand schließlich einen Häuserblock von Susans Wohnung entfernt ein Café, wo ich, nachdem ich meine irrationalen Empfindungen niedergekämpft hatte, mit nüchternem, wenn auch leicht verschwommenem Blick noch einmal meine Notizen durchsah. Ich fühlte mich ausreichend vorbereitet, als ich an der Sprechanlage des Hauses in der 16. Straße auf den Klingelknopf drückte.

Harry öffnete die Aufzugtür – sie führt direkt in das Wohnzimmer der beiden. »Bin schon weg, bin schon weg«, sagte er. Er trug eine grüne Nylonturnhose mit eingesticktem Herstelleremblem. Sein graues T-Shirt hatte in der Magengegend ein Loch von der Größe eines 25-Cent-Stücks. Einen Volleyball unter den Arm geklemmt, trat er im selben Moment in den Aufzug, als ich ihn verließ. Im Vorübergehen klopfte er mir freundlich auf die Schulter. »Hoffentlich bist du noch da, wenn ich wiederkomme.«

Ich stand allein in der Düsternis des Wohnzimmers. Der Loft hat Fenster nur an der Vorderfront und nach hinten hinaus, bis zur Mitte dringt das natürliche Licht nicht vor. Aus dem Küchenbereich tauchte Susan auf, eine Schale mit Hefekringeln in den Händen, die sie zum Tisch trug.

»Setz dich«, sagte sie im Vorbeigehen.

Der Tisch war in Sonnenlicht gebadet. Das Silberzeug blitzte. Meine Augen begannen zu tränen, und ich sehnte mich nach Schlaf. Susan goß leuchtenden Orangensaft in schimmernde Gläser. Sie war ein Bild der Güte. Einer etwas schrägen Güte freilich. Ihr vom Knoten befreites Haar stand drahtig und ungleichmäßig nach allen Seiten vom Kopf ab. Ihre weißen Jeansshorts schienen von der Trägerin eigenhändig in Fasson gebracht: lose Fäden hingen von den Hosenbeinrändern herab und wischten über die Oberschenkel. Das weiße Herrenhemd, das sie trug, mußte eines von Harry sein: die Ärmel waren fünf Zentimeter zu kurz, ihr dünner Hals wirkte verloren in dem weiten Kragen, und zwischen dem Stoff und ihrem Körper dürfte ein ganzes Stück leerer Luftraum gewesen sein. Trotz allem umgab diese Garderobe sie mit einem geisterhaften Weiß, so daß sie wie die Gute Hexe im *Zauberer von Oz* aussah, ein Anblick, der mich paralysierte.

Sie bemerkte, daß ich wie angewurzelt dastand, und rief mir ein drängendes »Komm her« zu. Ich rührte mich nicht. Sie stellte Saftglas und Karaffe ab. »Du hast alles richtig mit ihm gemacht. Tut mir leid. Ich weiß, daß du gehofft hast, ich würde dir sagen, du hast elenden Pfusch abgeliefert, aber nein, du hast deine Sache ganz gut gemacht.«

»Ganz gut«, wiederholte ich.

»Komm her und iß was. Ja, ganz gut. Zeitweise noch viel besser als gut. Ab und an warst du mir ein bißchen zu nonchalant. Aber du hast glänzende Arbeit geleistet. Es gibt nichts, weswegen du dich schämen müßtest.«

Ich ging schwerfällig zum Tisch und setzte mich.

»Du siehst erschreckend aus«, sagte sie, während sie einen Zwiebelkringel aufschnitt und mir hinreichte. Er war warm. Der Philadelphia wird darauf zerlaufen, dachte ich bekümmert.

»Ich schlafe schlecht«, sagte ich.

Susan klatschte sich ein ordentliches Quantum Philadelphia auf ihren Mohnkringel. »Ich kaufe diesen Magerstufe-Frischkäse mit Rücksicht auf Harry, ich selbst muß dann halt die doppelte Menge essen. Ich hoffe, du findest das logisch. Harry findet das nicht.«

»Es ist vollkommen logisch«, sagte ich.

Sie spießte blaßrote Scheibchen Räucherlachs auf ihre Gabel und drapierte sie sorgfältig um das Loch in ihrem Kringel herum. Ihr Blick streifte mich. »Essen tust du auch nicht? Kein Schlaf, kein Essen, und was noch nicht? Ach ja, keine Kontakte. Nichts als in der Einsiedlerklause über den Papieren sitzen.«

»Was war mein schwerster Fehler?«

»Ich bin gar nicht sicher, ob du überhaupt einen Fehler gemacht hast.« Susan machte den Mund weit auf und landete einen Raubtierbiß.

»Na komm. Fehler macht jeder.«

»Warum hast du bei der Geschichte von der Prostituierten nicht eingehakt?« fragte sie mit vollem Mund. Sie schluckte hinunter, spülte mit einem halben Glas Orangensaft nach und fragte: »Warum hast du da nicht nachgebohrt?«

Ich öffnete meinen Aktenkoffer und holte mein Notizbuch heraus.

»Oj«, sagte Susan. Sie legte die Hand auf den Deckel des Notizbuchs, um zu verhindern, daß ich es aufschlug. »Nein. Nicht ablesen, nur reden. Übrigens, dabei fällt mir was ein. Was haben eigentlich diese Tonbänder zu bedeuten? Tonbandaufnahmen bei *deinem* Gedächtnis? Felicia nennt dich heute noch ›Mister Memory‹. Wozu sollten die gut sein? Hast du aus Watergate nichts gelernt?«

»Ich schmeichle mir damit, daß ich weniger zu verbergen habe als Nixon«, sagte ich. »Wahrscheinlich ist das ein Irrtum.«

»Wozu Tonbandaufnahmen?« beharrte sie.

»Die technischen Voraussetzungen waren vorhanden. Das hat juristische Gründe, die mit den Kindern zu tun haben. In dem Zimmer fanden häufig Besprechungen mit Eltern statt, und –« Ich griff nach meinem Orangensaft, um einen Schluck zu trinken, überlegte und ließ es dann sein. »Die Technik war vorhanden. Ich nehme an, ich hätte ... Ich mochte ihn nicht!« Urplötzlich war die Wahrheit heraus und überraschte uns beide. Glaube ich. »Ich habe ihn nie gemocht. Man behält die Dinge im Gedächtnis, für die man sich interessiert. Ich machte mir Sorgen, weil ich dachte, ich würde mich auf die Banalitäten seines Lebens nicht konzentrieren können. Ich dachte, ich würde nichts anderes zu hören bekommen als die klassischen Lamentationen eines extrem konventionellen Kleinbürgers, und etwas anderes habe ich im Grunde auch tatsächlich nie zu hören bekommen. Lamentationen eines hochzivilisierten, ängstlichen, phantasielosen Losers.« Meine Lautstärke hatte sich dem Schreien genähert.

Susan nahm den nächsten Bissen. Diesmal einen kleineren. Sie kaute nachdenklich. Mir brach unter den Achseln und an den Schläfen der Schweiß aus. Ich erinnerte mich nicht, daß ich in der vergangenen Woche geschwitzt hätte, obwohl es in Baltimore drückend heiß gewesen war. Ich trank von meinem Saft und wartete auf ihre Reaktion. Nachdem sie hinuntergeschluckt hatte, sagte sie: »Du bist wütend auf ihn. Er hat dich schwer enttäuscht.«

»Ein Jammerlappen. Ein Kindskopf. Ein Egomane. Ein Ekel.« Lauter Etikettierungen, die meine Wut auf Gene mir eingab und mit denen ich Susan keineswegs widersprechen wollte. Ganz im Gegenteil.

»Willkommen unter uns Menschen«, sagte Susan.

Zwei Stunden lang geleitete sie mich durch das Labyrinth meiner Reaktionen auf Gene und lenkte dabei den Blick nicht so sehr auf meine therapeutischen Schachzüge, sondern mehr auf die Ereignisse in meinem Leben, die zeitlich mit jenen zusammenfielen. Wir stellten anhand der Fallgeschichte fest, daß meine Reaktion auf Gene häufig in Parallele zu etwas stand, das ich in einem anderen Bereich durchlebte. So bestand zum Beispiel Symmetrie zwischen meinem Entschluß, Gene direkt mit dem psychischen Material seines Traums zu konfrontieren, und der Entscheidung, das Behandlungszentrum in Alberts Interesse zu einer Einrichtung für Dauerunterbringung und -betreuung umzuwandeln.

»Also war ein Fehler, daß ich den Traum so umstandslos gedeutet habe?« sagte ich, als sie mit ihrer Revision fertig war.

»Nein, ich glaube nicht, daß es ein Fehler war. Vielleicht war es ein bißchen brutal.« Sie wechselte ihren Kurs. »Es war eine ausgesprochen brillante Deutung.«

»Danke.«

»Keine Ursache. Ich glaube allerdings, du bist dir gar nicht bewußt, wie brillant.«

»Was heißt das?«

»Du hast seine ganze Wut auf Frauen aufgedeckt, auf seine Mutter, zu der er, wie du ihm ja auch gesagt hast, seine Frau gemacht hat. Als seine Mutter ihn abgewiesen hat –«

»*Er* hat *sie* abgewiesen. Indem er Cathy geheiratet hat.«

»Sie hat sich verstoßen gefühlt. Aber Gene hatte das Gefühl, daß sie ihn abweist. Das hast du erkannt. Du hast es ihm selbst gesagt. Sie ist zur rachsüchtigen Frau geworden, weil sie sich erst von ihrem Mann und dann von ihrem Sohn verstoßen gefühlt hat. Und wie hat er reagiert? Er hat sie in das Terminal gewünscht. Er hat ihr den Tod gewünscht.«

Meine Hände zitterten. Seit dem Erwachen um halb fünf hatte ich eine Menge Kaffee getrunken, und zum Teil lag es daran. Nur zum Teil. Susan legte ihre Hand auf meine bebenden Finger und streichelte sie beruhigend. »Du brauchst Schlaf. Richtigen Schlaf.«

»Ich hätte es wissen müssen – das ist es doch, was du mir sagen willst? Ich hätte wissen müssen, daß Gene unter Umständen fähig ist, seine Frau umzubringen.«

»Nein! Er hat sie nie verprügelt. Weshalb hättest du so weit denken sollen?« Susan klapste mich auf die Hand. »Du mußt aufhören, immer der Missetäter sein zu wollen. Du kannst das Böse in der Welt nicht dadurch ausrotten, daß du es in dich hineinschluckst.«

»Das Böse in der Welt?« wiederholte ich. »Was ist denn das für ein Stuß?«

Susan fragte sanft: »Glaubst du nicht an das Böse?«

»Was soll ich darunter verstehen? Die fehlende Masse des Universums? Willst du mir etwa erzählen, daß Genes Problem darin bestand, daß er böse war?«

»Natürlich nicht.«

»Was dann? Hat Gene seine Frau umgebracht, weil zufällig gerade eine kleine Wolke von Bösem über ihn weggesegelt ist und auf ihn herabgeregnet hat? ›Böse‹ ist ein Wertbegriff, Susan. Für uns ist Hitler böse. Für ein NSDAP-Mitglied ist er gut. Du magst Philadelphia-Käse. Andere essen lieber Butter.«

»Hättest du lieber Butter zu deinem Kringel gehabt?« fragte sie bestürzt.

»Nein! Natürlich nicht.«

»Hätte mich auch gewundert. Hör zu, Rafe, ich will mich hier mit dir nicht auf eine philosophische Diskussion einlassen. Von so was kriege ich Kopfschmerzen. Es war schlechterdings unmöglich vorauszusehen, daß er eines Tages seinen Wunsch, eine rachsüchtige Frau loszuwerden, in die Realität überführen würde. In seinem Leben ist alles schiefgelaufen. Er hatte seinen Job verloren, er hatte die Frau, die er geliebt hat, verloren, seine Ex-Frau hat ihn wahrscheinlich gnadenlos abgebürstet. Was war ihm noch geblieben außer seinem Sohn? Oh – dazu wollte ich dich ja noch was fragen. Wie siehst du diese Beziehung?«

»Die Beziehung zu Pete?« Ich trank noch einen Schluck Orangensaft, ehe ich weitersprach. »Gene hatte die Hoffnung, er könnte mit der Art und Weise, wie er Petey erzog, seine eigenen Kindheitstraumata kompensieren. Don Kenny stand Gene emotional fern. Er war ihm physisch nah, solange Gene klein war – was sich übrigens in Genes Verhältnis zu Pete wiederholte –, aber als dann seine Künstlerkarriere angefangen hatte, kümmerte Don sich nur noch um sich selbst. Zuletzt war es ein Alptraum à la Jung. Nach und nach repetierte Gene das väterliche Verhaltensschema. Seine Rollenerfüllung als treusorgender Ehemann und Vater war kopfgesteuert. In Wahrheit wollte er sich in der Computerbranche als Killer beweisen und erotische Abenteuer haben. Als er zum erstenmal wieder Kontakt mit mir aufnahm, inszenierte er diese Lebenslüge als den Versuch, für seinen Teil den Verrat seines Vaters zu kompensieren. Ich konzentrierte mich darauf, ihn herausfinden zu lassen, was er wirklich wollte. Die Entscheidung lag dann bei ihm. Er hat sich für die Karriere und Halley und gegen seine Frau und seinen Sohn entschieden. Ist das böse?«

»Es ist egoistisch.«

»Ist das böse?«

»Gut ist es jedenfalls nicht.«

Ich lachte. »Und ich sollte ihn wohl an seiner Lebenslüge weiterstrikken lassen? Er war kreuzunglücklich. Seine Frau war kreuzunglücklich. Sie schliefen nicht miteinander, sie redeten kaum miteinander. War das ...?« Ich hielt inne.

»Was ist?«

»Ich bin ein Idiot. Sie waren immerhin noch am Leben. Ich bin ja offenbar von allen guten Geistern verlassen. Natürlich waren sie besser dran als jetzt.«

»Okay, okay!« Susan ließ ihr Messer fallen; es landete mit zornigem Klappern auf ihrem Teller. »Jetzt reicht's allmählich. Ich will dir mal sagen, wie ich die Sache sehe. Es wird dir bestimmt nicht gefallen. Du wirst es bestimmt nicht akzeptieren wollen, aber es ist die schlichte Wahrheit: Gene war ein Schwächling. Er ist immer wieder bei dir angelaufen gekommen, auch wenn du noch so viele Abschreckungsversuche gemacht hast, und er hat immer wieder gebettelt: Hilf mir stark werden, hilf mir ein Mann sein. Wenn du es dann getan hast, hat er jedesmal wieder Schiß gekriegt. Und zuletzt hast du ihm keinen Fluchtweg und keinen Schlupfwinkel mehr gelassen. Darauf hast du mit der Traumdeutung und später mit der Reaktion auf die Prostituierte hingearbeitet, nicht?«

»Die Prostituierte war ein Ablenkungsmanöver.«

»Ja, aber ich hätte mich ein Jahr lang oder vielleicht auch zwei nur mit diesem Ablenkungsmanöver beschäftigt, und die meisten anderen Therapeuten hätten das auch. Er hat das Unmögliche von dir verlangt, und du hast es getan. *Das* war dein Fehler.« Susan lehnte sich triumphierend zurück.

»Daß ich meine Arbeit getan habe, war ein Fehler?« fragte ich ungläubig.

»Nein! *Er* war der Fehler. Du hast ihn gegen seinen Willen von seiner Neurose kuriert. Er wollte nicht geheilt werden. Er wollte Seelenmassagen. Er wollte, daß die Behandlung scheitert und er dir die Schuld geben und im alten Elend weiterleben kann, aber du warst zu schlau für ihn. Du hast einen Schaden repariert, den er gar nicht repariert haben wollte.«

»Dann hab' ich ihn also doch umgebracht.«

Der Aufzug hielt auf dem Stockwerk. Die Türgriffe an der Kabine drehten sich.

»Er war ein Weichei, Rafe. Früher oder später hätte er sich in jedem Fall umgebracht. Was ihm gefehlt hat, war Rückgrat, nicht Einsicht. Er war so eine Art Prinzessin auf der Erbse.«

Die Aufzugtür ging auf. Ein Volleyball sprang aus der Kabine und hoppelte durch das dunkle Wohnzimmer.

»Harry?« rief Susan. Sie erhob sich besorgt von ihrem Platz. »Ist was mit deinem Rücken, Harry?« Mit gesenkter Simme sagte sie vor sich hin: »Er ist zu alt für diesen Unsinn.« Sie ging auf die offenstehende Aufzugtür zu. Als sie fast dort war, hüpfte Harry in Ballerinenpose, die dünnen

Arme über den Kopf erhoben, aus der Kabine und tänzelte auf den Spitzen seiner verdreckten Turnschuhe, daß der Bauch unter dem verschwitzten T-Shirt wabbelte.

»Ich bin die tolle Lola«, sang er unmelodisch. Er brach ab und sah mich an. »Bin ich ein Rollenmodell? Nein, ich bin nur der größte Volleyballspieler Nordamerikas. Leute, die Kinder haben, sind Rollenmodelle.«

Susan schloß mit einem Knall die Aufzugtür. »*M'schuggener ritoch*«, sagte sie; ihr Versuch, ein finsteres Gesicht zu machen, entgleiste und geriet zu einem Lächeln. Harry versuchte sich an einer neuen Pirouette, kam ins Stolpern und ließ sich auf die Couch fallen; Susan lachte vergnügt.

Harry rappelte sich auf und ging drahtigen Schrittes zu ihr hinüber. Er küßte sie flüchtig auf die Lippen. »Und hier ist mein Groupie, bereit, mir jeden erotischen Dienst zu tun, den ich verlange.«

Susan trat einen Schritt zurück von ihm. »Geh erst mal unter die Dusche. Hinterher bin ich dann dein Groupie.«

»Ich denke nicht daran. Als erstes wird jetzt mal gegessen.« Er kam zum Tisch und griff sich, ohne sich hinzusetzen, einen Hefekringel und ein Messer. »Nun, wie lautet der Richterspruch?« fragte er mich, noch immer keine Anstalten machend, sich zu setzen.

»Willst du mir weismachen, daß sie nicht mit dir darüber gesprochen hat?« sagte ich.

»Genau das will ich dir weismachen«, antwortete er. Er setzte sich endlich, langte nach dem Philadelphia-Käse und erstarrte. »Du hast den ganzen Philadelphia aufgegessen«, rief er Susan empört zu.

»Da ist noch 'ne Menge drin.«

Er zeigte mir den Becher. Drei Viertel des Inhalts waren weg. »Das reicht ... na, wofür? Gerade mal für 'n halben Kringel.«

»Es ist noch ein Becher da«, sagte Susan und verschwand in der Küche.

Harry schmierte seinen Kringel und flüsterte: »Sie hat mir erzählt, du hast prima Arbeit geleistet.«

»Mir hat sie gerade etwas anderes erzählt«, sagte ich im selben Moment, als Susan mit einem neuen Becher Magerstufe-Frischkäse aus der Küche kam.

»Was hast du Rafe gesagt?« fragte Harry. Er grapschte den Becher aus ihrer Hand. »Der gehört jetzt mir. Du hast genug gehabt.«

»Vielleicht möchte Rafe auch noch etwas davon haben.«

»Was hast du ihm gesagt?« beharrte Harry.

»Ich habe ihm gesagt, daß er ein zu hohes Tempo angeschlagen hat.«

Susan setzte sich und schob mit der Hand ihr widerspenstiges Haar über der Stirn nach hinten. »Das ist der einzige Fehler, den ich erkennen kann«, sagte sie zu mir. »Wenn du dich von ihm ein bißchen an der Nase hättest herumführen lassen und die ganze Sache sich dadurch ein bißchen länger hingezogen hätte, wäre für ihn vielleicht am Ende der Schock nicht so groß gewesen, als er entdeckt hat, daß er in einer wirklichen Welt lebt, mit wirklichen Problemen und wirklichen Schmerzen.«

»Du hast recht. Ich bin zu schnell vorgegangen. Ich habe mit Joseph konkurriert. Ich hatte Prozac-Neid.«

»Prozac-Neid«, sagte Harry und gluckste. Er hatte sich mit Frischkäse und dem gesamten noch vorhandenen Räucherlachs einen turmhohen Kringel zurechtgemacht. »Nun ja, wir machen alle mal einen Fehler. Stimmt's?« Er biß zu. Seine Backen füllten und wölbten sich. Susan und ich sahen zu, wie seine Kiefer arbeiteten. Er sah mich mit hochgezogenen Augenbrauen an, eine Aufforderung, ihm zuzustimmen. Er verlagerte den Blick auf Susan und runzelte dann die Stirn. »Ich wollte sagen ...« Er mußte unterbrechen, um noch einmal zu schlucken. »Wir können nicht bei jedem Patienten Erfolg haben.«

»Du hast nicht verstanden, worum es geht«, erklärte ich ihm. »Es ist nicht so, daß ich mit diesem Patienten keinen Erfolg gehabt hätte. Vor einem Jahr hab' ich ihm gesagt, daß er vollkommen in Ordnung ist. Ich hab' ihm gesagt: ›Du bist kuriert. Zieh los und leb dein Leben.‹ Ja, und dann war sein Leben ziemlich schnell zu Ende. Offensichtlich habe ich da einen Fehler gemacht.«

»Du hast keinen Fehler gemacht!« rief Susan dazwischen.

Harry ließ seinen Kringel fallen. »*Wo* ist das Problem? Was ist daran so schrecklich, wenn man einen Fehler macht?«

»Er hat keinen gemacht!« Susan strich ihr ungebärdiges Haar zurück und schob ihr Gesicht ganz dicht an meines heran; das Sonnenlicht brach sich in ihren wachen, ernsten Augen. »Du darfst dich da nicht irremachen lassen. Nicht du hast versagt. Gene hat versagt.«

»Du willst mir die bittere Pille nur versüßen«, murmelte ich.

»Wann hätte ich je eine bittere Pille für dich versüßt? Jetzt hör mir mal zu! Selbstverständlich warst du nicht perfekt. Niemand ist perfekt. Aber für jeden Fall, wo du zu schnell vorgegangen bist oder nicht richtig geschaltet hast, gibt es Dutzende von Beispielen, wo du alles genau richtig gemacht hast. Das war überhaupt nicht das Problem. Das Problem war Gene. Er war ein Schwächling. Von Anfang bis zum bitteren Ende – er war die ganze Zeit ein Schwächling. Was Furchtbares ist dem nie zugestoßen. Er hat seine Eltern beim Bumsen überrascht. Sein Vater war ein

Opportunist. Seine Mutter war eine verzickte Phlegmatikerin. Na und? Denk mal an die Kinder, die du behandelst. Denk mal an das, was die überlebt haben. Denk mal an dich selber.« Susan berührte meinen Arm. Sie flüsterte: »Die Menschen sind nicht alle gleich geschaffen, auch wenn das in der Verfassung steht.«

»Entschuldigung«, sagte Harry.

Ich fand Trost und Wohlsein in ihren alles verstehenden, alles verzeihenden Augen und hätte am liebsten den Blick nie mehr von ihnen abgewandt.

Aber Susan wandte den Blick ab. Sie räusperte sich. »Was gibt's, Harry?«

»Rafe«, sagte er, »darf ich dich etwas fragen?« Ich wandte mich zu ihm. »Nimmst du es immer so schwer, wenn ein Patient über den Jordan geht?«

Susan hielt den Blick auf den Tisch gesenkt.

Ich lächelte ihn an. »Ja«, sagte ich. »Ist wohl ein Zeichen von Narzißmus. Ich bitte um Nachsicht.«

»Von meinen Leuten gibt jeden Monat einer den Löffel ab.« Er zuckte die Achseln. »Der Bursche muß ja was ganz Besonderes gewesen sein.«

»Nein«, sagte ich.

»Nicht?« Er staunte. »O Mann, wie sieht das dann bei dir aus, wenn es mal jemand trifft, an dem dir wirklich was liegt?«

»Harry, geh dich duschen«, sagte Susan.

»Was?« Harry schnüffelte an seinen Achselhöhlen. »Bin ich bis da drüben zu riechen?«

Ich sagte halblaut: »Laß ihn ruhig.«

Susan unterstrich jedes ihrer Worte, indem sie mit dem Ende ihres Messers laut auf den Tisch klopfte. »Ich lasse nicht zu, daß du mit diesem Unfug dein Sündenregister noch verlängerst.«

»Ich rechne ihm das ja nicht als Sünde an«, protestierte Harry. »Ich meine doch nur, daß es vorkommen kann, daß man sein Bestes gibt und das reicht nicht aus. Das ist so ähnlich, wie wenn beim Sport eine ganze Mannschaft disqualifiziert wird, verstehst du? Die Therapie hat nicht funktioniert, aber keiner hat schuld. Das ist dir doch bestimmt schon mal passiert, oder? Das war doch sicher nicht das erste Mal, daß bei dir ein Patient ausgeflippt ist? Ich wollte eigentlich bloß wissen –« Harrys Suada brach jäh ab. Ich betrachtete ihn, deshalb konnte ich nicht sehen, was für eine Miene Susan aufgesetzt hatte, um ihn zum Schweigen zu bringen. »Was siehst du mich so an?« fragte er sie.

Susan fuchtelte mit dem Messer in seine Richtung. Die Klinge hatte einen weißen Frischkäse-Anstrich. »Er hat vorher noch nie einen Patienten verloren«, sagte Susan. »Er hat das jetzt zum ersten Mal erlebt. Zufrieden? Jetzt geh dich duschen. Alle lieben dich, Harry, und du riechst auch nicht verschwitzt, aber geh trotzdem unter die Dusche. Rafe und ich haben noch einiges zu besprechen, und hinterher machen wir alle zusammen bei dem schönen Wetter da draußen einen Spaziergang.«

Harry stand auf. Einen Moment lang sah er durch das hohe Fenster neben sich nach draußen. Dann drehte er sich um, ging an mir vorbei und blieb nach ein, zwei Schritten stehen. »Wie lange übst du deinen Beruf schon aus? Fünfzehn Jahre?« Ich nickte. Ich spürte seine Hand auf meiner Schulter. »Noch nie?« fragte er.

»Susan hat übertrieben«, sagte ich. »Unter meinen Patienten kommen regelmäßig Selbstmorde vor. Nur habe ich normalerweise den Betreffenden nicht vorher gesagt, daß sie geheilt sind.«

Er klopfte mir zweimal auf die Schulter und ging. Susan wartete, bis sie hörte, wie die Badezimmertür geschlossen wurde. Sie sah zum Fenster hinaus. »Ich finde es grotesk, daß du zu mir kommst. Ich hab' nicht das Zeug dazu, deine Arbeit zu beurteilen und deine Zweifel auszuräumen. Versteh mich bitte nicht falsch, ich bin mir sicher, daß ich mit allem, was ich dir gesagt habe, recht habe, aber du hast mich schon immer überschätzt.«

»Du hast mir das Leben gerettet –«

»Nein –«

»– das kann ich doch wohl kaum überschätzen?«

»Ich verstehe etwas von meinem Fach. Das ist alles. Deine Erinnerung an unsere gemeinsame Arbeit entspricht nicht ganz den Tatsachen. Das meiste hast du selbst getan. Du bist mit einer Erinnerung oder einem Traum zu unseren Sitzungen gekommen, und so etwa in der Mitte der Stunde hast du angefangen, die Sache zu analysieren, während ich noch dabei war aufzuschreiben, was du mir erzählt hattest. Du hast dich mit dem Präzisionsinstrument, das dein Verstand ist, selbst geheilt. Und mit deinem Blick für Menschen, Dinge und Verhältnisse – diesem schrecklichen Scharfblick, vor dem sich keiner mehr verstecken kann, den du mal ins Visier genommen hast, am wenigsten du selbst. Das ist das einzige Charakterproblem, das dir aus der bösen alten Zeit noch geblieben ist: Du bist zu streng mit dir selbst.«

»Du willst mir nicht sagen, daß ich es vermasselt hab', weil du befürchtest, ich könnte unkontrolliert reagieren, wenn ich das einsehen muß. Aber du irrst dich, Susan. Ich kann der Tatsache ins Auge sehen, daß ich Mist gemacht hab'. Keine Gefahr, daß ich ausraste.«

»Nein?« Sie stand auf und begann die angebrochenen Behälter – den Papptetraeder mit dem Orangensaft, den Becher mit dem Frischkäse – zu verschließen und nebenher mir die Leviten zu lesen: »Du hast ruck, zuck dein Lebenswerk im Behandlungszentrum sausen lassen, weil ein verrücktes Forschungsexperiment dich auf die Idee gebracht hat, du könntest eventuell – nur eventuell – Fehler machen. Und nicht nur *du*. Nein, du hast dir auch Sorgen gemacht, daß vielleicht deine Kollegen Fehler machen würden.« Alles war jetzt fest mit Deckel verschlossen oder mit Klebeverschluß versiegelt. Sie hob das Messer auf und leckte den weißen Philadelphia-Rückstand ab. »Für mich ist sonnenklar, daß Gene selbst für sein Schicksal verantwortlich ist. Aber ich kann dich nicht überzeugen, weil du in deinem tiefsten Innern weißt, daß ich dir nicht ebenbürtig bin. Und du hast ja recht. Dir fehlt deine eigentliche Arbeit, die Arbeit mit den Kindern, und zu der müßtest du dringend wieder zurückkehren. Jeder Tag, an dem du nicht mit den Kindern arbeitest, ist für die Welt ein Verlust. *Da* bist du jetzt der Versager, Rafe. Nicht bei diesem – ich bitte um Vergebung –, diesem armen Trottel, der sich und seine Familie zerstört hat.«

»Susan, du hast jetzt gerade eine Revision meiner Behandlung von Gene vorgenommen und mir gezeigt, daß meine Vorgehensweise ihm gegenüber in Abhängigkeit von bestimmten Entwicklungen in meinem Leben gewechselt hat. Das heißt, meine Technik war –«

»Ach, komm, Rafe! Wir sind alle nur Menschen! Das muß ich dir doch nicht extra sagen. Klar, genauso war's. Aber ob gut oder schlecht, so ist's bei allen Therapeuten. Therapie ist eine Beziehung zwischen Menschen, das darf man nicht vergessen.«

»Würdest du zugeben, daß mich mindestens eine Teilschuld trifft?«

»Nein.« Sie klemmte sich die Orangensafttüte unter den Arm und nahm in die eine Hand die leere Kringelschale, in die andere den Philadelphia-Becher. »Es war ganz allein Genes Schuld. Du wolltest wissen, wie ich die Sache sehe. Ich gebe zu, ich bin nur eine gewöhnliche Durchschnittstherapeutin. Aber ich sage dir, ich kenne niemand, der es besser als du hätte machen können.« Da sie die Hände voll hatte, deutete sie mit dem Kopf auf die sonstigen Rückstände des Brunchs auf der Tischplatte: »Hilf mir doch mal eben, das rauszutragen.« Die Gute Hexe entfernte sich aus dem Sonnenlicht. Beim Eintauchen in die dunkle Zone rief sie mir über die Schulter zu: »Mach dich ein bißchen nützlich!«

ZWEITES KAPITEL

Gerichtstag

Ich entsinne mich noch genau, wie mein Plan Gestalt annahm. Ich saß im Freien vor meinem Studio auf dem Institutsgelände. Im Hauptgebäude hatte ich mir einen Liegestuhl ausgeliehen und ihn zum Schutz vor der stechenden Junisonne unter einem dichtbelaubten Ahorn aufgeschlagen. Auf meinem Schoß lag ein Notizbuch, in das ich soeben eine standardisierte Fallgeschichte meiner Arbeit mit Gene einzutragen begonnen hatte. Ich hatte meine Erfolge protokolliert, warum sollte ich meine Mißerfolge verschweigen? Anders als Susan behauptete, gab es noch mehr, wenn auch keiner davon so unerwartet und erschreckend wie der mit Gene gewesen war. Ich beschloß, ein Buch über meine Fehler zu schreiben und mit Gene den Anfang zu machen.

Als Einstieg hatte ich einen Bericht über die letzten Sitzungen vorgesehen. Ich war an den Punkt gelangt, wo Halley und Stick eingeführt werden mußten, als mir aufging, daß ich zwar wieder und wieder gehört hatte, wie schön Halley und wie charismatisch Stick war, daß ich aber auch nicht die entfernteste Vorstellung davon besaß, wie die beiden denn nun wirklich aussahen. Einen Moment lang war ich überzeugt, daß Halley blond war, dann kamen mir wieder Zweifel. Ich würde mir noch einmal die Tonbänder anhören müssen, eine entmutigende Aussicht. Ach was, im Grunde ist die Haarfarbe ohne Bedeutung, befand ich – und dann traf es mich wie ein Blitz.

Die Haarfarbe ist ohne Bedeutung? Mit Sicherheit hatte sie Gene etwas bedeutet, und der war mein Thema. Und Sticks Erscheinung, sein Auftreten, seine unmittelbare Wirkung, der Klang seiner Stimme und der Ausdruck in seinen Augen, als er Gene feuerte – all diese Dinge waren ebenfalls von Bedeutung. Würde ich wollen, daß jemand meine eigene Geschichte erzählte, von meinem Entsetzen in Tampa und meinem Zusammenbruch in Great Neck berichtete, ohne sich für den Celloklang von Bernies Stimme zu interessieren oder von meiner mageren grünäugigen Mutter und ihrem hochgewachsenen Latino-Ehemann wenigstens eine Fotografie gesehen zu haben?

Die Hand, die sich zum Schreiben auf das Papier hatte senken wollen, hielt mitten in der Bewegung inne und schwebte regungslos über dem Blatt. Ein Windstoß hob die kräftigen Äste des Ahorns an. Während der Luftstrom über mich hinwegflutete, schloß ich die Augen. Ich wußte nichts von Genes Leben. Ich hielt mich für den größten Experten der Welt für dieses Thema, dabei hatte ich dessen sämtliche zentralen Elemente weder jemals gesehen noch gehört, noch war ich mit ihnen in Berührung gekommen. Nachdem ich die Augen wieder aufgemacht hatte, klappte ich das Notizbuch zu.

Etwa eine Stunde später stattete ich der Bibliothek des Instituts einen Besuch ab, um mich zu erkundigen, welches Computermodell man dort für die Speicherung und Verwaltung der Daten benutzte. Ich war sehr enttäuscht, als ich hörte, daß es nicht der Black Dragon und auch kein anderes Produkt von Hyperion Computers war. Ich hätte gern einen der Rechner gesehen, an deren Konstruktion Gene mitgewirkt hatte.

Ich rief in der Unternehmenszentrale in Westchester an. Ich wollte die Telefonistin bitten, mich zur Verkaufsabteilung durchzustellen, aber es meldete sich keine Telefonistin. Jedenfalls keine aus Fleisch und Blut. Ich landete bei einer vollautomatischen Vermittlung und wurde belehrt, daß ich, vorausgesetzt, ich sei Besitzer eines Tastentelefons, die Taste mit dem Pfundzeichen (ich hatte keine Ahnung, ob unter »Pfundzeichen« das Sternchen oder die Raute zu verstehen war) und anschließend die Nummer der gewünschten Nebenstelle drücken müsse oder aber die Möglichkeit hätte, um in eine der in der Folge genannten Abteilungen durchzudringen, die im selben Zug genannte Durchwahlnummer einzutippen. Bliebe ich untätig, würde sich eine Telefonistin melden, um mir weiterzuhelfen. Eine der aufgezählten Möglichkeiten war, das Pfundzeichen und die Fünf zu drücken, um in die Abteilung Geschäftsleitung zu gelangen. Ich entschied mich (fälschlicherweise) dafür, das Sternchen als Pfundzeichen zu behandeln.

»Guten Morgen. Hier ist Hyperion«, meldete sich fast noch im selben Moment eine Frauenstimme.

»Theodore Copley, bitte.«

»Die Durchwahl ist elf. Bitte notieren Sie sich die Nummer. Ich verbinde.«

Was sollte ich ihm eigentlich sagen? überlegte ich. Die Situation war für mich ein Novum. Ungeplante Gespräche mit unbekannten Personen gehören nicht unbedingt zum Repertoire des Psychiaters. Nach strengen Kriterien war er für mich natürlich kein Unbekannter.

»Büro Mr. Copley.«

»Ist Mr. Copley zu sprechen?«

»Mr. Copley ist zur Zeit verreist. Möchten Sie eine Nachricht hinterlassen?«

»Nein, danke, ist nicht nötig«, sagte ich und kam mir plötzlich ziemlich blöd vor. »Ist er in New York?« Die Frage kam völlig automatisch aus mir heraus, bevor ich überhaupt Zeit zum Überlegen hatte.

»Er ist bis Mittwoch in New York. Aber er ruft die hinterlegten Nachrichten regelmäßig ab.«

»Auf der Tagung?« riet ich noch einmal ins Blaue hinein.

»Auf der Tagung? Nein.« Sie sprach gedehnt, jetzt mit Argwohn in der Stimme. »Möchten Sie mir eine Nachricht diktieren, Sir?«

»Nein, ich rufe wieder an. Vielen Dank.«

Ich saß an meinem Schreibtisch, die Hand noch immer auf dem Hörer in der Gabel, und kam mir albern vor. Mir wurde klar, daß die Frage Nummer eins war, ob sie meinen Namen kannten oder überhaupt von meiner Existenz wußten. Gene hatte mir gesagt, daß er Stick seine Besuche beim Psychiater verheimlichen wollte, Cathy indessen wußte Bescheid, und vermutlich hatte er auch Halley eingeweiht. Ich konnte mich nicht erinnern, daß er jemals einen klaren Hinweis auf ein Gespräch mit Halley über die Therapie hätte verlauten lassen, und das war, bei Lichte besehen, sonderbar. Gewöhnlich zeigt der Partner eine sehr starke Reaktion auf die Psychotherapie des Patienten. (Cathy zum Beispiel beklagte sich oft, daß ich Probleme in ihre Ehe hineintrüge. Damit hatte sie natürlich vollkommen recht.) Das allermindeste ist eine unbezwingliche Neugier; im typischen Fall regt sich Groll gegen den behandelnden Arzt, der sich in Kritik entlädt; mitunter kommt es zu Konkurrenzverhalten in der Form, daß der Partner sich seinerseits in Therapie begibt. Gene war völlig vernarrt in Halley gewesen. Er muß ihr seine sämtlichen Lebensumstände haarklein gebeichtet haben. Sie wiederum dürfte nach meiner Vermutung früher oder später Stick informiert haben. Wenn nicht vor Genes Selbstmord, dann auf jeden Fall danach.

Ich rief noch einmal bei Hyperion an, hörte mir geduldig alle Ansagen an und hatte schließlich eine Telefonistin am Apparat.

»Guten Morgen. Hier ist Hyperion«, sagte dieselbe Stimme, die mir empfohlen hatte, ich solle mir Sticks Durchwahlnummer notieren.

»Halley Copley, bitte.«

»Die Durchwahl ist fünf-drei. Bitte notieren Sie sich die Nummer. Ich verbinde.«

»Büro Miss Copley«, meldete sich nach mehrmaligem Läuten eine Männerstimme.

»Ich habe ein dringendes Fax für Miss Copley. Ist sie in Paris oder –«

»Sie ist hier.«

»Vielen Dank. Ich schicke es gleich los.« Ich legte auf, bevor er mich mit ungebetenen Ratschlägen traktieren konnte.

Ich packte eine Reisetasche. Wenn ich gleich losfuhr, konnte ich mein Ziel noch vor Betriebsschluß erreichen. Ich nahm nur Sachen zum Anziehen mit. Ich konnte mich an keine frühere Reise erinnern, auf der ich nicht wenigstens ein Notizbuch bei mir gehabt hätte – selbst im Urlaub mit Diane hatte ich immer eins dabei. Das Improvisierte und Asketische dieses jähen Aufbruchs zu einem Besuch bei ihr hatte etwas Aufputschendes.

Die Hyperion-Zentrale war nicht schwer zu finden. Sie beherrscht etwa einen halben Kilometer von der Ausfahrt Tarrytown des Saw Mill Parkway entfernt ein flaches, schmales Landstück, das auf der einen Seite von einem Teich, auf der anderen von einem Gehölz begrenzt ist. Zwei langgestreckte gelbbraune flache Massivbauten beherbergen die Labors. Zwischen ihnen erhebt sich ein viergeschossiges Bürogebäude in Glasbauweise. Die Hoden sind größer als der Phallus, dachte ich, als ich in die zweispurige Zufahrt einbog. Vor dem Tor verbreitert sich die Zufahrt auf vier jeweils mit einer Schranke gesicherte Fahrspuren, zwei zur Einfahrt, zwei zur Ausfahrt, mit einer gläsernen Kabine für den Wachmann in der Mitte. Die beiden äußeren Fahrspuren sind den Mitarbeitern vorbehalten, die Schranken dort öffnen sich automatisch, wenn in den Schlitz an der davorstehenden Säule die Plastikkennkarte eingeführt wird. Besucher müssen die inneren Fahrspuren benutzen und bei der Kabine des Wachmanns anhalten.

Der Wachmann war ein hagerer Bursche von höchstens einundzwanzig Jahren mit brandrotem Haar. Er trug eine blaßblaue Uniform und trotz der Hitze eine Dienstmütze. Sie war ihm zu groß und bedeckte die halbe Stirn. »'n Tach«, sagte ich im Ton eines gehetzten Beamten. »Ich hab' keinen Termin, müßte aber mit Halley Copley sprechen. Apparat dreiundfünfzig. Mein Name ist Neruda.«

Er griff zum Telefonhörer und wiederholte fragend: »Mr. Neruda?«

»Warten Sie. Sie kennt meinen Namen nicht. Sagen Sie, daß ich mich mit ihr über den Selbstmord von Gene Kenny unterhalten möchte.«

Er starrte mich einen Augenblick an. »Entschuldigen Sie – wie war der Name?«

»Eugene Kenny. Hat hier gearbeitet. Vor vier Wochen hat er sich umgebracht. Haben Sie Mr. Kenny gekannt?«

»Ich?« fragte er nervös.

»Er hat doch hier gearbeitet, oder?«

»Weiß ich nicht.« Er machte eine Geste zu der automatischen Schranke hin. »Die Angestellten fahren hier einfach durch.«

»Sie haben also keinen Kontakt zu ihm gehabt?« Ich linste auf das Namensschild an seiner Brusttasche. »Sehe ich das richtig, Patrick?«

»Nein, Sir. Ich meine: ja, Sir.«

»Kennen Sie Kollegen, die ihn gekannt haben? Ich möchte mit allen hier sprechen, die ihn gekannt haben.«

»Leider nein, Sir. Aber die Personalabteilung oder vielleicht Miss Copley kann Ihnen bestimmt weiterhelfen.«

Er drehte sich weg von mir, um leise ins Telefon zu sprechen. Ich weiß nicht, ob er Halleys Sekretär erzählte, ich sei Kriminalbeamter – auf jeden Fall glaubte der, daß ich einer wäre. Er wartete in der Eingangshalle auf mich. Er war ebenso groß wie ich, ebenso dünn und jung wie der Wachmann, nur mit braunem Haar. Er stand vor einem weißen Schleiflack-Empfangsschalter, hinter dem eine attraktive schwarze Rezeptionistin mit einer Hör-Sprech-Garnitur auf dem Kopf saß. »Detective Neruda?« sagte er, mit ausgestreckter Hand auf mich zugehend, als ich durch die Glastür trat. »Ich bin Jeff Lasker, Miss Copleys Assistent.«

»Detective?« wiederholte ich lächelnd. Ich schüttelte seine Hand. »Nein. Ich bin Dr. Neruda. Ich bin Psychiater. Wenn man will, kann man das, was ich tue, auch als Detektivarbeit betrachten. Zumal ich als Gerichtspsychiater tätig bin. Aber ich arbeite nicht mit der Polizei zusammen. Jedenfalls im Moment nicht.« Ich versprach mir von meiner ein wenig hochstaplerischen Taktik nichts weiter, als daß sie meinen Vorstoß zu Halley beschleunigen könne. Ich hätte sie gern getroffen, ohne daß sie Zeit gehabt hatte, sich vorzubereiten. Mir lag daran, eine möglichst spontane Reaktion von ihr zu bekommen.

»Sie kommen also nicht im Auftrag der Polizei?« Er war nicht verärgert, lediglich aus dem vorbereiteten Konzept gebracht.

»Ich habe mit Detective O'Boyle gesprochen, und er hat mich in einem bestimmten Punkt des Falls Gene Kenny um Hilfe gebeten, aber das steht nicht im Zusammenhang mit meinem Besuch bei Ihnen. Es ist mehr ein persönliches Interesse, weswegen ich mich gern mit Miss Copley unterhalten würde. Nichts Amtliches. Ist sie zu sprechen?«

»Können Sie sich in irgendeiner Form ausweisen? Es tut mir leid, aber wir müssen Ihre Identität überprüfen.« Es klang nicht so, als ob ihm irgend etwas leid täte.

»Kein Problem«, sagte ich. Ich reichte ihm meinen Führerschein und die Mitgliedskarte des Ärzteverbands.

Der Arztausweis interessierte ihn am meisten. Er studierte ihn eingehend und zeigte mir dann ein höfliches Lächeln. »Miss Copley führt gerade ein Auslandstelefonat, dürfte aber in etwa zehn Minuten frei sein. Möchten Sie sich nicht inzwischen hier eintragen?« Er zeigte auf das Besucherbuch auf dem Empfangsschalter. »Ich bringe Sie dann in den Konferenzraum. Miss Copley kommt in wenigen Minuten zu Ihnen.«

Der Konferenzraum war das Übliche. Ein langer schwarzer Tisch, schwarze Leder-Drehsessel, zwei Wasserkaraffen. Der einzige aus dem Rahmen des Gewohnten fallende Gegenstand war ein äußerlich eindrucksvoll gestalteter Computer auf einem Arbeitstisch etwas abseits in einer Ecke. Trotzdem überlief mich beim Anblick dieses nichtssagenden Raums ein Schauer, wie man ihn etwa am Schauplatz eines denkwürdigen historischen Ereignisses empfinden mag. Ich sah durch die Fenster mit den Rauchglasscheiben nach draußen und stellte fest, daß sie in der Tat auf den Parkplatz hinausgingen. Hier hatten sich Gene und Halley zum ersten Mal geküßt.

Und auf einmal war mir alles egal. Cathy. Der kleine Pete. Sogar was mit mir selber passiert.

Ich setzte mich in einen Drehsessel, war aber binnen kurzem wieder auf den Beinen. Meine Ungeduld, sie zu sehen, war lästig, aber ich vermochte sie nicht zu bezwingen. Ich ging auf und ab, bis ich auf den Gedanken kam nachzusehen, ob der Computer in der Ecke vielleicht Genes Rechner war. Auf dem Typenschild stand »H-1000«. Von dem Modell hatte ich nie gehört. Es konnte trotzdem ein Stück aus Genes Schöpferwerkstatt sein. Während seines letzten Jahrs bei Hyperion – der Zeit, in der er für das gesamte Produktdesign verantwortlich gewesen sein soll – hatte ich ihn nicht mehr gesehen. Nicht auszuschließen, daß dies seine letzte Arbeit war.

Hör auf zu träumen, ermahnte ich mich, ging zum Fenster und ließ den Blick über das eintönige Parkplatzpanorama draußen schweifen. Die Tür hatte ich dabei im Rücken.

Als sie aufging, drehte ich mich nicht um. Die Spiegelung in der dunklen Scheibe vor mir zeigte von der eintretenden Person immerhin so viel, daß ich sie als weiblich identifizieren konnte. Sie blieb dicht hinter der Schwelle stehen, die Hand noch auf dem Türknauf. Ich wartete.

»Dr. Neruda?« sagte sie schließlich. Sie sprach mit tiefer, etwas heiserer Stimme, ich bezweifelte jedoch, daß das rauchige Timbre die Folge einer Verkühlung war. Alles an ihr sei sexy, hatte Gene gesagt.

Ich drehte mich um, um meinen ersten Blick auf sie zu werfen. Sie war kleiner, als ich erwartet hatte. Genes so ehrfürchtige wie leidenschaftliche Verliebtheit hatte sie in meiner Vorstellung mit einer imposanten Statur ausgestattet. In Wirklichkeit war sie zierlich gewachsen, fast kleinwüchsig, etwas über eins-fünfzig groß, wog bestimmt nicht mehr als fünfundvierzig Kilo und hatte extrem kleine Hände und Füße. Sie trug eine hochgeschlossene Bluse und darüber ein legeres schwarzes Jackett, aber der Stoff war an entsprechender Stelle weit genug ausgebuchtet, um erkennen zu lassen, daß ihre Brüste sehr wahrscheinlich alles andere als kleinwüchsig waren. Stirn und Nase waren schön geformt. Eine Überraschung war für mich auch der Teint. Ich hatte sie mir blond und hellhäutig vorgestellt. In Wirklichkeit war das lange glatte Haar pechschwarz, und die makellos reine Haut wirkte fast sonnengebräunt. Die vollen Lippen waren leuchtend rot geschminkt, die eine Spur zu eng beieinander stehenden Augen, zwei kreisrunde schwarze Flecke, glitzerten, während sie mich mit ernstem Ausdruck musterten. Im ganzen wirkte sie wie eine Puppe: hübsch, klein, passiv und zum Verlieben.

»Halley Copley?« Sie nickte, immer noch nicht ganz in das Zimmer eingetreten. Ich ging mit ausgestreckter Hand auf sie zu. »Ich freue mich, Sie kennenzulernen.« Während ich näher kam, legte sie gezwungenermaßen den Kopf leicht zurück, um Blickkontakt mit mir halten zu können. Ihr Blick zeigte nicht die kleinste Unsicherheit; es war ein unerschrockener, aber keineswegs dreister Blick. Sie gab mir die Hand. Eine Kinderhand. Die Fingerspitzen waren kühl, der Druck kurz und fest. Sie ließ meine Hand los und deutete einladend in Richtung Tisch. »Nehmen Sie Platz, Herr Doktor.«

»Wir könnten auch woanders hingehen«, sagte ich.

Sie war an das Kopfende des Tischs getreten und rückte eben den Stuhl ab. »Ich verstehe nicht«, sagte sie.

»Wenn der Aufenthalt in diesem Raum Sie in irgendeiner Form belastet«, sagte ich in sanftem Ton, etwa so, wie man mit einer trauernden Witwe sprechen würde, »könnten wir auch in Ihr Büro gehen oder zusammen einen Spaziergang machen.«

Meine unerwartete Bemerkung stoppte ihr Vorhaben, sich zu setzen. Sie ließ den Stuhl los und sah, während lackschwarzes langes Haar über ihr Jackett streifte, über die Schulter zu mir her. Ich bekam ihr Profil zu sehen, aus dem mir ein einzelnes Auge einen Zornesblitz zuzuschleudern schien. Make-up kann vieles verdecken, aber was ihr Make-up in diesem Augenblick verdeckte, war bestimmt nicht Trauer. »Wie bitte?« sagte sie und ließ den Gedanken, sich zu setzen, fallen. Sie drehte sich ganz zu mir um.

»Ich dachte, daß es Ihnen vielleicht lieber wäre, wir unterhalten uns an einem anderen Ort«, sagte ich.

»Herr Doktor –« Sie ruckte leicht mit dem Kopf, wie wenn ihr eine Haarsträhne übers Auge gefallen wäre (was nicht der Fall war). »Sie sind doch ein Doktor?«

»Ja, Facharzt für Psychiatrie.«

»Entschuldigen Sie bitte, aber Sie sind mir völlig unbekannt.« Sie lachte. Es war nicht eigentlich ein Lachen: sie entließ einen eruptiven Luftschwall, schnaubte gewissermaßen ihre Gefühle aus. Der Laut ist nicht leicht zu beschreiben. Obgleich in ihm mehrere Empfindungen – Geringschätzung, Verwunderung, Belustigung, Resignation – miteinander vermischt zu sein schienen, traten diese Empfindungen unverkürzt in Erscheinung. Jede war, ich weiß nicht wie, vollständig ausgedrückt, die Widersprüche zwischen ihnen waren aufgelöst, alle Unklarheiten beseitigt. Sie holte tief Luft und wandte den Blick ab, wie wenn, nachdem dies gesagt war, ich und mein unbekanntes Anliegen sie nicht mehr interessierten.

»Verzeihen Sie. Darf ich Ihnen eine kurze Erklärung geben?«

Sie nickte, aber für ihre Augen war ich nicht mehr vorhanden. Mit den Händen auf der Rückenlehne des Stuhls stand sie vollkommen gelassen da und wartete ohne auch nur ein Minimum an Neugier oder Interesse.

»Ich habe Gene über viele Jahre behandelt. Zum erstenmal, als er noch ein Teenager war. Dann noch einmal einige Jahre lang, bevor Sie und er sich kennenlernten. Leider hat er seine Besuche bei mir vor einem Jahr eingestellt, und ich ...« Ich hielt inne, um nach einer Formulierung zu suchen, die wahrheitsgemäß war, ohne allzuviel preiszugeben. Ich wollte, was immer sie mir über Gene erzählen mochte, nicht von vornherein desavouieren.

»Sie fühlen sich schuldig«, sprach sie meinen Satz zu Ende, und zwar in so intimem Ton, als ob sie allein im Zimmer wäre.

Sie hat sich auf mich eingestellt, konstatierte ich. Hört genau zu und reagiert überlegt. »Nun ja, ich bin auf jeden Fall tief betroffen. Gene hat auf mich nicht suizidgefährdet gewirkt –«

Sie gab erneut einen Laut von sich, der einen Akkord von Gefühlen repräsentierte, diesmal jedoch einen anderen: Abscheu, Betrübnis, Amüsiertheit und einen Anklang von nachlassender Spannung. Sie griff noch einmal zur Rückenlehne des Stuhls und schob ihn sacht zum Tisch zurück. »Was das betrifft, haben Sie sich ja gründlich geirrt.« Sie kam auf mich zu, sah mich jedoch nicht an; ihr Ziel war die Tür in meinem Rükken. »Ich möchte über dieses Thema nicht sprechen«, sagte sie ohne Anspannung in der Stimme, weder abweisend noch tadelnd, lediglich ein Faktum konstatierend. Ihre kleine linke Hand legte sich auf den Türknauf. Ich bemerkte, daß sie eine große altmodische Herrenarmbanduhr trug, quadratisch geformt und mit einem zweigeteiltem Zifferblatt, auf dem zwei verschiedene Tageszeiten angezeigt waren. Sie öffnete die Tür, ohne weiter Notiz von mir zu nehmen. »Ich gehe«, sagte sie unter der Tür, ehe sie auf den Gang hinaustrat.

»Warum?« rief ich überlaut hinter ihr her. Ich hoffte, mit einer Provokation ihren entschlossenen Abgang stoppen zu können.

»Ich möchte mit Ihnen nicht über Gene sprechen«, gab sie zurück, ohne stehenzubleiben oder ihren Schritt zu verlangsamen. Unter erneuter Verpuffung einer Gefühlsmixtur – diesmal aus Befremden, Bedauern und Verärgerung mit einem Zusatz von Triumph – bog sie um die Flurecke und verschwand in der Eingangshalle.

Ein oder zwei Minuten lang stand ich allein im Zimmer. In der Rückschau auf die Begegnung schien es, als ob sie tatsächlich trauerte. Gene hatte mir erzählt, daß sie den Schmerz über den Tod ihres Bruders nicht verwunden hatte. Sie hatte behauptet, niemandem ihr Herz ausgeschüttet zu haben, bis sie Gene kennenlernte, der ihr teilnahmsvoll zuhörte. Selbst wenn das eine schmeichlerische Übertreibung war, zeigte es auch als solche, daß der Gefühlsausdruck von Verlust ihr schwerfiel. Außerdem hatte sie bei mir sofort ein Schuldgefühl vermutet – eine offenkundige Projektion. Dessenungeachtet belehrte mich mein Instinkt eines anderen. Ihre Verärgerung über mich war eine vollkommen natürliche und vielleicht auch berechtigte Reaktion. Aber in dem Verzicht auf jegliches neugierige Wissenwollen und in der Behendigkeit, mit der sie sich das Vernügen, mich zu attackieren, versagte, manifestierte sich eine Verstandeskühle, die einen von Kummer beschwerten Kopf überfordert hätte.

Ein Wachmann trat auf den Plan, diesmal nicht in der rothaarigen und dünnen, sondern in der glatzköpfigen und übergewichtigen Variante. Er äußerte die Meinung, es sei für mich Zeit zum Gehen, und gestikulierte in Richtung Eingangshalle. Ich war belustigt und muß wohl auch gelächelt haben, denn er legte die Stirn in Falten und kommandierte barsch, als hätte ich Widerstand geleistet: »Los jetzt!«

Der Rothaarige hatte die Schranke schon offen, als ich an seiner Kabine ankam, und beschleunigte so meinen Abgang. Als ich an ihm vorbeifuhr, warf er mir einen wütenden Blick zu. Es war zu spät am Tag, um noch nach Baltimore zurückzufahren. Ich überquerte auf dem Saw Mill Parkway die Stadtgrenze von New York, fuhr weiter in Richtung Innenstadt und dachte auf der Fahrt darüber nach, ob es mehr als bloße Sturheit war, was die Lust in mir anheizte, den Schutzwall, den Halley um sich gezogen hatte, zu durchbrechen. Welches Recht hatte ich, ihr und ihrem Vater auf den Pelz zu rücken? Keines, versteht sich. Spätestens als ich von der West Street in die 14. Straße einbog, konnte ich mir nicht länger verhehlen, daß nichts als schiere Halsstarrigkeit hinter meinem Entschluß zum Weitermachen steckte.

Ich bat Susan und Harry um ein Quartier für die Nacht. Ich belog Susan über den Anlaß meines Besuchs in der Stadt: ich sei gekommen, um einen Teil meiner Unterlagen aus dem Behandlungszentrum abzuholen. Es tat mir leid, daß ich damit einen Hoffnungsschimmer in ihr weckte, Diane und ich könnten uns wieder aussöhnen. Während wir zusammen die Couch zum Bett auszogen, wurde mir klar, daß ich zu einer Inkarnation des kleinen Rafe geworden war: einzelgängerisch, Geheimnisse hütend, auf einer Mission, deren Ziel ich nicht präzise zu umschreiben vermochte. Auf klinischer Ebene wäre es mir schwergefallen, einer professionellen Diagnose auf herannahenden Nervenzusammenbruch mit überzeugenden Argumenten zu widersprechen.

Am nächsten Morgen rief ich meinen Anwalt Brian Stoppard an, jenes hochbezahlte Genie, das mit zu Onkel Bernies Erbe gehörte. Brian wußte, daß ich nicht mehr in der Lage war, ihm vierhundert Dollar die Stunde zu bezahlen, aber das hinderte ihn nicht, meine Anrufe entgegenzunehmen.

»Was weißt du über einen Menschen namens Theodore Copley?« fragte ich ihn.

»Copley. Den Namen hab' ich schon mal gehört. Im Moment weiß ich nicht, wo ich ihn hintun soll. Wer ist das?«

»Er ist – das heißt, ich *glaube* er ist Generaldirektor eines kleinen oder mittelgroßen Computerunternehmens namens Hyperion.«

Brian stieß ein lautes »Buh« aus, das mir galt. »Kein kleines Unternehmen, Rafe! Jetzt weiß ich wieder, von wem du sprichst. Hyperion hat schon immer in der gehobeneren Klasse mitgespielt, aber jetzt hat er gerade den amerikanischen Zweig von Haipan aufgekauft und außerdem irgendeine Firma namens Frog übernommen. Sein Geldgeber ist jemand, den du kennst – Edgar Levin, der Sohn von Irving.«

Ich war elektrisiert. Irving Levin war ein Spezi meines Onkels gewesen, ein Immobilienmogul und in den sechziger Jahren fast genauso reich wie Bernie. Er hatte zwei Söhne. Edgar hatte die Geschäftsbeteiligungen seines Vaters noch weiter ausgebaut und besaß jetzt diverse Filetstücke des New Yorker Kapitals, angefangen vom Kabelfernsehen bis hin zu einer stattlichen Beteiligung bei den Mets, dem zweiten großen New

Yorker Baseballteam neben den Yankees. Alex, den Jüngeren, hatte es gen Westen gezogen, nach Hollywood, wo er eine Reihe von Kassenschlagern produziert hatte. Er und Julie waren nicht nur Berufskollegen, sondern auch befreundet – waren es zumindest vor fünf Jahren gewesen, als ich das letztemal mit Julie gesprochen hatte. Ich verfügte also über mindestens zwei Zugangswege.

Während ich insgeheim in Hochstimmung schwelgte, plauderte Stoppard weiter. »Tatsächlich hat sogar eine Kollegin aus unserer Sozietät, Molly Gray, Edgars Investition bei Hyperion gemanagt. Und du kennst wahrscheinlich Mollys Mann. Sagt dir der Name Stefan Weinstein etwas? Er ist auch Psychoklempner.«

»Selbstverständlich. Ein brillanter Kopf. Ich hab' ihn allerdings leider nie persönlich kennengelernt.«

»Er ist sogar noch brillant, wenn man ihn kennengelernt hat. Sprich mal mit Molly. Die kennt sich in Cowleys Finanzen wahrscheinlich besser aus als er selber.«

»Copley«, verbesserte ich ihn.

»Cowley, Copley – wo ist der Unterschied? Diese hochgekommenen WASPs sind doch alle gleich. Gib ihnen eine Segeljacht und einen Gin-Tonic, und sie glauben, sie haben Gott gesehen.«

»Du bist ja ein Rassist, Brian.«

»Die WASPs sind keine Rasse, die sind ein Club. Ich muß es wissen. Ich bin da nämlich seit neuestem auch Mitglied. Was liegt an? Ich hoffe, du willst Fördergelder für ein neues Behandlungszentrum sammeln. Soll ich dich zu Molly durchstellen?«

»Nein danke. Ich nehme mal an, daß Edgar sich noch an mich erinnert –«

»Soll das ein Witz sein? Er redet noch heute davon, wie du ihn mal bei irgendeinem Golfturnier kleingeholzt hast –«

»Jugendtennisturnier. Daran erinnert er sich noch? Das ist jetzt fünfundzwanzig Jahre her.«

»Tja, das ist wahrscheinlich das letzte Mal in seinem Leben gewesen, daß er irgendwas an irgendwen verloren hat. In New York verlieren im Augenblick alle außer ihm ihr letztes Hemd. Der Kommunismus bricht zusammen und reißt uns mit auf Talfahrt. Sogar für deinen Cousin wird's eng. Klar, wenn wir alle solche Sorgen hätten wie er, könnten wir ja noch ganz zufrieden sein. Der arme Hund wird am Ende womöglich mit ganzen zehn Millionen im Jahr auskommen müssen –«

»Hör auf, Brian. Mir bricht das Herz, wenn ich mir vorstelle, wie du dich durchs Leben quälen mußt.«

»So isses aber nun mal. Aber bei wem beklag' ich mich da. Beim heiligen Franziskus persönlich.«

»*Vaya con Dios*, Brian.«

»Tschüß, Rafe. Laß von dir hören, wenn du mit Molly sprechen willst. Jesses«, sagte er, während er den Hörer auflegte, mit einem Seufzer der Verzweiflung zu jemandem im Hintergrund, »er hat gesagt: ›Geh mit Gott.‹« Vielleicht nähern wir uns alle dem Nervenzusammenbruch, dachte ich.

Ich rief die Konzernzentrale von Levin & Levin in Manhattan an. Ich mußte über eine beachtliche Reihe von Zwischenstationen weiterverbunden werden, um zu Edgars Sekretärin vorzudringen. Der Ton, in dem sie auf meine Bitte, ihren Chef sprechen zu dürfen, reagierte, gab zu erkennen, daß sie mich für nicht recht bei Trost hielt. »Er ist im Moment in einer Besprechung«, sagte sie. »In welcher Angelegenheit rufen Sie an?« erkundigte sie sich mit einem erstaunlich unverhohlenen Unterton von Geringschätzung in der Stimme.

»Ich rufe privat an. Wir sind Jugendfreunde.«

»Ach so, ich verstehe«, sagte sie amüsiert, als hätte sie mich soeben als harmlosen Irren identifiziert. »Ich werde Mr. Levin ausrichten, daß Sie angerufen haben.«

»Wollen Sie sich nicht meine Telefonnummer notieren?«

»Aber sicher«, sagte sie eilfertig, und mir war klar, daß sie es für ausgeschlossen hielt, er könnte mich zurückrufen. Vielleicht würde sie sich sogar die Mühe ersparen, meine Nachricht weiterzuleiten.

»Würden Sie mir bitte Ihren Namen nennen«, forderte ich sie auf.

Mein Gedankensprung brachte sie nicht eine Sekunde aus dem Takt. »Miss Dean.«

»Also gut, Miss Dean. Ich müßte Edgar dringend um einen Gefallen bitten. Es geht um nichts weiter, als daß er mich mit jemand bekannt macht. Ich glaube, er wäre sehr verärgert, sollte er feststellen, daß Sie ihn über meinen Anruf nicht umgehend informiert haben. Mein Name ist Dr. Rafael Neruda. Ich muß ihn noch heute sprechen. Werden Sie ihm innerhalb der nächsten Stunde Bescheid sagen?«

Sie wechselte die Tonart, war jedoch nicht im mindesten verunsichert. »Ich kann Ihnen über Mr. Levins Zeitplanung keine Auskunft erteilen. Das ist von ihm so angeordnet. Wenn Sie mir eine Telefonnummer hinterlassen, unter der Sie zu erreichen sind, wird er Sie zurückrufen.«

»Das geht leider nicht.« Ich war in Susans Wohnung, wollte aber hier nicht herumsitzen und warten. »Ich rufe in einer Stunde noch mal an. Bitte geben Sie ihm meine Nachricht so bald als möglich.« Ohne die

Höflichkeitsgeste eines Abschiedsgrußes legte ich auf. Hatte etwa mein Onkel sich so angestellt wie die Millionäre von heute, die sich hinter zahllosen Barrikaden verschanzen, um nicht angesprochen zu werden? Waren sie in der Tat zum marxistischen Alptraum geworden: zu unnahbaren Fürstlichkeiten?

Eine Stunde später klang Miss Deans Stimme verändert. »Oh, Sie sind es, Dr. Neruda. Bitte bleiben Sie am Apparat. Er ist mit dem Wagen unterwegs. Ich verbinde.«

Aus der Leitung drangen rasch hintereinander zwei kurze Pfeiftöne. »Rafe?« rief Edgar mir aus der Tiefe eines Windkanals zu.

»Hallo, Eddie. Sitzt du tatsächlich im Auto?«

»Wahnsinn, findest du nicht auch? Die Technik ist noch lange nicht vollkommen« – seine Stimme war für einige Momente weg – »spart eine Menge Zeit. Wie geht es dir? Bist du in New York? Ich bin heute bis in den späten Abend völlig zu, aber hast du nicht morgen abend Zeit für ein Galabankett? Ich gebe ein Benefiz für das Ballett.«

»Ich fürchte nein, Eddie.«

»Edgar. Alle nennen mich jetzt Edgar.« Ich meinte, ihn dabei lachen zu hören, aber wieder ging er für kurze Zeit im tosenden Wind unter. »Hallo!« rief er, als er wieder auftauchte.

»Edgar, ich rufe an, weil ich dich um einen Gefallen bitten will. Ich brauche jemand, der mir die Tür zu Theodore Copley öffnet.«

»Zu Stick Copley? Was für eine Tür soll das sein?«

»Ein Angestellter von ihm, oder sagen wir besser: ein Ex-Angestellter war ein Patient von mir. Er hat vor vier Wochen Selbstmord begangen.«

»Bleib am Apparat, Rafe. Bitte nicht auflegen.« Erneut rasch hintereinander zwei kurze Pfeiftöne, dann war wieder Miss Deans klar zu vernehmende Stimme in der Leitung. »Dr. Neruda? Mr. Levin läßt Sie bitten, Sie möchten in fünf Minuten zurückrufen. Das beste wäre allerdings, *er* könnte *Sie* zurückrufen.«

»Ich bin hier an einem öffentlichen Münztelefon.«

»Ich verstehe. Könnten Sie vielleicht von einer Wohnung oder einem Büro aus anrufen? Wir haben ein Problem mit der Verbindung, und so würde es besser funktionieren. Tut mir leid.« Ich war zwei Straßen von Susans Wohnung entfernt und hatte noch die Schlüssel in der Tasche. Ich sagte, das ginge in Ordnung.

Im Loft zurück, rief ich Miss Dean wieder an. Das Weiterverbinden ging jetzt ohne Pfeiftöne vonstatten. Außerdem war Edgar aus dem Windkanal raus. »Hallo, Rafe. So ist es besser, nicht?«

»Wo bist du jetzt?«

»In meinem Büro. Ich weiß nicht, warum die Übertragungsqualität heute so schlecht war. Vielleicht hat es daran gelegen, daß du von einem öffentlichen Telefon aus angerufen hast. Wieso eigentlich, Rafe? Was treibst du auf der Straße?«

Ich schwieg, weil ich mir den Zusammenhang vergegenwärtigte.

»Bist du noch da, Rafe?« weckte Edgar mich aus dem Sinnieren.

»Warum hast du nicht vom Auto aus weiterreden wollen? Ich versteh' nichts von der modernen Technik.«

Edgar lachte leise in sich hinein.

»Okay, Rafe. Ich hätte wissen müssen, daß ich dir nichts vormachen kann. Ein Autotelefon ist im Grunde ein Funkgerät. Jeder, der einen Scanner hat, kann mithören. Und jemand an einem öffentlichen Telefon zu belauschen ist auch keine Kunst, obschon ich nicht annehme, daß dir jemand mit einem Richtmikrophon nachgeschlichen ist. Es hört sich vielleicht komisch für dich an, aber du kannst mir glauben, es gibt eine Menge Leute, die so versessen darauf sind, einen Coup an der Wall Street zu landen, daß sie die tollsten Sachen machen, um an vertrauliche Informationen heranzukommen, und das geht sogar bis zum Lauschangriff. Die horchen nach Kaufangeboten, nach dem Inhalt von deinem nächsten Geschäftsbericht ...« Er blies durch die Lippen. »Nach allem. Nach allem, womit sie einen schnellen Dollar machen können.«

»Und daß du unser Gespräch abhörsicher machen willst, hat das auch damit zu tun, daß ich den Namen Stick Copley erwähnt hab'?«

Wieder lachte Edgar in sich hinein, wenn es auch diesmal mehr wie ein Grunzen klang. »Ja klar, du Schlauberger. Stick und ich sind Geschäftspartner. Ich bin bei Hyperion stiller Teilhaber, wie mein Papa dazu gesagt hätte, und du redest da plötzlich von einem Angestellten, der Selbstmord begangen hat. Kennst du Gore Vidals Definition des Paranoikers?«

»Nein.«

»Jemand, der im Besitz aller Fakten ist.«

»Ich kann dich beruhigen. Der Selbstmord meines Patienten hat nicht das geringste mit der Geschäftslage bei Hyperion zu tun. Zumindest ist es nicht das, worüber ich mit Copley sprechen möchte. Mich interessiert, was für ein Bild mein Patient im vergangenen Jahr abgegeben hat. Da hatte ich keinen Kontakt mehr mit ihm.«

»Ich würde dich gern etwas fragen, Rafe. Du schreibst nicht zufällig gerade an einem Buch?«

Ich zögerte mit der Antwort.

In lässigem und trotzdem auf schwer zu beschreibende Weise hintergründig wirkendem Ton sprach Edgar weiter: »Weißt du, ich kenne mich in der modernen Psychiatrie nicht aus. Bei einem Hirnklempner war ich zum letztenmal vor zehn Jahren. Ich weiß nicht, ob es bei euch Brüdern Usus ist, daß ihr eure schmutzige Wäsche in der Öffentlichkeit wascht.«

»Ist die Rauflust bei dir Usus, Eddie, oder willst du mir wirklich nicht helfen?«

Er brummte. »Weißt du, ich glaube, ich mag's, wenn man mich Eddie nennt. Aber ich kann's nicht durchgehen lassen. Eddie Levin, so heißt man, wenn man im Schnellimbiß an der Second Avenue hinter der Theke steht.«

»Entschuldigung. Willst du mir wirklich nicht helfen, Edgar?«

»Das einzige, was ich nicht will, ist meinem Geschäftspartner Ärger machen. Du sagst, der Bursche hat für Stick gearbeitet und hat sich umgebracht? Hört sich nicht gerade nach dem idealen Mitarbeiter an. Was hat es auf sich mit ihm?«

»Edgar, alles, was ich über meinen Patienten weiß, ist streng vertraulich. Ich bin kein Waschweib.«

»Genau das wollte ich hören.« Edgar wechselte aus der sanften Tonart. Er war bereit, mir zu helfen, also klang er sofort weniger freundlich. »Okay. Wie hättest du's denn gern?«

Der Zufall wollte es, daß am selben Tag in einem Tagungsraum des St. Regis Hotels eine Sitzung des Hyperion-Aufsichtsrats stattfand; sie sollte um elf Uhr beginnen und mit einem gemeinsamen Mittagessen abschließen. Es wurde verabredet, daß ich mich mit Copley nach dem Ende der Zusammenkunft im Hotel treffen könne. (Ein Entgegenkommen, das ich meiner Bekanntschaft mit Edgar verdankte, der als einer der Hauptinvestoren bei Hyperion naturgemäß auch Mitglied des Aufsichtsrats war.) Gemäß den Instruktionen, die ich von Miss Dean erhalten hatte, meldete ich mich um halb drei Uhr am Empfang des St. Regis. Ich wurde an den Empfangschef weitergereicht, der einen Pagen herbeizitierte und mir erklärte, der werde mich zu Mr. Copley bringen. Wir fuhren in den fünfzehnten Stock, gelangten durch einen beiderseits von benutzten und noch nicht abgeräumten Servierwagen gesäumten Korridor zu einem großen, bis auf einen verhängten Flügel völlig leeren Ballsaal und quer durch den Ballsaal vor eine Tür, die der Page mit einem Passepartout aufschloß.

Er hielt mir die Tür zu einem mittelgroßen Raum auf, der auf mich den Eindruck einer Bibliothek des neunzehnten Jahrhunderts machte; nachdem ich eingetreten war, ging er und zog die Tür hinter sich zu. Um mich herum war jeder Quadratzentimeter Wand mit Büchern bedeckt, grünen und roten Lederbänden, die sich lückenlos in eingebauten Mahagoniregalen reihten. In einem lederbezogenen Ohrensessel im Hintergrund saß Theodore Copley. Auf dem mit Messingbeschlägen verzierten niedrigen Holztisch neben ihm stand ein silbernes Tablett mit einer Wedgwood-Kaffeekanne sowie zwei Tassen und Untertassen aus demselben Service. Er erhob sich, um mich zu begrüßen. Da ich seine Tochter kennengelernt hatte, war sein Erscheinungsbild für mich eine Überraschung. Sein von der nicht sonderlich großen Stirn straff nach hinten gebürstetes und gelfixiertes Haar war viel heller als ihres, fast blond. Überdies war er groß – eins-achtzig bis eins-zweiundachtzig – und breitschultrig. Die abgezehrten Wangen verrieten den Fitneßfanatiker. Er war hellhäutig. Tiefe Furchen zogen sich über die Stirn, strahlten von den äußeren Augenwinkeln aus und kerbten das Gesicht. Nur die glänzenden dunklen Augen mit dem ernsten Ausdruck hatte er mit seiner Tochter gemeinsam. Sein Zweireiher hatte die natürliche Paßform des Maßanzugs und die schwere Qualität des feinen Tuchs.

Er begrüßte mich herzlich, mit einem kräftigen Händedruck, der es meiner Hand überließ, das Signal zur Trennung zu geben; dann deutete er mit einladender Geste auf den Kaffee. Ich lehnte dankend ab. »Wir haben opulent gespeist«, sagte Copley. Er blies die Backen auf wie ein Posaunenengel, um auszudrücken, daß er gemästet war. Er bestand nur aus Muskeln und Knochen, und ich bezweifelte, daß er bei Tisch sonderlich viel zu sich genommen hatte. Seine Backen hatten sich beim Aufblasen so sehr gedehnt, daß er mich an den Trompete spielenden Louis Armstrong erinnert hatte. Ob er früher mal fett gewesen ist? überlegte ich. Er griff nach einer der Wedgwood-Tassen. »Es gab Steak. Ich hab' seit Jahren kein rotes Fleisch mehr gegessen, und ich glaube, ich werd's auch nie mehr wieder tun. Hinterher bin ich wie auf den Kopf geschlagen.«

»Ich danke Ihnen für den kurzfristigen Gesprächstermin.«

»Nun ja, ich bin neugierig geworden, als Edgar mir gesagt hat, daß sie Genes Psychiater waren. Ich habe gar nicht gewußt, daß er einen gehabt hat.«

Ich war überzeugt, daß er log. Sein Blick, der sich bisher nicht von mir gelöst hatte, auch nicht beim Hinsetzen oder beim Griff nach der Kaffeetasse, irrte weg von mir, als er das sagte. Außerdem kreuzte er die Beine und legte die Hände aneinander – beides Gesten, die den Wunsch, sich zu schützen, zum Ausdruck bringen.

»Ich habe gestern mit Ihrer Tochter gesprochen. Genauer gesagt, ich habe es versucht.«

Er hob die Brauen, als wäre ihm das neu, sagte jedoch nichts in diesem Sinne; seine Augen ruhten fest auf mir, und auf seinen Lippen lag ein schwaches Lächeln.

»Ich hatte gedacht, daß er ihr vielleicht gesagt hat, daß er in Therapie ist, und sie hat es Ihnen weitererzählt.«

Er schüttelte den Kopf. Er senkte den Blick, zog an der scharfen Bügelfalte seiner anthrazitgrauen Hose und sagte: »Über solche Dinge pflegt sie mit mir nicht zu sprechen.« Er stellte die Beine wieder parallel, beugte sich vor und füllte seine Kaffeetasse nach. »Sie hatten eine Affäre«, sagte er und hielt dabei die Augen auf mich gerichtet, was mich überraschte, weil er beim Eingießen war. Er verfehlte trotzdem sein Ziel nicht und wußte, ohne hinzusehen, wann er aufhören mußte. »Töchter plaudern mit dem Vater nicht über ihr Liebesleben.« Er stellte die Kanne ab und lehnte sich mit der gefüllten Tasse in der Hand im Sessel zurück. Er zuckte die Achseln. »Jedenfalls meine nicht.« Er trank einen Schluck. »Was kann ich für Sie tun, Herr Doktor?«

»Nun, offensichtlich habe ich bei Gene versagt. Ich fühle mich da verantwortlich –« Ich lächelte und hielt inne. Er war sichtlich baff. Seine Tasse, auf halbem Weg zurück zu der Untertasse auf dem Tisch jäh zum Stillstand gekommen, schwebte bewegungslos in der Luft. Er musterte mich mit äußerster Konzentration. Er schien körperlich erstarrt, als ob sein Gehirn so intensiv mit Nachdenken beschäftigt wäre, daß es sich um nichts anderes mehr kümmern konnte. »Ich *bin* verantwortlich, sollte ich sagen. Ich habe Gene mit Unterbrechungen über einen Zeitraum von mehr als fünfzehn Jahren behandelt, und er hat sich selbst zerstört. Wenn man es auf eine knappe Formel bringen wollte, könnte man sagen: Ich möchte den Unfallort in Augenschein nehmen. Herausfinden, was ich falsch gemacht habe. Ich weiß, was ich da tue ist unorthodox und Ihnen und Ihrer Tochter gegenüber eine Zudringlichkeit, eine unbillige Zudringlichkeit, aber Sie beide haben Gene viel bedeutet, und Sie haben ihn gut gekannt. Das hat mir Hoffnung gemacht, Sie könnten mir herausfinden helfen, wo mein Fehler liegt.«

Er verharrte noch einen Moment in seiner paralysierten Haltung. Dann öffnete er die langen dünnen Lippen und ließ einen Luftschwall entweichen. Der Laut, den er damit produzierte, hatte nicht die vielschichtige Expressivität wie bei seiner Tochter, sondern ging mehr in die Richtung des Pferdewieherns und vermittelte nur eine einzige, unmißverständliche Botschaft: ein verächtliches Abwinken. »Entschuldigen Sie.«

Er schüttelte, aus seiner Erstarrung erwacht, den Kopf. Die Tasse kehrte auf die Untertasse zurück. Er setzte sich in seinem Sessel aufrecht, eine Hand strich die Krawatte auf dem weißen Hemd glatt. »Ich bitte um Entschuldigung. Es geht mich nichts an.«

»Was geht Sie nichts an?«

»Wie Sie sich selbst bewerten. Ich habe noch etwa eine halbe Stunde Zeit bis zu meinem nächsten Termin, aber so lange werde ich gern Ihre Fragen über Gene beantworten. Edgar hat mir von Ihrem fabelhaften Ruf erzählt. Ich meine sogar, ich erkenne Sie wieder. Er hat mir gesagt, Sie sind schon ziemlich oft im Fernsehen aufgetreten. Ich sehe viel zuviel fern. Eine ganz schlechte Angewohnheit.«

»Ich bin Ihnen für Ihre Hilfsbereitschaft sehr dankbar. Aber machen Sie doch bitte mit mir eben noch einmal einen ganz kleinen Zeitsprung zurück, und verraten Sie mir, woran Sie gedacht haben, als Sie gesagt haben, es geht Sie nichts an, wie ich mich selbst bewerte.«

»Nun ja, ich verstehe nicht viel von Psychiatrie. Ich hatte auf dem College den üblichen Einführungskurs Psychologie belegt, aber ich wüßte nicht, weswegen man Ihnen schuld an Genes Selbstmord geben könnte. Ich meine, letzten Endes sind *wir*« – er stach mit dem Zeigefinger auf das Revers seiner Anzugjacke ein – »ist jeder einzelne von uns selbst dafür verantwortlich, ob er den Willen zu leben hat oder nicht. Ich wüßte nicht, wie Sie diesen Willen einem anderen Menschen vermitteln sollten. Tatsache ist: Wenn überhaupt jemand anders für Genes Selbstmord verantwortlich ist, dann wahrscheinlich noch viel eher *ich* als Sie.« Copley drehte den Kopf zur Seite und ließ mich sein Profil sehen. Sein Kinn hob sich, während er die ledernen Bücherrücken in einem der oberen Regale studierte. Er führte eine Hand zu den Augen, rieb sich nachdenklich die Brauen und ließ die Hand dann zurück zu der anderen sinken. Er verschränkte die Finger und ließ – zu meinem Ensetzen – die Gelenke knakken. Es war haargenau die gleiche Geste, wie ich sie von Gene aus den letzten Jahren der Therapie kannte. Eine nachgemachte Marotte also, jemandem abgeschaut, den er als eine Macht in seinem Leben erfuhr, so wie er einst seine Mutter nachgeäfft hatte. Und das Haar, das straff zurückgebürstete, gelfixierte Haar – auch das hatte Gene kopiert, wie mir jetzt klarwurde. Copley sprach unterdessen zu den ledergebundenen Büchern. »Ich meine natürlich, ungewollt. Ich habe ihn entlassen, weil er ...« Wieder schob er die Finger ineinander, und ich zuckte, noch bevor das Geräusch zu hören war, innerlich zusammen. Doch diesmal gab es kein Geräusch, als er die Finger durchbog. »... Nun ja, er war ausgebrannt. Er hatte sein Pulver verschossen, und außerdem wurde er regelrecht anmaßend. Wollte befördert werden und verlangte Gehaltserhöhung, obwohl der Arbeitsertrag seiner Abteilung zurückging. *Ich* habe ihm mit meiner Kündigung den Boden unter den Füßen weggezogen.« Copley entzog den Büchern seine Aufmerksamkeit und richtete den Blick seelenruhig wieder auf mich. Er führte die Hand zum gelfixierten Haar, wie um glattzustreichen, was schon längst glattgebürstet war. »Es tut mir leid, daß Gene sich umgebracht hat. Aber es tut mir nicht leid, daß ich ihn entlassen habe. Ich würde es wieder tun. Sie können einen Ertrinkenden nicht retten, der in solcher Panik ist, daß er Sie mit in die Tiefe reißt.«

Ich schwieg und erwiderte lediglich seinen Blick. Ich erwog – sorgfältig und mich so strikt auf die wörtliche Sinnebene konzentrierend, wie dies einem Psychiater überhaupt möglich ist – den Tenor dieser bemerkenswert freimütigen Auskunft. Stick muß mein Schweigen als Ratlosigkeit (die es vielleicht auch war) oder verletztes Feingefühl gedeutet haben. Er zuckte die Achseln. Erneut umspielte ein mattes Lächen seine Lippen. »Es tut mir leid, wenn sich das für Sie grausam anhört«, fuhr er fort. »Ich war als Teenager ausgebildeter Rettungsschwimmer, und ich erinnere mich noch gut an den kleinen Merkvers, den der Ausbilder uns für den Fall eingeschärft hat, daß jemand sehr viel Größeres als wir, ein Erwachsener am Ertrinken ist. ›Wirf den Ring‹« – er schleuderte einen imaginären Rettungsring auf den Perser der Bibliothek – »›aber niemals spring!‹« Er wackelte abmahnend mit dem erhobenen Zeigefinger. »Reden Sie mit allen Menschen, die Gene gekannt haben, finden Sie alles über ihn heraus, was es herauszufinden gibt – ich bin sicher, die letzte Antwort auf Ihre Fragen liegt in dem, was während des geheimnisvollen Augenblicks vor sich geht, in dem ein Leben entsteht. Als Gene zusammengebaut worden ist, ist irgendein Teil vergessen worden. Er hat von Anfang an einen Konstruktionsfehler gehabt.«

Nachdem ich mich bei Copley bedankt und von ihm verabschiedet hatte, sagte ich mir, es wäre wohl das beste, ich würde aufgeben. Trotzdem schlenderte ich vom St. Regis zu einer Buchhandlung, dem alten Laden von Scribner an der Fifth Avenue, der inzwischen von einer landesweiten Buchhandelskette geschluckt wurde. Ich erkundigte mich, ob sie irgendwelche Bücher über das Rettungswesen hätten.

»Sie meinen über Reanimation?« fragte der Verkäufer.

»Ich meine über die Ausbildung zum Rettungsschwimmer«, sagte ich.

Wir stiegen über eine schmale Treppe zu einer Galerie über dem Eingang hinauf, wo die Abteilung Sport untergebracht war. Nichts. »Versuchen Sie es mal in der Bibliothek«, riet der Verkäufer.

Mit wachsender Belustigung über meine närrische Pedanterie suchte ich nach einer Telefonzelle und rief das Haus des YMCA in der Nähe des Behandlungszentrums in Riverdale an, wohin wir unsere stationären Patienten zum Schwimmunterricht brachten. (Bei Ghettokindern – Albert war so ein Fall – erlebt man es oft, daß sie nicht schwimmen können.) Ich fragte, ob ich Jim Gagliardi sprechen könne. Er war einer der Schwimmlehrer.

»Was liegt an, Rafe?« Aus der gekachelten Schwimmhalle kam Jims Stimme mit Hall durch die Leitung.

»Wenn ich zu dir sage: ›Wirf den Ring, aber niemals spring!‹ – fällt dir dazu was ein?«

»Ist beinah richtig.«

»Was heißt ›beinah‹?«

»›Beinah‹ heißt ›nicht ganz‹. Du sprichst doch von der Rettungsschwimmerausbildung, oder? Da heißt's: ›Reich die Hand oder wirf den Ring – aber niemals spring!‹«

»›Reich die Hand‹ hab' ich ausgelassen.«

»So isses«, sagte Jim lachend. »Hoffentlich ist keiner ertrunken.«

DRITTES KAPITEL

Exploration

Copley war nicht begeistert. Er klang mürrisch, als ich ihn am nächsten Tag in seinem Büro in Tarrytown anrief, erklärte sich jedoch bereit, Halley zu einem erneuten Treffen mit mir zu überreden.

»Ich kann Ihnen nicht versprechen, daß sie erfreut darüber sein wird«, merkte er an. Ich registrierte jedoch, daß ihre Einwilligung für ihn außer Frage stand. Wir vereinbarten, daß ich sie in einer Stunde anrufen würde.

Ich wurde sofort durchgestellt. Jeff, ihr Sekretär, sagte erfreulich flink: »Guten Morgen, Dr. Neruda. Ich verbinde mit Miss Copley.«

»Hallo«, sagte sie schon im nächsten Moment und kam sofort zur Sache. »Ich habe diese Woche keine Zeit mehr. Wollen wir kommenden Dienstag zusammen Mittag essen?« Ihr indifferenter Ton beeindruckte mich. Sie sprach, als ob wir unbeschriebene Blätter füreinander wären.

Ich wollte herausfinden, wie groß der Druck war, unter den Edgars Bitte, mir Entgegenkommen zu zeigen, die beiden Copleys setzte. »Ich bin nur noch bis Freitag in New York«, sagte ich. »Haben Sie heute abend schon etwas vor? Wir könnten zusammen essen gehen.«

»Essen gehen«, wiederholte sie lustlos. Ich war mir sicher, daß sie mir jetzt am liebsten klargemacht hätte, wie impertinent sie mich fand. »Heute abend gehe ich zu Edgars Benefizbankett. Kommen Sie nicht auch?«

Ich war belustigt über ihren Versuchsballon. »Er hat mich eingeladen, aber ich besitze keinen Smoking.«

»Eine reichlich faule Ausrede. Edgar könnte Ihnen problemlos einen stellen.«

»Wahrscheinlich. Aber viel Zeit, uns zu unterhalten, hätten wir da nicht. Außerdem wäre Ihr Begleiter wohl kaum entzückt, wenn wir es täten.«

»Mein Begleiter ist Daddy. Den würde es nicht stören. Und hinterher könnten wir noch einen Kaffee zusammen trinken.« Das klang schon fast kokett.

»Nichts zu machen, auf solchen Galaveranstaltungen bin ich nur schüchtern und unbeholfen. Wie wär's mit morgen abend?«

Ihre Tonlage wechselte ohne Stolpern von Munterkeit zu Kühle. »Ich kann im Augenblick noch nicht sagen, ob ich dann frei bin. Das wird sich erst morgen im Laufe des Vormittags herausstellen.«

»Wann darf ich Sie morgen anrufen?«

»Am besten, Sie geben mir einfach Ihre Nummer, und ich rufe Sie an.«

»Ich bin die meiste Zeit außer Haus. Ich glaube, es ist doch besser, wenn ich Sie anrufe.«

Sie seufzte gereizt. »Na schön. Rufen Sie um elf Uhr an. *Ciao.*« Sie legte auf, ohne meinen Gruß abzuwarten.

Am nächsten Morgen hatte Jeff Instruktionen für mich parat. »Dr. Neruda, Miss Copley läßt Sie fragen, ob Sie vielleicht heute abend um sieben vor ihrem Fitneßstudio auf sie warten könnten. Sie *liebt* diese Trainingsstunden.« Nach dem trällernden Tonfall seiner spöttischen Randbemerkung zu schließen, hätte er schwul sein können, und in ihrer Hemdsärmeligkeit lag das erste Anzeichen dafür, daß sich seit gestern etwas geändert hatte. »Anschließend hat sie Zeit für ein gemeinsames Abendessen. Das Fitneßstudio ist auf der Upper West Side.«

»In der Innenstadt?«

»Ja – wir sind beide Gegenphasenpendler.« Jeffs Leutseligkeit begann auszuufern. »Bevorzugen Sie ein bestimmtes Restaurant?«

»Nein, da lasse ich Ihnen freie Hand. Picken Sie einfach eins heraus.«

»Oh, das Picken überlasse ich denn doch lieber Miss Copley selbst«, meinte er.

Ich kam eine Dreiviertelstunde zu früh vor dem Fitneßclub an. Das Studio erstreckt sich über zwei Stockwerke eines fünfgeschossigen Bürogebäudes; an den hohen Fenstern auf drei Seiten des Bauwerks gibt es keinerlei Sichtschutz, so daß die schnaufenden und schwitzenden Clubmitglieder für die Passanten auf dem Broadway eine Dauervorstellung geben. Ich blieb nicht auf der Straße stehen, sondern trat ein, sagte, daß ich mit dem Gedanken spielte, Mitglied zu werden, und bat um eine Führung. Geduldig hörte ich mir die begeisterten Elogen meines Führers auf die Vorzüge des Clubs an: auf die überragende Qualifikation der Einzeltrainer, die sachliche Clubatmosphäre (»Wir sind kein Singles-Treffpunkt«) und das ultramoderne High-Tech-Gerät, das einen nicht dem – in manchen anderen Fitneßclubs sehr realen – Invaliditätsrisiko aussetzte. Ich bat darum, mir diese Wunderwerke der Technik aus der Nähe ansehen zu dürfen. Wir schritten an zahlreichen komplizierten Apparaten vorbei, ehe wir zu Halley auf dem elektrischen Laufband kamen. Die dunklen Augen auf das Fußgängergewusel drunten auf der Straße gerichtet, lauschte sie in die Kopfhörer eines knallgelben Walkman.

»Oh, da ist eine Bekannte von mir«, sagte ich zu meinem Führer und löste mich von seiner Seite, um näher an Halley heranzutreten.

Sie trug weiße Shorts und ein graues T-Shirt, dessen Ärmel sie bis über die Schultern aufgerollt hatte. Die weibliche Schulterrundung zusammen mit dem sanften Schwung des Brustansatzes ist für mich seit jeher ein besonders verführerischer Anblick. Diese Region olivbrauner – jetzt schweißglänzender – Haut war bei ihr vollständig entblößt, dazu war ein großes Stück von der Seite ihres BH zu sehen. Ich stellte mich direkt vor sie hin. Zwischen ihren Brüsten färbte ein keilförmiger Schweißfleck den Stoff dunkel. Wie ich bei unserer Begegnung vermutet hatte, hatte sie unter ihrer Busineß-Jacke eine imposante Auslage versteckt gehalten.

Als sie mich erkannte, hob ich grüßend die Hand. Sie blinzelte. Einen Moment lang war sie unschlüssig, ob sie diese Störung an sich heranlassen sollte. Ich lächelte und kreuzte die Arme, um zu signalisieren, daß ich nicht die Absicht hatte, mich diskret zu absentieren. Sie drückte einen Knopf an der Konsole ihres Laufbands. Der Motor verminderte die Drehzahl, und das Band lief langsamer. Sie hob mit beiden Händen den Kopfhörer hoch. Ich genoß den Anblick: die erhobenen Arme mit dem schwarzen Bügel in den Händen, der wie eine Elektronikzeitalter-Variante des Heiligenscheins über ihrem Kopf schwebte.

»Sie kommen zu früh«, sagte sie weder spaßend noch verdrossen. Der tiefen Stimme war von Atemnot nicht viel anzumerken.

Ich wandte mich zu meinem etwas ratlos herumstehenden Führer. »Ich danke Ihnen. Wenn ich gehe, melde ich mich noch mal an der Anmeldung.«

»Alles klar«, antwortete er. »Diesen Monat haben wir übrigens einen Aktionspreis – zwanzig Prozent Nachlaß«, sagte er im Gehen.

»Ich hab' ihm gesagt, ich überlege mir, ob ich Mitglied werden soll«, erklärte ich ihr.

»Aber Sie leben doch gar nicht in New York«, sagte sie. Sie legte sich den Schwarzen Heiligenschein um den Hals.

Ich lächelte. »Das stimmt.«

Sie erwiderte mein Lächeln nicht. Die schwarzen Augen taxierten mich einen Moment. Die vollen Lippen öffneten sich wie zum Sprechen. Dann stieß sie jedoch einen ihrer komplizierten Gefühlsakkorde aus und sah auf ihre Zwei-Zeitzonen-Uhr. »Ich brauche hier noch zehn Minuten und anschließend eine halbe Stunde zum Umziehen.« Sie drückte einen Knopf an der Konsole, beschleunigte ihren Laufschritt und setzte die Kopfhörer wieder auf. Während sie weiterlief, sah sie durch mich hindurch, als wäre ich einer der Passanten unten auf der Straße.

Ich hielt dem teilnahmslosen Blick nicht stand. Ich senkte die Augen und wurde ihre hübschen Beine gewahr. Nicht selten geht eine kleine Statur auf Kosten der Schönheit der Körperbildung. Nicht so bei Halley. Und obendrein war sie gut durchtrainiert. Beim Laufen war an ihren wohlgeformten Oberschenkeln kein Wackeln oder Wabbeln zu sehen. Gene hatte diesen Körper in den Himmel gehoben, und das war in der Tat keine Verblendung gewesen.

»Ich warte draußen«, sagte ich, obwohl ich wußte, daß sie mich nicht hören konnte.

Im Weggehen spürte ich einen unwiderstehlichen Zwang, mich noch einmal nach ihr umzudrehen. Ich tat es auf den obersten Stufen der Treppe. Aus dieser Sicht waren die hohen Fenster durch den Widerschein des Deckenlichts nur mehr halb durchlässig für den Blick. Und ebenso aus ihrer Perspektive: sie sah ihr ragendes Bild auf der Folie des Broadways laufen. Ich blickte in die glänzende Scheibe mir direkt gegenüber und sah mich in schemenhafter Gestalt das Feld räumen.

Sie ließ mich länger warten als angekündigt; erst um Viertel nach sieben erschien sie auf dem Plan. Ihr noch feuchtes Haar war zurückgekämmt und zu einem Pferdeschwanz gebunden. Sie trug weiße Jeans und einen leichten schwarzen Baumwollsweater; die kleinen Füße steckten nackt in Ballerinas. Der Lidstrich vom Make-up fürs Büro hatte sich gehalten, ansonsten wies das Gesicht keine Spur kosmetischer Verschönerung auf: die Lippen waren blaß, die Stirn glänzte. Die Botschaft war nicht mißzuverstehen: Das ist kein Rendezvous! »Drei Straßen von hier ist ein ganz ordentlicher Japaner«, sagte sie. »Nichts Ausgefallenes. Nach gestern abend ist mir nach leichter Kost.«

»Prima Idee.« Wir setzten uns in Marsch. »Es tut mir leid, daß ich Sie mit meiner Neugier plage, aber –«

»Sie sind ein gründlicher und gewissenhafter Mensch«, beendete sie den Satz für mich. »Ich habe mich in Nexis über Sie kundig gemacht.«

»Nexis?«

Sie blieb stehen. Das zwang mich, es ihr gleichzutun und mich ihr zuzuwenden. Ohne Make-up und den Panzer ihres Büro-Outfits war sie so süß und und niedlich wie ein kleines Mädchen. Ein kleines Mädchen mit großen Brüsten. »Sie wissen nicht, was Nexis ist?«

»Nein.«

»Es ist ein Datenbank-Pool, in dem Sie per Computer und Modem recherchieren und Informationen abrufen können.« Sie ging weiter, und ich folgte ihrem Beispiel. »Da finden Sie jedes Wort, das seit den sechziger Jahren in einer Zeitung oder Zeitschrift gedruckt worden ist. Ich habe ein Persönlichkeitsprofil von Ihnen gelesen, das in *Vanity Fair* erschienen ist. Schreiben Sie ein Buch über Gene?«

»Ich denke darüber nach.«

»Er hat mir erzählt, daß er bei einem berühmten Psychiater in Behandlung ist, aber er hat nie Ihren Namen genannt.«

An einer Kreuzung wurden wir von der Fußgängerampel aufgehalten. Von der Seite betrachtete ich ihr unbewegtes Gesicht. »Haben Sie ihn geliebt?«

Die Ampel sprang auf Grün um. Sie trat vom Bordstein auf die Fahrbahn. »Nein«, sagte sie ruhig und ging weiter, auf die andere Straßenseite hinüber.

Ich stand sekundenlang wie vom Donner gerührt da und mußte einen leichten Trott anschlagen, um sie wieder einzuholen. Ehe ich ihr eine neue Frage stellen konnte, sagte sie: »Sie sind Kinderpsychiater?«

Ich nickte.

»Wieso haben Sie dann Gene behandelt?«

»Ich habe in Einzelfällen auch Erwachsene behandelt«, log ich.

»Da ist es«, sagte sie, deutete auf eine offene Tür und ging durch einen Glasperlenvorhang hinein. Sie konnte nicht wissen, welches Wunder ihre Wahl für mich war. Ich registrierte das Theater ein paar Häuser weiter. Es war dasselbe Lokal. In diesem einfachen japanischen Restaurant war ich schon einmal Gast gewesen. Vor fast fünfzehn Jahren hatten Julie und ich hier noch spät zu Abend gegessen. Es war an dem Tag gewesen, an dem ich entdeckt hatte, daß Genes Mutter mich belogen hatte; an dem Abend, an dem ich den Mut aufgebracht hatte, Julie zu sagen, daß sie meine große Liebe war. Ich war beschämt bei dem Gedanken, daß es einem kleinen Restaurant in dem schicken, dem Taumel der Moden verfallenen New York erfolgreicher als mir gelungen war, sich die alten Lebensverhältnisse zu bewahren.

Halley konzentrierte sich auf die Speisekarte und schwieg, bis sie gewählt hatte. Nachdem sie die Karte energisch zugeklappt hatte, stellte sie fest, daß ich sie schweigend betrachtete. Was sie in meinen Augen sah, war schiere Bewunderung für ihre Schönheit und Ehrlichkeit. Ihr Blick war ausdruckslos und gleichgültig. »Warum haben Sie sich nicht besser um ihn gekümmert?« In der Art, wie sie die Frage aussprach, klang nichts von dem Unmut und der Bitterkeit an, die in ihr lagen.

»Ich habe mich so gut um ihn gekümmert, wie ich nur konnte.«

»Werden Sie in Ihrem Buch ehrlich sein?«

»Ja. Hören Sie, Gene hat mir erzählt, Sie hätten ihm gesagt, Sie *sind* in ihn verliebt.«

»Das stimmt«, bestätigte sie nickend, als ob eine Erläuterung dazu nicht vonnöten wäre.

»Sie haben ihn also belogen?«

»Ich sage das immer, wenn ein Mann zu mir sagt, daß er mich liebt. Entweder sage ich ihm, daß ich ihn liebe, oder ich breche den Kontakt ab. Ich wollte den Kontakt mit Gene nicht abbrechen.«

»Warum sagen Sie einem Mann, daß Sie ihn lieben, wenn es nicht wahr ist?«

»Ich glaube nicht an die Liebe. Ich glaube, Menschen, die sagen, sie sind verliebt, machen sich was vor. Sie reden sich das ein. Aber die Tatsache, daß ich mich nicht selbst betrügen kann, ist für mich kein Grund, den andern schlecht zu behandeln. Ich benehme mich, als ob ich verliebt wäre. Ich tue haargenau das gleiche, was die Menschen tun, die glauben, daß sie verliebt sind, folglich ist es im Grunde genommen keine Lüge. Jedenfalls ist es keine größere Lüge, als wenn mir einer sagt, er liebt mich.« Sie nickte dem im Hintergrund wartenden Kellner zu. »Sind Sie soweit, daß er die Bestellung aufnehmen kann?«

Sie wollte grünen Tee, eine Miso-Suppe und zwei Stücke Krebsfleisch-Sushi haben, was zusammen keine komplette Mahlzeit ergab. »Ist das alles?« fragte ich.

»Ich esse nur Sachen, die ich wirklich liebe. Und ein wenig von dem, was ich wirklich liebe, ist für mich reichlich.«

»Also lieben Sie *doch* etwas«, sagte ich. Ich bestellte die große Sushi-Platte, von der ich wußte, daß sie zwei Leute satt machen konnte. »Ich esse viel von dem, was ich liebe«, erklärte ich ihr, als der Kellner gegangen war.

»Sagen Sie, flirten Sie mit mir?« fragte sie mit gemessenem Ernst.

»Ja«, sagte ich und lächelte so gewinnend, wie ich nur konnte.

Sie hatte sich entspannt zurückgelehnt und nickte. »Und es stört Sie nicht, daß ich Gene nicht geliebt habe?«

»Ich würde sagen, ich finde es nicht gut. Warum haben Sie ihm nicht gesagt, was Sie mir eben erzählt haben? Daß Sie niemand lieben können, aber daß Sie gern bereit sind, sich so zu verhalten, als liebten Sie ihn.«

Halley gab eine ihrer komplizierten Gefühlsfanfaren von sich, ließ mir jedoch anschließend keine Zeit, mich an die Analyse der Ingredienzien zu machen. »Das hätte er nicht verstanden«, erläuterte sie. »In solchen Sachen war er noch ein Baby.«

»In was für Sachen?«

»In Sachen Mann und Frau.« Ihr grüner Tee war gekommen. Sie

nahm einen Schluck. »Und Sex«, ergänzte sie, nachdem sie hinuntergeschluckt hatte.

»Wozu gibt man sich mit einem Baby ab?«

»Ich mochte es, daß er so unschuldig war. Zum erstenmal war ich mit einem Mann zusammen, der unerfahrener war als ich. Es war fast so, als ob man mit jemand noch ganz Jungfräulichem zusammen wäre.« Sie blickte versonnen vor sich hin. Die eng stehenden Augen schielten beinahe. Sie lächelte bei der Erinnerung. »Er war süß.« Sie erwachte aus der Versunkenheit und griff nach dem Teebecher. »Eine Zeitlang.«

»Sie meinen, bis er sich von Cathy getrennt hat?«

»Ich habe ihm gesagt, er soll sich nicht von ihr trennen. Das war ein Fehler.« Sie trank einen Schluck und stellte den Becher stirnrunzelnd auf den Tisch zurück. »So habe ich das übrigens nicht gesagt, ja.«

»Sie haben ihm doch nicht gesagt, daß er einen Fehler macht?«

»Nein, davon rede ich jetzt nicht.« Sie beugte sich vor und tippte mit dem Zeigefinger leicht auf meinen Handrücken. Die kurze Berührung wirkte irrsinnig erregend: mit ihr jagte Halley einen Stromstoß durch meinen Körper, der nicht von statischer Elektrizität herrührte. »Sie haben mich gefragt, warum ich Gene nicht gesagt habe, daß ich niemand lieben kann. Ich habe aber nicht gesagt, ich *kann* nicht. Ich habe gesagt, ich glaube nicht an die Liebe.«

»Ich sehe keinen Unterschied, Halley.«

»Ich bin sicher, wenn ich erst einmal an die Liebe glaube, kann ich auch problemlos lieben.«

Ich mußte lachen. »Und da sagt man, *Psychiater* seien Haarspalter.«

»Das ist keine Haarspalterei. Ich glaube auch nicht an Gott, aber das heißt nicht, daß ich es nicht könnte.«

»Sie sind bloß noch nicht richtig überzeugt von der Sache?«

»So ist es.« Der Kellner brachte die Miso-Suppe für uns beide. Halley widmete dem Essen ihre ungeteilte Aufmerksamkeit. Sie nahm Suppe auf den Löffel, besah sie sich, schürzte die vollen Lippen und ließ behutsam einen Teil der Flüssigkeit vom Löffel in den Mund rinnen. Das Quentchen kostete sie langsam und bedächtig aus, als wäre es das erste Mal, daß sie Miso-Suppe aß. »Mmmm«, sagte sie laut und schloß einen Seufzer des Behagens an.

»Sie sind also der Ansicht, daß ich mich nicht gut genug um Gene gekümmert habe?« fragte ich.

»Sie sind sein Seelendoktor gewesen, und er hat sich umgebracht«, sagte sie ruhig. Sie zuckte die Achseln, als bedauerte sie, an den Sachverhalt erinnern zu müssen, hätte aber keine andere Wahl.

»Ich stimme Ihnen zu.«

»Tatsächlich?« Sie sagte es sanft und freundlich. »Sie sind der Ansicht, daß es Ihre Schuld war?«

Ich nickte. »Ihr Vater ist anderer Meinung. Er meint, daß niemand einem anderen Menschen den Willen zu leben einflößen kann.«

Sie war von neuem auf das langsame Genießen eines Schlückchens Suppe konzentriert. Nachdem sie es gründlich ausgekostet hatte, sagte sie: »Er gibt Ihnen nur deshalb nicht die Schuld, weil er nicht an die Psychiatrie glaubt. Er hält sie grundsätzlich für Humbug.«

Ich mußte lachen. »Aha. Dann bin ich also für Sie ein Versager und für ihn ein Scharlatan.« Ich lachte erneut.

Meine Heiterkeit schien sie zu irritieren. Sie legte den Löffel in die Suppenschale zurück. »Sie haben gelogen.«

»Wieso?« Ich hob meine Schale an die Lippen und trank die Hälfte der heißen Suppe aus. Da ich von unserem Fußmarsch in der feuchtwarmen Luft ohnehin schwitzte, fand ich, es wäre nicht schlecht, gleich ein richtiges Schwitzbad daraus zu machen.

Halley langte zu ihrem Hinterkopf und zog das Gummiband von ihrem Pferdeschwanz. Ihr Haar war inzwischen getrocknet. Mit einem kurzen Rütteln des Kopfes stellte sie die elegante Fasson wieder her, die ich von unserer ersten Begegnung her kannte. »Als Sie gesagt haben, es sei Ihre Schuld gewesen, haben Sie es nicht ernst gemeint.« Sie drehte den Kopf, um den Sitz ihrer Haare in der Spiegelwand rechts im Hintergrund zu überprüfen. Dabei berührte sie kurz ihr Gesicht, wie ein Primitiver, der sich überzeugen will, daß das Bild, das er im Spiegel sieht, sein eigenes ist. Sie wandte sich wieder mir zu und sagte in sachlichem Ton: »Wenn Sie hier Nebelkerzen werfen, werde ich nicht mit Ihnen reden. Mir ist völlig egal, was Edgar und Daddy wollen.«

»Sie haben mich mißverstanden«, verteidigte ich mich. Ich saß geknickt auf meinem Stuhl. Das Kinn schlotterte mir vor Erregung. »Ich habe gelacht, weil ich erleichtert bin. Von allen Seiten höre ich immerfort, daß es nicht meine Schuld ist und daß ich kein Scharlatan bin, aber ich glaube es nicht. Ich bin erleichtert. Erleichtert, daß ich endlich Menschen treffe, die Bescheid wissen und keine Skrupel haben, mir die Wahrheit ins Gesicht zu sagen.«

Halleys Pupillen weiteten sich bei meiner Beichte. Sie beugte sich zu mir vor und stützte die Ellbogen auf den Tisch. Sie legte die Fingerspitzen gegeneinander, so daß die kleinen Hände ein Dach bildeten. »Können Sie sich wirklich so ohne weiteres eingestehen, daß Sie einen Fehler gemacht haben?«

»Was finden Sie daran so bemerkenswert?«

»Nun ja ...« Ihre Hände senkten sich. Sie lächelte. Mir wurde bewußt, daß ich sie bis jetzt noch nie lächeln gesehen hatte. Die verführerischen Lippen öffneten sich, der Mund zog sich ungeniert in die Breite und entblößte eine Reihe makelloser Zähne. »Das bewundere ich. Ich empfinde echte Bewunderung für jemand, der keine Ausflüchte macht, wenn er etwas in den Sand gesetzt hat, sondern klipp und klar die Verantwortung übernimmt.«

»Ich wette, Ihr Vater ist so jemand.«

Sie nickte. Liebevolle Zärtlichkeit schien in ihrem Blick auf und machte aus dem strahlenden ein besinnliches Lächeln. Es war eine unreflektierte Gefühlsregung. Sie registrierte, daß ich registrierte, und das Lächeln verschwand. Sie senkte den Blick. »Ich möchte keine Suppe mehr«, sagte sie. »Würden Sie ihm bitte sagen, er kann abräumen. Und entschuldigen Sie mich bitte einen Moment, ich möchte mich eben mal frisch machen.«

Als sie wiederkam, trug sie Make-up: die Lippen leuchteten purpurrot, die hohen Wangenknochen waren betont, und von der intelligenten Stirn war der Glanz verschwunden. »Ich hab' mich hübsch gemacht für Sie«, sagte sie. »Ich war nicht besonders nett zu Ihnen. Das tut mir leid. Nach allem, was mir Edgar über Sie erzählt hat, hätte ich Sie eigentlich besser kennen müssen. Und auch aus dem Artikel, den ich über Sie gelesen habe. Sie sind kein Lump, der uns aufs Kreuz legen will.«

»Es ist nie falsch, wenn man vorsichtig ist.«

»Edgar sagt, Sie haben eine erstaunliche Vergangenheit, wollte mir aber nichts darüber erzählen.«

»Weil er im Grunde selbst nichts Genaues weiß.«

»Was heißt das?«

»Zu der Zeit, als ich bei meinem Onkel in Great Neck gelebt habe, waren sich die Leute darüber einig, daß irgend etwas Schlimmes passiert sein mußte, weil er sonst kaum zu meinem Vormund ernannt worden wäre und mich zu sich ins Haus genommen hätte, aber alle haben nur irgendwelche vagen Gerüchte gekannt. Onkel Bernie hat sehr umsichtig dafür gesorgt, daß die Wahrheit nicht ans Licht kam.«

Halley holte ihre Eßstäbchen aus der Verpackung, legte sie formgerecht zwischen ihre Finger und richtete sie auf die zwei Stücke Krebsfleisch-Sushi, die den Platz der Suppe eingenommen hatten. Sie lagen auf einem schwarzen, wie ein Boot geformten Chinalackteller. »Edgar sagt, als Teenager hätten Sie eine seelische Krise gehabt.«

»Ich habe mich umgebracht«, sagte ich.

Sie hatte vorgehabt, eines der Sushi-Stücke zwischen die Spitzen der Stäbchen zu klemmen, zog aber jetzt das Eßwerkzeug zurück. »Sie haben sich umgebracht«, wiederholte sie aufgeschreckt, aber verständnislos.

»Ich bin gestorben. Ich habe sterben wollen und habe es auch geschafft.«

»Sie wollen damit sagen ...« Sie lehnte sich zurück; ihre Stäbchen ließ sie auf dem schwarzen Lackteller liegen. Ihre Pupillen waren wieder geweitet. Ein leichtes Wogen der Brüste verriet ihre Erregung. »Sie wollen damit sagen, daß Sie einen Selbstmordversuch gemacht haben?«

»Ich habe *Selbstmord* gemacht. Daß ich gerettet wurde, war reiner Zufall. Ich habe mich vernichtet. Nicht körperlich. Ich habe mein *Selbst* getötet. Ich mußte mir ein neues Ich schaffen.«

»Und von dem ...« Ihre Stimme versagte. Sie räusperte sich und befeuchtete die Lippen mit der Zunge. Ihre Augen glänzten feucht. Ich hatte mir gedacht, daß ich sie rühren würde, und ich *hatte* sie gerührt. Sie faßte sich wieder und sprach weiter: »Von Ihrem alten Ich ist wirklich nichts geblieben?«

»Es ist tot.« Ich hob ein Shrimp-Sushi von meinem Teller und schluckte den langen Bissen auf einen Sitz.

»Das ist unmöglich.« Sie setzte zu einem Lachen an, das sich im weiteren Verlauf zu einem ihrer expressiven Lautgebilde entwickelte. »Ich meine, Sie als Psychiater, halten Sie das denn nicht für unmöglich?«

»Sie haben es doch auch geschafft.« Ich nahm noch ein Sushi – was für eine Sorte es war, wußte ich nicht – und schluckte es unzerkaut hinunter. In ihrem hübschen Gesicht regte sich kein Muskel. Sie sah mich abwartend an.

»Wovon sprechen Sie?« fragte sie schließlich.

»Wann haben Sie Gene gesagt, daß Sie ihn nicht lieben?« fragte ich.

»Mir gefällt diese Unterhaltung nicht«, kommentierte sie. Es war tatsächlich ein Kommentar, wie nebenbei gesprochen, etwa so, als käme die Bemerkung von einem außenstehenden Zuhörer, der um einen Themenwechsel bat.

»Hat es Sie überrascht, daß er Ihretwegen Cathy verlassen hat?«

Halley griff zu ihren Stäbchen und schnappte sich eines der zwei rosa Rechtecke. Sie biß etwa die Hälfte davon ab und kaute bedächtig. Sie schien jede kleinste Geschmacksnuance auszukosten. Genüßlich schloß sie die Augen. Die langsame Wellenbewegung ihrer Lippen hatte etwas prickelnd Obszönes. Beim Hinunterschlucken machte sie die Augen wieder auf. »Ich möchte Ihnen ein Geschäft vorschlagen.«

»Und das wäre?«

»Sie erzählen mir, warum Sie sich umgebracht haben, und ich erzähle Ihnen alles, was mit Gene war.«

Für mich war der Augenblick der Entscheidung gekommen. Wenngleich es dem Leser so vorkommen mag, als wäre ich der Ungewöhnlichkeit der gegebenen Situation bereits erlegen, hatte ich bis zu dem Zeitpunkt, wo ich entscheiden mußte, ob ich Halleys Verlangen stillen wollte oder nicht, die Grenze zwischen dem wißbegierigen Psychiater und der Rolle, die ich in der Folge spielen sollte, in meinem Innern noch nicht überschritten. Halley fixierte mich unverwandt; um klar denken zu können, löste ich meinen Blick von dem ihren. Das Fenster bot Ausblick auf den Broadway. Ich zog es vor, die Augen zu schließen, um meine Vergangenheit Revue passieren zu lassen. Ich spürte die Hitze in Florida und hörte auf dem Rasen vor dem Haus meines Onkels das Bedauern in Julies Stimme. In einem halb gestrichenen Zimmer, wo das bernsteinfarbene Licht der New Yorker Straßenbeleuchtung die Oberflächen mit einem Streifenmuster überzog, beobachtete ich die sanften Bewegungen meiner Mutter. »Gebrauch deinen Bauernverstand«, hörte ich einen Fremden Worte meines Vaters zitieren. »Du kannst bei uns übernachten«, sagte, von meinen Tränen gerührt, Klein-Joey Stein. Ehe ich's mir richtig überlegt hatte, sah ich Halley an, und meine Entscheidung war gefallen.

»Wissen Sie, was Rafael im Hebräischen bedeutet?«

Ein bißchen verdutzt setzte sie sich mit durchgedrücktem Rücken gerade. »Im Hebräischen? Nein. Ich bin keine Jüdin.«

»Natürlich nicht.« Ich lachte. »Dumme Frage von mir. Ich bin Jude. Allerdings nur zur Hälfte. Die andere Hälfte ist katholisch.«

Ich referierte ihr die Exravaganzen meiner Kinder- und Jugendjahre in knapper Zusammenfassung. Einzig bei dem am strengsten gehüteten Geheimnis ging ich ins Detail, indem ich es mir angelegen sein ließ, das inzestuöse Verhalten meiner Mutter klarzustellen. Eine halbe Stunde lang hörte sie mir gebannt zu und wandte während dieser Zeit ihre dunklen Augen nicht ein einziges Mal von mir ab, selbst dann nicht, als sie den Rest ihres Sushi verzehrte. Als ich mit meinem Bericht fertig war, fragte sie: »Und was bedeutet Rafael im Hebräischen? Darüber haben Sie mit keiner Silbe gesprochen.«

Ihr Blick wanderte zu meiner noch halb vollen Sushi-Platte. Ich angelte ein Stück aus meinem Überfluß und bot es ihr an. Sie deutete auf ihren Teller – nahm meine Gabe an, wollte mir jedoch nicht erlauben, sie ihr direkt in den schönen Mund zu stecken. Ich legte den Bissen auf ihrem Teller ab. »Er ist ein Versprechen, das Gott gegeben hat«, erklärte ich. »Er bedeutet: ER wird heilen.«

Sie nickte und bewaffnete sich mit den Stäbchen, um meine Gabe in ihrer bedachtsamen Manier zu verzehren. Nach beendigtem gründlichen Genuß fragte sie mit einem übermütigen Lächeln: »Glauben Sie, daß Sie mich heilen können?«

»Sie haben Ihren Teil unserer Abmachung noch nicht erfüllt. Hat es Sie überrascht, daß Gene Ihretwegen Cathy verlassen hat?«

»Er hat sie nicht meinetwegen verlassen.«

»Das habe ich bis jetzt auch gedacht.«

»Also geben Sie mir doch die Schuld?«

»Nein. Sie können nichts dafür, daß Sie betörend sind. Allerdings hätten Sie ihn warnen können. Als er Ihnen das erstemal angekündigt hat, daß er Cathy verlassen würde, hätten Sie zu ihm sagen können: ›Ich liebe dich nicht.‹«

»Das habe ich.« Sie zuckte die Achseln. »Ich habe ihm gesagt, es gibt überhaupt keinen Grund, warum er sich von seiner Frau trennen müßte, ich würde auch so den Kontakt mit ihm aufrechterhalten. Mir war es egal, daß er verheiratet war.«

»Es war Ihnen sogar lieber so, nicht?«

»Ja.« Sie hob die Arme, streckte sich lässig und gähnte. »Es ist stickig hier drin. Lassen Sie uns gehen.«

Ich erhob mich und winkte dem Kellner. »Keinen Wunsch mehr? Fertig?« fragte er.

»Nur noch die Rechnung, bitte.« Während er aufschrieb und zusammenzählte, sagte Halley: »Ich geh' schon voraus und warte draußen.« Ich sah ihr nach. Der Kellner reichte mir den Zettel mit seiner Addition. Während ich das Geld abzählte, bemerkte ich: »Das Lokal floriert ja offenbar.«

»Ja«, sagte der Kellner. »Geschäft geht gut.«

»Ich habe vor sehr langer Zeit schon mal hier gegessen und war jetzt angenehm überrascht, daß es das Lokal immer noch gibt.«

Der Kellner nahm das Geld an sich und runzelte die Stirn. »Nein. Muß andere Restaurant sein. Wir sind erst zwei Jahre geöffnet.«

Nimm deine fünf Sinne zusammen, dachte ich auf dem Weg nach draußen zu Halley. Auf dem Broadway war die Luft schwülwarm und drückend. Es roch stark nach fauligen Nahrungsmitteln. »Bringen Sie mich nach Hause?« fragte sie, sich in Richtung Uptown wendend.

»Aber sicher.«

Sie hakte sich unbefangen bei mir ein. »Ihre Geschichte ist unglaublich. Oder nein, nicht unglaublich – sie ist phänomenal. Sie müssen eine sehr starke Persönlichkeit sein.«

»Ich bin so stark, daß ich sogar Ihren Turnbeutel tragen kann.« Er baumelte an ihrem anderen Arm und schien mir ihren anmutigen Gang zu behindern.

»Lieb von Ihnen«, sagte sie und reichte mir den Beutel. Ich hängte ihn an meinen freien Arm. Sie ging langsam, jeden Schritt genießend.

Drei Taxis, die von einer Ampel grünes Licht erhalten hatten, schossen an uns vorbei. Sie wehten uns eine Kohlendioxydbrise zu, und dabei fiel mir Gene wieder ein. »Gene hat mir von dem Gespräch erzählt.«

»Von welchem Gespräch?«

»Von dem Sie vorhin gesprochen haben. Bei dem Sie ihm gesagt haben, daß es Ihnen nichts ausmachen würde, wenn er bei Cathy bleibt. Daß Sie trotzdem nicht den Kontakt mit ihm abbrechen würden.«

»Dann haben Sie ja gewußt, daß ich nicht wollte, daß er sie verläßt.«

»Das hat er mir nicht gesagt. Er hat mir erzählt, Sie hätten zu ihm gesagt, Sie lieben ihn. Nach seiner Darstellung haben Sie gesagt, Sie lieben ihn so sehr, daß Sie unter allen Bedingungen an ihm festhalten würden.«

Sie blieb stehen. Wir waren nicht an einer Straßenkreuzung angekommen. Sie ließ ihren Arm in meinen eingehakt, obgleich sie sich zu mir drehte. »Wann habe ich das gesagt?«

»Vor zwei Jahren.«

»Ach so«, sagte sie, den Kopf nach hinten geneigt und offensichtlich erleichtert. »Ich erinnere mich nicht daran. Ich dachte, Sie sprechen von der Zeit, als er Cathy tatsächlich verlassen hat und nicht bloß davon geredet hat.«

Wir setzten unseren Fußmarsch fort und kamen an einem Obdachlosen vorbei, der sich auf dem Rost eines U-Bahn-Abluftschachts ausgestreckt hatte. »Wie kommt ein Mensch nur so weit?« fragte sie im singenden Ton eines leidenden und bestürzten Kindes.

»Ich weiß nichts über ihn«, sagte ich.

»Ich wette, Sie könnten es mir erklären. Edgar hat gesagt, Sie haben viel mit unterprivilegierten Menschen gearbeitet.«

»Bitte versuchen Sie nicht, mich abzulenken«, sagte ich. »Ich weiß, daß Sie glauben, ich beurteile Sie nach Ihrem Verhalten gegenüber Gene, aber dem ist nicht so. Gene war ein hartnäckiger Illusionist. Mag sein, daß er sich alles zusammenphantasiert hat, und selbst wenn das nicht der Fall war, heißt das nicht, daß Sie die Verantwortung dafür tragen, was geschehen ist.«

»Okay«, sagte sie. »Legen Sie los mit Ihren Fragen.«

»Ich wüßte gerne, ob es jemals einen Zeitpunkt gegeben hat, zu dem Sie sich eventuell bereit gefunden hätten, mit ihm zusammenzuleben, ihn zu heiraten, ihn – nun ja, ihn vierundzwanzig Stunden am Tag glauben zu machen, daß Sie ihn lieben.«

Wir waren an der 76. Straße angekommen. »Hier lang«, sagte sie und dirigierte mich in Richtung Central Park. An einem Kiosk machte sie halt und kaufte die Ausgabe der *New York Times* vom kommenden Tag. Dann nahm sie wieder meinen Arm und ging schweigend neben mir her. Spätestens als wir die Columbus Avenue überquerten, fand ich, ich hätte lange genug auf ihre Antwort gewartet, und wollte meine Frage wiederholen. Ich hatte kaum zum Sprechen angesetzt, da unterbrach sie mich schon: »Nein. Ich habe nie davon geträumt, mit ihm zusammenzuleben. Ich war traurig, tieftraurig, weil mein Bruder tot war. Gene war ein Trost. So war das. Und er war kein Risiko. Ich habe gedacht, er wäre in festen Händen. Ich habe ihm nie geglaubt. Nicht *eine* Sekunde lang. Ich habe nie geglaubt, daß er sie verlassen würde. Sie war ein furchtbarer Drachen, aber die Männer bleiben bei solchen Frauen. Sie haben Affären, traurige Affären, aber sie bleiben.« Wir waren einen halben Häuserblock vom Central Park entfernt. Von den hohen schwarzen Bäumen her kam kühlere und reinere Luft. Halley ließ meinen Arm los, um sich eine Strähne aus dem Gesicht zu streichen. Sie holte tief Luft, hielt kurz den Atem an und sprach beim Ausatmen weiter. »Aber egal, ich fand es gut, daß er sie verlassen hat. Ich habe geglaubt, es würde ihm nützen. Ich habe geglaubt, ich wäre dabei für ihn nur ein Vorwand. Und irgendwo hatte ich auch gelesen, daß Männer nie auf Dauer bei der Frau bleiben, derentwegen sie ihre Frau verlassen haben. Das stimmt doch, oder?«

»Nichts stimmt für jeden Menschen.«

»Hier wohne ich«, sagte sie und blieb vor dem überdachten Eingang eines typischen Nachkriegswohnsilos mit weißer Klinkerverblendung stehen, das zwischen zwei alte Bürgerhäuser mit Sandsteinfassade hingeklotzt worden war. »Sind Sie wirklich der Meinung, daß jeder einzelne Mensch so was Besonderes ist?«

»Ja.«

»Sie haben sich wohl noch nie für die Ergebnisse von Marktforschungsstudien interessiert?«

»Die würden meine Meinung nicht ändern«, sagte ich. Ich hielt ihr den Turnbeutel hin.

Sie nahm ihn nicht. »Wollen Sie nicht auf einen Sprung mit hinaufkommen?«

»Haben Sie während der Zeit, in der Sie mit Gene enger befreundet waren, immer auch Kontakte zu anderen Männern gehabt?«

Sie lachte, und es klang vergnügt, nicht spöttisch oder beleidigt. »Sie halten mich wohl für einen Feger?«

»Nein, ich halte Sie für einen außergewöhnlichen Menschen. Gene war ein Durchschnittsmensch, er war mit Ihnen überfordert. Das ist nicht Ihre Schuld. Mir geht es darum, seine Ansicht von der Realität nachzuprüfen. Seiner Meinung nach waren Sie bis vor ungefähr einem Jahr nur für ihn da. Er hat mir erzählt, Sie hätten dann auf einer Geschäftsreise in Paris einen anderen kennengelernt.«

Sie runzelte die Stirn. »In Paris?« Sie nickte. »Ach ja, richtig. Damals ist mir klargeworden, daß ich das Verhältnis langsam, aber sicher auflösen muß. Und er hat also angenommen, daß ich …?« Sie hatte den Blick auf das Pflaster des Bürgersteigs gesenkt und nickte gedankenverloren.

»Halley, ich möchte im Grunde nichts weiter als eine einfache Antwort. Hat es irgendeine Zeit gegeben, in der Sie Gene ganz gehört haben?«

Sie hob den rechten Fuß und berührte mit der Fußspitze einen Sprung im Pflaster. Den Blick noch immer auf den Boden gerichtet, fragte sie: »Möchte der Doktor das wissen? Oder Rafe, der Mann?«

Ich trat dicht an sie heran und legte ihr den Turnbeutel in die Arme. Mich an ihn lehnend, sagte ich flüsternd: »Waren Sie jemals seine Geliebte?«

Sie blickte zu mir hoch. Ihre Lippen waren nahe bei meinen. Ich spürte ihren warmen Atem, als sie »Nein« sagte.

»Ich habe noch eine letzte Frage.«

»Wollen Sie nicht doch auf eine Tasse Kaffee mit hinaufkommen? Oder vielleicht auf einen Cognac? Ich glaub', ich hab' einen da.«

»Wenn Ihr Vater nachher anruft, was werden Sie ihm dann sagen? Oder sollen Sie ihn anrufen?«

Ihr Gesichtsausdruck wechselte. Das Lächeln war wie weggeblasen, das verführerische Funkeln in den Augen erlosch. Das überraschte mich nicht. Eine Überraschung war für mich, wie blitzschnell sie sich wieder fing. Sie klappte einmal mit den Augenlidern – und war wieder ihr altes, souveränes Selbst mit dem offenen, furchtlosen Blick. »Ich werde ihm sagen, daß er sich keine Sorgen zu machen braucht.« Sie trat einen Schritt zurück und schwenkte übermütig ihren Turnbeutel. »Ist das in Ordnung so?«

»Absolut perfekt«, sagte ich, drehte mich um und ging.

VIERTES KAPITEL

Feldforschung

Am nächsten Morgen entschloß ich mich, zu einem unerwarteten Besuch bei Hyperion nach Tarrytown hinauszufahren. Der Wachmann in der Plexiglaskabine war mir neu. Ich mußte mich ordentlich anstrengen, bis ich ihn so weit hatte, daß er Copleys Sekretärin anrief, um ihr zu sagen, daß ich unangemeldet vor der Tür stand, und daraufhin zu erfahren, daß mir trotzdem Einlaß zu gewähren war.

Im gläsernen Zentralgebäude ließ man mich zunächst einmal eine Stunde lang in dem Konferenzraum warten, in dem ich zum erstenmal mit Halley zusammengetroffen war. Schließlich erschien eine Frau mittleren Alters mit einem silbergrauen Haarhelm und einem stattlichen Bäuchlein auf dem Plan. Sie stellte sich als Mr. Copleys Assistentin Laura vor und bat mich mitzukommen. In einem mit Spiegeln ausgekleideten Fahrstuhl fuhren wir in das dritte und oberste Stockwerk hinauf. Hier oben waren die Fußböden aus schwarzem Marmor. (Später wurde ich belehrt, daß man auf Teppichböden verzichtet hatte, weil die von ihnen unter Umständen bewirkte statische Aufladung des menschlichen Körpers sich schädlich auf Computerschaltkreise auswirken kann und die Ingenieure regelmäßig aus den Entwicklungslabors zu Besprechungen mit den Managern ins Verwaltungsgebäude herüberkamen. Die Ingenieure selbst hielten diese Furcht vor Teppichböden für ziemlich absurd, weil sich statische Elektrizität durch Berührung eines x-beliebigen Stücks Metall entladen läßt.) Laura führte mich an einer Reihe von Büros mittlerer Größe vorbei. Eines davon war das von Halley. Jeff sah von seinem Schreibtisch auf und rief – eine Spur zu laut, als daß es natürlich geklungen hätte –: »Hallo, Dr. Neruda.«

Laura ließ sich davon nicht aufhalten. Ich antwortete Jeff mit einem Hallo und eilte auf unsicheren Füßen, weil meine Sohlen auf dem Marmorboden rutschten, hinter ihr her. Die Wendung um die Ecke am Ende des Gangs führte uns direkt in Copleys Vorzimmer, Lauras Lauerposten. Sie zeigte mit einladender Geste auf ein schwarzes Ledersofa und setzte sich an ihren Schreibtisch.

Nach einem Blick auf ihren Telefonapparat erklärte sie mir, daß Copley augenblicklich am Telefonieren sei und mich binnen kurzem empfangen würde. Ob ich gern einen Kaffee oder etwas anderes zu trinken hätte. Ich lehnte alle gastfreundlichen Anerbieten dankend ab. Das Warten machte mir nichts aus. Seit dem Sommer, in dem ich meinen High-School-Abschluß gemacht hatte, war ich nicht mehr in einer Situation wie meiner jetzigen gewesen: ich hatte unendlich viel Zeit.

Endlich sagte Laura: »Jetzt ist er frei. Sie können hineingehen.« Woher sie das so sicher wußte, war mir ein Rätsel: ihr Telefon hatte nicht gesummt noch sonst einen Laut von sich gegeben.

Die mahagonibraune Schiebetür, die Copley von seiner Assistentin hermetisch abschottete, war fast zweieinhalb Meter hoch und mindestens eineinviertel Meter breit – fast schon eine bewegliche Wand. Der Griff war eine dreißig Zentimeter lange, dicke Edelstahlstange. Die Kolossaltür erzeugte bei mir eine Verstandestäuschung: ich nahm automatisch an, daß eine größere Kraftanstrengung nötig wäre, sie zu öffnen, und stolperte infolgedessen, als sich zeigte, daß schon ein sanfter Schub für den Zweck genügte. Ich war so verdutzt, daß ich direkt auf Copley zuging und vergaß, die Tür hinter mir zu schließen. Er erhob sich und kam hinter dem von Alter und langem Gebrauch gezeichneten aufpolierten Bauerntisch hervor, den er als Schreibtisch benutzte. Nirgends waren Akten oder Papiere zu sehen. Auf einem schwarzen Gestell neben seinem Antik-Schreibtisch stand ein schwarzes Computerterminal. Er begrüßte mich, wie er es schon im St. Regis getan hatte, mit formvollendeter Höflichkeit, aber nicht herzlich. Ich verspürte wieder den festen Druck der Hand, der es mir überließ, als erster loszulassen. »Entschuldigen Sie bitte«, sagte er über meine Schulter hinwegblickend, um dann mit dem Fuß irgendein Manöver auszuführen.

Ich hörte ein leises Surren und Scharren und sah, als ich mich umdrehte, wie die schwere Tür sich selbsttätig schloß. Mich wieder Copley zuwendend, bemerkte ich, daß er den rechten Fuß von einem nur ein winziges Stück aus dem Boden hervorstehenden Bedienungsknopf nahm. »Feine Sache, nicht?« murmelte er, während er mich mit einer Handbewegung einlud, in einem mächtigen schwarzen Ledersessel gegenüber seinem – ebenfalls mit schwarzem Leder bezogenen – Schreibtischsessel Platz zu nehmen. »Sollte ich dummerweise vergessen haben, daß wir eine Verabredung haben?«

»Keineswegs. Aber ich bin nur noch bis zum Wochenende in New York, und mir ist da plötzlich eine Vermutung gekommen. Und ich habe mir gedacht, Sie sind vielleicht so freundlich, gleich mit mir darüber zu sprechen, damit ich sehe, ob was dran ist an meinem Einfall. Es würde nur eine Minute dauern.«

»Fein. Schießen Sie los.« Sein ausgemergeltes, gekerbtes Gesicht war vollkommen regungslos, während er auf meinen Vortrag wartete. Es erinnerte mich an die steinernen Köpfe am Mount Rushmore.

»Mein kleiner Schwatz mit Halley hat mir ein gutes Stück weitergeholfen. Ganz offenkundig hat Gene sich über die Natur der Beziehung zwischen den beiden etwas vorgemacht. Damit ist für mich alles, was er mir erzählt hat, ins Zwielicht geraten. Es ist eindeutig so, daß ich ihm seine Version der Geschehnisse allzu kritiklos abgekauft habe. Ich wollte nun seine Behauptung nachprüfen, daß er hier in der Firma eine sehr wichtige Rolle gespielt hat.«

»Das hat er. Er war Direktor der Abteilung Produktentwicklung, und die ist das Herz des Unternehmens. Auf dem Posten war er in den letzten ein bis eineinhalb Jahren. Vorher war er als Projektleiter zuständig für den Black Dragon, unseren bisher größten Renner.« Er zeigte auf das Terminal neben seinem Bauerntisch.

»Ist das der Black Dragon?« fragte ich angelegentlich.

»Nicht ganz. Was Sie hier sehen, ist nur ein Terminal, das mit dem Black Dragon verbunden ist. Der Rechner selbst ist ein Mainframe mittleren Kalibers –« Er hielt inne, legte den Kopf gegen die hohe Rückenlehne seines Sessels zurück und fragte: »Kennen Sie sich aus mit Computern?«

»Überhaupt nicht. Das ist mit ein Grund, weshalb ich hier bin. Wenn Gene mir von seiner Arbeit erzählt hat, habe ich höchstens die Hälfte verstanden.«

»Ist das nicht problematisch?«

»Problematisch?«

»Ich meine, jemanden zu behandeln, von dessen Arbeit man nichts versteht.«

»Offensichtlich ja. Sie sehen ja, was dabei herausgekommen ist.« Ich lachte bitter.

Ein leises Piepsen kam aus dem rechteckigen schwarzen Telefon auf seinem Schreibtisch. Er blickte auf den Apparat, machte aber keine Anstalten, den Hörer abzuheben. Es hatte den Anschein, daß er etwas ablas. Von meinem Platz aus konnte ich einen kleinen Sockel am oberen Ende des Apparats erkennen, dessen flache Oberfläche eine Flüssigkristallanzeige war; ich sah allerdings nicht, ob dort etwas geschrieben stand. »Entschuldigen Sie«, sagte Copley. »Ich muß diesen Anruf entgegennehmen. Es dauert nur eine Sekunde.« Er griff zum Hörer und sagte: *»Bonjour, Didier. Ça va?«* Er lachte in sich hinein. *»Oui.«* Einige Sekunden lang lauschte er mit ernstem Gesicht. »Okay«, sagte er. »Wir geben ihnen noch eine Woche. Ich muß Schluß machen. Bist du heute über Tag zu Hause? *Au revoir.*« Er legte auf. Seine Finger verschränkten sich. Sein Gesichtsausdruck verriet, daß er angestrengt nachdachte. Ich rechnete damit, gleich seine Fingerknöchel knacken zu hören. Statt dessen hörte ich ihn sagen: »Ich habe gerade noch Zeit für ein oder zwei Fragen. Wo waren wir stehengeblieben?«

Ich deutete auf das schwarze Terminal neben ihm. »Sie hatten mir gerade erklärt, daß dies hier nicht der ganze Black Dragon ist.«

»Richtig. Das ist nur eine sogenannte Datenendstation, mit der Sie auf den Rechner zugreifen können. Der Rechner selbst steht in einem Raum am anderen Ende des Flurs.«

»Und Gene hat die Pläne für den Black Dragon entworfen, wenn ich das richtig verstanden habe?«

»Nun, er hat die Planung und den Bau des Prototyps überwacht und als Projektleiter die Gesamtverantwortung für den Erfolg seiner Arbeitsgruppe gehabt. Aber wenn wir alles ganz genau nehmen, hat eigentlich ein von mir eingestellter brillanter Knabe namens Andy Chen die Pläne für das Innenleben des Rechners erarbeitet.«

»Ach ja, natürlich. Gene hat von jemand erzählt, der Andy heißt. Ich glaube, er hat nie den Nachnamen erwähnt. Andy soll ein Genie sein.«

»Das ist er in der Tat. Aber verzeihen Sie, Dr. Neruda, mir ist nicht ganz klar, was wir zusammen an Substantiellem und für Sie Nützlichem noch zutage fördern könnten. Gene hat wahrscheinlich etwas übertrieben, wenn es um seine eigene Wichtigkeit ging. Tun wir das nicht alle? Tatsache ist, daß er hier eine sehr wichtige Funktion hatte. Und daß er bis vor ein oder eineinhalb Jahren ein wertvoller Mitarbeiter war. Danach ist er dann einfach ausgebrannt. Um es offen und ehrlich zu sagen: Das ist in unserer Branche ein Berufsrisiko. Computer bauen ist ein Ding für junge Männer. Der Konkurrenzkampf ist grausam. Jedes Jahr drängt aus dem MIT und aus Stanford ein neuer Schwung von frisch graduierten Genies auf den Arbeitsmarkt. Alle vier Monate erfindet jemand einen neuen Chip. So gut wie jeden Tag kommt leistungsstärkere neue Software auf den Markt, die nach mehr Rechnerleistung giert. Wenn jemand von Genes Kaliber in dieser Branche überleben will, muß er raus aus dem Schützengraben und ins Management wechseln. Ich habe ihm die Chance gegeben, indem ich ihn zum Vorstandsmitglied gemacht habe. Er hat's nicht gebracht. Er war keine Führungspersönlichkeit. Er ist voll gegen die Wand gelaufen. Es gibt Leute, die in so einer Situation zurücktaumeln und sich ruhig und friedlich ein bescheideneres Plätzchen ein bißchen weiter unten auf der Rangstufenpyramide suchen. Andere sammeln ihre Knochen zusammen und ziehen sich ins Privatleben zurück, kaufen sich eine Blockhütte in Vermont oder ein Plätzchen für ihre Hängematte auf Tahiti oder was weiß ich und genießen den Rest ihres Lebens. Gene ist implodiert.«

»Gene hat sehr hart gearbeitet, er hat Überstunden gemacht –«

»Das tut das gesamte technische Personal«, unterbrach Stick mich ungeduldig.

»Vielleicht ist das der Grund, warum die Leute ausbrennen.«

»Kann schon sein. Aber anders läuft das Geschäft nicht. Lassen Sie Ihre Leute vierzig Stunden in der Woche arbeiten, und im Nu sind Sie zwei Jahre hinter der Entwicklung zurück. Fragen Sie IBM.« Er rutschte auf seinem Sitz nach vorn, wie um aufzustehen. »Tut mir leid, aber ich muß wirklich –«

Ich unterbrach ihn. »Nur noch *eine* Bitte. Darf ich kurz mit Andy Chen sprechen? Wenn ich mich richtig erinnere, hat er eng mit Gene zusammengearbeitet.«

Copley schnaubte indigniert und schüttelte den Kopf. »Dr. Neruda, ich kann Sie wirklich nicht nach eigenem Gutdünken im Betrieb herumspazieren lassen.«

»Es ist gleich Mittag. Wenn er nichts anderes vorhat, lade ich ihn –«

Copley schnitt mir das Wort ab: »Ich glaube nicht, daß Andy zum Essen geht. Er ist Projektleiter und hat einen brutalen Termin.«

»Es ist meine letzte Bitte. Mehr will ich Ihnen wirklich nicht zumuten. Ich bin Ihnen außerordentlich dankbar für die Geduld, die Sie mit mir gehabt haben. Sie waren so hilfsbereit, wie Edgar es mir prophezeit hat. Ein Gespräch mit Andy Chen wäre für mich so etwas wie ein krönender Abschluß meiner Recherche.«

Es war interessant zu beobachten, wie er auf meine Erpressung reagierte. Genau wie am Abend zuvor Halley höchst vergnügt gewirkt hatte, als ich erraten hatte, daß sie und Stick sich später noch über unser Abendessen austauschen würden, genauso steckte jetzt er die (freilich unbedeutende) Schlappe nicht nur mit vollendetem Anstand, sondern auch belustigt weg. Die Furchen in seinem hageren Gesicht vervielfältigten sich, als sich sein Mund jetzt zu einem breiten Lächeln auseinanderzog, und dann tat er etwas schlechterdings Reizendes: er zwinkerte mir zu. »Okay, Doc, Sie haben gewonnen. Würden Sie so lange draußen warten, bis ich mich bei Andy erkundigt habe, ob es ihm recht ist? Ob Sie es glauben oder nicht – ich kann ihm nicht einfach befehlen, heute mit Ihnen Mittag essen zu gehen. Er hat sich die verrückte Idee in den Kopf gesetzt, daß es seine Aufgabe ist, Rechner für mich zu konstruieren, und nicht, mit VIPs essen zu gehen.« Er drückte den Knopf auf dem schwarzen Fußboden. Ich vernahm das Surren und Scharren der Tür, die beiseite glitt, um mich hinauszulassen.

Zurück bei Laura, hatte ich just in dem Moment, als sie sich erkundigte: »Möchten Sie etwas trinken, während er mit Andy spricht?«, eine hervorragende Aussicht auf ihr Telefon. Copley hatte kein Wort mit ihr gesprochen, aber jetzt löste sich für mich das Rätsel der telepathischen Kommunikation zwischen den beiden. Außer der Flüssigkristallanzeige gab es an dem Apparat noch eine kleine Tastatur, die eingetippte Nachrichten an die Displays beider Apparate übermittelte. Ich lehnte das Getränk dankend ab und machte ihr ein Kompliment, bei dem ich mich des Spitznamens von Copley bediente. »Stick hat mir gesagt, Sie seien die beste Assistentin der Welt, und jetzt kenne ich auch Ihr Geheimnis. Es ist dieses fabelhafte Telefon.«

Sie antwortete in ungläubigem Ton. »Das hat *er* gesagt?« Aber sie errötete geschmeichelt. Ich nickte. Sie tippte auf den Apparat. »Nun, Sie haben recht, das ist mein Geheimnis. Es ist toll, finden Sie nicht auch?«

»Absolut. Stick hat mir gesagt, Sie können ihm durchgeben, wer gekommen ist, und er kann Ihnen durchgeben, was Sie sagen sollen, und das alles, ohne daß er das Gespräch unterbrechen muß, wenn er mit jemand anders telefoniert.«

Sie blickte kurz zu der massiven Schiebetür – obwohl sie wissen mußte, daß sie geschlossen war –, ehe sie leise sagte: »Genau. Es kann noch eine ganze Menge andere fabelhafte Sachen. Das hat jemand hier im Haus erfunden, aber wir konnten uns dann nicht entschließen, es selbst zu vermarkten.«

»Ach, dann kann man es also kaufen?«

»Eigentlich nicht.« Wieder sah sie kurz zur Tür hinüber und sprach halb flüsternd. »Sie haben ein ziemlich vereinfachtes, primitives Modell gebaut. Das hier ist unser Prototyp, der einzige, der überhaupt existiert. Ich krieg 'ne Gänsehaut, wenn ich nur daran denke, daß er mal kaputtgehen könnte.«

»Aber Sie haben doch hier mehr als genug Leute, die ihn reparieren können.«

»Der Mann, von dem die Idee und der Bauplan stammen, arbeitet nicht mehr bei uns. Und die Spinner da unten, wenn ich denen was zum Reparieren gebe, wer weiß, was die damit anstellen. Am Ende krieg' ich mein Telefon als Mixgerät zurück.« Ihr Wundertelefon zirpte. Sie meldete sich. Dann sagte sie: »Einen Augenblick, bitte«, und bearbeitete gleichzeitig mit verblüffender Geschwindigkeit die Tasten, die keinerlei Geräusch, nicht einmal ein leises Klicken, von sich gaben. Bereits nach einem kurzen Moment sagte sie zu dem Anrufer: »Mr. Copley kann erst morgen mit Ihnen sprechen, aber er hat Ihre Aktennotiz gelesen und ist interessiert. Ist Ihnen damit für den Augenblick gedient? Fabelhaft. Ich werde es ihm ausrichten.« Sie deutete auf ein Rack neben ihrem Computerterminal. In ihm stand ein Drucker, der in diesem Moment leise surrte. »Die Daten des Anrufs und meine Notizen zum Inhalt des Gesprächs werden automatisch ausgedruckt. Das spart mir eine Menge Arbeit.« Das Telefondisplay zog mit irgend etwas ihre Aufmerksamkeit auf sich. »Mr. Copley würde Sie gern auf dem Apparat da drüben sprechen.« Sie zeigte auf ein gewöhnliches Telefon neben dem Sofa.

Der Apparat klingelte nicht und piepte nicht, aber ich nahm trotzdem ab. Copley sprach ohne Einleitung. »Andy sagt mir, er hat eine halbe Stunde Zeit. Er erwartet Sie auf dem Basketballfeld. Das liegt hinter dem Gebäude. Laura wird Ihnen den Weg erklären.«

»Ich danke Ihnen. Wann darf ich Sie anrufen und Ihnen berichten?«

Das wurde zunächst mit einem kurzen Schweigen quittiert, an das sich die Frage anschloß: »Berichten?«

»Nun« – ich senkte die Stimme, auch wenn ich, damit er mich noch verstehen konnte, so leise gar nicht sprechen durfte, daß Laura nicht hätte mithören können – »ich setze voraus, daß Sie interessiert sind zu erfahren, was Andy mir gesagt hat. Die Information ist das mindeste, was ich Ihnen für Ihr freundliches Entgegenkommen schulde.«

Er schwieg erneut einen kurzen Moment, ehe er zugab: »Das würde mich schon interessieren. Kann sein, daß ich außer Haus bin, wenn Sie mit dem Gespräch fertig sind. Rufen Sie doch einfach von der Anmeldung hier herauf, wenn es soweit ist, Laura weiß dann weiter.«

Lauras Direktiven folgend, fuhr ich mit dem spiegelwandigen Fahrstuhl in die Eingangshalle hinunter und ging um den Fahrstuhlschacht herum zu einer unbeschrifteten Doppeltür, durch die ich auf das Gelände hinter den Hyperion-Gebäuden gelangte. Dort hatte ein halbherziger Versuch stattgefunden, eine Grünfläche anzulegen, mit einer schwarzen Metallskulptur und vier in weitem Karree sie umgebenden Parkbänken als Zentrum. Das Buschwerk war struppig. Nirgends war etwas Blühendes zu sehen. Nach rechts entfernte sich ein Pfad, der bis zum äußersten Ende des einen gelbbraunen Laborgebäudes lief und dort um die Ecke bog. Hinter der Biegung entdeckte ich an der fensterlosen Seitenwand des Betonbaus einen Basketballkorb. Er war weit und breit die einzige Einrichtung für Erholungsübungen. Der Pfad lief allerdings noch weiter, bis zu dem Teich, so als könnte er zum Joggen benutzt werden, der Basketballkorb jedoch wirkte improvisiert und gealtert, als hätte man ihn vor Jahren zur Unterhaltung der Kinder an einem Einfamilienhaus in einem Wohnvorort angebracht und die Kinder wären inzwischen längst erwachsen und ausgezogen.

Hier traf ich Andy Chen an, in Jeans und Turnschuhen, mit nacktem Oberkörper und einer großen Brille mit runden, goldgeränderten Gläsern auf der Nase. Er hatte sich rechts von dem Korb postiert und übte Sprungwürfe aus der Dreieinhalb-Meter-Distanz. Während ich näher kam, verfehlte er einen Wurf, holte sich den Ball wieder und verfehlte erneut. Beim Auffangen des Abprallers bemerkte er mich.

»Hi«, sagte er. Er war gut eins-achtzig groß und klapperdürr, mit der unbehaarten, flachen Brust eines kleinen Jungen. Der dünne Hals und der hagere Körper hätten kräftig zulegen müssen, wenn zwischen ihnen und dem großflächigen Mondgesicht die Proportionen hätten stimmen sollen. »Dr. Neruda?«

Wir tauschten einen Händedruck. »Danke für Ihre Gesprächsbereitschaft.«

»Kein Problem.« Er war höchstens vierundzwanzig und sprach mit hoher, heller Stimme, so als hätte er die Pubertät noch vor sich. »Darf ich weitermachen?«

»Selbstverständlich. Ich fang' die Abpraller.«

»Pessimist«, bemerkte er und machte einen neuen Wurf.

Der Ball prallte vom Korbring weit nach links, und ich mußte einen Spurt hinlegen, um ihn zu erwischen. Ich warf ihn ihm zu. Zur Erklärung, wer ich war und was ich wollte, sagte ich in Kurzform meine übliche Geschichte auf: daß ich Genes Psychiater sei, ihn aber seit einem Jahr nicht mehr gesehen hätte und so weiter. Während er mir zuhörte, setzte er seine Wurfübungen fort. Er landete keinen einzigen Treffer, war manchmal nahe dran und reagierte jedesmal völlig gelassen. Selbst wenn der Ball den ganzen Ring auf der Innenneigung umrundete, um schließlich doch wieder herauszuspringen, ließ er kein Anzeichen von Frustration erkennen.

»Gene war mein Boß«, sagte er. Er behielt den Ball in den Händen, um sich eine Weile mit mir unterhalten zu können. Trotzdem wandte er den Blick nicht vom Korb. »Ich war der Jüngste im Black-Dragon-Team, aber er hat mich sofort ins Feuer geschickt. Mir gleich 'ne Menge Verantwortung übertragen. Ich hab' ihm viel zu verdanken.« Er warf und traf weit daneben.

Ich hetzte hinter dem Ball her und spielte ihm einen weiten Paß zu.

»Warum probieren Sie's nicht mal aus 'nem anderen Schußwinkel?« rief ich.

Er lächelte, ignorierte meinen Rat und warf erneut. Daneben. Diesmal fing er den Abpraller selbst; ich war noch nicht auf dem Spielfeld zurück.

»Gene hat mir erzählt ...« Ich mußte aus Atemnot unterbrechen. Es war heiß in der Sonne. Meine Haare waren feucht. Nicht so die von Andy. Die Masse von glattem schwarzen Haar auf seinem Kopf war trocken und steif wie eine Perücke. »Gene hat mir immer wieder gesagt«, fing ich noch einmal an, »daß er selber als Innovator gar nicht so besonders war und daß sein eigentliches Können darin bestanden hat, die Genies, die er unter sich hatte, richtig zu dirigieren.«

»Keine Ahnung, was das heißen soll.« Er warf. Der Ball prallte vom Rückbrett direkt in meine Hände. Andy wandte sich von seinem Ziel weg und sah mich an. »Wir erfinden ja keine Mikroprozessoren. Wir bauen bloß zusammen, was die Genies erfunden haben. Und darin hat ihm keiner was vorgemacht.«

»Aber *wie* ihr die Sachen zusammenbaut, das läuft doch auch auf Erfinden hinaus, oder nicht?«

Er bat mit den Händen um den Ball. Ich warf ihn ihm zu. Er nahm mit den Augen Maß für einen neuen Wurf. »Kann sein. Ich halt das trotzdem nicht für genial.« Er warf und hatte wieder kein Glück. Der Ball traf seitlich gegen den Ring und kehrte zweimal auf dem Boden aufspringend zu ihm zurück. »Gene hat mit neuen Konzeptionen und der Rahmenplanung wirklich was losgehabt. Da ist er genausogut wie ich gewesen. Vielleicht nicht ganz so selbstsicher wie ich.« Er hob den Ball zum Wurf und ließ ihn dann wieder sinken. »Ja genau, das ist der Unterschied zwischen uns gewesen. Er hat immer einen zu langen Anlauf genommen, bevor er gesprungen ist. Beim Centaurus zum Beispiel. Er hat als erster die Nase für den Centaurus gehabt, aber dann hat er die Idee zu lange vor sich hergeschoben, und irgendwie ist sie dann zu Sticks Kind geworden ...« Andy brach den Gedankengang ab und überdeckte den Bruch, indem er mit dem Ball dribbelte.

»Wer oder was ist Centaurus?«

Er richtete seine Aufmerksamkeit wieder auf den Korb und hob den Ball. »Unser Notebook-PC. Das Projekt, an dem ich augenblicklich arbeite. Ich kann Ihnen nicht viel darüber erzählen, außer daß es der Job ist, für den Gene mir nach dem Black Dragon die Verantwortung übertragen hat. Er selber hat sich ganz auf den Monocerus konzentriert. Das ist unser Mainframe. Ist eine Riesenpleite geworden. Ich hab' Gene prophezeit, daß es so kommen würde.« Er warf. Der Ball traf den Ring an der Außenseite und fiel wie ein Zentnergewicht zu Boden. »Schlapp«, kommentierte Andy.

Ich holte den Ball und warf ihn ihm zu. Dabei sagte ich: »Daß er sich auf den Monocerus konzentrieren sollte, war doch Sticks Idee, nicht?« Es war ein Schuß ins Blaue. Gene hatte bei dem halben Dutzend Telefongespräche, das wir im vergangenen Jahr geführt hatten, nie über Einzelheiten seiner Arbeit gesprochen.

»Na klar.« Andy lachte über einen Einfall, der ihm durch den Kopf ging, mit der Folge, daß der zugeworfene Ball von seinen Händen abprallte. Er setzte ihm nach und holte ihn sich. »Eigentlich sollte ich Sie ja mal fragen, ob das, was ich Ihnen hier erzähle, unter uns bleibt. Aber was soll's.« Er warf wieder, traf wieder daneben. Ich rührte mich nicht, um dem Ball nachzusetzen, und er ebensowenig. Der Ball hüpfte über das Spielfeld bis zur Grasnarbe und blieb dort liegen, ein genarbter Kürbis in der prallen Sonne. »Stick kennt meine Meinung. Das gefällt ihm ja gerade an mir. Ich hab' keinen Schiß vor ihm.«

»Hat er Gene Ihrer Meinung zu Recht entlassen?«

»Wen fragen Sie das? Ich hab' jetzt Genes Job.«

»Ich weiß«, sagte ich. »Finden Sie, daß die Entlassung berechtigt war?«

»Nein.« Andys beredtes Mienenspiel strafte das Klischee von der Undurchdringlichkeit chinesischer Gesichter rundweg Lügen: er legte die Stirn in Falten, sah zu Boden, und seine Lippen zitterten. Er trabte zur Grasfläche, hob den Basketball auf und lief, nicht sonderlich gekonnt dribbelnd, an seinen Platz zurück. Er fixierte den Korb und ließ die Kugel in die Luft steigen. Zum ersten Mal fiel der Kürbis glatt durch den Ring. »Das hat mir Gene beigebracht«, sagte er, den Blick noch immer auf den Metallreifen gerichtet.

»Das Werfen?«

»Nein«, sagte er, mir sein lächelndes Gesicht zuwendend. »Niemals aufzugeben, egal wie's läuft.«

Ich ging zu ihm hinüber. Seine Stirn war trocken und sein Haar nicht im geringsten durcheinander, trotzdem hatten sich auf den großen Brillengläsern Flecken von getrockneten Schweißtropfen gebildet. »Er ist sehr stolz auf Sie gewesen«, sagte ich ruhig.

»Er hat mich nicht kujoniert«, sagte Andy mit regungsloser Miene. »Früher oder später fangen sie alle damit an. Gene hat mich nie kujoniert. Nicht einmal, als ich seinen Posten übernommen hab'. Er hat zu mir gesagt: ›Gratuliere. Du hast es verdient.‹ Dabei muß er mich gehaßt haben. Ich kann es mir nicht anders vorstellen, als daß er mich am liebsten umgebracht hätte. Aber davon hat er mich wirklich nichts spüren lassen.«

Er versank in respektvolles Schweigen, das ich eine Weile nicht unterbrach. Vom Parkplatz wehte Stimmengeräusch herüber, während wir da standen und uns stumm und ernst in die Augen sahen. Schließlich sagte ich: »Als ich Gene kennengelernt habe, war er fünfzehn. Er hat mich dann regelmäßig besucht, und in der Zeit hat er seine Liebe zu den Computern entdeckt. Ich hatte nie Gelegenheit zu sehen, in welcher Umgebung er arbeitet. Ich weiß, daß hier alle ein bißchen paranoid reagieren, wenn's darum geht, daß jemand von draußen in ihr Revier eindringen will –«

»Ich hab' jetzt Genes Büro«, fiel mir Andy ins Wort. »Sie haben mir sein Büro gegeben. Ich hab's eigentlich nicht haben wollen ...« Er seufzte und machte mir mit erhobenem Finger ein Zeichen, daß ich warten solle. Er ging zum Korb hinüber, hob ein säuberlich gefaltetes grünes Polohemd, das ich bisher nicht bemerkt hatte, vom Boden auf und streifte es – mit einer einzigen fließenden Bewegung, so erschien es mir – über. »Kommen Sie«, sagte er.

Durch einen der nach hinten hinaus führenden Notausgänge betraten wir den West-Bau. Das war kein verbotener Schleichweg, sondern Andys normaler Weg zum Basketballfeld. Die halbe Stunde Wurftraining, so erzählte er mir, war für ihn eine rituelle Entspannungsübung, wenn er sich mit seiner Arbeit festgefahren hatte oder auch einfach nur gelangweilt war. Im Gegensatz sowohl zu der kalten Eleganz des gläsernen Zentralgebäudes wie auch zu meinen Vorstellungen vom Aussehen eines Computerlabors machten hier die Flure und die offenen Arbeitszellen der Techniker einen altmodischen und verwahrlosten Eindruck. Leuchtstoff-Rasterdeckenleuchten spendeten ein trübseliges Licht, die grau-, grün- oder schwarzgestrichenen metallenen Arbeitstische standen ohne erkennbare Ordnung herum, an vielen Drehstühlen war die Polsterung durchgesessen und der Bezug zerschlissen, und wo man hinsah, fiel der Blick auf leere Kaffee-Pappbecher, zusammengedrückte Getränkedosen, zerknüllte McDonald's-Tüten und zusammengequetschte Pizza-Hut-Kartons. Selbst die vereinzelt zu sehenden persönlichen Besitztümer waren entweder Sachen von Anno dazumal oder ramponiert: ein tragbares Radiogerät mit auf halber Höhe abgebrochener Antenne, auf deren Bruchkante ein aus Alufolie gedrehtes Kügelchen aufgesteckt war; eine zugestaubte Zimmerpflanze, deren schlaff herabhängende Blätter an der Spitze von einer Krankheit geschwärzt waren; ein Aktenkoffer ohne Griff. Die größte Überraschung waren für mich allerdings die Rechner.

Die wenigsten steckten in einem Gehäuse. In der Mehrzahl bestanden sie aus einem Wust von Platinen, die mittels eines Gewirrs von grauen Flachbandkabeln untereinander verbunden waren. Auf den Tastaturen prangten Kaffeeflecken. Eine lag zerdellt unter einem Tisch, obwohl sie noch mit einer langen dehnbaren Kabelschnur an ein Gerät angeschlossen war.

»Willkommen beim Centaurus-Team«, sagte Andy. »Es geht ein bißchen drunter und drüber hier, und übermäßig sauber ist es auch nicht, weil wir nämlich die Putzkolonne hinauswerfen, wenn wir einen Termin schaffen müssen.« Die Gruppe arbeitete nicht nach irgendeinem höheren Orts vorgegebenen Zeitplan; manche arbeiteten die ganze Nacht durch und schliefen tagsüber, andere kamen bei Tagesanbruch und machten um vier Uhr nachmittags Feierabend. Schlüsselfiguren wie Andy verbrachten von den vierundzwanzig Stunden des Tages mindestens zwanzig im Labor. Und es waren ausschließlich Männer, die hier arbeiteten. Junge Burschen, die ein Leben wie Kasernierte führten. Gene hatte, wie ich wußte, den größten Teil seines Wachlebens seit seinem Studienabschluß in diesem Höllenloch oder einem anderen haargenau gleicher Art verbracht: hinter Fenstern, die permanent geschlossen blieben, damit die Rechner vor Staub und jähen Temperaturschwankungen geschützt waren; hinter Jalousien, mit denen Sonnen- und Mondlicht ausgesperrt wurden, vorgeblich um mit Hochleistungssichtgeräten ausgestatteten Industriespionen den Einblick zu verwehren, in Wahrheit jedoch um die Verlockungen, an die das Tageslicht hätte erinnern, und die Trostlosigkeit, zu der das Nachtdunkel hätte stimmen können, von den Mitgliedern des Teams fernzuhalten. Sie reichten sich untereinander ihre Erkältungen weiter, wiesen alle die gleiche Leichenblässe auf und behandelten einander mit der Ungeduld und groben Distanzlosigkeit von Geschwistern. Das zuletzt genannte Attribut des Zusammenlebens im Labor wurde mir umgehend ad oculos demonstriert.

Als wir uns seinem Büro näherten, wurde Andy von einem fettleibigen, vorzeitig erkahlenden jungen Mann angesprochen, dessen Name, wie ich später erfuhr, Tim war. Das schmutzigblonde Haar hing ihm in verfitzten Klumpen vom Rand des kahlen Schädeldachs herunter. Die zerrissenen überdehnten Jeans hingen ein gutes Stück unterhalb des Nabels, so daß jedesmal, wenn er die Arme hob, die Kuhle in der gespannten Bauchhaut naseweis hervorlugte. »Was hast du mit der IO-Karte gemacht?« wollte er wissen. »Sie ist im Arsch.«

Andy trat in sein ungemütliches Büro, ohne sich um ihn zu kümmern. Tim folgte ihm so dichtauf, daß er mich von Andy trennte und ich als letzter eintrat. Genes alter Arbeitsplatz war ein Raum mittlerer Größe, dessen zentrales Einrichtungsstück einer jener mir inzwischen vertrauten Metalltische war. Er war bedeckt mit einem Wust von Chipkarten und Kabeln ohne ersichtliche Ordnung – so als hätte jemand einen Computer aus Deckenhöhe auf die Tischplatte fallen lassen, und da läge nun das Ergebnis des Crashs herum. In dem Raum gab es keine Aktenordner, keine Aktenschränke, keine Poster, keine Fotografien, keine persönlichen Dinge außer einem teuren Schachspiel, das auf dem ehemals weißen Linoleumboden stand und eine komplizierte Figurenstellung aufwies, in der ich eine temporeiche Entwicklung aus der Sizilianischen Verteidigung erkannte. In einer Ecke stand unter dem verhangenen Fenster ein Terminal des Black Dragon.

Andy brummte etwas als Antwort auf Tims Beschwerde. Tim replizierte in mir unverständlichem Computerchinesisch und steigerte sich dabei nach und nach in eine gräßliche Wut, die zur Folge hatte, daß sein fahles Gesicht krebsrot anlief. Während er mit den dicken Armen gestikulierte, rutschte der Saum seines blau-weißen Rugbyhemds höher und höher, bis er über einem Wulst des Kugelbauchs haltmachte und Tim wie eine komische Bauchtänzerin in Männerklamotten aussah. Andy zeigte sich von seinem Geschimpfe nicht im mindesten beeindruckt und studierte die ganze Zeit mit gesenkten Kopf den skelettierten Computer vor sich auf dem Tisch, wobei ihm langsam die Brille auf die Nasenspitze rutschte.

»Wenn du noch einmal an meinem Scheißdreck herumfingerst, schlag' ich dir ein Loch in den Schädel«, schrie Tim, und diese Drohung, mit der er den Schlußpunkt unter seinen Monolog setzte, war der erste Satz in seiner aufgebrachten Tirade, den ich verstand. Einige Sekunden lang schnaufte er laut durch die Nase und wartete auf eine Reaktion. Andy hatte den Blick noch immer auf den Rechner gerichtet und kaute, augenscheinlich angestrengt nachdenkend, auf den Lippen. Schließlich griff er in den Wust von Platinen, zog den Stecker eines Kabels von einem schmalen Streifen aufrecht stehender Kupferdrahtstifte, holte eine Chipkarte, die kleiner als seine Hand war, aus dem Wirrwarr hervor und verlagerte sie auf die oberste Platine (die Hauptplatine, wie ich später belehrt wurde), wo er sie in eine Halterung rechts in der Ecke steckte. Er zerrte unten ein anderes Verbindungskabel aus dem Haufen, zog es hoch und befestigte den Stecker an der winzigen Chipkarte. »Huckepack«, sagte er. »Damit haben wir den Serialport für einen Modem frei.«

»Laut Planung bauen wir einen internen Modem ein!« brüllte Tim.

Und mit brüllen meine ich tatsächlich brüllen: er steigerte seine Stimme zu so exorbitanter Lautstärke, daß es mir unwillkürlich entfuhr: »Hallo! Immer mit der Ruhe!«

Die beiden überhörten mich. Andy schüttelte den Kopf. »Ein Modem überhitzt uns die Platine.«

»Weil die Chips Scheiße sind!« brüllte Tim weiter. »Elender japanischer Scheißdreck!«

»Wir haben nur diesen Scheißdreck. Also schluck ihn endlich.« Andy sah Tim zum erstenmal an. Er schob seine Brille wieder zur Nasenwurzel hinauf. »Huckepack!« sagte er ruhig.

Tim zog sein Hemd über den Bauch hinunter. Bis dahin hatte ich geglaubt, er wäre sich der Entblößung gar nicht bewußt. Er ließ sich auf die breiten Knie nieder, um die neue Lage auf dem Schachbrett in Augenschein zu nehmen. Er rieb sich die geröteten Augen und kniff sie dann zusammen. Eine Hand auf den Boden stützend, um sich Auftrieb zu verschaffen, erhob er sich stöhnend wieder auf die Füße. Er sah Andy an. »Ich rühr' keinen beschissenen Finger, solange du nicht mit den Softies geredet hast.« Er ging, ohne die Antwort abzuwarten.

Ich lachte nervös; Tims Auftritt hatte mich irritiert. Andy schien nach wie vor ungerührt; er war ganz auf den Prototyp konzentriert. »Mit den Softies?« sagte ich fragend.

»Den Programmierern. Für die Systemsoftware. Er hat recht. Am Ende kriegen die einen Koller und stänkern bei Stick. Und wenn der sich auf ihre Seite schlägt ...« Andy ließ sich in seinen Schreibtischsessel fallen. Der Plumps trieb ein Flöckchen von der Polsterfüllung in die Luft. Andy schnappte sofort danach, um seine offen daliegenden Platinen zu schützen.

»Dann ist es verlorne Liebesmüh' gewesen?« beendete ich versuchsweise seinen angefangenen Satz.

»Schlimmer«, sagte er, während er das winzige Stückchen weißen Flaums sorgfältig in seinem bis zum Rand mit leeren Coladosen gefüllten Plastikpapierkorb deponierte. »Dann ist es verlorene Zeit. Wir sind im Verzug. Wir machen Konstruktion, Fehlerbeseitigung und Programmierung nebeneinander. An sich ist das Unsinn. Man müßte das eins nach dem andern machen.« Er breitete die Arme aus und umfing mit ihnen die Platinen. »Und das hier ist viel zu groß. Man braucht einen Lastwagen zum Transportieren.« Er lachte. Ungekünstelt und gutgelaunt lachte er über seinen Prototyp.

»Sie können mit Streß gut umgehen.«

»Danke. Vielleicht bin ich aber auch bloß am Durchknallen. Aber egal, hier sehen Sie Genes Büro. Für 'n Entwicklungsvorstand schon was recht Apartes, finden Sie nicht?«

»Sind Sie auch Entwicklungsvorstand?«

»Nö. Das ist doch 'n Juxtitel«, sagte er verächtlich. Seine übereilte Bemerkung war ihm sofort peinlich, und er fügte entschuldigend hinzu: »Für Gene hat er einiges bedeutet, nehme ich an.«

»Mehr Geld?«

Andy senkte bescheiden den Blick. »Nicht unbedingt.«

»Sie verdienen besser als Gene«, sagte ich mehr feststellend als fragend.

»Ich weiß nicht, was Gene verdient hat«, sagte Andy. Er legte die linke Hand auf die Lippen und sah mich an, wie um zu überprüfen, ob ich ihm glaubte. Das tat ich nicht. Bevor das Gespräch auf das Thema Gehalt kam, war er in seinen Attitüden und Antworten offen und direkt gewesen.

»War Gene gezwungen gewesen, in diesem Büro zu bleiben?«

»Nein. Ihm hat's hier gefallen. Mir gefällt's übrigens auch.« Er fand zur alten Lockerheit zurück, nahm die Hand vom Mund und lächelte ungezwungen. »Kommt Ihnen das unglaubhaft vor? Wir sind Gehirntiere, Herr Doktor. Als Kinder sind wir die unbeliebten Klassenbesten gewesen und als Teenager die verhaßten Außenseiter. Aber hier – hier fühlen wir uns zu Hause. Hier sind wir sicher.« Andy beugte sich vor und spähte in sein Platinen- und Kabelgebirge hinein. Seine Brille begab sich erneut auf Talfahrt. »Deshalb ist Gene nicht in den Glasturm umgezogen.«

»Hätte Tim Gene genauso angebrüllt?«

Andy blinzelte mich über die Brille hinweg an. »Versuchen Sie mir gerade zu sagen, daß mir das peinlich sein müßte?«

»Ich versuche gerade zu begreifen, warum der Verlust von dem allen hier einem die Lust am Leben rauben kann.«

Andy legte den Kopf in den Nacken und ließ die Augen nachdenklich zu der Rasterleuchte an der Decke wandern. »Ich habe nicht ein einziges Mal erlebt, daß Gene die Beherrschung verloren hätte. Er hat seine Frau umgebracht, nicht? Das heißt ja wohl, daß er schließlich doch noch mal die Beherrschung verloren hat – und dann gleich extrem. *Danach* hat er sich umgebracht. So war es doch, ja?«

»Hat Tim Gene auch so angebrüllt?« fragte ich noch einmal. Andy überhörte meine Frage zum zweitenmal; er kippte mit seinem Dreh-Kipp-Sessel nach hinten. Die Brille blieb an der Nasenspitze kleben. »Haben *Sie* ihn angebrüllt?« fragte ich.

Andy lachte – wieder war es ein ungezwungener Gefühlsausdruck –, weil ihn offenbar die Gedanken amüsierten, zu denen meine Frage ihn animierte. Den Kopf in den Nacken gelegt und vergnügt in sich hineinlachend, wippte er mit seinem Sessel. Als seine Erheiterung sich zu legen begann, rückte er seine Brille zurecht und sagte zur Erklärung: »Wenn einer Mist gebaut hat, ist Gene zu ihm hingegangen und hat die Sache in Ordnung gebracht. Er hat hier jeden gedeckt. Und er hat zugehört.« Andy, jetzt wieder vollkommen ernst, richtete den Kopf auf. »Er hat jedem zugehört. Er hat viel zuviel zugehört. Er hat Zeit verschwendet und die Zügel schleifen lassen. Daß Tim mich heute anschreit, liegt nicht zuletzt auch daran, daß Gene es versäumt hat, den Leuten die Kommandohierarchie klarzumachen. Ich bin hier erst seit sechs Wochen am Ruder. Einige haben das noch nicht gefressen.« Er nickte mir mit ernstem Gesicht zu. »Aber sie werden es noch fressen.«

»Ich soll Stick nach unserem Gespräch berichten, was ich von Ihnen erfahren habe.«

Andy nickte, als ob das ein alter Hut wäre. »Ich auch.«

»Ich werde es nicht tun«, sagte ich. »Sie haben mir etwas Wichtiges gesagt – wichtig zumindest für einen spinnerten Hirnklempner wie mich. Es erklärt mir, warum die Entlassung für Gene eine solche Katastrophe war. Um das zu erfahren, bin ich hierhergekommen. Ich werde es Copley nicht unter die Nase reiben. Und schon gar nicht werde ich ihm von Ihren Problemen erzählen –«

Andy schoß auf seinem Sitz nach vorn. Mit einem schwachen Quietschen der Feder wuppte der Sessel in die aufrechte Position. »Ich habe keine Probleme –«

»– Aber ich habe einen guten Rat für Sie«, fiel ich ihm ins Wort. »Ich weiß, daß Sie sich für cleverer als Gene halten, und vielleicht halten Sie sich auch für zäher. Ich habe bei Gene einen Fehler gemacht, das sehe ich jetzt deutlich. Ich bin davon ausgegangen, daß fünf Jahre erfolgreicher Arbeit für die Firma honoriert werden würden. Ich bin davon ausgegangen, daß ein hochtalentierter Mitarbeiter für eine Firma immer ein wertvolles Kapital bleibt. Sehen Sie, mein Onkel war Unternehmer, und der hat an Leuten, die einmal gute Arbeit für ihn geleistet haben, auch noch lange nach ihren Glanzzeiten loyal festgehalten. Mein Onkel war alles andere als sentimental. Der war nicht aus Gefühlsduselei loyal, sondern weil er wußte, daß Loyalität die jüngeren Mitarbeiter zu Höchstleistungen anspornt. Daran glaubt Stick nicht.«

»Daran glaubt heute keiner mehr. Wir leben in den neunziger Jahren des zwanzigsten Jahrhunderts. Haben Sie noch nie etwas von Verschlankung gehört?« Andy stand auf. »Hören Sie, ich habe keine Probleme.« Er deutete auf den chaotischen Rechner. »Für Sie sieht das vielleicht wie ein wüstes Durcheinander aus, aber es ist völlig normal –«

Wieder schnitt ich ihm das Wort ab. »Ich habe nicht von Problemen mit dem Rechner gesprochen. Davon verstehe ich überhaupt nichts. Wenn ich Probleme sage, meine ich, daß Sie die Leute hier nicht im Griff haben und daß Ihnen das angst macht. Sie sind praktisch noch ein Kind. Gene fehlt Ihnen. Er hat die anderen in Schach gehalten und so dafür gesorgt, daß Sie die Starrolle übernehmen konnten. Jetzt müssen Sie beide Jobs selber machen und zappeln sich ab dabei.«

Andy starrte mich durch seine fleckigen Brillengläser mit halb geschlossenen Lidern an. Der asiatische Augenschnitt verlieh seinem Blick ein Moment von Kühle und Verschlossenheit. In Wirklichkeit kochte er vor Zorn. »Ich kann diesen Rechner ganz alleine bauen«, sagte er flüsternd. Es war kein Versuch, die Bemerkung vor unerwünschten Lauschern geheimzuhalten. Er war vielmehr vor Zorn so angespannt, daß er die Worte nicht lauter auszusprechen vermochte. »Ich brauche die alle nicht.«

»Sie irren sich«, sagte ich. »Sie haben es mir selbst gesagt. Die Leute sind Ihre Familie. Sie geben Ihnen das Gefühl der Sicherheit. Sie brauchen die anderen genauso nötig, wie die anderen Sie brauchen.«

Andy blieb stumm und regungslos. Eine Weile beobachtete er, wie ich ihn beobachtete. Durch die Tür in meinem Rücken kam ein Mann mit hoher, quiekender Stimme herein, der ohne Überleitung irgend etwas abzuspulen begann, was mit der »Zugriffszeit der Festplatte« zu tun hatte.

Andy brüllte ihm mit Stentorstimme ein »Jetzt nicht!« entgegen.

»Wir können die Huckepack-Lösung nicht –«

»Sag Tim, er soll aufhören, hier herumzustänkern, und sich nach Hause scheren«, schrie Andy. »Und du machst jetzt auf der Stelle den Abflug – und vergiß nicht, die Tür zuzumachen.«

»Ach, leck mich doch«, sagte die quiekende Stimme, aber im nächsten Moment wurde die Tür zugezogen. Andy fuhr fort, mich durch die fleckigen Gläser seiner Brille anzustarren. Schließlich drehte er sich um und ging zu dem schwarzen Terminal am Fenster. Er legte einen Schalter um, das Gerät begann zu surren, und nach einer Weile leuchtete der Bildschirm auf. Statt seinen Drehsessel heranzuziehen, kauerte sich Andy auf seine Fersen und begann die Tastatur des Black Dragon zu bearbeiten. »Kommen Sie her!«

Ich stellte mich neben ihn. Am oberen Bildschirmrand meldete eine Schriftzeile POSTAUSGANG COPLEY. Darunter stand eine Liste von

Kalenderdaten und Betreffen. Ein Lichtbalken glitt über die Liste abwärts und blieb in der Zeile »Betreff: Kenny/Beendigung Arbeitsverhältnis« stehen. Das Bild auf dem Schirm wechselte sprunghaft; die Liste war plötzlich weg, und der Text einer Aktennotiz von Copley an den Controller von Hyperion erschien: »Da Hyperion das Beschäftigungsverhältnis mit Gene Kenny gelöst hat, kann das von der Firma gewährte zinslose Darlehen zur Eigenheimfinanzierung vereinbarungsgemäß gekündigt werden, und zwar mit einer Frist von vier Wochen erstmals zum 1. Juli. Ich bitte um Erledigung und Vollzugsmeldung per E-Mail.« Sticks Aktennotiz war laut Datumsvermerk am 10. Mai geschrieben – zwei Tage vor Genes Selbstmord.

»Ist Ihnen klar, was das bedeutet?« fragte Andy, seinen Rumpf verdrehend, um mich dabei anzusehen.

»Absolut. Wurde die Kündigung tatsächlich ausgesprochen?«

Andy tippte von neuem auf der Tastatur, woraufhin auf dem Bildschirm ein Menü mit der Überschrift POSTEINGANG COPLEY erschien. Er markierte eine Aktennotiz/Rückantwort. Der Controller meldete, daß die Kündigung des Darlehensvertrags per Einschreiben mit Rückschein an Genes Wohnung (wo er seit einem Jahr nicht mehr lebte) expediert worden war. Die Empfangsbestätigung war von Cathy am 11. Mai – einen Tag vor ihrem Tod – unterschrieben worden.

Andy drückte zwei Tasten gleichzeitig. Die Aktennotiz verschwand, und der Bildschirm wurde blau. Andy tippte hinter die Eingabeaufforderung »ERASE: Drachentoeter-Suche« und drückte anschließend die ENTER-Taste. Als Antwort erschien auf dem Bildschirm die Zeile: »Suchprotokoll geloescht – Drachentoeter.« Andy beugte sich vor und schaltete das Terminal ab. »Die Rechner, die Gene gebaut hat, haben Stick zum Besitzer der Firma gemacht. Als Copley hier angefangen hat, war er auch nur so 'ne graue Maus wie wir.« Andy sprang aus seiner Kauerstellung auf. »Wenn du Stick 'nen Revolver an die Schläfe hältst, rückt er Geld heraus, aber er würde niemals seine Macht mit dir teilen. Seine Macht auf gar keinen Fall. Ich bin nicht blöd. Ich weiß, mit wem ich's zu tun hab'. Gene hat das nicht gewußt.«

»Wie sind Sie an diese Aktennotizen gekommen?«

Andy lächelte. Er schob seine Brille hoch, obwohl sie an der richtigen Stelle saß. »Ich muß wieder an die Arbeit.«

»Konnte Gene genauso in das System eindringen?«

Andy schüttelte den Kopf. »Ich sag' Ihnen ja, ich bin nicht blöd. Solange der Fürst der Finsternis nicht unser Dragon-Intranet rausreißen läßt, bin ich Dauergast in dieser Firma.«

»Der Fürst der Finsternis«, echote ich amüsiert.

»So nennen wir ihn hier.« Andy kehrte zu seinem Drehsessel zurück und wandte seine Aufmerksamkeit wieder seinem Sorgenkind Centaurus zu. »Alle nennen ihn so. Gene war die einzige Ausnahme. Er hat zu mir einmal gesagt, wer einer Autoritätsperson einen Spitznamen gibt, zeigt damit lediglich, daß er wirklich Angst hat.« Andy streifte mich lächelnd mit dem Blick. »Hat er die Weisheit von Ihnen gehabt?«

»Wahrscheinlich.«

Andy ging mit den Augen so nahe an den Platinenhaufen heran, daß er fast mit der Nase an eine Chipkarte stieß. Durch seine verschmutzten Brillengläser spähte er forschend in das Kabelgewirr. »Nun verrat mir mal, warum du meuterst, mein kleiner Festplattencontroller«, sagte er mit transsylvanischem Zungenschlag. In der Dracula-Attitüde verharrend, sprach er an meine Adresse weiter: »War nett, Sie kennenzulernen, Dr. Neruda. Ich wäre Ihnen dankbar, wenn Sie beim Gehen denselben Weg nehmen würden, auf dem wir hereingekommen sind. Was der Fürst der Finsternis nicht weiß, macht uns nicht heiß.«

FÜNFTES KAPITEL

Klarblick

Als ich mit Unschuldsmiene in die Empfangshalle spazierte, brauchte ich um eine Telefonverbindung mit Laura nicht erst zu bitten. Die Rezeptionistin empfing mich mit den Worten: »Dr. Neruda? Mr. Copley sucht Sie schon. Hier bitte ...« Sie reichte mir einen Telefonhörer. »Ich verbinde Sie mit seiner Assistentin.«

»Hallo, Herr Doktor«, begrüßte mich Laura aufgeräumt, als wären wir alte Bekannte.

»Nennen Sie mich einfach nur Rafe«, sagte ich. »Ich bin einer von diesen Hirnklempnern. Wir sind eigentlich gar keine richtigen Doktoren.«

Sie lachte leise. »Oh, ich an Ihrer Stelle würde auf den Titel nicht so ohne weiteres verzichten. Augenblick, ich stelle Sie durch.«

»Dr. Neruda?« Stick war sofort in der Leitung. »Haben Sie Ihren Tennisschläger mit nach New York gebracht?«

Er war immer für eine Überraschung gut. »Meinen Tennisschläger?« echote ich begriffsstutzig.

»Edgar hat davon gesprochen, daß Sie spielen. Ich bin für heute abend zu einem Doppel verabredet. Unser vierter Spieler ist verhindert, und der Ersatzmann ist verreist, und ich spiele nicht gern kanadisch.«

Ohne zu überlegen, sagte ich wahrheitsgemäß: »Ich habe seit Jahren nicht mehr gespielt.«

»Och.« Copley gab sich keine Mühe, seine Enttäuschung – es war schon mehr ein Mißfallen – zu verbergen. »Na ja, vergessen wir's.«

Ich hatte meine Geistesgegenwart wieder. »Aber ich glaube nicht, daß ich verlernt habe, wie man ein Spiel gewinnt. Edgar hab' ich jedenfalls zu einer Zeit auf dem Zahnfleisch nach Hause geschickt.« Im nächsten Moment war mir meine Ausdrucksweise vor der Rezeptionistin so peinlich, daß ich ihr den Rücken zudrehte und hoffte, sie hätte nichts mitbekommen.

Copley blieb einen Moment stumm. »Ja, das hat er mir erzählt«, bemerkte er dann mit leiser Stimme. »Hören Sie, es ist bei uns zwar nicht üblich, daß wir den Schläger durch die Gegend werfen, aber wir nehmen es mit dem Tennis ziemlich ernst. Wie weit sind Sie aus der Übung?«

»Wenn ich vor Spielbeginn eine halbe Stunde Bälle klopfen kann, bin ich wieder voll da. Gibt es einen Trainer auf dem Platz? Dann könnte ich mich mit dem aufwärmen.«

Copley stieg sofort auf die Idee ein, schlug allerdings eine Variante vor. Das Spiel solle auf dem Platz des Wall Street Racquet Club stattfinden, erklärte er mir (auf mich sei er lediglich gekommen, weil ich mich sowieso in Manhattan aufhielte); er werde um sechs Uhr, eine Stunde vor Spielbeginn, dasein, um Bälle mit mir zu wechseln. Ein bißchen Vortraining könne er selbst gebrauchen, meinte er und gab sich gar keine Mühe, seinem Geflunker einen Anschein von Glaubwürdigkeit mitzugeben. Ich wurde auf den Prüfstand gestellt. Und zwar nicht zu dem Zweck, meine Tauglichkeit als dauerhafter Tennispartner zu ergründen, wie ich annahm.

Ob er mich von einem Chauffeur abholen lassen solle? Ich lehnte dankend ab. Ob ich meinen Schäger dabeihätte? Ich entschied mich, ihm zu verheimlichen, daß ich schon lange keinen Tennisschläger mehr besaß. Ich sagte, nein, ich hätte ihn zu Hause gelassen, aber ich würde mir auf dem Platz einen mieten. O nein, meinte er, er werde dafür sorgen, daß mein Modell da sei. Was ich gewöhnlich spielte? Ich konnte nicht glauben, daß ich bei einer so lächerlichen Lüge ertappt werden sollte. Ich suchte mein Heil in der Würde der Armut und schlug einen verletzten Ton an. »Ich kann es nicht zulassen, daß Sie einen Schläger für mich kaufen«, sagte ich mit fester Stimme. »Ich werde mir auf dem Platz einen mieten.«

Damit war jedoch das Thema für ihn nicht erledigt. Zuallermindest müsse Laura die Platzverwaltung anrufen und feststellen, ob man mein Modell im Verleih habe. (Falls nicht, wird er es wahrscheinlich kaufen, dachte ich.) Schließlich fiel mir doch noch ein Ausweg ein. »Hören Sie, ich würde lieber mit einem Schläger spielen, den ich nicht kenne. Ich habe die Feststellung gemacht, daß das meine Konzentration verbessert. Das Interesse zu sehen, wie der neue Schläger die Spielweise beeinflußt, ist dann bei mir so groß, daß ich sehr viel aufmerksamer bei der Sache bin.«

»Oho«, sagte er beeindruckt. »Das ist ja eine großartige Marketingidee für Tennisartikelhersteller. ›Kauf dir jede Woche einen neuen Schläger, und der Sieg ist dir sicher.‹«

»So bin ich nun mal. Immer bemüht, die Wirtschaft anzukurbeln.«

Er sagte: »Wie auch immer, von Laura erfahre ich, daß Sie mit einem Wilson spielen werden. Was anderes gibt es nicht zu mieten.« In unserer Unterhaltung war keine Pause eingetreten. Das Wundertelefon hatte wieder einmal gezeigt, was es konnte.

»Ein Wilson ist prima«, sagte ich.

Die Verabredung wurde festgemacht. Im Eifer des Gefechts vergaß Copley ganz, sich nach meinem Gespräch mit Andy zu erkundigen – oder er tat, als hätte er es vergessen.

Es gibt in New York beliebte Sammelplätze von Luxuslimousinen, Stellen, wo die Nobelkarossen von der Bordsteinkante fast nicht mehr wegzudenken sind. Die langen niedrigen schwarzen Schlitten stehen Stoßstange an Stoßstange vor teuren Restaurants vom TriBeCa bis zu Elaine's, parken am richtigen Abend draußen vor der richtigen Broadway-Show, bilden zu Zeiten von Entscheidungskämpfen Schlangen am Madison Square Garden und sind fast zu jeder Zeit beim Lincoln Center, aber auch – wie ich an jenem Abend feststellte – beim Wall Street Racquet Club anzutreffen. Ein halbes Dutzend solcher noblen Straßenkreuzer lag am unbewegten East River im Schatten der riesigen leuchtenden grünen Halbkugeln vor Anker, die Pier 13 und 14 in Beschlag genommen haben. Diese Halbkugeln sind keine Raumschiffe vom Mars, sondern Schutzglocken über Sandplätzen, die stundenweise vermietet werden, und zwar zu Sätzen, die sich bei zweimaliger Benutzung pro Woche übers Jahr zu einer Summe addieren, für die man sich leicht einen eigenen Platz anlegen könnte. Die Kleiderspinde sind aus Holz, in allen Duschkabinen erwartet den Benutzer eine vielköpfige Brauseanlage, man hat mit Rotholz ausgeschlagene Saunen, das Personal ist geschult und dezent, und die Kunden beklagen sich, alles sei hier nur zweitklassig.

Ich fand mich vor der Zeit ein, um die Auswahl an Mietschlägern in Augenschein nehmen zu können, ohne Copley meine Ahnungslosigkeit offenbaren zu müssen. Zu der Zeit, als ich noch regelmäßig Tennis spielte, nannten die meisten Menschen, die diesem Sport frönten, ein Racket aus Holz ihr eigen. Die wenigen, die einen Schläger aus Metall benutzten, waren bei ihrem Hausarzt wegen eines Tennisellenbogens in Behandlung. Mir war klar, daß ich keine Holzschläger mehr antreffen würde, überrascht war ich jedoch, als ich feststellte, daß auch Metall als Herstellungsmaterial ausgedient hatte. Der technische Fortschritt war inzwischen bei Modellen aus Verbundstoffen und Graphit angelangt. Im Vergleich zu den guten alten Holzrackets waren sie von verblüffender Leichtigkeit: als ob man statt eines eisernen Tiegels eine Aluminiumpfanne in die Hand nähme. Dem Rackettyp mit grotesk hohem und breitem Kopf vermochte ich allerdings keinen Geschmack abzugewinnen. Er kam mir wie ein Juxartikel vor – ich konnte mir nicht vorstellen, wie ein Spieler bei einer so riesig großen Schlagfläche auch nur halbwegs sicher sein konnte, daß er den Ball in der Nähe des Sweetspots angenommen hatte. Ein Trainer, der sich nicht weit entfernt von mir mit zwei Angestellten unterhielt, hörte meine diesbezügliche Bemerkung und meinte dazu, bei den übergroßen Schlägern brauche man sich eben kein Kopfzerbrechen mehr über den Sweetspot zu machen; die Schläger neuen Typs seien so spielerfreundlich, daß sie sogar einem nahe dem Rahmen geschlagenen Ball noch Power mit auf den Weg gäben. »Wenn Sie mit dem Sweetspot treffen«, fügte er ohne eine Spur von Ironie hinzu, »schlagen Sie den Ball natürlich ins Aus.«

»Mit anderen Worten, so ein Schläger belohnt die Mittelmäßigkeit«, sagte ich.

Die zwei Angestellten lachten, hielten aber dann beide sofort die Hand vor den Mund, als hätten sie ein Tabu gebrochen.

Der Trainer nickte und zwinkerte mir zu. Er meinte, seines Erachtens sei es für mich das beste, es mit dem Wilson-Modell »Pro Staff« zu probieren, das in den Dimensionen des Rahmens den alten Holzschlägern noch am nächsten komme. »Damit spielt Stefan Edberg. Da steckt immer noch 'ne Menge Power drin«, kommentierte er mit unpersönlicher Sachlichkeit.

Vor der Fahrt nach Downtown hatte ich mich bei Paragon am Union Square umgesehen und mir dort – nicht ohne vorher einen gewissen Aufwand in die Suche stecken zu müssen – ein Paar einfache weiße Shorts gekauft, aber nicht ein einziges unifarben weißes Hemd auftreiben können, so daß ich zu guter Letzt eins von meinen weißen Polohemden angezogen hatte. Ich hatte fälschlich angenommen, daß die Kleiderordnung einer Örtlichkeit mit Namen Wall Street Racquet Club weiße Tennistracht obligatorisch mache. In Wirklichkeit sah ich keinen anderen Spieler in Weiß. Copley erschien in einem durchgestylten schwarz-purpurnen Nylon-Komplett-Outfit: purpurpaspelierte schwarze Warm-up-Jacke über schwarzem Hemd mit purpurnem Blitz-Logo, dazu schwarze Warm-up-Hose, die dank Reißverschlüssen an den Beinen problemlos über die Tennisschuhe abgestreift werden konnte, woraufhin purpurpaspelierte schwarze Shorts zum Vorschein kamen.

»Haben Sie sich schon umgezogen?« sagte er zur Begrüßung.

»Ich bin so gekommen.«

»Haben Sie was zum Wechseln dabei?« Er sprach in einem knappen Kommandoton, als ob ich sein kleiner Sohn wäre.

Zur Bejahung zeigte ich ihm meine Tasche.

»Geben Sie her.« Er streckte die Hand aus. »Ich tu' sie in meinen Spind.« Er drehte sich zu dem Mann an der Anmeldung um. »Wir haben Platz eins?«

»Ja, Mr. Copley«, sagte der Angestellte, obwohl Stick nicht seinen Namen genannt hatte.

Copley verschwand im Umkleideraum. Schon nach kurzer Zeit kam er wieder und führte mich zu den Plätzen. Als wir die Drehtür zu den Halbkugeln passierten, gingen meine Ohren zu. Es war ein Gefühl, als befänden wir uns in einem Jet, das noch verstärkt wurde durch das Brausen der Klimaanlage (draußen war die Temperatur mittlerweile auf 35 Grad Celsius angestiegen). »Wie ist es mit Andy gelaufen?« erkundigte sich Copley. Er stellte seine geräumige Tennistasche auf einer Bank auf der Höhe des Netzes ab und klappte sie auf. Es zeigte sich, daß er die Ratschläge für den seriösen Tennisspieler genauestens befolgt hatte: er hatte zwei identische großflächige Rackets dabei, die zum abwechselnden Einsatz vorgesehen waren, damit er, falls ein Racket durch Beschädigung ausfiel, mit gleichbleibender Saitenspannung würde weiterspielen können. (Nebenbei bemerkt, überraschte es mich nicht, daß er mir nicht sein Ersatzracket angeboten hatte. Copley war nicht der Mann, der einem anderen Mann erlaubt hätte, mit seinem Phallus zu hantieren – und das galt auch für seinen Ersatzphallus.) Ich gab mich vollauf mit Rumpfbeugen beschäftigt und reagierte nicht auf seine Frage. Er öffnete zwei Dosen mit flauschigen Bällen für unser Aufwärmtraining. Ich war nervös. Als Teenager hatte ich ausgiebig Tennis gespielt, aber das war lange her. Stick sah mir zu, wie ich mich mit durchgedrückten Knien vornüber beugte und unter Stöhnen vergeblich mühte, mit den Fingerspitzen die Zehenspitzen zu berühren. Als meine Antwort nicht gleich kam, versuchte er es noch mal: »Sie haben mit Andy gesprochen?«

Ich richtete mich auf und nickte. Ich beugte den Rumpf nach links und streckte gleichzeitig die rechte Hand über den Kopf in Richtung linke Schulter, so daß ich ausgesehen haben mußte wie eine ungeschickte Ballerina.

»Und? Hat es Ihnen weitergeholfen?«

»Ich bin zufrieden«, sagte ich in skeptischem Ton, als ob das Gegenteil der Fall wäre.

»Er hat Ihnen weiterhelfen können?«

Wieder bekundete ich Lustlosigkeit zu antworten. Ich nickte und sagte: »Die erste Viertelstunde oder so werden Sie Geduld mit mir haben müssen. Ich hab' schon 'ne ganze Weile keinen Schläger mehr in der Hand gehabt.«

Er senkte ein wenig das Kinn und blickte aus dem Dunkel der Augenhöhlen unter der knochigen Stirn schräg nach oben, mir direkt in die Augen. Es war ein eindringlicher Blick, so als wollte er mir Vertrauen einflößen. Er reichte mir drei von den neuen Bällen. »Ein paar Ballwechsel werden Sie schnell auflockern.«

Er machte auf seiner Seite ein paar angedeutete Streckbewegungen, ehe er den ersten Ball aufschlug. Ich gab mir keinerlei Mühe, den Ball hart zu treffen, sondern versuchte lediglich, ihn sauber zu retournieren. Mein Schlag kam verzögert und mit so geringer Wucht, daß ich glaubte, der Ball würde es nicht übers Netz schaffen. Statt dessen segelte er von der Bespannung weg klar übers Netz und auf die gegnerische Grundlinie zu. Es war erstaunlich, welche Kraft in dem Schläger steckte. Stick nahm den Ball mit der Vorhand an. Sein Return war an mir vorbei, bevor ich ihn überhaupt kommen sah. Die nächsten zwei Bälle schlug ich ins Netz. Das leichte Racket führte mich regelrecht vor. Copley machte keinen Versuch, mir Hilfestellung zu geben. Er schlug jeden Ball so scharf wie nur möglich zurück, und das in mustergültiger Form, als träte er in einem Lehr-Video für den Anfängerunterricht in Topspin-Tennis auf: die Schulter weit geöffnet, Schlagfläche des Rackets nach vorn gekippt, Schwung von unten nach oben. Er setzte den Topspin ein, um den Ball auf dem Spielfeld zu plazieren, spielte aber auch Flugbälle, die er zu relativ flachen Treibschlägen verwandelte. Er klopfte nicht Bälle mit mir, er wollte punkten.

Nach zehnminütiger Demütigung – meine Schläge wurden außerhalb meiner Reichweite in die Spielfeldecken retourniert, oder meine Bälle flogen weit über die Grundlinie hinaus, fast bis an die Rückwand des Courts – gab ich die Topspinschläge auf. Statt dessen versuchte ich es mit dem guten alten Vorhand-Slice, einem Schlag, der, wie ich (von den Profi-Turnieren im Fernsehen her) wußte, mit dem Aufkommen der neuen Rackets ausgestorben war. Statt in der typischen Manier des Topspins hoch vom Boden abzuspringen, hüpfte mein Slice flach von Copley fort. Aus dem Gleichgewicht gebracht, schlug er den Ball ins Netz. Er hielt inne, betrachtete die Stelle im Ziegelstaub, wo der Ball aufgesetzt hatte, und schüttelte den Kopf. Dann holte er einen frischen Ball hervor und servierte. Wieder retournierte ich mit einem Vorhand-Slice. Er war zu scharf geschlagen und segelte ins Aus, wenn auch nur zehn oder fünfzehn Zentimeter. Mit dem leichten Schläger durfte ich die Vorhand nicht mit vollem Schwung schlagen. Konform mit seiner Linie, derzufolge wir nicht Bälle zur Lockerung klopften, sondern ein Match spielten, nahm Copley den Ball nicht an. Er beobachtete jedoch sehr genau, wie er auf dem Boden aufsprang, und warf mir dann einen raschen Blick zu. Jetzt hatte er kapiert.

Er holte meinen verirrten Ball und überraschte mich damit, daß er –

wie wenn wir ein ernsthaftes Match austrügen – die neue Vorhand, die ich hatte sehen lassen, mied und mir auf die Rückhand spielte. Ich slicte defensiv und weigerte mich damit erneut, mich auf Powerplay mit ihm einzulassen. Der Ball schwebte flach übers Netz und weit nach hinten in seine Hälfte, fast bis zur Grundlinie. Copley mußte auf ihn warten. Er bereitete sich zeitig vor, die Schulter weit geöffnet, die Ferse des unbelasteten Beins leicht angehoben, den Kopf gesenkt. Obwohl er gut einen halben Meter hinter der Grundlinie stand, legte er sein ganzes Gewicht in den Schlag, um den Ball mit aller Macht zurückzudreschen. Der Ball klatschte gegen die Netzkante und fiel auf seiner Seite zu Boden.

Er hat's gern rasant. Von da an brachte ich meist weich geschlagene Bälle mit Rückwärtsdrall. Topspin benutzte ich nur noch zur Abwechslung. Ich versuchte, jedem Return ein anderes Tempo zu geben. Damit verhinderte ich zwar nicht, daß Stick mit seinen Schlägen (vorausgesetzt, wir hätten die Punkte gezählt) dann und wann gepunktet hätte, aber er produzierte auch viele Fehlschläge, weil er sich nicht auf die speziellen Gegebenheiten in Tempo und Dynamik des jeweiligen Balls einstellte, sondern regelmäßig schon früh mit dem Schläger ausholte und eisern dem Prinzip folgte, die Sprungbahn des Balls im voraus zu berechnen, um dann jedesmal zu versuchen, ihn mit äußerster Kraft zurückzudreschen.

Nach einer halben Stunde war ich erschöpft. Ich ging zum Netz, weil ich eine Pause machen wollte, und rief: »Ich muß mir etwas zu trinken besorgen.«

»Ich habe Wasser dabei«, sagte Copley und kam zu mir her. Er wirkte gelassener und ausgeruhter als zu Anfang. Er zog den Reißverschluß seiner Warm-up-Jacke auf. Ich bewunderte seine kräftigen sehnigen Arme und seine muskulöse Brust. Er war glänzend in Form, nicht nur für einen Mann von fünfundfünfzig, sondern vollkommen unabhängig von der Altersklasse. Trotz seines zerklüfteten Gesichts hätten ihn wohl die meisten Menschen in Anbetracht seines vollen Haars und seiner schlanken, sportgestählten Figur nicht älter als fünfundvierzig geschätzt. Er öffnete ein Fach seiner riesigen quaderförmigen schwarz-purpurnen Tennistasche und langte mir eine transparente Plastikflasche Mineralwasser einer Marke namens Glacéau heraus. Vier andere hatte er noch in der Tasche. Die Flasche hatte keinen abnehmbaren Verschluß, sondern man mußte oben am Hals einen Nippel hochziehen und durch ihn den Inhalt heraussaugen.

»Wie Muttermilch«, witzelte ich, aber Copley verstand den Spaß nicht. Ein bißchen bedripst zog ich den Nippel hoch und nuckelte. Copley konstatierte in sachlichem Ton: »Sie spielen wie ein alter Mann.«

Ich verschluckte mich, weil ich anfing zu reden, bevor ich heruntergeschluckt hatte. Ich machte ein verlegenes Gesicht und zuckte die Achseln. »Ich bin ein alter Mann.«

Er runzelte die Stirn. »Jetzt hören Sie aber auf! Sie sind vierzig, stimmt's?«

»Neununddreißig.«

Er schüttelte den Kopf. »Ich spreche von dieser altmodischen Vorhand. Sie können sie nicht scharf schlagen.«

»Noch nicht«, sagte ich und nahm noch einen Zug aus der Wasserflasche; dabei sog ich so kräftig, daß die Flasche für einen kurzen Moment in der Mitte zusammenknickte. Was mir ein gewisses Mitgefühl für stillende Mütter vermittelte. Ich steckte die Flasche in einen am Netzpfosten angebrachten Getränkehalter. »Aber das wird noch werden«, sagte ich zuversichtlich und trabte zu meiner Grundlinie zurück.

Er blieb noch einen Augenblick am Netz stehen. Für ihn war das Gespräch noch nicht zu Ende. Er wußte jetzt, daß ich seit über einem Jahrzehnt nicht mehr gespielt hatte. »Ich bin soweit«, rief ich. Er zuckte die Achseln und ging zu seinem Hinterfeld zurück. Ich versuchte, Drive in den Vorhand-Slice zu legen, aber Stick hatte recht. Trieb ich den Ball über eine gewisse Geschwindigkeit, brachte ich ihn nicht übers Netz, spielte ich ihn höher, flog er zu weit. Nur selten gelang es mir, ihn scharf zu schlagen und zugleich korrekt zu plazieren. Außerdem gewöhnte sich Copley langsam an das gebremste niedrige Abspringen vom Boden. Seine Returns auf den Slice kamen zunehmend fehlerlos und waren von Mal zu Mal besser plaziert und schwieriger zu erreichen. Sein Topspin-Spiel erlaubte ihm, den Ball so scharf wie nur möglich zu schlagen und ihn trotzdem vor der Linie zu plazieren. Gegen Ende unserer Übungsstunde begann er sich zu langweilen und gab die Punktejagd auf. Erst nachdem er festgestellt hatte, daß ich kein ernst zu nehmender Gegner war und auch als potentieller Partner nicht in Frage kam, ging er zu einem höflichen Aufwärmspiel über und schlug mir die Bälle leicht erreichbar und ohne extremen Drive zu.

Die anderen zwei Spieler erschienen um zehn vor sieben auf dem Plan. Für das Verständnis der Persönlichkeit Copleys sind sie unwichtig, außer in einer Hinsicht. Sie waren beide zehn Jahre jünger als Stick und ihm ebenbürtig, was ihren Status in der Geschäftswelt anging: der eine Chef einer Softwarefirma, der andere Abteilungsdirektor einer Investmentbank, zuständig für Fusionen und Ankäufe. Das überraschte mich. Ich hatte mir seine Tennispartner als das moderne Äquivalent des Höflings vorgestellt, als Männer, die starke Motive hatten, gegen ihn zu verlieren, etwa als Anwälte, die er beschäftigte, oder als einen weniger erfolgreichen Freund. Der Chef des Softwareunternehmens trug um das linke Knie eine himmelblaue hautenge Stützbandage. Copley machte uns miteinander bekannt, und der Software-Mann sagte: »Sie sind also unser Nothelfer. Stick meint, Sie hätten schon eine Weile nicht mehr gespielt.«

»Hat er auch nicht«, sagte Stick ruhig, ohne Böswilligkeit. »Ich würde wetten, seit seiner College-Zeit nicht mehr.«

»Eher noch seit der High-School-Zeit«, sagte ich.

»Na großartig«, sagte der Fusionen-und-Ankäufe-Mann zu Stick. »Er ist dein Partner.«

»Haben Sie ein Problem mit dem Knie?« fragte ich den Software-Mann.

Er wurde blaß und antwortete mit gesenktem Kopf. »Nicht der Rede wert. Vergangenen Winter habe ich mir beim Skifahren eine Verstauchung zugezogen. Da ist so ein Pistenschwein in mich reingerast. Das hier ist nur eine Vorsichtsmaßnahme.«

Wir wärmten die beiden auf. Ich schlug meinen linkischen Topspin und hob mir den Unterschnitt für das Spiel auf. Daneben beobachtete ich aufmerksam die Seitwärtsbewegungen von Mr. Software über das Spielfeld. Wenn schnelles Antreten auf dem Bein mit dem lädierten Knie gefragt war, kam er nur mit Verzögerung in Bewegung. Außerdem war er eigensinnig. Obwohl wir nur zum Spaß Bälle hin und her schlugen, lief er jedesmal auch dann nach dem Ball, wenn ich ihn weit an seiner geschwächten Seite vorbeischickte. Mr. F-und-A schien besessen von dem Gedanken, gegen Copley gewinnen zu müssen, und versuchte in ziemlich plumper Manier, ihn zu entnerven. »Oho, du schlägst zu scharf für mich«, rief er jedesmal, wenn Copley den Ball nicht mit voller Kraft drosch. Während einer kurzen Unterbrechung zum Bälle-Einsammeln bemerkte er: »Hast du 'n neuen Dreh bei der Rückhand, Stick? Sieht irgendwie fabelhaft aus.«

»Da hat sich nicht das geringste geändert«, antwortete Stick lächelnd, »und das weißt du auch.«

Eine angenehme Überraschung erlebte ich, als wir unsere Aufschläge übten. Hier kam mir der moderne Schläger sehr entgegen. Seine verstärkte Schubkraft bewirkte, daß mein weicherer, exakterer zweiter Aufschlag immer noch ein ordentliches Tempo hatte, während mir der Aufschlag der anderen nicht schneller vorkam als der Service, den ich noch von den Gegnern meiner Jugendjahre in Erinnerung hatte. Tatsächlich konnte ich mit der neuen Power den Service an der Seitenlinie oder weit hinten an der Mittellinie plazieren und den Ball trotzdem scharf schlagen, eine Kombination, die in früherer Zeit für mich ein Ding der Unmöglichkeit gewesen war. Stick, der seit unserer Aufwärmrunde eine resignierte Miene machte, war beeindruckt. Als wir zu unseren Startpositionen für das Match gingen, flüsterte er mir, von neuer Hoffnung beseelt, zu: »Sie haben einen guten Aufschlag.«

»Wir werden gewinnen«, revanchierte ich mich.

»Die beiden sind gut«, sagte er. »Besser als Sie.«

»Ich bin schlauer.«

Mein Auftrumpfen gegenüber Stick hatte nur einen Haken: es belastete mich mit einer Hypothek, die ich im Verlauf des Matchs würde abtragen müssen, und ich war mir nicht sicher, ob ich das konnte. Ich hätte noch eine Menge Übung und wohl auch mehr Talent gebraucht, um mich darauf verlassen zu können, daß ich die beiden schlagen würde. Außerdem war mein Partner unseren Gegnern nicht überlegen. Als Tennisspieler reichte Copley nach meinem Gefühl an die beiden anderen nicht ganz heran. Mr. Software verließ sich nicht auf rohe Kraft, sondern spielte außerordentlich abwechslungsreich und mit präzis plazierten Bällen. Am Netz war er hervorragend, und er hielt ein gleichbleibendes Leistungsniveau – beides ein Schlüssel zum Erfolg im Doppel. Copley spielte am Netz aggressiv, wie ich feststellte, verwandelte seine Volleys jedoch selten in einen Punktgewinn, weil er die Gegner nie mit Tricks wie Dropshots oder zur Seite geschlagenen Bällen überraschte, sondern sie beharrlich mit weit nach hinten geschlagenen Schmetterbällen auszuspielen versuchte, was in der Mehrzahl der Fälle schiefging.

Bei den ersten vier Spielen brachten die beiden anderen mühelos ihren Aufschlag durch; meinen schlappen Return fertigten sie regelmäßig mit einem Schmetterball ab, und gegen Stick setzten sie sich durch, weil sie die Bahn seiner Passierbälle so genau voraussahen, als wäre sie in der Armbewegung zu lesen, mit der er zum Schlagen ausholte. Mir brachten allerdings meine Körpergröße und meine langen Arme einen Vorteil. Wenn ich am Netz spielte, während Stick hinter mir aufschlug, verblüffte ich die Gegner sowohl mit meiner Reichweite als auch mit der Höhe meiner Sprünge. Nur ein einziges Mal probierte Mr. F-und-A einen Lob. Nachdem ich den mit einem uneleganten, aber dafür um so wirkungsvolleren Sprung abgewehrt hatte, meinte er: »Das war das erste und das letzte Mal, daß ich es über Ihren Kopf hinweg versuche.« Am Netz kam mir überdies meine Geübtheit in der trickreicheren Spielweise mit dem Holzschläger zugute. Ich schlug mühelos Dropshots oder Bälle, die so angeschnitten waren, daß der Gegenspieler sie ins Aus schlug. So konnten wir problemlos Sticks Aufschlagspiel gewinnen. Und was meinen

Aufschlag anlangte, so war ich da, anders als beim Treibschlag, den anderen über.

Nach vier Spielen war der Punktestand also ausgeglichen. Es sollte sich jedoch leider bald zeigen, daß unsere Gegner uns bisher lediglich abgetastet hatten. Von Spiel Nummer fünf an hielten sie den Ball weg von mir, wenn ich am Netz stand, und schlugen ihn in der sicheren Gewißheit meiner schwachen Topspin-Treibschläge laufend zu mir, wenn ich hinten spielte. Sie gewannen ihre Aufschlagspiele zu null und konnten Copley sein Aufschlagspiel mühelos abnehmen, nicht zuletzt weil er sich hartnäckig abmühte, uns durchzubringen, indem er unser Spiel allein bestritt, und regelmäßig den Ball schließlich hinter die Linie setzte. Auch während meines Aufschlagspiels machte er Fehler, indem er zweimal einen eigentlich todsicheren Schmetterball hinter die Linie schlug. Trotzdem brachten wir meinen Aufschlag durch. Wir lagen nun drei zu fünf im Rückstand und sahen dem drohenden Satzverlust ins Auge.

Bevor Mr. Software mit seinem Aufschlag Spiel Nummer neun eröffnete, beratschlagte ich mit Copley auf dem Hinterfeld. Im Flüsterton sagte ich: »Von jetzt an schlage ich meine Bälle angeschnitten und unterschnitten. Ich möchte ihn auf seinem Knie herumjagen.«

»Meinen Sie, daß er Probleme damit hat?«

»Ich glaube, er wird es überbelasten. Haben Sie etwas dagegen, daß ich es mal teste?«

Stick krauste die Stirn, als hätte ich ihn beleidigt. »Selbstverständlich nicht.«

Mr. Software hatte festgestellt, daß er meine hohen, schwachen Returns mühelos volley nehmen konnte, und sich deshalb angewöhnt, nach seinem Aufschlag jedesmal gleich nach vorn zu kommen. Er eröffnete das Spiel mit einem scharfen Schuß auf meine Rückhand und kam sofort hinterher. Ich retournierte einen gestoppten angeschnittenen Ball, der so gezielt war, daß er weit nach außen gezogen vor ihm niederging. Als er sah, daß mein Ball in flachem Bogen kam, versuchte er anzuhalten. Er stemmte das Bein mit dem bandagierten Knie gegen den Boden und knickte prompt ein, während mein Ball zum Punktgewinn für uns an ihm vorbeizog. Schon im nächsten Moment hatte er das Knie wieder vom Boden erhoben und stand aufrecht. Hätte ich während des Vorgangs mit den Augen geblinzelt, hätte ich sein kurzes Zusammenklappen womöglich überhaupt nicht bemerkt.

Ich lief nach vorn zum Netz und stotterte: »Haben Sie sich, äh – ist alles in Ordnung?«

»Ja, sicher ist alles in Ordnung. Ich hab' auch schon früher mal 'n Ball verpaßt«, knurrte er und bedeutete seinem Partner mit einem Augenrollen, daß sie es in mir ja wohl mit einem reichlich hysterischen Zeitgenossen zu tun hätten.

Als er zur Grundlinie ging, um mit dem nächsten Service Stick zu bedienen, nahm ich nicht die Position am Netz ein, sondern blieb hinten. Das konnte als beleidigender Zweifel an Copleys Fähigkeit, Mr. Softwares Aufschlag zu retournieren, ausgelegt werden. Und so faßte Stick es auch auf. »Sie sollten vorne sein«, sagte er.

»Nicht unbedingt«, erwiderte ich dreist.

»Seid ihr soweit, liebe Freunde?« erkundigte sich Mr. Software sarkastisch.

Copley drosch den Return mit aller Kraft. Er erwischte den Ball gut und schickte ihn über das ganze Feld zu Software zurück. Der machte sich die Tatsache, daß ich hinten stand, zunutze und schoß einen flachen Topspin-Ball auf mich ab. Obwohl nun für mich eigentlich ein Treibschlag angesagt gewesen wäre, hob ich den Ball mit einem hohen Lob über F-und-M hinweg, um Software zum Wechsel in die andere Spielfeldhälfte zu zwingen. Er hatte keine Mühe, den Ball zu erreichen und zu retournieren, und ich machte jetzt in dieser Omaspielweise weiter, spielte wieder und wieder Hochbälle über F-und-A hinweg, so daß Software in einem fort von der einen auf die andere Seite wechseln mußte. Eigensinnig, wie er war, blieb er dabei, sie sämtlich zu mir zu retournieren. Dadurch verlangsamte sich das Spiel so stark, daß F-und-A Zeit hatte zu mosern: »Könntet ihr das bitte bitte mal lassen, liebe Tanten?«

Schließlich brachte ich meinen ersten Vorhand-Slice, einen Ball, der, ohne Drive, fast wie ein Dropshot, dreieinhalb Meter vor Software landete. Er konnte mit seinem maladen Knie nicht so schnell antreten, daß er noch eine Chance gehabt hätte, den Ball zu erreichen, aber er versuchte es trotzdem, und wieder brach das Bein unter ihm weg, als er sich streckte. Diesmal blieb er einen Moment lang am Boden, aber er kaschierte sein Mißgeschick, indem er seinen Schläger auf den Belag knallte, um den Eindruck zu erwecken, daß er aus Wut und Frust und nicht aus körperlicher Schwäche auf den Knien lag.

Copley zeigte sich – wie ich nicht anders erwartet hatte – gerissen. Fortan verzichtete er größtenteils auf den Versuch, mit jedem Schlag zu punkten, und schlug Lobs oder kurze Bälle zu Mr. Software, um ihn in Trab zu halten. Software hetzte, zusehends ermüdend – und unter Schmerzen, wie ich annahm –, nach Bällen und machte Fehler. Innerhalb kurzer Zeit hatten wir vier weitere Spiele hinter uns gebracht und den Satz sieben zu fünf gewonnen. Allerdings nicht ohne vorher einen neuen

Beweis für Mr. Softwares unreifen Umgang mit körperlichen Schwächen erhalten zu haben. Beim letzten und entscheidenden Ballwechsel jagte er, obwohl er keine Chance hatte, ihn noch zu erwischen, in halsbrecherischer Manier einem Volley nach, den ich zur Seitenlinie dirigiert hatte und der nach dem Absprung das Spielfeld in Richtung des hohen Netzes verließ, das die Plätze eins und zwei voneinander trennte. Sein rechter Fuß verfing sich in dem Maschenwerk, verdrehte sich, und er stürzte zu Boden. Wir liefen alle zu ihm hin, um ihm zu helfen. Er wehrte uns ärgerlich ab: er habe sich nichts getan, sein Fußgelenk sei völlig in Ordnung. In Wahrheit humpelte er, jetzt nicht nur am linken Knie, sondern auch am rechten Fuß lädiert. Ich schlug vor, für diesen Abend Schluß zu machen.

»Sind Sie verrückt?« fragte Mr. Software. »Ich fange gerade an, mich zu lockern.«

Copley sah mich stirnrunzelnd an. »Wir spielen über zwei Gewinnsätze.«

Zur Pause setzte sich alles auf die Bank, holte Glacéau-Flaschen heraus und begann zu nuckeln. Ich überließ mich meinen Gedanken. Hatte ich soeben einen Klassenunterschied erlebt? Beim Touch-Football oder Basketball in Washington Heights galt die Taktik, die ich gegen Mr. Software angewandt hatte – einschließlich der speziellen Gemeinheit, mit der ich ihn bei den letzten Ballwechseln durch überlegten Wechsel von Höhe und Tempo zu immer neuem Antreten und Abbremsen gezwungen hatte –, als faires Spiel. Beim Basketball drängelte man sich mit abgespreizten Ellbogen unterm Rückbrett, um die Abpraller zu erwischen, schonte beim Zugreifen Stirn und Nase der gegnerischen Spieler nicht und wurde seinerseits nicht geschont, bis man schließlich genug hatte und den Erfolg den rüdesten Ellbogen überließ. Aber eine Verletzung oder eine Niederlage einzugestehen war erlaubt und nicht ehrenrührig. Nein, es war keine Frage der Klassenzugehörigkeit. Von Albert wußte ich, daß der Komment auf der Straße abgedankt hatte. Hatte er auch auf der Chefetage und im Penthouse abgedankt?

Im zweiten Satz kehrte ich zur Verlierer-Spielweise zurück, indem ich die Bälle zu Mr. F-und-A schlug und Mr. Softwares Service mit Topspin retournierte. Erleichtert über die Wiederkehr meiner schwachen Treibschläge, fertigte Mr. Software sie kurz und elegant ab. Zweimal punktete er mit herrlichem Longline-Spiel. Er war ohne Frage der beste Spieler auf dem Feld. Binnen kurzem waren Copley und ich drei zu null im Rückstand.

Das vierte Spiel war mein Aufschlagspiel. Copley brachte mir die Bälle nach hinten. Er hatte unseren Gegnern den Rücken zugedreht, und während er die Bälle auf mein Racket legte, stieß er durch die fast unbewegten dünnen Lippen hervor: »Lassen Sie das!«

»Was soll ich lassen?« sagte ich.

»Spielen Sie auf Sieg.«

»Er macht sich zum Krüppel.«

»Quatsch.«

»Er hat sich nicht unter Kontrolle.«

»Das ist *sein* Problem. Haben Sie Angst zu gewinnen, Herr Doktor?« Copley ging, um seine Position am Netz einzunehmen. Soll er halt in Gottes Namen seinen Willen haben, entschied ich. Ich schlug den Service angeschnitten zur Seitenlinie, auf Distanz zu Mr. Software. Er konnte seine Position nicht so schnell wechseln, wie er wollte, und nachdem er den Return ausgeführt hatte, schaffte er es nicht behende genug zurück in Position für den weiteren Ballwechsel. Der Ball kam in kurzem Bogen und ohne Tempo zurück. Copley standen drei Viertel des gegnerischen Spielfelds für einen unabwehrbaren Schmetterball offen. Aber nein, er drosch den Ball aus kürzester Entfernung genau auf Mr. F-und-A, der sich zwar mit dem Schläger zu schützen versuchte, aber an der Leiste getroffen wurde. Es muß höllisch weh getan haben. Mr. F-und-A tat, als spürte er nichts.

Copley und ich schlugen Lobs oder Slices auf Mr. Software, aber außerhalb seiner unmittelbaren Reichweite, und stellten ihn so wieder und wieder vor die Wahl, entweder hin und her zu hetzen in dem Bemühen, den nächsten Punkt zu machen, oder unsere Hinterhältigkeit von neuem triumphieren zu lassen. Wir hatten fünf Spiele in Folge gewonnen und waren dem Matchgewinn bis auf vier Punkte nahe gerückt – da geschah es. Ich schlug einen trägen Lob über Mr. Softwares linke Schulter, und in dem sicheren Gefühl, daß dieser Schlag als Auftakt zu einer ganzen Serie gedacht war, versuchte er, mit einem verrenkten Luftsprung dem Ballwechsel ein schnelles Ende zu machen. Er kam auch tatsächlich an den Ball heran, landete aber wieder auf dem Boden in einem Augenblick, wo sein Fuß in eine andere Richtung zeigte als sein Oberschenkel. Das Knie knickte ein. Auf den Kopf des zu Boden gegangenen Mr. Software schoß Copley einen Schmetterball ab. Er traf wenige Zentimeter daneben und mimte dann den Überraschten, wie wenn er das Bild seines gestürzten Gegners erst jetzt wahrnähme. Und damit endete unser freundschaftliches Doppel.

Mr. Software hatte eine Komfortlimousine, die ihn nach Hause brachte, und obgleich er auf dem Weg zu ihr gestützt werden mußte, war ich sicher, daß er sich nichts Schlimmeres als eine Knieverstauchung zugezogen hatte. Der Vorfall war vom Grausigen oder Widerwärtigen noch ein gutes Stück entfernt, trotzdem beschlich mich ein leises Gefühl von Verzweiflung, eine Übelkeit erregende Erinnerung an meine Kindheit als Aufziehpuppe meines Onkels.

Nachdem wir unsere Opponenten in ihre Karossen hatten kraxeln und davonfahren sehen, wandte sich Copley zu mir und sagte mit unverhohlener Bewunderung: »Jetzt verstehe ich, was Edgar gemeint hat, als er gesagt hat, Sie verstehen sich aufs Gewinnen.«

»Ich habe jetzt eine Dusche nötig«, sagte ich.

»Wissen Sie, daß Sie sich besser in Form bringen müßten?« Copley hatte einen neuen Ton angeschlagen: den onkelhaften. »Sie schwitzen zu stark. Dabei sind Sie ein prima Sportler. Sie müßten was dafür tun, daß die Maschine in guter Verfassung bleibt.«

»Ich schwitze, ob ich in Form bin oder nicht«, erklärte ich ihm. »Vergessen Sie nicht, daß ich ein Bohnenfresser bin.«

Copley lachte lauthals; dabei blieb er wie angewurzelt stehen und stemmte die Hände in die Seiten. Für meinen Geschmack war sein Lachen etwas zu laut. Ich fragte ihn, was er tat, um sich fit zu halten. Während wir uns im Umkleideraum auszogen, erklärte er es mir. Genauer gesagt: während *ich* mich auszog. Er ging das Ausziehen so schleppend an, daß ich schon längst nackt und in eine der Duschkabinen mit der aufwendigen Brauseanlage geschlüpft war, bis er sich vollends aus seinem schwarz-purpurnen Outfit geschält hatte. Ich war überzeugt, daß er nicht von ungefähr trödelte. Tatsächlich hatte er dann ein Handtuch um die Hüften drapiert, als er aus der Dusche kam, und klemmte sich in den blickgeschützten Winkel hinter seiner geöffneten Spindtür, um in die Unterhose zu steigen; erst als das erledigt war, wandte er sich mir beim Sprechen wieder frontal zu. Die kostbaren Familienjuwelen blieben dem profanen Blick die ganze Zeit entzogen.

Die ausführliche Darlegung von Sticks körperbewußter Lebensführung – täglich drei Kilometer Schwimmen, jeden zweiten Tag gründliches Training auf und an diversen Fitneßgeräten – nahm unsere Aufmerksamkeit in Anspruch, bis er eine Baumwollhose, ein schwarzes Polohemd und, zu meiner Überraschung, Sandalen angezogen hatte. Die Sorte von handgearbeiteten Sandalen aus weichem, braunem Leder, die ich in den frühen siebziger Jahren getragen hatte. Copley fragte, ob ich nicht Lust auf Pasta hätte. »Wir brauchen jetzt Kohlehydrate«, sagte er.

Während seine Limousine uns in Richtung Norden trug, erkundigte er sich noch einmal, jetzt in anderer Form, nach meinem Treffen mit Chen. »Wie ist Ihr Eindruck von Andy?«

»Ein brillantes Bürschel.«

»Würde ich auch sagen.«

»Aber halt noch ein Bürschel«, merkte ich an.

»Das sind sie im Grunde alle. Auch noch mit vierzig.«

»Rechner konstruieren macht die Leute zu ewigen Kindern?« fragte ich. »Die ihr Leben lang mit ihren Lego-Steinen spielen?«

Stick nickte. »Gewissermaßen. Ein Psychiater muß das wohl so sehen. Hat er Ihnen was zu Ihren offenen Fragen betreffend Gene sagen können?«

»Ja. In Andys Haltung zu Gene spielen zwar Loyalität und Dankbarkeit die Hauptrolle, aber zwischen den Zeilen ist durchgedrungen, daß Gene ausgebrannt gewesen ist, daß er sich überfordert gefühlt hat, daß er den Boden unter den Füßen verloren hatte. Sie haben mir wirklich nichts vorgemacht, als Sie zu mir gesagt haben, das ist in Ihrer Branche ein Berufsrisiko. Da drunten im Lab herrschen ziemlich grausame Verhältnisse.«

»Grausam?« Trotz der schlechten Lichtverhältnisse im Auto konnte ich einen Anflug von Ärger über Sticks Gesicht huschen sehen. »Also grausam finde ich es da nicht. Hat das nicht alles eher was von einem Abenteuerspielplatz? Oder einem Ferienlager?«

»Die spielen da nicht«, sagte ich mit Entschiedenheit, aber ohne Nachdruck, so als ob die Frage für mich nebensächlich wäre. »Die kämpfen ums Überleben.«

»Ums Überleben?« Er lachte leise. »Übertreiben Sie jetzt nicht ein bißchen?«

Einen lässig-wichtigtuerischen Ton anschlagend, hielt ich ihm einen Vortrag, der nur so strotzte von populärem Psycho-Jargon. Ich sprach über die Notwendigkeit, Grenzen zu setzen, und das Bedürfnis nach Autorität. Ich sprach über Strukturierungsfaktoren: Belohnung und Bestrafung, Anreize und Sicherheit. Ich sprach davon, daß Loyalität zu einer als konsequent erfahrenen Elternfigur oder zu einem geeigneten Ersatz, zum Beispiel einem Unternehmen, Handlungskompetenz schaffen und Selbstwertgefühl aufbauen kann. Ich eröffnete ihm, daß seine jungen Angestellten allesamt das gleiche elementare Psychoprofil aufwiesen. (Die Frage, woher ich das wissen könnte, kam Stick gar nicht in den Sinn.) Sie sind emotional unterentwickelt, sagte ich, fürchten sich, ihre Wünsche zu formulieren, oder, schlimmer noch, sind von ihren Gefühlen abgeschnitten, wurden von ihrer Mutter erstickt, von ihrem Vater als unzulängliche ödipale Konkurrenz abgelehnt oder untergebuttert – das Ganze, nebenbei bemerkt, ein glatter Widerspruch in sich selbst, aber genau die Art weitreichender Verallgemeinerung, die zum gebräuchlichen Handwerkszeug heutiger Populärpsychologie gehört. Mein mäandrierender Monolog war noch in vollem Gange, als wir das Il Cantinori, ein Nobelrestaurant in der 10. Straße, beim University Place, betraten. Wir hatten beide schon unsere Rigatoni mit Miesmuscheln, sonnengereiften Tomaten und gelbem Paprika bestellt und verzehrt, als ich endlich mit meiner Dr.-Joyce-Brothers-Imitation zu Ende kam.

»Wie kommt Andy Ihrer Meinung nach mit seinem Job zurecht?« fragte Stick. »Was haben Sie für einen Eindruck von seinen Managerqualitäten?«

»Nichts dran auszusetzen«, sagte ich, Blick und Stimme senkend.

»Verstehen Sie ...« Er beugte sich vor, sein Weinglas zwischen den Handflächen hin und her drehend. »... von den Leuten hängt für uns viel ab. Andy kann sich und der Firma sehr nützen. Genausogut kann er aber auch sich und der Firma schaden.«

Ich nickte. Sagte jedoch nichts dazu.

»Wie schätzen Sie seine Geistesverfassung ein?«

»Ich hab' mich keine volle Stunde mit ihm unterhalten. Da kann ich mir eigentlich kein Urteil erlauben.«

Copley lehnte sich zurück und trank nachdenklich einen Schluck von seinem Weißwein. Er führte das Glas mit einer trägen Bewegung an seinen Platz zurück und ließ es auf den Tisch gleiten. Er reckte das Kinn und verschränkte die Finger. »Heute nachmittag habe ich über Sie und Gene nachgedacht. Bis vor ungefähr ein, eineinhalb Jahren war er menschlich und beruflich auf der Erfolgsstraße. Vor ein, eineinhalb Jahren – das war doch die Zeit, wo er mit den Besuchen bei Ihnen aufgehört hat?«

Ich nickte.

Copley drückte die verschränkten Finger durch und ließ die Gelenke knacken. »Genieren Sie sich nicht, Herr Doktor. Sagen Sie mir, was Sie von Andys Geistesverfassung halten.«

Ich blieb einen Moment lang stumm und blickte nachdenklich ins Leere. »Andy ist ein Wunderkind, nicht? Ich will sagen, auch unter den brillanten jungen Computerhackern ist er ein Wunderkind.«

»Abitur mit siebzehn, Diplom mit zwanzig. Konnte sich aussuchen, wo er arbeiten wollte: Stellenangebote von Apple und IBM. Microsoft nicht zu vergessen. Meiner Meinung nach ist er ein genausoguter Software- wie Hardware-Ingenieur. Wenn Sie mich fragen, steckt sogar noch mehr in ihm drin, als er leistet; er leidet ein bißchen unter Motivationsschwäche und reizt sein Potential nicht voll aus. Ich bin fast vom Stengel gefallen, als er unser Angebot angenommen hat.«

»Ich kann ihm gut nachfühlen, daß er sich für ein junges Unternehmen entschieden hat, für das Aschenputtel der Branche sozusagen, wenn Sie es mir nicht übelnehmen, daß ich Hyperion als Aschenputtel bezeichne.«

»Überhaupt nicht. Wir *sind* das Aschenputtel der Branche. Aber wir steigern uns.«

»Nun, genau das ist es, was einen Menschen wie Andy reizen muß. Wunderkinder sind Einzelgänger. Als Schulkinder werden sie von ihren Altersgenossen gewöhnlich mit Mißgunst betrachtet. Und nicht selten auch von Erwachsenen. Es ist schon eine sehr schwer zu verarbeitende Erfahrung, daß ein Kind bestimmte Dinge besser beherrscht, als die meisten von uns es für sich selbst je zu hoffen wagen dürften. Die Feindseligkeit gegen das Wunderkind ist leicht zu begreifen und als Neid abzutun für jemand, der ein gefestigtes Persönlichkeitsbewußtsein und einige Lebenserfahrung besitzt. Diese Feindseligkeit richtet sich jedoch gegen ein Kind, das – was wiederum nur natürlich ist – für seine Fähigkeiten Lob und Liebe erwartet. Die Folge davon: Wunderkinder lernen, für sich allein oder zumindest in einer Außenseiterrolle zu arbeiten. Häufig lernen sie auch, ihr Können zu verbergen – ihr Potential nicht auszureizen, wie Sie es ausgedrückt haben. Leider kann das mitunter in Selbstsabotage enden.«

»Selbstsabotage?«

»Ja, Selbstsabotage. Nicht zu verwechseln mit Selbstzerstörung. Die Unterscheidung mag manchem als müßige Begriffsklauberei erscheinen, ich halte sie jedoch für bedeutsam. Selbstsabotage ist nicht Selbstbestrafung, sondern Selbstschutz.«

»Sie meinen, diese Leute wollen unbewußt versagen, um nicht die Mißgunst ihrer Mitmenschen auf sich zu ziehen?«

»Bravo!« Ich erhob mein Weinglas und prostete ihm zu. »Eigentlich überrascht es mich nicht. Wer ein erfolgreiches Großunternehmen führt, muß ein feines Gespür für Psychologie haben.« Copley schüttelte den Kopf, im Begriff, mein Kompliment beiseite zu schieben. Ich hinderte ihn daran, indem ich fortfuhr: »Ich weiß zuwenig über die Struktur von Andys Familienbeziehungen. Zum Beispiel über seine ödipale Dynamik. War Gene für ihn ein Vaterfigur-Substitut? In diesem Fall könnte sein Sieg über ihn, die Eroberung von Genes Job, sehr problematische Folgen haben, zumal da Andys Triumph die Verwirklichung des ödipalen Alptraums mit sich brachte: Gene kam ums Leben.« Ich richtete gedankenversunken den Blick hinauf zur Decke des Il Cantinori, der hervorragenden Nachbildung einer kunstvollen Kassettendecke, und sagte leise, fast murmelnd vor mich hin: »Vielleicht tritt eine selbstzerstörerische Komponente hinzu. Es könnte sein, daß Andy sich für seinen Triumph bestraft.«

»Sich wie bestraft, Herr Doktor?«

Mit leicht konfusem Blick, als erwachte ich aus tiefem Nachsinnen, wandte ich ihm wieder meine Aufmerksamkeit zu. »Nennen Sie mich doch bitte einfach Rafe. Mir ist immer ein wenig unbehaglich zumute, wenn ich als Doktor tituliert werde.«

»Okay. Tut mir leid, Rafe, aber ich muß Sie bitten, etwas konkreter zu werden. Ich habe eine treuhänderische Verantwortung gegenüber den Hyperion-Aktionären. Falls Andy psychisch labil ist, kann er noch ganz andere Dinge als nur sein Leben in den Sand setzen.«

»Oh, *so* ernst ist es, glaube ich, wirklich nicht.« Ich zeigte ihm ein gezwungenes, künstliches Lächeln und sah auf meine Armbanduhr. »Tut mir leid, aber ich breche morgen in aller Frühe auf. Es wird Zeit, daß ich ins Bett komme. Und Sie haben noch eine lange Heimfahrt vor sich. Gott sei Dank brauchen Sie mich nicht erst noch irgendwo abzusetzen. Mein Logis ist nur sechs Straßen von hier entfernt, da lohnt sich die Fahrt nicht.« Ich verdrehte den Oberkörper und suchte mit den Augen nach unserem Kellner. Er blickte zu mir her, ich machte mit erhobener Hand die Bewegung des Schreibens, und er nickte.

Als ich mich wieder Copley zuwandte, stellte ich fest, daß seine dunklen Augen auf mir ruhten. »Die Desserts hier sind phantastisch«, sagte er in ominösem Ton.

»Ich bin voll.«

»Na ja, wir sind doch immer voll, oder nicht?« Er klopfte sich den nichtvorhandenen Bauch, als bearbeitete er eine Große Trommel. »Aber das ist kein Grund, mit dem Essen aufzuhören.«

»Waren Sie als Kind übergewichtig?« fragte ich. In reichlich clownesker Manier: präpotent, wichtigtuerisch und gravitätisch. Ich hätte es verdient gehabt, einen Lacher zu ernten.

Aber nein, Copley starrte mich nur an. Nach einem kurzen Moment reckte er das Kinn und sagte gedehnt: »O ja. Ich war ein kleiner Fettsack.«

Ich nickte, als sei die Sache sonnenklar. »Aber nicht lange, würde ich wetten.«

»Sobald ich in der Pubertät war, hab' ich mir das Problem vom Hals geschafft.«

»Ganz außergewöhnlich«, kommentierte ich in oberlehrerhaftem Ton.

Er grinste. »Was finden Sie daran außergewöhnlich?«

»Daß der *circulus vitiosus* in der Adoleszenz durchbrochen wird, ist sehr, sehr selten. Ein Beweis für enorme Charakterstärke.«

»Glauben Sie an solche Ideen wie die von der Charakterstärke?«

Der Kellner erschien auf der Bildfläche. »Die Herren wünschen kein Dessert?«

»Wir nehmen zwei Cappuccino, entkoffeiniert«, sagte Copley und fügte zu mir gewandt hinzu: »Einverstanden?«

»Selbstverständlich«, sagte ich. Der Kellner verschwand.

»Glauben Sie an angeborene Eigenschaften?« fragte Copley. »An genetisch verankerte Charaktermerkmale?«

»Aber sicher. Das Problem ist nur, daß wir nicht genau sagen können, wo die Erbanlage aufhört und der Umwelteinfluß anfängt. Beziehungsweise wie weit eins mit dem andern interferiert oder kollidiert. Deshalb behandeln wir in vielen Fällen die gesamte Kernfamilie, vor allem in der Kinderpsychologie.«

»Hmmm.« Copley dachte über das Gehörte nach. Er strich sich übers Haar und meinte: »Ein Unternehmen ist wie eine Familie.«

»Ja!« Ich beugte mich aufgeregt zu ihm vor. »Genau das habe ich auch gedacht, als Andy mir das Labor gezeigt hat. Hier lebt eine Familie. Das war ja der Punkt, wo ich bei der Behandlung von Gene zu kurz gegriffen –« Ich hielt jäh inne und legte erschrocken die Hand vor den Mund. »Machen Sie Andy bitte keinen Vorwurf daraus, daß er mich herumgeführt hat«, sagte ich.

Stick, der mich mit einem schmallippigen Lächeln konzentriert angesehen hatte, brach in Gelächter aus. »Keine Sorge. Ich hab' nichts dagegen. Ich bin ziemlich sicher, daß Sie kein Industriespion sind. Außerdem hab' ich ohnedies schon Bescheid gewußt. Andy hat mir erzählt, daß er 'ne Schloßbesichtigung mit Ihnen gemacht hat.«

»Tatsächlich?« Ich strich mir nachdenklich übers Kinn. Und begriff dabei, warum Freud einen Bart getragen hatte. Ohne Bart macht die Geste nur halb soviel Effekt. »Und trotzdem schien er Angst davor zu haben, Sie könnten dahinterkommen. Das ist faszinierend ... Für diese Leute sind Sie tatsächlich der Vater. An sich ist es nicht fair, daß Ihnen diese Last aufgebürdet wird. Wer effektives Management machen soll, kann nicht gleichzeitig die emotionale Krücke für die Mitarbeiter spielen. Also darum ... Jetzt verstehe ich ...« Ganz absorbiert von dem neuen Gedanken, sprach ich nicht zu Ende.

»Ja ...?« sagte Copley auffordernd. Ich sah ihn mit abwesendem Blick an. »Wollten Sie nicht gerade etwas sagen?«

»Nun, zuerst habe ich nicht verstanden, warum jemand wie Sie, der eigentlich nichts von Computern versteht ...« Ich brach den Satz achselzuckend ab. »Ich wollte sagen: Sie besitzen doch eigentlich keinerlei kreative Fähigkeiten – wieso leiten Sie dann ein Unternehmen, das sich so ungefähr alle zwölf Monate eine neue kreative Definition geben muß? Rein theoretisch gesehen, müßte jemand wie Gene oder Andy an der Spitze des Unternehmens stehen, nicht ein Vertriebsfachmann wie Sie. Das ist doch Ihr Fach, nicht? Bei Flashworks waren Sie Vertriebsleiter, oder?«

Belustigung und Selbstsicherheit waren aus Copleys Miene und Körpersprache verschwunden. Mit halb geschlossenen Lidern saß er steif da und wartete gespannt darauf, daß ich weitersprach.

»Aber Sie sind eine Führerpersönlichkeit, nicht?« fuhr ich fort. »Und jetzt, wo ich darüber nachdenke, sehe ich sogar, daß dieses Muster in der komplexen Welt von heute gar nicht so selten ist. Unsere Präsidenten zum Beispiel waren in den seltensten Fällen Männer von außergewöhnlicher Intelligenz, vor allem im zwanzigsten Jahrhundert nicht. Und beim Militär ist das schon lange so. Die Ära des Feldherrn, der die Eigenschaften des glänzenden Taktikers und des politischen Führers in sich vereint, ging nach Napoleon rasch zu Ende. Ich glaube, die spezielle Fertigkeit, die Sie besitzen, nämlich in der Rolle der Vaterfigur aus hochintelligenten großen Kindern das Beste herauszuholen – dieses Können wird meiner Meinung nach allgemein unterschätzt. Das ist keine intellektuelle oder kreative Begabung gängiger Art, sondern mehr so etwas wie eine emotionale – nein ...!« Ich schnippte aufgeregt mit den Fingern. »Nein, es ist eine Begabung auf charakterlichem Gebiet. Vor diesem Hintergrund ist auch Ihre Willensstärke, Ihre Entschlußkraft zu sehen, dank der Sie beim Eintritt in die Pubertät Ihr Gewichtsproblem haben lösen können. Es ist ein besonderes Talent, eine Form von Intelligenz.« Ich wedelte mit dem Zeigefinger vor seinem Gesicht herum. »Sie können vielleicht gar nicht richtig abschätzen, wie stark Ihre emotionale Wirkung auf andere Menschen ist.«

»Da irren Sie sich«, sagte er in sanftem Ton.

»Tatsächlich?« So wie ich das Wort ausgesprochen hatte, war es eine Fanfare lebhaftester Neugier. Er nickte. »Das müssen Sie mir genauer erklären. Ich weiß, für Sie muß das alles dummes Zeug sein, aber für mich ist es ungeheuer wichtig. Ich glaube, dieses Konzept der charakterlichen Intelligenz ist möglicherweise interessant genug, um einmal in einer größeren theoretischen Untersuchung ausführlich dargestellt zu werden.«

Copley lächelte wieder und war dabei, zu seiner früheren gelassenen

Haltung zurückzufinden. Er amüsierte sich (verständlicherweise) über mein pedantisches Gehabe. »Ich bin mir meiner Wirkung auf andere Menschen vollkommen bewußt. Sie ist kalkuliert. Was Sie da gerade gesagt haben, mag für Psychiater ein Geheimnis sein, für die amerikanische Geschäftswelt ist es das mit Sicherheit nicht. Managerqualitäten sind in der heutigen Konkurrenzgesellschaft von zentraler Wichtigkeit. Technisches Können – das, was Sie als kreative Fähigkeiten bezeichnen – ist heutigentags eine so hochspezialisierte Angelegenheit, daß man kaum erwarten darf, es in Verbindung mit Führerqualitäten anzutreffen. Nehmen Sie Andy zum Beispiel – er hat kaum Zeit, sich anständig anzuziehen, geschweige denn die Entwicklungen am Markt im Auge zu behalten.«

»O ja, ja, natürlich«, pflichtete ich ihm mit überschäumender Begeisterung bei. Unser entkoffeinierter Cappuccino war inzwischen gekommen. Ich trank meine Tasse in einem Zug halb aus und beugte mich aufgeregt über die Tischplatte zu ihm vor. »Aber ich bin der Meinung, daß selbst Sie nicht richtig einschätzen, was Sie an emotionaler Führung vermitteln. Wir leben in einer Welt, in der die Familie im Verfall und die Gemeinschaft in Auflösung begriffen ist und Religiosität lediglich noch als sentimentale Empfindung vorkommt. Großfamilie, Gemeinschaft, moralische Führung, diese Dinge erlebt der einzelne heute in der Zugehörigkeit zu einem Unternehmen. Der Unternehmensleiter von heute muß unfairerweise die Funktion des Vaters, des Gemeindeoberhaupts und des Priesters ausüben – alle drei in Personalunion. Ihre Rolle hat eine psychologische Dimension von enormer Bedeutung.«

Copley hob eine Hand zu seinem glattgebürsteten Haar und kontrollierte den korrekten Sitz. Ich trank meinen Cappuccino aus, lehnte mich zurück und beobachtete, wie er sich sinnierend und kombinierend über die Augenbrauen strich. Schließlich wanderten die Fingerspitzen im Genuß seiner vollendeten Magerkeit über das heruntergehungerte Gesicht abwärts, während er angestrengt nachdachte – und sich in meine Falle hineindachte.

Stick ließ sich Zeit, bis er den Köder schluckte. War es ein – zuletzt dann doch mißachteter – instinktiver Selbstschutz-Impuls, was ihn zögern ließ? Er wartete, bis er die Rechnung bezahlt hatte. (Mein Vorschlag, uns die Kosten zu teilen, war ihm nur ein müdes Lächeln wert gewesen.) »Sie sind der Ansicht, daß Andy dem Druck, der auf ihm lastet, nicht gewachsen ist. Das sehe ich doch richtig, oder?«

»Nein«, sagte ich eilig – *zu* eilig. »Das wäre Unsinn von mir. Ich kenne ihn ja kaum.«

»Jetzt lassen Sie mal fünfe gerade sein, Rafe. Sagen Sie mir offen, was Sie denken. Ich werde es mit der nötigen Vorsicht zu genießen wissen.« Er stand auf. »Ich schlage vor, ich begleite Sie auf dem Heimweg. Den Chauffeur lassen wir hinterherfahren.«

Die Straßendecke glänzte naß. Irgendwann während des Essens mußte es geregnet haben. Die Temperatur war um mindestens zehn Grad zurückgegangen. Copley erkundigte sich nach Susans Adresse und nannte sie dem Chauffeur. Wir schlenderten in Richtung Fifth Avenue. »Lassen Sie mich Ihre seriöseste Mutmaßung hören.«

»Es bleibt bei aller Seriosität nur eine Mutmaßung.«

»Geschenkt. Nun reden Sie schon.«

»Er wird scheitern. Wie ich schon sagte, kann ich anhand meines derzeitigen Informationsstands nicht entscheiden, ob es Selbstbestrafung oder eine neurotische Form von Selbstschutz ist, aber er isoliert sich von seinen Kollegen und zeigt auch sonst Anzeichen einer beginnenden Paranoia. Sein Fall ist dringend. Ich verstehe nicht genug von Computern, um sagen zu können, ob er dem Projekt bereits real geschadet hat, aber er wird es mit Sicherheit tun, wenn man ihm nicht seine Schuldgefühle beziehungsweise seine Verletzlichkeit nimmt. Ich verkenne durchaus nicht, daß Sie ein erfolgreiches Unternehmen leiten, und ich möchte Ihnen nicht zu nahe treten, aber ich muß Ihnen sagen: Die Atmosphäre in Ihrem Labor ist gefährlich. Mit Arbeitsmoral, Disziplin, Teamgeist ist es dort erstaunlich schlecht bestellt. Ich sehe Sie mit Andy den gleichen Fehler wiederholen, den ich mit Gene gemacht habe.«

Copley blieb stehen. Ich tat, als bemerkte ich es erst, nachdem ich ein paar Schritte weitergegangen war. »Und der wäre?« fragte er, ohne zu mir aufzuschließen.

Ich ging zu ihm zurück. »Sie haben Andy eine Rolle zugewiesen, der er nicht gewachsen ist.«

»Und wie wollen *Sie* das mit Gene gemacht haben?« fragte Copley herausfordernd.

Ich nahm die Herausforderung an. »Ich habe ihn angespornt, Ihren Posten anzupeilen.«

Einen Moment lang sah es so aus, als hätte sich Copleys steinernes Gesicht in realen Stein verwandelt. »Was?« blaffte er.

»Das haben Sie doch sicherlich gewußt. Damit hab' ich einen Fehler gemacht. Ich dachte, wenn Gene schon Ihre sämtlichen Produkte kreiert, dann soll er auch die Leitung des Unternehmens anstreben. Hören Sie, Sie haben mich aufgefordert, offen mit Ihnen zu sein. Wenn es Ihnen lieber ist, kann ich auch –«

»Nein!« Copleys Ton war zu laut. »Entschuldigen Sie«, murmelte er, die Hand wieder am Gesicht, mit den Fingerspitzen die hohlen Wangen streichelnd. Die Hand löste sich vom Gegenstand ihrer Liebkosung. »Sprechen Sie ruhig weiter.«

»Jeder bei Hyperion weiß, daß Gene die kreative Seele des Unternehmens gewesen ist. Mein Gott, sogar Ihr famoses Telefon ist seine Erfindung.«

»Wer hat Ihnen das gesagt?« fragte Copley.

»Das hat mir niemand zu sagen brauchen. Er hat das Unternehmen auf der emotionalen Ebene geleitet. Wer hat den Basketballkorb für Andy anbringen lassen? Ich wette, auch das ist Gene gewesen.« Copley nickte langsam. Ich fuhr fort: »Jeder Rechner, den Ihre Leute heute entwerfen, wird zuerst wo theoretisch getestet?«

»Auf dem Black Dragon.«

»Sie haben mir gesagt, den Black Dragon hätte Andy konstruiert. Das war doch eine Übertreibung, nicht? Gene hat ihn gebaut.«

»Ohne Andy hätte er es nie geschafft.«

»Und wer hat Andy eingestellt?«

»Ich.«

»Auf wessen Rat?«

»Andy hätte jeder eingestellt. Ich habe Ihnen doch gesagt, daß wir gar nicht damit gerechnet hatten, daß er unser Angebot annehmen würde.«

»Und warum *hat* er es angenommen? Glauben Sie vielleicht Ihretwegen? Wer hat das Gespräch mit ihm geführt? Wer hat ihm die Labors gezeigt? Wer hat ihm erklärt, wie seine Arbeit aussehen wird? Gene.«

Copley nickte. »Ich hab's gewußt«, sagte er zu sich selbst. Er grinste mich an und wiederholte: »Ich hab's gewußt.«

»Was gewußt?« Ich machte keinen Versuch, meinen Mißmut zu verbergen. Mit meinem subalternen Gebaren war es vorbei.

»Ich hab's gewußt, daß er auf meinen Posten scharf war.«

»Nicht auf Ihren Posten. Ich hab' mich falsch ausgedrückt. Er wollte eine Partnerschaft. Ich habe ihm gesagt, darauf hat er ein moralisches Anrecht.«

»Deshalb hat er mit Halley angebandelt.«

»Nicht deshalb«, sagte ich. »Er hat sie geliebt.«

»Natürlich hat er sie geliebt. Aber er hat sich auch gedacht, wenn er mit ihr verheiratet ist, geb' ich ihm ein Stück von der Firma ab.«

»Nein. Jetzt spricht aus Ihnen die Eitelkeit. Mag sein, daß er sich unter anderem auch deshalb zu ihr hingezogen gefühlt hat, weil sie Ihre Tochter ist. Aber das war kein Opportunismus. Das war echte Hochachtung vor Ihnen. Gene hat Sie genausosehr geliebt, wie er Halley geliebt hat.« Ich trat dicht an ihn heran und näherte mein Gesicht dem seinen. Im Jargon modischer Populärpsychologie ausgedrückt: Ich drang in seinen persönlichen Raum ein. »Alle Mitarbeiter wissen Bescheid. Sie haben Gene bewußt vernichtet, und Sie wissen es. Das wird Sie teuer zu stehen kommen.«

Copley trat einen Schritt zurück. Es war keine Geste der Kapitulation. Er versteifte sich. »Sie wollen Rache.«

»Rache?« Ich lachte. »Wofür?«

»Sie sind verrückt, wenn Sie glauben –«

Ich schnitt ihm das Wort ab. »Rache für meinen eigenen Fehler? Ich mache Ihnen keinen Vorwurf.«

»Ich bin kein Dummkopf, Herr Doktor. Sie haben gesagt, ich hätte Gene vernichtet.«

»Ich kann Ihnen Ihr innerstes Wesen nicht zum Vorwurf machen. Das ist ein Grundprinzip der Psychiatrie. Nein. *Ich* habe die Situation falsch eingeschätzt. Ich war der Ansicht, Sie wären nichts weiter als ein Vertriebsmann, der von Genes Talent schmarotzt. Ich hatte nicht begriffen, daß Sie ein Führer sind. Gene ist in seiner Rolle als Ihr Leutnant glücklich und zufrieden gewesen. Er hat Ihre Anleitung gebraucht, genau wie Andy die Beaufsichtigung durch Gene gebraucht hat. Ihr Führertum ist ein Element Ihrer Persönlichkeit, es ist Ihre spezielle Begabung. Und als er gemeutert hat, haben Sie ihn natürlich zerschmettert. Sie hatten keine Wahl.«

Stick wandte sich ab und betrachtete durch zusammengekniffene Lider die feuchte Straße. Und der Straße sprach er zu, was er laut vor sich hin dachte. »Und Sie erwarten von mir, daß ich glaube, Sie werden in diesem Sinne an Edgar berichten?« Er warf mir einen raschen Blick zu, als wollte er mich bei etwas ertappen. »Daß es Ihre Schuld war?«

Edgar. Ich hatte vergessen, daß Edgar mein Druckmittel war. Der Gedanke an ihn war es, was Copley beunruhigte. Einen Moment lang hatte ich geglaubt, er fühle sich schuldig, doch nein, seine Reaktion war einzig und allein vom Selbsterhaltungsinteresse bestimmt. »Ich handle ausschließlich im eigenen Auftrag. Ich bin genau das, wofür Sie mich halten: ein harmloser Gelehrter. Sie haben es doch selbst gesagt: Ich will nicht gewinnen. Gute Nacht.« Ich drehte mich um und ging rasch davon.

Copley holte mich mühelos ein und hielt sich an meiner Seite, beides mit dem lautlosen Schritt eines Raubtiers, der begünstigt wurde durch den Umstand, daß er Sandalen trug. »Spulen wir das Band noch einmal zurück. Ich bitte um Entschuldigung. Ich wollte Sie nicht kränken.«

»Sie sehen alles unter dem Vorzeichen von Macht und Manipulation«, sagte ich, ohne meinen Schritt zu verlangsamen. »Beides ist mir wesensfremd. Ich bin ausschließlich zu dem Zweck hier, nach Erkenntnis zu suchen.«

»Ich möchte Sie um Ihre Hilfe bitten.« Copley legte seine Hand auf meinen Arm und brachte mich zum Stehen. »Sie haben selbst gesagt, das Unternehmen als Familie betrachtet sei ein gutes Thema für ein Buch. Mich würden die Beobachtungen interessieren, die Sie beim Materialsammeln machen; ich denke, sie könnten mir nützen. Bei Gene habe ich offensichtlich überreagiert. Ich weiß, daß Andy bis zum Hals in Problemen steckt. Ich gewinne gern – das haben Sie richtig erkannt. Aber man kann auf vielerlei Weise gewinnen.«

Aus einem Hauseingang ergoß sich ein Schwall von Menschen, Leute, die von einer Party kamen. Ein Mann prallte aus Unachtsamkeit gegen Copley. Er war ein bulliger Collegestudententyp. Copley schob ihn mühelos von sich.

Der bullige Typ schlingerte wieder zu uns her und trat zwischen uns. »'tschuldig'nse mal, nä!« sagte er laut, eine Bierfahne verströmend.

»Kein Problem«, sagte Copley. Ein Freund zog den Angetrunkenen mit sich fort. »Na, wie wär's?« fragte Stick lächelnd. Der Zwischenfall hatte ihm Zeit verschafft, ein heiteres Gesicht aufzusetzen.

»Ich verstehe nicht.«

»Ich möchte, daß Sie für mich arbeiten«, erklärte er. »Als Berater. Dabei können Sie ausgezeichnetes Material für Ihr Buch sammeln und hoffentlich auch die Arbeitsmoral verbessern und mir beibringen, ein besserer Chef zu sein.«

»Für ... Sie ... arbeiten?« sagte ich langsam, wie wenn ich eine Fremdsprache erlernte.

»Als Berater. Die Arbeitszeit können Sie nach eigenem Ermessen bestimmen. Ich erwarte nichts weiter, als daß Sie mir offen Ihre Meinung sagen. Genauso ungeschminkt und knallhart wie heute abend.«

Versteht sich, daß ich nicht auf der Stelle akzeptierte. Ich ließ das Wochenende verstreichen und rief ihn am Montag aus Baltimore an, um ihm zu sagen, daß ich einverstanden war. Eine raschere Zusage, so fürchtete ich, hätte Stick auf den Gedanken bringen können, daß ich mit seinem Angebot von Anfang an gerechnet hatte.

SECHSTES KAPITEL
Übertragung

Den Sommer über lebte ich mich in meine neue Rolle als Mitglied der Hyperion-Familie ein. Zugegeben, neben den anderen Familienmitgliedern machte ich eine etwas exzentrische Figur – vergleichbar etwa (um im Bild zu bleiben) einer altjüngferlichen Tante oder einem ein bißchen zurückgebliebenen Vetter. Doch auf jeden Fall erlangte ich die Unsichtbarkeit eines vertrauten Gesichts; meine Erscheinung gewann in den Augen der anderen die Harmlosigkeit des Vorhersehbaren. Die Labors besuchte ich dreimal die Woche. Was nicht heißt, daß ich das Thema in der übrigen Zeit vernachlässigt hätte. Ich stellte eine gründliche Recherche über Copley und seine Firma an.

Stick hatte Grund, etwaige Mitteilungen von mir an Edgar zu fürchten, zumindest wenn er glaubte, ich könnte Edgars Meinung über seine Art der Geschäftsführug beeinflussen. Die feindliche Übernahme, die ihn vom Angestellten zum Mehrheitsaktionär befördert hatte, war mit einem Bürgschaftskredit von Levin & Levin bewerkstelligt worden, für den Edgar Wandelobligationen erhalten hatte, die ihn im Prinzip in die Lage versetzten, bei Hyperion jederzeit das Kommando zu übernehmen, wenn ihn die Lust dazu ankommen sollte. Zum Teil waren die Einzelheiten der Geschäftsbeziehung in das Handelsregister eingetragen, zum Teil aber auch nicht. Molly Gray, eine Partnerin von Brian Stoppard in dessen Anwaltssozietät, die Edgar in solchen Geschäften als Syndikus beriet, gab mir die vertrauliche Information, daß eine private Nebenabsprache existierte – eine Schattenklausel, wie sie es nannte –, die es Edgar erlaubte, im Fall rückläufiger Gewinne Sticks persönliche Anteile an Hyperion zu pfänden. Molly erklärte mir, daß der Geheimvertrag Rechtens sei, wenngleich seine Inanspruchnahme unter bestimmten Umständen unrechtmäßig sein könne.

In den nichtpublizierten Teil der Abmachungen zwischen Copley und Edgar weihte sie mich nicht sofort ein. Eine Woche nachdem sie mich über Inhalt und Bedeutung des Handelsregistereintrags informiert hatte, lud sie mich zu sich nach Hause zum Abendessen ein, um mich mit ihrem Ehemann Stefan Weinstein bekannt zu machen, einem hervorragenden Psychiater, Vorstandsmitglied der New Yorker Psychoanalytischen Vereinigung und Kurator des Sigmund-Freud-Archivs. Er hatte einige meiner Bücher gelesen und wußte von meiner Arbeit mit Kindern. Über beides sagte er mir allerhand Schmeichelhaftes. Das muß Molly bewogen haben, sich über ihre Geheimhaltungspflicht hinwegzusetzen, wobei der ausschlaggebende Faktor nach meiner Einschätzung allerdings ein Detail ihres privaten Lebenshintergrunds gewesen sein dürfte. Molly und Stefan hatten ein Mädchen adoptiert, dessen Mutter, eine enge Freundin der beiden, von dem Vater des Kindes ermordet worden war. Molly schien zutiefst berührt, als ich von Gene und dem Los seines Sohns Pete erzählte.

»Er hat nicht regelmäßig geprügelt?« fragte Stefan.

»Nein«, sagte ich. »Die Mißhandlung der Partnerin hatte bei ihm die Form des sexuellen und emotionalen Rückzugs angenommen. Daß die Gewalt nach außen durchbrach, war durch das Hinzutreten neuer Faktoren bewirkt. Bei Gene waren Zorn und Wut im großen und ganzen immer radikal verdrängt, bis ...«

Stefan beendete meinen Satz: »Bis sie es nicht mehr waren.«

»Bis sie es schlagartig nicht mehr waren«, pflichtete ich ihm bei. »Ich fürchte, ich komme an der Schlußfolgerung nicht vorbei, daß ich nicht wachsam genug war.«

Stefan zog eine Augenbraue hoch. »Je nun«, murmelte er. »Sie haben doch erzählt, daß er gar nicht mehr in regelmäßiger Behandlung bei Ihnen war –«

»Sie fühlen sich verantwortlich«, fiel ihm Molly ins Wort.

»Ja. Ich habe dieses entwicklungsfähige Potential bei ihm gesehen, aber es nicht einkalkuliert. Gene war sogar in seiner irrationalen Wut noch am Verdrängen. Er hat auf die falsche Person eingeschlagen.«

»Wie bitte?« Stefan lachte leise. »Was wollen Sie damit sagen? War er kurzsichtig?« Während dieses gesamten Wortwechsels beobachtete Molly mich unausgesetzt mit neugierig glitzernden Augen.

»Na ja, seine Frau war sicher ein Hindernis auf seinem Weg, aber sie war kein ...« Ich sprach nicht weiter. Meine Mitteilungsbereitschaft hatte Grenzen. »Es ist eine komplizierte Geschichte.«

»Die Person, die er eigentlich hat umbringen wollen, ist jemand bei Hyperion«, sagte Molly. »Deswegen haben Sie sich dort eingenistet.«

»Nein«, log ich. »Ich versuche, hinter die Ursachen meines Fehlers zu kommen. Und ich muß leider davon ausgehen, daß die Leute, die heute dort arbeiten, durch ihre Arbeit auf ein ähnliches Verhaltensmuster konditioniert werden.«

Stefan krauste die Stirn. »Wie meinen Sie das? Glauben Sie an eine Art psychologisches Berufsrisiko? Werde Computerbauer, und du mußt damit rechnen, daß du deine Frau umbringst?«

»So in der Richtung.« Ich lächelte. »Nein, ich will lediglich sagen, daß ich meiner Ansicht nach hinter die Ursachen meines Fehler komme, wenn ich Genes Lebensumstände besser verstehen lerne. Der beste Weg scheint mir, die Menschen zu beobachten, mit denen er tagtäglich zu tun gehabt hat.«

»Verstehe«, sagte Stefan in einem Ton, der verriet, daß das Gegenteil der Fall war. Molly dagegen hatte verstanden. Oder sie durchschaute mich und fand mein Vorgehen aus irgendeinem Grund gut. Was immer ihr Motiv war, jedenfalls wollte sie mir helfen. Als Stefan einmal das Zimmer verließ, um ans Telefon zu gehen, informierte sie mich über die Schattenklausel.

Zwei Wochen lang pendelte ich zwischen Baltimore und New York und übernachtete auf Susans Ausziehcouch. Dann hatte Stefan eine komfortablere Lösung für mich gefunden: eine Wohnung am Central Park West zwischen der 74. und der 75. Straße, wo ich für eine gewisse Zeit einhüten konnte. Sie gehörte einer Psychiaterin, die ihren traditionellen Gehirnflicker-August-Urlaub nahm; erfreulicherweise dauerte der August in ihrem Kalender von Anfang Juni bis Anfang September. Wir einigten uns auf ein Tauschgeschäft. Sie überließ mir für die Dauer ihrer Abwesenheit ihre Wohnung, und meine Gegenleistung bestand darin, daß ich während dieser Zeit ihre rot-weiß getigerte Katze versorgte, die – nach einer Figur in der *Dick Van Dyke Show* – Sally Rogers hieß.

Selbstverständlich ließ ich mich durch nichts davon abhalten, an zwei gesellschaftlichen Ereignissen teilzunehmen, zu denen Edgar mich eingeladen hatte. Von einem Platz in Edgars Privatloge aus sah ich mir ein Spiel der Mets an, und zu meiner Genugtuung war auch Stick mit von der Partie – genau wie ich gehofft hatte. Und ich war Edgars Gast auf einem UJA-Wohltätigkeitsbankett im Waldorf-Astoria. Zu dieser Veranstaltung war, wie sich zeigte, Copley nicht eingeladen; er erfuhr jedoch hinterher, daß ich unter den Gästen gewesen war, und das war für meine Zwecke sogar noch vorteilhafter. Es mußte ihn zu der Überzeugung bringen, daß ich mich eines Grads der Vertrautheit mit Edgar erfreute, der ihm verwehrt war. In Wirklichkeit hatte Edgar, wenn wir unter uns waren, für meine Beratertätigkeit bei Hyperion nur beißenden Spott übrig. »Schaffst du es eigentlich immer, einen Dummen zu finden, der dich dafür bezahlt, daß du Material für deine Bücher sammelst?« frotzelte er mich. Egal, was Copley befürchten mochte, Edgar war ersichtlich nicht der Meinung, daß ich über Einblicke in den Geschäftsgang verfügte, die sein Interesse verdienten.

Ich war seit einem Monat sein Berater, als Stick mich für den Unabhängigkeitstag zu einer Grillparty in seinem Garten einlud. Bei dieser Gelegenheit lernte ich die Frau kennen, mit der er seit siebenundzwanzig Jahren verheiratet war, Mary Catharine, eine in Boston geborene und aufgewachsene Italo-Amerikanerin. Von ihr hatte Halley die kleine Statur, die olivbraune Haut und das schwarze Haar geerbt; in anderer Hinsicht wirkten die zwei kaum wie Verwandte. Mary Catharine hatte wäßrige hellbraune Augen. Ihr kurzer Hals saß auf einem formlosen Rumpf, ihr Kinn war entweder schon immer schwach ausgeprägt gewesen oder im Lauf seines Daseins in der zunehmenden Gesichtsverfettung versunken. Sie stammte aus einer Arbeiterfamilie. Copley und sie hatten einander während seiner Studienzeit an der Harvard Business School kennengelernt. Sie jobbte als Kellnerin in der Pizzeria um die Ecke bei seiner Junggesellenwohnung. Ich vermutete, daß die Eheschließung durch eine Schwangerschaft veranlaßt war (und sah mich später bestätigt durch die Entdeckung, daß Halley sieben Monate nach dem Hochzeitstag geboren war).

Mary Catharine war Alkoholikerin. Ich roch es an ihrem Atem, als ich mich mit voller Absicht eine Dreiviertelstunde vor der Zeit am Ort des Geschehens einfand. Mit der Entschuldigung, sie müsse sich noch für die Party umziehen, zog sie sich zurück. Eine halbe Stunde später erschien sie in einem gelben Hosenanzug wieder. Pfefferminzgeruch war an die Stelle der Schnapsfahne getreten. Im Verlauf der Party beobachtete ich zweimal, wie sie in einer Tasche ihres Anzugs kramte, um sich anschließend etwas in den Mund zu stecken, was ich beim zweitenmal als eine Pfefferminzpastille identifizierte. Ihren Durst kaschierte sie auf andere Weise. Etwa alle zehn Minuten ließ sie sich von einem anderen Gast sein Glas – das in vielen Fällen noch halb voll war – aushändigen, um ihm einen frischen Drink holen zu gehen, und wenn sie wiederkam, hatte sie jedesmal einen frischen Drink auch für sich selbst mit dabei. Im Lauf der zwei Stunden, die es dauerte, bis die Hamburger und Hotdogs angeboten wurden, zählte ich acht Gin-Tonic; ein weniger aufmerksamer Beobachter hätte allenfalls zwei oder drei mitbekommen. Ihr Benehmen war ebenfalls typisch für Alkoholismus: sie wurde zwar zunehmend fröhlicher und leutseliger, wirkte aber durchaus nicht betrunken.

Stick wußte natürlich Bescheid. Irgendwann verärgerte sie ihn, indem sie ihn bei einem großspurigen Monolog unterbrach, den er in den sehenswerten Ausschnitt der attraktiven Frau von Jack Truman, seinem

Inlandsvertriebsvorstand, hineinsprach. »Aber Stick, mein Liebling«, flötete sie und verstellte ihm zugleich die Aussicht auf die Zwillingsgipfel. »Amy mußt du nicht mehr überzeugen, was für ein großer Mann du bist. Ich wette, wenn Jack abends nach Hause kommt, ist er so beschäftigt, dein Loblied zu singen, daß er sie darüber ganz vernachlässigt.«

»Danke für den Hinweis, Schatz«, antwortete er. »Weißt du, was ich jetzt vertragen könnte? Einen frischen Drink. Ob du wohl so freundlich bist und mir einen holst?« sagte er und reichte ihr sein Glas. »Das heißt natürlich, falls du für mich und die Gäste noch ein bißchen Gin übriggelassen hast«, setzte er mit einem verbindlichen Lächeln hinzu.

»Aber Kindchen, ich lutsch' doch die ganze Zeit nur an den Limettenscheiben«, antwortete sie und wackelte grauenerregend mit ihrer gelb umhüllten kolossalen Hinterfront. »Übung macht den Meister, was?« Obwohl ihre kryptische Bemerkung, wenn man sie als Anzüglichkeit verstand, anscheinend nur sie selbst treffen konnte, lachte sie ihrem Mann grob ins Gesicht. Es überraschte mich nicht, daß Stick sich von dieser übergewichtigen, unglücklichen und sozial inferioren Frau nicht hatte scheiden lassen, um sich eine Partnerin der Sorte zuzulegen, die in den Illustrierten als der »Siegestrophäentyp« der Ehefrau apostrophiert wird. Ebensowenig überraschten mich Sticks Gäste, die Riege der zweitrangigen Gestalten, die die Führungsebene des kaufmännischen Bereichs von Hyperion verkörperten und denen ich hier zum erstenmal begegnete. Es waren Speichellecker voller Angst vor Stick, voller Bammel vor Halley und voll des Ärgers darüber, daß sie von den Technikern in den Labors abhängig waren – ein verklemmter Neid, der sich nach außen hin als Geringschätzung gab.

Beim Smalltalk, den Jack Truman und ich, Mais vom Kolben knabbernd, am Rand von Sticks Terrasse führten, hielt es mein Gegenüber für angebracht, sich folgendermaßen nach dem Wesen meiner Beratertätigkeit zu erkundigen: »Sie nehmen unser Psychopathenparadies unter die Lupe, hab' ich gehört. Auf Ihren Bericht freue ich mich jetzt schon. Ich wollte schon immer mal wissen, ob diese Typen eine menschliche Existenz führen.«

»Psychopathenparadies?« sagte ich lächelnd.

»Bitte um Entschuldigung. Das sind brillante Köpfe. Gott soll sie schützen. Was wären wir ohne sie?« Jack senkte die Stimme. »Aber ganz gebacken sind die doch alle nicht, oder?«

»Deswegen hat mich Stick ja zu denen ins Lab geschickt.« Ich zwinkerte ihm zu. »Er will auf jeden Fall verhindern, daß sie da unten Prostituierte zersägen und in Müllsäcken entsorgen.«

Jack warf den Kopf zurück und lachte gackernd. Er beschloß mit einem Seufzer und meinte: »Ist das komisch!« Er stupste mich mit dem Ellbogen in die Rippen und drehte sich dann um, so daß er mit dem Gesicht zum Swimmingpool und mit dem Rücken zur Terrasse stand. Ich folgte seiner stummen Aufforderung und tat es ihm gleich. »Haben Sie von der Sache mit Gene Kenny gehört?« flüsterte er. »Der war mal unser Leiter Forschung und Entwicklung. Hat ausgesehen, als wär' er noch der normalste von den Besserwissern in unserm Psychopathenparadies. Aber dann ist er voll durchgeknallt. Wissen Sie, was der gemacht hat?«

Ich brauchte nicht lange, um mich von meiner Überraschung zu erholen, daß weder Stick noch Halley, noch irgendeiner von den Technikern es der Mühe für wert gehalten hatte, den Marketingleuten zu stecken, daß ich Genes Therapeut gewesen war. Daß Jack allem Anschein nach auch von Halleys Affäre mit Gene nichts wußte, überraschte mich weniger; ich hatte festgestellt, daß nur Andy Chen helle genug gewesen war, um Witterung von der Sache zu bekommen. Ich schüttelte den Kopf: Nein, ich wußte es nicht.

Jetzt war es an Jack, überrascht zu sein. »Ist das wahr? Ich hatte gedacht, genau das ist der Grund, warum Stick einen Hirnklempner engagiert hat.« Mit einem Kopfnicken in Richtung Rasen forderte er mich auf, mit ihm zu kommen. Wir traten vom Fliesenboden der Terrasse ins Gras, als ob wir damit auf unerfindliche Weise in eine verschwiegenere Zone gelangten. Jack verließ sich allerdings nicht ausschließlich auf den Schalldämpfungseffekt des Rasens. Er sprach durch die geschlossenen Zähne. »Kenny hat seine geschiedene Frau vergewaltigt und sie dann umgebracht. Anschließend hat er seinen kleinen Jungen im Säuglingsalter erstickt und sich selbst erhängt.« Jack schüttelte sich. »Vor ungefähr zwei Monaten.« Er sah mich forschend an. »Und Ihnen hat kein Mensch was davon gesagt?«

»Stick hat mir erzählt, daß Kenny Selbstmord begangen hat, aber von Andy und den anderen Besserwissern, wie Sie sie nennen, habe ich nichts in dieser Richtung gehört.«

»Die Leute sind schon in Ordnung. Ich will nichts über sie gesagt haben. Also angeblich hängt es ja mit dieser Geschichte auch zusammen« – er senkte seine bereits leise Stimme zum Flüsterton – »daß der Centaurus nicht rechtzeitig fertig wird. Kenny soll den Prototyp zerstört haben, als er durchgedreht hat. Wir haben noch mal ganz von vorn anfangen müssen.«

»Was habt ihr beiden da so eifrig zu tuscheln?« rief Halley uns zu, die sich, eine Platte mit Kantalupe- und Wassermelonestücken in der Hand, näherte.

»Na was wohl? Wir reden natürlich über Sie«, sagte ich. »Wir rätseln gerade herum, wie eine so bezaubernde und hochintelligente Frau wie Sie sich in so eine Besserwisserbranche wie das Computergeschäft hat verirren können.«

»Besserwisserbranche?« echote Jack mit einem nervösen Lachen.

»Darauf gibt es eine ganz einfache Antwort«, sagte Halley, während sie sich mit der freien Hand ein Stück Kantalupe von der Platte griff. »Verraten Sie meiner Mutter bitte nicht, daß ich mit den Fingern gegessen hab'.« Sie versenkte den Würfel in ihrem Mund und kaute. Jack und ich sahen ihr mit feierlichem Ernst beim Geschäft des Verzehrens zu. »'tschuldigung«, murmelte sie mit vollem Mund. Sie schluckte hinunter. »Dad ist der einzige Arbeitgeber, der bereit war, mich einzustellen. Ein klarer Fall von schamloser Günstlingswirtschaft.« Sie hielt mir die Platte hin. »Die Kantalupe ist sehr zu empfehlen.«

Jack räusperte sich. »Also das stimmt ja wohl nicht ganz, Hal. Erzähl dem Herrn Doktor keine Märchen, der glaubt die am Ende noch.« Er schob sich vor mich und scharrte mit seiner Gabel etliche Stücke Wassermelone auf seinen Teller. »Sie hatte einen tollen Job bei Time-Warner«, erklärte er mir. Zu Halley gewandt, fügte er hinzu: »Und zufällig weiß ich, daß Sie dort doppelt soviel verdient haben, wie Sie jetzt bei uns bekommen.« Wieder zu mir: »Sie hat uns eine unglaubliche Menge von neuen Geschäftsverbindungen gebracht. Auf Hals Betreiben haben wir die PR-Agentur gewechselt. Wales & Simpson leistet tolle Arbeit.« In ihre Richtung sagte er: »Die Kampagne für den Centaurus finde ich einfach phantastisch. Das hast du toll gemacht, Hal.«

»Sehen Sie, da haben wir ja schon den wahren Grund«, sagte sie zu mir. »Ich arbeite bei Hyperion, weil man da so freundlich belobigt wird. Aber Sie vernachlässigen mich, Herr Doktor. Dad holt Sie an Bord, damit Sie uns studieren, und ich hab' bis jetzt überhaupt noch nichts von Ihnen zu sehen bekommen. Bin ich kein würdiges Studienobjekt?«

»Ich bitte Sie inständig, nennen Sie mich Rafe.«

»Na gut, wenn Sie mich *inständig* bitten. Ich habe Sie überhaupt noch nicht zu Gesicht bekommen, Rafe.«

»Dem kann ich mich anschließen.« Jack postierte sich neben sie und versetzte ihr spielerisch einen kumpelhaften Rippenstoß. »Wir fühlen uns von Ihnen vernachlässigt«, sagte er.

»Seien Sie froh darüber«, antwortete ich. »Wenn ich erst mal meine Nase in Ihre Büros stecke, haben Sie nichts mehr zu lachen.« Einen Moment lang nahmen sie das für bare Münze und sahen mich mit offenem Mund entgeistert an. »War nur ein Spaß.« Ich lachte. Jack versuchte zu lächeln, aber nur ein Mundwinkel machte mit. Halley hingegen lächelte tatsächlich verständnisvoll. »Aber jetzt mal im Ernst«, sagte ich. »Daß ich mich bei Hyperion umsehen kann, ist bloß 'ne nette Geste von Stick. Ich beschäftige mich mit Forschungen zur Psychodynamik der ...« Ich klopfte Jack auf den Rücken, und zwar ziemlich kraftvoll. »Besserwisser. Ich bin Kinderpsychologe, und die Leute da drunten im Psychopathenparadies sind im Grunde genommen Kinder. Was ich tue, hat mit dem Geschäftsbetrieb wirklich nichts zu tun. Ihr Vater verhält sich sehr hilfsbereit gegen mich.«

»Ich liebe meinen Vater«, sagte Halley. »Aber das macht mich nicht blind für die Tatsache, daß er keine Mutter Teresa ist. Wenn er Sie da runter in die Labors schickt, dann erwartet er, daß auch was für ihn selbst dabei herauskommt.«

»Hal hat recht.« Jack war ernst und außerdem in Bedrängnis, weil er nicht wußte, wie er die Wassermelonenkerne, die er im Mund hatte, entsorgen sollte. Er wandte sich dezent ab, um sie in seine rechte Hand zu spucken, traute sich aber nicht, sie auf seinen Teller fallen zu lassen. Also behielt er sie in der geschlossenen Faust. »Stick hat mir erzählt, daß Sie für die Arbeitsmoral wahre Wunder gewirkt haben. Er sagt, Sie haben den Betrieb da unten in ein viel ruhigeres Fahrwasser gebracht. Die Effizienz ist enorm gestiegen.«

Das war reine Erfindung. Ich war nun einen Monat lang vor Ort gewesen. Beim Centaurus hatte es keinerlei Fortschritt gegeben; nach wie vor drosselte die Hauptplatine beim Datenaustausch mit Peripheriegeräten ihre Arbeitsgeschwindigkeit. Gewiß, ich hatte mich mit den Leuten im Konstruktionsteam angefreundet. Ich hatte mich mit den Grundzügen ihrer Biographie vertraut gemacht, eine Vertrauensbasis geschaffen und einige Reformen ihrer Arbeitsumgebung initiiert. Doch bislang war das alles folgenlos geblieben. Nach wie vor war Schreien und Maulen in den Labors der normale Verkehrston. Andy übte seine Autorität nur halbherzig aus; am liebsten machte er alles im Alleingang und verschwendete damit Ressourcen. Von zehn Mitgliedern des Teams arbeiteten mindestens fünf an Konzeptionen, die Andy für sich längst verworfen hatte. »Na gut«, sagte ich, »die Effizienz ist gestiegen, und der Centaurus kommt gut voran, aber mit meiner Person hat das wenig zu tun, soweit ich sehe.« Ich zeigte auf meinen Teller, wo ein abgenagter Maiskolben, ein unberührter Berg Kartoffelsalat und ein Klacks Ketchup versammelt waren – letzterer das einzige, was von einem Hamburger übriggeblieben war. »Ich entschuldige mich für einen Moment. Ich will mir einen Nachschlag holen.«

In Wahrheit stellte ich meinen Teller auf dem Tisch beim Grill ab und ging nach drinnen auf die verglaste Veranda, weil ich Mary Catharine dort gesehen hatte. Sie stand an der Bar, wo sie irgend jemandes Glas nachfüllte und sich selbst einen frischen Drink machte. »Ein wunderschönes Haus haben Sie hier«, sagte ich zu ihrem Rücken, während sie vorn mit Eiswürfeln klapperte.

»Danke«, antwortete sie. »Möchten Sie einen frischen Drink?«

»Danke, nein. Mit vier Schlafzimmern, nehme ich an.«

»Drei Schlafzimmer und ein Arbeitszimmer. Möchten Sie sich mal umsehen?«

»Liebend gern«, sagte ich ruhig und berührte sacht ihren Arm.

Sie spähte mit benebeltem Blick in mein Gesicht und war einen Moment lang verunsichert. Ich lächelte ihr ermutigend zu. Sie schüttelte den Kopf, wie um ihn zu klären, trat einen Schritt zurück und versuchte ein keckes Lächeln aufzusetzen, das ein bißchen schief geriet. »Na, dann woll'n wir mal.« Sie ließ den Drink des Gasts auf der Bar stehen, schnappte sich den ihren und führte mich ins Eßzimmer.

»Seit wann wohnen Sie hier?« erkundigte ich mich.

Sie erzählte mir die mir längst bekannte Geschichte von Sticks Wechsel von Flashworks in Massachusetts zu Hyperion in Westchester. Die Möbel waren so harmonisch aufeinander abgestimmt, wie wenn sie – wahrscheinlich von einem Innenarchitekten – alle auf einmal angeschafft worden wären. Mary Catharine bestätigte meine Vermutung, als wir die Treppe zum Obergeschoß hinaufgingen. »Vor fünf Jahren hab' ich den ganzen alten Krempel rausgeschmissen und alles neu eingerichtet«, sagte sie.

Vor fünf Jahren – das mußte um die Zeit gewesen sein, als das zweite Kind, Michael, zu Tode gekommen war. Die Interieurs waren durchweg geschmackvoll, aber unpersönlich: gedämpfte Farben, das Mobiliar sandfarben oder schwarz, weiße Stores, ein paar Bücher, dazu abstrakte Bilder, bei deren Auswahl maßgebender Gesichtspunkt gewesen zu sein schien, ob sie die vorhandene Wandfläche gut füllten, ohne allzusehr ins Auge zu stechen. Nirgendwo entdeckte ich irgendwelche persönlichen Gegenstände, bis wir ins Elternschlafzimmer kamen. Rechts vom Bett, auf ihrer Seite, stand in einer Wandnische eine breite Wäschekommode, deren Platte mit einem Wald von silbergerahmten Fotografien bedeckt war. Die Platte von Sticks Kommode auf der gegenüberliegenden Seite des Zimmers war vollkommen blank. »Meine Familie«, erklärte sie, als ich mich über die Fotos beugte, um eines nach dem andern genau zu betrachten. Mit gleichbleibendem Interesse erkundigte ich mich nach der

Identität sämtlicher konterfeiten Personen. Zweimal unterbrach sie ihre Ausführungen mit der Bemerkung: »Aber das muß doch ganz langweilig für Sie sein«, ließ sich aber jedesmal ohne große Mühe zum Weitermachen ermuntern.

»Sie erinnern mich an die Familie meines Vaters«, sagte ich beim Betrachten der verblaßten Bilder, die ihre Großeltern und deren Geschwister in jungen Jahren zeigten: im Sonntagsstaat, die Frauen mit großen Hüten, die Männer in steifer Haltung, wachsamen Blicks, die Lippen fest zusammengepreßt. Mary Catharine individualisierte die Gesichter für mich, indem sie mir zu jedem eine Kurzbiographie gab, und mit besonderem Stolz erzählte sie von einer Großtante, die das schwarze Schaf der Familie gewesen war. Tante Gina hatte ihren Mann und ihre drei Söhne sitzenlassen, um irgendwo drüben im Westen mit einer fremden Frau zusammenzuleben. Über ihr weiteres Schicksal war nichts bekannt. »Mama hat nie zugegeben, daß Tante Gina lesbisch gewesen ist. Sie hat immer gesagt, die zwei sind Radikale. Diese Frau, hat sie gesagt, hat aus Tante Gina eine Anarchistin gemacht. Eine Bomben schmeißende Anarchistin. Ich hab' sie danach gefragt, was die andere Frau so macht. Verstehen Sie, wie die zwei sich eigentlich kennengelernt haben und all das. Auf wen die ihre Bomben schmeißen. Ich hab' gedacht, ich krieg' so 'ne Sacco-und-Vanzetti-Geschichte zu hören. Und dann hat Mama gesagt: ›Sie hat hier die Volksbibliothek geleitet.‹« Mary Catharine ließ sich auf das Mammutbett plumpsen und lachte, daß ihr die Augen tränten. Sie nahm einen Schluck von ihren Drink. Das Glas war schon fast leer. »Die kennt man ja, diese wilden Volksbibliothekarinnen. Schmeißen in einem fort mit Bomben um sich und lauern nur darauf, wie sie die braven Hausmütter aus der Nachbarschaft auf den Pfad der Sünde locken können. Na ja, und zu guter Letzt, da war ich schon erwachsen, da hat sie mich einmal besucht ... Glaub' ich wenigstens.« Sie trank noch einen Schluck. »Klar, so war's. Mama war bei mir zu Hause zu Besuch. Ich hab' zu ihr gesagt: ›Mama, Tante Gina war ein kesser Vater.‹ Und wissen Sie was? Sie hat mir eine Ohrfeige gegeben. Ich hab's nicht fassen können. Ich war selbst verheiratet und hatte Kinder. Und sie hat mich geohrfeigt, als ob ich ein kleines Kind wär'. Ich hab' bloß noch darauf gewartet –« Ein lauter Rülpser entfuhr ihr. Sie entschuldigte sich nicht, ja schien die Eruption gar nicht mitbekommen zu haben. Sie kippte die Neige ihres Drinks hinunter und fuhr fort: »Ich hab' bloß noch darauf gewartet, daß sie ein Stück Kernseife hervorholt.«

»Ihre Mutter hat Ihnen den Mund mit Kernseife ausgewaschen?«

»Aber klar doch. Das haben die italienischen Mütter alle gemacht.

Vor allem, wenn man den Namen Jesu verunehrt hat. Da wurde ein halbes Stück Kernseife für einen geopfert. Damit hätte man die Wäsche für eine ganze Woche waschen können. Ich war ein böses Mädchen. Hab' furchtbar viel Ärger gemacht.« Sie wollte noch einmal einen Schluck aus ihrem Glas nehmen. Es waren nur noch Eisstückchen drin.

»Wer ist das?« Ich hob einen kleinen Rahmen mit dem Foto eines etwa zehnjährigen Jungen in blauem Blazer, weißem Hemd und roter Krawatte hoch. Es gab andere Bilder, auf denen ein älterer Michael zu sehen war, aber das waren keine Einzelporträts.

Mary Catharine lächelte, als sie das Bild erkannte, und streckte die Hand danach aus. Ich brachte es ihr und setzte mich neben sie auf das Bett. Ihr Blick wurde wehmütig. »Das ist mein Sohn Michael. Da war er noch klein.«

»Ist er verheiratet?« fragte ich.

Sie schüttelte den Kopf. »Er ist tot«, sagte sie ohne das kleinste Schwanken der Stimme.

»Das tut mir leid. Wann ist das passiert?«

»Die dumme Geschichte«, sagte sie mit gedämpfter Stimme zu sich selbst.

»Wie?«

»Neunzehnhundertsechsundachtzig. In Aspen. Es war ein Skiunfall...« Sie machte einen neuen Versuch, aus ihrem Glas zu trinken. Dessen Ergebnislosigkeit quittierte sie mit Stirnrunzeln: Nichts mehr da, womit sie sich den Mund hätte auswaschen können. »Eine Lawine«, sagte sie.

»Das tut mir leid. Ich hatte keine Ahnung, daß –«

»Stick spricht nie darüber. Ich hab' ihm gesagt, das ist ein Fehler. Es ist ja peinlich für die Leute, wenn sie dann, Sie verstehen ...« Sie wedelte mit der Hand vor der Fotografie hin und her.

»Ins Fettnäpfchen treten?«

»Richtig, das wollt' ich sagen. Es kann ja keiner was dafür, daß er nicht Bescheid weiß. Das gehört halt für jeden zum normalen Blablabla, verstehen Sie, daß er so Sachen fragt wie zum Beispiel ›Wie viele Kinder haben Sie?‹« Sie lachte bitter. »Was sagt man in so einem Fall? Ich hatte mal zwei, hab' mich aber jetzt auf eins eingeschränkt? Ein halbes, um genau zu sein. Halley war mal mein Liebling, aber Sie wissen ja – wenn erst mal die Hormone mitreden ...« Sie rülpste wieder. Diesmal merkte sie es. »O Gott, entschuldigen Sie. Das kommt von diesen Hamburgers, von denen krieg' ich immer Blähungen. Ich hab' Stick gesagt, er soll das den Leuten rechtzeitig sagen, damit sie hinterher nicht das Gefühl haben, sie haben einem die Stimmung geschmissen. Aber wissen Sie was? Im

Grunde mag ich das auch nicht. Wenn alle sich gegenseitig wie rohe Eier behandeln. Es ist so nix und so nix.« Sie nickte zum Fenster hin. »Die ganzen Männer da draußen und ihre ... wie heißen sie gleich? Ehefrauen!« Sie lachte. »Genau – Ehefrauen. Die... Also ich weiß nicht... Die sagen ja *nie* was. Verstehen Sie, was ich meine? Das geht stundenlang, stun-den-lang, Blablabla über dies und Blablabla über das, aber hinterher fragst du dich: Was haben sie denn nun gesagt? Hat ir-gend-wer ir-gend-was gesagt? Ich schwöre bei Gott, ich weiß über diese Leute nichts, absolut nichts. Da, wo ich herkomme, hat jeder über jeden alles gewußt. Oder jedenfalls 'ne ganze Menge. Wer lesbisch war, haben wir allerdings auch nicht gewußt«, sagte sie und lachte. Sie erhob sich stöhnend.

Ich stand eilends auf und trat an ihr vorbei vor die Kommode. Das Schülerbild von Michael schwebte zwischen uns. Sehr ruhig, aber eindringlich fragte ich: »Warum war es eine dumme Geschichte?«

»Was?« Mit leerem Blick sah sie auf in mein Gesicht.

Ich deutete mit einem Kopfnicken auf den Jungen im Blazer. »Sie haben gesagt, es war eine dumme Geschichte. Damit haben Sie doch die Umstände seines Todes gemeint?«

Sie nickte und schluckte hörbar. »Er war gewarnt. Er hat gewußt, daß es gefährlich war. Da durfte man gar nicht hin, auf diese Piste oder diesen Hang... Ich weiß nicht, wie man dazu sagt. Ich bin keine Skifahrerin. Hab' noch nie in meinem Leben auf Skiern gestanden. Das ist Sticks Ding.« Sie stellte die Fotografie auf die Kommode zurück. Sie strich mit dem Finger am oberen Rand des Rahmens entlang, trat zurück und schaute mit zusammengekniffenen Augen zum Fenster. »Er hat gewußt, daß er das nicht gedurft hat.«

Ich wartete darauf, daß sie noch mehr sagte. Ein neuer Rülpser wollte sich befreien. Diesmal konnte sie ihn unterdrücken; nur ihre Schultern hoben und senkten sich einmal bei gedämpftem Rumpelgeräusch. »Wir sollten langsam zu den anderen zurückgehen«, sagte sie.

Auf dem Weg zur Tür bemerkte ich: »Es war eine Sache, die Stick initiiert hatte, nicht? Eine Abfahrt in einer Lawinenzone?«

Sie nickte, ohne sich für mein Verhör sonderlich zu interessieren und nicht im geringsten beunruhigt durch die intime Natur meiner Fragen. »Eine dumme Geschichte«, bemerkte sie, um dann mit strahlendem Gesicht zu fragen: »Möchten Sie noch einen Drink?«

»Gern«, sagte ich.

»Schlaues Kerlchen«, meinte sie.

»Hat Michael immer versucht, mit seinem Vater Schritt zu halten?« fragte ich sie auf der Treppe.

»Na, und ob. Alle beide. Aber Halley ist ein Mädchen, da ist das was anderes. Für Stick war es ein schwerer Schlag. Er hat zu Mikey wirklich ein ganz enges Verhältnis gehabt. Mikey ist sein kleiner Zwillingsbruder gewesen.« Wir waren am Fuß der Treppe angekommen und gingen schweigend durch das Wohnzimmer auf die verglaste Veranda hinaus. Als wir an der Bar angelangt waren, wandte sie sich mit einem triumphierenden Blick zu mir: »Prima Stoff für den Hirnklempner, was?«

»Prima Stoff für den Hirnklempner?« wiederholte ich fragend.

Sie lachte über mich. »Gin-Tonic?« erkundigte sie sich.

»Gern«, sagte ich.

»Sehen Sie, ich bin eine gute Gastgeberin. Meine Gäste bekommen von mir, was sie haben wollen«, erklärte sie, wandte mir den Rücken zu und versenkte die Hand im Eisbehälter.

»Nein, das habe ich nicht bekommen«, sagte ich.

Sie hielt mitten in der Bewegung inne, die Hand voller Eiswürfel. Einen Moment lang war ich im Zweifel, ob sie auf meine Bemerkung eingehen würde. Sie ließ das Eis in den Behälter zurückfallen, stützte sich auf die Bar und verdrehte den Oberkörper, um mich anzusehen. »Wie meinten Sie?«

»Sie haben mir nicht gesagt, was ich wissen will.«

»Was wollen Sie wissen?« fragte sie. Zum ersten Mal sprach sie mit schwerer Zunge.

»Wieviel Druck hat er eigentlich auf ihn ausgeübt?«

»Wer?« Ihre Augenlider senkten sich halb.

»Stick. Wie sehr hat er ihn unter Druck gesetzt? Wie sehr hat Michael sich anstrengen müssen, um sich Sticks Achtung zu erwerben?«

Sie schloß die Augen und schien, nach den Bewegungen ihrer Lippen zu schließen, etwas zu kosten. Sie holte tief Luft, machte die Augen weit auf und seufzte. »Stick ist da am Tag vorher runtergefahren.«

»Er hat am Tag vorher eine Abfahrt über den gefährdeten Hang gemacht?«

»So isses. Kann ich jetzt vielleicht Ihren Drink machen?«

»Ich mag keinen Drink.«

»Aber ich.« Sie drehte das Gesicht wieder zur Bar und angelte nach der Ginflasche. »Ja, so war das. Er hat Mikey mitnehmen wollen, aber Mikey hat gesagt, er mag nicht. Also hat Stick sich allein auf die Socken gemacht. Hinterher hat er dann den Kleinen damit genervt, daß er viel zu übertrieben vorsichtig gewesen wär'. Den ganzen Abend hat Stick von dem jungfräulichen Schnee getönt. Dem scheiß jungfräulichen Schnee. ›Da ist dir was entgangen‹, hat er in einem fort gesagt.«

»Waren Sie mit dabei?«

»Klar. Halley auch. Es war ein Familienausflug.« Ihr Drink war fertig. Sie nahm einen Schluck und drehte sich dabei zu mir um.

»Und Halley hat ihn natürlich auch gehänselt«, bemerkte ich. »Die große Schwester und so ...«

Mary Catharine machte, während sie hörbar schluckte, eine wegwerfende Handbewegung. »Die hat doch gar nicht mitgezählt. Das hat Mikey überhaupt nicht gekratzt, was Halley gesagt hat. Nicht die Bohne.« Sie nahm wieder einen Schluck. »Den ganzen Abend haben wir in unserer Ferienwohnung herumgesessen und zugehört, wie Stick Vorträge darüber gehalten hat, daß man immer wieder seine Meßlatte testen muß oder seine Leistungsgrenze höher legen muß, oder umgekehrt – ich kann mir diese blöden Floskeln nie merken.«

»Und er hat es dann seinem Vater beweisen wollen?«

»Stick kann nichts dafür. Mikey hat Verstand genug gehabt. Er war kein kleines Kind mehr. Ich hab' zu ihm gesagt: ›Laß dich von deinem Vater nicht verrückt machen.‹ Ich hab' an dem Abend Whiskey-Grog mit ordentlich viel Zucker drin getrunken. Ein hinterhältiges Gesöff. Hinterher hat man einen Mordskater. Am nächsten Morgen war Mikey weg.« Sie deutete auf die Tür zur Terrasse. »Ich geh' jetzt wieder raus zum allgemeinen Blabla. Kommen Sie mit?«

»Selbstverständlich«, sagte ich und ging neben ihr her.

»Also was meinen Sie nun?« fragte sie, als wir ins Freie traten, wo die Sonne uns direkt ins Gesicht schien und uns Holzkohlenrauch in die Nase stieg. Stick stand etwa einen Meter links von uns über den Rost gebeugt und war damit beschäftigt, eine zweite Ladung Hamburgers zu wenden. Sie erhob ein wenig die Stimme. »Sie sind doch ein Fachmann. Meinen Sie, daß ich vielleicht lesbisch bin wie meine Tante Gina?« Stick richtete sich auf, trat einen Schritt vom Grill zurück und starrte uns an. Der Bratenwender stach in die Luft wie ein fettbeschmiertes Schwert. »War nur ein Spaß, mein Schatz«, sagte sie und lachte. Dann rief sie einem der Gäste zu: »O Gott, Jeff, ich hab' Ihren Drink vergessen. Warten Sie hier. Rühren Sie sich nicht von der Stelle.« Sie drehte sich um und ging auf die Veranda zurück.

Zwei von Copleys Regionalvertriebsleitern standen bei ihm am Grill. Stick ließ sie stehen, trat, noch immer mit dem Bratenwender bewaffnet, zu mir und sagte ruhig: »Auf Parties fällt sie immer aus der Rolle und trinkt zuviel.«

»Sie trinkt überhaupt zuviel«, entgegnete ich ohne besonderen Nachdruck auf der Richtigstellung, so als spräche ich über eine Person, die er nicht kannte.

In seinem steinernen Gesicht zeigte sich keine Reaktion. Er sagte: »Ich hab' schon versucht, sie zu einer Therapie zu überreden.«

»Wahrscheinlich wäre es besser, wenn das von jemand Außenstehendem käme. Sie rebelliert gegen Sie, und außerdem sehe ich da erste Anzeichen von Wahnvorstellungen, die Sie betreffen.« Ich beugte mich vor, um meinen Mund näher an sein Ohr zu bringen. »Übrigens habe ich Jack Truman gegenüber so getan, als wäre ich in bezug auf Gene völlig ahnungslos. Über Gene sind ja die wildesten Gerüchte in Umlauf. Haben Sie das in die Welt gesetzt, daß er einen Centaurus-Prototyp demoliert hat?«

Stick musterte mich mit dem forschenden Blick, den ich bereits von den sechs Besprechungen her gewohnt war, die wir über Andy und sein Team gehabt hatten. Egal wie oft ich bewies, daß ich seine Geschäftsführung nicht benotete und schon gar nicht mißbilligte, er blieb dabei, meine Reaktionen im Auge zu behalten, als traute er seinem Glück nicht. Ich begegnete der bohrenden Neugier dieser schwarzen Augen mit einem gelassenen Blick und fügte hinzu: »Ein guter Einfall.« Ich deutete mit dem Kopf zu den beiden Vertriebsleuten hinüber, die sich große Mühe gaben, so auszusehen, als verrenkten sie sich nicht die Ohren, um unser Gespräch mitzuhören. »Liefert eine beruhigende Erklärung. Ich habe nicht widersprochen.«

Stick nickte und hielt dabei noch immer zwei wachsame Augen unverwandt auf mich gerichtet. Er fragte: »Wir sind für Mittwoch zur nächsten Besprechung verabredet, ja?« Ich nickte. »Ich glaube, ich sollte mich mal wieder um meine Hamburgers kümmern«, sagte er und ging zum Grill zurück.

Ich blieb noch anderthalb Stunden, lange genug, um mir die Gewißheit verschaffen zu können, daß der Alkohol, den Mary Catharine konsumierte, ihr den Inhalt unseres Gesprächs aus dem Gehirn waschen und ihn direkt ins Nirwana spülen würde; lange genug auch, um bei Stick den Eindruck zu hinterlassen, daß ich nichts gesehen oder gehört hatte, was meiner Loyalität zu ihm hätte Eintrag tun können. Halley ging ich nach Möglichkeit aus dem Weg; sobald der Kontakt mit ihr nicht zu vermeiden war, zeigte ich mich von meiner charmantesten Seite und flirtete heftig mit ihr, aber sobald sich ein Vorwand bot, machte ich mich davon und hofierte den Rest der anwesenden Weiblichkeit. Sie unterhielt sich mit den Männern, während ich mit den Ehefrauen palaverte. Ich bemerkte, daß sie mich insgeheim mit den Augen verfolgte, weil sie sich offenbar nicht erklären konnte, was ich an diesen Suburbia-Pflänzchen und ihren Schimpftiraden auf Schulen, Kindermädchen und Einkaufszentren, ihren Sorgen um alternde Eltern, überarbeitete Ehemänner und schwindende eigene Jugend und Schönheit so faszinierend fand, daß ich deswegen auf den Reiz der echten Männerthemen verzichtete: Golf, prekäre Witze, wie man sich Fokusgruppen besser zunutze macht und welche Fluggesellschaft das beste Bonussystem für Vielflieger hat. Ich hoffte, sie würde zu dem Schluß kommen, ich fände andere Frauen und zumal ihre Mutter interessanter als sie.

Daß ich richtig spekuliert hatte, zeigte sich, als ich um halb fünf meinen Aufbruch ankündigte (mit der Begründung, ich wolle lieber etwas früher losfahren, um vor dem großen Autostrom nach Manhattan zu Hause zu sein, der in Anbetracht des Festtagsfeuerwerks für den Abend zu erwarten war). »Würden Sie mich mitnehmen in die Stadt?« sagte Halley.

»Bleibst du denn nicht hier?« fragte ihre Mutter. »Ich dachte, du übernachtest bei uns, mein Schatz.«

»Ich muß noch eine Beurteilung der Print-Kampagne von Wales & Simpson schreiben, Mam. Das hatte ich leider vergessen.« Sie sah mich an. »Ich bin mit dem Zug gekommen. Macht es Ihnen etwas aus, mich mitzunehmen? Den Grand Central am Unabhängigkeitstag würde ich mir gern ersparen. Ist wahrscheinlich ein Alptraum.«

Ich runzelte die Stirn, sagte aber: »Nein, überhaupt nichts.«

»Klar macht es ihm nichts aus«, sagte Jack Truman und lachte gakkernd. Seine Frau verzog das Gesicht. Ich hatte mir voller Anteilnahme ihre Besorgnisse wegen der Leseschwäche ihres achtjährigen Sohns angehört und ihr dringend empfohlen, nicht auf den Rat ihres Kinderarztes zu hören, der den Jungen unbedingt mit Ritalin behandeln wollte. Er hatte die Sorte biochemisch bedingter Aktivitäts- und Aufmerksamkeitsstörung diagnostiziert, die ihren Sohn nur bei den Hausaufgaben befiel und nie, wenn er Bücher mit Tips und Tricks las, wie er sein Ergebnis bei Videospielen verbessern könne. Beim Abschiednehmen küßte ich Amy Truman vor den Augen von Halley und Jack auf die Lippen. Dann schloß ich Mary Catharine fest in die Arme und flüsterte ihr zu: »Danke für die Schloßbesichtigung.« Sie sah mich aus großen Augen verständnislos an. Der Gin hatte bereits jede Erinnerung an unser Gespräch fortgeschwemmt. Alles, was von mir in ihr nachblieb, war das Bild eines Menschen, der freundlich zu ihr gewesen war.

»Die Leute mögen Sie alle so«, sagte Halley, während wir, mal linksherum, mal rechtsherum durch die scharfen Kurven des Saw Mill Parkway schwenkend, in Richtung Manhattan fuhren.

»Sie sagen das so, als ob es Sie mächtig wundert.«

»O nein, ich kann es den Leuten nicht verdenken. Ich meine, Sie waren unheimlich charmant. Es war reizend, daß Sie sich so ausgiebig mit meiner Mutter und den anderen Damen unterhalten haben.« In der Art, wie sie die »anderen Damen« aussprach, schwang ein Hauch von Sarkasmus mit.

»Bevor ich's vergesse – ich wollte Sie noch was fragen zu der Party. Warum hatten Sie eigentlich keine Hilfe?«

»Keine Hilfe?«

»Na ja, Ihr Vater hat selbst gegrillt, und Ihre Mutter hat den Barkeeper gemacht.«

»Tja, darin sind die beiden eben Experten.« Halley lachte leise vor sich hin. »Dad dreht gern arme Schweine durch den Fleischwolf und legt sie dann auf glühende Kohlen, und Mam gießt gern ein und trinkt gern aus.«

Ich schwieg.

Sie lachte wieder, diesmal ein bißchen gezwungen. »Das war gemein«, sagte sie. »Nein, das ist bei uns so Tradition. Schon als Daddy bei Flashworks angefangen hat und nicht viel Geld für Einladungen da war, hat er am Unabhängigkeitstag immer eine Party gegeben. Er konnte das ganz unzeremoniell aufziehen. Verstehen Sie, nicht viel Geld ausgeben und trotzdem das gesamte Topmanagement bei sich bewirten. Eine billige Methode, Beziehungen zu vertiefen und Allianzen aufzubauen.«

»Aber das heute war eher eine kleine Schar von Auserwählten, oder? Das waren doch längst nicht alle Topmanager der Firma.«

»Richtig«, bestätigte Halley. »Jetzt lädt er nur noch seine speziellen Lieblinge ein. Eine Einladung zu bekommen ist fast schon so etwas wie eine Beförderung. Deshalb hatten ja auch die Damen über alle Toppen geflaggt.«

Halley war für eine zwanglose Nachmittagsgesellschaft zurechtgemacht: in weißen Shorts, einem blaßrosa Polohemd und schwarzen Ballerinas. Natürlich trug sie Make-up und hatte sich die Zeit genommen, ihr lackschwarzes langes Haar elegant zu frisieren. Die nackten Arme und Beine waren sonnengebräunt. Die schmalen Füße waren blaß. Sobald sie im Auto saß, hatte sie sie von den Schuhen befreit und auf den Sitz hochgezogen und die Knie mit den Armen umschlungen.

»Sie leben so eklatant hinter der Zeit«, sagte sie und meinte damit die »Damen«. »Sie tun mir richtig leid.«

»Warum?«

»Warum? Na, hören Sie. Hocken da draußen in ihrer Schlafstadt und ziehen Kinder groß.«

»Mir kommt es so vor, als wären sie ganz glücklich und zufrieden.«

»Tatsächlich? Wahrscheinlich haben Sie recht. Eigentlich tun sie mir auch gar nicht leid. Wenn man sich's überlegt, haben sie sich's auf die bequemste Weise gerichtet. Die sind ja nicht in einer Situation wie meine Mutter gewesen – die hat keine Wahl gehabt. Wenn sie keine Frauen wären – wenn sie Männer wären, würde man sie schlicht als Weicheier bezeichnen.«

»Ein paar von ihnen haben einen Beruf und üben ihn auch aus.« Ich nannte ihr zwei Frauen, die berufstätig waren.

»Ah ja?« sagte Halley. »Wie schön für sie. Das war mir entgangen.«

»Offen gesagt, ich fand die Frauen durch die Bank top. Ich hab' heute wieder mal die alte Geschichte erlebt. Wann immer Sie eine Gruppe Frauen und eine Gruppe Männer beisammen haben, schneidet das sogenannte starke Geschlecht im Vergleich ziemlich schlecht ab. Ich vermute, Ihr Vater hat nur im technischen Bereich des Unternehmens Wert darauf gelegt, die Stellen mit Spitzentalenten zu besetzen.«

»Oh, da muß ich Ihnen widersprechen. Sie haben es mit Topleuten zu tun gehabt. Jack Truman ist ein phantastischer Verkäufer. Er hat zum Beispiel die Idee mit dem Direktmarketing gehabt, mit dem wir als PC-Anbieter den Sprung in die Oberliga geschafft haben. Bei IBM haben wir jetzt echt die Schmerzgrenze erreicht. Nach der Umstellung auf Direktvertrieb haben wir ihre Preise um dreißig Prozent unterbieten können. Und das Direktmarketing wird sich auch beim Centaurus auszahlen. Ich glaube, wir werden den Centaurus zum halben Preis eines Toshiba-Notebooks der gleichen Klasse anbieten können.«

»Das habe ich alles nicht gewußt«, sagte ich kleinlaut. »Ich habe immer angenommen, daß Ihr Vater die Idee mit dem Direktmarketing gehabt hat.«

»Na ja, er hat sein Placet gegeben. Aber den Einfall hat Jack Truman gehabt. Dad war am Rotieren, um Kapital für den Ausbau des Vertriebs aufzutreiben; er wollte ursprünglich entweder ein Vertriebssystem nach dem Modell von Tandy aufbauen oder im Computerfachhandel zum Kampf gegen IBM antreten, und das ist ja nun deren angestammtes Revier. Jack hatte gerade mal ein Zehntel der Verkaufskraft und ein Tausendstel des Werbebudgets von Big Blue zur Verfügung – mit welchen Hoffnungen hätte er da in den Konkurrenzkampf ziehen sollen? Aber er hat gesehen, daß viele Computerkäufer Computermagazine lesen, weil sie wissen wollen, wie zum Teufel das und jenes an einem Rechner zum Funktionieren zu bringen ist, und er hat kombiniert: He, diese Leute sind ja nicht auf den Kopf gefallen, die wissen, daß alle Computerbauer dieselben Chips und dieselbe Software verwenden. Also haben wir angefangen, über Inserate in den Computermagazinen Peripheriegeräte zu verkaufen, und von da war's dann kein so großer Sprung mehr zum Direktvertrieb von ganzen Systemen. In den Crashtest wollen wir das Direktvertriebsmodell mit dem Centaurus schicken. Der wird überhaupt nicht mehr an den Handel ausgeliefert – oder höchstens eventuell an eine Discountkette.«

»Meinen Sie, den Leuten ist wohl dabei, etliche tausend Dollar für etwas auszugeben, was sie noch nie in der Hand gehabt haben?«

»Sehen Sie, genau da liegt ja die Herausforderung bei dieser Verkaufskampagne. Meiner Meinung nach besteht die richtige Strategie darin, den Leuten nicht das Gefühl der Sicherheit verkaufen zu wollen.«

»Ihnen *nicht* das Gefühl der Sicherheit verkaufen zu wollen?«

»Genau. Gib ihnen das Gefühl, daß sie als unsere Kunden ein bißchen versnobt sind. ›Cool‹, verstehen Sie? Wir verkaufen den Leuten Selbstwertgefühl. Etwas in der Art ›Ich bin nicht so ein unterbelichteter Trottel, der doppelt soviel bezahlt, wie er eigentlich muß, damit ihn in einem überteuerten Fachgeschäft ein Verkäufer bei der Hand nimmt‹. Das bedeutet natürlich, daß wir anfangs realistischerweise auf Käufer zielen müssen, die zum zweiten- oder drittenmal einen Computer anschaffen und die das Gefühl haben, daß sie sich auf dem Gebiet einigermaßen auskennen. Denen können wir dann die Verkaufsförderung überlassen. Ich meine, wenn der einzige Kollege in Ihrem Büro, der was von Laptops und Notebooks versteht, einen Centaurus besitzt, dann ist ja wohl auch für Sie das sicherste, sich so ein Gerät anzuschaffen. Am Ende kommen Sie sich richtig blöd vor, wenn Sie nicht unsere gebührenfreie Nummer anrufen und Ihre Bestellung aufgeben.«

»Sehr schlau. Und psychologisch raffiniert.«

»Marketing ist *hundert Pro* Psychologie.« Sie beugte sich zu mir herüber und sagte neckend: »Deswegen sollte Dad Sie ja auch lieber bei uns in der Abteilung als im Psychopathenparadies arbeiten lassen.«

»Das werd' ich ihm mal vorschlagen«, sagte ich und warf ihr von der Seite einen Blick zu. Sie zwinkerte mir zu. »Diese Vertriebsstrategie für den Centaurus hat also Jack Truman entwickelt?«

»Nein«, sagte Halley. Sie berührte meinen Arm, lächelte mich an, als ich zu ihr hinsah, und zeigte mit dem Finger auf sich. »Die habe ich entwickelt. Das heißt, das Direktbestellungsgeschäft an und für sich war seine Idee. Aber daß wir den Centaurus nur noch direkt vermarkten und mit Anzeigen klotzen, das habe ich mir ausgedacht.«

»Komisch«, sagte ich.

»Was ist komisch?« wollte sie wissen.

Ich tat, als hätte ich nicht hingehört, nickte zur Straße hin und furchte die Stirn.

Sie schob die Füße vom Sitz, streckte die Beine und schlüpfte in die Ballerinas. Dann drehte sie sich mit dem Oberkörper zu mir. »Sie haben gesagt, irgend etwas ist komisch.«

»Ach. Nichts.«

Sie produzierte einen ihrer vielstimmigen expressiven Laute, der in diesem Fall sowohl Verärgerung als auch Belustigung verriet. »Es ist *nicht* nichts. Was ist komisch?«

»Es ging mir nur so durch den Kopf – wissen Sie, manchmal kommt es mir so vor, als ob Ihr Vater gar nicht gebraucht wird.«

»Mein Vater nicht gebraucht wird?« echote sie ungläubig. »Was um Gottes willen wollen Sie damit sagen?«

»Na ja, die Burschen im Labor bauen die Rechner, und Sie und Jack knobeln die Vertriebswege aus. Ihr Vater ist ohne Frage ein brillanter Kopf, und er hat euch alle ausgesucht und zusammengebracht. Aber wozu braucht man ihn jetzt eigentlich noch?« Ich hielt inne. Da ich keine Antwort von ihr hörte, dachte ich weiter laut nach: »Falls die Antwort nicht die ist, daß er als Trainer und Betreuer einer Starauswahlmannschaft gebraucht wird.«

Sie blieb stumm. Ich bremste und fuhr langsam die letzte Mautstation vor Manhattan an, bezahlte und kehrte zur normalen Geschwindigkeit zurück. Als wir unter der George Washington Bridge durchrauschten, fragte sie: »Sehen Sie sich das Feuerwerk an?«

»Das weiß ich noch nicht. Ist es dieses Jahr auf der East Side oder der West Side?«

»Auf der East Side.«

»Hm«, sagte ich. »Was machen Sie? Ach so, ja. Sie müssen ja arbeiten.«

»Ich bin spätestens um neun fertig. Das Feuerwerk ist um halb zehn.«

»Na prima, dann hol' ich Sie um neun Uhr ab«, sagte ich. Sie nickte. Wir schwiegen, bis ich sie vor ihrer Wohnung in der 76. Straße, nur einen Häuserblock von meinem temporären Quartier entfernt, absetzte. Sie öffnete die Tür, ein Ballerina-Slipper stieg aus, der andere verharrte im Wagen.

»Wir sehen uns um neun«, sagte ich.

Sie drehte sich zurück. »Er ist nicht bloß ein Mannschaftsbetreuer«, sagte sie. »Ohne Daddy könnte keiner in der Firma eine gute Idee von einer miserablen unterscheiden. Er ist der Star.« Sie lächelte vergnügt. »Wir sehen uns um neun.«

SIEBTES KAPITEL

Anima

Halley wußte, wo wir die beste Sicht auf das Feuerwerk haben würden. Der East River Drive war zwischen der 18. und der 59. Straße vorübergehend für den Fahrzeugverkehr gesperrt und in eine Fußgängerpromenade umgewandelt worden; je weiter unten, desto besser der Blickwinkel, sagte sie. Wir nahmen ein Taxi zum Einlaß 23. Straße und zogen in einem Strom von Menschen – Familien, Teenagerbanden, Homo- und Heteropärchen – zum Highway. Unterwegs kamen wir an Straßenhändlern vorbei, die Nationalflaggen, Lärminstrumente und Wunderkerzen anboten. Ich blieb stehen und kaufte eine Schachtel Wunderkerzen.

»Das ist doch nicht Ihr Ernst«, sagte Halley, machte dann aber trotzdem mit, als ich ihr eine Wunderkerze in die Hand gab und sie anzündete. Zuerst genierte sie sich, die sprühende Kerze hochzuheben und zu schwenken. Sie hatte sich umgezogen und trug jetzt ein sehr kurzes blaßblaues Leinenkleid, das ihre braungebrannten schlanken Beine in voller Länge sehen ließ. Funken flogen ihr auf Hals und Brust. Sie zuckte und drehte den Kopf weg. Ich faßte sie am Ellbogen, hob ihren Arm und bewegte ihn hin und her. »Jetzt zeigen Sie mal, daß Sie eine Patriotin sind«, sagte ich.

Ihr Arm begann sich von allein zu bewegen. Ich sah zu und ließ die Augen vom Weiß ihres Armansatzes zum Braun ihres Unterarms wandern. Halley war meine ganz persönliche lebende Freiheitsstatue.

Ein kraushaariger, dunkelhäutiger kleiner Junge pflanzte sich vor ihr auf und sagte zu einer dicken Alten, die ihn an der Hand hielt: »*Abuela! Mira!*«

Ich sagte zu der Alten: »*Le doy uno? No son peligrosos.*«

Ich entzündete eine Wunderkerze für den Kleinen. Er lief mit ihr im Zickzack über die weißen Streifen auf dem Highway und erschreckte einige Leute mit seinem Funkenregen. Seine Großmutter rief hinter ihm her, lächelte mir rasch zu und nahm watschelnd die Verfolgung auf.

Halleys Wunderkerze erlosch mit leisem Spucken. »Sie sprechen Spanisch?« Die Kerze strahlte noch einmal hell auf – das letzte Aufbäumen vor dem Tod. Dann hatte Halley nur noch den porösen ausgebrannten Kolben in der Hand.

Ich nickte mit dem Kopf, nahm ihr die erloschene Wunderkerze ab und gab ihr eine neue, die ich jedoch nicht anzündete. »Gehen wir runter ans Wasser.«

Ein schwieriges Unterfangen. Die Menschen waren schon Stunden vor dem Ereignis zusammengeströmt. Halley ging jedoch ziemlich aggressiv vor und brachte in ihrem hautengen kurzen Kleid auch solche Männer dazu, ihr Platz zu machen, die das gar nicht wollten – und es besonders dann nicht wollten, wenn sie feststellten, daß Halley mich im Schlepptau hatte. Sie bahnte uns den Weg bis hinunter an den Rand des Wassers.

Hier zündete ich ihre Wunderkerze an. Diesmal hob Halley sie von sich aus hoch. Ich legte meine Hand auf ihren Unterarm und strich bis zur Schulter. Ihre Haut war zart, die Muskulatur darunter fest. Sie verfolgte meine Hand mit ernstem Blick. Ich ließ los. »Werfen Sie!« sagte ich und signalisierte mit dem Kopf die Richtung zum Wasser. Sie gehorchte. Laute Hallo- und Jubelrufe aus unserer nächsten Umgebung begleiteten die Wunderkerze auf ihrem Flug. Sie beschrieb – ein winziges Feuerwerk für sich – in der Luft einen Bogen, ehe sie im Sturzflug auf das Wasser niederschoß.

»Das war unser ganz privates kleines Feuerwerk«, sagte ich.

Halley hatte den Arm noch in der Luft. Jetzt schlang sie ihn mir um den Hals und erhob sich auf die Zehenspitzen. Ihr Mund zielte auf meinen. Sie küßte mich kurz – eine leichte Berührung mit ihren feuchten Lippen – und blieb an meinem Hals hängen, als prüfte sie in Gedanken den Geschmack der Sache und ihren Appetit auf mehr. Ihre schwarzen Augen suchten in meinen, unterhalb der Augenpartie war ihr Gesicht von dem Schatten der Menge verdeckt. In dem Menschenmeer brandete laute Begeisterung auf, und von fern war ein gedämpfter Knall zu hören. »Es geht los«, flüsterte sie. Ich neigte den Kopf, preßte meinen Mund auf den ihren und drückte ihre Lippen auseinander. Sie öffnete weit den Mund für mich, während ringsum der Himmel in allen Farben erblühte.

Das Schauspiel war in vollem Gang, als wir uns voneinander lösten. Eine Frau zu meiner Linken lächelte, als sich unsere Blicke kreuzten. Mich zum Wasser wendend, erhaschte ich ein freundliches Augenzwinkern von einem Mann zu meiner Rechten. Halley legte ihren Arm um meine Hüfte, und gemeinsam betrachteten wir das Feuerwerk. Ich war ganz froh darüber, daß wir uns in diesem Moment nicht fortbewegen mußten, denn ich erlebte die mir durchaus nicht unangenehme Überraschung, daß mein Körper auf einen bloßen Kuß mit pubertärem Überschwang reagierte.

Wir blieben an unserem Platz stehen, bis das Schauspiel vorüber war, und gingen dann schweigend in der zufrieden abziehenden Menge mit. An der First Avenue winkte ich einem Taxi. Vor dem haltenden Wagen fragte ich: »Zu dir?«

Sie nickte. Im Taxi drehte sie sich halb weg von mir, um durch das Seitenfenster hinausschauen zu können, lehnte jedoch den Kopf an meine Schulter. Ihr rechter Arm ruhte auf meinem Oberschenkel. Ich trug beige Bermudas. Ihre Finger strichen sacht über die Haut oberhalb des Knies und spielten mit den Haaren dort. An ihrem Ellbogen konnte sie die Erregung spüren, in die ihre Berührung mich versetzte.

Auf Ost-West-Kurs in den Siebzigern wurden wir von einer Ampel gestoppt. Sie setzte sich gerade, drehte sich um, nahm mein Gesicht in beide Hände und küßte mich mit leicht geöffneten Lippen. Dann kehrte sie in ihre vorige Haltung zurück, und ihre Finger nahmen das Geschäft des Streichelns wieder auf – das sie mit der laxen Routine exekutierten, mit der der Besitzer eines Haustiers seinen Liebling karessiert.

Auf dem Weg durch den Central Park sagte ich in sanftem Ton: »Wie lange hast du schon diese Affäre mit Jack?«

Ihre Finger drückten sich in meinen Schenkel. Nicht fest – mehr wie um einen Halt zu haben. Wir hatten den Park bereits hinter uns, als sie mit einer Frage antwortete: »Macht dir das etwas aus?«

»Ich bin nicht eifersüchtig, wenn du das meinst.«

Sie setzte sich gerade und öffnete ihre Börse. Wir waren einen halben Häuserblock entfernt von dem Haus, wo sie wohnte. »Klar bist du's«, sagte sie gutgelaunt.

»Ich erledige das«, sagte ich.

»Nein.« Sie holte Geld aus der Börse, bezeichnete dem Fahrer den Eingang, wo er halten müsse, und sagte zu mir: »Ich hab' dir gesagt, daß ich mich nicht verliebe. Also gibt es keinen Grund zur Eifersucht.«

Ich stieg zuerst aus und hielt die Tür auf, während sie den Taxler bezahlte. An der Straßenecke sah ich ein Kleeblatt von Teenagern davonstieben. Gleich darauf explodierte eine Mülltonne – oder fiel jedenfalls mit großem Getöse und Scheppern um und puffte eine Rauchwolke über den Bürgersteig.

»Was war das?« sagte Halley, aus dem Taxi herausschießend.

»Nur ein Kanonenschlag. Hoffentlich.«

»Nichts wie rein ins Haus«, sagte sie, nahm mich am Arm und hastete in gespieltem Laufschritt in das Innere des Gebäudes. Auf dem Weg zum Fahrstuhl unterhielten wir uns mit dem Pförtner über die jugendlichen Rowdybanden. Er meinte, die Burschen könnten Finger und Hände einbüßen, wenn sie Knallkörper in Eingangshallen zu werfen versuchten und nicht sorgfältig genug auf die zuschnappenden Türen achtgaben.

»War das mit Jack ein Schuß ins Blaue?« fragte Halley mit einem fröhlichen Lächeln. »Oder hast du tatsächlich was gewußt?«

»Du bist so hemdsärmelig mit ihm gewesen.« Ich verfolgte unsere Fahrt nach oben auf der Leuchtanzeige. Elf. Zwölf. Vierzehn – ein Haus, in dem man dem Aberglauben Reverenz erwies. »So ehrlich ungeniert geht eine Frau mit einem Mann nur um, wenn sie mit ihm schläft.« Im fünfzehnten Stock ertönte ein leiser Glockenton, und der Fahrstuhl hielt. Die Tür glitt beiseite. Ich lehnte mich mit dem Rücken gegen sie und machte mich schmal, um Halley vorbeizulassen.

Sie schaute einen Moment lang verwundert drein, schüttelte dann den Kopf und trat auf den Flur. Im Vorbeigehen sagte sie: »Und du willst behaupten, du wärst nicht eifersüchtig?«

»Seit wann geht das?« fragte ich auf dem Weg zur letzten Tür auf dem Flur, der Tür zur Eckwohnung.

»Wir haben kein Verhältnis. Vor ein paar Monaten haben wir mal ...« Sie suchte in ihrer Geldbörse nach dem Schlüssel und gleichzeitig in ihrem Vokabular nach einem passenden Ausdruck. »Wir sind uns einmal nahegekommen. Das ist alles.« Sie hatte den Schlüssel gefunden und steckte ihn ins Schloß. »Jetzt mal im Ernst. Woher hast du es gewußt?« Sie schloß auf, öffnete die Tür, trat ein und wendete sich in plötzlicher Besorgnis zu mir um. »Er hat es dir doch nicht etwa selbst erzählt?«

»Nein.« Ich trat durch die Tür und begann in der Kühlschrankatmosphäre, die in der vollklimatisierten Wohnung herrschte, sofort zu frösteln. Es war ein Zweizimmerapartment, mit Panoramablick auf den Central Park dank der niedrigen Höhe der Nachbarhäuser. Die zwei Fensterwände des L-förmigen Wohn/Eßzimmers waren schmucklos. Im Eßzimmer-Schenkel des L stand gleich neben der Mini-Küche ein Tisch mit runder Massivholzplatte. Zwei cremefarbene Sofas nahmen den größten Teil des Platzes im Wohnbereich ein. Den Boden bedeckte ein gewebter Teppich mit Orient-Dessin in der Grundfarbe Rot; eine alte Seemannskiste diente als Couchtisch. Mit durchgeschwitztem Polohemd, das mir wie ein kalter Umschlag an der Haut pappte, durch die Wohnung spazierend, entdeckte ich hinten im Wohnzimmer zu meiner Überraschung eine Regalwand voller Bücher. Etliche wissenschaftliche Werke dürften Relikte aus der Studienzeit gewesen sein. Zwei Regalbretter waren ganz der Bühnenliteratur gewidmet, eine Erinnerung an Halleys Flirt mit dem Schauspielerberuf. Ein Sortiment neuerer Bücher über Marketing und Verkauf hatte sein eigenes Regalfach, darüber hinaus gab es da noch eine Handvoll moderner Romane und eine Sammlung romantischer und neoromantischer Erzählliteratur. Was jedoch meine Aufmerksamkeit am stärksten auf sich zog, waren die drei Fächer, die mit populären Ratgebern und psychologischer Literatur von New-Age-Schwärmereien bis hin zu meinem eigenen Buch über den Inzest angefüllt waren. Mein Opus brauchte ich nicht zu suchen. Ich war noch dabei, Halleys Frage zu beantworten: »Ich habe es gewußt, weil Jacks Körpersprache es mir verraten hat. Ich habe es gewußt, weil ihr beide denselben Spitznamen für die Labors verwendet habt – Psychopathenparadies. Ich habe es gewußt, weil er im Beisein seiner Frau so getan hat, als hätte der Umstand, daß du mit mir in die Stadt fährst, irgendeine sexuelle Bedeutung, ein Manöver, das er ganz bestimmt für einen großartigen Trick gehalten hat, Verdacht von sich selbst abzulenken, mit dem er aber unfreiwillig seine Eifersucht verraten hat ...«

Da unterbrach sie meinen Monolog damit, daß sie ein zerlesenes Exemplar meines Buchs aus einem Regal zog. »Wie sich zeigt, bin ich schon seit Jahren ein Fan von dir.« Es war die erste Taschenbuchausgabe, inzwischen acht Jahre alt. »Ich hab' das Buch nach unserem gemeinsamen Abendessen wiederentdeckt. Was du mir damals von dir erzählt hast, hat ständig in meinem Hinterkopf rumort ...« Sie blätterte in dem Buch. »Ich hab' es mir seinerzeit aus einem plötzlichen Impuls heraus gekauft und hab' es übers Wochenende wie im Fieber durchgelesen, in einem Zug. Schrecklich, nicht? Da lese ich ein Buch, das mich total fasziniert, und hinterher vergess' ich den Namen des Autors.«

Ihr literarisches Lob war für mich fast ebenso lustvoll wie ihr Kuß. Ob ihre Absichten nicht auch auf tödlichere Konsequenzen hinausliefen. »Das Thema Inzest fandest du faszinierend?«

»Na ja, so wie du es behandelt hast, ja. Nach unserem Essen beim Japaner hab' ich das Buch wiedergelesen. Ich hab' noch am selben Abend angefangen und es dann auf eine Reise mitgenommen. Wenn man weiß, daß du selbst ein Inzestopfer gewesen bist, ist man wirklich beeindruckt, mit wieviel Einsicht du das Thema behandelst.« Sie trat an die Regalwand und stellte den Band an seinen Platz zurück. Mit dem Rücken zu mir sprach sie weiter: »Das Buch ist unglaublich objektiv. Wirklich eine Glanzleistung.« Damit schob sie es zwischen die anderen Bände.

Ich mußte mich setzen. Ich entschied mich für das cremefarbene Sofa mit Blick zu den Fenstern.

»Was soll ich als nächstes von dir lesen?« fragte sie, während sie sich in Richtung Küche entfernte. »Möchtest du etwas trinken?«

»Hat Gene das Buch gesehen?« fragte ich.

»Gene?« echote sie, als ob das jemand wäre, von dem sie noch nie gehört hatte. »Ach so, du meinst, wenn er hier war ... Nein. Und er hat ja nie deinen Namen erwähnt, folglich ...« Im Begriff, durch die Küchentür zu verschwinden, rief sie: »Ich hol' mir ein Glas Evian. Möchtest du auch eins?«

Ich hatte Durst, sogar entsetzlichen Durst, wie ich jetzt, als ich daran erinnert wurde, bemerkte. »Nein danke«, rief ich zurück. »Ich bin wunschlos glücklich.«

»Ich werde alles lesen, was du geschrieben hast«, verkündete sie aus der Küche. »Ich gebe zu, daß ich ein bißchen Angst davor habe, die Sachen über Kindesmißhandlung zu lesen. Das muß alles so niederschmetternd sein.« Mit einem hohen Glas voll Mineralwasser in der Hand erschien sie wieder. Direkt vor mir blieb sie stehen und schleuderte die Ballerinas von den Füßen. Ich betrachtete ihre weißen Füße. »Mein Vater hat meinen Bruder einmal geschlagen. Nur einmal.« Sie setzte sich neben mich und lagerte die Unterschenkel parallel gegen die Oberschenkel geklappt auf der Sitzfläche, so daß sie mit dem Oberkörper zu mir gewandt dasaß. Sie trank aus ihrem Glas und beugte sich dann vor, um es auf der Seemannskiste abzustellen. Durch die Bewegung öffnete sich ihr Kleid weit genug, um mich erkennen zu lassen, daß sie keinen BH trug. Und ich konnte auch feststellen, daß ihre Brüste Stützung nicht nötig hatten. So nahe dem erotischen Kontakt mit einem sechsundzwanzigjährigen Körper war ich das letztemal vor vierzehn Jahren gewesen, als selber Sechsundzwanzigjähriger. Die abgedroschene Redensart »Jugend ist an die Jungen verschwendet« fiel mir ein. Ich hätte lachen mögen. »Er hat Mikey ein einziges Mal geohrfeigt«, hörte ich Halley sagen. »Es war keine große Sache, aber ich mußte gleich weinen. Mein Bruder hat sich überhaupt nicht gerührt. Er hat nur still und stumm dagesessen, und die Backe ist rot geworden. Ich war völlig verzweifelt. Mein Vater hat mir ein Eis kaufen müssen, um mich wieder zu beruhigen.«

»Weil du die Aufmerksamkeit auf dich ziehen wolltest«, sagte ich. »Du hast instinktiv richtig verstanden, daß die Ohrfeige deines Vaters ein Zeichen dafür war, daß er sich mehr für deinen Bruder als für dich interessiert hat.«

Halley, die, mir zugewandt, mit derselben Beinhaltung auf dem Sofa saß, wie das Bronzebild von Andersens Kleiner Seejungfrau auf seinem Felsen im Meer sitzt, lehnte sich zurück und schob ihren Arm hinter meinen Kopf. Auf ihrer Haut hatten sich Gerüche vom Tag festgesetzt – vom Holzkohlengrill, von den schwülwarmen Straßen, dem überlaufenen Ufer des East River – und mit ihrem Parfum vermischt. Ihr ganzes Sein sprach zu mir: von ihrer Glut und ihrem Verlangen. Es war beeindruckend, welches Engagement und welche Konzentration sie in ihre Darbietung steckte. »So war es also?« fragte sie. »Mein Bruder war mir völlig Wurst?« Ihr Blick war ernst, aber ganz kurz umspielte die Andeutung eines Lächelns ihre Lippen, ehe sich der Ernst über ihre ganze Miene ausbreitete.

»Du und dein Vater, warum geht ihr euch vor den Leuten aus dem Weg? Ich weiß, daß ihr ein enges Verhältnis zueinander habt. Warum also das Theater?«

Halley senkte enttäuscht die Augen. Die Hand hinter meinem Kopf streichelte – wiederum in Haustierhaltermanier – meinen Nacken und zog sich dann zurück. »Warum bist du so wütend auf mich?« Sie zeigte mir ein Kleinmädchengesicht mit großen, hilfeheischenden Augen und schmollend vorgeschobenen Lippen. »Weil ich nicht genügend Bedauern für Gene zeige?« Als ich nicht antwortete, wandte sie die Augen weg und sah zur Bücherwand. »Ich bin keine Heuchlerin, das ist alles. Ich denke nicht daran, mich wie ein Klageweib aufzuführen und das ganze Talmi-Geschwätz von mir zu geben, das die Leute glauben absondern zu müssen, wenn jemand gestorben ist. Ich habe Gene gern gehabt, aber er hat mehr verlangt, als ich ihm habe geben können. Ich bin niemandes Ehefrau, und ich bin niemandes Flamme. Was hätte ich tun sollen? Etwa eine Lüge leben, um ihn nicht unglücklich zu machen? Er wäre trotzdem unglücklich gewesen, weil er gewußt hätte, daß es eine Lüge ist, und er hätte mich immer wieder unter Druck gesetzt, bis ich ihn gehaßt hätte.«

»Du hast ihn doch schon gehaßt, oder etwa nicht?«

»Das ist wirklich gemein.« Sie richtete ihre Aufmerksamkeit wieder auf mich. »Bist du so gemein, weil du mich magst?«

»Ich bin verliebt in dich«, sagte ich gelassen. »Aber ich bin nicht gemein zu dir, und das weißt du auch. Gene ist dir lästig geworden. Er hatte seinen Zweck erfüllt und wollte sich nicht elegant abservieren lassen. Er ist dann so lästig geworden, daß du angefangen hast, ihn zu hassen. Stimmt das etwa nicht?«

Halley rutschte, die Ellbogenbeuge um meinen Nacken gehakt, näher und erhob sich auf die Knie, so daß sie mich ein Stückchen überragte. »Könnten wir noch einmal zurückkehren zu dem, was du gesagt hast, bevor du wieder gemein geworden bist?« Mich mit lächelnden Augen fixierend, näherte sie ihre Lippen. »Hast du eben gesagt, du bist in mich verliebt?« Sie legte die freie Hand auf meinen Oberschenkel und ließ die

Finger in das Bein meiner Bermudas gleiten. Ihre Finger waren noch kühl von dem Glas Mineralwasser, das sie gehalten hatten.

»Zieh dein Kleid aus«, sagte ich ruhig. Sie reagierte nicht. »Zieh dein Kleid aus«, wiederholte ich. Diesmal regte sich ein kurzes Flackern in ihren Augen. Sie kam näher, und ihre Lippen zielten dabei auf meine.

Ich drehte den Kopf weg. Halleys Nase landete deplaziert auf meiner Backe. Sie machte das Beste aus der Situation, indem sie ihre Wange an meine lehnte und den Mund an mein Ohr brachte. »Laß uns ins Schlafzimmer gehen«, flüsterte sie.

»Du willst mir doch nicht weismachen, daß du eine romantische Kulisse brauchst.« Ich entfernte die Hand, die sich inzwischen vollständig in meine Bermudas vorgearbeitet hatte, und setzte mich ein Stück weg von dem Arm hinter meinem Kopf, wodurch ich mich auch von Halleys Wange und ihrer Körperfront löste. Halley sah sich in der ungeschickten Haltung des unvollendeten Verführungsversuchs allein gelassen – kniend, das Gesicht zur Wand, die Luft umarmend. »Zieh das Kleid aus«, sagte ich mit ruhiger Stimme.

Sie runzelte die Stirn und dachte einige Sekunden nach. Dann stand sie abrupt auf, griff sich mit beiden Händen in den Nacken, hakte das Kleid auf und öffnete den Reißverschluß. An den Hüften mußte sie die enganliegende Hülle mit den Händen abwärts ziehen, um sie in Bewegung zu setzen, woraufhin sie im Nu zu Boden glitt. Die Brüste stachen weiß von der sonnengebräunten Haut ab. Sie trug einen weißen Slip, so daß die zwei Körperregionen aus der dunkleren Umgebung hervorleuchteten.

Bevor sie wieder auf das Sofa schlüpfte, hakte ich meinen Zeigefinger vorn über den Oberrand des Slips. »Das auch«, sagte ich und ließ los. Der Gummizug klatschte leicht gegen ihren flachen Bauch.

Nackt nicht minder selbstsicher als angezogen, stemmte sie die Arme in die Hüften. »Und was ist mit dir, Freundchen?«

»Wir werden sehen«, antwortete ich in abweisendem, fast ungehaltenem Ton. »Nun mach schon.«

»Mir ist kalt«, sagte sie mit Kleinmädchenstimme und kreuzte die Hände über dem Unterleib.

Ich stand auf – was ich inzwischen wieder tun konnte, ohne ein Problem oder Peinlichkeit gewärtigen zu müssen – und nahm sie bei der Hand. »Du brauchst ein heißes Bad«, sagte ich und zog sie durch den kurzen Flur zum Schlafzimmer, weil ich annahm, daß es von dort ins Badezimmer ging. Ein wenig belustigt – wenngleich nicht überrascht – registrierte ich, daß ihr riesiges Bett wie für ein junges Mädchen hergerichtet war: mit rosa Rüschenbehang und zwei Stofftieren zwischen rosa Kissen mit Spitzenbordüre. Ich ließ ihre Hand los und ging allein ins Badezimmer, knipste das Licht an, trat an die Wanne, setzte mich auf den Rand und drehte beide Griffe der Mischbatterie auf. Ich prüfte die Temperatur des Wassers und justierte die Drehgriffe, bis es mit dem höchsten Hitzegrad diesseits des Verbrühungspunkts aus dem Hahn strömte. Auf der Abstelleiste standen in der Wandecke drei Flaschen, eine mit Shampoo, eine mit Haarpflegebalsam und eine rosafarbene – mit einem Schaumbad für Kinder. Ich schloß den Abfluß und winkte ihr hereinzukommen, ohne daß ich mich dabei nach ihr umsah. »Los, komm. Wir müssen sehen, daß wir dich wieder sauberkriegen. Das war heut' für dich ein Tag voller Dreck und Speck.« Keine Reaktion war zu hören. Ich griff zu der rosa Flasche. »Möchtest du ein Schaumbad heute abend?« fragte ich.

Sie kam von hinten ganz dicht an mich heran, legte die Hände auf meine Schultern und flüsterte mir ins Ohr: »Ja, Daddy.«

Ich goß zwei Verschlußkappen voll von der rosa Flüssigkeit in den Katarakt aus der Mischbatterie. Sofort bildete sich ein kleines Gebirge von Seifenschaum. Ich verrührte es in der flachen Pfütze, die sich in der Wanne bereits angesammelt hatte. Dann wandte ich mich, immer noch auf dem Wannenrand sitzend, zu ihr um. Ich hatte ihren Slip in Augenhöhe vor mir, die tiefe Höhlung ihres Nabels blickte mich wie ein Zyklopenauge fragend an. Ich hakte links und rechts einen Finger hinter den Gummizug des Slips und zog ihn auseinander. »Das ziehen wir jetzt aus.«

Sie stützte sich erst auf meine eine, dann auf die andere Schulter, während sie aus dem Slip stieg, zuerst mit dem rechten, dann mit dem linken blassen Fuß. Sie hatte sehr feines, seidiges Schamhaar, das vor dem Hintergrund des weißen Dreiecks kohlschwarz wirkte. Der schmale vertikale Streifen endete oben ein gutes Stück unterhalb der Bräunungsgrenze. Ich fuhr mit dem ganzen Daumen leicht von unten nach oben darüberhin. »Du wirst schon ein großes Mädchen«, sagte ich. Sie sah mich mit Unschuldsblick aus großen Augen an.

Ich stand auf und ergriff mit der einen Hand ihre Linke. Mit der anderen klapste ich sie auf den weißen Hintern. »Okay, jetzt hinein mit dir!«

Sie setzte behutsam den rechten Fuß in die Wanne und winkelte bei der ersten Berührung mit dem Wasser das Bein an. »Es ist zu heiß«, beschwerte sie sich.

»Du bist von der klimatisierten Luft noch unterkühlt. Du wirst dich schnell daran gewöhnen.«

Sie stützte sich mit ihrem ganzen Gewicht auf meine Hand. Ich wäre beinahe aus dem Gleichgewicht geraten, konnte es aber gerade noch vermeiden. Sie tauchte den ganzen Fuß ein und holte unter lautem »au, au, au« den zweiten nach. Sie stand im Wasser und wußte nicht weiter.

»Ich mach's noch ein bißchen kühler«, sagte ich und beugte mich vor, um die Drehgriffe zu justieren.

»Danke, Daddy«, sagte sie und trat einen Schritt vor, um mir zuzuschauen. Ihr Oberschenkel und das seidige Haar streiften meine Wange.

»Jetzt ist es kühler«, sagte ich, zu ihr aufblickend.

Sie spähte angestrengt nach unten auf ihre dunkle linke Brustwarze, die sie zwischen Daumen und Zeigefinger hielt. »Sie ist hart«, sagte sie.

Ich klapste sie leicht auf den Handrücken. »Spiel nicht an dir herum.«

Sie lächelte verschmitzt. »Die andere ist nicht hart«, sagte sie, auf die weiche rechte Brustwarze deutend.

Ich schöpfte mit den hohlen Händen Wasser und wusch ein Bein. Sie quittierte es mit »mmmmmm«. Ich schöpfte wieder und rieb das andere Bein mit der Flüssigkeit ein. Schaumbläschen blieben an ihren Oberschenkeln haften. Ich strich zu ihrem schwarzen Hügel hinauf und umfaßte ihn schließlich mit den gehöhlten Fingern meiner Linken, wie wenn er ein Türknauf wäre.

»Innendrin bin ich auch naß«, sagte sie. Ich hatte es auch so mitbekommen.

»Leg dich hin«, sagte ich und half ihr sich setzen und längelang ausstrecken, indem ich ihren Nacken stützte, bis ihr Kopf an der Porzellanschräge ruhte. Sie schloß die Augen. Ich richtete mich auf.

»Gehst du weg?« rief sie in Panik.

»Sch ...«, sagte ich. Ich löschte das harte Neonlicht über dem Arzneischränkchen und die versenkte Deckenleuchte hinter dem weißen Glasschirm. Durch das Schlafzimmerfenster erhellte die New Yorker Straßenbeleuchtung mit einem bernsteinfarbenen Rechteck ihren Oberkörper.

Ich setzte mich auf den Wannenrand, schaufelte mit den Fingern Schaumwolken und säuberte mit penibler Sorgfalt ihre Füße, Waden, Oberschenkel, die Bauchdecke, die Seiten, die Unterarme, den Hals und hob das Beste bis zuletzt auf. Ich fand heraus, welche Stellen kitzlig waren und welche nach Berührung gierten, welche rauh und welche zart angefaßt werden wollten.

Ihre Erregung steigerte sich, und sie hob eine schaumbedeckte Hand, um mit den Fingern nach dem Eingang in mein Hosenbein zu tasten. Ich hob ihre Finger verächtlich weg. »Behalte deine Hände bei dir«, sagte ich.

»Bitte«, sagte sie im Flüsterton.

»Wenn du dich nicht benimmst, gehe ich«, antwortete ich.

»Komm herein und bade mit mir, Daddy«, stöhnte sie. Ich umfaßte ihren Nacken mit der gewölbten rechten Hand und drang mit der linken in sie ein. Sie stemmte ihre Beine beiderseits des Wasserhahns gegen die untere Schmalseite der Wanne und machte ein Hohlkreuz. »Ich kann nicht«, flehte sie. »Ich will dich in mir haben.«

Ich beugte mich zu ihr hinunter, preßte meine Wange gegen die ihre und brachte meinen Mund an ihr Ohr. »Laß los«, flüsterte ich, während ich mit dem Daumen den sich beschleunigenden Puls in ihrer Halsschlagader fühlte, um eine Erfolgskontrolle für die Arbeit meiner anderen Hand zu haben.

»Ich kann da keinen Spaß daran haben«, sagte sie verzweifelt.

Ich sah dem Schattenspiel auf den bernsteinfarben angeleuchteten Kacheln zu, während ich den Rhythmus dieser Frau erkundete. Einmal langsam rundum, schnell querüber. Hin und Her. Auf und Ab. Pause. Fest und energisch an der Erhöhung ...

»Bitte laß mich dich anfassen«, bettelte sie.

»Nein«, sagte ich. Rundum und rundum. Pause. Rückzug. Laß sie glauben, daß du aufgehört hast, bis ihr Unterleib nach mehr verlangt. Dann mit gesteigertem Tempo, vermehrter Energie.

Ihre warme tropfende Hand kam hoch, und die Finger gruben sich in meinen Oberschenkel. Ich hörte auf, ihr Lust zu bereiten, zog ihre Finger von meiner Haut und drückte die Hand unter Wasser. »Heb deinen Hintern hoch«, sagte ich barsch. Sie gehorchte. Ich klemmte ihre Hand unter ihr fest. »Du bist noch lange nicht sauber«, sagte ich.

»Laß mich dich küssen«, sagte sie, während ihre Lippen blindlings über mein Gesicht fuhren und meinen Mund suchten.

»Laß los«, sagte ich. Ich verstärkte meinen Griff um ihren Nacken, um ihren Kopf ruhig zu halten, und suchte gleichzeitig mit dem Mittelfinger nach dem Druckpunkt an der Wurzel, den ich mit der Fingerkuppe leicht, aber beharrlich stimulierte. Sie entspannte sich und kehrte zur Passivität zurück. Ich nahm mein Spiel auf dem Instrument wieder auf, strich ihr über die Schenkel, über die Bauchdecke, um die Brüste, bevor ich zu ihrem Geschlecht zurückkehrte.

Meine Augen hatten sich an das bernsteingelbe Licht so gut gewöhnt, daß es ihnen jetzt als Helligkeit erschien. Ich horchte auf das leise Prasseln zerplatzender Blasen, mit dem der Badeschaum zusammenfiel, das begleitet wurde von ihrem Flüstern: »Ich kann nicht … bitte … Ich kann nicht. Bitte … Laß mich dich anfassen.«

Ich nahm ihr Ohrläppchen zwischen meine Zähne und biß sacht zu. Ich flüsterte: »Aber das ist nicht für dich, mein kleiner Schatz. *Ich* wünsche mir das.«

»Du willst mich so haben?« fragte sie kläglich. Ich wechselte den Rhythmus. Sie stöhnte in einer tieferen Tonlage.

»Das ist für mich.«

Sie bebte und atmete in hektischen kurzen Stößen, wie wenn sie einen schnellen, flachen Orgasmus hätte. Ich hielt es für Simulation. Sie wollte nichts lieber, als von dieser Zuwendung befreit sein. »O Gott, o Gott, o Gott«, keuchte sie und stieß anschließend geräuschvoll den Atem aus, um zu signalisieren, daß es vorbei war. Zuletzt flüsterte sie: »Danke.«

»Du bist ein böses kleines Mädchen«, sagte ich. »Versuch nicht, Daddy hinters Licht zu führen.« Ich ließ die Spitze meines kleinen Fingers in ihre zweite, trockene Öffnung gleiten. Im ersten Augenblick war sie entgeistert, dann erwachte ihre Neugier. Mit den anderen Fingern bearbeitete ich weiter die zentrale Saite, so als spielte ich das Crescendo einer Beethoven-Sonate.

Sie machte ein überraschtes Gesicht, als der echte Orgasmus einsetzte. Jetzt reagierte sie ganz anders als bei der vorgetäuschten Ekstase. Gegen die untere und die obere Schmalseite der Wanne gestemmt, wölbte sich ihr Körper nach oben und versteifte sich bei stockendem Atem, dann ein jähes Erschlaffen und Zurücksacken ins Wasser und wieder das Aufbäumen und Erstarren – eine unregelmäßige Wellenbewegung. Mehr als ein dutzendmal durchlief sie diesen Zyklus des Kämpfens und Unterliegens – des Kämpfens gegen sich selbst und sich selbst Unterliegens.

Sich der Klimax überlassend, hob sie sich, die Arme von den Schultern bis zu den Händen auf die Wannenränder pressend, aus dem Wasser. Als ich sicher sein zu können glaubte, daß der Sog, in den sie geraten war, sich ihrer bereits zu sehr bemächtigt hatte, als daß sie aus ihm noch hätte ausbrechen können, flüsterte ich: »Gene hat dich geliebt. Er hat dich so sehr geliebt, daß er lieber sterben wollte, als ohne dich leben zu müssen.«

Sie wandte mir das Gesicht zu, aus dem mich ein Paar glasiger Augen anblickte, und sog begierig meine Worte ein, während sie vor Lust grunzte. Als sie den Gipfelpunkt erreichte, ihr Körper zu beben begann, ihr Atem langsamer ging, die Atemzüge tiefer und länger wurden, sagte ich: »Er ist deinetwegen gestorben.«

Sie ruckte so vehement auf und ab, daß ich völlig durchnäßt wurde. Sofort danach verließ ich das Badezimmer.

Im Wohnzimmer hielt ich kurz inne, um mir noch einmal das acht Jahre alte Exemplar meines Buches anzuschauen. Auf der Innenseite des hinteren Umschlagdeckels fand ich, was ich suchte. Ich überhörte ihre ratlosen Rufe nach mir und verließ die Wohnung, um zu Fuß zu meinem Quartier zurückzugehen. In der heißen Nachtluft auf den Straßen wurden meine Sachen schnell wieder trocken.

ACHTES KAPITEL

Letzte Chance

Auf die Nachrichten, die Halley in den nächsten zwei Tagen auf den Anrufbeantworter sprach, reagierte ich nicht. Am Mittwochmorgen erschien sie – zur großen Überraschung meiner Mit-Psychopathen – im Labor und wollte mich in meinem Zimmer sprechen. »Ich würde gern Ihre Meinung zu den Vorlagen für unsere Anzeige hören«, sagte sie in der Öffentlichkeit, nämlich vor den Augen und Ohren von Andy Chen und zwei anderen in der Nähe stehenden Technikern. »Es geht darum, ob wir den Käufern die richtige Gehirnwäsche verpassen«, setzte sie lächelnd hinzu. »Da könnte ich Ihre einschlägige Sachkenntnis gebrauchen.«

Tim Gallent, der übergewichtige Austester mit der Gewohnheit, Andy anzubrüllen, sagte: »Eh. Iss das wahr, Doc? Sie machen Gehirnwäsche mit den Leuten?«

»Jeden Tag«, sagte ich. »Ich habe hier kein Zimmer«, erklärte ich Halley.

»Dann gehen wir eben zu mir.« Sie wandte sich halb zum Gehen, unsicher, ob ich ihr folgen würde.

Wie es aussah, hatte ich keine andere Wahl – wie hätte ich Andy und den anderen eine unhöfliche Ablehnung erklären sollen? Ich probierte es mit einer Kompromißlösung. »Andy, könnten wir nicht so lange in Ihr Zimmer gehen?« fragte ich.

»*Mi casa es su casa*«, sagte Andy. Er machte kein besonders glückliches Gesicht dabei. Ohne Zweifel war er der Ansicht, er habe ein Recht darauf, die Anzeige für den Rechner, den er baute, zu sehen zu bekommen.

Ich führte Halley in Genes ehemaliges Büro. Der Umstand hätte ihr nichts bedeutet. Von Andy wußte ich, daß sie sich bisher nur ein einziges Mal in den Laborräumen hatte sehen lassen, in der ersten Woche, nachdem sie ihre Stellung angetreten hatte, und das war lange vor Genes Aufstieg gewesen.

Aber von den Veränderungen, die ich seit Beginn meiner Tätigkeit hier veranlaßt hatte, hätte sie trotzdem beeindruckt sein müssen. Andy hatte meinem Drängen nachgegeben und der Putzkolonne an den drei Wochentagen, an denen ich mich im Labor aufhielt, den Zutritt erlaubt; den

Ausschlag gegeben hatte dabei meine Zusicherung, daß ich die Arbeit der Truppe persönlich beaufsichtigen würde, denn Andy traute mir durchaus zu, daß ich in der Lage war zu verhindern, daß die Leute mit ihrem Tun die laufenden Arbeiten beeinträchtigten. Die Raumpflegearbeiten hatten sich zeitlich so regeln lassen, daß sie, auf zwei Schichten verteilt, in den toten Stunden des Laborbetriebs erledigt wurden. Ich hatte mich auch mit der Inventarverwaltung der Firma ins Benehmen gesetzt. Die ramponierten Sessel und Tische waren ersetzt worden. Ich hatte so viele Grünpflanzen angeschafft, wie die Burschen vom technischen Stab sich überhaupt nur hatten aufschwatzen lassen. Ich hatte Stick überzeugen können, daß die Furcht vor Industriespionen, die mit Feldstechern bewaffnet in dem Waldstück jenseits der Straße hockten, nichts weiter als eine Chimäre war, und daraufhin durften die Jalousien aufgezogen werden. Zwei Leute der Putzkolonne – Rose und Fred – hatten den Auftrag, das allmorgendlich zu tun, denn auf das Gedächtnis der Techniker war in solchen Dingen kein Verlaß. Da die Fenster grundsätzlich geschlossen bleiben mußten, war ich in puncto Luftqualität auf Filter und Entfeuchter angewiesen, deren Anschaffung in diversen Abteilungen des Unternehmens auf große Bedenken gestoßen war und mir von dort eine Menge Aktennotizen beschert hatte; besonders hervorgetan hatte sich in diesem Zusammenhang eine Abteilung mit dem schönen Namen »Technische Integrität«, die mir nicht weniger zutraute, als daß ich am Ende jeden Mikrochip in den Laborgebäuden zerstören würde. Es gelang mir, in Kalifornien ein Labor ausfindig zu machen, das sich derselben Technik zur Wiederauffrischung des Luftvorrats in den hermetisch abgedichteten Räumlichkeiten bediente, und das brachte die Abteilung für technische Integrität zum Schweigen. Bis jetzt hatte es noch keine desaströsen Zwischenfälle gegeben. Joe Steins Mutter wäre entzückt über mich gewesen. Die Räume waren zwar alles andere als blitzblank sauber, die Interieurs noch immer eine Beleidigung für den Schönheitssinn, aber immerhin konnte man die Luft ohne Beklemmung atmen, waren die Lichtverhältnisse besser geworden und erinnerten die grünen Blattgewächse daran, daß es noch andere Dinge auf der Welt gab als Metall- und Plastikfabrikate.

In Andys Büro standen jetzt das Schachspiel, der Prototyp und das Black-Dragon-Terminal jeweils auf einem Tisch für sich. Für die seltenen Gelegenheiten, bei denen Andy mit Papier arbeitete, hatte ich noch einen Schreibtisch in das Zimmer stellen lassen. Bei der Inventarabteilung hatte ich einen kleinen Kühlschrank angefordert, den ich jetzt mit einem Coke-Vorrat bestückt hielt. Seit ich festgestellt hatte, daß Andy Äpfel und scharfen Cheddarkäse mochte, enthielt er auch kleine Vorräte von diesen Dingen. Und da Andy Michael-Jordan-Fan war, hatte ich an der Wand gegenüber seinem Schreibtisch ein Poster angebracht, auf dem der Star der Chicago Bulls, zwischen zwei hünenhaften Verteidigern eingeklemmt, den Ball in geschraubtem Sprung mit einer Hand im Korb versenkt.

Halley trat ein, ohne die heimeligere Note, die ich dem Raum gegeben hatte, zu beachten. Sie öffnete eine großformatige Versandtasche und zog etliche mit großem typographischen Aufwand beschriftete Papierbögen heraus. »Die sind mehr oder weniger problematisch«, sagte sie. »Die meisten mag ich nicht. Eine ist dabei, die könnte es werden.«

»Ich verstehe nicht die Bohne von Werbung«, gab ich zu bedenken.

»Du kannst lesen, und du kannst auf das, was du liest, reagieren«, sagte sie. »Mehr brauche ich nicht.«

Ich lieferte ihr den Beweis, daß ich kein Gespür für Verkaufsförderung hatte. Die Anzeige, die mir gefiel (»Von uns hat der Centaurus Schnelligkeit, Flexibilität und Intelligenz mitbekommen. Von Ihnen will er nichts weiter als den Platz an Ihrer Seite«), gehörte zu denen, die sie am wenigsten mochte. Ihre Spitzenkandidatin war: »Nehmen Sie aus dem Büro nicht Ihre Pobleme mit nach Hause. Nehmen Sie die Lösung mit.«

»Reichlich banal«, sagte ich. »Und großspurig.«

Halley schob lächelnd das Papierbündel in die Versandtasche zurück. »Na ja, in einer Beziehung hast du recht. Wir sind noch nicht am Ziel.« Sie drückte die Lasche zu. »Bist du schwul?« fragte sie wie nebenbei. Sie hob in Fernsehkommissar-Manier den Kopf, um meine Reaktion mitzubekommen.

Ich mußte lachen. »Jetzt bietest du aber ein schwaches Bild, Halley.«

»Du spielst einfach nur gern Psycho-Spielchen, ist es das?«

»Das ist mein Beruf.«

»Was mich interessieren würde, ist: Sind die zu deiner oder zu meiner Unterhaltung gedacht?«

»Im Grunde ist es ganz einfach, Halley. Ich wollte bei Gelegenheit mit dir darüber reden. Wenn du willst, kann ich es gleich tun.«

Sie betrachtete den spielzeuggroßen Kühlschrank, die mitten im Spiel eingeschlafenen Staunton-Schachfiguren und schließlich die Innereien des Prototyps, die sich noch immer als ein wirrer Haufen von Platinen und Kabelverbindungen präsentierten. »Na ja, wir könnten uns vielleicht ein romantischeres Plätzchen suchen.« Sie lächelte. »Oder wenigstens ein Badezimmer.«

Ich sah auf meine Armbanduhr. »In einer halben Stunde habe ich eine Besprechung mit deinem Vater –«

»Was war das für ein Scheiß, den du da abgezogen hast – daß du mir gesagt hast, du liebst mich?« fiel sie mir ins Wort. In ihren Worten lag Wut, in ihrem Ton lediglich eine leichte Gereiztheit. »Ich würde sagen«, sie stemmte einen Arm auf Andys Schreibtisch, den anderen in die Hüfte, »gerade für einen glänzenden Psychiater war das eine reichlich primitive Manipulation.«

»Ich liebe dich wirklich«, sagte ich. Halley richtete sich auf und blinkerte mit den Augen. »Aber leider bist du ein psychiatrischer Fall, und da bin ich überhaupt nicht scharf drauf. Ich leide nicht an der Gehirnflickerkrankheit, Verhältnisse mit Patientinnen oder potentiellen Patientinnen anzufangen. Und das auch unabhängig davon, daß ich dich niemals zur Behandlung annehmen würde.«

Halleys schöne volle Lippen, mit einem blaßrosa Stift bestrichen und dadurch lumineszierend gegen die sonnengebräunte Gesichtshaut kontrastierend, öffneten sich zu einem breiten Lächeln der Verwunderung. Sie drehte sich zur Wand, als ob da jemand wäre, der ihre Belustigung teilen könnte. Beide Arme in die Hüften gestemmt, wandte sie sich wieder zu mir, gab einen jener Laute von sich, die bei ihr das Signal einer vielschichtigen Gefühlslage zu sein schienen, und echote im Ton äußerster Ungläubigkeit: »Ich bin ein psychiatrischer Fall?«

»Du bist die klassische narzißtische Persönlichkeit.«

»Immerhin bin ich klassisch«, murmelte sie.

Ich ignorierte ihren Sarkasmus. »Ich habe in deinem Bücherregal ein Buch von Alice Miller gesehen, daher weiß ich, daß du meine Verwendung dieses Begriffs nicht mißverstehen wirst. So gut wie nichts, was du sagst oder tust, ist echt. Du schlüpfst ständig in neue Rollen, um alle Menschen, mit denen du zu tun hast, in dich verliebt zu machen. Dabei konzentrierst du dich natürlich meistens auf Männer, denn was dich umtreibt, ist dein unaufgelöstes inzestuöses Begehren nach Stick. Der Spitzname Stick muß übrigens für jemand mit deiner Fixierung hochinteressant sein – ein ebensoguter Aufhänger für phallische Phantasien wie für Strafphantasien.« Mit einer knappen Handbewegung setzte ich einen Schlußpunkt unter diese Abschweifung. »Es ist ein aussichtsloses Unterfangen, auf das du dich da eingelassen hast, Halley – daß du dich in die perfekte Wunschphantasie aller Männer auf deinem Weg verwandelst, um deinem Vater zu imponieren. Was du eigentlich willst, ist, daß dein Daddy sich in dich verliebt – nur das könnte dich wirklich befriedigen. Meiner Einschätzung nach bist du so durchgeknallt, daß du dir womöglich allen Ernstes wünschst, daß er dich bumst. Daß er verwundbar und unter deiner Kontrolle in deinen Armen liegt und du ihn erschauern fühlst und sein verzücktes Stöhnen hörst. Aber das kannst du dir abschminken. Er liebt dich nicht. Er liebt niemand. Du hast mir gesagt, du bist unfähig zu lieben, aber dabei hast du in Wirklichkeit an deinen Vater gedacht. Du bist über beide Ohren verliebt, und er nutzt das aus. Dank dir hat er jeden männlichen Mitarbeiter sozusagen an den Eiern. Natürlich wieder einzig und allein dank deinem gemordeten Selbst. Die wahre Halley ist tot – es existieren nur noch schöne Trugbilder von ihr, die uns willenlos machen. Du schaffst es nicht, daß Daddy dich aufs Kreuz legt, also hilfst du ihm andere aufs Kreuz legen.«

Halley war ungerührt. Sie wirkte weder beunruhigt noch aufgebracht. Ein-, zweimal hatte sie während meiner Rede mit dem Kopf genickt, nicht um Zustimmung zu signalisieren, sondern um zu zeigen, daß sie zuhörte. »Ich möchte nicht mit meinem Vater bumsen. Ich kann mir denken, warum du das glaubst ...« Sie lächelte freundlich, wie wenn es ihr leid täte, mich in Verlegenheit bringen zu müssen. »Ich hab' bei deinem Phantasiespielchen mitgemacht, weil ich mir gedacht habe –« Sie besann sich eines Besseren und brach ab.

Ich beendete ihren Satz: »Weil du dir gedacht hast, das würde mich dir hörig machen – wie Gene und Jack und Gott weiß wie viele andere. Mir war von Anfang an klar, was du dir gedacht hast. Aber es war nicht meine Phantasie, Halley. Es war deine.«

Erneut überraschte sie mich, wie so viele Male zuvor, mit ihrer eigentümlichen Willens- und Persönlichkeitsstärke. Sie hätte vielerlei Reaktionen zeigen können – die allesamt aufrichtig hätten sein können. Sie hätte sich für vielerlei gespielte Reaktionen entscheiden können – die allesamt nutzlos gewesen wären. Statt dessen reckte sie das Kinn, blitzte mich verächtlich an und fragte kühl: »Und wie sieht *deine* Phantasie aus? Du behauptest doch, daß ich Phantasien gekonnt bediene. Also sag mir, wie du es gern hättest.«

Ich nickte beeindruckt. »Du hättest Psychotherapeutin werden sollen. Du verweist dein Gegenüber immer wieder an sich selbst zurück.« Ich hatte das Gefühl, daß dies meine letzte Chance war, zu ihr durchzudringen. Ich ging zu ihr, legte ihr die Hände auf die Schultern und schüttelte sie sacht. »Okay. Keine Mätzchen. Hör mir zu. Dir kann geholfen werden, es ist noch nicht zu spät dafür. Du bist hochintelligent, und du bist jung. Es gibt im Grunde nichts, was du nicht schaffen könntest. Ich weiß, daß du dich in irgendeinem Winkel deines Innern schuldig fühlen mußt wegen des Unheils, das du angerichtet hast – bei deinem Bruder und bei

Gene und möglicherweise bei einer Menge anderer Leute. Aber das waren Dinge, die lagen im Grunde nicht in deiner Hand, auch wenn du glaubst, daß du immer alles im Griff hast.« Halley hörte mir zu; sie hatte das Kinn erhoben, um meinen Blick erwidern zu können, ihre Lippen waren geschlossen, ihre Miene ungerührt. Ich hatte den Eindruck, daß es sie interessierte, was ich sagte. Ich war überzeugt, daß der größere, der bessere Teil ihres Selbst hören wollte, was ich zu sagen hatte. »Ich kann dir viele gute Therapeuten nennen. Und eine Therapie ist nichts, wovor du dich fürchten müßtest. Niemand hält dich zum Narren. Niemand behandelt dich schlecht. Du wirst nicht wieder diese Kränkung und Vereinsamung empfinden, die du als kleines Mädchen durch ihn kennengelernt hast. Du kannst die wahre Halley in dir entdecken – in dir drin gibt es eine wahre Halley – und sie ist noch stärker als diese hier.«

Sie hob einen Arm. Dadurch glitt meine Hand von ihrer Schulter. Sie berührte mit den Fingerspitzen meine Wange und streichelte sie. »Du hast ein schönes Gesicht«, sagte sie im Ton einer Feststellung. »Sag, war das dasselbe, was du Gene gesagt hast?« Sie wich zurück. In ihrer Stimme und ihrem Gesichtsausdruck lag nicht die kleinste Spur von Bosheit. »Ich brauche keine Hilfe, Herr Doktor, wirklich nicht. Vielleicht hast du recht. Vielleicht mache ich schreckliche Sachen. Aber ich fühle mich dabei nicht schrecklich. Ich bin glücklich. Und ob du es glaubst oder nicht, ich kann dich auch glücklich machen.« Sie winkte zum Abschied freundlich mit der Versandtasche. »Ruf mich an, wenn dir danach ist, das Leben genießen zu lernen«, sagte sie und ging.

Ich hatte kein Rezept, kein Textbuch, an das ich mich hätte halten können, nachdem ich mit meinem riskanten Spiel gescheitert war. Zwanzig Minuten später glitt mit leisem Surren und Scharren die riesige Schiebetür vor Sticks Büro zur Seite, um mich durchzulassen. Ich mußte darauf vorbereitet sein, daß Halley ihm die Diagnose hinterbracht hatte, die ich ihr gestellt hatte, auch wenn ich es für extrem unwahrscheinlich hielt (ganz besonders, wenn meine Diagnose zutreffend war). Aber falls sie es dennoch getan hatte, was hatte ich für Folgen zu gewärtigen? Ich hatte mich in eine unhaltbare Lage begeben – ich wollte diese Menschen einer Therapie zuführen, aber sie waren fest überzeugt, daß sie gar nicht krank wären. Der Heilungswunsch des Kranken ist eine Voraussetzung des Behandlungserfolgs. Wenn ich Halley aufs Wort glaubte (für einen Psychotherapeuten eine herkulische Aufgabe, wie der Leser weiß), war ich in einem bedauernswerten Irrtum befangen und sie ein Modellfall von psychosozialer Angepaßtheit. Meine Berufserfahrung und das gebündelte Wissen von Dutzenden genialer Erforscher der Grundbedingungen des Menschseins sagten mir, daß sie nicht glücklich sein konnte. Und dennoch führte sie ein konfliktfreies Leben. Sie ließ keinerlei Anzeichen von Leidensdruck erkennen. Als ich in dem schwarzen Ledersessel vor Sticks Bauerntisch Platz nahm, war ich in meinen Überlegungen an einem Punkt angekommen, wo ich die Möglichkeit einräumen mußte, daß Halley die Wahrheit gesagt hatte. Ich erklärte Gene für geheilt, und er beging Selbstmord; ich stellte ihr die Diagnose »psychiatrischer Fall«, und es ging ihr blendend. Wann war der Punkt erreicht, wo ich würde zugeben müssen, daß, wenn es watschelt wie eine Ente und quakt wie eine Ente und aussieht wie eine Ente, es zuallermindest auch wie eine Ente würde leben können?

»Also«, sagte Stick, die Hände mit nach vorn gekehrten Handflächen erhoben, wie wenn er sich ergeben wollte, »ich ziehe den Hut vor Ihnen. Gerade hatte ich Andy am Telefon. Sie haben die I/O-Verzögerung in den Griff gekriegt, und« – er schüttelte den Kopf – »hol mich der Teufel, Andy hat doch tatsächlich die Ehre einem andern überlassen. Tim Gallent –«

»Ja«, sagte ich, erfreut, daß wir bei einem unverfänglichen Thema waren. Was nicht hieß, daß ich geglaubt hätte, mich in Sicherheit wiegen zu können. Ich kannte Stick gut genug, um zu wissen, daß es ein Fehler war, sich in seiner Gegenwart zu entspannen, nur weil er sich entspannt gab. Halley konnte ihn trotzdem informiert haben. Seine Selbstbeherrschung war phänomenal. »Sie waren heute morgen beim Austesten«, fuhr ich fort. »Offenbar hat Tim gestern nacht den Durchbruch geschafft.«

»Zum erstenmal hat sich Andy wie ein richtiger Manager angehört.« Stick zwinkerte mir zu. »Vielleicht macht er mir nächstens meinen Posten streitig.«

»Nein«, sagte ich hastig. »Das ist in seiner Persönlichkeit nicht drin. Wie ich Ihnen sagte, ist er ein Wunderkind, und seine Angepaßtheit ist gewährleistet durch –«

Stick brachte mich mit der erhobenen Hand zum Schweigen. Und mit seinem Lachen. Einem tiefen, selbstzufriedenen Lachen. »Schon gut, schon gut, ich hab' nur Spaß gemacht. Ich weiß, daß Andy weiß, wo sein Platz ist.« Er fixierte mich mit einem konzentrierten Blick seiner dunklen Augen. »Und wir werden alle zwei dafür zu sorgen haben, daß es so bleibt. Wir wollen doch beide unsere früheren Fehler nicht wiederholen, richtig?«

»Richtig«, pflichtete ich ihm bei und senkte den Blick. Irgend etwas stimmte nicht mit mir. Diese Gesprächssituation – ein mächtiger Mann hinter einem Schreibtisch und ich, ein Hilfesuchender in einem Sessel, unsicher, Geheimnisse in sich verschließend, unfähig, dem Blick des Gegenübers standzuhalten – dieses Kapitel hatte ich in meiner Lebensgeschichte schon durchlebt, und es sollte nicht in meinem Alter und bei meinem Erfahrungsstand vorkommen. Wieweit würdest du deinem eigenen Anspruch genügen, Dr. Neruda? fragte ich mich. Bist du glücklich?

»Rafe?« Stick klopfte auf die polierte Platte seines Schreibtischs. »Hallo. Sie sind mir irgendwo abhanden gekommen.«

»Entschuldigung.« Den Kopf hoch! Und halte diesem Blick stand! »Wovon sprachen Sie gerade?«

»Hatten Sie auf der Grillparty Gelegenheit, sich ein Urteil über Jack Truman zu bilden – ich hab' gesehen, daß Sie sich eine Weile mit ihm unterhalten haben.« Stick lächelte und zuckte mit den Achseln. »Sie dürfen mir das nicht zum Vorwurf machen, Rafe. Sie haben da unten im Labor solche Wunder gewirkt, daß ich versucht bin, Sie in den Glasturm zu versetzen.«

»Seine Frau macht sich Sorgen um ihren Sohn«, sagte ich. »Sie wird von ihrem Kinderarzt schlecht beraten.«

»Tatsächlich?« Stick senkte das Kinn, zupfte mit den Fingern an der Nasenspitze, strich sich dann über die Augenbrauen und verschränkte schließlich seine Hände. Er lehnte sich zurück. »Ein Problem, bei dem Sie helfen könnten?«

»Hm ...« Ich hatte Mühe, mich zu konzentrieren – meine geliebten Theorien tanzten sämtlich in meinem Kopf wild durcheinander, und ich fand den Anblick ihrer plumpen Schenkel und fliegenden Röcke ziemlich grotesk. »An sich ist die Sache ganz einfach. Der Junge braucht nichts weiter als ein bißchen Nachhilfe im Lesen, und das hauptsächlich zur Beruhigung der Mutter.« Ich räusperte mich und rutschte nach vorn an die Sitzflächenkante meines Sessels, dessen Design darauf berechnet war, den Sitzenden in einer leicht nach hinten gekippten Position zu halten und ihn so den direkten kritischen Blicken seines Gegenübers hinter dem Schreibtisch passiv auszuliefern. »Ich vermute, daß Jack sich von seiner Familie zurückzieht, weil er in Halley verknallt ist. Eine Möglichkeit ist die, daß Amy ein belangloses Schulproblem ihres Sohns zu einer Krisensituation aufbauscht, um ihren ungebärdigen Ehemann in den Schoß der Familie zurückzuholen. Die andere ist die, daß der Junge die Spannung in der Ehe spürt und daß die Leseschwäche sein SOS-Ruf ist.« Ich wartete auf eine Reaktion von Stick. Als sie ausblieb, fuhr ich fort. »Aber es reicht, wenn man die Leseschwäche des Jungen direkt angeht. Bei Störungen im Familienleben ist das etwas ziemlich Alltägliches. Und Jack ist hart im Nehmen. Der klappt nicht zusammen, wenn Halley ihn abserviert.«

Stick ließ seine Fingergelenke knacken. Ich zuckte zusammen. »Hat sie denn vor, ihn abzuservieren?« erkundigte er sich.

»Ich dachte, das könnte ich von Ihnen erfahren«, sagte ich und stand auf. Ich mußte ihm gegenüber meine größere Statur zur Geltung bringen und mir zudem Bewegungsfreiheit verschaffen.

»Wollen Sie schon gehen?« fragte er.

Ich bewegte mich auf zielloser Wanderung zu den Fenstern hinüber. Der Parkplatz drunten war bis auf den letzten Platz voll. Theodore Copley war Herr über alles, was sich dort unten regte und bewegte. Zwar nicht in objektiver Tatsächlichkeit. Aber so mußte er es empfinden, wenn er die Ankommenden beobachtete, die hier andockten, weil er es so wollte, und einen Blick nach oben warfen, ehe sie seinen Tempel betraten. Für die Welt war er eine kleine Lokalgottheit in Westchester, aber in dem Gesichtskreis, den sein Fenster ihm eröffnete, war er nichtsdestotrotz der Herrgott. »Nein, ich hab' nur so eine nervöse Unrast in mir.«

»Möchten Sie mitkommen zum Schwimmen?« fragte er. »Ich fahr' gleich anschließend ins Sportcenter.«

Ich sah zu, wie ein ausfahrender Federal-Express-Transporter an der Schranke stoppte. »Ich kann nicht schwimmen«, sagte ich. Eine kindische Lüge, meine persönliche Form der Zurückweisung, geboren aus dem brennenden Wunsch, von ihm und allem, was er tat, abzurücken.

»Im Ernst?« Stick drehte seinen Sessel in meine Richtung. »Wie kommt das? Waren Sie in Ihrer Schulzeit nie in einem Ferienlager?«

»Dafür war bei uns zu Hause kein Geld da. Ich bin in der New Yorker Innenstadt aufgewachsen.«

»Aber Sie waren doch das Mündel Ihres Onkels, oder? Eines Freunds von Edgars Vater? Hat der Ihnen nicht –«

Ich fiel ihm ins Wort: »– Erst als Teenager. Mein Onkel war gegen Ferien in einem Lager. Meistens habe ich in den Sommerferien irgendwelche Förderkurse für hochbegabte Schüler besucht. An einem College, verstehen Sie?«

»Sie haben also nie schwimmen gelernt?«

»Ich fürchte mich ein bißchen vor dem Wasser«, sagte ich. »Hab' keine rechte Lust, in den Mutterschoß zurückzukehren, denke ich mal.« Ich zuckte die Achseln, lächelte Stick zu und ging zu meinem Sessel zurück.

»Wissen Sie, wie mein Vater mir das Schwimmen beigebracht hat?« sagte Stick. Ich schüttelte den Kopf. »Wir haben damals Urlaub in einer

Blockhütte in Maine gemacht, direkt an einem Teich. Eigentlich schon ein See, jedenfalls was die Fläche angeht. Ein sehr großer Teich. Er hat zu mir gesagt, er wird es mir beibringen. Er ist mit mir bis in die Mitte des Walker Pond gerudert, wo das Wasser ziemlich tief ist. Dann hat er mir meine kleine Schwimmweste ausgezogen und mich reingeschmissen.« Stick beobachtete mich, um zu sehen, wie ich reagierte, als ob er ein Therapeut und ich sein Patient wäre.

Aber das ergibt doch keinen Sinn. *Ich* bin der Therapeut, schärfte ich mir ein. Vielleicht sollte ich in meiner Brieftasche nachsehen, meinen Ausweis hervorholen, eine Ambulanz bestellen, ihn in eine Zwangsjacke stecken lassen und ihm Elektroschocks verordnen. Wir könnten diese selbstsicheren Gehirnzellen durchrütteln, sie dazu bringen, falsche Signale zu übermitteln, und ihn so von seiner Effizienz kurieren.

»Warum lächeln Sie?« wollte Stick wissen.

»Und? Was ist passiert?« fragte ich. »Nachdem er Sie ins Wasser geworfen hat, meine ich.«

»Er ist weggerudert. Ich weiß nicht mehr, wie weit. Jedenfalls ein ganz schönes Stück. Er hat noch gesagt: ›Du solltest jetzt besser nicht zu lange warten, bis du anfängst zu schwimmen, Junge, weil du nämlich sonst ertrinkst.‹ Das hätte er gar nicht zu sagen brauchen. Es war auch so ziemlich klar.«

»Und was ist passiert?«

»Ich bin geschwommen. Anfangs bin ich noch untergegangen und hab' Wasser geschluckt, aber ich bin geschwommen.«

Dafür konnte ich ihn bestimmt in eine geschlossene Anstalt stecken. Niemand würde etwas an meiner Begründung auszusetzen haben: Ich weise diesen Patienten ein wegen seines überentwickelten Lebenswillens. Ich bedeckte mein Gesicht mit beiden Händen und rieb. Meine Gesichtshaut brannte. Ich nahm die Hände wieder fort und fragte Stick: »Haben Sie ihm geglaubt?«

»Was geglaubt?«

»Daß er Sie ertrinken lassen würde?«

»Das Wasser war trübe. Ich weiß nicht, ob er mich hätte retten können, wenn ich untergegangen wäre. Ich erinnere mich, daß man sich in der Gegend eine Geschichte von einem zwölfjährigen Jungen erzählt hat, der im tiefen Wasser einen Krampf bekommen hat und den – ich glaube, sein Vater und sein Onkel waren es ... Egal, jedenfalls haben ihn zwei erwachsene Männer nicht mehr finden können, obwohl sie ganz in der Nähe gewesen waren. Wir haben die Geschichte damals alle gekannt.«

»Wie alt sind Sie gewesen?«

»Sechs.«

»Und Sie haben ihm also geglaubt?«

Stick lachte. »Mein Gott, ich war in Panik. Ich hatte keine Zeit zum Überlegen. Ich bin einfach geschwommen. Er hat recht gehabt. Er hat gemeint, ich kann es schon, ich muß es einfach nur auch tun.« Er beobachtete mich abwartend. Ich schwieg. Schließlich kam er zu dem Punkt, der ihn beschäftigte. Doch zuerst löste er seinen Blick von meinem und sah auf seine Hand hinunter, die irgend etwas vom Hosenbein zupfte. »Ich nehme an, so was würde man heute als Kindesmißhandlung bezeichnen?«

»Richtet sich Ihre Frage speziell an mich? Wollen Sie hören, ob *ich* es für Kindesmißhandlung halte?«

Stick nickte, ohne die Augen zu heben – ein für ihn bemerkenswert gehemmtes, kleinjungenhaftes Gebaren.

Ich räusperte mich. »Nun, aus der Sicht des Psychologen würde ich sagen, das Risiko stand in keinem Verhältnis zu dem zu erwartenden Gewinn.«

Stick lachte nicht. Er sprach leise. »Meiner Meinung nach hat er mir einen großen Dienst erwiesen. Ich war ein Muttersöhnchen. Sie hat mir alles durchgehen lassen. Wenn ich irgendein Wehwehchen gehabt hab', hat sie mir Aspirin verabreicht, mich ins Bett gesteckt, mir heiße Schokolade gebracht und mir vorgelesen –«

Ich fiel ihm ins Wort: »Sie waren natürlich ein Einzelkind.«

»Ist das so deutlich zu merken?« fragte er.

»O ja. Warum hatten Sie keine Geschwister?«

»Bei meiner Geburt hat es Komplikationen gegeben. Nabelschnur um den Hals und Steißlage. Fast wären wir beide draufgegangen. Danach konnte sie dann keine Kinder mehr haben.«

Das stereotype Detail in der Lebensgeschichte eines jeglichen Gottes: die beispiellose Geburt unter schrecklichen, zerstörerischen Umständen; und ihr glorreiches Ergebnis: das über alles geliebte Wesen, das den Klauen des Todes entrissen wurde und nun auf ewig unverwundbar ist.

Stick verschränkte seine Finger und drehte die Handflächen nach außen. Keine Knackgeräusche ... Gott sei Dank. »Aber wie auch immer, sie hat mich verhätschelt. Ich war auf dem besten Wege, ein richtiger kleiner Hosenscheißer zu werden. Mein Vater hat mich vor dem gerettet, was mir bei ihrer Erziehungsmethode hätte blühen können. Wer weiß? Wenn er mir nicht diesen Schock versetzt hätte, hätte sie vielleicht einen warmen Bruder aus mir gemacht. Darauf läuft's doch gewöhnlich hinaus mit Muttersöhnchen, oder? Ihm verdanke ich, daß ich Mark in den Knochen habe. Ich weiß, daß Sie anderer Meinung sind, aber für mich steht fest: damit, daß er mich ins Wasser geworfen hat, hat er mir das Leben gerettet.«

»Na ja, auf jeden Fall hat er Ihr Leben aufs Spiel gesetzt.«

Stick beugte sich mit den Ellbogen auf der Tischplatte und vorgestreckten Händen nach vorn und sah mich durchdringend an. »Hören Sie, ich verstehe nichts von dem, was Sie da in Ihrem Beruf treiben. Ich muß zugeben, daß ich das alles für Humbug gehalten hab', aber inzwischen weiß ich, Sie sind kein Hochstapler. Sie können den Leuten tatsächlich helfen. Ihre Meinung interessiert mich wirklich. Würden Sie sagen, was mein Vater da getan hat, war Kindesmißhandlung?«

»Selbstverständlich war es das. Aber das ist nicht das Interessanteste an der Geschichte.«

»Ist das wahr?« Stick lächelte beglückt. »Und was ist das Interessanteste daran?«

»Ihre Willensstärke – die sich nicht nur als Überlebenswille, sondern als Siegeswille manifestiert hat. Ich möchte Ihnen nicht zu nahe treten, aber Ihre Familiendynamik ist eher von der gewöhnlichen Art – und ich hätte sie ohne weiteres aus Ihrer Persönlichkeit erraten können. Ich bin sogar überzeugt, daß es eine ganze Anzahl ähnlicher und wahrscheinlich noch krasserer Vorfälle älteren Datums mit Ihrem Vater gibt, an die Sie sich gar nicht mehr erinnern –«

Er schnitt mir in scharfem Ton das Wort ab. »Jetzt machen Sie aber einen Punkt. Woher wollen Sie das wissen?«

»Ich weiß es, weil Sie nicht damit gerechnet haben, daß er Sie retten würde. Das ist für einen sechsjährigen Jungen eine mehr als ungewöhnliche Erwartungshaltung.«

Sticks Brauen zuckten. Ich wartete auf Widerspruch. Als keiner kam, fuhr ich fort: »Daß Sie sich an die Episode noch erinnern können, hat einen bestimmten Grund – natürlich abgesehen davon, daß Sie dabei fast zu Tode gekommen wären ...« Ich lächelte, und Stick lachte leise in sich hinein. Eine kumpelhafte Vertraulichkeit begann sich zwischen uns herzustellen. »Sie können sich noch daran erinnern, weil Sie an diesem Tag zum ersten Mal Ihren sadistischen Vater übertrumpft haben.«

Stick legte den Kopf schief und wandte mir ein Ohr zu, wie wenn er schwerhörig wäre: »Haben Sie sadistisch gesagt?«

»Ganz richtig. Sie standen damals vor einer ziemlich klaren Alternative, oder? Sie konnten der verweichlichte und kränkliche, zu nichts zu gebrauchende Kleine nach dem Herzen Ihrer schwachen Mutter bleiben, oder Sie konnten Ihren brutalen Vater kopieren. Sie haben sich ausgerechnet, daß es sich für Sie besser auszahlt, wie Ihr Vater zu sein. Sagen Sie, eins würde mich noch interessieren: Wann haben Sie zum erstenmal gesehen, wie er Ihre Mutter geschlagen hat?«

Stick regte keinen Muskel; den Kopf noch immer schiefgelegt, ein Ohr auf den Boden gerichtet, verharrte er in der Haltung eines Jägers auf dem Anstand. Er holte durch die Nase Luft. Als er sprach, bewegte er kaum die Lippen. Er sagte: »Sie hat es Ihnen erzählt.«

»Wer ist ›sie‹?«

Er gab einen unwilligen Laut von sich. »Meine Frau natürlich.«

»Niemand hat es mir erzählt, Stick. Sie tun anderen Menschen gern weh. Sie halten das für ein Zeichen der Liebe. Sie halten es für ein Zeichen von Männlichkeit. So wird man nicht, wenn man sich als Kind die Zeichentrickfilme im Fernsehen angeguckt hat, auch wenn manche Leute das behaupten. Kann sein, daß Sie nur ein einziges Mal gesehen haben, wie Ihr Vater Ihre Mutter geschlagen hat. Vielleicht haben Sie sonst nur erlebt, daß er sie angeschrien hat oder daß er sie mit Verachtung behandelt hat. Vielleicht hat er sie gern heruntergeputzt. Egal wie es im einzelnen gewesen ist, Sie könnten nicht der sein, der Sie sind, wenn Sie keinen grausamen Vater gehabt hätten.«

»Ich bin enttäuscht.« Stick wechselte schließlich doch seine Sitzhaltung. Er lehnte sich zurück, sah flüchtig zu seinem Telefon und schoß dann mit erhobenem Kopf, aus Augen, die vor Gleichgültigkeit gläsern wirkten, seinen Blick wie einen Laserstrahl auf mich ab. »Ich fürchte, ich gehöre zu den Menschen, denen mit Ihrer Kunst nicht zu helfen ist.«

Ich antwortete im Ton lärmender Freundlichkeit: »Ich bin überrascht.«

»Tja ...« Stick drückte zwei Knöpfe an seinem Telefon, um eine Nachricht in sein Vorzimmer zu schicken. »Mit der Psychotherapie hab' ich noch nie groß was am Hut gehabt.«

»Nein, nein.« Ich erhob mich. »Ich will Sie nicht länger aufhalten. Sie haben sicher noch Anrufe zu erledigen, bevor Sie zum Schwimmen gehen. Täglich drei Kilometer schwimmen – Sie genießen das, nicht? Ich habe lediglich sagen wollen: Ich bin überrascht, daß Sie das Gefühl haben, Sie brauchen Hilfe.«

Ich hatte ihn durcheinandergebracht und verunsichert. Einen Moment lang war er im Licht meiner Scheinwerfer mit offenem Mund und blinden Augen wie erstarrt. »Was?« sagte er, als ob er aus einem Traum erwachte.

»Ich sagte, ich bin überrascht, daß Sie das Gefühl haben, Sie brauchen Hilfe.«

»Habe ich nicht«, sagte er. »Im Gegenteil, ich fühle mich blendend.«

»Ach ja?« Ich stützte mich mit beiden Händen auf seinen Antikschreibtisch – es war die Pose des Anwalts, der im Gerichtssaal den Zeugen in die Mangel nimmt. »Der Sohn, den Sie lieben, kommt im Kindesalter ums Leben, Ihre Frau ist Alkoholikerin, Ihre Tochter ist auf Sie fixiert und unfähig, ein eigenes Leben zu leben, Sie selbst haben offenbar keine Freunde, nur Untergebene und Bekannte in der Geschäftswelt. Niemand könnte es Ihnen zum Vorwurf machen, wenn Sie das Bedürfnis hätten, sich über Ihre Isolation, über den entsetzlich hohen Preis, den Sie für Ihre stählerne Härte und Ihren Erfolgswillen bezahlt haben, mit jemand auszusprechen.«

Gleich am Anfang meiner Rede hatte ich mit der Erwähnung von Mikes Tod einen neuralgischen Punkt getroffen. Sticks rechter Arm fuhr durch die Luft, als ob er eine Fliege wegscheuchen wollte. Sein Augenausdruck wechselte, während sich gleichzeitig seine Lider halb schlossen. Seine schmalen, unsinnlichen Lippen, die so ganz anders als die seiner Tochter waren, verschwanden vollends. In seinem Innern herrschte Aufruhr (wenngleich ein oberflächlicher Beobachter diese Charakterisierung bestimmt für eine Übertreibung gehalten hätte). Nachdem ich die Indizien dargelegt hatte, richtete ich mich auf und sagte in sanftem Ton: »Ich könnte jemand für Sie finden, mit dem Sie reden können – jemand, bei dem Sie sich gut aufgehoben fühlen würden und auf dessen Diskretion Sie sich natürlich absolut verlassen könnten.«

Das war der Test. Als nächstes mußte die Explosion kommen. Zu erwarten, daß er in Tränen ausbrechen würde, wäre abwegig gewesen, aber das Spiegelbild des Tränenausbruchs, der Wutausbruch, war die naheliegende menschliche Reaktion, mit der man rechnen durfte. Bestimmt würde er jetzt loslassen und mich die Panik des kleinen Jungen sehen lassen, der im trüben Wasser des Teichs allein gelassen wurde und nun wie wild mit den Ärmchen um sich schlägt, um seinen Kopf über Wasser zu halten.

Stick rieb sich nachdenklich die Augenbrauen. Er holte Luft, klemmte seine Nase zwischen Daumen und Zeigefinger, ließ einen lang anhaltenden Luftstrom entweichen und hob dann die Hand mit mir zugedrehter Handfläche. »Ich habe eine bessere Idee. Sie sprechen mit Jack Truman und kümmern sich ein bißchen um seinen Jungen. Vielleicht wäre es gar nicht schlecht, wenn auch Jack jemand hätte, mit dem er mal reden kann – meine Tochter kann enorm anstrengend sein. Das weiß ich aus eigener Erfahrung. Ich kann sie einfach nicht bremsen. Aber wie auch immer, die Trumans können auf jeden Fall mehr mit einem Therapeuten anfangen als ich.« Er trat auf den Fußschalter am Boden. Mit leisem Surren und Scharren öffnete sich die Tür. »Vielen Dank, Rafe, für Ihre ausgezeichnete Arbeit. Ach« – er hob den Zeigefinger – »und noch etwas. Ich habe Ihre Aktennotiz gelesen. Führen Sie die vorgeschlagenen Verbesserungen auf dem Sportgelände ruhig durch. Sie wissen ja, ich halte viel von körperlicher Ertüchtigung.« Hocherfreut über die ironische Schlußpointe, die ihm eben noch einfiel, zwinkerte er mir zu: »In einem gesunden Körper wohnt ein gesunder Geist, nicht wahr, Herr Doktor?«

NEUNTES KAPITEL

Kapitulation

»Hallo«, rief Jeff, Halleys Assistent, als ich an der offenstehenden Tür zu ihrem Büro vorbeiging. Ich winkte ihm zu, trat jedoch nicht ein. Ich hatte nach meinem katastrophalen Gespräch mit Stick auf dem Rückzug aus seinem Büro schon einen kleinen Plausch mit seiner Sekretärin Laura eingelegt und war nicht in der Stimmung für weitere Neckischkeiten. Ich bemerkte jedoch, daß die Tür zwischen dem Vorzimmer und Halleys Zimmer offenstand, deshalb rief ich: »Zu Jack Truman bin ich doch hier richtig?«

»Gleich um die Ecke«, antwortete Jeff. »Die zweite Tür rechts, Dr. Neruda.«

Vater und Tochter waren nicht im mindesten beunruhigt, aber ganz offensichtlich war ich es. Wozu machte ich mir die Mühe, Halley wissen zu lassen, wohin ich unterwegs war? Wollte ich mich als eifersüchtiger Liebender geben? Was hätte das jetzt noch für einen Sinn gehabt?

Ich traf Jack im Vorzimmer seines Büros an; er stand hinter seiner an der Schreibmaschine sitzenden Sekretärin und las über ihren Kopf hinweg durch, was sie auf dem eingespannten Bogen getippt hatte. Er sah auf und grinste, als er mich erkannte. »Hallöchen«, sagte er. »Welcher Glanz in meiner Hütte. Was verschafft mir die Ehre?«

»Haben Sie eine Minute Zeit für mich? Stick meint, ich soll mich mal mit Ihnen unterhalten.«

Genausogut hätte ich ihm auch eine Kugel zwischen die Augen jagen können. Ich hatte den Witz vergessen, den ich auf der Grillparty gemacht hatte: daß er nichts zu lachen hätte, wenn ich meine Nase in sein Büro steckte. Er stammelte: »Sie sind hier, weil Sie ... Sie wollen mit mir sprechen?«

»Nichts von Bedeutung. Ich kann auch ein andermal kommen. Ich brauche Ihren Rat. Wissen Sie was, ich ruf' Sie an –«

»Nein-nein. Kommen Sie mit herein. Wir beide haben alle Fragen soweit geklärt, Kelly?« sagte er halblaut zu seiner Sekretärin und winkte mich, ohne ihre Antwort abzuwarten, in sein Zimmer. An der Tür ließ er mir den Vortritt und nahm mich dann am Arm. Auf dem ganzen Weg zu dem Sessel vor seinem Schreibtisch ließ er seine Hand an meinem Ellbogen, als wollte er mich führen, wohingegen es mir jedoch so vorkam, als suchte er den physischen Kontakt in dem Glauben, solange er mich festhielt, habe er mich unter Kontrolle. Zudem kam er mir mit dem Gesicht zu nahe und lächelte so forciert, daß ich mir im Zweifel war, ob die Falten, die sich dabei um seinen Mund bildeten, jemals wieder weggehen würden. Nachdem er mich dorthin plaziert hatte, wo er mich haben wollte, ging er zurück, um die Tür zu schließen, und sagte dabei mit lärmender Fröhlichkeit, die ausschließlich für die Ohren seiner Assistentin bestimmt war: »Also, das nenne ich eine angenehme Überraschung. Und selbstverständlich freue ich mich, Ihnen helfen zu können. Ich wäre ja eigentlich selber gern Arzt geworden.« Die Tür wurde geschlossen, und er steuerte seinen Schreibtisch an. Den geräuschvoll-munteren Ton behielt er bei. »Ich hab' gehört, daß nach hinten hinaus ein Sportgelände angelegt werden soll. Das wird eine tolle –«

Ich unterbrach ihn: »Schon gut, Jack, sie kann uns nicht mehr hören.«

Er war im Begriff, sich in seinem Sessel niederzulassen. Einen Moment lang schwebte er auf halbem Weg zu seinem Ziel in der Luft, die zweite Hälfte des Wegs legte er im freien Fall zurück. Die Polsterung seufzte unter seinem Gewicht auf.

»Ich bitte um Entschuldigung für diesen Überfall. Ich hätte Sie vorher anrufen sollen. Stick hat nichts mit meinem Besuch zu tun. Es war meine Idee. Ich weiß nicht, ob Ihre Frau – ob Amy Ihnen erzählt hat –«

»Sie fand Sie ganz toll!« Jack beugte sich in regem Eifer zu mir vor, so daß sein Bauch gegen die Tischkante gezwängt wurde und sein Oberkörper sich über die Platte wölbte. Er visierte mein Gesicht zwischen seinen beiden ausgestreckten Pranken an, als wollte er die Zielscheibe seiner Lobeserhebungen zwecks Erhöhung der Treffsicherheit für seine Augen schärfer von der Umgebung abgrenzen. Er hatte die Statur eines Football-Spielers – stämmige Beine, kräftiger Hals – und die Backen eines Mannes, der gern Bier trinkt und Steaks ißt. »Sie hat mir erzählt, daß sie Sie mit Billys Leseschwäche gelöchert hat – das passiert Ihnen ja wohl als Doktor laufend, was? Sie wollen sich am Feiertag ausspannen, und die Leute, die Sie treffen, wollen sich von Ihnen umsonst beraten lassen. Aber im Ernst, Amy ist Ihnen sehr dankbar. Sie sagt, Sie haben ihr wirklich geholfen. Obwohl – ich finde, sie macht da aus 'ner Mücke 'nen Elefanten. Billy hat das von mir geerbt, das sag' ich ihr immer wieder. Ich hab' seinerzeit als letzter von meiner Klasse lesen gelernt.«

Ich bemerkte in einer Ecke des Zimmers zwei Bambus-Angelruten. In dem Regal daneben stand ein messingbeschlagenes Teakholzkistchen, das wahrscheinlich Köder enthielt. »Zum Fliegenfischen?« fragte ich mit einer Geste zur Wand hin.

»Na klar ... Sind Sie auch Fliegenfischer?« erkundigte er sich hoffnungsvoll.

»Nein, aber einer von meinen Bekannten. Das sind doch handgearbeitete Ruten, nicht? Ziemlich teuer, glaube ich?«

»Allerdings. Die gehen eigentlich über meine Verhältnisse ...« Er wurde verlegen. »Zwei echte Liebhaberstücke. Die machen diese tollen alten Knacker in Handarbeit. Da hab' ich 'n paar große Scheine dafür hinlegen müssen. Kann sein, daß Amy sich mit Ihnen bald auch mal über meine Ausgabenpolitik unterhalten wird.« Er zwinkerte mir zu. Auch zwischen uns begann sich ein kumpelhaftes Verhältnis herzustellen. »Ich hab' sie mit hierhergebracht, weil ich sie einem Kunden zeigen will, der selber Fliegenfischer ist. Toller Kerl. Ich treff' mich nachher mit ihm zum Essen.«

»Haben Sie Billy mal mitgenommen zum Fischen?«

Jack schluckte. »Hätte ich wohl tun sollen, was?« fragte er kleinlaut. »Ich wollte warten, bis er ein bißchen älter ist. War wohl ein Fehler?«

Sieht so vielleicht der Alltag von Dr. Joyce Brothers aus? fragte ich mich. Wo immer sie auftaucht, wird sie als unfehlbares Orakel behandelt, alles wird ihr zur fachmännischen Begutachtung vorgelegt? »Ich hab' aus reiner Neugier gefragt«, sagte ich.

»Nein, im Ernst, sagen Sie mir ruhig, was Sie denken. Ich hab' jedesmal ein schlechtes Gewissen, wenn ich am Wochenende losziehe und nehm' ihn nicht mit.«

»Nehmen Sie ihn mit, sobald Sie glauben, daß er Spaß bei der Sache hat, würde ich sagen. Mehr weiß ich auch nicht. Ist wahrscheinlich irgendwie gut für die Verbundenheit zwischen Vater und Sohn. Aber Sie dürfen ihn natürlich nicht als Köder ins Wasser schmeißen.«

Jacks breite Nase zuckte. »Wir verwenden ausschließlich synthetische Köder. Deshalb heißt es ja Fliegenfischen.«

»War nur ein Spaß«, sagte ich.

»War mir klar«, sagte er nickend.

»Amy hat mir erzählt, daß Ihr Kinderarzt zur Ritalinbehandlung geraten hat. Das scheint mir bei einer simplen Leseschwäche ein bißchen übertrieben.«

»Mhm.« Er nickte heftig.

Ich wartete darauf, daß er noch etwas sagen würde. Das Nicken wurde langsamer. Er blieb stumm und trug eine gespielte Aufmerksamkeit zur

Schau – wie ein Primaner, der zum Direktor bestellt wurde und nun auf Verhaltensmaßregeln wartet, denen er mit Strahlemann-Miene zustimmen wird, um sie hinterher in den Wind zu schlagen.

»Und ...?« Ich lächelte. »Sonst hat er keine Probleme? Außer daß er mit acht Jahren noch nicht lesen kann?«

»Er kann schon ein bißchen lesen. Aber er ist hinter seinen Klassenkameraden weit zurück. Er ist einfach faul. Ich glaube, das ist das ganze Problem. Er liest nicht gern, deshalb gibt er sich keine Mühe damit. Der Doktor hat nicht gesagt, daß er dieses, äh ...«

»Ritalin.«

»Daß er dieses Ritalin definitiv braucht. Er hat nur gemeint, es wäre eine Möglichkeit, wenn das Problem darin besteht, daß Billy sich nicht konzentrieren kann. Das meint nämlich die Schulleitung. Sie sagt, er ist dissozial und stört den Unterricht –«

»Dissozial?« sagte ich und fuhr auf, als hätte man mir einen elektrischen Schlag versetzt.

»Nein!« Er streckte die rechte Hand in meine Richtung aus, wie um das Wort zurückzuholen. »Nicht dissozial. Sie wissen schon, einfach nur ... Er ist einfach nur der Klassenkasper. Ein Zappelphilipp. So wie ich seinerzeit. Ich bin in der Schule auch ein Zappelphilipp gewesen. Aber ich werd' mal ein ernstes Wörtchen mit ihm reden – ich krieg' das schon wieder in Ordnung mit ihm. Ich war die ganze Zeit viel unterwegs und hab' mich um die Probleme daheim nicht so gekümmert, wie ich das eigentlich hätte tun müssen. Tut mir leid, daß Amy Sie mit der Sache behelligt hat. Wir bringen das schon in Ordnung. Ist keine große Affäre.«

»Darf ich mich mit Ihrer Erlaubnis einmal mit Amy über die Sache unterhalten?« Fassungsloser hätte Jack auch nicht aussehen können, wenn ich plötzlich angefangen hätte, Kisuaheli mit ihm zu sprechen. Er glotzte mich mit offenem Mund an. »Das ist der Grund meines Besuchs. Ich möchte ihr gern einen oder zwei Nachhilfelehrer empfehlen. Ich kenne zwei ganz vorzügliche Logopäden, mit denen ich früher, als ich noch im Behandlungszentrum tätig war, zusammengearbeitet habe. Manchmal kann man mit ein klein bißchen zusätzlicher Hilfe einem Kind das verlorene Selbstvertrauen wiedergeben. Wer erst mal in der Schule zurückgefallen ist, ist in einer blamablen Lage, und dadurch wird das Aufholen doppelt schwer. Über all das würde ich gern mit Amy sprechen, aber nicht hinter Ihrem Rücken. Und schon gar nicht gegen Ihren Willen.«

Jack nickte, jetzt mit einer langsamen, bedächtigen Kopfbewegung, als ob der Schuldirektor gerade begonnen hätte, wirres Zeug zu reden, und er sich überlegte, ob er die Erste-Hilfe-Schwester alarmieren sollte.

»Das hat nichts mit Ihrer oder meiner Arbeit zu tun, Jack«, redete ich weiter, in sein wachsames Schweigen hinein. »Und auch nichts mit Stick. Da steckt nirgendwo eine Bedrohung für Sie drin. Ich will nur meine Hilfe anbieten. Sehen Sie, ich verstehe eine ganze Menge von Kindern, eine ganze Menge von Ritalin und eine ganze Menge von Klassenkaspern. Ich bin mir sicher, daß Billy nichts Ernstliches fehlt, und ich möchte verhindern, daß irgendwer aus seinem kleinen Problem durch Überreaktion ein großes Problem macht. Ich glaube zum Beispiel nicht, daß man ein ernstes Wort mit ihm reden muß. Wahrscheinlich braucht er nur ein bißchen Unterstützung und Zuspruch.«

Jack stieß sich samt Sessel vom Schreibtisch ab und ließ den Blick zu den Bambusruten hinüberwandern; seine aufgesetzte Munterkeit hatte sich verflüchtigt. »Er hat zwei von seinen Klassenkameraden vertrimmt«, sagte er mit tonloser Stimme. »Dem einen hat er ein richtiges Veilchen verpaßt. Und er hat eine Lehrerin ans Schienbein getreten, die Tanzlehrerin – weiß der Henker, warum die. Sie hat ihm gerade das Polkatanzen beigebracht ...« Er lachte resigniert, aber zugleich auch aus dem Bauch, ehrlich belustigt. Anschließend seufzte er, rollte mit seinem Sessel zu den Angelruten hinüber und griff sich eine. »Wunderschöne Arbeit, was?« sagte er, sich von seinem Sitz erhebend. Er kam zu mir her und drehte das Bambusrohr vor meinen Augen, um mich Einzelheiten sehen zu lassen, die ich kaum zu würdigen wußte. »Ich beneide diese Kerle. Ich meine, nach außen hin sieht's ja nicht gerade so aus, als ob man die groß beneiden müßte – leben in der hintersten Pampa, mit 'ner uralten Schrottmühle hinterm Haus –, aber es muß ein friedliches Leben sein. Und ein herrliches Gefühl, wenn man weiß, daß man etwas herstellt, was einzigartig ist. Ich bin ein Verkäufer, ich stelle nichts her, deshalb ...« Er legte die Rute quer über seine ausgestreckten Unterarme, wie wenn er ein besiegter Krieger wäre, der dem Sieger sein Schwert übergibt.

»Sie ist schön«, sagte ich.

Jack sagte leise: »Billy ist dissozial.« Er trug die Angelrute in die Ecke zurück. Dann schob er seinen Sessel wieder zum Schreibtisch und sprach dabei in ruhigem Ton weiter: »Die Schulleitung hat uns mitgeteilt, daß wir ihn bis spätestens zum nächsten Schuljahr unter Kontrolle gebracht haben müssen, oder sie würde sich gezwungen sehen – na ja, wir würden ihn in eine andere Schule schicken müssen.« Er ließ sich in seinen Sessel fallen. »Es ist eine Privatschule. Angeblich die beste –«

»Amy hat mir erzählt, daß es eine gute Schule ist«, sagte ich. »Stick braucht nichts davon zu wissen, daß ich Hilfestellung gebe. Wäre es Ihnen recht, wenn ich mit Amy spreche und vielleicht Billy mit einigen von meinen Fachkollegen zusammenbringe? Die behandeln normalerweise Kinder, die wirklich psychiatrische Fälle sind – für sie ist es eine Erholung, wenn sie es mal mit einem kleinen Jungen zu tun haben, dem nichts fehlt, außer daß er ein bißchen verrückt spielt.«

»Und Sie meinen, mehr steckt nicht dahinter?« Zum ersten Mal sah Jack mich aus seinen grünen Augen, die in seinem gedunsenen Gesicht klein wirkten, voll an – mit einem flehentlichen Blick, der anrührend wirkte. Er mochte zwar nicht der allerbeste Anwalt der Interessen seines Sohnes sein, aber er *wollte* es sein.

»Wahrscheinlich nicht«, sagte ich. »Man kann ihm eigentlich keinen Vorwurf machen. Ich würde auch jeden ans Schienbein treten, der mir das Polkatanzen beibringen wollte.«

Wir trennten uns als Freunde. Und auch mein kindischer Trick hatte funktioniert. Beim Verlassen von Jacks Büro wäre ich beinahe von Halley über den Haufen gerannt worden. Sie fuhr mit staunend hochgezogenen Augenbrauen zurück – der Ausdruck ihrer scheinbar maßlosen Überraschung kam so prompt, daß er kaum zu überzeugen vermochte. »Rafe! Was tust du denn hier?« fragte sie.

»Tratschen«, sagte ich lächelnd. »Und du?«

Sie deutete auf die Versandtasche, die sie mir schon in Andys Büro gezeigt hatte. »Ich will mir von Jack etwas Feedback abholen.«

»Dann solltest du dich aber beeilen«, sagte ich, schon im Gehen. »Er hat eine Verabredung zum Essen mit einem Fliegenfischer.«

»Wie war das?« rief sie mir nach.

Aber ich wandte mich nicht mehr um. Am Nachmittag rief ich Amy Truman an. Eine Stunde, bevor sie Billy von der Schule abholte, trafen wir uns in einem Café in Tarrytown. Jack hatte sie über meine Anteilnahme ins Bild gesetzt. In dem Gefühl, seine Billigung zu besitzen, schüttete sie mir vorbehaltlos ihr Herz aus. Nach zehn Minuten und einer ermunternden Zwischenfrage erweiterte sie ihr Themenspektrum über den Bereich von Billys Kümmernissen hinaus. Ich mochte sie. Sie war in Louisiana geboren, wo Jack sie auf einer Verkaufsreise kennengelernt hatte und, ehe sie geheiratet hatten, ein Jahr lang fest mit ihr befreundet gewesen war. Ihr Vater war Arzt, ihre Mutter Musiklehrerin. Sie selbst hatte, nach abgeschlossenem Pädagogikstudium, bis zur Heirat im öffentlichen Schulsystem ihrer Heimatstadt gearbeitet und war dort für die Vorschul-Leseerziehung im Kindergarten zuständig gewesen. Das war mit ein Grund, warum Billys Leseschwäche für sie besonders demütigend war – und warum dieser Typ der Lernstörung sich ihm als Artikulationsmedium seines Protests förmlich aufdrängte. Sie fühlte sich zu Boden gedrückt von der Verpflichtung, gleichzeitig mit der Sorge für ihr zweijähriges Töchterchen, Billys Schulproblemen und Jacks umfangreichem Reisepensum fertigwerden zu müssen. Bezeichnenderweise gab sie sich schuld an Billys Lernproblem. »Ich war zu sehr hinter ihm her, habe ihm viel zu früh das Lesen beibringen wollen, und jetzt bekomme ich die Quittung dafür – genau das Gegenteil von dem, was ich wollte, hab' ich erreicht.« Mit ihrem rotblonden Haar, ihren lebhaften blauen Augen, ihrer properen Figur und ihrem offenen Lächeln hätte sie eigentlich Jacks Interesse wachhalten müssen, aber ich saß in diesem Fall nicht abgeschottet von der Welt der Patientin im Therapeutensprechzimmer: ich kannte die Wurzeln der Probleme, vor denen sie stand. Ihr grundanständiger Charakter wirkte sich für sie als Handikap aus. Sie wiegte sich in dem Irrtum, der Umstand, daß sie für Jacks Kinder sorgte und ihm selbst einen sicheren Hafen bot, würde ihr seine Liebe und Dankbarkeit sichern. Jack hatte jedoch statt dessen das Gefühl, er habe sie im Sack. Bei Hyperion waren ihm unterdessen Gefahren und Aufregungen und auch Triumphe geboten – und nicht die Konfrontation mit schlechten Noten und schmutzigen Windeln, nicht das bornierte Grüne-Witwen-Geschwätz über Einkaufserlebnisse und Sitzungen des Eltern-und-Lehrer-Vereins, nicht der ewig selbe leicht zu erobernde Körper, der sich für seine Hände wahrscheinlich fülliger und schlaffer anfühlte als jener, den er einst in schwülwarmen Nächten auf dem Bayou umworben hatte. Wie immer dem sein mochte – Amy war ein Fisch, den er längst im Käscher hatte.

Innerhalb von vierzig Minuten kam sie dreimal darauf zu sprechen, wie selten die Gelegenheiten geworden seien, bei denen sie und Jack allein miteinander seien, und daß dies ja auch kein Wunder sei, wo er doch ständig auf Achse war und Billy diese Probleme in der Schule hatte und obendrein auch noch die zweijährige Kleine zu versorgen war. Sie klagte über Jacks Arbeitsbelastung und machte sich im nächsten Moment ihre Klagen zum Vorwurf. Schließlich bringe das kommende Jahr für Jack eine große Chance, murmelte sie verlegen.

Ich riskierte einen Schuß ins Blaue und bemerkte in einem Ton, als wüßte ich Bescheid: »Sie meinen das große Versprechen für die Zukunft, das Jack von Stick bekommen hat, falls der Centaurus gut läuft?«

»Dann wissen Sie also Bescheid?« Sie lächelte und klatschte mit den Fingern auf die Tischkante. »Hab' ich's nicht gesagt? Stick macht nicht bloß Wind, hab' ich zu Jack gesagt. Und Sie sind natürlich eingeweiht. Jack hat mir erzählt, daß Stick wirklich große Stücke auf Ihren Rat hält. Er ist ziemlich eifersüchtig auf Sie. Sie hätten zweimal in der Woche eine Besprechung unter vier Augen mit Stick, er nur montags.«

»Jack hat recht, wenn er vorsichtig ist«, sagte ich. »Ein Versprechen ist nichts weiter als ein Versprechen.«

Sie machte ein ernstes Gesicht. Und nickte bedächtig. »Das stimmt natürlich. Ich wollte nur sagen, verstehen Sie, daß ich den Eindruck – ich meine, Jack hat so großartige Arbeit für –«

»Jack leistet phantastische Arbeit. Stick weiß das.« Ich legte meine Hand auf ihre. Ihre blaßblauen, in diesem Augenblick vom einfallenden Sonnenlicht entfärbten Augen sahen mich unbefangen und freimütig an. Ich wandte, meine neue Lehrerin imitierend, mein ganzes Ich nach draußen zu ihr, strahlte ihr Liebe und Ergebenheit zu ohne Furcht vor Blamage oder Zurückweisung – und ohne irgendwelche Skrupel ob der Aufrichtigkeit oder Unaufrichtigkeit der gezeigten Empfindungen. »Hören Sie. Sie müssen sich jetzt um sich selbst kümmern. Jack kommt mit seiner Arbeit allein zurecht. Sie brauchen jetzt seine Mithilfe bei der Erziehung seiner Kinder.«

»Ja«, sagte sie. »Das stimmt.«

»Männer neigen dazu, ihre Berufstätigkeit für unendlich wichtig zu halten. Von den Menschen, die sie lieben, erwarten sie, daß sie alles stehen und liegen lassen, um ihnen selbst die Arbeit zu erleichtern. In ihren Augen ist ihr Job nicht einfach nur ein Job – er ist die Zukunft, ist Sicherheit, ist Liebe, ist das, was den guten Menschen ausmacht. Aber sehen Sie, letzten Endes ist der Job eben doch nur ein Job, und man kann ihn zwar lieben, aber er liebt einen nicht wieder.« Ich schob meine Finger unter ihre Hand und drückte sie leicht. Sie erwiderte den Druck. »Wenn er nicht bald anfängt, sich um Sie zu kümmern, ist er ein Narr.« Ich ließ ihre Hand los. Sie schluckte, eine leichte Röte breitete sich auf ihren sommersprossigen Wangen aus, und ihre Pupillen weiteten sich. »Ich werde Ihnen jemand besorgen, der Nachhilfeunterricht im Lesen gibt, und ich möchte gern, daß Sie einen Termin mit einem Familientherapeuten ausmachen.« Auf eine Serviette schrieb ich einen Namen und eine Adresse. Ich vertraute darauf, daß Amy in Dingen, die das Wohl ihrer Familie betrafen, gewissenhaft genug und Jack gegenüber durchsetzungsfähig genug war, um Jack so weit zu bringen, daß er mit ihr und Billy zur Beratung ging. Meines Erachtens war dies die einzige Art und Weise, wie ich einen Fliegenfischer dazu bewegen konnte, eine Therapie zu machen. Ich überreichte ihr die Serviette.

»Danke«, sagte Amy, faltete sie sorgfältig zusammen und verstaute sie in ihrer Handtasche.

Ich griff nach ihrer Hand, die sie mir bereitwillig überließ. »Sie und Jack müssen etwas für Ihre Ehe tun, dann lösen sich Billys Probleme. Verstehen Sie, was ich meine?«

Amy nickte, einen entschlossenen Ausdruck um den Mund, der Kampfbereitschaft ankündigte. »Ja«, sagte sie nickend, »ich glaube schon.«

Ich zwinkerte ihr zu. »Fein. Sie wissen ja, ich bin ein Single. Sagen Sie Jack, wenn er Sie nicht auf Händen trägt, werde ich es tun.«

Sie lächelte. »Das sag' ich ihm, Herr Doktor. Ganz bestimmt sag' ich ihm das.« Sie zwinkerte zurück.

Nachdem sie gegangen war, rief ich aus der Telefonkabine des Cafés Stick an, um meinem Chef – denn zu dem war, wie ich mir klarmachte, Theodore Copley geworden, und der war er der Tatsache zum Trotz, daß ich ihm bei weitem nicht die volle Wahrheit über die Aktionen enthüllte, die ich in seinem Namen unternahm – um also meinem Chef zu berichten, daß ich den Trumans einen guten Nachhilfelehrer empfohlen hätte, daß das Problem ihres Sohnes nicht der Rede wert sei und daß ich beeindruckt sei von der Loyalität zur Firma, die Jack an den Tag lege. Ich betonte, wie wichtig es mir erschien, daß er Jack gegenüber nichts davon verlauten ließ, daß mein Vorstoß auf seine Anregung erfolgt war. »Das würde ihn nur beunruhigen«, sagte ich.

»Und genau das wollen wir doch nicht«, meinte mein unerschrockener Führer. »Wir wollen, daß Jack sich beruhigt und entspannt fühlt. Er macht seine Arbeit grandios. Übrigens, Rafe, ist Ihnen Donnerstagabend für ein Doppel recht?« Ich war zu seinem Standardpartner in Matches gegen eine Vielzahl von Gegnern – gewöhnlich geschäftliche Konkurrenten – avanciert.

»Aber sicher«, sagte ich.

»Großartig. Wir treffen uns um sieben im Club. Noch etwas. Ich schicke Ihnen den Hotelprospekt für die Herbstklausur runter.«

»Herbstklausur?«

»Genau. Hab' ich Ihnen noch nicht davon erzählt? Wir haben das letztes Jahr zum erstenmal ausprobiert und wollen es dieses Jahr wieder machen. Nur die Spitzengarnitur, am Wochenende nach dem Labor Day. Ist jetzt der letzte Schrei in der Unternehmenskultur. Ihr Freund Edgar schwört darauf. Er hat mich überhaupt darauf gebracht. Und er hat uns dieses Hotel in Vermont empfohlen. Das Green Mountain. Kennen Sie es?«

»Tut mir leid, nie davon gehört. Genausowenig wie von diesen Klausuren.«

»Klausur klingt ein bißchen abschreckend. In Wirklichkeit ziehen wir uns einfach ohne Familienanhang in ein Ferienhotel zurück, machen morgens eine Sitzung mit großem Palaver, da kann sich jeder von der Seele reden, was er schon immer hat sagen wollen, aber weiß Gott warum noch nie hat sagen können, nachmittags spielen wir ein bißchen Golf und Tennis, und abends lassen wir die Seele baumeln. Normalerweise würde ich ja bei so was nicht an unsere Klabautermänner von der Technik denken, aber in diesem Fall überleg' ich, ob ich nicht Andy mit einladen soll. Vielleicht auch Timmy. Oder ist der zu abgedreht? Sehen Sie sich bitte mal den Hotelprospekt an. Die bieten da sogenannte Gruppenleiter an, die uns ein bißchen lockern und uns die Zungen lösen sollen. Aber ich hab' eine andere Idee und hab' schon mit Edgar darüber gesprochen. Er ist ganz meiner Meinung, daß es besser wäre, *Sie* würden unsere Morgenkonferenzen leiten. Was das Green Mountain anbietet, klingt mir sehr nach zweitklassiger Gruppentherapie; ich glaube einfach nicht, daß die uns eine so qualifizierte Kraft, wie Sie es sind, präsentieren können. Und werfen Sie doch bitte auch einen Blick auf die provisorische Teilnehmerliste. Vielleicht haben Sie Änderungsvorschläge. Hoppla«, sagte er, »da kommt gerade der Anruf von unserm Mann in Paris herein –« Das mußte Didier Lahost sein, der Leiter des kürzlich dazugekauften französischen Unternehmenszweigs.

»Nur einen kurzen Moment noch!« rief ich hastig in die Sprechmuschel des Münztelefons. Aber dann sprach ich nicht gleich weiter. Meine Gedanken wurden in eine andere Richtung gelenkt durch den Einfall, daß ich mich möglicherweise in derselben Telefonkabine befand, aus der Gene mich gegen Ende seiner Therapie anzurufen pflegte, in jenen Monaten, als er durch den heranrückenden Fertigstellungstermin des Black Dragon in solchen Arbeitsdruck geraten war, daß er mich nicht mehr besuchen konnte. Gene hatte behauptet, mich aus seinem Büro anzurufen, sei für ihn zu riskant: es dürfe in der Firma nicht bekannt werden, daß er sich in Therapie befand. Ich erinnerte mich, wie ich seine Vorsicht damals eingeschätzt hatte: als neurotische Scham in der Maske einer Paranoia, die Attitüde eines von sich selbst Besessenen, der, von Grandiositätsphantasien heimgesucht, seine belanglosen Problemchen zu Staatsgeheimnissen aufbauschte. Nein, dies war nicht dieselbe Kabine, wurde mir klar, als ich mich erinnerte, daß Gene aus dem fünf Minuten vom Labor entfernten International House of Pancakes angerufen hatte, um vorgeben zu können, er sei zum Mittagessen in der Schnellgaststätte unterwegs, falls ihn jemand aus der Firma beim Telefonieren entdecken sollte. Ich erinnerte mich deshalb, weil ich mich seinerzeit verwundert gefragt hatte, wer denn wohl Pfannkuchen zu Mittag essen würde.

»Ja?« Stick riß mich aus meiner Gedankenverlorenheit. »Worum geht's? Ich muß Didier erwischen, bevor er auflegt und schlafen geht. In Paris ist es jetzt kurz vor elf.«

»Es geht um Ihre Frau. Um das, was wir auf der Grillparty kurz angesprochen haben – Sie erinnern sich? Ich möchte gern mit ihr sprechen und ihr behutsam nahelegen, etwas gegen das Trinken zu unternehmen. Ich könnte beispielsweise zusammen mit ihr zu einem Treffen der Anonymen Alkoholiker gehen. Oder eine andere Möglichkeit – ist sie vielleicht religiös, wenigstens ein kleines bißchen? Dann könnte der Vorschlag von ihrem Seelsorger ausgehen.«

Die Leitung war tot. Er hatte aufgelegt.

»Stick!« schrie ich auf. So kaltschnäuzig konnte er nicht sein. Er konnte in mir nicht einzig das Mittel zum Zweck sehen, seine Angestellten zu manipulieren.

»Ja?« Er war doch noch dran.

»Hören Sie, schon aus reinen Gesundheitsgründen müßte mit Mary Catharine etwas geschehen. Wenn sie in ihrem Alter so weitermacht wie bisher, macht sie es nicht mehr lange.«

Nichts zu hören. Kein Hintergrundgeräusch. Kein Atmen. Nicht das leiseste Rascheln oder Schaben. Wo war er geblieben? Hatte er einen Knopf gedrückt, der die Kommunikation unterbrach? Tippte er eine Nachricht an Laura?

»Stick?« rief ich wieder.

»Das überschreitet Ihre Kompetenz«, sagte er. »Ich weiß, für Sie ist der Grenzverlauf nicht so klar überschaubar wegen Halley und dem. Aber Ihr Verhältnis mit Halley ist Ihre Privatangelegenheit.«

»Ich habe kein Verhältnis –«

Er ließ mich nicht zu Wort kommen. »Das ist Ihre Sache. Wie ich Ihnen schon gesagt habe, bin ich der Ansicht, daß Psychotherapie sich nicht für alle Menschen eignet –«

Ich unterbrach ihn. »Aber ich spreche doch gar nicht von Psychotherapie. Die Anonymen Alkoholiker sind keine –«

»Es überschreitet Ihre Kompetenz, Rafe. Sie respektieren doch meine Privatsphäre, nicht wahr?«

»Aber ja. Selbstverständlich. Ich versuche lediglich –«

»Ich halte es nicht für fair, daß Sie Ihre Position dazu mißbrauchen, sich in meine Familienangelegenheiten einzumischen. Ist wohl auch nicht ganz konform mit Ihren Standesregeln, oder?«

»Ich spreche als Ihr Freund mit Ihnen.«

»Kommen Sie mir nicht mit so einem Unsinn, Rafe. Wir beide sind keine Freunde«, sagte er unwirsch. Dann lachte er leise. »Wir sind vielleicht ein gutes Gespann auf dem Tennisplatz, aber wir sind keine Freunde. Wir sehen uns am Donnerstag im Club. Bis dann.«

Es war heiß in der Telefonkabine. Draußen näherte sich die Quecksilbersäule der 38-Grad-Marke, und man hatte das Gefühl, die feuchte Luft nicht nur vor Augen zu sehen, sondern sie förmlich im Mund zu kauen. Der Schweiß lief mir in Bächen von der Stirn. In Tampa pflegte Francisco zu mir zu sagen: »Das ist unser galicisches Bauernblut. Unser Gehirn kocht und weicht uns den Schädel auf.«

Bei Hyperion lagerten keine unentbehrlichen Unterlagen oder Notizen von mir. Auf dem Weg zu meinem Wagen überlegte ich, daß ich ohne weiteres nach Baltimore zurückfahren konnte; wenn ich die Telefonzentrale des Instituts beauftragte, Anrufer, die mich sprechen wollten, abzuwimmeln, war ich praktisch aus der Welt von Stick und Halley verschwunden.

Willst du kneifen? fragte ich mich.

Es wird Zeit, daß du mal wieder Susan besuchst und alles mit ihr durchsprichst, gab ich zur Antwort. Bis ich in Greenwich Village eintraf, mußte sie eigentlich mit ihrer letzten Sitzung fertig sein.

Die Autobahn nach Manhattan verließ ich über die Abfahrt Riverdale, ohne daß dem eine bewußte Entscheidung vorausgegangen wäre. Ich fahr' da nur mal vorbei, beschwichtigte ich mich. Aber vor dem Behandlungszentrum trat ich auf die Bremse und brachte den Wagen zum Stehen. Auf dem Parkplatz standen zwei Kleinbusse, einer vom Kinderheim Bronx, der andere vom Kinderheim Yonkers. Walter, der Fahrer aus Yonkers, hatte die Motorhaube hochgeklappt und inspizierte die Innereien seines Gefährts. Die Hecke um die angebaute Bettenstation hätte längst wieder gestutzt werden müssen. Ich fuhr auf den Parkplatz.

Als ich die Autotür zuwarf, hob Walter den Kopf und sah herüber. Bevor er reagieren konnte, war ich schon in dem Gebäude. Linkerhand stand die Tür zum Gruppenraum 2 offen. Von drinnen kam das gikkernde Lachen eines kleinen Jungen. Unten im Kellergeschoß hätte jetzt in der Küche die Zubereitung des Essens für die Hauspatienten im Gange sein müssen. Ich schnüffelte. Nichts. Enttäuschung stieg in mir auf. Nichts hätte ich jetzt lieber getan, als mit allen zusammen zu Abend zu essen. Es war ein heißer Tag. Vielleicht wollte man heute zum Abendessen auf dem Platz hinterm Haus den Grill anzünden. Nachdem sie das Eis oder die Wassermelone, die es zum Nachtisch gab, aufgegessen hatten, spielten die Kinder dann manchmal Volleyball, bis die Spätsommersonne hinterm Horizont verschwunden war. Sie hatten immer darauf bestanden, daß Diane und ich so lange bei ihnen blieben.

Ich ging zum Empfangsbereich, wo Sally ihres Amtes waltete und den Zugang zu den Zimmern der Therapeuten bewachte. Dort begrüßte ich Sally mit einer Frage: »Wissen Sie, ob Diane im Moment Zeit für ...«

Ich konnte den Satz nicht beenden. Sally schoß hinter ihrem Tisch hervor und umarmte mich. Jemand anders klopfte mir auf den Rücken – es war Gregory, einer der im Haus wohnenden Sozialarbeiter, wie sich herausstellte.

Ich versuchte zu erklären, daß ich nur mal kurz vorbeischaute, aber jetzt steckte eine Elfjährige, die ich einmal behandelt hatte, die Nase in den Empfangsbereich und stellte hörbar fest: »Dr. Rafe ist wieder da!« Sie rief etwas in den Flur, und binnen kurzem erschienen drei weitere Kinder, die einmal Patienten von mir gewesen waren, lächelten mich an und begannen alle zugleich auf mich einzureden, so daß ich im Grunde nichts verstand ...

Ich setzte mich auf einen Metallstuhl an der Wand, beugte mich vor, legte das Gesicht in die Hände und weinte. Das schien Sally mehr zu verwundern als mein unverhofftes Auftauchen. »Sch«, sagte sie zu den anderen und scheuchte sie weg. »Ihr müßt ihm Zeit lassen«, flüsterte sie. Ihre Hand legte sich auf meine Schulter. »Fühlen Sie sich nicht gut?«

»Diane. Ich möchte gern mit ihr –« sagte ich mit tränenerstickter Stimme. Ich wischte mir die Augen und kam mir albern vor. Durch tiefes Durchatmen versuchte ich mich zur Ruhe zu bringen. Meine rechte Hand zitterte. Eine kalte innere Stimme sagte: Du bist hysterisch.

Als von irgendwoher – jedenfalls nicht aus ihrem Zimmer – Diane auftauchte, war ich noch immer am Schniefen und muß reichlich töricht ausgesehen haben. Sie trug das Haar jetzt geglättet und in einem stumpfen Rot gefärbt. Außerdem war sie stark abgemagert und hatte ein hohlwangiges, spitzes Gesicht bekommen. Und noch etwas, schien mir, war an ihr anders geworden; was es war, vermochte ich im Moment jedoch nicht auszumachen.

»Was ist los?« sagte sie, und es sollte, glaube ich, besorgt klingen. Ihr pauschaler Zorn auf mich brachte jedoch einen erbosten Beiklang mit hinein.

»Würdest du mir einen Gefallen tun?« fragte ich. Die Stimme versagte mir, und meine Augen füllten sich mit Tränen. Ich hielt im Sprechen inne, um zu warten, bis ich mich wieder in der Gewalt hätte.

Sally, die sich diskret in den Hintergrund verzogen hatte, flüsterte: »Soll ich Sie beide allein lassen?«

»Komm mit in mein Zimmer«, sagte Diane, und es klang noch immer verärgert, obwohl sie mich sanft am Arm faßte.

Verschämt rieb ich mir die Stirn, um mit der erhobenen Hand meine Augen gegen Blicke abzuschirmen, während ich mich gefügig von ihr fortziehen ließ. In ihrem Zimmer parkte sie mich vor einer neu aussehenden Couch und ging die Tür schließen. Ich stand da und starrte auf den Stoffbezug des Liegemöbels. War es neu oder nur neu bezogen? Ich schaute mich um und stellte fest, daß die Einrichtung umgestellt und der Schreibtisch von den Fenstern weg in die Mitte des Zimmers gerückt worden war.

»Setz dich!« sagte Diane. Ich rührte mich nicht. »Mach schon!« sagte sie. »Du kannst einem ja himmelangst machen.« Ich setzte mich. Sie zog sich einen Lehnsessel von seinem Platz beim Schreibtisch heran und plazierte ihn nur einen knappen halben Meter vor mich. Sie setzte sich, beugte sich vor und stützte die Ellbogen auf die Oberschenkel. »Wenn du Probleme hast, tut mir das leid, aber ich möchte dich wirklich nicht sehen. Ich bin noch nicht drüber weg, ist das klar? Und ich will nicht noch mal von vorn anfangen.« Plötzlich schwammen ihre Augen in Tränen. »So läuft das nun mal nicht bei mir. Ich kann 'ne Menge wegstecken, aber wenn der Ofen aus ist, ist der Ofen aus. Hast du kapiert? Mir egal, wenn es dir jetzt leid tut. Du weißt genau, daß du im Unrecht gewesen bist. Diesem miesen Schwein zahl' ich's heim. Seine Studie war der schiere Humbug. Er hat selbst zugegeben, daß die Reproduktion von seinem lausigen Experiment durch die Stanford-Gruppe absolut koscher war.«

Für mich war es alles mehr oder minder wirres Gerede. »Stanford?« murmelte ich.

»Ja! Hast du die Daten aus Stanford nicht gesehen? Sie haben Samuels Experiment reproduziert und nachgewiesen, daß die Kinder bis zu dreißig Prozent beeinflußt sind –«

»Diane, hör auf damit, du –«

»Nein, ich kann nicht aufhören. Deswegen will ich dich ja nicht sehen – weil ich weiß, daß ich damit nicht aufhören kann. Seit vier Monaten bin ich lebendig tot. Ich habe regelrecht das Gefühl – ich meine wirklich und wahrhaftig das Gefühl, daß du mein Herz kaputtgetreten hast. Ich weiß, ich weiß. In zwei Jahren lach' ich über dich. Aber ich werd' dir kein zweitesmal ins Messer laufen. Scheiß auf die Liebe!« Sie strich sich eine nichtvorhandene verirrte Haarlocke aus der Stirn. Bei der neuen

Frisur war das geglättete Haar straff nach hinten gekämmt. Sie seufzte. »Entschuldige«, sagte sie. »Also gut. Was willst du?«

»Was ist das für eine Farbe?« fragte ich.

»Welche Farbe?«

»Deine Haarfarbe. Die ist doch nicht echt?«

Einen Moment lang machte sie ein entgeistertes Gesicht. »Mach, daß du rauskommst, verdammt noch mal«, sagte sie und stand auf.

Den Kopf in beiden Händen, jaulte ich: »Bitte nicht. Tu mir das bitte nicht an.« Und schon war ich wieder in Tränen. »Laß mich einfach nur reden. Du bist meine Kollegin, du bist meine Freundin, du bist der einzige Mensch –« Ich atmete schnell und flach, um die Tränen zum Versiegen zu bringen, dann holte ich tief Luft, um länger sprechen zu können. »Du bist der einzige Mensch, mit dem ich diese Geschichte bereden kann. Verstehst du das? Susan kann mir nicht helfen – sie ist ... sie ist ...«

»Zweitklassig?« sagte Diane. »Wann hast du das gemerkt?« Ich hob den Kopf und wischte mir die Augen. Diane hatte sich wieder in ihren Sessel gesetzt, jetzt allerdings seitwärts; die Beine ließ sie über die Armlehne hängen. Sie brummte in Richtung Fenster: »Das ist ja großartig. Jetzt gifte ich schon gegen die arme Susan. Sie hat sich die größte Mühe mit dir gegeben. Du bist einfach nur ein unheilbarer Fall. Ein unbelehrbarer Betonkopf, der obendrein die Dreistigkeit besitzt, hierherzukommen und loszugreinen.« Sie drehte sich zu mir. »Was denkst du dir eigentlich dabei, dich hierhinzusetzen und zu flennen?«

»Du willst mir nicht helfen«, sagte ich.

Sie schwang ihre Beine von der Sessellehne auf den Boden und klatschte sich mit den Händen auf die neuerdings abgemagerten Schenkel. »Helfen wobei?«

»Ich habe zwei Menschen kennengelernt, die krank sind.« Nach diesem Anfang schon ein wenig entspannt, holte ich Luft. Das Reden würde mir helfen. »Der eine fühlt sich nur wohl, wenn er andere kujoniert. Er verspricht Belohnungen für loyales und opferbereites Verhalten und macht zugleich an dem anderen eine schwache Stelle ausfindig, und wenn er den Betreffenden nicht mehr braucht, verwundet er ihn so brutal, wie es überhaupt nur geht, selbst wenn der andere für ihn keine reale Bedrohung darstellt. Er versucht jeden kaputtzumachen, den er in die Finger kriegen kann, es sei denn, er hat es mit einem vollkommen passiven Menschen zu tun –«

Diane unterbrach mich mit einem müden Nicken, als ob sie gelangweilt wäre: »Das nennt man Sadismus. Was machen wir da eigentlich? Spielen wir Quiz?«

»Richtig. Er ist ein Sadist. Ein psychologischer Sadist. Keine Kraßheiten. Nichts Ungesetzliches. Er ist kein primitiver Folterknecht – er benutzt nicht seine Fäuste oder seinen Schwanz oder einen Lederriemen. Jeder in seiner Familie hat sein Fett abgekriegt. Der Sohn ist in einen notdürftig kaschierten Selbstmord getrieben worden. Die Ehefrau ist alkoholkrank. Die Tochter ist –«

Diane fiel mir ins Wort: »Eine asexuelle, passive –«

Ich bremste sie. »Nein.«

»Na schön, dann ist sie eben eine Nutte. Sie ist drogensüchtig und vögelt Frauenschinder. Hab' ich jetzt die Geschirrspülmaschine und die Flugreise nach Hawaii gewonnen?«

»Nein. Sie ist eine Narzißtin. Eine starke Persönlichkeit. Sie besitzt eine unglaubliche innere Kraft. Deshalb hat sie eine Abwehrstrategie gegen ihren Vater gefunden: sie hat ihr wahres Selbst ermordet, bevor er es getan hat. Und ist zu einem seelenlosen Blendwerk mutiert. Für jeden Mann, dem sie begegnet und der die Mühe zu lohnen scheint, verwandelt sie sich in die Frau seiner Träume, um ihn zu becircen. Sie erobert die Männer wie Trophäen, die sie dann in einer Art symbolischer Inzesthandlung ihrem Daddy präsentiert.«

Diane grinste. »Und war sie dumm genug, dich aufs Korn zu nehmen?«

Ich nickte. »Sie hat sich sogar die Mühe gemacht, mir vorzuspielen, daß sie vor Jahren mein Buch über den Inzest gekauft und gelesen hat.«

»Unterstellst du ihr das Vorspielen nicht vielleicht bloß? Dein Buch war ein Bestseller.«

»Anfangs hab' ich ihr tatsächlich geglaubt. Aber später hatte ich eine Gelegenheit, ihr Exemplar des Buchs unbeobachtet zu kontrollieren. Auf dem hinteren Umschlagdeckel war noch der Rest von einem ziemlich neuen Preisaufkleber von einem Antiquariat.«

»Von welchem?«

»The Strand.«

»Schon irgendwie ironisch, was?«

»Ironisch?« fragte ich.

»Da haben wir uns doch auch immer umgesehen. Erinnerst du dich nicht, Rafe? Sonntags haben wir im Bett gefrühstückt und anschließend einen Spaziergang im Village gemacht.« Diane drehte den Kopf weg und zeigte der Tür eine gerunzelte Stirn. »Und wie war sie? Eine echte Narzißtin müßte eine herrliche Gespielin sein – wenigstens zu Anfang. Mit jeder Faser nur auf deinen Lustgewinn ausgerichtet, was? Das muß doch die Blasnummer deines Lebens gewesen sein.«

Ich antwortete nicht. Unmöglich, ihr zu sagen, wie es wirklich gewesen war – daß ich mit einem skrupellosen Trick meine Diagnose erhärtet hatte. Diane an erster Stelle hätte Anlaß gehabt, darüber entsetzt zu sein.

»Was denn – so toll war's?« kommentierte Diane mein Schweigen. Sie stand auf, ging zu ihrem Schreibtisch und zog eine Schublade auf. »Okay, jetzt ist der Augenblick deines Triumphs gekommen.« Sie brachte eine Packung Camel Light zum Vorschein, zog eine heraus und zündete sie an. »Jawoll, du hast mich wieder zum Rauchen gebracht. Du hast mir nicht nur das Herz gebrochen, du hast auch meine Lunge auf dem Gewissen.« Sie nahm einen tiefen Zug. »Das Schlimme ist, daß man auf diesem gottverdammten Pharisäerplaneten nirgendwo mehr rauchen kann. Jedes Arschloch auf der Erde glaubt, daß es das Recht hat, ewig zu leben.« Sie blies eine stinkende Rauchwolke in meine Richtung. »Manchmal ist es einfach nicht zu fassen. Ich hatte ein Explorationsgespräch mit dem Vater von Lisa Dorfman – ein richterlich angeordnetes Explorationsgespräch zwecks Feststellung, ob er weit genug rehabilitiert ist, um Besuchsrecht erhalten zu können. Du erinnerst dich, was er mit ihr gemacht hat? Daß er sie vor den Augen ihrer kleinen Schwester in den Hintern gevögelt und anschließend in eine Wanne mit kochendheißem Wasser gesteckt hat? Ich steck' mir also eine Zigarette an, und Mr. Dorfman sagt, ich soll sie bitte schleunigst wieder ausmachen. Passivrauchen ist gesundheitsschädlich, sagt er, und er möchte meinetwegen kein Gesundheitsrisiko eingehen. Ich hätte sie ihm zum Ausmachen ins Auge drücken sollen.« Sie nahm noch einen Zug, die Augen halb geschlossen vor Wonne. »Und wo ist dein Problem?« fragte sie, nachdem sie die nächste Rauchwolke ausgestoßen hatte.

»Sie sind glücklich dabei.«

»Wer ist glücklich? Ach so – der Sadist und die Narzißtin. Hallo, wär' das nicht ein toller Name für 'ne Heavy-Metal-Band.« Sie nahm einen quadratischen gläsernen Aschenbecher von der Schreibtischplatte, kehrte in ihren Sessel zurück und balancierte den Aschenbecher mit der Hand auf ihrem Knie. Sie klopfte die Asche ab. »Sie sind glücklich? Wie meinst du das – glücklich?«

»Sie weisen alle Symptome ihres pathologischen Zustands auf – bis auf eins. Sie leiden nicht. Sie funktionieren bestens. Ihre innere Leere und ihre Gemütskälte machen ihnen nichts aus. In ihren Augen sind alle anderen Schwächlinge. Sie sind zufrieden. Sie sind im Gleichgewicht.«

»Nein, so was! Wer hätte das gedacht?« sagte Diane ironisch und zog an ihrer Zigarette. Sie sah mit zusammengekniffenen Augen zum Fenster hinüber und blies einen langen, dünnen Rauchstrom aus. »Ja und? *Ma-*

sel-tow – sie sind glücklich. Wer sind sie überhaupt? Woher kennst du sie?«

»Die Narzißtin ist Halley.«

Diane schüttelte verständnislos den Kopf. »Halley?«

»Du erinnerst dich doch an Gene Kenny, den Patienten, den ich mal hatte? Sie ist die Freundin, deretwegen er seine Frau hat sitzenlassen. Und der Sadist, ihr Vater, war sein Boß.«

»*War* sein Boß?«

»Ach so, das kannst du ja nicht wissen«, sagte ich, meinen Irrtum gewahr werdend. »Damals hatten wir uns ja schon getrennt.«

»Wir hatten uns getrennt? So also siehst du das? Großer Gott. Das ist eine Meisterleistung an *understatement.*« Sie drückte die Zigarette aus. »Aber Momentchen mal.« Sie verdrehte sich in ihrem Sessel und versuchte, den Aschenbecher mit dem ausgestreckten Arm auf den Schreibtisch zu bugsieren. »Was, zum Henker« – sie schaffte es nicht, stand deshalb auf, um ihn zurückzutragen, und sprach währenddessen weiter – »treibst du da eigentlich? Was denkst du dir dabei, Kontakte im sozialen Umfeld des Patienten aufzu–«

»Er ist tot«, fiel ich ihr ins Wort. »Vor zwei Monaten hat er seine Frau umgebracht und anschließend Selbstmord begangen.«

Diane setzte sich auf die Schreibtischkante. Sie starrte mich wie vor den Kopf geschlagen an. »Nein.«

»Halley hat mit ihm Schluß gemacht. Vierzehn Tage später hat Copley, ihr Vater, ihn geschaßt. Seine Frau hat angekündigt, daß sie in einen anderen Bundesstaat zieht und den kleinen Sohn mitnehmen will. Er war seinen Job los, und gleichzeitig war der einzige Vermögenswert futsch, den das Ehepaar besessen hat, nämlich das Haus. Nun, daß das Haus futsch war, hat Gene nicht gewußt. Ich sehe zwar nicht ganz klar, wie die Sache zum Schluß gelaufen ist, aber ...« Ich machte eine unwillige Handbewegung. »Das ist Quatsch. Ich sehe den Hergang vollkommen klar. Copley und Halley waren zu der Überzeugung gekommen, daß Gene größenwahnsinnig geworden war. Er verlangte eine Beteiligung an der Firma, und er konnte sich der Loyalität des gesamten Kreativteams sicher sein. Unter den Mitarbeitern war seit kurzem ein aufstrebendes junges Genie, und Copley traute dem Neuling zu, daß er Gene ersetzen konnte. Vater und Tochter waren über Genes Situation genauestens im Bilde, und sie wußten auch, wie sie ihn richtig in die Scheiße reiten konnten, denn ihn einfach nur abzuhalftern, das war ihnen zuwenig. Was, wenn er zur Konkurrenz ging? Wobei dieses Bedenken freilich kein vorrangiges Motiv war. Was sie getan haben, haben sie nicht aus praktischen Gründen getan – die spielten für sie keine maßgebliche Rolle. Was sie getan haben, hat die bösartige Irrationalität des Wahnsinns.« Mir ging auf, daß ich ein Selbstgespräch führte. Ich versuchte mich auf Dianes blasses, noch immer im Ausdruck der Verwunderung erstarrtes Gesicht zu konzentrieren. »An dem Abend, an dem Gene erst Cathy und dann sich selbst umgebracht hat, an jenem Abend ist ihm klargeworden, wie grausam die beiden ihn zerfleischen wollten. Cathy präsentierte ihm ein Schreiben, mit dem das Darlehen zur Finanzierung des Hauskaufs zurückgerufen wurde, und damit war heraus, daß er gefeuert worden war, daß er keine Handhabe mehr hatte, ihr das Wegziehen mit dem Jungen zu verwehren, und daß er die nächsten Unterhaltszahlungen nicht mehr würde leisten können. Schlagartig begriff er, daß Halley mit ihrem Vater im Bunde war, begriff, daß sein Leben seit Jahren ein gezinktes Hasardspiel war, eine raffinierte Bauernfängerei, die ihn seine Ehe, sein Kind, seine Karriere gekostet hatte. Für die beiden war er ein Narr, eine lächerliche Figur. Sein Leben lang hat er sich gefürchtet, Ansprüche zu stellen, und ich habe ihn dazu gebracht, diese Furcht abzuschütteln. Ich habe ihn geheilt.« Ich lachte bitter. Diane blickte starr auf den Boden und knetete dabei mit Daumen und Zeigefinger eine Augenbraue. »Ich habe ihm gesagt, wenn er gegenüber seinem Boß Rückgrat zeigt, wird er den Lohn für jahrelange Arbeit ernten. Ich habe ihm gesagt, seine Furcht, daß Halley ihn nicht liebt, ist neurotisch. Ich habe ihn nicht nur in einen Kampf geschickt, für den er die Voraussetzungen nicht mitgebracht hat, nein, ich habe ihm auch, und das ist viel schlimmer, den einzigen kümmerlichen Schutz, den er hatte, seinen Schildkrötenpanzer, genommen. Er war in Sicherheit. Verstehst du? ... Diane, hörst du mir zu?« Sie blickte auf. »Er ist in der Firma nicht nach Wert und Leistung bezahlt worden, und er hat es sich gefallen lassen, weil er instinktiv begriffen gehabt hat, daß dieser Zustand seine Sicherheitsgarantie war. Er hat sich nicht erlaubt, sich in eine schöne, selbstsichere Frau wie Halley zu verlieben, weil er gewußt hat, daß er ihren Bruch mit ihm nicht überstehen würde. Er hat seiner Frau nicht die Stirn geboten, weil er gewußt hat, daß er ihren Zorn nicht überstehen würde. Er ist übel dran gewesen, keine Frage. Er ist ausgenutzt worden, keine Frage. Aber er war in Sicherheit.«

Diane stemmte sich mit den Armen hoch und hupfte von der Schreibtischkante. Sie ging zu ihrem Sessel zurück und kauerte sich mit angezogenen Beinen seitwärts zwischen die Lehnen. »Die Sache war dir nicht ganz koscher, also hast du es so gedreht, daß du die beiden kennengelernt hast – war es so?«

»Du trägst Kontaktlinsen«, sagte ich. »Jetzt hab' ich heraus, warum du so anders aussiehst.«

»So ist es! Du hast es mal wieder erfaßt. Ich bin permanent auf der Suche, wo ich was umkrempeln kann. Alles soll anders werden und anders aussehen. Ich will nichts mehr sehen, was mich an dich erinnert. Auch nicht, wenn ich in den Spiegel schaue.«

»Das tut mir leid.«

»Ich weiß, ich weiß, es tut dir ehrlich leid. Was willst du von mir hören? Daß du schuld an Genes Selbstmord bist? Daß du keine Neurotiker therapieren solltest, weil ihr Leiden möglicherweise eine Schutzfunktion für sie hat?«

»Ja. Wenn es das Fazit ist, das du aus der Geschichte ziehst, dann möchte ich das von dir hören.«

»Großer Gott«, flüsterte Diane vor sich hin. Laut sagte sie: »Du überläßt dich wieder mal deinem unsinnigen Perfektionismus. Deinem Gotteskomplex.«

»Soll das heißen, daß du meinen Befund für falsch hältst? Copley und seine Tochter sind psychiatrische Fälle. Wenn man dem DSM-III glauben kann, und wenn man all den Leuten von Jesus bis Freud und Phil Donahue glauben kann, die etwas von der Menschenseele begriffen haben, dann sind diese zwei Menschen Kranke. Eigentlich müßten sie sich elend fühlen, sie müßten –«

Diane klappte ihre Beine aus und stand auf. »Sie sind mies. Das ist alles. Zwei Dreckschweine. Akzeptier' das mal und werd' damit fertig. Höchste Zeit, daß du erwachsen wirst.« Sie winkte in Richtung Tür. »Geh jetzt!« Ich rührte mich nicht. Sie stampfte mit dem Fuß auf. »Ich kann mir nicht vorstellen, daß du hierhergekommen bist, um mit mir über diesen Schwachsinn zu reden. Das kann es nicht sein, was du willst. Und ich glaube nicht, daß es mir aus reiner Selbstüberschätzung so vorkommt. Du kannst unmöglich hierhergekommen sein, nur um dich mit mir über diese Zombies zu unterhalten.«

»Diane! Himmelarschundzwirn! Jetzt hör mir mal zu!« Sie wich erschrocken zurück. Hatte ich so laut geschrien? Ich war jedenfalls auf den Beinen, wie ich jetzt bemerkte, und im Begriff, auf sie zuzugehen. Ich schluckte, holte tief Luft und bewegte mich meinerseits weg von ihr. Ich gab mir Mühe, einen ruhigen Ton anzuschlagen. »Du hast einen exzellenten Verstand. Den benutze bitte. Und gib dich nicht mit Erklärungen nach Schema F zufrieden.« Sie schnaubte durch die Nase und hielt die Arme abweisend vor der Brust gekreuzt, aber ihr abwartender Blick verriet Bereitschaft zum Zuhören. Deshalb sprach ich weiter: »Wir unterteilen die Menschen in zwei Klassen – die Angepaßten und die Dysfunktionalen. Diese Menschen sind keine Serienmörder. Sie sind keine Psychopathen. Im Gegenteil, sie zollen der Gesellschaft Respekt, und die Gesellschaft zollt ihnen Respekt. Sie sind angepaßt, unterhalten jedoch zu nichts und niemand gesunde Beziehungen, wie sie nach dem einhelligen Urteil aller Theoretiker Grundvoraussetzung der Angepaßtheit sind. Da ist keine echte Liebe, die Halt gewähren könnte, keine echte Intimität. Und dennoch funktionieren sie. Sie funktionieren auf hohem Niveau. Wie sollen wir ihre psychologische Verfassung nennen? Wir haben keine passende Kategorie dafür.«

Dianes Schultern senkten sich. Ihre Arme lösten sich voneinander und sanken nach unten. Sie schloß die Augen. »Aber sicher haben wir die.«

»Ja?« Ich verspürte neuen Auftrieb. Ihre erschöpfte Stimme signalisierte, daß sie mich ernst nahm.

Diane lehnte sich gegen ihren Schreibtisch und rieb sich die Augen.

Im Flüsterton sagte ich: »Sagst du mir, wie sie lautet?«

Sie nahm die Hand von ihren Augen. Sie waren gerötet, und der Blick, mit dem sie mich ansah, drückte Hoffnungslosigkeit aus. Ihren starken Worten zum Trotz war ihre Stimme kraftlos. »Ich sag' es dir, wenn du mir versprichst, nicht zu widersprechen. Wenn du versprichst, daß du, sobald du meine Meinung gehört hast, egal ob sie dir paßt oder nicht, zum Teufel noch mal aus meinem Zimmer verschwindest, zum Teufel noch mal aus meinem Behandlungszentrum verschwindest und zum Teufel noch mal aus meinem Leben verschwindest.«

Das war also der Preis. Ich verstand ihre Äquivalenzberechnung nicht. Und sie war mir auch egal, wenn ich nur die zugesagte Gegenleistung bekam. »Versprochen.«

»Und das ist meine wahre Meinung. Als Dr. phil. und was auch immer.«

»Fein.« Ich war unendlich erleichtert. Egal, was sie sagte, ich würde danach etwas in der Hand haben, womit ich mich auseinandersetzen konnte. Etwas, das ich akzeptieren oder verwerfen konnte – ob ich mich für das eine oder das andere entschied, spielte keine Rolle, ich hätte auf jeden Fall etwas, das mich wieder in der Welt verankerte.

Diane sagte: »Wir haben seit Anbeginn der Menschheitsgeschichte ein Wort dafür. Was du da schilderst, ›diese egozentrischen, herzlosen, destruktiven und absolut wohlgeachteten Menschen‹, sie sind *böse*. Und es gibt ums Verrecken nichts, was wir gegen sie tun können.«

ZEHNTES KAPITEL

Die Banalität des Bösen

Stick lieferte die Antwort. Bei Laura hinterließ ich die Nachricht, daß ich die Verabredung zum Tennis leider nicht einhalten könne; einen Grund nannte ich nicht. Dann kehrte ich Hyperion für drei Tage den Rücken. Ich zog mich nach Baltimore zurück. Von dort erkundigte ich mich bei David Cox, dem Kinderpsychologen in Arizona, nach dem Befinden von Pete Kenny und erfuhr, daß es dem Jungen besser ging als erwartet.

»Vielleicht hat er eine robuste Psyche«, sagte ich.

»Nun, ich denke, das spielt eine gewisse Rolle ...« Cox reagierte zurückhaltend auf meine Bemerkung. »Die Sitzungen bekommen ihm sehr gut. Er spricht sehr klar über seine Gefühle und darüber, wie sehr er seine Mami und seinen Papi vermißt. Außerdem ist seine Großmutter ein sehr liebevoller Mensch. Nicht besonders helle, aber sehr liebevoll.«

»Er braucht inneren Halt«, entgegnete ich unbeirrt. »Er braucht natürlich Ihre Hilfe, und es ist ein Glück für ihn, daß seine Großmutter ihre Sache so gut macht, aber unterm Strich ist das ohne Seelenstärke zuwenig.« Ich erklärte Cox, daß ich auch in Zukunft für die Kosten von Petes Behandlung aufkommen würde, selbst wenn er es für ratsam halten sollte, die Zahl der Sitzungen auf vier in der Woche zu verdoppeln; der Großmutter solle er aber unbedingt auch weiterhin erzählen, daß die Behandlung kostenlos sei.

Drei Tage lang konzentrierte ich meine Gedanken auf das neue Problem, dem Diane mit ihrer Bemerkung für mich Kontur verliehen hatte. Das Wort »böse« hatte aus ihrem Mund wie eine Kapitulation geklungen: weniger deskriptiv als pejorativ, nicht nach einer Diagnose, sondern nach einem verzweiflungsvollen Verdikt. Es war einsichtig von ihr und für mich ein hilfreicher Hinweis gewesen, daß sie nicht die manifest Geisteskranken und offenkundigen Psychopathen – Serienkiller, Vergewaltiger, Kinderschänder – in die Kategorie »böse« eingeordnet hatte. Sie hatte recht daran getan, das Attribut für Stick und Halley zu reservieren, mein verstandesklares, respektables, durch und durch gesetzestreues Zweiergespann, das genaue Gegenteil der großen Tyrannen der Weltgeschichte, die das allgemeine Bewußtsein vorzugsweise mit jener Kennzeichnung belegt. Die Hauptvertreter des zuletzt genannten Typus sind in unserem Jahrhundert Hitler und Stalin, auch wenn das Säkulum weit mehr Menschen ihres Schlags hervorgebracht hat (wie überhaupt die Menschheitsgeschichte von einer stetigen Prozession solcher Ungeheuer durchzogen wird). Indes, Hitler und Stalin waren nach allem, was man von ihnen weiß, zutiefst unglückliche Menschen. Nur gewollte Blindheit könnte einen Psychiater dazu bringen, den beiden ein Leben im Gleichgewicht zu bescheinigen. Über ihren inneren Zustand gibt eine einfache Meßgröße Auskunft: Hitler und Stalin wurden um so unzufriedener und paranoischer, je mehr ihre Macht wuchs. Ihr Hunger nahm beim Essen zu, so daß sie immer mehr Feinde brauchten und immer mehr Menschen umbringen mußten, um sich auf dem gewohnten Niveau des Wohlbefindens zu halten; so vertaten sie eine Gelegenheit nach der anderen, ihr historisches Wirken und ihre Macht auf eine dauerhafte Basis zu stellen, und vernichteten nicht nur ihre Gegner, sondern auch Menschen, die nur zu gern bereit gewesen wären, sie zu unterstützen. Sie waren eindeutig Kranke. Die Frage ist, als was wir die Hunderte, ja Hunderttausende Menschen bezeichnen sollen, die ihnen glühend ergeben waren und mit Inbrunst für ihre Sache arbeiteten. Die schweigende Mehrheit? Die guten Deutschen? Stalinisten? Konformisten? Ich spreche nicht von KZ-Wächtern oder Menschen wie Bebe Rebozo. Ich meine nicht diejenigen, die um des schnöden Profits oder des eigenen Überlebens willen Unrecht begingen oder die Augen vor Unrecht verschlossen. Ich spreche von Menschen, die glücklich und zufrieden in einem Unrechtsstaat lebten, von jenem Menschenschlag, dessen Vertreter unter einem Hitler genauso störungs- und konfliktfrei funktionieren wie unter einem Bill Clinton.

Das Vorliegen einer verderblichen Funktionsweise ohne Angst oder Störung, ohne Druck auf Persönlichkeit oder Stimmung – diese Seelenverfassung als böse zu bezeichnen, ist nicht bloß ein Verdammungsurteil. Es ist die klare Beschreibung eines Sachverhalts, die das fehlende Teilchen eines psychologischen Puzzles liefert. Nach der Beobachtung vieler Praktiker ist es keine Seltenheit, daß Patienten aus einer erfolgreichen Therapie als weniger sympathische Menschen hervorgehen. Das ist ein Indiz dafür, daß es so etwas wie eine *allzu* erfolgreiche Anpassung an emotionale Konflikte geben kann. Im Zentrum von Freuds Menschenbild steht die Auffassung (die ihm mehr Anfeindung eingetragen hat als jedes andere Element seiner Theorie), daß wir wilde Bestien sind, die, wenn sie nicht völlig unter die Diktatur ihrer unbewußten Wünsche geraten wollen, auf Triebsublimierung, wenn nicht Triebunterdrückung, nicht verzichten können. Freud zufolge hält uns die soziale Angepaßtheit von der Verwirklichung unserer wahren Wünsche zurück: unseren hungernden Artgenossen noch den letzten Bissen wegzureißen, die Ehefrau unseres Nachbarn zu vergewaltigen, unseren Vater zu erschlagen, mit blutverschmiertem Maul den Mond anzubeten, ganz der Befriedigung unserer animalischen Begierden zu leben und jeder Regung des Hungers oder des Geschlechtstriebs auf der Stelle lustvoll zu willfahren. Mitunter führt die Fesselung dieser sozial unakzeptablen Triebregungen zu neurotischen Konflikten (und liefert Woody Allen Stoff für Filmkomödien): Der Wunsch, mit der eigenen Mutter zu schlafen, verkleidet sich als Furcht vor Fahrstühlen, oder das Verlangen, das Fleisch des eigenen Vaters zu verschlingen, tritt im Restaurant als Abscheu vor in der Schale servierten Austern ans Licht. Freuds zahlreiche Umdeuter machten sich ein weniger düsteres Menschenbild zu eigen, in dem Platz für ein freundlicheres, altruistischeres Unbewußtes ist. Aber auch sie gehen davon aus, daß psychologische Funktionsstörungen in emotionalen Konflikten wurzeln.

Diese Auffassung vom Wesen des Menschen fängt, so wird angenommen, jedermann – von Gene Kenny bis Adolf Hitler – im Netz der Psychologie ein. Allein, Stick und Halley Copley schlüpfen uns Psychologen durch die Maschen. Wir entdecken sie nicht auf unseren Radarschirmen, weil wir ihre Umrisse nicht erkennen. Sie liegen nicht im Widerstreit mit sich selbst. Die Gleichung hat bei ihnen nur eine Seite: sie wollen nicht Liebe *und* Sieg, sie wollen nur den Sieg; ihr Bedürfnis zielt nicht auf Frieden *und* Lustgewinn, sondern nur auf den Lustgewinn. Und aufgrund all dessen ist die Bezeichnung »böse« nicht einfach nur eine Invektive, mit der wir unserem Verdruß über diese Menschen Luft machen, sondern eine genuine Definition ihrer Eigenart.

Doch wie sie therapieren? Für sie selbst ist es undenkbar, sich freiwillig in Behandlung zu begeben, und die Gesellschaft sieht in ihnen keine Kranken. Ja, ihre Konfliktfreiheit, ihre Freiheit von neurotischen Symptomen macht sie für andere anziehend und verführt weniger nervenstarke Mitmenschen, ihre Nähe zu suchen und an ihnen unterzugehen wie Motten im hell brennenden Feuer.

Offen gesagt, ich war mit meinem Latein am Ende. Am dritten Tag war ich schon so verzweifelt, daß ich mir bei der oberflächlichen Durchsicht der von Amy Glickstein vorbereiteten neuen Kapitel über Josephs experimentelle Neuroleptika überlegte, ob ich nicht Halleys Evian oder Sticks Kräutertee (er verzichtete seit neuestem auf koffeinhaltige Getränke) heimlich mit einem psychotropen Mittel versetzen sollte. Vielleicht würde ein Antidepressivum das unnatürlich niedrige Angstniveau der beiden anheben. Vielleicht sollte man dieses saubere Pärchen, das einen natürlichen Prozac-Effekt zeigte, mit Prozac dopen, um zu erreichen, daß seine legalen Selbsterhaltungsmaßnahmen in mörderische Wahnsinnstaten umkippten. Aber leider würde ich mich so nicht als Heilkundiger, sondern als Giftmischer betätigen. Und auf diesem Wege würde ich ebensowenig beweisen, daß sie an einer heilbaren psychiatrischen Krankheit litten, wie Joseph meiner Meinung nach eine Depression mittels chemischer Beeinflussung zu heilen imstande gewesen wäre.

Edgar Levin schaffte es, die Barrikade in der Telefonzentrale des Prager Institute zu durch- und in meine Gedankenspiele einzubrechen. Ich hatte ihn auf der Liste der abzuwimmelnden Anrufer nicht aufgeführt. Natürlich hätte ich seinen Anruf nicht entgegennehmen müssen; eine Ausflucht, warum ich nicht erreichbar war, hätte sich in letzter Sekunde auch in diesem Fall gefunden. Aber ich war neugierig zu erfahren, was er von mir wollte.

»Alle Achtung, Rafe«, sagte er, nachdem wir uns begrüßt hatten. »Ich hätte nicht gedacht, daß irgend jemand Stick Copley total von der Rolle bringen kann, aber du hast es geschafft.«

»Und wie habe ich dieses Wunder gewirkt?«

»Offenbar hat er keine Ahnung, wo du steckst und warum du abgetaucht bist. Ich hab' heute morgen mit ihm telefoniert, weil ich wissen wollte, ob du zugesagt hast, daß du die Leitung unserer Klausurtagung übernimmst. Erst hat er irgendwelche Potemkinschen Dörfer vor mir aufgebaut, aber wie ich ihm dann gesagt hab', er soll mich doch mal zu dir durchstellen, war die Luft raus aus dem Ballon. Also hab' ich meinen Bruder in Hollywood angerufen, und der hat sich dann von deiner Cousine Julie deine Nummer geben lassen.«

»Julie hat meine Nummer gewußt?«

»Hab' ich doch gerade gesagt. Überrascht dich das? Also was ist los? Hast du das Material für dein Buch zusammen, und jetzt ist für dich Sense?«

»Nein. Ich mach' nur eine Pause.«

»Tu mir eine Liebe, ja? Entweder rein oder raus. Du hast es mit einem Geschäftsmann zu tun. Für die bedeutet ja ja und nein nein. Haarspaltereien sind nicht ihre Stärke. Er muß Klarheit darüber haben, ob er sich auf dich verlassen kann.«

»Verstehe.« Ich begann nachzudenken.

Es muß eine ziemlich lange Pause eingetreten sein, denn Edgar begann zu lachen und sagte: »Eh, Rafe! Ich bin ein vielbeschäftigter Mann. Der größte Junge in unserm Häuserblock. Du kannst mich nicht einfach in der Leitung hängen lassen. Da bricht die amerikanische Wirtschaft zusammen.«

»Von wem stammt die Idee, Edgar?«

»Welche Idee?«

»Entschuldige. Ich meine die Idee, mir die Leitung dieses Herbstklausur-Dingsbums anzudienen? Ist der Einfall von dir oder von Stick?«

»Ich finde die Klausurtagung gut. Ich finde es gut, wenn die Leute im Management sich näher kennenlernen. So nach dem Motto: Wir sind alle zusammen eine glückliche Familie und so weiter. Aber – und das ist mit ein Grund, warum ich Stick für einen hervorragenden Manager halte – die Encounter-Gruppenleiter in diesen Hotels sind miserabel, und Stick hatte den Einfall, daß du in puncto Technik vielleicht was Besseres zu bieten hast. Wenn das stimmt, pack' ich dich auf ein Video, und wir machen Infomercials. Mein Bruder kann das produzieren – *Dr. Nerudas fünf Schlüssel zum Erfolg.*«

Ich war konsterniert. »Infomercials?« fragte ich.

Edgar lachte in sich hinein. »Keine Angst. War nur 'n Scherz. Sind dir Bedenken gekommen, weil du soviel Zeit im Unternehmerland verbringst?«

»Etwas in der Art.«

»Komm morgen hier herauf nach New York. Stick hat mich zusammen mit dem Leiter unseres neuen europäischen Zweigs zum Mittagessen eingeladen. Da solltest du mit dabeisein.«

»Didier Lahost?«

»Ja, so oder ähnlich heißt der Knabe. Ein französischer Geschäftsmann. Mir graut schon jetzt. Ich werd' mich zu Tode langweilen. Komm mit und unterhalt dich ein bißchen mit mir. Bis dahin hast du noch Zeit zum Überlegen, und deine Entscheidung kannst du dann Stick gleich persönlich mitteilen.«

»Ich möchte nicht bei eurer Besprechung stören.«

»Ist keine Besprechung, nur ›Guten Tag‹ und ›Wie geht's, wie steht's?‹ Und auf jeden Fall gibt's was Gutes zu essen. Wir sind im Carnegie Deli verabredet. Mit einem Froschfresser jüdisch essen zu gehen ist für mich das Schönste bei der Sache.«

»Ob du es glaubst oder nicht – in Paris gibt es auch Deli-Restaurants.«

»Ich gehe jede Wette ein, daß Monsieur Lahost noch nie die Schwelle von einem betreten hat.«

Copley noch einmal aus der Nähe zu sehen, konnte nicht schaden, fand ich. Ich sagte Edgar, ich würde kommen, und wählte anschließend Sticks Nummer. Dabei überlegte ich, wieso Julie meine Telefonnummer hatte. Vielleicht hatte sich der Gesundheitszustand ihrer Mutter verschlechtert; sie hatte vor einem halben Jahr einen leichten Schlaganfall gehabt. Ich sollte sie anrufen und vielleicht auch meine Verwandten in Great Neck wieder einmal besuchen. Seit Sadies Beerdigung vor drei Jahren hatte ich sie nicht mehr gesehen. Es war Torheit von mir, mich so von der Welt zu isolieren – schließlich war ich kein Übermensch. Ich brauchte meine Familie.

»Oh, hallo Fremder«, begrüßte mich Laura vergnügt. »Wir wollten schon eine Vermißtenmeldung aufgeben. Moment bitte, ich verbinde.«

Im nächsten Moment hatte ich Sticks unfreundliche Stimme im Ohr: »Wo stecken Sie eigentlich?«

»Nicht in diesem Ton, wenn ich bitten darf«, sagte ich. »Ich bin nicht Ihr Angestellter. Ich bin Ihnen keine Rechenschaft schuldig, wo ich mich aufhalte und wie ich meine Zeit einteile.« Ich war selbst überrascht und im ersten Augenblick etwas beschämt über meine Heftigkeit. Aber warum sollte ich ein Blatt vor den Mund nehmen? Der Mann war nicht mein Patient.

Einen Moment lang war da wieder einmal nur diese geisterhafte absolute Stille – als wäre die elektronische Verbindung unterbrochen. Dann sagte Stick sehr ruhig: »Aber daß ich Sie für Ihre Beratertätigkeit *bezahle*, ist Ihnen nicht entgangen?«

»Das Geld ist bis auf den letzten Penny an Hyperion zurückgeflossen. Ich kann Ihnen gern die Quittungen zeigen. Ich habe es für Möbel und Grünpflanzen ausgegeben, damit Ihr Labor nicht wie ein halbfertiger Keller aussieht.«

Er blieb in der leisen Tonart. »Sie leisten hervorragende Arbeit. Der Centaurus schneidet im Test fünfzig Prozent besser ab als das Konkurrenzprodukt. Und Jack macht einen deutlich entspannteren Eindruck. Heute morgen hat er mir gesagt, auf die Tour an der Westküste nimmt er seine Familie mit.«

»Wie ist es beim Doppel gelaufen?«

»Ich hab' abgesagt. Wie wär's am kommenden Samstag? Wir könnten einen Platz im Country Club haben.«

»Ich sag' Ihnen morgen Bescheid. Edgar hat mich eingeladen, bei Ihrem Mittagessen im Carnegie Deli mit dabeizusein.«

Erneut die Stille. Ich wartete. Schließlich war Stick wieder normal zu hören. »Ausgezeichnet. Dann können Sie mir hinterher sagen, was Sie von Didier halten.«

»Mach' ich. Ich bin mir übrigens noch nicht im klaren darüber, ob ich so lange bei Ihnen bleibe, daß ich bei der Herbstklausur die Gruppenleitung übernehmen kann. Auch dazu sag' ich Ihnen morgen endgültig Bescheid.«

Stick reagierte emotionslos. »Ich muß halt nur rechtzeitig wissen, ob ja oder nein«, sagte er kühl. »Damit ich disponieren kann.« Er wartete, bis das Schweigen lastend zu wirken begann, ehe er weitersprach. »Hätten Sie grundsätzlich Interesse an einer Vollzeit-Stelle bei einem interessanten Gehalt – sagen wir, einhunderttausend per annum?«

»Nein«, antwortete ich, ohne zu zögern. »Ich bin mit unserem derzeitigen Arrangement vollkommen zufrieden, auch mit der finanziellen Seite. Ich will Sie aber nicht länger aufhalten, Stick. Sie wollen sicher zum Schwimmen.«

»Wie? Ach so.« Er klang angegriffen. »Nein, ich hab' mein Übungsprogramm geändert. Ich trainiere jetzt an Geräten.«

Für einen Moment verschlug es mir die Sprache. Wollte er mich zum besten haben? Unsicher, ob er mich nicht auf den Arm nahm, fragte ich zögernd: »Sie haben Ihre täglichen drei Kilometer aufgegeben?«

»So ist es ...« Seine Stimme war matt und melancholisch.

Ich hielt den Atem an. Es war kaum zu glauben. Fast fürchtete ich mich, die Frage, die mir auf der Zunge lag, auszusprechen – am Ende lief die Geschichte womöglich darauf hinaus, daß die Umwälzanlage des Schwimmbeckens im Sportcenter vorübergehend außer Betrieb war, weil sie überholt werden mußte. »Warum?«

»Es hat angefangen mich zu langweilen. Außerdem hat es mich nicht genügend gefordert. Ich müßte noch länger schwimmen, um denselben Übungseffekt zu erzielen, auf den ich an den Geräten in der halben Zeit komme. Ich dachte, wir hätten darüber gesprochen. Ich dachte, ich hätte Ihnen erzählt, daß ich mich umstelle.«

»Wahrscheinlich haben Sie es auch getan, und ich hab's wieder vergessen. Okay, Stick, wir sehen uns morgen. Bis dann.« Mir lief wirklich und wahrhaftig ein Schauer über den Rücken. Ich schüttelte die Schultern, um das Gefühl loszuwerden. Konnte es sein, daß er so schlau war, überlegte ich. Nein. Er konnte unmöglich wissen, was die Sache für mich bedeutete.

In Übereinstimmung mit der traditionellen Regel, daß die Antworten, die man dem Patienten gibt, dem Patienten selbst abzulauschen sind, hatte ich von Copley die Lösung des Problems erfahren, das sich mit seiner speziellen Krankheitssituation stellte: Unser Gespräch über seinen Vater hatte Wirkung gezeigt. Vor drei Tagen in seinem Büro hatte ich leise den Zusammenhang angetippt. Nachdem er mir erzählt hatte, wie er in den Teich geworfen worden war, hatte ich die Bemerkung fallen lassen, daß er es jetzt genießen müsse, täglich drei Kilometer zu schwimmen. Zu der Zeit hatte ich das für keine sonderlich subtile Andeutung gehalten. Nach meinem Dafürhalten war Stick mit Sicherheit nicht auf mich angewiesen, um die Erklärung für seine Freude am täglichen kraftvollen Schwimmen in dessen Symbolwert als Wiederholung des Triumphs über den sadistischen Vater zu finden. Aber sein bewußtes Selbst hatte den Hintersinn meiner Bemerkung nicht verstanden, wohl aber sein unbewußtes. Was bisher eine lustvolle Neuinszenierung gewesen war, war jetzt berechenbar und durch Gewahrwerden der Fähigkeit zur emotionalen Stimulierung beraubt worden. Die Wirkung war ähnlich derjenigen der herkömmlichen Therapie – allerdings in spiegelbildlicher Umkehrung. Neurotische Strukturen können durch Erhellen des ursprünglichen Motivationszusammenhangs durchbrochen werden. Copleys tägliches Schwimmen hatte seine Annehmlichkeit eingebüßt, sobald es den geängstigten kleinen Jungen wiedererweckte: es verlieh nicht länger das Gefühl unbesiegbarer Stärke. Eine erfolgreiche Anpassung war durch Selbsterkenntnis untergraben worden.

Selbstverständlich war ich nicht hundertprozentig sicher. Vielleicht war es ein Zufall. Vielleicht funktionierte meine Methode nicht bei Verhaltensformen, deren Triebkraft weniger peinliche Erinnerungen waren. Des weiteren war zu fragen: War das subtile Andeuten wichtig? Sticks und Halleys Psyche mit offener Analyse konfrontieren zu wollen, schien ja kläglich fehlgeschlagen zu sein, aber hatte es in seinem Fall vielleicht die Panzerung gegen die Durchschlagskraft meiner leiseren Bemerkung erodiert? Offen war auch die Frage: Wieso glaubte Stick, er hätte mir bereits erzählt, daß er seine Gepflogenheit, täglich seine Drei-Kilometer-Strecke zu schwimmen, aufgegeben hatte? Hatte er ein inneres Zwiegespräch mit mir geführt? Das wäre ein Anzeichen für das Aufkommen einer Übertragung. Ich hatte registriert, daß ich ihm mit meinem rüden Ton – meiner zornigen Reaktion auf seine inquisitorische Frage – offenbar den Schneid abgekauft hatte. Konnte ich die Übertragung seiner Beziehung zu seinem sadistischen Vater auf mich bewerkstelligen und dann seine Kindheit mit ihm durchspielen, so daß er aus dem Spiel am Ende als Neurotiker hervorging? Wenn ich in seine erfolgreiche Anpassung an die Schmerzen seiner Kindheit störend eingriff, konnte ich damit einen Konflikt in seiner derzeit noch konfliktfreien Psyche schaffen?

Als ich mich einige Stunden später entschloß, gleich nach New York aufzubrechen, war ich von optimistischer Erwartung beflügelt. Hatte ich nicht allen Grund dazu? Wenn die analytische Therapie – die »Sprechkur« – einen den Anforderungen des Lebens nicht gewachsenen Neurotiker in einen gut funktionierenden angepaßten Menschen verwandeln kann, müßte sie dann nicht auch in entgegengesetzter Richtung wirken?

Ich rief Mary Catharine an. Nachdem ich ihr Gedächtnis in bezug auf meine Identität aufgefrischt hatte, unterhielten wir uns lange miteinander. Sie wußte zwar nichts mehr von unserem Gespräch in ihrem Schlafzimmer, war aber zu dieser Tageszeit – kurz nach dem Mittagessen – schon stark genug alkoholisiert, um sich von mir willig auf eine nostalgische Erinnerungstour durch Halleys Kindheit lenken zu lassen.

Vom Institut fuhr ich zunächst in das nächstgelegene Shopping-Center. In der Buchhandlung kaufte ich ein Exemplar des Buchs, von dem Mary Catharine gesprochen hatte, und ging dann hinüber zum Supermarkt, wo ich allerdings nur die Hälfte dessen fand, was ich zur Komplettierung meiner Behandlung benötigte. Ein wichtiges Requisit zur Stimulierung von Halleys sensorischem Gedächtnis war nicht aufzutreiben. Zu meiner Überraschung erhielt ich vom Filialleiter die Auskunft, daß der Hersteller das Produkt im Sommer nicht im Angebot hat. Ich beschloß, mein Glück in einem der New Yorker Feinkostläden zu versuchen; bei deren längerer Lagerumschlagsdauer war die Aussicht auf Erfolg bedeutend größer.

Ich machte mich auf die Fahrt nach New York. Die Uhr ging auf zehn, als ich ankam; für die Verspätung hatte ein heftiges Sommergewitter gesorgt. Der vergammelte West Side Highway hatte sich in einen schwarzen Fluß verwandelt, und die Schlaglöcher in der Fahrbahn waren zu Schlammgruben geworden. Für die acht oder neun Kilometer von der George Washington Bridge bis Central Park West in Höhe der siebziger Straßen brauchte ich anderthalb Stunden. Nirgendwo eine Parklücke, also stellte ich den Wagen in der Tiefgarage gegenüber meinem temporären Quartier ab. Der peitschende Regen hatte aufgehört. Und schließlich konnte ich auch feststellen, daß ich den richtigen Riecher gehabt hatte – in einem Tag und Nacht geöffneten koreanischen Lebensmittelladen fand ich eine Packung des Benötigten. Ich ging einen Häuserblock weiter zu ihrem Apartmenthaus. Bei demselben Pförtner, der uns gesagt hatte, daß die Knallkörper werfenden Jugendlichen den Verlust ihrer Finger riskierten, meldete ich mich an.

Er nannte Halley meinen Namen, sagte: »Moment bitte«, und reichte mir mit den Worten »Sie möchte selbst mit Ihnen sprechen« den Hörer der Gegensprechanlage, der sich in nichts von einem altertümlichen Telefonhörer unterschied.

»Rafe?« Halleys Stimme schlug, wie bei Sprechanlagen üblich, ein bißchen dünn und mit Knacken und Rauschen unterlegt an mein Ohr, als käme sie aus einem Kurzwellenradio.

»Ja.«

»Was soll …? Du willst mich besuchen?«

»Ich will dich zu Bett bringen«, sagte ich und zwinkerte dem Pförtner zu. Er griente, wandte dann aber schnell die Augen ab, als ob es sich nicht gehörte, daß er zuhörte, selbst wenn es mir nichts ausmachte. »Ich habe Malomars mitgebracht«, sagte ich.

Sie antwortete mit lauter Stimme. »Was?«

»Ma-lo-mars«, wiederholte ich langsam. »Ich habe Malomars und Trinkschokolade mitgebracht.«

Das trug mir einen verdutzten Blick des Pförtners ein. Das Gewitter hatte keine Abkühlung gebracht. Im Gegenteil. Die Luft in der Stadt war eine dicke Suppe, fast wie in einem türkischen Bad – auf dem heißen Pflaster der Bürgersteige schien der Regen sofort verdampft zu sein.

Als ich aus dem Fahrstuhl trat, stand sie mit nassem Haar, bekleidet mit einem Herren-T-Shirt, das ihr bis zu den Knien reichte, im Spalt ihrer Wohnungstür. Den Kopf schräg geneigt, beobachtete sie mit weit offenen, unerschrockenen dunklen Augen, wie ich näherkam. Ich zog die Packung Malomars aus der Einkaufstüte. »Prima«, sagte ich, während ich sie ihr überreichte. »Du hast schon gebadet.«

Sie nahm die gelbe Packung mit beiden Händen entgegen und starrte sie an, als könnte sie nicht wirklich sein. Wie sie mit gebeugtem Kopf da stand, reichte sie mir gerade bis zur Magengrube. Die Einkaufstüte mit dem linken Arm an mich drückend, strich ich ihr mit der rechten Hand über das nasse Haar und raffte es im Nacken zusammen. »Bind' dir die zu einem Pferdeschwanz«, sagte ich.

Sie hob die Augen, die sich im selben Zug verengten. Mit einem Schritt zurück entzog sie sich meinem Griff; sie öffnete dabei die Tür ein Stück weiter, versperrte mir aber immer noch den Weg nach drinnen. »Soll das Spiel für dich oder für mich sein?« fragte sie.

Ich griff in die Einkaufstüte und zeigte ihr die Dose Nesquik. »Heiße Schokolade, Malomars und eine Gutenachtgeschichte. Du weißt, wie gern ich Gutenachtgeschichten vorlese«, sagte ich.

Sie stampfte mit dem Fuß auf. »Ich hab' dich was gefragt!« Verärgert über die eigene eruptive Geste, schloß sie die Augen, holte durch die Nase tief Luft – die bebenden Nasenflügel waren ein ausgesprochen hübscher Anblick – und sagte versöhnlich: »Es ist mir gleich. Ich möchte es nur wissen.«

Ich ließ die Nesquikdose in die Tüte zurückgleiten, trat in die Tür und sah zu ihr hinunter. »Ich liebe dich«, sagte ich. Und dann im Flüsterton: »Es ist für mich.«

Ich ignorierte die Mikrowelle und stellte einen Topf auf den Herd, in dem ich die Milch heiß machte. Dabei rührte ich geräuschvoll mit einem Metallöffel um; diese Einzelheit hatte ich nicht mit ihrer Mutter besprochen, aber ich erinnerte mich, daß Oma Jacinta so heiße Schokolade zuzubereiten pflegte. Ich lauschte währenddessen im Nebenzimmer auf das gemächliche Schaben von Metall auf Metall und freute mich bereits auf die süße Köstlichkeit. Ein brauner Becher, wie Mary Catharine ihn beschrieben hatte, war nicht zu finden, aber die vorhandenen weißen Becher waren groß und würden schwer in Halley Händen ruhen. Ich legte vier Malomars auf einen Teller, füllte einen Becher mit heißer Schokolade und ging mit Getränk und Gebäck hinüber ins Schlafzimmer. Auf dem Weg dorthin holte ich das mitgebrachte Buch aus meinem Regenmantel.

Halley saß, von zwei Kissen im Rücken gestützt, aufrecht im Bett; sie hatte das Haar zu einem Zopf geflochten, der vor ihrer rechten Schulter herabhing, und drückte mit beiden Armen einen kleinen weißen Teddybär an sich.

Sie trank von der Schokolade und sagte genüßlich: »Mmmmm.« Sie biß ein Stück von einer Malomar ab.

»Willst du sie nicht stippen?« fragte ich.

»Das gibt Schmierage.«

»Du bist ein gutes Mädchen gewesen. Du darfst stippen.« Ich schlug das Buch mit dem Titel *Gute Nacht, lieber Mond* auf, hielt es mit der linken Hand und begann vorzulesen: »In dem großen grünen Zimmer waren ein Telefon und ein Luftballon.« Sie tauchte die Malomar zur Hälfte in das heiße Getränk, schloß ihre Lippen um den schmelzenden Schokoladenüberzug und saugte das klebrige Innere heraus. Ich ließ meine rechte Hand unter die Decke gleiten und strich mit den Fingerspitzen an ihrem Oberschenkel hoch.

Eine Stunde später ging ich. Der ganze Besuch hatte neunzig Minuten gedauert, doppelt so lange wie eine normale Therapiesitzung, aber ich war durch ihren anfänglichen Widerstand aufgehalten worden, und es war, das darf man nicht vergessen, unsere erste Sitzung dieser Art.

Sie beklagte sich, weil ich ihr nicht erlaubte, mich zu berühren. Als die Konvulsionen des Orgasmus einsetzten, bettelte sie darum, meinen Penis sehen zu dürfen – wobei sie natürlich ein Kinderwort benutzte: »Darf ich dein Ding sehen?« Ich sagte nein, und das seien schmutzige Gedanken.

Als ich mich, während sie sich dem Höhepunkt näherte, zu ihr beugte, um ihr ins Ohr zu flüstern, schrie sie auf: »Nein! Sag's nicht!« Ich nehme an, sie dachte dabei an den Mißgriff, den ich mir bei dem Abenteuer im Badezimmer geleistet hatte, als ich ihr sagte, daß Gene ihretwegen gestorben sei – wozu allerdings anzumerken ist, daß die Badezimmer-Episode ein anderes Ziel verfolgt hatte als meine jetzige Veranstaltung, so daß ich in bezug auf jene eigentlich nicht von einem Mißgriff sprechen kann. Diesmal flüsterte ich, während ihr Unterleib gegen meinen Arm wogte: »Du bist ein gutes Mädchen« – wieder und wieder, bis sie zum Ende gekommen war.

Nachdem ich ihr Schlafzimmer verlassen hatte, rief sie mir dreimal klagend hinterher. Während ich – willens und bereit, fluchtartig durch die Wohnungstür zu verschwinden, sobald ich hörte, daß sie ihr Bett verließ – im Flur verharrte, vernahm ich nichts von den Tränen und den Schluchzlauten der Verlassenheit, die nach meiner Überzeugung signalisiert hätten, daß wir einen Durchbruch erzielt hatten (und ich hatte eigentlich auch nicht erwartet, in diesem frühen Stadium der Behandlung dergleichen zu vernehmen).

Am nächsten Tag traf ich verspätet vor dem Carnegie Deli ein. Eine Schlange von Menschen, die auf einen frei werdenden Tisch warteten, zog sich durch die Tür auf den Bürgersteig hinaus. Beim Blick nach drinnen sah ich nichts von Edgar oder Stick, also stellte ich mich hinten an. Ein kleingewachsener Mann in einem teuren dreiteiligen Anzug kam auf mich zu. »Dr. Neruda?« Ich nickte. »Mr. Levin erwartet Sie schon. Wenn Sie mir bitte folgen würden.«

Er lotste mich auf einer schmalen Gasse zwischen umlagerten Tischen hindurch und um Kellner herum, die hoch mit Sandwiches beladene Platten über ihre Köpfe stemmten. Ein Rauchfleisch-Cornedbeef-Sandwich näherte sich bis auf zwei, drei Zentimeter meiner Nase. »Sie sind zu groß«, eröffnete mir der blasse, schwitzende Kellner. »Jetzt setzen Sie sich schon irgendwo hin.«

Edgar, Stick und Didier Lahost waren so separat plaziert worden, wie es in dem Lokal überhaupt nur möglich war, an einem Tisch in der hintersten linken Ecke, wo sich zwei Spiegelwände trafen und man zur Rechten keinen Nachbartisch hatte, weil hier der Eingang zur Küche war. Trotzdem saßen wir hier beengt und bedrängt, wurden wiederholt gerempelt, und der Lärm war natürlich ohrenbetäubend.

»Edgar, das ist so ziemlich das abwegigste Lokal, das man sich aussuchen kann, um jemand näher kennenzulernen«, sagte ich. *»Bon soir,*

Monsieur«, fuhr ich zu Didier gewandt fort und leitete damit meinen Auftritt als Imitator meines Vaters ein, der für mich das Muster des einnehmenden Umgangs mit Menschen geblieben war. Ich zeigte mich neugierig auf den Fremden, frotzelte ungeniert die dominierende Persönlichkeit an unserem Tisch, den großen Finanzmagnaten Edgar Levin, und enthüllte scheinbar offenherzig Details meiner privaten Lebensgeschichte. Stick behandelte ich wie einen Unmündigen, indem ich in der dritten Person von ihm sprach und gelegentlich auch das Antworten für ihn übernahm. Ich erkundigte mich bei Didier, ob sein Name auf elsässische Herkunft hindeute. Stick und Edgar hatten sich nicht die Mühe gemacht, ihrem Gast Fragen nach seinem persönlichen Hintergrund zu stellen, und er ging mit Freuden auf das Thema ein. Als er erwähnte, daß seine Mutter Spanierin war, kam die Unterhaltung zwischen ihm und mir richtig in Fahrt. Es stellte sich heraus, daß seine Mutter aus Asturien stammte, der Nachbarprovinz zur Heimat meines Großvaters, Galicien, und Geburtsprovinz meines Onkels Pancho. Ich erzählte die Geschichte meiner Entführung aus Onkel Bernies Haus durch Francisco – die naturgemäß Edgar besonders erfreute, war man doch mit ihr beim Lokalklatsch von Great Neck angelangt. Daß ich durch spanisches Blut zufällig eine Gemeinsamkeit mit Didier hatte, war eine für mich höchst glückliche Fügung, weil es nämlich dadurch leichter wurde, Stick aus der Konversation auszugrenzen und damit seinen Glanz in Edgars Augen zu verdunkeln und seine (für den Sadisten symptomatische) leichte Paranoia zu einem inneren Inferno aufzuheizen.

Unsere muntere Unterhaltung währte über zwei Stunden, bis nach drei Uhr, um welche Zeit sich das stark frequentierte Carnegie beträchtlich entleerte und wir uns wieder in normaler Lautstärke verständigen konnten. Edgar sagte über sein Handy eine Verabredung ab und erklärte uns anschließend, es mache ihm viel zuviel Vergnügen, mich hier aus dem Nähkästchen über Onkel Bernie plaudern zu hören, als daß er Lust habe, den Termin wahrzunehmen.

»Hoffentlich war es kein wichtiger Termin, Edgar«, sagte ich. »Du wolltest nicht zufällig das Empire State Building kaufen?«

»Nur die West Side«, antwortete er. »Hören Sie, Didier, wie ist das mit Spanien? Sollten wir da in den Markt einsteigen?«

»Nun ja, wir sind da ... Das heißt natürlich, wir *waren* – die alte Firma, verstehen Sie – wir waren da unten sehr gut im Geschäft.«

»Wissen Sie was, Didier?« sagte Edgar. »Sie sollten sich Rafe als Berater nach Paris holen. Stick kann Ihnen eine Menge darüber erzählen, wie nützlich er schon für ihn gewesen ist.«

»Ja?« fragte Didier mit einem Blick zu Stick.

»O ja ... ja.« Stick mußte sich räuspern, um seine Stimme von Belag zu befreien. Er war seit über einer Stunde nicht mehr zu Wort gekommen. »Kolossale Erfolge.«

»Sie sind Psychiater?« fragte Didier mich skeptisch.

Edgar stieß ihn mit dem Ellbogen an. Didier war perplex. »Er hat herausgekriegt, wie man die Paradiesvögel im Labor bei Laune halten kann. Aber sag mal, wie sieht's denn nun aus mit dir, Rafe? Wird's dir langweilig bei uns? Stick würde dich gern auf 'ne Vollzeitstelle setzen. Bist du fertig mit deinen Recherchen? Hast du die Nase voll von uns habgierigen Kapitalisten?«

Ich lächelt Edgar zu und beobachtete mit einem Seitenblick Stick. Ich suchte nach Anzeichen von Nervosität. Abgesehen von den Augen mit ihrer gleichbleibenden Wachsamkeit, war das harte, hagere Gesicht vollkommen ausdruckslos. Er ist gefährlich, dachte ich. Er ist aus anderem Holz geschnitzt als Halley. Ihr Narzißmus war letzten Endes Abwehr eines lieblosen Vaters – sein Sadismus war ein Gegenangriff.

»Wenn man Kapitalist ist, muß man wohl habgierig sein, ja?« fragte mich Didier.

»Unbedingt«, sagte ich. »Alles andere wäre neurotisch.«

»Das wär' doch mal ein Thema, über das du ein Buch schreiben könntest«, sagte Edgar zu mir. »In den Achtzigern hat es eine Zeitlang so ausgesehen, als bekomme die Habgier allmählich eine gute Presse. Aber was wir wirklich brauchen könnten, ist eine fachlich erstklassige psychologische Apologie der Habgier.«

»Die Geschichte ist auf deiner Seite, Edgar«, sagte ich. »Mach dir da mal keine Sorgen.«

Edgar ließ nicht locker. »Und wie hast du dich nun entschieden?« bohrte er weiter, während sein Blick zu Stick wanderte. »Wirst du weiter als Berater für uns arbeiten?«

»Er arbeitet als Berater *für mich*«, sagte Stick ruhig. »Es war meine Idee.« Er fixierte Edgar mit starrem Blick.

Alle Achtung! dachte ich. Du hast im Grunde keine Angst vor dem großen Edgar Levin. Du nutzt ihn aus, und sobald sich die Gelegenheit bietet, legst du auch ihn aufs Kreuz.

»Ich bin sehr froh, daß wir hier zusammengesessen haben«, unterbrach ich das Augenduell der beiden. »Aber bevor ich mich entscheide, ob ich weitermache und bei der Herbstklausur die Gruppenleitung übernehme, möchte ich, daß du, Edgar, mir eine Frage beantwortest, und zwar so gewissenhaft und exakt wie irgend möglich.«

Er pfiff leise durch die Zähne. »Wow! Hört sich gut an. Und was willst du wissen?«

»Du hast einen riesengroßen Einsatz auf Sticks Qualitäten als Geschäftsführer gewettet, nicht wahr?«

»Einen mittelgroßen Einsatz.«

»Ich gratuliere, Edgar.«

»Weil ich Geld mache? Ich erkenne dich ja kaum wieder, Rafe.«

»Ich gratuliere dir zu der Größenordnung der Welt, in der du lebst. Hier ist meine Frage. Angenommen – und bitte denk daran, das Ganze ist rein hypothetisch – angenommen, ich sage dir, daß der Betrieb und die Geschäfte bei Hyperion meiner Meinung nach ohne Stick genausogut und vielleicht sogar noch besser laufen würden.« Didier, der mir direkt gegenübersaß, riß die Augen weit auf. Den Kopf zu Stick zu drehen, um zu sehen, wie er reagierte, verkniff ich mir. Ich lächelte Edgar freundlich an und fuhr fort: »Angenommen, ich sage dir, daß er weder für die Produktlinie noch für das Marketing verantwortlich ist.«

Edgar wollte sich zurücklehnen, mit dem Erfolg, daß seine kahle Stelle am Hinterkopf gegen die Spiegelwand schlug. Von dem naßforschen reichen Sonnyboy war nichts mehr übrig. Er beäugte mich mit dem stirnrunzelnden Widerwillen eines Kompaniechefs, der sich einem Deserteur gegenübersieht. »Und wie lautete deine Frage?«

»Angenommen, du glaubst mir – was würdest du tun?«

»Ich bin nicht der Oberboß Hyperion«, sagte er und zwinkerte Stick zu. »Ich bin nur ein Investor.«

»Nehmen wir ruhig mal an, du wärst der Oberboß«, bohrte ich weiter. »Hast du Angst, eine ehrliche Antwort zu –«

Edgar fiel mir ins Wort. »Nichts würde ich tun«, sagte er unwirsch.

»Nimm dir ruhig Zeit zum Überlegen, Edgar.«

»Da gibt's nichts zu überlegen. Was nicht kaputt ist, reparier' ich nicht. Denkst du, ich schmeiß' jemand raus, nur weil ich ihn im Augenblick entbehren kann? Großer Gott, du fällst doch nicht etwa auch auf dieses Geschwätz von Unternehmensverschlankung und Personalabbau herein? Wenn du jeden Amerikaner feuerst, der nicht in jedem Moment eindeutig unentbehrlich ist, ist bald das halbe Land arbeitslos.«

»Ich glaube dir einfach nicht. Du nimmst meine Frage nicht ernst. Ich will mal andersherum fragen. Unterstellen wir, daß meine Prämisse – eine absolut hypothetische Prämisse natürlich – daß diese Prämisse zutrifft: daß also Stick bei Hyperion weder für die Produktion noch für die Vermarktung der Produkte irgendeine maßgebliche Rolle spielt. Wo liegt dann sein Nutzen?«

Edgar lachte. »Vielleicht solltest du dein Angebot doch lieber zurückziehen, Stick.«

Neben mir hörte ich Sticks leise Stimme, kaum mehr als ein Murmeln: »Die Frage ist interessant. Ich habe nichts dagegen, daß er sie stellt.«

Didier schüttelte den Kopf. »Das ist sonderbar«, bemerkte er.

»Nun, Edgar? Du hast mir eine Antwort versprochen.«

»Richtig. Tja ... Sein Nutzen ...« Er schwieg nachdenklich und sagte dann, als wäre es ihm eben eingefallen: »Sein Nutzen liegt in seiner Habgier.«

»Keine Witze bitte, Edgar.«

»Das ist kein Witz. Stick ist durch und durch ›Es‹, wie du und deine Kollegen das vielleicht ausdrücken würden. Er ist zu mir gekommen, weil er einen Geldgeber gesucht hat, und Geld hat er gebraucht, weil er ein paar Pfeifen hat auskaufen wollen, die Schiß gehabt haben, IBM und Toshiba direkt anzugreifen. Wenn du recht hast, und er hat wirklich kein Können und keine Sachkenntnis, dann ist der Vorstoß, den er damals bei mir gemacht hat, um so beeindruckender – stell dir die Chuzpe vor, die einer haben muß, der mit fremdem Geld ein Unternehmen leiten will, ohne beim Produkt und beim Marketing mitreden zu können. Die Leute unter ihm bei Hyperion haben vielleicht das Können und die Sachkenntnis, aber ihnen fehlt die nötige Habgier. Jedenfalls ist mir nichts Gegenteiliges bekannt.«

Ich schlug mit der flachen Hand auf den Tisch. Und freute mich, als alle drei zusammenschreckten. »Okay. Wenn das so ist, bin ich bei der Herbstklausur mit dabei. Und ich habe jetzt einen Ansatz für eine psychologische Apologie der Habgier, Edgar. Vielleicht schreib' ich dir dein Buch doch noch. Ich danke vielmals.« Ich legte eine Hand auf Sticks knochige Schulter. Und drückte zu. »Die Pflicht ruft. Ich sollte mich mal auf den Weg ins Labor begeben, um mich wieder an die Arbeit zu machen.« Ich drückte fester.

Er zuckte mit keinem Muskel, obwohl es weh tun mußte – ich bin kein Schwächling. Er sah auf meine Finger und lächelte, als ob es ein Vergnügen wäre, sie da zu haben, wo sie waren. »Sehen wir uns am Samstag zum Tennis?« fragte er. »In meinem Club findet ein Turnier jeder gegen jeden statt, und ich kann mir als Partner einen Gast mitbringen.«

Ich ließ los. Seine Augenlider schlossen sich halb, ein Zeichen der Erleichterung. »Ist gebongt«, sagte ich. »Mit vereinten Kräften hauen wir sie alle in die Pfanne.«

ELFTES KAPITEL

Gegenübertragung

Das Überraschendste an diesem Behandlungsverfahren war, wie schnell und prononciert es wirkte. Die Probleme, die sich aus seiner unorthodoxen Natur ergaben – die Aufgabe etwa, ein Äquivalent der regelmäßigen, klar abgegrenzten Sitzungen der regulären psychotherapeutischen Behandlung zu schaffen –, ließen sich ohne große Mühe lösen. Ich hatte schon früh die Gepflogenheit eingeführt, mich zweimal wöchentlich mit Stick zu einer Besprechung zu treffen, vorgeblich zu dem Zweck, ihn über die Arbeitsmoral seiner Angestellten auf dem laufenden zu halten. Hinzugekommen waren dann die einmal wöchentlich stattfindenden Tennis-Doppel, und inzwischen war ich auch samstäglicher Stammgast in seinem Country Club in Westchester geworden. Jede dieser wöchentlich vier Zusammenkünfte erfüllte den Zweck einer Therapiestunde. Es kam lediglich darauf an, der in Copleys Sadismus angelegten Tendenz zur Paranoia Nahrung zuzuführen, statt ihre irrationalen Bedingungen zu ergründen.

Ein typischer Wortwechsel bei einer solchen Zusammenkunft hatte etwa folgende Form: »Andy freut sich schon mächtig auf die Centaurus-Präsentation auf den Computertagen«, sagte ich stirnrunzelnd.

»Ist doch kein Wunder«, meinte Stick.

»Ich nehme an, er freut sich, weil er da 'ne Menge alte Bekannte trifft, mit denen er mal wieder Neuigkeiten austauschen kann.« Ich behielt das Stirnrunzeln bei.

»*Alte* Bekannte?«

Ich lachte. »Für alte Bekanntschaften ist er tatsächlich noch ein bißchen jung. Haben *Sie* viele Bekannte in der Branche?«

»Eher wenige.«

»Wie steht's mit George Jellick? Der hat Sie doch seinerzeit bei Flashworks eingestellt, oder? Sehen Sie ihn gelegentlich noch?« Damit erinnerte ich Copley an den Verrat, den er an einem Boß begangen hatte. Stick hatte sich Hals über Kopf aus Jellicks Firma abgesetzt und dabei nicht nur die Geschäftsbeziehungen zu Schulungskunden und Händlern, die er angeknüpft hatte, mitgenommen, sondern auch den halben Technikerstab einschließlich Genes und etliche Spitzenleute aus dem Marketing, darunter auch Jack Truman, abgeworben.

»Jellick ist pensioniert«, sagte Stick. »Wen freut sich Andy denn da zu sehen?«

»Sind die Namen der Leute wichtig?«

»Ich hätte sie ganz gern gewußt.«

»Dann stelle ich sie fest. Ich denke, es liegt in der Natur der Sache, daß es während der Messe auf gesellschaftlicher Ebene zu intensiven Kontakten zwischen Mitarbeitern rivalisierender Unternehmen kommt. Dabei ist zum Großteil nicht unbeschwertes geselliges Miteinander, sondern harter Konkurrenzkampf der eigentliche Hintergrund. Auf eine von diesen Begegnungen freut Andy sich nun überhaupt nicht – das ist das Wiedersehen mit einem Kommilitonen vom College, der als Videospiel-Designer Millionen verdient hat. Andy sagt, daß er selber mal ein glänzender Programmierer gewesen ist. Es tut ihm leid, daß er in den Rechnerbau übergewechselt ist. ›Das ist eine Sackgasse‹, meint er.«

Am nächsten Tag gab Stick zu Andys großem Verdruß bekannt, daß er mit zu den Computertagen reisen würde. Andy hatte sich darauf gefreut, die Firma auf der Messe allein zu vertreten.

Das Bemühen, Sticks endogene Disposition zu übertriebener Wachsamkeit zu verstärken, führte mich naturgemäß zur Erkundung seiner analen Ängste vor Vergreisung und Kräfteabbau und lenkte meine Neugier auch auf seine homophobe Verschämtheit – letztere ebenfalls symptomatisch für den Sadisten.

Ich nahm Tennisunterricht, um mein Können zu verbessern, und kaufte mir einen neuen Schläger. Eine Zeitlang konzentrierte ich mich bei unseren Matches darauf, mein Bestes zu geben. Stick gewöhnte sich daran, daß wir die Gegner, die er für uns auftrieb, regelmäßig schlugen. Innerhalb weniger Wochen hatte ich mir eine ausreichend souveräne Spielweise angeeignet, um es einrichten zu können, daß wir den zweiten Satz verloren und es so aussah, als wäre Ermüdung auf seiten Sticks der Grund dafür. In der Netzposition während seines Aufschlagspiels war es mir ein leichtes, sei es durch weniger aggressives Räubern als gewöhnlich, sei es durch Volleys, die für den Gegner leicht abzuwehren waren, den Eindruck entstehen zu lassen, als ob wir verlören, weil Stick zu schwach servierte.

Nach drei solchermaßen herbeigeführten Niederlagen beklagte sich Stick: »Kaum haben wir einen Gewinnsatz eingefahren, lassen wir in der Konzentration nach.«

Ich sagte: »Ich glaube nicht, daß es daran liegt.«

Er stand in einer Duschkabine des Wall Street Racquet Club und mußte das Rauschen und Plätschern des ausströmenden Wassers übertönen, um sich mit mir unterhalten zu können. Ich war schon beim Abtrocknen. Er hatte das Kleiderablegen mal wieder in die Länge gezogen und gewartet, bis ich in der Kabine war, ehe er die letzte Hülle hatte fallen lassen. Er brachte stets sein eigenes lindgrünes Badetuch mit, obwohl der Club reine weiße Badetücher stellte, die zwar nicht so groß und flauschig wie seins waren, aber ihren Zweck vollkommen erfüllten. Ich nahm an, daß er an einer milden Form der für den Sadisten typischen Furcht vor Bakterien litt. Außen an den Türen der Duschkabinen war ein Haken für das Badetuch angebracht, aber er trat immer mit dem Tuch um die untere Körperhälfte in die Kabine, damit die Familienjuwelen bis zuallerletzt züchtig verhüllt blieben, ungeachtet der Tatsache, daß das Tuch naß werden mußte, wenn er es mit nach drinnen nahm. »Was haben Sie gesagt?« rief er.

»Ich weiß, warum wir den zweiten Satz verlieren«, sagte ich und stellte mich neben die Tür seiner Kabine. »Sie bauen ab. Ihr Aufschlag wird schwächer, deshalb krieg' ich auf den Return keinen sauberen Volley mehr hin.«

»Quatsch«, meinte er.

Ich reagierte nicht. Als das Schweigen so lange gedauert hatte, daß die Stimmung unbehaglich zu werden begann, riß ich die Tür auf.

Stick, mit seifenschaumverschmierter Brust, die Augen im Duschregen blinzelnd, wich gegen die gekachelte Rückwand zurück. Ich faßte seine Genitalien ins Auge (die, überflüssig zu sagen, von normaler Größe waren und auch sonst keine Besonderheiten aufwiesen) und sagte: »Ist hier irgendwo mein Schweißband?«

»Sie haben doch in 'ner anderen Kabine geduscht«, protestierte er.

»Entschuldigung«, sagte ich und warf die Tür wieder zu. Ich hatte das Geheimnis gesehen und sprach jetzt mein Urteil: »Ich bin ziemlich sicher, daß Sie im zweiten Satz abbauen. Es kann natürlich auch an meinem Volley liegen, aber meiner Meinung nach schlagen Sie den Service zu kurz.«

Er zog es vor, die Debatte über diese Frage nicht fortzusetzen. Nach dem Spiel ging er immer gern eine Kleinigkeit essen, und heute bot er mir dabei eine weitere Gelegenheit, sein Unbewußtes zu verminen. Er bekundete eine seltene Neugier auf meine Arbeit mit Kindern. Scheinbar wahllos griff ich die Geschichte eines anal mißbrauchten Jungen heraus. Ich mußte sie nicht erfinden; meine Erfahrung umfaßte leider zahlreiche Fälle dieser Art. Die Fallgeschichte, auf die ich zurückgriff, hatte ich in einer meiner Publikationen zitiert; sie betraf Jeffrey Y., einen Jungen, der von seinem Vater und einem Onkel wiederholt vergewaltigt worden war.

Sticks einzige Frage zu dem Fall Jeffrey Y. war aufschlußreich, wenngleich nicht überraschend. »Ist es die Regel, daß die Opfer später homosexuell werden?« wollte er wissen.

Ich antwortete mit einer Halbwahrheit. »Ist ein Junge erst einmal anal stimuliert worden – das gilt besonders für das Alter von fünf bis zehn –, besteht eine hohe Wahrscheinlichkeit, daß er den Wunsch behält« – und hier wählte ich ganz bewußt eine drastische Formulierung – »in den Arsch gefickt zu werden.«

Er wartete mit einer Überraschung auf – es war nicht die erste, die er mir servierte, seit wir uns kannten, und sie warnte mich, daß im Umgang mit ihm Vorsicht geboten war. Ohnehin hatte ich ihn an diesem Abend mit meinem Eindringen in seine Duschkabine provoziert. Er senkte seinen Blick in meine Augen; die seinen waren schwarz und leer. »Halley hat mir erzählt, daß Ihre Mutter Sie als Sexualpartner benutzt hat, als Sie klein waren. Wie wirkt sich das beim erwachsenen Mann aus?«

Seine Absicht war, mich mit dieser beiläufigen Enthüllung, daß Halley ihm mein »Geheimnis« verraten hatte, fertigzumachen. Selbstverständlich stammte ihre Kenntnis meiner Inzesterfahrung von unserem ersten gemeinsamen Abendessen und nicht von unseren Begegnungen in jüngster Zeit her. Dennoch hatte er mich kalt erwischt. Wieder einmal war ich daran erinnert worden, daß ich den Grad der Verbundenheit zwischen den beiden nicht unterschätzen sollte. Ich kann nicht sagen, wie gut oder wie schlecht ich meinen Gesichtsausdruck unter Kontrolle hatte, aber meine verbale Reaktion war prompt und pointiert: »Es macht einen zu einem ungemein selbstbewußten Mann. Schließlich ist es der Traum eines jeden kleinen Jungen, der da für einen Wirklichkeit wird.«

[Ich brauche hoffentlich nicht zu erklären, warum das eine absurde Lüge ist. Wenn Stick Copley Wissenschaftler genug war, um eine Nachprüfung anzustellen, würde er aus meinem Buch über den Inzest erfahren, daß ich ihm einen Bären aufgebunden hatte. Diese Eventualität beunruhigte mich nicht sonderlich: Im Rahmen der umgepolten Therapie – wenn ich mein neues Verfahren so nennen darf – konnte Sticks Entdeckung, daß er mir nicht vertrauen konnte, für uns beide von Vorteil sein. Er forschte nach meiner Schwäche. Das liegt in der Dynamik dieser neuen, auf einen nichtneurotischen Sadisten zugeschnittenen Therapieform. Wir beide führen eine Neuinszenierung des alten Dramas auf: Copley sucht nach einer Möglichkeit, mir eine Niederlage beizubringen, und hofft, daß die Geschichte genauso ausgehen wird, wie sie schon einmal ausgegangen ist; ich hingegen denke nicht daran, den Schurken durch ein liebendes Elternteil zu ersetzen, sondern spiele die Schurkenrolle perfekter als der originale Schurke.]

»Der Traum eines jeden kleinen Jungen?« echote er mit zusammengekniffenen Augen und gerunzelter Stirn. Die Furchen in seinem Gesicht verzogen sich vor Schmerz. Fast tat er mir leid.

»Ich habe nie Versagerängste bei Mädchen gehabt, habe niemals die Sorge gehabt, mein Penis könnte zu klein sein, habe nie Probleme wegen irgendwelcher Rivalitäten mit meinem Vater gehabt. Ich stand von vornherein als Sieger im ödipalen Wettkampf fest, also hab' ich nie etwas beweisen müssen.«

Enttäuscht über den Ausgang seines Gegenangriffs trank er einen Schluck von seinem Kräutertee. Sein Blick wanderte zu einem Punkt in weiter Ferne, seine Aufmerksamkeit driftete weg von unserem Kampf. »Ich glaube, alle kleinen Jungen machen sich Sorgen wegen der Größe ihres Schwengels«, sagte er ruhig, mehr zu sich selbst.

»Nicht *alle.* Noch nicht einmal die meisten«, merkte ich grausam an. Er schaute verblüfft auf. »Nur die mit einem kleinen Penis«, sagte ich. Stick zuckte. Ich lachte, langte zu ihm hinüber und knetete seine Schulter. Er hatte eine – in Anbetracht seines Vaters nur zu verständliche – Abneigung gegen Körperkontakt mit Männern. Ich benutzte jede sich bietende Gelegenheit, diese Barriere zu durchbrechen. »Nein, war nur ein bißchen Gehirnflickerhumor. Klar quält sich jeder mal mit solchen Gedanken.« Ich klopfte seine Schulter. »Eine ganz natürliche Sache.«

Einerseits hintertrieb ich seine Versuche, Angestellte zu bestechen, zu bedrohen, zu testen oder in Fallen zu locken, andererseits unterstützte oder weckte ich bei Angestellten Ambitionen und Ansprüche. Jeden der zahlreichen Einzelfälle zu erwähnen oder gar eingehend zu schildern, würde hier zu weit führen; außerdem würde ein Bilderbogen entstehen, dessen scheinbare Vielfalt sich bald als fortgesetzte Abwandlung einiger weniger immergleicher Grundmuster entpuppte. Zum Zwecke der Illustration dürften die Beispiele, die ich bereits erwähnt habe, ausreichen. Da Halley für Stick eines der Instrumente war, mit denen er einen Mann vollständig in seine Gewalt brachte, machte ich Jacks Vernarrtheit in Halley ein Ende, indem ich seine Frau aufbaute. Ich förderte Andys Wachstum zur Statur eines Managers sowohl im Kreis seiner eigenen Leute als auch indem ich ihn mit Jack und den anderen Vertriebsleuten bekannt machte, so wie ich seinerzeit Gene angespornt hatte, sich um eine verantwortlichere Position zu bemühen, mit dem Unterschied allerdings, daß ich diesmal – und das galt auch im Zusammenhang mit meinen Maßnahmen zur Rettung der Ehe der Trumans – für einen Blitzableiter gesorgt hatte, der die Sicherheit meiner Schützlinge garantierte. Dieser Blitzableiter war ich. Copley war überzeugt, daß ich und ich allein aufgrund meines guten Verhältnisses zu Edgar seine Position an der Spitze des Unternehmens gefährdete, und sah demgegenüber in Andys wachsendem Selbstvertrauen und seiner fortschreitenden Reife keine Gefahr. Halley war überzeugt, daß wir beide eine Affäre miteinander hätten, und dieser Meinung war auch Stick, für den ich damit unter Kontrolle gebracht war. In diesem ersten und allerkritischsten Stadium der Therapie konnte ich eine Heilungschance überhaupt nur dadurch eröffnen, daß ich mich selbst in die Rolle des Buhmanns und prospektiven Opfers begab.

Das bringt uns zu einem Aspekt der Behandlung, vor dem andere Praktiker zu warnen ich für außerordentlich wichtig halte. Die umgepolte Therapie birgt zwei Gefahren, die zwar jede ihr Pendant in der herkömmlichen Psychoanalyse haben, aber bei meiner Vorgehensweise in sehr viel akuterer und bedrohlicherer Form auftreten. Die erste dürfte allgemein bekannt sein; es ist die Gegenübertragung: ich mußte dagegen ankämpfen, eine echte Neigung zu Halley zu entwickeln, und ich mußte darauf achten, keine Aggressionsgelüste gegen Stick in mir aufkommen zu lassen. Die zweite Gefahr, deren volles Ausmaß ich leider nicht rechtzeitig erkannte, ergibt sich daraus, daß die Behandlung auf Desintegration der Persönlichkeit des Patienten und nicht auf Stärkung seiner Autonomie abzielt: es ist folglich mit größter Vorsicht darauf zu achten, daß man den Patienten nicht in die offene Psychose treibt.

In puncto Gegenübertragung war Halley der schwierigere Fall. Ich möchte die Geschichte hier nicht auf das Niveau von Herrenwitzen abgleiten lassen, muß aber sagen, daß allein schon meine sexuelle Frustration ausgereicht hätte, die Geduld eines Heiligen auf die Probe zu stellen – der Lustgewinn war ganz und gar einseitig, und unsere Schäferstündchen waren eine Karikatur der physischen Liebe. Ich denke, ich muß nicht umständlich erklären, wie ich meiner körperlichen Enthaltsamkeit Linderung verschaffte, und ich gebe nicht vor, daß Halley zärtlich zu streicheln durchwegs nur Arbeit für mich war. Ein weiteres Problem war die emotionale Frustration. Ich hatte ihre Gefährlichkeit unterschätzt. Obgleich ich die physische Zweisamkeit des inzestuösen Phantasiespiels mit Halley auf zwei Abende in der Woche beschränkte und meine offizielle Rolle von mir verlangte, daß ich sie im Beisein Dritter mit steifer

Förmlichkeit, ja fast Geringschätzung behandelte, mußte ich (um die Ansprüche, die die Doppelrolle des Vaters und des Liebhabers stellte, in allen Punkten zu erfüllen) täglich mit ihr telefonieren, um den ungebrochenen Fortbestand einer tiefen Gefühlsbindung zu simulieren.

Alles lief nach einem starren Schema. Jeden Morgen um halb acht rief ich sie in ihrem Apartment an, um sie in zärtlichem Ton zu begrüßen: »Hallo, mein Kleines. Hast du gut geschlafen?« Sobald sie mit meinem täglichen Anruf zu rechnen begonnen hatte und daraufhin auch jedesmal den Hörer abnahm, statt den Anrufbeantworter übernehmen zu lassen, dauerten diese Gespräche jeweils ungefähr eine halbe Stunde und an Wochenenden mitunter bis zu einer Stunde oder länger. Sie gaben mir die Möglichkeit zu beobachten, wie meine Einmischung in die sexuelle und emotionale Dynamik ihrer Vaterbeziehung sich bei ihr niederschlug; das Wichtigste war freilich, daß ich bei diesen Gelegenheiten immer wieder die Versicherungen und Beteuerungen abgab, die ihr Narzißmus hören wollte. Sie pflegte sich zwischen dem raschelnden Bettzeug zu rekeln, verschlafen zu stöhnen und mit quengeliger Stimme zu fragen: »Liebst du mich?«

»Ich liebe dich«, antwortete ich jedesmal.

»Warum bist du dann nicht hier bei mir?« quengelte sie weiter.

»Weil du mich nicht liebst«, war meine stereotype Antwort.

»Aber ich liebe dich doch!« lautete ihre Erwiderung von der zweiten Woche dieser morgendlichen Anrufe an. In der ersten Woche hatte sie mich mit der Antwort »So ein Pech!« zu ärgern versucht, aber darüber lachte ich nur.

»Du liebst überhaupt niemand«, sagte ich.

»Dich liebe ich vielleicht«, sagte sie mit melodischem Tonfall, in die unschuldige Musik der Kleinmädchenstimme verfallend. Es war schwer, in Erinnerung zu behalten, daß sie eine Lügnerin war.

»Wenn du mich liebst«, gab ich ihr zu bedenken, »wirst du Babys von mir bekommen, und dann gehst du aus der Form. Babysabber klebt an dir, und kein Mann dreht sich mehr nach dir um. Wenn du mir eine schöne Tochter schenkst, erreichst du damit, daß ich dich bald nicht mehr ansehe. Wenn du mir einen stattlichen Sohn schenkst, rede ich bald nicht mehr mit dir.«

Zunächst kam keine Reaktion. Dann hörte ich einen Bums – den ich mir später als den Laut erklärte, den sie beim schwungvollen Verlassen des Betts mit dem Auftreffen der Füße auf dem Boden hervorbrachte. In einem Ton, der verriet, daß sie jetzt hellwach war, sagte sie: »Sehr richtig«, und knallte den Hörer hin.

Am nächsten Morgen nahm sie ab und beantwortete mein »Hallo, mein Kleines. Hast du gut geschlafen?« mit »Ich habe gerade Besuch. Ich ruf' dich später zurück.«

Zwei Wochen lang versuchte sie, mich eifersüchtig zu machen, indem sie entweder nicht abnahm oder nur mit dem knappen Bescheid antwortete, sie sei nicht allein und könne jetzt nicht mit mir sprechen. Ich ignorierte ihr schikanöses Gebaren so gründlich, daß sie (entweder auf Sticks ausdrückliches Anraten oder weil sie sein Wünschen und Wollen instinktiv erriet) im Labor aufkreuzte und unter dem Vorwand, über die Anzeigenkampagne für den Centaurus mit ihm sprechen zu wollen, Andy zum Mittagessen einlud. Sie ging noch zwei weitere Male mit ihm aus, ehe sie ihre Aktivitäten in dieser Richtung aufgab – wahrscheinlich war ihr nicht verborgen geblieben, daß Andy schwul war. Es hätte mich nicht gewundert, wenn als nächstes ihr Sekretär mit Andy Kontakt aufgenommen hätte, doch offenbar war Halley nicht der Typ, der eine wichtige Aufgabe delegierte – und außerdem hätte sie mich damit kaum aus der Ruhe gebracht.

Während der Phase, in der sie mit ihrem Widerstand meine Eifersucht zu erregen suchte, erteilte Halley einmal dem Pförtner die Anweisung, mich nicht ins Haus zu lassen, als ich zu unserer Inzest-Stunde anrückte. Das war für mich Anlaß zur Beunruhigung, die sich dann allerdings als blinder Alarm erwies. Das Verlangen ihres Körpers nach so vollständiger Befriedigung – nach einer narzißtischen Ekstase, die niemand anders ihr verschaffen konnte oder wollte – hatte längst Suchtcharakter. Am folgenden Morgen beantwortete sie meinen Gruß mit einem mürrischen »Nein, ich habe sauschlecht geschlafen«.

»Bin ich daran schuld?« fragte ich.

»Ja«, sagte sie.

»Du hast deine Gutenachtgeschichte vermißt«, spekulierte ich.

»Komm jetzt zu mir. Jetzt gleich«, drängte sie.

»Nein. Donnerstagabend.«

»Gib mir deine Telefonnummer! Es ist doch einfach grotesk, daß kein Mensch dich zu Hause erreichen kann. Wenn *du* mir die Nummer nicht gibst, hol' ich sie mir von Laura.«

Es war das erste Mal, daß sie ihren Vater als die gewichtigere Autoritätsperson gegen mich ins Feld zu stellen versuchte. »Stick hat die Nummer nicht. Ich bin hier nicht in meiner eigenen Wohnung«, sagte ich. »Und genaugenommen arbeite ich auch nicht *für* eure Firma. Ich mache eine Recherche *bei* euch.«

»Komm her«, stöhnte sie. »Dann werd' *ich dir* eine Geschichte vorlesen«, fügte sie auflebend hinzu. »Glaub mir, ich versteh' was von der Liebe.«

»Du verstehst eine Menge von der Liebe – aber du bist nicht ehrlich.«

Sie flüsterte: »Komm her – laß mich dich glücklich machen.«

»Du willst mich nicht glücklich machen«, sagte ich. »Wir sehen uns am Donnerstag. Und wenn du mich noch einmal vor der Tür stehen läßt, ist das dann das letztemal gewesen, daß ich dich besuchen gekommen bin.« Ich legte auf. Danach ist es nie wieder zu einer Aussperrung gekommen.

Obwohl mein täglicher Tribut an Halleys Narzißmus eine Intimität ohnegleichen bedingte, war ich überzeugt, daß sie für mich nichts weiter als eine Patientin sei, bis eine unvorhergesehene Störung im Rhythmus unserer Arbeit mich eines anderen belehrte. Tante Ceil, Julies Mutter, erlitt Ende August einen zweiten Schlaganfall und starb. Meine Angehörigen erhielten vom Prager Institute die Auskunft, daß man dort meine New Yorker Telefonnummer nicht kenne, und so kam es, daß ausgerechnet Edgar mich im Auftrag der Familie von dem Todesfall in Kenntnis setzte; gleichzeitig bot er mir an, mich in seiner Limousine zu der Beerdigung in Great Neck mitzunehmen, an der er – als Partner von Jerry, Onkel Bernies Schwiegersohn, in Immobilien-Investmentgeschäften – selbst teilnehmen werde. Für Stick war dies eine neue Bestätigung dafür, daß ich über gefährliche Verbindungen zur großen Geschäftswelt verfügte. Als ich unseren Donnerstagstermin absagte, vergaß ich nicht, ihn wissen zu lassen, wem ich die Mitfahrgelegenheit verdankte.

Auch Halley rief ich an und sagte Bescheid, daß ich verhindert sei, sie zu Bett zu bringen, weigerte mich jedoch, ihr den Grund zu nennen (wenngleich sie ihn ganz sicher von Stick erfahren würde). Auf ihre Frage »Geht's nicht vielleicht Freitag?« antwortete ich mit einem sanften »Nein«.

Ich kann mir gut vorstellen, wie die Unterhaltung, die Edgar und ich auf der Fahrt zur Synagoge führten, sich in Sticks Phantasie abgespielt haben muß. In Wirklichkeit ergingen wir uns in Reminiszenzen an die Zeit in der Great Neck High School, die Gin-Rummy spielenden alten Knacker im Country Club und die Hartgesottenheit, die sein Vater und Onkel Bernie zu ihrer Zeit im Geschäftsleben an den Tag gelegt hatten. »Weißt du«, sagte Edgar, »damals, als dein Onkel die Home-World-Kette gekauft hat, hat er sich damit rumärgern müssen, daß die Mafia seine Laster überfallen hat. Überfallen ist vielleicht nicht das richtige Wort. Genau um die und die Uhrzeit haben die Trucker von der Gewerkschaft ihren Lastzug auf dem Parkplatz von der und der Raststätte abgestellt und sind einen Kaffee trinken gegangen, und in der Zeit haben Spezis den Lastzug ausgeräumt.

Wenn alles rum war, haben sie die Bullen gerufen. War eine gut eingefädelte Sache und lief wie geschmiert. Alles in allem hat es im Warenvolumen einen Schwund von zehn Prozent ausgemacht. Das hat Bernies Profit ganz schön in den Keller geritten. Also macht er dem Hörensagen nach einen Besuch beim Paten – der sitzt in seiner Villa im Rollstuhl und sabbert vor sich hin. Von irgendwoher sollen die zwei sich gekannt haben –«

»Aus der Bronx«, erklärte ich ihm. »Da waren sie in ihrer Jugend Anführer von zwei rivalisierenden Banden.« Ich kannte die Geschichte, die er erzählte, war jedoch gespannt auf seine Version.

»Nein? Ist das wahr?«

»Soweit ja«, versicherte ich ihm.

»Ja und dann sagt Bernie zu ihm ...« Edgar mußte lachen und fing noch mal an. »Also Bernie kommt mit einem gewaltigen Koloß von einem Juden angerückt.« Edgar lachte wieder so heftig, daß er innehalten und schlucken mußte und erst danach weitersprechen konnte. »Bernie sagt: ›Der Mann da ist gerade aus der israelischen Armee ausgeschieden. Jetzt sucht er Arbeit, und er hat 'ne Menge Kumpel aus Tel Aviv, die suchen auch alle Arbeit, und wenn ich mit meinen Transporten weiter Ärger hab', dann fahren die auf jedem Laster von mir als Begleiter mit. Du hast ja sicher so ein ungefähres Bild von der israelischen Armee‹, sagt Bernie. ›Da lernen die Leute, wie sie mit arabischen Terroristen fertig werden, und wenn sie das können, sind sie dann auch nicht mehr zimperlich, wenn's woanders an die Drecksarbeit geht.‹« Edgar lächelte. »Und das ist der Grund, warum die Home-World-Laster schließlich ihre Touren gemacht haben, ohne Ladung zu verlieren. Aber jetzt kommt der Clou. Angeblich war der jüdische Koloß ein Synagogenkantor aus Texas.« Edgar lachte. Wir verließen den Long Island Expressway und fuhren in Richtung Community Road. Er sah durch die Rauchglasscheibe an seiner Seite zu dem neben uns fahrenden Mercedes hinüber. Am Steuer saß eine juwelengeschmückte Frau mit sonnengebräunter Haut, auf dem Beifahrersitz ein afro-amerikanisches Kindermädchen; den Rücksitz teilten sich ein Junge im Krabbelalter und ein Säugling in einem Kindersitz. »Gott«, sagte er zu der Familienidylle hinüber, »was gäbe ich dafür, wenn die Geschichte wahr wäre.«

»Sie ist wahr«, informierte ich ihn.

»Im Ernst? Oder willst du mich verscheißern?«

»Ich weiß, daß die Geschichte wahr ist.«

»Bist du ganz sicher? Du hast sie schon gekannt? Warum hast du mir nichts gesagt?«

»Absolut sicher. Ich hab' nichts gesagt, weil ich hören wollte, ob deine

Version stimmt. Und sie stimmt nicht ganz. Der jüdische Koloß war kein Kantor. Er war Oberst beim Mossad.«

»Du willst mich verscheißern«, sagte Edgar.

»Nein. Onkel Bernie hatte ein wunderbares Talent, für jede Aufgabe den richtigen Mann zu finden und jedem Mann die richtige Aufgabe zuzuweisen.«

»Nun werd' bloß nicht sentimental über deinen lieben Onkel Bernie.«

»Wenn einer von uns zweien sentimental ist, dann bist du das, Edgar«, sagte ich. Und daß es so war, sollte er umgehend beweisen. Er blieb bis in die Synagoge an meiner Seite und zog mich drinnen, die einladenden Gesten diverser für ihn wichtiger Geschäftsfreunde geflissentlich übersehend, an einer Sitzreihe nach der anderen vorbei den Mittelgang hinunter. Zweimal murmelte ich: »Hier ist noch Platz«, aber Edgar war nicht zum Halt zu bringen und blieb erst stehen, als wir ganz vorn angekommen waren, wo im schwarzen Kleid, die Arme um ihre beiden sie flankierenden Kinder gelegt, Julie saß.

»Ich hab' ihn mitgebracht«, sagte Edgar zu ihr.

Sie erhob sich. Mir blieb nur ein kurzer Moment, um wahrzunehmen, daß ihr Haar sehr kurz geschnitten war, ihre Haut fünf Jahre jünger wirkte als bei unserer letzten Begegnung und ihre warmen braunen Augen, deren Blick eben noch ganz ruhig gewesen war, sich im Nu mit Tränen füllten, als sie mich sah. Im nächsten Moment war sie in meinen Armen, und im selben Augenblick wußte ich, daß mit mir etwas nicht stimmte. Julies festen Rücken, ihren hochgewachsenen Körper in meinen Armen zu fühlen, war immer, immer aufregend und tröstend zugleich gewesen, und ich hatte geglaubt, so würde es auch für immer bleiben. Aber während mein Kopf mich sie fest umarmen hieß – und sei es nur, um Mitgefühl zu bekunden –, lehnte mein Körper sich auf. Meine Arme waren steif, meine Beine verspannt, und mein Bauch sträubte sich gegen den Kontakt mit ihrem.

»Es ist so schön –«, sagte sie mir ins Ohr und versuchte meine unbewegliche Brust an sich zu pressen. »Es ist so schön, dich wiederzusehen.«

Sobald ich konnte, löste ich mich, eine Beileidsbekundung murmelnd, aus der Umarmung. Sie wischte sich eine Träne von der Wange und lächelte. »Das sind meine beiden Spätzchen.« Sie zeigte mit einer Handbewegung auf einen hübschen elfjährigen Jungen mit Lockenhaar und ein schüchternes neunjähriges Mädchen – meinen Neffen und meine Nichte und, wie mir jäh bewußt wurde, wahrscheinlich die einzigen Erben, die ich haben würde. War ich so sehr vereinsamt? So einsam, daß ich nie die

Bekanntschaft der Menschen gemacht hatte, die das waren, was von mir in der Zukunft bleiben würde?

Die schwunglose Feier begann. Harry, ihr toter Vater, war das geliebte Elternteil; Ceil war eine kritische und viel zu sehr mit sich selbst beschäftigte Frau gewesen. Wahrscheinlich wußte ich als einziger, wie sehr die kleine Julie an ihr gehangen und sich von ihr geliebt gefühlt hatte. Nicht daß der Verlust ihrer Mutter sie kaltgelassen hätte. Im Gegenteil, aus Schuldgefühl und Reue weinte sie heftiger als bei der Beerdigung ihres Vaters.

Aber ich konnte nicht der einzige sein, der wußte, wie ihr zumute war, überlegte ich. Ich schaute mich nach ihrem Mann um und bemerkte erst jetzt, daß er nicht da war.

Als wir aufstanden, um dem Sarg zum Grab zu folgen, zog Julie mit einem Arm ihre beiden Kinder an sich und ergriff mit der anderen Hand die meine. »Du bist bei uns«, sagte sie. Ihre Augen waren gerötet, und ihre Tränen hörten nicht auf zu fließen, wenngleich ihre Stimme kräftig und klar war. Während wir zusammen mit den anderen Familienmitgliedern an der Spitze des Trauerzugs auf den Ausgang zuschritten, richtete Julie zwischen gemurmelten Dankesworten für gemurmelte Beileidsbekundungen anderer Trauergäste geflüsterte Seitenbemerkungen an mich. Ich lieferte ihr keine Stichworte dazu, und es waren erratische, durch große Gedankensprünge getrennte Bemerkungen, so als wäre ich in ihrem Innenleben zu Hause. »Ich spiele mit dem Gedanken, nach New York zu ziehen«, sagte sie, kaum daß Cousin Aaron sie aus seiner Umarmung entlassen hatte. Während sie ihrem Sohn und ihrer Tochter in die hinter dem Leichenwagen geparkte Limousine half, dankte sie dem Rabbi für die Trauerrede, dann sagte sie zu mir: »Ich lasse mich scheiden«, bückte sich und stieg ein.

Das ernste Gesicht ihres Sohns vor Augen, hielt ich es für angezeigt, die Neuigkeit vorläufig auf sich beruhen zu lassen. Julie nahm ihre Tochter auf den Schoß. Margaret lehnte ihren Kopf gegen den Busen ihrer Mutter und schloß die Augen. Ich richtete den Blick auf den Jungen, Brian. »Er ist sehr gut in Erd- und Völkerkunde«, belehrte mich Julie nach einem neuerlichen großen Gedankensprung.

»Und in Basketball«, ergänzte er.

»Das denk' ich mir«, sagte ich. Er war sehr groß. »Ja woast du a, warum d' Beduinen ka Brot back'n?« fragte ich ihn.

Die kleine Margret hob den Kopf und gickelte. Brian krauste die Stirn. »Der hat aber so'n Bart«, sagte er.

»Da hast du leider recht«, gab ich zu.

»Was hat so'n Bart?« wollte Julie wissen.

»Obsd' woast, warum d' Beduinen ka Brot back'n«, erklärte ich Julie.

Brian sah seine Mutter von der Seite an und lächelte. »Sie hat alles vergessen«, sagte er zu mir. »Das ist doch ein alter Witz, Mam.«

Margaret sagte: »Du weißt doch, warum, Mami.«

»Nein, weiß ich nicht«, sagte Julie schmollend.

»Weil's ka Mehl ham«, sagte Margaret und ließ laut lachend zwei Reihen unterschiedlich großer Zähne sehen.

Traditionsgemäß begruben wir Tante Ceil symbolisch und realiter, indem die Trauergäste, nacheinander an das offene Grab tretend, jeder mit einer kleinen Schaufel etwas Erde von einem rechterhand aufgeschütteten kleinen Hügel nahmen und auf den Sarg hinunterwarfen. Julie trat als erste vor. Sie stach die Schaufel gleichgültig in den Erdhügel und kippte die Ladung in die Tiefe.

Sie drehte sich zu Brian um, unschlüssig, ob sie die Schaufel an ihn weitergeben sollte. Er zögerte nicht einen Moment, ergriff entschlossen das Gerät und schleuderte mit den geflüsterten Worten »Lebwohl, Großmama« eine gehäufte Ladung in das Grab. Er sah seine kleine Schwester an und hielt ihr den Schaufelstiel hin. Margaret wich davor zurück.

»Du mußt nicht, mein Schatz«, sagte Julie.

»Komm, wir machen es zusammen«, sagte ich. Margarets Hand wirkte sehr klein neben der meinen, während wir, die Schaufel gemeinsam am Stiel haltend, lediglich die Spitze des Blatts beluden und das Häufchen dann mit einem Schlenker über dem gähnenden Loch in der Erde in den freien Fall schickten. »Lebwohl«, sagte Margaret mit trauriger Stimme leise, ehe sie in die Arme ihrer Mutter lief.

Auf den schwarzglänzenden Sarg, der jetzt von schmierigen braunen Streifen überzogen war, hinunterblickend, dachte ich: Sogar dich, Ceil, wird man vermissen.

Während der Rest der Trauergemeinde vor dem Grab anstand, ging ich knapp zwei Meter nach rechts, zu dem Einzelgrab meiner Mutter, der Schwester, die sie umgebracht hatten, um es so kraß auszudrücken, wie ich es empfand. Noch einmal knapp fünf Meter weiter, nach links und in nördlicher Richtung, lagen Papa Sam und seine Frau. Ein Stückchen unterhalb von ihnen traf mein Blick auf das zweite Einzelgrab: Onkel Bernie war ins Zentrum des Dreiecks von dahingegangenen Mitgliedern des Rabinowitz-Clans gebettet worden, sie dergestalt noch im Tod dominierend. Seine beiden Ehefrauen waren an einer anderen Stelle des Friedhofs begraben. Nur er und meine Mutter ruhten allein in der Erde.

Julies Hand rieb mich freundschaftlich-fest im Rücken. Wieder versteifte ich mich bei der Berührung. Julie bemerkte es und hielt inne. Ich sah zu dem offenen Grab hinüber. Ihre Kinder waren nirgends zu sehen. Die Schlange der Wartenden war kürzer geworden.

»Ich möchte, daß wir zusammenbleiben«, sagte sie mit der trotz geröteter Augen und fleckigem Gesicht merkwürdig ruhigen Stimme, die ich jetzt schon kannte.

»Was?« sagte ich und kam mir dabei blöd vor. Ich wußte, was sie meinte. »Du meinst, zusammen zurückfahren?« sagte ich verstockt.

Sie schüttelte den Kopf und legte die Stirn in Falten. »Du weißt genau, was ich meine. Es gibt nichts, was uns hindern könnte.«

»Wann hast du –« Ich hielt inne, weil mir aufging, warum ich es nicht mochte, wenn sie mich berührte. Natürlich mußte ich über die plötzliche Entdeckung noch gründlicher nachdenken, aber die naheliegende Ursache meiner Verdrießlichkeit war endlich über die Bewußtseinsschwelle getreten. Vielleicht war mein Halley tagtäglich vorgetragenes »Ich liebe dich« doch mehr als nur ein therapeutischer Kunstgriff.

Jemand rief uns. »Wir kommen gleich«, rief Julie zurück. »Wann hab' ich was? Es mir überlegt? Schon immer.«

»Schon immer? Hast du nicht gesagt, du bist darüber weg?«

»Du mußt doch gewußt haben, daß ich Unsinn geredet habe, als ich dir gesagt habe, ich liebe dich nicht mehr. Hast du meine Kinder gesehen? Hab' ich nicht wunderbare Kinder?« Ich nickte. »Ich habe alles außer dir. Und ich bin habgierig, Rafe. Ich bin jetzt fünfundvierzig. Ich hab' mich schon liften lassen. Meine Ehe war ...« Ihre zaghaft ausgestreckte Hand ließ sich auf dem Ärmel meines blauen Sommeranzugs nieder. »Und überhaupt. Ich hab' gehört, daß du keine – ich meine ... Hast du jemand?«

»Du bist durcheinander«, sagte ich.

»Natürlich bin ich durcheinander. Wir haben gerade meine Mutter beerdigt. Aber ich denke schon seit einer ... Seit mir klar ist, daß meine Ehe ...« Sie zupfte an meinem Ärmel und sah zu Boden.

»Seit wann ist es aus zwischen euch?«

»Faktisch schon seit langem. Du kennst mich ja. Ich hab' vier Jahre gebraucht, bis ich das Herz gehabt hab', es ihm zu sagen. Das war letzten Januar. Ich bin einfach feige gewesen. Die Kinder sollen nicht darunter leiden und dieser ganze Mist. Es ist kein Mist, aber du weißt schon, was ich sagen will. Es hat ja auch irgendwie geklappt mit ihm ... Aber ›irgendwie geklappt‹ ist nicht unbedingt das Ziel meiner Wünsche.« Sie sah mir ins Gesicht, um festzustellen, wie ich reagierte, und antwortete dann auf das, was sie aus meiner Miene herauslesen zu können glaubte: »Ich hab' nicht bloß das im Kopf gehabt!« Sie wandte den Blick zu jemandem, den ich nicht näherkommen gehört hatte, und sagte: »Setz dich zu ihnen ins Auto. Rafe und ich brauchen noch einen kleinen Moment.« Sie richtete ihre Aufmerksamkeit wieder auf mich und rieb sich mit den Fingern oberhalb der Schläfe in ihrem kurzgeschorenen Haar. »Was denkst du dir eigentlich, was da bei mir läuft? ›Au fein, ich geh' nach New York, da kann ich mir ja Rafe schnappen‹?«

»Du mußt mir ein bißchen Zeit lassen, Julie. Ich stecke mitten in einer wichtigen Sache ... In einer wichtigen Arbeit –«

»Ach was, deine Arbeit hat überhaupt nichts damit zu tun. Entschuldige bitte. Ich neige auf meine alten Tage zur Grobheit. Tu du ruhig deine Arbeit. Ist mir gleich. Ich ziehe nach New York oder wohin du willst. Ob ich in Hollywood oder in Indiana mit meinen Filmprojekten kein Glück habe, macht für mich keinen Unterschied.«

Ich war verlegen und nervös. Hatte ich mein Verhältnis zu Halley nicht mehr unter Kontrolle? Ihre glatten weißen Brüste nicht mehr sehen zu sollen, sie nie mehr im Unartiges-Mädchen-Ton »Liebst du mich?« sagen hören zu sollen, war für mich unvorstellbar. Und mich in meinen mittleren Jahren mit Julie zusammentun zu sollen, gemeinsam altern zu sollen mit einer Frau, deren Blütezeit mir nicht gegönnt gewesen war, erschien mir als ein absurder Gedanke.

»Denkst du an die?« Julie machte eine verächtliche Geste zu den Gräbern hin. »Die scheren sich nicht mehr darum.« Sie beugte sich vor und flüsterte mit zornig verhärtetem Mund: »Die sind tot.«

»Für mich nicht«, sagte ich und dachte noch im selben Moment, daß dies eine Lüge war.

Julie nickte vor sich hin und erklärte: »Sie haben dich wirklich untergebuttert.«

»Es tut mir leid«, sagte ich.

»Mir tut es leid!« sagte sie lauter als ich und mich so überbietend. Sie ging davon, und um den kürzesten Weg zu nehmen, überquerte sie Bernies Grab.

Statt wie ursprünglich geplant über Nacht zu bleiben, verweilte ich nur kurz in der alten Villa meines Onkels, gerade lange genug, um einen glaubhaften Anschein von Schiwasitzen zu hinterlassen. Ich rechnete damit, daß Julie gekränkt oder verärgert sein würde. Falls sie es tatsächlich war, hielt sie es gut verborgen. Sie schloß mich beim Abschied fest in die Arme, küßte mich auf beide Wangen, auf den Mund und zu guter Letzt auf die Nasenspitze und sagte: »Ruf mich an.«

Ich wandte mich zum Gehen. Sie nahm das unterbrochene Gespräch mit Jerry über die zunehmende Enge auf dem Friedhofsplatz der Rabinowitz' wieder auf. Ich ging durch die zwei Stockwerke hohe mittlere Halle mit der langen geschwungenen Treppe und blieb an der Stelle stehen, wo Julie mich an dem Abend, als ich den *Afikoman* fand, gegen meine erzürnte Mutter in Schutz zu nehmen versucht hatte. »Was wir alle dringend brauchen, ist ein ›Geisterbanner‹«, hörte ich drinnen Julies laute Stimme sagen. Die ganze Runde lachte.

Mein vorzeitiger Aufbruch hatte zur Folge, daß ich früh genug in meinem temporären Quartier zurück war, um Halley noch zu unserer regulären Sitzung besuchen zu können. Ich hatte ihr vorher gesagt, ich sei diesmal verhindert. Aber könnte es nicht sein, daß ein unverhofftes Erscheinen die Wirksamkeit der Sitzung steigern und ich vor dem Verlassen ihrer Wohnung endlich ihren Schmerz aufbrechen hören würde?

War es mir um Effektivitätssteigerung zu tun? Oder um Wunscherfüllung?

Wahrscheinlich wird es den Leser amüsieren, zu erfahren, daß ich in diesem Augenblick erkannte, wie impraktikabel meine neue Behandlungsmethode sein dürfte. Welcher Psychiater, der nicht bereit wäre, sein bisheriges Privatleben aufzugeben, würde meinem Beispiel folgen können? Mir wurde klar, was für den außenstehenden Beobachter auf den ersten Blick evident ist: es war ebensosehr ein privates wie ein wissenschaftliches Interesse, das ich mit meinem Projekt verfolgte.

Um halb zehn – eine Stunde vor dem Zeitpunkt, zu dem ich üblicherweise bei dem Pförtner von Halleys Apartmenthaus aufkreuzte – versuchte ich, meiner Ungeduld mit Lesen und Exzerpieren und schließlich Fernsehen Herr zu werden. Ich röstete eine ganze Tüte Paul-Newman-Popcorn in der Mikrowelle und knabberte sie im Eiltempo auf in der Hoffnung, das betäubende Krachen in meinem Kopf würde mein quälendes Verlangen zum Schweigen bringen. Ich hatte unverhofft einen freien Abend zur Verfügung: Gelegenheit, einmal ganz ich selbst zu sein. Nun denn – wer war ich?

Nichts vermochte mich abzulenken. Es gelang mir nicht, die neuen Fragen aus meinem Kopf zu vertreiben, die ich ihr stellen wollte, wenn ich meine Hand unter ihre zartrosa Bettdecke gleiten ließ. Wer von uns beiden war süchtiger, Halley oder ich? Würde ihre Heilung mein Untergang sein?

Halb elf. Zeit zu gehen, wenn ich gehen wollte.

Geh von der schlimmsten Hypothese aus, entschied ich mich. Das war Josephs Prinzip, wie ich den von Amy Glickstein erarbeiteten Kapiteln entnommen hatte. Nimm an, daß du Halley nur unter der Bedingung heilen kannst, daß du dich selbst infizierst. Wenn du Glück hast, kommst du mit heiler Haut davon – aber setze vorderhand den schlimmsten Ausgang als unvermeidlich voraus. War die Aussicht, Halley gegen das Virus immunisieren zu können, diesen Einsatz wert?

Die Augustnacht war klar. Im Gehen sah ich dann und wann die leuchtende Vollmondscheibe hinter den Hochhausneubauten hervorlugen. Zwischen den geduckten alten Bürgerhäusern sah sie aus wie eine freundliche Straßenlaterne.

»Gute Nacht, Mond«, sagte ich laut, als ich in die Straße einbog, in der Halley wohnte. »Gute Nacht, Luft«, murmelte ich zu der bernsteingelben Straßenbeleuchtung hinauf. Und der heulenden Sirene eines Krankenwagens antwortete ich mit einem geflüsterten »Gute Nacht, Straßenlärm allüberall«, während der Pförtner mich einließ.

ZWÖLFTES KAPITEL

Neue Gefahr

Bis zum Labor Day Anfang September war mein Verhältnis zu Halley schon so intim geworden, daß ich mir die Frage, wie wichtig sie denn nun wirklich für mich war, gar nicht mehr zu stellen wagte. Ich genoß ihr volles Vertrauen – sie legte alles vor mir offen, was sie innerlich bewegte, einerlei wie abstoßend oder banal es war. Das war ebenso erregend wie die Konvulsionen ihrer narzißtischen Ekstasen. Jeden Tag erfuhr ich mehr über den Mord, den sie an ihrem Selbst begangen hatte, und über die Figur der Verführerin, die sie geschaffen hatte, um ihre Vitalität in sie hinüberretten zu können.

Und ich hatte Stick in die Enge getrieben. Die bisher voneinander isolierten und einander beargwöhnenden Hauptabteilungen von Hyperion kommunizierten nun auf direktem Wege, ohne ihn als Relais dazwischenzuschalten; während er nach Mitteln und Wegen suchte, mir ein Bein zu stellen, konnten sie in Ruhe das Bewußtsein ihrer Autonomie weiterentwickeln. Ich war mit allen Fasern in mein Projekt engagiert und darauf vorbereitet, selbst in den Strudel der Krankheit dieser zwei Patienten hineingerissen zu werden, sollte es mir nicht gelingen, sie zu kurieren. Zu dieser Einsicht führte mich am 30. August die banale Notwendigkeit, in New York eine neue Bleibe zu finden. Letzteres glückte mir dank Susans Hilfe. Ein alter Bekannter von ihr im Village, ein Schriftsteller, hatte einen Lehrauftrag an einem College im Mittleren Westen angenommen. Für monatlich achthundert Dollar überließ er mir seine Wohnung auf ein halbes Jahr zur Untermiete, und nachdem wir an jenem Tag den Vertrag abgeschlossen hatten, verbrachte ich meine wenigen Habseligkeiten in seine Atelierwohnung im Haus Nummer 33 an der 9. Straße Ost. Über zwei Wochen später, am 17. September, brach ich einen Tag vor Stick und den anderen abends nach Vermont auf, um mich an Ort und Stelle auf die Klausurtagung einzustimmen. Angesichts der außerordentlich starken Gegenübertragung hatte ich mir vorgenommen, eine Krise zu provozieren, weil ich mir davon einen Durchbruch erhoffte.

Rings um das Green-Mountain-Erholungszentrum war weit und breit kein grüner Berg zu sehen. Von dem fünfstöckigen Hotel-Massivbau blickte man vielmehr direkt auf einen Golfplatz. Jenseits davon lagen fünf Tennisplätze, ein beheiztes Schwimmbecken und, noch einmal knapp fünfhundert Meter weiter weg, eine große, als Arena für »Encounter-Sitzungen« gedachte Blockhütte. Die Hütte stand am Westufer eines künstlichen Teichs. Der Zugang zum Teich und seiner unmittelbaren Umgebung war Klausurtagungsteilnehmern vorbehalten. Für sie lagen Ruderboote bereit, mit denen sie zu dem Sandstrand am Nordufer hinübergelangen konnten, wo eine Kette von rot-weiß-gestreiften Bojen eine Bade- und Schwimmzone abgrenzte. In deren Mitte schwamm eine hölzerne Plattform mit einem Zweieinhalb-Meter-Sprungbrett. Der Teich war mit Fischen besetzt. Das Ostufer war für Sportangler reserviert, die sich allerdings hier ihrem Hobby nur mit der Auflage widmen durften, jeden Fang umgehend ins Wasser zurückzuwerfen. Etwas abseits vom Ostufer stand außerdem eine von Fichten und Zedern gesäumte, mit zwei diskret aufgemachten Klohäuschen bestückte Wiese als Zeltplatz zur Verfügung für den Fall, daß Klausurteilnehmer sich von einer Nacht direkt unterm Sternenhimmel die innere Erleuchtung versprechen sollten.

Im Hotel-Massivbau waren für unsere Gruppe zehn Einzelzimmer reserviert: für mich, Stick, Halley, Andy Chen, Tim Gallent, den Betriebssystemprogrammierer Jonathan Stivik, die zwei Regionalvertriebsleiter Carl Hanson und Joe Gould sowie für Martha Klein, die einzige weibliche Teilnehmerin außer Halley. Martha war unter Halley als Marktforscherin für Centaurus und das neue PC-Programm tätig.

Ich machte der Hotelleitung klar, daß ich nicht an den vom Haus gestellten Gruppentherapeuten und ihrem Angebot interessiert war: nicht am Einsatz von Schaumgummi-Baseballschlägern (mit denen die Gruppenteilnehmer sich »zum spielerischen Ausleben von Aggressionen« prügeln konnten), nicht an Tonbändern mit New-Age-Musik als Klangkulisse für Gruppenmeditation im Zustand paradiesischer Nacktheit (»Körperbewußtsein kann uns von hierarchischen Stereotypen befreien und Selbstwertgefühl aufbauen«, wurde ich belehrt) und auch nicht an »Kooperativitätstrainingskursen« (im wesentlichen Schnitzeljagden, die so angelegt waren, daß nur die kollektive Anstrengung aller Teilnehmer zum Erfolg führte). Von dem Monopol auf die Blockhütte sowie den Teich und sämtliche durch ihn gebotenen Annehmlichkeiten machte ich jedoch gern Gebrauch, erklärte ich.

Am Freitagmorgen trödelte ich um elf noch auf meinem Zimmer beim Frühstück, das ich mir vom Zimmerservice hatte bringen lassen. Die anderen sollten am Spätnachmittag eintreffen. Das Zimmer war im Landgasthofstil freundlich eingerichtet, mit Himmelbett und Möbeln in Kiefer natur. Nachdem ich den vom Haus offerierten gruppentherapeutischen Schnickschnack abgelehnt hatte, grübelte ich jetzt darüber nach, wie ich unsere Encounter-Gruppensitzungen gestalten sollte. Im Fernseher hatte ich das Programm des Sportkanals laufen und hörte mit einem Ohr der Vorschau auf die College-Football-Ereignisse am Samstag zu. Nach langer Pause hatte Albert mir wieder einmal eine Nachricht zukommen lassen, und ich hatte daraufhin eine ganze Stunde lang mit ihm telefoniert. Er war aufgeregt gewesen. Sein Trainer im College habe ihn hart rangenommen, vor allem weil er mit seiner Kondition nicht zufrieden sei. (Der Trainer meinte eigentlich nicht seine Kondition, sondern seine Figur. Er wollte erreichen, daß Albert – der mit siebzehn bereits eins-neunzig maß und gut einhundertdreizehn Kilo Muskeln auf die Waage brachte – an Statur noch zulegte.) Trotzdem würde Albert morgen in der Position des mittleren Spielers in der zweiten Verteidigungslinie auf dem Platz einlaufen – für einen Studenten im ersten Jahr eine große Ehre. »Ich bin im Kommen, Rafe. Ich bin im Kommen«, sagte Albert, und die Erregung, die in seiner Stimme lag, muß mich angesteckt haben, sonst hätte ich jetzt kaum hier gesessen und auf die dünne Chance hin, Alberts Namen im Fernsehen erwähnt zu hören, eine einstündige geisttötende Sportschau über mich ergehen lassen. Es frustrierte mich, daß ich das Spiel nicht würde besuchen und es mir auch nicht im Fernsehen würde ansehen können, weil ich den ganzen Samstag über mit der Gruppenarbeit beschäftigt sein würde.

Es klopfte an der Tür. Ich nahm an, daß es das Zimmermädchen war, das aufräumen wollte. Ich schaltete den Fernsehapparat aus und ging öffnen. Halley spazierte in meine Arme, auf Zehenspitzen, mit den gespitzten Lippen meinem Mund ansteuernd.

Sanft, aber bestimmt hielt ich sie an ihren lackschwarzen langen Haaren fest und vereitelte so ihr Vorhaben. Seit dem 4. Juli hatte ich ihr, überflüssig zu sagen, keine Umarmungen oder Küsse konzediert. Ein pausbäckiges Zimmermädchen im Teenie-Alter, das einen Servierwagen aus dem Zimmer gegenüber schob, faßte uns ins Auge. Ich lächelte ihr zu, legte meine Wange an Halleys Wange und flüsterte: »Wenn du nicht sofort damit aufhörst, schmeiß' ich dich raus.«

Halley ließ mich los und ging an mir vorbei ins Zimmer. Ich schloß die Tür. Sie trug Jeans, ein rosa Polohemd und an den nackten Füßen schwarze Ballerinas. Sie ließ sich auf das Himmelbett plumpsen und sagte: »Dann werd' ich wohl mit Jack bumsen müssen.«

»Hast du mir nicht gesagt, das ist vorbei?« Vor Wochen hatte sie mir gestanden, daß sie sehr viel öfter mit ihm geschlafen hatte als das eine Mal, von dem sie ursprünglich gesprochen hatte.

»Er wird sich bei mir melden. Jedesmal wenn ich mit Jack unterwegs bin, wird er früher oder später scharf wie Nachbars Lumpi. Wenn er daheim loszieht, steckt er immer randvoll mit guten Vorsätzen, wie brav er sein will, aber die treib' ich ihm schon aus. Weißt du, was er mag? Er läßt sich gern einen blasen und telefoniert dabei mit dem Zimmerservice.«

»Macht es dir Spaß, dich mir gegenüber vulgär zu geben?«

Sie ließ sich, die Hände hinterm Kopf verschränkt, hintenüber fallen und schleuderte die Ballerinas von den Füßen. Einer kollerte auf die Brücke, die als Bettvorleger diente. Der andere blieb umgekippt auf dem Bett liegen und zeigte mir sein cremefarbenes Inneres. »Du hast selbst gesagt, wenn ich nicht ehrlich zu dir bin, bist du nicht nett zu mir.«

»Ich habe gesagt, solange du ehrlich bist, liebe ich dich.«

Sie hörte darüber hinweg. »Ich hab' die ganze Woche in Besprechungen über Gesprächsstrategien für unsere Centaurus-800-Vorführer gehockt. Jetzt bin ich kurz vorm Durchdrehen. Auf der ganzen Fahrt hierher hab' ich an nichts anderes mehr denken können als an deine wunderbaren Hände und deine wunderbaren großen braunen Augen und daran, daß ich hier vielleicht deinen wunderbaren Knackarsch in einer wunderbar winzigkleinen Badehose zu sehen kriege. Glaubst du wirklich, daß bei diesem Klausur-Ringelpiez irgendwas Vernünftiges rauskommt?« fragte sie zum Schluß völlig übergangslos.

»In zwei Tagen werden wir nicht viel erreichen, fürchte ich. Eigentlich sind es sogar nur zwei Vormittage.«

»Und was wirst du mit uns anstellen? Verrat mal!« Sie setzte sich auf und zog ihre Beine unter sich. »Läßt du uns mit Fingerfarben malen? Oh, ich weiß. Wir machen die Augen zu und lassen uns rückwärts fallen und hoffen, daß ein anderer uns auffängt.«

»Nein. Das nächste Krankenhaus ist fünfundzwanzig Kilometer weit von hier entfernt.«

Sie lächelte. »Mein Zimmer ist gleich nebenan. Wir haben drei Nächte Zeit.«

»Nein«, sagte ich.

»Weißt du, was der Große Weiße Vater gerne möchte?« Das war der Spitzname für Stick, den sie ihren Liebhabern gegenüber gebrauchte. Ich hatte begriffen, daß die Geringschätzung, die in ihm zum Ausdruck kam, keinerlei Illoyalität in ihrem Denken oder Handeln begründete – Gene und anderen war das, zu ihrem Unglück, entgangen. In diesem Augenblick ausgesprochen, brachte mich der Spitzname auf einen Einfall für die Gruppensitzungen, und ich überlegte, ob ich Halley nicht besser wegschicken sollte.

»Nein«, sagte ich. »Was möchte Stick gern?«

Sie versetzte dem Schuh auf dem Bett mit dem Fuß einen Stoß. Er purzelte über den Rand, plumpste auf seinen Zwillingsbruder und rollte vom Bettvorleger auf die nackten Kieferndielen. »Er meint, ich soll meinen Umgang mit Edgar ruhig etwas intensivieren.«

Das brachte mich von dem Gedanken ab, sie wegzuschicken. »Was? Das sagt er dir so unverblümt?«

»Was?« Sie sah auf. »Wieso fragst du das? Ach so ... Nein, so meint er das nicht, du Schwein. Er sagt, ich soll mich, Zitat, seinem Zirkel anschließen, Zitatende. Er meint, Edgar würde sich freuen, mich in sein glamouröses New Yorker Gesellschaftsleben miteinbeziehen zu können.« Sie versteifte ihre Kiefer und sprach, fast ohne die Lippen zu bewegen, um Sticks finsteren Gesichtsausdruck und seine hintergründig raunende Sprechweise zu imitieren: »›Du würdest eine Menge gute Kontakte schaffen, Hal.‹«

»In Wirklichkeit will er dich in ein Verhältnis mit Edgar manövrieren.«

»Das ist doch lachhaft. Edgar kann sich jede Möse kaufen, die er haben will. Und eine Siegestrophäen-Frau hat er auch schon.«

»Dein Vater findet eben, du bist mehr als das.«

Halley zwinkerte mir zu. »Das meinst du?«

»Meine ich was? Daß Edgar ein Verhältnis mit dir anfangen würde?«

»Nein!« Sie runzelte die Stirn. »Findest du, ich bin mehr als das?«

»Als was?«

»Als ...« Sie schüttelte den Kopf. »Du bringst mich ganz durcheinander.«

»Finde ich, du bist mehr als nur eine Siegestrophäe oder eine Möse?«

»Ja genau.«

»Siehst du dich selber so?«

»So sehen mich die Männer.«

Ich schüttelte den Kopf und konstatierte ruhig: »Du haßt dich selbst.«

Sie betrachtete mich. Die schwarzen Augen schienen einen leichten Silberblick zu haben. Sie senkte eine Hand auf ihren rechten Fuß und drückte den großen Zeh. »Laß uns heiraten«, sagte sie mit ihrer tiefen, in diesem Moment absolut ernsthaften Stimme.

Ich stand auf und streckte ihr die Hand hin. »Einverstanden. Wir können das gleich erledigen. Nach Burlington ist es nur eine halbe Stunde.

Wir gehen da aufs Rathaus und erkundigen uns, ob sie uns die Aufgebotsfrist erlassen.«

»Ich meine es ernst«, sagte sie.

»Ich auch. Wir können unsere Sachen packen und nach Vegas fliegen.« Ich winkte einladend mit der ausgestreckten Hand. »Los, komm.«

»Würdest du mich wirklich heiraten?«

»Selbstverständlich.«

Halley schwang, sich mit den Armen abstützend, die Beine über die Bettkante und starrte auf den Bettvorleger hinunter. Sie dachte einen Augenblick nach. »Wo würden wir leben?«

»Wo du willst. Wir würden alles exakt so machen, wie du es willst.«

Sie blickte auf; die hohe Stirn über den schwarzen Augen leuchtete. »Soll das heißen, ich könnte richtigen Sex mit dir haben?«

»Nein.«

»Auch nicht, wenn wir verheiratet sind?«

»Das würde nichts daran ändern.«

»Warum nicht?«

»Du willst nicht richtig lieben.«

Sie verzog das Gesicht. »Ach – *ich* will nicht.« Ich schwieg, die Hand noch immer, Heiratswilligkeit signalisierend, ausgestreckt. Sie betrachtete eingehend meine Finger, lächelte und fragte in liebreizendem Ton: »Was machst du eigentlich hinterher? Gehst du nach Hause und onanierst?«

Ich ließ die Hand sinken und setzte mich. »Denkst du dir das so?«

»Hättest du mich wirklich gern als kleines Mädchen? Hast du das vielleicht auch in deinem Behandlungszentrum so gemacht – kleine Mädchen befingert?«

»Du bist das einzige Mädchen, dem ich je Gutenachtgeschichten vorgelesen habe.«

Sie richtete den Oberkörper auf, drückte den Rücken durch und erzeugte einen ihrer vielstimmigen expressiven Laute. Diesmal vernahm ich überwiegend Abscheu. »Du bist ein hirnkranker Kotzbrocken, der gern Machtspielchen spielt«, sagte sie.

»Ich liebe dich«, sagte ich.

»Du hast doch Schiß davor, mich wirklich zu lieben.«

»Ich liebe dich«, wiederholte ich.

»Als Didier hier gewesen ist, hat er mir ein unmoralisches Angebot gemacht.«

»Das hast du mir schon erzählt.«

»Er sagt, ich soll seine Geliebte werden, nach Paris ziehen, und dann können wir den europäischen Zweig von Hyperion zusammen managen.«

»König Didier und Königin Halley.«

»Mach du dich nur lustig. Ihm ist es Ernst.«

»Was sagt Stick zu dem Angebot?«

»Ich –« Sie schloß den Mund und katapultierte sich mit beiden Armen vom Bett, als wäre sie eine vom Pferd abgehende Turnerin; sie landete mit federnden Knien auf den Fußballen und stemmte die Arme in die Seiten. »Ich hab' ihm noch nichts davon erzählt.« Immer einen Fuß vor den anderen setzend, als folgte sie einer auf den Boden aufgemalten Linie, ging sie langsam zum Fenster hinüber und hielt dabei den Blick auf ihre Füße gerichtet. »Der Swimmingpool sieht gut aus«, sagte sie mit dem Mund dicht vor der Fensterscheibe. Das Glas beschlug. »Komm, laß uns schwimmen gehen.«

»Du hast doch eine ganze Woche Zeit gehabt. Warum hast du Stick nichts davon erzählt?«

Halley drehte sich zu mir um. »Ich könnte das, den europäischen Zweig managen.«

»Ich weiß.«

»Weißt du, was meine Freundin Paula Robeson von IBM zu mir gesagt hat? Ihr Marketingchef hat sich hintenherum die Andrucke von unseren Centaurus-800-Anzeigen besorgt und ist ausgeflippt. Bei IBM glauben sie, daß wir –«

»Das hast du mir alles schon heute morgen erzählt.«

»Hab' ich das? Ach ja ...« Sie lehnte sich gegen die Fensterbank und betrachtete ihre Füße. »Du weißt einfach alles«, sagte sie mit sanfter Stimme.

»Ich liebe dich«, sagte ich.

Sie schloß die Augen, preßte die vollen Lippen zusammen und stieß dann zwischen unbewegten Kiefern hervor: »Hör auf damit.«

»Warum? Es ist die –«

Sie klammerte sich mit den Händen an die Fensterbank, stampfte mit dem Fuß auf und schrie: »Ich bin widerlich!«

»*Du* bist widerlich?«

»Ich meine – *es* ist widerlich.«

»Dich lieben ist widerlich?«

»Es ist gelogen!« Sie kam zu meinem Sessel herüber, ließ sich auf die Knie nieder und bettete die Hände im Schoß. Sie sprach flehentlich auf mich ein. »Ich weiß, wann ein Mann mich liebt. Er will mich – *mich*. Er will, daß ich ihm sage, wie großartig er ist, er will mir sagen, daß er Angst hat, er will hören, daß er viel zu gutmütig ist. ›Du mußt härter werden, sonst wirst du immer nur ausgenutzt‹«, sagte sie mit dem Ton vollkommener Aufrichtigkeit in der tiefen Stimme zu einem unsichtbaren Liebhaber.

»Schmeichelei als Kritik getarnt«, sagte ich. »Eine ausgezeichnete Technik.«

Sie bewegte zögernd ihre Hand zu meinem Knie und berührte es sacht mit zwei Fingern. »Du bist ein Genie«, sagte sie mit sanfter Stimme. »Ich meine, ein richtiges Genie. Und das ist keine Schmeichelei.«

»Du sollst mich nicht anfassen«, sagte ich.

Sie zuckte zurück, als hätte sie sich verbrannt. Sie schien zu schielen, als sie mich jetzt anfauchte: »Ich hasse dich.«

»Wie schön«, sagte ich, als hätte sie mir gerade einen Liebesbeweis geliefert.

»Dir ist es völlig egal, was ich empfinde.«

»Nein, absolut nicht.«

»Dir ist es völlig egal, was ich sage.«

»Du kannst alles sagen, was du möchtest. Das heißt aber nicht, daß es mir egal ist.«

»Dir ist es völlig egal, was ich tue.«

»Ich möchte, daß du das tust, was du möchtest.«

Noch immer auf den Knien, sagte sie übergangslos voller Zorn: »Wenn ich will, kann ich Jack dazu bringen, daß er seine Frau verläßt.«

»Ich bezweifle nicht im geringsten, daß du das kannst«, antwortete ich.

Sie erhob sich, stemmte die Arme in die Seiten und sagte in herausforderndem Ton: »Ich weiß, was du getan hast?«

»Na?«

»Du hast ihm eingeredet, daß er seine Familie auf die Reise an der Westküste mitnimmt.«

»Darüber hab' ich mit Jack nie gesprochen. Ich hab' ihm einen Nachhilfelehrer für seinen Sohn empfohlen, das ist alles.«

»Ich hab' niemand mehr zum Vögeln!« schrie sie und drehte mir den Rücken zu. Sie bückte sich – mir so eine großzügige Aussicht auf ihren Hintern gewährend – und las die Ballerinas vom Boden auf. »Das ist so scheißlangweilig.« Sie richtete sich auf und ging mit den Schuhen in der einen Hand zur Tür. »Los, schmeiß dich in deine Badehose. Ich will jetzt schwimmen.« Die Hand auf dem Türknauf, sah sie über die Schulter und eine Kaskade von rabenschwarzem Haar hinweg zu mir her.

»Ich setz' mich ans Becken und schau' dir zu. Ich muß mir noch ein paar Sachen für die Gruppensitzungen notieren.«

»He, was ist los mit dir? Hast du 'ne eklige Hautkrankheit oder was?«

»Möchtest du, daß ich meine Badehose anziehe?«

»Ich bitte förmlich darum.«

»Na schön, weil du's bist.«

»Au fein«, juxte sie. Die Augen noch immer auf mich gerichtet, öffnete sie die Tür und hielt dann inne. »Ich wollte nur, daß du dir im klaren bist, daß ich es könnte.«

»Daß du was könntest?«

»Jack von seiner tranigen Frau loseisen.«

»Mir ist völlig klar, daß du es verstehst, dir Konkurrenz vom Hals zu schaffen. Das älteste Kind wird immer sehr gut mit seinen Geschwistern fertig.«

Sie ließ den Türknauf los und runzelte die Stirn. »Was soll denn das nun wieder heißen?«

»Als mein Vater zum zweitenmal geheiratet hat, ist seine neue Frau irgendwann schwanger geworden. Ich war damals mit ihm in Spanien – erinnerst du dich? Ich hab' dir davon erzählt.«

»Ja, ich glaube ...« Ihr Mund stand offen, ihr Blick war glasig geworden. Meine Worte fielen in ihr Unbewußtes – sie war in einer Art leichter Hypnose.

»Das war der Grund, warum ich weggelaufen bin und gegen ihn ausgesagt habe. Erinnerst du dich? Ich hab' dir doch erzählt, daß ich ihm den Rückweg in die USA verbaut habe. Ich habe sein Leben ruiniert, weil er die Unverfrorenheit besessen hat, mich um meinen Rang zu bringen. Ich war der einzige Erbe und wollte es bleiben. Entweder das oder gar nichts.«

Halley drückte mit dem Rücken gegen die Tür, die sich leise schloß. Den Rücken am Türblatt, rutschte sie nach unten, bis sie auf dem Boden saß. »Was hat das ...?« Sie krauste die Stirn und zog sich einen ihrer Ballerinas mit ärgerlichem Ungestüm über den Fuß, so daß Leder gegen Haut schnalzte. »Was hat das mit dem Ehepaar Truman zu tun?«

»Es war reine Verblendung. Nicht der Wunsch, der dahintergesteckt hat, aber was ich *getan* habe. Verstehst du?«

Sie zog den zweiten Schuh mit mehr Gefühl an. »Ich habe nicht die leiseste Ahnung, wovon du redest.«

»Ich habe meinen Bruder nicht umgebracht, aber ich kenne das Gefühl, sich zu wünschen, er wäre tot.«

Sie starrte mich an. Ihre Lippen zitterten. »Du Scheißkerl«, flüsterte sie.

»Es ist ja nicht deine Schuld, Halley. Du hast nichts weiter gewollt, als daß du für deinen Vater der wichtigste Mensch auf der Welt bist. Aber das ist unmöglich. Also willst du jetzt für jeden, den du kennenlernst, der wichtigste Mensch auf Erden sein. Ich nehme an, die meisten Menschen würden diesen Ehrgeiz für eine Verrücktheit halten, aber im Grunde ist er das nicht, er ist bloß etwas, womit du deine Zeit verschwendest. Ich weiß, daß du Jack so heiß auf dich machen kannst, daß er deinetwegen alles aufgibt. Ich weiß es, du weißt es, Stick weiß es. Sogar Jack weiß es. Also wo ist der Sinn der Sache? Willst *du* ihn haben? Wenn du ihn für dich haben willst, dann hat die Sache einen Sinn.«

Halley beugte sich, als ob sie eine Streckübung machte, vornüber, bis sie mit der Stirn die Kieferndielen berührte. Sie stützte sich mit beiden Händen auf den Boden, drückte sich hoch und sprang auf die Füße. Ihr Mund hatte sich verhärtet, beim Sprechen bewegte sie kaum die Kiefer. Sie imitierte wieder Stick, diesmal jedoch unbewußt. »Ich hab' das nicht getan, was du mir unterstellst. Kapiert? Ich hab' Mikey nicht das geringste getan.« Sie drehte sich zur Tür, um zu gehen, wirbelte dann aber noch einmal herum und fügte hinzu: »Ich bin nicht so ein gefühlloses Miststück wie du. Ich weiß nicht, was Gene dir erzählt hat – er hat mich wirklich geliebt, und darum hab' ich mit ihm reden können, ich hab' mich mit ihm über Mikey und Dad unterhalten können, ohne daß er mir das hinterher so niederträchtig um die Ohren gehauen hat – mit so elend niederträchtigen Worten! Du Arschloch! Ich kann es nicht fassen, daß du so was zu mir gesagt hast.« Noch nie hatte ich sie einer echten Wut näher gesehen. Die gewohnte Selbstbeherrschung war von ihr abgefallen. Sie hatte den Kopf zwischen die Schultern gezogen, die Stirn gefurcht und die schönen Lippen zu einem aggressiven Zähnefletschen verzerrt.

Ich blieb ungerührt und gelassen. In nüchternem Ton stellte ich fest: »Ich habe nichts weiter gesagt, als daß sie nicht dein Kaliber sind. Klar kannst du Jack um den kleinen Finger wickeln, klar kannst du Didier vorspielen, daß du seine Geliebte wirst, und am Ende Europa managen. Genausogut könntest du auch die USA oder Japan managen. Selbst Stick kann dir nicht das Wasser reichen. Deshalb bin ich ja auch einigermaßen überrascht, daß er dir vorschlägt, du sollst dich mit Edgar befreunden. Ich hätte ihn für schlauer gehalten.« Ich schlug mir auf die Schenkel und stand auf. »Na, mir soll's egal sein. Ich denke, wir sollten uns jetzt umziehen und an den Pool gehen.«

»Weißt du, was du bist? Du bist ein Sexist. Das ist alles. Du glaubst, ich bringe nichts fertig, wenn ich nicht einen Mann in mein Bett ziehe.«

Ich lächelte, ging zu ihr hinüber, legte ihr die Hände auf die Schultern und drehte sie mit dem Gesicht zur Tür. Sie bockte und kreischte wie ein kleines Mädchen auf dem Schulhof: »Sexistenschwein, Sexistenschwein ...«

»Du ziehst sie nicht ins Bett, Halley. Das kannst du mir nicht erzählen. Du machst das anders.«

»Sie verlieben sich nicht in mich! Den romantischen Schmus benutzen die Männer doch bloß als Vorwand –«

Ich übertönte mit meinem Lachen die Fortsetzung ihrer Tirade, öffnete die Tür und schob sie hinaus. »*Ich* weiß, daß du sie nicht vögeln mußt, um weiterzukommen«, sagte ich dabei. »Wer es nicht weiß, das bist du.« Sie stand im Flur und betrachtete mich skeptisch, während ich weitersprach. »*Ich* weiß, daß du nichts tun mußt, damit sie sich in dich verlieben. *Du* bist diejenige, die es nicht weiß.« Ich gab ihr einen leichten Klaps auf den Kopf. »Ich liebe dich«, sagte ich, während ich ungeniert die Tür zumachte. »Wir treffen uns am Pool.«

Ich war mit dem Ergebnis des Gesprächs zufrieden – je weniger von einem echten Menschen ich ihr als Spielzeug anbot, desto mehr reagierte sie mit echten Gefühlen. Indes, der Preis, der mir bei dem allen abverlangt wurde, schien von Tag zu Tag höher zu werden. Ich nahm drei (meine Körpergröße verlangte eben ihren Tribut) Paracetamol-Tabletten gegen mein Kopfweh ein – migräneähnliche Schmerzen der gleichen Art, wie ich sie nach den Inzest-Sitzungen hatte. Letztere hatte ich bisher der blanken körperlichen Frustration zugeschrieben – wenn mit Recht, wieso brachte dann auch eine Gesprächssitzung Kopfweh hervor? Es war ein Übelkeit erregender Schmerz. Ich beugte mich über die Kloschüssel, aber nichts tat sich. Nach einem Schluck Wasser ging es mir wieder etwas besser. Ich zog die Nylon-Shorts an, die ich sonst zum Tennisspielen trug; tatsächlich wurden sie im Handel als Badehose angeboten. Irgend etwas störte mich an ihnen, aber das Intermezzo mit Halley hatte mich so geschlaucht, daß ich nicht darauf kam, was es war, und das beunruhigte mich. Kann sein, daß die scheußliche Farbkombination der Shorts – Türkis und Schwarz – mich an Sticks Raumfahrtzeitalter-Tennisoutfits erinnerte. Dazu zog ich ein weißes Polohemd an. Ich hatte kaum weniger an, als wenn ich in Shorts und kurzärmeligem Hemd im Büro erschien, deshalb rechnete ich damit, daß Halley enttäuscht sein würde.

Sie war es. Als wir uns am Pool wiedertrafen, war natürlich ihr Zorn inzwischen verraucht. Sie hatte ihr falsches Selbst wieder. Jeder, der sie, klein, schlank und dunkelhäutig, mit tropfenden Haaren sich am flachen Beckenende aus dem Wasser hätte erheben sehen und gehört hätte, wie sie mich mit »Komm herein! Das Wasser ist herrlich« begrüßte, hätte uns für die innigsten Freunde halten müssen. Indes hatten wir kein Publikum. Beim anderen Beckenende nahm ein Pärchen ein Sonnenbad, aber beide schienen zu schlafen.

»Ich setz' mich hierhin und schau' dir zu«, sagte ich.

Sie stand in wadenhohem Wasser und bespritzte mich jetzt mit dem Fuß. »Ach komm. Sei nicht so ein Hosenscheißer.«

Ich lagerte mich auf einer weißen Plastikliege und winkte mit meinem Schreibblock. »Ich muß arbeiten.«

Sie zog eine Schnute und entfernte sich, mit laszivem Hüfterollen rückwärts gehend, langsam ins tiefere Wasser. »Zieh wenigstens dein Hemd aus«, rief sie.

Ich ignorierte sie. Sie begann, Bahnen zu schwimmen, und tat auch das so langsam, wie alles, was sie tat, mit einer Konzentration und einer Anmut, die den Betrachter in Tantalusqualen stürzten, jeden Zug auskostend. Ich starrte auf meinen Schreibblock. Das Sonnenlicht strahlte blendend von dem gelben Papier zurück und steigerte den Schmerz in meinem noch immer dröhnenden Kopf. Ich überlegte mir, daß es bei nur neun Teilnehmern wenig Sinn hätte, die Gruppe zu teilen. Die Frage war, ob ich bei dieser Gruppengröße mein Ziel mit Stick würde erreichen können. Und wäre es nicht auch besser, Halley und ihn zu trennen, damit sie ihm nicht etwa in einem kritischen Moment zu Hilfe kam? Andererseits war zu bedenken, daß sie kurz davor stand, sich ihm zu widersetzen – mein Endziel. Sie hatte ihn immer noch nicht über Didiers Angebot informiert, und an diesem Sachverhalt war nicht das Angebot selbst, sondern dessen Geheimhaltung das Bedeutsame. Wenn sie es denn geheimgehalten hatte. Sie war noch immer fähig, mich zu belügen …

Das langweilige Geschäft, jedes Wort mit äußerster Gründlichkeit auf seine Eignung für meine manipulatorischen Zwecke abzuklopfen, verschliß meine Konzentrationskraft. Meine Phantasie übernahm das Ruder, wenngleich ich es anfangs nicht bemerkte, weil mein Traum mit Bildern vom Pool und einer schwimmenden Halley begann.

Sie trug einen gelben Hosenanzug. Ich wollte ihr zurufen, daß es eine Ungehörigkeit von ihr sei, die Sachen ihrer Mutter zum Schwimmen anzuziehen, statt dessen kam jedoch aus meinem Mund: »Ich hab' eine Badehose an.«

Dann wußte ich, daß ich träumte, denn Halley war aus dem Wasser und kniete neben meiner weißen Plastikliege. Sie hatte eine Mammutversion meines Penis im Mund. Ihre Lippen waren straff gespannt durch die Anstrengung, das kolossale Glied zu umfangen. Den schielenden Blick hielt sie auf mich gerichtet. »Du bist ein koscheres Schwein«, sagte sie, obwohl nach Lage der Umstände Sprechen für sie eigentlich ein Ding der Unmöglichkeit hätte sein müssen.

»Das ist nicht meiner«, sagte ich, den Penis meinend.

Ein Telefon klingelte. Albert nahm ab und erklärte dem Anrufer, ich sei nicht zu sprechen. Er hieß mich schlafen und ging dann auf Zehenspitzen aus dem Zimmer, die Tür sacht hinter sich zuziehend. Es war Nacht. Ich spürte einen kühlen Luftzug – ich wußte, daß er real war –, aber in meinem Traum brachte die kühle Luft Erleichterung, denn es war dunkel und stickig in dem Zimmer. Meine Mutter strich die Wände in Andy Chens Büro mit leuchtend weißer Farbe, die in der Dunkelheit fluoreszierte. Ich saß als ganz kleiner Junge auf dem Boden und sah zu ihr empor. Sie hatte ein rotes X auf dem Rücken. Sie warf mir mit liebevollem Lächeln einen Seitenblick zu, einen bezaubernden Blick, der den sehnsüchtigen Wunsch in mir weckte, sie möge Wirklichkeit sein. Sie bemerkte: »Vergiß nicht, du kannst es nicht.«

»Du kannst nicht ertrinken«, sagte sie und zielte mit den Borstenbüscheln der Malerbürste auf ihr Gesicht. Ein Tropfen weiße Farbe landete auf einem Augapfel.

»Nein!« schrie ich, um sie davon abzuhalten, ihr Gesicht anzustreichen, weil sie dann nämlich verschwinden würde. Aber sie verschwand. Ich hatte mich in Francisco verwandelt; er plauderte mit Halley und dem Paar, das am Beckenrand geschlafen hatte, nur daß wir uns in Tampa auf Omas Veranda befanden. »Nun«, fragte Francisco, »was bedeutet politisches Handeln im Kontext von physischer Tapferkeit und Feigheit? Im Prinzip bin ich tapfer, im Vorschulalter war ich ein Feigling. Ich habe Angst vor meinem Vater.«

Halley sagte sehr deutlich: »Er schläft.«

Das ist Wirklichkeit! rief die Stimme meines Bewußtseins mir zu. Wach auf! Das ist Wirklichkeit!

»Was hat er mit uns vor?« fragte Stick.

Du steckst in der Klemme. Steh auf. Ich kämpfte gegen das schwere Chlorwasser des Traums an, das mich auf den kühlen Grund des Schlafs hinuntersaugte. Ich strampelte mich zur Oberfläche hinauf. Keuchend durchbrach ich die Grenze zum Bewußtsein und blinzelte zu der schattenhaften Gestalt hinauf, die sich über mich beugte. »Was?« schrie ich erschrocken auf.

Der Kopf über meinem Gesicht antwortete: »Tut mir leid, daß ich Sie geweckt habe, Rafe. Ich bin eben angekommen.«

Der Traum war aus. Der Kopf gehörte Stick. Halley saß, in ein braunes Badetuch gewickelt, in einem Lehnstuhl. Auf einem Tischchen neben ihr stand ein Glas Eistee. Sie hatte einen Taschenbuch-Krimi in der Hand. »Du hast drei Stunden geschlafen«, sagte sie.

Stick trat aus der Sonne in den Schatten. »Ich geh' mir eine Badehose anziehen«, sagte er. »Ich freu' mich schon auf unsere Sitzungen morgen. Nichts für ungut, daß ich Sie geweckt habe.«

Ich nickte und blickte ihm nach, während er langsam zum Hotelgebäude spazierte. Ich hatte einen trockenen Mund, aber der dröhnende Schmerz in meinem Kopf war weg, wenn ich auch an den Schläfen sporadisch noch ein leichtes Pochen verspürte.

Halley fragte: »Möchtest du Kaffee?« Ich nickte. Sie winkte einem Mann bei einem kleinen Erfrischungsstand, der bei unserer Ankunft noch geschlossen gewesen war. Am Pool hielten sich vier Leute auf; einer war im Wasser, zwei unterhielten sich am Beckenrand, einer las nicht weit davon entfernt Zeitung. Der Kellner setzte sich in unsere Richtung in Marsch. Halley rief ihm »Eine Kanne Kaffee!« zu, woraufhin er umschwenkte und zu seiner Bar zurückmarschierte.

»Danke«, sagte ich und rieb mir das Gesicht.

»Warum hast du mir nicht gesagt, daß du nicht schwimmen kannst?« wollte Halley wissen.

Das war's. Das war die augenscheinliche Botschaft meines Traums. Halleys kurioser Badeanzug und die Warnung meiner Mutter. Ich hatte Stick idiotischerweise diesen Bären aufgebunden, daß ich nicht schwimmen könne, und hätte mich beinah aus Unachtsamkeit verraten. Ich war zu groggy, um die Situation klar überdenken zu können. Sollte ich eingestehen, daß ich gelogen hatte? Wäre das produktiv? Und hatte ich richtig gehört? Zog Stick sich zum Schwimmen um? Das war nicht gut. Ich legte absolut keinen Wert darauf, daß er die tägliche ritualisierte Neuinszenierung seines Triumphs über seinen Vater am Tag vor unserer Encountergruppe wieder auf den Spielplan setzte.

»Bist du nicht in der Lage, es zuzugeben, wenn du etwas nicht kannst?« Halley benutzte ihr Taschenbuch als Fächer. Sie trug eine schwarze Sonnenbrille. Sie anzuschauen tat meinen schlaftrunkenen Augen weh. Sie leuchtete in einem rechteckigen Feld von Nachmittagssonne, während ich mich schon in dem Schatten befand, den ein Flügel des Hotelgebäudes warf. Ich fröstelte sogar ein bißchen, weil die trokkene, kühle Luft bereits den Herbst ankündigte.

Am liebsten hätte ich zu ihr gesagt (um genau zu sein: mein Es wollte, daß ich zu ihr sagte): ›Ich *kann* schwimmen, du dumme Schnepfe. Ich kann überhaupt alles besser als dein Arschloch von einem Vater.‹ Ein Stück von mir war – von den zweien infiziert – am Verfaulen. Das war der Grund, warum ich in meinem Traum ein Bild meiner selbst (in Gestalt meiner Mutter) aufgerufen hatte. Der Traum warnte mich, daß mein Ich sich in der Gegenübertragung zersetzte; um es in der Sprache des Laien auszudrücken: ich war dabei, meine Objektivität zu verlieren. Meine Reaktion auf Halleys Kritik war die eines Verliebten – von jemandem, der die Konkurrenz mit ihrem Vater aus persönlichem emotionalen Engagement betrieb, statt sie, mit innerer Distanz, lediglich als therapeutisches Hilfsmittel einzusetzen.

Halley legte ihr Buch auf den Tisch und griff nach dem Eistee. »Ich könnte dir Schwimmunterricht geben«, sagte sie. Sie trank.

»Von wem hast *du* schwimmen gelernt?« fragte ich mit krächzender Stimme. Der Pool-Kellner näherte sich mit einem Tablett. Na Gott sei Dank. Kaffee war jetzt genau das, was ich brauchte.

»Ich hab's im Ferienlager gelernt«, sagte sie.

»Da hast du ja Glück gehabt, daß Stick es dir nicht beigebracht hat«, sagte ich und lachte.

»Wieso?« wollte sie wissen. Der Kaffee stand vor mir, deshalb ignorierte ich ihre Frage. Ich trank zwei Tassen kurz hintereinander. Sie beobachtete mich durch ihre schwarzen Brillengläser. Schwarze Augen hinter schwarzen Gläsern, dachte ich und kam zu dem Schluß, daß es Zeit war, etwas zu unternehmen, Zeit, mit einer Kraftanstrengung auf einen Durchbruch hinzuarbeiten, bevor ich keine Trümpfe mehr in der Hand hatte. »Im Ernst«, sagte sie schließlich mit sanfter, liebevoller Stimme. »Ich würde dir wirklich gern Schwimmunterricht geben. Zumindest das könntest du doch von mir annehmen. Wir könnten gleich anfangen. Das Wasser hier im Becken ist im tiefsten Bereich gerade mal ein-Meter-zwanzig tief.«

Ich räusperte mich. Hinter ihr sah ich in der Ferne Stick aus dem Hotelgebäude auftauchen, in marineblauen Schwimmshorts, die in der Länge als Bermudas hätten durchgehen können, dazu ein Handtuch über der Schulter und Jesuslatschen an den Füßen. »Neulich hab' ich zu Edgar gesagt ...« Ich mußte mich erneut räuspern. »Entschuldigung. Ich habe Edgar gesagt, wenn der Centaurus ein Erfolg wird, dann geht der im Marketingsektor auf dein Konto und im kreativen Sektor auf das Konto von Andy Chen. *Und* ich habe ihm gesagt, daß du für die Leitung von Hyperion besser qualifiziert bist als Stick. Er hat sich das mit großem Interesse angehört. Von daher gesehen ist es vielleicht gar keine so schlechte Idee, deinen gesellschaftlichen Verkehr mit ihm auszubauen.«

Halley war eben dabei, ihr Teeglas an die Lippen zu heben. Es schwankte ein wenig im Kurs, als ich ihr sagte, für die Leitung von Hyperion sei sie besser qualifiziert als ihr Vater. Sie versuchte das Glas am Mund wieder zu stabilisieren. Das mißlang. Ein bißchen Tee floß aus einem Mundwinkel und tröpfelte vom Kinn. Sie fing das Getröpfel mit der freien Hand auf, wobei ihr Oberkörper ruckartig nach vorn schoß, so daß aus dem Glas noch mehr Tee auf das Badetuch schwappte. »Das ist nicht dein Ernst?« entfuhr es ihr.

Ich zeigte mit einem Kopfheben in Richtung Stick. »Da kommt er. Doch, es *ist* mein Ernst. Du könntest mühelos etwas mit Edgar anfangen. Du würdest ihm mit deiner Intelligenz, deiner Energie und – ja, auch mit deiner Figur und deinem Können im Bett glatt den Kopf verdrehen. Er würde dir binnen kurzem aus der Hand fressen. Ich hab's dir gesagt, Halley: Ich liebe dich. Ich werde dafür sorgen, daß du dich nicht unter Wert verkaufst.«

»He, Rafe«, rief Stick, als er die Fliesenumrandung am Pool erreichte. »Wie sind hier die Tennisplätze?«

»Harter Boden. Ziemlich schnell, glaube ich.«

Er war bei uns angelangt. Halley saß bewegungslos da; die schwarzen Gläser ihrer Brille waren starr auf mich gerichtet. Stick breitete sein Badetuch über den Lehnstuhl neben seiner Tochter. »Vielleicht klopfen wir vor dem Abendessen noch ein paar Bälle.«

Ich rieb die Unterseite meines rechten Oberschenkels. Anfang der Woche hatte ich mir beim Sprung nach einem Volley eine Sehnenzerrung zugezogen. »Wissen Sie, ich bin an der Stelle immer noch empfindlich. Vielleicht sollte ich das Bein doch besser noch eine Weile schonen.«

»Sie sollten ein paar Bahnen schwimmen«, meinte er. »Das hilft die Sache auskurieren.«

Jetzt war Halley überrascht. Sie wandte ihm ruckartig den Kopf zu. »Aber Daddy, hast du nicht gesagt ...« entfuhr es ihr, bevor sie abbrach.

Stick ignorierte sie. Ich auch.

»Ich kann nicht schwimmen, Stick, haben Sie das vergessen?« Da ich zum Angriff überging, war es besser, die Lüge aufrechtzuerhalten, fand ich. Mit dem Wiedererstarken seines Überlegenheitsgefühls würde vielleicht seine Wachsamkeit nachlassen.

»Ach ja, richtig.« Er tat, als ob es ihm erst jetzt wieder einfiele. »Aber Sie sind doch ein so guter Sportler. Sie besitzen eine vollendete Körperbeherrschung. Kommen Sie mit ins Wasser. Ich bringe Ihnen das Kraulen bei. Ich bin überzeugt, in nicht mehr als ein paar Minuten können Sie es.«

»Nein danke. Ich glaube, ich geh' lieber auf mein Zimmer. Wir spielen am Sonntag zusammen Tennis.« Ich stand auf.

»Also wirklich, Rafe.« Stick baute sich vor mir auf, beide Hände auf die Hüften gestützt. Mit hörbarem Luftholen blähte er seine imposante Brustmuskulatur. »Ein erwachsener Mann sollte schwimmen können.«

»Aber Stick ...« Ich legte ihm die Hand auf die nackte Schulter. Er bemühte sich, keine Verspannung unter meiner Berührung erkennen zu lassen. Ich ließ meinen Blick interessiert an ihm nach unten gleiten und musterte unverhohlen seinen aufgeblähten Brustkorb. »Gott, Sie sind ja wirklich in Topform«, sagte ich ruhig. Ohne Pause hob ich den Blick, um ihm direkt in die Augen zu sehen, drückte seine Schulter und sagte: »Ich dachte, Sie hätten längst begriffen, daß ich kein erwachsener Mann bin. Ich bin doch bloß ein Zehnjähriger mit einem hypertrophierten Selbstbewußtsein.«

Ich ging und ließ die beiden unter sich. Ob Halley ihm nun von meiner Lüge, daß ich sie Edgar als zukünftige Leiterin von Hyperion empfohlen hatte, berichtete oder nicht – so oder so würde es binnen kurzem zur Krise kommen. Entweder würde sie mich rückhaltlos als neue Vaterfigur akzeptieren – mit allen Konsequenzen, die das hatte, bis hin zu der, daß ich den nächsten Liebhaber für sie auswählte und sie sich willig Stick von mir als jemand präsentieren ließ, den wir aus dem Weg räumen mußten –, oder sie würde Stick informieren, daß ich tatsächlich der mörderische Gegner war, den er in mir witterte, und damit wäre er zum Handeln gezwungen.

Ich ging nicht auf mein Zimmer, sondern fuhr mit dem Aufzug in den ersten Stock und suchte mir ein Flurfenster mit Ausblick auf den Pool. Als ich meinen Beobachtungsposten bezog, war Stick immer noch nicht im Wasser. Er stand, ihr nicht direkt zugewandt, neben der sitzenden Halley. Ihr Blick ging an ihm vorbei zum Erfrischungsstand. Aber die beiden unterhielten sich. Das heißt, zum größten Teil bestritt Stick die Unterhaltung allein. Halley gab nur dann und wann eine kurze Antwort.

»Sag's ihm nicht«, flüsterte ich, und noch heute wüßte ich keine Antwort auf die Frage, ob es der Therapeut oder der Mann Rafe war, der in diesem Augenblick sprach. »Mach den Sprung, mein schönes kleines Mädchen. Es ist Zeit für dich, das Nest zu verlassen.«

DREIZEHNTES KAPITEL

Durchbruch

Ich schrieb Wörter an eine Wandtafel, während sie sich Kaffee einschenkten (für Stick gab es Kräutertee) und murrten, weil ich sämtliche Stühle aus der Blockhütte hatte entfernen lassen. Es war halb zehn Uhr morgens und draußen noch kühl, obwohl die Sonne auf dem Teich des Green Mountain glitzerte und am Himmel keine einzige Wolke zu sehen war. Jacks Augen ruhten auf dem Ostufer des Gewässers, dem Abschnitt für Sportfischer und Camper.

Etwas früher am Morgen, bei unserem Halb-acht-Uhr-Telefonat, hatte Halley zu mir gesagt: »Na gut, du hast gewonnen, du Ekelpaket. Gestern abend hab' ich Jack schon mehr als deutlich mit dem Zaunpfahl gewunken, daß ich nichts dagegen hätte, wenn er mich in seine Falle mitnimmt. Aber du hast ihn ja wieder zurückgelotst in den Schoß seiner ›entzückenden kleinen Familie‹.« Sie beendete den Satz mit einer wenig gelungenen Nachahmung von Amys schleppender Südstaatler-Aussprache.

»Jack ist doch nur ein kleiner Fisch«, sagte ich. »Du bist hinter dem Großen Weißen Hai her – hinter Edgar und der Firma, die er dir in die Hand geben wird.«

»Du spinnst.«

»Aber nein. Vergiß nicht: Ich bin der Onkel Doktor.«

»Für mich ist Sex nicht Mittel zum Zweck.«

»Das stimmt«, sagte ich. Es stimmte tatsächlich. Ihre Affären standen in keinerlei praktischem Zusammenhang, jedenfalls nicht was sie betraf. »Aber ich spreche ja auch nicht von Sex. Der ist lediglich das Hilfsmittel, das Edgar in engeren Kontakt mit dir bringt. Vielleicht liegt ihm auch gar nichts daran, mit dir ins Bett zu gehen.«

»Ich bleibe trotzdem dabei, daß du spinnst«, sagte sie. »Niemand könnte Hyperion besser managen als mein Vater.«

Ich wußte offen gesagt nicht, ob das bedeutete, daß sie ihrem Vater von meiner Lüge erzählt hatte. Ich nahm jedoch an, daß es nicht der Fall war und daß sie lediglich so tat, als hielte sie meinen Plan für unsinnig, um noch kräftiger angeschoben zu werden.

An die Tafel schrieb ich die Wörter: FUZZI. DIE GLASÄRSCHE.

PSYCHOPATHENPARADIES. FÜRST DER FINSTERNIS. HIRNTIER. BIERFASS. BLUTEGEL. Inzwischen war das Gemurmel und Gealbere um die Frage, wie man es sich auf dem Boden der Hütte am bequemsten mache, verstummt. Als ich mich zu ihnen umdrehte, hatte ich ihre ungeteilte Aufmerksamkeit. »Jeder von Ihnen hat schon einmal die Floskel gehört, im Leben gehe es im Grunde genauso zu wie in der Hauptschule. Nun, für nicht wenige Menschen geht es im Leben tatsächlich in vieler Beziehung wie in der Hauptschule zu, aber das sollte eigentlich nicht sein. Erwachsene sollten begriffen haben, daß Unterschiede im Geschmack, im Erscheinungsbild, im Verhalten und in den Fähigkeiten ihrer Mitmenschen naturgewollt sind. Erwachsene sollten – in der Schule des Lebens – gelernt haben, daß erfolgreiche Menschen ihren Erfolg dem Umstand verdanken, daß sie diese Unterschiede zum eigenen Vorteil zu nutzen verstehen. Wenn Teenager in Cliquen zerfallen, die sich gegenseitig mit üblen Spitznamen belegen, so hat das einen guten Grund. Heranwachsende sind dabei, herauszufinden, wer sie sind. Sie sind sich der eigenen Identität noch sehr ungewiß. Um zu wissen, wer sie sind, müssen sie häufig erst einmal sicherstellen, wer sie nicht sind. Aber reife Menschen oder, um es in der Sprache der Geschäftswelt auszudrücken, Sieger haben Vertrauen in die eigene Identität und deshalb auch keine Furcht vor unterschiedlichen Identitäten. Ich spreche nicht von Toleranz gegen Ethnien, Religionen und sonstige Kategorien allgemeiner Stammesidentitäten. Ich spreche vom Vertrauen *innerhalb* des Stammes. Sie haben sich zu einer sozialen Einheit zusammengeschlossen, um gemeinsam für Ihre Nahrungs- und Sicherheitsbedürfnisse zu sorgen, und einerlei, ob Segen oder Fluch – für jeden einzelnen von Ihnen ist der Rest der Belegschaft von Hyperion die einzige Ressource. Die Ausdrücke hier an der Tafel sind Beispiele von schülerhaften Spitznamen, die innerhalb Ihres Stammes heimlich in Gebrauch sind. Ihre Existenz beweist, daß Sie keine Gruppe von reifen Menschen sind. Sie beweist, daß Sie Verlierer sind.«

Tim Gallent, dessen lange blonde Schnittlauchlocken ich hier zum erstenmal, seit ich ihn kannte, in gewaschenem Zustand sah, begann zu lachen. Genaugenommen gab er ein überspanntes Wiehern von sich, dessen Tonhöhe und Lautstärke sich stetig steigerten. Der Blick seiner weit aufgerissenen Augen irrte zwischen Andy und mir hin und her. Andy saß neben ihm auf dem Boden. Die zwei bildeten einen ziemlichen Gegensatz: Andy mit einer dicken Kappe von schwarzem Haar über dem blassen Gesicht, Tim mit dünner blonder Mähne und rötlicher Gesichtshaut, Andys lange, dünne Beine zu einem sauberen Schneidersitz verschränkt, Tims stämmige Beine mit weit geöffneten Oberschenkeln von einem mächtigen Ratsherrenbauch weggespreizt. Andy murmelte Tim etwas zu, der umgehend die Hand vor den Mund schlug. Sein ersticktes Glucksen hielt, wenn auch mit abnehmender Intensität, noch eine Weile an. Was die anderen anging, so sahen sie mich mit dem Gesichtsausdruck bußfertiger Kinder an, mit Ausnahme von Jack, dessen grüne Augen mich interessiert und ruhig betrachteten, von Halley, die mit schräg geneigtem Kopf schmunzelte, wie wenn wir beide uns hier als heimliche Komplizen einen Spaß mit den anderen erlaubten, und von Stick, der emotionslos, als betrachtete er eine langweilige Fernsehsendung, seinen Kräutertee trank.

»Falls jemand lachen oder schreien, oder sich übergeben oder auf den Boden pinkeln will, braucht er sich meinetwegen keinen Zwang anzutun«, sagte ich. »Ich gehöre nicht zu Ihrem Stamm. Sie schulden mir weder Loyalität noch Respekt. Also lachen Sie ruhig, Tim.«

Tim nahm die Hand vom Mund und senkte den Kopf. »'tschuldigung.«

»Was gibt's da zu entschuldigen? Ich weiß, daß der Stammeshäuptling hier anwesend ist, der jeden von Ihnen in die Wildnis vertreiben kann. Ihnen ist bekannt, daß er mich aufgefordert hat, diese Sitzungen zu leiten. Nun denken Sie deswegen vielleicht, daß Ihr Verhalten mir gegenüber in gewisser Weise auch ihm gilt. Aber dem ist nicht so. Ich habe diesbezüglich eine Abmachung mit dem Fürsten der Finsternis getroffen. Ist es nicht so?« fragte ich Stick.

Er hatte sich ganz nach hinten gesetzt. Tim schlug wieder die Hand vor den Mund. Martha Klein und Jonathan Stivik drehten sich nach ihrem Chef um. Halley hob die Augen zur Decke, und ihr Schmunzeln verbreiterte sich zu einem Lächeln. Die übrigen starrten so krampfhaft nach vorn, daß nicht zu verkennen war, wie gern sie sich umgedreht hätten.

Stick stellte seinen Teebecher auf den Boden und räusperte sich. »Ich nehme an, Sie sprechen mit mir, Rafe. Was ich höchst erfreulich finde. Ich wollte schon immer gern ein Fürst sein.«

Die Versammlung quittierte seinen Scherz mit einem höflichen Lachen. Ich fuhr fort: »Der Fürst der Finsternis ist sich darüber im klaren, daß ich Sie dazu bringen werde, Dinge zu sagen, die nach den alltäglichen Stammesregeln tabu sind. Und wenn ihm nicht gefällt, was dabei herauskommt? Nun, Fürst, darf ich fragen, wem Sie in diesem Fall die Schuld geben?«

»Die Schuld gebe ich Ihnen, Medizinmann«, gab Stick zur Antwort, und diesmal erhob sich ungezwungenes lautes Gelächter.

Ich lächelte. »Ausgezeichnet.« Ich drehte mich um und schrieb, unterdessen weitersprechend, MEDIZINMANN an die Tafel. »Heute morgen werden wir uns alle mit unseren schülerhaften Spitznamen anreden. Doch zuvor« – ich drehte mich wieder zu ihnen um – »wird der Medizinmann, weil Sie sich diese Namen ja nicht selbst gegeben haben, Ihnen sagen, wer Sie sind.« Ich zeigte mit dem Finger auf Jack. »Stehen Sie auf, Glasarsch.«

Tim lachte wieder, jetzt normal.

Jack erhob sich. Er hatte zur Seite hin und etwas weiter hinten gesessen, deshalb mußte er vortreten, um in Tims Blickfeld zu gelangen. Er fragte: »Geht›s dir gut im Psychopathenparadies?«

Andy beugte sich vor, lachte und klatschte mit der Hand auf den Boden. »Psychopathenparadies«, wiederholte er. »Damit sind wir gemeint!« sagte er lachend.

Ich ließ sie nacheinander aufstehen und sich mit ihrem herabsetzenden Übernamen bekannt machen. In zwei Fällen akzeptierte ich eine aus der ausgelassenen Teilnehmerrunde vorgeschlagene Alternative; ich bestand allerdings darauf, daß nur bereits etablierte Spitznamen zum Zuge kamen, und lehnte reine Ad-hoc-Erfindungen konsequent ab. Mit einer Ausnahme. Stick und Hal saßen als letzte auf dem Boden. »Stehen Sie auf, Fürst der Finsternis«, sagte ich zu Copley. Danach war Halley als einzige noch unbenamst. Ihr Schmunzeln war schon lange erloschen. Sie wirkte kleinmädchenhaft, bedrängt und schutzbedürftig.

»Nun«, fragte ich die Gruppe, »wie heißt sie für uns?«

Es kam heraus, daß sie keinen allgemein gebräuchlichen Spitznamen hatte. Was mich nicht verwunderte, da sie sich jedem in einer anderen Rolle präsentierte. »Glasnudel«, schlug Tim vor, aber niemand griff seine Anregung auf oder klatschte ihr Beifall.

Ich sah zu ihr hinüber. »Ich glaube, das trifft es nicht«, sagte ich. Ich schaute mich in der Runde um. Jack schien etwas sagen zu wollen. »Ja?«

»Königin der Nacht«, sagte er mit feierlichem Ernst, die grünen Augen fest auf mich gerichtet. Ich wußte, daß er Mut bewiesen hatte, und zwinkerte ihm zu.

»Ist das Halleys Image in den Augen des Stammes?« fragte ich. Obwohl die Belastungsprobe die meisten anderen Menschen den Tränen nahe gebracht hätte, bemerkte ich in Halleys schwarzen Augen keinerlei Unruhe, vielmehr eine geisterhafte Detachiertheit; sie saß entspannt im halben Lotussitz, und kein Muskel bewegte sich an ihrem Körper. Eine Schutzhaltung, keine Frage, doch Halleys emotionale Panzerung als Selbstschutz zu interpretieren hieß aus den Augen verlieren, daß die

Panzerung eines Tanks mehr dazu da ist, die Bordkanone als die Besatzung zu schützen. Halley fühlte sich nicht verletzt. Nicht für eine Sekunde gab ich dem Gedanken Raum, diese Gruppe könnte sie ernstlich verletzen. Ich richtete den Blick auf Martha, die von dem Spiel nicht viel begriffen zu haben schien. »Wie nennst du sie, Blutegel?«

Martha war eine grobknochige, füllige Frau, die nach modernen Maßstäben als fettleibig zu gelten hatte, wenngleich es ein ungelöstes Rätsel war, wie sie ihre breiten Schultern und Hüften hätte fettfrei halten können, ohne permanent am Rande des Hungertods zu vegetieren. Das ungnädige Schicksal hatte ihr außerdem eine für ihre großflächige Stirn und den breiten Mund viel zu kleine Himmelfahrtsnase zugeteilt. »Miss Halley.«

»Miss Halley?« Ich nickte verständnisvoll. »Dann sind Sie also ihre Sklavin?«

Martha lachte. Es war ein gesundes, sorgloses Lachen aus dem Bauch. »Das kann man wohl sagen.«

»Und sie ist nur die nichtsnutzige, egozentrische Tochter des Plantagenbesitzers?«

Martha runzelte die Stirn. Sie legte die Hände auf die Hüften und sah auf die kleine, dunkelhäutige junge Frau hinunter. »Nein«, meinte sie.

»Vielleicht sind Sie da sexistisch voreingenommen, Blutegel«, sagte ich und berührte dabei Martha leicht an der Schulter, um klarzustellen, daß es kein ernstgemeinter Tadel war. Ich wandte mich an die anderen. »Wir wollen alle so tun, als ob Halley nicht die Tochter, sondern der Sohn des Fürsten wäre. Ich weiß, das ist bei Halley nicht gerade einfach, aber wir wollen sie uns genauso attraktiv denken, nur eben als gutaussehenden Sohn. Wie nennen wir sie dann?«

Jonathan Stivik sagte: »Das ist ja nun wirklich einfach: Prinz Hal.«

Andy und Gould – offenbar Shakespeare-Liebhaber – lachten zustimmend. »Bleibt es bei Prinz Hal?« fragte ich die Gruppe. Alle außer Stick und Halley nickten.

»Klaro«, sagte Andy. »Sie sind doch eine Familie.«

»Stehen Sie auf, Prinz Hal«, sagte ich. »Ich möchte, daß Sie sich jetzt alle in einer Reihe aufstellen, und zwar von rechts nach links nach dem abnehmenden Schweregrad der Kränkung, der persönlichen Herabwürdigung, die in Ihrem Spitznamen liegt. Der geringschätzigste Spitzname also am rechten Ende der Reihe, der ehrendste am linken.«

Das ging nicht ohne einiges Hallo ab. Martha (Blutegel) und Carl Hanson (Bierfaß) kreisten beständig umeinander in dem Bemühen, sich gegenseitig den niedrigsten Rang streitig zu machen. Stick verkürzte die

Prozedur, indem er sich sofort auf Platz eins stellte, Halley folgte seinem Beispiel und stellte sich neben ihn auf Platz zwei, obschon sie in der Organisationshierarchie der Firma unter Jack, Joe Gould und Hanson rangierte. Tim und Andy waren unschlüssig. Jack, der ihre Zögerlichkeit bemerkt hatte, nahm Andy (Psychpathengenie) am Arm und steuerte ihn auf den Platz neben Halley; er selbst stellte sich neben Andy auf Platz vier. Jonathan (Hirntier) bewies Selbstwertgefühl, indem er sich für Platz fünf entschied. Gould (Abkassierer), obwohl in der Hierarchie vermutlich gleichrangig mit Hanson, belegte Platz sechs.

Martha packte Hanson und hielt ihn fest, damit er nicht noch einmal an ihr vorbei auf den letzten Platz schlüpfte. Sie rief mir zu: »Würden Sie ihm bitte mal sagen, daß der Blutegel eine von den niedersten Formen des Lebens ist.«

»Immerhin sind Sie eine Form des Lebens«, wandte Hanson ein. »Ich bin nur ein Behälter voll alkoholischer Brühe.«

»Martha hat recht«, sagte ich. »Aber sie ist nicht das Schlußlicht.« Ich faßte Tim ins Auge, der jetzt völlig desorientiert war, weil Andy in der Reihe stand und neben seinem Kollegen kein Platz mehr für ihn selbst war. »Das bist du, Fuzzi.« Ich packte ihn an seinem massigen Arm und schob ihn in Richtung Martha.

Das war mein erster Fauxpas. Tim befreite mit einem Ruck seinen Arm aus meinem Griff und trat zurück. Er zog die Schultern hoch und senkte den Kopf wie ein wütender Stier. Er sagte nur »nein«, das allerdings im Ton der Endgültigkeit.

»Denk doch mal nach, Fuzzi. Alle andern haben irgendwas Positives in ihrem Spitznamen. Einer ist Fürst, eine ist Prinz. Ich bin als Heilkundiger identifiziert. Der da ist zwar ein Psychopath, aber trotzdem ein Genie. In Jacks Namen steckt die Komponente ›Glas‹. Das bringt ihn in Verbindung mit dem Glasturm, dem Machtzentrum des Unternehmens. Jonathan kriegt als Hirntier immerhin Hirn bescheinigt. Gould als Abkassierer hat Geld. Carl hat sein süffiges Bier, und Martha ist ein Blutegel, das heißt, daß sie anderen Menschen den Lebenssaft abzapft. Sie sind einfach nur ein Fuzzi. Jemand Harmloses. Der Name hebt sich nicht einmal aus der Anonymität heraus. Sie sind nur einer unter Dutzenden Fuzzis. Sie haben im Grunde gar keinen eigenen Spitznamen.«

Tim trat noch einen Schritt zurück. Sein Gesicht war noch stärker gerötet als sonst. Er hatte das Kinn gereckt und atmete in schnellen Zügen durch die Nase. Irgend jemand – ich glaube, es war Jack – sagte leise: »Immer ruhig Blut!«

»Stellen Sie sich ans Ende der Reihe«, sagte ich streng.

»Das sind doch alles Nullen«, explodierte Tim, um sofort wieder zu verstummen.

»Der Meinung sind sie nicht. Sie halten Sie für die Null.«

Tim zeigte mit seinem dicken Finger auf Jack. »Jeder im Glashaus ist ein Glasarsch. Nicht bloß der. Der da hat keinen eigenen Spitznamen.« Er zeigte auf Jonathan. »Die Programmierer sind alle Hirntiere.«

»Er ist der Glasarsch. Er ist das Hirntier. Sind Sie der Fuzzi?«

Tims Unterkiefer zitterte. »Ja«, stammelte er.

»Nein«, sagte ich im Ton des Bedauerns. »Der Fuzzi ist Andy. Er ist das Psychopathengenie, der Oberfuzzi. Der Fuzzi aller Fuzzis. Sie sind ersetzbar. Eine Arbeitsbiene. Eine Null.«

Tims Stimme war sehr, sehr leise – ein gehetztes Flüstern. »Die brauchen mich.«

»Der Meinung sind sie nicht.«

Hinter mir sagte Andy: »Doch, der Meinung sind wir schon.« Auch Jack sagte irgend etwas Ermutigendes.

»Schnauze!« rief ich ihnen zu, ohne den Kopf zu wenden. Ich trat auf Tim zu. Er war etliche Zentimeter kleiner und viel breiter als ich. Wir standen uns jetzt so dicht gegenüber, daß wir fast mit den Nasenspitzen gegeneinanderstießen. Sein hektisches, geräuschvolles Atmen hörte sich an wie das Schniefen eines weinerlichen Kindes. In seinem linken Auge war ein roter Streifen von einem geplatzten Äderchen. Bei seinem zurückweichenden Haaransatz setzte sich ein Schweißtropfen in Bewegung und nahm Kurs auf die Nase. »Sie wollen nett zu Ihnen sein«, erklärte ich ihm. »Nett zu dem Fuzzi. Dem Fuzzi-Riesenbaby.«

Tim legte seine feisten Handflächen auf meine Brust und schubste mich weg. Jemand – Martha, glaube ich – schnappte nach Luft. Ich stolperte rückwärts. Tim brüllte: »Das sind Nullen!« Er schob sich mit schleifenden Schritten seitwärts, fast so, als ob er einen Tanz vorführte, und schrie: »Ich mache die Rechner! Das sind Nullen! Ohne mich schaffen die Null. Ich! Ich bin derjenige welcher! Der da –« Mit hochrotem Gesicht glitt und hüpfte Tim bis vor Andy. »Der hier ist kein Genie! Ohne mich ist der ein geistig Behinderter!« Er hopste weiter an der Reihe der perplexen anderen Teilnehmer entlang und zeigte mit dem Finger auf Jonathan. »Hirntier!« Er versuchte, ein höhnisches Lachen von sich zu geben, brachte es aber nur zu einem Krächzen. »Wenn der was taugen würde, wär' er schon längst bei Nintendo! Ich hab' dem überhaupt erst mal die Protokolle in die Reihe gebracht. Du blöder Hengst«, fügte er noch hinzu und hüpfte dann rückwärts.

»Ohne Sie geht also der Stamm unter«, sagte ich.

»Ich bin der Jäger. Ich schaff' das Fleisch heran.« Tim schlug seine dicken Hände zusammen. Es gab einen Knall, als ob ein Revolver abgefeuert worden wäre. »Ohne mich gehen sie unter.«

Ein verlegenes Schweigen trat ein. Ich ließ es sich vertiefen, bis wir alle Tims geräuschvolles Atmen und das leise Plätschern, mit dem draußen die Wellen gegen die am Ufer liegenden Ruderboote anliefen, hören konnten. »Wir wollen eine neue Reihe bilden. Sie übernehmen die Spitze, weil Sie den Mut gehabt haben, sich selbst einen Spitznamen zu geben.« Ich ging zu Tim und berührte ihn an beiden Schultern, wie wenn ich ihn zum Ritter schlagen wollte. Er straffte sich. »Sie sind der Jäger.«

Durch Tims Beispiel angeregt, gab ich bekannt, daß wir den ganzen Stamm in dieser Weise umtaufen würden. Jonathan, den Tim mit seiner Attacke an einem Nerv getroffen hatte, erhob sofort Anspruch auf den Titel des Kundschafters, weil er die vorgelegten Pläne für neue Rechner per Simulation auf dem Black Dragon überprüfe. Tim, dessen Herzkrankengesichtsfarbe langsam dem gewohnten frischen Rot wich, schwieg dazu.

Ich erklärte, daß ein neuer Titel von der unmittelbar zuvor umbenannten Person gebilligt werden müsse, und das durch die ganze Reihe hindurch. »Die Entscheidung liegt also jetzt bei Ihnen«, sagte ich zu Tim. »Ist Jonathan der Kundschafter?«

Durch seinen Triumph kühn geworden, sagte Tim: »Nein. Der Kundschafter ist Andy. Er späht aus, wo was zu holen ist, und ich mach' mich auf die Socken und hol' es.«

Ich gab Tim und Jonathan den Auftrag, eines der Ruderboote ins Wasser zu schieben, gemeinsam zum Ostufer des Teichs zu rudern, sich dort drüben auf die Wiese zu setzen und die Frage, wie Jonathan heißen solle, unter sich auszudiskutieren. Wir anderen würden an unserem Ufer auf sie warten und uns währenddessen schon mögliche neue Namen für jeden überlegen.

Wir begleiteten die zwei nach draußen und sahen zu, wie sie losruderten. Sie erregten einiges Kichern, denn sie beherrschten die Sache nicht sehr gut und bewegten sich im Zickzackkurs langsam über die Wasserfläche. Gould rief ihnen nach: »Wenn ihr nicht zusammen rudert, geht ihr bald zusammen unter.«

Martha machte es sich auf dem Boden bequem, um die Sonne zu genießen. Jack fragte, ob er zum Hotel laufen und sich eine Angelrute holen dürfe, um ein paar Würfe zu machen. »Nein«, sagte ich. Andy erkundigte sich, ob er jetzt der Kundschafter sei, wie Tim vorgeschlagen hatte. »Nein«, sagte ich. »Sie bekommen Ihren Namen nicht von ihm.«

»Von wem dann?« wollte er wissen.

»Das weiß ich noch nicht«, erwiderte ich.

Stick hatte sich an meine Seite gepirscht und murmelte jetzt: »Das kann den ganzen Tag dauern.«

»Und die ganze Nacht dazu«, sagte ich.

»Eigentlich sind wir ja zum Ausspannen hier«, fuhr er im Flüsterton fort.

»Sie haben mich gebeten, das zu organisieren. Sie und Edgar haben mir beide gesagt, Sie sind gespannt, was ich mir einfallen lasse. Haben Sie es sich inzwischen anders überlegt?«

»Na ja ...« Er forderte mich mit einer Handbewegung auf, einige Schritte abseits mit ihm zu gehen. Die anderen waren aufmerksam auf uns geworden, wenn sie sich auch bemühten, es nicht merken zu lassen.

Ich erhob die Stimme. »Wenn Sie mir etwas zu sagen haben, Fürst, dann sagen Sie es so, daß jeder es hören kann.«

Halley und Martha verrenkten sich die Hälse nach uns. Jack, der sich in den Schatten eines ausladenden Ahorns gestellt hatte, drehte sich zu uns um. Andy saß ein Stück weit hinter Stick auf der Veranda der Hütte, spitzte aber die Ohren. Gould und Hanson standen unten bei den Booten und hatten jeder ein Ruder in die Hände genommen; ihre Gesichter waren von uns abgewandt, aber ihre Rücken waren versteift, und sie hatten ihre Unterhaltung eingestellt.

Stick schnaubte. Die Sonne fiel direkt auf sein gekerbtes hageres Gesicht, nur die Augen lagen im Schatten der knochigen Stirn. Er vergrub die Hände in den Taschen derselben Bermudashorts, die er gestern am Pool getragen hatte. »Schon gut. Vergessen Sie's«, murmelte er.

»Nein«, beharrte ich in lautem, verärgertem Ton. »Jedem hier ist gesagt worden, daß für die Dauer unserer Sitzungen ich das Sagen habe. Wenn das nicht gilt, ist das Ganze eine noch größere Farce, als Sie behaupten –«

»Ich habe nicht gesagt, daß es eine Farce ist«, protestierte er. Er hob die Hand. »Lassen wir es gut sein! Ich habe einen Fehler gemacht.«

»Ich möchte, daß Sie allen offen sagen, was Ihnen hier nicht gefällt. Haben Sie das Gefühl, ich vertue Ihre Zeit?«

»Ich bin enttäuscht«, sagte er, nahm die Hände aus der Tasche und drehte sich zur Veranda um. Dort bemerkte er Andy, der ihn aufmerksam beobachtete. Stick runzelte die Stirn, setzte einen Fuß auf die Granitstufe vor der Veranda und wippte auf dem Ballen.

»Enttäuscht wovon?«

Stick holte tief Atem. Er ließ die Luft als Seufzer entweichen. »Das

Ganze kommt mir nicht sehr originell vor, das ist alles.« Er klappte den Absatz auf die Stufe, ging auf die Veranda hinauf und setzte sich auf das Geländer.

»Originell?« Ich schlug einen unverhohlen höhnischen Ton an. »Was verstehen Sie von Psychologie? Ihre Vorstellung von Psychologie erschöpft sich doch darin, den Leuten Gehaltserhöhungen zu versprechen.«

Es war Hanson (glaube ich; ich stand mit dem Rücken zu ihm), der das Lachen nicht unterdrücken konnte – ein sehr kurzes Lachen, versteht sich.

»Ich kann das Ganze abblasen«, sagte Stick; es klang nicht wie eine Drohung, sondern war im Ton einer beiläufigen Bemerkung gesagt.

»Dann können wir Sie ja den Unzuverlässigen nennen«, sagte ich. »Oder vielleicht den Wortbrecher. Wendehals wär' auch noch 'ne Möglichkeit.«

»Ich halte nichts von dem Ganzen, das ist alles.«

»Oh!« Ich breitete die Arme aus und machte bei jedem Satz eine Vierteldrehung, bis ich schließlich alle Umstehenden in den Kreis der Adressaten meiner Rede einbezogen hatte. »Sie halten nichts von dem Ganzen. Also taugt es nichts. Das ist so klar wie dicke Tinte. Wenn Sie nichts davon halten, wer kann dann überhaupt noch was davon halten?« Dem Anschein nach war ich völlig ausgerastet.

»Niemand hält was davon.« Als Antwort auf meinen theatralischen Temperamentsausbruch gab Stick sich betont gelassen. Er ließ ein Bein baumeln und dabei die Ledersohle der Sandale über den Holzboden der Veranda streifen. Er deutete mit einem Heben des Kinns zum jenseitigen Ufer hinüber. »Wir können auf den armen Teufel Tim eingehen und ihn den Jäger nennen, aber wir wissen doch alle, was er ist, nämlich ...« Er brach ab. Er richtete seine Aufmerksamkeit von der Wiese wieder auf seine nähere Umgebung und sah mich natürlich mit noch immer ausgestreckten Armen hohnlächelnd dastehen, sah aber auch, daß die Gruppe gespannt lauschte.

»Nämlich was?« fragte ich nach. »Ausschuß? Etwas, das Sie jederzeit auf den Müll werfen können?«

»Nein, natürlich nicht. Keine Tricks bitte. Das habe ich nicht gesagt und auch nicht sagen wollen, also versuchen Sie nicht, es mir unterzuschieben.« Stick erhob sich auf die Beine und streckte sich. »Wenn wir schon hier am Teich herumsitzen und warten, sollten wir das auch ausnutzen. Ich würde sagen, hol du dir ruhig deine Angelrute, Jack. Ich besorge Badetücher und –«

»Sie haben Schiß, das Gespräch zu Ende zu führen, ist es nicht so?« fragte ich.

Sticks dünne Lippen verschwanden vollends. Er war an die Granitstufe vorgetreten, um Anweisungen auszugeben, und mittendrin auf Grund gelaufen.

»Vielleicht sollten Sie sich entscheiden, was Sie wollen, Fürst«, sagte ich. »Wer soll hier das Sagen haben? Sie haben allen hier gesagt, daß ich bestimme. Das haben Sie ihnen zugesagt. Wollen Sie das jetzt widerrufen? Haben Sie die Unwahrheit gesagt?«

Stick ließ übergangslos seinen Kopf in gespielter Unterwerfung nach vorn sacken und lachte. »Okay, okay, Sie haben recht. Wer A sagt, muß auch B sagen.« Er setzte sich auf die Stufe. »Ich bitte um Entschuldigung, Medizinmann.« Er war ausgesprochen charmant. »Sie sind der Boß.«

»Gut. Dann beenden Sie jetzt bitte Ihren Satz. Wir wissen alle, was Tim ist, nämlich ... was? Wenn er nicht der Jäger ist, was ist er dann?«

Das reaktivierte die Spannung, die er hatte abbauen wollen. Stick schickte einen Blick zu Halley hinüber, der ihm jedoch nur eine teilnahmslose junge Frau zeigte; er sah mit zusammengekniffenen Augen zum Himmel hinauf und schien nachzudenken. »Er ist ein Fuzzi«, sagte er schließlich. Niemand lachte. Stick war überrascht. Nach einem Augenblick peinlichen Schweigens versuchte er sich an einem Lachen, das aber mehr zu einem Keckern geriet. »Es sollte ein Scherz sein«, sagte er schwunglos.

»Vielleicht kann das den neuen Namen für Sie abwerfen«, antwortete ich. »Der Scherzbold.«

Ein lastendes Schweigen schloß sich an. Schweigen bei den menschlichen Akteuren auf der Szene, genau gesagt. Vom anderen Ufer des Teichs ließ ein Eistaucher seinen Ruf hören. Windstöße raschelten im Ahornlaub über Jacks Kopf und kräuselten die Wasserfläche. Ich trat an die Stufe, benutzte sie erst einmal dazu, meine verspannte Sehne zu dehnen, und setzte mich dann neben Stick. Er starrte auf seine Sandalen und strich sich dabei mit beiden Händen über das glattgebürstete Haar. Ich hielt den Blick auf ihn gerichtet, und nach einer Weile schaute er mich an. Sein leerer Blick sollte mir demonstrieren, daß ich ihn nicht getroffen hatte. Gould und Hanson nahmen jetzt in gedämpftem Ton ihre Unterhaltung über die richtige Rudertechnik wieder auf. Martha stöhnte, wälzte sich auf die Seite und sagte zu Halley: »Ich weiß, wie ich gern heißen möchte.«

Halley lächelte. Sie schien sich rundum wohl zu fühlen. »Ja? Wie denn?«

»Montserrat Caballé.«

»Aber Martha –«

»Blutegel bitte.«

»Entschuldigung. So ein Schwergewicht bist du doch wirklich nicht, Blutegel.«

»Ich hab' auch nicht an mein Gewicht gedacht, Miss – oh, Verzeihung, Prinz Hal wollte ich sagen. Ich hab' an meine schöne Sopranstimme gedacht.«

Unterdessen war Jack in Richtung Veranda geschlendert. Er fragte Andy, der dort, den Rücken an die Hüttentür gelehnt, auf dem Boden saß: »Fischen Sie?«

»Nein.«

»Das wär' was für Sie. Das Beste, was man tun kann, wenn man ein Problem durchdenken muß ...«

Vor dem Hintergrund der drei Unterhaltungen, die rundherum in Gang waren, flüsterte ich Stick hastig zu: »Ich mußte Ihnen gegenüber die Rolle des Angreifers übernehmen. Ich agiere damit nur die versteckten Ressentiments der anderen aus.« Mit verstohlenen Blicken zu den anderen kontrollierte ich, ob jemand etwas mitbekommen hatte. Niemand hatte auf uns geachtet.

Stick flüsterte: »Sie spielen Ihre Rolle ein bißchen zu gut.«

Ich drückte seine Schulter. Er duldete die Berührung, obwohl er die Lippen zusammenziehen mußte, um sie aushalten zu können. »Achtung mal bitte!« rief ich laut. »Alles zurück in die Hütte! Wir machen schon mal weiter, bis die zwei zurückkommen.« Lebhafter Protest schlug mir entgegen – es war so schön sonnig und mild hier draußen, ob wir denn nicht bleiben konnten? Ich zeigte mich unerbittlich und trieb sie nach drinnen.

Ich plazierte Martha vor der Tafel und ließ die anderen sich ihr gegenübersetzen. »Da wir für jeden einen neuen Namen finden müssen, ist es vielleicht ratsam, daß wir uns gegenseitig besser kennenlernen. Ich werde Ihnen jetzt einige Fragen stellen, Martha. Wenn welche dabei sind, die Sie nicht beantworten wollen, sagen Sie in einem solchen Fall einfach ›Nein‹ oder ›Kein Kommentar‹ oder ›Rutsch mir den Buckel runter‹. Wenn Sie eine Frage nur teilweise beantworten wollen, dann geben Sie eben eine Teilantwort. So weit alles klar?«

»Rutsch mir den Buckel runter«, sagte Martha, und alle, sogar Stick, reagierten mit lautem, ausdauerndem Lachen.

»Fabelhaft. Ich sehe, Sie haben verstanden. Wie viele Diätkuren haben Sie schon ausprobiert, Martha?«

Ich hatte Martha ausgesucht, weil ich davon ausging, daß sie sich nicht zieren würde, Einzelheiten aus ihrer Intimsphäre zu enthüllen, wenn es auch größtenteils Banalitäten sein würden. Und sie zierte sich nicht. Meine Fragen zielten nur auf die Oberflächenschicht der persönlichen Wahrheiten, weil ich überzeugt war, daß infolge der vorausgegangenen Lockerung der Emotionen der Kernbereich auch so ans Licht kommen würde. Ich war entgleist, und Tim war entgleist. Unsere Exzesse würden die anderen animieren, sich stärker zu öffnen, als es unter normalen Umständen für sie typisch war. Tatsächlich sprach Martha schließlich mit tiefer Empfindung über den Tod ihres Vaters. Zu diesem Zeitpunkt hatte ihr schon jeder aus der Runde Fragen gestellt – mit Ausnahme von Stick, versteht sich.

Ich hatte eben Gould zur Inquisition nach vorn beordert, als wir vom Teich her lautes Rufen hörten. Wir stoben allesamt auf die Veranda hinaus. Auf dem Wasser waren Jonathan und Tim in ihrem Ruderboot zu sehen, das die meiste Zeit im Kreis fuhr, weil Jonathan, statt zu rudern, die Hände als Schalltrichter an den Mund gelegt hielt, während er uns zurief: »Ich bin Über ...« Der Rest war nicht zu verstehen.

»Was ruft er? Er ist übergeschnappt?« fragte Gould.

Hanson schrie: »Nimm das Ruder in die Hand, sonst kommt ihr nie ans Ufer.«

Schließlich hatten sie sich so weit genähert, daß wir verstehen konnten: »Ich bin Übersetzer.«

»Übersetzer?« rief Martha in unverhohlen skeptischem Ton.

»Weil ich dafür sorge, daß Mensch und Maschine miteinander kommunizieren können«, erklärte Jonathan.

Stick drehte sich weg von den anderen. Er rollte verächtlich die Augen.

»Das Wesentliche ist, daß die beiden gemeinsam eine Lösung gefunden haben«, sagte ich.

»Ich an Ihrer Stelle würde jetzt eine Pause fürs Mittagessen einlegen«, sagte er leise.

Das tat ich nicht. Ich konzedierte den Teilnehmern ein Mittagessen (das nach vorheriger Absprache aus der Hotelküche in Picknickkörben angeliefert und diskret an unserem Ende des Wegs zwischen Hotel und Teich abgestellt wurde), aber keine Pause. Ich beorderte Martha zusammen mit Jonathan ans gegenüberliegende Ufer und Gould wieder zwecks Inquisition nach vorn, und in dieser Manier machten wir weiter, bis alle außer Halley, Stick und mir umgetauft waren und alle bis auf Stick und mich auf dem Platz vor der Tafel Rede und Antwort gestanden hatten. Am Himmel wanderte die Sonne über die Blockhütte hinweg. Der nördliche Teil des Green-Mountain-Teichs schimmerte bernsteingelb im Licht der Spätnachmittagssonne, als Halley auf meine Order zusammen mit Andy ans jenseitige Ufer ruderte, um sich von ihm einen neuen Namen geben zu lassen – aber ich stelle fest, daß ich dem Gang der Ereignisse vorausgeeilt bin.

In einer Kette gleichartiger Vorgänge war das Umtaufen von Andy derjenige von Bedeutung gewesen. Die Befragungen und Namensgebungen schufen zwangsläufig eine vertrauliche, freundschaftliche Atmosphäre. Sticks muffiges Sich-abseits-Halten wurde ignoriert. Wahrscheinlich waren alle der Meinung, daß der ganze Tag letzten Endes eine unwichtige Veranstaltung war und ich für den Ärger, den ich ihm bereitete, hinterher noch die Quittung bekommen würde. Sie machten jedoch, ob sie wollten oder nicht, die Erfahrung, daß sie ungezwungen miteinander umgehen und sich in geselliger Gemeinschaft miteinander wohl fühlen konnten – wer es nicht konnte, war Stick.

Martha erhielt den Titel einer Kundschafterin des Stammes, weil er ihre Tätigkeit als Marktforscherin exakt beschrieb. Gould wurde zum Krieger ernannt (denn Vertriebsleute setzen sich mit der Außenwelt auseinander) und bestand anschließend darauf, daß auch Hanson diesen Titel annahm – ein bemerkenswerter Gegensatz zu seinem vorher behaupteten Anspruch auf einen höheren Platz in der Rangfolge. Hanson ruderte mit Jack zur Wiese hinüber und versetzte Stick den ersten Nadelstich, indem er Jack den Namen Kriegerkönig verlieh. Er erklärte seine Wahl damit, daß Jack auf nationaler Ebene gegen die Konkurrenz von IBM, Toshiba und Compaq antreten müsse – er sei die Fratze des Kriegs, die Hyperion der Außenwelt zuwende. Nachdem Hanson seine Erklärung vorgetragen hatte, sah Halley ihren Vater an. Die anderen applaudierten. Ich schickte Andy zusammen mit Jack los, und die zwei fügten Stick eine neue Wunde zu, als Jack nach der Rückkehr erklärte, daß er Andy den Schöpfer genannt hatte, weil ohne ihn der Stamm nichts zu verkaufen hätte.

Während der Abwesenheit von Andy und Jack stand Halley dem Rest der Gruppe Rede und Antwort und nutzte die Gelegenheit, eine Schau abzuziehen. Gerechterweise sollte ich sagen: eine halbe Schau. In allen Rollen, in die sie schlüpfte, verkörperte sie auch ein Stückchen Wahrheit und Echtheit. Sie hatte die Ergriffenheit registriert, mit der Marthas Kummer aufgenommen worden war, und obendrein hatte ich am Vortag die Geschichte vom Tod ihres Bruders aufgerührt, so daß die Gruppe jetzt einen überzeugenden Vortrag über den Verlust von Mikey zu hören bekam. Die Rednerin gewann dabei Kontur als eine liebevolle ältere

Schwester mit einem glänzend begabten, aber von kindlichem Ungestüm erfüllten Bruder. Die Zuhörer erfuhren von ihrer Erschütterung durch den Verlust ihres dynamischen, lebensfrohen Geschwisters. Die Darstellung enthielt in den Einzelheiten keine Lügen und keine Lücken. Außerhalb des Rahmens der Darstellung blieben freilich der Kampf, den die Rednerin geführt hatte, um den Bruder vom ersten Platz in der Gunst des Vaters zu verdrängen, und das Fehlen jeglichen Schuldgefühls nach ihrem Sieg; die Erwähnung dieser Dinge wurde ersetzt durch ein tränenreiches Gestammel des Inhalts, man hätte es eigentlich wissen müssen, daß er sich auf den gefährlichen Hang wagen würde. Martha nahm Halley in den Arm und sagte, nein, das sei abwegig, daß sie sich die Schuld gebe. Daß sie – nicht nur an jenem verhängnisvollen Abend, sondern auch vorher über Jahre hinweg immer wieder – selbst mitgeholfen hatte, Mikey zu provozieren, davon hatte Halley nicht die leiseste Andeutung verlauten lassen.

Halleys Identitätswahl war auf verdrehte Weise bewundernswert. In gewissem Sinn kam sie ihrem Vater zu Hilfe. Er war noch nicht einmal imstande vorzutäuschen, er habe ein Herz. Indem sie vor aller Ohren von ihrer Familientragödie erzählte (deren Einzelheiten allen Zuhörern unbekannt waren), ließ sie seine Gefühlskälte als die Verschlossenheit eines innerlich Verwundeten erscheinen. Sie ist nicht so gefährlich wie Stick, dachte ich im stillen, aber sie ist gerissener.

Pech für Halley – und für Stick –, daß sie nicht mehr erreichte, als daß er sich noch unbehaglicher fühlte. Er wollte nicht, daß die anderen ihn als Menschen sahen. Er wollte gefürchtet werden, und er war schlau genug, um zu begreifen, daß die Gruppenmitglieder ihm den Gefallen nicht mehr taten, zumindest nicht, solange ich zugegen war.

Copley stellte sich, während Andy mit Halley zur Wiese ruderte, um ihr ihren neuen Namen zu geben, als letzter der Fragerunde. Als ich ihn aufforderte, nach vorn zu gehen, probte er einen kleinen Aufstand. »Sind nicht eigentlich Sie dran?« foppte er mich.

»Nein, Fürst.«

Stick produzierte ein mattes Lächeln und nickte. Er ging zur Tafel, drehte sich um und öffnete die Hände zum Zeichen, daß er bereit war. Alle anderen hatten während der Befragung auf dem Boden gesessen. »Setzen Sie sich hin«, sagte ich.

»Kein Problem.« Er grinste, um zu zeigen, daß er kein Spielverderber war, ging ohne Schnaufen oder Ächzen in die Hocke, ließ sich auf seine vier Buchstaben nieder und kreuzte die Beine vor dem Körper.

»Hatten Sie gehofft, Mikey würde später einmal bei Hyperion arbeiten?« lautete meine erste Frage.

Sticks Antwort kam ohne Zögern oder Protest in der Stimme. »Er interessierte sich nicht für Computer. Er hatte zum Zeitpunkt des Unfalls seinen Weg noch nicht gefunden.«

»Hatte sein Tod irgend etwas mit Halleys Eintritt in die Firma zu tun?«

Stick blinzelte. Der Gedanke an diese Möglichkeit war ihm anscheinend nie gekommen. Das Geschick, mit dem er Menschen für seine Zwecke auszunutzen verstand, schloß nur ein begrenztes Verständnis seiner Opfer ein. Er erkannte die Schwächen der anderen, aber nicht unbedingt ihre Motive. »Ähm ...«, druckste er. »Lassen Sie mich überlegen ... Halley hat mich gefragt, ob wir eine Vakanz hätten – und sie war ja sehr qualifiziert. Sie hat damals bei Time Warner gearbeitet –«

»Die Initiative für ihren Wechsel zu Hyperion ist also nicht von Ihnen ausgegangen?«

Stick ließ den Blick über die anderen Gruppenmitglieder gleiten. Sie hörten gebannt zu. Ich hatte ihn nicht belogen. Ich verstand es, ihre Phantasien auszuagieren: ihn Zorn fühlen zu lassen, ihm unbequeme Fragen zu stellen, ihm Befehle zu erteilen. »Nein«, sagte er. »Ich hab' mich gefreut, daß sie zu uns kommen wollte, aber es war ihr eigener Wunsch.«

»Glauben Sie, daß sie bei Ihnen in der Firma arbeiten wollte, weil sie nach Mikes Tod das Bedürfnis hatte, Ihnen näher zu sein?«

Martha ließ einen Laut des Mitgefühls hören. Ich sah, daß Jack verständnisvoll vor sich hin nickte. Ich brachte eine neue Farbe in das Bild, das sie von Halley hatten, und rückte dadurch deren nepotistisch schillernde Anwesenheit in der Firma in ein anderes Licht.

Stick krauste die Stirn, senkte den Kopf und murmelte: »Durchaus möglich ...«

»Und hat sie vielleicht auch gedacht, daß Sie ihre Hilfe gut gebrauchen könnten?«

Die wuchtige Stirn gesenkt, sah er mich von unten herauf an. Er strich sich mit beiden Händen über die angeklatschten Haare. »Also ... ich glaube, diese Frage kann Ihnen Halley besser beantworten als ich.«

Ich ließ ein Schweigen eintreten. Er fühlte sich unbehaglich. Hatte er begriffen, daß er mit den emotionalen Leerstellen, die er hier offenbarte, bei den anderen einen denkbar ungünstigen Eindruck erweckte? Von einem Mann, der in bezug auf die eigene Tochter so wenig Interesse und Einfühlung dokumentierte, konnte man sich im Bedarfsfall kaum Hilfe und Trost versprechen. Schließlich sagte ich: »Sie sind mit der feindlichen Übernahme ein erhebliches Risiko eingegangen, stimmt's?«

»Ich glaube nicht, daß es ein besonders großes –« Er unterbrach sich und ließ die Hände sinken. »Ich bin ein risikofreudiger Geschäftsmann.«

»Sie haben damals eine Spitzenkraft für das Marketing gebraucht, nicht?«

»Die brauch' ich immer.«

»Und wahrscheinlich waren Sie durch Mikes Tod stark mitgenommen und entsprechend dekonzentriert. Es muß Ihnen schwergefallen sein, morgens zur Arbeit zu gehen.«

»Nein«, sagte er mit kindlicher Unverblümtheit.

»Hmmm.« Martha hatte den Laut von sich gegeben, ohne daß sie sich dessen bewußt geworden wäre.

»Ich hab' mir eine Woche frei genommen«, schob er wie zur Entschuldigung nach.

»War es ein Trost, sich wieder in die Arbeit stürzen zu können?«

Stick nickte dankbar. »Ja, das war es.«

»Wer wird Ihr Nachfolger?«

»Wie bitte?«

»Falls Sie sich eines Tages entschließen, in Ruhestand zu gehen. Bei der ganzen Expansion, die neuerdings stattgefunden hat, wäre es ja auch denkbar, daß Sie jemand engagieren, der sich um das Tagesgeschäft kümmert und Ihnen selbst –«

»Nein«, unterbrach mich Stick. Ich wartete. Er sah kurz zu Jack hinüber. »Ich habe nicht vor –«

Ich unterbrach ihn. »Denken Sie an unsere Regeln. Wenn Sie nicht antworten wollen, sagen Sie einfach: ›Rutsch mir den Buckel runter.‹«

»Ich antworte mit dem größten Vergnügen. Es existiert keine Planung in dieser Richtung. Das Unternehmen ist gewachsen, aber die Folgen sind durchaus nicht so, daß ich damit überfordert wäre.«

»Oh, ich spreche nicht von Überforderung. Ich denke nur daran, daß man sich in Ihrem Alter vielleicht etwas mehr Zeit für sich selbst und seine Familie nehmen möchte.«

»Also wirklich, Rafe –«

»Medizinmann.«

»Also wirklich, Medizinmann, ich finde, ich bin noch ein bißchen zu jung, um an den Ruhestand zu denken.«

»Sie haben also keine Pläne in bezug auf Ihre Nachfolge. Gibt es niemand, den Sie aufbauen, damit er eines Tages einmal an Ihre Stelle treten kann?«

Er lachte in sich hinein. »Nein, niemand.«

»Ich habe mit Edgar über das Thema gesprochen«, sagte ich. »Über die Frage, was er tun würde, wenn Sie plötzlich tot umfallen –« Irgend jemand reagierte auf den Ausdruck mit einem undefinierbaren Laut. Ich wiederholte: »Über die Frage: Wenn Sie plötzlich tot umfallen, wer hat dann das Zeug dazu, Ihre Aufgabe zu übernehmen?«

»Wahrscheinlich eine Menge Leute«, sagte Stick. Er schenkte seinen Angestellten ein bemühtes Lächeln. »Wahrscheinlich jeder hier.«

Er log natürlich, und sie wußten es, aber ich bezweifle, daß ihnen das etwas ausmachte. Aber um sie ging es mir in diesem Augenblick ohnehin nicht. Ich hatte erreicht, was ich erreichen wollte, und ging nun zu Fragen über, die er mit Vergnügen beantwortete, Fragen nach seinen beruflichen Anfängen im Vertrieb von Flashworks und seinem Aufstieg auf der Karriereleiter. Als wir endlich von draußen das Knarren der Ruder vernahmen, das die Rückkehr von Andy und Halley ankündigte, waren alle schon in eine stumpfe Betäubung verfallen, das sichtbare Zeichen der Strapazen dieses Tages, deren Wirkung sich am deutlichsten an Stick zeigte. Seine Stimme war heiser, seine Bindehaut katarrhalisch gerötet.

Wir versammelten uns auf der Veranda. Die Blockhütte lag zur Gänze im Schatten und zum größten Teil auch der Teich. Die Sonne war hinter dem Kieferngehölz verschwunden, das uns gegen den Einblick vom Hotel her abschirmte. Über unseren Köpfen war der Himmel rosig angehaucht, über den östlichen Horizont kroch bereits die Schwärze der Nacht herauf.

Halley und Andy bewegten schweigend die Ruder. Auch auf der Veranda sprach niemand ein Wort, bis das Boot auf den Ufersand vor uns glitt und knirschend zum Stillstand kam.

»Na?« fragte Martha energisch, beide Hände auf den breiten Hüften.

Halley spähte zu ihrem Vater hinauf. Ihr sonnengebräuntes Gesicht war gesprenkelt von dem Abendlicht, das wie gesiebt aus der Wand der immergrünen Bäume fiel. Ihre Miene war undurchdringlich. Ich stand im Rücken von allen anderen auf der Veranda. Andy richtete die Augen mit einer stummen Frage auf mich. Ich forderte ihn mit einem Nicken auf, unbesorgt zu reden.

»Wir hatten eine Meinungsverschiedenheit«, sagte Andy.

»Mein Name gefällt mir nicht«, erklärte Halley ruhig.

»Wie lautet er denn?« erkundigte sich Tim. Seitdem er seinen neuen Namen hatte, zeigte er sich zunehmend unbefangener und selbstsicherer.

»Friedensstifterin«, sagte Andy.

»Was wollen Sie denn, der ist doch schön«, meinte Jonathan.

»Genau«, pflichtete Jack bei. »Mir gefällt er.«

»Ich weiß nicht, was er bedeuten soll«, sagte Halley.

»Wenn es innerhalb des Stammes zum Krach kommt, dann stiften Sie Frieden«, sagte Andy.

Ich klatschte in die Hände. »Wir wollen weitermachen. Es ist schon fast Zeit zum Abendessen. Stick, ich möchte Sie bitten, zum anderen Ufer zu rudern und dort auf mich zu warten. Ich verständige mich inzwischen mit den anderen auf Ihren Namen und komme dann nach und sage Ihnen, wie die Sache ausgegangen ist.«

Stick sagte wirklich und wahrhaftig: »Hä?« Er war erschöpft. Er rieb sich die Stirn, wie wenn er Kopfschmerzen hätte. Daß ich welche hatte, wußte ich genau.

»Na ja, man kann von niemand verlangen, daß er in alleiniger Verantwortung einen Namen für Sie aussucht. Wenn die Leute aber vor Ihren Augen und Ohren über einen Namen für Sie diskutieren sollen, werden Sie das sicher nicht unbefangen tun.«

»Es ist spät«, sagte Stick und ließ die Hand nach unten fallen, wobei er die Handfläche mir zugekehrt hielt: ein Appell an mich, Vernunft walten zu lassen.

»Es dauert nicht lange, Fürst.« Im ersten Moment dachte ich, er würde streiken. Oder vielmehr: auf dem Absatz seiner Sandale kehrtmachen und sich in Richtung Hotel absetzen. Ich hätte ihn wohl kaum aufhalten können. Aber er hatte schon so viel, genau gesagt: zehn Stunden von meinem Unsinn über sich ergehen lassen, nur um allen zu demonstrieren, daß er kein Spielverderber war – warum sollte er ausgerechnet jetzt, vor der letzten Runde meines albernen Spiels, seinen Auftritt schmeißen?

»Das möchte ich in Ihrem Interesse hoffen«, sagte er: der Versuchung, mir eine Drohung an den Kopf zu werfen, konnte er nicht widerstehen. Er schob das Boot ins Wasser, enterte es geschickt und ruderte so kraftvoll wie elegant los. Er muß mindestens doppelt so schnell wie die schnellsten vor ihm gewesen sein.

Ich folgte ihm mit dem Blick, bis er am Ziel war. Die anderen harrten bei mir aus. Am jenseitigen Ufer angekommen, schaute Stick grimmig zu uns herüber, wie wenn er sich darüber ärgerte, daß wir uns nicht von der Stelle bewegt hatten. Dann verschwand er zwischen den Bäumen. Ich winkte die Gruppe in die Hütte.

»Nun?« fragte ich, noch bevor sich alle auf dem Boden niedergelassen hatten. Sie sahen ziemlich ramponiert aus: die Hinterfront beschmutzt vom Sitzen im Gras und auf dem Holzboden der Hütte, die Frisur in Unordnung, der Blick verschwommen, das Hemd zerknittert und über den Bund hängend. Halley blieb, die Arme vor der Brust gekreuzt, stehen und rieb sich die Schultern, wie wenn ihr kalt wäre. Jetzt, nach Sonnenuntergang, hatte die Luft eine herbstlich kühle Frische. Stechmücken traten in hellen Scharen auf. Tim klatschte sich auf Arme und Beine, um die Sauger zu erledigen, und schlug jedesmal so fest zu, daß ich unwillkürlich zusammenzuckte.

»In meinem Zimmer habe ich eine Flasche Autan«, bemerkte Martha wehmütig.

»Nun?« wiederholte ich. »Hat jemand einen Vorschlag?«

»Er ist der Häuptling, oder nicht?« fragte Jack.

»Ich will Ihnen was sagen«, erklärte ich. »Jeder von Ihnen denkt sich jetzt still für sich einen Namen aus und kommt dann zu mir und flüstert ihn mir ins Ohr. Ich setze mich hier an die Tür. Anschließend können Sie dann auf Ihr Zimmer gehen, sich betrinken, zu Abend essen oder was immer Sie wollen. Wenn sich die Vorschläge auf einen gemeinsamen Nenner bringen lassen, werd' ich Stick den ans Revers heften. Andernfalls sag' ich ihm, er ist der Häuptling.«

»Dann bin ich also schon fertig«, sagte Jack strahlend.

»Falls Ihr Vorschlag ernst gemeint und nicht bloß ein privater PR-Gag ist«, sagte ich.

»Für mich ist die Sache ganz einfach«, sagte Halley. Sie kam herüber, hielt sich mit leichtem Griff an meinen Armen und erhob sich auf die Zehenspitzen. Sie flüsterte: »Ich gehe auf mein Zimmer und nehme ein Schaumbad.«

»Danke«, sagte ich. »Sie können gehen.«

»Find' ich nicht fair«, protestierte Jonathan. Er hatte nicht mitgehört, was sie gesagt hatte, sein Einwand bezog sich vielmehr darauf, daß sie so rasch fertig geworden war.

»Wiedersehn«, sagte Halley und ging.

»Wieso dürfen wir eigentlich nicht auch Ihnen einen neuen Namen geben, Medizinmann?« wollte Martha wissen.

»Kommen Sie, wir wollen jetzt nicht die Zeit verplempern«, sagte ich. »Es ist spät.«

»Also ich bleibe bei Häuptling«, sagte Jack.

»In Ordnung«, sagte ich gleichgültig und ließ ihn gehen. Die anderen faßten das als Ermunterung auf, sich nicht mehr allzuviel Kopfzerbrechen über Sticks neuen Namen zu machen, und das taten sie denn auch nicht. Ich spürte ihre Enttäuschung darüber, daß ich das Spiel just in der Phase auslaufen ließ, wo die Teilnehmer sich hätten am stärksten gefordert fühlen können. Tim ließ erkennen, daß er sich wenigstens noch ein klein bißchen Mühe gegeben hatte, indem er mir »Sitting Bull« ins Ohr flüsterte, doch Gould und Hanson folgten beide Jacks Beispiel und sagten »Häuptling«. Martha schlug sarkastisch »Geronimo« vor, und Jonathan gestand als letzter verlegen: »Mir ist leider nichts eingefallen.«

»Ist kein Beinbruch«, sagte ich freundlich. »Die Sache ist geritzt. Sie können gehen.«

Ein sichelförmiger Mond begleitete mich oben am tiefblauen, fast schwarzen Himmel, als ich zu Fuß am Ufer entlang zur Wiese auf der anderen Seite des Teichs hinüberging. Der Fußmarsch war nicht nur gut für meine lädierte Sehne, sondern verlängerte auch für Stick die Zeit zum Nachdenken, die Zeit, sich von Müdigkeit, Besorgnis und Wut zermürbt zu fühlen. Außerdem wollte ich mit ihm zusammen in einem Boot zurückfahren. Eine Fliege brummte mir um den Kopf; sie begleitete mich auf dem ganzen Weg über das offene Ufer. Sobald ich in das Gehölz eintauchte, war der Brummer weg. Die untersten Zweige der Nadelbäume, die die Wiese vom Teich abtrennten, waren bis in Kopfhöhe gestutzt; das Polster von dunkelrosa Nadeln auf dem Boden knirschte leise unter den Füßen. Ich schob einen dunklen Zweig beiseite, den die Landschaftspfleger übersehen hatten, und trat auf die Lichtung hinaus. Von dem – in der Abendstille unüberhörbaren – Geräusch meines Näherkommens auf die Beine gebracht, kam Stick mir entgegen. Ich blieb stehen, um dem leisen gutturalen Paarungsruf eines Vogels zu lauschen.

»Nun, was ist herausgekommen?« fragte Stick auf mich zugehend.

»Wollen wir uns nicht hinsetzen?« sagte ich.

»Sie können mir alles im Boot erzählen«, sagte er mit einem Lachen, das sich mehr wie ein Stöhnen anhörte. Er ging an mir vorbei auf die Kiefern zu. »Ich fürchte, ich habe keine andere Wahl, Stick«, sagte ich, während ich weiter in die Wiese hineinging. Hohe Wildblumen, deren Farben die Dämmerung zu Grau ausgewaschen hatte, streiften gegen meine nackten Beine. Es juckte mich am ganzen Körper. Ich stellte mir vor, daß ich bis jetzt mindestens ein Dutzend Mückenstiche abbekommen hatte. »Nach den Erfahrungen des heutigen Tages ...«, sagte ich mit lauter, dank der akustischen Wirkung der die Lichtung begrenzenden Baumwand schallender Stimme. Den einsamen gefiederten Sänger hatte ich schon mit meinen ersten Worten zum Schweigen gebracht. »... nach der Vorstellung, die Sie heute gegeben haben, bleibt mir keine andere Wahl, als Edgar nahezulegen, sich von Ihnen zu trennen, wenn er etwas für die Absicherung seiner Investition tun will.« Ich hatte ihn im Rücken gelassen und mich nicht mehr nach ihm umgedreht. Wie konnte ich wissen, ob er sich nicht schon längst durch den Tunnelgang unter den Kiefern zu seinem Ruderboot verdrückt hatte?

Ein heftiges Rascheln von niedergetrampelten Blumen warnte mich.

Ich hatte mich erst halb umgedreht, als ich seine kalten Finger auf meinem Unterarm spürte. »Was zum Teufel faseln Sie da? Den ganzen Tag lasse ich mit Lammsgeduld diesen Scheiß über mich ergehen –«

Ich unterbrach ihn: »Edgar könnte Andy und Halley an Ihre Stelle setzen. Jack hätte nichts dagegen, wenn er zu Halleys Gunsten übergangen würde.« Ich zog meinen Arm aus seinem Griff. Auf der rings von hochragenden Bäumen umgebenen Wiese fiel kein Lichtschein auf sein Gesicht. Ich nahm ihn nur als schnell und flach atmende Schattengestalt wahr. »Sie sind keine Führerpersönlichkeit, Stick. Aber genau in dieser Eigenschaft und nur in dieser würde man Sie bei Hyperion brauchen. Wenn Sie den Mitarbeitern keine Führung zu bieten haben, sind Sie nichts weiter als ein Blutegel. Übrigens – das ist der Name, den sie Ihnen gegeben haben. Sie haben natürlich von mir verlangt, daß ich Ihnen den nicht verrate. Auf Halleys Anregung hin hätte ich Ihnen eigentlich den Namen ›Häuptling‹ überbringen sollen, damit Sie sich nicht verletzt fühlen. Sie hat gemeint, immerhin seien alle Ihnen zu Dank verpflichtet, weil Sie ihnen den Start in die Karriere ermöglicht hätten.«

»Sie Vollidiot.« Der Kopf der Schattengestalt begann zu tanzen, die Arme bewegten sich auf und nieder, als ob sie zu fliegen versuchte. »Ich bin Herr des Unternehmens. Von Geschäften verstehen Sie einen Scheißdreck.« Stick lachte verächtlich. »Sie sind wirklich ein Spinner. Sie haben keine Ahnung, wie's in der wirklichen Welt zugeht.«

Ich streckte meine Hand nach seiner Schulter aus.

Er duckte sich weg und knurrte: »Wenn Sie mich anfassen, schlag' ich Ihnen die Fresse breit.«

»Aber Sie möchten doch, daß ich Sie anfasse, Theodore«, sagte ich mit sanfter Stimme, um anschließend in den Ton kühler Sachlichkeit umzuschalten – die Tonart des Arztes, der so kaltblütig wie möglich bleibt, während er dem Patienten die schlechte Nachricht beibringt. »Ich weiß Bescheid über die Schattenklausel in Ihrem Vertrag mit Edgar. Ich gebe zu, daß er mir die Sache zweimal erklären mußte. Für einen Humanwissenschaftler wie mich sind derlei geschäftliche Arrangements schwer zu verstehen. Aber ich habe immerhin begriffen, daß Sie bei Hyperion nicht der Herr im Haus sind. Nehmen Sie es nicht zu schwer. Die Ablösung Ihrer Anteile macht Sie zum reichen Mann. Sie bekommen fünf Millionen, nicht wahr? Dazu drei Jahre lang dreihundertfünfzigtausend pro Jahr für eine nominelle Beratertätigkeit. Danach sind Sie alt genug, um in den Ruhestand zu treten.«

Er wich zurück. »Das kann er nicht ... Ich gehe vor Gericht. Das verstößt –«

»Gegen das Gesetz?« Ich griff den Gedankengang auf. »Nun, ich habe mir sagen lassen, daß man sich da in einer rechtlichen Grauzone bewegt. Und sollten Sie tatsächlich ein Gericht finden, das die Geheimklausel zum Gesetzesbruch erklärt, dann wandern Sie natürlich mit hinter Gitter.« Ich trat näher an die dunkle Gestalt heran, nahe genug, um erkennen zu können, daß Sticks Mund offenstand. In ruhigem Ton fuhr ich fort: »Ich glaube, das beste für Sie wird sein, Sie machen kein großes Geschrei, sondern stecken still und leise das Geld ein und nehmen sich anschließend mal Zeit, Ihrer Homosexualität auf den Grund zu gehen.« Ich klopfte ihn auf den vor Anspannung verhärteten Arm. »In Ihrem Interesse werde ich dieses Detail für mich behalten. Edgar kann warme Brüder nicht ausstehen.«

Eine Zeitlang, ich weiß nicht, wie lange, vielleicht eine halbe Minute, vielleicht zehn Sekunden – mir kam es wie eine Ewigkeit vor –, eine Zeitlang stockte das Gespräch. Laute und Geräusche waren zu hören: schrilles Grillengezirpe, der Vogel, der sein Liebeswerben wieder aufnahm, ein Windstoß, der in das Gehölz fuhr, so daß die Bäume sich gegen den dunklen Himmel neigten. Und auch das Atmen Sticks, der still und stumm dastand, wie eine Vogelscheuche auf dem Feld. Ein süßlicher Modergeruch wehte mir in die Nase – war das seine Angst oder der Nadelmulch auf dem nur drei Meter entfernten Waldboden?

»Ich selbst bin nicht schwul«, sagte ich im Ton des Bedauerns. »Sonst würde ich Ihren Fall mit Ihnen explorieren. Ich weiß, daß Sie mich in Ihre Phantasien einbeziehen.«

Endlich kam wieder Bewegung in ihn. Er schüttelte den Kopf, und ein anhaltendes sausendes Geräusch signalisierte das langsame Ausströmen zurückgehaltener Atemluft.

»In einer Hinsicht kann ich Sie beruhigen«, sagte ich, bevor er den Mund aufmachen konnte. »Halley wird Sie verstehen.«

Jetzt hörte ich ein tiefes, verächtliches Lachen. Stick drehte sich um, ging, offenbar unbeeindruckt, langsamen Schrittes davon und verschwand mit Kurs auf sein Ruderboot im Gehölz.

Ich hatte das Spiel verloren. Ich konnte es nicht fassen. Selbstverständlich war das Risiko eines Fehlschlags immer gegeben, aber offenbar war ich mir meiner Sache absolut sicher gewesen. Ich war geschlagen und fiel aus allen Wolken.

Ich rieb mir das Gesicht. Die Haut fühlte sich spröde und erhitzt an. Ich leckte mir die Lippen und hatte anschließend einen salzigen Geschmack auf der Zunge. Meine Beine waren kalt und steif. Und jetzt, wo Stick weg war, wurde mir unbehaglich. Es war so dunkel geworden, daß ich den Teich nicht mehr als grauen Hintergrund durch die schwarzen Bäume schimmern sah. Ich lief durch das Gehölz zum Ufer. Das Boot lag noch auf dem Sand. Ich stürzte hin und sah hinein: Hatte er sich vielleicht auf den Boden gelegt? Ich schrak heftig zusammen, als Sticks tiefe, belustigte Stimme hinter mir fragte: »Wo ist Ihrs?«

»Was?« war alles, was ich im ersten Schrecken herausbrachte.

Er hatte mit dem Rücken an einen Stamm gelehnt dagestanden. Jetzt trat er neben mich. »Ihr Boot. Wo haben Sie das?«

»Ich bin zu Fuß gekommen.«

»Steigen Sie ein«, sagte er. »Ich nehm' Sie mit rüber.«

Ich blickte auf den Teich hinaus. Die Wasserfläche war auf unserer Seite schwarz und in der Mitte, wo sie vom dünnen Silberschein der Mondsichel getroffen wurde, grau. Von der Hütte am anderen Ufer war nichts als eine dunkle Masse auszumachen. Weit hinten leuchteten Sterne in den Zwischenräumen zwischen den Bäumen – in Wirklichkeit waren es die Lichter des Hotels.

»Da Hal in Ihren Empfehlungen an Edgar eine tragende Rolle spielen soll«, fuhr Stick in selbstsicherem Ton fort, »hab' ich gedacht, wir könnten vielleicht alle drei zusammen zu Abend essen und uns bei der Gelegenheit über Ihre Bewertung meiner Führungsqualifikation unterhalten.«

Hatte es noch irgendeinen Sinn, die Posse weiterzuspielen? Nach meinem Dafürhalten nicht. Eine Stechmücke summte mit Helikopterlautstärke in mein rechtes Ohr. Ich schlug zu, erreichte jedoch lediglich, daß ich vorübergehend ertaubte.

»Sie hat mir Ihr kleines Geheimnis verraten, verstehen Sie?« sagte er, und in meinem klingelnden Ohr klang es wie ein Flüstern.

Das war ein vernichtender Schlag. Halley hatte ihm also die Idee, die ich ihr am Pool entwickelt hatte, hinterbracht. Ich war nicht nur bei ihm, ich war auch bei ihr gescheitert. Ich sah Stick an und gab mir gar keine Mühe, meine Verzweiflung zu verbergen. Aber wahrscheinlich konnte er meinen Gesichtsausdruck sowieso nicht erkennen. Er selbst war für mich nur ein undifferenzierter Umriß.

»Sie hat mir alles über Ihr morbides Sexspielchen erzählt«, fuhr er fort. »Wie würde es Ihnen gefallen, wenn das ans Licht kommt?«

Jetzt war ich von neuem überrascht. Meine Erleichterung zeigte sich unverhüllt: »Das ist alles?«

»Was, glauben Sie, werden die Leute denken, wenn sie erfahren, daß der große Kinderpsychiater gern ›Daddy badet sein kleines Mädchen‹ spielt?«

Ich lachte voll ehrlicher Freude. »Das ist alles, Stick?«

»Das ist alles, Herr Doktor, und mir genügt es. Ich denke, Sie tun gut daran, sich noch mal gründlich zu überlegen, was Sie Edgar erzählen wollen.«

»Oh, wir spielen noch viel mehr morbide Spielchen als bloß ›Daddy badet sein kleines Mädchen‹. Hat sie Ihnen das nicht erzählt? Sind Sie gar nicht richtig im Bilde? Hat sie vielleicht neuerdings Geheimnisse vor Ihnen?«

»Sie hat ...« Er hielt inne, dann schnaubte er. »Was zum Henker wollen Sie mir da weismachen?«

Ich lachte in mich hinein. »Nichts. Tun Sie ruhig, was Sie vorhaben. Informieren Sie die Öffentlichkeit über meine morbiden Spielchen, und ich werde Edgar über Ihre Art von Geschäftsführung informieren. Das ist ein ehrlicher Handel, Stick. Meine sogenannte Reputation gegen Ihre Karriere. Ich bin einverstanden.«

Stick trat dicht an mich heran. Auf den kurzen Abstand sah ich die Furchen in seinem finsteren Gesicht, in dem sich die dünnen Lippen kaum bewegten, als er jetzt murmelte: »Ich spaße nicht, Rafe.«

Ich beugte mich zu ihm vor, so daß ich ihm beim Sprechen auf den Mund hauchte. »Ich auch nicht, Stick. Wenn Sie keinen besseren Trumpf haben, sind Sie erledigt.« Ich hielt meine Stellung. Er war derjenige, der zurückwich. »Ich glaube nicht –«, fing er an, um den Gedanken dann mit einem Kopfschütteln fallenzulassen.

»Ich gehe zurück«, sagte ich und setzte mich in Bewegung, als ob ich vorhätte, den Rückweg zu Fuß am Ufer entlang zu machen.

»Warten Sie –«, rief er.

»Ich bin müde, und mir ist kalt, und wir haben uns nichts mehr zu sagen, Blutegel.« Ich tat erneut, als ob ich losmarschieren wollte.

»Okay!« schrie er. Es war tatsächlich ein Schrei. »Was verlangen Sie? Was muß ich tun?«

Ich drehte mich zum Teich und blickte nachdenklich auf die Wasserfläche hinaus. »Sie haben eine Menge Arbeit vor sich. Sie müssen sich Ihren persönlichen Problemen stellen, Ihre Ängste in den Griff kriegen, Ihr Familienleben in Ordnung bringen. Ich nehme an, daß Sie mit einer Therapie ...« Ich stieß mit der Ferse in den aufgeweichten Sand vor der Wassergrenze. »Ich kann mir nur schwer vorstellen, daß Sie ernsthaft daran arbeiten würden, Stick. Wenn ich sicher sein könnte, daß Sie –«

»Hören Sie –« Er machte einen Schritt auf mich zu, blieb aber sofort wieder stehen, als wäre er nicht berechtigt, sich mir zu nähern. »Warten die anderen auf uns?«

»Eigentlich nicht. Ich habe ihnen gesagt, sie können auf ihre Zimmer gehen, zu Abend essen und sich entspannen.«

»Könnten wir nicht –« Er machte mit ausgestreckten Händen eine beschwörende Geste. »Wollen wir nicht auf meinem Zimmer zusammen zu Abend essen? Dabei könnten wir weiterreden und uns gemeinsam etwas überlegen. Mir ist klar, daß Sie recht haben. Ich –« Er senkte verlegen den Kopf. »Ich brauche Hilfe.«

Ich schwieg. Der Vogel hatte sein Liebeswerben eingestellt, dafür ließ eine Eule ihren geisterhaften Ruf ertönen. Es war kalt geworden, und die Stechmücken hatten meine nackten Beine zur Schlemmertafel erkoren. Ich schlug nach einer auf meinem Oberschenkel, kratzte mich an der juckenden Stelle und sagte seufzend: »Na schön, ich hab' nichts dagegen, mit Ihnen darüber zu reden.«

»Großartig. Vielen Dank.« Er zeigte mit einer Kopfbewegung auf das Boot. »Ich rudere Sie rüber.«

»Ich gehe lieber zur Fuß«, sagte ich und klatschte mir mit der flachen Hand auf den Nacken.

»Und werden unterwegs von den Mücken aufgefressen.« Er bückte sich und legte beide Hände auf den Rand der hinteren Bootswand. »Steigen Sie ein. Ich schieb's ins Wasser.« Er wiegte das Boot seitwärts hin und her, um es aus dem klebrigen Griff des feuchten Ufersands zu lösen.

Ich zuckte die Achseln, tat einen Schritt vor und sagte mit erhobener Stimme, um das Knirschen zu übertönen: »Ist da 'ne Schwimmweste drin?«

»Was?« fragte er.

»Schon gut«, murmelte ich. Ich stieg in das Boot – und stolperte sofort über die Ruderbank und verlor das Gleichgewicht.

»Hallo! Nicht so stürmisch«, sagte Stick. Ich fing mich, indem ich mich mit beiden Händen an den Rand der Bordwand klammerte, verdrehte mich und plumpste mit der Sitzfläche auf die zweite Bank.

Stick schob. Das Boot glitt auf die Wasserfläche hinaus und begann sich langsam zu drehen. Stick blieb regungslos stehen.

»Kommen Sie nicht mit herein?« erkundigte ich mich mit leidender Stimme.

Er watete achtlos und ohne Hast in den Teich, obwohl das Wasser noch während der wärmsten Tageszeit ungemütlich kalt gewesen war. »Ich überlege, ob ich nicht nach drüben schwimmen soll«, sagte er.

Ich erhob mich halb von der Sitzbank, wie um aufzustehen. »Dann steig' ich wieder aus.« Das Boot schaukelte und drehte sich in Parallelrichtung zum Ufer, während es langsam weiter vom Ufer wegdriftete. Ein »Oh …« entrang sich mir. Ich erstarrte in halb kauernder, halb gebückter Haltung und hielt mich verzweifelt links und rechts an den Bootsrand geklammert.

Stick lachte und patschte auf das Boot zu. »Immer ruhig Blut bewahren. Können Sie nicht hinüberrudern?«

»Ich möchte nicht«, winselte ich.

»Schon gut, schon gut«, sagte er und packte mit einer Hand den Bug. Das Wasser reichte ihm bis zum Bauch. »Setzen Sie sich hin. Hat Ihnen noch nie jemand gesagt, daß Sie das Boot, in dem Sie sitzen, nicht schaukeln sollen?«

»Kommen Sie jetzt herein?«

»Ja doch«, raunzte er verärgert. »Setzen Sie sich hin.«

Ich tat es, hielt mich aber auch noch im Sitzen krampfhaft an den Bootswänden fest. Das Boot kippte bedrohlich zur Seite, als er jetzt den rechten Fuß hereinsetzte. Ich ächzte. Er hob gemächlich das zweite Bein herein, brachte das Boot zur Ruhe und setzte sich dann mir gegenüber. »Okay«, sagte er. »Wir sind in null Komma nichts drüben.«

»Prima«, sagte ich.

»Sie können sich entspannen«, sagte er und stemmte die Ruder aus den Haltegabeln. Mit einem manövrierte er uns in Fahrtrichtung und machte dann mit beiden zwei kräftige Schläge. Im Nu waren wir fünf oder sechs Meter vom Ufer entfernt. Die Wasserfläche war silbrigschwarz, die Baumwand darum herum ein wogender Schatten. Ein wenig Mondlicht, das sein Gesicht erreichte, zeigte mir ein halbmondförmiges Segment seiner Züge: verdeckte Augen, lange Nase, schmale Lippen. »Sie dürfen mir ruhig glauben, Sie können sich entspannen«, sagte er, jetzt langsamer rudernd, mit Pausen zwischen den einzelnen Schlägen, in denen er das Boot einfach vorangleiten ließ, dabei ab und an mit einem Ruder bremsend, um uns auf Kurs zu halten, und schließlich wieder mit beiden Rudern einen kräftigen Schlag ausführend. Wir waren schon ein gutes Stück weit im tiefen Wasser. »Lassen Sie die Bootswände los«, sagte er.

»Ich möchte eigentlich nicht«, protestierte ich mit dünner Stimme, gehorchte aber trotzdem.

Er nickte beifällig. »Warum sind Sie zu Fuß herübergekommen?« wollte er wissen.

Ich räusperte mich. »Ähm. Welche Form von Therapie würde Ihnen zusagen? Gruppentherapie oder Einzeltherapie?«

»Sie haben Angst vor dem Wasser«, sagte er, die Ruderblätter hochstemmend. Das Boot driftete weiter und schwenkte auf der durch das

Rudern in Bewegung gekommenen Wasserfläche langsam in eine Kreisbahn ein.

Ich sagte: »Jeder hat vor irgend etwas Angst, Stick.«

»Ja, und Sie sind der beste Beweis dafür.« Er legte die Ruder in die Haltegabeln auf dem Bootsrand ein. »Aber bei manchen Dingen ist es einfach töricht, wenn man Angst vor ihnen hat.« Er stand auf und begann das Boot sacht zu schaukeln.

Ich schloß die Augen. »Lassen Sie das.«

Er verlagerte mit Schwung sein Gewicht abwechselnd von einem Bein auf das andere. Wasser schwappte über den Bootsrand. »Ich tu', was Sie von mir wollen, Rafe. Ich geh' in Therapie. Sie können es mir glauben.« Das Wasser hatte meine Tennisschuhe durchgeweicht. »Aber vorher will ich Sie schwimmen sehen.« Er hielt inne und baute sich, mich hoch überragend, dicht vor mir auf. »Los, raus aus dem Boot mit Ihnen.«

Ich sagte mit Nachdruck: »Nein.«

Er schaukelte von neuem, diesmal das Boot noch stärker in die Seitwärtsneigung treibend. Eine Sekunde lang schwebte mein Gesicht direkt über dem schwarzen Wasser. Ich klammerte mich fest und schrie: »Aufhören!«

Er setzte sich hin. Das Wasser auf dem Boden überspülte meine Füße. »Raus mit Ihnen, oder ich laß das Boot vollaufen.« Er rutschte vor und klemmte meine Beine zwischen seine Knie. »Ich bringe Ihnen das Schwimmen bei.«

Ich schüttelte den Kopf.

»Doch«, beharrte er. »Sie hängen sich an den Bootsrand und schlagen mit den Beinen. Und wenn Sie soweit sind, sagen Sie es mir; dann lassen Sie los und schwimmen.« Er öffnete seine Knie und gab meine Beine frei. Eine kalte Hand packte meinen Oberarm und schob mich zum Bootsrand. »Los jetzt. Besser für Sie, Sie machen es so, als daß ich uns erst alle beide ins Wasser kippe.«

Ich drehte den Kopf zum entfernten Ufer und schrie verzweifelt. »Halley!«

Er ohrfeigte mich. Ohrfeigte mich so fest, daß mir der Kopf brummte und die Haut brannte.

»Nicht ...«, murmelte ich.

Er ruckte meinen Arm, so daß ich vornüber kippte. Ich griff nach der Ruderstange in der Halterung auf dem Bootsrand und hielt mich daran fest. Mein Gesicht war dem Wasser zugewandt. Mit ruhiger, fester Stimme sagte Stick: »Raus jetzt, oder Sie bekommen noch mal eine verpaßt.«

Ich schob meine Beine an seinen vorbei und rutschte geduckt, mich mit den Händen an den Bootsrand klammernd, nach außen. »Ich kann nicht ...«

Er legte mir eine Hand auf den Rücken und drängte: »Legen Sie die Beine über die Bordwand.«

Ich hängte das rechte Bein nach draußen; das linke hatte ich, halb auf dem Bootsrand, halb auf der Bank sitzend, fest gegen die Ruderstange geklemmt. Das schwarze Wasser war kalt. Sobald ich es berührte, begann meine lädierte Sehne zu spannen. »Ich habe das Gefühl, mein Bein ist verspannt«, sagte ich und spürte wieder seine Hand auf meinem Rükken, dann war meine Welt plötzlich ein kreisender Wirbel.

Eindrücke lösten einander in rasanter Folge ab: Mein linkes Bein brannte, während es, über Holz schürfend, in die Luft schnellte; eine kalte Masse vor meinem Gesicht hinderte mich am Atmen; mein Herz stand still unter dem Schock des jähen Versinkens in Eiseskälte und begann dann wie rasend zu schlagen.

Du bist unter Wasser, informierte mich mein Kopf, während mein Körper, von Panik ergriffen, sich verzweifelt zu orientieren suchte. Nicht atmen! ermahnte ich mich, während ich unter Wasser einen Salto machte, nach dem mein Kopf keuchend über die Oberfläche hinausschnellte.

Stick packte meinen rechten Unterarm und zog mich zum Boot. »Hilfe«, gurgelte ich.

»Nur nicht die Ruhe verlieren«, instruierte mich Sticks verärgerte Stimme. Ich klammerte mich mit beiden Händen an den Bootsrand. Am linken Bein hatte ich ein brennendes Gefühl – sicher blutete es. Im rechten Bein spürte ich eine gewisse Starre, die möglicherweise einen Krampf ankündigte. Ich zog mich an der Bordwand hoch, bis mein Brustkasten über Wasser war. Das Boot schwankte.

Stick rammte mir seine Faust auf die Finger, bis ich den Bootsrand losließ und untersank. Er packte mich an den Haaren, um meinen Kopf über die Oberfläche zu ziehen. Ich schrie und schluckte dabei Wasser. Die Muskeln des rechten Beins kontrahierten – der Schmerz zog das Knie aufwärts zum Rumpf, neuer Schmerz trieb das Bein, sich zu strecken, was wiederum neuen Schmerz auslöste. Der Krampf war da. »Hören Sie auf damit!« brüllte Stick. «Halten Sie sich einfach nur fest!«

Meine Finger klammerten sich verzweifelt an den Bootsrand, aber ich war kaum imstande, den Kopf über Wasser zu halten. Ich konnte das rechte Bein nicht gestreckt halten, und ich konnte es nicht nicht gestreckt halten – so oder so war der Schmerz unerträglich. »Also gut«, keuchte ich. »Das Experiment ist aus. Ich hab' einen Krampf im Bein. Ich kann nicht mehr.« Ich hatte schließlich eine Beinhaltung gefunden – das Knie halb gebeugt –, bei der die Muskelkontraktion kein Martyrium mehr bedeutete.

»Fangen Sie an mit dem Beinschlag«, sagte Stick.

»Ich kann schwimmen«, erklärte ich ihm. »Ich hab' Ihnen ein Märchen erzählt. Aber im Augenblick hab' ich einen Krampf im Bein. Es geht nicht – lassen Sie mich ins Boot.« Ich zog mich hoch, und er rammte meine linke Hand gegen das Holz. Ich jaulte auf und ließ los. Nur noch mit der rechten Hand am Bootsrand verankert, wurde ich jetzt durch mein eigenes Gewicht zu voller Länge gestreckt. Ich jaulte noch einmal auf, weil ich am Oberschenkel das Gefühl hatte, ich würde in zwei Stücke gerissen. »Lassen Sie mich ins Boot, Stick! Ich wollte nur sehen, wie weit Sie gehen. Ich kann schwimmen, aber im Moment habe ich einen Krampf.«

Er schnaubte verächtlich. »Für einen Dr. phil. ist das eine ziemlich primitive Lüge.«

Ich streckte die linke Hand zum Bootsrand hinauf und hakte die Finger über. Dann versuchte ich, mein rechtes Bein langsam zu beugen, um es zu entspannen. Der heftige Schmerz war weg – jetzt war da nur noch ein taubes Gefühl. Aber ebenso war jegliche Kraft aus dem Bein gewichen, und ich wußte, daß das Martyrium von vorn losgehen würde, sobald ich es beugte.

»Hören Sie«, brachte ich in hastigem Gekeuche hervor. »Ich konnte die ganze Zeit – also ich hab' Sie angelogen. Ich kann. Glauben Sie mir. Ich kann schwimmen. Aber ich hab' einen Krampf. Sie müssen mich ins Boot lassen.«

»Soso.« Stick richtete den Oberkörper ein Stück weit auf, und sein grausames Gesicht verfloß zu einem Schatten. »Jetzt schlagen Sie mal schön ruhig mit den Beinen und gewöhnen sich ans Wasser. Wenn Sie dann ganz entspannt sind, lassen Sie los und schwimmen. Das Wichtigste ist, daß Sie keine Angst haben, das Gesicht ins Wasser zu tauchen. Wenn Sie Atem holen wollen, drehen Sie einfach den Kopf zur Seite.« Er führte die Bewegungen pantomimisch vor – ein Schatten, der den Kopf zur Seite drehte. Er brachte einen abgewinkelten Arm in Schulterhöhe und sagte: »Sie führen den abgewinkelten Arm mit gehöhlten Fingern durchs Wasser ... So weit nach vorn wie möglich, dann ganz nach hinten. Und immer versuchen, den Ellbogen schön oben zu behalten.« Er stellte seine Vorführung ein, setzte sich mit dem Gesicht zu mir und beugte sich zu mir herunter. Er zog sacht am Zeigefinger meiner rechten Hand, hob ihn hoch und fragte stichelnd: »Warum lassen Sie nicht schon mal mit einer Hand los?«

Ich reagierte nicht auf seinen Sadismus. Ich beugte ganz langsam mein rechtes Bein, um festzustellen, ob ich es wieder einigermaßen bewegen konnte, ohne die lähmenden Muskelkontraktionen zu provozieren. Es hatte seine Beweglichkeit zu ungefähr fünfzig Prozent wieder. Wenn ich konsequent darauf achtete, es nicht voll zu strecken, würde ich eventuell schwimmen können.

Stick löste meinen Mittelfinger vom Bootsrand und versetzte dann den übrigen Fingern einen wuchtigen Fausthieb. Ich wurde jäh in die Länge gezogen und hing jetzt nur noch mit den Fingerspitzen meiner Linken am Bootsrand. Ich brachte meinen rechten Arm ins Wasser, machte einen vollen Schwimmzug und hob ihn wieder heraus. »Haben Sie gesehen?« sagte ich. »Ich kann schwimmen.«

»Nur noch ein Schritt, und Sie haben es geschafft«, sagte er. Er löste den kleinen Finger meiner Linken vom Bootsrand.

Ich verdrehte mir den Hals, um mich umzusehen. Das nächste Ufer war das Ostufer.

Stick löste noch einen Finger ab.

»Stick, achten Sie eigentlich auch ein bißchen auf sich selbst –«

»Bewegen Sie den Arm. Nicht aufhören.« Er hob meinen Mittelfinger.

»Sie sind erregt«, sagte ich. Wasser lief mir in den Mund. Ich spuckte es aus. »Haben Sie eine Erektion?«

Er schmetterte seine Faust auf meine Hand, und sie rutschte an der Bordwand herunter. Ich versank ohne Gezappel im Wasser. Bei meinem lädierten Bein konnte ich mir nicht erlauben, um des dramatischen Effekts willen mit den Beinen zu strampeln. Wir befanden uns an einer tiefen Stelle, in diesem Punkt hatte Stick sich nicht geirrt. Noch bevor ich Grund unter mir spürte, rollte ich mich auf die linke Seite und strebte, das leicht gebeugte rechte Bein stillhaltend, mit Seitwärtsstößen und -zügen der Arme unter dem Boot durch. Ich hoffte jedenfalls, daß es sich so verhielt – die undurchdringliche Dunkelheit hier unten erlaubte dem Auge keine Orientierung. Irgend etwas Schlüpfriges, bestimmt ein Fisch, glitt über meine Brust. Ich hatte vor dem Untertauchen keine Zeit mehr gehabt, tief Luft zu holen, wollte jedoch so weit wie nur möglich unter Wasser schwimmen.

Meine Lunge tat weh, während ich mir im Kopf gebetsmühlenartig vorsagte: »Nicht das rechte Bein benutzen.« Sobald ich lautlos aufgetaucht war, legte ich mich auf den Rücken. Ich hatte es tatsächlich geschafft, das Boot zu unterqueren und unter Wasser ein ganzes Stück in

Richtung Ostufer zurückzulegen. Auf dem Teich war es eine Zeitlang ruhig, dann hörte ich ein mächtiges Platschen, gefolgt von Geräuschen, die ein schwimmender Mensch macht. Stick rief laut: »Rafe!« Kurz darauf ächzte das Boot, und ich hörte ihn schnaufen. Ich nahm an, daß er wieder hineinkletterte.

Nur Augen, Mund und Nase über Wasser haltend, die Arme ein gutes Stück unter der Oberfläche bewegend, schwamm ich weiter, ohne daß ich große Eile gehabt hätte, mich in Sicherheit zu bringen.

Schließlich spürte mein rechter Fuß Grund, und ich schob mich leise in flaches Wasser, bis zu einer Stelle, von der ich auf die Ellbogen gestützt und mit erhobenem Kopf den Teich überblicken konnte.

Stick saß zusammengekauert und das Gesicht von mir abgewandt im Ruderboot und spähte auf die schwarze Wasserfläche. Er hielt ein Ruder ins Wasser getaucht und bewegte es langsam hin und her. Urplötzlich rief er: »Rafe!« Ich schrak zusammen, weil ich glaubte, er wisse, daß ich am Leben war. Dem war jedoch nicht so. Er starrte weiter auf die Stelle, wo ich untergegangen war. Nach kurzer Zeit ließ er wieder ein »Rafe« hören, nur war es jetzt ein Laut der Trauer.

Da ich mich in seinem Rücken befand, konnte ich es wagen, aufzustehen und rasch aufs trockene Ufer zu retirieren. Das Geräusch, das ich machte, als ich mich aus dem Wasser erhob, alarmierte Stick, doch bevor er sich hatte umdrehen können, hatte ich bereits den Schatten des Gehölzes erreicht.

»Rafe?« rief er, diesmal mit verzweifelter Hoffnung in der Stimme.

Hinter der ersten Baumreihe blieb ich abwartend stehen und massierte mein rechtes Bein, bis ich es wieder strecken konnte. Stick wechselte auf die mir zugewandte Bootsseite und hechtete über die Bordwand. Während er unter Wasser war, hastete ich zwischen den Nadelbäumen davon. Nachdem ich die halbe Strecke zur Hütte im Laufschritt zurückgelegt hatte, blieb ich stehen und spähte auf den Teich hinaus. Die Sicht war zu schlecht, als daß ich hätte erkennen können, was Stick da draußen trieb.

Erst hinter der Hütte verließ ich mit größter Vorsicht den Schutz des Gehölzes; behutsam setzte ich einen Fuß vor den anderen, sehr langsam und sacht auftretend, um lautes Knacken und Rascheln zu vermeiden. Ich hörte schwache Geräusche, die von dem rudernden Stick hätten verursacht sein können. Inzwischen zitterte ich vor Kälte.

Ich betrat die Hütte durch die Hintertür und holte die Handtücher aus dem Schrank, in dem ich sie am Abend vorher deponiert hatte, nachdem ich den Entschluß gefaßt hatte, Stick Gelegenheit zu geben, mich schwimmen zu lehren. Durch das Fenster sah ich Stick langsam auf das Ufer zurudern. Noch ehe er es erreicht hatte, war ich schon an der Vordertür, die zum Teich hinausging, und hatte sie halb aufgezogen. Vorsichtig postierte ich mich von draußen unsichtbar neben dem Türrahmen.

Ich konnte Sticks Gesicht nicht sehen, als das Boot auf dem Ufersand zum Halt kam. Mit langsamen Bewegungen, als ob ihm jeder Knochen im Leib weh täte, stieg er aus. Er war klatschnaß. Ein unbezähmbares Zittern hatte sich seiner gekrümmten Schultern bemächtigt. Das Gesicht dem Teich zugewandt, stand er zitternd da und sah auf die unbewegte Wasserfläche hinaus.

Ich trat durch die offene Tür auf die Veranda hinaus. Das quatschende Geräusch meiner nackten Füße in den durchgeweichten Tennisschuhen konnte er nicht hören. Ich wartete darauf, daß er sich umdrehte.

Er gab durch die Zähne einen Laut von sich und sank langsam auf die Knie. Er muß die Arme über der Brust gekreuzt haben, denn auf jeder Schulter erschien eine Hand. »Rafe!« schrie er wütend auf, dann beugte er sich nach vorn, bis seine Stirn die Erde berührte.

Die Baumwand warf das Echo seines Schreis zurück. In den Nachhall hinein antwortete ich mit ruhiger Stimme: »Tut es Ihnen jetzt leid, Stick?«

»Ah!« brüllte er und kippte seitwärts zu Boden.

Ich lief los und war bei ihm, während er sich noch mühte, wieder ins Lot zu kommen. Ich beugte mich über ihn, während er, auf dem Rücken liegend, krabbelnd und kriechend vor mir zurückwich. In sein schreckerfülltes Gesicht sagte ich: »Das da – das sind Sie!« Dabei zeigte ich auf das schwarze Wasser. »Das sind Sie! Das ist Ihr wahres Ich!«

»Nein!« Er trat mit beiden Füßen nach mir und robbte dann auf Ellbogen und Hintern von mir weg, vor Angst so kopflos, daß er bei dem Manöver bis in den Teich hineinrutschte.

Ich hielt, immer zwischen seine Beine tretend, Schritt mit ihm und beugte mich schließlich zu ihm hinunter und sagte: »Was sind Sie?«

»Ich hab' das nicht gewollt – ich hab' was ganz anderes –«

»Was sind Sie?« brüllte ich dicht vor seinen bebenden Lippen.

»Ich bin böse!« heulte er verzweifelt auf und warf gleichzeitig den Kopf wie verneinend hin und her, als wollte er seine Aussage, noch bevor sie verklungen war, dementieren, aber das war nicht der Fall. Vielmehr wurde er von dem ekstatischen Gefühl ihrer Wahrheit übermannt. »Ich bin böse!«, schrie er zum zweitenmal, jetzt zum dunklen Himmel hinauf.

»Sie sind gefährlich«, belehrte ich ihn.

Er keuchte und schloß den Mund. Dann sah er mich kleinlaut an.

»Oder etwa nicht?« fragte ich sanft.

Das Wasser leckte leise glucksend an seinem Brustkasten. Er fragte vorsichtig: »Sind Sie am Leben?«

»Das spielt keine Rolle, Stick. Sie haben mich umgebracht, egal ob ich noch lebe oder nicht.«

Sein Kinn begann zu zittern, und endlich trat das Wunder ein. Er weinte. Wie ein verängstigter kleiner Junge schluchzte er: »Ich bin böse.«

»Ja«, pflichtete ich ihm bei.

Sein Brustkorb bebte, und er schluchzte von neuem. »Ich bin böse«, sagte er mit hoher, dünner Stimme.

»Sie wollen die Menschen quälen.«

Er nickte heftig und schniefte.

»Wir werden ein wachsames Auge, ein sehr, sehr wachsames Auge auf Sie haben müssen.«

Er nickte. Ich streckte ihm eine Hand hin. Er ergriff sie. Ich zog ihn hoch. Er strömte einen aufdringlichen Geruch aus, den Geruch eines verschreckten Tiers.

»Von meiner Seite hat für Sie heute abend keine Gefahr bestanden, Stick. Es ist mir nicht gegeben, etwas zu tun, das Ihnen schaden würde. Verstehen Sie das?«

»Ich glaube ja«, sagte er im Flüsterton.

»Gefahr ist einzig und allein von Ihnen ausgegangen.«

»Ich weiß«, sagte er mit schwacher Stimme.

»Ich habe ein Handtuch für Sie.« Ich drehte mich um, ging zur Veranda und holte ihm ein trockenes Handtuch. Als ich zurückkam, sah ich, daß er sich nicht von der Stelle gerührt hatte; noch immer stand er in halbmeterhohem Wasser. »Kommen Sie doch da raus«, forderte ich ihn in sanftem Ton auf.

Die Arme vor der Brust gekreuzt, zitternd und schniefend, kam er zu mir her. Ich legte ihm das Handtuch um die Schultern. Er zog es über der Brust zusammen. Er senkte den Kopf und flüsterte: »Es tut mir leid.«

»Es tut Ihnen nicht leid, Stick, Sie haben nur Angst. Ich frage Sie noch einmal. Was sind Sie?«

Er rieb sich mit einem Zipfel des Handtuchs das nasse Gesicht und holte tief Luft. Dann sah er mich offen an. »Ich bin böse«, sagte er ruhig.

»Na also«, sagte ich, »das ist doch immerhin schon mal ein Anfang.«

VIERZEHNTES KAPITEL

Der letzte Konflikt

Nach der Episode am Teich blieb für mich nur noch das Problem Halley zu lösen, und mir war klar, daß Monate, vielleicht Jahre vergehen konnten, bis der richtige Zeitpunkt gekommen war, es in Angriff zu nehmen.

Stick machte stetig Fortschritte. Nach einem Vierteljahr fuhr er Mary Catharine zu einem Anonyme-Alkoholiker-Treff. Er wartete vor dem Versammlungslokal im Auto – teils als geduldiger Chauffeur, teils aber auch, um darüber zu wachen, daß sie die Gruppensitzung bis zum Ende durchhielt. Der Centaurus wurde ein Riesenerfolg. Die Prämie, die Gene zugestanden hätte, legte Stick als Mündelgeld für Pete Kenny an. Tim und Jonathan starteten unter der Kontrolle von Andy Chen (neuerdings Direktor der Abteilung Produktentwicklung) eine Software-Produktlinie, die sich zum Zeitpunkt der Niederschrift dieser Zeilen (Sommer 1994) als Hyperions profitabelster Geschäftszweig darstellt und das Unternehmen vor einem katastrophalen Rückschlag bewahrt hat, der es ohne sie – als Folge des Preisverfalls bei Notebooks und PCs in den vergangenen zwei Jahren – mit Sicherheit getroffen hätte. Die Leitung der Firma liegt heute in den Händen von Jack Truman. Theodore Copley, wenngleich nominell noch Generaldirektor und Besitzer, entscheidet nur mehr bei langfristigen Zukunftsplanungen mit, ansonsten übt er eine beratende Funktion aus und vertritt die Unternehmensleitung als Sprecher gegenüber dem Aufsichtsrat und nach außen. In den personalpolitischen Tagesfragen redet er nicht mehr mit. Und das aus eigenem, freiem Entschluß. Er möchte jeder Versuchung, andere Menschen zu quälen, aus dem Weg gehen.

An dem Abend, als ich »ertrank« – wir nahmen hinterher tatsächlich unser Essen gemeinsam auf Sticks Zimmer ein –, und aus zahlreichen weiteren Gesprächen, die ich im Laufe der folgenden Monate mit ihm führte, erfuhr ich, daß die Geschichte seiner Kindheit und Jugend in einer Serie von Grausamkeiten ähnlich seiner Erfahrung mit dem Schwimmenlernen bestand. An die Einzelheiten erinnerte er sich sehr zögernd. Voraussetzung seiner Angepaßtheit war nicht zuletzt auch das Verdrängen der Erinnerung (ein weiterer Punkt, mit dem seine Verfassung – ein Spiegelbild der Neurose – die Bedingungen einer »Störung« im Sinne einer genuinen nosologischen Entität erfüllt). Mit meiner Vermutung, daß sein Vater ihn in der Dimension seiner Geschlechtsidentität mit verletzendem Spott behandelt hatte, behielt ich recht. Er wurde als kleines Mädchen tituliert, wenn er einen Ball fallen ließ oder nach einem Sturz Schmerz zeigte – kleine Jungen in solchen Fällen mit Spott zu bedenken, ist gängige Praxis. Er wurde grausam gehänselt, weil er ein dicker kleiner Junge war – auch das ein verbreitetes Verhaltensklischee. Eine mir weniger vertraute Spielart von Sadismus (wenngleich ich etwas derartiges geahnt hatte) waren die abfälligen Bemerkungen seines Vaters über die Größe seines Penis im vorpubertären Alter. Ein besonders traumatisierendes Erlebnis hatte Stick mit sechs. Sein Vater sah ihn mit seinem besten Freund Hand in Hand gehen und verbot ihm daraufhin jeglichen weiteren Umgang mit dem Jungen, weil die beiden sich aufgeführt hätten »wie zwei kleine warme Brüder«. (Stick wußte zur fraglichen Zeit nicht, was das bedeutete. Er fand es erst während der Pubertät heraus, also in einem Lebensalter, wo die Unterstellung ihn besonders verunsichern mußte.) Obschon der Vater die Mutter regelmäßig schlug, bekam Stick wenig Schläge. Er konnte sich lediglich daran erinnern, daß ihm zweimal der Hintern versohlt worden war und er einmal einen tückischen Faustschlag auf den Magen einstecken mußte, und auch seine unflätigsten Ausdrücke hatte sein Vater ihm gegenüber nur gebraucht, wenn sie allein miteinander gewesen waren. Ich könnte nicht behaupten, daß dies ein schwerer oder für einen Mann seiner Generation außergewöhnlicher Fall von Mißhandlung gewesen wäre. Vielleicht war es die Verkapptheit vom Sadismus seines Vaters, seine Fassade von Respektabilität, was es Stick erlaubt hatte, zu einer Form von Angepaßtheit zu finden. Nachdem er sich seine Befürchtung, er sei womöglich homosexuell, offen eingestanden hatte, war er in der Lage festzustellen, daß er es nicht war, und damit war eine große Erleichterung verbunden, die ihn von einem Teil seiner sadistischen Impulse, vor allem von den gegen seine Frau und seine Tochter gerichteten, befreite.

Ich will damit nicht sagen, daß Stick geheilt war. Die Vorstellung von einer vollständigen »Heilung« emotionaler Konflikte halte ich überhaupt für eine Illusion, der man sich nur um den Preis der Verblendung gegen die Macht der Triebe und die reale Welt hingeben kann. Stick wurde mit einem aggressiven, egoistischen Wesen geboren, das in seinen Fundamenten nicht zu ändern ist, und wir leben überdies in einer Gesellschaft, die allen anderslautenden öffentlichen Beteuerungen zum Trotz Rücksichtslosigkeit und Skrupellosigkeit im Verhalten des einzelnen bewundert und prämiiert. Der Therapieerfolg bestand darin, daß Stick die

Fähigkeit zur Selbstreflexion erlangte – die Fähigkeit, Schuldgefühl zu empfinden, würden manche vielleicht sagen, wenngleich nach meinem Dafürhalten das Ergebnis in Sticks Fall näher bei dem liegt, was mit dem Wort Verantwortungsbewußtsein gemeint ist. Er begriff mit der Zeit, daß seine Unempfindlichkeit gegen Schmerz und Einsamkeit, seine Lust am Konkurrenzkampf von vielen Menschen nicht geteilt werden. Er lernte, sich mit der schlichten, wenn auch lästigen Wahrheit zu arrangieren, daß die meisten Menschen, wenn man sie ins kalte Wasser würfe, nicht schwimmen, sondern untergehen würden.

Bei Halley schien die »Heilung« allenfalls im zähen Tempo der normalen Therapie voranzuschreiten. Ein halbes Jahr nach der Herbstklausur – zu dem Zeitpunkt, als Stick das metaphorische Inzestverhältnis zwischen den beiden an seinem Ende löste – hatte sie ihre Fixierung bereits auf mich verschoben. Unter dem Vorwand, ihm Genes, Jacks, Didiers (und anderer) Urteil über seine Fähigkeiten als Unternehmensleiter zu hinterbringen, pflegte sie ihm in aller Ausführlichkeit über ihr Liebesleben zu berichten. Um klar auszusprechen, was bisher lediglich zwischen den Zeilen stand: Da unsere »Spielchen« ihren Elektrakomplex vollauf befriedigten, stellte sie diese Gepflogenheit nach unserer ersten Begegnung ein. Trotzdem war sie geschockt, als Stick ihr im April 1992 sagte, sie solle ihn künftig mit Berichten über ihre Affären verschonen.

Obwohl es mitten in der Arbeitszeit war, machte sie sich sofort auf die Suche nach mir, womit sie gegen eine bisher konsequent befolgte selbstgesetzte Maxime verstieß. (Sie hielt das vertrauliche Verhältnis zwischen uns vor anderen mit der gleichen Beharrlichkeit geheim, mit der sie so tat, als lebte sie mit ihrem Vater auf gespanntem Fuße.) Sie traf mich draußen hinter den Gebäuden an, wo ich die Arbeiten am neuen Erholungsbereich inspizierte. Das vorhandene halbe Basketballfeld wurde zum kompletten Spielplatz ausgebaut, auf dem Rasen war jetzt ein Volleyballnetz installiert, und für Jogging-Enthusiasten war ein richtiger Parcours im Entstehen.

Ich saß unter dem neuen Volleyballnetz auf dem Rasen und sah zu, wie auf das Basketballfeld die neue Schwarzdecke aufgebracht wurde. Der Geruch hatte bis auf die Arbeiter jedes menschliche Wesen vertrieben. Halley erschien in einem marineblauen Kleid und Stöckelschuhen auf dem Plan. Sie mußte einen Bogen um den Basketballplatz machen, um zu mir zu gelangen. Beim ersten Schritt auf der weichen Erde neben dem Weg knickte sie um und verstauchte sich leicht den Knöchel. Sie schleuderte wütend den Schuh vom Fuß, bückte sich und rieb über das Sprunggelenk. Ich stand auf und ging hinüber zu ihr. »Tut es weh?«

Ich war verwundert, als sie mir das Gesicht zuwandte. In den schwarzen Augen standen Tränen – die ersten, die ich bei ihr sah. »Du weißt genau, was mir weh tut.« Sie wollte weitergehen und stolperte, weil der andere Fuß noch in dem Stöckelschuh steckte. Sie schüttelte auch den zweiten Schuh vom Fuß und stand jetzt in Strümpfen auf der weichen Erde.

»Komm«, sagte ich und legte den Arm um sie. »Ich helf' dir hinüber auf den Rasen.«

»Das kannst du nicht machen«, sagte sie verbittert, und mir war klar, daß sich das nicht auf meine Gefälligkeit bezog.

»Was nicht machen?«

»Das weißt du doch.« Sie hoppelte neben mir her, während ich sie stützte. Auf dem Rasen half ich ihr, sich niederzusetzen. Sie klopfte sich die Erde von den Fußsohlen. »Hol mir bitte meine Schuhe«, sagte sie, zu mir aufblickend. Sie kniff die Augen gegen die Tränen zusammen. Die Lippen waren aufeinandergepreßt, als wollte sie auch Worte der Klage zurückhalten. »Ich kündige. Wenn er glaubt, das bring' ich nicht fertig, dann täuscht er sich.«

Ich holte ihre Schuhe. Sie untersuchte den Absatz des einen, in dem sie umgeknickt war. Er war unbeschädigt. »Ich habe wirklich keine Ahnung, wovon du redest«, erklärte ich ihr.

»Er« – sie deutete mit dem erhobenen Kopf zum obersten Stockwerk des Glasturms hinauf – »er will mein, Zitat, Geschwätz, Zitatende, nicht mehr hören.« Sie starrte zu der Maschine hinüber, die über die dampfende Schwarzdeckenmasse rollte. Womöglich unter dem Eindruck eines Gedankens, den ihr der Anblick eingab, schloß sie die Augen, um die Tränen zurückzudrängen. »Er weiß nicht einmal, daß ich längst aufgehört habe, ihm meine Erlebnisse zu erzählen.«

»Doch-doch, das weiß er.«

Sie krauste die Stirn bei meinem Einwurf und ignorierte ihn. »Er sagt, wenn ich ihm irgend etwas mitzuteilen habe, dann kann ich das freitags in der Marketingkonferenz tun.« Sie gab einen ihrer Gefühlsakkorde von sich. In seine Bitterkeit war ein trauriger Beiklang gemischt. »Der Teufel soll ihn holen. Wenn ich einen neuen Job will, brauch' ich nur so zu machen.« Sie schnippte mit den Fingern.

»Warum suchst du dir keinen neuen Job?«

Sie hob langsam den Kopf, und ihre Augen klärten sich. Sie schürzte die Lippen, streckte die Beine aus und dachte eine Weile nach. Als sich ihre Augen dann auf mich richteten, hatte sie ihre Selbstbeherrschung wieder: eine hübsche junge Frau, die während der Bürozeit eine Pause machte und bei der Gelegenheit locker mit einem Arbeitskollegen flirtete. »Der Große Weiße Vater sagt, daß ich in dich verliebt bin.«

»Aber wir beide wissen, daß das unmöglich ist, stimmt's?«

Ihr unschuldiges, bezauberndes Lächeln erlosch nicht, als sie antwortete: »Ich hab' zu ihm gesagt, daß er Schiß vor dir hat.«

»Etwas Provokanteres hättest du wahrscheinlich nicht zu ihm sagen können.«

Ihr Lächeln schwand. »Er haßt mich«, konstatierte sie. Sie stützte die Handflächen hinter sich auf den Boden und lehnte sich zurück.

»Nein«, sagte ich. »Er liebt dich nur nicht. Er kann nicht lieben.«

Sie sprach laut in den Himmel hinauf. »Das ist ein und dasselbe.«

»Wo würdest du gern arbeiten?« erkundigte ich mich.

Sie hustete. »Ich – äh –« Sie hustete wieder und konnte nicht aufhören. Ich vermutete, daß ihre unterdrückten Tränen die Ursache waren. Sie beugte sich vor, und ich klopfte ihr zweimal auf den Rücken. Sie brachte den Hustenreiz unter Kontrolle. »Weißt du, Mam hat das Trinken schon öfter aufgegeben«, keuchte sie, als er aufhörte.

»Diesmal ist es was anderes«, sagte ich.

»Wieso?« fragte sie und dehnte das Wort wie ein kleines Kind, das mit allen Mitteln versucht, ein Gespräch in Gang zu halten.

»Ich möchte wetten, daß sie sich vorher nie eingestanden hat, daß sie Alkoholikerin ist. Sie hat's einfach nur mal auf eigene Faust gemacht, stimmt's? Ein oder zwei Wochen? Jetzt ist sie schon seit vier Monaten trocken.«

Halley antwortete nicht. Sie sah mich mit großen, ernsten schwarzen Augen an.

»Diesmal stärkt ihr dein Vater den Rücken – statt sie zu verspotten und so ihren Entschluß zu untergraben«, fuhr ich fort.

»Ich hab' mit Edgar telefoniert«, platzte sie heraus.

»Prima«, sagte ich. »Er kann dir bestimmt zu einem Job verhelfen, der deiner Qualifikation entspricht.«

»Ich werd' ihn vögeln«, eröffnete sie mir ohne jede böswillige oder provokative Absicht, lediglich zur Information.

»Nach allem, was ich über Männer wie Edgar weiß, wird das die Sache beschleunigen. Er würde dir aber auch so helfen.«

»Ich will keinen Job. Was ist er wert? Sechshundert Millionen? Ich laß mich auf ein Verhältnis mit ihm ein, bis ich schwanger bin. Dann trennt er sich von seiner Frau.«

Ich nickte und wartete.

Mit angezogenen Beinen, die Ellbogen auf den Knien, drehte sie sich auf dem Hintern, bis sie mir frontal zugewandt war. »Ich war froh, als Mikey tot war.« Sie kippte nach hinten und beobachtete mich.

Ich nickte.

»Das willst du doch von mir hören«, meinte sie.

»Wenn es die Wahrheit ist.«

Ihr Blick wanderte zu dem Volleyballnetz hinauf. »Eine Zeitlang hab' ich mich beschissen gefühlt, aber dann hab' ich gemerkt, daß ich froh war. Darum hab' ich Gene gesagt, ich liebe ihn.«

Ich nickte. »Weil du dir gewünscht hast, du könntest jemand lieben.«

»Genau«, stimmte sie zu.

»Mit anderen Worten, du hast ihm nur darum gesagt, du liebst ihn, weil du ein besserer Mensch hast werden wollen?«

»Ihn hab' ich glücklich damit gemacht, und ich ... ich hab' auch daran geglaubt. Ja, sogar ich hab' eine Zeitlang daran geglaubt.« Sie legte den Kopf schief und sah mich abwartend an.

»Quatsch«, sagte ich.

»Nein.« Sie schüttelte den Kopf.

»Aber doch. Von vorn bis hinten. Alles purer Quatsch«, sagte ich. »Du ärgerst dich doch bloß darüber, daß dein Vater sich um deine Mutter kümmert und nicht um dich.«

Halley lächelte. Den Kopf schräg geneigt, die Arme um die Knie geschlungen, lächelte sie mit strahlenden Augen, wie wenn ich ihr soeben ein Kompliment gemacht hätte. Die Walze kam an der Spielfeldgrenze an und ließ einen Pfeifton hören, ein gleichmäßiges, durchdringendes Warnsignal, das den Richtungswechsel ankündigte. Halley hielt meinem Versuch eines teilnahmslosen Blicks mit lebensprühenden und interessierten Augen stand. Als die Walze ihr Pfeifen beendete und sich in die entgegengesetzte Richtung in Bewegung setzte, um den nächsten Streifen Belag zu glätten, fragte sie: »Liebst du mich?«

»Mehr denn je«, sagte ich.

Sie kippte nach vorn, tätschelte meinen Arm und langte dann nach ihren Schuhen. Ich sah zu, wie die kleinen Füße in ihre Futterale glitten. Ich kannte ihren ganzen Körper und seine sämtlichen Metamorphosen bis in die kleinsten Einzelheiten: das Muttermal über der linken Gesäßbacke, den ballonförmig aufgetriebenen Unterleib während der Regel, die Knie, wenn sie keck aus dem Badewasser herauslugten, das Haar lang herabhängend, wenn die Rolle der kühlen Abenteurerin angesagt war, das Haar kleinmädchenhaft-bequem zum Pferdeschwanz gebunden. Und ich kannte auch sämtliche Schliche ihres flinken kämpferischen Geists, der in atemberaubendem Tempo immer neue Maskeraden ausarbeitete. Sie stand auf, und von dem Schmerz, mit dem sie hergekommen war, um ihn mir zu zeigen, war nichts mehr übrig. Sie sah zu der Walze hinüber, die Feuchtigkeit aus dem Schwarzdeckenmaterial preßte. »Dr. Nerudas Spielplatz für begabte Kinder«, sagte sie und lachte.

Sie ging. Ich wartete, bis der Belag fertig war. Beim Blick auf die Armbanduhr stellte ich fest, daß es fast halb elf war, und ging zum Parkplatz hinüber. Stick erschien auf dem Plan. Es war Zeit für ihn, Mary Catharine abzuholen und sie zum AA-Treff zu fahren. Hinterher würden sie zusammen Mittag essen gehen. Er schlenkerte die Schlüssel seines Lexus an einem Finger hin und her, während er, von meiner Anwesenheit nicht im mindesten überrascht, auf mich zukam. »Sie hat es Ihnen erzählt«, sagte er, mehr feststellend als fragend.

»War es schwer?«

»Es war meine Schuld«, sagte er im Ton nüchterner Faktenangabe. Sein hageres Gesicht war auf die niedrige graue Karosserie seines Wagens gerichtet.

»Ja«, pflichtete ich bei.

»Ich hab' sie dazu gereizt.«

»Ja«, sagte ich.

»Sie hat großartige Arbeit geleistet. Das ganze Achthunderterprojekt ist im Grunde ... Das hat sie auf die Beine gestellt.« Er sah mich mit einem Anflug von Lächeln an. »Jetzt kupfern sie es alle ab. Einschließlich Big Blue. Die mit ihren ganzen Verkaufskanonen.«

»Sind Sie stolz auf sie?«

Er sah auf die Autoschlüssel in seiner Hand und schlenkerte sie im Bogen herum. Sie schlugen gegen seine Fingerknöchel. »Jawoll«, sagte er und schlenkerte die Schlüssel auf die Handfläche zurück. »Sie hätte eher eine Beförderung verdient als Jack.«

»Das stimmt«, sagte ich.

»Glauben Sie, daß sie geht?« murmelte er.

»Wenn ich richtig vermute, telefoniert sie in diesem Augenblick mit Edgar. Sie behauptet, sie wird seine zweite Frau.«

Er nickte und machte die Autotür auf. Er schob sich in den Winkel zwischen Tür und Auto, einen Fuß schon drinnen, bereit, sich auf sein Pferd zu schwingen. »Sie will Sie ärgern.«

»Nicht besonders einfallsreich«, sagte ich. »Sie haben ihr also erzählt, daß Sie Jack befördern wollen?«

»So hatten wir es doch ausgemacht?«

Ich nickte.

Er stieg ein und richtete den Blick durch die Windschutzscheibe nach vorn. Die Tür hatte er offengelassen. »Haben Sie nicht vorhin gesagt, sie hätte es Ihnen schon erzählt?«

»Auf ihre Weise. Sie hat sich beklagt, Sie hätten zu ihr gesagt, sie solle ihre Amouren für sich behalten.«

Er langte nach dem Türgriff. »Sie ist ein echter Verlust für die Firma.«

Ich klappte hilfsbereit die Tür für ihn zu und sagte dabei: »Aber dafür bekommen Sie eine Tochter zurück.«

Ich wandte mich zum Gehen. Er startete den Motor und ließ das Fenster neben sich herunter. »Rafe.« Ich drehte mich zu ihm um. Er furchte die Stirn und richtete den Blick wieder nach vorn. Ich stützte mich auf den unteren Fensterrand und wartete. In dem steinernen Gesicht bewegte sich kein Muskel.

»Was ist, Stick?«

Seine Lippen bewegten sich kaum. »Sie lieben sie nicht?« fragte er, mich ansehend.

»Nein. Wenn ich es täte, wäre es ein Unglück für sie.«

»Arme Hal«, sagte er. Er drückte einen Knopf, und die Fensterscheibe glitt nach oben. Ich trat zurück, und er fuhr los. Er hatte seiner Tochter weh getan, ihr einen Schmerz zugefügt, wie ihn ihr bitterer niemand sonst hätte zufügen können, und obschon er nicht gezögert hatte, es zu tun, hatte es ihm offenbar kein großes Vergnügen bereitet. Wir hatten wirklich Fortschritte gemacht.

Halley gab eine Woche später ihre Stelle bei Hyperion auf, um bei Edgars junger Tochtergesellschaft Levin Entertainment anzufangen, einer Unternehmensgruppe, bestehend aus der Produktionsfirma von Edgars Bruder Alex sowie Channel 8 – dem unabhängigen New Yorker Rundfunksender, den Edgar in eine Kabel-Superstation umzuwandeln im Begriff war – und dem Catalogue Channel, einem auf etwas gehobenere Ansprüche zielenden Doppelgänger des Home Shopping Network. Bei unseren Halb-acht-Uhr-morgens-Telefonaten konnte ich hören, wie elektrisiert sie durch die täglichen Fortschritte in der neuen Karriere war. Für sie ging es bei dem Job im Grunde darum, Edgar zu erbeuten – das Ziel, das ich (ihr neuer Vater) ihr gesetzt hatte.

Edgar hatte Halleys Anfrage wegen eines Jobs von Anfang an ernst genommen. Stick hatte sie ihm gegenüber in den höchsten Tönen gelobt und auch ihre Angabe bestätigt, daß sie bei Hyperion auf eigenen Wunsch ausschied. Dessenungeachtet beharrte Halley steif und fest darauf, daß Edgars Interesse an ihr rein sexueller Natur war. »Bei ihm arbeiten nur ganz wenige Frauen, und ich wette, er hat sie alle schon mal gevögelt.«

»Könnte sein«, räumte ich ein. »Aber auf jeden Fall will er dich für einen Job, für den du qualifiziert bist – das Marketing über Massenmedien.«

»Das beste für ihn wäre, er würde jemand vom Home Shopping Network abwerben. Da würde er zwei Fliegen mit einer Klappe schlagen – denen einen Knüppel zwischen die Beine werfen und gleichzeitig Wasser auf seine eigene Mühle leiten.«

»Hast du ihm das mal vorgeschlagen?« erkundigte ich mich.

»Ja.« Sie blieb jetzt während unserer Gespräche nicht mehr im Bett liegen, sondern zog sich dabei an. Und unterm Anziehen lief sie in der Wohnung umher. Ich hörte aufwallendes, dann siedendes Wasser, anschließend das Geräusch des Ausgießens. »War das falsch?«

»Bist du beim Kaffeemachen?«

»Ja. Hab' ich einen Fehler gemacht?«

»Es war ein guter Rat. Der müßte für ihn ein Beweis sein, daß er mit dir die richtige Wahl getroffen hat.«

»Prima«, sagte sie. Während des nächsten halben Jahrs wurde ich allmorgendlich am Telefon mit ihrer neuen Welt bekannt gemacht. Montags und donnerstags fanden weiterhin unsere abendlichen Sitzungen statt, ein Programm nach starrem Ritus ohne Variation: montags ein Bad, donnerstags eine Gutenachtgeschichte. Lediglich während der Konvulsionen des Orgasmus beklagte sie sich, weil sie mich nicht berühren durfte, aber das war offenkundig unaufrichtig. Sie war überzeugt, daß ich das war, was ich zu sein schien: ein liebevoller Spiegel, in dem sie ihr wahres Bild erblicken konnte. Versteht sich, daß meine Kopfschmerzen immer schlimmer wurden. Ich konnte versuchen, was ich wollte – ausgedehnte Spaziergänge, mitternächtliche Fitneßübungen (ironischerweise in Halleys Studio am Broadway) oder, um es unverblümt zu sagen, Masturbieren –, nichts half gegen meine Frustration. Ich dachte über eine absurde Frage nach: Würde es mir das Leben erleichtern, wenn ich eine echte Partnerin hätte, zu der ich nach den Sitzungen mit Halley zurückkehren könnte? Nach meinem Dafürhalten ja – nur war da die störende Kleinigkeit, daß keine gesunde Frau mein Verhalten toleriert hätte.

Es gab ein näherliegendes Problem. Spätestens im Mai war Halley bei Levin Entertainment bestens etabliert. Meine Anwesenheit bei Hyperion war nicht länger erforderlich – Stick hatte im Prozeß des Machtverzichts längst den *point of no return* überschritten, und er gab auch keinerlei Anlaß zu der Besorgnis, er könne in die alten Verhaltensformen zurückfallen. Überdies genügte zu seiner therapeutischen Betreuung und Überwachung ein wöchentliches Telefongespräch vollauf. Ich hatte sogar einen Doppel-Partner für ihn gefunden, der ebensoviel Freude am Gewinnen hatte wie er. Es war Zeit, daß ich Schluß machte – daß ich Andy, Jack, Tim, Jonathan und Stick in die Verantwortung für sich selbst entließ. Indes, wenn ich nach Baltimore zurückkehrte, würde ich die Sitzungen mit Halley nicht fortsetzen können, und das hätte katastrophale Folgen. Alles, was ich nach einem Jahr bei ihr erreicht hatte, war die Verschiebung ihrer Fixierung von Stick auf mich. Was konnte ich in New York anfangen, um einesteils etwas Nützliches zu tun und zum anderen in Halleys Reichweite zu bleiben? Wie es schien, gab es darauf nur eine Antwort.

Da diese Lösung möglicherweise nicht ganz reibungslos zu bewerkstelligen war, wartete ich mit dem Versuch, bis Halley eine einwöchige Geschäftsreise an die Westküste machte – für sie ein Schlüsselereignis, denn Edgar war mit von der Partie, und sie versprach sich davon den Einstieg in die geplante Affäre. »Er ist scharf auf mich«, sagte sie mir zwei Tage vor ihrer Abreise bei unserem Morgentelefonat. »Er hat uns Zimmer im Four Seasons auf demselben Stockwerk gebucht.« Sie gestand, daß der Gedanke an Sex mit Edgar sie ein bißchen nervös mache.

»Warum das denn?« fragte ich mit gespielter Ahnungslosigkeit, weil ich hoffte, sie würde den Sprung machen, ohne daß ich sie stoßen mußte.

»Ich habe seit Jack keinen Sex mehr gehabt.« Sie lachte. »Richtigen Sex, meine ich. Das ist jetzt schon bald ein halbes Jahr her.«

»Du hast Didier vergessen.«

»Ach ja richtig, Didier.« Sie schluckte. »Das war doch auch schon vor beinah einem halben Jahr. Aber du hast recht.« Sie trank einen Schluck Kaffee. Eine kurze Schweigepause, dann der Test. »Liebst du mich?«

Wieder einmal kein Fortschritt. »Ich liebe dich«, antwortete ich und registrierte mit grimmiger Belustigung, daß meine Schläfen zu pochen begonnen hatten.

Sie reisten am Sonntagabend nach Kalifornien ab. Zum erstenmal seit acht Monaten würde unser Morgentelefonat ausfallen müssen, denn um acht Uhr New Yorker Zeit traf ich mit dem Auto in Riverdale ein, und ich rechnete damit, daß ich um halb elf – zu dem Zeitpunkt, wo sie in L. A. aufwachte – beschäftigt sein würde. Der Parkplatz des Behandlungszentrums war besetzt. Vier Kinderheim-Kleinbusse okkupierten die Besucherplätze. Ich parkte auf der Straße. Von den Kindern, die sich in der Eingangshalle aufhielten, kannte ich naturgemäß die wenigsten. Einer der vollzeitbeschäftigten Sozialarbeiter sah mich und platzte heraus: »Rafe?«

Ich nickte ihm zu und hastete um die Ecke in den Empfangsbereich.

Sallys eine Hand war mit dem Telefonhörer auf halbem Weg zum Ohr, die andere zielte mit dem ausgestreckten Zeigefinger auf den Tastenblock des Apparats. In dieser Haltung erstarrte Sally bei meinem Anblick zur Salzsäule.

»Hallo«, sagte ich und zeigte auf mein altes Zimmer, dessen Tür einen Spaltbreit offenstand. Ich erkannte meinen Schreibtisch, aber das übrige Mobiliar hatte sich verändert. »Arbeitet da jemand drin?«

Sally drehte den Kopf in die Richtung, in die meine ausgestreckte Hand wies, und beäugte die Zimmertür, als ob sie die Existenz dieses Raums in diesem Moment entdeckt hätte. »Äh ...« Sally blickte kurz zu der geschlossenen Tür von Dianes Zimmer hinüber. Sie legte den Telefonhörer auf und sagte: »Ähm ...«

»Schön, dich wiederzusehen, Sally«, sagte ich und lächelte.

»Schön, dich wiederzusehen, Rafe«, antwortete sie mit gedämpfter Stimme.

Ich deutete mit dem Kopf auf mein altes Zimmer. »Was ist das jetzt?«

»Eine Art Reserve-Gesprächszimmer. Vaughn benutzt es manchmal, wenn er mit einem Kind unter vier Augen sprechen will – seine Schreibarbeit erledigt er aber lieber in seinem Zimmer auf der Bettenstation.«

»Wer ist Vaughn?«

Meine Unwissenheit schien sie in Verlegenheit zu bringen. »Einer von den ... Ein neuer Sozialarbeiter.«

»Okay«, sagte ich. »Von jetzt ab benutze ich es. Ich werd' Vaughn sagen, er soll mich rausschmeißen, wenn er es braucht. Haben Sie den Dienstplan und die Warteliste des Jugendamts greifbar?« Sally warf noch einmal einen Blick zu Dianes Zimmertür, ehe sie mir im Zeitlupentempo den Plan und die Liste aushändigte.

»Danke«, sagte ich und ging in mein altes Zimmer. Diane hatte meine sämtlichen Bücher weggeräumt. Das war mir bekannt – sie waren, in Kartons verpackt, im Keller gelagert. Meine persönlichen Sachen – Fotos, Diplome – befanden sich in Baltimore. Ich schloß die Tür und stieß einen Seufzer der Erleichterung aus.

Daß mein Knoll-Schreibtischsessel weg war und man auch meinen Vorrat an linierten Notizbüchern konfisziert hatte, fand ich ärgerlich, aber der Ausblick auf den Platz hinter dem Behandlungszentrum war eine Erquickung. Ich ging die jüngsten Anfragen des Jugendamts durch, besah mir den Dienstplan und stellte fest, daß das Zentrum wie üblich überlastet war. Zwölf Kinder aus der Bronx, die eine ambulante Behandlung benötigten, würden abgewiesen werden müssen. In der Woche davor hatte ich mit dem Direktor des Prager Institute gesprochen und ihm für das Stipendiengeld, das ich erhalten hatte, eine umfangreiche Arbeit in Aussicht gestellt, ihn jedoch gleichzeitig gewarnt, daß sie eventuell nicht für die sofortige Veröffentlichung zur Verfügung stehe, sondern für gewisse Zeit versiegelt im Institutsarchiv gelagert werden müsse. Dieser Aspekt schien ihm sogar zu gefallen. Ich erklärte ihm, daß ich zu Forschungszwecken noch einige Zeit in New York bleiben müsse. Er willigte ein, mein Stipendium um ein Jahr zu verlängern. Diane würde mir nichts bezahlen müssen; ich konnte ohne Kostenbelastung für sie ganztägig Patienten behandeln.

Ich las die Vorgespräche mit den Kindern auf der Warteliste und markierte mit einem Filzstift – mein Montblanc Meisterstück lag noch bei Hyperion – die dringendsten Fälle.

Diane öffnete meine Tür um acht Uhr fünfundzwanzig. Sie mußte auf dem Weg von ihrem Zimmer zur Acht-Uhr-dreißig-Sitzung in Gruppenraum 1 von Sally die Neuigkeit gehört haben. Sie blieb in der Tür stehen. Ich blickte nicht auf.

»Was soll das?« fragte sie ungehalten.

Ich hob den Kopf und wedelte mit der Liste, auf der ich die Namen der Kinder eingekreist hatte, die ich behandeln wollte. Ihr Haar hatte noch immer diese sonderbare rote Farbe, nur war es jetzt länger und anders frisiert, links straff zurückgekämmt und schwungvoll nach rechts drapiert. Sie wirkte etwas asymmetrisch auf mich. Sie trug noch immer Kontaktlinsen, hatte aber ihre frühere Figur wieder. »Ich möchte hier arbeiten«, antwortete ich. »Du brauchst mir nichts zu bezahlen. Hier sind die Namen der Kinder, die du mir zur Behandlung zuweisen könntest.« Ich stand auf und hielt ihr die Liste hin. »Vorausgesetzt natürlich, du bist einverstanden.«

Diane kam herein. Mit dem Fuß warf sie die Tür hinter sich zu. »Wie bitte?« empörte sie sich.

»Du brauchst einen zusätzlichen Therapeuten in deiner Mannschaft. So eine Art psychiatrischen Springer.« Ich lächelte probeweise, erntete aber keine Ermutigung. »Ich erwarte nicht, daß du mir irgendwelche Kompetenzen überträgst. Setz mich einfach nur als Lückenbüßer ein.« Ich rüttelte das Blatt Papier in meiner Hand.

Diane zeigte dem Fußboden ihre gerunzelte Stirn. Unvermittelt kam sie zu mir herüber und nahm mir das Blatt aus der Hand; indem sie so tat, als ob sie es eingehend studierte, vermied sie es, mich anzusehen.

»Wo ist mein Schreibtischsessel abgeblieben?«

»Den hab' ich mir genommen«, murmelte sie.

»Auf dem hier werd' ich mir vollends den Rücken ruinieren«, sagte ich. Da ich keine Antwort erhielt, fügte ich hinzu: »Ich kauf' mir einen neuen.«

Sie hielt den Kopf noch immer gesenkt. Ich ging in die Knie, um ihr in die Augen sehen zu können. Ihr Blick traf mich unter zusammengezogenen Brauen hervor – ein Blick voll kalter Wut. Sie streckte mir das Blatt hin. »Ich kann für diese Kinder nicht zusagen, solange ich nicht weiß, ob du auf Dauer da bist.«

Ich nahm ihr die Liste aus der Hand. »Ich bin so lange da, wie du willst, daß ich da bin.«

Sie drehte sich zum Fenster. Durch die halb aufgeklappte Jalousie projizierte die Sonne ein Streifenmuster auf sie. Sie ging einen Moment lang mit sich zu Rate, und ich litt unterdessen Folterqualen. »Ich würde mich freuen, wenn ich so wenig wie möglich von dir zu sehen bekäme.«

»Kein Problem.«

Sie sah mich an. »Ich möchte dich nicht bei den Mitarbeiterbesprechungen dabeihaben.«

Ich nickte. Beim Hinausgehen murmelte sie: »Ich mach' das sowieso nur, weil es hier hinten und vorn an Personal fehlt.«

Sally führte die notwendigen Telefonate, und schon am selben Nachmittag konnte ich dann drei Kinder in meinem Zimmer zur Behandlung empfangen. Am Abend holte ich bei Hyperion meine wenigen Habseligkeiten ab und widerstand der Versuchung, auf die Nachricht zu reagieren, die Halley in meinem Voice-mail-Briefkasten hinterlassen hatte. Seit dem letzten Herbst hielten wir uns strikt an die Regel, nur morgens miteinander zu telefonieren, und dieses Prinzip sollte meines Erachtens auch bei Reisen nicht durchbrochen werden.

Ich ließ unsere Telefon-Sitzungen die ganze Woche ausfallen, denn zu der Zeit, da Halley in L. A. aufwachte, war ich in New York mit Patienten beschäftigt. Im Behandlungszentrum blieb ich, von meiner Umgebung abgeschottet, in meinem Zimmer, wo ich die Kinder empfing und meine Berichte für Diane schrieb; abends verließ ich das Gebäude, ohne auch nur einen flüchtigen Blick in die Gruppenräume oder die Cafeteria im Keller zu werfen. Einladungen zu dem Basketballspiel zwischen jeweils ad hoc zusammengestellten Mannschaften, das auf Vaughns Initiative jeden Nachmittag um fünf stattfand, lehnte ich dankend ab. Um diese Zeit pflegte ich mein Auto zu besteigen und die Heimfahrt zu meiner Interimswohnung im Village anzutreten, nachdem ich mich zuvor auf kürzestem Wege – schnurstracks Sallys Arbeitsbereich und die Eingangshalle durchquerend – und gleichsam mit Scheuklappen versehen zum Parkplatz begeben hatte. Diane sah ich alles in allem dreimal: zweimal auf dem Weg zum Kaffeetopf in Sallys Arbeitsbereich und ein weiteres Mal beim Verlassen der Toilette im Flur. Wir grüßten uns jedesmal mit einem stummen Kopfnicken.

In der Nacht von Freitag auf Samstag, für die Halleys Rückflug angesetzt war, fand ich kaum Schlaf. Am Samstagmorgen war ich schon Stunden vor acht Uhr, der gewohnten Zeit für den samstäglichen Anruf, auf den Beinen. Als es soweit war, meldete sich nach viermaligem Klingeln der Anrufbeantworter. »Hier ist Rafe«, sagte ich nach dem Pfeifton und wartete.

Sie nahm nicht ab. Es wurde ein langer Tag und eine lange Nacht für mich. Am Nachmittag schlief ich etliche Stunden und konnte daraufhin prompt in der Nacht nicht einschlafen. Ich lag bis um drei Uhr früh wach, und mit entsprechend benommenem Kopf und vernebeltem Blick wählte ich morgens um acht Halleys Nummer.

»Hallo?« meldete sie sich mit brüchiger Stimme, offenbar noch halb im Schlaf.

»Ich hab' dich geweckt«, sagte ich.

»Hmmmm«, antwortete sie.

»Soll ich den Anruf lieber auf morgen verschieben?«

»Laß mir eine Minute Zeit«, sagte sie. Aus den schwachen Geräuschen in der Muschel folgerte ich, daß sie zur Toilette ging. Als sie zum Hörer zurückkam, war ihre Stimme gefestigt. »Ich will noch schnell Kaffee machen.«

»Soll ich lieber später noch mal anrufen?«

»Nein. Ich nehm' dich mit.« Ich begleitete sie im elektronischen Medium über den Flur in die Küche. Wir holten den Kaffee aus dem Kühlschrank, fingerten ein Filterpapier aus der Packung und begannen mit dem Meßlöffel das Pulver einzufüllen. Währenddessen fragte sie: »Wohin hast du dich abgesetzt? Man hat mir gesagt, du hast bei Hyperion die Platte geputzt.«

»Ich arbeite wieder in meinem alten Behandlungszentrum mit Kindern.«

»Warum?« fragte sie mit ihrer Kleinmädchenstimme – ganz arglose Unschuld.

»Der Forschungsurlaub ist um. Es ist Zeit, daß ich wieder an meine Arbeit gehe.«

»Dein Buch ist fertig?«

»Bis auf ein Stück Schreibarbeit. Wie war's in L.A.?«

Sie räusperte sich. Ich hörte, wie sie Wasser in die Kaffeemaschine einfüllte. »Alles großartig gelaufen. Wir haben alles fix und fertig für die

Premiere im September. Ich bin bei allen Leuten phantastisch gut angekommen, auch bei …« Sie legte eine Kunstpause ein, bevor sie die Bombe platzen ließ. »Deiner Cousine Julie.«

Ich wußte, daß ich jetzt ein Problem hatte, sprach aber mit beherrschter Stimme weiter. »Wie bist du denn mit der zusammengekommen?«

»Sie produziert einen Film für Edgar – beziehungsweise für seinen Bruder Alex. Aber den kennst du ja selbst. Die da drüben kennen dich jedenfalls alle. Ganz besonders Julie.«

Ihren anzüglichen Ton überhörte ich geflissentlich. »Und wie ist es mit Edgar gelaufen? Hast du ihn in dein Bett lotsen können?«

»In *sein* Bett.« Sie lachte – tiefe, kehlige Laute. »*Er* hat in der Suite gewohnt.« Die Kühlschranktür ging auf und klappte wieder zu. »Ich will dich sehen.«

»Wir sehen uns Montagabend.«

»Nein«, sagte sie mit Bestimmtheit. »Ich will dich heute sehen.«

Jetzt war es an mir, neugieriges Kind zu spielen. »Warum denn?« fragte ich sanft.

»Weil du ein Lügner bist.« Sie sagte es sachlich-kühl, ja erstaunlich gelassen. »Ich bin ja wirklich blöd. Ich kann es immer noch nicht fassen, wie dämlich ich mich aufgeführt hab'. Aber egal …« Sie trank etwas. Vermutlich den ersten Schluck von dem fertigen Kaffee. »Wenn du mich jemals wiedersehen willst, dann tust du gut daran, dich heute bei mir blicken zu lassen.«

Mein Herz hämmerte. Sie hatte sich selbst für blöd erklärt, aber wer sich als Idiot fühlte, das war ich. Ich hätte die Möglichkeit, daß sie mit Julie zusammentreffen würde, voraussehen müssen. Wie ich die Begegnung hätte verhindern können, wußte ich nicht, aber den Versuch hätte ich trotzdem machen müssen. Im Rückblick zeigte sich, daß es vernünftiger gewesen wäre, Halleys Interesse auf einen anderen Mann als Edgar zu lenken. Allein, Edgar war der ideale Lockvogel: ein männliches Individuum, das über mehr Macht verfügte als Stick – in der Hyperion-Hierarchie war er der über allem schwebende Heilige Geist.

»Also, was ist …?« fragte sie energisch in mein Schweigen hinein.

Die Krise war also da – und ohne mein Zutun, mit der Folge, daß ich nicht nur unvorbereitet war, sondern auch nicht wußte, welche Illusion nun zerstört worden war. »Wo wollen wir uns treffen?«

»Willst du nicht hierherkommen?« fragte sie.

»Nein«, sagte ich. Egal, wie groß der eingetretene Schaden war, ihre Wohnung mußte das von jeglichem Realitätseinfluß unbefleckte Adyton unseres Inzestrituals bleiben. »Draußen ist so schönes Wetter. Wollen wir nicht einen Spaziergang im Park machen?«

»Meinetwegen«, sagte sie in versöhnlichem Ton. Ein Beiklang von Triumph war freilich nicht zu überhören. »Ich brauche noch eine Stunde zum Baden«, sagte sie und lachte – es war ein Lachen, das mich erschreckte. Eine sonderbare Mischung von Entzücken und Verzweiflung klang in ihm auf.

»Ich warte vorm Haus auf dich.« Es war noch zu früh am Tag, um Julie anzurufen. Davon abgesehen – was hätte mir ein Gespräch mit ihr gebracht? Angenommen, Halley hatte das volle Vertrauen meiner Cousine gewonnen – und wie ich meine bezaubernde kleine Narzißtin kannte, mußte ich das annehmen –, was konnte sie erfahren haben, was sie nicht schon in der einen oder anderen Form längst gewußt hatte? Antwort: daß Julie und ich eine Liebesaffäre gehabt hatten. Vielleicht auch die eine oder andere Einzelheit über das Behandlungszentrum. Aber wahrscheinlich nichts über Diane und mich – es sei denn, Julie hätte über das innerfamiliäre Buschtelefon von unserer Beziehung gehört. Vor ihrem Tod – in glücklicheren Zeiten für Diane und mich – hatte Tante Sadie noch mitbekommen, daß die Beziehung zwischen uns beiden nicht nur kollegialer Natur war. Soweit ich wußte, stand Julie nicht in besonders engem Kontakt mit Sadie, doch Sadie hatte möglicherweise Tante Ceil eingeweiht, und Ceil könnte ihrerseits ... Als ich vor Halleys Apartmenthaus eintraf, waren zwar an dem vor kurzem noch vielversprechenden Morgenhimmel über New York Wolken aufgezogen, aber in meinem Kopf hatten sich die Wolken gelichtet. Ich ahnte jetzt, was in Halley vorging. Meine Mutmaßung beseitigte zwar nicht die Unruhe, mit der ich mich nach dem möglichen Ausgang der Geschichte fragte, aber zumindest war ich auf alle Eventualitäten vorbereitet.

Halley erschien in schwarzen Jeans und einem Flanellhemd mit aufgekrempelten Ärmeln, das ihr mindestens eine Nummer zu groß war. Die aufziehenden Wolken hatten einen feuchtkalten Wind mitgebracht, der vom Park her blies. Sie spähte zum Himmel hinauf und sagte: »Es sieht nach Regen aus.«

»Lassen wir's drauf ankommen«, sagte ich und ging los. Sie schloß an meine Seite auf. Ihr pechschwarzes Haar war gefönt und zu einer dichten Mähne gekämmt, die den Rücken ihres blauen Hemds zur Hälfte verdeckte. Auf die Lippen hatte sie einen hellrosa Farbton aufgetragen. Ihre ohnehin dunkle Haut war an der Westküste noch eine Schattierung dunkler geworden. Sie schwieg, während wir vor zur Ecke gingen, über Central Park West zur Parkseite hinüberwechselten und dann entlang der Einfriedung auf den nächsten Eingang zu weitergingen.

»Nun?« sagte ich. »Warum hast du mich einen Lügner genannt?«

»Ich bin ein Dummkopf, aber du bist krank.« Sie wischte sich mit einer Hand über die hohe Stirn, wie wenn eine Haarsträhne sich dorthin verirrt hätte. Was nicht der Fall war. Sie drehte sich zu mir und verlangsamte ihren Schritt; fast ging sie jetzt rückwärts. »Ich bin immer noch nicht dahintergekommen, was du dir bei alledem eigentlich denkst. Ich bin wohl einfach zu blöd.«

Ich blieb stehen, drehte den Rücken zur Parkmauer und lehnte mich dagegen. Am Himmel hatte sich die Wolkendecke verdichtet. Auf Central Park West rasten die Autos vorbei, wie wenn die Fahrer alle noch vor dem Unwetter zu Hause sein wollten. »Hast du mit Edgar geschlafen?«

»Das geht dich nichts an«, antwortete sie.

Ich lächelte. »Wie war's?«

Halleys schöner Mund stand offen. Sie sah mich nicht an, sondern betrachtete die schwankenden Bäume. Ich spürte einen Regentropfen auf dem Kopf. Sie richtete die Augen wieder auf mich, und jetzt schielten sie leicht. »War es das, was du hast erreichen wollen? Hast du mich so verkorksen wollen, daß ich keinen Sex mehr haben kann?«

Ich strahlte sie an. »Und hast du gekonnt?«

Sie trat fast auf Tuchfühlung an mich heran und fauchte: »Er hat mich gar nicht mehr in Ruhe lassen können. Er war hin und weg.«

Inzwischen grinste ich. Wie wenn ich nur mit Mühe das Lachen zurückhalten könnte, fragte ich: »Und wie war es für dich?«

Zum zweiten Mal, seit ich sie kannte, sah ich Tränen in ihren Augen. »Ich hab' das für dich getan. Ich hab' dieses kranke Spielchen für dich gespielt.«

Immer noch grinsend schüttelte ich demonstrativ den Kopf. »Nein, Halley, das war keine Lüge von mir, was ich dir gesagt habe – es ist nicht meine Phantasie, es ist deine.«

Sie schloß die Augen, stampfte mit dem Fuß auf und schrie: »Du sollst mir einfach nur die Wahrheit sagen, weiter nichts!«

»Die Wahrheit worüber?« flüsterte ich. Wieder landete ein Tropfen auf meinem Kopf. Das graue Trottoir hinter ihr war vom Regen dunkel gesprenkelt.

»Hat deine großmäulige Cousine –« fing sie an, das Gesicht zu Boden gekehrt. Sie holte Luft, hob den Kopf und sah mir in die Augen. Sie war ihrer Tränen nicht Herr geworden. Ihre Augen füllten sich weiter. Sie erhob sich auf die Zehenspitzen und preßte ihren Mund auf meinen.

Meine Ellbogen ruhten auf der Parkmauer. Sie legte ihre Arme um mich und drückte meinen reaktionslosen Körper an sich. Sie versuchte, ihre Zunge zwischen meine verriegelten Lippen zu schieben. Als sie die Sperre nicht durchbrechen konnte, kapitulierte sie und sagte: »Du sollst mich wiederküssen!«

Ich drehte unbarmherzig in demonstrativer Verneinung den Kopf hin und her. Auf dem Trottoir waren jetzt kaum noch graue Flecken zu sehen. Expandierende dunkle Regenkleckse hatten es fast vollständig eingeschwärzt.

»Ist es wahr, was sie behauptet?« jammerte Halley. »Hast du mit ihr zusammengelebt und –«

Sie hielt inne, weil ich nickte.

»Und mit dieser anderen Frau auch – der im Behandlungszentrum?«

Ich nickte.

»Gehst du zurück zu ihr? Hast du darum wieder da zu arbeiten angefangen?«

Ich nickte und fragte in das verletzte Gesicht vor mir: »Du hast nichts empfunden, als er dich gevögelt hat. Darum geht es doch, oder?«

Sie legte mir die Hände auf die Hüften – meine Arme ruhten noch immer auf der Mauerkrone, in demonstrativer Verweigerungshaltung. Leise sagte sie: »Ich werde dir jetzt etwas sagen, und das ist mein Ernst. Mein voller Ernst.« Der Regen war noch zu schwach, als daß er in nennenswerter Menge durch das Laubdach eines großen Ahorns über unseren Köpfen gedrungen wäre. Ein Tropfen traf ihre Stirn und wanderte über ihre erschlaffte Wange abwärts. Sie schloß die Augen und schluckte. »Ich liebe dich«, sagte sie wie bittend.

Ich schwieg.

Sie öffnete die Augen. Kein Silberblick, keine Rötung. Ein klarer, unschuldiger Blick.

Mit Geprassel brach der Regen los, arbeitete sich klopfend und pochend durch das Laub und hatte uns im Nu durchnäßt. »Ich liebe dich nicht«, sagte ich.

Die kleinen Hände zerrten an mir. »Du lügst.«

»Du bist für mich nur Studienobjekt für mein Buch gewesen«, erklärte ich ihr.

»Ich bring' ihn dazu, daß er mich heiratet«, gab sie zu bedenken, während der Regen ihr Haar durchweichte. »Dann ist es aus zwischen uns – *finito!*«

Ich nickte.

»Dann gibt es keine Telefongespräche mehr. Dann bekommst du nicht mehr meine letzten Heimlichkeiten zu hören«, sagte sie mit naßglänzendem Gesicht. »Nichts mehr«, beschwor sie mich mit Kleinmädchenstimme.

»Es ist auch so aus, Halley. Es gibt nichts und hat nie etwas gegeben, was zu Ende gehen könnte.«

Ihr vom Regen überströmtes Gesicht verzog sich. Sie glitt an meiner Brust hoch, die Augen geschlossen, die Lippen geöffnet, um meine zu fassen. Ich spürte, wie ihre Finger mir zwischen die Beine griffen. Sie küßte mich nicht. Sie schrie: »Sie hat gesagt, du vögelst mit Begeisterung!«

Sie hatte nichts von meinem Körper, sondern lediglich einen Stoffhökker am Reißverschluß zu fassen bekommen. Trotzdem konnte ich meine instinktive Reaktion nicht bremsen. Ich stieß sie. Sie taumelte. Aber ihre Finger lockerten nicht ihren Griff um den Stoffklumpen im Schritt meiner Hose. In das Tosen des wind- und regengepeitschten Laubs hinein rief sie: »Sie hat gesagt, du bist ein richtig heißblütiger Latino –«

Den Rest konnte ich nicht verstehen, denn als ich ihre Hand mit Gewalt von meiner Jeans löste, drehte sie sich fallend um ihre eigene Achse, und ihre Worte gingen im Wind und Regen unter. Ich wich zur Fahrstraße hin zurück.

Halley kauerte mit triefenden Haaren an der Mauer; das viel zu große Flanellhemd klebte ihr an den Schultern. Sie hatte die Hände vorgestreckt, die Finger zu Klauen gekrümmt und schrie. »Ich schneid' ihn dir ab.«

Ich drehte mich um und ging mit schnellen Schritten davon. Ich hörte nichts, was darauf hingedeutet hätte, daß sie versuchte, mir zu folgen. Bei dem Sturm hätte ich es wahrscheinlich auch nicht gehört, wenn es der Fall gewesen wäre. Ich hielt den Blick nach vorn gerichtet, bis ich die U-Bahn-Station erreicht hatte, dann drehte ich um. Keine Halley weit und breit.

Der Sonntagabend war für mich alles andere als angenehm. Kurz nach halb zehn probierte ich es bei Edgar zu Hause. Er bat mich um einen Augenblick Geduld, er müsse das Gespräch auf den anderen Apparat legen. Als er abgenommen hatte, hatte ich eine Geräuschkulisse gehört, aus der ich schloß, daß seine Frau und seine beiden Söhne im Hintergrund Monopoly spielten. Ein Junge hatte gerufen: »Doch! Das sind vier Eisenbahnen!«

»O Mann, du hast recht gehabt«, sagte Edgar, als er sich wieder meldete. »Sie war einfach toll.«

»Und wie sind die Verhandlungen gelaufen?«

»Ach so, die gab's ja auch noch. Mann, Rafe, der Mensch lebt nicht vom Profit allein.« Er lachte. »Sie ist auch eine phantastische Arbeitsbiene. Für hundertfünfzigtausend im Jahr ist sie ein richtiges Schnäppchen.«

»Freut mich, daß alles hinhaut«, sagte ich.

»Und du hast nicht ein einziges Mal selber an ihr genascht?« wollte Edgar wissen.

Ich überhörte die Frage. »Und wie fühlt man sich jetzt zu Hause, Eddie?«

Er lachte leise über meine Anzüglichkeit. »Zu Hause fühlt man sich großartig«, sagte er. »Da kann man sich endlich mal ein bißchen ausruhen.«

Es war fünf Uhr vorbei, als ich einschlief. Um sieben Uhr war ich wieder wach, um halb acht rief ich bei ihr an. Niemand meldete sich: kein Anrufbeantworter, keine Halley. Nachdem ich es fünfzehnmal hatte klingeln lassen, gab ich auf.

An diesem Morgen war ich in den Sitzungen mit den Kindern fast nicht zu gebrauchen. Statt Mittag essen zu gehen, legte ich mich auf die billige Couch, die Diane hatte in mein Zimmer schaffen lassen. Sie war zu kurz für mich. Die Füße hingen über die Kante. Trotzdem schlief ich ein. Ich träumte gerade, daß Halley mich fragte: »Liebst du mich?«, als kühle Finger sich auf einem meiner überhängenden Fußgelenke niederließen. Ich fuhr mit rasendem Herzen hoch und schnappte nach Luft.

»'tschuldigung«, sagte Diane und trat von der Couch zurück. »Es tut mir leid. Ich wollte dich nicht erschrecken. Dein Zwei-Uhr-Patient ist da, und Sally hat sich nicht getraut, dich zu wecken.«

Ich setzte mich auf, legte schwer atmend den Kopf in die Hände und wartete darauf, daß mein Herzschlag sich verlangsamte und meine Atmung sich beruhigte. Mein Hemd war im Rücken durchgeweicht. Während ich nach und nach zur Ruhe kam, spähte ich durch die Finger zu Diane hinüber, deren Aussehen sich erneut verändert hatte. »Du trägst wieder deine Brille?!« sagte ich, Frage und Antwort zugleich, und nahm die Hände vom Gesicht.

Diane errötet zwar nie, aber verlegen genug dazu war sie in diesem Moment. Sie senkte die Augen und rückte mit einer Hand an der Brille. »Kontaktlinsen machen zuviel Umstand«, murmelte sie. Sie ging zur Tür. »Soll ich deinen Termin absagen?«

Ich stand auf. »Nein, ich hol' mir einen Kaffee, dann bin ich wieder an Deck.« Ich ging zum Schreibtisch, um meinen Becher zu holen, den ich dort hatte stehenlassen. Als ich mich wieder umdrehte, nahm ich an, daß

Diane längst weg wäre. Zu meiner Überraschung stand sie noch da, den Rücken an die Tür gelehnt, und beobachtete mich.

»Is' was?« fragte ich.

»Hast du deine Meinung geändert?«

»Meine Meinung geändert?« Ich war noch halb im Tran, aber selbst wenn ich voll da gewesen wäre, hätte ich, glaube ich, nicht gewußt, wovon sie sprach.

»In bezug auf Samuel.«

»Samuel?« Ich schüttelte den Kopf, um Klarheit in meine Gedanken zu bringen. »Was ist mit Samuel?«

Sie seufzte und sprach langsam, um ihre Gereiztheit im Zaum zu halten. »Bist du deshalb wieder hier? Weil du deine Meinung über Samuels Studie geändert hast?«

»Ach so.« Jetzt verstand ich und kam mir blöd vor, weil ich so lange gebraucht hatte. Ich lachte. Dann drückte ich den Rücken durch und versuchte, ein ernstes Gesicht zu machen. »Ja«, antwortete ich in feierlichem Ton. »Ich habe eine Nachprüfung angestellt und bin in bezug auf Phil Samuel zu einem bestimmten Schluß gekommen.«

Diane, ganz Ohr, forderte mich mit einem Kopfnicken auf weiterzusprechen.

»Er ist ein Arschloch«, sagte ich.

Diane sah mich blinzelnd an. Ich warf einen Blick auf meine Armbanduhr. »Ich glaube, ich sollte mir jetzt schleunigst meinen Kaffee besorgen und dann meinen Patienten kommen lassen. Wenn du willst, können wir gern mal zusammen essen gehen und uns in aller Ruhe über die Sache unterhalten.«

Sie ging langsam hinaus, wortlos, anscheinend verwirrt.

Um fünf verließ ich das Behandlungszentrum, kurz nach sechs kam ich im Village an und aß in einem Chinarestaurant solo zu Abend. Ich fühlte mich mies. Ich sehnte mich nach irgendeinem Erfolg bei Halley, der mir erlauben würde, ihre Therapie zu beenden, aber es schien für mich kein Entrinnen aus dieser Aufgabe zu geben.

Um halb elf, zur gewohnten Zeit für das Bad am Montagabend, traf ich vor dem Apartmenthaus in der 76.Straße ein. Halley kannte die Spielregeln: Wenn sie auch nur ein einziges Mal für mich nicht zu sprechen war, würde ich nie wiederkommen. Der Pförtner – es war derselbe, der vor zehn Monaten den Fingern der Knallkörper werfenden Jugendlichen eine so düstere Prognose gestellt hatte – winkte mich durch, ohne ihr meine Ankunft zu melden. Er meldete mich schon seit Monaten nicht mehr an.

Vor ihrer Wohnungstür zögerte ich. War ich dem, was bevorstand, wirklich gewachsen? In meiner Abwehrfront durfte es keine Lücke geben; sie war gefährlicher denn je – jetzt, wo sie wußte, daß mein Part bei unseren Sitzungen Theater war. Sie wußte, daß es da einen realen Mann zu verführen gab.

Und die Frage war, wie es mit meiner Standhaftigkeit bestellt war. Denn immerhin mußte ich zugeben, daß ich heillos in die Gegenübertragung verstrickt war. Ich wußte jetzt, daß ich sie tatsächlich liebte. Und ich wußte, daß der archaische Rafe, das nach Wunscherfüllung gierende Tier in mir, an ein Wunder glaubte und sich einredete, daß mein falsches Selbst und ihr falsches Selbst aus ihrer Umarmung wahres Glück hervorzaubern könnten.

Ich drückte den Klingelknopf und wartete. Keine Reaktion.

Ich stand vor der Frage, ob ich ein zweitesmal klingeln sollte – würde ich damit nicht bereits ein allzu heftiges Wünschen und Begehren signalisieren? Zum Glück entschied ich zu ihren Gunsten und betätigte die Klingel noch einmal.

Mindestens eine Minute lang hörte ich von drinnen keinen Laut. Ich hatte mich schon zum Gehen gewandt, als Halleys Stimme durch die Tür drang: »Rafe?« Sie klang matt und verängstigt. Etwas lauter rief sie jetzt: »Bist du es?«

»Es ist Zeit für dein Bad«, sagte ich.

»Oh …«, sagte sie mit kraftloser Stimme. Das obere Schloß drehte sich. »Ich hab' nicht mit dir gerechnet …« Die Falle des Schnappschlosses darunter rastete aus, und die Tür öffnete sich einen Spaltbreit. »Ich muß noch … Ich bin im Badezimmer«, flüsterte sie.

Als ich die Tür aufschob und eintrat, war sie verschwunden. Ich hörte im Hintergrund Wasser in die Wanne laufen. An meinem Standort im Vestibül hatte ich den größten Teil des Wohnzimmers im Blickfeld. Auf dem Fußboden vor dem Regal stapelten sich Bücher. Das Regal war ungefähr zur Hälfte ausgeräumt. Die gesamte Ratgeber- und New-Age-Literatur war zusammen mit meinen Buchpublikationen neben dem Durchgang zum Schlafzimmer zu einem hohen Bücherturm aufgeschichtet. (Nach der Herbstklausur hatte sie weitere Bücher von mir angeschafft und gelesen, um mir hinterher angelegentlich zu versichern, wie brillant ich sei, aber ich reagierte nicht auf ihre Schmeicheleien, und zu guter Letzt gab sie es wieder auf, mich mit solchen Bonbons für meine Eitelkeit ködern zu wollen.) Die Theaterliteratur bildete ebenfalls einen Stapel für sich, einen kleinen. Zu dem bei weitem größten – der fast die Eingangstür versperrte – waren die Bücher über Marketing und Verkauf aufgeschichtet. Ich hielt mich nicht lange bei ihm auf, weil das Sofa meine Aufmerksamkeit auf sich zog.

Die Kissen waren alle abgeräumt und auf den Seemannskisten-Couchtisch gehäuft. Irgend etwas anderes schien die nackte Sitzfläche des Sofas zu okkupieren. Um erkennen zu können, was es war, mußte ich näher hingehen. Fünf Kostüme von Halley lagen in einer Reihe nebeneinander, die Röcke und auf ihnen, säuberlich zusammengelegt, die Jacketts. Ich wollte mich von dem Garderobe-Stilleben eben wieder abwenden, als ich am Revers des marineblauen Jacketts lose Fäden bemerkte. Ich hob es hoch und schnappte nach Luft, als es in meinen Händen auseinanderfiel.

Die Ärmel fielen ab. Auf beiden Seiten klaffte – in glatter Linie, offenbar mit einem Rasiermesser ausgeführt – ein Schnitt zwischen dem Revers und der Tasche. Ich stellte fest, daß auch der Rock an zwei Stellen mit penibler Präzision zerschnitten worden war. Vom danebenliegenden Stoß hob ich ein blaßrosa Jackett hoch. Die Arme fielen ab, und das Mittelteil klappte auf wie ein Tier aus Origami-Papier.

»Halley!« rief ich erschrocken. Keine Antwort. Noch immer rauschte das einlaufende Badewasser. »Halley!« rief ich noch einmal, warf die Kleider auf das Sofa zurück und ging mit raschen Schritten auf den Korridor zu ihrem Schlafzimmer. Ein Blick in die Küche veranlaßte mich, noch einmal innezuhalten. Das Spülbecken war voller Flaschen.

Ich ging hinein und stellte fest, daß es Make-up-Flaschen waren – in dem Becken sah es aus, wie wenn alle Kosmetika, die Halley besaß, hier gelandet wären. Die Flaschen waren allesamt zerbrochen und halb ersoffen in dem schmutzigbraunen Brei, zu dem der zusammenfließende Inhalt geworden war.

Ich lief zum Schlafzimmer. Mit Erleichterung registrierte ich schon in der Tür, daß Halleys Zerstörungswut vor dem Bett haltgemacht hatte. Die Stofftiere kuschelten sich in ungetrübtem Frieden in die rosa Kissen. Sobald ich eingetreten war, stellte ich jedoch fest, daß auch dieser Raum nicht ganz verschont geblieben war. Die Spiegeltüren des Schranks hatten das Spiegelglas eingebüßt. Nur der Rücken aus weißem Karton war noch da; mit schwarzem Filzstift war auf der einen Tür KLEINES und auf der anderen Tür MÄDCHEN darauf geschrieben. Auf dem Fußboden standen zwei mit ordentlich zusammengefegten Glasscherben gefüllte Pappkartons.

Ich hatte genug gesehen. »Halley«, rief ich zur Badezimmertür.

»Ich bin soweit, Daddy«, rief sie mit heiserer, aber fröhlicher Stimme zurück.

Ich weiß nicht genau, welches Schreckensbild ich dort drinnen erwartete, aber es fiel mir schwer, die Tür aufzumachen. Ich hatte Angst – solche Angst, daß in meinem Innern sich eine Stimme meldete, die mir sagte, daß ich schleunigst das Weite suchen solle, daß meine Arbeit getan sei, was immer da drinnen geschehen sein mochte, und daß es zu spät sei, das Getane zu bereuen.

Aber ich machte sie auf. Es brannte kein Licht – die gewohnte Kulisse unseres Rituals. In dem von hinten einfallenden Schein einer Schlafzimmerlampe konnte ich über der fast randvollen Badewanne ein Schaumgebirge erkennen, von dem sich wolkige Klumpen abspalteten und über den Wannenrand segelten. Halley ruhte bis zum Kinn im Wasser. Ihr Gesicht war für mich in dem Schatten verborgen, den ich warf.

Ich drückte auf alle beide Lichtschalter, den für das Neonlicht über dem Waschbecken und den für die versenkte Deckenleuchte. Ich glaube nicht, daß ich realiter aufschrie – der Schrei war etwas, was sich im Innern meines Kopfs ereignete. Mein erster Eindruck war der von einem blutbedeckten Fußboden. Die Scherben des Spiegels am Arzneischränkchen füllten das Waschbecken. Neben dem Kaltwasserhahn lag ein Rasiermesser. Auf dem Beckenrand waren zwei blutige Handabdrücke. Später sah ich, daß der scheinbare Blutsee auf dem Boden nichts weiter als eine Tropfspur und ein Fußabdruck vor der Badewanne war. Doch in jenem Moment richtete sich mein Blick sofort auf sie.

Der bergige Schaumteppich war ein reines Weiß bis auf eine Stelle, wo eine Lache von Blut trieb, das in einem dünnen Rinnsal von ihrem Kinn floß. Sie drehte, die Augen gegen das Licht zusammenkneifend, sehr langsam den Kopf zu mir, und ich sah, woher das Blut kam. Direkt unterhalb der Augen begannen, mit dem Rasiermesser gezogen, zwei symmetrische Schnittwunden und liefen wie eine Tränenspur abwärts über das Gesicht, die Wangen bis zur Kante des Unterkiefers auftrennend.

»Das ist zu hell«, sagte sie mit matter Stimme. »Mach es wieder aus.«

Was ich natürlich nicht tat. Ich stürzte zur Wanne, griff ins Wasser und zog ihre Arme heraus. Die Handgelenke waren unversehrt. »Ich will nicht raus«, protestierte sie in klagendem Ton, als ich sie hochzog, um mich zu überzeugen, daß sie auch sonst unverletzt war.

»Leg den Kopf in den Nacken«, sagte ich und ging ins Schlafzimmer, um zu telefonieren, zuerst nach einem Rettungswagen, dann mit Stefan Weinstein, den ich bat, zum Bellevue Hospital zu fahren und uns dort zu erwarten, um sie einzuweisen.

»Ein Suizidfall?« erkundigte er sich.

Ich überlegte, ob ich ihm sagen sollte, daß sie nicht in Lebensgefahr schwebte und daß es sich, formal gesehen, nicht um Suizid, sondern um

Selbstverstümmelung handelte, entschied mich jedoch dagegen. »Ja«, antwortete ich.

»Nicht böse sein«, sagte sie, als ich ins Badezimmer zurückkam.

»Ich bin nicht böse«, sagte ich, während ich das Arzneischränkchen aufmachte, wo ich Mullbinden oder Heftpflaster oder sonst etwas Brauchbares zu finden hoffte. Es war leer. Auch der Abfallkorb unter dem Waschbecken war leer; dorthinein hatte sie den Inhalt des Arzneischränkchens jedenfalls nicht gekippt. Ich zog zwei weiße Einmal-Handtücher aus ihrem Korb und legte sie auf die Schnittwunden.

»Au!« protestierte sie und setzte sich mit Kopfschütteln zur Wehr.

»Laß das!« schrie ich sie an. »Das macht die Blutung nur noch schlimmer.«

»Es tut weh!« wimmerte sie.

»Lieg still. Leg den Kopf in den Nacken.« Ich drückte ihr die Handtücher fest gegen das Gesicht; mir ging es im Augenblick mehr darum, die Blutung zum Stillstand zu bringen, als ein Infektionsrisiko zu vermeiden. Das Blut drückte sich auf der Länge der Wunden sofort durch den Stoff und begann dann, sich auszubreiten. »Wann hast du das getan?«

Sie lehnte den Kopf gegen die Porzellanschräge und sah mich an. Ich hätte keinen medizinischen Grad benötigt, um an ihrem leeren Blick zu erkennen, daß sie unter Schock stand. Sie flüsterte mir zu: »Jetzt bin ich außer Gefahr.«

»Du bist bald wieder gesund«, beruhigte ich sie.

Sie versuchte zu lächeln, aber die Wunden und mein Druck auf die Handtücher ließen das Ergebnis eher zur Grimasse geraten. »Nein«, erklärte sie mir. »Du bist ein Dummkopf.«

»Wann hast du das getan, Halley?«

Sie schloß die Augen. Ihre Kinnlade sackte nach unten, die Lippen öffneten sich. Sie schien das Bewußtsein verloren zu haben. Der Schein trog. Sie flüsterte: »Jetzt sind wir alle beide außer Gefahr.«

Epilog

Mir steht für die Fertigstellung dieses Manuskripts nicht soviel Zeit zur Verfügung, wie ich mir gewünscht hätte. Ein dringender Fall beansprucht mich in den Abendstunden, die ich mir ursprünglich einmal für die Niederschrift reserviert hatte. Aber angesichts der Gefahren, die sich in meinen für Theodore und Halley Copley entwickelten kruden Behandlungstechniken verbergen, möchte ich es nicht versäumen, das Behandlungsprotokoll zumindest im groben Umriß zu vervollständigen, ehe ich meine Forschungen zur »Bosheitsstörung« – wie ich den in Frage stehenden pathologischen Zustand ein bißchen launig genannt habe – fortsetze.

Es liegt auf der Hand, daß der Ausgang der Behandlung in Halleys Fall ein wenig erstrebenswerter war. Der unglückliche Zufall, daß ein externes Vorkommnis – nämlich die Begegnung mit Julie – die Krisis einleitete, wurde mangelhaft bewältigt. Es war voreilig von mir, sie dem Schock der Enthüllung auszusetzen, daß alles, was zwischen uns war, von meiner Seite nur Theater war, daß ich kein verliebter inzestuöser Daddy war, sondern lediglich ein Spiegel – ein Spiegel, der, gleich den schönen Trugbildern ihres Selbst, die sie anderen präsentierte, ihr den Aufhänger für eine suchtbildende Phantasmagorie lieferte. Ich hatte mich irreführen lassen durch den Erfolg der Schocktherapie, der ich Stick am Green-Mountain-Teich unterzogen hatte. Ich hätte der Tatsache Rechnung tragen müssen, daß Halleys Störung, ihrem oberflächlichen Erscheinungsbild nach außen gewandter Destruktivität zum Trotz, stets selbstzerstörerischer Natur war – eine Folge von suizidalen Unternehmungen. Ihr das Operationsfeld zu entziehen, mußte zur Folge haben, daß ihre zerstörerischen Impulse sich in vollem Umfang gegen das eigene Selbst – und nicht, wie bei Stick, gegen mich – richteten. Die blassen, fast unsichtbaren Narben, die sie nach zwei Serien aufwendiger plastischer Chirurgie heute im Gesicht trägt, ebenso wie die unauslöschlichen tieferen Narben in ihrem Innern gehen uneingeschränkt auf mein Schuldkonto. Das Versprechen, ein Buch über meine Mißerfolge zu schreiben, das ich mir nach Genes Tod gegeben habe, ist hier eingelöst. Trotz des Erfolgs bei Stick und ungeachtet der Tatsache, daß Halley heute für andere Menschen keine Gefahr mehr darstellt, wäre es zweifellos eine Vermessenheit von mir, den Fall Halley Copley als therapeutischen Triumph verbuchen zu wollen.

Im Bellevue Hospital stand Halley während ihres einmonatigen »Aufenthalts zur Beobachtung« unter der ärztlichen Obhut von Stefan Weinstein, der uns bereits am Eingang zur Notaufnahme erwartete, als wir mit dem Rettungswagen eintrafen. Er blieb an meiner Seite, während Halley chirurgisch versorgt wurde. Mir steckte der Schrecken tief in den Knochen. Stefan drängte mich, ein Beruhigungsmittel einzunehmen, und das tat ich auch. Vor dem Hintergrund von unser beider Abneigung gegen Psychopharmaka jeglicher Art gesehen, beweist dies, in welch schlechter Verfassung ich war. Mein Schuldgefühl und die Einsicht in das ganze Ausmaß meines Fiaskos zermürbten mich dermaßen, daß ich Stefan in die Einzelheiten meiner Verfahrensweise mit Halley einweihte. (Ich bereue es nicht, daß ich das mit dem Eingeständnis meines manipulatorischen Vorgehens verbundene Risiko eingegangen bin – und zwar nicht etwa deswegen, weil sich hinterher herausstellte, daß dieses Risiko gleich null war, sondern weil ich damit Stefan Weinstein die Möglichkeit einer effizienteren Behandlung eröffnete, und zumindest das war ich der armen Halley schuldig.) Unter standesrechtlichem und standesethischem Gesichtspunkt brauchte ich keine unmittelbare Gefährdung meiner beruflichen Existenz zu fürchten, denn rein formal gesehen war die Beziehung zwischen mir und Halley keine Arzt-Patient-Beziehung, und folglich konnte meine Handlungsweise auch nicht als ärztliches Fehlverhalten gewertet werden. Stefan war wütend und verdächtigte mich der psychischen Labilität – das war denn allerdings ein Vorwurf, der auch meine berufliche Existenz gefährdete.

Ich sah davon ab, ihm das Motiv und das Kalkül darzulegen, die mich zu meinem Vorgehen bestimmt hatten. Er ahnt nicht, warum ich die Rolle des inzestuösen Vaters gespielt habe. Ich paßte mich seiner Auffassung an, derzufolge ich das Opfer einer reaktiven Psychose war, deren Ursachen die Belastung durch das Ausscheiden aus dem Behandlungszentrum und der Schock im Gefolge von Genes Tod waren. Einem orthodoxen Freudianer wie Stefan Weinstein konnte ich schlecht die Diagnose begreiflich machen, die ich Halley gestellt hatte, und schon gar nicht konnte ich von ihm Verständnis dafür erwarten, daß mein Behandlungsziel allen Ernstes darin bestanden hatte, die Patientin, um es in seiner Sprache zu formulieren, *neurotisch zu machen* – in meiner Sprache ausgedrückt: ihre erfolgreiche Angepaßtheit als narzißtische Persönlichkeit zu zerstören. Ich willigte in seinen Vorschlag ein, mich in psychiatrische

Behandlung zu begeben, und akzeptierte auch den von ihm empfohlenen Dr. Richard Goodman. Schon nach wenigen Sitzungen hatte ich Dr. Goodman überzeugt, daß meine Erkrankung vom episodischen Typ war – eine Episode, die durch den Schock, den Halleys Selbstverstümmelung mir versetzt hatte, beendet und dank seiner Analyse für mich einsehbar geworden war.

Die Patientin, die Stefan im Bellevue behandelte, regredierte zum Kind. Wochenlang sprach Halley nur in kleinmädchenhaften Lispellauten und erkannte ihre Eltern nicht, wenn sie zu Besuch kamen. (Ihre Psychose hatte, sehr bedingt, auch ihr Gutes. Stick fühlte sich mitverantwortlich für ihr Schicksal, und das stärkte seine Entschlossenheit, ein anderer Mensch zu werden.) Ich besuchte sie nur dreimal. Dann bat Stefan mich, meine Besuche einzustellen. Obgleich sie in meiner Gegenwart keinerlei Anzeichen von Kummer erkennen ließ und verstandesklar über Hyperion und Levin Entertainment drauflosplapperte, verfiel sie, sobald ich gegangen war, in hemmungsloses Weinen. Stefan zog daraus den Schluß, daß meine Besuche genau das perennierten, was ich als ihren Wahn, ich sei ihr Liebhaber, bezeichnete. (In seinen Augen war das natürlich kein Wahn. In den Auseinandersetzungen, die ich mit ihm über diese Frage führte, waren mir abermals die Hände gebunden, da ich ihm gegenüber nicht offenlegen konnte, warum ich darauf beharrte, daß wir kein Liebespaar waren und es auch nie gewesen waren.)

Kurz nach meinem letzten Besuch im Bellevue traf ich mit Stick und Mary Catharine zusammen, um die beiden bei der Auswahl einer psychiatrischen Privatklinik zu beraten, wo Halley bis zur vollständigen Rehabilitation untergebracht werden konnte.

Die nüchterne Mary Catharine war noch offenherziger als die betrunkene. »Ich war eine lausige Mutter«, eröffnete sie mir in schönster Unbefangenheit. Stick hielt den Kopf gesenkt. »Kaum daß ihr Busen zu sprießen angefangen hatte, hätte ich sie am liebsten umgebracht. Und der da war auch keine große Hilfe.« Sie zeigte mit dem Kopf auf ihren reuigen Ehemann. »Der ist dauernd ohne anzuklopfen in ihr Zimmer geplatzt, weil er gedacht hat, da kriegt er was zu sehen.«

Bei der nächsten Gelegenheit nahm er mich beiseite und flüsterte: »Das wollte ich Ihnen unbedingt noch sagen. Ich hab' sie nie angerührt.«

»Das weiß ich doch, Stick«, sagte ich, und dabei tat er mir so leid, daß ich ihm beinahe reinen Wein eingeschenkt hätte.

»Angeblich redet sie dauernd davon, daß ihr Daddy an ihr herumgefummelt hat, aber das stimmt nicht.«

Seitdem sind fast zwei Jahre vergangen. Unmittelbar nach ihrer Entlassung aus dem Bellevue schrieb Halley mir vier Briefe, die ich eigentlich diesem Manuskript als Anhang beifügen müßte, aber im Augenblick trennt mich eine große räumliche Entfernung von meinen persönlichen Habseligkeiten, und weil der Ausgang der Therapie, an der ich derzeit arbeite, noch ungewiß ist, werde ich dieses Manuskript aus Sicherheitsgründen gleich nach der Fertigstellung mit einer Sperrfrist dem Archiv des Prager Institute übergeben. Halleys Briefe gewähren keinen großen Aufschluß über irgendwelche Faktenzusammenhänge, aber mir persönlich bedeuten sie viel. Sie schrieb, daß ich der erste Mann gewesen sei, den sie wirklich geliebt habe, und schloß die bittere Bemerkung an, jetzt wisse sie, wie Gene sich gefühlt haben müsse. Heute arbeitet sie wieder in ihrem Job bei Edgar. Die Beziehung zwischen den beiden ist laut Edgar – und er ist da absolut glaubwürdig – seit Halleys Entlassung aus dem Bellevue nur mehr rein beruflicher Art. Sie sei, so erzählte er mir, in ihrem ganzen Auftreten total verändert an ihren Schreibtisch zurückgekehrt. Ihr Umgangs- und Verhandlungsstil sei jetzt kühl, mitunter sogar schroff. Sie arbeite noch ebenso erfolgreich wie früher, sei aber bei ihren Kollegen bei weitem nicht mehr so beliebt. Um nicht Stefans Argwohn zu wecken, habe ich sie seit ihrem Aufenthalt im Bellevue nicht wiedergesehen noch mit ihr gesprochen.

Vor einem Monat berichtete mir Edgar, daß Halley sich mit einem Pakistani verlobt hat, einem Spezialisten für Thoraxchirurgie, der als Assistenzarzt im New York Hospital arbeitet und vorhat, sich später in den USA niederzulassen. Heute, so Edgar, sei Halley eine fromme Muslimin und eine seiner wertvollsten Mitarbeiterinnen, woraus man den Schluß ziehen dürfe, so fügte er scherzend hinzu, daß der Friede im Nahen Osten von Dauer sein werde.

Die letztgenannte Einzelheit, der Übertritt zur Religion ihres Verlobten, weckte so starke Befürchtungen in mir, daß ich Edgar fragte, ob Halley und ihr prospektiver Ehemann definitiv beabsichtigten zu heiraten. »Sie sind *definitiv* entschlossen«, sagte Edgar. »Ich habe eine Einladung zur Hochzeit.« Ich war erleichtert. Es hätte zwar immer noch sein können, daß sie ihrem Verlobten zu Gefallen einen Glauben angenommen hatte, der ihr nichts bedeutete, aber das wäre dann eine ganz normale Form von Selbst-Tötung gewesen: Selbstverleugnung aus Liebe. Stefan Weinstein gebührt Lob und Anerkennung dafür, daß er Halley das seelische Gleichgewicht wiedergegeben hat, aber daß sie nicht zu ihrem destruktiven alten Selbst zurückgekehrt ist, muß wenigstens zum Teil auch mir und meiner Behandlung gutgeschrieben werden.

Und wie steht es mit mir? Ich bekenne mich schuldig, daß ich beim Erfinden einer neuen Behandlungsmethode für Halley nicht in ausreichendem Maße für den Schutz meiner eigenen Person gesorgt habe. Ich habe sie geliebt. Das war freilich keine destruktive Erfahrung. Ja, ich glaube sogar, daß ich bei dieser Gelegenheit meine beiden kompliziertesten und beschwerlichsten Konflikte lösen konnte. Ich ziehe letztlich Gewinn aus einem ganz persönlichen Aspekt, den diese Krankengeschichten für mich haben: Mit der Wiedergutmachung meines Versagens bei Gene konnte ich mein Schuldgefühl wegen meines Verrats an meinem Vater lindern; das inzestuöse Rollenspiel mit Halley hat mich instand gesetzt, meiner Mutter zu verzeihen. Ich habe mein kleines Mädchen genauso geliebt, wie meine Mutter ihren kleinen Jungen geliebt haben muß. Das ist, überflüssig zu sagen, alles andere als rational – aber warum sollte eine Therapie sich enger an die Regeln der Vernunft halten als die Krankheit?

Diane und ich haben vor einem halben Jahr geheiratet. Wie sich jeder psychologisch Beschlagene sicher denken kann, liebt sie mich heute mit rückhaltlosem Vertrauen in die Aufrichtigkeit meiner Gefühle für sie. Seit ich ihr und anderen »gebeichtet« habe, daß ich mich in einer Gefühlskrise befand, als ich Phil Samuel das Tonband überließ, ist ihre Zuneigung durch nichts mehr zu erschüttern. Eine Trennung facht vielleicht nicht unbedingt die Liebe an, mit Sicherheit jedoch tut dies Reue. Übrigens ist meine Reue vollkommen aufrichtig. Diane weiß vielleicht nicht über alles Bescheid, womit ich mich derzeit beschäftige, aber meine Treue zu ihr ist absolut. Als ich beim letzten Seder meine Cousine Julie wiedersah, konnte ich zwar kaum den Blick von ihr wenden, aber das hatte nicht mehr den alten Grund. Ich konnte mir nicht mehr erklären, warum sie so viele Jahre lang der niemals ganz erfüllte Wunschtraum meiner Jugend gewesen war.

Vor fünf Monaten reiste ich mit Diane zu Pepíns Beerdigung nach Tampa. Man hatte mich von dort angerufen, nachdem mein Vater sich auf die Nachrichten hin, die man auf seinem Anrufbeantworter in Havanna hinterlassen hatte, nicht gemeldet hatte. Eine Handvoll seniler, tatteriger Verwandter besuchte die Trauerfeier, die ich arrangierte. Durch Pepíns Atheismus einigermaßen in Verlegenheit gesetzt – der Beerdigungsunternehmer machte ein ziemlich entgeistertes Gesicht, als ich ihn von der Areligiosität meines Großvaters in Kenntnis setzte –, beauftragte ich einen Methodistenpfarrer mit der Trauerrede. Der verzapfte bereits in der Leichenhalle so viel dummes Zeug, daß ich ihm anschließend sagte, am Grab möge er es doch bitte kurz und schmerzlos machen.

Diane kam mit zu der Beisetzung auf dem Centro Asturiano de Tampa Memorial Park Cemetery. Es war vorbei, und wir waren auf dem Weg zum Auto, als ein Taxi vorfuhr, dem ein hochgewachsener, sehr dünner glatzköpfiger Mann entstieg. Er trug ein kubanisches »Buschhemd«, eine *guayabera*, und seine Haut war so tief gebräunt, daß man ihn aus der Ferne fast für einen Schwarzen hätte halten können. Es war Francisco, versteht sich. Er kam auf mich und Diane zu, und wir warteten auf ihn. Ich bemerkte, daß er hinkte. Er blieb vor mir stehen und fragte: »Ist es vorbei?«

»Wir haben versucht, Kontakt mit dir aufzunehmen.«

»Ich war in Frankreich«, sagte er, mir fest in die Augen blickend. »Verhandlungen mit einem Verlag wegen eines Buchs über Fidel.« Seine Augen lagen tiefer in ihren Höhlen, als meine Erinnerung es festgehalten hatte, im Verhältnis zu den hohen Backenknochen regelrecht versunken. Er schwankte, wie wenn ihm schwindelig wäre. Ich legte ihm eine Hand auf die Schulter. Er spähte an mir vorbei zu den Gräbern hinüber. »Was ist passiert?« fragte er.

»Wir haben gerade –«

Er fiel mir ins Wort. »Wie ist er gestorben?«

»Im Schlaf. Herzversagen. So friedlich wie überhaupt möglich.«

Über das alte Gesicht meines Vaters flog ein kurzes Erschrecken. »Zeig mir den Weg«, sagte er.

Ich trat zur Seite. Er kam neben mir her. Der Weg war holprig. Wegen seines hinkenden Beins kam er ins Stolpern, und ich schob meinen Arm unter den seinen. Er klemmte ihn mit derselben Kraft und Souveränität wie früher an sich und ließ sich so von mir zum Grab seines Vaters führen.

In seinem Gesicht zuckte kein Muskel, und keine Träne zeigte sich, während er da stand und auf den Sarg hinuntersah. Nach langem Schweigen sagte er: »Eine Welt ist dahin.«

Im Auto schwieg er, und er widersprach auch nicht, als ich im Hotel ein Zimmer für ihn buchte. Als ich ihn fragte, ob er etwas essen wolle, antwortete er mit einem Nicken. Diane erklärte, sie werde aufs Zimmer gehen und sich für eine Weile hinlegen. Francisco und ich gingen ins Hotelrestaurant, und er bestellte sich einen Hamburger. »Die kriegen sie nur in den USA richtig hin«, erklärte er mir.

Er fragte dies und das und schließlich auch, ob Diane und ich Kinder hätten. »Noch nicht«, erklärte ich ihm.

»Ich hätte gern einen Enkel«, sagte er. »Ich möchte nicht, daß du der letzte Neruda bist.« Ich war mir nicht sicher, ob das als Kritik aufzufassen war.

»Du vergißt Cuco.«

Er schüttelte den Kopf. »Cuco kann keine Kinder haben. Er hatte einen Hodenkrebs, und durch die Behandlung ist er zeugungsunfähig geworden.«

»Ist er wieder gesund?«

»Ja. Die Operation war vor einem Jahr. Voll-Remission. Er hat sich phantastisch erholt. Aber er hat jetzt nicht mitkommen können. Wir haben ... Zur Zeit ist in Kuba –« Mit einer Handbewegung schob Francisco die Sorgen und Probleme des geliebten Landes beiseite. »Er hat sich nicht freinehmen können.«

»Sag ihm liebe Grüße von mir.«

Francisco nickte. »Er läßt dich auch grüßen.«

»Hast du vor, weiter in Kuba zu bleiben?« fragte ich.

»Ich werde da sterben«, sagte er in dem theatralischen Ton, mit dessen Hilfe er melodramatisches Pathos als vernünftig klingende Gedanken zu präsentieren vermochte.

»Ich muß mich bei dir noch für etwas entschuldigen«, sagte ich.

Er schloß ärgerlich die Augen. »Bitte nichts *da*von.«

»Nein«, sagte ich und berührte seinen abgemagerten Arm. »Du hast mich mißverstanden. Als wir uns das letztemal gesehen haben, hab' ich zu dir gesagt, ich glaube nicht, daß ich die Welt verändern kann, und du hast dich darüber geärgert. Mit Recht. Ich hab' mich geirrt. Dafür möchte ich mich entschuldigen.«

Francisco straffte den Oberkörper und legte den Kopf zurück, wie wenn er mich in die richtige Perspektive rücken wollte. »Das kann nicht dein Ernst sein«, sagte er schließlich.

»Doch, das ist mein Ernst. Es gehört sich nicht für einen Sohn, so etwas zu seinem Vater zu sagen. Egal, ob ich die Welt verändern kann oder nicht, dir zuliebe muß ich es versuchen.«

Er wirkte verlegen und beschäftigte sich umständlich mit dem letzten Pommes-frites-Stäbchen auf seinem Teller. In der nächsten Sekunde begriff ich, warum. Eine Träne rollte über meine Wange. Ich wischte sie weg, und binnen kurzem war er dabei, mir wortreich zu erklären, warum Fidel überleben werde, obwohl er total isoliert und wehrlos den USA ausgeliefert war. Ich glaubte ihm kein Wort, aber ich lauschte glücklich der Musik seiner sonoren Stimme. Am nächsten Morgen reiste er ab. Beim Abschied auf dem Flughafen umarmte er mich und sagte zu Diane, nachdem er sie geküßt hatte, mit so feierlichem Ernst, daß sie die Augen zu Boden senken mußte: »Schenke mir einen Enkel.«

Ich habe dieses Manuskript in den letzten Wochen einer kursorischen Durchsicht unterzogen. Ich bin mir bewußt, daß vielerorts noch Korrekturen und Ergänzungen anzubringen wären, und zwar größtenteils zu dem Zweck, der von akademischer Seite zu erwartenden Kritik den Wind aus den Segeln zu nehmen. Bedauerlicherweise sehe ich mich durch die Konsequenzen aus einem Besuch bei Albert, den ich vor kurzem machte, an der Ausführung dieser Arbeiten gehindert. Albert rief mich vor vierzehn Tagen an und bat mich um Hilfe. Sein Trainer hat ihn auf die Reservebank verwiesen – eine Einschüchterungsmaßnahme, die den Zweck verfolgt, ihm die Zustimmung zur Verabreichung von Steroiden abzunötigen; außerdem steckt er in Problemen, in die ein Zimmergenosse ihn manövriert hat. Ich glaube, daß ich hier möglicherweise einen weiteren Fall von Bosheitsstörung ausgemacht habe und während der nächsten sechs Monate größtenteils an der Universität als Berater für das Football-Programm tätig sein werde.

Eine Reihe anderer Punkte müßte ich eigentlich ebenfalls noch behandeln, so zum Beispiel die Frage, wie ich es geschafft habe, obwohl ich mit Diane verheiratet bin, eine »Freundschaft« mit Phil Samuel anzuknüpfen. Phil, so zeigt sich mir immer deutlicher, ist ein interessantes Beispiel für die neu beschriebene psychiatrische Erkrankung innerhalb meines eigenen Berufsstands. Bis zum Abschluß meiner einschlägigen Untersuchungen muß ich die in eckige Klammern eingeschlossenen Textteile – mögliche Fußnoten – sowie andere offene Fragen unüberarbeitet beziehungsweise unbeantwortet stehenlassen.

Vergangenes Jahr habe ich die Dienstleistungsfirma Neruda Consulting gegründet, die Großunternehmen Hilfe bei der Anpassung an die gewandelten Anforderungen der modernen Geschäftswelt offeriert. Edgar, der seit meinem Gastspiel bei Hyperion überzeugt ist, daß ich über eine Wunderkur zur Gesundung von Unternehmen verfüge, ist mein Geldgeber und natürlich auch ein unschätzbarer Verkaufshelfer für die Dienste der Firma. Ich habe einen Fragebogen entwickelt, den alle unsere Klienten an ihre Mitarbeiter zu verteilen aufgefordert werden. Diesem Manuskript werde ich mich wieder zuwenden, sobald ich mit Alberts Schinder fertig bin und die Informationen, die ich über Phil Samuels Umgang mit seinen Doktorandinnen gesammelt habe, an die Öffentlichkeit gebracht habe. Bis dahin dürfte ich weitere Fälle von Bosheitsstörung identifiziert haben und in der Lage sein, in der Verfeinerung meiner Behandlungstechniken fortzuschreiten. Diane hat volles Verständnis für meine Einstellung, daß ich mich nicht mehr ausschließlich auf die Arbeit mit Kindern beschränken kann. Ich bin jetzt zweiundvierzig Jahre alt, habe aber das Gefühl, daß mein Leben eben erst begonnen hat. Ich freue mich auf die Zeit, da ich mein neues Aktionsfeld werde ausweiten und Fachkollegen als Bundesgenossen in der Sache werde begrüßen können.